आवारा मसीहा

आवारा मसीहा

विष्णु प्रभाकर

राजपाल

₹ 675

ISBN : 9788170280040

पहला पेपरबैक संस्करण : 2024, तीसरा संस्करण : 2026

AAWARA MASIHA (Biography) by Vishnu Prabhakar

मुद्रक : जी.एस. ऑफ़सेट, दिल्ली

राजपाल एण्ड सन्ज़

1590, मदरसा रोड, कश्मीरी गेट, दिल्ली–110006

फोन : 011–23869812, 23865483, 23867791

e-mail : sales@rajpalpublishing.com

www.rajpalpublishing.com

www.facebook.com/rajpalandsons

हिन्दी प्रकाशन के भीष्म पितामह
श्री नाथूराम प्रेमी को
जो अब नहीं हैं
लेकिन जिनकी प्रेरणा के बिना
'आवारा मसीहा'
का सृजन
असम्भव था

क्रम

1974 की भूमिका

(पहले संस्करण की भूमिका)

कभी सोचा भी न था कि एक दिन मुझे अपराजेय कथाशिल्पी शरत्चन्द्र की जीवनी लिखनी पड़ेगी। यह मेरा विषय नहीं था। लेकिन अचानक एक ऐसे क्षेत्र से यह प्रस्ताव मेरे पास आया कि स्वीकार करने को बाध्य होना पड़ा। हिन्दी ग्रन्थ रत्नाकर, बम्बई, के स्वामी श्री नाथूराम प्रेमी ने शरत्साहित्य का प्रामाणिक अनुवाद हिन्दी में प्रकाशित किया है। उनकी इच्छा थी कि इसी माला में शरत्चन्द्र की एक जीवनी भी प्रकाशित की जाए। उन्होंने इसकी चर्चा श्री यशपाल जैन से की और न जाने कैसे लेखक के रूप में मेरा नाम सामने आ गया। यशपालजी के आग्रह पर मैंने एकदम ही यह काम अपने हाथ में ले लिया हो, ऐसा नहीं था, लेकिन अन्ततः लेना पड़ा, यह सच है। इसका मुख्य कारण था शरत्चन्द्र के प्रति मेरी अनुरक्ति। उनके साहित्य को पढ़कर उनके जीवन के बारे में, विशेषकर श्रीकान्त और राजलक्ष्मी के बारे में, जानने की उत्कट इच्छा कई बार हुई है। शायद वह इच्छा पूरी होने का यह अवसर था। सोचा, बांग्ला साहित्य में निश्चय ही उनकी अनेक प्रामाणिक जीवनियाँ प्रकाशित हुई होंगी। लेख-संस्मरण तो न जाने कितने लिखे गये होंगे। वहीं से सामग्री लेकर यह छोटी-सी जीवनी लिखी जा सकेगी। लेकिन खोज करने पर पता लगा कि प्रामाणिक तो क्या, सही अर्थों में जिसे जीवनी कह सकें वैसी कोई पुस्तक बांग्ला भाषा में नहीं है। उनके जीवन की कल्पित कहानी को जीवनी का रूप देकर अनेक पुस्तकें प्रकाशित हुई हैं, पर उनमें शरत् बाबू का वास्तविक रूप तो क्या प्रकट होता वह और भी जटिल हो उठा है।

अब मैंने इधर-उधर खोज आरम्भ की, लेकिन जैसे-जैसे आगे बढ़ता गया, उलझता ही गया। ढूँढ़-ढूँढ़कर मैं उनके समकालीन व्यक्तियों से मिला। बिहार, बंगाल, बर्मा, सभी जगह गया। लेकिन कहीं भी तो, कुछ भी उत्साहजनक स्थिति नहीं दिखाई दी।

प्रायः सभी मित्रों ने मुझसे कहा, ''तुम शरत् की जीवनी नहीं लिख सकते। अपनी भूमिका में यह बात स्पष्ट कर देना कि शरत् की जीवनी लिखना असम्भव है।''

ऐसे भी व्यक्ति थे जिन्होंने कहा, ''छोड़ो भी, क्या था उसके जीवन में जो तुम पाठकों को देना चाहोगे। नितान्त स्वच्छन्द व्यक्ति का जीवन क्या किसी के लिए अनुकरणीय हो सकता है?''

''उनके बारे में जो कुछ हम जानते हैं वह हमारे बीच में ही रहे। दूसरे लोग उसे जानकर क्या करेंगे? रहने दो, उसे लेकर क्या होगा?''

एक सज्जन तो अत्यन्त उग्र हो उठे। तीव्र स्वर में बोले, ''कहे देता हूँ, मैं उनके बारे में कुछ नहीं बताऊँगा।''

दूसरे सज्जन की घृणा का पार नहीं था। गाँधीजी और शरद के सम्बन्ध में मैंने एक लेख लिखा था। उसी को लेकर उन्होंने कहा, ''छिः, तुमने उस दुष्ट की गाँधीजी से तुलना कर डाली!''

एक बन्धु जो ऊँचे-ऊँचे पदों पर रह चुके थे, मेरी बात सुनकर मुस्कराये, बोले, ''क्यों इतना परेशान होते हो, दो-चार गुण्डों का जीवन देख लो, शरत्चन्द्र की जीवनी तैयार हो जाएगी।''

इन प्रतिक्रियाओं का कोई अन्त नहीं था, लेकिन ये मुझे मेरे पथ से विरत करने के स्थान पर चुनौती स्वीकार करने की प्रेरणा ही देती रहीं। सन् 1959 में मैंने अपनी यात्रा आरम्भ की थी और अब 1973 है। 14 वर्ष लगे मुझे *आवारा मसीहा* लिखने में। समय और धन दोनों मेरे लिए अर्थ रखते थे क्योंकि मैं मसिजीवी लेखक हूँ। लेकिन ज्यूँ-ज्यूँ आगे बढ़ता गया, मुझे अपने काम में रस आता गया, और आज मैं साधिकार कह सकता हूँ कि मैंने जो कुछ किया है पूरी आस्था के साथ किया है। और करने में पूरा आनन्द भी पाया है। यह आस्था और यह आनन्द, यही मेरा सही अर्थों में पारिश्रमिक है।

मुझसे पहले भी बंगाल के एक-दो मित्रों नें इस क्षेत्र में प्रयत्न किये हैं। उनमें सर्वाधिक प्रामाणिक कार्य है श्री गोपालचन्द्र राय का। उन्होंने अत्यन्त परिश्रम के साथ शरद बाबू के जीवन को समझने की सामग्री जुटाने का स्तुत्य कार्य किया। मेरा प्रारम्भिक कार्य सन् 1965 तक समाप्त हो गया था। तभी उनकी लिखी ग्रन्थ-माला का पहला खंड प्रकाशित हुआ। इसमें शरत्चन्द्र की जीवनी तथा उसी संबंध में कुछ दूसरी सामग्री है। मैं उनसे अपने काम की तुलना नहीं करना चाहूँगा। वे मुझसे बहुत पहले से काम कर रहे थे। हम दोनों की क्षमता और दृष्टि में भी बहुत अन्तर है।

वे बंगाली हैं और शरद बाबू के सम्पर्क में भी आ चुके हैं। इसके विपरीत मैं न तो बंगाली हूँ और न मुझे शरद बाबू के दर्शन करने का सौभाग्य ही प्राप्त हुआ है। बांग्ला भाषा भी मैं अच्छी तरह नहीं जानता। इसलिए जिन लोगों से मैं मिला, उनमें से अधिकतर को यह बड़ा अजीब लगा कि एक बाहर का व्यक्ति शरद बाबू की जीवनी के संबंध में इतना परेशान हो।

वे इस बात से प्रभावित हुए और उन्होंने बड़ी ईमानदारी से मेरी सहायता की। कुछ ने उपेक्षा की दृष्टि से भी देखा, लेकिन ऐसे लोगों की संख्या बहुत अधिक नहीं थी। और यह भी अधिकतर मेरी खोज के प्रथम दौर में ही ऐसा हुआ था। बाद में तो जैसे-जैसे समय बीतता गया वैसे-वैसे मेरे प्रति उन लोगों का स्नेह बढ़ता गया। अगर ऐसा न होता तो क्या यह काम कभी पूरा हो पाता?

फिर भी कठिनाइयों का कोई अन्त नहीं था। कुछ मित्र थे जिन्होंने बहुत कुछ बताया लेकिन प्रमाणित करने से इनकार कर दिया। कहा, ''आप बिना हमारा नाम दिये अपने रूप में इसका उपयोग कर सकते हैं।''

इनमें ऐसे मित्र भी थे जिन्होंने मुझे चेतावनी दी कि यदि मैंने शरद बाबू के मुँह से कुछ

ऐसा-वैसा कहलवाया या स्वयं ऐसा-वैसा लिखा तो उसका परिणाम बुरा भी हो सकता है। मुझे क्षमा नहीं मिलेगी। कुछ ऐसे भी थे जो स्वयं लिखना चाहते थे, लेकिन मुझे दुख है कि उनमें से बहुत कम ही ऐसा कर सके। फिर भी जिन्होंने किया उन्हीं के कारण किसी-न-किसी रूप में प्रामाणिक सामग्री सामने आई। इसका मुझे भी लाभ मिला।

उनके समकालीन कुछ ऐसे व्यक्ति मुझे मिले जो सचमुच उनसे घृणा करते थे। रंगून के एक सज्जन ने मुझसे कहा था, ''वे एक स्त्री के साथ रहते थे। उनके पास बहुत कम लोग जाते थे। मैं उनका पड़ोसी था, लेकिन उनके कमरे में कभी नहीं गया। वे अफ़ीम खाते थे और शराब पीते थे। वे एक निकृष्ट प्रकार का जीवन बिता रहे थे। मैं उनसे हमेशा बचता था।''

यह प्रतिक्रिया मात्र इन्हीं सज्जन की नहीं थी। बहुत-से लोग उनके बारे में इसी तरह सोचते थे और जानते थे, लेकिन ऐसे भी व्यक्ति थे जो उनके पास जाकर उन्हें पहचान सके थे। उन्हीं के माध्यम से मैं भी एक सीमा तक उनको पहचान सका। अफ़वाहों और किंवदन्तियों से भरे उनके जीवन को पूरी तरह पहचान पाना तो असम्भव जैसा ही है, लेकिन क्या सचमुच जो पास थे, वे उन्हें पहचानते थे? उनके बहुत पास रहने वाले कई व्यक्तियों ने उनके सम्बन्ध में बिलकुल परस्पर विरोधी बातें बताईं। स्वयं उनके मामा और बालसखा श्री सुरेन्द्रनाथ गांगुली ने उनके बारे में जो दो पुस्तकें लिखी हैं उनमें परस्पर विरोधी तथ्य हैं। कभी-कभी तो मुझे लगता था कि कोई मुझे चुनौती देने वाला है कि शरत्चन्द्र नाम का कोई व्यक्ति इस देश में नहीं हुआ, कुछ अज्ञातनाम लेखकों ने स्वयं कुछ उपन्यास लिखे और शरत्चन्द्र के नाम से चला दिये।

यह धारणा सत्य ही है कि मनुष्य शरत्चन्द की प्रकृति बहुत जटिल थी। साधारण बातचीत में वे अपने मन के भावों को छिपाने का प्रयत्न करते थे और उनके लिए कपोलकल्पित कथाएँ गढ़ते थे। कितने अपवाद, कितने मिथ्याचार, कितने भ्रान्त विश्वास से वे घिरे रहे! इसमें उनका अपना योग भी कुछ कम नहीं था। वे परले दर्जे के अड्डेबाज़ थे। घण्टों कहानियाँ सुनाते रहते। जब कोई पूछता कि क्या यह घटना स्वयं उनके जीवन में घटी है, तो वे कहते, ''न-न, गल्प कहता हूँ, सब गल्प, मिथ्या, एकदम सत्य नहीं।''

इतना ही नहीं, एक ही घटना को जितनी बार सुनाते, नये-नये रूपों में सुनाते। कोई प्रश्न करता, ''दादा, कल तो आपने इस घटना को एक औँर ही रूप में सुनाया था!'' तो वे क्रुद्ध हो उठते, ''घटना मेरी है। मुझे अधिकार है कि मैं उसको जिस प्रकार चाहूँ सुनाऊँ।''

चाहे किसी भी विधि से हुए हों, उनके दो विवाह हुए थे। उनकी दूसरी पत्नी हिरण्मयी देवी की मृत्यु उनके मरने के लगभग 22 वर्ष बाद[1] हुई। वे उनकी विधिसम्मत उत्तराधिकारिणी थीं, लेकिन जीवन-भर लोग यही समझते रहे (अब भी समझते हैं) कि वे अविवाहित थे। सभा-समितियों में उनका परिचय 'बाल ब्रह्मचारी' कहकर दिया जाता था। अनेक प्रवाद भी प्रचलित हो गये थे, पर उन्होंने एक बार भी स्थिति को स्पष्ट करने का प्रयत्न नहीं किया। बर्मा से लौटे एक मित्र ने, कलकत्ता की एक सभा में, जब स्वयं यह सब सुना तो चकित होकर शरद बाबू से पूछा, ''आप ऐसा क्यों होने देते हैं?''

---

1. 31 अगस्त 1960 ई.

हँसकर शरद बाबू ने उत्तर दिया, ''सुनकर बहुत मज़ा आता है।''

उन्होंने स्वयं लिखा है, ''अपने विगत जीवन के बारे में मैं अत्यन्त उदासीन हूँ। जानता हूँ, उसको लेकर नाना प्रकार की जनश्रुतियाँ प्रचारित हो रही हैं, लेकिन मेरे निर्विकार आलस्य को वे बिन्दु-मात्र भी विचलित नहीं कर सकतीं। शुभचिन्तक बीच-बीच में उत्तेजित होकर कहते हैं कि इस झूठ का प्रतिकार क्यों नहीं करते? मैं कहता हूँ, झूठ यदि है तो उसका प्रचार मैंने तो नहीं किया, इसलिए प्रतिकार करने का दायित्व भी उनका ही है। उनको करने को कहो।''

सचमुच अपने जीवन की कहानी वे इस प्रकार गुप्त रखते थे कि उनके घनिष्ठ तथा अन्तरंग से अन्तरंग बन्धु भी कुछ नहीं जानते थे। कवि नरेन्द्र देव तथा उनकी धर्मपत्नी कवयित्री श्रीमती राधारानी देवी के घर शरत्चन्द्र बहुत-सा समय बिताते थे किन्तु वे भी उनके जीवन के संबंध में कोई विशेष सामग्री इकट्ठी नहीं कर पाए। ठीक यही स्थिति उनके घनिष्ठ मित्र हरिदास चट्टोपाध्याय की थी। वे भी शरत्चन्द्र के संबंध में कोई ठीक-ठीक बात नहीं बता सकते थे। जब गम्भीरता से लोग उनसे उनके जीवन के बारे में चर्चा करते तो वे कहते, ''देखो, लेखक के व्यक्तिगत जीवन को लेकर परेशान होने से क्या लाभ? वह लेखक है इसलिए अपने जीवन की सब बातें सबको बतानी होंगी, इसका आखिर क्या अर्थ है? उसकी रचनाओं के भीतर से उसका जितना परिचय मिल सकता है, उसी को लेकर सन्तुष्ट होना उचित है। यही लेखक का सच्चा परिचय है। इसलिए मैं कहता हूँ, लेखक का व्यक्तिगत जीवन और उसका लेखक-जीवन दोनों एक ही नहीं होते। किसी भी कारण से इन दोनों को मिला देना उचित नहीं है। यह जान लो कि मैं अपनी रचनाओं में जितना अपने को व्यक्त कर सकता हूँ, उतना ही मैं हूँ। पाठकों के लिए मेरा उतना ही परिचय काफ़ी है।''

''एक दिन मैं नहीं रहूँगा, तुम भी नहीं रहोगे। लोग मेरे व्यक्तिगत जीवन के बारे में जानने की इच्छा नहीं करेंगे। तब यदि कोई मेरी लिखी हुई रचना बची रहेगी तो वे उसी को लेकर चर्चा करेंगे, मेरे चरित्र को लेकर नहीं।''

काश, वे देख सकते कि आज उनके जीवन को लेकर लोग कितने चिन्तित हैं और कैसी-कैसी मनगढ़ंत बातें उन्होंने फैला दी हैं। सत्य और मिथ्या के बीच कहीं कोई अन्तर नहीं रह गया है। ये ही बातें सुनकर कविगुरु रवीन्द्रनाथ कह उठे थे, ''मैं इसीलिए तो मरना नहीं चाहता।''

कहते हैं, एक बार स्वयं श्री रवीन्द्रनाथ ठाकुर ने उनसे कहा था, ''शरद, तुम अपनी आत्मकथा लिखो।'' उनका उत्तर था, ''गुरुदेव, यदि मैं जानता कि मैं इतना बड़ा आदमी बनूँगा तो मैं किसी और प्रकार का जीवन जीता।''

यह व्यंग्य भी हो सकता है और निखूट सत्य भी, लेकिन इस बात के प्रमाण उपलब्ध हैं, कि बचपन और यौवन में जिस प्रकार का जीवन उन्हें जीना पड़ा था, उससे वे सन्तुष्ट नहीं थे। वे निचली गहराइयों से होकर ऊपर उठे। प्रारंभिक जीवन में जिस अभाव, अपमान और उपेक्षा में से उन्हें गुज़रना पड़ा उससे उनके कलाकार को तो बल मिला, पर उनका जीवन टूट गया। जीवन-संध्या में क्या सचमुच उन्हें इस बात का दुख था कि उन्होंने आवारगी का जीवन

बिताया, शराब पी, नशे में डूबे, वेश्याओं के बीच जाकर रहे, नाना प्रकार के वास्तविक और अवास्तविक प्रेम-प्रपंच किए?

शायद था, तभी तो उन्होंने गुरुदेव को वैसा उत्तर दिया था। एक अवसर पर उन्होंने यह भी कहा था, ''मैं आत्मकथा नहीं लिख सकता, क्योंकि न तो मैं इतना सत्यवादी हूँ और न इतना बहादुर ही, जितना एक आत्मकथा-लेखक को होना चाहिए।''

क्या इससे यह स्पष्ट नहीं हो जाता, कि शरत्चन्द्र के मानव और साहित्य का सही मूल्यांकन इन्हीं विरोधाभासों और नीचाइयों के भीतर झाँककर हो सकता है, मनुष्य को देवता या शैतान मानकर अर्थात् केवल अच्छाई या बुराई में से उसे पहचानकर चलने की चालू प्रवृत्ति से नहीं। इसीलिए एक मराठी बन्धु ने जैसे लेखक को चेतावनी दी थी, ''शरद के भावी चरित्र-लेखक को अन्त में यही याद रखना होगा कि वे मनुष्य के भले-बुरे गुणों से परे नहीं थे।''

जीवनी लिखना निस्सन्देह कठिन काम है। यूँ देखने में लगता है कि वह कुछ अद्‌भुत-असाधारण घटनाओं और कुछ क्रांतिकारी विचारों का समुच्चय है। किसी के जीवन को समझने के लिए कुछ महत्त्वपूर्ण घटनाएँ आवश्यक अवश्य हैं, पर अनिवार्य नहीं। अनिवार्य हैं उन घटनाओं और उन विचारों के पीछे रहने वाले प्रेरणास्रोत। जो दिखाई देता है वही सत्य नहीं होता। सत्य को पाने के लिए गहरे उतरना होता है और उतरने में जहाँ आस्था का प्रश्न है वहाँ वस्तुनिष्ठता का उससे भी अधिक है। यह सर्वोपरि अनिवार्यता है। डॉक्टर जॉनसन ने कहा था, ''वही व्यक्ति किसी की जीवनी लिख सकता है जो उसके साथ खाता-पीता, बैठता-उठता और बोलता-बतियाता रहा हो।''

यह उपयोगी हो सकता है, पर अनिवार्य नहीं है। जिस व्यक्ति को ऐसा सौभाग्य प्राप्त नहीं हुआ उसकी आस्था में शंका करने का कोई उचित कारण नहीं दिखाई देता। इसके विपरीत वस्तुनिष्ठता के अवसर बढ़ जाने की सम्भावना पूरी-पूरी है। दूरी वस्तुपरक दृष्टि देने में सहायक ही होती है।

एक विद्वान ने कहीं लिखा है, ''जीवनी-लेखन कोरा इतिहास-मात्र होगा, अगर उसकी अभिव्यक्ति कलात्मक ढंग से न हो और उसमें लिखने वाले का व्यक्तित्व प्रतिफलित न हो। वह व्यक्ति-विशेष का तटस्थ पर खुलकर किया गया अध्ययन होता है।''

''जीवनी क्या है? अनुभवों का शृंखलाबद्ध कलात्मक चयन। इसमें वे ही घटनाएँ पिरोई जाती हैं, जिनमें सम्वेदना की गहराई हो, भावों को आलोड़ित करने की शक्ति हो। घटनाओं का चयन लेखक किसी नीति, तर्क या दर्शन से प्रभावित होकर नहीं करता। वह गोताखोर की तरह जीवन-सागर में डूब-डूब कर मोतियाँ चुनता है। सशक्त और सच्ची सम्वेदना की हर घड़ी वही मोती है। श्रेष्ठ जीवनी-लेखक काल, देश, व्यक्ति और घटना की सीमाओं को तोड़कर अनुभूतियों का सौन्दर्य में विक्षेपण करता है। विशुद्ध कला और मानदण्डों के बीच संतुलन और सामंजस्य का प्रणयन करता है।''

नहीं जानता कि *आवारा मसीहा* इस कसौटी पर कितना खरा उतरेगा। किन्तु एक बात पूरे विश्वास के साथ कह सकता हूँ कि मैंने कला को भले ही खोया हो, आस्था को नहीं खोया

और निरन्तर सशक्त और सच्ची सम्वेदना की घड़ियों को खोजने का प्रयत्न किया है। बहुत-से लोग यह मानते हैं कि साहित्यकार का जीवन उसका साहित्य ही होता है। पूर्ववर्ती मराठी बन्धु ने यह भी लिखा था, "हमारे प्रयत्नों का उद्देश्य यदि तथ्यपूर्ण सामग्री की खोज करना है तो यह प्रयत्न कुछ हास्यास्पद अवश्य है। वे कहाँ पैदा हुए, कहाँ स्वर्गवासी हुए, रंगून में कहाँ रहे, इस दुनिया में किन-किन स्त्रीरूपी देवताओं ने उनका साथ दिया, रोटी-रोज़ी की क्या व्यवस्था थी, स्वास्थ्य की ओर उन्होंने दुर्लक्ष्य क्यों किया, किसी से किसी प्रकार की सहायता की अपेक्षा क्यों नहीं की और फिर सबकी सहायता करने में अपना सब कुछ क्यों लुटा दिया, ऐसे अनेक प्रश्नों के उत्तर उनकी रचनाओं में से न पा सकें तो वे और कहाँ मिल सकेंगे?"

जेबुन्निसा के शब्दों में शरत् भी यही कहते थे—

दर सुखन पिनहा शुदम मानिन्द बू दर-बर्गेगुल,
हर कि दीदन मैल दारद दर सुखन बीनद मरा।

जैसे खुशबू फूल की पंखुड़ियों में बसी हैं, वैसे ही मैं अपनी कविता में व्याप्त हूँ। जो मुझसे मिलने का इच्छुक हो मेरे काव्य में मुझे पा ले।

मेरा हर शे'र है अख्तर मेरी ज़िन्दा तस्वीर,
देखने वालों ने हर लफ़्ज़ में देखा है मुझे।

इसमें कोई शक नहीं कि उनका साहित्य महान है, किन्तु उनका जीवन भी उससे कुछ कम महान नहीं। उनका साहित्य घर-घर आदर सहित पढ़ा गया, किन्तु देशव्यापी समादर के पीछे उसका स्रष्टा अपने ऐकांतिक दुख को गोपन करके हँसते हुए दिन काट गया। उनके रिश्ते के मामा और चिर मित्र सुरेन्द्रनाथ गंगोपाध्याय ने लिखा है, "कहते हैं कि शरद ने साहित्य के माध्यम से आत्मप्रकाश किया है। उनकी अलग जीवनी दरकार नहीं, लेकिन शरद ने अपने साहित्य में अपने को छिपाया है।"

शरत्चन्द्र ने अपने साहित्य में ही अपने को नहीं छिपाया है, वास्तविक जीवन में भी निरन्तर अपने को छिपाने का प्रयत्न किया है। प्रसिद्धि से वे सदा पराङ्मुख रहे। लिखते रहे पर प्रकाशन का आग्रह उनकी ओर से कभी नहीं आया। यदि उनके स्वार्थी मित्र अनजाने ही उन्हें अन्धकार में से बाहर न खींच लाते और तब उनकी प्रतिभा तत्कालीन साहित्य जगत् को आलोड़ित न कर देती तो, वे रंगून में ही अपने निर्वासित जीवन का अन्त कर देते। लेकिन फिर भी यह सत्य है कि लिखते वे अवश्य रहते थे। श्री इलाचन्द्र जोशी के शब्दों में यह भी कहा जा सकता है, "कुछ रहस्यमय मनोग्रन्थियों के कारण वे जीवनकाल में अपनी सम्भावित ख्याति से कतराते थे और लिखते केवल इसीलिए चले जाते थे कि मृत्यु के बाद उनका प्रकाशन हो और तब एक मृत लेखक की रचनाओं के भीतर से बोलने वाली महान आत्मा समस्त लेखकों पर हावी हो जाए।"

इस प्रवृत्ति को हीन भाव भी कहा जा सकता है और वैरागी का मन भी। यह प्रारम्भिक जीवन के अभावों और अपमानों की अन्तर्मुखी प्रतिक्रिया भी हो सकती है। लेकिन इन्हीं कारणों से जीवन-चरित्र लिखने वाले का काम कितना दुष्कर हो गया है! और यह भी सत्य है कि यही चुनौती उनकी सबसे बड़ी शक्ति भी बनी है। तब यह कल्पना की जा सकती है कि मुझे यह

सामग्री एकत्रित करने में 14–15 वर्ष क्यों लगे? और अब भी क्या यह विश्वास से कहा जा सकता है कि जो कुछ मैंने पाया है वह ऐकांतिक रूप से सत्य है?

निश्चय ही यह दावा मैं नहीं कर सकूँगा। इसके विपरीत यदि कोई यह कहेगा कि मैंने जो कुछ लिखा है वह मिथ्या है तो, मैं उसका प्रतिवाद नहीं करूँगा।

कला के लिए सत्य भले ही सम्पूर्ण आदर्श न हो परन्तु जीवन–चरित्र लिखना इस दृष्टि से विज्ञान के अधिक पास है और उसका आदर्श सत्य ही है, पर जैसा कि पहले कहा जा चुका है घटना तो सत्य नहीं है। उसका जीवन में महत्त्व है, लेकिन उससे अधिक महत्त्व है घटना के पीछे की प्रेरणा का। वही प्रेरणा सत्य है। मैंने इतना समय इसीलिए लगाया कि मैं भ्रान्त और अभ्रान्त घटनाओं के पीछे के सत्य को पहचान सकूँ, जिससे घटनाओं से परे जो वास्तविक शरत्चन्द्र है उसका रूप पाठकों के सामने प्रस्तुत किया जा सके। यह सब कैसे और किस प्रकार हुआ, यह मैं नहीं बता सकूँगा। जिसे 'सिक्स्थ सेंस' कहते हैं, शायद वही मेरी सहायक रही। मैं अधिक–से–अधिक उन व्यक्तियों से मिला, जिनका किसी–न–किसी रूप में शरत्चन्द्र से संबंध था। उन सभी स्थानों पर गया जहाँ वे या उनके उपन्यासों के पात्र रहे थे। उस वातावरण में रमने की कोशिश की जिसमें वे जिये थे। शायद इसी प्रयत्न के फलस्वरूप मैं एक ऐसी तस्वीर बनाने में यत्किंचित सफल हो सका, जो शरीर–रचना–विज्ञान (एनोटॉमी) की दृष्टि से भ्ले ही सही न हो पर उसके पीछे जो चेतन तत्त्व होता है उसको समझने में अवश्य ही सहायक हुई है।

शरद बाबू के चरित्र को लेकर समाज में जो भ्रान्त धारणा बन गई थी, उसकी चर्चा करना असंगत न होगा। कलाकार का चरित्र साधारण मानव से किसी–न–किसी रूप में भिन्न होता ही है। फिर शरद बाबू तो बचपन से ही अभाव और अपमान के उस वातावरण में जिये जहाँ आदमी या तो विद्रोह कर सकता है या आत्महत्या। उनके अन्तर में जो साहित्यकार सोया पड़ा था, उसने उन्हें पहला मार्ग अपनाने की ही प्रेरणा दी। इसलिए उन्होंने तत्कालीन समाज के कठोर विधि–विधान को मानने से इनकार कर दिया। सदाचार के प्रचलित मानदण्डों पर चोट करते हुए उन्होंने वही किया जो यथास्थितिवादी मुखियाओं के लिए अकरणीय था। तब वे चरित्रहीन का विरुद्ध न पाते तो आश्चर्य ही होता।

उन्होंने अपने साहित्य में वेश्याओं और दुराचारिणियों को ऊँचा पद दिया और तत्कालीन सामाजिक मूल्यों के आगे बार–बार प्रश्नचिह्न लगाये। उन्होंने घोषणा की कि सतीत्व ही नारीत्व नहीं है, परन्तु एक क्षण के लिए भी, कहीं भी उच्छृंखलता को प्रश्रय नहीं दिया। उन्होंने यही कहा, "मैं अपनी रचना के द्वारा मनुष्य का अपमान नहीं करना चाहता। पुरुष हो या स्त्री, गिरकर उठने का रास्ता सबके लिए खुला रहना चाहिए।"

वे हृदय जीतने में विश्वास करते थे। यह नहीं देखना चाहते थे कि जीतने वाला हीन जातीय है या विजातीय, विधर्मी–विदेशी है अथवा कुमार्गी–कुचाली। जो हृदय जीतने का महान कार्य कर सकता है वह कुमार्गी–कुचाली हो ही नहीं सकता, और यह भी कि जो वास्तविक जीवन को देखना चाहता है वह शुचिता–अशुचिता के चक्कर में नहीं पड़ता। इसी अभिज्ञता के कारण गोर्की, ताल्स्ताय और शेक्सपियर शुचिता के चक्कर में नहीं पड़े। इसीलिए शरद बाबू भी

तथाकथित छोटे वर्ग के लोगों और पतितों के बीच जाकर रहे और संस्कारिता से परे सदा चिर व्रात्य बने रहे। भद्र समाज में प्रवेश पाने की उन्होंने कभी कल्पना तक नहीं की।

उन्होंने शराब पी और फिर छोड़ दी, परन्तु उसके बाद भी वे एक खाली बोतल ऐसे स्थान पर रखते थे कि आने वाले के दृष्टि-पथ में आ सके। अफ़ीम खाने का प्रदर्शन करने का कोई अवसर वे नहीं चूकते थे। कुत्ता भी उन्होंने ऐसा पाला था जो न केवल देखने में अशोभनीय था, अपितु हर प्रकार की संस्कारिता से सौ योजन दूर था, और उससे वह इतना और ऐसा प्यार जताते थे जैसे उनका इकलौता पुत्र हो। भद्र समाज को नीचा दिखाने में उन्हें सचमुच मज़ा आता था।

स्त्रियों से उनके व्यक्तिगत संबंधों को लेकर भी न जाने कितनी अतिरंजना हुई। वे न तो योगी-यती थे और न कामी-कुमार्गी। एक कलाकार की भाँति वे मात्र रोमांटिक थे। जब परिवार, समाज, यहाँ तक कि मित्रों तक ने उनके लिए अपने द्वार बन्द कर दिये थे तब वे ऐसी बस्तियों में जाकर रहते थे जिनके द्वार भद्रलोक के लिए दिन के प्रकाश में नहीं खुलते। समाज के सभी वर्गों की नारियों से उनके संबंध सहज और आत्मीय थे। अपनी प्रसिद्धि के स्वर्णकाल में भी वे उनसे मिलने से कभी नहीं कतराये। उन्होंने उन सभी को सहज भाव से अपने साहित्य में मनुष्य की मर्यादा दी। इसलिए वे उनमें अगाध भक्ति रखती थीं, उनकी ओर आकर्षित होती थीं, उनकी कहानी कहने की भंगिमा पर वे मुग्ध थीं और उनके विचारों पर प्राण निछावर करती थीं। अनीति के प्रचारक के रूप में इसी कारण उनकी प्रसिद्धि चरम सीमा तक पहुँच गई थी। उन्हें कोयले से अधिक काला प्रमाणित करने के लिए न जाने कितनी कहानियाँ गढ़ ली गई थीं। अचरज तो यह है कि इस गढ़ने में उनका योग भी कम नहीं रहता था। परस्पर विरोधी बातें कहने में भी वे नहीं चूकते थे। एक मित्र से वे यह कह सकते थे, ''नारी जाति के सम्बन्ध में मैं कभी उच्छृंखल नहीं था और अब भी नहीं हूँ।'' तो दूसरे मित्र को यह भी लिख सकते थे कि वे डेढ़ वर्ष तक एक धोबन के साथ प्रेम करते रहे हैं। उनका सारा जीवन इसी तरह की असंगतियों और परस्पर विरोधी स्थापनाओं से भरा है। उसका सही अर्थ परिस्थिति-विशेष और पूर्वापर के संबंध को जाने बिना नहीं समझा जा सकता। संदर्भ से बाहर उनका कोई अर्थ नहीं है और परिस्थिति को समझने के लिए उनके सम्पूर्ण जीवन की पृष्ठभूमि को समझना होगा। ऐसा लगता है कि समाज से बदला लेने की भावना अनायास ही उनके अन्तर में कुण्डली मारकर बैठ गई थी। अन्यथा उनके चरित्र में ऐसी कोई बात नहीं थी जो किसी के लिए लज्जा का कारण हो सके। होती तो वे यह कैसे कह सकते, ''मेरा जीवन अन्ततः मानो एक उपन्यास ही है। इस उपन्यास में सब कुछ किया, पर छोटा काम कभी नहीं किया। जब मरूँगा निर्मल खाता छोड़ जाऊँगा। उसके बीच स्याही का दाग कहीं भी नहीं होगा।

''मैंने अनीति का प्रचार करने के लिए कलम नहीं पकड़ी। मैंने तो मनुष्य के अन्तर में छिपी हुई मनुष्यता को, उस महिमा को, जिसे सब नहीं देख पाते, नाना रूपों में अंकित करके प्रस्तुत किया है।''

बहुत कम लोग जानते हैं कि अपराजेय कथाशिल्पी शरत्चन्द्र ने राजनीति में भी सक्रिय योगदान दिया था। वे अपने देश को प्यार करते थे और मानते थे कि साहित्यकार ही देश की

मुक्ति के आन्दोलन में भाग नहीं लेंगे तो और कौन लेगा! उनके जीवन के इस पक्ष को उजागर करने का मैंने पूरा प्रयत्न किया है। जैसा कि हो सकता था, बहुत-सी बातें यहाँ भी विवादास्पद हैं पर, सबसे अधिक विवादास्पद प्रश्न है—बांग्ला साहित्य में उनके स्थान का। कुछ लोगों का विश्वास है कि वे साहित्यिक थे ही नहीं, वे तो आवाराओं, दुराचारियों और वेश्याओं के प्रवक्ता थे। दूसरे कहते हैं कि उन्होंने कुछ भी तो नया नहीं दिया, बंकिमचन्द्र और रवीन्द्रनाथ की जूठन ही अपने पात्रों में सजाकर रखी है, मात्र कहने का ढंग उनका अपना है। कुछ हैं कि इतना श्रेय भी नहीं देना चाहते और उन पर भाषा को भ्रष्ट करने का आरोप लगाते हैं। लेकिन स्वयं कविगुरु रवीन्द्रनाथ ने उनकी मृत्यु से पन्द्रह मास पूर्व उनके लिए जो कुछ कहा था वह इन सब धारणाओं को झुठला देता है।

शरत्चन्द्र रवीन्द्रनाथ को सदा अपना गुरु मानते रहे। कई बार मतभेद हुए, गाली-गलौज जैसी स्थिति पैदा हुई, पर अन्ततः दोनों ने एक-दूसरे की प्रतिभा का वैसे ही वरण किया जैसे उन्हें करना चाहिए था। शरद बाबू ने रवीन्द्रनाथ को व्यास के बाद भारत का सर्वोत्तम कवि घोषित किया तो रवीन्द्रनाथ ने भी बार-बार उनके कथा-साहित्य की विशेषताओं का अभिनन्दन किया। उनकी षष्ठिपूर्ति[1] के अवसर पर, जिसका आयोजन उन्होंने स्वयं किया था, उन्होंने कहा, ''ज्योतिषी असीम आकाश में डूबकर नाना रश्मियों के समूहों से निर्मित नाना जगतों का आविष्कार करता है जो अनेक कक्षाओं के मार्ग में तेज़ी से उतर रहे हैं। शरत्चन्द्र की दृष्टि बंगाली हृदय के रहस्य में डूब गई है। सुख में, दुख में, मिलन-विछोह में संगठित विचित्र शक्ति का उन्होंने इस प्रकार परिचय दिया है, जिससे बंगाली अपने को प्रत्यक्ष पहचान सकें। दूसरे लेखकों ने बहुतों की प्रशंसा पाई है किन्तु सार्वजनिक हृदय का ऐसा आतिथ्य नहीं पाया। यह अद्भुत वस्तु नहीं है, यह प्यार है। अनायास ही जो प्रचुर सफलता उन्होंने पाई है, इससे वे मेरे ईर्ष्या भाजन हो गए हैं। आज शरत्चन्द्र के अभिनन्दन में विशेष गर्व अनुभव करता, यदि मैं उनको यह कह सकता कि तुम नितान्त मेरे द्वारा आविष्कृत हो। किन्तु उन्होंने किसी के हस्ताक्षरित परिचय-पत्र की अपेक्षा नहीं की। आज उनका अभिनन्दन देश के घर-घर में स्वतः ही उच्छ्वसित हुआ है। उन्होंने बंगाली वेदना के केन्द्र में अपनी वाणी का स्पन्दन पैदा किया है। साहित्य में उपदेष्टा से स्रष्टा का आसन बहुत ऊँचा है। चिन्ता शक्ति का वितर्क नहीं, कल्पना-शक्ति की पूर्ण दृष्टि ही साहित्य में शाश्वत मर्यादा के पद पर प्रतिष्ठित है। कवि के आसन से मैं विशेष रूप से उसी स्रष्टा शरत्चन्द्र को माला अर्पण करता हूँ। वे शतायु होकर बंगला साहित्य को समृद्ध करें!

''अपने बचपन में बंकिमचन्द्र के अभ्युदय में बंगला साहित्य में मैंने एक नये भाव का प्लावन देखा था। बंकिमचन्द्र भगीरथ के समान जिस नये साहित्य को लेकर आए उसने बंगला देश के सर्वसाधारण के अन्तर को छुआ। उन्होंने उनको सादर अपना कहकर ग्रहण किया। केवल उस समय के तरुण और युवकों ने ही नहीं, अन्तःपुर तक में बंकिम-साहित्य की नई हवा प्रवेश कर गई थी। विरोधियों ने निन्दा और प्रतिवाद करने में कोई कसर नहीं रखी, क्योंकि बंकिम-साहित्य उन सबको लीलकर अपने को प्रतिष्ठित कर सका। अपनी वृद्धावस्था

1. 11 अक्तूबर 1936 ई.

में शरत्चन्द्र के अभ्युदय में मैंने फिर वही व्यापार देखा। शरत्चन्द्र कथा-साहित्य में एक ऐसी वस्तु लेकर आये, जिसने बंगाल देश के सर्वसाधारण के अन्तर को स्पर्श किया। उसकी निगूढ़तम वेदना के स्तर पर आघात किया। इसीलिए तो बंगला देश के सभी लोगों ने शरत्चन्द्र के साहित्य को अपना कहकर वरण किया...।''

किसी ने कहा है, ''बंगाल के नवजागरण के वैतालिक थे राममोहन राय। मध्याह्न के चारण हुए बंकिमचन्द्र और उसकी परिणति हुई रवीन्द्रनाथ के साहित्य में। शरत्चन्द्र इसी रवीन्द्र युग के उज्जवल नक्षत्र थे। बंकिम देव के उपासक हैं, रवीन्द्र में अतीन्द्रिय अनुभूति है, पर शरद ने धरती की धूल को ही महिमामय किया। उन्होंने बंगाल की अपनी भाषा का प्रयोग किया और अपने निरंकुश मन का परिचय दिया। उनके यथार्थवाद में, यदि वह यथार्थवाद है, सम्वेदन और करुणामय चित्त का स्पर्श है।''

इस देश में ऐसे बहुत कम साहित्यिक हुए हैं, जिनका केवल सजातीय साहित्यिकों ने ही नहीं बल्कि राजनीतिज्ञों, वैज्ञानिकों, कानूनवेत्ताओं और धर्मतत्त्व के ज्ञाताओं ने सहज भाव से वरण किया हो। शरद बाबू उन्हीं विरल साहित्यकारों में थे जिनको सभी का प्यार मिला था। श्रीअरविन्द की अन्तर्भेदी दृष्टि ने जैसे उन्हें पहचान लिया था। उन्होंने मानो सभी के स्वर में कहा है, ''श्री शरत्चन्द्र की रचनाओं में उनकी विशाल मेधा, मानवों तथा वस्तुओं के सूक्ष्म तथा सही पर्यवेक्षण और दुख तथा पीड़ा के प्रति सहानुभूति से भरे हृदय की अमिट छाप है। वे इतना अधिक संवेदनशील हैं कि उन्हें उस संसार से चैन कैसे प्राप्त हो सकता है। उनकी दृष्टि भी सम्भवतः उतनी ही अधिक फैली है। उनका मन बहुत निर्मल है और उनकी प्राणिक प्रकृति बहुत उदात्त।''

नवयुग का संदेश बंकिमचन्द्र ने नहीं दिया, ऐसा नहीं है, पर वे मूलतः संस्कारक शिल्पी थे। साधारण और सहज मानव के ऊपर उन्होंने आदर्श-महत्तर मनुष्य की प्रतिष्ठा की। दोषी मनुष्य को उन्होंने कठोर दण्ड दिया। परम्परा को वे पुनीत मानते थे। पाप से उन्हें घृणा थी। शरत्चन्द्र भी पाप का प्रचार नहीं करते। परम्परा से भी उन्हें घृणा नहीं है, पर वे मनुष्य को देवता के नाते नहीं, मनुष्य के नाते ही प्यार करते हैं। कोई शास्त्र, श्लोक, मंत्र-तंत्र मनुष्य से बड़ा नहीं है। उनके पात्र विशेषत्व रखते हुए भी इसी धरती की मिट्टी से बने हाड़-मांस के पुतले हैं। भीषण भावुकता के बावजूद विपरीत चित्तवृत्तियों का आन्तरिक संघर्ष जैसा यहाँ है वैसा बंकिम के साहित्य में नहीं।

रवीन्द्रनाथ ने जिस नवयुग का सूत्रपात किया, शरत्चन्द्र ने उसमें माटी की गंध बसाकर उसे घर-घर में पहुँचा दिया। रवीन्द्रनाथ के कथा-साहित्य में घटनाएँ व्याख्या के बोझ से दब-सी गई हैं। विवरण पर विश्लेषण का आधिपत्य है। पर शरद के बात कहने की भंगिमा सुमधुर, सहज और सरल है। कहीं भी वे अपने को जीवन से अलग नहीं करते। वह जीवन एक साथ त्याग से उज्जवल और स्वार्थ से पीड़ित है, अनुभूति से गम्भीर और शासन-संस्कार से क्लिष्ट है। न बुद्धि, न युक्ति, बस अपूर्व सहानुभूति से दैन्य और संस्कार पीड़ित विधि-निषेध-निर्यातित हमारे वास्तविक जीवन को हमारे हृदय के निकट ला दिया है।

संस्कृत से मुक्त लचीली प्रवाहमयी भाषा उन्हें रवीन्द्रनाथ से विरासत में मिली थी।

रवीन्द्रनाथ ने बंकिमचन्द्र की भाषा को सहज-सरल बनाया था। शरत्चन्द्र ने उसे और प्रांजल तथा अंत:स्पर्शी बना दिया। जीवन के तुच्छ सुख-दुख की बात कहने की शक्ति भाषा में आ गई थी। शरद ने उसे व्यापकता और गहराई के साथ अद्‌भुत सहजता देकर पूर्ण रूप से अपनी बना लिया। उनकी भाषा में *बाइबिल* की-सी सरलता है। ऐसी सरलता जो उनके जीवन में घुल-मिल गई थी। मिथ्याडम्बरों से दूर केवल अभिज्ञता के बल पर ही उन्होंने सरलता और सादगी की शक्ति से पूर्ण अभिनव शैली का आविष्कार किया था।

रवीन्द्रनाथ मानवीय घटनाओं को विश्व-प्रकृति के साथ मिलाकर देखते थे। उनका अन्तर्द्वन्द्व निर्वैयक्तिक है। उनके चरित्र विचारों के मानवीय संस्करण हैं। उनका लक्ष्य है देशातीत-कालातीत मानव। इसका मूल्य होने पर भी यह मनुष्य की क्षुधा को शांत नहीं करता। उन्होंने जीवन के वास्तविक सुख-दुख को अस्वीकार नहीं किया, पर दुखातीत महाजीवन की वाणी ही उनकी रचनाओं में प्रकट हुई। रवीन्द्रनाथ ने जो कुछ किया शरद ने उसे आगे बढ़ाया। कविगुरु जहाँ केवल उस समय के सामाजिक नियमों से वर्जित बहुत-से विषयों को, जैसे विधवा में प्रेम-लिप्सा को, स्वाभाविक बताकर रह गए वहाँ शरद ने आगे बढ़कर समाज के सामने प्रश्नों की झड़ी लगा दी। प्रीतिहीन,धर्महीन, क्षमाहीन समाज से बार-बार पूछा, ''तुमसे कुछ मानवीय कल्याण भी हुआ है क्या?''

शरद के पात्र भी असाधारण हैं, पर उनका समजातीय रूप समाज में पाया जा सकता है। वे रोज़मर्रा के जीवन से बेमेल नहीं लगते। कारण, उनके पीछे उनके स्रष्टा की अभिज्ञता का असीम कोष है। उनकी मौलिकता से इनकार करना मात्र दुराग्रह है। जिस प्रतिभा के बल पर उन्होंने रवीन्द्र-युग में, बरगद के पेड़ के नीचे, न केवल अपना स्थान बनाया बल्कि समूचे देश को अपनी ओर आकर्षित भी किया, वह क्या कम अभिनन्दनीय है? उनके साहित्य का क्षेत्र सीमित अवश्य है, पर अपूर्व भी है। वे प्रेम के चित्रण में अद्‌भुत सृजनात्मक शक्ति का परिचय देते हैं। उन पर चरित्रहीनता का आरोप लगाया गया है, पर उस चित्रण में अश्लीलता खोजे भी नहीं मिलती। मिलता है अद्‌भुत संयम। यही संयम शरद की विशेषता है, जो अपने-आप में अद्वितीय ही है।

अनुभूति की मार्मिकता और प्राणावेग, जहाँ तक इन दो गुणों का संबंध है, वे उन्हें पूर्ण रूप से प्राप्त थे।

समानता और असमानता के और भी अनेक बिन्दु खोजे जा सकते हैं, पर सत्य यही है कि बंकिम, रवीन्द्र, और शरद अपने-अपने स्थान पर अप्रतिम और अनिवार्य हैं। परम्परा की कड़ियों की तरह एक-दूसरे से जुड़े हैं और प्रत्येक आगे आने वाले की तरह शरत्चन्द्र अपने दोनों महान् पूर्ववर्तियों के ऋणी हैं। रवीन्द्रनाथ के तो वे परम शिष्य हैं। रवीन्द्रनाथ न होते तो शरद भी न होते।

और शरद हैं इसलिए *आवारा मसीहा* भी है। यह केवल मेरे ही परिश्रम का परिणाम नहीं हो सकता। न जाने किस-किसके विचार-सौरभ और स्नेहस्पर्श ने उसमें प्राण उँड़ेले हैं। परिशिष्ट में उनके नामों का उल्लेख ही है। उनके प्रति कृतज्ञता प्रकट नहीं की जा सकती। प्रेम का अर्घ्य ही उनको दिया जा सकता है।

उनके प्रारम्भिक जीवन को समझने के लिए उस काल के अनेक व्यक्तियों के साथ-साथ मैं उनके मामा और मित्र श्री सुरेन्द्रनाथ गांगुली का विशेष रूप से ऋणी हूँ। जो कुछ मैंने लिखा है वह प्रायः सब उन्हीं का है। मैं तो मात्र शोधक हूँ। उसी प्रकार उनके बर्मा-प्रवास की कहानी के लिए मैं जिस एक व्यक्ति का सबसे अधिक ऋणी हूँ वे हैं योगेन्द्रनाथ सरकार। गिरीन्द्रनाथ सरकार और सतीशचन्द्र दासगुप्ता का योगदान भी कम नहीं है। इन सब व्यक्तियों की रचनाओं के आधार पर ही मैंने *आवारा मसीहा* के प्रथम दो खण्डों की इमारत खड़ी की है। उनके राजनीतिक जीवन की सबसे अधिक सामग्री मिली थी शचीनन्दन चट्टोपाध्याय की पुस्तक से।

इस प्रकार इस पुस्तक की सामग्री के तीन प्रमुख स्रोत रहे हैं—एक तो उन व्यक्तियों से साक्षात्कार जो किसी-न-किसी रूप में शरत् बाबू से संबंधित रहे। दूसरे उनके समकालीन मित्रों के लेख-संस्मरण और तीसरे उनकी अपनी रचनाओं में इधर-उधर बिखरे वे स्थल और प्रसंग जिनका उनके जीवन से सीधा संबंध रहा। इतने अनुभव के बाद उन्हें ढूँढ़ लेना बहुत कठिन नहीं हुआ।

मैं स्वीकार करूँगा कि पुस्तक को अधिक-से-अधिक प्रामाणिक बनाने के लिए मैंने इन विवरणों का यथाशक्ति उपयोग किया है। जीवित व्यक्तियों में मैं सबसे अधिक ऋणी हूँ सुपरिचित पर्यटक स्वनामधन्य उमाप्रसाद मुकर्जी का, जिन्होंने सहज भाव से मुझे अपना लिया और शरद बाबू की सभी सामग्री जो उनके पास सुरक्षित है, मेरे लिए सुलभ कर दी। उनके स्नेह के प्रतिदान की कल्पना करना भी उसके महत्त्व को कम करना है। इसी प्रकार गंगोत्री निवासी सुपरिचित पर्यटक और फ़ोटोग्राफ़र स्वामी सुन्दरानन्द ने मेरे साथ घूमकर जो अनेक चित्र सुलभ कर दिये उसके लिए संन्यासी को क्या धन्यवाद दूँ? उन्हें प्रणाम ही कर सकता हूँ।

अन्त में मैं स्वर्गीय श्री नाथूराम प्रेमी को प्रणाम करता हूँ जिनके कारण *आवारा मसीहा* का सृजन सम्भव हो सका। मुझे खेद है कि इसके पूर्ण होने से पूर्व ही उन्हें चले जाना पड़ा, पर इस बात का सन्तोष भी है कि अन्ततः मैं उनकी इच्छा पूर्ण कर सका। उन्हीं की पावन स्मृति को मेरा यह यत्किंचित प्रयास समर्पित है।

—विष्णु प्रभाकर

मार्च 1974
818, कुण्डेवालान,
अजमेरी गेट, दिल्ली-110006

1977 की भूमिका

लगभग साढ़े तीन वर्ष में *आवारा मसीहा* के दो संस्करण समाप्त हो गए—यह तथ्य शरद बाबू के प्रति हिन्दी भाषाभाषी जनता की आस्था का ही परिचायक है, विशेष रूप से इसलिए कि आज के महँगाई के युग में पैंतालीस या पैंतीस रुपये कुछ अर्थ रखते हैं।

दूसरे संस्करण में मैंने कोई विशेष परिवर्तन नहीं किया था। टंकण और मुद्रण या किसी और प्रमादवश जो अशुद्धियाँ रह गई थीं उन्हें ठीक कर दिया था। यहाँ-वहाँ आए कुछ उद्धरण या तो निकाल दिए थे या उनका कलेवर कुछ कम कर दिया था। महात्मा गाँधी पर उनका लेख परिशिष्ट में दे दिया था। ऐसा करने का उद्देश्य यही था कि 'तीसरे खण्ड' में भारीपन की जो शिकायत कुछ मित्रों ने की थी वह कम हो जाए। शायद हुई भी है।

शरद बाबू की जन्मशताब्दी के उत्सव सितम्बर, 1977 तक समाप्त हो गए। आशा की थी कि उनके जीवन के सम्बन्ध में कुछ नए तथ्य उजागर होंगे, कहने को कुछ हुए भी पर उनमें कोई ऐसा न था जो इस पुस्तक की मूल स्थापनाओं को प्रभावित कर सकता।

फिर भी कुछ बातें ऐसी हैं जिनका उल्लेख करना आवश्यक है। गुजराती में सबसे पहले सन् 1925 के आस-पास श्री महादेव देसाई ने उनकी कुछ रचनाओं का अनुवाद किया था। ऐसा उन्होंने स्वयं महात्मा गाँधी के आदेश पर किया था। वे रचनाएँ थीं—*विराजबहू, बिन्दो का लल्ला, राम की सुमति* और *मंझली दीदी*।

उनके मधुर कण्ठ की चर्चा इस पुस्तक में विस्तार से हुई है पर उनका रचा कोई गीत भी है इसकी प्रामाणिक जानकारी मुझे नहीं थी। श्री सत्येश्वर मुखोपाध्याय ने अपने लेख 'सुर-पियारी शरत्चन्द्र'[1] में यह दावा किया है कि 'षोडशी' नाटक का यह गीत उन्हीं की रचना है—

तोर पाबार समय छिल जखन
ओरे अबोध मन,
मरण खेलार नेशाय मेते
रइलि अचेतन।
ओरे अबोध मन॥
तखन छिल मणि, छिल माणिक
पथेर धारे,
एखन डूबल तारा दिनेर शेषे
विषम अन्धकारे।

---

1. *दिगन्त* दिल्ली, दिसम्बर, 1975

आज मिथ्ये जे तोर खोजां खूंजि
मिथ्ये चोखेर जल
तारे कोथाय पावि बल?
तोर अतल तले तलिये गेल
शेष साधनार धन।
ओरे अबोध मन॥

हिरण्मयी देवी के विवाह को लेकर एक बार फिर विवाद चल पड़ा है, लेकिन 'वसीयतनामे' में उन्हें शरद बाबू ने अपनी पत्नी स्वीकार किया है। वही हमारे लिए सत्य है। शास्त्रसम्मत विधि-विधान से उन्हें यह पद मिला अथवा हृदय के मिलन द्वारा—यह विवाद अब अर्थ खो बैठा है।

वह मुक्त मन से क्रांतिकारियों की आर्थिक सहायता करते थे, यह बात भी इस पुस्तक में बार--बार कही गई है। इस बात को प्रमाणित करने वाले कुछ और तथ्य सामने आए हैं।

हेनरीवुड के उपन्यास *इस्टलीन* के आधार पर शरद बाबू ने एक उपन्यास *अभिमान* नाम देकर लिखा था। उसे पढ़कर एक युवक उन्हें मारने दौड़ा था। श्री गोपालचन्द्र राय का अनुमान है कि वह युवक ब्रह्मसमाजी रहा होगा, क्योंकि *अभिमान* में एक ब्राह्म गृहिणी पति को त्यागकर दूसरा विवाह कर लेती है। *इस्टलीन* जिस परिवेश का उपन्यास है वहाँ ऐसा करना पाप नहीं समझा जाता था, परन्तु उस युग के भारतीय परिवेश में ऐसा चित्रित करना निस्सन्देह निन्दनीय समझा जाता था।

एक और महत्त्वपूर्ण तथ्य जिसका उल्लेख करना आवश्यक है, यह है कि श्रीमती निरुपमा देवी ने पत्र लिखकर उनसे विधवा चरित्र की आलोचना न करने की प्रार्थना की थी। उन्होंने वचन दिया था, "तुम्हारे मन को आघात पहुँचाए ऐसा कुछ कभी नहीं लिखूँगा।" निरुपमा देवी से उनके सम्बन्धों की विवेचना करते समय इस तथ्य को नज़रअन्दाज़ नहीं किया जा सकता। मेरी स्थापना को इससे समर्थन ही मिला है।

उनके अपने चरित्र के विभिन्न पहलुओं को उजागर करने वाली कुछ और कथाएँ सामने आई हैं। उनमें से कम-से-कम एक का उल्लेख करना अत्यन्त आवश्यक है। एक रात अचानक वह सोते-सोते जाग पड़े। गाँव में शोर मच रहा था। बीच-बीच में किसी का चीत्कार भी सुनाई दे जाता था। वह विचलित हो उठे। तुरन्त बाहर आए। पता लगाने पर जाना कि दो युवक चोरी करते हुए पकड़े गए हैं। उन्हीं को गाँव वाले पीट रहे हैं।

पशु का क्रंदन सुनकर जो विकल हो उठते थे वह मनुष्य को पिटते देखकर कैसे शान्त रह सकते थे! तुरन्त घटनास्थल पर पहुँचे। लोगों को समझाया-बुझाया। कहा कि मारो मत। चोरी की है तो पुलिस को सूचना दो।

गाँव वालों ने उनकी बात मान ली। शरद बाबू उन दोनों युवकों को अपने घर ले गए। पुलिस के आने तक वे वहीं रहे। बेचारों के प्राण बचे।

लेकिन जब पुलिस उनको लेकर चली गई तब क्या अवस्था हुई उनकी? दिन चढ़ गया पर वे कमरे से बाहर नहीं निकले। पत्नी ने अनुनय-विनय की, मित्र आये, पर वह रोते ही रहे।

कहते रहे कि कितना बड़ा पाप किया है मैंने। दो युवकों को चोर बना दिया। उन्हें पुलिस को सौंप दिया। वहाँ से अब वे दागी चोर बनकर ही निकलेंगे।

मेरे समीक्षक मित्रों ने *आवारा मसीहा* का जहाँ स्वागत किया वहाँ कुछ त्रुटियों की ओर भी संकेत किया है, कुछ सुझाव भी दिये हैं। कृतज्ञ भाव से उस दिशा में जो कुछ कर सकता था, किया है। जो नहीं कर सका, वह किसी ज़िद के कारण नहीं बल्कि असमर्थता के कारण ही हुआ है। प्रामाणिकता का अभाव उनमें सबसे बड़ा कारण है। कहीं-कहीं मतभेद भी है, जो स्वाभाविक है।

इसके प्रणयनकाल में कैसी-कैसी कठिनाइयाँ मेरे सामने आईं, इसकी एक झलक मैंने प्रथम संस्करण की भूमिका में दी है पर उससे मेरे समीक्षक और पाठक सन्तुष्ट नहीं हो सके हैं। सबकी चर्चा करना तो कई कारणों से अब भी सम्भव नहीं होगा, पर एक बात की ओर संकेत अवश्य करना चाहूँगा। शरद बाबू का जीवनक्रम इतना उलझा हुआ, इतना विशृंखल है कि उसमें तारतम्य बैठाना, उसके क्रम को ठीक करना बड़ा दुष्कर कार्य है। कौन-सी घटना कब घटी, कैसे घटी, कब कहाँ रहे, कितने दिन रहे, कौन-सा भाषण कब दिया, क्या ठीक-ठीक कहा, इसका सही लेखा-जोखा कहीं उपलब्ध नहीं है। जो है वह एकदम विशृंखल है। उसकी तलाश में मुझे बरसों यहाँ-वहाँ भटकना पड़ा। ज्योतिषियों की शरण ली, विश्वविद्यालय के, कैलेण्डर देखे, स्कूल-कॉलेज के रजिस्टर टटोले, पुरानी पत्रिकाएँ ढूँढीं, तब कुछ रूप बन सका।

वह भागलपुर से कब भागे, इसका कुछ-कुछ सही पता तब चला जब भागलपुर में ही रचित और हस्तलिखित पत्रिका में प्रकाशित उनकी जुलाई सन् 1901 की एक रचना देखने में आई। दिसम्बर सन् 1902 के अन्त में उन्होंने अपनी बहन के घर गोविन्दपुर से मामा गिरीन्द्रनाथ को जो पत्र लिखा था वह मुझे दिल्ली में ही उनके पुत्र श्री अमलकुमार गांगुली के सौजन्य से सन् 1973 में मिल सका। उसके मिलने से बहुत-सी तिथियाँ आप से आप ठीक हो गईं। वह बरमा से कब लौटे, इसकी तिथि भी अनुमान-प्रमाण के सहारे निश्चित की गई है। नहीं तो एक लेखक ने उन्हें उसके बहुत बाद भी रंगून में रवीन्द्रनाथ से मिलते दिखाया है।

उनके प्रायः सभी जीवनीकारों ने लिखा है कि उन्होंने मैट्रिक दिसम्बर सन् 1894 में पास किया, लेकिन मैं उनसे सहमत नहीं हो सका। विश्वविद्यालय जाकर कैलेण्डर देखा तो पाया कि परीक्षाएँ, सोमवार 12 फरवरी सन् 1894 से आरम्भ हुई थीं। परीक्षा-फल अधिक-से-अधिक अप्रैल सन् 1894 में घोषित हुआ होगा, पर कैलेण्डर में वह दिसम्बर में ही छप सका। उसी को देखकर सभी ने मान लिया कि उन्होंने दिसम्बर सन् 1894 में मैट्रिक पास किया। यदि ऐसा होता तो वे उस वर्ष कॉलेज में प्रवेश कैसे पा सकते थे?

बंगाली निश्चित रूप से बंगाब्द का प्रयोग करते हैं। इसलिए मेरे सामने यह एक और समस्या थी कि इन तिथियों को ईसवीं सन् के अनुसार तिथियों में कैसे परिवर्तित करूँ। पुराने कैलेण्डरों की तलाश में अनेक मित्रों और पुस्तकालयों की शरण लेनी पड़ी क्योंकि तिथियों का अपना महत्त्व है। जो ज्योतिष शास्त्र में विश्वास करते हैं वे इस बात को खूब समझते हैं।

तो इन विसंगतियों का कोई अन्त नहीं है। बेशक वे विसंगतियाँ मनुष्य शरत्चन्द्र को

प्रभावित नहीं करतीं। वे कब कहाँ रहे, कब कहाँ गये, यह अन्ततः कोई महत्त्व नहीं रखता पर जीवनक्रम को समझने के लिए इसकी आवश्यकता होना स्वाभाविक ही है।

मैंने अपनी भूमिका में 'सिक्स्थ सेन्स' की बात कही है, पर वह जितनी भ्रान्त और अभ्रान्त से परे जो वास्तविक शरत्चन्द्र है उसको पहचानने के सम्बन्ध में है उतनी स्वयं घटनाओं की प्रामाणिकता के सम्बन्ध में नहीं।

आवारा मसीहा नाम को लेकर भी काफ़ी ऊहापोह मची है। वे-वे अर्थ किए गए जिनकी मैंने कल्पना भी नहीं की थी। मैं तो इस नाम के माध्यम से यही बताना चाहता था कि कैसे एक आवारा लड़का अन्त में पीड़ित मानवता का मसीहा बन गया। आवारा और मसीहा दो शब्द हैं। दोनों में एक ही अन्तर है। आवारा के सामने दिशा नहीं होती। जिस दिन उसे दिशा मिल जाती है उसी दिन वह मसीहा बन जाता है। मुझे खुशी है कि अधिकतर मित्रों ने इस नाम को, इसी सन्दर्भ में, कबूल किया है।

अन्त में एक बात और स्पष्ट कर दूँ। *आवारा मसीहा* में आई किसी घटना के बारे में मैंने कल्पना नहीं की। जितनी और जैसी जानकारी पा सका हूँ उतना ही मैंने लिखा है। प्रथम पुरुष के रूप में उनके मुख से जो कुछ कहलवाया है वह सब उनके उन मित्रों के संस्मरणों से लिया है जो उसके साक्षी रहे हैं। यथासम्भव उन्हीं की भाषा का प्रयोग मैंने किया है। प्रामाणिकता की दृष्टि से एक-दो स्थानों पर उनकी रचनाओं में आए उन्हीं स्थलों के वर्णन का भी सहारा लिया है पर ऐसा बहुत ही कम किया है। मैंने अगर स्वतन्त्रता ली भी है तो उतनी ही जितनी एक अनुवादक ले सकता है।

मनचाहा तो कभी होता नहीं, पर अनेक विसंगतियों और असंगतियों के बावजूद मित्रों ने, विशेषकर बंगाली मित्रों ने मेरे इस तुच्छ प्रयत्न का जैसा स्वागत किया है उससे मेरा उत्साह ही बढ़ा है। प्रसन्नता की बात यह है कि इसका अनुवाद बंगला भाषा में भी प्रकाशित हो चुका है। दूसरी भाषाओं में भी अच्छी प्रगति हुई है। उन सबके प्रति मैं कृतज्ञ भाव से नत हूँ। और शरत्चन्द्र के प्रति, एक बार फिर, कवि नजरुल के शब्दों में नतमस्तक होकर कहूँगा—

अवमाननार अतल गहरे ये मानुष छिलो लुकाये,
शरत्चन्द्र ज्योत्सना तादेर दिलो राजपथ दिखाये।

—विष्णु प्रभाकर

29 सितम्बर 1977
818, कुण्डेवालान,
अजमेरी गेट, दिल्ली-110006

1999 की भूमिका

आवारा मसीहा का प्रथम संस्करण मार्च 1974 में प्रकाशित हुआ था। पच्चीस वर्ष बीत गए हैं इस बात को। इन वर्षों में इसके अनेक संस्करण हो चुके हैं।

जब पहला संस्करण हुआ तो मैं मन-ही-मन डर रहा था कि कहीं बंगाली मित्र मेरी कुछ स्थापनाओं को लेकर क्रुद्ध न हो उठें। लेकिन मेरे हर्ष का पार नहीं था जब सबसे पहला पत्र मुझे एक बंगला भाषा की पत्रिका के संपादक का मिला। उन्होंने लिखा था कि आपने एक अत्यंत महत्त्वपूर्ण और चिरस्थायी कार्य किया जो हम नहीं कर सके।

मैं तो जैसे जी उठा। वैसे कुछ अपवादों को छोड़कर सभी पाठकों ने मुझे साधुवाद दिया। उन पाठकों में सभी वर्गों और श्रेणियों के व्यक्ति थे। तब से यह क्रम अभी तक जारी है।

इसकी रचना प्रक्रिया पर प्रथम संस्करण की भूमिका में मैंने विस्तार से प्रकाश डाला है। उसके प्रकाशित होने के बाद मुझे यह आशा थी कि शायद कुछ और तथ्य सामने आयें लेकिन तीसरा संस्करण प्रकाशित होने तक कुछ विशेष उपलब्धि नहीं हुई परंतु कुछ ऐसी घटनाएँ अवश्य सामने आईं जो उनके चरित्र को और उजागर करती थीं। उनका वर्णन तीसरे संस्करण की भूमिका में (सितम्बर 1977) किया। वे सब अंश इस संस्करण की भूमिका में भी शामिल कर लिए गए हैं।

दूसरे संस्करण में टंकण और मुद्रण या किसी और प्रमादवश जो अशुद्धियाँ रह गई थीं उन्हें भी ठीक कर दिया था। यहाँ-वहाँ आए कुछ उद्धरण या तो निकाल दिए थे या उनका कलेवर कुछ कम कर दिया था।

मैंने उस संस्करण में बंगला शब्दों का प्रचुरता से प्रयोग किया था। समीक्षकों और सुधी पाठकों के सुझाव पर उन्हें भी कम कर दिया। महात्मा गाँधी पर शरत् बाबू ने जो मार्मिक लेख लिखा था उसे परिशिष्ट में दे दिया था। उस लेख को देने का कारण यह था कि शायद सभी लोग उन्हें गाँधी जी का कट्टर विरोधी मानते थे पर उस लेख में शरत् बाबू ने उनका जो विश्लेषण प्रस्तुत किया है, उनके प्रति विरोध के रहते भी जो गहरी आस्था प्रकट की है, वह अद्‌भुत है।

उसे परिशिष्ट में देने का कारण यह था कि तीसरे खंड में भारीपन की जो शिकायत कुछ मित्रों ने की थी वो कम हो जाए। शायद हुई भी है।

शरत बाबू की जन्म शताब्दी के उत्सव सितम्बर 1977 तक समाप्त हो गए थे। उस समय बंगला में उन्हें लेकर बहुत कुछ लिखा गया। उन्हें फिर से खोजने की चेष्टा की गयी। मुझे आशा थी कि सम्भवत: उनके जीवन के सम्बन्ध में कुछ नए तत्व उजागर हों। कहने को कुछ हुए भी पर उनमें कोई ऐसा नहीं था जो इस पुस्तक की मूल स्थापनाओं को प्रभावित कर सकता।

फिर भी कुछ बातें ऐसी हैं जिनका उल्लेख करना आवश्यक है। गुजराती में सबसे पहले सन् 1925 के आसपास महात्मा गाँधी के आदेश पर उनकी कुछ रचनाओं का अनुवाद श्री महादेव देसाई ने किया था। वे रचनाएँ थीं— *विराज बहू, बिन्दो का लल्ला, राम की सुमति,* और *मंझली दीदी*।

उनके मधुर कंठ की चर्चा इस पुस्तक में विस्तार से हुई है। पर उनका रचा कोई गीत भी है इसकी प्रामाणिक जानकारी मुझे नहीं थी। श्री सत्येश्वर मुखोपाध्याय ने अपने लेख 'सुर-प्यारी शरच्चन्द्र' में यह दावा किया है कि *षोडशी* नाटक का यह गीत उन्हीं की रचना है—

तोर पावार छिल जखन
ओरे अबोध मन
मरण खेलार नेशाए मेते
रइलि अचेतन।
ओरे अबोध मन।
तखन छिल मणि, छिल माणिक
पथेर धारे,
एखन डूबल तारा दिनेर शेषे
विषम अन्धकारे।
आज मिथ्ये जे तोरे खोंजा खूंजि
मिथ्ये चोखेर जल
तारे कोथाय पाबि बल?
तारे अतल तले तलिये गेल
शेष साधनार धन।
ओरे अबोध मन।

हिरण्मयी देवी के विवाह को लेकर एक बार फिर विवाद उठ खड़ा हुआ था। लेकिन वसीयतनामे में शरद बाबू ने उन्हें अपनी पत्नी स्वीकार किया है। वही हमारे लिए सत्य है। शास्त्रसम्मत विधि विधान से उन्हें यह पद मिला अथवा हृदय के मिलन द्वारा—यह विवाद अब अर्थ खो बैठा है।

वे मुक्त मन से क्रांतिकारियों की आर्थिक सहायता करते थे यह बात भी इस पुस्तक में बार-बार कही गई है। इस बात को प्रमाणित करने वाले कुछ और तथ्य सामने आए हैं।

हेनरी वुड के उपन्यास *इस्टलीन* के आधार पर शरच्चन्द्र ने एक उपन्यास *अभिमान* लिखा था जिसे पढ़कर एक युवक इतना क्रुद्ध हुआ कि उनसे मारपीट करने के लिए तैयार हो गया था। श्री गोपालचन्द्र राय का अनुमान है कि वह युवक ब्रह्मसमाजी रहा होगा, क्योंकि *अभिमान* में एक ब्रह्मसमाज परिवार की नारी अपने पहले पति को त्यागकर दूसरा विवाह कर लेती है। *इस्टलीन* जिस परिवेश का उपन्यास है उस परिवेश में ऐसा करना पाप नहीं समझा जाता था परन्तु इस युग के भारतीय परिवेश में ऐसा चित्रित करना निस्संदेह निंदनीय समझा जाता था।

एक और महत्त्वपूर्ण तथ्य जिसका उल्लेख करना आवश्यक है, वह यह है कि श्रीमती

निरुपमा देवी ने पत्र लिखकर उनसे प्रार्थना की थी कि वे अपनी रचनाओं में विधवा चरित्र की आलोचना न करें। तब उन्होंने निरुपमा देवी को वचन दिया था : ''तुम्हारे मन को आघात पहुँचाकर ऐसा कुछ कभी नहीं लिखूँगा।''

निरुपमा देवी से उनके सम्बन्धों की विवेचना करते समय इस तथ्य को नज़रअन्दाज़ नहीं किया जा सकता। मेरी स्थापना को इससे समर्थन ही मिलता है।

उनके अपने चरित्र के विभिन्न पहलुओं को उजागर करने वाली कुछ और कथाएँ सामने आई हैं। उनमें से दो घटनाओं का हम उल्लेख करना चाहेंगे।

एक रात वह अचानक सोते-सोते जाग पड़े। गाँव में शोर मच रहा था। बीच-बीच में किसी का चीत्कार भी सुनाई दे जाता था। वह विचलित हो उठे। तुरन्त बाहर आए। पता लगा कि दो युवक चोरी करते हुए पकड़े गए हैं, उन्हीं को गाँववाले पीट रहे हैं।

पशु का क्रन्दन सुनकर जो विकल हो उठते थे वह मनुष्य को पिटते देखकर कैसे शान्त रह सकते थे। तुरन्त घटनास्थल पर पहुँचे। लोगों को समझाया-बुझाया। कहा कि मारो मत। चोरी की है तो पुलिस को सूचना दो।

गाँववालों ने उनकी बात मान ली। शरदबाबू उन दोनों युवकों को अपने घर ले गए। पुलिस के आने तक वे वहीं रहे। बेचारों के प्राण बचे।

लेकिन जब पुलिस उनको लेकर चली गई तब क्या हुआ उनको। दिन चढ़ गया पर वे कमरे से बाहर नहीं निकले। हिरण्मयी देवी ने अनुनय-विनय की। मित्र आए पर वे रोते ही रहे। कहते रहे, कितना बड़ा पाप किया मैंने। दो युवकों को चोर बना दिया। उन्हें पुलिस को सौंप दिया। वहाँ से आने पर वे दागी चोर बन कर ही निकलेंगे।

वह जितने संवेदनशील थे उतने ही दृष्टा भी थे, और उतनी ही तीव्र थी उनकी सूक्ष्म पर्यवेक्षण शक्ति। एक दिन उन्होंने अचानक अपने मित्रों से कहा, ''आओ, किसी गाँव में चला जाए।''

मित्र लोग तैयार हो गए और शहर से सात-आठ मील दूर दुर्गापुर गाँव की ओर चल पड़े। जैसे ही गाँव के पास पहुँचे तो कुत्तों ने ज़ोर-ज़ोर से भौंकते हुए उनका स्वागत किया।

मित्र लोग उन्हें डाँटने लगे तो शरद् बाबू ने उन्हें रोक दिया, ''वे अपना काम कर रहे हैं। अभी चुप हो जाएँगे। बढ़िया कुत्ते हैं।''

एकदम देसी कुत्ते थे। बढ़िया कैसे हो सकते हैं यह बात मित्रों की समझ में नहीं आई पर उन्हें गाँव में जाना था। गए, गाँव के पुरुषों से कथा-वार्ता हुई। शरद बाबू खूब प्रसन्न हुए।

लौटते समय गाड़ी में बैठे-बैठे शरद बाबू ने, जैसा कि उनका स्वभाव था, खूब बातें कीं। कुत्तों की चर्चा भी हुई। वह बोले, ''देखो, कुत्ते गाँव के लोगों की आर्थिक स्थिति का थर्मामीटर होते हैं। अगर गाँव के कुत्ते खूब हृष्ट-पुष्ट हैं तो समझ लो कि गाँव के लोगों को खाने-पीने का अभाव नहीं है। यहाँ यही सब देखने को मिला।''

मुज़फ़्फ़रपुर प्रवास के बारे में और *देवदास* उपन्यास के चरित्रों के बारे में भी लेख पढ़ने को मिले पर *आवारा मसीहा* में जैसा वर्णन मैंने किया है, उन लोगों के कारण उसमें कोई संशोधन करने की आवश्यकता मुझे महसूस नहीं हुई।

बनारस के श्री विश्वनाथ मुखर्जी (अब स्वर्गीय) ने श्री शरद बाबू की एक और जीवनी लिखी है। मैं उसे पढ़ नहीं पाया पर जिन मित्रों ने पढ़ा उन्होंने उसकी प्रशंसा की पर यह भी कहा कि उसके कारण *आवारा मसीहा* पर कोई प्रभाव नहीं पड़ने वाला।

मेरे समीक्षक मित्रों ने मेरी रचना का जहाँ मुक्त मन से स्वागत किया वहीं कुछ ने आलोचना भी की। कुछ त्रुटियों की ओर भी संकेत किया, कुछ सुझाव भी दिए। कृतज्ञ भाव से उस दिशा में जो कुछ कर सकता था मैंने किया है। जो नहीं कर सका, उसका मुख्य कारण था प्रामाणिकता का अभाव। कहीं-कहीं मतभेद भी है, जो स्वाभाविक है।

इसके रचनाकाल में कैसी-कैसी कठिनाइयाँ मेरे सामने आईं, उसकी एक झलक मैंने प्रथम संस्करण की भूमिका में दी है पर उससे मेरे समीक्षक और पाठक संतुष्ट नहीं हो सके। सबकी चर्चा करना तो कई कारणों से अब भी संभव नहीं होगा पर एक बात की ओर संकेत अवश्य करना चाहूँगा। शरद बाबू का जीवन क्रम इतना उलझा हुआ, इतना विशृंखल है कि उसमें तारतम्य बैठाना, उसके क्रम को ठीक करना बड़ा दुष्कर कार्य है। कौन-सी घटना कब, कैसे घटी, कब कहाँ रहे, कितने दिन रहे, कौन-सा भाषण कब दिया, क्या ठीक-ठीक कहा, इसका लेखा-जोखा कहीं उपलब्ध नहीं है। जो है वह एकदम विशृंखल है। उसकी तलाश में मुझे बरसों यहाँ-वहाँ भटकना पड़ा। ज्योतिषियों की शरण ली, विश्वविद्यालय के कैलेंडर देखे, स्कूल-कॉलेज के रजिस्टर टटोले, पुरानी पत्रिकाएँ ढूँढ़ीं, तब कुछ रूप दे सका।

वह भागलपुर से कब भागे, इसका कुछ-कुछ सही पता तब चला जब भागलपुर में ही रचित और हस्तलिखित पत्रिका में प्रकाशित उनकी जुलाई सन् 1901 की एक रचना देखने में आई। दिसंबर 1902 के अन्त में उन्होंने अपनी बहन के घर गोविंदपुर से मामा गिरीन्द्रनाथ को जो पत्र लिखा था वह मुझे दिल्ली में ही उनके पुत्र श्री अमलकुमार गांगुली के सौजन्य से सन् 1973 में मिल सका। उसके मिलने से बहुत-सी तिथियाँ आप से आप ठीक हो गईं। वह वहाँ से कब लौटे, इसकी तिथि भी अनुमान प्रमाण के सहारे निश्चित की गई है। नहीं तो एक लेखक ने उन्हें उसके बाद भी रंगून में रवीन्द्रनाथ से मिलते दिखाया है।

उनके प्राय: सभी जीवनीकारों ने लिखा है कि उन्होंने मैट्रिक दिसंबर सन् 1894 में पास किया लेकिन जब मैंने विश्वविद्यालय जाकर कैलेंडर देखा तो परीक्षाएँ सोमवार 12 फरवरी सन् 1894 में आरम्भ हुईं। परीक्षाफल अधिक-से-अधिक अप्रैल 1894 में घोषित हुआ होगा। कैलेंडर में वह दिसंबर में ही छप सका। उसी को देखकर सबने मान लिया कि उन्होंने दिसंबर 1894 में मैट्रिक पास किया। यदि ऐसा हुआ होता तो वे उस वर्ष कॉलेज में प्रवेश कैसे पा सकते थे?

बंगाली निश्चित रूप से बंगाब्द का प्रयोग करते हैं। इसलिए मेरे सामने एक और समस्या थी कि इन तिथियों को ईसवी सन् के अनुसार तिथियों में कैसे परिवर्तित करूँ। पुराने कैलेंडरों की तलाश में अनेक मित्रों और पुस्तकालयों की शरण लेनी पड़ी क्योंकि तिथियों का अपना महत्त्व है। जो

ज्योतिषशास्त्र में विश्वास करते हैं, वे इस बात को खूब समझते हैं।

तो इन विसंगतियों का अंत नहीं था। बेशक ये विसंगतियाँ शरच्चन्द्र को प्रभावित नहीं करतीं। वे कब कहाँ रहे, कब कहाँ गए, यह अन्ततः कोई महत्त्व नहीं रखता पर जीवन क्रम को समझने के लिए इनकी आवश्यकता होना स्वाभाविक ही है।

आवारा मसीहा नाम को लेकर काफ़ी ऊहापोह मची। वे-वे अर्थ किए गए जिनकी मैंने कल्पना भी नहीं की थी। मैं तो इस नाम के माध्यम से यही बताना चाहता था कि कैसे एक आवारा लड़का अन्त में पीड़ित मानवता का मसीहा बन जाता है। आवारा और मसीहा दो शब्द हैं। दोनों में एक ही अन्तर है। आवारा मनुष्य में सब गुण होते हैं पर उसके सामने दिशा नहीं होती। जिस दिन उसे दिशा मिल जाती है उसी दिन वह मसीहा बन जाता है। मुझे खुशी है कि अधिकांश मित्रों ने इस नाम को इसी सन्दर्भ में स्वीकार किया।

यह संस्करण आते-आते मुझे कुछ घटनाओं और तथ्यों के बारे में भी जानकारी मिली। पृष्ठ 138 पर उनके मामा उपेन्द्रनाथ उन्हें खोजते-खोजते जब वेश्यालय गए और शरत् के बारे में पूछा तो उन्हें जो उत्तर मिला वह ऐसे था, 'ओह, दादा ठाकुर के बारे में पूछते हैं। ऊपर चले जाओ। सामने ही पुस्तकों के बीच में जो मानुष बैठा है वहीं शरत् है।'

पृष्ठ 255 पर *पथेर दाबी* के ज़ब्त होने की तारीख सरकारी दस्तावेज के अनुसार जनवरी 1927 है, अर्थात् 31 अगस्त 1926 को प्रकाशित होने के चार माह बाद पुस्तक ज़ब्त हुई।

पृष्ठ 397 पर प्रेमचन्द के कहानी संग्रह पर अपनी सम्मति देते हुए उनकी बहुत प्रशंसा की पर साथ ही यह भी लिखा कि रवीन्द्रनाथ ठाकुर के साथ उनकी तुलना करना अनुचित है। उन्होंने ऐसा इसलिए कहा क्योंकि इस पुस्तक की भूमिका में श्री मन्नन द्विवेदी ने लिखा था, 'कुछ लोगों का विचार है कि आपकी गल्प साहित्यमार्त्तण्ड रवीन्द्र बाबू की रचना से टक्कर लेती है।'

सप्त सरोज में निम्नलिखित कहानियाँ संकलित थीं—1. बड़े घर की बेटी 2. सौत 3. सज्जनता का दंड 4. पंच परमेश्वर 5. नमक का दरोगा 6. उपदेश और 7. परीक्षा। प्रथम खंड अध्याय 10 में राजा शिवचन्द्र की चर्चा आई। वे तत्कालीन सुधारक दल के नेता माने जाते थे। वे इतने प्रसिद्ध हो गए थे कि उनके बारे में एक कहावत बन गई थी—

राज न पाट शिवचन्द्र राजा
ढोल न ढाक अंग्रेज़ी बाजा

आज भी लोग इस कहावत का प्रयोग करते हैं।

यहाँ एक बात और स्पष्ट कर दूँ। *आवारा मसीहा* में आई किसी घटना के बारे में मैंने कल्पना नहीं की। जितनी और जैसी जानकारी पा सका हूँ उतना ही मैंने लिखा है। प्रथम पुरुष के रूप में उनके मुख से जो कुछ कहलवाया है, वह सब उनके उन मित्रों के संस्मरणों से लिया है जो उसके साक्षी रहे हैं। यथासम्भव उन्हीं की भाषा का प्रयोग मैंने किया है। प्रामाणिकता की दृष्टि से एक-दो स्थानों पर उनकी रचनाओं में आए उन्हीं स्थलों के वर्णन का भी सहारा

लिया है पर ऐसा बहुत कम किया है। मैंने अगर स्वतंत्रता ली भी है तो उतनी ही जितनी एक अनुवादक ले सकता है।

मनचाहा तो कभी होता नहीं पर विसंगतियों और असंगतियों के बावजूद मित्रों ने, विशेषकर बंगाली मित्रों ने मेरे इस तुच्छ प्रयत्न का जैसा स्वागत किया है उससे मेरा उत्साह ही बढ़ा है। प्रसन्नता की बात है कि इसका अनुवाद अंग्रेज़ी तथा भारत की लगभग सभी प्रमुख भाषाओं में हो चुका है। उन सबके प्रति मैं नतमस्तक हूँ।

अन्त में शरच्चन्द्र के प्रति नतमस्तक होकर बंगला के मूर्धन्य कवि नजरुल इस्लाम के शब्दों में इतना ही कहूँगा—

अवमाननार अतल गहरे ये मानुष छिलो लुकाये
शरतचांदेर ज्योत्सना तादेर दिलो राजपथ दिखाए

—विष्णु प्रभाकर

28 जुलाई 1999
818, कुण्डेवालान,
अजमेरी गेट, दिल्ली-110006

आवारा मसीहा

प्रथम पर्व

दिशाहारा

किसी कारण स्कूल की आधी छुट्टी हो गई थी। घर लौटकर गांगुलियों के नवासे शरत् ने अपने मामा सुरेन्द्र से कहा, ''चलो पुराने बाग में घूम आएँ।''

उस समय खूब गर्मी पड़ रही थी, फूल-फल का कहीं पता नहीं था। लेकिन घनी छाया के नीचे निस्तब्धता में समय काटना बहुत अच्छा लगता था। वह अब यहाँ से चला जाएगा, इस बात से शरत् का मन बहुत भारी था। लेकिन कहता वह किसी से नहीं था। चुपचाप सुरेन्द्र के साथ घर से निकल पड़ा। नाते में मामा और आयु में छोटा होने पर भी दोनों में धीरे-धीरे मित्रता के बंधन गहराते जा रहे थे।

बाग में पहुँचकर पेड़ों के पास घूमते-घूमते वह मानो मन-ही-मन उनसे विदा लेने लगा। शायद वह सोच रहा था कि अब वापस आना हो या न हो। फिर जैसा कि उसका स्वभाव था, सहसा कूदकर वह एक पेड़ ही डाल पर बैठ गया और बातें करने लगा। इन बातों का कोई अन्त नहीं था। कोई सूत्र भी नहीं था। विदा के दुख को छिपाने के लिए ही मानो वह कुछ-न-कुछ कहते रहना चाहता था। बोला; ''तू दुखी न हो, हम फिर मिलेंगे और बीच-बीच में तो मैं आता ही रहूँगा।''

''आओगे?''

''क्यों नहीं आऊँगा, भागलपुर क्या मुझे कम अच्छा लगता है? घाट के टूटे स्तूप पर से गंगा में कूदने में कितना मज़ा आता है! उस पार वह जो झाऊ का वन है, उसे क्या भूल सकूँगा! वह मुझे पुकारेगा और मैं चला आऊँगा।''

फिर दीर्घ निःश्वास लेकर बोला, ''ओह, कितनी प्यारी जगह है यह भागलपुर, देख लेना मैं अवश्य आऊँगा।''

दो क्षण तक दोनों में से कोई नहीं बोला। फिर सहसा शरत् ने कहा, ''पेड़ पर चढ़ना बड़ा ज़रूरी है, मान लो किसी वन में जा रहे हैं, हठात् संध्या का अंधकार फैल गया, चारों ओर से हिंसक पशुओं की आवाज़ें उठने लगीं, तब यदि पेड़ पर चढ़ना न आया तो महा विपद...''

सुरेन्द्र ने पूछा, ''अगर गिर पड़े तो...''

शरत् ने कहा, ''गिरेगा क्यों रे!''

वह और ऊपर चढ़ गया। एक कपड़े से कमर को पेड़ की एक मोटी शाखा से बाँधा

और लेट गया। बोला, "इस तरह सोकर रात काटी जा सकती है।"

नाना के घर रहते शरत् को लगभग तीन वर्ष हो गए थे। इससे पहले भी वह माँ के साथ कई बार आ चुका था। सबसे पहली बार उसकी माँ जब उसको लेकर आई थी, तो नाना-नानियों ने उस पर धन और अलंकारों की वर्षा की थी। नाना केदारनाथ ने कमर में सोने की तगड़ी पहनाकर उसे गोद में उठाया था। उस परिवार में इस पीढ़ी का पहला लड़का था वह!

लेकिन तीन वर्ष पहले का यह आना कुछ और ही तरह का था। उसके पिता मोतीलाल यायावर प्रकृति के स्वप्नदर्शी व्यक्ति थे। जीविका का कोई भी धंधा उन्हें कभी बाँधकर नहीं रख सका। चारों ओर से लांछित होकर वह बार-बार काम-काज की तलाश करते थे। नौकरी मिल भी जाती थी तो उनके शिल्पी मन और दासता के बन्धन में कोई सामंजस्य न हो पाता। कुछ दिन उसमें मन लगाते, परन्तु फिर एक दिन अचानक बड़े साहब से झगड़ कर उसे छोड़ बैठते और पढ़ने में व्यस्त हो जाते या कविता करने लगते। कहानी, उपन्यास, नाटक सभी कुछ लिखने का शौक था। चित्रकला में भी रुचि थी।

सौन्दर्य-बोध भी कम नहीं था। सुन्दर कलम में नया निब लगाकर बढ़िया कागज़ पर मोती जैसे अक्षरों में रचना आरम्भ करते, परन्तु आरम्भ जितना महत्त्वपूर्ण होता, अन्त होता उतना ही महत्त्वहीन। अन्त की अनिवार्यता मानो उन्होंने कभी स्वीकार ही नहीं की। बीच में ही छोड़कर नई रचना आरम्भ कर देते। शायद उनका आदर्श बहुत ऊँचा होता था या शायद अन्त तक पहुँचने की क्षमता ही उनमें नहीं थी। वह कभी कोई रचना पूरी नहीं कर सके। एक बार बच्चों के लिए उन्होंने भारतवर्ष का एक विशाल मानचित्र तैयार करना आरम्भ किया. परन्तु तभी मन में एक प्रश्न जाग आया, क्या इस मानचित्र में हिमाचल की गरिमा का ठीक-ठीक अंकन हो सकेगा? नहीं हो सकेगा। बस, फिर किसी भी तरह वह काम आगे नहीं बढ़ सका।

इस तरह मोतीलाल की सारी कला-साधना व्यर्थता में ही सफल हुई। परिवार का भरण-पोषण उनके लिए असम्भव हो गया। यह देखकर शरत् की माँ भुवन-मोहिनी ने पहले तो पति को बहुत-कुछ कहा-सुना, फिर अपने पिता केदारनाथ से याचना की और एक दिन सबको लेकर भागलपुर चली आईं। मोतीलाल एक बार फिर घर-जवाई होकर रहने लगे।

2

भागलपुर आने पर शरत् को दुर्गाचरण एम.ई. स्कूल की छात्रवृत्ति क्लास में भर्ती कर दिया गया। नाना स्कूल के मंत्री थे, इसलिए बालक की शिक्षा-दीक्षा कहाँ तक हुई है, इसकी किसी ने खोज-खबर नहीं ली। अब तक उसने केवल *बोधोदय* ही पढ़ा था। यहाँ उसे पढ़ना पड़ा *सीता-वनबास, चारु पाठ, सद्भाव-सदगुरु* और *प्रकाण्ड व्याकरण*। यह केवल पढ़ जाना ही नहीं था, बल्कि स्वयं पण्डितजी के सामने खड़े होकर प्रतिदिन परीक्षा देना था। इसलिए यह बात निस्संकोच कही जा सकती है कि बालक शरत् का साहित्य से प्रथम परिचय आँसुओं के माध्यम से हुआ। उस समय वह सोच भी नहीं सकता था कि मनुष्य को दुख पहुँचाने के अलावा भी साहित्य का कोई उद्देश्य हो सकता है, लेकिन शीघ्र ही वह यह अवश्य समझ गया कि वह क्लास में बहुत पीछे है। यह बात वह सह नहीं सकता था, इसलिए उसने परिश्रमपूर्वक पढ़ना

आरम्भ कर दिया। और देखते-देखते बहुतों को पीछे छोड़कर अच्छे बच्चों में गिना जाने लगा।

नाना लोग कई भाई थे और संयुक्त परिवार में एक साथ रहते थे। इसलिए मामाओं और मौसियों की संख्या काफ़ी थी। उनमें छोटे नाना अघोरनाथ का बेटा मणीन्द्र उसका सहपाठी था। उन दोनों को घर पढ़ाने के लिए नाना ने अक्षय पण्डित को नियुक्त कर दिया था। वे मानो यमराज के सहोदर थे। मानते थे कि विद्या का निवास गुरु के डंडे में है। इसलिए बीच-बीच में सिंह-गर्जना के साथ-साथ रुदन की करुण ध्वनि भी सुनाई देती रहती थी।

इस विद्याध्ययन के समय शरारत कम नहीं चलती थी। शरत् यहाँ भी अग्रणी था। उस दिन तेल के दीये के चारों ओर बैठकर सब बच्चे पढ़ रहे थे। और बरामदे में निवाड़ के पलंग पर लेटे हुए नाना सुन रहे थे। सहसा वे बोल उठे, ''क्यों, पुराना पाठ याद कर रहे हो? आज नया पाठ नहीं पढ़ा क्या?''

''नहीं!''

''क्यों?''

''पण्डितजी नहीं आए। उन्हें बुखार आ गया है।''

बस नाना ने घर के सेवक मुशाई को पुकारा, ''मुशाई, लालटेन जलाओ! पण्डितजी को बुखार आ गया है। देखने जाना है।''

वे स्कूल के मंत्री ही नहीं, समाज के नेता भी थे। मनुष्य के साथ कैसा व्यवहार करना चाहिए, इसमें वे आदर्श माने जाते थे। उनके जाते ही शरत् ने घोषणा की, ''कैट इज़ आउट, लेट माउस प्ले।''

और तुरन्त ही समवेत गान का यह स्वर वहाँ गूँज उठा :

डांस लिटिल बेबी, डांस अप हाई,
नेवर माइण्ड बेबी, मदर इज़ नाई।
क्रो एण्ड केपार, केपार एण्ड क्रो,
देअर लिटिल बेबी, देअर यू गो।
अप-टू दी सीलिंग, अप-टू दी ग्राउंड,
बैकवर्ड एण्ड फ़ार्वर्ड, राउण्ड एण्ड राउण्ड।
डांस लिटिल बेबी, एण्ड मदर विल सिंग,
मैरिली-मैरिली, डिंग-डिंग-डिंग।

एक उत्साही बालक ने इस अन्तिम पंक्ति का तुरन्त हिन्दी अनुवाद भी प्रस्तुत कर दिया, ''खुशी से, खुशी से, ताक धिनाधिन।''

एक दिन न जाने कहाँ से एक चमगादड़ बच्चों के सिर पर आकर मंडराने लगा। छोटा मामा देवी सोया पड़ा था क्योंकि नाना भी सो गए थे! तब बाकी बच्चों का पढ़ना कैसे होता? चमगादड़ को देखकर मणि और शरत् के हाथ खुजलाने लगे। लाठियाँ लेकर वे उसे पकड़ने दौड़े। फिर जो युद्ध मचा, उसमें चमगादड़ तो जंगले में से होकर निकल गया, लेकिन लाठी दीये

में जा लगी। चादर पर तेल फैलाता हुआ वह बुझकर गिर पड़ा। यह देखकर मणि और शरत् दोनों चुपचाप वहाँ से पलायन कर गए। नाना की आँख खुल गई। देखा घोर अंधकार फैला है।

पुकार उठे, ''मुशाई, मुशाई!''

''बात्ती कैयूं बुझ गया?''

दियासलाई जलाकर मुशाई ने देखा कि वहाँ न तो मणि है और न शरत्। केवल देवी गहरी नींद में सोया है। बोला, ''मणि और शरत् तो खाना खाने गए हैं। देवी ने बत्ती गिरा दी है।''

इस अपराध की कोई क्षमा नहीं थी। केदारनाथ ने देवी का कान पकड़कर उठाया और मुशाई से कहा, ''इसे ले जाकर अस्तबल में बन्द कर दो।''

अगले दिन मामा को प्रसन्न करने के लिए गहरी रिश्वत देनी पड़ी। लेकिन देवी पर माँ सरस्वती ही कम ही कृपा थी। शरत् के बड़े मामा ठाकुरदास सभी बच्चों की शिक्षा की देख-भाल करते थे। वे गांगुली परिवार की कट्टरता और कठोरता के सच्चे प्रतिनिधि थे। उस दिन क्या हुआ, मोतीलाल बच्चों को लेकर गंगा के किनारे घूम रहे थे कि अचानक ठाकुरदास आ निकले। उनकी दृष्टि में यह अक्षम्य अपराध था। उन्होंने बच्चों को तुरन्त परीक्षा के लिए प्रस्तुत होने का आदेश दिया। किसी तरह मणि और शरत् तो मुक्ति पा गए, लेकिन देवी ने जगन्नाथ शब्द का संधि-विच्छेद किया, 'जगड़-नाथ'।

इस अपराध का दण्ड पीठ पर चाबुक खाना ही नहीं था, अस्तबल में बन्द होना भी था। परन्तु शरत् पर इन बातों का कोई असर नहीं होता था। यहाँ तक कि स्कूल में भी दुष्टता करने से वह नहीं चूकता था। अक्सर वहाँ की घड़ी समय से आगे चलने लगती। उसको ठीक करके चलाने का भार वैसे अक्षय पण्डित पर था। लेकिन दो घंटे खूब जमकर काम करने के बाद तमाखू खाने की इच्छा हो आना स्वाभाविक था। तब वे स्कूल के सेवक जगुआ की पानशाला में जा उपस्थित होते। इसी तरह शरत् की प्रेरणा से दूसरे छात्र उस घड़ी को दस मिनट आगे कर देते। कई दिन तक जब उनकी चोरी नहीं पकड़ी गई तो साहस और बढ़ गया। वे घड़ी को आधा घंटा आगे करने लगे। इसके बाद कभी-कभी वह एक घंटा भी आगे हो जाती थी। उस दिन तीन का समय होने पर उसमें चार बजे थे। अभिभावकों के मन में सन्देह होने लगा, लेकिन पण्डितजी ने उत्तर दिया, ''मैं स्वयं घड़ी की देखभाल करता हूँ।''

उत्तर उन्होंने दे दिया, लेकिन शंका उनके भी मन में थी। इसलिए उन्होंने चुपचाप इस रहस्य का पता लगाने का प्रयत्न किया। एक दिन पानशाला से असमय में ही लौट आए, क्या देखते हैं कि बच्चे एक-दूसरे के कंधे पर चढ़कर घड़ी को आगे कर रहे हैं। बस वे गरज उठे। और सब लड़के तो निमिष-मात्र में वहाँ से भाग गए, लेकिन शरत् भले लड़के का अभिनय करता हुआ बैठा रहा। पण्डितजी यह कभी नहीं जान सके कि इस सारे नाटक का निर्देशक वही है। उसने कहा, ''पण्डितजी, आपके पैर छूकर कहता हूँ, मुझे कुछ नहीं मालूम। मैं तो मन लगाकर सवाल निकाल रहा था।''

उस समय की उसकी मुख-भंगी देखकर कौन अविश्वास कर सकता था? अपने असीम

साहस और समझ–बूझ के कारण जिस प्रकार वह घर में मामा लोगों के दल का दलपति बन गया था, उसी प्रकार स्कूल के विद्यार्थियों के नेतृत्व का भार भी अनायास ही उसके कंधों पर आ गया।

उसके शौक भी बहुत थे, जैसे पशु–पक्षी पालना और उपवन लगाना। लेकिन उनमें सबसे प्रमुख था तितली–उद्योग। नाना रूप–रंग की अनेक तितलियों को उसने काठ के बक्स में रखा था। बड़े यत्न से वह उनकी देख–भाल करता था। उनकी रुचि के अनुसार भोजन की व्यवस्था होती थी। उनके युद्ध का प्रदर्शन भी होता था। उसी प्रदर्शन के कारण उसके सभी साथी उसकी सहायता करके अपने को धन्य मानते थे। उनमें न केवल परिवार के या दूसरे बड़े घरों के बालक थे बल्कि घर के नौकरों के बच्चे भी थे। उनके साथ किसी प्रकार का भेदभाव नहीं किया जाता था। ये बच्चे भी उसे प्रसन्न करके अपने को कृतार्थ अनुभव करते थे।

अपने उपवन में उसने अनेक प्रकार के फूल–गाछ और लता–गुल्म लगाए थे। ऋतु के अनुसार जूही, बेला, चन्द्रमल्लिका और गेंदा आदि के फूल खिलते और दलपति सहित सभी बच्चे गद्‌गद हो उठते। इस उपवन के बीच में गड्ढा खोदकर एक तलैया का निर्माण भी उसने किया था। उस पर टूटे शीशे का आवरण था। साधारणतया वह उस पर मिट्टी लीप देता, परन्तु कोई विशिष्ट व्यक्ति देखने आता तो मिट्टी हटाकर उसे चकित कर देता।

लेकिन ये सब कार्य उसे लुक–छिपकर करने पड़ते थे, क्योंकि नाना लोग इन्हें पसन्द नहीं करते थे। उनकी मान्यता थी कि बच्चों को केवल पढ़ने का ही अधिकार है। प्यार, आदर और खेल से उनका जीवन नष्ट हो जाता है। सवेरे स्कूल जाने से पहले घर के बरामदे में उन्हें चिल्ला–चिल्लाकर पढ़ना चाहिए। और संध्या को स्कूल से लौटकर रात के भोजन तक चण्डी–मण्डप में दीये के चारों ओर बैठकर पाठ का अभ्यास करना चाहिए। यही गुरुजनों की प्रीति पाने का गुर था। जो नियम तोड़ता था उसे आयु के अनुसार दण्ड दिया जाता था। कोई नहीं जानता था कि न जाने कब किसको घंटों तक एक पैर पर खड़े होकर आँसू बहाने पड़ें। इस अनुशासन के बीच खेलने का अवकाश पाना बड़ा कठिन था, परन्तु आँखों में धूल झोंकने की कला में शरत् निष्णात था।

छात्रवृत्ति[1] की परीक्षा पास करने के बाद, जब वह अंग्रेज़ी स्कूल में भर्ती हुआ, तब भी उसकी प्रतिभा में ज़रा भी कमी नहीं हुई। गांगुली परिवार में पतंग उड़ाना वैसे ही वर्जित था जैसे शास्त्र में समुद्र–यात्रा। परन्तु शरत् था कि पतंग उड़ाना, लट्टू घुमाना, गोली और गुल्ली–डंडा जैसे निषिद्ध खेल उसे बड़े प्रिय थे। नीले आकाश में नृत्य करती हुई उसकी पतंग को देखकर दल के दूसरे सदस्यों के हृदय नाच उठते। उसका मांझा विश्वजयी था। वह ऐसा पेंच मारता कि विरोधी की पतंग कटकर धरती पर आ गिरती। शून्य में लट्टू घुमाकर उसे हथली पर ऐसे लपक लेता कि साथी मुग्ध हो रहते।

बाग से फल चुरा लाने की कला में भी वह कम कुशल नहीं था। मालिक लोग सन्देह करते, पेड़ पर लगे अमरूदों की गिनती भी वे रखते, लेकिन वे डाल–डाल तो शरत् पात–पात।

---

1. सन् 1887, उस समय छात्रवृत्ति स्कूल होते थे। जिनमें अन्तिम श्रेणी छठी होती थी। छात्रवृत्ति का अर्थ आज जैसा नहीं था।

उसकी तीक्ष्ण बुद्धि के सामने मालिकों के सब उपाय व्यर्थ हो जाते। यदि कभी पकड़ा भी जाता तो वीरों की तरह दण्ड ग्रहण करता। कथाशिल्पी शरत्चन्द्र के सभी प्रसिद्ध पात्र देवदास, श्रीकान्त, दुर्दान्तराम और सव्यसाची इस कला में निष्णात हैं। पता नहीं, दुर्दान्तराम की तरह उसकी कोई नरायनी भाभी थी या नहीं पर निश्चय ही चोरी की शिकायत आने पर उसकी माँ ने उस कलमुँहे को एक पैर पर खड़ा होने की सज़ा दी होगी और उसने विरोध प्रकट करते हुए भी उसे स्वीकार कर लिया होगा।

वह खिलाड़ी था, विद्रोही भी उसे कह सकते हैं, पर बदमाश वह किसी भी दृष्टि से नहीं था। भले ही तत्कालीन मापदण्ड के अनुसार उसे यह उपाधि मिली हो। पिता की तरह उसमें भी प्रचुर मात्रा में सौंदर्य-बोध था। पढ़ने के कमरे को खूब सजाकर रखता। चौकी और उस पर एक सुन्दर-सी तिपाई, एक बन्द डेस्क, और उसमें पुस्तकें, कॉपियाँ कलम-दावत इत्यादि-इत्यादि। उसकी पुस्तकें झक-झक करती थीं। कॉपियाँ वह स्वयं करीने से काटकर ऐसे तैयार करता था कि देखते ही बनता था।

स्वभाव से भी वह अपरिग्रही था। दिन-भर में वह जितनी गोलियाँ और लट्टू जीतता, संध्या को वह उन सबको छोटे बच्चों में बाँट देता। देने में उसे मानो आनन्द आता था, लेकिन यह देने के अभिमान का आनन्द नहीं था, यह था भार-मुक्ति का आनन्द। नींद और आहार पर ही उसे अधिकार था। बचपन से ही वह स्वल्पाहारी था। बड़े होने पर कथाशिल्पी शरत्चन्द्र की 'बड़ी बहू' सबसे अधिक इसीलिए तो परेशान रहती थी।

अंग्रेज़ी स्कूल में पढ़ते समय उसे अपने शरीर का बड़ा ध्यान रहता था। नाना के घर के उत्तर की ओर गंगा के ठीक ऊपर एक बहुत बड़ा और बदनाम घर था। कभी वहाँ एक बहुत बड़ा परिवार रहता था। परन्तु संयोग से एक के बाद एक, कई मृत्यु हो जाने पर वे लोग उसे छोड़कर चले गए। उसके बाद बहुत दिनों तक वह भूतावास बना रहा। अभिभावकों से छुपाकर इसी महल के आंगन में शरत् ने कुश्ती लड़ने का अखाड़ा तैयार किया। गोला फेंकने के लिए गंगा के गर्भ से बड़े-बड़े गोल पत्थर आ गए, लेकिन 'पैरेलल बार' की व्यवस्था नहीं हो सकी। पैसे का अभाव जो था। बहुत सोच-विचार कर शरत् ने आदेश दिया, "बाँस की बार तैयार की जाए।"

बस संध्या के झुटपुटे में चार-पाँच लड़के बाँस काटने निकल पड़े। झाड़-झंखाड़ों में रगड़-रगड़कर हाथ-पाँव लहूलुहान हो गए। पर दलपति की आज्ञा है कि उसी रात को 'पैरेलल बार' तैयार हो जानी चाहिए और वह हुई। अगले दिन दोपहर तक सब लड़के उत्फुल्ल होकर उस पर झूलने लगे। लेकिन शोर मचाना वहाँ एकदम मना था। घर के लोग जान न लें, इसलिए लौटते समय वे सब प्राण-रक्षा का मंत्र पढ़ते हुए लौटते थे, लेकिन एक दिन क्या हुआ कि गिर जाने के कारण एक बालक को चोट आ गई। उसके बाद जो कुछ हुआ उसकी कल्पना कर लेना कष्ट-साध्य नहीं है।

उसका विश्वास था कि तैरने से शरीर बनता है। गंगा घर के समीप ही थी, लेकिन कभी-कभी रूठकर दूर चली जाती थी। उस वर्ष ऐसा ही हुआ। बीच में छोटे-छोटे ताल बन गए और उनमें लाल-लाल जल भर गया। शरत् उस लाल जल में स्नान करने का लोभ कैसे संवरण कर

सकता था! मणि मामा को साथ लेकर एक दिन वह उसमें कूद ही तो पड़ा, लेकिन उसका दुर्भाग्य, उस दिन छोटे नाना अघोरनाथ असमय ही घर लौट आए। उन्होंने मणि को नहीं देखा तो पूछा, ''मणि कहाँ है?''

उस क्षण अघोरनाथ ने जो हुंकार किया उसे सुनकर सब डर गए। उनका यह डर अकारण नहीं था, जैसे ही दोनों बालक नहाकर खुशी-खुशी घर लौटे, वैसे ही छोटे नाना सिंह के समान गर्जन करते हुए मणि पर टूट पड़े। घर की नारियों के बार-बार बचाने पर भी उसकी जो दुर्गति हुई उसको ठीक होते-होते पाँच-सात दिन लग गए। लेकिन शरत् उस क्षण के बाद वहाँ नहीं देखा गया। तीसरे दिन जब नाना फिर घोड़े पर सवार होकर काम पर चले गए तभी वह दिखाई दिया। मामा लोगों ने अचरज से पूछा, ''तू कहाँ चला गया था रे?''

शरत् ने उत्तर दिया, ''मैं गोदाम में था।''

''क्या खाता था?''

''वही जो तुम खाते थे।''

''कौन देता था?''

''छोटी नानी!''

जिस समय छोटे नाना मणि को मार रहे थे, उस समय छोटी नानी के परामर्श से शरत् घर में जा छिपा था।

लेकिन उसे खेलने का जितना शौक था उतना ही पढ़ने का भी था। वह केवल स्कूल की ही पुस्तकें नहीं पढ़ता था, पिता के संग्रहालय में जो भी पुस्तकें उसके हाथ लग जातीं छिपकर उन्हें पढ़ डालता। वहीं से एक दिन उसके हाथ एक ऐसी पुस्तक लगी जिसमें दुनिया-भर के विषयों की चर्चा थी। नाम था 'संसार कोश'। विपद पड़ने पर गुरुजनों के दण्ड से कैसे मुक्ति पाई जाती है इसका भी एक मंत्र उसमें लिखा था। अपने सभी साथियों को उसने यह मंत्र सिखा दिया। मंत्र था, ''ओम्, ह्रं, ह्यूं, ह्यूं, रक्ष-रक्ष स्वाहा।''

केवल गुरुजनों के दण्ड से मुक्ति पाने का ही नहीं, साँपों को बस में करने का मंत्र भी उसे उसी में मिला था। शरत् उसकी परीक्षा करने को आतुर हो उठा। कुछ दिन पहले उसे साँप ने काट लिया था। बड़ी कठिनता से उसके प्राण बच सके थे। इसलिए वह जनमेजय की तरह नागयज्ञ करने को और भी उत्सुक था। कोश में लिखा था कि एक हाथ लम्बी बेल की जड़ किसी भी विषाक्त साँप के फण के पास रख देने पर पल-भर ही में वह साँप सिर नीचा कर निर्जीव हो जाएगा।

बड़े उत्साह के साथ अपने बेल की जड़ ढूँढ़ निकाली। साँपों की कोई भी कमी नहीं थी। लेकिन उस दिन शायद उन्हें इस मंत्र का पता लग गया था। इसलिए बहुत खोज करने पर भी कोई साँप नहीं दिखाई दिया। अन्त में अमरूद के एक पेड़ के नीचे मलबे में एक गोखरू साँप के बच्चे का पता लगा। खुशी से भरकर शरत् अपने दलसहित वहाँ जा पहुँचा और उसे बाहर निकलने को छेड़ने लगा। बालकों के इस अत्याचार से क्षुब्ध होकर साँप के उस बच्चे ने अपना फण उठा लिया। शरत् इसी क्षण की राह देख रहा था, तुरन्त आगे बढ़कर बेल की जड़ उसके सामने कर दी।

विश्वास था कि अभी वह साँप सिर नीचा करके सबसे क्षमा-प्रार्थना करेगा, लेकिन निस्तेज होना तो दूर वह बच्चा बार-बार उस जड़ को डसने लगा। यह देखकर बालक भयातुर हो उठे। तब मणि मामा कहीं से लाठी लेकर आए और उन्होंने सनातन रीति से उस बाल सर्प का संहार कर डाला। ऐसा लगता है, तब तक शरत् की भेंट 'विलासी' के 'मृत्युंजय' से नहीं हुई थी। जड़ दिखाने से पूर्व एक काम और भी तो करना होता है, ''जिस साँप को जड़ी दिखाकर भगाना हो पहले उसका मुँह गरम लोहे की सींक से कई बार दाग दो, फिर उसे चाहे जड़ी दिखाई जाए, चाहे कोई मामूली-सी सींक, उसे भागकर जान बचाने की हो सूझेगी।'' *श्रीकान्त* और 'विलासी' आदि अपनी रचनाओं में कथाशिल्पी शरत्चन्द्र ने इस विद्या की अच्छी चर्चा की है।

इन शरारतों के बीच कभी-कभी यह भी देखा जाता कि दलपति गैरहाज़िर है। पुकार उठती, ''कहाँ गए शरत् दा?''

''यहीं तो थे।''

''कहाँ थे?''

कुछ पता न लगता परन्तु जब खोज-खोजकर सब थक जाते तो न जाने कहाँ से आकर वह स्वयं हाज़िर हो जाता। बच्चे उसे घेर लेते और पूछते, ''कहाँ चले गए थे?''

''तपोवन!''

''यह तपोवन कहाँ है, हमें भी दिखाओ।''

उसने किसी को भी तपोवन का पता नहीं बताया, लेकिन सुरेन्द्र मामा से उसकी सबसे अधिक पटती थी। शायद इसलिए कि सुरेन्द्र ने उसकी माँ का दूध पिया था। वह अभी छोटा ही था कि उसकी माँ के फिर सन्तान होने की सम्भावना दिखाई दी। उधर शरत् का छोटा भाई शैशव में ही चल बसा था। तब उसकी माँ ने सुरेन्द्र को अपना दूध पिलाकर पाला था। इसलिए बहुत अनुनय-विनय करने पर एक दिन वह उसको साथ लेकर अपने तपोवन गया। जाने से पूर्व उसने सुरेन्द्र से कहा, ''मैं तुझे वहाँ ले तो चलूँगा, परन्तु तू सूर्य, गंगा और हिमालय को साक्षी करके यह प्रतिज्ञा कर कि किसी और को इस स्थान का पता नहीं बताएगा।''

सुरेन्द्र बोला, ''मैं सूर्य को साक्षी करके प्रतिज्ञा करता हूँ कि किसी और को इस स्थान का पता नहीं बताऊँगा।''

''मैं गंगा को साक्षी करके प्रतिज्ञा करता हूँ कि किसी और को इस स्थान का पता नहीं बताऊँगा।''

''मैं हिमालय को साक्षी करके प्रतिज्ञा करता हूँ कि किसी और को इस स्थान का पता नहीं बताऊँगा।''

''अब चल!''

घोष परिवार के मकान के उत्तर में गंगा के बिलकुल पास ही एक कमरे के नीचे, नीम और करौंदे के पेड़ों ने उस जगह को घेरकर अंधकार से आच्छन्न कर रखा था। नाना लताओं ने उस स्थान को चारों ओर से ऐसे ढक लिया था कि मनुष्य का उसमें प्रवेश करना बड़ा कठिन

था। बड़ी सावधानी से एक स्थान की लताओं को हटाकर शरत् उसके भीतर गया। वहाँ थोड़ी-सी साफ़-सुथरी जगह थी। हरी-हरी लताओं के भीतर से सूर्य की उज्जवल किरणें छन-छनकर आ रही थीं और उनके कारण स्निग्ध हरित प्रकाश फैल गया था। देखकर आँखें जुड़ाने लगीं और मन गद्‌गद् होकर मानो किसी स्वप्नलोक में पहुँच गया। एक बड़ा-सा पत्थर वहाँ रखा था। उसके ऊपर बैठकर शरत् ने सुरेन्द्र को बुलाया, ''आ!''

सुरेन्द्र डरते-डरते पास जा बैठा। नीचे खरस्रोता गंगा बह रही थी। दूर उस पार का दृश्य साफ़-साफ़ दिखाई दे रहा था। मन्द-मन्द शीतल पवन की मृदु हिलोरें शरीर को पुलक से भर रही थीं। सुरेन्द्र ने मुग्ध होकर कहा, ''यह जगह तो बहुत सुन्दर है।''

शरत् बोला, ''हाँ, इस जगह आकर बैठना मुझे बहुत अच्छा लगता है। न जाने क्या-क्या करता हूँ। बड़ी-बड़ी बातें सब यहीं दिमाग में आती हैं।''

सुरेन्द्र ने कहा, ''सचमुच ऐसा लगता है कि जैसे तपोवन में आ गया हूँ। आज समझा हूँ कि इस बार तुमने अंकगणित में सौ में से सौ अंक कैसे पाए थे।''

न जाने कितनी बार वह इस पवित्र मौन-एकान्त में आकर बैठा होगा। दूर से आती बच्चों की शरारतों की आवाज़ें गंगा की कल-कल ध्वनि में मिलकर एक रहस्यमय वातावरण का निर्माण करती होंगी। प्रकृति का सौन्दर्य जैसे उसके थके तन-मन को सहलाता होगा और तब उसने मन-ही-मन प्रतिज्ञा की होगी, ''मैं सूर्य, गंगा और हिमालय को साक्षी करके प्रतिज्ञा करता हूँ कि मैं जीवन-भर सौन्दर्य की उपासना करूँगा, कि मैं जीवन-भर अन्याय के विरुद्ध लड़ूँगा, कि मैं कभी छोटा काम नहीं करूँगा।'' उसने अनुभव किया होगा कि घर में एकान्त नहीं है। ज़रा-सी ध्वनि मस्तिष्क में प्रतिध्वनि पैदा करती है और उभरते हुए चित्र को धुंधला कर देती है...तभी उसने इस तपोवन को ढूँढ़ निकाला होगा।

लेकिन उसने अंकगणित में ही शत-प्रतिशत अंक नहीं पाए थे, अंग्रेज़ी स्कूल के प्रथम वर्ष में उसने परीक्षा में प्रथम स्थान भी पाया था। हुआ यह कि छात्रवृत्ति की परीक्षा पास करने के बाद अंग्रेज़ी पढ़ने के लिए उसे नीचे की कक्षा में दाखिल होना पड़ा, इसलिए दूसरे विषय उसके लिए सहज हो गए और वह बीच में ही एक वर्ष लांघकर ऊपर की कक्षा में पहुँच गया। इन सब बातों से जहाँ मित्रों में उसकी प्रतिष्ठा बढ़ी, वहीं गुरुजन भी आश्वस्त हो गए।

स्कूल में एक छोटा-सा पुस्तकालय भी था। वहीं से लेकर उसने उस युग के सभी प्रसिद्ध लेखकों की रचनाएँ पढ़ डालीं। युगसंधि के उस काल में जब कर्ता लोग चण्डी-मण्डप में बैठकर चौपड़ को लेकर शोर मचाते तब किशोर वय के लोग चोरी-चोरी बंकिम-रवीन्द्र की पुस्तकों के पन्न पलटते। लेकिन शरत् केवल पढ़ता ही नहीं था, उसको समझने और आस-पास के वातावरण का सूक्ष्म अध्ययन करने की सहज प्रतिभा भी उसमें थी। वह हर वस्तु को करीब से देखता था।

उस दिन अवकाशप्राप्त अध्यापक अघोरनाथ अधिकारी स्नान के लिए गंगा घाट की ओर जा रहे थे। कपड़े उठाए पीछे-पीछे चल रहा था शरत्। एक टूटे हुए घर के भीतर से एक स्त्री के धीरे-धीरे रोने का करुण स्वर सुनाई दिया। अधिकारी महोदय ठिठक गए। बोले, ''यह

कौन रोता है ? क्या हुआ इसे ?''

शरत् ने उत्तर दिया, ''मास्टर मुशाई, इस नारी का स्वामी अन्धा था। लोगों के घरों में काम-काज करके यह उसको खिलाती थी। कल रात इसका वह अन्धा स्वामी मर गया। वह बहुत दुखी है। दुखी लोग बड़े आदमियों की तरह दिखाने के लिए ज़ोर-ज़ोर से नहीं रोते। उनका रोना दुख से विदीर्ण प्राणों का क्रन्दन होता है। मास्टर मुशाई, यह सचमुच का रोना है।''

छोटी आयु के बालक से रोने का इतना सूक्ष्म विवेचन सुनकर अघोर बाबू विस्मित हो उठे। वे कलकत्ता रहते थे। लौटकर उन्होंने अपने एक मित्र से इस घटना की चर्चा की। मित्र ने कहा, ''जो रुदन के विभिन्न रूपों को पहचानता है, वह साधारण बालक नहीं है। बड़ा होकर वह निश्चय ही मनस्तत्व के व्यापार में प्रसिद्ध होगा।''

लेकिन गांगुली परिवार में उसकी इस सहज प्रतिभा को पहचानने वाला कोई नहीं था। इस घोर आदर्शवादी परिवार में केवल एक ही व्यक्ति ऐसा था जिस पर नवयुग की हवा का कुछ प्रभाव हुआ था। वे थे केदारनाथ के चौथे भाई अमरनाथ। वे शौकीन तबीयत के थे। कबूतर पालते थे। और उस युग में कंघा, शीशा और ब्रुश इत्यादि का प्रयोग करते थे। सिर पर अंग्रेज़ी फ़ैशन के बाल भी रखते थे। घर के बालक उनके इस रूप से मुग्ध थे। मुग्ध होने का एक और भी कारण था। दफ़्तर से लौटकर वे रोज़ उन्हें कुछ-न-कुछ देते थे। जैसे पीपरमेंट की गोलियाँ इत्यादि। लेकिन इसी कारण बड़े भाई उनसे अप्रसन्न थे। और इसी कारण, एक दिन चोटी रखकर शेष बाल उन्हें कटा देने पड़े थे।

पढ़ने में भी उनकी रुचि कम नहीं थी। बंकिमचन्द्र के 'बंगदर्शन' का प्रवेश उन्हीं के द्वारा गांगुली परिवार में हो सका था। यह *बंगदर्शन* बंगला साहित्य में नवयुग का सूचक था। गांगुली लोगों के हाली शहर से बंकिमचन्द्र का 'कांठालपाड़ा' दूर नहीं था। उस गाँव की एक लड़की इस परिवार में वधू बनकर भी आई थी, लेकिन घर का जोगी जोगना आन गाँव का सिद्ध। बंकिमचन्द्र की यहाँ तनिक भी प्रतिष्ठा नहीं थी। नवयुग के सन्देशवाहक होने के नाते इस कट्टर परिवार में अगर थी तो थोड़ी-बहुत अप्रतिष्ठा ही थी, लेकिन फिर भी अमरनाथ चोरी-छिपे *बंगदर्शन* लाते थे। उनसे यह भुवनमोहनी के द्वारा मोतीलाल के पास पहुँचता था और वहाँ से कुसुमकामिनी की बैठक में।

दुर्भाग्य से अमरनाथ बहुत दिन जी नहीं सके। बच्चों को अपार व्यथा में डूबोकर वे छोटी आयु में ही स्वर्गवासी हो गए। उनकी कमी किसी सीमा तक मोतीलाल और कुसुमकामिनी ने पूरी की। कुसुमकामिनी सबसे छोटे नाना अघोरनाथ की पत्नी थी। छात्रवृत्ति परीक्षा पास करके स्वयं उन्होंने ईश्वरचन्द्र विद्यासागर के हाथों से पारितोषिक पाया था। जैसा कि होता आया है, तब भी स्त्रियों का मुख्य कार्य था, रसोई का जुगाड़ करना और घर-गृहस्थी के दूसरे कार्य संभालना। उससे समय बचा तो जीवन को जीवन्त बनाने के लिए कलह करना या सोना। फिर जागने पर परनिन्दा में रस लेना, लेकिन कुसुमकामिनी यह सब नहीं कर पाती थीं। जिस दिन उनकी रसोई बनाने की बारी नहीं होती थी उस दिन उनकी बैठक में (या ऊपरी छत पर) एक छोटी-मोटी गोष्ठी होती थी। उसमें वे स्वयं *बंगदर्शन* के अतिरिक्त *मृणालिनी, वीरांगना, बृजांगना, मेघनाद वध* और *नीलदर्पण* पढ़कर सुनाती थीं। उनका स्वर और पढ़ने की शैली

इतनी मर्मस्पर्शी थी कि सभी निस्पन्द हो उठते थे। बालक शरत् आश्चर्य और आदर से भरकर सोचता कि लेखक भी कितना असाधारण व्यक्ति होता है। संभवत: उसके मन में तब लेखक बनने की बात नहीं उठी थी। पर उसने लेखक को मनुष्य के ऊपर अवश्य माना था। यह उसके उपार्जन करने का युग था, लेखक बनने का नहीं। इस गोष्ठी में उसने साहित्य का पहला पाठ पढ़ा था और फिर बहुत दिन बाद पढ़ी *बंगदर्शन* में कविगुरु की युगान्तरकारी रचना *आँख की किरकिरी*। पढ़कर उस किशोर को जो गहरे आनन्द की अनुभूति हुई, उसको न वह किसी को बता सका, न जीवन-भर भूल ही सका। अब तक उसका मन भूत-प्रेतों की कहानियों से ही आतंकित रहा था। इस नये जीवन-दर्शन ने उसे प्रकाश और सौन्दर्य के एक नये जादू-भरे संसार में पहुँचा दिया। जैसे पुश्किन की रचना पढ़ने के बाद ताल्सताय पुकार उठे थे, "मैं पुश्किन से बहुत-कुछ सीख सकता हूँ। वे मेरे पिता हैं। वे मेरे गुरु हैं।" वैसे ही शरत् ने कहा होगा, "मैं उनसे बहुत-कुछ सीख सकता हूँ। वे आज से मेरे गुरु हुए।"

और सचमुच शरत् ज़ीवन के अन्तिम क्षण तक उन्हें अपना गुरु ही मानते रहे।

वास्तव में मणि-शरत् की शिक्षा का आदि पर्व कुसुमकामिनी की पाठशाला में ही शुरू हुआ था। पाठ्यपुस्तक का क्रम समाप्त होने पर साहित्य की बारी आती थी। शैशव से लेकर यौवन के प्रारम्भ होने तक इस क्रम में कोई व्यवधान नहीं पड़ा। अपराजेय कथाशिल्पी शरत्चन्द्र के निर्माण में कुसुमकामिनी का जो योगदान है उसे कभी नहीं भुलाया जा सकेगा।

इसी गोष्ठी में अचानक एक दिन क्रांति हो गई। एक नये स्रोत से आकर उस दिन रवीन्द्रनाथ की कविता 'प्रकृतिर प्रतिशोध' का स्वर गूँज उठा। पढ़नेवाले थे उसी परिवार के एक व्यक्ति। वे बाहर रहकर पढ़े थे। इस परिवार में वर्जित संगीत और काव्य में उनकी दिलचस्पी थी। उस कविता को सुनाने के लिए उन बन्धु ने परिवार की सभी नारियों को इकट्ठा किया था। किसने कितना समझा, पता नहीं, लेकिन शरत् की आँखों में आँसू आ गए। उन्हें छिपाने के लिए वह उठकर बाहर चला गया।

3

नाना के इस परिवार में शरत् के लिए अधिक दिन रहना सम्भव नहीं हो सका। उसके पिता न केवल स्वप्नदर्शी थे, बल्कि उनमें कई और दोष थे। वे हुक्का पीते थे, और बड़े होकर बच्चों के साथ बराबरी का व्यवहार करते थे। उनकी शरारतों में वे सदा अप्रत्सक्ष रूप से सहायता करते थे। जब उनमें से किसी को गोदाम में बन्द करने की सज़ा मिलती तो वे चुपचाप उन्हें खाना दे आया करते थे। जब वे छूटते तो फूलों की माला तैयार करके उन्हें प्रसन्न कर देते थे। उनके बनाए कागज़ के नाना प्रकार के खिलौने बच्चों में बहुत लोकप्रिय थे। बड़े यत्न से वे स्लेट-पेंसिल लेकर उन्हें सुन्दर अक्षर लिखना सिखाते थे। उनके लिए गंगा-स्नान का प्रबन्ध कर देते थे। कैसा आनन्द है गंगा में कूदने में, यह बच्चे ही जानते हैं। तभी तो उनके लिए वे मरुस्थल में शाद्वल के समान थे। उनकी सम्वेदनशीलता अपरिसीम थी।

एक तो घर-जवाई, इसके उपरान्त कठोर अनुशासन वाले परिवार में ऐसा बर्ताव करना, इसी कारण वहाँ उनकी स्थिति बहुत अच्छी नहीं थी। उनका स्वतंत्र व्यक्तित्व जैसे समाप्त हो

गया था। जैसे उसके तन-मन दोनों को किसी ने खरीद लिया हो। उनका अपना उनके पास कुछ नहीं था। 'काशीनाथ' में काशीनाथ भी तो घर-जवाई होकर रहता है। उसे भी मानसिक सुख नहीं है। "कभी-कभी वह ऐसा महसूस करने लगता, जैसे अचानक उसे किसी ने गर्म पानी के कड़ाहे में छोड़ दिया हो। मानो सबने मिलकर, सलाह करके उसकी देह को खरीद लिया हो। मानो अब वह उसकी अपनी नहीं रही।"

फिर भी किसी तरह दिन बीत रहे थे कि अचानक एक दुर्घटना हो गई। केदारनाथ की पत्नी विंध्यवासिनी देवी ताँगे में कहीं जा रही थी कि वह उलट गया[1] उनके काफ़ी चोट आई। बहुत प्रयत्न करने पर भी भागलपुर में ठीक नहीं हो सकीं। डॉक्टर ने कहा, "इन्हें कलकत्ता ले जाइए।"

काफ़ी व्ययसाध्य बात थी और परिवार की आर्थिक स्थिति तब तक बिगड़ चुकी थी। भाई अलग-अलग रहने लगे थे। उनमें से अमरनाथ की मृत्यु हो चुकी थी और उनकी पुत्री विवाह के योग्य थी। पितृहीन कन्या का विवाह देर से होने पर अपवाद उठ खड़ा होने का डर रहता है। केदारनाथ करें तो क्या करें? एक दिन उन्होंने मोतीलाल को बुलाया, कहा "अब तुम्हारा यहाँ रहना सम्भव नहीं है। देवानन्दपुर जाकर कोई काम करने का प्रयत्न करो।"

मोतीलाल ने सुन लिया, भुवनमोहिनी ने भी सुन लिया। कोई रास्ता नहीं था। शिकवा-शिकायत करतीं भी तो किससे करतीं और कैसे करतीं। इसीलिए शरत् ने एक दिन पाया कि वह फिर देवानन्दपुर लौट आया है।

लेकिन लौट आने से पूर्व उसका परिचय गांगुली परिवार के पड़ोस में रहने वाले मजूमदार परिवार के राजू से हो चुका था। वह परिचय अनायास ही नहीं हो गया था। इसके पीछे प्रतियोगिता और प्रतिस्पर्धा का काफ़ी बड़ा इतिहास है।

श्यामवर्ण, स्वस्थ चेहरा, आजानबाहु, मुख पर चेचक के सामान्य निशान, शरीर में जितनी शक्ति मन में उतना ही साहस, ऐसे राजेन्द्रनाथ उर्फ राजू के पिता रामरतन मजूमदार डिस्ट्रिक्ट इंजीनियर होकर भागलपुर आए थे, लेकिन मतभेद हो जाने पर उन्हें त्यागपत्र देते देर न लगी। ठीक गांगुलियों के पास उनका घर था और आसपास की ज़मीन को लेकर दोनों परिवारों में काफ़ी मनमुटाव भी था। उस समय वहाँ घना वन था। माता-पिता के अनुशासन से पीड़ित बालक इसी वन में शरण ग्रहण करते थे। धूम्रपान, गांजा और चरस के साथ-साथ भैंसों का दूध चुराकर शरीर बनाने का काम यहाँ निरन्तर चलता था।

रामरतन मजूमदार ने अपने सात बेटों के लिए सात कोठियाँ बनवाईं, लेकिन उनके परिवार में कुछ ऐसी बातें थीं, जिनके लिए पुरातनपंथी बंगाली समाज उन्हें कभी क्षमा नहीं कर सका। वे लोग चीनी मिट्टी के प्यालों में खाना खा लेते थे। मुसलमान बैरे से कांच के गिलास में पानी लेने और छोटे भाई की विधवा पत्नी से बातें करने में उन्हें कोई आपत्ति नहीं थी। वे मोज़े पहनते, दाढ़ी रखते, क्लब जाते और बातों में दर्शन का पुट देते थे।

पिता की स्वाधीनचेता परम्परा को राजू ने चरम सीमा तक पहुँचा दिया था। पतंगबाज़ी

---

1. सन् 1888 ई.

के द्वन्द्वयुद्ध में शरत् की तरह वह भी पारंगत था। इसलिए स्वाभाविक रूप से दोनों एक-दूसरे को हराने की कामना करते थे। राजू के पास पैसे का बल था। पतंग का बढ़िया से बढ़िया सरंजाम जुटाने में उसे ज़रा भी कठिनाई नहीं हुई। लेकिन शरत् के पास पैसा कहाँ से आता। उसके दल ने बोतल के कांच को मैदा की तरह पीसकर और उसमें नाना उपक्रम मिलाकर मांझा तैयार किया। उस दिन शनिवार था। संध्या होते ही शरत् की गुलाबी पतंग धीरे-धीरे उसके पास आ रही है। यह थी राजू की पतंग। अब द्वन्द्वयुद्ध आरम्भ हो गया। पेच पर पेच लड़ाये जाने लगे। दोनों दल अपनी-अपनी विजय के लिए उत्तेजित हो उठे। 'वह मारा', 'वह काटा' का कर्णभेदी स्वर सबको डोलायमान करने लगा। सहसा लोगों ने देखा कि सफ़ेद पतंग कटकर इधर-उधर लड़खड़ाती हुई धरती की ओर आ रही है। फिर क्या था, शरत् के दल के हर्ष का पारावार नहीं रहा। उधर राजू ने उसी क्षण पतंग का सभी सरंजाम गंगा को अर्पित कर दिया।

लेकिन इसी प्रतियोगिता और संघर्ष के बीच से होकर वे धीरे-धीरे एक-दूसरे के प्रति आकर्षित होने लगे। राजू असाधारण प्रवृत्ति का बालक था—अमित साहस, अपूर्व प्रत्युत्पन्नमति, सब कार्यों में सफलता प्राप्त करने वाला। शरत् की स्थिर, धीर और शांत बुद्धि अभिभावकों के दुर्ग की मोटी दीवारों को लाँघकर उसे चकित करती रहती थी और वह उससे मित्रता करने के लिए आतुर हो उठता था।

आखिर एक दिन सब विघ्न-बाधाओं को लाँघकर दोनों किशोर एक हो गए। राजू, जो आयु में बड़ा था, शीघ्र ही शरत् के सभी दुःसाहसिक कार्यों का मंत्रदाता बन गया। उन दोनों की मित्रता का एक और कारण था, संगीत और अभिनय के प्रति दोनों का समान प्रेम। शरत् का कंठ अत्यन्त मधुर था।

बार-बार इस मित्रता के सम्बन्ध में उसे चेतावनी मिली होगी पर तत्कालीन सदाचार और अनुशासन क्या कभी उसे बाँधकर रख सके। उस परिवार के मुखियों में ऐसा एक भी नहीं था जो उसे प्रेरणा और सराहना के दो शब्द भी कहता। यही समय तो जीवन के सर्वांगीण विकास का प्रारम्भिक काल माना जाता है। तब उसके लिए यह स्वाभाविक था कि वह परिवार के बाहर प्रेरणा के स्रोत खोजता, क्योंकि प्रारम्भ से ही उसमें वे गुण विद्यमान थे जो व्यक्ति को महान बनने का अवसर देते हैं।

4

मोतीलाल चट्टोपाध्याय चौबीस परगना ज़िले में कांचड़ापाड़ा के पास मामूदपुर के रहने वाले थे। उनके पिता बैकुंठनाथ चट्टोपाध्याय सम्भ्रान्त राढ़ी ब्राह्मण परिवार के एक स्वाधीनचेता और निर्भीक व्यक्ति थे। और वह युग था प्रबल, प्रतापी ज़मीदारों के अत्याचार का, लेकिन वे कभी उनसे दबे नहीं। उन्होंने सदा प्रजा का ही पक्ष लिया। इसीलिए एक दिन उनके क्रोध का शिकार हो गए। सुना गया कि एक दिन ज़मीदार ने उन्हें बुलाकर किसी मुकद्दमे में गवाही देने के लिए कहा। उन्होंने उत्तर दिया, "मैं गवाही कैसे दे सकता हूँ? उसके बारे में मैं कुछ भी नहीं जानता।"

ज़मींदार ने कहा, "गवाही देने के लिए जानना ज़रूरी नहीं है।"

झूठी गवाही आज भी दी जाती है। उस दिन भी दी जाती थी, लेकिन बैकुण्ठनाथ ने साफ़ इनकार कर दिया। प्रबल, प्रतापी ज़मींदार क्रुद्ध हो उठा।

कारण कुछ और भी हो सकता है। एक दिन अचानक वे घर से गायब हो गए। मोतीलाल तब बहुत छोटे थे। शिशु पुत्र को गोद में चिपकाए बैकुण्ठनाथ की पत्नी रात-भर पति की राह देखती रही, लेकिन वे नहीं लौटे। सवेरा होते-होते एक आदमी ने आकर कहा, ''बहू माँ...बहू माँ, अनर्थ हो गया। बैकुण्ठनाथ को किसी ने मार डाला। उनका शव स्नान-घाट पर पड़ा है।''

बहू माँ की जैसे चीख निकल गई। हतप्रभ-विमूढ़ उन्होंने बालक को कसकर छाती से लगा लिया। वह न बोल सकती थीं और न बेहोश हो सकती थीं। ज़मीदार का इतना आतंक था कि वह चिल्लाकर रो भी नहीं सकती थीं। उसका अर्थ होता, पुत्र से भी हाथ धो बैठना। गाँव के बड़े-बूढ़ों की सलाह के अनुसार उसने जल्दी-जल्दी पति की अन्तिम क्रिया समाप्त की और रातों-रात देवानन्दपुर अपने भाई के पास चली गई।

कुछ बड़े होने पर मोतीलाल का विवाह भागलपुर के केदारनाथ गंगोपाध्याय की दूसरी बेटी भुवनमोहिनी से हुआ। उस समय के बहुत-से बंगालियों की तरह केदारनाथ के पिता रामधन गंगोपाध्याय घोर दारिद्रय से तंग आकर जीविका की तलाश में, हाली शहर से यहाँ आकर बस गए थे। वे इतने प्रतिभाशाली और परिश्रमशील थे कि सरकार में ऊँचे पद पर पहुँचने में उन्हें देर नहीं लगी। फिर तो सम्पन्नता और प्रतिष्ठा दोनों ने ही उनका मुक्त होकर वरण किया। लेकिन उस समय विवाह के लिए सम्पन्नता की आवश्यकता नहीं होती थी। होती थी कुलीनता और वंश मर्यादा की। मोतीलाल को सद्वंश की कुलीन संतान जानकर ही केदारनाथ ने अपनी कन्या उन्हें दी। उन्हीं के पास रहकर मोतीलाल ने मैट्रिक की परीक्षा पास की।[1] उसके बाद पढ़ने के लिए वे पटना कॉलेज चले गए। चचिया ससुर अघोरनाथ उनके सहपाठी थे। लेकिन दोनों के स्वभाव में ज़रा भी समानता नहीं थी। मोतीलाल घोर अभाव में पले थे, परन्तु माँ उन्हें बहुत प्यार करती थी, इसलिए बचपन में कोई ठीक दिशा उन्हें नहीं मिल सकी। उन्हें पढ़ने-लिखने का बहुत शौक था, परन्तु उससे अधिक शौक था कल्पनाओं में डूबे रहने का, ''मुझे कल्पना की गोद में सिर रखकर सो जाने दो। मैं उस संसार को देखना चाहता हूँ जिसका यह संसार प्रतिबिम्ब है।'' मोतीलाल यही कुछ थे।

उसके विपरीत अघोरनाथ थे कर्मठ, खरे और स्पष्टवादी। ऐसी स्थिति में कल्पनाप्रिय मोतीलाल से उनकी घनिष्ठता कैसे हो सकती थी? कॉलेज में भी वे बहुत अधिक देर नहीं टिक सके। देवानन्दपुर लौटकर कोई नौकरी करने लगे। उन दिनों इण्ट्रेंस पास के लिए नौकरी पा लेना बहुत कठिन नहीं था। मामा ने अपने घर के पास उन्हें थोड़ी-सी ज़मीन दे दी थी। कुछ रुपया जोड़कर उन्होंने बरामदे सहित दो कोठरियों का एकमंज़िला, दक्षिणद्वारी, पक्का घर बनवा लिया। इसी में रहकर वे अपनी गृहस्थी चलाने लगे।

मोतीलाल की माँ साहसी सुगृहिणी थीं, तो उनकी पत्नी शान्त प्रकृति, निर्मल चरित्र और उदार वृत्ति की महिला थीं। वह सुन्दर नहीं थीं परन्तु वैदूर्य मणि की तरह अन्तर के रूप से

---

1. सन् 1873—तृतीय श्रेणी

रूपसी निश्चय ही थीं। उनके सहज पातिव्रत्य और प्रेम की छाया में स्वप्नदर्शी, यायावर पति की गृहस्थी चलने लगी। यहीं पर 15 सितम्बर, 1876 ई. तदनुसार 31 भाद्र, 1283 बंगाब्द, आश्विन कृष्णा द्वादशी, सम्वत् 1933, शकाब्द 1798, शुक्रवार की संध्या को एक पुत्र का जन्म हुआ। वह अपने माता-पिता की दूसरी संतान था। चार-एक वर्ष पहले उसकी एक बहन अनिला जन्म ले चुकी थी। माता-पिता ने बड़े चाव से पुत्र का नाम रखा 'शरत्चन्द्र'।

देवानन्दपुर बंगाल का एक साधारण-सा गाँव है। हरा-भरा, ताल-तलैयों, नारियल और केले के वृक्षों से पूर्ण। मलेरिया की प्रचुरता भी कम नहीं है। नवाबी शासन में यह फारसी भाषा की शिक्षा का केन्द्र था। डेढ़ सौ वर्ष पहले रायगुणाकर कवि भारतचन्द्र राय ने, फारसी भाषा का अध्ययन करने के लिए, अपना कैशोर्य-काल यहाँ बिताया था। इसकी गणना प्राचीन सप्त ग्रामों में होती है। तब समृद्ध भी रहा होगा। भारतचन्द्र के समय इस गाँव में हरीराम राय और रामचन्द्रदत्त मुंशी पढ़ाने-लिखाने का काम करते थे। इन्हीं से उन्होंने फारसी पढ़ी और स्वयं दो पद्य लिखकर इन्हें अमर कर गए :

ए तिन जनार कथा, पाँचाली प्रबन्धे गाथा।
बुद्धि रूप कैल नाना जना॥
देवानन्दपुर ग्राम देवेर आनन्द धाम।
हीराराम रायेर वासना॥
देवेर आनन्द धाम, देवानन्दपुर नाम।
ताहे अधिकारी राम रामचन्द्र मुंशी॥
भारते नरेन्द्र राय, देशे जार यश गाय।
होये मोरे कृपादाय पड़ाइल पारसी॥

इसी गाँव में शरत् का बाल्यकाल अत्यन्त अभाव में आरम्भ हुआ। माँ न जाने कैसे गृहस्थी चलाती थीं। जानती थीं पति कैसे हैं। उनसे शिकवा-शिकायत व्यर्थ है। सार्थक यही है कि घर की शोभा बनी रहे। उन्होंने न कभी गहनों की माँग की, न कीमती पोशाक की ही। आत्मोत्सर्ग ही मानो उनका दाय था। जब भागलपुर में वे रहती थीं तब चचाओं के इतने बड़े परिवार में यह उन्हीं का अधिकार था कि सब माँओं के बच्चों को अपनी छाती में छिपाकर उनकी देख-रेख करें। कौन अब आएगा? कौन कब जाएगा? किसको क्या और कब खाना है? ऐसे असंख्य प्रश्नों को सुलझाने में उन्हें साँस लेने की फ़ुरसत ही नहीं मिलती थी। निरन्तर आवाज़ गूंज़ती रहती थी, "कहाँ है भुवन? ओ भुवन! अरे भुवन बेटी!"

मोतीलाल मानो आकाश में उड़ने वाले रंगीन पतंग थे। और भुवनमोहिनी थी निरन्तर घूमते हुए चक्र के समान सीधी-सादी प्रकृति की महिला। उसका कोमल मन सबके दुख से द्रवित हो उठता था। इसलिए सभी उसको प्यार करते थे, बड़े उसकी सेवा-परायणता पर मुग्ध थे, छोटे उसके स्नेह के लिए लालायित रहते थे। शरत्-साहित्य में खोजने पर ऐसे अनेक चरित्र मिल सकते हैं। माँ का ऋण चुकाने के लिए कथाकार शरत् ज़रा भी तो कृपण नहीं हुआ। लेकिन कैसी भी सरल और उदार नारी हो, पति की अकर्मण्यता उसको ठेस पहुँचाती ही है।

भुवनमोहिनी बहुत बार क्षुब्ध हो उठती, तब मोतीलाल चुपचाप घर से निकल जाते और देर तक बाहर ही रहते, *शुभदा* के हारान बाबू की तरह।

5

शरत् जब पाँच वर्ष का हुआ तो उसे बाकायदा प्यारी (बन्दोपाध्याय) पण्डित की पाठशाला में भर्ती कर दिया गया, लेकिन वह शब्दशः शरारती था। प्रतिदिन कोई-न-कोई काण्ड करके ही लौटता। जैसे-जैसे वह बड़ा होता गया उसकी शरारतें भी बढ़ती गईं। उस दिन चटाई पर बैठे-बैठे उसने देखा कि पण्डित जी चिलम में तमाखू सजाकर कहीं चले गए हैं। बस वह उठा और चिलम में से तमाखू हटाकर उसके स्थान पर ईंट के छोटे-छोटे टुकड़े रख दिए। पण्डितजी ने लौटकर चिलम में आग रखी और हुक्के पर रखकर गुड़गुड़ाने लगे, लेकिन धुआँ तो बाहर आ ही नहीं रहा। कई बार कोशिश की, पर व्यर्थ। तब चिलम को उलट-पलटकर देखा तो पाया कि तमाखू के स्थान पर ईंट के टुकड़े रखे हुए हैं। समझ गए कि यह किसी विद्यार्थी का ही काम है। क्रुद्ध होकर उन्होंने पूछा, ''सच बताओ, ये ईंट के टुकड़े चिलम में किसने रखे हैं ?''

कई क्षण तक कोई कुछ नहीं बोला, लेकिन जब पण्डित जी क्रोध से बार-बार चीत्कार करने लगे तो, डर के मारे एक लड़के ने शरत् का नाम ले दिया। सुनकर पण्डितजी ने बेंत हाथ में उठाई और मारने के लिए उसकी ओर लपके। शरत् ने यह देखा तो तुरन्त छलाँग लगा दी। जाते समय उस लड़के को धक्का देना नहीं भूला जिसने उसका नाम लिया था। वह गिर पड़ा। पण्डितजी उसको उठाने लगे और उसी बीच में शरत् यह जा और वह जा।

क्रोध से काँपते हुए पण्डितजी शरत् के घर पहुँचे। उसकी कहानी सुनकर माँ के क्रोध का भी ठिकाना न रहा। घर लौटने पर उसने शरत् को खूब पीटा। बीच-बीच में अपने कपाल पर भी हाथ मारकर कहती, ''क्या करेगा यह लड़का ? कैसे चलेगा इसका काम ?...'' लेकिन सास ने उसे समझाया, ''बहू, तू इसे मत मार! एक दिन इसकी मति लौट आयेगी। और यह बहुत बड़ा आदमी होगा। मैं वह दिन देखने के लिए नहीं रहूँगी, लेकिन तू देख लेना, मेरी बात झूठ नहीं होगी।''

पण्डितजी भी जब कभी उनके पास शिकायत लेकर पहुँचते तब उनसे भी वह बड़े शान्त भाव से यही कहती, ''पण्डितजी, न्याड़ा[1] थोड़ा दुष्ट तो है पर बड़ा होकर यह भलामानस ही बनेगा।''

पण्डितजी स्वयं कई बार उसकी शरारतों को अनदेखा कर जाते। एक तो वह पढ़ने में तेज़ था, दूसरे उनके बेटे काशीनाथ का परम मित्र भी था। काशीनाथ उसी स्कूल में पढ़ता था और उसी स्कूल में पढ़ती थी उसके एक मित्र की बहन। न जाने कैसे शरत् की उससे मित्रता हुई। अक्सर दोनों एक साथ घूमते हुए दिखाई देते। जितना एक-दूसरे को चाहते उतना ही झगड़ा भी करते। नदी या तालाब पर मछली पकड़ना, नाव लेकर नदी में सैर करना, बाग से फल चुराना, पतंग का सरंजाम तैयार करना, वन-जंगल में घूमना, इन सब प्रकार के बाल-सुलभ कामों में वह बालिका शरत् की संगिनी थी। असली नाम उसका क्या था किसी को पता

1. शरत् के पुकारने का नाम

नहीं परन्तु सुभीते के लिए लोग उसे धीरू के नाम से जानते हैं।

धीरू को एक शौक था, करौंदों की ऋतु आयी तो वह उनकी माला तैयार करती और शरत् को भेंट कर देती। शायद माल्यार्पण का अर्थ वह तब तक नहीं जानती थी। लेकिन समय के देवता ने एक न एक दिन यह रहस्य उन दोनों को समझा ही दिया होगा। वैसे उन दोनों का संबंध कम रहस्यमय नहीं था। गर्मी के दिनों में एक दिन क्या हुआ—शरत् 'देवदास' की तरह पाठशाला के कमरे में एक कोने में एक फटी हुई चटाई के ऊपर बैठा था। स्लेट हाथ में लिए वह कभी आँखें खोलता, कभी मूँदता, कभी पैर फैलाकर जमुहाई लेता। अन्त में वह बहुत ही चिन्ताशील हो उठा। उसने निश्चय किया कि ऐसा समय गुड्डी उड़ाते हुए घूमने-फिरने के लिए होता है। बस क्षण-भर में एक युक्ति उसे सूझ गई। पाठशाला में उस समय जलपान की छुट्टी थी। बालक नाना प्रकार के खेल खेलते हुए शोर-गुल कर रहे थे। वह शरारती था इसलिए उसे छुट्टी नहीं मिली थी। एक बार पाठशाला से निकलता तो लौटकर नहीं आता। कक्षा के प्रमुख छात्र भोलू की देखरेख में उसे पढ़ने की आज्ञा थी।

उसने देखा कि पण्डितजी सो रहे हैं और भोलू टूटी हुई बेंच पर ऐसे बैठा है जैसे पण्डितजी हो। वह चुपचाप स्लेट लेकर उसके पास पहुँचा। बोला, "यह सवाल समझ में नहीं आ रहा है।"

भोलू ने गम्भीर होकर कहा, "लाओ ज़रा स्लेट, देखूँ तो।"

जिस समय भोलू ज़ोर-ज़ोर से बोलकर सवाल निकालने की चेष्टा कर रहा था, उसी समय एक घटना घट गई। सहसा भोलू बेंच के पास जो चूने का ढेर लगा हुआ था उसमें जा गिरा और शरत् का फिर कहीं पता न लगा। धीरू यह देखकर ज़ोर-ज़ोर से तालियाँ बजा-बजाकर हँसने लगी। उसी समय पण्डितजी जाग उठे। भोलू का रूप तब देखते ही बनता था। सिर से पैर तक चूने में रंगकर भूत की तरह दिखाई देता था। और रोना उसका किसी तरह भी बन्द नहीं हो रहा था। पण्डितजी को स्थिति समझते देर नहीं लगी। बोले, "तो वह शरता हरामजादा तुझे धक्का देकर भाग गया है?"

भोलू ने किसी तरह कहा, "आं, आं!"

उसके बाद शरत् की जो खोज मची वह किसी छोटी-मोटी सेना के आक्रमण से कम नहीं थी। लड़के नाना प्रकार की बातें करते उसे ढूँढ़ रहे थे, लेकिन कोई उसको पकड़ नहीं सका। जिस किसी ने उसके पास पहुँचने की चेष्टा की उसी पर उसने ईंट फेंक मारी।

धीरू सब कुछ देख रही थी। वह यह भी जानती थी कि शरत् इस समय कहाँ गया होगा। थोड़ी देर बाद उसने अपने आंचल में मूड़ी बाँधी और ज़मींदार के आम के बाग में प्रवेश किया। वहीं एक बाँस का भिढ़ा था। पास पहुँचकर उसने देखा, शरत वहाँ बैठा हुआ हुक्का पी रहा है। उसे देखते ही बोला, "लाओ, क्या लाई हो?"

और यह कहते-कहते उसके आंचल में से मूड़ी खोलकर खाने लगा। वह खाता रहा और धीरू पण्डितजी की बात सुनाती रही। अचानक वह बोला, "पानी लाई हो?"

धीरू ने कहा, "पानी तो नहीं लाई।"

शरत् बिगड़कर बोला, ''तो अब जाकर लाओ।''

धीरू को यह अच्छा नहीं लगा। कहा, ''अब मैं नहीं जा सकती। तुम चलकर पी आओ।''

''मैं यहाँ से नहीं जा सकता। तुम्हीं जाकर ले आओ।''

धीरू नहीं उठी। शरत् ने गुस्सा होकर कहा, ''जाओ, मैं कह रहा हूँ न।''

धीरू अब भी चुप रही। तब शरत् ने उसकी पीठ पर एक घूंसा मारा। कहा, ''जाएगी कि नहीं ?''

धीरू रो पड़ी। एकदम उठते हुए बोली, ''मैं अभी जाकर तुम्हारी माँ से सब कुछ कह दूँगी। यह भी कहूँगी कि तुम हुक्का पी रहे हो।''

''कह दे, जा मर!''

उस दिन फिर शरत् को माँ के हाथों मार खानी पड़ी। धीरू फिर पिटी, लेकिन दोनों की मित्रता में इससे कोई अन्तर नहीं पड़ा। वह निरन्तर प्रगाढ़ ही होती गई। बहुत दिन बाद शैशव की इस संगिनी को आधार बनाकर शरत् ने अपने कई उपन्यासों की नायिकाओं का सृजन किया। *देवदास* की पारो, *बड़ी दीदी* की माधवी और *श्रीकान्त* की राजलक्ष्मी, ये सब धीरू ही का तो विकसित और विराट् रूप हैं। विशेषकर *देवदास* में तो जैसे उसने अपने बचपन को ही मूर्त रूप दिया है।

दिन पर दिन बीतते चले जाते थे, इन दोनों बालक-बालिका के आमोद की सीमा नहीं थी। दिन-भर धूप में घूमते-फिरते, संध्या को घर लौटकर मार खाते। रात को निश्चिन्त-निरुद्वेग सो जाते। दूसरे दिन सवेरा होते ही फिर भाग जाते और फिर संध्या को तिरस्कार-प्रहार सहन करते। तीसरे दिन, चौथे दिन, बार-बार यही कहानी दोहराई जाती। इनका और कोई संगी-साथी नहीं था और न उसकी कोई ज़रूरत ही थी। गाँव-भर में उपद्रव करते फिरने के लिए दोनों ही यथेष्ट थे।

बीच-बीच में मछली का शिकार और नाव खेकर दिन काटने के साथ-साथ शरत् यात्रा दल में जाकर शागिर्दी भी करता था। अपने मधुर कण्ठ के कारण वह उनके लिए बहुत उपयोगी था। लेकिन जब उससे भी उसका जी ऊब जाता तो अंगौछा कंधे पर रखकर निकल पड़ता। यह निकल पड़ना विश्वकवि के काव्य की निरुद्देश्य यात्रा नहीं थी। ज़रा दूसरे ढंग की थी। वह भी जब खत्म हो जाती तो फिर एक दिन चोट खाए हुए अपने चरणों को तथा निर्जीव देह को लेकर घर वापस लौट आता। वहाँ आवभगत की बारी जब समाप्त हो जाती तो फिर पाठशाला में जाना आरम्भ कर दिया जाता। वहाँ फिर एक बार आवभगत होती और उसके बाद 'बोधोदय' तथा 'पद्यपाठ' में दिल लगाने का क्रम चलता। फिर एक दिन सब किया-कराया भूल जाता। दुष्ट सरस्वती कन्धे पर सवार हो जाती। फिर शागिर्दी शुरू होती। फिर घर से नौ दो ग्यारह हो जाता।

उस दिन सरस्वती नदी के घाट पर पहुँचा तो सामने डोंगी पड़ी हुई थी। बस उसमें जा बैठा और उसे खेता हुआ पहुँच गया तीन-चार मील दूर कृष्णपुर गाँव में। वहाँ रघुनाथ बाबा का प्रसिद्ध अखाड़ा था। वहीं जाकर कीर्तन में हाज़िर हो गया। रात हो गई, फिर लौटना नहीं

हो सका। अगले दिन पता लगाते-लगाते मोतीलाल स्वयं उसे लेने के लिए वहाँ पहुँचे। लेकिन यह एक दिन की अनायास यात्रा नहीं थी। किसी बड़ी यात्रा का आरम्भ था। कभी अकेले, कभी मित्रों के साथ उसका वहाँ जाना जारी रहा।

इन्हीं दिनों गाँव में सिद्धेश्वर भट्टाचार्य ने एक नया बांग्ला स्कूल खोला। शायद वहाँ मन लगाकर पढ़ सके, इस ख़याल से उसे वहाँ दाखिल किया गया, लेकिन उसके कार्यक्रम में कोई अन्तर नहीं पड़ा। साल-भर यूँ ही निकल गया। तभी अचानक मोतीलाल को 'डेहरी आन सोन' में एक नौकरी मिल गई। पिता के साथ कुछ दिन वह भी वहाँ रहा। लेकिन वह सारा समय खेलकूद में ही बीता। वहाँ एक नहर थी, उसके किनारे पक्की खिरनियां बटोरता या फंदा डालकर गिरगिट पकड़ता या फिर घाट पर जाकर बैठ जाता और कल्पनाओं के आल-जाल में डूब जाता। सभी प्रकार की शरारतों के बीच में अन्तर्मुखी होने का उसका स्वभाव निरन्तर प्रगति करता जा रहा था। अपने उस अल्पकालिक डेहरी-प्रवास को वह कभी नहीं भूल सका। *गृहदाह* में उसने इस नगण्य स्थान को भी अमर कर दिया।

देवानन्दपुर लौटने पर उसे एक और शौक लग गया। शौक तो पहले भी था पर अब यह सनक की सीमा तक जा पहुँचा था। सरस्वती नदी छोटी-सी उथली नदी है। पाट भी बहुत चौड़ा नहीं है। पानी कमर के ऊपर नहीं जाता। अक्सर उसमें सिवार भरी रहती। बीच-बीच में जहाँ खुला था वहीं छोटी-छोटी मछलियाँ खेला करती थीं। बंसी में आटे की गोली लगाकर वह उसे पानी में डाल देता और बैठा रहता। एक दिन उसने देखा कि मोहल्ले का नयन बागदी दादी के पास आया है और कह रहा है, ''माँजी, मुझे पाँच रुपये दो। मैं तुम्हारे पोते को दूध पिलाकर अदा कर दूँगा। एक अच्छी-सी गाय लाना चाहता हूँ। बसन्तपुर में मेरा एक रिश्ते का भाई है। उसने कहला भेजा है।''

दादी ने उसे पाँच रुपये दे दिए और वह प्रणाम करके चला गया। तभी शरत् के मन में सहसा एक विचार कौंध आया। सुन रखा था कि बसन्तपुर में छीप बनाने के लिए अच्छा बाँस मिलता है। बस वह चुपचाप नयन बागदी के पीछे-पीछे चल पड़ा। एक मील चलने के बाद नयन ने उसे देखा। वह बहुत नाराज़ हुआ, लालच भी दिया। लेकिन शरत् पर कोई असर नहीं हुआ। तब ज़बर्दस्ती पकड़कर वह उसे दादी के पास ले आया। बोला, ''रास्ता ठीक नहीं है। खतरा है। अगर समय से न लौट सका तो आप ही बताइए गऊ को संभालूँगा या इसको।''

दादी खतरे की बात जानती थी। उसने शरत् से कहा, ''तू नहीं जाएगा। और अगर चोरी से गया तो मैं पण्डितजी से कह दूँगी।''

नयन चला गया। शरद् भी पोखर में नहाने का बहाना करके शरीर में तेल मलता हुआ, अंगौछा कंधे पर डालकर, घर से निकल पड़ा। नदी के किनारे-किनारे वन-जंगल और आम-कटहल के बागों के भीतर होकर दो-ढाई मील तक दौड़ता हुआ चला गया। जिस जगह पर गाँव का कच्चा रास्ता ग्राण्ड ट्रंक रोड की पक्की सड़क से जाकर मिलता है वहीं जाकर खड़ा हो गया। कुछ देर बाद नयन भी आ पहुँचा। शरत् को वहाँ देखकर वह हतप्रभ रह गया, पर अब लौटना सम्भव नहीं था। हँसकर बोला, ''अच्छा देवता, चलो! जो भाग्य में होगा देखा जाएगा।''

बसन्तपुर पहुँचकर नयन की बुआ ने उसकी खूब खातिर की। उसे गाय मिली और बालक शरत् को मिली बाँस की कमचियाँ। रुपये भी बुआ ने लौटा दिए। लौटते समय दिन डूब चला था। दो कोस भी नहीं चले होंगे कि चाँद निकल आया। रास्ते के दोनों ओर बड़े-बड़े पीपल और बरगद के पेड़ थे जो ऊपर जाकर आपस में ऐसे मिल गए थे कि राह में घना अंधेरा छा गया था। जब वे कच्ची राह पर पहुँचे तो झाड़-झंखाड़ों वाला वह जंगल और भी घना हो आया। इसी जंगल में तो लुटेरे आदमी को मारकर गाड़ देते थे और पुलिस उधर मुँह भी नहीं करती थी। गाँव का आदमी भी रिपोर्ट करने नहीं जाता था, क्योंकि उन्हें शिक्षा मिली थी कि पुलिस के पास जाना आफ़त बुलाना है। बाघ के सामने पड़कर भी दैव-संयोग से कभी प्राण बच सकते हैं लेकिन पुलिस के पल्ले पड़कर नहीं। यहीं पहुँचकर सहसा उन्हें कुछ दूर पर चीख सुनाई दी। साथ ही लाठियों के बरसने का शब्द हुआ। उसके बाद सन्नाटा छा गया। नयन बोला, ''बेचारा खत्म हो गया। अब हमें ज़रा होशियार होकर चलना चाहिए।''

बालक शरत् भय से कांपने लगा। साँस लेना भी मुश्किल हो गया। धुंध के मारे कुछ दिखाई भी नहीं देता था कि सहसा फिर किसी के भागने की आवाज़ सुनाई दी। नयन चीख उठा, ''खबरदार, कहे देता हूँ, बामन का लड़का मेरे साथ है। अगर पाबड़ा मारा तो तुममें से एक को भी जीता नहीं छोड़ूँगा।''

कहीं से कोई जवाब नहीं मिला। कुछ आगे बढ़कर उन लोगों ने उस आदमी को देखा जिसकी चीख सुनाई दी थी। बिचारा कोई भिखारी था। एकतारा बजाकर भीख मांगता था। नयन से नहीं रहा गया। क्रुद्ध होकर बोला, ''अरे नरक के कीड़ो, तुमने बेकार ही एक वैष्णव भिखारी के प्राण ले लिए। जी चाहता है, तुम लोगों को भी इसी प्रकार मार डालूँ।''

इस बार पेड़ की आड़ से किसी ने जवाब दिया, ''धर्म-कर्म की बातें रहने दे। जान बचाना चाहता है तो भाग जा!''

''हरामज़ादो, कायरो, भागूँगा मैं, तुम्हारे डर से!''

यह कहकर उसने टेंट में से रुपये निकाले और टनटनाते हुए बोला, ''देखो, मेरे पास रुपये हैं। हिम्मत हो तो पास आओ और ले जाओ। मैं नयन बागदी हूँ।''

कोई उत्तर नहीं आया। मोटी-सी गाली देकर वह फिर बोला, ''क्यों रे, आओगे या मैं घर जाऊँ?''

फिर भी कोई जवाब नहीं आया। राह में दो-तीन पाबड़े पड़े हुए थे। नयन ने उन्हें उठा लिया। कुछ दूर वह चला भी, लेकिन फिर बोला, ''ना भइया, आँखों से वैष्णव की हत्या देखकर हत्यारों को उसकी सज़ा दिए बिना मुझसे जाया नहीं जाएगा!''

बालक शरत् ने पूछा, ''क्या करोगे?''

वह बोला, ''क्या मैं एक साले को भी न पकड़ पाऊँगा? तब हम दोनों मिलकर लाठी से पीट-पीटकर उसे मार डालेंगे?''

पीटकर मारने के आनन्द से बालक शरत् बहुत प्रसन्न हुआ। बोला, ''नयन दादा, तुम अच्छी तरह उसे पकड़े रहना। मैं अकेले ही उसे पीटकर मार डालूँगा। लेकिन कहीं मेरी छीप टूट गई तो?''

नयन ने हँसकर कहा, ''छीप की मार से नहीं मरेगा भइया, यह सोंटा लो।''

और एक अच्छा-सा पाबड़ा उसने बालक शरत् को दे दिया। तब तक लुटेरों ने समझ लिया था कि वे लोग चले गए हैं। इसलिए वे भिखारी की तलाशी लेने के लिए आ पहुँचे। नयन पेड़ की आड़ में खड़ा हो गया। उनमें से एक ने उसे देख लिया और चिल्लाकर बोला, ''वहाँ कौन खड़ा है ?''

उसकी चिल्लाहट सुनकर सब लोग भाग चले, लेकिन वह पकड़ा गया। नयन ने उसे बाँध लिया और बालक के पास ले आया। वह बराबर रो रहा था। मुँह पर उसने कालिख पोत रखी थीं, बीच-बीच में चूने की टिपकी लगी हुई थी। नयन ने उसे सड़क पर लिटाया और कसकर दो-तीन लातें लगाईं। फिर शरत् से कहा, ''अब ताककर पाबड़ा मारो।''

बालक के हाथ-पैर काँप रहे थे। रुआँसा होकर उसने कहा, ''मुझसे यह काम न हो सकेगा।''

नयन ने कहा, ''तुमसे न हो सकेगा, अच्छा तो मैं ही इसे खतम करता हूँ।''

शरत् ने विनती के स्वर में कहा, ''ना नयन दादा, मारो नहीं।''

तब तक वह आदमी, जिसने शायद दो-तीन दिन से अन्न की शक्ल भी नहीं देखी थी सड़क पर ऐसे लेटा रहा जैसे मर गया हो। नयन ने झुक के उसकी नाक पर हाथ रखा और कहा, ''नहीं मरा नहीं, बेहोश हो गया है। चलो भइया हम भी घर चलें।''

6

तीन वर्ष नाना के घर भागलपुर में रहने के बाद अब उसे फिर देवानन्दपुर लौटना पड़ा। बार-बार स्थान-परिवर्तन के कारण पढ़ने-लिखने में बड़ा व्याघात होता था। आवारगी भी बढ़ती थी, लेकिन अनुभव भी कम नहीं होते थे। भागलपुर में रहते हुए नाना प्रकार की शरारतों के बावजूद शरत् ने सदा अच्छा लड़का बनने का प्रयत्न किया था। पढ़ने में भी वह चतुर था। परन्तु यह कामना भी बड़ी प्रबल थी कि मैं किसी से छोटा नहीं बनूँगा। इसीलिए अंततः उसकी प्रसिद्धि भले लड़कों के रूप में होती थी। इन सारी शरारतों के बीच एकांत में बैठकर आत्मचिंतन करना उसे बराबर प्रिय रहा। चिन्तन के इन क्षणों में अनेक कथानक उसके मन में उभरे। लिखने का प्रयत्न भी उसने किया।

वह सुन्दर नहीं था। आँखों को छोड़कर उसमें कोई विशेषता नहीं थी, लेकिन आँखों की यह चमक ही सामने वाले को बाँध लेती थी। वर्ण श्यामता की ओर था और देह थी खूब रोगी, लेकिन पैर हिरन की तरह दौड़ने में मज़बूत थे। बिल्ली की तरह पेड़ों पर चढ़ जाता था। बुद्धि भी तीक्ष्ण थी, लेकिन दिशाहीन, कठोर अनुशासन के कारण उसका प्रयोग पथभ्रष्टता में ही अधिक होता था।

देवानन्दपुर लौटकर यह पथभ्रष्टता और भी बढ़ गई। अनुशासन के नाम पर यहाँ कुछ था ही नहीं। किसी तरह हुगली ब्रांच स्कूल की चौथी श्रेणी में भरती हो गया।[1] दो पक्के कोस चलकर स्कूल जाना पड़ता था। निपट कच्चा रास्ता, गर्मी में धूल से भरा, वर्षा में कीचड़ ही

1. सन् 1889 या 1890, वर्तमान 7वीं श्रेणी

कीचड़। गरीबी इतनी थी, आसानी से फीस का जुगाड़ करना मुश्किल था। आभूषण बेच देने और मकान गिरवी रख देने पर भी वह अभाव नहीं मिट सका। पेट भी तो भरना होता था। फिर भी किसी तरह वह प्रथम श्रेणी[1] तक पहुँच गया परन्तु अब तक पिता पर ऋण बहुत चढ़ गया था। वे फ़ीस का प्रबन्ध न कर सके और फ़ीस के अभाव में स्कूल जाना कैसे हो सकता था। शुरू-शुरू में वह किसी साथी के घर मुट्ठी-भर भात खाकर, स्कूल के मार्ग में, पेड़ों के तले, शरारती बालकों की संगति में दिन काट देता था। फिर धीरे-धीरे उन लड़कों के दल का सरदार बन गया। विद्या पीछे छूट गई और हाथ में आ गई दुधारी छुरी, जिसे लेकर वह दिन-रात घूमा करता था। उसके भय के कारण उसके दल के सदस्यों की संख्या बड़ी तेज़ी से बढ़ रही थी।

वह दूसरों के बागों के फल-फूल चोरी करने लगा था। लेकिन उन्हें वह दोस्तों और गरीबों में बाँट देता था। दूसरों के ताल में मछली पकड़ने की उसकी जो पुरानी आदत थी वह अब और भी बढ़ गई थी। थोड़े ही दिनों में उसके आस-पास के लोग उससे तंग आ गए लेकिन उसे पकड़कर दण्ड देने में वे सब असमर्थ थे। एक तो इसलिए कि वह फल और मछली को छोड़कर किसी और वस्तु को नहीं छूता था, दूसरे बहुत से निर्धन व्यक्ति उसकी लूट पर पलते थे। और गाँवों मं निर्धनों की संख्या अधिक होती थी। इन्हीं में एक व्यक्ति था बहुत दिनों से बीमार, गरीबी के कारण इलाज की ठीक-ठीक व्यवस्था कर पाना उसके लिए सम्भव नहीं था। आख़िर उसे इसी दल की शरण लेनी पड़ी। तुरन्त ये लोग बहुत-सी मछलियाँ पकड़ लाए और उन्हें बेचकर उसके इलाज का प्रबन्ध कर दिया। उपेक्षित-अनाश्रित रोगियों की वे स्वयं भी यथाशक्ति सेवा करते थे। अनेक अंधेरी रातों में लालटेन और लम्बी लाठी लेकर मीलों दूर, वे शहर से दवा ले आए हैं, डॉक्टर को बुला लाए हैं। इसलिए जहाँ कुछ लोग उनसे परेशान थे, वहाँ अधिकांश लोग उन्हें मन-ही-मन प्यार भी करते थे।

शरत् चोर नहीं था। घर में बेहद कंगाली थी, पर उसने कभी अपनी चिंता नहीं की। वह वास्तव में राबिनहुड के समान दुस्साहसी और परोपकारी था। अर्द्धरात्रि के निविड़ अंधकार में जब मनुष्य तो क्या, कुत्ते भी बाहर निकलने में डरते थे, वह चुपचाप पूर्व निर्दिष्ट बाग में या ताल पर पहुँचकर अपना काम कर लाता था। इस शुभ कार्य में उसके कई सहचर थे, परन्तु उनमें सबसे प्रमुख था सदानन्द।

इनका अड्डा ताल के किनारे वाले बाग के पास ऊँचे टीले की आड़ में एक गहरा खड्ड था। सब लूटी हुई सामग्री वे यहीं रखते थे। तम्बाकू पीने का सरंजाम भी यहीं था। इस दल के उत्पात जब बहुत बढ़ गए तब सदानन्द के अभिभावकों ने उसे आज्ञा दी कि वह शरत् से कभी न मिले, लेकिन मिलन क्या कभी निषेध की चिंता करता है? उन्होंने एक ऐसा उपाय खोज निकाला कि साँप मरे ना लाठी टूटे। सदानन्द के घर की छत से लगा एक ऊँचा पेड़ था। उसी पर चढ़कर शरत् छत पर पहुँच जाता और दोनों खूब शतरंज खेलते। उसके बाद रात्रि-अभियान पर निकल पड़ते। सब काम समाप्त करने के बाद दोनों मित्र भले लड़कों की तरह अपने-अपने घर जाकर सो जाते थे। जब कभी भी उसके दिल में किसी काम को करने की इच्छा प्रबल हो उठती थी तो उस समय उसकी शारीरिक और मानसिक दोनों शक्तियों का स्फुरण भी आश्चर्यजनक हो उठता था।

---

1. वर्तमान 10वीं श्रेणी

बीच-बीच में मछुवों की नाव लेकर कभी अकेले, कभी मित्रों के साथ कृष्णपुर गाँव में रघुनाथदास गोस्वामी के अखाड़े में पहुँच जाना वह नहीं भूला था। यहीं कहीं उसका मित्र गौहर रहता था। *श्रीकान्त* चतुर्थ पर्व का वह आधा पागल कवि कीर्तन भी करता था। मालूम नहीं वहाँ किसी वैष्णवी का नाम कमललता था या नहीं, पर यह सच है कि किशोर जीवन के ये चित्र उसके हृदय पर सदा-सदा के लिए अंकित हो गए और आगे चलकर साहित्य-सृजन का आधार बने। न जाने कितने ऐसे चित्र उसने अपनी पुस्तकों में खींचे हैं।

श्रीकान्त चतुर्थ पर्व में कथाशिल्पी शरत्चन्द्र चट्टोपाध्याय ने लिखा है, ''सीधा रास्ता छोड़कर वन-जंगलों में से इस-उस रास्ते का चक्कर लगाता हुआ स्टेशन जा रहा था...बहुत कुछ उसी तरह जिस तरह बचपन में पाठशाला को जाया करता था। चलते-चलते एकाएक ऐसा लगा कि सब रास्ते जैसे पहचानने हुए हैं, मानो कितने दिनों तक कितनी बार इन रास्तों से आया गया हूँ। पहले वे बड़े थे, अब न जाने क्यों संकीर्ण और छोटे हो गए हैं अरे यह क्या, यह तो खां लोगों का हत्यारा बाग है। अरे, यही तो है! और यह तो मैं अपने ही गाँव के दक्षिण के मुहल्ले के किनारे से जा रहा हूँ! उसने न जाने कब शूल की व्यथा के मारे इस इमली के पेड़ की ऊपर की डाल में रस्सी बाँधकर आत्महत्या कर ली थी। की थी या नहीं, नहीं जानता, पर प्राय: और सब गाँवों की तरह यहाँ भी यह जनश्रुति है। पेड़ रास्ते के किनारे है, बचपन में इस पर नज़र पड़ते ही शरीर में कांटे उठ आते थे, आँखें बन्द करके एक ही दौड़ में इस स्थान को पार कर जाना पड़ता था।''

''पेड़ वैसा ही है। उस वक्त ऐसा लगता था कि इस हत्यारे पेड़ का धड़ मानों पहाड़ की तरह है और माथा आकाश से जाकर टकरा रहा है। परन्तु आज देखा कि उस बेचारे में गर्व करने लायक कुछ नहीं है, और जैसे अन्य इमली के पेड़ होते हैं वैसा ही है। जनहीन ग्राम के एक ओर एकाकी नि:शब्द खड़ा है। शैशव में जिसने काफ़ी डराया है, आज बहुत वर्षों बाद के प्रथम साक्षात् में उसी ने मानो बन्धु की तरह आँख मिचकाकर मज़ाक किया, 'कहो मेरे बन्धु, कैसे हो, डर तो नहीं लगता?'

''मैंने पास जाकर परम स्नेह के साथ उसके शरीर पर हाथ फैरा। मन-ही-मन कहा, अच्छा ही हूँ भाई। डर क्यों लगेगा, तुम तो मेरे बचपन के पड़ोसी हो...मेरे आत्मीय।''

संध्या का प्रकाश बुझता जा रहा था। मैंने विदा लेते हुए कहा, ''भाग्य अच्छा था जो अचानक मुलाकात हो गई, अब जाता हूँ बन्धु!''

यह इन्हीं दिनों का चित्र तो है। केवल 'मुंशी लोगों का हत्यारा बाग' 'खां लोगों का हत्यारा बाग' हो गया है। ये पंक्तियां लिखते समय उसका अपना बचपन जैसे आँखों में जी उठा था।

गल्प गढ़कर सुनाने की उसकी जन्मजात प्रतिभा भी इस समय खूब पल्लवित हो रही थी। पन्द्रह वर्ष की आयु में ही वह इस कला में पारंगत हो चुका था। और उसकी ख्याति गाँव-भर में फैल चुकी थी। इसी कारण शायद स्थानीय ज़मींदार नव गोपालदत्त मुंशी उससे बहुत स्नेह करते थे। इनका पुत्र अतुलचन्द्र तब कलकत्ता में एम.ए. में पढ़ता था। वह भी शरत् की गल्प गढ़ने की कला से बहुत प्रसन्न था और उसे छोटे भाई की तरह प्यार करता था। कभी-

कभी वह उसे थिएटर दिखाने के लिए कलकत्ता ले जाता और कहता, "तुम ऐसी कहानियाँ लिखा करो, तब मैं तुम्हें थिएटर दिखाने ले जाऊँगा।"

दिखाने के बाद कहता, "अच्छा, तुम इसकी कहानी लिख सकते हो?"

शरत् ऐसी बढ़िया कहानी लिखता कि अतुल चकित रह जाता।

इसी तरह लिखते-लिखते एक दिन उसने मौलिक कहानी लिखनी शुरू कर दी। वह कौन-सा दिन था, किस समय और कहाँ बैठकर उसने लिखना शुरू किया, कोई नहीं जानता, पर उस कहानी का नाम था 'काशीनाथ'। काशीनाथ उसका गुरु-भाई था, उसी को नायक बनाकर उसने यह कहानी शुरू की थी। लेकिन वह नाम का ही नायक है। शायद काशीनाथ का रूप-रंग भी वैसा रहा होगा, पर घर जवाई कैसा होता है यह उसने पिता को ससुराल में रहते देखकर जाना था। शेष कथानक का आधार भी कोई देखी या पढ़ी हुई घटना हो सकती है। उस समय वह छोटी-सी कहानी थी। बाद में भागलपुर में उसने उसे फिर से लिखा। 'काकबासा' और 'कोरेल ग्राम' दो और कहानियाँ इसी समय[1] उसके मस्तिष्क में उभरी थीं। कुछ और कहानियाँ भी उसने लिखी होंगी, पर यही कुछ नाम काल की क्रूर-दृष्टि से बचे रह सके।

सूक्ष्म पर्यवेक्षण की प्रवृत्ति उसमें बचपन से ही थी। जो कुछ भी देखता उसकी गहराई में जाने का प्रयत्न करता। और यही अभिज्ञता उसकी प्रेरणा बन जाती। गाँव में एक ब्राह्मण की बेटी थी, बाल विधवा, नाम था उसका नीरू। बत्तीस साल की उमर तक कोई कलंक उसके चरित्र को छू भी नहीं पाया था। सुशीला, परोपकारिणी, धर्मशीला और कर्मठ होने के नाते वह प्रसिद्ध थी। रोग में सेवा, दुःख में सांत्वना, अभाव में सहायता, आवश्यकता पड़ने पर महरी का काम भी करने में वह संकोच नहीं करती थी। गाँव में एक भी घर ऐसा नहीं था जिसने उससे किसी-न-किसी रूप में सहायता न पाई हो। शरत् उसे 'दीदी' कहकर पुकारता था। दीदी भी उसे बहुत प्यार करती थी। दोनों एक ही पर दुःख कातर जाति के व्यक्ति थे न।

इसी दीदी का 32 वर्ष की उमर में अचानक एक बार पदस्खलन हुआ। गाँव के स्टेशन का परदेसी मास्टर उसके जीवन को कलंकित करके न जाने कहाँ भाग खड़ा हुआ। उस समय गाँव वाले उसके सारे उपकार, सेवा-टहल, सब कुछ भूल गए। उन हृदयहीन लोगों ने उसका बहिष्कार कर दिया। उससे बोलना-चालना तक बन्द कर दिया। बेचारी एकदम असहाय हो उठी। स्वास्थ्य दिन पर दिन गिरने लगा, यहाँ तक कि वह मरणासन्न हो गई। इस हालत में कोई उसके मुँह में एक बूंद पानी डालने के लिए नहीं आया। किसी ने उसके दरवाज़े पर जाकर झाँका तक नहीं, जैसे वह कभी थी ही नहीं।

शरत् को भी यह आज्ञा थी कि वह वहाँ नहीं जाए, लेकिन उसने क्या कभी कोई आज्ञा मानी थी। रात के समय छिपकर वह उसे देखने जाता। उसके हाथ-पैर सहला दिया करता। कहीं से एक-दो फल लाकर खिला आया करता। अपने गाँव के लोगों के हाथों इस प्रकार पैशाचिक दण्ड पाकर भी नीरू दीदी ने कभी किसी के खिलाफ़ कोई शिकवा-शिकायत नहीं की! उसकी अपनी लज्जा का कोई पार नहीं था। वह अपने को अपराधी मानती थी और उस

1. सन् 1893 ई.

दण्ड को उसने इसीलिए हँसते-हँसते स्वीकार किया था। उसकी दृष्टि में वहीं न्याय था।

शरत् का चिंतातुर मन इस बात को समझ गया था कि अपने अपराध का दण्ड उसने स्वयं ही अपने को दिया था! गाँव के लोग तो उपलक्ष्य मात्र थे। उसने इन्हें माफ़ कर दिया था, लेकिन अपने को नहीं किया था।

जब वह मरी तो किसी भी व्यक्ति ने उसकी लाश को नहीं छुआ। डोम उसे उठाकर जंगल में फेंक आए। सियार-कुत्तों ने उसे नोच-नोचकर खा लिया।

और यहीं पर उसने 'विलासी' कहानी के कायस्थ मृत्युंजय को संपेरा बनते देखा था। वह उसके ही स्कूल में पढ़ता था, पर तीसरी कक्षा से आगे नहीं बढ़ सका। एक चाचा के अतिरिक्त उसका और कोई नहीं था। लेकिन वह चाचा ही उसका परम शत्रु था। उसके बड़े बाग पर उसकी दृष्टि थी। चाहता था मरे तो पाप कटे, इसलिए रोगी हो जाने पर उसने मृत्युजंय की ज़रा भी खोज-खबर नहीं ली। तड़प-पड़प कर मर जाता बेचारा, यदि एक बूढ़ा ओझा और उसकी लड़की सेवा करके उसे बचा न लेते। इस लड़की का नाम था विलासी। इस सेवा-टहल के बीच वह उसके बहुत पास आ गई। इतनी कि उसने उसे अपनी पत्नी के रूप में स्वीकार कर लिया। पर समाज के ठेकेदार यह सब कैसे सह सकते थे। उन्होंने मृत्युंजय को समाज से बाहर निकाल दिया। लेकिन मृत्युंजय ने इसकी चिन्ता नहीं की। उसे अपमानित किया गया, पीटा गया, परन्तु न तो उसने प्रायश्चित ही किया, न विलासी को घर से निकाला। उसे लेकर वह दूर जंगल में जाकर रहने लगा। वहीं रहकर वह साँप पकड़ता और जीविका चलाता। सिर पर गेरुआ रंग की पगड़ी, बड़े-बड़े बाल, मूँछ-दाढ़ी, गले में रुद्राक्ष और कांच की मालाएँ। उसे देखकर कौन कह सकता था कि वह कायस्थ कुल का मृत्युंजय है।

शरत् छिप-छिपकर उसके पास जाता। उसने साँप पकड़ना, ज़हर उतारने का मन्त्र, सभी कुछ उससे सीखा। एक दिन एक ज़हरीला नाग पकड़ते हुए मृत्युजंय चूक गया। नाग ने उसे डस लिया। उसको बचाने के सारे प्रयत्न बेकार हो गए। सात दिन मौन रहने के बाद विलासी ने आत्महत्या कर ली।

वर्षों बाद कथाशिल्पी शरत्चन्द्र ने लिखा, ''विलासी का जिन लोगों ने मज़ाक उड़ाया था, मैं जानता हूँ, वे सभी साधु, गृहस्थ और साध्वी गृहणियाँ थीं। अक्षय स्वर्ग और सतीलोक उन्हें मिलेगा, यह भी मैं जानता हूँ। पर वह संपेरे की लड़की जब एक पीड़ित और शय्यागत रोगी को तिल-तिल कर जीत रही थी, उसके उस समय के गौरव का एक क्षण भी शायद आज तक उनमें से किसी ने आँखों से नहीं देखा। मृत्युंजय हो सकता है कि एक बहुत तुच्छ आदमी हो किंतु उसके हृदय को जीतकर उस पर कब्ज़ा करने का आनन्द तो तुच्छ नहीं था। उसकी वह सम्पदा तो मामूली नहीं थी...शास्त्रों के अनुसार वह निश्चय ही नरक गई है, परन्तु वह कहीं भी जाए जब मेरा अपना जाने का समय आयेगा तब इतना तो मैं कह सकता हूँ कि वैसे ही किसी एक नरक में जाने के प्रस्ताव से मैं पीछे नहीं हटूँगा[1]।''

इन दृश्यों का कोई अन्त नहीं था। इन्हीं को देखकर उसने सोचा कि मनुष्य में जो देवता

---

1. शरत् साहित्य, भाग 5 पृष्ठ 121 (विलासी गल्प)

है उसका इतना तिरस्कार मनुष्य अपने ही हाथों से कैसे करता है? इन्हीं प्रश्नों ने उसकी पर्यवेक्षण शक्ति को तीव्रता दी, और दिया संवेदन! इसी संवेदन ने उसे कहानीकार बना दिया।

कहानी लिखने की प्रेरणा उसे एक ओर मार्ग से मिली। चोरी-चोरी उसने अपने पिता की टूटी हुई अलमारी खोलकर 'हरिदास की गुप्त बातें' और 'भवानी पाठ' जैसी पुस्तकें कभी की पढ़ डाली थीं। ये स्कूल की पाठ्य पुस्तकें नहीं थीं। बुरे लड़कों के योग्य, अपाठ्य पुस्तकें थीं, यही उसको बताया गया था। इसीलिए उसे चोरी का आश्रय लेना पड़ा। वह केवल स्वयं ही उसको नहीं पढ़ता था, अपने साथियों को पढ़कर सुनाता भी था। फिर मन-ही-मन नये कथानक गढ़ता था।

इसी टूटी हुई अलमारी में से उसने अपने पिता की लिखी हुई अधूरी कहानियाँ भी खोज निकालीं। वह उत्सुक होकर पढ़ना शुरू करता परन्तु अन्त तक पहुँचने का कोई मार्ग ही पिता ने नहीं छोड़ा था। परेशान होकर कह उठता, "बाबा, इसे पूरा क्यों नहीं करते? करते तो कैसा होता?"

तब मन-ही-मन उसने अन्त की कल्पना की और सोचा—'काश, मैं इस कहानी को लिख पाता।'

पिता का यह अधूरापन भी उसकी प्रेरक शक्ति बन गया।

अभिज्ञता प्राप्त करने के मार्गों की उसके लिए कोई कमी नहीं थी। घर का घोर दारिद्रय बार-बार उसे भाग जाने के लिए प्रेरित करता रहता। यात्रादल के अतिरिक्त कभी-कभी वह यूं ही घर से निकल पड़ता। एक दिन सुप्रसिद्ध सॉलीसीटर गणेशचन्द्र कहीं से कलकत्ता लौट रहे थे। देखा, उनके डिब्बे में एक तेरह-चौदह वर्ष का लड़का चढ़ आया है। पहनावे से अत्यन्त दरिद्र घर का मालूम होता है। बड़े स्नेह से उन्होंने उसे अपने पास बुलाया। बातें करने लगे। पता लगा कि वह लड़का उनके एक मित्र का नाती है। क्रांतिकारी बिपिन बिहारी गांगुली के पिता अक्षयनाथ ही उनके मित्र थे। वह रिश्ते में शरत् के नाना लगते थे। कलकत्ता पहुँचकर गणेशचन्द्र ने शरत् को अक्षयनाथ के घर भेज दिया।

देवानन्दपुर में रहते हुए एक बार फिर वह लम्बी यात्रा पर निकल पड़ा। इस बार उसका गन्तव्य स्थान था पुरी। यह जाना अनायास और अकारण ही नहीं था। एक परिवार से उन लोगों का घनिष्ठ परिचय था। उसकी स्वामिनी शरत् से आयु में बहुत बड़ी थी और उसे बहुत स्नेह करती थी। अचानक वह बीमार हुई। पति कहीं दूर काम करते थे। किशोर शरत्, जैसा कि उसका स्वभाव था, मन-प्राण से उनकी सेवा में जुट गया। तभी एक ऐसी घटना घटी कि वह, उसे गलत समझ बैठा। उसे इतनी गलानि हुई कि घर से निकल पड़ा।

चलते-चलते उसका शरीर थक गया। न कहीं खाने की व्यवस्था, न ठहरने की सुख-सुधिा, परिणाम यह हुआ कि तीव्र ज्वर ने उसे जकड़ लिया और उसे एक पेड़ के नीचे आश्रय लेने को विवश होना पड़ा। उसी समय एक विधवा उधर से निकली। शायद उसने पानी मांगा था या वह कराहा था। वह तुरन्त उसके पास गईं छूने पर उसका हाथ जैसे तपते तवे पर पड़ा हो। करुणा-द्रवित वह बोल उठी, "हाय राम, तुझे तो तेज़ ज्वर है।"

वह उसे अपने घर ले गई। कई दिन की उसकी ममतापूर्ण सेवा-सुश्रूषा के बाद ही उसे ज्वर से मुक्ति मिल सकी, परन्तु तभी एक और ज्वर में वह फँस गया। उस विधवा का एक देवर था और एक बहनोई। देवर चाहता था, वह उसकी होकर रहे। बहनोई मानता था कि उस पर उसका अधिकार है। लेकिन वह किसी के पास नहीं रहना चाहती थी। एक दिन दुखी होकर उसने शरत् से कहा, ''तुम अब ठीक हो गए हो, चलो मैं भी तुम्हारे साथ चलती हूँ।''

और कहीं जाने को वह चुपचाप उसके साथ निकल पड़ी। इस निकल पड़ने के पीछे मात्र मुक्ति की चाह थी, लेकिन वह अभी कुछ ही दूर जा पाए थे कि उस विधवा के दोनों प्रेमी वहाँ आ पहुँचे। उन्होंने किसी से कुछ नहीं पूछा, जी भरकर शरत् को पीटा और चीखती-चिल्लाती विधवा को वापस ले गए।

फिर उसका क्या हुआ, शरत् कभी नहीं जान सका। लेकिन वह समझ गया कि एक-दूसरे के विरोधी होते हुए भी लुच्चे-लफंगों में एका होता है और भले लोग अधिक होते हुए भी एक-दूसरे से छिटके-छिटके रहते हैं। कथाशिल्पी शरत्चन्द्र के प्रसिद्ध उपन्यास *चरित्रहीन* का आधार ये ही घटनाएँ बनीं और इसी समय उसकी रूपरेखा उसके मस्तिष्क में उभरी।

वह पुरी के मार्ग पर आगे बढ़ गया। फिर गाँव-गाँव में आतिथ्य लाभ कर जब वह घर लौटा तो उसका चेहरा इतना विकृत हो गया था कि पहचाना तक न जाता था। सुना गया कि प्रसिद्ध गणितज्ञ पी. बसु के घर उसने आश्रय लिया था।

एकाध बार चोर-डाकुओं के दल में भी पड़ जाने की बात सुनी जाती है। असल में वह इतना दुस्साहसी था कि उसके बारे में नाना प्रकार की कथाएँ चल निकली थीं। उसका स्वभाव था कि अपने मन की बात कभी किसी से नहीं कहता था। परन्तु अभिनय करना उसे खूब आता था। झूठ को सच बनाकर चलाने की कला में वह निष्णात था।

इस सब अभिज्ञता के पीछे परिवार की स्थिति थी जो सचमुच बहुत खराब हो चुकी थी। दादी का देहान्त हो चुका था। वे थीं तो किसी तरह परिवार के मान की रक्षा करती आ रही थी। पर अब सबके सामने एक बहुत बड़ा शून्य था। कर्ज़ मिलने की एक सीमा होती है। निश्चय ही *शुभदा* की कृष्णा बुआ की तरह किसी ने कहा होगा ''अपने बाप से कुछ उपाय करने को, कुछ कमाने को कहो। नहीं तो मैं दु:खी गरीब, रुपया-पैसा कुछ न दे सकूँगी।''

इस प्रकार दरिद्रता ओर अपमान को सहन करने की उसकी माँ की शक्ति सीमा का अतिक्रमण कर गई थी। पर जाए तो वह कहाँ जाए? उसके माता-पिता[1] कभी के स्वर्गवासी हो चुके थे। परिवार छिन्न-भिन्न हो गया था। भाइयों की आर्थिक स्थिति ज़रा भी उत्साजनक नहीं थी। फिर भी जब उसके लिए देवानन्दपुर में रहना असम्भव हो गया तो डरते-डरते उसने अपने छोटे काका अघोरनाथ को चिट्ठी लिखवाई। अघोरनाथ ने उत्तर दिया, ''चली आओ!''

शरत् फिर देवानन्दपुर नहीं लौटा। यहाँ उसका सारा जीवन घोर दारिद्रय और अभाव में ही बीता। माँ और दादी के रक्त और आँसुओं से इस गाँव के पथ-घाट भीगे हुए हैं। दरिद्रता

---

1. माता : 1891 ई. पिता : 1 जनवरी, 1892 ई.

के जो भयानक चित्र कथाशिल्पी शरत् ने *शुभदा* में खींचे हैं उनके पीछे निश्चय ही उसकी यह अभिज्ञता रही है। इसी यातना की नींव में उसकी साहित्य-साधना का बीजारोपण हुआ। यहीं उसने संघर्ष और कल्पना से प्रथम परिचय पाया। इस गाँव के ऋण से वह कभी मुक्त नहीं हो सका।

7

शरत् जब भागलपुर लौटा[1] तो उसके पुराने संगी-साथी प्रवेशिका परीक्षा पास कर चुके थे।[2] और उसके लिए स्कूल में प्रवेश पाना भी कठिन था। देवानन्दपुर के स्कूल से ट्रांसफ़र सर्टिफ़िकेट लाने के लिए उसके पास पैसे नहीं थे लेकिन यदि दाखिला नहीं होता है तो उस वर्ष परीक्षा देना असम्भव होगा। सौभाग्य से स्कूल के एक शिक्षक श्री पाँचकौड़ी बन्दोपाध्याय के पिता श्री बेनीमाधव बन्दोपाध्याय शरत् के नाना के मित्र थे। इसी नाते वह पाँचकौड़ी बाबू को मामा कहता था। प्रधानाध्यापक श्री चारुचन्द्र बसु भी बड़ी साधु प्रकृति के मनुष्य थे। इन्हीं लोगों की कृपा से किसी तरह उसे दाखिला मिल गया। देवानन्दपुर में उसकी शरारतों का कोई अन्त नहीं था, परन्तु यहाँ आकर उसे जो चुनौती मिली तो वह बिलकुल बदल गया। अपने को किसी से हीन मान लेना उसके स्वभाव के विरुद्ध था। परीक्षा पास करने के लिए उसने रात-रात जागकर पढ़ना शुरू कर दिया। नींद को दूर करने के लिए वह खूब काफ़ी पीने लगा।

उसके पुराने मित्र फिर उसके पास घिर आए। राजू उनमें सबसे प्रमुख था। शीघ्र ही उसने एक नया मित्र और बना लिया। उसका नाम था नीला। उन्हीं की सहायता से उसने अपने को व्यवस्थित कर लिया। राजू ने उसके लिए देवदार के एक बक्स को किताब रखने की अलमारी में बदल दिया। तीन टांग की एक टूटी हुई कुर्सी और ऐसी ही एक छोटी-सी मेज़ को भी उसने ठीक कर दिया। खाट के बिछावन की दरिद्रता को ढकने के लिए वह उस पर एक ओढ़ने की चादर डाले रखता। उसके नीचे एक गुड़गुड़ी रहती थी। खाट के बीच में से तकिये के पास नली निकालकर चोरी-चोरी वह उसको पिया करता था। सुरेन्द्रनाथ ने लिखा है—"सारी रात दिया जलता रहे, इतना तेल भी माँ नहीं जुटा पाती थी। साथी लोग मोमबत्ती दे जाते। इन्हीं की कृपा से पुस्तकें मिल जातीं। एक कोने में स्टोव था। टीन की एक केतली थी। एक छोटी-सी सुराही और उस पर ढकने का एक छोटा-सा गिलास था। यही उसकी भौतिक सम्पदा थी। लेकिन इस दैन्य ने उसके मन को हीन नहीं बनाया। इसलिए उसका विद्या-अभियान राजपुत्र के समान ही चल रहा था। नीला आता, तम्बाकू सजाकर कहता, "पी!"

और दोनों मित्र तम्बाकू पीते-पीते गपशप करते या फिर पढ़ते। उस दिन नीला बहुत सवेरे उससे मिलने आया। खिड़की से क्या देखता है कि शरत् सोया पड़ा है और चादर पर रक्त फैला है। घबराकर उसने पुकारा, "शरत् ओ शरत्!"

नींद से आँखें भरी थीं। लेटे-लेटे शरत् ने कहा, "अन्दर आ जा।"

नीला ने पूछा, "बीमार है?"

---

1. सन् 1893 2. आजकल की दसवीं कक्षा

‘‘हाँ!’’

‘‘रक्त की उलटी हुई है?’’

‘‘दुत्त पागल।’’

‘‘तो फिर तेरे कपड़ों पर यह रक्त कैसा है?’’

चकित होकर शरत् ने देखा, सचमुच खून था। बोला, ‘‘बेटे नेवले की करतूत है। आज उसने फिर चूहे का शिकार किया है।’’

लेकिन जब नीला ने अन्दर आकर इधर-उधर देखा तो चकित हो उठा। बोला, ‘‘खूब बचा रे शरत्! तुम्हारे नेवले बेटे ने गोखरू साँप मारा है।’’

बस फिर क्या था। घर-घर में शोर मच गया। भुवनमोहिनी ने माँ मनसा का प्रसाद बाँटा। जब सब प्रसाद ले चुके तो शरत् ने कहा, ‘‘जिसकी बदौलत प्राण बचे उसको तो माँ तुमने पूछा ही नहीं।’’

माँ बोली, ‘‘नीला को तो दिया है।’’

‘‘नीला ने क्या साँप मारा है?’’

‘‘हाय रे भाग्य! मैं तो भूल ही गई!’’ माँ बोली और दूध-केला मिलाकर नेवले को देने के लिए चली। शरत् ने कहा, ‘‘माँ, नेवला क्या केला खाएगा? उसे माछ चाहिए।’’

माँ ने तुरन्त नेवले के लिए दूध-माछ का प्रबन्ध कर दिया।

शरत् की पढ़ाई में एक और बाधा थी। ठीक समय पर उसकी आँख नहीं खुलती थी। एक दिन नीला चुपचाप टाइमपीस ले आया। शरत् की आँख सजल हो आई। बोला, ‘‘नीला, तू मुझे इतना प्यार क्यों करता है?’’

‘‘वह तो भाई, नहीं कह सकता। सभी यही पूछते हैं। एक व्यक्ति दूसरे को क्यों प्यार करता है पता नहीं।’’

शरत् ने कहा, ‘‘तेरा दिल बड़ा नरम है। दूसरों के दुख को तू अपने मन के भीतर से अनुभव कर लेता है। तू औरों जैसा नहीं है। उस दिन मुझे बादाम-पिस्ता क्यों दे गया, औरों को क्यों नहीं दिया? सच तो यह है कि तेरे भीतर नारी के समान कोमल मन है।’’

नीला क्रोध का नाटक करता हुआ बोला, ‘‘शैतान-पाजी, मुझे नारी कहता है?’’

दोनों मित्र हँस पड़े। नीला भी गाना खूब जानता था। उसके पास इसराज था। परीक्षा के बाद शरत् उसे अपने घर ले आया। जिस कोठरी में कभी बच्चों को बन्द किया जाता था उसी को शरत् ने संगीतशाला बनाया। एक दिन सवेरे-सवेरे उस घर से संगीत का स्वर सुनकर लड़के-लड़कियों के हृदय विचलित हो उठे। सुरेन्द्रनाथ ने दरवाज़ा खटखटाया तो शरत् ने बाहर आकर कहा, ‘‘जल्दी कर, कहीं छोटे नाना जान गए तो मुश्किल होगी।’’

सुरेन्द्र आकर कोच के ऊपर बैठ गया। शरत् धीरे-धीरे इसराज बजाकर गाने लगा, ‘‘मथुरावासिनी, मथुरावासिनी।’’

कई क्षण मंत्रमुग्ध रहने के बाद सुरेन्द्र ने पूछा, "यह किसका है शरत्?"

"मेरा!"

"खरीदा है?"

"नहीं।"

"तब?"

"नीला ने दिया है।"

"एकदम दे दिया है?"

"सीखने के लिए दिया है।"

और यह कहकर शरत् ने बाजे को अंधेरे में छुपा दिया। कहा, "किसी से कहना मत, तुझे भी सिखाऊंगा।"

नीला शरत् को बहुत प्यार करता था। लेकिन वह बहुत दिन जी नहीं सका। उसने पुलिस में नौकरी कर ली थी। अचानक एक दिन हैजा हुआ और वह मर गया। शरत् ने उस दिन पहली बार अनुभव किया कि चिर बिछोह की यह मर्मान्तक वेदना क्या होती है।[1]

परीक्षा पास आ रही थी, लेकिन बाधाओं का भी कोई अन्त नहीं था। बड़े मामा ठाकुरदास की लड़की को कालाज्वर हो आया, और जैसा कि शरत् का स्वभाव था, वह सब कुछ भूलकर उसकी परिचर्या में लग गया। लेकिन वह बच नहीं सकी। तब शरत् इतना दुखी हुआ कि उसके पास होने में सन्देह होने लगा। परीक्षा की फीस जुटाने का प्रश्न भी था। इसीलिए भुवनमोहिनी की चिन्ता का पार नहीं था। बड़े भाई ठाकुरदास पर इन दिनों दफ़्तर का कुछ रुपया गोलमाल करने के कारण मुकदमा चल रहा था। यद्यपि अन्त में वे दोषमुक्त हो गए, पर खर्च की कोई सीमा नहीं थी। छोटे भाई विप्रदास की आय बहुत कम थी। उन पर सारे घर का दायित्व भी था। फिर भी साहस करके भुवनमोहिनी ने उन्हीं से कहा। वे बोले, "घर में तो पैसे नहीं हैं। कहीं से कर्ज़ लाने होंगे।"

उन दिनों कर्ज़ लेने का एक अड्डा था खंजरपुर में गुलजारीलाल का घर। वह स्थूलकाय कृष्णवर्णीय महाजन भागलपुर का शाइलॉक करके प्रसिद्ध था। विप्रदास सरकारी नौकर थे। उनसे रुपया वसूल करना कोई कठिन काम नहीं था। परन्तु सूद को लेकर गुलजारीलाल ने काफ़ी बकझक की। अन्त में चार पैसे रुपये मास की दर पर फ़ैसला हुआ। इसी रुपये के बल पर शरत् परीक्षा[2] में बैठ सका।

उसके बाद वह जैसे मुक्त हो गया। उसका अधिकतर समय राजू के साथ बीतने लगा। वह इन दिनों पढ़ना-लिखना छोड़कर लकड़ी के कारखाने में काम सीखता था। यदि वह मोती जैसे अक्षर लिख सकता था तो लकड़ी की सुन्दर वस्तुएँ भी बना सकता था। अद्भुत चरित्र था उसका। एक साथ वीरता और बाँसुरी की विद्या में निष्णात। कण्ठ-स्वर कैसा मधुर था!

---

1. शरत् परिचय—सुरेन्द्रनाथ 2. ये परीक्षाएँ सोमवार 12 फरवरी, 1894 को आरम्भ हुईं

हारमोनियम, क्लेयनेट सभी खूब अच्छी तरह बजाता था। अभिनय करने की उसमें असाधारण प्रतिभा थी। अनेक लोग उसके बारे में अनेक प्रकार की बातें करते थे पर वह प्रतिभाशालियों के वंश में पैदा हुआ था। इसीलिए प्रतिभा ने उसका मुक्त होकर वरण किया था और इसीलिए किसी एक क्षेत्र में अधिक देर रहना उसे नहीं सुहाता था। नाना अनुभव और नाना परीक्षाओं में उसे रुचि थी। परन्तु गांजा, शराब और वेश्या सब कुछ रहते हुए भी उसका अन्त:करण गंगाजल के समान था। वह बदमाश नहीं था, केवल दु:साहसी था। वह योग और आनन्द में रहता था। जैसे गंगाजल सब कुछ को पवित्र कर देता है।

उसकी अपनी एक नाव थी और उसी में वह घूमता रहता था। कभी-कभी होती घोर अंधेरी रात और पूरमपूर भरी होती गंगा, वह शरत् को पकड़ता और कहता, ''चलो नाव में घूम आवें।'' शरत् को डर लगता, पर राजू तो उसका गुरु है, मना भी करे तो कैसे करे।

गत वर्ष फुटबाल के मैदान में दंगा हो गया था। तब लाठी के ज़ोर पर राजू के दल ने शत्रुओं को परास्त कर दिया था। उस दंगे में शरत् के प्राण संकट में पड़ गए थे। राजू न आ जाता तो कुछ भी हो सकता था। और जब उसे साँप ने काट लिया था तब वही तो तूफ़ानी गंगा में नाव खेकर ओझा को बुलाने गया था। इसीलिए शरत् की राजू के प्रति कृतज्ञता की कोई सीमा नहीं थी। बस उस खरस्रोता गंगा में वे अपनी छोटी-सी नाव छोड़ देते और चलते-चलते एक द्वीप पर जा पहुँचते। वहाँ से गंगा पूर्व से उत्तर की ओर बहने लगती है। वहीं मल्लाह मछली पकड़ते थे। वे लोग बहुत शक्तिशाली थे और इकट्ठे रहते थे। एक दिन राजू ने कहा, ''चलो, आज मछली चोरी करें।''

''पीटे जाओगे।''

राजू ने कहा, ''कोई चिन्ता नहीं। पिट लेंगे। चलो।''

वे दोनों उसी द्वीप पर पहुँचे। कुछ देर मछलियाँ पकड़ने का नाटक करते रहे। फिर जब मछुवारे सो गए तो चुपके से आकर 10-12 सेर मछलियाँ उठा लीं। सहसा उसी समय मछुवे जाग उठे। वे दोनों नाव लेकर भागे और अरहर के खेतों में घुस गए। पानी कम था, नीचे उतर गए और नाव खींचने लगे। वहाँ बड़े-बड़े साँप थे। राजू सहसा ठिठका तो शरत् ने पूछा, ''क्या है दादा?''

राजू ने उत्तर दिया, ''कुछ नहीं! साँप है!''

शरत् सहसा भय से कांप उठा, बोला, ''साँप!''

राजू हँसा, ''अरे डरता क्यों है? साँप अपना जीवन बचायेगा और हम अपना। यही संसार का धर्म है।''

अपराध करने पर उसके हाथों दण्ड पाना अनिवार्य था। वास्तव में अन्याय के विरुद्ध सीना तानकर खड़ा हो जाना उसका स्वभाव था। उस समय पानी के नल नहीं लगे थे। कुलवधुएँ और कन्याएँ गंगाघाट पर आकर पानी भरती थीं। स्नान-पूजादि सब यहीं होता था। यद्यपि उनके लिए अलग घाट था, फिर भी कभी-कभी अवांछित लोग वहाँ आ जाते थे। उनकी असभ्य हरकतों से स्त्रियों को बड़ा कष्ट होता था। ऐसे ही एक दिन कुछ लोग हँसी-मज़ाक करते-करते एक-दूसरे पर पानी फेंकने लगे। किसी ने उन्हें नहीं रोका। हठात् राजू वहाँ आ

निकला। उसने यह दृश्य देखा। वह एक शब्द भी नहीं बोला। तुरन्त एक व्यक्ति के पास पहुँचा और उसका अंगौछा छीनकर उसी के गले में डाल दिया। फिर खींचकर उसे गंगा के भीतर ले गया और लगा डुबकियाँ लगवाने। हतप्रभ उस व्यक्ति ने गिड़गिड़ाकर कहा, ''माफ़ कर दो भैया, माफ़ कर दो। हाथ जोड़ता हूँ।''

''फिर आओगे?''

''नहीं, नहीं, इधर पैर भी नहीं रखूँगा।''

''खाओ ईश्वर की सौगन्ध!''

''ईश्वर की सौगन्ध खाता हूँ, फिर इधर नहीं आऊँगा।''

''जाओ, माफ़ किया।''

मोक्षदा स्कूल में संस्कृत के अध्यापक थे। बहुत कम वेतन मिलता था। इसलिए अध्यापन के साथ कुछ और काम भी करते थे। परिणाम यह होता था कि घर लौटते-लौटते देर हो जाती थी। एक दिन संध्या के अंधकार में वे लौट रहे थे कि उन्होंने पीछे से आती हुई गोरे साहब की गाड़ी के घोड़ों की टाप सुनी और दूसरे ही क्षण अनुभव किया कि उनकी पीठ पर चाबुक बरसने लगे हैं। तड़पकर उन्होंने दृष्टि उठाई तो साहब की गाड़ी अंधकार में विलीन हो चुकी थी। वह यह भी नहीं जान सके कि यह किस अपराध का दण्ड है।

एक बार नहीं, कई बार ऐसा हुआ। उनका मन ग्लानि से भर उठा। तभी सहसा उन्हें ध्यान आया कि राजू इस प्रकार के अत्याचारों का बदला लेने का भार अपने ऊपर ले लेता है। वह उसके पास गए और पीठ पर के रक्त के दाग दिखाए। उनकी कहानी सुनकर राजू ने इतना ही कहा, ''मास्टर मोशाई, आप घर जाइए। कल की छुट्टी ले लीजिए, परसों, जो कुछ होगा, आप सुन लेंगे।''

अगले दिन संध्या को क्या हुआ कि एक बड़ी रस्सी लेकर राजू और शरत् अपने दल के साथ उस छाया पथ पर जाकर जम गए। उसी पथ से साहब रोज़ क्लब जाता था। ठीक समय पर टमटम के आने का शब्द हुआ। राजू ने अपने साथियों के साथ सड़क के दोनों ओर पेड़ों में वह रस्सी बाँध दी। साहब सपने में भी इस बात की कल्पना न कर सकता था। वह उसी शान से चला आ रहा था कि घोड़ा रस्सी में उलझ गया और निमिष-मात्र में साहब उछलकर रास्ते पर जा गिरे। राजू इसी अवसर का टोह में था। जी भरकर उन सबने साहब को पीटा और कहा, ''फिर कभी किसी बेकसूर मुसाफ़िर को मारोगे?''

''कभी नहीं!''

''बोलो, 'माफ़ करो!' ''

''माफ़ करो!''

''घर जाओ!''

साहब चुपचाप वहाँ से चला गया। वह इतना लज्जित हुआ कि फिर भागलपुर में नहीं रह सका। बदली कराके कहीं और चला गया।[1]

1. इस कथा के भी नाना प्रकार प्रचलित हैं, पर मूल रूप में यह सत्य है

माघ मास में भागलपुर में दारुण शीत पड़ता था। उसी समय बांग्ला स्कूल के पण्डितजी की पत्नी का देहान्त हो गया। पण्डितजी स्वयं भी रोगी थे। बच्चा उनका बहुत छोटा था। अब दाह संस्कार हो तो कैसे हो? एक स्कूल के हेडमास्टर ऐसे अवसरों पर पीड़ित जनों की सहायता करने को सदा उद्यत रहते थे। उन्हें खबर मिली तो वह अपने अनुचरों का दल लेकर शवदाह की व्यवस्था करने के लिए उपस्थित हो गए। अनुचरों का यह दल राजू और शरत् का ही दल था। उस दिन अमा निशा थी। आकाश मेघाच्छन्न था और श्मशान था दो कोस दूर। शवयात्रा आरम्भ ही हुई थी कि टप-टप वर्षा पड़ने लगी। तब लालटेन बहुत सुलभ नहीं थी। छेदों वाली हांडी में रखा हुआ तेल का दिया ही मार्ग-दर्शन कर रहा था। तेज़-तेज़ कदम रखते और 'हरि बोल, हरि बोल' पुकारते वे आगे बढ़ रहे थे कि वर्षा और भी तेज़ हो आई। देखते-देखते पथ-घाट सब जलमग्न हो गए। यहाँ तक कि लाश भी भारी हो गई। सोचा, शव को इमली के पेड़ के नीचे रखकर साँस ले लेनी चाहिए।

तभी ओले पड़ने लगे। बैठना असम्भव हो गया। अब मुर्दे का क्या हो? उसे अकेला कैसे छोड़ें? राजू ने कहा, ''आप सब जा सकते हैं। मैं यहाँ रहूँगा।''

बहुत देर बाद जब वर्षा बन्द हुई तभी वे लोग लौटे। मुर्दा वैसे ही रखा हुआ था, लेकिन राजू का कहीं पता नहीं था। वे समझ गए कि हज़रत चमका दे गए हैं। लेकिन वे अभी कुछ निर्णय भी नहीं कर पाए थे कि उन्होंने देखा, लाश धीरे-धीरे हिल रही है। सहसा चीत्कार करके वे भाग चले। और कुछ दूर पर खड़े होकर जनेऊ हाथ में लेकर ज़ोर-ज़ोर से 'राम-राम' पुकारने लगे। लाश धीरे-धीरे हिलती रही। फिर ऐसा लगा, जैसे वह उठने लगी हो। 'राम-राम' का स्वरघोष और भी तीव्र हो उठा और उसी के साथ लाश भी उठकर बैठ गई।

''भागो-भगों चीखते हुए वे लोग भाग चले। लेकिन तेज़ हँसी का स्वर सुनकर पीछे मुड़े तो क्या देखते हैं कि कफ़न के भीतर से ज़ोर-ज़ोर से हँसता हुआ राजू बाहर निकल रहा है।''

शाबाश बेटा। जीते रहो। यही मरदों का काम है।

राजू के इन दुस्साहसिक कार्यों का ठीक लेखा-जोखा किसी के पास नहीं है। परन्तु यह सच है कि रॉबिनहुड जैसे चरित्र भी उसके सामने म्लान पड़ जाते हैं। उसका असीम साहस, उसकी अजस्र दया-माया की नींव पर ही खड़ा था। जो अभावग्रस्त थे उनका वह मित्र था। जो बदमाश थे उनके लिए वह साक्षात् यम था। उसे मृत्यु का भय नहीं था। इसीलिए उसकी बहादुरी और संन्यासवृत्ति दोनों चरम सीमा पर थीं।

कालान्तर में कथाशिल्पी शरत् ने बच्चों के लिए जो कहानियाँ लिखीं उनका आधार ये और ऐसी ही बहुत-सी घटनाएँ हैं। ये ही घटनाएँ उनकी बैठकी गल्पों में भी आई हैं। उन्होंने लिखा है—''राजू अधिक लिखा-पढ़ा नहीं था, परन्तु उसमें अनन्त गुण थे। उस उम्र में इस तरह का ऊँचे आदर्श वाला आदमी ज़िन्दगी में मैंने नहीं देखा।''

शरत् भी कम दुस्साहसी नहीं था। राजू के साहचर्य से वह और भी निडर और दुर्दम हो उठा। उन दिनों भागलपुर में चोरी-डकैती बहुत होती थी। सभी लोग सजग रहते थे और

रात में हथियार लेकर सोते थे। उस समय राजू के एक भाई मणीन्द्रनाथ कॉलेज में पढ़ते थे। विश्वविद्यालय में परीक्षाएँ हो रही थीं। रात को देर-देर तक जागकर पढ़ना पड़ता था। उनका कमरा गंगा-तट पर वट वृक्ष के बिलकुल पास था। आस-पास कांस का जंगल था, जिसमें भयंकर साँप और रीछ आदि भरे पड़े थे। एक रात पढ़ते-पढ़ते सहसा मणीन्द्रनाथ ने खिड़की पर आहट सुनी। वह सजग हो उठे। तभी देखा, जैसे मनुष्य का सिर उभर रहा है। जैसे वह अपने को छिपा रहा है। उन्होंने तुरन्त बन्दूक संभाली, लेकिन वह दागने ही वाले थे कि किसी ने पुकारा, "मणि-मणि, क्या करते हो? बन्दूक मत चलाओ। यह मैं हूँ।"

"मैं कौन?"

"मैं शरत्!"

काटो तो खून नहीं। हतप्रभ मणि देखते रह गए। कई क्षण बाद बोले, "हे भगवान, इतने सवेरे इस भयानक जंगल में तुम क्या कर रहे हो?"

"कुछ नहीं, बस, तुम्हें डराने आया था।"

रात के दो बजे थे। न ज़हरीले साँपों की चिन्ता, न भयानक रीछों का डर।

दुस्साहस के क्षेत्र में शरत् राजू का साथी था, परन्तु साहित्य के क्षेत्र में उसका राज़दार अभी कोई नहीं था। हाँ, कुछ इस रहस्य के बारे में जानते-भर थे। उसके सिर पर लम्बे-लम्बे बालों को देखकर वे कहा करते थे, "उसने बाल इसलिए बढ़ाए हैं कि रवीन्द्रनाथ ठाकुर के समान कवि बनना चाहता है।"

रवीन्द्रनाथ तब तक कवि के रूप में प्रसिद्ध हो चुके थे और साहित्य के क्षेत्र में किसी के पदार्पण करने का अर्थ था रवीन्द्रनाथ बनना। *बंकिम-ग्रन्थावली* भी वह पढ़ चुका था। उपन्यास साहित्य में इसके बाद भी कुछ है यह वह उस समय सोच भी नहीं पाता था।

उसका पहला उपन्यास *बासा या काकबासा* पूरा हो चुका था।[1] केवल मामा सुरेन्द्रनाथ ने उसे छिपे-छिपे लिखते देखा था। घंटों पर घंटे न जाने कहाँ से आकर कहाँ चले जाते थे, पर उसका लिखना नहीं रुकता था। लेकिन बाद में यह रचना उसे पसन्द नहीं आई। पिता की तरह उसने इसे पढ़ा, सोचा कि क्या यह रवीन्द्रनाथ जैसी हो सकी है?

नहीं हो सकी।

तब व्यर्थ है। लिखूँगा तो रवीन्द्रनाथ जैसा, नहीं तो नहीं।

और एक दिन उसने उसे फाड़कर फेंक दिया। *काशीनाथ* भी अभी इस योग्य नहीं हुआ था। उसे वह लम्बी कहानी का रूप दे रहा था। *कोरेल ग्राम* कहानी का आरम्भ भी देवानन्दपुर में हो गया था। लेकिन उस रूप में वह कभी प्रकाशित नहीं हो सकी। लिखने की इच्छा बराबर तीव्र हो रही थी। मन में भीतर-ही-भीतर एक प्रकार की कामना उभरती। इस दुनिया में जो विभिन्न प्रकार की चीज़ें देखते-सुनते हैं उन्हें क्या कोई रूप नहीं दिया जा सकता? आरम्भ में वह यहाँ-वहाँ से चुराकर लिखता था। अभिज्ञता न होने के कारण कुछ अच्छा नहीं लिखा जाता

1. सन् 1894 ई.

था। लेकिन जैसे-जैसे जीवन की पाठशाला में नाना अभावों के कारण अभिज्ञता प्राप्त होती गई वैसे-वैसे ही उसकी लेखनी में बल आता चला गया।

कहानियाँ गढ़कर सुनाने की उसकी जन्मजात प्रतिज्ञा निरन्तर प्रगति कर रही थी। जिस समय दूसरे साथी फुटबाल खेलते थे तब वह छोटी आयु के बच्चों को घेरकर बैठ जाता और कहानियों पर कहानियाँ सुनाकर उन्हें मंत्रमुध कर देता। बीच-बीच में पूछता रहता, ''कैसी लगी रे?''

बेचारे बालक, पता नहीं वे कुछ समझते भी थे पर, इस अदम्य साहसी और कथा-विद्या-विशारद से यही कहते, ''बहुत अच्छी लगी, दादा।''

राजलक्ष्मी श्रीकान्त के बारे में यही तो कहती है, ''इसमें आश्चर्य हुआ, आनन्द! अपने मन की बात दबाते-दबाते और कहानियाँ गढ़कर सुनाते-सुनाते इस विद्या में ये पूरी तरह महामहोपाध्याय हो गए है।''[1]

8

इन दुस्साहसिक कार्यों और साहित्य-सृजन के बीच प्रवेशिका परीक्षा का परिणाम[2] कभी का निकल चुका था और सब बाधाओं के बावजूद वह द्वितीय श्रेणी में उत्तीर्ण हो गया था। अब उसे कॉलेज में प्रवेश करना था। परन्तु सदा की तरह फीस देने का प्रश्न फिर बाधा बनकर आ उपस्थित हुआ। जो व्यक्ति प्रवेशिका परीक्षा की फ़ीस नहीं दे सकता था वह कॉलेज का खर्च कैसे चलाएगा, लेकिन माँ की कामना थी कि उसका बेटा बड़ा आदमी बने। इसलिए उसने किस-किस के आगे हाथ नहीं जोड़े। अन्त में छोटी नानी कुसुमकामिनी ने शरत् की रक्षा की। पति से परामर्श करके उसने उसे घर के छोटे बच्चों का ट्यूटर नियुक्त कर दिया। बदले में उसको कॉलेज की फ़ीस और पुस्तकों का खर्च चलाने लायक पैसे मिल जाते। मामाओं को पढ़ाने के बाद वह स्वयं पढ़ता था। आधी रात बीत जाती। सवेरे उठना उसे कभी प्रिय नहीं था।

उस दिन कॉलेज के प्रथम वर्ष में विज्ञान की परीक्षा होने वाली थी। पहली रात को उसने अपने सब विद्यार्थियों को बुलाया और कहा, ''कल मेरी परीक्षा है। मैं पढ़ना चाहता हूँ। आज रात तुम मुझे परेशान मत करना। जो कुछ भी पूछना हो कल सवेरे आकर पूछना।''

विद्यार्थी चले गए और वह मोटी-मोटी विज्ञान की पुस्तकें लेकर पढ़ने बैठ गया। दरवाज़े और खिड़कियाँ सब बन्द कर लीं। दूसरे दिन सवेरे विद्यार्थियों का दल नियत समय पर आ पहुँचा। देखा अभी तक लैम्प जल रहा है और शरत् दत्तचित्त होकर पढ़ने में लगा है। उनके आने की आहट पाकर वह चौंका और नाराज़ होकर बोला, ''कितना मना किया था कि आज रात मुझे परेशान मत करना, कल मेरी परीक्षा है, मैं नहीं पढ़ा सकूँगा, लेकिन तुमने नहीं सुना!''

विद्यार्थी विस्मित-चकित एक-दूसरे की ओर देखने लगे। किसी तरह एक मामा ने साहस करके कहा, ''वह तो कल रात की बात थी। अब तो सबेरा हो चुका है।''

---

1. श्रीकान्त—चतुर्थ पर्व। 2. सन् 1894 ई.

शरत् ने सहसा उठकर खिड़की खोली तो सुबह की सुनहरी धूप कमरे में फैल गई। पढ़ने की ऐसी धुन थी, तभी तो विज्ञान के प्रश्नपत्र के उत्तर देखकर स्वयं अध्यापक महोदय चकित रह गए थे। उन्हें विश्वास ही नहीं आ रहा था कि शरत् ने ये उत्तर लिखे हैं। सोचा, कि अवश्य ही इसने पुस्तक से नकल की है।

उन्होंने शरत् को बुलाया और फिर से नया प्रश्नपत्र बनाकर देते हुए कहा, ''इन प्रश्नों के उत्तर दो!''

इस बार ज़बानी ही उन प्रश्नों के उत्तर देकर उसने अध्यापक महाशय को चकित कर दिया। उसकी स्मरणशक्ति सचमुच असाधारण थी। परन्तु धीरे-धीरे राजू से उसका सम्पर्क बढ़ता जा रहा था। देखते-देखते वही मुख्य हो गया और शेष गतिविधियाँ पृष्ठभूमि में चली गईं। मछली-चोरी और ज़रूरतमन्दों की सहायता में वह अधिक रुचि लेने लगा। गाना-बजाना सीखने का शौक इतना प्रबल हो उठा कि यात्रा-थियेटर करते-करते बहुत रात बीत जाती थी। उसके बाद अर्द्धनिशा में पढ़ने का प्रयत्न करता था। यह सब देखकर माँ बहुत दुःखी हुई, परन्तु कोई परिणाम नहीं निकला। अच्छे विद्यार्थी के रूप में उसने जो ख्याति अर्जित कर ली थी वह धीरे-धीरे कम होने लगी।

ठीक इसी समय उसकी माँ[1] की मृत्यु हो गई। घोर दरिद्रता में इस सरलप्राणा सती माँ ने अपने स्वप्नदर्शी, निठल्ले पति के परिवार की कैसे प्राणरक्षा की इसे शब्दों में व्यक्त करना असंभव है। एक सम्पन्न और भरे-पूरे परिवार की कन्या होकर भी उन्होंने वधू के रूप में कभी सुख नहीं पाया। बल्कि उनका सारे का सारा जीवन परिवार का पेट पालने के प्रयत्न में ही खप गया। एक भाग्यवादी हिन्दू पतिव्रता की तरह एक-एक करके उन्होंने सभी गहने बेच दिए और बार-बार अपने पिता तथा चाचाओं से भीख माँगी। इसलिए कि उनका बड़ा बेटा शरत् किसी योग्य बन सके। न जाने कितनी बार उन्होंने असीम स्नेह से भरकर कहा होगा, ''शरत्, मेरे बच्चे! मैं जानती हूँ, अपनी सारी शरारतों के बावजूद तू एक अच्छा लड़का है। तू मन लगाकर पढ़ता रह, मैं तेरी सहायता करूँगी।'' लेकिन जीवन के अंतिम दिनों में उनकी यह आशा भी क्षीण होने लगी थी। वह असमय ही वृद्धा हो गई थीं। आखिर चारों ओर से दुःख और चिन्ताओं से घिरकर उन्होंने प्राणों का विसर्जन कर दिया।

उनके जीवन में वे क्षण भी आए जब उनका असन्तोष उबल उठा। उन्होंने पति को बुरा-भला भी कहा। लेकिन अधिकतर तो वे अपने आत्मभोले, निठल्ले पति को एक हिन्दू नारी की तरह प्यार ही करती रही। शुभद्रा भी तो यही करती है, ''स्वामी का सुख उसने एक दिन भी नहीं पाया। कम-से-कम याद नहीं। उसी स्वामी को अन्न-व्यंजन खिला देने में उसे कितना आनन्द, कितनी तृप्ति मिलती है, इसकी ठीक-ठीक धारणा वह आप ही नहीं कर पाती। आनन्द से उसकी आँखों के कोनों में आँसू भर आते हैं।''

भुवनमोहिनी यही प्रेम-प्लावित आत्मा थी। सारा शरत्साहित्य इसी प्रेम-प्लावित आत्मा के मुक्त प्रवाह से आलोकित है। माँ शब्द में जो कोमलता, जो त्याग, जो वात्सल्य और जो

---

1. नवम्बर, 1895 ई.

महान् दायित्व गर्भित है, उसी को मूर्त करने में उसने अपनी सारी शक्ति खर्च कर दी। लेकिन उसके वात्सल्य में एक विशेषता है, वह अपनी कोख के जाए के लिए ही प्रकट नहीं होता बल्कि नारायणी, विश्वेश्वरी, हेमांगिनी, बिन्दो आदि के समान उनके लिए भी अजस्र रूप से झरता है जो सन्तान-स्थानीय होने पर भी अपनी सन्तान नहीं हैं।

भुवनमोहिनी अपने पिता के परिवार में जीवन-भर यही करती रही और इसीलिए अपनी सारी शरारतों के बावजूद, शरत् का अपनी माँ के प्रति असीम प्यार था। प्रवेशिका परीक्षा पास करने के बाद माँ ने कहा, ''मुझे तारकेश्वर जाना होगा। मैंने तेरे बाल चढ़ाने की मानता मानी थी।''

शरत् ने बड़े चाव से लम्बे-लम्बे बाल रखे थे। इन्हें कटवा देने की कल्पना मात्र से वह कांप उठा। कैसी शक्ल हो जाएगी उसकी? बिना बालों के? न-न, वह बाल नहीं कटवा सकेगा। इतना आस्तिक नहीं है वह।

माँ बोली, ''न कटवा। मैं कुछ और व्यवस्था कर लूँगी।''

''क्या कर लोगी?''

''नायन को बुलाकर अपने बाल कटवा लूँगी और भेज दूँगी।''

बिना एक शब्द बोले शरत् उसी रात तारकेश्वर के लिए रवाना हो गया।

यदि मोतीलाल को भुवनमोहिनी जैसी संगिनी और सहधर्मणी न मिली होती तो वे बहुत दिन न जी पाते। सुरेन्द्रनाथ ने लिखा है--दोपहर बीत चुकी है। शरद् ऋतु की धूप और भी मन्द पड़ गई है। धागे के सहारे किसी तरह आँखों पर चश्मा चढ़ाए मोतीलाल पुस्तक पढ़ने में व्यस्त हैं। न जाने कब से यह क्रम चल रहा है। भुवनमोहिनी तब अपने मन से गुड़गुड़ी तैयार करके ला देती है। मोतीलाल कृतज्ञता से गद्गद् होकर पूछते हैं, ''तुम्हें कैसे पता लग गया है कि मेरा मन तम्बाकू पीने को कर रहा है?''

भुवनमोहिनी अर्धउन्मीलित नयनों में आदर भरकर पति को देखती हुई कहती है, ''कैसे पता लग जाता है यह मैं स्वयं नहीं जानती।''

मोतीलाल उत्साहित होकर बोल उठते, ''अजी, एक दीवा तो ला दो।''

भुवनमोहिनी उत्तर देती, ''सारा-सारा दिन सिर गड़ाए पढ़ते रहते हो, अब जाओ ज़रा घूम आओ।''

और फिर इच्छा न होने पर भी मोतीलाल तब घूमने निकल पड़ते।

घर में शरत् के अतिरिक्त दो छोटे भाई प्रभास और प्रकाश तथा एक छोटी बहन सुशीला उर्फ़ मुनिया थी। इसी बहन की प्रसूति में माँ ने प्राण दिए थे। बड़ी बहन अनिला की शादी हो चुकी थी। पत्नी के मरने पर छोटे बच्चों को लेकर मोतीलाल सचमुच अपंग हो गए। अनेक कारणों से ससुराल में रहना भी अब संभव नहीं था। कथाशिल्पी ने *देवदास* में लिखा है, ''अपने मामा के यहाँ रहना उसने बहुत दिनों से छोड़ दिया है। वहाँ उसका किसी तरह से सुभीता नहीं बैठता।'' मोतीलाल अब खंजरपुर मोहल्ले में अलग मकान लेकर रहने लगे। अलग तो वह

ससुराल में रहकर भी रहते थे लेकिन अब वह उनसे दूर चले गए। लेकिन जो अब तक अर्जन की विद्या में शून्य थे वह परिवार का पालन कैसे करते, इसलिए वह विकट समस्या उन्हें हताश करने में ही समर्थ हो सकी।

भुवनमोहिनी की मृत्यु ने मोतीलाल को ही नहीं तोड़ा, शरत् के संसार को भी भंग कर दिया, "माँ यदि और कुछ जीती रहती तो मेरा जीवन बहुत सुन्दर हो सकता था। मैं यत्किंचित् जो कुछ लिख-पढ़ सका, वह उन्हीं के आग्रह और चेष्टा का फल था। उनकी अकाल मृत्यु से मेरा संसार भंग हो गया।[1]"

9

जिस समय शरत्चन्द्र का जन्म हुआ था वह चहुँमुखी जागृति और प्रगति का काल था। सन् 1957 के स्वाधीनता-संग्राम की असफलता और सरकार के तीव्र दमन के कारण कुछ दिन शिथिलता अवश्य दिखाई दी थी, परन्तु वह तूफ़ान से पूर्व की शान्ति जैसी थी। शीघ्र ही क्रान्ति का स्वर फिर फूटने लगा। साहित्य में इस स्वर की सबसे पहले अभिव्यक्ति हुई बंकिमचन्द्र के *आनन्दमठ* में। इसी उपन्यास ने आधुनिक बंगाल को जन्म दिया जो कालान्तर में सारे देश की प्रेरणा बन गया। लेकिन तुरन्त इस असफलता का परिणाम यह भी हुआ कि लोगों का ध्यान राजनीतिक उथल-पुथल से हटकर सामाजिक क्रान्ति की ओर उन्मुख हुआ। सामाजिक क्रान्ति के बिना राजनैतिक क्रान्ति सफल नहीं हो सकती, यह सत्य जैसे अब स्पष्ट हो गया। इसलिए 19वीं सदी के उत्तरार्द्ध में सारा देश सामाजिक क्रान्ति की पुकार से गूँज उठा और शीघ्र ही उसके रंगमंच पर उस क्रान्ति के अनेकानेक मानसिक, सामाजिक और सांस्कृतिक उत्तराधिकारी प्रकट होने लगे। एक के बाद एक इन उत्तराधिकारियों ने मानसिक स्वाधीनता का जो बीज बोया उससे देश की चेतना को जैसे मार्ग मिल गया। वह नाना रूपों में अपना अस्तित्व सिद्ध करने लगी।

इस क्षेत्र में भी बंगाल सबसे आगे रहा। राजा राममोहनराय भारतीय राष्ट्रीयता के जनक माने जाते हैं। परन्तु सबसे पहले उनकी दृष्टि धर्म की ओर ही आकृष्ट हुई थी। इसका कारण खोज लेना कठिन नहीं है। उन दिनों देश में पश्चिम की सभ्यता और संस्कृति शासकों के कारण उतनी नहीं फैली जितनी पादरियों के कारण। बंगाल इन पादरियों का प्रधान केन्द्र बन गया था। आरम्भ में इनका स्वागत नहीं हुआ। परन्तु इसमें भी कोई सन्देह नहीं कि इनके कारण ही देश में, विशेषकर बंगाल में, सामाजिक चेतना का उत्थान और विकास हुआ।

ये चेतना पैदा करना उनका ध्येय नहीं था परन्तु अपने धर्म का प्रचार करने के लिए उन्हें शिक्षा और सुधार का काम करने के लिए बाध्य होना पड़ा। अपने धर्म की श्रेष्ठता दिखाने के लिए वे हिन्दू धर्म की कुरीतियों का प्रदर्शन करते थे। इसकी प्रतिक्रिया स्वरूप भी समझदार लोगों के मन में चेतना जागी और अनायास ही अपने धर्म में सुधार करने का प्रश्न उनके सामने आ गया। उस समय धर्म ही व्यक्ति और समाज का मूलाधार था। उसके बिना समाज-सुधार

---

1. शरत् परिचय—सुरेन्द्रनाथ, पृष्ठ-168

की कल्पना हो ही नहीं सकती थी। इसलिए राममोहन राय ने अपने धर्म–संस्कार की ओर ध्यान दिया। उन्होंने निराकार ब्रह्म की साधना, एकेश्वरवाद और अद्वैतवाद को हिन्दू धर्म का शुद्ध रूप प्रमाणित करने की चेष्टा की। और इसी उद्देश्य से उन्होंने 'आत्मीय सभा'[1] की स्थापना की। इस सभा में धर्म–चर्चा के अतिरिक्त जाति–भेद–समस्या, सहमरण, कुलीन प्रथा, सहभोज, निषिद्ध खाद्य समस्या, बाल विधवा, बहु विवाह और सतीप्रथा आदि सामाजिक कुप्रथाओं पर भी विचार किया जाता था। यही समाज–सुधार का श्रीगणेश था जो बाद में सारे भारत में व्याप्त हो गया और ब्रह्म समाज, प्रार्थना समाज, आर्य समाज तथा थियोसोफ़ी आदि संस्थाओं के रूप में प्रकट हुआ। स्वामी विवेकानन्द के गुरु रामकृष्ण परमहंस की जीवन–दृष्टि सहित ये सब इस काल के महाप्रयाण हैं।

शरत् का जन्म राजा राममोहन राय की मृत्यु के 43 वर्ष बाद हुआ था और जब वह दिशाहारा होकर मार्ग की खोज में भटक रहा था तथा उसकी साहित्य–साधना प्रेम की पीड़ा के भीतर से उन्मुख हो रही थी, तब दूसरे अधिकंश सुधारक भी स्वर्गवासी हो चुके थे, परन्तु उनकी जलाई हुई बौद्धिक स्वातंत्र्य, देशप्रेम और समाज–सुधार की ज्योति प्रखर रूप में प्रदीप्त हो रही थी। इसी महामन्थन का प्रभाव जीवन के सभी अंगों पर पड़ रहा था। पंडित ईश्वरचन्द्र विद्यासागर ने भारतीय नारी के कष्टों को दूर करने के लिए संभवतः सबसे पहले कोई ठोस कदम उठाया। इस क्षेत्र में उनका सबसे बड़ा कार्य था विधवा–विवाह का समर्थन। बहु–विवाह और कुलीन प्रथा पर भी उन्होंने प्रहार किया। परन्तु विचारोत्तेजना के अतिरिक्त इसका कोई परिणाम नहीं निकला। बल्कि कुछ देर तक प्रतिक्रिया ही प्रबल रही। परन्तु फिर ब्रह्म समाज के स्त्री–शिक्षा और स्त्री–स्वातंत्र्य पर ज़ोर देने के कारण सामाजिक कुप्रथाएँ आपसे–आप खंडित होने लगीं। इसी आन्दोलन के फलस्वरूप सिविल मैरिज[2] कानून बना और नारी के स्वतन्त्र व्यक्तित्व को स्वीकृति मिली।

बंगाल में नई चेतना को जन्म देने में हिन्दू कॉलेज का भी प्रमुख हाथ रहा है। यद्यपि उसकी स्थापना शरत् के जन्म से 60 वर्ष पूर्व[3] हुई थी, परन्तु कालान्तर में यह बांग्ला में पाश्चात्य विद्या और शिक्षा का प्रधान केन्द्र बन गया था। इस कॉलेज के शिक्षक हेनरी डिरोज़ियो ने बड़ी निर्भीकता से विद्यार्थियों का परिचय बेकन, रूसो और टामस पेन जैसे नवयुग के मनीषियों से कराया और 'एकेडेमिक एसोसिएशन' की स्थापना करके दार्शनिक, सामाजिक और राजनैतिक विषयों पर आलोचना आरम्भ की। इस संस्था के जो प्राण थे, वही 'यंग बंगाल' के नाम से प्रसिद्ध हुए और प्राचीन–पंथियों के लिए आतंक बन गए। यह कहना अत्युक्ति न होगी कि इन युवकों में जहाँ स्वतन्त्र चिन्तन और प्रगति की ज्योति प्रज्वलित हुई वहाँ पश्चिम के कुसंस्कार भी उन्होंने ग्रहण कर लिए। कुछ लोग ईसाई भी हो गए। ये नवयुवक इतने जोशीले थे कि इन्होंने शराब पीना भी आरम्भ कर दिया। ऐसा करके वे अपने माता–पिता पर यह प्रकट करना चाहते थे कि वे प्रगतिशील हैं और उनसे भिन्न हैं। शराब पीने की यह प्रवृत्ति बहुत देर तक प्रगति का लक्षण समझी जाती रही। तन से भारतीय किन्तु मन से अंग्रेज़ इन व्यक्तियों

---

1. सन् 1815 ई. 2. सन् 1872 ई. 3. सन् 1816 ई.

के प्रति असन्तोष भी कम नहीं था। उस समय के एक समाचारपत्र के सम्पादक ने लिखा था, "क्या हिन्दू कॉलेज में एक नये ढंग के मनुष्यों की नींव नहीं रखी जा रही है? हिन्दू कॉलेज से समाज की धार्मिक भावनाओं को जैसे गहरी ठेस पहुँची है, क्या उसका शतांश भी मिशनरियों के आन्दोलनों से पहुँची थी?"

इसके प्रतिक्रिया स्वरूप भी भारत में नवोत्थान की लहर उठी। इसे 'पुनर्जागरणवाद' कहना सत्य के साथ अन्याय होगा। वास्तव में यह सत्यों का पुनर्जन्म था। यह क्रान्ति नये युग की सूचक थी और बंगाल था उसमें अग्रणी। एक तो कलकत्ता अंग्रेज़ी शिक्षा का सबसे बड़ा केन्द्र बन गया था, दूसरे बंगालियों में भावुक प्रवृत्ति के कारण बड़े प्रभावशाली भाषणकर्ता और लेखक बनने की क्षमता थी। ईश्वरचन्द्र विद्यासागर, बंकिमचन्द्र चट्टोपाध्याय, माइकेल मधुसूदनदत्त और कुमारी तोरूदत्त आदि कुछ नाम इस क्षेत्र में पर्याप्त होंगे।

लेकिन ये आन्दोलन जनता के मन के भीतर से होकर प्रकट नहीं हुए थे। इसलिए व्यावहारिक रूप में समाज का एक छोटा-सा भाग ही इनसे आन्दोलित हुआ और शेष पुरानी रूढ़ियों से चिपका रहा। जो व्यक्ति सुधारक दल में शामिल हुए उन्हें पुरातनपंथियों ने जाति-बहिष्कृत करके अपमानित-लांछित करने की चेष्टा की।

बिहार में सुधार का यह स्वर बहुत बाद में प्रकट हुआ। वहाँ के प्रवासी बंगालियों के एक बहुत ही अल्पसंख्यक भाग ने इन आन्दोलनों में रुचि ली। उन बंगाली भद्र लोगों की लड़कियों को पढ़ने के लिए पाठशाला में जाते देखकर बिहारी लोग बहुत क्रुद्ध होते थे। कहते थे, "ये बंगाली लड़कियाँ, बंगालियों की कोई जाति नहीं, मांस-मछली खाते हैं, लड़कियों को बाहर भेजते हैं।"

स्वयं बंग-समाज में सुधार को बहुत अच्छी दृष्टि से नहीं देखा जाता था। वह अन्धविश्वास और कुसंस्कारों से पूर्णतया घिरा हुआ था। विधवा-विवाह, जाति-विचार, कुलीनता, धर्म-आडम्बर के विषयों में लोगों की भावनाएँ एक अत्यन्त संकीर्ण दायरे में सीमित थीं। प्रभुपाद श्री हरिदास गोस्वामी के शब्दों में "जिस परिवार में विधवा नहीं होती उस परिवार में सदाचार से देव-सेवा आदि कार्य सुसम्पन्न होना दुष्कर है। इसके लिए गृहस्थाश्रम में विधवा की आवश्यकता है। यह श्री भगवान की अपूर्व सृष्टि तथा विशिष्ट दान है। यह बात सहज ही समझ में नहीं आती।"

इसीलिए नवजागरण के विश्वासी व्यक्तियों को बुरी दृष्टि से देखा जाता था। पद-पद पर नारियों को अपमानित होना पड़ता था। वे घर के एक कोठे में दुबकी बैठी रहती थीं। पुरुष की छाया के स्पर्श-मात्र से वे कलंकिनी हो जातीं। दूसरी ओर कुलीनता उनके जीवन का अभिशाप हो गई थी। अनेक कारणों से जिन लड़कियों का विवाह नहीं हो पाता था कुलीन रसोइये कुछ रुपयों के बदले पाटे पर बैठकर उनको पार कर देते थे। मांग में सिन्दूर भरे वे सधवायें फिर सारा जीवन पति की न समाप्त होने वाली प्रतीक्षा में बिता देती थीं। एक ओर संस्कार के आतंक और दूसरी ओर धर्म के ठेकेदारों के बीच साधारण जनता भ्रान्त हो रही थी।

समुद्र-यात्रा करना पाप था। छोटे भाई की पत्नी से बात करना पाप था। नाच, गान, नाटक, क्लब, पार्टी, सब कुछ पाप था। भागलपुर के प्रवासी बंगाली बिहार के मुंगेर आदि अन्य नगरों के बंगालियों की अपेक्षा और भी अधिक कट्टर थे। और इस दल के नेता थे शरत् के नाना

केदारनाथ गंगोपाध्याय। शास्त्रसम्मत आचार-विचार उन्हें प्रिय था। उसका वे कठोरता से पालन करते और कराते थे। परन्तु अंग्रेज़ी शिक्षा के कारण स्वाधीन चिन्तन का आरम्भ हो चुका था। प्राचीन आचार-संहिता प्रभावहीन होती जा रही थी लेकिन नई का रूप भी अभी स्पष्ट नहीं हुआ था। इसीलिये अराजकता के इस वातावरण में बंगाली समाज दो दलों में बँट गया था।

10

शरत जब दूसरी बार भागलपुर लौटा तो यह दलबन्दी चरम सीमा पर थी। कट्टरपन्थी लोगों के विरोध में जो दल सामने आया उसके नेता थे राजा शिवचन्द्र बन्दोपाध्याय बहादुर। दरिद्र घर में जन्म लेकर भी उन्होंने तीक्ष्ण बुद्धि और अध्यवसाय के बल पर थोड़े ही दिनों में उच्च पद प्राप्त कर लिया था। कानून के क्षेत्र में वह अप्रतिम थे। पन्द्रह-बीस वर्ष की अवधि में ही उन्होंने न केवल प्रचुर धन ही अर्जित किया बल्कि सरकार से राजा की उपाधि भी पाई। उनकी फिटन के साथ-साथ तलवार लिए हुए घुड़सवार सिपाही चला करते थे। प्रत्येक शुभ अनुष्ठान में उनका योगदान रहता था। वह उदार व्यक्ति थे।

कहते हैं, एक बार उन्हें उन्माद रोग हो गया। इसी कारण वह स्वास्थ्य-लाभ के लिए यूरोप गये। लेकिन वापस लौटने पर बंगाली समाज ने उन्हें जाति-बहिष्कृत कर दिया। बात यहाँ तक बढ़ गई थी कि यदि किसी घर में वे आमन्त्रित होते तो दूसरे अतिथि आसन छोड़-छोड़कर चल देते। इस बहिष्कार आन्दोलन के मुखियाओं में शरत् के नाना केदारनाथ भी थे। इनका आरोप था कि विदेश जाकर राजा साहब ने अपने ब्राह्मणत्व का विसर्जन कर दिया है। आरम्भ में राजा शिवचन्द्र भी समाज की अवहेलना करना नहीं चाहते थे। किसी-न-किसी रूप में प्रायश्चित करने को वे प्रस्तुत थे। परन्तु नाना कारणों से उन्हें सफलता नहीं मिली, तब वह हिन्दू समाज की संकीर्णता और अविचार के विरुद्ध दृढ़संकल्प हो उठे। दोनों दलों में ईर्ष्या और द्वेष की तीव्र अग्नि भड़कने लगी। यह अग्नि इतनी प्रबल थी कि एक समय तो सारा समाज जर्जर हो उठा। गंगोपाध्याय परिवार के पास ही बन्दोपाध्याय परिवार का घर था। दो पड़ोसियों में इस प्रकार मतभेद होने पर समाज में तीव्र हलचल मच गई। कुछ लोग केदारनाथ के पास जाकर अड्डा जमाते और हिन्दू धर्म का गौरवगान करते, तो कुछ लोग राजा शिवचन्द्र के दल में जाकर कट्टरपंथियों की संकीर्णता पर आक्षेप करते।

गांगुली परिवार के किशोर और तरुणों को उस घर में जाना एकदम मना था। लेकिन समय-समय पर इस निषेध की अवज्ञा होती रहती थी। उस घर के कर्ता लोग भी इतने कठोर नहीं थे कि इस घर के व्यक्तियों के वहाँ जाने पर उनकी अवहेलना करते। उलटे आदर ही करते थे।

वे बच्चों को पतंग उड़ाने का शौक पूरा करने के लिए बाज़ार से पतंग खरीद देते थे। तम्बाकू, चुरुट पीने की इच्छा होने पर बेंत से पीटा नहीं जाता था। वह अपराध हँसी में ही उड़ा दिया जाता था। पिकनिक पार्टी खूब जमती थी। संपेरे साँप खिलाते, मदारी बन्दर-भालू नचाते, कठपुतली वाले कठपुतलियों का नाच दिखाते। संध्या होते ही यात्रा दल का साज-संगीत पड़ोस के बच्चों का मन विचलित करने लगता। शासन के लौहपिंजर में बद्ध गांगुली-परिवार

के किशोर इस आनन्द मेले के प्रति कैसी लोलुप दृष्टि से देखते होंगे, इसकी कल्पना करना कठिन नहीं है। इस यात्रा दल का नाम था, 'नवहुल्लोड़'। इस शब्द का अर्थ करना कठिन है पर समझना सरल है। इस नवहुल्लोड़ में कोई बेहाला सीखता था, कोई तबले पर थाप देता था। कहीं बांसुरी की मादक ध्वनि उठती थी तो कहीं नुपूरों की छन्-छनन-छन्। कहीं इस श्लोक के साथ हुक्के का धुआँ उठता था—

ताम्रकूटम् महाद्रव्यम् स्वेच्छया पीयते यदि,
टाने-टाने महाफलं मर्त्ये दिव्य महत् सुखम्।

दूसरे मादक द्रव्यों पर भी कोई रोक नहीं थी। वृद्ध-युवा-बालक किसी का प्रवेश वर्जित नहीं था।

शरत् का शिल्पी मन बहुत दिन तक इस मौन-मधुर आमंत्रण को अस्वीकार नहीं कर सका। चोरी-छिपे उसने वहाँ जाना शुरू कर दिया और जब जान-पहचान हो गई तब प्रकट रूप में जाने लगा। गांगुली परिवार का शासन उसे किसी भी तरह बाँधकर नहीं रख सका। उल्लंघन करने में उसे मज़ा आता था। बांसुरी, बेहाला, हारमोनियम और तबला आदि बजाना उसे आता ही था। *चरित्रहीन* का सतीश भी तो इन विद्याओं में दक्ष है। इसके अतिरिक्त कण्ठ उसका मधुर था ही। इसलिए शीघ्र ही वह दल का प्रधान पण्डा बन गया। राजू उस दल का दाहिना हाथ था। जिस काम में वह हाथ डालता उसमें चरम दक्षता प्राप्त किए बिना वह पीछे नहीं हटता।

शरत् को यात्रा दल का शौक बचपन से ही था, परन्तु वह उसे सम्पूर्ण रूप से पागल न कर सका क्योंकि उसका आनन्द स्थूल था। उसमें सूक्ष्म रस-बोध का अभाव था। यों यात्रा करना हँसीं-खेल नहीं। निरन्तर 10-12 घण्टे मज़दूर की तरह परिश्रम करने पर कहीं खेल जमता है। निर्विकार भाव से इस प्रकार खटना सरल काम नहीं है। यहीं नशे की आवश्यकता होती है। पैसा न हो तो शराब के अभाव में गांजा और भांग का जुगाड़ ही हो सकता है।

जैसे-जैसे नई सभ्यता का प्रसार होता गया, लोगों का मन उधर से हटता गया। और इस प्रकार भागलपुर के बंगाली समाज में थियेटर का उदय हुआ। लोग थियेटर देखना बहुत पसन्द करते थे। अच्छा-बुरा कैसा भी नाटक हो, दर्शकों की खूब भीड़ होती थी। लेकिन उनके बच्चे उसमें भाग लें यह वह नहीं चाहते थे।

एक दिन इसी तरह अभिनय चल रहा था, चारों ओर लोगों की भीड़ थी। एक युवक स्त्री की भूमिका में मधुर संगीत से श्रोताओं को मुग्ध कर वार्तालाप शुरू करने ही वाला था कि उसका पिता दर्शकों की भीड़ में से गर्जन-तर्जन करता हुआ मंच पर आ पहुँचा। प्रचंड धमाके के कारण बड़े परिश्रम और कोशिश से तैयार की गई फुट लाइट की मोमबत्ती न जाने कहाँ जा गिरी। कालीन में आग लग गई। मंच पर प्रज्वलित इस अग्निकाण्ड में दर्शकों ने देखा कि पिता पुत्र पर निर्मम प्रहार कर रहा है। उस रात सब कुछ भंग करने के अतिरिक्त और हो ही क्या सकता था।

यह 'आर्य थियेटर' वयस्कों का था। राजू, शरत् के दल को यह सन्तुष्ट नहीं कर सका। उनके प्रयत्नों से एक नये थियेटर का जन्म हुआ। इसमें जो पहला नाटक उन्होंने खेला, वह था बंकिमचन्द्र का 'मृणालिनी'। इसमें मृणालिनी का अभिनय स्वयं शरत् ने किया था। यद्यपि इस विद्या में भी राजू उसका गुरु था फिर भी शरत् का अभिनय देखकर सभी दर्शक मुग्ध हो उठे थे। लेकिन गुरुजनों के प्रबल विरोध के कारण इसे बन्द कर देना पड़ा। कई वर्ष बाद

'आदमपुर क्लब' की एक प्रवृत्ति के रूप में इसका पुनर्जन्म हुआ। राजा शिवचन्द्र का बेटा कुमार सतीशचन्द्र इस दल का प्राण था। संगीत और नाटक में उसकी रुचि असाधारण थी। उसके संगी-साथी इसके उत्साही सदस्य थे। अपने दल को पुष्ट करने के लिए वे समय-समय पर कलकत्ता जाते थे और वहाँ नाटक देखते थे। फिर लौटकर अपनी कला में सुधार करते थे। कुमार सतीश के पुत्र के अन्नप्राशनोत्सव के अवसर पर कलकत्ता के सुप्रसिद्ध मिनर्वा थियेटर के अभिनेता भागलपुर पधारे थे और राजबाड़ी में बड़ी धूमधाम के साथ उन्होंने 'अलीबाबा' नाटक खेला था। शरत् ने इसमें मुस्तफ़ा का पार्ट किया था और इस निपुणता से उसे निभाया था कि दर्शकों में से एक आदमी भी उसे पहचान न सका था।

इस प्रकार विरोध की ये जड़ें गहरी और गहरी होती जा रही थीं। हर क्षेत्र में प्रतियोगिता चलती थी। साधारणतया मृत्यु के अवसर पर सभी वैर-विरोध शान्त हो जाते हैं, परन्तु यहाँ वह स्थिति भी नहीं रही थी।

इसी समय राजा शिवचन्द्र के नाते के साले और बंगला स्कूल के अध्यापक कान्तिचन्द्र की मृत्यु हो गई। प्रतिशोध का इतना बड़ा अवसर कट्टरपन्थी लोग कैसे जाने देते। उन्होंने शवयात्रा में शामिल होने से इनकार कर दिया। आखिर आदमपुर क्लब के सदस्यों ने यह क्रिया सम्पन्न की।

उन सबको जाति-च्युत कर दिया गया। नगर में ऐसा हाहाकार मचा कि घर-घर में दलादली आरम्भ हो गई। जो दुर्बल थे उन्होंने सिर मुंडवाकर प्रायश्चित कर लिया। परन्तु शरत् के पिता इस बारे में उदासीन थे। इसलिए उस समय तो वह बच गया, परन्तु आगे चलकर उसे बड़ी लांछना सहनी पड़ी। गांगुली परिवार में प्रति वर्ष बड़े समारोह के साथ जगद्धात्री पूजा होती थी। सभी प्रवासी बंगाली उसमें योग देते थे, लेकिन जब से दलादली ने उग्र रूप धारण किया तब से राजा शिवचन्द्र के दल का निमन्त्रण बन्द हो गया।

शरत् को लोग जिस प्रकार आनन्दोत्सव में बुलाते, आपद-विपद में भी उसकी वैसी ही पुकार होती थी। रात-रात जागकर रोगियों की सेवा करना, समय-असमय में श्मशान जाकर दाह संस्कार करना, विवाह-पूजा आदि में आगन्तुकों की सेवा करना, इन सब कामों में वह पटु था। गली में बारोबारी पूजा में और नाना के घर जगद्घात्री पूजा के अवसर पर खिलाने-पिलाने का भार उसी पर रहता था। किन्तु इस बार[1] उसे निमन्त्रित नहीं किया गया। उसकी कोई ज़रूरत भी नहीं थी। इसलिए अपने मन से वह वहाँ जाकर काम करने लगा। ब्राह्मण-भोजन चल रहा था। खाना परोसते सभी लोग चारों ओर घूम रहे थे कि दलपति गर्जन-तर्जन कर उठे। मंझले नाना महेन्द्रनाथ दौड़े-दौड़े आए। पूछा, "क्या हुआ दादा?"

दलपति चीख उठे, "क्या हुआ? हुआ क्या नहीं? इस शरता हरामज़ादा ने कांति का दाह संस्कार किया था। हमारी जात लेने आया है पाजी, हरामज़ादा।"

सभी हाय-हाय करते हुए उठ खड़े हुए तब महेन्द्रनाथ ने शरत् से कहा, "शरत्, तुम्हारा परोसना नहीं चलेगा।"

---

1. 13 नवम्बर, 1896 ई.

राग और अभिमान से शरत् की आँखों से पानी बहने लगा। हाथ का बर्तन धरती पर रखकर वह वहाँ से चला गया। वह इतना मर्माहत हुआ कि कई दिन तक घर भी नहीं आया। जाने कहाँ-कहाँ घूमता रहा...

11

उस वर्ष वह परीक्षा[1] में भी नहीं बैठ सका था। जो विद्यार्थी टेस्ट परीक्षा में उत्तीर्ण होते थे उन्हीं को अनुमति दी जाती थी। इसी परीक्षा के अवसर पर एक अप्रीतिकर घटना घट गई। जैसा कि उसके साथ सदा होता था, इस घटना के भी नाना रूप प्रचलित हो गए थे या उसने स्वयं कर दिये थे। उन्हीं में एक यह है। विज्ञान में वह बहुत चतुर था। आधे समय में ही उसने वह पर्चा पूरा कर डाला। उसके बाद साथियों की सहायता करने में प्रवृत्त हो गया। एक कमरे में बैठकर वह प्रश्नों का उत्तर लिखता और दरबान के हाथ साथियों के पास भेज देता। पानी पिलाने तथा दूसरे कामों के बहाने दरबान बार-बार आने-जाने लगा। यह देखकर निरीक्षक को सन्देह हुआ। वह उसके पीछे-पीछे वहीं पहुँच गये जहाँ शरत् बैठा उत्तर लिख रहा था। अब कुछ छिपा न रह सका। निरीक्षक उसे प्रिंसिपल के पास ले गये। सब कुछ सुनकर प्रिंसिपल ने निश्चय किया कि वे शरत् को परीक्षा में बैठने की अनुमति नहीं देंगे। इस अपराध का दण्ड इससे कम नहीं हो सकता।

इसलिए जब परीक्षाफल निकला तो उत्तीर्ण होने वाले विद्यार्थियों की सूची में उसका नाम नहीं था। जैसा कि उसका स्वभाव था, उसने कुछ नहीं किया। कर भी क्या सकता था, अपराधी था, लेकिन चूँकि वह पढ़ने में चतुर था, इसलिए स्वयं अध्यापकों ने उसकी ओर से प्रिंसिपल से प्रार्थना की कि वे उसे क्षमा कर दें। वे स्वयं अपने निर्णय पर दुखी थे। उन्हें भी लग रहा था कि दण्ड कुछ अधिक हो गया है। इसलिए वे उसे क्षमा करने को तैयार हो गये। परीक्षा की फीस जमा कराने के एक दिन पहले उन्होंने शरत् को बुलाया और कहा, "कल आकर फीस जमा करा जाओ।"

लेकिन एक दिन में फीस का प्रबन्ध कर लेना उसके लिए असंभव था। माँ की मृत्यु हो चुकी थी और पिता थे यायावर। पैसा पैदा करना वे नहीं जानते थे। उधर सगे मामा अत्यन्त निर्धन थे। रिश्ते के मामा भी फीस दे सकते हैं, लेकिन न देने पर उन्हें दोष नहीं दिया जा सकता। वह उनकी सगी बहन का पुत्र नहीं था और फिर वह इन लोगों के विरोध में राजा शिवचन्द्र का पक्ष लेता था। तत्कालीन मानदण्ड के अनुसार उसका चरित्र भी ऐसा नहीं था, जिसे अच्छा कहा जा सके। इसलिए मामाओं के परिवार में उसकी ज़रा भी साख नहीं थी।

इस प्रकार पैसे के अभाव में उसकी पढ़ाई समाप्त हो गई। नाटक-थियेटर, गाना बजाना और साहित्य-सृजन, इन्हीं में उसका मन रमने लगा। राजू के साथ उसके अभियान और भी ज़ोरों के साथ चलने लगे। वेश्या के यहाँ जाना भी वर्जित नहीं था। उस समय कालीदासी नाम

1. सन् 1896

की एक नर्तकी मंसूरंगज में रहती थी। उसके पास बहुत पैसा था। अपना दुमंज़िला मकान था लेकिन मन था उसका धर्म में। कीर्तन करती थी। कण्ठ उसका बहुत मधुर था। इसी माधुर्य के लोभ में राजू अक्सर वहाँ जाता था। शरत् के कॉलेज जाने का मार्ग भी उधर से ही था। इसलिए वह उसे भी नहीं छोड़ता था।

सुना जाता है कि कालीदास इन दोनों से स्नेह करती थी। आज यह मीमांसा करना व्यर्थ है कि उन्नीस वर्षीय शरत् ने नर्तकी कालीदासी के सम्पर्क में आकर वर्जित फल का स्वाद लिया था या नहीं। परन्तु इतना सत्य है कि कण्ठ के माधुर्य और वाक्पटुता के कारण नारियों का उसके प्रति विशेष आकर्षण रहा है। तथाकथित कुकर्मों के कारण कुलीनों के समाज में उसकी मर्यादा निरन्तर घट रही थी। इसलिए अकुलीनों में ही उसे शरण लेनी पड़ती थी। वहीं पर उसने मनुष्य की खोज की और जाना कि मनुष्यत्व सतीत्व से भी बड़ी वस्तु है।

इन दिनों चोरी-चोरी *देवदास* का सृजन चल रहा था। यद्यपि प्रौढ़ावस्था में प्रसिद्ध लेखक शरत्चन्द ने इस रचना की निंदा की है। बार-बार कहा है, ''वह अच्छा नहीं है, अश्लील है, और भी बहुत कुछ है। बचपन की मेरी इस रचना को मत छापो।'' लेकिन उस समय निश्चय ही उसने अपने प्रेम के दर्द को *देवदास* के माध्यम से स्वर देने का प्रयत्न किया था। अतिशय भावुकता के बावजूद यह रचना शरत् के अपने असफल, पर उत्कट प्रेम की आत्मस्वीकृति ही है। इसके सभी चरित्रों का वास्तविक आधार है। जो उसे बहुत अधिक प्यार करती थी, स्कूल की यह साथिन धीरू *देवदास* में 'पार्वती' के रूप में अवतरित हुई है। धर्मदास के चरित्र का आधार बना नाना के घर का सेवक मुशाई और चन्द्रमुखी का उपादान जुटाया एक नर्तकी ने। स्वयं शरत्चन्द्र ने नर्तकी के इस आभार को स्वीकार किया है। बड़े होकर यह कहानी उसने कई बार, कई मित्रों को, कई रूपों में सुनाई। परन्तु अपने परम भक्त प्रसिद्ध संगीतज्ञ दिलीपकुमार राय से उसने यही कहा था कि यह उसकी व्यक्तिगत अभिज्ञता है; वह स्वयं अपने एक मित्र के साथ गाना सुनने के लिए वहाँ गया था। वह मित्र ज़मींदार के यहाँ काम करता था। उस दिन उसके पास कई हज़ार रुपये थे।

खूब नाच-गाना हुआ। शराब का दौर भी चला। धीरे-धीरे उसकी मात्रा बढ़ती गई और उसी के साथ खोता गया उनका चैतन्य। मित्र बार-बार जेब से रुपये निकालता और पुकार उठता, ''और नाचो, और शराब लाओ।''

उस पर खूब रंग चढ़ रहा था। अन्तत: वह बेहोश हो गया। शरत् भी होश में नहीं रह सका। दूसरे दिन सवेरे मित्र की चीख-पुकार सुनकर उसकी आँखें खुली। मित्र पुकार रहा था, ''हाय, हाय, मैं तो लुट गया, मेरा सर्वनाश हो गया।''

शरत् ने पूछा, ''क्या हुआ, इस तरह क्यों चीख रहे हो?''

मित्र बोला, ''मेरे पास तीन हज़ार रुपये थे, वे नहीं मिल रहे हैं। तूने तो नहीं छिपाये?''

शरत् ने उत्तर दिया, ''मैं क्यों छिपाऊँगा, मैं भी तो तभी से बेहोश हूँ, तेरी चीख-पुकार सुनकर ही उठा हूँ।''

मित्र की आँखों में आँसू आ गए, बोला ''सर्वनाश हो गया। यह तो ज़मीदार का रुपया

था। उसे रुपया नहीं मिला तो नौकरी से हाथ धोना पड़ेगा। जेल भी जाना होगा। सोचा था, दो-तीन सौ रुपये खर्च हो जाएँगे, कोई बात नहीं, चुका दूँगा। पर इतने रुपये इस वक्त मुझे कौन देगा? हाय-हाय, अब मैं क्या करूँ?''

और वह फूट-फूटकर रोने लगा, लेकिन रोने से रुपया थोड़े ही मिलता था। शरत् के कहने पर उसने इधर-उधर खोज की, लेकिन न कहीं रुपया ही दिखाई दिया और न वह नर्तकी। क्या उसी ने तो रुपया नहीं चुराया है... ?

ठीक उसी समय नर्तकी ने वहाँ प्रवेश किया। उसको देखते ही वह मित्र और भी ज़ोर से रोने लगा। एक ही साँस में उसने सब कुछ कह सुनाया।

नर्तकी ने शान्त स्वर में उत्तर दिया, ''तुम्हारा दिमाग खराब हुआ था, कि तुम वेश्या के घर इतना रुपया लेकर आए। यहाँ दो-चार रुपयों के लिए प्राण ले लिये जाते हैं, तुम्हारे पास तो हज़ारों रुपये थे। बार-बार सबके सामने जेब से निकालकर मुझे दे रहे थे। सबकी दृष्टि तुम्हारी जेब पर थी और तभी आप लोग नशे में लुढ़कते हुए गद्दे से नीचे चले गए। सब लोगों को विदा करके मैंने आपको ठीक किया और आपके सिरहाने तकिया रखा। तब आप लोगों ने मुझे क्या-क्या नहीं कहा। छोड़िए, वह तो हम प्रतिदिन ही सुनती हैं, लेकिन जैसे ही मैं आपको सुलाकर उठी मेरी दृष्टि रुपयों पर पड़ी। उन्हें उठाकर मैंने अपने आँचल में बाँध लिया और इस तरह कमर में लपेट लिया कि ज़रा भी छेड़ने पर मेरी आँखें खुल जाएँ।''

''यह मोहल्ला कितना बदनाम है! कैसे-कैसे गुण्डे यहाँ रहते हैं! वे जान गये थे कि आपके पास रुपया है। सारी रात इस मकान के चारों ओर घूमते रहे कि आप निकलें और वे रुपये छीन लें। और मैं थी कि डर के मारे सो भी नहीं सकी। आग जलाकर नौकरानी के साथ सारी रात जागती रही हूँ।''

यह कहते हुए उसने वे रुपये निकालकर मित्र के सामने रख दिये, कहा, ''देख लीजिए, सब ठीक है न? और फिर कभी ऐसी मूर्खता न कीजिएगा।''

शरत् उसकी ओर देखता रह गया। सोचने लगा, यह चाहती तो उन्हें हजम कर सकती थी। किसमें हिम्मत थी कि इससे वापस ले सकता! कितनी महान है यह! पथभ्रष्ट हो जाने पर भी मनुष्य के अन्दर की सद्वृत्तियाँ पूरी नष्ट नहीं होतीं। बाहरी रूप ही मनुष्य का असली परिचय नहीं है। अनेक सती नारियाँ अनेक कुकर्म करती हैं। चोरी, जालसाज़ी, झूठी गवाही कुछ भी उनसे नहीं छूटता। इसके विपरीत दुराचारिणियों के हृदय में भी दया-माया बनी रहती है।

क्या यही नर्तकी कालीदासी नहीं थी? *देवदास* के सृजन के समय वह उसी के पास जाता था। उसका चरित्र भी नर्तकी से मिलता है। सब कुछ दान करके वह संन्यासिनी हो गई थी, लेकिन उसके बाद भी पूजा के अवसर पर लोगों के घर गीत सुनाने वह जाती रही। उस समय यदि वे लोग उसे कुछ देने की चेष्टा करते तो वह कह देती, ''भगवान ने इतना दिया था वही मैं न रख पाई। अब मुझे कुछ नहीं चाहिए।''

यही कालीदासी चन्द्रमुखी के रूप में अवतरित हुई, इस बारे में तनिक भी शंका नहीं

है। तभी तो चुन्नीलाल उससे कह सका, ''नहीं, नहीं। नोट-फोट की लालची और ही होती हैं। तुम उनमें से नहीं हो।'' (*देवदास*)।

लेकिन वह कितनी ही धर्मप्राणा हो, थी तो एक नर्तकी ही। शरत् के नाना के परिवार के लोग इस बात को कभी स्वीकार नहीं कर सकते थे कि वह उसके घर जाये। उनकी दृष्टि में वह उच्छृंखल और चरित्रहीन होता जा रहा था। इसलिए वह उनके घर में मुक्त भाव से नहीं आ सकता था। अन्दर आने से पहले उसे खांसना पड़ता था, जिससे वयस्का बहनें अन्दर चली जायें।

लेकिन नाना के परिवार के लोगों को प्रसन्न करने के लिए उसने अपना चरित्र सुधारने की ज़रा भी चेष्टा नहीं की। तब एक दिन छोटे नाना अघोरनाथ ने आदेश निकाला, ''शरत् को घर में मत आने दो, उसका प्रवेश वर्जित है।''

प्रतिभाशालियों की यही नियति होती है शायद क्योंकि एक दिन कवि शेली के विद्रोही विचारों के कारण उसकी माँ ने भी उसकी बहनों से कहा था कि वे शेली से अधिक बातें न किया करें। वह न धर्म में विश्वास रखता है न विवाह में।

12

इसी समय सहसा एक दिन[1] पता लगा कि राजू कहीं चला गया है। फिर वह कभी नहीं लौटा। बहुत वर्ष बाद *श्रीकान्त* के रचयिता ने लिखा, ''जानता नहीं कि वह आज जीवित है या नहीं। क्योंकि वर्षों पहले एक दिन वह बड़ी सुबह उठकर घरबार, ज़मीन-ज़ायदाद और अपने कुटुम्ब को छोड़कर केवल धोती लेकर चला गया और फिर लौटकर नहीं आया। ओ, वह दिन आज किस तरह याद है!''

शरत् के जीवन में जैसे एक बहुत बड़ा शून्य उभर आया। जीवन के हर क्षेत्र में वही तो उसकी प्रेरणा था।

आदमपुर क्लब के नाटक विभाग ने अनेक सुन्दर नाटक मंचस्थ किये थे। उनमें, प्रमुख थे—मृणालिनी, बिल्वमंगल और जना। शरत् ने इनमें क्रमशः 'मृणालिनी', 'चिन्तामणि', और 'जना' की भूमिका निभाई थी। राजू ने गिरिजा और पागलिनी का अभिनय करके यश अर्जित किया था। शरत् के अभिनय में जो गाम्भीर्य, संयम, तेजस्विता और शोक प्रकट करने की भंगिमा थी वह कलकत्ता की प्रतिभाशाली अभिनेत्री के उन्मत्त उच्छ्वासों में भी नहीं पाई जाती थी और राजू द्वारा पागलिनी के अभिनय की याद करके साठ वर्ष[2] बाद भी लोगों को रोमांच हो आता था। वह दृश्य जैसे उनके मन के भीतर चला गया हो। राजू स्वयं भी जैसे पागल हो उठा था। बार-बार उसी का अभिनय करता। एक दिन अपने शिशु भतीजे को लेकर पेड़ पर चढ़ गया और गोद में लेकर वहीं पर पागलिनी का अभिनय करने लगा। देखने वाले हतप्रभ रह गये। किसी भी क्षण वह बच्चा हाथ से छूटकर नीचे गिर सकता था।

उसी रात को राजू के पिता ने उसे बहुत पीटा और उसी रात को वह लापता हो गया।

---

1. सन् 1897 ई. 2. सन् 1959 में लेखक भागलपुर गया था

सुना वह संन्यासी हो गया है। मन उसका संन्यासवृत्ति की ओर काफ़ी दिनों से खिंच रहा था। बहिर्जगत् से विदा लेकर वह मानो मनोजगत् में रम गया था। गंगा-तट पर बच्चों के श्मशान के पास ही अश्वत्थ का जो विशाल वृक्ष था, उसी के ऊपर उसने स्वयं एक काठ का ध्यान-घर बनाया था। शरत् के अतिरिक्त और किसी को उसने यहाँ नहीं आने दिया। उसमें प्रवेश कर पाना हरेक के बस की बात भी नहीं थी। बाँस की सीढ़ी पर से होकर जाना पड़ता था। वहीं वह बीच-बीच में ईश्वर की ज्योति के दर्शन कर आत्मविभोर हो उठता था। वह धीरे-धीरे मौनी होता जा रहा था। अनशन करके दिन काट देता था। बन्धु-बान्धव भी पीछे छूटते जा रहे थे। बस केवल बच्चों को ही वह प्यार करता था। उन्हें छाती से लगाकर उसे तृप्ति मिलती थी। वह उन्हें लेकर पेड़ पर चढ़ जाता था। पिता उसको पहचान न पाये और पक्षी उड़ गया सागर के उस पार।

कुछ दिन बाद कई व्यक्तियों ने उसे हरिद्वार में देखने का दावा किया। एक बार एक महिला[1] ने उदासी पंथ के अखाड़े में किसी को सुमधुर स्वर में बांग्ला गीत गाते हुए सुना। स्वर कुछ पहचाना-सा लगा। इसलिए कौतूहलवश अन्दर की ओर झाँका। गाने वाले की उस ओर पीठ थी, पर उस पर नश्तर का दाग स्पष्ट दिखाई दे रहा था। उसे विश्वास हो गया कि निश्चय ही यह राजू है। उसी की पीठ पर नश्तर का दाग था। वह तुरन्त अन्दर गई और बोली, ''अरे राजू, तेरी माँ तेरे लिए पागल हो रही है और तू यहाँ साधू हुआ घूमता है!''

राजू ने उसी क्षण अपना मुँह ढक लिया। कोई जवाब नहीं दिया। समाचार पाकर उसकी माँ तुरन्त हरिद्वार पहुँची, परन्तु तब तक वह दल न जाने कहाँ चला गया था। बहुत खोज की गई, लेकिन सब व्यर्थ।

राजू चला गया। उसकी वेदना का कोई पार नहीं था। उसके साथ बिताये गये अपने जीवन को याद करके उसके कलेजे में टीस उठने लगती। वह उसका कितना बड़ा मित्र था! उसी से उसने सीखा था कि भले ही इस संसार में दूसरे मूल्य किसी स्तर पर झूठे लगने लगें लेकिन सहज मानवीय करुणा कभी नहीं झुठलाई जा सकती। उस बार जगद्धात्री पूजा के ठीक अगले दिन मामा के घर यात्रा का आयोजन था। कलकत्ता से नामी दल आया था। टोले-मोहल्ले के सभी लोग देखने के लिए दल बनाकर आ पहुँचे। शरत् भी एक कोने में बैठा तल्लीन भाव से देख रहा था कि तभी न जाने कहाँ से राजू आ पहुँचा। वह बहुत व्यस्त दिखाई दे रहा था। पास आकर उसने कहा, ''चल उठ!''

गुरु का आदेश था। उठना पड़ा। बाहर आकर राजू ने बताया, ''उस मोहल्ले के तारापद का बेटा अभी-अभी हैजे से मर गया है। बेचारा तीन साल का बच्चा अनेक प्रयत्न करने पर भी बच नहीं सका। माँ-बाप पागलों की तरह रो-पीट रहे हैं। लेकिन इस रोग के रोगी की लाश को अधिक देर तक नहीं रखना चाहिए। इसी दम श्मशान पहुँचा देना चाहिए। मोहल्ले के सभी लोग यहाँ यात्रा देखने के लिए आ गये हैं। अब तू ही मेरे साथ चल!''

दोनों तारापद के घर पहुँचे। माँ-बाप को समझाकर बच्चे की लाश श्मशान की ओर ले चले। आधी रात बीत चुकी थी। कुछ दूर जाकर शरत् ने कहा, ''साथ में बत्ती ले लेना अच्छा रहता।''

---

1. लेखक सन् 1959 ई. में इसके बेटे से मिला था।

राजू ने उत्तर दिया, "रहता तो, मगर इस समय मिले कहाँ? देगा कौन, मेरे पास एक दियासलाई है, उसी से काम चला लेंगे।"

श्मशान ठीक गंगा तट पर था। जितना बड़ा, उतना ही डरावना। दूर-दूर तक बस्ती का निशान नहीं था। चारों ओर बालू का अखण्ड राज्य, कहीं-कहीं खजूर के एक-दो पेड़ या कंटीली झाड़ियाँ, यही कुछ वहाँ दिखाई देता था।

श्मशान के बीचोंबीच एक झोंपड़ा था। आँधी-पानी आने पर या किसी कारण विश्राम करने की आवश्यकता हो तो उसका उपयोग किया जा सकता था। लेकिन लोगों का विश्वास था कि इस झोंपड़े में भूत रहते हैं। दिन में भी उसके भीतर जाने से डरते थे।

लेकिन राजू इन बातों की चिन्ता नहीं करता था। वह सीधा उसी झोंपड़े में जा घुसा। शरत् भी पीछे-पीछे चला आया, लेकिन डर के मारे वह कांप रहा था। राजू ने लाश को फर्श पर रख दिया। बोला, "बहुत देर से बीड़ी नहीं पी है। पहले एक बीड़ी पी लूँ।"

तभी सहसा अंधेरे में से एक आवाज़ आई, "एक मुझे भी दोगे?"

शरत् के रोंगटे खड़े हो गए। शरीर से पसीना बहने लगा। राजू ने पूछा, "कौन है?" और साथ-ही-साथ दियासलाई जलाकर देखा, पाया कि पास ही मैले-से बिस्तर पर एक आदमी गुदड़ी से ढका हुआ लेटा है।

पूछा, "तुम कौन हो?"

फिर आवाज आई, "मैं गंगा-यात्री हूँ।"

अब उन्होंने ध्यान से देखा। गुदड़ी के भीतर लगभग 80 वर्ष का एक वृद्ध लेटा हुआ था। राजू ने उसे पीने के लिए एक बीड़ी दी। वृद्ध ने ऐसे कश खींचा मानो अमृत मिला हो। बोला, "आह बेटा, तुमने बचा लिया। कई दिन से यहाँ पड़ा हूँ। मौत भी नहीं आती। मेरे साथ मेरे दो नाती और मोहल्ले का एक आदमी आया है। मैं जल्दी मर नहीं रहा हूँ, इसलिए वे बड़े नाराज़ हैं। आज यात्रा देखने चले गए हैं। कहते हैं, इसलिए लाये थे कि बूढ़ा जल्दी मर जाएगा, लेकिन गंगा की हवा खाकर यह तो अच्छा होता जा रहा है। न जाने मेरा क्या होगा? गंगा-यात्री तो वापस लौट नहीं सकता।"

राजू ने तुरन्त उत्तर दिया, "कैसे नहीं लौट सकता? तुम भले-चंगे हो। तुम्हारा घर कहाँ है? हम तुम्हें वहाँ छोड़ आयेंगे। नहीं तो तुम्हारे साथी तुम्हारा गला दबाकर तुम्हें मार डालेंगे।"

बूढ़े ने कहा, "हाँ बेटा, वे बार-बार मुझे यही कहकर धमकी दे रहे हैं। न जाने किस वक्त गला दबा दें।"

राजू ने सबसे पहले लड़के को गाड़ा, फिर स्नान किया। इसके बाद शरत् ने कहा, "मैं इस बूढ़े को कंधे पर उठा लेता हूँ। तू उसकी गुदड़ी बगल में दबा ले।"

और वह उस्ताद संपेरा और अन्नदा दीदी। राजू जैसे 'उस प्रेम-प्लावित आत्मा' को पूजता था। वह समाज-बहिष्कृता कौन थी? ठीक-ठीक इसका पता किसी को नहीं, परन्तु यह सत्य है कि उसका पति मुसलमान हो गया था और समाज के आदेश पर भी वह उसे छोड़

नहीं सकी थीं। वह साँप पकड़ने का काम करता था, पर इससे पेट थोड़े ही भर सकता है। इसीलिए, जैसा कि उनका स्वभाव था, राजू और शरत् उनकी सहायता करते थे। एक दिन दीदी का अपमान करने पर उन्होंने उस्ताद को पीट भी दिया था...।

इन कहानियों का कोई अन्त नहीं था। शरत् के दुख का भी कोई अन्त नहीं था, पर वह इस दु:ख को किसी के सामने प्रकट नहीं करता था। फिर राजू की याद उसके साहस को बढ़ाती ही थी। हर कहीं–हर किसी को वह अपने साहस से चकित कर देता था।

13

इधर शरत् इन प्रवृत्तियों को लेकर व्यस्त था, उधर पिता की यायावर वृत्ति सीमा का उल्लंघन करती जा रही थी। घर में तीन और बच्चे थे। उनके पेट के लिए अन्न और शरीर के लिए वस्त्र की ज़रूरत थी, परन्तु इस सबके लिए धन का जुगाड़ करना उनके बस की बात नहीं थी। पुराना कर्ज़ भी वह नहीं चुका पाये थे। डिग्री हो जाने के कारण गाँव के मकान को भी मात्र 225 रु. में छोटे मामा को बेच दिया था।[1] अब भूखों मरने के अलावा और कोई रास्ता नहीं था। शरत् बालक नहीं था, 21 वर्ष का युवक था और अपने कुछ गुणों और कुछ दुर्गुणों के कारण लोकप्रिय भी कम नहीं था। घर की दुर्दशा ने आखिर उसके हृदय को छुआ और वह नौकरी की तलाश में निकल पड़ा।

उन दिनों संथाल परगना में सेटलमेंट का काम चल रहा था। बनैली इस्टेट की ओर से एक बड़ा कर्मचारी इस्टेट के स्वार्थ की देखभाल के लिए नियुक्त था। शरत् को इसी के सहकारी के रूप में नौकरी मिल गई। काम रुचि का था। अक्सर दौरे पर रहना होता था। तम्बुओं में रहना और, जैसा कि देसी राज्यों में तब चलता था, गाना-बजाना, शिकार खेलना, यही बड़े कर्मचारियों का मुख्य काम था। कभी-कभी राजकुमार भी वहाँ आते थे। शरत् ठहरा दुस्साहसी, बन्दूक चलाने का उसने खूब अभ्यास किया। बहुत शीघ्र ही उड़ती चिड़िया को मार लेने की ख्याति हो गई। यह गुण उसकी लोकप्रियता को और भी बढ़ाने लगा। वह घूमने निकल जाता। कभी अकेले, कभी दल के साथ। श्मशान भूमि से उसे विशेष प्रेम था। उस दिन घूमते-घूमते वक्रेश्वर जा निकला। वहाँ की श्मशान निर्जनता सदा प्यारी लगी! ढेर के ढेर नरमुण्ड, झोलों की तरह सेमर की डाल-डाल में लटके चमगादड़ और उनके बीच में उस विराट मौन में आर्त्तकण्ठ से रोता हुआ उनका एक बच्चा—कुछ भी उसके वैरागी मन को विचलित न कर सका।

और उस दिन राजकुमार के आने पर नाच-गान की महफ़िल विशेष रूप से गुलज़ार हो उठी। सेटलमेंट के बड़े-बड़े अफ़सर निमंत्रित किये गये। बहुत-सा रुपया पाने की शर्त पर पटना से एक बाईजी भी आई। सुन्दर तो थीं ही, कण्ठ भी अत्यन्त मधुर था। शरत् को भी इस मजलिस में निमंत्रित किया गया। वह ऊँचे पद पर नहीं था, लेकिन उसके मधुर कण्ठ की बात राजकुमार के कानों तक पहुँच चुकी थी। वे बोले, "आज तुमको गाना होगा शरत्।"

यद्यपि उसका गाना संगीत के व्याकरण की दृष्टि से तो शुद्ध नहीं कहा जा सकता, परन्तु

---

1. 9 नवम्बर, 1896 (देवानन्दपुरे शरत्चन्द्र—द्विजेन्द्रनाथदत्त मुंशी, भारतवर्ष—मार्च, 1938-चैत, 1344)

उसका माधुर्य मन को छूने वाला था। स्वयं बाईजी ने भी उसकी प्रशंसा की। वह नाच-गान में दक्ष थी। प्राणों की शक्ति उंडेलकर उसने मजलिस में वीणा बजाई। परन्तु 'भैंस के आगे बीन बजाये भैंस खड़ी पगुराय' वाली स्थिति थी। उस मजलिस में केवल शरत् ही रागिनी के मर्म को पहचान सका। मुक्तकण्ठ से उसने बाईजी के वीणावादन की प्रशंसा की। वह गद्‌गद् हो उठी। उसका हृदय इस दिशाहारा, पर गुणी युवक के प्रति सहानुभूति से उमड़ आया। कुछ ही क्षणों के परिचय ने दोनों को एक-दूसरे के बहुत पास ला दिया। उस रात बड़ी देर बाद किसी प्रसंग में बाईजी ने उससे कहा, "मैं रुपये के लिए गाती हूँ। गाना मेरा पेशा है, लेकिन आप क्यों इनकी मुसाहिबी करते हैं ? आप गुणी व्यक्ति हैं। आपको यहाँ से चले जाना चाहिए।"

अन्ततः शरत् ने वह नौकरी छोड़ दी। इस छोड़ देने के पीछे मात्र बाईजी का आग्रह था, यह बात किसी भी तरह स्वीकार नहीं की जा सकती। अपने पिता से विरासत में उसने जो चंचल स्वभाव पाया था, वह उसे कहीं जमकर नहीं बैठने दे सकता था। एक ज्योतिषी ने उसे बताया था कि 40 वर्ष की आयु में वह राजा के समान प्रसिद्ध होगा। नौकरी छोड़ने का एक कारण यह भी हो सकता है।

और भी कारण हो सकते हैं। वस्तुतः किशोरावस्था से ही वह अपने चारों ओर एक रहस्यमय वातावरण बनाये रखता था। स्वयं नाना प्रकार की कहानियाँ गढ़कर सुनाना उसका स्वभाव बन गया था। उन कहानियों में अपने संबंध में भी नाना प्रकार के प्रवाद प्रचलित कर देता था। कोई आश्चर्य नहीं, बाईजी का यह आग्रह एक प्रवाद ही हो, लेकिन यह सचमुच सच है कि इन सब कुसंगतियों, स्वच्छन्द और दुस्साहसपूर्ण प्रवृत्तियों के बावजूद उसकी साहित्य-साधना मौन-मंथर गति से आगे बढ़ रही थी। दिन-भर की यायावर वृत्ति के बाद रात्रि के एकान्त में वह अपने पोथी-पत्रों के बीच पहुँच जाता था। नौकरी करते समय भी इस नियम में कोई व्यवधान नहीं पड़ा। प्रारम्भ में उसे कविता से प्रेम था, लेकिन कविता लिखने का धैर्य उसमें नहीं था। रुचि के अनुसार गद्य लिखने में ही वह सारा समय बिता देता था। जब तक ठीक-ठीक शैली और शब्द न पा लेता, तब तक उसे संतोष नहीं होता था। बार-बार काटता रहता था। परन्तु छन्द का अनुसंधान उसे बहुत शीघ्र उकता देता। 'फूल-बने लेगेछे आगुन।'

इसमें उसने 'सुप्रभा' और 'इन्द्रा' नाम की दो नायिकाओं के मनोभावों का विश्लेषण किया था। अन्त में सुप्रभा की विषपान से मृत्यु हो गई और उस पराजय में से ही उसने अपनी जय-पताका फहराई। उस युग में शरत् जैसे दिशाहारा और भावुक युवक से इससे अधिक क्या आशा की जा सकती थी। उसने कविता लिखने का प्रयास किया, यह युग के अनुरूप ही था। वह रवीन्द्र-युग था। उसी की भाँति अनातोले फ्रांस जैसे विश्व के अनेक साहित्यिकों ने सबसे पहले कविता लिखने की ओर ध्यान दिया है। लेकिन वह कवि नहीं बन सका। उसकी प्रतिभा का विकास गद्य में ही हुआ है। हाँ, कविता का प्रभाव उस पर निरन्तर बना रहा। कहीं-कहीं तो ऐसा लगता है जैसे कवि बोल रहा हो।

उस समय शिक्षित बंगाली समाज में अंग्रेज़ी के प्रति वैसा ही अनुराग था जैसे कभी इंग्लैण्ड में लेटिन के प्रति था। चिट्ठी-पत्री तक वे अंग्रेज़ी में लिखते थे। शरत् ने इस प्रवृत्ति का विरोध किया। वह न स्वयं अंग्रेजी में पत्र लिखता और न किसी परिचित को लिखने की प्रेरणा

देता। अपने तरुण मामाओं में बंगला भाषा और साहित्य के प्रति अनुराग उसी ने पैदा किया था। उन लोगों ने मिलकर एक हस्तलिखित सचित्र मासिक पत्रिका *शिशु* का प्रकाशन भी आरम्भ किया था। सम्पादक बने दस वर्षीय मामा गिरीन्द्रनाथ। उनका हस्तलेख बहुत सुन्दर था। *शिशु* की बंगला और अंग्रेज़ी कविताएँ शिशुओं के ही अनुरूप थीं। 'बांदर' के साथ 'चादर' की तुक मिलाना उनकी चरम उपलब्धि थी।

बांदर बांदर,
छिड़लो केन चादर।

बांदर रूपी रूपी,
परेछिस केमन टूपी।
बांदर बांदर, केन
खेएछिस फेन।
रामसिंह छटके,
पडलो डोबाए पटके।
लोकरतने,
करले जतने
रामसिंह गेलो मरे॥

अंग्रेज़ी रचनाएँ भी इसी प्रकार की होती थीं—

ए लायन किल्ड ऐ माउस,
देन वेण्ट टू हिज़ हाउस।
नाऊ क्राइड हिज़ मदर,
एण्ड देअरफ़ोर क्राइड हिज़ सिस्टर।

लेकिन उन दिनों ऐसे कामों में न कोई सहयोग देता था और न उत्साह ही बढ़ाता था। *शिशु* के कई अंक निकले, परन्तु गांगुली परिवार में साहित्य के प्रति ज़रा भी प्रेम पैदा नहीं हुआ। अध्यापकों ने भी विरक्त होकर कहा, "यह सब करने से क्या होगा? इससे अच्छा तो यह है कि अंग्रेज़ी लिखना सीखो।"

शिशु में शरत् की कई रचनाएँ छपीं। 'बोझ' कहानी उसने अपने प्रिय मामा सुरेन्द्रनाथ के नाम से प्रकाशित की। उस समय वह भागलपुर में नहीं था। लौटकर[1] उसने सुना कि वह बड़ी सुन्दर कहानी लिखता है। अवाक् होकर बोला, "मैं कहानी लिखता हूँ?"

मित्र ने कहा, "हाँ, तुम्हारी कहानी 'बोझ' बहुत सुन्दर है।"

सुरेन्द्र ने 'बोझा' कहानी पढ़ी। समझ गया कि यह शरत् का काम है। उसने पूछा, "यह सब क्या है? अपनी रचना मेरे नाम से क्यों छापी है?"

---

1. सन् 1898 ई.

हँसकर शरत् ने उत्तर दिया, ''छापी है, इसमें तुम्हारी क्या हानि है ?''

यह भी अपने को छिपाने की ही प्रवृत्ति थी। पढ़ता भी वह छिपकर ही था। न जाने कितने उपन्यास और विज्ञान की कितनी पुस्तकें उसने पढ़ डाली थीं। डिकेन्स, थैकरे और श्रीमती हेनरी वुड उसके कुछ प्रिय लेखक थे। लिखने का क्रम भी चुपचाप चल रहा था। *शुभदा*[1] उपन्यास उसने अभी-अभी समाप्त किया था। इस उपन्यास में उसने अपने परिवार की चरम निर्धनता की झाँकी दी है। दिन-प्रति-दिन के जीवन में, जो दुख-दैन्य उसने पाया, उसका मार्मिक चित्रण उसमें हुआ है। व्यक्तिगत अभिज्ञता के बिना वह कुछ नहीं लिखता था।

यह साहित्य-साधना मात्र उसी तक सीमित नहीं थी। उसके चारों ओर ऐसे ही मित्रों का एक दल इकट्ठा हो गया था। उन्होंने एक साहित्य गोष्ठी की स्थापना[2] भी की थी। यह गोष्ठी वैसे छह वर्ष पूर्व[3] से चल रही थी, पर जान पड़ता है बीच में ढीली पड़ गई थी। अब इसका पुनर्जन्म हुआ। उस गोष्ठी का नेता वह स्वयं था और उसके प्रमुख सदस्यों में थे मामा सुरेन्द्रनाथ और गिरीन्द्रनाथ मित्र, योगेश मजूमदार और विभूतिभूषण भट्ट। सुरेन्द्र प्रारम्भ से ही इसका सदस्य नहीं बन गया था। उस समय वह वहाँ नहीं था। बाहर से लौटने पर वह भी इसमें शामिल हो गया। एक और व्यक्ति का योगदान अस्वीकार नहीं किया जा सकता। वह थी विभूतिभूषण की बहन निरुपमा देवी। वह बाल विधवा थी और उस कट्टर और संकीर्ण युग की प्रथा के अनुसार उसे प्रकट रूप में उस सभा में भाग लेने का अधिकार हो ही नहीं सकता था। जब पुरुष ही लुक-छिपकर यह काम करते थे तो नारी की स्थिति की कल्पना आसानी से की जा सकती है। लेकिन निरुपमा लिखती अवश्य थी और उसके भाई के द्वारा वे रचनाएँ गोष्ठी में विचारार्थ उपस्थित की जाती थीं। उस दिन कोई नहीं जानता था कि यह छोटी-सी साहित्य गोष्ठी अनेक भावी साहित्यकारों को जन्म देने में सफल होगी, परन्तु यह सत्य है कि इन लोगों ने साहित्य-सृजन का जो व्रत लिया वह माँ सरस्वती के आशीर्वाद से खूब फला-फूला। जिस समय साहित्याकाश में रवीन्द्रनाथ सूर्य की भाँति चमक रहे थे उस समय ये लोग पूर्ण चन्द्रोदय की सम्भावनाओं को सत्य करने के लिए सचेष्ट थे। बहुत वर्षों बाद[4] शरत् ने मामा गिरीन्द्रनाथ को लिखा था, ''मेरे दुख-भरे जीवन की सुखद स्मृति यही साहित्य सभा है। घर के लोग जब तुम्हें खोजते फिरते थे, न पाने पर क्रुद्ध होते थे तब हम छिप-बैठकर साहित्य चर्चा करते थे। मैं वे सब बातें एक दिन भी नहीं भूल सकता हूँ।''

विभूति और निरुपमा यहाँ के सब-जज श्री नफर भट्ट की संतान थे। यह एक बड़े लोगों का परिवार था। शरत् का इस परिवार से संबंध निरुपमा के मंझले भाई इन्दुभूषण के माध्यम से हुआ। वह उसका कॉलेज का सहपाठी था। उसी के द्वारा विभूति और निरुपमा की कविताएँ शरत् तक पहुँची और शरत् की रचनाओं का उस परिवार में प्रवेश हुआ।

भट्ट परिवार के मक़ान के पास पश्चिम दिशा की ओर एक बहुत बड़ा कब्रिस्तान था। किसी गम्भीर रात्रि में उस कब्रिस्तान के प्रांगण से गाने का शब्द उठकर हवा की तरंगों पर लहराता हुआ उनके पास पहुँच जाता था—

---

1. रचनाकाल : 20 जून, 1898 से 22 सितम्बर, 1898 ई. 2. 4 अगस्त 1900 ई., शनिवार 3. सन् 1894 ई. 4. 18 मार्च, 1913 ई.

आमि दुदिन आसिनि, दुदिन देखिनि, आमनि मुदिलि आंखि।

कभी यमुनिया नदी के तीर से वंशी का मादक स्वर सुनाई देता। *चरित्रहीन* में सतीश जब रेलयात्रा में वंशी बजाता है तो पृथ्वी पर सोई हुई चाँदनी की नींद उचट जाती है और उपेन्द्र जम्हाई लेकर उठते-उठते कहते हैं : "बस, अगर कुछ सीखना होगा तो बाँसुरी बजाना ही सीखूँगा।"

इन्दुभूषण भी इसी स्वर पर मुग्ध है, तभी तो समझ जाता है कि यह शरत् का स्वर है। परिचय गहराता है और वह उनके घर आने लगता है। कभी-कभी गाना भी सुनाता। नवकृष्ण भट्टाचार्य का यह गीत उसे बहुत प्यारा था—

गोकुले मधु फूराय गेल, आंधार आजि कुंजबन।

उस परिवार से आत्मीयता बढ़ जाने का कारण एक और भी था। वे लोग सम्पन्न थे, पर सम्पन्नता का दम्भ उनमें नहीं था। घर के भीतर बड़े कठोर नियम थे, पर बाहर सब ढीला-ढाला था। अर्थात् धोखा दिया जा सकता था। शतरंज खेलने का रिवाज था और इसका अर्थ केवल खेलना ही नहीं होता था, चाय-पान और तम्बाकू भी खूब चलता था। इन्दुभूषण को इस खेल का बहुत शौक था और शरत् भी इस विद्या में निष्णात था। इसीलिए इस परिवार के वह इतने पास आ सका।

विभूति आयु में छोटा था। बड़े भाई ने उसकी कविताओं की कापी शरत् को देखने के लिए दी थी। उसी को लेकर वह एक दिन विभूति के सामने जा खड़ा हुआ और ज़ोर से उसे मेज़ पर फेंकता हुआ बोला, "क्या लिखते हो! खाली अनुवाद, वह भी अशुद्ध। अपना लिखने को कुछ नहीं है, तुम्हारे पास?"

सुनकर विभूति तो जैसे अवाक् रह गया। लेकिन इसी क्षण से आरम्भ हुई उनकी मित्रता को मृत्यु भी भंग नहीं कर सकी। विभूति शरत् की तरह ही अध्ययन-प्रिय था। उसने विदेशी दार्शनिकों की अनेक रचनाएँ पढ़ डाली थीं। तर्क से वह यह सिद्ध कर सकता था कि ईश्वर का कोई अस्तित्व नहीं है। अगर ईश्वर है तो प्रोटोप्लाज़्म है। ईश्वर के अस्तित्व से इनकार करना उन दिनों पढ़े-लिखे युवकों के लिए शराब पीने की तरह प्रगति का लक्षण था। शरत् स्वयं इसी पथ का पथिक था। लेकिन विभूति जितना मेधावी था उतना ही बन्धुवत्सल भी था। शरत् से उसकी घनिष्ठता का यह एक और कारण था।

चूँकि साहित्य की चर्चा उन दिनों प्रत्यक्ष रूप से नहीं हो सकती थी, इसलिए उनकी यह गोष्ठी अभिभावकों की दृष्टि बचाकर ही काम करती थी। सप्ताह में एक दिन किसी निर्जन स्थान में वे इकट्ठे होते थे। कभी सरकारी स्कूल के पास बड़े नाले में पैर लटकाकर प्रबन्ध-पाठ और आलोचनाएँ करते, कभी किसी मठ में पेड़ के नीचे या टीले पर चढ़कर ये तरुण बन्धु अपना विद्रोह प्रकट करते। कब्रिस्तान में भी यह गोष्ठी होती थी। शरत् के नेतृत्व में न जाने कितनी अमा निशायें उस दल ने वहाँ काटी थीं और स्तब्ध होकर सुना था उसका संगीत। भट्ट परिवार के मकान के पास जो कब्रिस्तान था उसमें एक बड़ा मकबरा था। उसकी छत मैदान के समान लम्बी-चौड़ी थी। सीढ़ी से ऊपर जाने के बाद वे दुनिया की दृष्टि से ओझल हो जाते थे। अड्डा जमाने के लिए यह आदर्श स्थान था।

एक बार सुरेन्द्र ने वहाँ आकर जो कुछ देखा उससे वह विस्मित रह गया था। वसंत ऋतु और शुक्ल पक्ष की संध्या, वह विशाल छत चन्द्र-ज्योत्सना से आलोकित हो रही थी। उत्तर की ओर से बह रहा था गंगा का स्पर्श पाकर शीतल-मंद पवन। इधर-उधर चटाई बिछाकर अलग-अलग दल कार्यव्यस्त थे। एक स्थान पर ज़ोर-शोर से नाटक की रिहर्सल चल रही थी तो दूसरे स्थान पर हारमोनियम लेकर संगीत का अभ्यास हो रहा था और तीसरे स्थान पर साहित्यिक वाद-विवाद की धूम थी। इसी समय कहीं से चाय आ गई। साथ में परात-भर खाने का सामान भी था। फिर तो देखते-देखते हुक्के की गुड़गुड़ाहट उठने लगी और सिगरेट के धुएँ से आकाश आच्छन्न हो गया।

इस साहित्य गोष्ठी के संचालन का सारा भार शरत् पर था। रचनाओं के विषय का निर्वाचन वह स्वयं करता था। सदस्य सात दिन के भीतर रचना समाप्त कर सभा में लाकर पढ़ते थे। सभापति शरत् प्रत्येक रचना पर विचार करता। उसकी अशुद्धियाँ बताता और लेखक को नम्बर देता। कविता लिखने में सबसे आगे थीं निरुपमा। दूसरे सदस्यों को उससे ईर्ष्या होती थी। वे कानाफूसी भी करते थे। इसलिए विशेष करते थे कि शरत् का प्रारम्भ से ही उसकी ओर झुकाव था। उसका निरुपमा से कोई प्रत्यक्ष परिचय नहीं था। वह उसको अपने दादा का मित्र मानकर ही उसका सम्मान करती थी। लेकिन शरत् उसे उत्साहित करने के लिए विशेष रूप से सजग दिखाई देता था। उसकी कविता में भावों की कृपणता है, इसकी शिकायत उसने विभूति से की थी। कहा था, ''एक ही भाव को छोड़कर बूड़ी यदि और कई प्रकार से सोच-विचार कर लिखे तो और उन्नति कर सकती है।''

इसी को विभूति ने कविता में परिवर्तित करके निरुपमा तक पहुँचा दिया...

आरो जाओ, आरो जाओ दूरे, थामियोना आपनार सूरे।

इस शिकायत ने निरुपमा को प्रोत्साहित ही किया। शरत् को प्रसन्न करने के लिए वह अपनी कविताओं पर और भी परिश्रम करने लगी। उन कविताओं के आसपास, ऊपर-नीचे न जाने शरत् ने क्या-क्या और कितना लिखा। उसने विभूति से यह भी कहा, ''बूड़ी यदि चेष्टा करे तो गद्य भी लिख सकती है।''

उस समय निरुपमा को इस बात पर विश्वास नहीं आया था। वह तो शरत् की रचनाएँ पढ़-पढ़कर ही अभिभूत होती जा रही थी। धीरे-धीरे इन दो-तीन वर्षों में उसने *बाससा*[1], *बोझा, कोरेलग्राम*[2], *अनुपमा का प्रेम, काशीनाथ, चन्द्रनाथ, शिशु* (बड़ी दीदी), *हरिचरण, बालस्मृति, शुभदा* और *देवदास* आदि सभी पढ़ डाले थे। कुछ दिन पूर्व पति से लेकर मंझली भावज ने एक बड़ा-सा खाता उसे दिया था। उस पर छोटे-छोटे सुन्दर अक्षरों में लिखा था, *अभिमान*[3]। यह मिसेज़ हेनरीवुड के उपन्यास *ईस्टलीन* का शरत् द्वारा किया गया छायानुवाद था। उन दिनों उसके मन में मान-अभिमान की जो आँधी चलती रहती थी, उसी के कारण उसने यह अनुवाद

---

1. शरत् ने इसे स्वयं नष्ट कर दिया था। 2. बाद में वह फिर से लिखी गई और *छवि* के नाम से प्रकाशित हुई। 3. यह शरत् के बचपन के साथी केदारनाथ के पास रह गया था। रचनाकाल : सन् 1898-99 ई.।

किया था। और इसीलिए इसका नाम *अभिमान* रखा गया था। निरुपमा इसको पढ़कर मुग्ध हो उठी थी।

इन्हीं दिनों शरत् ने मेरी कोरेली के उपन्यास *माइटी एटम* का अनुवाद करना भी आरम्भ कर दिया था। नाम रखा था, *पाषाण*। पुराने मार्ग से होकर वह भी निरुपमा के पास पहुँचा। उसमें एक परमाणुवादी नास्तिक पिता की संतान के मानसिक संघात की यंत्रणा से वह द्रवित हो उठी। शरत् की रचनाओं का यह प्रभाव निश्चय ही, परोक्ष रूप में, उसे गद्य लिखने की प्रेरणा दे रहा था।

14

इसी समय निरुपमा की अंतरंग सखी, सुप्रसिद्ध भूदेव मुखर्जी की पोती, अनुपमा के रिश्ते का भाई सौरीन्द्रनाथ मुखोपाध्याय भागलपुर पढ़ने के लिए आया।[1] वह विभूति का सहपाठी था। दोनों में खूब स्नेह था। अक्सर आना-जाना होता था। साथ-साथ क्रिकेट खेलते थे। एक दिन[2] सौरीन्द्र के हाथ में चोट लग गई। उसके लिए खेलना असम्भव था। विभूति ने उसे एक कापी देते हुए कहा, ''लो तुम ये कहानियाँ पढ़ो।''

सौरीन्द्र ने देखा, कापी के पहले पन्ने पर छोटे-छोटे मोती जैसे अक्षरों में लिखा है— 'बागान' और पलट के दाहिनी ओर पहले पन्ने पर बड़े कलात्मक ढंग से अंग्रेज़ी अक्षरों में एक नाम अंकित है, शायद वही इसका लेखक है, एस-टी.सी. लारा। एस-टी. यानी शरत् सी. यानी चट्टोपाध्याय, लारा यानी न्याड़ा।

इस कापी में कुछ कहानियाँ लिखी हुई थीं। ये ही कहानियाँ निरुपमा पढ़ती रहती थी। एक-एक करके सौरीन्द्र ने भी उनको पढ़ना शुरू किया। पढ़ता गया और मुग्ध होता गया। परन्तु उस दिन शरत् से उसकी भेंट न हो सकी। वह अवसर आया एक महीने बाद। उस दिन निरुपमा देवी के किसी व्रत के उपलक्ष में परिवार में प्रीतिभोज की व्यवस्था थी। उसी में निमन्त्रित होकर सौरीन्द्र जब वहाँ पहुँचा तो देखा, बैठक में बड़ी मेज़ के सामने की कुर्सी पर एक क्षीणकाय व्यक्ति बैठा है। बहुत दिनों के रोगी जैसा चेहरा, सिर पर लम्बे-पतले और बिखरे हुए बाल, उलझी-सी एक छोटी दाढ़ी, सामने एक मोटी-सी पुस्तक खुली है, उसी को तन्मय होकर पढ़ रहा है। बीच-बीच में सिर के बालों में उंगली देकर न जाने वह क्या सोचने लगता है।

सौरीन्द्र के बैठ जाने पर विभूति ने पुकारा, ''शरत् दा!''

सहसा शरत् ने विभूति की ओर देखा। विभूति ने कहा, ''शरत् दा! यह मेरा मित्र सौरीन्द्र है। यह दारुण रेबिक है। यानी रवीन्द्रनाथ का भक्त है। तुम्हारी कहानियाँ पढ़कर उस दिन इसी ने समालोचना की थी।''

अब शरत् ने सौरीन्द्र की ओर देखा। उस दृष्टि में तीव्र दीप्ति थी। वही दीप्ति तो हर किसी को अपनी ओर खींच लेती थी। और पराभूत कर देती थी। संकोच और भय से सौरीन्द्र विचलित हो आया। कई क्षण उसकी ओर देखते रहने के बाद शरत् ने पूछा, ''तुम कहानी लिखते हो?''

---

1. सन् 1899 ई. का अन्त। 2. जनवरी, 1900 ई.

सौरीन्द्र ने उत्तर दिया, "नहीं।"

विभूति ने कहा, "यह कविता लिखता है।"

शरत् अब भी सौरीन्द्र की ओर देख रहा था। वह दृष्टि सौरीन्द्र को बींधने लगी। वह अनमना हो उठा। तभी शरत् ने फिर कहा, "गल्प क्यों नहीं लिखते?"

सौरीन्द्र बोला, "लिख नहीं सकता, इसलिए।"

शरत् ने कहा, "पद्य लिखते हो और गल्प नहीं लिख सकते! लिखने की चेष्टा करो। गल्प किसे कहते हैं, कैसी होती है, यह ज्ञान तुम्हें है। विभूति से तुमने मेरी गल्पों की जो समालोचना की थी, वह उसने मुझे बताई थी। वही सुनकर मैं कहता हूँ कि गल्प के बारे में तुम्हें ज्ञान है, तुम लिखो।"

निमिष मात्र में सौरीन्द्र का संकोच दूर हो गया। बोला, "लिखूँगा।"

धीरे-धीरे दोनों में घनिष्ठता बढ़ती गई। वे अक्सर साहित्य चर्चा करते। तब *शिशु* (बड़ी दीदी) कहानी के अन्त में दो लाइनें इस प्रकार थीं, "परलोक में सुरेन्द्रनाथ के पैरों के पास माधवी को थोड़ा स्थान देना भगवान!"

इस पर आपत्ति करते हुए सौरीन्द्र ने कहा, "तुम लेखक हो, तुम्हें किसी पात्र के प्रति ममत्व नहीं रखना चाहिए।"

इस बात को लेकर दोनों में बहुत तर्क हुआ। उस समय शरत् किसी भी तरह सौरीन्द्र से सहमत नहीं हो सका। पर दो महीने बाद उसने कहा, "सुनकर खुशी होगी सौरीन्द्र, अन्त की वे दोनों लाइनें मैंने काट दी हैं।"

सौरीन्द्र बहुत दिन भागलपुर नहीं रह सका, अगले वर्ष[1] ही वह कलकत्ता लौट गया। लेकिन जाते समय शरत् की कुछ रचनाएँ अपने साथ-साथ लेता गया। वे रचनाएँ धीरे-धीरे छात्र-समिति में पढ़ी गईं। उनकी सराहना करते हुए सदस्यों ने एक स्वर में कहा, "रवीन्द्रनाथ ठाकुर को छोड़कर इतनी सुन्दर कहानियाँ और कोई नहीं लिख सकता।"

इस साहित्य गोष्ठी के एक और सदस्य थे सतीशचन्द्र मित्र। एक दिन एक खाते को मासिक पत्र के आकार में बँधवाकर उसके पहले पन्ने पर उन्होंने लिखा, 'आलो।' उसके नीचे सम्पादक के स्थान पर लिखा, 'सतीशचन्द्र मित्र और योगेशचन्द्र मजूमदार।' यह सुझाव शरत् की ओर से ही आया था, इसलिए इसके पन्ने भरने का भार भी उसी पर आ पड़ा। उसका विश्वास था कि साहित्य-रसिक बन्धु-बाँधवों का उत्साह पाकर यह पत्रिका शीघ्र ही प्रतिष्ठित हो जाएगी। लेकिन उसकी यह इच्छा पूरी न हो सकी। एक पखवाड़े के भीतर ही सतीशचन्द्र की मृत्यु हो गई। उनके इस अकाल वियोग पर साथी बहुत दुःखी हुए और उसकी स्मृति-रक्षा के लिए व्यग्र हो उठे। गिरीन्द्र ने प्रस्ताव किया कि इस पत्रिका को *छाया* नाम देकर फिर से प्रकाशित किया जाए।

---

1. सन् 1901

यह प्रस्ताव स्वीकार कर लिया गया[1]। उसके सम्पादक नियुक्त हुए योगेशचन्द्र मजूमदार। इनको संतुष्ट करना बहुत कठिन था। विभूतिभूषण ने तो उनके सम्बन्ध में यह कविता लिख डाली थी—

एई कुंचित केश मार्जित बेश क्रिटिक योगश क्रुद्ध।
बले दीनतार छबि, एई सब कबि कारगारे हवि रुद्ध॥

शरत् ने इस पत्रिका के लिए कई गल्पें और निबन्ध लिखे। *क्षुद्रेर गौरव*[2] नामक प्रबन्ध और *आलो ओ छाया* नामक छोटा उपन्यास इसी पत्रिका में प्रकाशित हुए थे।

लेखक कई थे, लेकिन लेखिका केवल एक ही थी। अन्त:पुर-चारिणी विधवा निरुपमा। उसकी रचनाएँ इसमें 'श्रीमती देवी' के नाम से प्रकाशित हुईं। इसी समय कविता के अतिरिक्त उसने गद्य लिखना भी आरम्भ किया। थोड़े ही दिनों में इस पत्रिका की धूम मच गई। सौरीन्द्र तब तक कलकत्ता चला गया था। वहाँ पर उसने इसी तरह की एक पत्रिका निकाली। नाम था *तरुणी*। शरत् के एक और रिश्ते के मामा उपेन्द्रनाथ गंगोपाध्याय उसके साथी थे। इस दल का नाम था 'भवानीपुर साहित्य समिति।' दोनों पत्रिकाओं का डाक द्वारा आदान-प्रदान होता था। एक-दूसरे की खूब आलोचना करते थे। 'छाया दल' ने इस कार्य के लिए एक बोर्ड बनाया था। इसका प्रत्येक सदस्य *तरुणी* की रचनाएँ पढ़कर उन पर आलोचना लिखता था। और सम्पादक महोदय इस कौशल से उसका संपादन करते थे कि उनमें जो माधुर्य होता था वह नष्ट हो जाता था। रह जाता था केवल विष। *तरुणी* की ओर से भी ऐसे ही तीव्र उत्तर मिलते थे। दोनों ओर से कोई किसी का लिहाज़ नहीं करता था। परन्तु शरत् इन बातों में कोई विशेष रस नहीं लेता था। निरन्तर लिखना ही उसका मुख्य कार्य था।

15

एक समय होता है जब मनुष्य की आशाएँ, आकांक्षाएँ और अभीप्साएँ मूर्त रूप लेना शुरू करती हैं। यदि बाधाएँ मार्ग रोकती हैं तो अभिव्यक्ति के लिए वह कोई और मार्ग ढूँढ़ लेता है। ऐसी ही स्थिति में शरत् का जीवन चरम उपेक्षाओं और अनन्त आशाओं की छाया में बीत रहा था। न साधन, न स्नेह का वरदहस्त, न सहानुभूति और न प्रोत्साहन की अमृतवाणी, माँ की मृत्यु के बाद तो जैसे जीवन में कुछ मधुर रह ही नहीं गया था। लेकिन उसमें कहीं कुछ ऐसा था जो अतिशय भावुक होने के बावजूद उसे जीवन से हार नहीं मानने दे रहा था। अपने आक्रोश और आकांक्षाओं, अभावों और आदर्शों को अभिव्यक्ति देने का माध्यम उसे मिल गया था। इसी माध्यम ने उसमें जीने की अदम्य चाह पैदा कर दी थी।

सृजन के इन दिनों में वह आंकठ प्रेम में डूबा हुआ था। इस आयु में हर युवक की आत्मा में प्रेम के लिए तड़प जागती है। विचारों और भावनाओं का एक तूफ़ान मन और मस्तिष्क को आलोड़ित करता रहता है। कितनी विभिन्नता, कैसा विरोधाभास! न सही हाड़-मांस की प्रेमिका, काल्पनिक प्रेमिका से भी तो यह भूमिका निभाई जा सकती है।

---

1. 23 अप्रैल सन् 1900 ई. सोमवार 2. इस पर बंकिमचन्द्र के *कमलाकान्त का दफ़्तर* की छाप है। जुलाई, 1901 ई.

एक दिन वह मामा सुरेन्द्र के साथ उसके घर गया। कुछ दिन पहले तक वह इसी घर का सदस्य था। सब कुछ जाना-पहचाना, इसलिए बातों का अंत ही नहीं आ रहा था। रात बहुत बीत गई थी। सुरेन्द्र ने कहा, ''चलो तुम्हें छोड़ आऊँ।''

रास्ते में फिर बातें होती रहीं। इस बार शरत् ने कहा, ''चलो मामा, मैं तुम्हें छोड़ आऊँ।''

और इसी तरह रास्ता काटते-काटते वह रात कट गई। कितनी बातें कीं उन्होंने। सरस्वती उस समय शरत् की जिह्वा पर आ बैठी थी। इसी समय किसी प्रसंग में उसने कहा, ''मैं सचमुच एक लड़की से प्रेम करता हूँ।''

सुरेन्द्र आश्चर्य से उसकी ओर देखकर बोला, ''क्या सच ?''

''हाँ, तुमसे क्या कभी मैं कुछ छिपाता हूँ ?''

''कौन है वह ?''

''न-न, यह नहीं बताऊँगा।''

''अच्छा, उसका नाम तो बता!''

''उसका नाम है, नीरदा!''

शरत् ने यह भी कहा कि बनैली राज्य के काम से यात्रा करते हुए वह एक दिन नीरदा के प्रेम में पड़ गया था। वह कहानी दादी के राजकुमार जैसी थी। तेज़ घोड़े पर चढ़कर शरत् भी अंधेरे में ही संथाल परगना की ओर चल देता था। वहीं तो थी उसकी यह प्रेमिका। उसके मन में तब एक ही बात रहती थी कि नीरदा उसकी राह देखती, जागती बैठी है। हठात् वह घोड़े समेत एक दिन उस नदी में भी गिर पड़ा था। लेकिन इससे क्या वह रुका ? भीगे कपड़े पहने ही वह पवन-गति से उड़ चला।

सुरेन्द्र ने बड़े आश्चर्य से यह कहानी सुनी, लेकिन वह उस नीरदा को कभी देख नहीं पाया। कोई भी नहीं देख पाया। हाँ, चर्चा बहुत लोग करते थे। कुछ लोगों ने यह भी कहा कि शरत् एक यहूदी लड़की से प्रेम करता है। कुछ लोगों ने उसे भिन्न-भिन्न लड़कियों के साथ एकांत में बात करते या बाँसुरी बजाते भी देखा था, लेकिन आश्चर्य इस बात का था कि कोई किसी दूसरे को उसे इस स्थिति में नहीं दिखा सका। उसका प्रेम इतना मौन, इतना रहस्यमय था कि उसका ताप ही लोगों को छूता था। उसका रूप कभी किसी के सामने नहीं आ सका। नीरदा कभी कल्पनालोक के एकांत में उसके पास ऐसी आती जैसे नींद में चल रही हो। उसे लिखते देखती रहती, देखती रहती, बोलती नहीं। शरत् को यह मौन असह्य हो उठता, तब नीरदा एकाएक पास आ बैठती, कहती, ''सुनाओ तो, क्या लिखा है!''

शरत् सुनाने लगता, उसकी श्वास ज़ोर-ज़ोर से चलने लगती। नीरदा मुस्कराती हुई अपना मस्तक उस अभागे के कन्धे पर रख देती, और फिर उसे होश न रहता। उसी बेहोशी में बांसुरी बजाकर वह उसे मुग्ध कर देता। कभी उससे लड़ भी पड़ता और उसे छोड़कर चल देता। फिर नीरदा उसकी तलाश में निकल पड़ती, उसे ढूँढ़ लाती, अपने घर ले जाकर सबसे अच्छी शैया पर उसे सुलाती, उसके लिए हुक्का तैयार करती, अपने हाथों से संदेश बनाकर

खिलाती। फिर उसकी चारपाई के पास ही चटाई पर लेटकर उसकी बातें सुनती, अन्तहीन कल्पनालोक की बातें...।

कभी ऐसा भी होता कि वह अभिमान से उसे छोड़कर चली जाती। कहती, "तुम्हारा-मेरा कोई सम्बन्ध नहीं है। तुम कुछ भी तो नहीं करते।"

"मैं...मैं...कृतिकार हूँ। एक दिन..."

"कृतिकार!" वह हँस पड़ती, "कृतिकार भूखे मरते हैं। आवारा, चरित्रहीन, भला तुमसे मेरी शादी कैसे हो सकती है? कुल-मर्यादा का विचार भी तो..."

"कुल-मर्यादा? मैं कुल-मर्यादा में विश्वास नहीं करता। इस लोग-दिखाऊ मर्यादा के ऊपर निर्भर करके तुम्हें दो प्राणों का नाश नहीं करना चाहिए।"

फिर उग्र होकर कहता, "तुम यह सब कैसे कह सकीं? तुम इतनी स्वाभिमानिनी हो, यह मैं नहीं जानता था। मैं तुम्हें नहीं चाहता। बिलकुल नहीं चाहता। तुम जो चाहो करो..."

"नाराज़ हो गये? मैं जानती हूँ तुम मुझे प्यार नहीं करते। मैं चाहती भी नहीं कोई मुझसे प्यार करे। यह तो केवल मैं ही तुम्हें प्यार करना चाहती हूँ...।"

इस प्रकार नीरदा के साथ मान-मनव्वल का यह कार्यक्रम चलता रहता, लेकिन अब और कहाँ, यह कोई नहीं जानता था। सब यही जानते थे कि शरत् दुश्चरित्र है। यह नीरदा बचपन की साथिन धीरू भी हो सकती है। कितनी कहानियाँ इस नाम के साथ जुड़ गई थीं। सुना कि वह शरत् से विवाह करने को आतुर थी। यह भी सुना कि विधवा होने के बाद उसकी भेंट फिर शरत् से हुई थी।

कहानियाँ ही कहानियाँ, सत्य कभी प्रकट नहीं हुआ, पर जाने दें धीरू को, नीरदा का नाम राजलक्ष्मी भी हो सकता है। उसे पार्वती व माधवी भी कहकर पुकारा जा सकता है। और यह भी हो सकता है कि यह नीरदा निरुपमा ही हो। उसकी रचनाएँ पढ़-पढ़कर अभिभूत होती रहती थी और शरत् उसकी कविताओं की प्रशंसा करता रहता था। इसी प्रशंसा के माध्यम से मन-ही-मन प्रेम का अंकुर सब बाधाओं को ठेलकर ऊपर आ रहा था। एक दिन ऐसा हुआ कि वह घर में अकेली थी और शरत् बाहर बैठक में बैठा हुआ था। अक्सर वहीं बैठकर वह कभी पढ़ता तो कभी लिखता। दिन का अधिकांश भाग उसका वहीं बीतता था। उस दिन न जाने क्या हुआ, वह अपने को रोक न सका। एकाएक उसके सामने आकर खड़ा हो गया। बोला, "अजी कैसी हो?"

अत्यन्त धर्मपरायणा वह विधवा सहसा शरत् को देखकर हतप्रभ रह गई। उस एक क्षण में जैसे सहस्र युग समा गए। किसी तरह साहस बटोरकर उसने कहा, "तुम यहाँ से चले जाओ। तुम्हें यहाँ नहीं आना चाहिए।"

"बूड़ी..."

"................."

"................."

"जाओ, नहीं तो..........."

और शरत् मस्तक नीचा किए धीरे-धीरे वहाँ से लौट आया। निरुपमा उसे इस बात के लिए क्षमा न कर सकी। उसने अपने दादा से इसकी शिकायत की। कहा, "यह तुम्हारा मित्र कैसा है? घर में कोई नहीं, फिर भी वह मुझसे बातें करने चला आया।"

दादा शरत् के सहपाठी थे। उन्होंने सोचा होगा कि निर्धन, निरीह और तत्कालीन मानदण्डों के अनुसार दुस्साहसी और दुराचारी शरत् यह साहस कैसे कर सका? कोई सुन लेगा तो क्या होगा? क्या होगा नीतिपरायण सम्भ्रान्त परिवार की इस विधवा का...?

लेकिन क्या इन दोनों का विवाह नहीं हो सकता?

नहीं, नहीं, नहीं, यह दुस्साहस है।

उस युग में विधवा-विवाह के लिए आन्दोलन तो बहुत हुए थे, लेकिन समाज ने उसे अभी स्वीकार नहीं किया था। यह प्रस्ताव भी कैसे स्वीकृत हो सकता था? शायद किसी ने इस बात पर विचार भी नहीं किया होगा। शायद यह सब कुछ उसके उर्वर कल्पना-जगत् में घटित हुआ होगा, या फिर...

कुछ भी हुआ हो, यौवन की उस प्रथम बेला में यह प्यार व्यर्थ हो गया। लेकिन समस्त उच्छृंखलताओं के बीच वह हमेशा के लिए उसके अन्तर में समा गया।

यद्यपि निरुपमा उसकी रचनाओं को पढ़कर अभिभूत हुई थी, फिर भी तत्कालीन सामाजिक कठोरता को देखते हुए उसके मन की बात जानने का कोई मार्ग नहीं था। जानने के लिए प्रयत्न करना भी अपमानजनक हो सकता था। समाज-शास्त्री सिर उठाकर कठोर स्वर में कह सकता था, "तुम एक उच्च कुल की विधवा को अपमानित करना चाहते हो! जिसने पर-पुरुष की छाया तक नहीं देखी, वह प्रेम कैसे कर सकती है? ऐसा सोचना ही पाप है।"

लेकिन क्या एकतरफ़ा प्रेम कम शक्तिशाली होता है? क्या वह अपने-आप में मधुर नहीं होता? क्या सफलता ही उसके होने का प्रमाण है? मन-ही-मन किसी के लिए अपने को विसर्जित नहीं किया जा सकता है क्या? इस वेदना को स्नेह कहो, प्रेम कहो, आयु का दोष कहो, पर इसके अस्तित्व से इनकार नहीं किया जा सकता। उसमें प्रेम की भूख अपार है, लेकिन तृप्ति का कहीं कोई साधन नहीं है। यह अतृप्ति दर्द के रूप में कुण्डली मारकर उसके अंतर में रम गई और उसकी अभिव्यक्ति हुई *देवदास* और *बड़ी दीदी* आदि रचनाओं में। इन रचनाओं में असफल प्रेम का वही दर्द परिव्याप्त है। नीरदा हो या निरुपमा, *देवदास* की पारो हो या *बड़ी दीदी* की माधवी, वे सब एक ही हैं। असफल प्रेम के दर्द की प्रतिमाएँ। निरुपमा उसे चले जाने के लिए कहती है। माधवी भी सुरेन्द्रनाथ के आने पर छोटी बहन प्रमिला से कहती है, "प्रमिला, मास्टर साहब से बाहर जाने के लिए कह दे।"

लेकिन वह निरुपमा के समान कठोर नहीं है। वह जाने के लिए कहती है, पर कोमल स्वर में। सिर पर लम्बा घूंघट खींचकर एक कोने में खिसक जाती है और बाद में लाज के मारे सुरेन्द्रनाथ की देखरेख में कुछ कमी भी कर देती है।

ये सब उपन्यास की बातें हैं। लेकिन भित्तिहीन वे नहीं हैं। उसके भोगे हुए यथार्थ पर

आधारित हैं। बहुत वर्षों बाद अपराजेय कथा-शिल्पी शरत्चन्द्र ने सुप्रसिद्ध कवयित्री राधारानी देवी को लिखा था, ''कभी सम्भव हुआ तो तुम्हें एक कहानी सुनाऊँगा। सुनने में कथा-कहानी की तरह अवास्तविक लगेगी, लेकिन इससे अधिक वास्तविक सत्य मेरे जीवन में और कुछ नहीं है।''

क्या यह कहानी निरुपमा की कहानी ही नहीं है ? इस सत्य पर पहुँचने का कोई मार्ग अब शेष नहीं है। केवल इतना ही ज्ञात है कि प्रेम में असफल होकर भी शरत् न तो आत्महत्या कर सका और न संन्यासी बन सका, लेकिन स्रष्टा बनने का मार्ग निश्चय ही उसे मिल गया। इस मार्मिक अनुभूति ने साहित्य में प्रतिबिम्बित होने का मार्ग पा लिया। नीरदा या निरुपमा से मिलन उसकी व्यक्तिगत तृप्ति का कारण हो सकता था, परन्तु बिछोह ने एक शक्तिशाली कलाकार को जन्म दिया। विरहबोध ही जीवन और यौवन का आवेग है। बुद्धि इसकी थाह नहीं पा सकती, हृदय से ही इसका स्वरूप जाना जा सकता है। उसके साहित्य में यही विरहबोध मुखर हुआ। आदर्श और यथार्थ, समस्या और समाधान, सब कुछ हृदस-रस की संजीवनी में डूबे हुए हैं।

एक और क्षेत्र से उसकी इस प्रवृत्ति को बल मिला। *बंगदर्शन* में उसने *आँख की किरकिरी* पढ़ी थी। रवीन्द्रनाथ ने अपनी इस युगान्तकारी रचना में विधवा के प्रणय को स्वर दिया है और बंकिमचन्द्र की तरह आदर्श की रक्षा के नाम पर उसकी हत्या नहीं की। स्पष्ट कहा कि यदि किसी विशेष अवस्था में कोई विधवा किसी पुरुष के प्रति आसक्त हो जाती है तो उसमें अस्वाभाविक कुछ भी नहीं है, इसके विपरीत *कृष्णकान्त के वसीयतनामा* में रोहिणी की प्रणय-आकांक्षा को सार्थक न करके बंकिमचन्द्र ने उसकी हत्या कर दी है। इसके लिए शरत् जीवन-भर उन्हें क्षमा नहीं कर सका, और रवीन्द्रनाथ की संस्कार-मुक्ति के कारण जीवन-भर उनको गुरु मानता रहा।

उसके अन्तर के संघर्ष के मूल में ये दो साहित्यस्रष्टा शुरू से ही आसन मार के बैठ गये थे।

16

गृहस्थी से शरत् का कभी लगाव नहीं रहा। जब नौकरी करता था तब भी नहीं, अब छोड़ दी तो अब भी नहीं। संसार के इस कुत्सित रूप से मुँह मोड़कर वह काल्पनिक संसार में जीना चाहता था। इस दुर्दान्त निर्धनता में भी उसकी सौंदर्य-भावना तनिक भी धूमिल नहीं हुई थी। वह जितना उच्छृंखल था उसका रहने का कमरा उतना ही व्यवस्थित था। उसके कमरे में रस्सी की एक खाट थी, एक फोल्डिंग मेज़ थी। ये दोनों चीज़ें उसे अपने मामा ठाकुरदास से मिली थीं। कुर्सी स्वयं राजू ने बनाकर दी थी। मेज़ पर उसके प्रिय लेखकों, हेनरी वुड, मेरी कोरेली, लिटन और डिकेंस की पुस्तकें सजी रहती थीं। लिखने का सामान सभी टिपटॉप और सुन्दर था। लेकिन सौन्दर्य-भावना पेट की आग नहीं बुझा सकती। गृहस्थी कल्पना के सहारे नहीं चलती। वह तो ठोस द्रव्य चाहती है। और यहाँ उसका कोई सन्तोषजनक प्रबन्ध नहीं था। न उसे इसकी चिन्ता थी और न उसके पिता को। जो कुछ बेचने योग्य था वह सब

बिक गया था। मित्र और रिश्तेदार कब तक सहायता कर सकते हैं! उधार मांगने की भी एक सीमा होती है। और वे जिस वर्ग के थे उसे भीख देने का कोई साहस नहीं कर सकता था। केवल बाग से तरकारी बटोर लाने से तो पेट नहीं भरता। इसलिए कभी-कभी उन्हें भगवान से प्रार्थना करनी पड़ती थी, ''हे भगवान, कुछ दिन के लिए बुखार दे दो, जिससे दो जून खाने की चिन्ता न करनी पड़े।''

अपनी अकर्मण्यता को छिपाने के लिए भगवान की आड़ लेने पर भी दायित्व से नहीं बचा जा सकता। पिता और पुत्र दोनों गैरज़िम्मेदार थे। शतुरमुर्ग जैसे रेत में सिर गड़ाकर शत्रु के अस्तित्व को झुठला देना चाहता है, वैसे ही पिता और पुत्र अपनी-अपनी सौन्दर्य-भावना में डूबकर भूख के अस्तित्व को नकारने की चेष्टा कर रहे थे। पुत्र साहित्य-साधना में व्यस्त था तो कल्पनाविहारी पिता इस स्थिति में भी नाना प्रकार के सुन्दर-सुन्दर पत्थर सहेजते रहते थे।

शरत् जानता था कि उन्हें वे सदा ताले-कुंजी में रखते हैं। उन दिनों उसे पैसों की बहुत आवश्यकता थी। ऐसी हालत में भी दूसरों की सहायता करना उसने नहीं छोड़ा था। इसलिए एक दिन उसने सोचा, आखिर पिता इन पत्थरों का क्या करेंगे! क्यों न ये किसी के काम आयें।

बस उसने पिता की आँख बचाकर उन पत्थरों को निकाल लिया। लेकिन यह बात बहुत दिनों तक छिपी न रह सकी। गरीब के घर में केवल यही तो सम्पत्ति थी। मोतीलाल धक् से रह गये। घर में सबसे पूछा, अन्त में शरत् को बुलाकर पूछा, ''छोरा, तूने वे पत्थर लिए हैं?''

शरत् ने उत्तर दिया, ''हाँ, लिये हैं।''

''क्यों लिए?''

''क्योंकि मुझे पैसों की ज़रूरत थी, और वे पत्थर किसी काम नहीं आ रहे थे।''

पिता के क्रोध का पारावार नहीं रहा। असहाय और दुर्बल व्यक्ति को जब क्रोध आता है तो सीमा का अतिक्रमण कर जाता है। मोतीलाल ने शरत् की अत्यन्त कड़े शब्दों में भर्त्सना करते हुए कहा, ''तुझे शर्म नहीं आती? जवान लड़का है। कुछ कर नहीं सकता? सब भूखे मर रहे हैं और तू है कि कुछ पैसों के लिए मेरे बड़े शौक से इकट्ठे किए गए पत्थरों को ले गया?''

स्तब्ध शरत् पिता को देखता रह गया। सन्तान के लिए उसके स्वप्नदर्शी पिता के हृदय में बड़ी दया-माया थी। उसकी सारी शरारतों के बावजूद आज तक उन्होंने शरत् को कभी दो शब्द भी नहीं कहे थे। और इस समय उनकी कटुता की कोई सीमा नहीं थी। वह भी निर्जीव पत्थरों के लिए। उसके भावुक हृदय पर गहरी चोट लगी। उसी क्षण वह घर छोड़कर चला गया।

लेकिन इस गृहत्याग का कारण केवल इतना ही नहीं था। घर में एक दाई थी जो रसोई बनाती थी और छोटे भाई-बहनों की देख-भाल करती थी, लेकिन उनके प्रति उसका बर्ताव बहुत अच्छा नहीं था। वह उनको धमकाती ही नहीं, पीट भी देती थी। इस बात को लेकर एक दिन पिता-पुत्र में कहा-सुनी हो गई। पिता ने दाई का पक्ष लिया। घर की अवस्था को देखते हुए इस बात के लिए उनको दोष नहीं दिया जा सकता। उसी के सहारे तो गृहस्थी चल रही

थी। लेकिन शरत् इस बात को स्वीकार नहीं कर सका। उसने अनुभव किया कि पिता दाई[1] के अनुचित प्रभाव में हैं। लेकिन वह कर क्या सकता था? वह स्वयं भी तो इस स्थिति के लिए दोषी था। इसलिए वह घर छोड़कर चला गया।

शरत् के किसी भी काम के पीछे कोई एक कारण नहीं रहता था। न हों तो गढ़ लिए जाते थे। वह स्वयं इस विद्या में दक्ष था। इसीलिए घर छोड़ने का एक कारण यह भी सुना गया कि उसकी प्रेमिका उसे चकमा देकर कहीं चली गई है और प्रेम की पीड़ा से व्याकुल उसने निश्चय किया है—"मैं उसे ढूँढूँगा।"

किसी भी कारण से हो, कुछ पाने की व्यथा से पीड़ित दिशाहारा शरत् एक बार फिर निरुद्देश्य यात्रा पर निकल पड़ा[2]।

17

घूमते-घूमते श्रीकान्त की तरह एक दिन उसने पाया कि आम के बाग में धुआँ निकल रहा है, तुरन्त वहाँ पहुँचा। देखा अच्छा-खासा संन्यासी का आश्रम है। प्रकाण्ड धूनी जल रही है। लोटे में चाय का पानी चढ़ा हुआ है। एक बाबाजी आधी आँखें खोले हुए सामने ही विराजमान हैं। आस-पास गांजा पीने के साधन हैं। दूध के लिए एक बकरी और गाय हैं। ऊँट और टट्टू भी हैं। और इसी के साथ भांग छानने का सरंजाम भी है। शरत् ने तुरन्त आगे बढ़कर बाबाजी के चरण छुए और विनम्र स्वर में कहा, "मैं गृहत्यागी, मुक्ति-पथान्वेषी, हतभाग्य शिशु हूँ। दया करके अपने चरणों की सेवा करने की आज्ञा दीजिए।"

बाबाजी हँसे, फिर सिर हिलाकर बोले, "बेटा, घर लौट जा, यह पथ बड़ा ही दुर्गम है।"

शरत् ने करुण स्वर में कहा, "बाबाजी, बहुत-से पापी आप जैसे सन्तों के चरण पकड़कर उतर गए हैं। क्या मैं आपके चरणों में पड़कर मुक्ति भी नहीं पा सकता?"

बाबाजी प्रसन्न हुए। बोले, "तू सच कहता है। अच्छा बेटा, भगवान की यही इच्छा है तो यहीं रह।"

और शरत् को उस दल में शरण मिल गई। गांजा आदि तैयार करने में तो वह निपुण था ही, बाबाजी को प्रसन्न करने में देर नहीं लगी। बहुत जल्दी उसे दीक्षित कर लिया गया और बाकायदा गेरुवे वस्त्र तथा रुद्राक्ष की माला ग्रहण करके वह उनका शिक्ष्य बन गया।

कई दिन तक इसी प्रकार शिष्यत्व निभाता हुआ वह उनके साथ घूमता रहा। लेकिन एक स्थान पर अधिक दिन ठहरना उसके लिए असम्भव था। एक दिन वह उनसे बिछुड़ गया। तभी उसका एक श्रद्धालु परिवार के साथ परिचय हुआ। उन दिनों उस प्रदेश में शीतला खूब फैली हुई थी। वह परिवार भी उसके आक्रमण से नहीं बच सका। शरत्, जैसा कि उसका स्वभाव था, जी-जान से उनकी सेवा में लग गया। धीरे-धीरे रोग का प्रकोप कम हुआ और वे सब

---

1. शरत् बाबू जब प्रसिद्ध होकर भागलपुर आये थे तब यह दाई उनसे मिली थी। उन्होंने उसे उदारतापूर्वक पैसे दिये थे।
2. जुलाई 1901 के बाद, क्योंकि उस तारीख की उसकी रचना *क्षुद्रेर गौरव* हस्तलिखित पत्रिका *छाया* में प्रकाशित हुई थी।

स्वस्थ हो गए। उसके प्रति उनकी कृतज्ञता की कोई सीमा नहीं थी। उन्होंने उसे अपने साथ चलने का निमन्त्रण दिया।

वे आगे बढ़ने की तैयारी कर रहे थे कि सहसा शरत् को ज्वर हो आया और तब वह परिवार उसे ऐसे छोड़कर चला गया जैसे कभी कोई परिचय ही नहीं हुआ हो। जब उसकी आँख खुली तो वहाँ कोई भी नहीं था। उस अवस्था में वह स्वयं स्टेशन की ओर चल पड़ा। मार्ग में एक बूढ़े बिहारी ने दया करके उसे अपनी गाड़ी में बिठा लिया और स्टेशन पर जाकर छोड़ दिया।

कब तक वह वहाँ पड़ा रहा, कैसे वह ठीक हुआ, यह कोई नहीं जानता। उसे इतना ही याद था कि एक गरीब बंगाली लड़का उसके लिए अपना फटा हुआ बिछौना लाकर बिछा गया था। उसे गरम-गरम दूध पिलाया था और फिर कहा था, ''डरने की कोई बात नहीं है, अच्छे हो जाओगे। घर का पता बताओ तो मैं तार दे सकता हूँ।''

लेकिन उसने किसी को कुछ नहीं बताया। अच्छा होने तक वहीं पड़ा रहा। उस लड़के ने तथा स्टेशन के दूसरे लोगों ने उसकी बराबर देखभाल की। जब चलने-फिरने लायक हो गया तो वह मुज़फ़्फ़रपुर चला गया। वहाँ एक धर्मशाला में ठहरा। अभी भी वह संन्यासी के वेश में था। इस वेश में भीख मिलने में सुविधा रहती है।

एक दिन बंगालियों के क्लब में जाकर उसने शुद्ध हिन्दी में एक व्यक्ति से कहा, ''मुझे एक पोस्ट कार्ड चाहिए, और कलम भी। चिट्ठी लिखना चाहता हूँ।''

सामान मिल जाने पर वहीं एक कोने में बैठ गया और पत्र लिखने लगा। आस-पास बच्चे घूम रहे थे। संन्यासी को पत्र लिखते देखकर वे कौतूहल से झाँकने लगे। देखा कि वह अत्यन्त सुन्दर बंगाली अक्षरों में पत्र लिख रहा है।

एक कान से दूसरे कान होती हुई यह बात सदस्यों तक पहुँच गई। वे भी उस संन्यासी के प्रति कौतूहल से भर उठे। प्रथमनाथ भट्ट नाम के एक युवक ने पास आकर बांग्ला में पूछा, ''आप कौन हैं और कहाँ से आए हैं?''

शरत् ने मुस्कराकर उत्तर दिया, ''मैं बिहारी हूँ, घूम-घूमकर जीवनयापन करता हूँ।''

उस मुस्कराहट ने रहस्य खोल दिया। प्रमथ ने कहा, ''रहने दीजिए, आप बिहारी नहीं, बंगाली हैं। अब यह सत्तू खाने वालों की भाषा छोड़कर अपनी मातृभाषा में बात कीजिए।''

उसके बाद साधु का वह बाना न जाने कहाँ चला गया, लेकिन अभी भी जो अपरिचित थे उन्हें वह 'बिहारी हूं' कहकर परिचय देता था और धर्मशाला में ही रहता था। उस दिन छत पर बैठा तन्मय होकर गा रहा था कि उसी समय एक युवक निशानाथ बन्दोपाध्याय वहाँ से गुज़रा। संगीत की मधुर ध्वनि सुनकर वह ठिठक गया। उसके परिवार की संगीत में बड़ी रुचि थी। प्रतिदिन कोई-न-कोई गवैया आकर मजलिस जमाता था। वह तुरन्त शरत् के पास पहुँचा, कहा, ''आप बहुत सुन्दर गाते हैं, कहाँ के रहने वाले हैं?''

शरत् ने उत्तर दिया, ''मैं भागलपुर से आया हूँ। मेरा नाम शरत्चन्द्र है।''

निशानाथ बोला, "भागलपुर! वहाँ के श्री भूदेव मुकर्जी की पोती अनुरूपा देवी मेरी भाभी हैं।"

शरत् ने कहा, "मैं उन्हें पहचानता हूँ, विभूति की बहन निरुपमा की वह सखी हैं। सौरीन्द्रमोहन मेरा मित्र है।"

अब तो निशानाथ बड़े आग्रह के साथ शरत् को घर ले आया। बड़े भाई शिखरनाथ से कहा, "ये भागलपुर के शरच्चन्द्र हैं, कण्ठ बड़ा मधुर है इनका।"

शिखरनाथ हँस पड़े, बोले, "और ये कहानी भी तो लिखते हैं। तुम्हारी भाभी ने मुझे इनके बारे में बताया था।"

शरत् वहीं रहने लगा। नित्य संगीत की मजलिस जमती थी। एक सुगायक के रूप में शीघ्र ही उसकी ख्याति फैल गई। वर्षों बाद उसके कण्ठ को याद करके शिखरनाथ कह उठते, "अहा, शरत् इस गाने को जैसे गाता था, अब भी कानों में गूंज रहा है।"

दो महीने किधर से आकर न जाने किधर चले गये, कोई जान भी नहीं सका। वह अनाथों की तरह मुज़फ़्फ़रपुर आया था, लेकिन शीघ्र ही मित्रों से घिर गया। बंगालियों के अतिरिक्त एक नवयुवक बिहारी महादेव साहू से भी उसका घनिष्ठ परिचय हो गया। वह धनी ज़मींदार था और बंगाली लिखना-पढ़ना और उनके समान ही पोशाक पहनना उसने सीख लिया था। शरत् के प्रति उसे आकर्षण के कई कारण थे। मधुर कण्ठ और कथा कहने की अद्भुत क्षमता। एक दिन उसने कहा, "मैंने राणाघाट में पुलिस के हाथ से एक अविवाहित लड़की की रक्षा की थी।"

साहू के एक साथी ने मुस्कराकर पूछा, "सच?"

"बिलकुल सच।"

लेकिन जब उस साथी ने राणाघाट जाकर शरत् की कहानी के बारे में छानबीन की तो पता लगा कि सब कुछ कपोलकल्पित है। लेकिन कुछ भी हो, वे कहानियाँ सुनकर श्रोता गद्गद् हो उठते। वे उन्हें कौतूहल से ही नहीं भरती थीं, हँसाती भी खूब थीं। जिस सहज भाव से वह हँसा सकता था, उसी सहज भाव से असहाय रोगियों की परिचर्या और मृत व्यक्तियों का संस्कार जैसे कठिन कामों के बीच भी वह एकान्त भाव से डूब सकता था।

कुछ ही दिनों में साहू और वह दोनों ऐसे घुल-मिल गए कि शराब पीना और वेश्यागमन आदि सभी कामों में एक-दूसरे का साथ देने लगे। शिकार भी साथ-साथ खेलने जाते थे। साहू किस्सा अलिफलैला के आबूहसन की तरह मुसाहिबों से घिरा रहता था। वह बिलियर्ड भी खूब खेलता था, पर शरत् इस कला से अनभिज्ञ ही रहा। हाँ, सुविधा होने पर पीने का शौक अवश्य कुछ बढ़ गया। लेकिन बदहवास होते उसे किसी ने नहीं देखा। इसके विपरीत बांसुरी का स्वर तब और भी मादक हो उठता। श्रोता मुग्ध होकर उसे सुनते रहते।

साहू भी सुनता था और शिकार, शराब तथा वेश्या के पीछे पानी की तरह पैसा बहाता था। उसके सम्बन्धी बड़े परेशान हुए। उन्होंने कहना शुरू किया, "भागलपुर से एक बंगाली युवक शरत् ने आकर साहू को पथभ्रष्ट कर दिया है।"

दूसरा दल कैसे पीछे रहता। उसने कहा, ''साहू ने शरत् को बिगाड़ा है।''

परस्पर दोषारोपण के इस घात-प्रतिघात से दोनों मित्र बेखबर हों, यह बात तो नहीं थी, लेकिन इसकी चिन्ता उन्होंने कभी नहीं की। दोनों मन-ही-मन हँसते, क्योंकि दोनों जानते थे कि वे मिलने से पहले ही सब कुछ सीख चुके थे। शरत् को अब पैसे की सुविधा हो गई और साहू को मिल गया एक मनचाहा मीत। वह शरत् को अपना आदर्श मानने लगा। शरत् ईश्वर में विश्वास नहीं करता था। साहू भी कहने लगा, ''शरत् दादा कहते हैं कि ईश्वर नहीं है। इसलिए सचमुच ही ईश्वर नहीं है। मैं भी मानता हूँ कि ईश्वर नहीं है।''

वह अभी तक शिखरनाथ के घर रह रहा था, लेकिन साहू के साथ जब मजलिस जमने लगी तो रात को लौटने में भी देर होने लगी। घर की स्वामिनी उसे पुत्र के समान प्यार करती थी। वह देर तक बैठी उसकी राह देखती रहती। लेकिन इधर उसने ऐसा अनुभव किया कि कभी-कभी शरत् होश में नहीं होता। उसके मुँह से बदबू भी आती है। उसने शिखरनाथ से शिकायत की, ''शरत् का इतनी रात को इस तरह घर में आना मुझे अच्छा नहीं लगता।''

शिखरनाथ ने उसी दिन शरत् से कहा, ''तुम्हारा देर से आना और शराब पीना इस घर के लोगों को अच्छा नहीं लगता। तुम्हें सावधान रहना चाहिए।''

वह परिवार संगीत का प्रेमी था, परन्तु था धर्मपरायण। शरत् ने अपनी गलती अनुभव की। वह फिर वहाँ नहीं लौटा। एक मेस में जाकर रहने लगा, पर जेब में पैसे कहाँ थे? आखिर वह महादेव साहू के पास चला गया। उसका खाना-पीना, उठना-बैठना, जागना-सोना, अब साहू के साथ होने लगा।

प्रेम की पीर अभी भी शरत् को परेशान कर रही थी। उसकी प्रेमिका नीरदा उससे विमुख होकर भागलपुर से चली आई थी। उसने सुना था कि आबकारी के किसी दरोगा के साथ वह यहाँ आकर रहने लगी है। इसीलिए वह मुजफ़्फ़रपुर आया था। और एक दिन उसने उसे ढूँढ़ ही लिया, लेकिन नीरदा ने उसकी ओर दृष्टि उठाकर देखा तक भी नहीं।

प्रेम अन्धा होता है। शरत् अब भी यह विश्वास करता था कि नीरदा उससे प्रेम करती है। वह उसका पीछा करता रहा। परेशान होकर एक दिन नीरदा ने दरोगा से शिकायत कर दी। दरोगा ने उसी दिन शरत् को पकड़ा और खूब पीटा। इतना कि बहुत देर तक वह बेहोश पड़ा रहा। मालूम नहीं उसके बाद भी उसका भ्रम टूटा या नहीं, या सारी कहानी ही एक विराट भ्रम है। लेकिन यह सच है कि मुजफ़्फ़रपुर में रहते हुए उसे नारियों के साहचर्य की कमी नहीं हुई। पूंटी नामक एक सुन्दर वेश्या को बुलाकर साहू प्रतिदिन नृत्य-गान की मजलिस जमाता था और दोनों मित्र उसमें मुक्त होकर भाग लेते थे।

इसी समय शरत् का परिचय राजबाला नाम की एक अत्यनत सुन्दरी से हुआ। उसके जीवन की कहानी अत्यन्त रोमांचक है। उसके पिता विधुभूषण बाबू एक वकील थे। घर से भागी हुई एक बंगाली वधू को उन्होंने शरण दी थी। कुछ दिन बाद उसका प्रेमी उसे छोड़कर चला गया। तब वह असहाय वधू उनके ही पास रहने लगी। अन्ततः उन्होंने उससे विवाह कर लिया। उससे दो पुत्र और चार पुत्रियाँ उन्हें प्राप्त हुईं। पुत्रियाँ एक से बढ़कर एक सुन्दर थीं।

राजबाला विशेष रूप से सुन्दर थी। जैसे-जैसे वह युवती होती गई वैसे-वैसे उसके सौंदर्य की कहानी शहर में फैलती गई। गौर वर्ण, कसे हुए अंग, तीखे नक्श और मादक स्वभाव, उसे पुरुषों की संगति बड़ी प्रिय थी। विवाहित होने पर भी वह शहर के सभी मनचले युवकों की हृदयवल्लभा बन गई। तब शरत् और साहू से उसका परिचय कैसे नहीं होता। साहू के पास सभी सुविधाएँ थीं, इसलिए शरत् को वहाँ जाने में कोई असुविधा नहीं हुई। वह मुक्त होकर राजबाला के रूप-जाल में फंस गया।

मुजफ़्फ़रपुर का यह जीवन हर दृष्टि से बोहेमियन था। शिकार, शराब और वेश्या—इनकी सुविधा होने पर और हो भी क्या सकता था! वह न सुन्दर था और न स्वस्थ। पैसा भी उसके पास नहीं था, लेकिन वे गुण तो थे, जो किसी को सबका प्रिय बना देते थे। स्त्रियाँ विशेष रूप से उसके वाग्जाल में फँसकर उसकी ओर आकर्षित होती थीं।

लेकिन इस चरित्रहीनता के बीच में से निस्संग होकर उठ जाने की शक्ति उसमें अब भी थी। अन्तर में बैठा वैरागी शरत् उसे खींच ले जाता था दूर निर्जन में। वह नदी के तट पर जाकर घण्टों अकेला बैठा रहता और लिखता रहता। न जाने कितनी रचनाएँ उसने लिखीं। एक पूरा उपन्यास 'ब्रह्मदैत्य' उसी में था।

असमाप्त *चरित्रहीन* की पाण्डुलिपि भी उसके पास थी। उसी को लेकर प्रमथनाथ से उसकी मित्रता गहरी हुई। ये वर्द्धमान ज़िले के रहने वाले थे। वहाँ वे अपने काका के पास रहकर पढ़े थे। इस समय मिलने के लिए आये हुए थे। यह मित्रता कालान्तर में कई रूपों में आदर्श प्रमाणित हुई।

मित्रों के अतिरिक्त यहाँ वह और भी विभिन्न प्रकार के व्यक्तियों से मिलता था। वेश्याएँ, साधु, ज़मींदार, कारकुन, वकील, संगीत-प्रेमी और नीचे के तबके के लोग। वह उनका खूब अध्ययन करता, उनकी बातें सुनता, और उन्हीं के आधार पर एकान्त में जाकर लिखता रहता। कभी-कभी वह व्यक्तियों के रेखाचित्र लिखकर सुनाता भी। उन रेखाचित्रों में मनोवैज्ञानिक विश्लेषण रहता था। साधारण व्यक्ति के लिए जो जीवन अप्रतिष्ठा और कलंक का कारण हो सकता है वही साहित्यिक के लिए बड़ी शक्ति बन जाता है। विश्वकवि ने लिखा है :-

जीवन-मन्थन से निकला विष
वह जो तुमने पान किया।
और अमृत हो बाहर आया,
उसे जगत को दान दिया।

18

इस जीवन का अन्त न जाने कहाँ जाकर होता कि अचानक भागलपुर से एक तार आया। लिखा था—तुम्हारे पिता की मृत्यु हो गई है। जल्दी आओ।

जिस समय उसने भागलपुर छोड़ा था घर की हालत अच्छी नहीं थी। उसके आने के बाद स्थिति और भी बिगड़ गई। मोतीलाल पागलों की तरह इधर-उधर घूमते रहते। फटी चट्टी,

कीचड़ से भरा हुआ बदन, सिर पर बढ़ी हुई जटा, पेट में अन्न नहीं, हाथ में पैसा नहीं। ऐसी स्थिति में स्वप्नविहारी मनुष्य पागल ही हो सकता है।

इन्हीं दिनों उनके चचिया ससुर अघोरनाथ भागलपुर आए। दोनों सहपाठी रह चुके थे। मोतीलाल उनसे मिलने ससुराल पहुँचे। खूब शीत पड़ रहा था। बदन पर वस्त्र नहीं था, अघोरनाथ पिता-पुत्र दोनों से खुश नहीं थे। लेकिन बचपन के साथी की ऐसी दशा देखकर वह द्रवित हो आये। पूछा, "तुम यह घर छोड़कर क्यों चले गए मोतीलाल?"

"अच्छा नहीं लगता था, छोटे काका।"

"इतनी ठण्ड में कपड़ा क्यों नहीं पहनते?"

"हैं नहीं।"

"शरत् कहाँ है?"

"झगड़ा करके कहीं भाग गया है।"

"आजकल कुछ काम-वाम है?"

"नहीं।"

"तब कैसे चलता है?"

मोतीलाल ने इस बात का कोई उत्तर नहीं दिया। आँखें डबडबा आईं, टप-टप आँसू गिरने लगे और वह जाने के लिए उठकर खड़े हो गए। तब बदन के वस्त्र उन्हें पहनाकर अघोरनाथ ने एक नोट उनके हाथ में थमा दिया। मोतीलाल के चेहरे पर मुस्कराहट खिल आई। पूछा, "कितने दिन हैं छोटे काका?"

"कल ही चला जाऊँगा।"

मोतीलाल ने पाँव की धूल लेकर कहा, "अब और मिलना नहीं होगा। उम्र पूरी हो गई हैं।"[1]

सचमुच ही मिलना न हो पाया। कुछ दिनों बाद मन में अजस्र प्यार-भरे, धरती के अयोग्य, स्वप्नदर्शी मोतीलाल विपरीत परिस्थितियों की ठोकर खाते-खाते जर्जर होकर स्वर्गवासी हो गए।

पिता की मृत्यु का समाचार पाकर शरत् बहुत दुखी हुआ। वह उनसे लड़कर आया था और यहाँ के इस बोहेमियन जीवन में कौन कह सकता है कि उसने उन्हें कितनी बार याद किया था, लेकिन अब जब वह नहीं रहे तो उसे उनके अगाध स्नेह की याद आने लगी। वह उसी क्षण भागलपुर के लिए रवाना हो गया।

उसकी अनुपस्थिति में मामा मणीन्द्रनाथ ने अन्तिम संस्कार किया था। श्राद्ध के अवसर पर भी उसी ने सहायता की। वह उसका सहपाठी था, परन्तु पुरातनपंथी गांगुली परिवार का सच्चा पुत्र भी था। उसे शरत् के जीवन से घृणा थी। फिर भी जिस व्यक्ति के श्राद्ध का प्रश्न

1. शरत्-परिचय—सुरेन्द्रनाथ

था वह गांगुली परिवार का दामाद था। उसी के अनुरूप वह सम्पन्न होना चाहिए। इसीलिए उसने सहायता की।

माँ पहले ही चली गई थी। पिता भी चले गए। बड़ी बहन दूसरे घर की थी। शेष रह गए थे, तीन छोटे-भाई बहन और वह स्वयं। उसे अपनी चिन्ता नहीं थी। चिन्ता थी इन अबोध बालकों की। छोटी बहन सुशीला को मकान-मालकिन बहुत प्यार करती थी। उसने उसे अपने पास रख लिया। छोटा भाई प्रभास 11-12 वर्ष का था। शरत् उसे आसनसोल ले गया। वहाँ उसका एक मित्र रेलवे में काम करता था। काम सीखने के लिए प्रभास को वह उसी के पास छोड़ आया।

अब रह गया प्रकाश, उसे किसके पास छोड़े। कोई भी उसका अपना नहीं था। बहुत सोचा और अन्त में छोटे नाना अघोरनाथ की शरण उसने ली। वह शरत् से बहुत नाराज़ थे। लेकिन शरत् को नानी पर भरोसा था। न जाने कितनी बार उन्होंने शरत् की प्राण रक्षा की थी। प्रकाश को लेकर वह जलपाईगुड़ी पहुँचा। उसने नाना के चरण पकड़ लिए। स्वाभाविक था कि वह पहले कुछ नाराज़ हुए, लेकिन एक तो मोतीलाल की मृत्यु हो चुकी थी, दूसरे पत्नी का भी आग्रह था, वह इनकार नहीं कर सके।

छोटी नानी के कारण शरत् की एक बार फिर रक्षा हुई। नाना ने कुछ उपेक्षा के साथ और नानी ने कुछ प्यार के साथ उससे कहा, ''अब घर का दायित्व तुम पर है। तुम्हें कुछ करना चाहिए।''

शरत् ने उत्तर दिया, ''वही करने जा रहा हूँ।''

भाई-बहनों की ओर से निश्चिंत होकर उसने बिहार को अन्तिम नमस्कार किया और जीविका की तलाश में कलकत्ता पहुँचा। नाते के कई मामा वहाँ पर रहते थे। उपेन्द्रनाथ से उसकी कुछ घनिष्टता भी थी। उसे भी साहित्य में अनुराग था। एक-दूसरे मामा लालमोहन यहाँ वकालत करते थे। भागलपुर की कचहरी के मुकदमों की अपील कलकत्ता हाईकोर्ट में ही होती थी, लालमोहन वहीं काम करते थे। निश्चय हुआ कि इन्हीं के पास रहकर नौकरी की तलाश की जाए। एक वयस्क व्यक्ति के लिए खर्च-पत्ते के वास्ते अभिभावकों के आगे हाथ फैलाने में कुण्ठा होती है। इस कुण्ठा से मुक्ति पाने के लिए शरत् हिन्दी की अर्जियों का अंग्रेज़ी में अनुवाद करने लगा। उसके बदले में उसे खर्च के लिए कुछ पैसे मिल जाते थे। किन्तु आइन-अदालत की भाषा से उसका कोई विशेष परिचय नहीं था, इसलिए इस काम में उसका मन अधिक दिन नहीं लग सकता था। इसके अतिरिक्त उसे घर की साग-सब्ज़ी भी लानी पड़ती थी। साधारण नौकरों जैसे और भी काम करने पड़ते थे। अपमान भी कम नहीं होता था। घर के अन्दर जाते समय भागलपुर की तरह यहाँ भी उसे खांसकर जाना होता था। एक बार वह मामा के ब्रुश से बाल ठीक कर रहा था कि अचानक वे वहाँ आ गये। उनके क्रोध की कोई सीमा नहीं थी। उन्होंने एक बार शरत् की ओर देखा और फिर उस ब्रुश को उठाकर बाहर फेंक दिया। मानो उन्होंने कहा, ''जिस ब्रुश को तुम इस्तेमाल कर चुके हो वह मेरे योग्य नहीं रहा।''

इस घृणा और अपमान के कारण उसके दर्द की कोई सीमा नहीं थी। अक्सर सोचता था कि दूसरे के घर पर रहकर ऐसा अपमान पाने से तो सड़क, जंगल, रेगिस्तान कहीं भी रह

जाना अच्छा है। उसकी बड़ी बहन कलकत्ते के पास गोविन्दपुर गाँव में रहती थी। प्रयत्न किया कि उसके पास जाकर रह सके, गिरीन्द्रनाथ को लिखे एक पत्र से ऐसा लगता है कि वह वहाँ जाकर रहा भी था।[1] परन्तु वहाँ भाइयों में झगड़े आरम्भ हो गये थे। इसलिए मुकर्जी महाशय इस स्थिति में नहीं थे कि उसके लिए कुछ कर पाते। उन्होंने पत्नी से कहा, ''तुम तो जानती ही हो कि यह गाँव है। शरत् का यहाँ रहना सम्भव नहीं हो सकेगा। गाँव के लोग आलोचना करेंगे।''

''तो... ?'' अनिला भाई के प्रति करुणा से भर उठी, कुछ कह न सकी।

मुकर्जी महाशय ने कहा, ''उसे कहो, कहीं और चला जाए। खर्चे का प्रबन्ध मैं कर दूँगा।''

उन्होंने कुछ सहायता की भी थी, परन्तु उसके लिए कलकत्ता में रहना असंभव हो गया। कहाँ जाए, यह सोचते-सोचते उसे अपने मौसा अघोरनाथ चट्टोपाध्याय की याद हो आई। वे रंगून में एडवोकेट थे। कई वर्ष पहले वे भागलपुर आये थे तो मोतीलाल से उन्होंने कहा था, ''लड़के को कॉलेज में क्यों भेजते हो? मेरे साथ रंगून भेज दो। पढ़-लिखकर वकील बनने में देर नहीं लगेगी। भविष्य में काफ़ी पैसा भी पैदा कर सकेगा।''

कई कारणों से तब उसका जाना नहीं हो सका था। परन्तु अब उसके सामने जीविका का प्रश्न था। कलकत्ता में बहुत-से लोगों ने बर्मा के बारे में उसे नाना प्रकार की कहानियाँ सुनाई थीं। बताया था कि अमुक व्यक्ति बर्मा में नौकरी करके बहुत धनवान हो गया है। वहाँ राह-घाट में रुपये बिखरे पड़े हैं। केवल समेटने-भर की देर है। जहाज़ से उतरते ही बंगालियों को साहब लोग कंधों पर उठा ले जाते हैं और नौकरी पर लगा देते हैं।

ये बातें सुन-सुनकर शरत् के भीतर का घुमक्कड़ उसे परेशान करने लगा। वह किसी तरह बर्मा पहुँचने के लिए लालायित हो उठा। इसी समय अचानक अघोरनाथ कलकत्ता आये और लालमोहन के पास ही ठहरे। शरत् को उन्होंने ऐसी-ऐसी रोमांटिक कहानियाँ सुनाईं कि उसने निश्चय कर लिया—अब वह बर्मा ही जाएगा।

ऐसी अनिश्चित और विपरीत, परिस्थितियों में भी उसकी साहित्य-साधना मौन रूप से चल रही थी। *चरित्रहीन* का सृजन आरम्भ हो चुका था। वह धीरे-धीरे आगे बढ़ रहा था, पर शायद उस बारे में कोई कुछ नहीं जानता था। सौरीन्द्रमोहन भी नहीं। भागलपुर का उसका यह पुराना मित्र यहीं रहता था। वह उससे बहुत प्रभावित था। प्रतिदिन संध्या के समय वह शरत के पास आता और फिर दोनों मित्र घूमने के लिए निकल पड़ते। अक्सर वे साहित्य चर्चा करते।

एक दिन सौरीन ने कहा, ''शरत्! स्टार थियेटर में क्षीरोदप्रसाद का नाटक 'सावित्री' चल रहा है! तुम उसे अवश्य देखो।''

शरत् उसे देखने गया, लेकिन लौटकर उसने सौरीन्द्र को आड़े हाथों लिया, बोला, ''बाप रे बाप, तुम्हें यह नाटक कैसे अच्छा लगा? सत्यवान के मरने तक तो बहुत बुरा नहीं था। अमृत मित्र ने माण्डव्य का अभिनय भी अच्छा ही किया, लेकिन सत्यवान का जो रूप था, उसे देखकर

1. 24 दिसम्बर, 1902 ई.

लगता था कि वह सावित्री का छोटा भाई है। उसके मरने पर सावित्री ने मृत देह को गोद में लेकर गाना गाया। उस अवस्था में क्या कोई मनुष्य गाना गा सकता है?"

सौरीन्द्र ने उत्तर दिया, "उसको तुम ठीक स्वर-लय वाला गाना क्यों मानते हो? उस अवस्था में मनुष्य चिल्लाकर रोता है, 'अजी तुम कहाँ चले गये? मेरा क्या होगा?' इत्यादि-इत्यादि। शोक के उसी आवेग को नाटककार गान के छन्द के स्वर में प्रकट करता है।"

शरत् ने कहा, "ऐसा होने पर भी क्या दो-दो गाने होंगे? एक ही बहुत था। मुझे यह सब बहुत बुरा लगा। गाने से तो करुण रस का श्राद्ध ही हो जाता है। ट्रेजे़डी भी उत्पन्न नहीं हो सकती।"

मुजफ़्फ़रपुर का उसका मित्र प्रमथनाथ भट्ट भी यहीं पाथुरेघाटा में राजा सौरीन्द्रमोहन ठाकुर के निजी सचिव के रूप में काम करता था। अक्सर उसके पास जाकर वह अपनी कृतियों पर चर्चा करता। इसके अतिरिक्त सुरेन्द्र और गिरीन्द्र भी अब कलकत्ता में ही पढ़ रहे थे। वे भी उससे मिलने आया करते थे। एक दिन सहसा गिरीन्द्र ने कहा, "शरत्, तुम 'कुन्तलीन पुरस्कार' के लिए गल्प क्यों नहीं लिखते? पच्चीस रुपये मिलते।"

शरत् ने पूछा, "यह 'कुन्तलीन पुरस्कार' क्या है?"

गिरीन्द्र बोला, "स्वदेशी का युग है। सभी देशप्रेमी स्वदेशी उद्योगों को प्रोत्साहन देना चाहते हैं और उन्हें देना चाहिए। 'कुन्तलीन' एक सुगन्धित स्वदेशी तेल है। बहू बाज़ार के एच. बसु उसके निर्माता हैं। इसके प्रचार के लिए ही यह प्रतियोगिता चलाई गई है। नामी लेखक इसका निर्णय करते हैं। ये कहानियाँ पुस्तक रूप में भी छपती हैं।"

शरत् ने कहा, "स्वदेशी की बात तो ठीक है, लेकिन कहानी लिखना, और फिर पुरस्कार के लिए, मेरे लिए बिलकुल सम्भव नहीं है। इतने बड़े-बड़े लेखकों के सामने मुझे कौन पूछेगा?"

गिरीन्द्र बोला, "तुम नहीं जानते। तुम बहुत अच्छी कहानियाँ लिखते हो। ज़रूर लिखो। तुम्हें पुरस्कार मिलेगा।"

लेकिन जैसा कि उसका स्वभाव था, वह तुरन्त ही इस बात को स्वीकार नहीं कर सका। मामा लोग आग्रह करते रहे और वह टालता रहा। आखिर अन्तिम दिन आ पहुँचा। गिरीन्द्र ने फिर कहा, "तुम कहानी क्यों नहीं लिखते? पुरस्कार नहीं मिलेगा तो क्या होगा? कहानी लिखो।"

अन्त में वह लिखने के लिए तैयार हो गया। उस दिन उसने जो कहानी लिखी उसका नाम था 'मन्दिर'। उसे समाप्त करते-न-करते संध्या घिर आई, वह इसलिए गिरीन्द्र को लेकर तुरन्त 'कुन्तलीन' के कार्यालय में पहुँचा। व्यवस्थापक बसु महोदय ने कहा, "अन्तिम दिन के अन्तिम क्षण कहानी लेकर आये हो!"

शरत् बोला, "यदि समय नहीं है तो मैं कहानी लेने के लिए आग्रह नहीं करूँगा।"

बसु मुस्कराये। बोले, "नहीं, नहीं, अन्तिम क्षण तो है ही। लाओ, मैं कहानी ले लूँगा।"

कहानी देकर शरत् ने स्वस्ति की साँस ली। लेकिन उस कहानी पर लेखक के रूप में

उसने अपना नाम नहीं दिया था। उसे विश्वास नहीं था कि वह पुरस्कार पा सकेगा। न पाने पर जो लज्जा और व्यथा होती उसी से बचने के लिए वह कहानी उसने अपने मामा सुरेन्द्रनाथ के नाम से भेजी। उससे कहा, "मैंने यह कहानी तुम्हारे नाम से दी है। यदि भाग्य से पारितोषिक मिल जाए तो मोहित सेन द्वारा प्रकाशित रवीन्द्रनाथ की काव्य-ग्रन्थावली मुझे भेज देना।"

शायद यह उसके नाम का प्रभाव था कि जब प्रतियोगिता का फल प्रकाशित हुआ तो प्रथम पुरस्कार बंगाली टोला, भागलपुर के श्री सुरेन्द्रनाथ गंगोपाध्याय को मिला। मित्रों ने उसे हार्दिक बधाई दी, लेकिन उसका मन ग्लानि से भर उठा। वह जानता था कि वह इस यश और बधाई का अधिकारी नहीं है। लेकिन जो सचमुच अधिकारी था, वह शरत् तो तब तक कलकत्ता छोड़ चुका था। डेढ़ सौ गल्पों में प्रथम स्थान प्राप्त करना कम सौभाग्य की बात नहीं थी, लेकिन उदासीन शरत् तो अपने को छिपाने में ही आनन्द पाता था।

रंगून जाने की बात भी उसने किसी से नहीं कही। उसे डर था कि उसके मित्र उसे जाने नहीं देंगे, लेकिन उसके सामने पूरा जीवन पड़ा था! उसके भाई-बहन थे। उनका भार अब वह किस पर छोड़ सकता था। उसे किसी तरह जीविका अर्जन करनी ही चाहिए। केवल अपने एक मामा देवी[1] को ही उसने अपने इस निश्चय की सूचना दी थी। उसके पास पैसे भी तो नहीं थे। किसी तरह उसने किसी से भाड़े के रुपये उधार लिये और एक दिन सवेरे चार बजे भवानीपुर के घर से स्टीमर घाट की ओर चल पड़ा। बस अकेला देवी ही उसके साथ था। भाड़ा चुकाकर उसकी जेब में एक-दो रुपये शेष रह गये। वह नहीं जानता था कि अब वह फिर भारत लौट भी सकेगा या नहीं।

इस पलायन के साथ-साथ उसके जीवन रूपी नाटक का एक अंक जैसे समाप्त हो गया। उसकी आयु छब्बीस वर्ष की हो चुकी थी। यौवन का सूर्य मध्याकाश में था, लेकिन जैसे ठण्डे और घने कुहरे ने उसे आच्छादित कर दिया था *श्रीकान्त* की तरह दूसरे की इच्छा से दूसरे के घर में वर्ष के बाद वर्ष रहकर वह अपने शरीर को कैशौर्य से यौवन की ओर धकेलता रहा था, लेकिन मन को न जाने किस रसातल की ओर खदेड़ता रहा। उसका वह मन कभी लौटकर नहीं आया।

और इस प्रकार वह उच्छृंखल, आवारा, अर्द्धशिक्षित और धनहीन व्यक्ति किसी बंधुहीन-लक्ष्यहीन प्रवास के लिए निकल पड़ा।

माँ की मृत्यु के बाद उससे कोई यह पूछने वाला भी नहीं था कि तुमने खाया भी है या नहीं। कोई उसकी राह देखता हुआ प्रतीक्षा नहीं करता था। किसी को यह जानने की इच्छा नहीं थी कि उसके पास पहनने को है या नहीं। अपनी इच्छा से वह अभिनय, गाने-बजाने, नाना खेलों, ताम्रकूट आदि के सेवन और सेवा में रस लेता था। यह सभी कार्य नाना के परिवार में न करने योग्य थे। इसलिए अपमान की मात्रा भी बड़ी थी। वह इस अपमान को न पहचानता हो, यह बात नहीं थी। परन्तु वह यह भी जानता था कि धर्मशास्त्र में जिस आचार-संहिता की चर्चा है, वह सब युगों के लिए नहीं होती। जैसे युग पलटते हैं, वैसे ही संहिताएँ भी पलटती हैं। इसलिए वह अपमान उसकी शक्ति बन गया था। इसीलिए उसके दिशाहारा मन के भीतर जो

1. देवेन्द्रनाथ गंगोपाध्याय

सौंदर्य और साहित्य-सृष्टि के बीज अंकुरित हो चुके थे उनके विकास में यह जीवन सहायक हुआ। उसने दुख को केवल भोक्ता होकर सहा ही नहीं था, दृष्टा होकर देखा भी था।

दासता का अन्त करने वाले राष्ट्रपति लिंकन से उसकी तुलना बहुत संगत नहीं है, परन्तु अपने प्रारम्भिक जीवन में वे दोनों आश्चर्यजनक रूप से कुछ प्रवृत्तियों में समान थे। शारीरिक शक्ति-प्रदर्शन, विनोदप्रियता, अध्ययन, कहानी कहने की कला और प्रेम की व्यथा का दोनों को खूब अनुभव था। लार्ड चार्लवुड ने लिखा है, ''उसने अराजक विचारधाराओं वाले कुछ लेखकों का अध्ययन किया जिनमें टामसपेन, वाल्तेयर और बोलने प्रमुख थे...मुर्गे लड़ाना, शारीरिक शक्ति-प्रदर्शन, कुल्हाड़ी, हथौड़ा या आरे के उपयोगी कौशल या नकल करने की मज़ाकिया प्रवृत्ति इन दिनों बदस्तूर जारी रही।...उसमें एकान्तप्रियता या अपने में खो जाने की प्रवृत्ति पनप उठी।...*प्रियतमा की मृत्यु* का लिंकन पर गहरा और चिरस्थायी प्रभाव पड़ा।''

शरत् की प्रियतमा की मृत्यु तो नहीं हुई थी पर बिछोह सम्पूर्ण था। उस बिछोह का उसके जीवन पर गहरा और स्थायी प्रभाव पड़ा। उसने कहीं लिखा है, ''सच्चा प्रेम मिलाता ही नहीं दूर भी करता है।''

क्या वह इसीलिए तो दूर नहीं जा रहा था?

द्वितीय पर्व

दिशा की खोज

श्रीकान्त की तरह जिस समय एक लोहे का छोटा-सा ट्रंक और एक पतला-सा बिस्तर लेकर शरत् जहाज़ पर पहुँचा तो पाया कि चारों ओर मनुष्य ही मनुष्य बिखरे पड़े हैं। बड़ी-बड़ी गठरियाँ लिए स्त्री-बच्चों के हाथ पकड़े वे सारी रात इसीलिए जेटी पर पड़े रहे थे कि सुबह जहाज़ पर अच्छी-सी जगह पा सकेंगे। वे भारत के कोने-कोने से आये थे और धीरे-धीरे कतार बाँधकर खड़े हो रहे थे। मालूम हुआ कि डॉक्टरी परीक्षा होने वाली है। कैसी थी वह परीक्षा? डॉक्टर सन्देहमूलक स्थान में हाथ डालकर सोजिश टटोलते थे। उस समय उनका रूप देखते ही बनता था। उन्हें इस बात की बहुत चिन्ता थी कि कहीं कोई प्लेग का यात्री तो नहीं जा रहा है। यह रोग बम्बई से ही बर्मा पहुँचा था।

इस परीक्षा में पास होने पर जहाज़ पर चढ़ने की बारी आई। वह चढ़ना भी उस दाँतों वाली चक्करों की मशीन जैसा था जो निरन्तर आगे-पीछे होती रहती है। ऊपर जाकर फिर नीचे जहाज़ के गर्भगृह में उतरना था। वहीं पहुँचकर सब लोग अपने-अपने कम्बल बिछाकर स्थान पर कब्ज़ा कर रहे थे, लेकिन शरत् को वहाँ जगह न मिल सकी। ऊपर जाकर ही किसी तरह साँप ले सका। आखिर बैठने का स्थान मिला और फिर जो कुछ देखा उसे 'भारत दर्शन' ही कह सकते हैं।

यह कोई कुछ घंटों की ही बात नहीं थी। पूरे चार दिन तक उसे मनुष्यों के वास्तविक जीवन से परिचय प्राप्त करने का सुयोग मिला। अधिकांश ऐसे थे जो बराबर आते-जाते रहते थे। कुछ ऐसे भी थे जो रोज़ी की तलाश में बर्मा जा रहे थे। कुछ प्रेमी भी थे। वे हिन्दुस्तानी समाज से बचने के लिए छिपकर भाग रहे थे, लेकिन इन सबसे भी अधिक था साइक्लोन का अनुभव। वह कैसा होता है इसकी कल्पना भी उसने नहीं की थी। प्रारम्भ में थोड़ी-थोड़ी वृष्टि होती रही, फिर हवा और वृष्टि दोनों का ज़ोर बढ़ गया। वह वृष्टि, हवा, अंधकार और जहाज़ का झूलना और समुद्र की लहरों का आकार, ये सब देखकर वह व्याकुल हो ही रहा था कि सहसा एक ऐसा विकट शब्द कानों में आ पड़ा जैसे हज़ारों राक्षसिनियाँ एक साथ मृत्यु की यंत्रणा से चीखती हुई और धरती को अपने पैरों के बोझ से कुचलती हुई, इधर-उधर दौड़ रही हैं। वे तूफ़ानी हवायें थीं। उनसे बचना असम्भव जैसा था। उनके सहारे समुद्र की तरंगें विराट रूप धारण करके जहाज़ को ग्रसने के लिए दौड़ती थीं और इस समुद्र-जल के टकराने से एक तरह की ज्वाला-सी चमक उठती थी। अंधकार के कारण समुद्र को जलराशि दिखाई नहीं देती थी, लेकिन यह ज्वाला उसकी भयानकता को उजागर कर देती थी।

सहसा सब लोग एक साथ गला फाड़-फाड़कर चीखने लगे। एक महातरंग जहाज़ को निगलने आ पहुँची थी और चारों ओर पानी ही पानी हो गया था। लगा जैसे सब डूब गये हैं, लेकिन कुछ क्षण बाद जब लहरों का आक्रमण समाप्त हुआ तो पाया कि वहाँ का दृश्य महानाश के दृश्य के समान है। सब लोग सिर छुपाने के लिए इधर-उधर भाग रहे हैं। मनुष्य ही नहीं उनमें पशु-पक्षी भी हैं और वे इस प्रकार गड्डमगड्ड हो रहे हैं जैसे नाना प्रकार के चबेने मिला दिये हों। सारी रात मनुष्य एक-दूसरे को इस तरह पीसते रहे जैसे कोई मिल कर लोढ़े से मसाला पीसता है। बहुत-से लोगों को वमन भी हो गई थी और जिसके कारण चारों ओर बदबू फैल गई थी। डॉक्टर मेहतर और खलासियों को लेकर सफ़ाई में लगा था।

इसी तरह इस नये जीवन से परिचय प्राप्त करता हुआ शरत् रंगून पहुँच गया। बंदरगाह जैसे-जैसे पास आ रहा था वैसे-वैसे 'करेंटीन' की चर्चा बढ़ रही थी। वहाँ पहुँचते ही खलासी डेक पर आकर चिल्लाने लगे, "रंगम शहर, रंगम शहर, सब तैयार हो जाओ। 'करेंटीन' में जाना होगा। वहाँ बिना जाए कोई भी शहर में दाखिल नहीं हो सकता।"

बर्मा की सरकार प्लेग के डर के कारण बहुत सावधान रहती थी। शहर से आठ मील दूर रेत में कांटेदार तार से थोड़ा-सा स्थान घेरकर बहुत-सी झोपड़ियाँ खड़ी कर दी गई थीं। डेक के सारे यात्रियों को नगर में जाने से पहले आठ या दस दिन तक यहीं रहना होता था। हाँ, यदि किसी का कोई परिचित शहर में होता तो वह किसी कौशल से अपने यात्री को छुटकारा दिला सकता था। शरत् ने किसी को सूचना नहीं दी थी। वह ऊँचे दर्जे का यात्री भी नहीं था। उसे वहाँ जाना ही पड़ा। जो अनुभव में रस लेना जानता था! वे दिन कैसे बीते इसकी कल्पना ही की जा सकती है। कम-से-कम वहाँ 'साइक्लोन' नहीं आया और न डेक पर भेड़-बकरियों की तरह जीवन बिताना पड़ा। लेकिन फिर भी वह घर नहीं था। जिस दिन 'क्वरेंटीन' की मियाद खत्म हुई, उस दिन या एक दिन दा ठाकर के होटल में बिताकर पूछते-पूछते शरत् अपने रिश्ते के मौसा अघोरनाथ चटर्जी के घर[1] पहुँचा तो उसका रूप देखते ही बनता था, जैसे कोई भिखारी हो। बिखरे बाल, मैले कपड़े, शरीर पर एक फटी कमीज़, पैर में एक जोड़ा चट्टी, कंधे पर गमछा। इतने दिन तक हाथ से पकाकर खाना पड़ा था। इससे अवस्था और भी दयनीय हो रही थी। जैसे ही घर में प्रवेश करके उसने अघोरनाथ को देखा तो वह ज़ोर से रो पड़ा। रोते-रोते ही उसने मौसा को प्रणाम किया। मौसा चकित रह गये। बोले, "क्यों रे शरत्, तू कहाँ से आ गया?"

शरत् ने कहा, "मुझको क्वरेंटीन में रोक रखा था।"

मौसा अवाक् होकर बोले, "तूने मेरा नाम क्यों नहीं लिया? मेरा नाम लेकर न जाने कितने लोग पार हो जाते हैं। तू क्वरेंटीन में पड़ा रहा। तू तो मूर्ख है।"

अघोरनाथ रंगून के ख्यातनामा एडवोकेट ही नहीं थे, बड़े आदमी भी थे। देहयष्टि जैसी दर्शनीय थी मन भी वैसा ही मुक्त था। घर में प्रति शनिवार को खूब खाना-पीना और गाना-बजाना चलता था। सभी जातियों और धर्मों के लोग उसमें भाग लेते थे। उनकी पत्नी वहाँ के

---

1. जनवरी, 1903 ई.

रीति-रिवाजों के अनुसार हाट-बाज़ार करती थी। जाकेट, शमीज और जूता-मोजा पहनती थी। इसी परिवार में शरत् अनाथ की तरह पहुँचा। लेकिन मौसा-मौसी ने सहज प्यार और आत्मीयता से उनका स्वागत किया। वहाँ न तो भागलपुर की अवहेलना-उपेक्षा थी, न था भवानीपुर का अपमान-आदेश। मौसा बोले, ''तुझे सबसे पहले बर्मी भाषा पढ़कर कानून का अध्ययन करना है। फिर तू मेरी तरह वकील बनेगा। इसी बीच तेरे लिए नौकरी का प्रबन्ध भी कर दूँगा।''

तीन महीने भी न बीतने पाये थे कि शरत् बर्मा रेलवे के ऑडिट ऑफ़िस में काम करने लगा। घर पर वह मौसेरी बहन को संगीत की शिक्षा भी देता था।

ऐसा लगा जैसे दुख के दिन बीत गए, लेकिन वह मात्र एक छल था। वह नौकरी डेढ़ वर्ष भी नहीं चल सकी और बर्मा भाषा की परीक्षा में भी सफलता नहीं मिली। तब वकील कैसे बन सकता था! जो स्वप्न उसने देखा था वह बस स्वप्न बनकर ही रह गया। हाँ, अपने जन्मजात गुणों के कारण यहाँ के मध्यमवर्गीय बंगाली समाज में वह अब तक काफ़ी प्रसिद्ध हो चुका था। उसका गाना सुनने के लिए अनेक भद्र लोग अघोरनाथ के घर आते थे। जिन लोगों से उसका विशेष परिचय हुआ, उनमें एक थे विश्वपर्यटक गिरीन्द्रनाथ सरकार[1]। उसके साथ शरत् का गाना-बजाना, कथा-वार्ता सभी कुछ चलता था। पीना-पिलाना भी पीछे नहीं छूटा था।

अचानक एक दिन घर लौटकर पाया कि मौसा को निमोनिया हो गया है। बेटी के विवाह के संबंध में व्यवस्था करने के लिए मौसी तब कलकत्ता गई हुई थी। उस समय उसने रात-रात भर जागकर अपने मौसा की सेवा की, परन्तु वह व्यर्थ हो गई। वे बच नहीं सके।

एक बार फिर निराश्रित होकर वह पथ-घाट में घूमने लगा।

पथ-घाट में घूमने की इस बात को लेकर उसके प्रत्येक कार्य की तरह नाना प्रकार के प्रवाद प्रचलित हो गये थे। लेकिन वह यह बात अच्छी तरह जानता था कि अब उसका वहाँ रहना सम्भव नहीं है, क्योंकि कोई-न-कोई मामा आयेगा और उसे फिर अपमान और उपेक्षा का जीवन जीना होगा। इसीलिए उनके आने से पूर्व ही वह वहाँ से चला गया।

मौसी के साथ आये मामा मणीन्द्रनाथ। सुना कि शरत् पीड़ित होकर किसी अस्पताल में है। उसे कोई ऐसा रोग हो गया है कि वह सबसे मिल भी नहीं सकता। मणि मामा उसके स्वच्छन्द आचरण के कारण उससे बराबर दूर हटते जा रहे थे। इसलिए उन्हें यह समझते देर नहीं लगी कि रोग क्या है? उन्होंने उससे मिलने की चेष्टा नहीं की।

सुना है, कुछ दिन बाद मामा लालमोहन भी वहाँ गये थे। वे तो शरत् को देख भी नहीं सकते थे। बहन को सिखा-पढ़ाकर उन्होंने ऐसी स्थिति पैदा कर दी कि शरत् फिर किसी भी तरह उस घर में प्रवेश न पा सका।[2]

कारण कुछ भी रहा हो, शरत् ने मौसा का घर सदा के लिए छोड़ दिया।

---

1. शरत् के बर्मा-प्रवास पर इन्होंने एक पुस्तक लिखी थी जो अब अप्राप्य है। उसमें वर्णित बहुत-सी घटनाएँ अविश्वसनीय हैं। 2. लेखक अघोरनाथ जी के पुत्र से मिला था।

2

वहाँ से हटकर वह कई व्यक्तियों के पास रहा। कई स्थानों पर घूमा। कई प्रकार के अनुभव प्राप्त किये। जैसे एक बार फिर वह दिशाहारा हो उठा हो। आज रंगून में दिखाई देता तो कल पेगू या उत्तरी बर्मा भाग जाता। पौंगी (बौद्ध साधु) बनकर घूमना उसके लिए उतना ही सहज था, जितना बांसुरी बजा लेना। लेकिन प्रश्न अब केवल उसी का नहीं था। देश में छोटे भाई-बहन को निराश्रित छोड़ आया था। इसलिए पाँच-छः महीने के उच्छृंखल जीवन के बाद उसने एग्ज़ामिनर, पब्लिक वर्क्स एकाउंट्स[1] के दफ़्तर में तीस रुपये मासिक पर एक अस्थायी नौकरी कर ली।

पब्लिक वर्क्स एकाउंट्स बर्मा के डिप्टी एग्ज़ामिनर श्री मणीन्द्रकुमार मित्र एकज़ीक्यूटिव इंजीनियर के कार्यालय में हिसाब की जांच करने पेगू आये थे। उस समय शरत् उनके रिश्ते के एक भाई के पास यहीं रहता था। उसके मधुर कण्ठ के कारण वे उसे बहुत प्यार करते थे। एक दिन उन्होंने मित्र महोदय के सम्मान में सांध्य भोज का प्रबन्ध किया। उसमें अनेक मित्र आमंत्रित होकर आये। शरत् तो था ही। उसका गाना सुनने को सभी आतुर रहते थे। पुकार हुई, ''शरत् दा, वही 'ओहे जीवन बल्लभ, साधन दुर्लभ हे' गीत सुनाओ।''

वह बार-बार मना करता रहा, परन्तु बिना सुनाये मुक्ति कैसे मिल सकती थी! सभ्य समाज से जोड़ने वाला यही एक गुण तो उसके पास था। इसलिए एक ही नहीं, कई और गीत भी सुनाने पड़े। जितनी देर गाता रहा मित्र महाशय मंत्रमुग्ध सुनते रहे। वे अत्यन्त सरल प्राण सहृदय व्यक्ति थे। गद्गद् होकर बोले, ''शरत् दा, निश्चय ही आपके स्वर में माधुर्य है।''

शरत् मुस्कराकर रह गया, परन्तु इसी सूत्र को लेकर वे दोनों शीघ्र ही दोस्ती के अटूट बन्धन में बंध गये। उन्हीं की कृपा से उसे यह नौकरी मिल सकी थी। उसका कार्यकाल समाप्त होने पर वह रंगून आकर उन्हीं के पास रहने लगा। लेकिन एक महीने के बाद ही वह फिर पेगू चला गया। वहाँ उसे एक्ज़ीक्यूटिव इंजीनियर, पेगू डिवीज़न के कार्यालय में काम मिल गया था।[2] उसने चतुर्थ श्रेणी के पब्लिक वर्क्स डिपार्टमेंट एकाउंटेंटशिप की परीक्षा भी दी, पर सफल न हो सका।

एक के बाद एक कई नौकरियाँ उसे मिलीं, लेकिन वे सब अस्थायी थीं। बीच-बीच में बेकार रहना पड़ता था। इस बेकारी का अर्थ था बाँसुरी बजाना, शतरंज खेलना, शिकार करना या फिर गेरुवे वस्त्रों की शरण लेना। पौंगी बनकर वह अपनी चिर-परिचित दिशाहीन यात्रा पर निकल पड़ता। थक जाता तो फिर रंगून लौट आता। बर्मा में हर व्यक्ति को जीवन में एक बार पौंगी बनना ही होता है और वे बहुत कुछ करने को स्वतन्त्र होते हैं। चुरुट-सिनेमा कुछ भी वर्जित नहीं होता। इसलिए शरत् को यह वेश धारण करने में कोई असुविधा नहीं होती थी। वैसे भी लम्बे-लम्बे बालों और दाढ़ी से उसे विशेष प्रेम था। बाउलों का वेश था न, सोचता होगा बाउलों के वेश में एकतारा लिए गाता रहूँ, घूमता रहूँ।

---

1. जुलाई, 1905 ई. 2. अगस्त, 1905 ई.

आखिर मित्र महोदय की कृपा से उसे एग्ज़ामिनर[1], पब्लिक वर्क्स एकाउंट्स रंगून के दफ़्तर में 'अस्थायी' क्लर्क की 'स्थायी' नौकरी मिल गई। वेतन था पचास रुपये मासिक, जो तीन माह बाद ही सन्तोषजनक कार्य के कारण पैंसठ रुपये हो गया। लगा, जैसे उसका अनिश्चित, और एक दृष्टि से, बोहेमियन जीवन समाप्त हो गया है। दस वर्ष बाद जब उसने त्यागपत्र दिया, तो उसका वेतन नब्बे रुपये तक पहुँच गया था और उसका यह विभाग एकाउंटेण्ट-जनरल के कार्यालय में मिल गया था।

अभी भी वह मणीन्द्र मित्र के पास रहता था। दोनों संगीत और दर्शन की चर्चा करते अघाते नहीं थे। इसके अतिरिक्त वह मित्र महाशय के बच्चों को संगीत की शिक्षा भी देता था।

रंगून में बंगालियों का अपना एक क्लब था, 'बंगाल सोशल क्लब'। प्रतिदिन संध्या को लोग यहाँ इकट्ठे होकर संगीत, नाटक और अध्ययन में भाग लेते थे। उसके सदस्यों में अधिकतर सरकारी कर्मचारी थे। इसलिए शरत् भी उस क्लब में आने लगा और शीघ्र ही वहाँ का प्रमुख गायक हो गया। उसके मधुर कण्ठ से रवीन्द्रनाथ के गीत सुनकर भावुक श्रोता रस-विभोर हो उठते। नीलकण्ठ, निधु बाबू, दाशरथीराय आदि प्राचीन कवियों के गीतों के अतिरिक्त वैष्णव पदावली तथा दूसरे दोहे और भजन भी वह खूब गा लेता था। बाउन गान और कीर्तन की विशेषता उसके कण्ठ का परस पाकर और भी दीप्त हो उठती। उस दिन जब उसने ज्ञानदास का यह पद गाया :

तोमारि गर्बे गरबिनी राई, रूपसी तोमारि रूपे।

तो लगा जैसे उसका रुग्ण-शीर्ण कण्ठ संगीत के भार से फट जाएगा। प्राणों की वह वेदना कैसी अद्‌भुत थी! कैसा था वह मार्मिक क्रन्दन जो संगीत के भीतर से होकर सभी के मर्म में प्रवेश कर गया था! उस क्षण उसने न जाने कितने भक्त पाए।

और उसी दिन क्यों, शरत् जितना भागता था दफ़्तर के संगी-साथी उतना ही उसको पकड़ते थे। मेस में किसी के पास हारमोनियम था। न जाने कब से उस पर धूल चढ़ रही थी, उसी को झाड़-पोंछ कर एक दिन मित्रों ने शरत् को थमा दिया। बोले, "शरत् दा! आज तो गाना ही होगा।"

और उसे गाना पड़ा।

श्रीमुख पंकज देखबो बॅले हे, ताई एशे छिलाम एक गोकुले।
आमाय स्थान दिये राई चरण तले।

उन लोगों ने यह गाना एक सुगायक के मुख से भी सुना था। संगीत विद्या के व्याकरण की दृष्टि से उसका गाना शरत् से श्रेष्ठ था, परन्तु जहाँ तक प्राण का सम्बन्ध है, वह निश्चय ही शरत् के कण्ठ में अधिक था। इसीलिए तो उस दिन यह गीत सुनकर वे लोग हँस पड़े थे, लेकिन आज आँखों से अविरल अश्रु बहा रहे थे।

बहुत वर्षों बाद *शेष प्रश्न* के स्रष्टा ने शिवनाथ का परिचय देते हुए लिखा—"इसके

---

1. अप्रैल, 1906 ई.

अतिरिक्त वह शराबी भी है, शराबी होने के कारण वह आवारा कॉलेज की प्रोफ़ेसरी से भी निकाला गया है और कभी-कभी शायद वेश्यागमन भी करता है। हाँ, वह गवैया बहुत ऊँचे दर्जे का है, इसीलिए इन तमाम कारणों के बावजूद वह मजलिसों में आदर के साथ बुलाया जाता है।''

क्या यह उसका अपना ही चरित्र नहीं है? सुगायक के रूप में उसकी ख्याति शिवनाथ से कम नहीं थी। इसी मधुर कण्ठ के कारण उसने मजलिस में आदर पाया और पाये अनेक मित्र। इसी समय के आस-पास 'प्लासी-युद्ध' के सुप्रसिद्ध लेखक और कवि श्री नवीनचन्द्र सेन रंगून आए। 'बंगाल सोशल क्लब' ने एक दिन उनके सम्मान में एक विशाल सभा का आयोजन किया। इस अवसर पर मणीन्द्रनाथ ने शरत् से आग्रह किया, ''शरत् दा, इस सभा में अभ्यर्थना-गीत आपको ही गाना होगा।''

उसने गाया, लेकिन परदे के पीछे बैठकर। मित्रों की गोष्ठी में निःसंकोच वह गा सकता था लेकिन विशाल जनसमूह के सामने गाना या भाषण देना उसके लिए असंभव था। अपने को छिपाने की प्रवृत्ति उसमें भयानक रूप से बढ़ चुकी थी। वह दम्भ नहीं था, थी आत्मविश्वास की कमी, इसलिए पलायन में ही उसे सुख मिलता था। लेकिन परदे के पीछे बैठने से कण्ठ का माधुर्य तो नष्ट नहीं होता, इसलिए उस दिन उसका गाना सुनकर सभा ही स्तब्ध नहीं हुई, स्वयं सेन महाशय भी विभोर हो उठे।

रवीन्द्रनाथ का एक गीत भी उसने गाया। समाप्त होने पर सेन महाशय ने कहा, ''मैं इस व्यक्ति से मिलना चाहता हूँ।''

लेकिन वह तो तब तक वहाँ से पलायन कर चुका था। कविवर ने कहा, ''इतने मधुर कण्ठ से बांग्ला संगीत बहुत कम सुना है। आप उसे ढूँढ़कर लाइए।''

बार-बार अनुरोध करने पर भी शरत् उनसे मिलने के लिए तैयार नहीं हुआ और जब किसी तरह हुआ भी तो एक अद्भुत दृश्य उपस्थित कर दिया। सेन महाशय जहाँ ठहरे हुए थे, वहाँ पहुँचकर वह सीढ़ी पर चढ़ने लगा। अंतिम पैड़ी पर पैर रखते ही उसने देखा कि सामने ड्राइंग रूम है और कविवर सेन रंगून हाईकोट के जज श्री यतीन्द्रनाथ सरकार से बातें कर रहे हैं। सहसा वह पीछे मुड़ा और तेज़ी के साथ नीचे उतरता चला गया। आवाज़ होने पर सब लोग बाहर आए। चकित-विस्मित सेन महाशय ने देखा कि ऊपर सीढ़ी पर एक जूता पड़ा हुआ है और शरत् नंगे पैर भागा जा रहा है।

लेकिन एक दिन शरत् को उनके घर आना ही पड़ा। वे बोले, ''आपका गाना सुनने की आशा से मैं प्यासे चातक के समान लालायित हूँ।''

शरत् ने उत्तर दिया, ''मैं गाना सुनाने नहीं आया हूँ। आपके पुत्र निर्मलचन्द्र सुगायक हैं। उनका गाना सुनने आया हूँ।''

कविवर बोले, ''शरच्चन्द्र के साथ निर्मलचन्द्र की तुलना नहीं है।''

उस समय रामकृष्ण मिशन के अध्यक्ष, स्वामी रामकृष्णानन्द वहीं उपस्थित थे। उन्होंने कहा, ''आज यहाँ निर्मलचन्द्र, शरच्चन्द्र और नवीनचन्द्र सभी उपस्थित हैं। पर मैं शरत्-सुधा-

पान करना चाहता हूँ।''

लेकिन शरत् निर्मलचन्द्र से पहले गाने के लिए किसी भी तरह सहमत नहीं हुआ। पहले निर्मलचन्द्र ने गाया और फिर शरत् ने :

आमार रिक्त शून्य जीवने सखा बाकी किछु नाईं।
ओ दाओ बाचीवार मत तार बेशी नाईं चाई॥

कविवर निर्मलचन्द्र जैसे विभोर हो उठे। बोले, ''आपके गाने के भाव उद्दीपन से वही चिर सुन्दर मन में उतर आया है। नहीं जानता था कि रंगून में ऐसा रत्न छिपा है। मैं आज आपको 'रंगून रत्न' की उपाधि देता हूँ।''

लेकिन क्या वह इस उपाधि की रक्षा कर सका? उपेक्षा और अभिमान से एक दिन उसने कण्ठ के माधुर्य को खो दिया। धीरे-धीरे संगीत से अरुचि होने लगी। दूसरा गीत गाने का प्रश्न ही नहीं उठता था। पहला गीत गाते-गाते ही वह उठकर भाग जाता। मित्र कहते रह जाते, ''शरत् दा! क्या किया? घाट पर लाकर नाव डुबो दी। दूसरा गीत नहीं गाते तो न गाओ, इसे तो पूरा कर दो।''

लेकिन उसने कभी किसी के अनुरोध की चिन्ता नहीं की और एक दिन इस अस्थिर-चंचल स्वभाव ने संगीत के रस को सोख लिया। लोग भूल गये कि शरत् गाना भी जानता है। उसका स्वास्थ्य बहुत खराब था। गाते-गाते वह थक जाता था। इसके अतिरिक्त एकांत में अध्ययन करने का उसका शौक निरन्तर बढ़ता जा रहा था। एक दिन वही शौक सब कुछ को परे धकेलकर सर्वोपरि हो उठा। तब कोई कल्पना भी नहीं कर सकता था कि इस पलायन के पीछे उसके लेखक बनने की मौन साधना ही छिपी हुई है।

3

वह अपने को निरीश्वरवादी कहकर प्रचारित करता था, लेकिन सारे व्यसनों और दुर्गुणों के बावजूद उसका मन वैरागी का मन था। वह बहुत पढ़ता था। समाज विज्ञान, यौन विज्ञान, भौतिक विज्ञान, दर्शन, कुछ भी तो नहीं छूटा था। मणीन्द्रकुमार मित्र के साथ पाश्चात्य दार्शनिकों को लेकर उसकी खूब चर्चा चलती थी। इसी दर्शन-प्रेम के कारण वह स्थानीय रामकृष्ण मिशन के स्वामी रामकृष्णानन्द के सम्पर्क में आया। प्रारम्भ में वह वहाँ मिस्त्री पल्ली के निवासियों के साथ कीर्तन में भाग लेने के लिए जाया करता था। बाद में वह कभी-कभी उनके साथ ईश्वर-संबंधी चर्चा भी करने लगा। उस दिन उसने स्वामीजी से पूछा, ''अच्छा, स्वामीजी आप ईश्वर को क्यों नहीं देख पाते?''

स्वामीजी बोले, ''ठाकुर ने कहा है, समुद्र में रत्न हैं, यत्न करने की आवश्यकता है। संसार में ईश्वर है, साधना करनी चाहिए। काई से ढके तालाब के सामने खड़े होकर यदि जल लेना चाहो तो काई को हटाना होगा। इसी प्रकार माया से ढके हुए नेत्र लेकर ईश्वर के दर्शन नहीं हो सकते। सबसे पहले माया से मुक्त होना है।''

शरत् ने जिज्ञासा की, ''माया क्या चीज़ है?''

स्वामीजी बोले, "विषय, वस्तु और कामिनी-कंचन में डूबे रहना ही माया है। इनके मोह को छिन्न-भिन्न करके सरल प्राण होकर पुकारने पर मन शुद्ध होगा। उसकी दया होगी।"

शरत्चन्द्र ने पूछा, "सुना जाता है वे मंगलमय हैं। ऐसा होने पर पृथ्वी पर इतना दुख क्यों है?"

स्वामीजी मुस्कराए, उत्तर दिया, "इस संसार में जिसको हम दुख कहते हैं वह तो वास्तविक दुख नहीं है। वह तो उसकी दीक्षा है। सुख पाते ही मनुष्य उसको भूल जाता है। व्यथा रूपी दुख पाने पर ही उसके मन में समझ आती है। दुख ही सबसे बढ़ के इस पृथ्वी की प्रिय वस्तु है। नहीं तो उसको याद ही क्यों करोगे। उसकी महिमा की उपलब्धि का अवसर कैसे पाओगे?"

शरत् सहसा अनमना हो उठा। कई क्षण बाद बोला, "अच्छा, अदृष्ट दैव और पुरुषकार का अर्थ क्या है?"

स्वामीजी बोले, "पूर्व जन्म में अर्जित फल का नाम अदृष्ट है। अवश्य ही वर्तमान जीवन के कुछ अंशों का उसके साथ सम्बन्ध है, जिसको हम चलती भाषा में कर्म कहते हैं। दैव तथा पुरुषकार, दोनों एक ही हैं। एक को छोड़कर दूसरे की गति नहीं। इसलिए दैव की साधना में पुरुषकार आवश्यक है। इसी तरह पुरुषकार साधना में दैव या भगवत्कृपा आवश्यक है।"

शरत् फिर मौन हो गया। कई क्षण बाद बोला, "गेरुवा वस्त्र बिना पहने क्या संन्यासी हुआ जा सकता है?"

स्वामीजी ने उत्तर दिया, "धर्म का सम्बन्ध मन से है। गेरुआ न पहनने पर भी मुक्त हुआ जा सकता है। मनुष्य मन से ही बन्धन में आता है। मन के कारण ही मुक्त होता है। इसलिए पहले मन चाहिए, बाद में बाहर की सहायता। मन यदि अच्छा है तो बाहर के गेरुए वस्त्र तुम्हारी सहायता करेंगे। नहीं तो ढोंग की ही सृष्टि होगी।[1]"

इसी प्रकार यह विचार-विनिमय दिन पर दिन चलता रहता था और सब व्यसनों के बावजूद उसका वैरागी मन चुपचाप सच्चे ईश्वर की खोज की ओर उन्मुख होता आ रहा था। सहसा तभी रंगून में प्लेग फूट पड़ी। मित्र महोदय के घर भी चूहे मरने लगे। वह भय से कांप उठे और तुरन्त वह घर छोड़कर शहर से दूर एक छोटे से घर में रहने चले गये। शरत् उनके साथ नहीं जा सका। वह दफ़्तर के बाबुओं के मेस में जाकर रहने लगा।

प्लेग का यह आक्रमण इतना भयानक था कि हर व्यक्ति किसी दूसरे की चिन्ता किए बिना भाग खड़ा हुआ। रोगी अकेले तड़प--तड़प कर समाप्त होने लगे। शरत् असहाय लोगों की सहायता करने में सदा आगे रहता आया था। यहाँ भी आगे रहा। जहाँ 'पिलेग' शब्द सुनकर बड़े से बड़ा साहसी भी अपने प्रिय से प्रिय जन को छोड़ देता था, वहाँ शरत् एक अजनबी के पास भी पहुँच जाता था। औषधि आदि खरीद देने तक में उसे संकोच नहीं होता था। राजू की पाठशाला में मानवीय करुणा का जो पाठ उसने पढ़ा था, उसे वह कभी भूल नहीं सका।

1. ब्रह्मदेशे शरत्—गिरीन्द्रनाथ सरकार

न जाने कैसे-कैसे अनुभव उसे हुए और वर्षों बाद ये ही अनुभव-चित्र प्रस्फुटित हुए *श्रीकान्त* में। अचानक एक दिन उसे भी बुखार हो आया। उसका साथी पहले ही रोगग्रस्त हो चुका था। बहुत देर तक दोनों एक-दूसरे के सिर पर आइस बैग रखते रहे, लेकिन साथी की अवस्था निरन्तर बिगड़ती जा रही थी। बीच-बीच में उसे होश आ जाता था। अपना अन्त निकट जानकर उसने शरत् से कहा, ''मेरे ट्रंक में कुछ गिन्नियाँ हैं, वे मेरी पत्नी को भेज देना।''

शरत् को विश्वास था कि मेस के दूसरे लोग उनकी सहायता करेंगे, लेकिन कोई नहीं आया। डरते-डरते उसने बराबर के कमरे में झांका, पाया कि दो व्यक्ति तकिये पर सिर रखे सोए पड़े हैं। लेकिन वह नींद हज़ार चिल्लाने पर भी अब टूटने वाली नहीं थी। लौटकर अपने साथी को देखा तो वह छटपटा रहा था। दो क्षण बाद वह भी सो गया। यह सोना भी वैसे ही था, जिसमें जागा नहीं जाता।

उस रात उसे नींद नहीं आई। दूसरे दिन पुलिस को बुलाने, तार देने और शवदाह की व्यवस्था करने में संध्या हो गई। तबियत अब भी बहुत साफ़ नहीं थी, लेकिन जाये तो कहाँ जाये? सौभाग्य से उसका बुखार प्लेग का बुखार नहीं निकला। कुछ दिन बाद वह ठीक हो गया। लेकिन ये दिन उसने कैसे और कहाँ बिताये, कोई भी ठीक-ठीक नहीं जानता।

जहाँ निम्न वर्ग के लोग रहते थे, बीच-बीच में वह वहीं मिस्त्री पल्ली में जाकर रहता था। उसके अन्तर का हीन भाव उसे सभ्य समाज से दूर इन तथाकथित छोटे लोगों के बीच में ही आनन्द देता था। देश में वह जाति-बहिष्कृत था। उसके रिश्तेदार उसे अपनाने से हिचकते थे। भद्र लोगों की दृष्टि में वह चरित्रहीन था। यहाँ भी उच्च वर्ग के बंगाली उससे नफ़रत करते थे। वे मानते थे कि ऐसे लोगों से कोई वास्ता नहीं रखना चाहिए, जो अधार्मिकता और अध:पतन की ओर ले जाते हों। निश्चय ही उसके अन्तर में उनसे बदला लेने की भावना जाग उठी थी। इसीलिए वह निम्न वर्ग के लोगों को और भी अधिक प्यार करने लगा था।

उसकी इस प्रवृत्ति से अध्ययन और लिखने की रुचि को बहुत बल मिला। दफ़्तर के बाद वह चुपचाप वहाँ की सुप्रसिद्ध बनार्ड लाइब्रेरी के एक कोने में जाकर बैठ जाता और पढ़ता रहता। उस पर किसी तरह की कोई पाबंदी नहीं थी। किस अलमारी में, कौन-सी किताब, कहाँ रखी है; वह यह जानता था। एक-एक पुस्तक उसने पढ़ डाली थी। एक-एक पुस्तक को वह इस प्रकार प्यार करता था मानो वह उसकी अन्तरंग मित्र हो। इन दिनों ताल्स्ताय उसका प्रिय लेखक था। विशेषकर 'अन्नाकेरिनिना' और 'रिज़रेक्शन' का प्रणेता होने के कारण। 'अन्नाकेरिनिया' तो उसने पचास बार पढ़ी थी। इस साधना की छाप उसके साहित्य पर स्पष्ट देखी जा सकती है। 'नारी का मूल्य', 'नारी का इतिहास', इनकी सामग्री उसने यहीं से एकत्रित की थी।

जब वह सदा के लिए कलकत्ता जा रहा था तब उसने कहा था, ''मैं इस लाइब्रेरी के कारण ही रंगून छोड़ना नहीं चाहता। कलकत्ता की इम्पीरियल लायब्रेरी में इतनी स्वतंत्रता कहाँ मिलेगी?''

'अधिकार' में जो कवि है उसके बारे में सव्यसाची कहता है, ''तुम लोग कोई उसे पहचानती नहीं, भारती, उस जैसा वास्तविक गुणी आदमी सहसा कहीं ढूँढ़े नहीं मिल सकता।

अपने टूटे बेहाला मात्र की पूँजी से ऐसी कोई जगह नहीं, जहाँ वह न गया हो। इसके सिवा बड़ा भारी विद्वान है वह। कहाँ-किस पुस्तक में क्या लिखा है, उसके सिवा हम लोगों में और कोई आदमी ऐसा नहीं जो बता सकता हो।''

शरत् को भी कौन पहचानता था!

इन्हीं दिनों वह *चरित्रहीन* लिख रहा था। यद्यपि उसका आरम्भ भारत में ही हो चुका था, लेकिन मेस जीवन की अभिज्ञता उसे यहीं प्राप्त हुई। *चरित्रहीन* का नायक सतीश मेस में ही रहता है। दिन-भर के काम के बाद जब रात को लालटेन जलाकर वह लिखने बैठता तो उसके संगी-साथी बहुत चिढ़ते। चिल्ला-चिल्लाकर कहते, ''देखो, देखो, यह बनेंगे लेखक। आधी रात में लालटेन जलाकर बैठे हैं। उहूं, पचास रुपल्ली के क्लर्क और ख़्वाब देखते हैं लेखक बनने के। यह मुँह और मसूर की दाल।''

और वे ठहाका मारकर हँस पड़ते। लालटेन बुझा देते। कभी-कभी बकाबकी भी हो जाती। यह सब देखकर एक दिन उसने स्थायी रूप से मिस्त्री पल्ली में जाकर रहने का निश्चय कर लिया। वह स्थान शहर से दो मील दूर 'बोटाटांग पोजान डंग' रोड पर था। धान, काठ, डॉकयार्ड और ढलाई के कारखाने के अनेक बंगाली मिस्त्री वहाँ रहते थे। उसका मकान सड़क के किनारे पर ही था। उस पार विस्तृत मैदान फैला पड़ा था। जहाँ उसका अन्त होता था वहाँ से आरम्भ होती थी अर्द्धचन्द्राकार पोजान डंग की खाड़ी। यह दृश्य बहुत ही सुन्दर था। बालकनी में खड़े होकर देर तक वह उस दृश्य में डूबा रहता।

यहाँ आने पर मित्र मंडली से उसका सम्बन्ध बहुत कम हो गया। जो बहुत अंतरंग थे वे ही यहाँ आ पाते थे, नहीं तो मिस्त्री पल्ली के कारीगर ही उसके साथी थे। वे आपस में खूब लड़ते-झगड़ते और शरत् को उनका पंच बनना पड़ता। छुट्टी के लिए प्रार्थना-पत्र, घर भेजने के लिए चिट्ठी और मनीआर्डर, सब लिखना जैसे उसका नियम हो गया था। जब वे लोग बीमार हो जाते तो वह होम्योपैथ दवाओं का बैग उठाकर घर-घर उनकी परिचर्या करता फिरता।

लेकिन अभी यहाँ रहते हुए कुछ ही दिन बीते थे कि उसका मित्र बंगचन्द्र दे बीमार हो गया। बहुत समय तक शरत् उसके साथ मेस में रहता रहा था। वह उसके उन कुछ मित्रों में से था, जिन्हें वह केवल प्यार ही कर सकता था। वह पूर्वी बंगाल का रहने वाला एक उच्च शिक्षा प्राप्त और अध्ययनशील व्यक्ति था। अंग्रेज़ी पत्रों में उसके लेख छपते थे, लेकिन ज्ञान की प्यास उसकी जितनी अनन्त थी, शरीर की प्यास भी उतनी ही उग्र थी। जितनी मुक्तता से वह हास-परिहास में रस लेता था, उतनी ही मुक्तता से शराब भी पीता था। दोनों प्रकार के इन समान गुणों के कारण उन दोनों में गहरी प्रीति हो गई थी।

शरत् बंगचन्द्र को देहाती बंगाली कहकर चिढ़ाता और तब बंगचन्द्र खूब बकाबकी करता। बंगचन्द्र नवीनचन्द्र का परमभक्त था और शरत् उपासक था कविगुरु रवीन्द्रनाथ का। दोनों की कविताओं को लेकर उनके वाद-विवाद का अन्त ही नहीं आता था। लेकिन जब शरत् तर्क न करके कविगुरु की यह कविता पढ़ता—''तोमार कथा हेथा केहो तो बॅले ना, करे शुधू मिछे कोलाहल, सुधा सागरेर तीरेते बसिया, पान करे शुधू हलाहल।'' तो बंगचन्द्र मौन हो जाता।

पूर्व और पश्चिम बंगाल की प्रतिस्पर्धा सर्वविदित है, लेकिन इसी कारण उन दोनों में कभी एक क्षण के लिए भी मनमुनाटव नहीं हुआ। बकाबकी, हास-परिहास, पीना-पिलाना और गहन दार्शनिक विषयों पर वाद-विवाद सब एक साथ और समान रूप से चलता था। बंगचन्द्र ने शरत् की प्रतिभा को पहचान लिया था और शरत् बंगचन्द्र के ज्ञान से प्रभावित था, परन्तु उनकी अटूट मित्रता का कारण थी उनकी निविड़ मानवता।

इसलिए बंगचन्द्र की बीमारी का समाचार पाकर शरत् तुरन्त मेस पहुँचा। रोग सचमुच सांघातिक था। आस-पास के सभी बन्धु-बान्धव उसे छोड़कर चले गये थे, लेकिन शरत् ने जी-जान से उसकी सेवा की। वह ज़रा स्वस्थ हुआ तो अपने घर ले आया। अकेला था, उसके लिए दवा लाता, पानी गर्म करके सिकाई करता, साबूदाना बनाकर खिलता और इस सबके बीच में हास-परिहास तथा बकाबकी का क्रम भी अबाध गति से चलता रहता। परन्तु इतना कुछ करके भी वह अपने मित्र के प्राण नहीं बचा सका। एक दिन उसकी गोद में सिर रखकर बंगचन्द्र दे ने उसकी ओर देखते हुए सदा के लिए अपने नेत्र मूंद लिए। अपने इस मित्र की मृत्यु से शरत् बहुत दुखी हुआ। उस दिन उसके हृदय पर एक बार फिर मर्मान्तक चोट लगी। समाप्त हो गया हास-परिहास और गाना-बजाना। रह गया केवल एकाकीपन, चिन्तन और साहित्य-सृजन। वैरागी मन और वैरागी हो उठा।

4

एक दिन क्या हुआ, सदा की तरह वह रात को देर से लौटा और दरवाज़ा खोलने के लिए धक्का दिया तो पाया कि भीतर से बन्द है। उसे आश्चर्य हुआ, अन्दर कौन हो सकता है। कोई चोर नहीं आ गया। उसने फिर ज़ोर से धक्का दिया, लेकिन दरवाज़ा सचमुच बन्द था। उसने पुकारा, ''भीतर कौन है?''

कोई उत्तर नहीं।

फिर पुकारा, बार-बार पुकारा। मानो चीख पड़ा हो। तब कहीं आहट हुई, दरवाज़ा खुला। विस्मित-विमूढ़ शरत् ने देखा, आंधी में पुरइन के पत्ते की तरह कांपती नीचे के तल्ले में रहने वाली यज्ञेश्वर मिस्त्री की लड़की शांति उसके सामने खड़ी है। आँखों से आँसुओं का झरना बह रहा है। नीची दृष्टि किए बस वह खड़ी की खड़ी रह गई है। शरत् देखता रहा, सोचता रहा। युगों जितने दो क्षण बाद उसने पूछा, ''बात क्या है शांति? तुम यहाँ क्या करने आई हो?''

कई क्षण फिर सन्नाटा छाया रहा। बार-बार आश्वासन देने पर किसी तरह सुस्थिर होकर उसने कहा, ''बाबा ने कुछ पैसा लेकर शराबी और बदमाश बूढ़े घोषाल के साथ मेरा विवाह कर देने का फ़ैसला किया है। आज नशे में धुत होकर उसने मेरे साथ स्वतन्त्रता बरतने की कोशिश की। उसी के डर के मारे मैं यहाँ घुस आई थी।''

कहते-कहते शांति शरत् के चरणों में गिर पड़ी और करुण स्वर में बोली, ''मेरी रक्षा कीजिए, मुझे बचाइए!''

अब कुछ सोचने को शेष नहीं रह गया था। शांति उसकी शरण में आई है। वह पीछे कैसे हट सकता है। बोला, ''डरो नहीं शांति! आज की रात तुम यहीं सोओ। मैं कहीं और चला जाता हूँ। सवेरे आकर कुछ उपाय करूँगा।''

वह जानता था कि यज्ञेश्वर मिस्त्री का घर आवारा लोगों का अड्डा है। नशेबाज, गंजेड़ी, ये ही सब उसके संगी-साथी हैं। स्त्री है नहीं, बेचारी शांति ही उनकी फ़रमाइश पूरी करते-करते तंग आ जाती है। ज़रा चूक हुई नहीं कि चक्रवर्ती उसको निर्मम होकर मारता है। 'अधिकार' में भारती ऐसे ही एक बंगाली मिस्त्री के वासे में जाती है। वह अधेड़ उम्र का है। कारखाने में पीतल-ढलाई का काम करता है। शराब पीकर काठ के फ़र्श पर पड़ा-पड़ा किसी को बुरी-बुरी गालियाँ दे रहा है। भारती ने पुकारा, ''मानिक, किस पर गुस्सा हो रहे हो? सुशीला कहाँ है? आज दो दिन से वह पढ़ने क्यों नहीं जाती?''

मानिक किसी कदर हाथ-पैरों के सहारे उठकर बैठ गया और गौर से देखकर पहचानने के बाद बोला, ''बहनजी हैं! आओ बैठो। सुशीला तुम्हारे स्कूल में कैसे जाये, बताओ? खाना पकाना, चौका-बासन करना, लड़के को संभालना सभी तो उसे करना पड़ता है। छाती फट जाती है बहनजी। जदुआ साले को कतल न कर दिया तो मैं कायथ की पैदाइश नहीं हूँ। बड़े साहब को ऐसी दरखास्त दूँगा कि साले की नौकरी ही खतम हो जाय।''

अनजाने ही शरत् को शांति से सहानुभूति हो आई थी। इसीलिए सवेरे आकर उसने उसके पिता से कहा, ''सुना है, तुम शांति का विवाह बूड़े घोषाल से करना चाहते हो।''

यज्ञेश्वर ने उत्तर दिया, ''जी हाँ।''

''लेकिन वह तो उसके लिए उपयुक्त वर नहीं है। बूढ़ा है, नशा करता है।''

चक्रवर्ती ने उत्तर दिया, ''गरीब आदमी हूँ। इस विदेश में उससे अच्छा पात्र कहाँ से पा सकूँगा। उसके पास पैसा है। लड़की को खाने-पीने का दुख नहीं होगा। नशा करता है तो क्या? मैं भी करता हूँ, आप भी करते हैं। रही उम्र की बात, तो भला आदमी जात की उम्र कौन देखता है?''

मिस्त्री का तर्क सुनकर शरत् मुस्कराने लगा। समझाने की बहुत कोशिश की, लेकिन व्यर्थ। जैसी स्थिति थी, उसमें किसी को भी समझा पाना असंभव जैसा था। फिर भी शरत् ने उससे कहा, ''तुम्हें घोषाल का जो कुछ देना है वह मैं चुका दूँगा।''

चक्रवर्ती बोला, ''तो इससे क्या हुआ, लड़की की शादी आखिर करनी ही है। और बाबू साहब, आपके अन्दर यदि इतनी ही दया-माया है तो क्यों नहीं इस गरीब ब्राह्मण की लड़की से शादी करके मेरी जाति और कुल की रक्षा करते?''

सुनकर शरत् अवाक् रह गया। स्वयं विवाह करने की बात उसके दिमाग में शायद ही उठी हो। शायद कैशोर्य का वह असफल प्रेम उसे अभी तक साल रहा था। इसलिए उस क्षण वह वहाँ से चला गया। लेकिन मन-ही-मन उसने लड़की के साथ होने वाले अन्याय का प्रतिकार करने का फ़ैसला कर लिया था। बहुत दौड़-धूप की। इधर-उधर हाथ-पैर मारे, लेकिन उसके लिए उपयुक्त वर नहीं जुटा सका। अन्त में एक दिन उसने चक्रवर्ती से कहा, ''मैं तैयार हूँ।''

यह विवाह किस रीति से सम्पन्न हुआ, रंगून के कितने कुलीन बंगाली उसमें शामिल हुए इसका लेखा-जोखा किसी के पास नहीं है। वे तो यह भी नहीं जानते थे कि शरत् ने वास्तव में विवाह किया था। यही मानते रहे कि वह किसी निम्न श्रेणी की औरत के घर जाकर रहता है। और इस तरह किसी औरत के पास रहना निरी चरित्रहीनता है।

जो भी हो। अब उसके अव्यवस्थित जीवन में एक नारी पदार्पण कर चुकी थी। उसका कोमल परस पाकर उसके जीवन की धारा आनन्द के स्रोत की ओर मुड़ गई। नारियाँ उसके जीवन में न आई हों यह बात नहीं, परन्तु संसारी होने का यह पहला अवसर था। उस दिन से उसके लिए जीवन का अर्थ ही कुछ और हो गया। वह अब अकेला नहीं था। उसके पास थी उसकी प्रियतमा, जो उसे अपने अन्तरतम से प्यार करती थी, क्योंकि वह उसका पति ही नहीं त्राता भी था।

न जाने कितने दुखों के बीच से होकर उन्होंने यह सुख पाया था। दोनों न जाने कितनी-कितनी देर तक बातें करते रहते। एक-दूसरे की आँखों में झाँकते रहते। दफ़्तर के मित्रों ने उसे स्त्रैण कहना शुरू कर दिया, लेकिन उसने किसी बात की चिन्ता नहीं की। मिस्त्री पल्ली के लोग पुकारते तभी वह होमियोपैथी का बक्स उठाकर बाहर निकलता। या फिर कभी अध्ययन-लेखन की प्रेरणा होती तो नयी अनुभूति के साथ साधना में लग जाता, नहीं तो उसका संसार शांति में सीमित होकर रह गया था।

धीरे-धीरे, एक वर्ष बीत गया। एक और नया प्राणी उसके संसार में आ पहुँचा। शिशु की किलकारियों से वह घर गूँजने लगा। जो अब तक प्यार और सहानुभूति के अभाव में निराश्रित होकर भटकता रहा था, जिसने सदा उन्हीं स्थानों पर आश्रय पाया था जो भलेमानुसों के लिए वर्जित थे, उसके जीवन में, यह कैसा अप्रत्याशित सुख...।

लेकिन दुर्भाग्य अभी भी मुस्करा रहा था। नये जीवन के अभी दो वर्ष भी पूरे नहीं हुए थे कि प्लेग की महामारी ने एक बार फिर रंगून शहर पर आक्रमण किया। चारों ओर हाहाकार मच उठा। इधर-उधर लाशें दिखाई देने लगी। तभी एक दिन शरत् ने घर लौटकर पाया कि शांति को ज्वर हो आया है। वह कांप उठा। उसने बहुत पास से उस ज्वर के उग्र रूप को देखा था। तुरन्त पहचान गया कि यह प्लेग ही है। सहायता के लिए पड़ोसियों से प्रार्थना की, लेकिन ऐसे समय कौन आगे आता। दौड़ा हुआ वह अपने मित्र गिरीन्द्र सरकार के पास पहुँचा और अवरुद्ध कण्ठ से बोला, ''भाई गिरीन! मैं बड़ी विपद में फँस गया हूँ। शांति तीव्र ज्वर में छटपटा रही है।''

''क्या कहते हो शरत् दा, किसी को दिखाया है?''

''अभी तक किसी को नहीं। महीने का अन्त है, हाथ में पैसा नहीं है।''

''कोई चिन्ता नहीं। मैं अभी डॉक्टर अपूर्व या डॉक्टर डे को बुलाता हूँ।''

गिरीन्द्रनाथ सरकार ने एक सत्कार समिति का गठन किया था। वह ऐसे समय रोगियों के इलाज तथा मरने पर उनके दाहकर्म में सहायता करती थी। शरत् बोला, ''तुमने सत्कार समिति बनाकर बहुत पुण्य अर्जित किया है। इस विपत्ति में मेरी रक्षा करो भाई।''

फिर हताश भाव से कुर्सी पर जैसे गिर गया। दीर्घ नि:श्वास खींचकर बोला, ''भाग्य है

भाई, सब भाग्य है। जो लिखवाकर लाया हूँ वही तो होना है।''

सरकार ने उसे सांत्वना दी। समिति की अलमारी खोलकर रोगी के इस्तेमाल में आने वाली कुछ चीज़ें और कुछ दवाइयाँ भी दीं। कहा, ''तुम घर चलो, मैं अभी आता हूँ।''

कुछ देर बाद डॉक्टर के साथ जब वह वहाँ पहुँचे तो पाया, लकड़ी के एक तख्त के ऊपर चादर से मुँह ढके रोगिणी अचेतन अवस्था में छटपटा रही है। प्राण कण्ठ में आ गए हैं। एक बुढ़िया उसके सिरहाने बैठी पंखा झल रही है। डॉक्टर तुरन्त समझ गए कि प्लेग है और बचने की कोई आशा नहीं है। दो क्षण उसे देखकर वह बाहर आ गए। शरत् और भी कातर हो उठा। विकल-विह्वल वह शान्ति की प्राण रक्षा के लिए बार-बार डॉक्टर से अनुरोध करने लगा। लेकिन वे क्या कर सकते थे? सांत्वना देकर तथा उपचार बताकर वहाँ से चले गए। शरत् फिर रोगिणी की शैया के पास आ गया।

अन्त में कुछ क्षण पूर्व शान्ति की संज्ञा लौटी। क्षीण कण्ठ से धीरे-धीरे उसने कहा, ''मेरे कारण आपको बहुत दुख पहुँचा है। उस सबके लिए क्षमा कर दो।''

शरत् आर्त स्वर में बोल उठा, ''ऐसी बात मत कहो। मुझे डर लगता है।''

शान्ति ने कहा, ''छि: ! डर किस बात का? लाओ, मुझे ज़रा अपने पैरों की धूलि तो दो। आशीर्वाद भी दो।''

शरत् समझ गया कि अब आशीर्वाद देने को कुछ नहीं बचा है। सारे प्रयत्न व्यर्थ हो गए हैं। शांति संसार के दुख-कष्टों को तुच्छ करके परलोक चली गई। वह अपलक दृष्टि से स्त्री के मृत्यु से विवर्ण मुख को देखता हुआ रो उठा।

उस समय जैसी अवस्था थी, पड़ोसियों से कोई सहायता मिलने की आशा नहीं थी। और जो भद्र बंगाली थे उनसे वह सदा दूर रहा। वे भी क्यों आते? इसलिए केवल गिरीन्द्रनाथ की सहायता से ही उसे सब कुछ करना पड़ा। बड़ी कठिनता से एक कुलीगाड़ी भाड़े पर ली और उस पर रखकर शव को श्मशान ले गये।

वहाँ एक संन्यासी रहते थे। इन्हें निसंग देखकर उन्होंने स्वयं ही चिता निर्मित की और इस प्रकार शान्ति देवी का दाह संस्कार सम्पन्न हुआ।[1]

शरत् के शोक की कोई सीमा नहीं थी। कैशर्य के उस असफल प्रेम के समान इस सदमे का भी उसके जीवन पर गहरा प्रभाव पड़ा। छूट गया अध्ययन, छूट गया लिखना और चित्रांकन, बस बावलों की तरह इधर-उधर घूमता रहता। इसी बीच में शिशु भी महामारी का शिकार बन गया था। वर्षों बाद अपने मित्र के युवा पुत्र की मृत्यु पर उसकी माँ से उसने दार्शनिक उपेक्षा से कहा था, ''दीदी, तुम तो इतने दिन तक पुत्र-सुख देख चुकी मैं तो एक वर्ष भी उस सुख को नहीं भोग सका था।'' पर उस दिन उसकी व्यथा का अन्त नहीं था। सब कुछ लुटाकर एक बार फिर वह अकेला रह गया।

मित्रों ने सलाह दी, ''कुछ दिन घूम आओ।''

---

1. ब्रह्मदेशे शरत्—गिरीन्द्रनाथ सरकार

उसका सारा जीवन एक यात्रा ही था। एक निरुद्देश्य, दिशाहीन यात्रा। एक बार फिर वह घूमने निकल गया। लेकिन अब पहले की तरह मुक्त नहीं था। छुट्टी की एक सीमा होती है, आखिर उसे अपने काम पर लौटना पड़ा। फिर, दर्द सहा जाता है, प्रचारित नहीं किया जाता, तभी तो वह शक्ति बनता है, इसलिए अध्ययन, लेखन, चित्रांकन सब कुछ फिर आरम्भ हो गया। उस दर्द ने उन्हें गहराई दी और दी विशालता, लेकिन उस घर में वह नहीं रह सका। उसके कण-कण में उसके अल्पकालिक दाम्पत्य जीवन की स्मृति अंकित थी। पास ही एक और घर लेकर वह उसमें चला गया।

5

शरत् ने बहुमुखी प्रतिभा के धनी रवीन्द्रनाथ के समान न केवल साहित्य में बल्कि संगीत और चित्रकला में भी रुचि ली थी। यद्यपि इन क्षेत्रों में उसकी कोई उपलब्धि नहीं है, पर इस बात के प्रमाण अवश्य उपलब्ध हैं कि कई वर्ष तक उसने चित्रकला की साधना की थी और बहुत-से चित्र बनाये थे।

तीन वर्ष बाद अपने घर में आग लग जाने की सूचना देते हुए, उसने एक पत्र में अपने प्रिय मित्र प्रमथनाथ भट्ट को लिखा था[1]—"एक और समाचार तुम्हें देना बाकी है। लगभग तीन वर्ष पहले हृदय रोग के लक्षण प्रकट हुए थे, तब मैंने तैलचित्रांकन शुरू किया था। पढ़ना छोड़ दिया था। इन तीन वर्षों में बहुत-से चित्र इकट्ठे हो गए थे। वे भी खत्म हो गये हैं। अंकन का केवल सामान-भर रह गया है। मुझे क्या करना उचित है, यदि यह बता दो तो तुम्हारे कहने के मुताबिक चेष्टा कर देखूँगा। नावेल, हिस्ट्री या पेंटिग कौन-सा शुरू करूँ?"

लेकिन ऐसा लगता है कि इस अग्निदाह के बाद चित्रकला में उसकी रुचि फिर नहीं जागी। केवल महाश्वेता के अधूरे चित्र को, जो किसी तरह अग्निदाह से बच गया था, वह पूरा कर सका[2] पर इन दिनों उसने अनेक चित्र बनाये थे। उसके मित्र और सहकर्मी योगेन्द्रनाथ सरकार ने लिखा है, "एक दिन रविवार को जाकर देखा कि एक कपड़े के आवरण के नीचे स्टैण्ड पर एक चित्र टंगा है। पूछा, "यह क्या है शरत् दा?"

हँसकर शरत् ने उत्तर दिया, "अच्छा पहले तुम्हीं बताओ तो यह क्या है?"

"और क्या होगा, तस्वीर।"

"यह क्या बात हुई, तस्वीर छोड़कर वहाँ और क्या हो सकता है? तुम्हारी कल्पनाशक्ति की बात तो तब है जब बता सको कि यह तस्वीर किसकी है?"

"यदि मैं कहूँ कि नारदमुनि की है तो?"

"वही तो है, देख!"

"यह कहते-कहते शरत् ने चित्र पर से पर्दा हटा दिया। मैं तो अवाक् रह गया। सचमुच

---

1. 22 मार्च, 1912 ई.
2. 18 मार्च, 1913 का पत्र मामा गिरीन्द्रनाथ के नाम

यह उस बूढ़े का चित्र था। गाँव के तालाब के पास अस्त-व्यस्त वृक्ष समूह, उसके बीच में टेढ़ा-मेढ़ा रास्ता और उस रास्ते के पास वृक्ष की छाया में बैठा हुआ एक वृद्ध, बिलकुल नारदमुनि जैसा। वार्धक्य और दारिद्रय के ऊपर निराशा की गहरी छाया किस प्रकार छायी हुई थी, यह तो देखने पर ही जाना जा सकता था।..."

सरकार उस चित्र को देख ही रहे थे कि वह बूढ़ा आ पहुँचा। सीढ़ी पर पैर रखते ही उसने पुकारा, "देवता घर में हैं क्या?"

शरत् तुरन्त नीचे गया। बड़े आदर और प्रेम के साथ उस वृद्ध को सहारा देकर ऊपर ले आया। और वह तस्वीर उसके सामने लाकर रख दी। देखते ही उस वृद्ध के कोटर में धंसे हुए नेत्र ज्योति से भर उठे। बोला, "देवता! आपके दिमाग में इतना कुछ है!"

शरत् ने कहा, "देखो नारद! तुम्हें एक काम करना होगा। बहुत कठिन नहीं है। रोज़ सवेरे मेरे घर आकर बैठना होगा। चाय आदि लेते हुए मुझे यह चित्र बनाते हुए देखना होगा।"

चाय की बात सुनकर वृद्ध नारद के मुँह में पानी भर आया। शरत् तुरन्त अन्दर से एक प्याला चाय ले आया। मधुर स्वर में बोला, "बड़ा कष्ट होता है तुम्हें। लो चाय पियो।"

वृद्ध ने झिझकते हुए पूछा, "आप पी चुके देवता?"

शरत् ने उत्तर दिया, "अजी देवता किसका इंतज़ार करते हैं। तुम जल्दी से पियो, नहीं तो ठण्डी हो जाएगी।"

सरकार ने पूछा, "यह शिक्षा तुमने किससे ग्रहण की?"

अपने कपाल की ओर इशारा करते हुए शरत् ने कहा, "इस विद्या का गुरु मैं स्वयं हूँ।"

चित्रकला का अध्ययन उसने स्वयं किया था। प्रकृति चित्रण से बढ़कर उसे मानव आकृति के चित्रण से प्रेम था। उसका कहना था कि शरीर विज्ञान का पूरा-पूरा ज्ञान प्राप्त किए बिना मनुष्य की आकृति का अंकन नहीं हो सकता। जब तक कोई आकृति हूबहू जीवन्त न बने तब तक उसे छवि कैसे कहा जा सकेगा। चिथड़े के ऊपर रंग से कुछ आकृति बना देने से तो छवि नहीं बन जाती। वह चित्रकार विन्सेण्ट वान गाग की बात दोहरा रहा था। उसने कहा था, "यदि किसी को चित्र बनाना सीखना है तो उसे मनुष्य के शरीर का पूरा ज्ञान होना बहुत आवश्यक है। यदि वह नहीं जानता तो वह केवल नकलची बनकर रह जाएगा।" एक दिन उसने सरकार से पूछा, "अच्छा बताओ संसार में सबसे बड़ा चित्रकार कौन है?"

सरकार ने उत्तर दिया, "रैफेल!"

"न-न", शरत् से कहा, "रैफेल से तो माइकेल एंजिलो बड़ा है और बड़े-बड़े आलोचक तिसियन को सबसे बड़ा चित्रकार मानते हैं।"

तिसियन के संबंध में स्वयं शरत् की भी बड़ी ऊँची धारणा थी। वे इतालवी चित्रकला को सबसे श्रेष्ठ मानते थे। उसके बाद आती थी फ़्लेमिश, डच और बरतानवी चित्रकला। उसका एक मित्र था चित्रक़ार बाथिन। 'छवि' कहानी में शरत्चन्द्र ने बाथिन को अमर कर दिया है। उसी से शायद उसने कला की प्रेरणा ली थी। साधारणतया बंगाली अपने में ही सीमित रहते

हैं। लेकिन शरत् अपवाद था। कार्यालय के अतिरिक्त भी उसका अबंगालियों से मेलजोल था। उन्हीं में चित्रकार बाथिन था। एक दिन सतीशचन्द्र दास[1] को साथ लेकर वह उससे मिलने भी गया था। दास ने लिखा है, "संध्या घिर आई थी। सर्वहारा भारतीयों की 'काला-बस्ती' में न तो प्रकाश का अच्छा बन्दोबस्त था, न कोई अच्छी सड़क ही थी। मन्दिर में आरती की शंखध्वनि भी नहीं सुनाई दे रही थी। मैंने कहा, 'शरत् दा, कहाँ ले जा रहे हो? क्या आखिर गुण्डों-बदमाशों के हाथ जान देनी होगी?"

"शरत् दा बोले, 'नहीं, नहीं, मेरे साथ चले आओ। गुण्डे-बदमाशों का यहाँ कोई काम नहीं।' "

"तुम कुछ भी कहो दादा! ऐसी खराब जगह नहीं जाना चाहिए। हम गाँव के आदमी हैं, लेकिन यह तो उससे भी बदतर है। वर्षा-ऋतु में तो यहाँ चलना भी कठिन होता होगा। एक-एक ईंट टुकड़े-टुकड़े होकर बस मिट्टी के साथ अटकी हुई है।"

"शरत् दा ने अब कोई जवाब नहीं दिया। मैं विवश होकर उनके पीछे चलता रहा। लेकिन बस्ती के कुत्तों की बात मन में आते ही छाती धक-धक कर उठती। बर्मियों के भी दो-चार काठ के घर थे। मिट्टी के तेल के दीवों के प्रकाश में देखा जा सकता था कि उनके घर के आगे लेटे हुए कुत्ते नवागंतुकों को देखकर उन पर झपटने के लिए अपने मालिक के आदेश की प्रतीक्षा कर रहे हैं। वहाँ के कुत्ते इतने शैतान थे कि किसी प्रकार का शोर किए बिना पीछे से आकर मुँह मार देते। मुझे इसका अनुभव था। मैंने कहा, 'शरत् दा, इस बस्ती के कुत्ते बड़े शैतान...।' "

"बात पूरी होने से पहले ही शरत् दा बोल उठे, 'डरो नहीं, मेरे साथ चले आओ। पशु हैं, इससे क्या! वे भी आदमी को पहचानते हैं।' "

"कुछ दूर जाकर शरत् दा, एक काठ के घर के सामने खड़े हो गये। उनको देखकर एक अल्पायु की बर्मी स्त्री ने अपनी भाषा में उन्हें पुकारा। उन्होंने भी उसी भाषा में उत्तर दिया और फिर वे लोग भीतर चले गये। वहाँ एक लड़की बैठी हुई थी। स्त्री ने उससे कुछ कहा और वह तुरन्त बाहर चली गई। कुर्सी पर बैठकर शरत् दा उस स्त्री से परम आत्मीयता से बातें करने लगे। कुछ ही देर बाद उस लड़की के साथ बाथिन बाहर से लौट आये। शायद बहुत दिनों के बाद भेंट हुई थी, इसलिए वे बहुत देर तक एक-दूसरे के प्रति शिकवा-शिकायत करते रहे। इसके बाद सत्कार आरम्भ हुआ। मेज़ पर नाना प्रकार के खाद्य पदार्थ सजाए जाने लगे। शरत् दा ने मुझसे चुपचाप पूछा, 'खाओगे?'

"मैं वह सब देखकर ही अवाक् रह गया था। क्या कहता? जिनको खाने-पीने का कोई विचार नहीं, उनके साथ खाकर क्या जात देनी होगी?"

"और मैंने अपनी जात बचाकर हिन्दुस्तानी रीति से चाय और बिस्कुट ही लिए। किन्तु शरत् दा अपने मित्र के परिवार के साथ एक ही मेज़ पर खाते रहे और हास्य-विनोद करते रहे। बहुत रात हो जाने पर मैंने कहा, 'चलो न, बहुत देर हो जाएगी।'

"शरत् दा उठ खड़े हुए। बर्मी मित्र गली के मोड़ तक रोशनी लेकर उनके साथ आए।

---

1. इन्होंने भी शरत् के बर्मा-प्रवास के संस्मरण लिखे हैं।

उसके लौटने के बाद मैंने पूछा, 'यह कौन है? कैसे इसके साथ दोस्ती हुई? लगता है एक ही दफ़्तर में काम करते हैं?'

"शरत् दा ने कहा, 'नहीं, यह व्यक्ति–कुशल चित्रकार है। घर में जितने चित्र तुमने देखे, वे सब इसी के बनाए हुए हैं। पेगू में इसके साथ परिचय हुआ था।'

"मैं बोला, 'मित्र की दृष्टि से भेंट करने आए, यह तो अच्छा है, लेकिन दादा, आपने इनके साथ खाया कैसे?'

"शरत् दा हँस पड़े बोले, 'पागल और किसे कहते हैं? यह भी तो हिन्दू जाति की शाखा है। ये लोग अत्यन्त धर्मभीरु हैं। संकोच इनमें उतना नहीं है। दो–एक दिन का परिचय होते ही ये व्यक्ति को अपना बना लेते हैं। हिंसा, घृणा और संकोच इनके धर्म के विरुद्ध है।"

वैसे शरत् को यह गुण पैतृकदाय के रूप में भी प्राप्त हुआ था। मोतीलाल अच्छे चित्रकार हो सकते थे, लेकिन वह कोई भी काम जमकर नहीं कर सके। शरत् में उनके सारे स्वप्न मानो साकार होने की चेष्टा कर रहे थे। बाथिन की मित्रता से इस चेष्टा को बल मिला और उसने कई चित्र बनाये। उनमें सबसे सुन्दर चित्र था 'महाश्वेता' का। उसे देखकर मित्रों ने कहा, "आप इसे प्रदर्शनी में क्यों नहीं भेजते?"

ख्याति और प्रदर्शन से सदा दूर भागने वाला शरत् मित्रों के अनुरोध को कैसे स्वीकार कर सकता था। लेकिन पारखियों की दृष्टि में वह चित्र सचमुच सुन्दर था। योगेन्द्रनाथ सरकार ने लिखा है, "आलोक और छाया का इस प्रकार सम्मिश्रण हुआ था कि उसे देखकर यह कहना असम्भव था कि यह किसी अनगढ़ चित्रकार का बनाया हुआ है। शरीर विज्ञान, पृष्ठभूमि और पर्सपेक्टिव की दृष्टि से उसमें कोई कमी नहीं थी...। पुरुष और प्रकृति की कला के मिलन के समान तपस्विनी महाश्वेता की आकृति बहुत ही सुन्दर उतरी थी। वर्षा के दिन नदी के तीर पर सब कुछ कुहरे में आच्छादित और अस्पष्ट। उस पार सघन मेघों से घिरा हुआ आकाश और भी अस्पष्ट, इधर एक ओर से लजीला सूर्य मानो ताक–झांक कर रहा हो। किनारे पर वृक्ष के नीचे मुक्तकेशा, सद्यःस्नाता तपस्विनी महाश्वेता, रुदन करती हुई प्रकृति की एक जीवंत प्रतिमा थी।"

छोटे–से घर के एक कोने में, जिसमें आलोक भी कम था, उस छवि को इस प्रकार रखा हुआ था कि किवाड़ खोलने पर जितना प्रकाश उस घर में आए उसी की सहायता से उस छवि को अच्छी तरह समझा जा सके। शरत् ने उसी अवस्था में सरकार महोदय को वह चित्र दिखाया। उन्होंने लिखा है—"सभी उन्नत कलाओं में उसी चिर सुन्दर आनन्दघन रसमूर्ति के ही विकास–साधन की चेष्टा है। वास्तव में कुछ उदार दृष्टि से देखने पर एकदम कुत्सित वस्तु भी सुन्दर जान पड़ती है। वह चित्र नग्न सौंदर्य का चित्र नहीं था। नग्न होने पर भी उसे कुत्सित नहीं कहा जा सकता था। क्योंकि उसके साथ पृष्ठभूमि में प्रकृति का दृश्य अत्यन्त चमत्कारपूर्ण था।" वह चित्र उसे भी प्रिय था। मामा गिरीन्द्रनाथ को उसने लिखा था[1], "अभी पूरा नहीं हुआ। कहोगे तो कर दूँगा। मेरे तो घर–द्वार है नहीं, तुम्हारे है। मुझे यह (चित्र) बहुत प्रिय है इसलिए, जिससे नष्ट न हो, तुम्हारे पास रखना चाहता हूँ।"

---

1. 18 मार्च, 1913

लेकिन इस साधना के बावजूद शरत् का चित्रकला का ज्ञान नितान्त एकांगी था। उसके बनाए हुए चित्र उच्च श्रेणी के नहीं थे। फिर भी चिनगारी उसके अन्तर में थी अवश्य। जब वह विख्यात लेखक के रूप में प्रतिष्ठित हो चुका था तब कलकत्ता आर्ट कॉलेज के अध्यापक सतीशचन्द्र सिंह के घर उनका चित्रांकन देखते-देखते उसने 'माँ और बेटे' का पेंसिल स्केच बनाया था और उनके बेटे को 'हर-पार्वती' का चित्र बनाते देखकर स्वयं भी 'हर-गौरी' का स्केच बना दिया था। वह चित्र आज भी कहीं सुरक्षित है।

6

रंगून जाने से पहले शरत् अपनी सब रचनाएँ अपने मित्रों के पास छोड़ गया था। उनमें उसकी एक लम्बी कहानी 'बड़ी दीदी' थी। वह सुरेन्द्रनाथ के पास थी। जाते समय वह कह गया था, "छापने की आवश्यकता नहीं। लेकिन छापना ही हो तो *प्रवासी* को छोड़कर और किसी पत्र में उसकी कोई भी रचना बिना अनुमति के न छापी जाए।" अचानक सुरेन्द्रनाथ की एक ऐसे व्यक्ति से भेंट हो गई जो इस काम में सहायक हो सकता था। भागलपुर के मुंसिफ श्री ज्ञानेन्द्र कुमार बंदोपाध्याय साहित्य-रसिक व्यक्ति थे। *प्रवासी* के सम्पादक श्री रामानन्द चट्टोपाध्याय से उनका परिचय भी था। वे सुरेन्द्रनाथ की 'साहित्य संहार सभा' नाम की संस्था के सदस्य बन गए थे। उस सभा में शरत्चन्द्र की रचनाएँ पढ़ी जाती थीं। ज्ञानेन्द्र बाबू को ये रचनाएँ बहुत अच्छी लगीं। *प्रवासी* में छपवाने का वायदा करके उन्होंने 'बड़ी दीदी' की नकल प्राप्त कर ली।

उन्हीं दिनों श्रीमती सरला देवी चौधरानी *भारती* निकालती थीं। लेकिन वह स्वयं अधिकतर लाहौर में रहती थीं। इसलिए प्रकाशन समय पर नहीं हो पाता था। उन्हें एक सम्पादक की आवश्यकता थी। संयोग से सौरीन्द्रमोहन मुखोपाध्याय को इस काम के लिए चुना गया। वह शरत् के मित्र थे। *बड़ी दीदी* की एक प्रति उनके पास भी थी। उन्होंने यह प्रति सरला देवी को पढ़ने के लिए दी। पता नहीं ज्ञानेन्द्र बाबू ने उसे *प्रवासी* में छपवाने का प्रबन्ध किया या नहीं पर सरला देवी से उसकी प्रशंसा अवश्य की थी। पढ़कर वे मुग्ध हो उठीं। बोलीं, "चमत्कार, इसे *भारती* में छपने के लिए दे दो। तीन-चार संख्याओं में छापो और शुरू में लेखक का नाम मत दो। लोग समझेंगे कि यह रचना रवीन्द्रनाथ की है और इस प्रकार पत्रिका के देरी से प्रकाशित होने की बात वे भूल जायेंगे।"

सौरीन्द्रमोहन ने कहा, "छापने से पहले लेखक की अनुमति लेनी होगी।"

सरला देवी बोलीं, "तो चिट्ठी लिखकर अनुमति ले लो।"

सौरीन्द्रमोहन ने कहा, "वह बर्मा में हैं लेकिन कहाँ हैं इसका कोई ठिकाना नहीं। बहुत देर से मैंने उनकी कोई खबर नहीं पाई।"

सरला देवी बोलीं, "जहाँ भी होंगे छपने पर किसी-न-किसी से इसकी चर्चा सुन ही लेंगे। क्या बिन अनुमति के छापने का दायित्व तुम नहीं ले सकते ?"

सौरीन्द्रमोहन गर्व से भर उठे। बोले, "क्यों नहीं ले सकता! वह प्रचार के भूखे नहीं हैं। कहते हैं लिखने में मुझे आनन्द आता है। तुम पढ़ो वही काफ़ी है। छापने का क्या काम ?

तुम्हारे अतिरिक्त मेरी कहानी और कौन पढ़ेगा?"

सरला देवी बोलीं, "ऐसे शक्तिशाली लेखक का इस प्रकार शर्मीला होना अच्छा नहीं। तुम यह उत्तरदायित्व लो और छाप दो।"

सौरीन्द्रमोहन ने तुरन्त तीन संख्याओं में छापने के लिए तीन भाग करके कहानी प्रेस में दी। लेकिन इसी बीच में अन्तिम भाग न जाने कहाँ खो गया। अब क्या हो? मुकर्जी महाशय ने भागलपुर विभूतिभूषण भट्ट को लिखा। उन्होंने उत्तर दिया कि शरत् की सभी रचनाएँ सुरेन्द्रनाथ के पास हैं।

मुकर्जी महाशय ने सुरेन्द्रनाथ को लिखा, " *बड़ी दीदी* का शेषांश नकल करके तुरन्त भेज दो। नहीं तो *भारती* का जीवन संकट में पड़ जाएगा।"

सुरेन्द्रनाथ जानते थे कि शरत् कहाँ है। उन्होंने उसी पते पर लिखा। उत्तर आया, "दे दो, अब और कोई रास्ता ही नहीं।"

'भारती' का वह अंक[1] प्रकाशित होते ही बंगाल के साहित्यिक क्षेत्र में हलचल पैदा हो गई, "इतनी सुन्दर रचना किसने लिखी है?"

"भाषा और शैली कैसी परिष्कृत प्यारी और गठी हुई है!"

"यह तो बंगाल के घर-घर की कहानी है। किसी कुशल चितेरे ने कैसी सुघड़ता से इसे कागज़ पर उतारा है!"

जो साहित्य के मर्मज्ञ थे, उन्होंने सोचा, हो न हो रवीन्द्रनाथ ने छद्म नाम से यह कहानी लिखी है। उनके अतिरिक्त ऐसी सशक्त और उत्कृष्ट रचना और कौन कर सकता है? *बंगदर्शन* के सम्पादक शैलेशचन्द्र मजूमदार की भी यही राय थी। लेकिन कुछ दिन पूर्व ही रवीन्द्रनाथ ने उनसे कहा था कि वह इस समय नया उपन्यास लिखने की स्थिति में नहीं हैं। अब जब मजूमदार महाशय ने *भारती* में *बड़ी दीदी* की पहली किस्त पढ़ी तो चकित रह गए। तुरन्त उनके पास पहुँचे और बोले, "आप तो कहते थे कि अभी नया उपन्यास नहीं लिख सकूँगा। लेकिन *भारती* के लिए बिना नाम दिये आप लिख रहे हैं।"

रवीन्द्रनाथ ने कहा, "हाँ, मैं उपन्यास नहीं लिख सकता। किसी ने मेरी कविता-वविता इधर-उधर से लेकर छाप दी होगी।"

नेत्र विस्फारित कर शैलेश बोले, "कविता-वविता नहीं महाशय, उपन्यास!"

रवीन्द्रनाथ अवाक् रह गए। बोले, "उपन्यास, क्या कहते हो शैलेश! मैंने उपन्यास लिखा? और वह 'भारती' में प्रकाशित हुआ! नहीं, नहीं, निश्चय ही कहीं भूल हुई है।"

विरक्त भाव से *भारती* में प्रकाशित 'बड़ी दीदी' के अंश जेब से निकालकर शैलेश ने कहा, "नाम न देने से क्या आप छिप सकते हैं?"

शैलेश के अभियोग की तीव्रता के कारण हो या 'बड़ी दीदी' के प्रारम्भिक दो-चार पंक्तियों के आकर्षण के कारण, रवीन्द्रनाथ ने निस्तब्ध होकर उस अंश को पढ़ डाला। पढ़कर

---

1. *भारती*, बैशाख—1907 ई. (अप्रैल-मई)।

बोले, ''सचमुच रचना बड़ी चमत्कारपूर्ण है। लेकिन मेरी नहीं है। किसी दूसरे ही व्यक्ति की है। पर जिसकी भी हो वह असाधारण रूप से शक्तिशाली लेखक है।''

ठाकुर परिवार के दूसरे लोगों ने भी इस कहानी को पढ़ा। वे सब भी यह जानने को उत्सुक हो उठे कि आखिर इसका लेखक कौन है? अवनीन्द्रनाथ ठाकुर के दामाद मणीलाल गंगोपाध्याय 'भारती' के सम्पादक सौरीन्द्रमोहन मुकर्जी के अन्तरंग मित्र थे। उन्हीं से जाकर उन्होंने लेखक का परिचय पूछा। फिर एक दिन उनको अवनीन्द्रनाथ के पास ले आए। वहाँ से वे दोनों रवीन्द्रनाथ के पास गए। रवीन्द्रनाथ ने शरत्चन्द्र के बारे में सौरीन्द्रमोहन से अनेक प्रश्न पूछ डाले।

सब कुछ बताने के बाद सौरीन्द्रमोहन ने कहा, ''उसकी लिखी हुई ऐसी बहुत-सी कहानियाँ हैं।''

रवीन्द्रनाथ बोले, ''तो जमा क्यों कर रखी हैं? उन्हें छापो, देश का मंगल होगा।''

सौरीन्द्रमोहन ने कहा, ''लेकिन वह यहाँ नहीं है। रंगून में कहाँ रहता है, मुझे पता नहीं। उसकी अनुमति के बिना उसकी रचनाएँ नहीं छप सकतीं।''

रवीन्द्रनाथ बोले, ''कुछ भी करो, उसका पता लगाओ। उसे पकड़ लाओ, बंगाल में उसके जोड़ का लेखक नहीं मिल सकता।''

महान ताल्स्ताय ने अपनी प्रथम कहानी 'बचपन' एल.एन. के छद्म नाम से लिखी थी और उसे पढ़कर सेण्टपीटर्सबर्ग के साहित्यिक क्षेत्रों में जैसे तूफ़ान आ गया था। एक लेखक तो घर-घर जाकर उस कहानी को सुनाते थे और तुर्गनेव ने उस अज्ञात लेखक की वैसी ही प्रशंसा की थी जैसी रवीन्द्रनाथ ने शरत् की। उसने सम्पादक को लिखा था, ''वह निश्चय ही प्रतिभाशाली है। उसे लिखो कि वह लिखता रहे। उसे यह भी बता दो कि मैं उसे प्रणाम करता हूँ और अपनी शुभकामनाएँ और प्रशंसा भेजता हूँ।''

शरत् ने रंगून में 'बड़ी दीदी' के स्वागत की बात न सुनी हो, ऐसा नहीं। सुनकर वह प्रसन्न भी हुआ। लेकिन जैसा कि उसका स्वभाव था, उसने वहाँ किसी से इसकी चर्चा नहीं की। लेकिन जब तीसरी किस्त पर लेखक का नाम छपा तो मित्रों को शंका हुई कि कहीं यह हमारा 'पगला शरत्' तो नहीं है? उनमें से किसी ने शरत्चन्द्र से पूछा, ''क्या 'बड़ी दीदी' के लेखक तुम ही हो?''

शरत् ने दृढ़ता से उत्तर दिया, ''मैंने अपनी कोई रचना *भारती* को नहीं भेजी।''

लेकिन अपने अंतरंग मित्रों से उसने कुछ नहीं छिपाया। योगेन्द्रनाथ सरकार को सब कुछ बता दिया, कहा, ''यह रचना मैंने बचपन में लिखी थी। सुरेन्द्र के पास छोड़ आया था। उसी ने दे दी।''

'बड़ी दीदी' के प्रकाशन के बाद वह कलकत्ता आया। हाइड्रोसील का ऑपरेशन कराना था। कारमाइकिल कॉलेज में वह आपरेशन हुआ। चार-एक[1] महीने तक वह कलकत्ता रहा,

1. नवम्बर, 1907 से फरवरी, 1908 ई.।

लेकिन इच्छा होने पर भी शर्म के मारे अपने किसी अंतरंग मित्र से नहीं मिला। जैसे अपने रंगून के जीवन के कारण वह उनका सामना करने से कतराता हो। लेकिन वह भले ही मित्रों से न मिल सका हो, विवाह के योग्य कन्याओं के पिताओं ने उसे ख़ूब परेशान किया। एक पत्र[1] में उसने लिखा, ''मेरे दुख के दिनों में वे न जाने कहाँ थे, किन्तु आज जब निश्चिंत होकर दिन काट देने क़ा समय आया है, तो वे दया करके झुण्ड के झुण्ड न जाने किस अज्ञात स्थान से बाहर आ रहे हैं, समझ में नहीं आता।''

जब कभी भी वह कलकत्ता आता तो न मित्रों के पास ठहरता और न रिश्तेदारों के पास। उसका आवास बदनाम गलियों में ही होता था। इन्हीं बदनाभ गलियों की बदनाम नारियों में उसने नारीत्व की खोज की थी। न जाने कितनी अभागी नारियों का इतिहास उसने संचित किया था। उनके पास रहकर उसने गीत सीखे और अपने मुँह से अपनी यह सुख्याति करते हुए वह कभी नहीं झिझका।

इसलिए यह आश्चर्य की बात नहीं कि 'बड़ी दीदी' का ऐसा भव्य स्वागत होने पर भी उसने सौरीन्द्रमोहन से मिलना ठीक नहीं समझा। जाते समय वह अपने छोटे भाई प्रभासचन्द्र से केवल इतना कह गया था कि 'भारती' के जिन अंकों में 'बड़ी दीदी' प्रकाशित हुई है वे अंक खरीदकर वह उसे भेज दे।

वह अपने मित्रों से क्यों नहीं मिल सका, इसका कारण उसने अपने उस पत्र में स्पष्ट किया है जो उसने रंगून लौटकर विभूतिभूषण भट्ट को लिखा था। इस पत्र से यह भी स्पष्ट हो जाता है कि अपने तथाकथित अज्ञातवास के दिनों में वह मित्रों को यदा-कदा पत्र लिखता रहा है। उन्होंने ही उसे उत्तर नहीं दिया।

''बहुत दिन बाद पत्र लिख रहा हूँ। प्रार्थना करता हूँ तुम्हें मिल जाए। मेरे सभी दुष्कर्मों को भूलकर इसे प्यार की दृष्टि से पढ़ना भाई, जिससे यह लिखना सार्थक हो जाए। तुम्हें चिट्ठी लिखते लज्जा आती है, डर भी लगता है कि मेरे इस हिज्जों की गलती से भरे विशृंखल लेख को देखकर तुम हँसोगे और सोचोगे कि बचपन में इसे कैसे प्यार करता रहा हूँ?...कैसा अभागा हूँ मैं? चार-एक महीने कलकत्ता रहने पर भी तुमसे मिल नहीं सका। उन दिनों तुम भी कलकत्ता में आए हुए थे। अब ऐसा लगता है कि फिर कभी तुमसे भेंट नहीं होगी। एक बार आशु[2] के साथ, एक बार अकेले ही तुम्हारे घर जाने को तैयार हुआ, किन्तु शर्म के मारे जा नहीं सका।''

''पंटु, कैसा दुर्भाग्यपूर्ण है जीवन मेरा! कैसे अर्थहीन, निष्फल, नीरस दिन, मास, वर्ष सिर पर से गुज़र जाते हैं, सोच नहीं पाता। भगवान ने जब बुद्धि दी थी तो थोड़ी सुबुद्धि भी दे सकते थे। नहीं दी तो इतना प्यार करना क्यों सिखाया? प्यार करने के लिए एक पात्र मुझे भी दे देते तो क्या उनके विश्व में मनुष्यों की कमी पड़ जाती? नहीं जानता, यह उनका कैसा न्याय है?''

''सोचता हूँ जो मेरे आत्मीय बन्धु-बान्धव हैं उन सभी का मैं घृणा का पात्र हूँ। इस बात

---

1. 22 फरवरी, 1908 ई.। 2. विभूतिभूषण भट्ट का एक भतीजा।

का ज्ञान कितना मर्मान्तक है, यह बताने पर भी लोग विश्वास नहीं करेंगे। जानता हूँ, विश्वास करने का कोई मार्ग ही मैंने नहीं छोड़ा है। चिर प्रवासी, दुखी, कुत्सित आचार वाला, मैं किसी के सामने आने के योग्य नहीं हूँ, किन्तु पुंटु, क्या इस सबका कारण मैं ही हूँ? मेरी पतंग के नीचे भार नहीं है। मेरे तीर के सिर पर फलक नहीं है। मेरी नाव में पाल नहीं है। सीधा नहीं चलता यह कह धिक्कार देकर दोनों हाथों से उसे धकेल देते हैं। यह सब क्या मेरा ही दोष है? साधु नहीं बनता, इस पंकिल जीवन में साधुत्व का कृत्रिम आचरण नहीं टिकेगा, लेकिन तुम तो भले हो। तब तुम इतने निष्ठुर क्यों हो गए? सुरेन्द्र, गिरीन को पत्र लिखा, जवाब नहीं मिला। तुमने भी नहीं दिया। मुझे एक लाइन लिख भेजने पर क्या तुम पतित हो जाते? इतनी दूर रहकर तुम्हें कोई हानि नहीं पहुँचा सकूँगा। एक चिट्ठी लिखने से ही तुम्हारा चरित्र मलिन हो जाता? ऐसी चीज़ के निर्मल रहने से क्या, मलिन होने से क्या? एक दिन तुम मुझे प्यार करते थे। आज मैं मिन्नत करता हूँ कि इस चिट्ठी का जवाब देना भाई। हमेशा मेरे मन में यह विश्वास रहा है कि तुम और बूड़ी (निरुपमा देवी) कभी मुझसे विमुख नहीं होगे। मेरा यह विश्वास भंग मत करना। यदि मिथ्या भी हो तो उससे क्या हानि? यह मिथ्या किसी की कोई हानि नहीं करेगा, बल्कि एक व्यक्ति को आश्रय देगा। नैतिक अवनति के कारण मैं कितना गिर चुका हूँ, यह मापकर देखने की शिक्षा मुझे नहीं मिली। किन्तु दया, माया और प्यार के स्वर्णांग में एक तिल भी दाग नहीं लगेगा, यह निश्चित रूप से कह सकता हूँ...।''

लेकिन ऐसा लगता है कि अगले चार वर्षों में इस विश्वास की बहुत रक्षा नहीं हो सकी। स्वयं उसने भी अपने को प्रकट करने की कोई चेष्टा नहीं की। यश की कामना उसे ज़रा भी नहीं थी। मामा गिरीन्द्रनाथ को उसने लिखा था[1], ''यदि मैं यश-लोलुप होता तो इतने दिन इतना समय इतने सहजभाव से नष्ट न कर पाता।''

'मन्दिर' गल्प पर पारितोषिक मिलने पर भी उसने अपने को प्रकट नहीं किया। *बड़ी दीदी* के छपने पर भी नहीं किया। रवीन्द्रनाथ की भूरि-भूरि प्रशंसा पाकर भी वह अन्धकार में छिपा रहा। लेकिन निश्चय ही कुछ ऐसा हो चुका था जिसने न केवल उसके जीवन को ही बदल दिया बल्कि भारतीय साहित्य की धारा को भी नया मोड़ दिया। जन-मन को अभिभूत कर देने वाली एक जीवन्त सृजनात्मक शक्ति, मानव की अभिज्ञता को रूप देने वाला एक महान लोकप्रिय कथाशिल्पी! क्या सचमुच उसका जन्म हुआ होता यदि सौरीन्द्रमोहन ने *भारती* में *बड़ी दीदी* को प्रकाशित न कर दिया होता? यह कल्पना करना कठिन नहीं है कि यदि ऐसा न होता तो अपने को छिपाने की प्रवृत्ति में सिद्धहस्त शरत् की प्रतिभा रंगून के एकाउंटेंट जनरल के दफ़्तर की फ़ाइलों में ही दफ़न होकर रह जाती। अपने को छिपाने की इस प्रवृत्ति का कारण उपर्युक्त पत्र में ढूँढ़ा जा सकता है। कुछ और लोगों ने भी नाना रूपों में इसका विश्लेषण किया है। हिन्दी के सुप्रसिद्ध साहित्यकार श्री इलाचन्द्र जोशी ने, जो कलकत्ता में कई वर्ष उनके सम्पर्क में रहे, लिखा है, ''ऐसा जान पड़ता है कि साहित्य-समाज में अपरिचित और अज्ञात बने रहने में उसे एक विचित्र प्रकार के सुख का अनुभव होता था। उसके अन्तर में कुछ ऐसी ग्रन्थियाँ थीं कि जिनके कारण वह अपने जीवनकाल में ख्याति का सामना करने से कतराता था। और

---

1. 18 मार्च, 1913 ई.

लिखता इसलिए चला जाता था कि उसकी मृत्यु के बाद उनका प्रकाशन हो। तब एक स्वर्गीय लेखक की रचनाओं के भीतर से बोलने वाली महान आत्मा समस्त लेखकों पर हावी हो जाए।''

शायद इसीलिए लिखना उसका किसी दिन नहीं रुका। धीमी गति से वह निरन्तर चलता रहा। फिर भी उसके बर्मा के साथियों में बहुत कम लोग जानते थे कि शरत् सचमुच एक सुन्दर लेखक है। यह रहस्य प्रकट हुआ उसके एक निबन्ध से जो उसने 'बंगाल क्लब' की 'साहित्य गोष्ठी' के लिए लिखा था।

इस क्लब की स्थापना 'बंगाल सोशल क्लब' से अलग हो जाने वाले कुछ सदस्यों ने की थी। इसकी गोष्ठियों में कविता, कहानी तथा विभिन्न विषयों पर प्रबन्ध पढ़े जाते थे। उन पर चर्चा होती थी। शरत् वाक्पटु तो था ही। आलोचना करने में आगे रहता। तब कई बार मित्रों ने उससे कहा, ''इतना बोलते हो तो स्वयं क्यों नहीं लिखते?''

उसने उत्तर दिया, ''मैं लिखना नहीं जानता, बहुत कम पढ़ा-लिखा हूँ।''

वही झूठ, वही अपने को छिपाने की प्रवृत्ति। लेकिन एक दिन जब नारी चरित्र को लेकर उस गोष्ठी में तुमुल तर्कयुद्ध मच उठा, तब अनेक विद्वानों की पुस्तकों से उद्धरण पर उद्धरण देकर उसने सबको चकित कर दिया। यहीं पर वह फंस गया। मित्रों ने कहा, ''तुम तो कहते थे कि बहुत कम पढ़े-लिखे हो। इतना ज्ञान बिना पढ़े कैसे हो सकता है? अगली बार तुम्हें निबन्ध लिखना होगा।''

बचने का कोई मार्ग शेष नहीं रहा था। उसी समय यह घोषणा कर दी गई कि 'नारी के सामाजिक जीवन पर यौन प्रभाव' विषय को लेकर आगामी बैठक में शरत् एक निबन्ध पढ़ेगा। शीर्षक होगा—'नारी का इतिहास।'

इस स्वीकृति के बाद सदस्यों में, विशेषकर युवकों में उत्साह की जैसे कोई सीमा न रही। बड़ी उत्सुकता से वे उस दिन की राह देखने लगे। निश्चित दिन और निश्चित समय पर वह सभा आरम्भ हुई। विषय की रोचकता के अनुरूप उस दिन काफ़ी भीड़ थी। लेकिन वक्ता शरत् कहीं नहीं दिखाई दे रहा था। समय बीतने लगा, भीड़ में व्यग्रता भी बढ़ने लगी। सभापति कुर्सी पर बैठे-बैठे थक गए। आखिर यह निश्चय किया गया कि दो सदस्य शरत् को बुलाने के लिए उसके घर रवाना हों और इस बीच में उद्बोधन संगीत के साथ सभा का कार्य आरम्भ कर दिया जाए।

खूब वर्षा हो रही थी। योगन्द्रनाथ सरकार एक अन्य सदस्य के साथ डेढ़ मील की यात्रा पर निकले लेकिन जब घर पहुँचे तो पाया कि शरत् वहाँ भी नहीं है। बहुत पुकारने पर एक व्यक्ति बाहर आया। सरकार ने कहा, ''क्या शरत् अन्दर नहीं है?''

उस व्यक्ति ने पूछा, ''आप कौन हैं और कहाँ से आए हैं?''

सरकार ने कहा, ''हम बंगाल क्लब से आए हैं। आज शरत् को वहाँ...'' पूरी बात सुने बिना वह व्यक्ति अन्दर चला गया। दोनों सदस्य चकित रह गए, लेकिन वे कुछ करते इससे पूर्व ही वह व्यक्ति फिर बाहर आया। उसके हाथ में नत्थी किए हुए कागज़ों का एक ढेर था। सरकार को वे कागज़ देते हुए उसने कहा, ''बाबू विशेष काम से बाहर चले गए हैं, सभा में

नहीं आ सकेंगे। मुझे ये कागज़ देने को कह गए हैं।''

प्रबन्ध का रूप देखते ही वे दोनों सदस्य घबरा गए। छोटे-छोटे अक्षरों में लिखा हुआ मानो वह *महाभारत* ही था। लौटकर उन्होंने सभा में इस बात की सूचना दी। निश्चय हुआ कि यदि शरत् बाबू नहीं आ सके हैं तो उनका यह निबन्ध पढ़ा जाए। लेकिन पढ़े कौन? अक्षर यद्यपि सुन्दर थे फिर भी इतने छोटे थे, और कागज़ इतने अधिक थे कि उनको पढ़ने के लिए कोई भी राज़ी नहीं हो सका। अन्त में यह भार योगेन्द्रनाथ सरकार को ही उठाना पड़ा।

सुना गया कि शरत् ने निबन्ध इसी शर्त पर लिखा था कि वह स्वयं उसे नहीं पढ़ेगा, वह पढ़ ही नहीं सकता था। राशि-राशि कोटेशनों से भरे हुए उस निबन्ध को पढ़ने में योगेन्द्र को पूरे दो घण्टे लगे। लेकिन जब वह निबन्ध पूर्ण हुआ तो सभा स्तब्ध थी। भाषा ऐसी ललित, शैली ऐसी मोहक, विषयवस्तु का निरूपण ऐसा सहज और तर्कसम्मत, ऐसा मौलिक और गंभीर कि सबने मुक्तकण्ठ से उसकी प्रशंसा की। उसकी बचपन की रचना 'बड़ी दीदी' प्रकाशित हो चुकी थी, लेकिन उसकी सहज प्रतिभा और प्रौढ़ रचना कौशल का वास्तविक परिचय पहली बार ही प्रकट हुआ।

उसके चित्र देखते-देखते एक दिन योगेन्द्रनाथ ने एक पाण्डुलिपि खोज निकाली थी। मोटे मेलट की कॉपी पर मोतियों जैसे अक्षरों में आठ-नौ अध्याय लिखे हुए थे। नाम था *चरित्रहीन*। पढ़ना शुरू किया तो छोड़ते न बना। रवीन्द्रनाथ के *गोरा* को छोड़कर ऐसी सुन्दर रचना उन्होंने नहीं पढ़ी थी। अभी कुछ दिन पहले[1] ही तो उसका प्रकाशन हुआ था।

उन्होंने यह भी देखा कि उस पाण्डुलिपि के प्रथम पृष्ठ पर कुछ व्यक्तियों के नाम लिखे हुए हैं। पूछा, ''ये कौन हैं?''

शरत् ने उत्तर दिया, ''भागलपुर में हमारी एक साहित्य सभा थी। उसी के ये भी सदस्य थे।''

उनमें से सौरीन्द्रनाथ मुखोपाध्याय की कहानियों का एक संग्रह *शेफाली*[2] के नाम से प्रकाशित हो चुका था। योगेन्द्रनाथ ने उसकी बड़ी प्रशंसा की। तब शरत् ने कहा, ''हाँ-हाँ, वह खूब मिलता है, और तुम उससे पूछोगे तो वह मुझे अपना गुरु बताएगा।''

सरकार ने कहा, ''ठीक है, किन्तु ऐसा लगता है कि अब शिष्य ने गुरु को पराजित कर दिया है।''

हँसकर शरत् ने जवाब दिया, अरे, मैं भी एकदम खराब नहीं लिखता। लिखूँ तो बहुतों से अच्छा लिख सकता हूँ।''

योगेन्द्र जानते थे कि अन्तर में जो आग है वह बहुत दिनों तक दबी नहीं रह सकती। इसीलिए वे उसे बराबर प्रोत्साहित करने और उकसाने लगे। उसी का परिणाम था यह 'नारी का इतिहास।' बंगाल में कुल-त्याग करने वाली भिन्न-भिन्न ज़िलों की सात सौ अभागिनी नारियों के करुण जीवन की कहानी इसमें अंकित थी। नाम, पते उम्र, जाति, परिचय और कुल-त्याग का संक्षिप्त विवरण तक दिया था। नारी के यौन जीवन के रहस्य और उसके दैवी और मानवीय

---

1. सन् 1910 ई. 2. सन् 1909 ई.

अगोचर, विचित्र चरित्र के संबंध में गम्भीर विवेचना और अनुशीलन करके सत्य का उद्घाटन किया था। अपने इस संग्रह के संबंध में बहुत दिन बाद उसने लिखा, "इस बात को असंदिग्ध रूप से जान सका कि जो कुल त्याग करके आती हैं उनमें अस्सी प्रतिशत प्राय: सधवाएँ हैं, विधवाएँ बहुत ही कम हैं। पति के जीवित रहने से ही क्या और कड़े पहरे में रखने से ही क्या? और विधवा होने से भी क्या? अनेक दुखों से नारी अपना धर्म नष्ट करने के लिए तैयार होती है और जिस लिए होती है वह पर-पुरुष का रूप नहीं, किसी वीभत्स प्रवृत्ति का लोभ भी नहीं। जब वे अपनी इतनी बड़ी वस्तु को नष्ट करती हैं, तो बाहर जाकर किसी आश्रय वस्तु को पाने के लोभ से नहीं, सिर्फ़ किसी बात से अपने को मुक्त करने के लिए ही इस दुख को सिर पर उठा लेती हैं।[1]"

लेकिन साधारण लोग यह मानने को तैयार नहीं थे कि शरत् ज़ैसा क्लर्क पश्चिम के दर्शन शास्त्रियों का अध्ययन भी कर सकता है। इसलिए जब भी वह गंभीरता से बातचीत करता तो वे कुछ न समझ पाते और मज़ाक उड़ाने लगते, "अरे क्या शरत् चाटुज्जे है, न जाने यह क्या बकता रहता है?"

वे कुछ भी समझते हों, पर वह खूब पढ़ता था। मिल, स्पेंसर और कांट उसको बहुत प्रिय थे। स्पेंसर की सहज-सरल अभिव्यक्ति पर वह मुग्ध था। मानता था कि सत्य की सहज उपलब्धि के बिना अभिव्यक्ति सहज नहीं हो सकती। 'डिस्क्रिप्टिव सोशियोलॉजी' का उसने खूब अध्ययन किया था।

उपन्यासकार डिकेंस का वह अब भी बहुत प्रशंसक था। ताल्स्ताय भी डिकेंस को प्यार करते थे और दोनों का ऐसा करने का कारण भी एक था। तालस्ताय ने अपनी डायरी में लिखा था, "लेखक की लोकप्रियता की पहली शर्त वह प्यार है जो वह अपने द्वारा सृजित चरित्रों के प्रति प्रकट करता है। इसीलिए तो डिकेंस के चरित्र तमाम विश्व के समान मित्र हैं।" शरत् अमेरिका और रूस के मनुष्य को एक करने वाले इन्हीं चरित्रों की तलाश में था। डिकेंस के अतिरिक्त ताल्स्ताय तथा जोला और हेनरी वुड भी उसके प्रिय रहे थे, लेकिन रवीन्द्रनाथ के प्रति उसकी भक्ति की सीमा नहीं थी। उनसे बड़ा कोई कवि है यह मानने को वह तैयार नहीं था। कहता था, "दूसरे कवियों जैसा होने की चेष्टा की जा सकती है, पर रवि बाबू, देखो तो उनकी यह कविता! ऐसी सुन्दर कविता कोई लिख सकता है?"

जीवने यत पूजा हल ना सारा
जानि है जानि ताओ हयनि हारा
जे फूल ना फूटिते झरेछे धरणीते।
जे नदी मरुपथे हारालो धारा
जानि हे जानि ताओ हयनि हारा
जीवने आजो जाहा रेयेछे पिछे
जानि हे जानि ताओ हयनि मिछे
आमार अनागत, आमार अनाहत
तोमार वीणातारे बाजिछे तारा
जानि हे जानि ताओ हयनि हारा।

---

1. 14 अगस्त, 1919 ई.

पढ़ते-पढ़ते उसके नयन भीग आए, बोला, "कविता के मूल में कल्पना होने से ही वह महान् नहीं हो जाती, सत्य की उपलब्धि भी होनी चाहिए, तभी साहित्य की सृष्टि होती है।"

सरकार ने कहा, "बहुत-से लोग कहते हैं कि रवि बाबू की कविता बहुत कठिन है?"

शरत् बोला, "यह तो ठीक है, परन्तु सहानुभूति की ऊष्मा से जो वस्तु क्लिष्टता को सरलता में बदल देती है, उसकी उपलब्धि अन्तर से ही हो सकती है। नहीं तो कविता को समझने की चेष्टा विडम्बना-मात्र है। कविता ऐसी हो, जो पढ़ने-सुनने में सुन्दर लगे एक बार पढ़ने-सुनने मात्र से तृप्ति न हो, जिसमें ऐसा गहरा भाव हो जो सहज धारणा से परे हो, नहीं तो 'तुमि मारले धाक्का, आमी मारलाम ठेला' इसे क्या कविता कहते हैं? यह तो उन श्रीमान वंशीमोहन की 'ओहे तालगाछ, तुमि केनो एतो लम्बा, भीत जगदम्बा' जैसी कविता है।"

7

एक ओर अंतरंग मित्रों के साथ यह साहित्य-चर्चा चलती थी तो दूसरी ओर सर्वहारा वर्ग के जीवन में गहरे पैठकर वह व्यक्तिगत अभिज्ञता प्राप्त कर रहा था। इन्हीं में से उसने अपने अनेक पात्रों को खोजा था। जब वह असहाय और निराश्रित अपने इन देशवासियों को देखता तो कातर हो उठता। उन्हें हीन काम करते देखकर उसका आत्माभिमान जाग उठता। यथाशक्ति वह उनकी सहायता करता। देश लौट जाने के लिए स्वयं टिकट खरीदकर जहाज़ पर बैठा आता। अनेक विपथगा नारियों की उसने इसी प्रकार सहायता की।

कैसे-कैसे चरित्र आए उसके जीवन में! उन दिनों खाने-पीने की कोई सुविधा नहीं थी। चाय के प्याले पी-पीकर वह दिन पर दिन बिता देता था। लेकिन एक दिन सहसा घर के पास रहने वाले एक ब्राह्मण पुजारी से उसकी भेंट हो गई। धीरे-धीरे वह परिचय इतना घनिष्ठ हो उठा कि पुजारी ने उससे कहा, "दादा आपको खाने की बड़ी असुविधा है, तब क्यों नहीं आप हमारे घर खाते?"

"नहीं-नहीं", उसने कहा, "मुझे कोई असुविधा नहीं है।"

लेकिन पुजारी का आग्रह निरन्तर बढ़ता ही गया। आखिर उस परिवार के स्नेह-निमन्त्रण को वह अस्वीकार नहीं कर सका। इसका एक और भी कारण था। बामन ठाकुर की स्थिति बहुत अच्छी नहीं थी। शरत् यदि उसके घर खाता है तो इससे उसको भी लाभ होगा, यही सोचकर वह सहमत हो गया। लेकिन अचानक एक दिन उस घर में एक असंभाव्य घटना घट गई। शरत् नहीं जानता था कि घर में जो नारी खाना बनाती है, वह बामन ठाकुर की पत्नी नहीं, रक्षिता है। उस नारी का नाम हरिमति था। शरत् बाबू का वह बहुत आदर करती थी। उस दिन न जाने किस बात को लेकर दोनों में झगड़ा शुरू हुआ कि बामन ठाकुर गले का जनेऊ कमर में बाँधकर हठात् आसन से उठ खड़ा हुआ। बोला, "देखो तो दादा, मागी का काण्ड, इस छोटी जात का दिमाग...!"

वह अपना वाक्य पूरा भी न कर पाया था कि हरिमति भभक उठी। शीघ्रता से उसने भात की हंडिया चूल्हे पर रखी। सिर पर कपड़ा लिया और दरवाज़े की आड़ में खड़े होकर

बोली, "सावधान, छोटी जात का कौन है? तू, तू है, मैं नहीं। खबरदार, जात को लेकर बात मत कर। तू सोचता है कि मैं बाज़ारू औरत हूँ कि जो बोलेगा मान लिया जाएगा। मैं वैष्णवी हूँ। तेरे जैसी छोटी जात के ब्राह्मण बहुत देखे हैं। मुँह संभालकर बात कर। न खाने को देता है, न पहनने को, उस पर डींग मारता है इतनी लम्बी...।"

फिर जो वाक्युद्ध आरम्भ हुआ उसका कोई अन्त नहीं था। शरत् समझ गया कि वे लोग बेहद गरीब हैं और बामन ठाकुर का बर्ताव हरिमति के साथ बहुत अच्छा नहीं है। परिश्रम कर-करके खिलाते-खिलाते, वह बीमार रहने लगी है। उम्र भी काफ़ी हो गई है।

उसे बहुत दुख हुआ। उसने झगड़ा समाप्त कराने का प्रयत्न किया। लेकिन वह सफल नहीं हो सका। इसी प्रसंग को लेकर उसकी बामन ठाकुर से काफ़ी तेज़ कहा-सुनी हो गई और उसके बाद उसने हरिमति को खर्च देना बन्द कर दिया। अब तो उसके कष्टों की सीमा न रही। रो-रोककर उसने शरत् बाबू को अपनी सारी कहानी कह सुनाई।

शरत् बोला, "मेरी सलाह है कि तुम कलकत्ता चली जाओ।"

हरिमति ने कहा, "दादा ठाकुर, यदि आप प्रबन्ध कर देंगे तो बड़ी कृतज्ञ होऊँगी। मागो के इस देश से मैं जितनी जल्दी हो सके चली जाना चाहती हूँ।"

शरत् बाबू ने उसे कलकत्ता भेजना स्वीकार कर लिया। परन्तु हठात् एक दिन उसे ज्वर हो आया और चौबीस घण्टे के भीतर ही उसके प्राण मुक्त हो गए। डॉक्टर ने आकर बताया, "प्लेग है।"

शरत् मुसीबत में फंस गया। प्लेग का नाम सुनकर कोई पास नहीं आया। किसी तरह शराब पिला-पिलूकर उसने चार-पाँच व्यक्तियों को तैयार किया और तब कहीं जाकर हरिमति का अंतिम संस्कार हो सका।

मिस्त्री पल्ली में ऐसी कहानियों का कोई अन्त नहीं था और किसी-न-किसी मार्ग से होकर शरत् उनसे जा जुड़ता था। वह होम्योपैथी दवाइयाँ भी बाँटता था। डॉक्टर के रूप में भी उसकी प्रसिद्धि कम न थी। उस दिन पड़ोस के मिस्त्री की स्त्री को तेज़ स्वर हो आया तो वह दौड़ा-दौड़ा शरत् बाबू के पास आया और रोता हुआ बोला, "दादा ठाकुर, बहू को बहुत तेज़ ज्वर हो आया है। आप चलकर ज़रा देख लीजिए।"

सदा की तरह होम्योपैथी का अपना बक्स उठाकर शरत् उसके साथ चल पड़ा। स्त्री सचमुच ज्वर के कारण संज्ञाहीन थी, लेकिन भाग्य की बात कि दवा देने पर उसकी संज्ञा लौट आई। और ज्वर भी धीरे-धीरे उतर गया। उसी क्षण से वह स्त्री उन्हें 'बाबा'[1] कहकर पुकारने लगी।

धीरे-धीरे वह स्नेह-सम्बन्ध प्रगाढ़ से प्रगाढ़तर होता गया। लेकिन हठात् एक दिन शरत् बाबू ने सुना कि दोनों में कुछ झगड़ा हो गया है। और वह झगड़ा काफ़ी तीव्र है। शरत् ने मिस्त्री से पूछा, "मैंने तुम्हारी स्त्री को कभी ज़ोर से बोलते हुए नहीं सुना। आज क्या बात हुई?"

---

1. पिता

मिस्त्री अत्यन्त क्रुद्ध था। बोला, "आप तो सब कुछ जानते हैं बाबा ठाकुर। मैंने इस मागी को श्मशान से लौटाया कि नहीं? न इसे खाने का कष्ट है, न पीने का, पहनने को अच्छे कपड़े मिलते हैं, लेकिन फिर भी रात-दिन झिक-झिक करती रहती है। अगर ऐसा ही करना था तो मेरे साथ कण्ठी-बदल क्यों की?"

अपनी स्त्री को दोष लगाते हुए मिस्त्री को शरत् ने कभी नहीं देखा था। अब एकाएक इतनी बड़ी बदनामी उसके सिर पर लाद दी गई। तब भला वह कैसे चुप रह सकती थी? सिर पर कपड़ा डालकर वह आड़ में आकर खड़ी हो गई और तीव्र स्वर में बोली, "बाबा ठाकुर के सामने तुमने मेरे बारे में बहुत कुछ कहा है। अपने को भद्र व्यक्ति बता रहे हो और मेरा सर्वनाश करके मेरे ही सिर पर दोष लगा रहे हो। वह तो मौसी थी, नहीं तो मुझे कल तुम मार ही बैठते। भला मैं तुम्हारी मार क्यों खाऊँ? बार-बार मुझे कहते हो, 'निकल, निकल जा', मैं क्या कुछ सुनती-समझती नहीं? वह तो कहनी ही होगी, और कहना भी क्या है! मेरा गहना-गांठा और कलकत्ते का खर्च-पत्तर मुझे दो और अपनी मागी को लेकर जहाँ जाना है जाओ। बहुत सह चुकी। अब और मुझसे नहीं सहा जाता। मेरा सब कुछ तो ले लिया, अब बाहर निकालता है? तेरे जैसे छोटी जात वाले के ऊपर झाड़ू मारती हूँ। कलकत्ता में भीख माँगकर खा लूँगी लेकिन अब और नहीं सहूँगी। आज ही इसी समय मुझे सब कुछ चाहिए। कहे देती हूँ। अब मेरा सर्वनाश कर दिया, लेकिन अभी भी चन्द्र-सूर्य प्रकाशित हैं। भगवान करे रात बीतते-बीतते तेरा सर्वनाश देखूँ।"

यह कहकर बहू कपड़ा मुँह में देकर फूट-फूटकर रोने लगी। शरत् ने उस समय किसी तरह समझा-बुझाकर उन्हें शांत किया। मिस्त्री कारखाने चला गया, लेकिन फिर लौटकर नहीं आया। एक-एक करके कई दिन बीत गए और इसी बीच में शरत् ने सब कुछ पता लगा लिया। बहू का इस काण्ड में कोई अपराध नहीं था। मिस्त्री की विवाहिता पत्नी भाई के पास आकर ठहरी थी। उसी को लेकर न जाने वह कहाँ चला गया। शरत् बाबू ने तब उससे कहा, "तुम कलकत्ता चली जाओ।"

बहू बोली, "कलकत्ता जाकर अब मैं क्या करूँगी, दादा ठाकुर, मेरे लिए तो काशीवास ही ठीक है।"

शरत् ने उसे काशी भेज दिया।

इन कहानियों का कोई अन्त नहीं था और यह भी नहीं था कि वह केवल सर्वहारा वर्ग में ही रुचि लेता हो। कष्ट में पड़े अपने मित्रों की सहायता करने से भी वह कभी पीछे नहीं हटता था।

एक मित्र थे श्री सुरेन्द्रनाथ मान्ना। दोनों एक ही घर में रहते थे। गाने-बजाने का शौक था। विशेषकर संकीर्तन में उसकी रुचि थी। शरत् सुर-योजना करता और वह गाता था। उनका अपना एक संकीर्तन दल था। एक दिन अचानक सुरेन्द्र की नौकरी छूट गई। करे तो क्या करे। बहुत प्रयत्न करने पर उसे पता लगा कि नामटू गोल्ड माइन में नौकरी मिलने की सम्भावना है। शरत् ने कहा, "तुम फौरन नामटू चले जाओ।"

कई दिन बीत गए। लेकिन सुरेन्द्र नहीं जा सका। शरत् ने पूछा, क्यों, तुम जा क्यों नहीं रहे हो?

पहले तो वह कुछ झिझका। फिर उसने कहा, ''कैसे जाऊँ दादा ठाकुर? पास में एक भी तो पैसा नहीं है। होटल के खाने का पैसा देना है। मित्रों से उधार ले रखा है वह भी चुकाना है।''

शरत् ने सहसा कुछ जवाब नहीं दिया। साधारण किरानी ही तो था। लेकिन दूसरे दिन सुरेन्द्र को उसने बुला भेजा। बोला, ''नामटू जाने का रास्ता जानते हो? पहले मांडले जाना होगा। फिर लासिओं के मार्ग पर नामिओ आएगा। वहाँ से गोल्ड माइन की ओर एक गाड़ी जाती है। वह मुसाफ़िरों को नहीं ले जाती। लेकिन तुम्हारे पास तुम्हारे मित्र का जो पत्र है वह उन्हें दिखाओगे तो वे तुम्हें ले जायेंगे। भाड़े में कुल पन्द्रह रुपये खर्च होते हैं। वह मैं तुम्हें देता हूँ। तुरन्त चले जाओ।''

सुरेन्द्र को सहसा विश्वास नहीं आया। फिर बोला, ''दादा ठाकुर! मुझे कर्ज़ा भी तो चुकाना है।''

शरत् ने कहा, ''उसके बारे में चिन्ता मत करो, मैं सब चुका दूँगा। और देखो, वहाँ सर्दी बहुत पड़ती है। कपड़ों की ज़रूरत हो तो मुझे लिख देना।''

फिर पैसे देकर कहा, ''गाड़ी सवेरे ही जाती है। तुम निश्चिंत होकर चले जाओ।''

वह चला गया, लेकिन शायद वह नहीं जानता था कि किराये के पैसे देकर शरत् के पास उस दिन एक भी पैसा नहीं बचा। केवल एक प्याला चाय पीकर ही वह दफ़्तर गया था और रात को केवल एक कटोरा दूध पीकर ही उसने गुज़ारा किया था।

योगेन्द्र ने नारद मुनि का चित्र बनाते शरत् को देखा था। ऐसे और भी न जाने कितने व्यक्ति नाना प्रकार की सहायता मांगने उसके घर आते रहते थे। एक दिन इन्हीं व्यक्तियों के दुख-दैन्य की चर्चा चल रही थी कि सीढ़ियों पर ठक, ठक, ठक शब्द सुनाई दिया। झाँककर देखा तो वही चिर परिचित नारद मुनि। लाठी के सहारे कांपते-कांपते ऊपर चढ़ रहा है।

शरत् तुरन्त दौड़कर नीचे गया। और बड़े प्यार से सहारा देकर ऊपर ले आया। उसका परिचय देते हुए उस दिन उसने योगेन्द्र से कहा, ''यह व्यक्ति सचमुच ही भगवान की दया का पात्र है। प्यार के कारण कोई यदि अपना सब कुछ लुटाकर राह का भिखारी हो सकता है तो इसकी कहानी सच ही है। पुरोहित को बुलाकर, शंख बजाकर और मन्त्र पढ़कर इसने विवाह किया था या नहीं, यह तो यह जाने या इसका अन्तर्यामी जाने, लेकिन वह कोई भी रही हो उसे इसने किसी मन्त्रपूत पत्नी से कम प्यार नहीं किया। वही उसकी पत्नी उस बार प्लेग में मर गई। उसी क्षण इसका दिमाग खराब हो गया। डॉक्टर का खर्चा भी क्या कम हुआ! तीन-चार सौ से अधिक ही हुआ होगा। फिर भी यदि पत्नी बच जाती तो कोई बात नहीं थी। इसीलिए मैं कहता हूँ कि यह सचमुच भगवान की दया का पात्र है। उन्होंने जैसे उसे मारा है वैसे ही रक्षा भी करेंगे। नहीं तो संसार कैसे चलेगा?''

इतना कहकर शरत ने दीर्घ निःश्वास ली। कई क्षण शून्य में ताकता रहा। शायद उसे अपनी पत्नी की याद हो आई थी। वह भी तो इसी प्लेग में चल बसी थी। फिर अन्दर जाकर

चाय ले आया और स्नेहपूरित नयनों से देखते हुए बोला, ''देखो नारद मुनि, जब जो चाहिए मुझे आकर बताना। यदि ऐसा नहीं करोगे तो मैं कभी माफ़ नहीं करूँगा। यदि किसी दिन भी सुना कि तुम भूखे रहे तो साफ़ कहता हूँ, फिर मेरी चौखट पर मत चढ़ना।''

गद्गद् होकर नारद मुनि ने कहा, ''ऐसी बात कभी हो सकती है देवता! आप जैसे दयालु ठाकुर के रहते मैं भूखा रहूँगा?''

''हाँ, लोहा-लक्कड़, कल-कब्ज़े का सख्त काम करते हो, यह सीधा-सा काम नहीं कर सकोगे? कर सकोगे?''

यह कहकर शरत् तम्बाकू पीने लगा। नारद मुनि उस व्यक्ति का असली नाम नहीं था। वह तो एक साधारण मिस्त्री था। कौन-सा नशा उसने नहीं किया था। पाप की परिभाषा में जो काम आ सकते हैं वे भी उसने या उसके दूसरे साथियों ने कम नहीं किए थे। शनिवार को शराब पीकर सोमवार तक धुत पड़े रहने की बात उनके लिए बहुत सहज थी। फिर बीमारी का बहाना बनाकर वे छुट्टी ले लिया करते थे।

शराब पीकर अति करते उसने न जाने उन्हें कितनी बार देखा, तभी तो 'अधिकार' का स्रष्टा लिख सका था—''खाली लकड़ी के फ़र्श पर बैठे हुए छः-सात मर्द और आठ-दस औरतें मिलकर शराब पी रहे थे। एक टूटा-सा हारमोनियम और एक बांया तबला बीच में पड़ा था। तरह-तरह की छोटी-बड़ी रंग-बिरंगी रीति बोतलें चारों तरफ़ लुढ़क रही थीं। एक बूढ़ी-सी औरत ज़्यादा नशा हो जाने के कारण एक तरफ़ इस तरह पड़ी हुई थी कि उसे नंगी भी कहा जा सकता था। साठ से लेकर पच्चीस वर्ष तक के स्त्री-पुरुष उसमें शामिल थे। आज रविवार था। छुट्टी का दिन ठहरा। प्याज़-लहसुन की तरकारी की, और साथ-साथ सस्ती जर्मन शराब की, अवर्णनीय दुर्गन्ध अपूर्व की नाक में जाते ही उसका जी मिचलाने लगा। एक कम उम्र की औरत के हाथ में शराब का गिलास था। शायद वह अब तक पक्की पियक्कड़ नहीं हो पाई थी। क्योंकि थोड़े ही दिन पहले घर से निकली थी। उसने बायें हाथ से अपनी नाक दबाकर बड़ी मुश्किल से शराब का गिलास अपने मुँह में उंड़ेल लिया और तख्तों की संध में से लगी बार-बार थूकने। एक मर्द ने जाकर झटपट उसके मुँह में तरकारी ठूंस दी। एक भारतीय स्त्री को अपनी आँखों के सामने शराब पीते देख अपूर्व एकदम हक्का-बक्का-सा हो गया।''

लेकिन शरत् हक्का-बक्का नहीं हुआ। क्योंकि वह जानता था कि ये लोग उससे अलग कहाँ थे, और इसीलिए मानता था कि भलाई करना अगर संसार में कोई शब्द हो और उसकी अगर कहीं ज़रूरत हो तो यहीं पर है। जब लोग अति करके अपना जीवन नष्ट करते हैं तो उनसे घृणा नहीं की जा सकती। प्यार से उन्हें समझाया ही जा सकता है। एक दिन योगेन्द्र के सामने ऐसा ही एक व्यक्ति बीमार होने की बात कहकर छुट्टी की अर्ज़ी लिखवाने आया। शरत् ने सदा की तरह अर्ज़ी लिख दी और वह चला गया। तब योगेन्द्र ने शरत् से पूछा, ''बीमारी के कुछ लक्षण तो दिखाई नहीं देते।''

शरत् हँस पड़ा। बोला, ''हो तो दिखाई दें। शनिवार की संध्या को सिर पर भूत सवार

होता है। फिर दो-तीन दिन उसी के अधीन रहते हैं। बहुत समझाता हूँ, धमकी देता हूँ कि यदि इस शनिवार को भी भूत चढ़ा तो मैं स्वयं जाकर तुम्हारे साहब को बता दूँगा। तब तुम्हारी नौकरी खत्म हो जाएगी। उस समय ये लोग तरह-तरह की कसम खाते हैं। कहते हैं, 'अब नहीं पिएँगे। कभी पिएँ तो माँ-बाप के रक्त के समान।' लेकिन माँ-बाप का रक्त भी उनकी रक्षा नहीं कर पाता।''

चकित होकर सरकार ने कहा, ''ऐसे लोगों के बीच में आप क्यों रहते हैं ?''

जैसे किसी ने तीव्र आक्रमण किया हो। शरत् ने आँखें उठाकर सरकार की ओर देखा। वे डबडबा आई थीं। कहा, ''बेशक ये लोग अभागे हैं सरकार, लेकिन फिर भी मनुष्य तो हैं ही। इनका कुछ भला न करके मैं इन्हें दुरदुराऊँ तो ये और भी बिगड़ जायेंगे।''

जैसे वह कहीं खो गया हो। कई क्षण इसी तरह आत्मविभोर बैठा रहा, फिर बोला, ''मनुष्य से किसी भी अवस्था में घृणा नहीं करनी चाहिए। जो व्यक्ति खराब दिखाई देते हैं उन्हें सुधारने की चेष्टा करनी चाहिए। यह बहुत बड़ा काम है। भगवान के इस राज्य में मनुष्य जितना शक्तिशाली है उतना दुर्बल भी है। किसी दिन सोमवार के सवेरे यहाँ आकर देखो तो पाओगे कि मैं सच कह रहा हूँ। सिर का भूत जब उतर जाता है, तब संसार का भान होता है। अर्ज़ी न देने पर साहब उन्हें बरख़ास्त कर देगा। तब क्या होगा ? वेतन काटने या जुर्माना होने पर भी इतना नुकसान नहीं होता। यही सोचकर लज्जा से सिर नीचा किए हुए वे बीमारी की अर्ज़ी लिखवाने मेरे पास आते हैं। उस समय मैं उनकी बुरी आदत को भूल जाता हूँ और केवल यही सोचता हूँ कि हाय, ये अभागे मनुष्य कितने असहाय हैं ?''

कहते-कहते शरत् की आँखें फिर सजल हो आईं।

वह क्रोध न करता हो यह बात नहीं, लेकिन घृणा कभी नहीं करता था। क्योंकि वह मानता था कि बुद्धि और हृदय की विशालता के मामले में शराब पीने वाले न पीने वालों से क्षुद्र हैं, यह किसी भी तरह सत्य नहीं है। इसीलिए वे लोग उसका सम्मान करते थे और उसे 'बामुन दा' कहकर पुकारते थे। उनके साथ मिलकर उसने एक संकीर्तन दल का गठन भी किया था। यद्यपि उसका मन अभी तक ईश्वर के अस्तित्व को पूरी तरह स्वीकार नहीं कर पाया था तो भी उनके दुर्गुण छुड़ाने के उद्देश्य से वह खूब कीर्तन करता था और रामकृष्ण मिशन के उत्सव में भाग लेता था।

क्या यह आश्चर्यजनक नहीं लगता कि जो स्वयं शराब पीने और नाना प्रकार के दूसरे गुनाह करने के लिए बदनाम हो वह दूसरों के ये ही दुर्गुण छुड़ाने का प्रयत्न करे। अपने मित्रों को समय-समय पर लिखे गए पत्रों में उसने अपने इन दुर्गुणों का रस ले-लेकर बखान किया है। और इसी के आधार पर बहुत-से लोगों ने बहुत-सी अविश्वसनीय घटनाओं की सृष्टि कर ली है। लेकिन यह सब अतिरंजित ही नहीं, झूठ भी है। सत्य केवल इतना ही लगता है कि उसके अन्तर में कई शरत् आसन जमाये बैठे थे और इसीलिए वह अपने चारों ओर एक रहस्यमय वातावरण बनाये रखना चाहता था। अपने को छिपाये रखने और उपचेतना में कुंडली मारकर बैठे हुए समाज से बदला लेने की भावना उससे यह सब काम करवाती रहती थी। वह 'कुछ' है, यही वह बताना चाहता था। अन्यथा पीकर माताल होते शायद ही किसी ने उसे देखा

हो। पचास वर्ष बाद[1] उसके एक साथी के छोटे भाई ने कहा था, ''उस दिन वे बहुत देर से लौटे। मेस के द्वार बन्द हो चुके थे। बार-बार पुकारने पर भी किसी ने उधर कान नहीं दिये। आखिर मैंने ही द्वार खोला। वे अन्दर आये। शायद बहुत पुकारने से उनका जी खराब हो गया था, उन्हें कै हो गई। उन्होंने पी रखी थी पर वह होश में थे। बड़े प्यार से उन्होंने मुझसे कहा, 'कनिष्ठ, तुम ही बस मुझे प्यार करते हो।' ''

पीते और लोग भी थे। वह भी पीता था। लेकिन इसी कारण लक्ष्यभ्रष्ट वह कभी नहीं हुआ। उसका सबसे बड़ा अपराध यही था कि वह तथाकथित छोटे और चरित्रहीन लोगों के बीच में रहता था। यही नहीं, अवसर पाकर वह जावा, सुमात्रा, बोर्नियो आदि तत्कालीन बदनाम द्वीपों में घूमने निकल जाता और वहाँ के लोगों के बीच में उनका होकर जीवन को जीता। इस प्रवृत्ति के कारण उसने बहुत कुछ खोया पर बहुत कुछ पाया भी। शरीर एकदम जर्जर हो गया परन्तु अभिज्ञता का कोश बढ़ता ही गया।

और यह अभिज्ञता प्रकट हुई *श्रीकान्त* में, *चरित्रहीन* में और उन अनेक कहानियों में, जिन्होंने उस युग के मानव का मन मोह लिया था। और आज भी क्या वह उस मोह से मुक्ति पा सका है।

8

शांति की मृत्यु के बाद शरत् ने फिर विवाह करने का विचार नहीं किया। आयु काफ़ी हो चुकी थी। यौवन आपदाओं-विपदाओं के चक्रव्यूह में फँसकर प्रायः नष्ट हो गया था। दिन-भर दफ़्तर में काम करता था, घर लौटकर चित्र बनाता या लिखता। लेकिन सभ्य समाज में उसको लेकर जो नाना प्रकार के प्रवाद प्रचलित होते रहते थे उनमें कोई कमी नहीं हुई थी। उनमें एक यह भी था कि शरत् नीच जाति की एक स्त्री के साथ रहता है। एक कहता, ''उस स्त्री का नाम बिराज बहू है।''

दूसरा कहता, ''उसका नाम नयनतारा है।''

तीसरा कहता, ''नहीं, उसका नाम शशितारा है।''

और भी कई नाम वे लोग जानते थे, लेकिन किसी ने उसके घर जाकर वास्तविकता का पता लगाने का प्रयत्न नहीं किया। भद्र लोग एक चरित्रहीन के घर जा भी कैसे सकते हैं? कार्यवश किसी को जाना भी पड़ता तो वह बाहर बैठक में बैठकर ही चला आता। उसके लिए इतना जान लेना ही काफ़ी होता था कि घर में कोई नारी है। औ वह उसकी पत्नी नहीं है।

उस बार माघोत्सव के अवसर पर कीर्तन के लिए मृदंग की आवश्यकता हुई। एक सहकर्मी ने कहा, ''शरत् के पास मृदंग है, मैं वहाँ से ले आऊँगा।''

इससे पूर्व वह कभी शरत् के घर नहीं गए थे। उस दिन जाने पर उसने उनका बड़ा स्वागत किया। कहा, ''मैं आपकी क्या सेवा कर सकता हूँ?''

1. 1960 ई. में लेखक रंगून में उससे मिला था।

बन्धु बोला, "ब्रह्म समाज के उत्सव के अवसर पर मृदंग की आवश्यकता आ पड़ी है। क्या आप दे सकेंगे?"

शरत् ने उत्तर दिया, "हाँ-हाँ, यह जो टंगा है, यह आपके लिए ही है।"

बन्धु बोले, "क्या कोई व्यक्ति यहाँ से इसे ले जाने के लिए भी मिल सकता है?"

उस दिन रविवार था और वहाँ की जो स्थिति थी उसमें उस समय किसी व्यक्ति का मिल पाना बड़ा कठिन था। शरत् कुछ उत्तर दे पाता कि भीतर से एक नारी-कण्ठ ने उलाहना दिया, "जो भक्त हैं, उन्हें मृदंग उठाने के लिए किसी की सहायता की आवश्यकता क्यों है?"

यह तीव्र व्यंग्य था। बन्धु ने उस चोट को अनुभव किया। कहा, "निश्चय ही मैं इसे स्वयं उठाकर ले जाऊँगा।"

वह मृदंग लेकर चले गए। और साथ ही यह जानकारी भी ले गए कि शरत् के घर में एक नारी है जो धर्मप्राण जान पड़ती है।

वह नारी प्रचलित अर्थों में उनकी पत्नी नहीं थी। हिन्दू रीति से बरात चढ़ाकर और अग्नि के चारों ओर फेरे देकर उन्होंने उससे विवाह नहीं किया था लेकिन वह उनकी जीवनसंगिनी निश्चय ही थी।

बंगाल से कृष्णदास अधिकारी नाम के एक व्यक्ति रंगून पैसा कमाने के लिए आए थे। वह मेदिनीपुर ज़िले के रहने वाले थे। उनके साथ उनकी कन्या भी थी। नाम था उसका मोक्षदा। उस कन्या के साथ कोई-न-कोई प्रवाद जुड़ा था। क्या था, इसकी कल्पना अनेकों ने अनेक प्रकार से की है। पर वह मात्र कल्पना ही है, सत्य नहीं। फिर वह सुन्दर ज़रा भी नहीं थी। न दूध जैसा रंग न चित्रांकित नयन। पर अंगों की सुडोलता अद्‌भुत थी। वृष्टि से भीगे फूल-पत्तों जैसा लावण्य था, और स्नेहमयी भी वह कम नहीं थी। पिता अधिकारी थे। अधिकारी वैष्णव होते हैं, कुलीन ब्राह्मण नहीं होते। फिर गरीबी इतनी थी कि दहेज की व्यवस्था करना असम्भव था। इसीलिए तो बेचारे पैसा कमाने के लिए ही यहाँ आये थे। इतनी दूर बर्मा में अपवाद की बात भी कौन जान सकेगा।

अधिकारी महाशय जिस व्यक्ति के पास रुके थे वह शरत् का भी मित्र था। उसी नाते उसका उनसे परिचय था। दूसरों के दुख से दुखी हो उठना उसका स्वभाव था। अधिकारी महाशय की भी सहायता करने का उसने प्रयत्न किया। परन्तु मोक्षदा के लिए वर ढूँढना संभव नहीं हो सका। एक दिन कृष्णदास ने शरत्चन्द्र से कहा, "लड़की सयानी हो गई है। मैं इसे अकेला लेकर कहाँ घूमता फिरूँ? गरीब ब्राह्मण हूँ। यदि आप अनुग्रहपूर्वक इसे ग्रहण कर लें, तो मेरा बड़ा उपकार होगा।"

शरत् इसके लिए तैयार नहीं हो सका। लड़की को वह जानता था। उसके लिए कुछ करना भी चाहता था। लेकिन विवाह करने की स्थिति में वह नहीं था। शायद अभी शांति देवी की स्मृति उसे परेशान कर रही थी।

अचानक इसी समय वह बीमार पड़ गया। बीमार तो वह सदा ही रहता था। स्वतंत्र और दायित्वहीन जीवन में खाने-पीने की व्यवस्था जैसी हो सकती है वैसी उसकी थी। फिर बर्मा

ठहरा मलेरिया और प्लेग का घर। उसका ज्वर तेज़ हो चला। उस समय मोक्षदा ने बंगाली नारी के आन्तरिक स्नेह के साथ उसकी देखभाल की। कई दिन बाद, जब उसका ज्वर उतरा तो पाया मोक्षदा उसके सिरहाने बैठी है। पूछ रही है, "अब जी कैसा है?"

यह स्नेहसिक्त संबोधन सुनकर शरत् को शान्ति की याद हो आई। माँ के बाद उसके जीवन में वही तो एक नारी थी, जिसने सचमुच उसे स्नेह दिया था। आज फिर वही स्नेहसिक्त वाणी उसे आन्दोलित करने लगी। दृष्टि में कृतज्ञता भरकर उसने कहा, "अब ठीक हूँ। तुमने मेरी बहुत सेवा की। मेरा सारा कष्ट जैसे तुमने ही सहा है!"

मोक्षदा की आँखें भर आईं। अपना हाथ शरत् के माथे पर धीरे-धीरे फेरते हुए वह अवरुद्ध कण्ठ से बोली, "मुझ अभागिनी को इतना बड़ा सौभाग्य कहाँ मिल सकता है?"

शरत् क्षीण पर स्नेहसिक्त स्वर में बोला, "नहीं-नहीं, तुम अभागिनी नहीं हो। तुम बंगाल की नारी हो। तुम चिरस्नेहमयी हो।"

फिर वह जैसे अपने-आप से बातें करने लगा हो, "तुम्हें रूप का वरदान नहीं मिला, लेकिन तुम्हारे अन्तर में स्नेह का सागर है। तुम जिसके साथ भी रहोगी, वह धन्य होगा। मेरी माँ भी ऐसी थी। वह भी अन्तर के रूप से रूपसी थी। तुम भी वैसी ही महान हो।"

मोक्षदा ठीक-ठीक नहीं सुन पाई, लेकिन उसने शरत् के प्रकाशित होते श्यामल मुख को देखा। वह जैसे भर उठी। विलासी ने मृत्युंजय को जीत लिया[1]। उसकी स्नेहसिक्त छाया में शरत् धीरे-धीरे अच्छा होने लगा। कृष्णदास बहुत प्रसन्न थे। उन्हें जैसे विश्वास हो चला था कि अब उनके कष्ट दूर हो गए हैं। लेकिन शरत् फिर भी विवाह के लिए राज़ी नहीं हुआ।

तब एक दिन कृष्णदास ने कहा, "यदि आप मोक्षदा से विवाह नहीं करना चाहते तो मुझे कुछ धन दीजिए, जिससे मैं देश लौटकर इसका विवाह कर सकूँ।"

शरत् के पास इतना पैसा कहाँ था? वह अधिकारी महाशय की सहायता नहीं कर सका। लेकिन तभी एक दिन क्या देखता है कि बिना कुछ कहे कृष्णदास अधिकारी मोक्षदा को उसी के पास छोड़कर भारत लौट गए हैं। मोक्षदा अत्यन्त कातर हो उठी। शरत् भी उद्विग्न हो आया, फिर भी उसने मोक्षदा को सांत्वना दी। कहा, "तुम्हें दुखी होने की आवश्यकता नहीं। जब तक कोई और प्रबन्ध न हो, तुम यहीं रह सकती हो।"

और मोक्षदा शरत् के पास रहने लगी। और उसको लेकर एक बार फिर नाना प्रकार के प्रवाद प्रचलित होने लगे। एक दिन शरत् ने कहा, "चलो, मैं तुम्हें कलकत्ता छोड़ आता हूँ।"

लेकिन कहना जितना सरल था, मोक्षदा को छोड़ना उतना ही कठिन था। बचपन से ही जो दूसरों के लिए प्राण संकट में डालता आया है, वह कैसे इस निरीह लड़की को छोड़ देता। इसीलिए एक दिन लौटकर शरत् ने मोक्षदा से कहा, "आज मैंने तुम्हारे लिए एक वर ढूँढ लिया है।"

मोक्षदा हठात् शरत् की ओर देखती रह गई। फिर उसकी आँखें भर आईं। बोली, "इस

---

1. देखें, प्रथम पर्व, अध्याय-6

तरह की बातें करते हुए आपको अच्छा लगता है?''

शरत् ने कहा, ''ना-ना, मैं परिहास नहीं कर रहा और तुम्हें बुरा भी नहीं मानना चाहिए। आखिर तुम्हें विवाह तो करना ही है, जो व्यक्ति मैंने तुम्हारे लिए ढूँढा है, वह तुम्हारा आदर करता है और तुम्हारे प्रति सदय भी है।''

मोक्षदा और भी विस्मिय हो उठी। अटक-अटक कर उसने कहा, ''मैं इस ब्रारे में कुछ नहीं जानती। वह व्यक्ति कौन है? बिना जाने उसके बारे में मैं क्या कह सकती हूँ।''

शरत् ने शरारत से मुस्कराते हुए कहा, ''तुमने उसे देखा है।''

''क्या?''

''हाँ, बहुत बार देखा है।''

जैसे मोक्षदा के मस्तिष्क में प्रकाश उभरने लगा। फिर भी अनजान बने रहते हुए उसने कहा, ''मैं कुछ नहीं जानती।''

शरत् बोला, ''मुझे नहीं जानतीं?''

मोक्षदा ने एकाएक दृष्टि उठाकर शरत् की ओर देखा। अविश्वास और विस्मय से भरी वह दृष्टि शरत् के अन्तर में भर गई। फिर सहसा भरी हुई बदली की तरह वह नीचे झुकी कि शरत् के चरण पकड़ ले, लेकिन बीच में ही रोककर शरत् ने कहा, ''क्या तुम्हें वह व्यक्ति स्वीकार है?''

मोक्षदा ने अब भी कोई जवाब नहीं दिया। वह उसी तरह नीचे झुकी रही।

इसके बाद कहने को कुछ शेष नहीं रह जाता। शैव रीति से दोनों ने विवाह कर लिया। शायद यह कहानी राई-रत्ती इसी तरह नहीं घटी, कैसे घटी यह कोई नहीं जानता, पर यह सच है कि यह विवाह समाज और कानून सभी प्रकार के विवाहों से किसी प्रकार कम नहीं हुआ। लेकिन जब तक गाजे-बाजे के साथ विधि-विधान सम्पन्न न हो, तब तक समाज इस बात को कैसे स्वीकार करे। न करे, सर्वहाराओं के बीच रहने वाले शरत् ने तो स्वीकार कर लिया था। उसने मोक्षदा से कहा, ''आज से तुम हिरण्मयी हुई। तुम खरे सोने के समान हो। उस पर कभी भी किसी प्रकार का मैल नहीं जम सकता। तुम्हारे अन्तर के उज्ज्वल रूप को मैंने देख लिया है। वह मेरी शक्ति बनेगा।''

मालती से सुरेन्द्र भी तो यही कहता है, ''तुमसे विवाह कर लिया, इतने दिनों में आज तुम मेरी स्त्री हुई। अब तुम कहीं भाग नहीं सकोगी। जो माला, आज मैंने पहनाई है उसके बन्धन को जन्म-जन्मान्तर में भी तुम खोल नहीं सकोगी।'' (शुभदा)

और उस दिन हिरण्मयी ने कानून सम्मत पत्नी न होते हुए भी पत्नीत्व के दायित्व को पूर्ण रूप से ओढ़ लिया। मन का यह मिलन ही सच्चा विवाह है। विवाह मंत्र चाहे भाषा में पढ़े जाएँ, चाहे संस्कृत में, इससे क्या होता है? इस दुनिया में स्त्री-पुरुष के ऐसे मिलन हुए हैं जिन्हें किसी भी तरह पवित्र नहीं कहा जा सकता। उन सब मिलनों को भी समाज ने स्वीकार किया था और विवाह के मंत्रों से पवित्र भी कर लिया था। इसलिए हिरण्मयी देवी मंत्र-दीक्षित

पत्नी नहीं हुई तो क्या हुआ? समाज ने उन्हें पत्नी की प्रतिष्ठा नहीं दी तो उससे क्या अन्तर पड़ता है? शरत् के प्रति उनके हृदय में आदर, भक्ति और श्रद्धा का अंत नहीं था। वह भी उन्हें मन-प्राण से प्यार करता था।

एक बार फिर जैसे उसके लिए जीवन के अर्थ बदल गए। बना-बनाकर प्रेम-कहानियाँ प्रचारित करने की आवश्यकता अब नहीं रही। न जाने कितनी ऐसी कहानियाँ स्वयं उसने अपने बारे में प्रचारित कर दी थीं। उसका आवारा कथाकार उसके वैरागी मन को अक्सर पराजित कर देता था। सोचकर देखें तो दोनों का एक समान आधार भी तो था और वह था अंधकार। वैष्णवी श्रीकान्त से कहती है न, ''तुम्हारा यह उदासीन वैरागी मन, जगत में इससे बढ़कर अहंकार से भरा हुआ और भी कुछ है क्या?'' (श्रीकान्त, चतुर्थ पर्व)

कुछ दिन पूर्व अपने मित्र विभूतिभूषण भट्ट को उसने एक पत्र[1] में लिखा था कि ''मैं डेढ़ वर्ष तक एक नारी के साथ घर बसाकर रहा हूँ। कैसा असीम-अगाध प्रणय था वह! लेकिन एक दिन मधुर झगड़ा हुआ और इससे पहले कि मानभंजन हो पाता, मेरी उस प्रेमिका ने एक दूसरे सुपात्र के गले में जयमाला डाल दी।''

''यह सब क्या हुआ, आज भी इसकी मीमांसा नहीं कर सकता। वधू ब्रह्मदेश की नहीं, खांटी स्वदेशी थी। जब पता लगा कि वह जाति की धोबन थी तब कान पकड़े और नाक रगड़ी। फिर इरावती में स्नान करके किसी तरह प्रायश्चित्त किया और विरह की वेदन से मुक्ति पाने के लिए डॉक्टर का सर्टिफ़िकेट देकर छुट्टी ली और हांगकांग चला गया। सुना है, चण्डीदास ने कुछ इसी तरह करके विरहात्मक गीति काव्य लिखा था। मैंने भी स्थिर किया है कि बहुत पहले जो *चरित्रहीन* शुरू किया था इस बार उसे समाप्त करूँगा।''

पूरी चिट्ठी पढ़ने पर ऐसा नहीं लगता कि उसने यह कहानी बनाकर लिखी है परन्तु गम्भीर होकर परिहास करना भी उसका सहज स्वभाव था। यदि 18 महीने के इस प्रणय में ज़रा भी सच्चाई होती तो गिरीन्द्रनाथ सरकार, जिन्होंने अनेक सम्भाव्य-असम्भाव्य रोचक कथाओं का वर्णन किया है, इस सत्य कथा को न छोड़ते, इसलिए ऐसा लगता है कि कैशौर्य की प्रेमिका नीरदा की भाँति यह सारी कथा एक रोमांचक कल्पना-मात्र है। महाकवि चण्डीदास ने धोबन से प्रेम किया था। शायद शरत् के कल्पनालोक में वही प्रेम कुण्डली मारकर बैठ गया था। लेकिन केवल यह धोबन ही उसके कल्पनालोक की प्रेमिका रही हो, ऐसा भी नहीं था। बहुत दिन बाद जब वह कलकत्ता लौट आया था, उसने अपने मित्र अक्षयकुमार सरकार[2] से नारी चरित्र की समीक्षा करते हुए कहा था कि रंगून में एक बंगाली स्त्री थी। उसका पति बीमार था। कैसे-कैसे उसने मुझसे प्रणय निवेदन किया! मैं उसके संग के लिए व्याकुल हो उठा, लेकिन कई दिन साथ रहने के बाद वह यकायक अन्तर्धान हो गई। मेरी क्या दशा हुई तब, विरह-व्यथा से मैं जैसे पागल हो उठा। तब मकान-मालकिन ने मुझसे कहा, ''किसके लिए पागल होते हो जी? उसे अपने बन्धु के लिए पैसे चाहिए थे, सो उसने तुमसे ठग लिए और उसके साथ चली गई। वह तुम्हें ज़रा भी प्रेम नहीं करती थी।''

---

1. 22 फरवरी, 1908 ई. 2. इन्होंने अपनी डायरी में इस कथा की चर्चा की है। (2-2-1930 ई.)

ये कहानियाँ सच हों या झूठ, उसके मानस के अध्ययन का अच्छा अवसर प्रदान करती हैं। वह उन लोगों में से था जो मानते हैं कि नारी का प्रेम ही पुरुष में साहस जगाता है। उसके लिए प्रेम का अर्थ शरीर की भूख नहीं था, बल्कि अपने उपास्य के लिए अपने को बलिदान कर देना था। कैशौर्य के अपने उस विफल प्रेम के बाद कम-से-कम एक बार तो उसने अवश्य ही सचमुच किसी को प्यार किया था। उन दिनों अक्सर भले घर की लड़कियों को भगाकर दुष्ट लोग रंगून ले जाते थे। ऐसी ही एक युवती थी गायत्री। जैसी आकर्षक देहयष्टि, वैसा ही मादक रूप, जो अंगार की तरह वैधव्य की राख में छिपा था। शायद माँ-बाप उसके साथ अच्छा बर्ताव नहीं करते थे। इसीलिए वह मौसा के पास लखनऊ जाना चाहती थी। पड़ोस के एक युवक नन्द दुलाल ने उसे विश्वास दिलाया कि वह उसे मौसा के पास पहुँचा देगा। लेकिन हुआ यह कि वह लखनऊ की ओर न जाकर रंगून की ओर चल पड़ा। बेचारी गायत्री मार्ग में किससे क्या कहे ? जहाज़ पर बर्मा के युवक से उनकी भेंट हुई। उसका नाम था पाँचकौड़ी। नन्द दुलाल ने पाँचकौड़ी को बताया कि गायत्री उसकी पत्नी है। इसी रूप में वे रंगून में वहाँ के प्रसिद्ध एडवोकेट कुंजबिहारी मुखोपाध्याय के घर जाकर ठहरे। शायद गृह-स्वामिनी का स्नेह पाकर गायत्री का खोया हुआ साहस लौट आया। उसने उनसे कहा, "माँ, यह मेरा पति नहीं है। मैं विधवा हूँ। मौसा के पास पहुँचाने का बहाना करके यह धोखे से मुझे यहाँ ले आया है।"

गृह-स्वामिनी स्तब्ध रह गई। उसने तुरन्त गिरीन्द्रनाथ सरकार को बुला भेजा। उन्होंने आकर नन्द दुलाल को खूब अपमानित किया। फिर शरत् आदि मित्रों के सहयोग से उसे स्वदेश जाने के लिए जहाज़ पर चढ़ा दिया। गायत्री के पिता को भी पत्र द्वारा सूचना दे दी गयी। लेकिन गायत्री तब तक कहाँ रहे ? गृह-स्वामिनी उसे रखने को तैयार नहीं थी। गिरीन ने तब शरत् के मोहल्ले में एक घर लेकर उसके रहने की व्यवस्था कर दी। पाँचकौड़ी उसकी देखभाल करने लगा। शरत् भी रात को पाँचकौड़ी के पास ही जाकर सोता था।

एक दिन गायत्री के पिता का उत्तर भी आ गया। वे अपनी कुलटा कन्या को किसी भी शर्त पर घर में रखने के लिए तैयार नहीं थे। उधर से निराश होकर गिरीन ने गायत्री के मौसा को लिखा, लेकिन इसी बीच में बार-बार आने-जाने के कारण शरत् गायत्री के प्रति अनुरक्त हो उठा। बेचारी विधवा, उसका कोई सहायक नहीं है, इसलिए शायद उसके मन में करुणा भी उभरी होगी। इसीलिए तो एक दिन वह गायत्री के प्रति प्रणय-निवेदन करने का साहस कर सका। उसने कहा, "आजकल विधवा-विवाह का प्रचलन है। फिर भी यदि समाज उसे स्वीकार नहीं करता तो हम वैष्णव धर्म स्वीकार कर सकते हैं।"

गायत्री की व्यथा का पार नहीं था। वह बोली, "शरत् दा, जो फूल टूटकर गिर चुका है उससे देवता की पूजा नहीं होती।"

केवल शरत् ने उससे प्रणय-निवेदन नहीं किया, पाँचकौड़ी का धनी स्वामी भी उस पर आसक्त हो उठा था। उस दिन व्यापार के संबंध में पाँचकौड़ी को खोजते-खोजते वह उसके घर आया था। तभी सहसा उसने गायत्री को देखा और उस पर मुग्ध हो गया। उसी दिन से नाना प्रकार के प्रलोभन उसने देने शुरू कर दिये। कभी उपहार भेजता, तो कभी किसी महिला को। और फिर एक दिन वह स्वयं गाड़ी लेकर उसे लेने आ पहुँचा। उसके पास शक्ति थी। शरत् के

पास साहस था। गायत्री की रक्षा के लिए वह सामने आकर डट गया। उस क्षण उसने निश्चय ही मन-ही-मन राजू को याद किया होगा।

इस युद्ध को देखने के लिए दर्शक भी कम नहीं आए थे। रक्तपात होने की पूरी सम्भावना थी। लेकिन तब तक गिरीन्द्र को सूचना मिल चुकी थी। कुछ क्षण बाद वह वहाँ आ पहुँचा। उसके साथ कई लठैत थे। उन्हें देखकर एक-एक करके सब लोग वहाँ से चले गए। दो-तीन दिन बाद गायत्री के मौसा का पत्र आ गया। लिखा था—"गायत्री को लखनऊ पहुँचा दो।"

वह चली गई और शरत् का यह प्रणय भी व्यर्थ हो गया।

यद्यपि इस कथा का स्रोत स्वयं शरत् नहीं है फिर भी यह असत्य हो तो आश्चर्य की कोई बात नहीं। क्योंकि उसके संबंध में नाना प्रकार के लोग नाना प्रकार की कथाएँ प्रचारित करते ही रहते थे। लेकिन सत्य मान लेने पर भी बहुत अन्तर नहीं पड़ता। मनुष्य के जीवन में गोपन-अगोपन ऐसे अनेक अवसर आते हैं। फिर शरत् तो सचमुच ही सैकड़ों ऐसी कुलीन और अकुलीन नारियों के संपर्क में आया था और वह कोई यती या संन्यासी भी नहीं था। अपने को किसी के प्रति विसर्जन कर देने की आकांक्षा सभी में होती है। उसमें कुछ अधिक थी। वेश्यालयों में वह जाता रहा है पर वहाँ भी सेवा-सुश्रूषा का अवसर आने पर वह पीछे नहीं हटा। उस दिन मित्रों के साथ रंगून में एक प्रसिद्ध नर्तकी के घर जाने पर देखा कि वह चेचक से पीड़ित है। मित्र लौट गए पर वह रह गया। अनेक प्रयत्न करने पर भी जब वह उसे नहीं बचा पाया तो विधिपूर्वक उसका अंतिम संस्कार करके ही लौटा।

इसी कारण तो भद्र लोग उसे चरित्रहीन और अछूत समझते रहे और उससे मिलने से बराबर इनकार करते रहे। उसने भी कभी प्रयत्न नहीं किया। लेकिन जहाँ तक उसके निजी जीवन का संबंध था, गृहस्थी बसा लेने के बाद उसकी सौन्दर्य-भावना फिर जाग आई थी। प्रेम ने उसके घर में फूलों की सुषमा बिखेर दी। उसे पुस्तकों से प्रेम था, फूलों से प्रेम था, पशु-पक्षियों से प्रेम था। वह प्रेम अब सुव्यवस्थित और सघन हो उठा। हिरण्मयी के कारण हिन्दू के घर में तुलसी का पौधा भी आ गया।

पक्षी उसके पास निरन्तर रहे। एक मैना थी, जिसे प्यार से वह 'मौना' कहकर पुकारता था। अचानक उसकी मृत्यु हो गई। वह ऐसे दुखी हुआ, जैसे कोई संतान के मरने पर होता है। फिर एक सिंगापुरी नूरी पक्षी ले आया। बड़े प्यार से नाम रखा 'बाटू बाबा'। उसे बातें करना सिखाया। रात को बार-बार उठकर उसे खिलाता। मित्र कहते, "पक्षी को क्या रात को खिलाया जाता है?"

शरत् उत्तर देता, "पक्षी जंगल में रहते हैं। इच्छानुसार खाते रहते हैं, लेकिन जब वे संसार में आकर रहने लगते हैं, तब उन्हें हमारी तरह खाना-पीना पड़ता है। यदि हम उन्हें हाथ से न खिलाएँ तो वह बुरा मानते हैं। उन्हें यदि हम प्यार नहीं कर सकते तो बन्द करने से क्या फ़ायदा?"

वह पक्षी रात के समय गाता भी बहुत सुन्दर था। सुनकर पड़ौसी पूछते, "शरत् बाबू, रात आपके घर में कोई गा रहा था, 'सखि रे की और बोलिब आमि'। बड़ा मधुर स्वर था।"

शरत् हँसकर कहता, ''अरे बाटू बाबा गाता है।''

जब कोई घर आता तो बाटू बाबा तुरन्त कहता, ''कौन जी, कौन हो तुम?''

शरत् उत्तर देता, ''मैं हूँ।''

तब बाटू बाबा चिल्लाता, ''बाटू। टू-टू-टू।''

शरत् ने इसके लिए चांदी का एक खम्भा, सोने की जंजीर और पैरों के स्प्रिंगदार सोने के कड़े बनवा दिये थे। अपनी शय्या के पास ही उसके सोने के लिए शय्या लगवाई थी। उस पर बहुमूल्य रेशम का तकिया, तोसक और मसहरी की व्यवस्था भी थी। रात को शरत् ज़ंजीर खोल देता। तब बाटू बाबा अपने खम्भे पर से उतर कर आता और मसहरी के भीतर अपने बिस्तर पर सो जाता।

यह बाटू बाबा जैसा प्यारा था, वैसा ही दुर्दान्त भी था। शरत् जब इसकी चोंच चूम लेता तो गद्गद् होकर वह उसके गाल पर अपना सिर रगड़ता, लेकिन यदि दूसरा व्यक्ति ऐसा करता तो तार-सप्तक में चीखकर आपत्ति प्रकट करता। उसके हाथ में काट लेता। इसलिए कोई भी नया व्यक्ति घर में नहीं आ सकता था। द्वार-रक्षक कुत्ते की तरह वह सदा सतर्क रहता था। एक दिन जब घर में कोई नहीं था तो नौकरानी ने रसोईघर में घुसकर घी निकालने की चेष्टा की। वह समझती थी कि कोई देख नहीं रहा है, लेकिन बाटू बाबा ने तुरन्त शोर मचाना शुरू कर दिया। पड़ोसी जानते थे कि यह शोर मचाता ही रहता है, किसी ने उसकी ओर ध्यान नहीं दिया। नौकरानी भी आश्वस्त थी, लेकिन इसी बीच में बाटू बाबा ने चोट कर-करके ज़ंजीर को तोड़ डाला और बाहर आकर नौकरानी पर आक्रमण करने लगा। उसने इतनी तेज़ी से काटना शुरू किया कि नौकरानी चीख उठी, ''मार डाला रे, बाबा रे।''

लेकिन बाटू बाबा ने उसे भागने नहीं दिया। तभी शरत् लौट आया। नौकरानी रंगे हाथों पकड़ ली गई।

एक दिन यही बाटू बाबा मर गया। सोने की ज़ंजीर उसके गले में फंस गई। शरत् अत्यन्त कातर हो उठा। विधिपूर्वक नदी-तट पर ले जाकर उसका दाह-संस्कार किया। कई दिन तक न तो घर से बाहर निकला, न खाया, न पिया। जब निकला तो शोक के कारण उसका हृदय भरा हुआ था। बाल बिखरे हुए थे। मित्रों ने पूछा, ''क्या हुआ शरत् बाबू? आप इतने दुखी क्यों हैं?''

शरत् ने उत्तर दिया, ''मेरे बच्चे की मृत्यु हो गई है।''

उसने एक कुत्ता भी पाला था। ठेठ देसी और उस पर बेहद बदसूरत-असभ्य। लेकिन एक फ़कीर ने हिरण्मयी देवी से कहा था, ''इस कुत्ते को पालने से तुम लोगों का भाग्य चमक उठेगा।''

कुत्ते के कारण हो या किसी और कारण, भाग्य सचमुच चमक आया था। इसीलिए बहू ने बड़े प्यार से उसका नाम रखा 'वंशीवदन'। लेकिन प्यार क्या इतने सुन्दर नाम की अपेक्षा रखता है! कोई छोटा-सा अटपटा नाम ही प्यार का प्रतीक हो सकता है। इसलिए शरत् ने उसका नाम रखा 'भेली'। उस पर उसके प्यार की कोई सीमा नहीं थी। उसके अन्तर में जो

असीम स्नेह भरा हुआ था वह निरन्तर मार्ग ढूँढ़ता रहता था। दुनिया सम्पन्न और सुन्दर को प्यार करती है पर उसने मन-ही-मन निश्चय किया कि वह उन्हीं को प्यार करेगा जो सर्वहारा हैं, जो असुन्दर हैं...।

9

चरित्रहीन प्रायः समाप्ति पर था। *नारी का इतिहास* प्रबन्ध भी पूरा हो चुका था। पहली बार उसके मन में एक विचार उठा—क्यों न इन्हें प्रकाशित किया जाए। भागलपुर के मित्रों की पुस्तकें भी तो छप रही हैं। उनसे ये किसी भी तरह हीन नहीं हैं। लेकिन किसको लिखूँ, सौरीन को, सुरेन को, विभूति को, या प्रमथ को?

प्रमथ पर उसे सबसे अधिक विश्वास था, लेकिन कई वर्ष हो गए उसका कुछ पता नहीं, कलकत्ते में है भी या नहीं...।

वह कुछ निर्णय कर पाता कि अचानक एक संध्या को उसके घर में आग लग गई। नीचे के तल्ले में एक धोबी रहता था। जिस समय आग लगी, सब सोये हुए थे। पड़ोसियों के आर्तनाद करने पर ही उसकी नींद खुली। देखकर हतप्रभ रह गया। आग काफ़ी फैल चुकी थी। सबसे पहले उसने हिरण्मयी देवी, कुत्ते और पक्षी को निरापद स्थान पर पहुँचाया। फिर कुछ अत्यन्त दुर्लभ और नितान्त प्रयोजनीय ग्रंथों और वस्त्रों को एक स्टील के ट्रंक में डाला और नीचे भागा। लेकिन आग तब तक ऊपर बढ़ आई थी। लकड़ी का घर धू-धू करके जलने लगा था। यह देखकर उसने उस ट्रंक को फेंक दिया और छलांग मारकर नीचे कूद पड़ा। और एक ओर खड़े होकर अग्निदाह को देखने लगा। उसके कई मित्र जो सामने के मैदान में बैठे हुए वायु सेवन कर रहे थे वहाँ आ गए। उन्होंने देखा, शरत् एकटक अपने जलते हुए मकान को देख रहा है। आकण्ठ सहानुभूति से भरकर एक मित्र ने कहा, "शरत् दा, घर की चीज़ें तो वहीं रह गईं। लाइब्रेरी, तैलचित्र, पाण्डुलिपियाँ—सब कुछ नष्ट हो गया।"

निस्संग भाव से शरत् ने उत्तर दिया, "हो गया। अब क्या किया जा सकता है?"

एक विदेशी बन्धु की पूरी लायब्रेरी उसने थोड़े मूल्य पर खरीद ली थी। बड़े परिश्रम से घर को सजाया था। बड़ी साध से तैलचित्र तैयार किए थे। अभागिनी नारियों का इतिहास, *चरित्रहीन* न जाने कितने वर्षों से लिखता आ रहा था। सब कुछ को उसने अपनी आँखों के सामने भस्म होते हुए देखा और मौन खड़ा रहा। बचा सका केवल कुछ पुस्तकों को, अपनी पत्नी को, पक्षी को और प्यारे कुत्ते को।

उसी समय सहसा धोबी का आर्तनाद सुना। प्राणों के भय से वह अपनी बकरी खोलना भूल गया था। शरत् तुरन्त दौड़ा। किसी के निषेध की उसने परवाह नहीं की। जलते हुए घर में घुस गया। सभी लोग 'हाय-हाय' करने लगे। परन्तु उसी क्षण आग और धुएं के कुण्डल के बीच में से बकरी के बच्चे को छाती से चिपकाए हुए वह विद्युत गति से बाहर आ गया। ठीक उसी समय वह जलता हुआ घर बड़े ज़ोर से टूटकर गिर पड़ा।

फिर बचाने के लिए कुछ शेष नहीं रहा। इस अग्निदाह के संबंध में भी अनेक व्यक्तियों

ने अनेक बातें कही हैं। लेकिन इसकी सूचना देते हुए अपने बचपन के प्रिय साथी प्रमथनाथ भट्टाचार्य को दो पत्र लिखे थे। इससे पहले उसने उन्हें कभी लिखा हो इसका कोई निश्चित प्रमाण नहीं मिलता। इन पत्रों से भी लगता है कि वह बहुत वर्षों बाद लिख रहा था। अग्निदाह के लगभग एक महीना बाद[1] उसने पहला पत्र लिखा :

प्रमथ को सूचना दे रहा हूँ कि मैं इस देश में बीच-बीच में आता रहा हूँ और भविष्य में भी आने की आशा रखता हूँ। पिछली बार जब आया था, तो दो बार प्रमथ का ठिकाना चेष्टा करने पर भी न पा सका और इसी कारण भेंट नहीं हो सकी।

मैं अच्छा नहीं हूँ, क्योंकि दो वर्ष पहले हृदय रोग से बहुत कष्ट पाया। आज भी संभवतः स्वस्थ नहीं हो सका हूँ, फिर भी पीड़ा कम है। 5 फरवरी की रात को मेरा घर-द्वार सब जल गया। घर जल जाने से एक मुसीबत में पड़ गया हूँ। हज़ार-दो-हज़ार की वस्तुएँ तो गईं ही, एक बहुमूल्य पुस्तकालय तथा पाण्डुलिपि आदि सब नष्ट हो गए। मन में सोचा था कि इनको इस महीने के अन्त में प्रेस में भिजवा दूँगा। किसके ऊपर भार रखूँ यह सोचने पर अनेक बार प्रमथ की बात मन में आई, लेकिन यह मन में नहीं हुआ कि वह शायद अभी कलकत्ते में है। आशा करता हूँ सब समाचार अच्छे हैं। मई माह में फिर कलकत्ता आऊँगा।

बारह दिन बाद[2] फिर दूसरा पत्र लिखा :

प्रमथ,

तुम्हारा पत्र पाकर आज ही जवाब लिखता हूँ ऐसा तो नहीं हुआ। जो मेरा स्वभाव जानते हैं, उनके सामने इससे अधिक कुछ कहना व्यर्थ है। बहुत बार तुम्हें मेरी याद आई है, यह मैं जानता हूँ। क्योंकि जिनको याद करने का कोई प्रयोजन नहीं है वे भी जब याद करते हैं, तब तुम तो करोगे ही। मेरे भाग्य विधाता ने मेरी समस्त शास्ति से बड़ी यही शास्ति, जन्म से ही जान पड़ता है, मेरे भाग्य में लिखी है। आज यदि मैं यह सोच सकता कि मेरे सभी परिचित-आत्मीय-स्वजन बन्धु-बान्धव मुझे भूल गए हैं तो सुखी होता, शांति पाता। यह होने वाला नहीं है। जो मुझे याद करेंगे वे मेरी खोज लेना चाहेंगे, विचार करेंगे और बराबर मेरे पतन पर दुःखी होकर दीर्घ निःश्वास खींचेंगे और मेरे मर्मान्तक दुख के बोझ को अक्षय कर देंगे। लोगों ने मुझसे क्या-क्या आशा की थी, क्या नहीं पाया और क्या होने पर वे मुझको निष्कृति दे सकते थे, यह यदि मुझे बता सकते तो मैं चिरकाल तक उनका कृतज्ञ रहता। यदि तुम पुरानी बातें याद न दिला देते तो मैं यह सब न कहता। मैं मर गया हूँ, यही बात किसी दिन देख पाओ तो कहना।

यह कहकर तुम दुखी मत होना। तुमसे मुझे डर नहीं लगता। क्योंकि तुम, जान पड़ता है, मेरा विचार करने का गुरु भार लेना नहीं चाहोगे। इसी से कुछ और दिन जीवित रहने पर भी हानि होगी, ऐसा नहीं सोचता हूँ। तुम मेरे मित्र हो, शुभचिन्तक हो। विचारक होकर मुझे दुख नहीं दोगे, यही आशा करता हूँ।

मेरे बारे में जानना चाहते हो। संक्षेप में वह इस प्रकार है :—1. शहर के बाहर मैदान के बीच में और नदी के किनारे एक छोटे-से घर में रहता हूँ।-2. नौकरी करता हूँ। नब्बे रुपये

---

1. 11 मार्च, 1912 ई. 2. 22 मार्च, 1912 ई.

वेतन मिलता है। और दस रुपये भत्ता। 3. दिल की बीमारी है। किसी भी क्षण...4. बहुत पढ़ा है, लिखा प्रायः कुछ भी नहीं। पिछले दस वर्षों में शरीर विज्ञान, जीव विज्ञान, मनोविज्ञान और इतिहास पढ़ा है। शास्त्र भी कुछ पढ़ा है। 5. आग से मेरा सब कुछ जल गया। पुस्तकालय और *चरित्रहीन* उपन्यास की पाण्डुलिपि भी। *नारी का इतिहास* करीब चार-पाँच सौ पृष्ठ लिखा था, वह भी जल गया। इच्छा थी, इस वर्ष छपवाऊँगा। मेरे द्वारा कुछ हो यह शायद सम्भव नहीं, इसीलिए सब कुछ स्वाहा हो गया। फिर कुछ करूँगा, ऐसा उत्साह नहीं हो रहा। *चरित्रहीन* पाँच सौ पृष्ठों में प्रायः समाप्त हो चला था। सब कुछ गया।

तुम्हारे क्लब की बात सुनकर अत्यन्त आनन्द हुआ। किसी भी तरह हो, बीच-बीच में लिखते रहा करो। स्वयं ही कुछ करना अच्छा है, आज के फ़ैशन के युग में यह बात भूलना उचित नहीं है।

तुम्हारा जैसा स्वभाव है उससे तुम तो इतने लोगों के साथ घनिष्ठ भाव से परिचित हो गए हो, इसमें आश्चर्य की कोई बात नहीं है। हमारी पुरानी साहित्य सभा की एकमात्र सदस्या निरुपमा देवी ही साहित्य-सेवा कर रही है और सबने छोड़ दिया है। यही ना? मेरी कोई पुरानी रचना मेरे पास नहीं है। कहाँ हैं? हैं या नहीं हैं, कुछ नहीं जानता। जानना चाहता भी नहीं।

एक और समाचार तुम्हें देना बाकी है। लगभग तीन वर्ष पहले हृदय रोग के प्रथम लक्षण प्रकट हुए थे। तब मैंने तैल-चित्रांकन शुरू किया था। पढ़ना छोड़ दिया था। इन तीन वर्षों में बहुत-से चित्र इकट्ठे हो गए थे, वे भी खत्म हो गए हैं। अंकन का केवल सामान-भर रह गया है। अब मुझे क्या करना उचित है यदि यह बता दो तो तुम्हारे कहने के मुताबिक कुछ दिन चेष्टा कर देखूँगा। नावेल, हिस्ट्री या पेंटिंग, कौन-सा फिर शुरू करूँ?

तुम्हारा स्नेही,

शरत्

पत्र उसने इससे पहले भी लिखे होंगे, पर केवल दो पत्रों[1] को छोड़कर उनका लेखा-जोखा किसी के पास नहीं है। उसके जीवन में नये युग का सूत्रपात प्रत्यक्ष रूप से इन्हीं दो पत्रों से होता है। पिछले नौ वर्षों में उसके चारों ओर जो रहस्यमय वातावरण बन गया था, वह जैसे अब दूर होने लगा। उसके मन में यह विचार पैदा हुआ कि मेरी पुस्तकें भी छप सकती हैं। 'बड़ी दीदी' का पाँच वर्ष पूर्व जैसा अपूर्व स्वागत हुआ था, रवीन्द्रनाथ ने जिस प्रकार उसकी प्रशंसा की थी, उससे निश्चय ही उसके मन से हीनता की भावना दूर हो चली थी। आत्मविश्वास जाग आया था।

इस पत्र में उसने चाय की दुकान खोलने की चर्चा की है। वह सत्य है। एक दिन अचानक उसने दफ़्तर के अपने साथियों से कहा, "मैंने एक चाय की दुकान खोली है।"

साथी उसकी ओर देखते रह गए। सपनों की दुनिया में रहने वाला, यह आवारा व्यक्ति क्या दुकान खोलेगा? अविश्वास के स्वर में एक मित्र ने पूछा, "क्या सच!"

---

1. दिसम्बर, 1902 का पत्र मामा गिरीन्द्रनाथ के नाम, फरवरी, 1908 का पत्र विभूतिभूषण भट्ट के नाम

"देखना है तो चलो।"

दफ़्तर बन्द हो जाने के बाद, आग्रहपूर्वक वह दो-चार मित्रों को अपनी दुकान पर ले गया। घर के पास एक लकड़ी के मकान में सचमुच चाय की दुकान थी। एक मित्र ने कहा, "शरत् बाबू, अब आप नौकरी छोड़ दीजिए। चाय की दुकान पर स्वयं न बैठने से दो दिन में सब कुछ समाप्त हो जाएगा।"

शरत् ने उत्तर दिया, "नहीं रे, बैठना नहीं होगा। जानते हो मैंने क्या बन्दोबस्त किया है? एक टिन दूध में कितनी चीनी मिलानी होगी, उससे कितने प्याले चाय तैयार होगी, यह सब मैंने ठीक कर लिया है। सवेरे दूध का एक टिन खरीद दूँगा, सारा दिन जितना दूध खर्च होगा, संध्या को उसी के हिसाब से पैसे ले लूँगा।"

यह गणित कहने में जितना सरल था, व्यवहार में उतना ही कठिन प्रमाणित हुआ। वह दुकान बहुत जल्दी समाप्त हो गई।

10

गृहदाह के बाद वह कलकत्ता आया[1]। साथ में पत्नी थी और था उसका प्यारा कुत्ता। अब वह कुत्ता लिए कलकत्ता की सड़कों पर प्रकट रूप में घूमता था। छोटी दाढ़ी, सिर पर अस्त-व्यस्त बाल, मोटी धोती, पैरों में चट्टी, बदन पर चाइना कोट, कोई भी देखकर बता सकता था कि यह व्यक्ति शहरी नहीं है।

इस बार खोज-खोजकर उसने मित्रों से भेंट की। सौरीन्द्रमोहन मुकर्जी *भारती* का सम्पादन कर रहे थे। वह उनसे मिलने के लिए गया। कलकत्ता छोड़ने के बाद यह शायद उनकी पहली भेंट थी। दोनों ने एक-दूसरे को बहुत कुछ कहा-सुना। शरत् ने कहा, "चिकित्सा के लिए मैं कलकत्ता आया था। तुम्हारी बहुत खोज की, लेकिन भेंट न हो सकी।"

सौरीन्द्रमोहन ने कहा, "तुमने लिखना क्यों छोड़ दिया? समझ में नहीं आता। तुम नहीं जानते कि तुम्हारे लिखने से बंगला साहित्य की कितनी समृद्धि होगी? तुम्हारे भाग्य में महान होना लिखा है। 'भारती' में जब 'बड़ी दीदी' छपी थी तो बहुत शोर मचा था कि वह रवीन्द्रनाथ की रचना है।"

उन्होंने विस्तार से वह कहानी पढ़ सुनाई। यह भी बताया कि रवीन्द्रनाथ ने क्या कहा था। शरत् जानता न हो यह बात नहीं, लेकिन विश्वस्त रूप में एक मित्र के मुख से सुनना और ही बात है। बोला, "जहाँ जा पड़ा हूँ और रोज़गार की चेष्टा में जिस प्रकार फंस गया हूँ, उससे अब मन टूट गया है।"

मुकर्जी महोदय बड़े आग्रह के साथ उसे घर ले गए। मामा उपेन्द्रनाथ गांगुली, एक युवक साहित्यिक फणीन्द्रनाथ पाल तथा और कई व्यक्ति भी आ जुटे थे। काली पूजा का पर्व था। दोपहर के दो बज चुके थे। घर के बच्चे आतिशबाज़ी लेकर धमाचौकड़ी मचा रहे थे।

---

1. अक्टूबर, 1912 ई.

लेकिन शरत् ने सौरीन्द्रमोहन से कहा, ''एक बार 'बड़ी दीदी' पढ़ो तो सुनूँगा। ठीक याद नहीं, क्या कहानी लिखी थी।''

उसके बाद बैठक में बिछे तख़्तपोश[1] पर लेट गया और बोला, ''तुम पढ़ो, मैं सुनताा हूँ।''

सौरिन्द्रमोहन कहानी पढ़ने लगे। सुनते-सुनते शरत् अभिभूत हो उठा। आँखों में पानी भर आया। बीच-बीच में बोल उठता, ''रुको-रुको क्या यह मेरा ही लिखा हुआ है? बहुत खराब तो नहीं लिखा। सुनकर मन भर आया है। यह कहानी मैंने अपने ही हाथ से लिखी है! आश्चर्य होता है।''

मुकर्जी बोले, ''यही तो, लोग ऐसा लिख पाते हैं वे ही यदि लिखना छोड़कर हाथ पर हाथ रखकर बैठ जाएँ तब उनका अपराध क्षमा नहीं किया जा सकता। तुम अगर नहीं लिखोगे तो मैं समझता हूँ कि आत्महत्या करोगे। रवीन्द्रनाथ ने कहा था, तुम यदि नहीं लिखते तो निष्ठुरता ही होगी।''

कहानी में जिस जगह रोग-शय्या पर लेटे हुए सुरेन्द्रनाथ ने अपनी स्त्री शान्ति की दीवार पर टंगी हुई अपनी छवि दिखाकर कहा था, ''यह तस्वीर अगर चार ब्राह्मणों के द्वारा नदी के किनारे जला सको, नाम की कीमत समझने के लिए...'' उस स्थान पर जब मुकर्जी पढ़ रहे थे, तब आँखें बन्द किए शरत् पागलों की तरह उठ बैठा। और उसका हाथ पकड़कर बोला, ''रुको।''

उसे कण्ठावरोध हो आया था। कई क्षण वह चुपचाप बैठा रहा। उसके बाद दीर्घ नि:श्वास छोड़कर बोला, ''अब पढ़ो।''

मुकर्जी ने फिर पढ़ना शुरू किया। वह लेट गया और लेटे-लेटे आँखें बन्द किए उसने बाकी कहानी सुनी। समाप्त होने पर बोला, ''अच्छा तो लिखा है। हाँ, अब मैं फिर लिखूँगा। तुम लोगों का विश्वास है कि मैं अच्छी कहानी लिखता हूँ?''

मुकर्जी बोले, ''फणीन्द्रनाथ पाल ने इस वर्ष बी.ए. पास किया है, सरकारी नौकरी नहीं करना चाहता। *यमुना* नाम की एक पत्रिका निकालने का विचार कर रहे हैं। उसी के सम्पादन में जीवन समर्पण कर देने की कामना है। इनके पत्र में तुम्हें लिखना होगा।''

शरत् बोला, ''हाँ, लिखूँगा, यदि तुम लोग भी लिखो। तुम लोग यानी निरुपमा, सुरेन, गिरीन, विभूति, तुम, तुम्हारी छोटी बहन और उपेन, तब मैं भी निश्चय ही लिखूँगा। मैंने एक अद्भुत रचना लिखी थी, *नारी का इतिहास*। लगभग पाँच सौ पन्ने फुलस्केप साइज़ के थे। घर जल जाने पर सब राख हो गया। कहानी नहीं थी, लेकिन गल्प-उपन्यास से भी बहुत अधिक रोचक थे। अनेक इतिहास और पुरातत्व की पुस्तकें तथा अनेक जीवनियों का अनुशीलन करके उसे लिखा था। उसके भस्मसात् हो जाने पर मन को बड़ी चोट लगी है।''

मुकर्जी ने कहा, ''क्या कुछ भी याद नहीं?''

---

1. इसी तख़्तपोश पर बैठकर मैंने मुकर्जी महोदय के मुख से यह सब कथा सुनी थी।

शरत् बोला, "कुछ-कुछ याद है।"

मुकर्जी ने कहा, "जितना याद है, उसी के आधार पर लिखना शुरू कर दो!"

शरत् बोला, "लिखूँगा। एक और कहानी लिखी है। वह प्रकाण्ड उपन्यास होगा। चौथाई हिस्सा लिखा पड़ा है। वह भी तुमको पढ़ने को दूँगा। कहानी का नाम है *चरित्रहीन*। यदि उसे पूरा कर सका तो वह एक नई चीज़ होगी। दो-तीन महीने बाद फिर एक बार कलकत्ता आना ही है। साथ लेता आऊँगा। यदि *नारी का इतिहास* लिख सका, तो उसको भी लेता आऊँगा। इस बार आकर कुछ दिन कलकत्ता रहूँगा।"

चरित्रहीन के कुछ पृष्ठ वह अपने साथ लाया भी था। उस समय *साहित्य* पत्रिका की बड़ी धूम थी। समाजपति महोदय उसके सम्पादक थे। वे पृष्ठ लेकर शरत् उपेन्द्र मामा के साथ उनसे भी मिला। फणीन्द्रनाथ से भी चर्चा हुई। लेकिन अभी तक उसकी पूरी रूपरेखा स्पष्ट नहीं हुई थी। शरत् स्वयं भी कुछ नहीं कह सकता था। इसलिए कोई अन्तिम निर्णय नहीं हो सका। और फिर से लिखने का आश्वासन देकर वह रंगून लौट गया। आने से पूर्व इस बार बहरामपुर जाकर विभूतिभूषण भट्ट और निरुपमा देवी से भी मिलना वह नहीं भूला।

शीघ्र ही छुट्टी लेकर वह फिर कलकत्ता आया। यद्यपि मित्रों से परिचय हो गया था लेकिन इस बार भी वह किसी के पास नहीं ठहरा। वहीं ठहरा जहाँ भले आदमी नहीं ठहरा करते। पिछली बार वह हावड़ा के एक वेश्यालय में ठहरा था। खोजते-खोजते जब मामा उपेन्द्रनाथ वहाँ पहुँचे तो देखा पास ही एक मकान में शीशे के सामने खड़ी एक स्त्री बाल संवार रही है। उसी से पूछा, "क्या यहाँ कोई शरत्चन्द्र चट्टोपाध्याय ठहरे हैं? वे रंगून से आये हैं।"

स्त्री ने उत्तर दिया, "ओह, दादा ठाकुर के बारे में पूछते है? वे तो ऊपर है। यह जो जीना है, इससे आप ऊपर चले जाएँ। सामने ही मिलेंगे।"

ऊपर जाकर उपेन्द्रनाथ ने देखा कि शरत् *चरित्रहीन* लिखने में व्यस्त है।

बहुत दिनों बाद[1] फणीन्द्रनाथ पाल ने लिखा, "उस दिन की बात याद आती है। श्रीयुत उपेन्द्रनाथ गंगोपाध्याय ने सूचना दी—शरत् कलकत्ता आया है। कल वह मेरे घर आया था, कहाँ ठहरा है बताकर नहीं गया। उसे कैसे खोजा जाये, इस पर बहुत सोचा। जो भी हो अंततः हमने उसे खोज ही लिया।"

इस बार वह *चरित्रहीन* की पाण्डुलिपि साथ लेकर आया था। बादामी रंग के फुलस्केप नाप के कोई 70-80 पृष्ठ होंगे। मुकर्जी से उसने कहा, "पढ़कर देखो, चल सकता है या नहीं। प्रकाण्ड उपन्यास होगा। तुम लोगों की राय जानने के बाद ही इसे पूरा करूँगा। अभी तक तो कथा में नायिका का प्रवेश ही नहीं हुआ है। इसकी नायिका 'किरणमयी' है। यह एक नयी चीज़ होगी।"

ये पृष्ठ उसने *यमुना* के सम्पादक फणीन्द्रनाथ पाल को भी पढ़कर सुनाए थे। सुनते-सुनते पाल महाशय तन्मय हो उठे और बार-बार उसे पूरा करने का अनुरोध करने लगे। कहा,

---

1. सन्, 1928 ई.

''मैं इस उपन्यास को निश्चय ही *यमुना* में प्रकाशित करना चाहता हूँ।''

भारती और *साहित्य* के सम्पादकों से भी उसके प्रकाशन की चर्चा हुई। किसी कारणवश उस समय 'साहित्य' के सम्पादक उसे स्वीकार नहीं कर सके। *भारती* का दावा सबसे पहला था, क्योंकि प्रकाश में आने वाली उसकी एकमात्र रचना *बड़ी दीदी* उसी में छपी थी। कहना चाहिए कि *भारती* के सम्पादक सबसे पहले शरत् को प्रकाश में लाए थे। मुकर्जी महाशय ने *चरित्रहीन* के वे अंश स्वयं पढ़े और फिर स्वर्णकुमारी देवी को दिए। वह तो पढ़कर गद्गद् हो उठी। बोली, ''रचना चमत्कार है। लेकिन पूरी पढ़ लेने पर ही कुछ कहा जा सकेगा। उसके बाद मुझे देना। मैं इसके लिए 100 रुपये पेशगी दे सकती हूँ।''

इस प्रस्ताव से शरत् तनिक भी उत्साहित नहीं हुआ। कहा, ''यह रचना जल्दी में पूरी नहीं हो सकती। मैं खूब सोच-समझकर लिखता हूँ। लेकिन किरणमयी की कथा जब लिखी जायेगी तब क्या यह रचना महिला द्वारा सम्पादित पत्रिका में प्रकाशित करने योग्य रह जायेगी? शायद नहीं।''

अब केवल *यमुना* ही शेष रह गई थी। निश्चय हुआ कि इसे धारावाहिक रूप में प्रकाशित किया जाए। फणीन्द्रनाथ पत्रिका की पृष्ठ संख्या बढ़ाने के लिए राज़ी हो गए। लेकिन अभी तो रचना पूरी नहीं हुई थी। इसलिए *यमुना* में उसकी एक पुरानी कहानी 'बोझा' प्रकाशित हुई[1]। *बड़ी दीदी* के बाद उसके नाम से किसी पत्र में प्रकाशित होने वाली उसकी यह सर्वप्रथम रचना थी। लेकिन इसके लिए भी किसी ने उससे नहीं पूछा था। सुरेन्द्रनाथ से लेकर सौरीन्द्रमोहन ने यह रचना *यमुना* के लिए दे दी थी। इस बात से शरत् बहुत दुखी हुआ। उसने तुरन्त अपने मित्रों को लिखा, ''अब बिना मेरी अनुमति के मेरी कोई पुरानी रचना प्रकाशित नहीं की जानी चाहिए।''

वह अपनी पुरानी रचनाओं को अच्छा नहीं समझता था। और उसके मित्र उन्हें प्रकाश में लाने के लिए कटिबद्ध हो चुके थे। लेकिन यह समझ नहीं आता कि पाँच वर्ष पूर्व 'बड़ी दीदी' के प्रकाशन के अवसर पर वे सब लोग क्यों चुप रहे। न तो उन्होंने शरत् की तलाश की और न स्वयं शरत् ने ही लिखने की चेष्टा की। क्या यह आश्चर्य की बात नहीं कि 'बड़ी दीदी' के अभूतपूर्व स्वागत और रवीन्द्रनाथ की प्रशंसा की बात सुनकर भी नई रचनाएँ लिखने या पुरानी छपवाने की प्रवृत्ति उसमें नहीं जागी?

ऐसा लगता है कि तब तक भी वह अपने लिखने के बारे में आश्वस्त नहीं हो पाया था। संभवतः रवीन्द्रनाथ द्वारा अपनी प्रशंसा सुनकर उसके मन में, उनके जैसा लिखने की प्रवृत्ति और भी सघन हो उठी। कुछ दिन पूर्व ही उन्हें नोबेल पुरस्कार मिल चुका था। और उनकी इस अभूतपूर्व ख्याति ने देश का मस्तक ऊँचा किया था। शरत् के सामने वही ऊँचा लक्ष्य रहा होगा। *चरित्रहीन* की रचना के पीछे साधना का जो इतिहास है, वह उसकी इस कामना का साक्षी है।

इस बार कलकत्ता आने के बाद उसका अज्ञातवास प्रायः समाप्त हो चुका था। और वह अपरिचय के अन्धकार से बाहर आ गया था। होनहार लेखक के रूप में उसकी प्रतिष्ठा भी हो

1. अक्टूबर-दिसम्बर, 1912 ई.

चुकी थी। यहाँ तक कि उसने नौकरी छोड़ देने का विचार कर लिया। कहा, "यदि लिखने से सौ रुपये मासिक का भी प्रबन्ध हो सकता है, तो मैं नौकरी छोड़कर कलकत्ता आ बसूँगा।"

भारती की सम्पादिका स्वर्णकुमारी देवी और *यमुना* के सम्पादक फणीन्द्रनाथ पाल इतना प्रबन्ध करने के लिए सहमत हो गए। पाल महाशय शरत् के पूर्ण भक्त हो गए थे। उसके लिए कुछ भी करने को तैयार थे। उनकी माँ भी उससे स्नेह करने लगी थीं। सामने बिठाकर खाना खिलाती थीं। अपनी माँ की मृत्यु के 15-16 वर्ष बाद उसे ऐसा प्यार मिला था। उसने कहा, "फणीन्द्र, तुम्हारी माँ के रूप में मानो मैंने अपनी माँ का स्नेह फिर पा लिया है।"

उसके रंगून लौट जाने पर जब उसकी बीमारी की सूचना मिली तो माँ कुशल-समाचार पाने को बड़ी व्यग्र हो उठी। तब फिर शरत् ने फणि को लिखा, "आपकी माता मेरे बारे में पूछताछ करती हैं, मेरे लिए बड़े सौभाग्य की बात है। उनसे कह दें, मैं बिलकुल ठीक हो गया हूँ। मेरे बारे में पूछताछ करने वाला संसार में एक प्रकार से कोई नहीं है। इसलिये अगर कोई मेरे बारे में भला-बुरा जानना चाहता है तो सुनकर हृदय कृतज्ञता से भर जाता है। मेरे जैसे हतभाग्य संसार में बहुत ही कम हैं..."

इसके कुछ दिन बाद ही, उसने रंगून से अपने मित्र प्रमथनाथ को एक पत्र लिखा। उससे भी स्पष्ट होता है कि उसने अपनी शक्ति को पहचान लिया था और नियमित रूप से लिखने का मार्ग प्रशस्त हो गया था। उसने लिखा, "प्रमथ, एक अहंकार की बात कहता हूँ। माफ़ करना, यदि करो तो कहूँ। मुझसे अच्छे उपन्यास और कहानी रवि बाबू को छोड़कर और कोई नहीं लिख सकेगा। जब यह बात समझ लो, उसी दिन मुझसे लिखने के लिए कहना, उससे पहले नहीं। तुमसे मेरा यही अनुरोध है। इस विषय में मैं किसी की झूठी खातिरदारी नहीं चाहता, सच्ची चाहता हूँ।"

मामा उपेन्द्रनाथ को और भी स्पष्ट शब्दों में लिखा, "मुझसे अच्छा मर्मज्ञ आज के युग में एक रवि बाबू को छोड़कर और कोई नहीं है। यह मत सोचना कि मैं गर्व कर रहा हूँ। लेकिन चाहे मेरी निर्भरता कहो, चाहे गर्व ही कहो, मेरी धारणा यही है।[1]"

और उसकी यह धारणा अन्त तक बनी रही। बहुत वर्षों बाद कथाशिल्पी शरत्चन्द्र ने कहा था, "मेरी उमर हो गई। रवीन्द्रनाथ की भी उमर हो गई। बीच-बीच में आशंका होती है कि इसके बाद बंगला भाषा के उपन्यास साहित्य का स्थान शायद नीचा हो जाए।"

इसी समय बंगला-साहित्य-जगत् में एक क्रान्तिकारी घटना का सूत्रपात हुआ। सूचना प्रसारित हुई कि शीघ्र ही 'भारतवर्ष नाम का एक पत्र प्रकाशित होने जा रहा है। सुप्रसिद्ध नाटककार द्विजेन्द्रलाल राय उसके सम्पादक मनोनीत हुए और उसका वार्षिक मूल्य रखा गया छह रुपये। उस समय तक किसी भी पत्रिका का वार्षिक मूल्य तीन रुपये छह आने से अधिक नहीं था। अपने मूल्य मात्र से ही *भारतवर्ष* ने विस्मय और कौतूहल पैदा कर दिया।

कुछ वर्ष पूर्व कलकत्ता में 'इवनिंग क्लब' नाम से एक सांध्य समिति स्थापित हुई थी। इसके सभापति थे द्विजेन्द्रलाल राय और सम्पादक पद पर प्रतिष्ठित हुए प्रमथनाथ भट्टाचार्य।

---

1. 22 अगस्त, 1913 ई.

प्रसिद्ध प्रकाशक गुरुदास चट्टोपाध्याय एण्ड सन्स के मालिक श्री हरिदास चट्टोपाध्याय इसके प्रधान और पृष्ठपोषक बने। दूसरे सदस्यों में अनेक गण्यमान्य विद्वान थे। प्रमथ ने प्रस्ताव किया कि समिति की ओर से एक पत्रिका प्रकाशित की जाए।

अध्यक्ष द्विजेन्द्रलाल राय ने कहा, ''लेकिन इससे तो क्लब की हानि होगी। जब सदस्य संख्या सौ तक सीमित हो तब पत्र निकालना मूर्खता है।''

दूसरे सदस्यों ने भी उनका समर्थन किया। किन्तु प्रमथ बाबू तो हठी थे। न सही क्लब की ओर से लेकिन पत्र तो निकल सकता है। बस, उन्होंने निश्चय किया कि राय महोदय के सम्पादकत्व में *भारतवर्ष* नाम का एक पत्र प्रकाशित किया जाए। उन्होंने अपने सहपाठी और मित्र श्री हरिदास चट्टोपाध्याय को शामिल होने के लिए राज़ी कर लिया। विश्वास दिलाया कि यदि शरत् को लिखने के लिए विवश करने में सफल हो गया तो फिर चिन्ता की कोई बात नहीं। कोई दूसरी पत्रिका इसका मुकाबला नहीं कर सकेगी।

शरत् की लेखनी में जब उसके मित्रों को इतना विश्वास था तब यदि उसके मन में रवीन्द्रनाथ के जैसा लिखने की भावना पैदा हुई तो स्वाभाविक ही है। प्रमथ उसके परम मित्र थे और उनके दल के पास धन भी था। इस बात से फणीन्द्र पाल डर गए। शरत् यदि 'भारतवर्ष' में लिखने लगा तो *यमुना* का क्या होगा? क्या वह बिना पैसा लिए *यमुना* में लिख सकेंगे?

शरत् को जब इस बात का पता लगा तो उसने फणि को विश्वास दिलाया कि वह *यमुना* में लिखेगा। पैसे का गुलाम नहीं होगा। *भारतवर्ष* का तो प्रकाशन भी अभी नहीं हुआ है।

11

रंगून लौटकर शरत् ने एक कहानी लिखनी शुरू की। लेकिन योगेन्द्रनाथ सरकार को छोड़कर और कोई इस रहस्य को नहीं जान सका। जितनी लिख लेता प्रतिदिन दफ़्तर जाकर वह उसे उन्हें सुनाता और वह सब काम छोड़कर उसे सुनते। प्रारम्भ से ही वह इस कहानी पर मुग्ध थे, इतने कि शरत् के स्वभाव को जानने के बावजूद उन्होंने इस रहस्य की चर्चा दूसरे साथियों से करनी शुरू कर दी। लेकिन किसी को विश्वास नहीं आया। वे यह कैसे मान सकते थे कि उनका एक साथी क्लर्क इतनी अच्छी कहानी लिख सकता है। केवल पोस्ट ऑफ़िस के विभूति बाबू ही उस दिन उनकी बात पर विश्वास कर सके। बोले, ''योगेन दा, बात तो तुम ठीक कहते हो। शरत् दा के भीतर कुछ असाधारण है, यह सन्देह मुझे बहुत दिन से हो रहा था। विशेषकर उनके छवि-अंकन को देखकर। अब सोचता हूँ, तुम जो कहते हो वह ठीक ही होगा।''

लेकिन धीरे-धीरे दस दिन बीत गए कहानी पूरी न हो सकी। केवल आधी ही लिखी जा सकी। एक अंक के लिए काफ़ी होगी यह सोचकर वह आधी कहानी ही शरत् ने फणीन्द्रनाथ को भेज दी। नाम रखा 'रामेर सुमति'। वह निरन्तर ही कुछ-न-कुछ लिखता आ रहा था। लेकिन उसके नये जीवन की यह पहली रचना थी। इसे पाकर *यमुना* के सम्पादक गद्गद् हो उठे थे। इसे पढ़कर पाठक विस्मित-विभोर हो उठे। बंगाल में हलचल मच गई।

कलकत्ता में एक दिन *जाह्नवी* के कार्यालय में अनेक साहित्यिक एकत्रित हुए थे।

प्रभातकुमार गंगोपाध्याय ने आकर सूचना दी, "*यमुना*[1] में 'रामेर सुमति' नाम की एक अद्भुत कहानी प्रकाशित हुई है। ऐसी कहानी मैंने कहीं और नहीं पढ़ी।"

उनकी यह बात सुनकर सभी लोग चकित हो उठे। हेमेन्द्रकुमार राय ने पूछा, "किसकी कहानी है?"

प्रभात ने उत्तर दिया, "कोई शरत्चन्द्र चट्टोपाध्याय है।"

हेमेन्द्र को सहसा विश्वास नहीं आया। वह तुरन्त कहानी लेकर पढ़ने बैठ गए। उन्होंने लिखा है, "पढ़ते-पढ़ते मन अद्भुत विस्मय से परिपूर्ण हो उठा। बंगला भाषा में सचमुच ही ऐसी कहानी कभी प्रकाशित नहीं हुई। एकदम असाधारण श्रेणी के लेखक का दान जान पड़ा। लेकिन यह शरत्चन्द्र चट्टोपाध्याय है कौन? क्या यह किसी लेखक का छद्म नाम है? किसी नये लेखक का हाथ एकदम इतना सधा हुआ नहीं हो सकता। जो इतने प्रतिभावान हैं, उन रवीन्द्रनाथ की प्रारम्भिक रचनाओं में वयसोचित दुर्बलता का अभाव नहीं है। बत्तख का बच्चा जन्म लेते ही तैर सकता है, किन्तु एक साहित्यिक कलम पकड़ते ही ऐसी प्रौढ़ रचना का सृजन नहीं कर सकता। कितनी चेष्टा और परिश्रम, कितनी सुदीर्घ साधना के बाद एक श्रेष्ठ साहित्यिक परिपूर्णता प्राप्त करता है!"

उन्होंने तुरन्त लेखक की खोज आरम्भ कर दी। दो दिन के भीतर ही वह जान गए कि शरत्चन्द्र चट्टोपाध्याय निश्चय ही नये लेखक हैं, लेकिन यौवनावस्था से वह चुपचाप नियमित रूप से साहित्य-साधना करते आ रहे हैं। छः वर्ष पूर्व उनकी लिखी हुई एक कहानी *बड़ी दीदी भारती* में प्रकाशित हुई थी। उसने भी सबका ध्यान अपनी ओर आकर्षित किया था।

नाटककार द्विजेन्द्रलाल राय ने भी *रामेर सुमति* पढ़ी और आत्मविभोर होकर 'इवनिंग क्लब' में इसकी प्रशंसा की। उन्होंने प्रमथनाथ से कहा, "तुम इनकी रचनाओं को *भारतवर्ष* के लिए पाने की चेष्टा करो, ये भविष्य में बंगला साहित्य में नये युग का सूत्रपात करेंगे।"

सचमुच शरत्चन्द्र की कहानी ने उस समय के सुप्रसिद्ध कथाकार प्रभातकुमार मुखोपाध्याय को बहुत पीछे छोड़ दिया। दुर्दान्त राम को घर के भीतर बन्द करके नरायनी को एक पर एक बेंत मारते और राम को भागते-भागते रोते देखकर राय महोदय इतने प्रभावित हुए कि कह उठे "एकदम फ़र्स्ट क्लास भाषा है प्रमथ, इस आदमी से मिलने की इच्छा होती है।"

वह नाटककार थे। इस कारण कहानी के नाटकीय रस ने उनके मन को अभिभूत कर दिया। इतना कि उन्होंने लड़की माया को बुलाकर पूछा, " *रामेर सुमति* कैसी लगी?"

माया बेचारी लड़की ही तो थी। बोली, "बहुत अच्छी है पिताजी।"

राय महोदय हँसकर बोले, "बहुत अच्छी क्या री? कह, चमत्कार है।"

राय महोदय के पुत्र दिलीप कुमार भी इस कहानी से बहुत प्रभावित हुए। कुछ दिन पूर्व ही वह प्रमथनाथ से प्रभात और शरत् को लेकर वाद-विवाद कर चुके थे। वह प्रभात के प्रशंसक थे और प्रमथ शरत् के। लेकिन दिलीप कुमार ने *रामेर सुमति* पढ़ी, तो प्रभात बाबू

---

1. फाल्गुन, 1913 ई. (फरवरी-मार्च)

को बिलकुल ही भूल गए। पढ़ते-पढ़ते आँखों के जल में शब्द डूब जाते। ऐसी कहानी तो कभी नहीं पढ़ी। न है तरुण-तरुणी का उच्छ्वास, न पुलिस-कारिन्दे का गर्जन-तर्जन। है बस मातृस्वरूपा भाभी का स्नेह, और दुर्दान्त बच्चे का कुरुक्षेत्र काण्ड।

प्रमथ ने पूछा, "क्यों, कैसी लगी शरत् की 'रामेर सुमति'? प्रभात बाबू से कुछ कम है?"

दिलीप ने पुलकित होकर पूछा, "वे बर्मा में कैसे रहते हैं?"

प्रमथ ने उत्तर दिया, "वह एक ही पागल है, नहीं तो इस तरह दुर्गति होती? बर्मा तो भेड़-बकरियों का बाड़ा है। दुख की बात क्या कहूँ, वह रंगून में है।"

दिलीप बोले, "क्या कहते हैं? सुना है रंगून तो प्रकाण्ड नगर है, कलकत्ता से भी बड़ा।"

"बड़ा होने से क्या बाड़ा नहीं होता, सुन्दर वन भी तो कलकत्ता से बड़ा है? उससे क्या वह ईडन गार्डेन हो जाएगा?"

"वह नहीं हो सकता, किन्तु रंगून पर आप इतने क्रुद्ध क्यों हैं?"

"मैं क्रुद्ध नहीं हूँ, फिर भी रंगून की बात सोचते ही कांप उठता हूँ। वहाँ लोग नाप्पि[1] खाते हैं, उसकी दुर्गन्ध से भूत भी भाग जाएँ। फिर, वह तो उस किष्किन्धा में रहकर पढ़ता ही रहता है। मैं उसे लिखता हूँ, 'ओरे न्याड़ा'[2], इतनी किताबें पढ़ने से क्या होगा? तू कलम पकड़, कलम!' लेकिन क्या वह सुनता है? आजकल उस पर एक और भूत सवार हुआ है। वह चित्र बनाता है।"

"चित्र बनाते हैं? क्या कहते हो?"

"कहूँगा क्या, मतिभ्रष्ट है। कहता हूँ कलकत्ता आ जा, पर वह तो उत्तर ही नहीं देता।"

इन बातों का कोई अन्त नहीं था। उस दिन बंगाल को पता लगा कि शरत्चन्द्र चट्टोपाध्याय नाम के एक असाधारण प्रतिभाशाली कथाशिल्पी का जन्म हो चुका है और अतीत के दिये बुझ गए है।[3] *यमुना* की ग्राहक-संख्या बहुत तेज़ी से बढ़ने लगी। अनेक पत्र-पत्रिकाओं में सम्पादक आग्रहपूर्वक शरत् बाबू को कहानियाँ भेजने के लिए पत्र लिखने लगे। *चरित्रहीन* छापने से जिन्होंने इनकार कर दिया था, उन समाजपति का पत्र भी आया। उस समय साहित्यिक क्षेत्र में उनकी दुन्दुभी बोलती थी। जिस लेखक पर उनकी कृपा हो जाती वह मानो तर जाता। उन जैसे प्रतापी पुरुष ने रचना भेजने का अनुरोध करते हुए जिस प्रकार विनयपूर्वक शरत्चन्द्र को पत्र लिखा, उससे उनके मित्र अवाक् रह गए। लेकिन शरत् नितांत निस्संग बना रहा। कम-से-कम प्रकट में किसी प्रकार की कोई उत्तेजना उसने नहीं दिखाई। एक मित्र को उसने लिखा, "मेरा स्वास्थ्य ठीक नहीं है, इसके अलावा किस्से-कहानियाँ लिखने की प्रवृत्ति नहीं होती। मुसीबत में पड़कर मुझे कहानियाँ लिखनी पड़ती हैं। फिर भी लिखूँगा। इस बीच कहानी भेजने के बहुत-से अनुरोध आए, लेकिन मैं निरुपाय हूँ। इतनी कहानियाँ लिखने बैठूँ तो मेरा पढ़ना बन्द हो जाए। मैं प्रतिदिन दो घंटे से अधिक नहीं लिखता। दस-बारह घंटे पढ़ता हूँ।"

---

1. एक प्रकार की सड़ी हुई मछली 2. शरत् का पुकारने का नाम 3. बोवेन लैटिमोर ने लिखा है, "दसवीं शताब्दी में इस्लाम आया और अतीत के दिये बिलकुल बुझ गये।"

लेकिन इस अहंकार के बावजूद लिखना आरम्भ हो चुका था। अन्तर में सोई इच्छा फिर जाग उठी थी। इसीलिए स्वास्थ्य खराब होने पर भी वह बराबर लिखता रहा। *यमुना* से जैसे उसे मोह हो गया था। उसने फणीन्द्रनाथ को लिखा, ''यद्यपि कहानी लिखने का अभ्यास कम हो गया है, लेकिन आशा है कि दो-एक माह में ठीक हो जाएगा। प्रतिमास एक छोटी कहानी (दस-बारह पन्ने की) और प्रबंध भेजूँगा, क्योंकि आजकल इसका विशेष आदर है।''

फिर लिखा, तीन नामों से रचनाएँ भेजूँगा :

1. समालोचना-प्रबन्ध आदि — अनिला देवी

2. छोटी कहानियाँ — शरत्चन्द्र चट्टोपाध्याय

3. बड़ी कहानियाँ — अनुपमा देवी

यह प्रस्ताव उसने इसलिए किया था कि यदि सब रचनाएँ एक ही नाम से प्रकाशित होंगी तो पाठक सोचेंगे कि इस व्यक्ति को छोड़ उनके पास कोई और लेखक नहीं है।

उसकी इस अप्रत्याशित लोकप्रियता का एक और परिणाम यह हुआ कि बचपन की उसकी रचनाएँ, जो उसके मित्रों के पास पड़ी हुई थीं, उन्हें निकाल-निकालकर अब वे लोग इधर-उधर प्रकाशित करने लगे। 'बोझा' के बाद 'बाल स्मृति', 'हरिचरण', 'काशीनाथ', 'अनुपमा का प्रेम', 'चन्द्रनाथ', 'प्रकाश और छाया' एक-सवा वर्ष के भीतर-ही-भीतर *साहित्य* और *यमुना* में प्रकाशित हो गईं। लेकिन उसे यह अच्छा नहीं लगा। वह नहीं चाहता था कि उसकी ये रचनाएँ अब प्रकाशित हों। वह मानता था कि वे अपरिपक्व अवस्था की रचनाएँ हैं। भावना की अतिशय मुलायमियत और नवयुवकोचित अतिरंजना का उनमें प्राधान्य है। बार-बार पत्रों द्वारा वह अपना क्रोध और व्यथा प्रकट करने लगा।

''तुमने समाजपत को *काशीनाथ* देकर अच्छा काम नहीं किया। वह 'बोझा' का जोड़ीदार है। बचपन में अभ्यास के लिए लिखी गई कहानी है। छपवाना तो दूर रहा, लोगों को दिखाना भी उचित नहीं है। मेरी हार्दिक इच्छा है कि वह न छपे और मेरे नाम को मिट्टी में न मिलाया जाए...।''[1]

''इस बार *साहित्य* ने मेरे नाम से न जाने क्या-क्या कूड़ा-करकट छापा है। वह क्या मेरा लिखा हुआ है? मुझे तनिक भी याद नहीं और अगर है भी तो उसे छापा क्यों? आदमी बचपन में बहुत कुछ लिखता है। तो क्या उसे प्रकाशित करना चाहिए? वह छापकर मानो मुझे लज्जित कर दिया है।''[2]

''*देवदास* अच्छा नहीं है, अच्छा नहीं है। सुरेन आदि मेरी सब रचनाओं की बड़ी तारीफ़ करते हैं। उनके अच्छा कहने का मूल्य मेरे लिए नहीं है। उसे छापा जाए यह भी मेरी इच्छा नहीं है।''[3]

''*देवदास* मत लो। लेने की चेष्टा मत करो। यह निराशा की अवस्था में लिखा हुआ ही नहीं है, मुझे उस पर लज्जा भी आती है। वह अनैतिक है। उसमें वैश्या का चरित्र तो है ही, वह

---

1. 10 जनवरी, 1913 ई. 2. माघ (जनवरी), 1913 ई. 3. 8 अप्रैल, 1913 ई.

छोड़कर और क्या-क्या है यह बताने को भी जी नहीं करता। मुझे अपनी पुरानी रचनाओं को प्रकाशित कराने के संबंध में विशेष आपत्ति है। आषाढ़ की *यमुना* में 'आलो को छाया' नामक एक अधूरी गल्प प्रकाशित हुई है। क्या वह मेरी ही लिखी हुई है?...हो न हो मेरे बचपन की लेखन शैली का अनुकरण करके किसी और ने लिखा है।''[1]

उसमें अब रवीन्द्रनाथ जैसा लिखने का विश्वास पैदा हो गया था। इसलिए वह चाहता था कि उसकी बचपन की रचनाओं को यदि प्रकाशित करना ही है तो एक बार फिर से देख लेना आवश्यक है। इस दृष्टि से *काशीनाथ* जब पुस्तकाकार छपा तो उसमें उसने काफ़ी संशोधन किए। पत्रिका में छपते समय इस रचना का अन्त काशीनाथ की हत्या और कमला की आत्महत्या से होता है, परन्तु पुस्तक रूप में आने पर वह कथा सुखान्त हो गई।

जब वह *साहित्य* में प्रकाशित हुआ था तब एक युवक हरिकृष्ण मुखोपाध्याय उससे मिलने आया था। उसे यह रचना बहुत अच्छी लगी थी। परन्तु उसके अन्त पर उसे आपत्ति थी। उसकी यह आपत्ति सुनते ही शरत् बोल उठा, ''केवल *काशीनाथ* ही नहीं *साहित्य* में और भी कई कहानियाँ छपी हैं। वे सब मेरी बचपन की रचनाएँ हैं। मुझे बिना बताए एकदम छाप दीं। प्रूफ भी पढ़ लेता तो एक बार देख तो लेता।''

हरिकृष्ण ने सुझाव दिया, ''क्या अब अंत नहीं बदला जा सकता?''

शरत् ने कहा, ''पता नहीं पुस्तक रूप में छपेगी भी या नहीं। छपी तो अवश्य परिवर्तन करूँगा।''

केवल *काशीनाथ* में ही नहीं, *चन्द्रनाथ* में भी उसने काफ़ी परिवर्तन किए। इसके प्रकाशन को लेकर काफ़ी हंगामा मचा। उपेन्द्रनाथ उसे *यमुना* में प्रकाशित करवाना चाहते थे। इस प्रकार का विज्ञापन भी उसमें निकल चुका था, परन्तु सुरेन्द्र और गिरीन्द्र इस बात से बहुत दुखी हुए। उपेन्द्र से उनका झगड़ा भी हो गया। *चन्द्रनाथ* की पाण्डुलिपि उन्हीं से मांगकर तो वह ले गए थे। उन्होंने शरत् को लिखा और अन्ततः वह इस बात पर राज़ी हो गया कि जो अंश छप चुका है उसे छोड़कर शेष पाण्डुलिपि उसे भेज दी जाए। उचित संशोधन करके वह उसे *यमुना* को भेजता रहेगा।

संशोधित अंश फणीन्द्रनाथ को भेजते हुए उसने लिखा, ''कहानी के तौर पर *चन्द्रनाथ* बहुत मधुर है। लेकिन उसमें अतिरेक है। लड़कपन अथवा जवानी में इस तरह की रचना स्वाभाविक होने के कारण शायद ऐसा हुआ है। अब जब हाथ में आ गया है तो उसे अच्छा उपन्यास बना डालना ही उचित है। कम-से-कम दूना बढ़ जाना सम्भव है...इस कहानी की विशेषता यह है कि किसी प्रकार की अनैतिकता से इसका संबंध नहीं है, सभी पढ़ सकेंगे...।''[2]

जिस व्यक्ति पर अनैतिकता का दोष लगाया गया और जिसने नैतिकता को नये अर्थ देने की चेष्टा की, उसी के मस्तिष्क को अब स्वयं यह प्रश्न झकझोरने लगा। दिशाहीन प्रारंभिक भावुकता तथा आवेशपूर्ण उग्रता जैसे अब संयत रूप लेने लगी थी। इसलिए नई रचनाएँ लिखने में वह बहुत परिश्रम करता था। जब तक अर्थ देने वाला मनचाहा शब्द न मिल जाता, उसे

---

1. 25 जून, 1913 ई. 2. 3 मई, 1913 ई.

काटता ही रहता। मन के सुर के संग शब्द का सुर मिल जाता है कि नहीं, इसका उसे बहुत ध्यान रहता। मिलने पर ही शान्ति मिलती। इसलिए कभी-कभी पांडुलिपि इतना कट जाती कि कोई दूसरा पढ़ भी नहीं पाता। उस दिन एक पाण्डुलिपि अपने प्रिय मित्र और सहकर्मी कुमुदिनीकान्त को देते हुए उसने कहा था, ''यह देख, कितना काटा है। काटने की और जगह नहीं है। चेष्टा करने पर भी तुम पढ़ नहीं पाओगे।''

12

रामेर सुमति के बाद उसने 'पथ निर्देश' लिखना शुरू किया। पहले की तरह प्रतिदिन जितना लिखता जाता उतना ही दफ़्तर में जाकर योगेन्द्रनाथ को पढ़ने के लिए दे देता। यह काम प्राय: दा ठाकुर की चाय की दुकान पर होता था। टिफ़िन के समय सभी लोग वहाँ चाय पीने जाते थे। कभी-कभी बातचीत इतनी लम्बी हो जाती थी कि टिफ़िन का समय बीत जाता। देर से आने पर सिंहलदेश-वासी वृद्ध सुपरिण्टेण्डेण्ट किंचित मुस्कराते और कहते, ''अच्छा तो आप दोनों फिर देर से आए!''

दोनों लज्जा से गड़ जाते। दो-तीन दिन तक भले आदमी की तरह समय पर लौटते, उसके बाद फिर देर होने लगती। लेकिन दफ़्तर में भले ही देर हो जाती हो, 'राम की सुमति' के साथ-साथ शरत् की सुमति भी अब लौट आई थी। नई कहानी 'पथ निर्देश' उसकी दृष्टि से 'रामेर सुमति' से भी अच्छी थी। लेकिन योगेन्द्रनाथ के विचार में उसका अन्त ठीक नहीं था। राधाकृष्ण के विशुद्ध प्रेम का उल्लेख करते हुए उन्होंने कहा, ''शरत् दा, आप कहते हैं कि आप वैष्णव हैं, सोचता हूँ वृन्दावन के उन चिर किशोर-किशोरियों की प्रेम-लीला की बात, जहाँ इन्द्रियों का कोई सम्पर्क ही नहीं। आपमें जैसे लिखने की क्षमता है उससे लगता है कि आप बहुत अच्छी तरह उस भाव का चित्रण कर सकते हैं।''

शरत् ने उत्तर दिया, ''तुम लोगों की जैसी रुचि है, उससे तो कहानी और उपन्यास नहीं लिखे जा सकते। सब कुछ को तो तुम धर्म, मर्म और कर्म की दृष्टि से देखते हो।''

सरकार बोले, ''आप लेखक हैं और मैं पाठक हूँ। हमें भी तो अच्छी लगनी चाहिए।''

गम्भीर होकर शरत् ने उत्तर दिया, ''हाँ, लगना तो चाहिए। पर लेखक में भी विचार करने की अपनी क्षमता होती है। अनेक लोग अनेक तरह की उल्टी-सीधी बातें कहना चाहते हैं। पाँच जनों के मुँह से मतामत लेकर क्या काम हो सकता है? दुनिया ऐसे नहीं चलती।''

बात कुछ अधिक तेज़ हो गई थी। योगेन्द्र ने तुरन्त जवाब नहीं दिया। कुछ देर बाद कहा, ''यह बात ठीक है शरत् दा, लेकिन यह बात और भी ठीक है कि किसी से पूछा जाए तो वह अपनी पसन्द का जवाब देगा ही। बशर्ते कि वह एकदम खुशामदी न हो।''

शरत् मन-ही-मन तिलमिला आया। फिर भी यथासम्भव गम्भीर रहने की चेष्टा करते हुए उसने कहा, ''तो बताओ, तुम क्या करने पर खुश होगे?''

योगेन्द्र ने उत्तर दिया, ''वह तो में बता चुका हूँ, शरत् दा। अब आपकी खुशी है। मुझे और कुछ नहीं कहना।''

"अच्छा देखता हूँ, कुछ कर सका तो।"

और शरत् ने उस प्रसंग को वहीं समाप्त कर दिया। योगेन्द्र समझ गए कि वह नाराज़ हैं। पास आकर बोले, "शरत् दा, आप जिस प्रकार इस कहानी के अन्त को मुझसे कहकर हल्के मन के हो गए, उसी प्रकार मैंने भी अपने मन की बात कही थी। इससे यदि सचमुच अन्याय हुआ है तो मैं उस बात को वापस लेता हूँ। आप अपने विचार में जो ठीक समझते हैं वही क्यों नहीं करते?"

शरत् ने कहा, "ना रे सरकार, कुछ अन्याय नहीं हुआ। सोचता हूँ, तुम्हारी बात खराब नहीं है। अच्छा देखा जाएगा क्या कर सकता हूँ।"

"निश्चय ही कर सकोगे, निश्चय ही कर सकोगे।"

"नहीं कर सका तो इसमें मेरा अपराध नहीं होगा।"

"अच्छा, यही बात ठीक है। अपराध तो मेरा ही है शरत् दा।"

सरकार ने लिखा है, "जिस दिन पूरी कहानी फिर से पढ़ने का अवकाश पाया तो लगा कि किसी ऐन्द्रजालिक स्पर्श से कहानी का अन्त इस प्रकार परिवर्तित हो गया है और सम्पूर्ण कहानी इस प्रकार श्रीसम्पन्न हो गई है कि यही कहा जा सकता है 'अनुपम'।"[1]

'पथ निर्देश' एक प्रेम कहानी है। हेमनलिनी और उसकी माता गुणेन्द्र के आश्रम में आकर रहती हैं। यहीं हेम और गुणेन्द्र में प्रेम होता है। दोनों एक-दूसरे को हृदय से चाहने लगते हैं। परन्तु गुणेन्द्र ब्रह्म समाजी है। इस कारण हेम की माँ उसकी इच्छा के विरुद्ध उसका विवाह अन्यत्र कर देती है। दुर्भाग्य से एक ही वर्ष के भीतर वह विधवा होकर फिर वहीं लौट आती है। माँ की व्यथा का पार नहीं। उसी व्यथा में वह अपनी गलती पहचानती है और मृत्युशय्या पर यह इच्छा प्रकट करती है कि गुणेन्द्र प्रेम से पुनर्विवाह करके सुखी हो। लेकिन न तो वह लड़की से कुछ कह पाती है और न गुणेन्द्र ही उसकी मृत्यु के बाद ऐसा कहने का साहस बटोर पाता है। इसी प्रकार उनके प्रेम और संकोच के बीच में एक अन्तर्युद्ध चलता रहता है और अन्त में वे दोनों वास्तविक प्रेम को महामहिमान्वित करने के लिए काशीवास करने चले जाते हैं।

प्रारम्भ में इस कहानी का अन्त हेम और गुणेन्द्र के मिलन में हुआ था। उसी का योगेन्द्रनाथ ने विरोध किया था। काफ़ी अन्तर्मन्थन के बाद अन्त में शरत् ने योगेन्द्र का सुझाव स्वीकार कर लिया। इसीलिए जब गुणेन्द्र काशी चलने का प्रस्ताव रखता है तो रोती हुई हेम कहती है, "चलो, पर क्या यही तुम्हारी अन्तिम आज्ञा है? इसे मैं सह सकूँगी?"

गुणेन्द्र ने कहा, "ज़रूर सह सकोगी। जब तुम यह समझोगी कि प्रेम को महा-महिमान्वित करने के लिए विच्छेद ने सिर्फ़ तुम जैसी अतुल ऐश्वर्यशालिनी के द्वार पर ही आकर हमेशा हाथ पसारे हैं, वह अल्पप्राण क्षुद्र प्रेम की झोंपड़ी में अवज्ञा से नहीं गया है, तब तुम सह सकोगी। जब समझोगी कि अतृप्त वासना ही महत् प्रेम की प्राण है, इसी के द्वारा ही वह अमरत्व प्राप्त करके युग-युग में कितने काव्य, कितनी मिठास, कितने अमूल्य आँसू संचित

---

1. ब्रह्मप्रवासे शरत्चन्द्र-योगेन्द्रनाथ सरकार

करके रख जाता है। जब तुम इस बात को नि:संशय अनुभव कर सकोगी कि क्यों राधा का शतवर्ष व्यापी विरह वैष्णवों का प्राण है, तब तुम सह सकोगी हेम। उठकर बैठो! चलो, आज ही हम काशी चलें। जो थोड़े-से दिन बाकी हैं, उन दिनों की अन्तिम सेवा तुम्हारे भगवान के आशीर्वाद से अक्षय होकर तुम्हें जीवन-भर सुमार्ग में शान्ति से रखेगी।''

यह अन्त योगेन्द्र को ही अच्छा लगा हो, यह बात नहीं, सौरीन्द्रमोहन ने भी इसकी प्रशंसा की और जब शरत् ने योगेन्द्र को यह बात बताई तो गद्गद् होकर उसने कहा, ''देखा न, जो मैंने कहा था ठीक निकला!''

शरत् ने उत्तर दिया, ''हाँ सरकार, तुमने ठीक कहा था। सचमुच, हर समय अपना विचार ही निर्दोष नहीं होता।''

एक दिन सौरीन्द्र के कहने पर शरत् ने *बड़ी दीदी* के अन्त की दो पंक्तियाँ काट दी थीं, हरिकृष्ण के कहने पर 'काशीनाथ' का अन्त बदल दिया था। अब भी योगेन्द्र के कहने पर *पथ निर्देश* का अन्त दूसरे रूप में कर दिया। दूसरों के विचार उसे अन्तर्मन्थन की प्रेरणा देते थे और उनके स्वीकार या अस्वीकार को वह झूठी प्रतिष्ठा का प्रश्न नहीं बनाता था। अब्राहम लिंकन ने राष्ट्रपति पद से दिए गए अपने प्रथम भाषण के अन्त में अपने मित्र सेवार्ड के सुझाव पर भावनात्मक अपील के कुछ शब्द जोड़ दिए थे। इन्हीं शब्दों को लोगों ने वर्षों तक याद रखा था।

पथ निर्देश का यह वर्तमान अन्त ही शरत् साहित्य की मूल भावना के पास है। उसका प्रेम सदा मिलन के अभाव में सम्पूर्ण और व्यथा में मधुर हुआ है। सूरदास की राधिका की तरह...

मेरे नैना विरह की बेलि बई,
सींचत नीर नैन के सजनी मूल पताल गई।

स्वयं उसे यह कहानी *रामेर सुमति* से अच्छी लगी थी। लेकिन ऐसे लोग भी कम नहीं थे (और आज भी नहीं हैं) जो यह मानते थे कि हिन्दू समाज के विधिनिषेधों द्वारा विपर्यस्त और विफल प्रेम की गहरी वेदना के बावजूद चरित्र-चित्रण की दृष्टि से यह कथा *रामेर सुमति* के सामने फीकी पड़ जाती है। वे लोग इसके अन्त से भी सहमत नहीं हैं, लेकिन साहित्य के क्षेत्र से बाहर एक वैज्ञानिक से उस कहानी को जो प्रशंसा मिली वह निस्सन्देह बहुत ही उत्साहवर्द्धक थी। सुप्रसिद्ध वैज्ञानिक आचार्य जगदीशचन्द्र बसु ने शरत् को लिखा, ''सफलता कितनी क्षुद्र है, विफलता कितनी बड़ी! आपकी कहानी 'पथ निर्देश' पढ़ते-पढ़ते डर रहा था कि इतने कष्टों के बाद आप सफलता का मोह नहीं छोड़ सकेंगे। किन्तु खुशी हुई कि जो मार्ग बड़ा है वही दिखाना आप नहीं भूलें।''[1]

पथ निर्देश का आधार उसकी व्यक्तिगत अभिज्ञता है यह बात शायद ही कोई जानता था। प्रमथ को उसने लिखा था,[2] '' *पथ निर्देश* पढ़ी? कैसी लगी? क्या बहुत दिन पहले की एक गुप्त कहानी याद आती है... ?''

इसके बाद उसने एक और कहानी लिखनी शुरू की। वह थी *बिन्दो का लल्ला*। उसकी

---

1. 14 सितम्बर, 1913 ई. 2. मई, 1913 ई.

पूर्व कल्पना की झाँकी उसके एक पत्र से मिलती है, *राम की सुमति* के समान प्रेमरहित बंगाली घर की कथा जिससे मनुष्य को शिक्षा मिले, ऐसी एक माला लिखने का निश्चय किया है। बंगाल का आदर्श अन्त:पुर क्या है, यही उसका प्रतिपाद्य विषय है। *बिन्दो का लल्ला* एक कहानी लिखकर भेजी है। सोचा था तुम्हें दिखाऊँगा, किन्तु समय नहीं रहा। अवश्य ही तुम्हारे *भारतवर्ष* के योग्य वह बिलकुल नहीं बनी। बहुत बड़ी हो गई है। इसलिए *यमुना* को भेज दी है।''

रामेर सुमति, पथ निर्देश और *बिन्दो का लल्ला* एक के बाद एक लिखी गई इन तीन कहानियों को लेकर शरत् ने बार-बार अपने मित्रों को पत्र लिखे। उनसे उसकी उस समय की मन:स्थिति का पता लगता है।

''मैंने सोचा *बिन्दो का लल्ला* आपको पसन्द नहीं आएगी और छापने में आनाकानी करेंगे। बाद में मेरी खातिर अपनी हानि स्वीकार करके उसे छाप देंगे। इसी आशंका से पहले ही आपको सतर्क कर दिया। यदि सचमुच ही अच्छी लगे तो छापना।''[1]

''परिश्रम, रुचि और कला, सभी दृष्टियों से 'पथ निर्देश' के सामने *राम की सुमति* का पद नीचा है, बहुत नीचा। मैंने एक पारिवारिक कहानी लिखने का निश्चय करके नमूने के तौर पर *राम की सुमति* लिखी। इसी प्रकार हिन्दू परिवार में जितने तरह के संबंध हैं उन सबके संबंध में एक-एक कहानी लिखकर पुस्तक पूरी करूँगा। लेकिन वह केवल स्त्रियों के लिए ही होगी।''[2]

'' *बिन्दो का लल्ला* पढ़कर देखी? वह प्रेम कहानी नहीं है। एकदम बंगाली घर की कहानी है। इसमें चरित्र है और उसका निर्वाह करने के लिए ही कुछ बढ़ गई है। कहानी समाप्त करके यदि पाठकों के मन में यह नहीं होता कि 'अहा, कितनी, सुन्दर है', तब वह कहानी क्या? *राम की सुमति, पथ निर्देश, बिन्दो का लल्ला* सभी इसी साँचे में ढली हैं। अच्छा *बिन्दो का लल्ला* पढ़कर यदि तुम मेरे मन में यह साहस पैदा कर सको कि अगर वह तुम्हारे *भारतवर्ष* में भेजी जाती तो छप जाती तो कोशिश करूँगा-यह वचन देता हूँ।''[3]

''...जो स्वयं कहानियाँ लिखते हैं वे अच्छी तरह जानते हैं कि यदि *राम की सुमति* आसानी से लिखी जा सकती है, तो 'पथ निर्देश' लिखने में अधिक साहस की आवश्यकता होती है? शायद सब नहीं लिख सकेंगे। अपनी समालोचना अपने-आप कैसे की जा सकती है? फिर भी कलकत्ता और इस देश के लोगों के मत में दोनों कहानियाँ सुपरलेटिव डिग्री में 'एक्सीलेंट' हैं। द्विजू बाबू ने कहा है 'आदर्श रूप हैं।' ''[4]

उसकी रचना-प्रक्रिया, उसकी मान्यताएँ, उसका दोहरा व्यक्तित्व, साहित्य-सृजन के पीछे निहित उद्देश्य सभी कुछ इन पत्रों में है। इन कहानियों ने तत्कालीन बंगाल के प्रबुद्ध मानस को आलोड़ित कर दिया है, इस बात को वह समझ गया था और इसीलिए उसके भीतर सोया हुआ अहम् उसके हीन भाव पर हावी हो गया था। प्रमथ के इस पत्र[5] जैसे न जाने कितने पत्र

1. 14 सितम्बर, 1913 ई. (फणीन्द्रनाथ) 2. डाक मोहर-12 मई, 1913 ई. 3. 8 अप्रैल, 1913 ई. 4. 10 मई, 1913 ई. 5. 19 जुलाई, 1913 ई.

उसके पास आए थे। *बिन्दो का लल्ला* पढ़कर उसने लिखा था, ''इससे अच्छी कहानी बांग्ला भाषा में निकली है, इसमें सन्देह है। तुमने लिखा है, यह अच्छी नहीं हुई। क्या खराबी है, मैं तो नहीं समझ पाता। *भारतवर्ष* को इसके प्रकाशित करने के गौरव से वंचित रखने को ही यह छल तुमने किया है। मेरा विश्वास है, *भारतवर्ष* तो क्या, कोई भी पत्र इससे कहीं खराब गल्प छापकर धन्य हो सकता है।...तुम तो कभी ठीक अर्थों में गृहस्थ नहीं रहे, सदा उदासीन रहे, फिर यह तीक्ष्ण अवलोकन दृष्टि, यह सूक्ष्म से सूक्ष्म विवरण कहाँ से पाया? अवाक् हूँ। जो लिखा है सब जानता हूँ। पर कैसा सजीव, जैसे अपने घर की घटना हो!''

महान् ताल्स्ताय से उसकी साली तान्या ने कुछ इसी प्रकार पूछा था, ''मैं जानती हूँ, तुम ज़मीदारों, पिताओं, जनरलों और सिपाहियों का चित्रण करने में समर्थ हो, परन्तु एक प्रेम-पीड़ित युवती के दर्द और एक माँ की भावनाओं को कैसे शब्द दे सकते हो, मैं नहीं समझ पाती।''

वह बेचारी नहीं जानती थी कि वह तान्या के प्रेम की व्यथा का हर क्षण साक्षी रहा है और स्वयं अपनी पत्नी में उसने नारी को एक पत्नी और एक माँ के रूप में पाया है। शरत् भी न जाने ऐसी कितनी ही व्यथाओं का साक्षी रहा। कितने ही परिवारों के सुख-दुख का भागी बना। प्रथम प्रेम की विफलता की कसक को मन में सहेजे उसने शान्ति को पत्नी के रूप में पाया और खोया और फिर जीवनसंगिनी हिरमण्मयी की प्रेमिल छाया में उस आवारा बौर ब्रात्य व्यक्ति ने जीवन के नये अर्थ खोजे। परन्तु वह अपने को छिपाने की कला में इतना कुशल था कि लोग अन्त तक उसे अविवाहित ही मानते रहे। बहुत वर्षों बाद हिन्दी के सुपसिद्ध लेखक जैनेन्द्र कुमार ने मानो तान्या के स्वर में लिखा, ''वह व्यक्ति जिसने पत्नी रूप में नारी को कभी नहीं पाया, प्रतिभा पाई, बासठ वर्ष की वय पाई, स्नेह से लबालब भरी आत्मा पाई, फिर भी नारी को पत्नी नहीं पाया—ठीक उसी व्यक्ति ने हृदय को जितना स्पंदनशील और संपूर्ण भाव से चित्रित किया, वैसा क्या कोई गृहस्थ कर सका? इसी से इस वैरागी, फिर भी संसारी प्राणी के प्रति उत्कठ जिज्ञासा से भर-भर आया।''

अनुभव सभी को होते हैं पर उन्हें अनुभूति में रूपान्तरित करने की सूक्ष्म पर्यवेक्षक दृष्टि के बिना कलाकार का जन्म नहीं होता। शरत् के पास वह दृष्टि बचपन से ही थी। इन तीन कहानियों के अतिरिक्त उन्हीं दिनों उसने एक लम्बा निबन्ध 'नारी का मूल्य' भी लिखा। *चरित्रहीन* की तरह एक लम्बा प्रबन्ध *नारी का इतिहास* भी आग से जलकर भस्म हो गया था। उसी की स्मृति के आधार पर उसने इस निबन्ध की रचना की थी। धारावाहिक रूप में यह *यमुना* में छपने लगा।[1] लेकिन लेखक के रूप में इस पर उसने अपना नाम नहीं दिया। इसकी लेखिका हुई, उसकी बड़ी बहन अनिला देवी। इसी नाम से वह कुछ नारी लेखिकाओं की पुस्तकों की समालोचना 'नारी का लेखा' भी लिख चुका था।

इनकी चर्चा करते हुए उसने योगेन्द्रनाथ से कहा, ''अपनी दीदी की कहानी जान पड़ता है मैंने तुम्हें नहीं बताई। यह लेख[2] उन्हीं के नाम से प्रकाशित होगा। वह बहुत अच्छी तरह लिखना-पढ़ना जानती हैं, लेकिन घर-गृहस्थी में फंसी हैं। ऐसी चर्चा करने का समय नहीं पातीं।''

यद्यपि इस निबन्ध पर उसका अपना नाम नहीं गया था, फिर भी अनेक परिचित और

---

1. अप्रैल से अक्तूबर, 1913 ई. 2. पुस्तक रूप में यह 18 मार्च, 1924 को प्रकाशित हुआ।

अपरिचित लोगों ने उस लेख की भावभीनी प्रशंसा करते हुए उसे लिखा। उसकी भाषा और शैली दोनों से ही पाठक अब खूब परिचित हो गए थे। उसका विचार इस प्रकार के बारह 'मूल्य' लिखने का था। 'नारी का मूल्य', 'धर्म का मूल्य', 'ईश्वर का मूल्य', 'नशे का मूल्य', 'झूठ का मूल्य', 'आत्मा का मूल्य', 'पुरुष का मूल्य', 'साहित्य का मूल्य', 'समाज का मूल्य', 'अधर्म का मूल्य', 'वेश्या का मूल्य' और 'सत्य का मूल्य'।

कुछ दिन बाद 'सांख्य का मूल्य' और 'वेदान्त का मूल्य' दो और मूल्य इस योजना के साथ जुड़ गए। योजनाएँ बनाना वह खूब जानता था, लेकिन विरासत में मिली हुई अजगरी वृत्ति के कारण उन्हें कार्यान्वित करना उसने नहीं सीखा था। नाम प्रकट हो जाने का बहाना मिल जाने पर काम न करना और भी सरल हो गया। हुआ यह कि जब द्विजेन्द्रलाल राय ने 'नारी का मूल्य' को अमूल्य बताते हुए उसकी बड़ी प्रशंसा की तो प्रमथनाथ अपने को न रोक सके। उन्होंने शरत् का नाम प्रकट कर दिया। शायद उसी की ओर इशारा करते हुए शरत् ने लिखा, "सोचता हूँ, लोगों ने मेरा नाम कैसे जाना? शायद फणि के द्वारा, शायद तुम्हारे द्वारा। यह अनिष्ट हुआ। अब क्या करूँ बताओ? इन मूल्यों में 'वेश्या का मूल्य' और 'नशे का मूल्य' सबसे अधिक रोचक होते। उन पर ही बन्धु-बान्धवों की भीषण आपत्ति है। वे किसी भी तरह राज़ी नहीं हैं कि ये दोनों मैं दीदी के नाम से लिखूँ। सोचता हूँ 'एवोल्यूशन आफ़ आइडिया आफ़ सोल' शुरू करूँ। ठीक 'नारी का मूल्य' के समान।"

फिर लिखा, "कभी-कभी इच्छा होती है कि हर्बर्ट स्पेंसर के पूरे समन्वयात्मक दर्शन की एक बांग्ला समालोचना (नहीं आलोचना) और योरोप के अन्यान्य दार्शनिक जो स्पेंसर के शत्रु-मित्र हैं उनकी रचनाओं पर एक बड़ा धारावाहिक निबन्ध लिखूँ। हमारे देश की पत्रिकाओं में केवल अपने 'सांख्य' और 'वेदान्त', 'द्वैत' और 'अद्वैत' के अलावा और किसी तरह की आलोचना नहीं रहती।"

इससे यह बात एक बार फिर स्पष्ट हो जाती है कि वह खूब पढ़ता और सोचता था। लेकिन किसी भी कारण से ही तीन वर्ष बाद 'समाज धर्मेर मूल्य' को छोड़कर वह और कोई 'मूल्य' नहीं लिख पाया। कहानियाँ ही लिखता रहा। उनके लिए मित्रों का आग्रह तो था ही, आर्थिक आग्रह भी था। प्रकाशकों की राय थी कि निबन्धों की अपेक्षा किसी तरह जोड़-जाड़ के दो-चार कहानियाँ लिख दी जाएँ तो उनकी हज़ार कापियाँ बिक जायेंगी।

ये निबन्ध न लिखे जाने का एक और कारण बने विभूतिभूषण भट्ट। जहाँ अनेक लोगों ने 'नारी का मूल्य' की प्रशंसा की, वहाँ विभूतिभूषण ने उसकी उतनी ही निन्दा की। उन्होंने सौरीन्द्रमोहन को लिखा, "मिसेज़ पंकरस्ट के आदर्श सामने रखना दुस्साहसिकता है। मैंने बूड़ी (निरुपमा देवी) से इस स्त्री नामधारी उद्धत महापुरुष की अथवा स्त्रियों के स्वत्व की रक्षा करने वाले 'डानक्विकज़ोट' की बातों का प्रतिवाद करने को कहा है।"

यह समाचार पाकर शरत् बड़ा निरुत्साहित हुआ। उसने निश्चय किया कि वह इस प्रकार के निबन्ध नहीं लिखेगा। सौरीन्द्र को इस बात की सूचना देते हुए उसने लिखा, "पुंटू (विभूतिभूषण भट्ट) को लिख दिया है कि बूड़ी इस संबंध में कुछ न लिखे। प्रतिवाद मैं सहन नहीं कर सकता। वह तो गाली-गलौज करने जैसा है। यदि कुछ कहना है तो बातचीत में कहो। उसमें

सुविधा रहती है। दोनों पक्ष एक-दूसरे को गलत नहीं समझते। शंका भी समाप्त हो जाती है।''

यद्यपि उसने अपने एक मित्र से कहा था, ''सब मेरे कथाशिल्प की प्रशंसा करते हैं, परन्तु मैंने 'नारी का मूल्य' प्रबन्ध अपनी कहानियों से कम दर्द के साथ नहीं लिखा।'' फिर भी नाना कारणों से मूल्य लिखने का निश्चय उसे यहीं समाप्त कर देना पड़ा। इसे साहित्य का दुर्भाग्य की कहा जा सकता है।

13

छोटी रचनाओं के साथ-साथ *चरित्रहीन* का सृजन बराबर चल रहा था और उसके प्रकाशन को लेकर काफ़ी हलचल मच गई थी। *यमुना* के सम्पादक फणीन्द्रनाथ चिन्तित थे कि *चरित्रहीन* कहीं *भारतवर्ष* में प्रकाशित न होने लगे। प्रमथनाथ बराबर आग्रह कर रहे थे, ''*यमुना* के सम्पादक फणि बाबू कौन हैं, मैं नहीं जानता, लेकिन उनका तुम्हारे ऊपर इतना ज़ोर है कि हमारे इतने दिन के प्रणय के बीच में व्यवधान स्वरूप हो उठे हैं, यह देखकर मन-ही-मन ईर्ष्या होती है...फिर भी नई यमुना के प्रेम में पुरानों को एकदम भूल जाना उचित नहीं है... *चरित्रहीन* निश्चय ही चाहिए...''

इधर प्रमथ का ऐसा आग्रह था तो उधर *साहित्य* के सम्पादक रजिस्ट्री द्वारा चिट्ठियों पर चिट्ठियाँ भेज रहे थे। *यमुना* ने तो *चरित्रहीन* का विज्ञापन ही शुरू कर दिया था। ऐसी स्थिति में शरत् बड़ी परेशानी में पड़ गया। उसने प्रमथ को लिखा—

''वैशाख की *यमुना* में यह विज्ञापन गया है कि *चरित्रहीन* श्रावण से प्रकाशित करेंगे। इस हालत में मेरे कहने के लिए क्या बचा है, नहीं जानता। क्यों तुमने मुझसे बिना पूछे हरिदास बाबू से यह प्रस्ताव कर दिया, यह मैं समझता हूँ। तुम जानते हो कि असाध्य न होने पर मैं तुमको सब कुछ दे सकता हूँ। अब यह संकट किस तरह दूर होगा, यह निश्चय करना कठिन हो गया है। तुम मेरे कारण लज्जित होगे और बुरी स्थिति में पड़ोगे इससे मैं दुविधा में पड़ गया हूँ। *यमुना* में छापना उचित है या नहीं, यह प्रश्न ही नहीं उठता, तुम्हारे मान-सम्मान का प्रश्न ही असली बात है। जितना लिखा है उतना *चरित्रहीन* पढ़ने के लिए भेजने की बात सोचता हूँ। तुम यदि सचमुच ही समझते हो कि यह तुम्हारे पत्र में छपने योग्य है, तो मैं तुम्हें छापने के लिए कह सकता हूँ। लेकिन यदि ऐसा नहीं है और केवल मेरे भले के लिए ही तुम उसे छापने की चेष्टा करोगे तो यह नहीं होगा। निरपेक्ष सत्य ही मैं साहित्य के क्षेत्र में चाहता हूँ। यदि इसमें कहीं भी कोई भी परिवर्तन चाहेगा तो वह नहीं हो सकेगा। केवल नाम देखकर ही तुम उसे *चरित्रहीन* मत समझ बैठना। मैं नीतिशास्त्र का विद्यार्थी हूँ, सच्चा विद्यार्थी हूँ। पढ़कर लौटा देना और निस्संकोच राय देना। मेरा जो गम्भीर उद्देश्य है उसको मन में रखना। यह 'बटतले' की किताब नहीं है।''[1]

और उसने पाण्डुलिपि प्रमथनाथ को भेज दी, उन्होंने तुरन्त पहुँच नहीं दी तो वह उतावला हो उठा और पत्र पर पत्र लिखने लगा।

''प्रमथ, *चरित्रहीन* मिला कि नहीं, यह खबर भी नहीं दी। उसे पढ़ा कि नहीं, कैसा

---

1. 17 अप्रैल, 1913 ई.

लगा? यदि तुम्हारा निरपेक्ष मत यही है कि यह अच्छा नहीं होगा तो जिससे अच्छा हो वैसी कोशिश करूँगा। मैंने तुम्हें पहले ही लिखा था कि यह चरित्रहीन है, षट्चक्र भेद नहीं है। केवल नीतिशास्त्र है और मनोविज्ञान है, धर्म नहीं..."[1]

आखिर प्रमथनाथ का उत्तर आ गया। उन्हें वह बहुत रुचिकर नहीं लगा कि उपन्यास के आरम्भ में ही मेस की दासी को लाकर खड़ा कर दिया जाए। शरत् ने बड़े विश्वास के साथ इसका उत्तर देते हुए लिखा, "जो आदमी मेस की दासी को आरम्भ में ही ला खड़ा करने का साहस करता है वह जान-बूझ कर ही करता है। तुम उसका अन्त न जानकर उसको अर्थात् सावित्री को मेस की दासी करके देखते हो। प्रमथ, हीरे को काँच कहकर भूल करते हो भाई, काउण्ट ताल्स्ताय का *रेज़रेक्शन* पढ़ा है? उनकी यह सर्वोत्तम पुस्तक एक साधारण वेश्या को लेकर है। हमारे देश में अभी तक उस कला को समझने का समय नहीं आया है।...मैं अनावृत कहकर आर्ट को घृणा नहीं कर सकूँगा। लेकिन जिसमें यह ठीक अर्थों में नैतिक हो ऐसा उपसंहार करूँगा।...इससे पहले यदि कोई इस विषय में ज़रा भी सतर्क कर देता यानी कहता कि दासी को लेकर शुरू करना ठीक नहीं तो हो सकता है मैं दूसरे रास्ते पर जाने की चेष्टा करता। यह बात किसी ने न कही। अब बहुत देर हो गई।"[2]

प्रमथ अब भी पाण्डुलिपि लौटाने में देर कर रहे थे और दूसरे पत्रों के आग्रह पर आग्रह आ रहे थे। फणि पाल को डर था कि कहीं शरत् किसी प्रलोभन में न पड़ जाए, लेकिन शरत् ने बार-बार उनको यही विश्वास दिलाया कि *चरित्रहीन, यमुना* में ही छपेगा।

आख़िर द्विजेन्द्रलाल राय ने उसे पढ़ा और कहा, "अत्यन्त अश्लील रचना है, किसी अच्छे पत्र में नहीं छप सकती। भद्र समाज में यह उपन्यास प्रकाशित नहीं किया जा सकता।" प्रकाशक हरिदास चट्टोपाध्याय ने भी उसे अनैतिक और प्रकाशन के अयोग्य बताया। इन सब बातों की चर्चा करते हुए प्रमथनाथ ने उसे लिखा, "इसके प्रकाशित होने पर लोग निन्दा करेंगे। तुम्हें इस तरह का अश्लील उपन्यास नहीं लिखना चाहिए था।"

यह पत्र पढ़कर वह उग्र हो उठा और तुरन्त *चरित्रहीन* लौटा देने का आग्रह करते हुए उसने लिखा, "अंग विशेष लोगों को खोलकर नहीं दिखाते, यह मैं जानता हूँ, किन्तु घायल स्थान भी नहीं दिखाते, यह नहीं जानता। समाज में यदि कोई डॉक्टर है, जिसका काम घावों की चिकित्सा करना है, वह क्या किसी की सुनता है? जो पक गया है उसको बाँधे रखना दूसरों के लिए देखने में अच्छा लग सकता है, लेकिन जिस आदमी के शरीर में घाव है उसको तो कोई सुविधा नहीं होती, केवल सौन्दर्य-सृष्टि के अतिरिक्त उपन्यास-लेखक का और एक महत्त्वपूर्ण काम है। वह काम यदि घाव को देखना है तो वैसा करना ही होगा। ऑस्टिन, मेरी कॉरेली एवं सारा ग्रेंड ने समाज के अनेक घावों पर से पर्दा उठाया है। ठीक करने के लिए, केवल लोगों को दिखाकर भयभीत करने या मनोरंजन करने के लिए नहीं।...तुमने लिखा है कि *चरित्रहीन* दूसरे के नाम से प्रकाशित करना, इससे सबसे अधिक दुख हुआ। मैं क्या इतना हीन हूँ? अच्छा-बुरा जैसा भी है, इसका परिणाम मैं ही भुगतना चाहता हूँ। इतना कुरुचिपूर्ण है तब तो निश्चय ही

1. 3 मई, 1913 ई. 2. जयेष्ठ, 1320, मई-जून 1913 ई.

मेरे नाम से प्रकाशित होगा। नाम में क्या है ? कौन यह लोभ करे ? यह लोभ होता तो भाई, चुप रहकर इतने दिन कष्ट न सहता।''[1]

वह अद्‌भुत रूप से दृढ़ हो उठा था। लेकिन वह यह भी जानता था कि छपने से पूर्व ही जिस पुस्तक की इतनी छीछालेदार हुई है, छपने के बाद निश्चय ही लोग उसकी तीव्र आलोचना करेंगे। उनका उत्तर देने के लिए उसने, *रिज़रेक्शन* के अलावा रवीन्द्रनाथ आदि साहित्यकारों की पुस्तकों के हवाले खोज लिए थे। वह मानता था कि क्रमशः प्रकाशित होने वाले उपन्यास को लेकर यदि वितण्डावाद उठ खड़ा होता है तो उससे ग्राहक जुटते ही हैं, टूटते नहीं। निन्दा करने पर भी लोग पढ़ने के लिए उत्सुक रहते हैं। नहीं तो फीके रसहीन उपन्यास दिन-रात छपते रहते हैं। उन्हें कौन पढ़ता है ?

और वह ठीक था। *यमुना*[2] में जब *चरित्रहीन* का पहला अंश प्रकाशित हुआ तो इतना तूफ़ान उठा जितना बहुत कम पुस्तकों को लेकर उठा होगा। फणीन्द्रनाथ पाल ने उसे तार दिया, ''*चरित्रहीन* क्रिएटिंग एलामिंग सेन्सेशन।''

मन-ही-मन शरत् इस बात से बहुत प्रसन्न हुआ। बंगाली उपन्यासों के उद्धरण दे-देकर और भी तीव्रता से उसने अपना बचाव करना आरम्भ कर दिया। प्रमथ को लिखा—

''...मैं पूछता हूँ, उसमें है क्या ? एक शरीफ़ घर की लड़की किसी भी कारण से हो, मेस की नौकरानी का काम करती है...और एक शरीफ़ युवक इसके प्रेम में पड़ता है। फिर भी अन्त तक उसको कोई खास प्रश्रय नहीं मिलता। और रवीन्द्रनाथ की *चोखेर बाली* में शरीफ़ घर की विधवा अपने घर में, यहाँ तक कि रिश्तेदारों में ही नष्ट हो रही है। फिर भी किसी ने चूं तक नहीं की। बंकिमचन्द्र के *वसीयतनामे* की रोहिणी की याद है ?...बस मेरे *चरित्रहीन* में ही सारा दोष है ?...जो कुछ भी हो, मैं यह स्वीकार नहीं करता और ऐसा इसलिए नहीं करता कि मैं नहीं समझता कि *चरित्रहीन* में एक शब्द भी अनैतिक है। सम्भव है कुछ लोग इसमें कुरुचि देखें, पर लोग जो कह रहे हैं वह इसमें नहीं है। मैंने इसका नाम *चरित्रहीन* रखा है, इसलिए इसमें कुल कुण्डलिनी चक्र जाग्रत करने की बात होगी, ऐसी आशा तो नहीं की जा सकती। जिसकी इच्छा हो वे पढ़ेगे। जो नाम से घबराते हैं वे नहीं पढ़ेंगे।''

शरत् ने अब अपने अन्तर के साहित्यकार को पा लिया था।

14

द्विजेन्द्रलाल राय शरत् के बड़े प्रशंसक थे। और वह भी अपनी हर रचना के बारे में उनकी राय को अन्तिम मानता था, लेकिन उन दिनों वे काव्य में व्यभिचार के विरुद्ध आन्दोलन कर रहे थे। इसलिए *चरित्रहीन* को स्वीकार नहीं कर सके। पीढ़ियों का संघर्ष हर युग में होता आया है। जिस युग के वे थे उनके लिए स्थापित मूल्यों और परम्पराओं के इस अस्वीकार को समझ पाना असम्भव जैसा था। फिर भी हो सकता है वे जीवित रहते और पूरा उपन्यास पढ़ पाते तो अपनी राय बदल देते क्योंकि सावित्री मेस की नौकरानी होकर भी सचमुच सती-सावित्री है।

1. अक्टूबर, 1913 ई. 2. उपर्युक्त

वह उच्च कुल की सुशीला और सुशिक्षिता कन्या है। परिस्थितियाँ उसे मेस की नौकरी करने के लिए विवश कर देती हैं। लेकिन शरत् उसकी समस्त व्यथा-वेदना के भीतर उसे सत्पथ से नहीं डिगने देता। किरणमयी के शारीरिक प्रेम के विरुद्ध सावित्री का प्रेम वायवी है। वह चिर-आदर्शवादिनी है। इसीलिए उसका पदस्लखन नहीं हो पाता। लेकिन तत्कालीन समाज इस बात को नहीं समझ पाया। उच्च मध्य-वित्त श्रेणी की आचार नीति ही तब सर्वप्रिय थी। संस्कारों से मुक्ति पाकर समाज अपनी झूठी नैतिकता के भीतर नहीं झाँक सकता था। शरत् इस नैतिकता के ढोंग को पहचान गया था। केवल इतना ही। अन्यथा वह पूर्ण नैतिक है, यहाँ तक कि किरणमयी को भी उसने गिरने नहीं दिया। दिवाकर के साथ एक शय्या पर सोकर भी वह चरित्रवान ही बनी रही।

लेकिन *चरित्रहीन* ही नहीं पहले छः महीने तक *भारतवर्ष* में उसकी कोई रचना नहीं छपी। इसका एक कारण था द्विजेन्द्रलाल राय की मृत्यु। चर्चा थी कि नये सम्पादक अवकाश प्राप्त न्यायाधीश और बंगीय साहित्य परिषद् के सभापति श्री शारदाचरण मित्र होंगे। तब शरत् ने प्रमथ बाबू को लिखा, "द्विजेन्द्र बाबू जो काम कर सकते, वह क्या शारदा बाबू द्वारा होगा? वे स्वयं ही नहीं गए उनके साथ उनका असाधारण प्रभाव भी चला गया। मुझमें अब साहस नहीं कि कुछ लिखकर भेजूँ। उनके रहते उनकी प्रशंसा पाने के लोभ से लिखा। शारदा बाबू के अच्छा-बुरा कहने की क्या कीमत है? कौन उसे स्वीकार करेगा?"

लेकिन शारदा बाबू भी उसके सम्पादक नहीं हो सके। अन्ततः यह भार उठाना पड़ा (रायबहादुर) जलधर सेन को और उसके सम्पादकत्व में यथासमय स्वर्गीय द्विजेन्द्रलाल राय के चित्र सहित *भारतवर्ष* का पहला अंक[1] प्रकाशित हुआ। सौष्ठव और श्री की दृष्टि से उसने सभी को मुग्ध कर दिया, लेकिन ऐसा लगता है कि शरत् को सामग्री की दृष्टि से बहुत पसन्द नहीं आया। प्रमथ को लिखा "द्विजू दा एक वर्ष जीवित रहते तो *भारतवर्ष* अक्षय हो उठता। अब तो उसकी स्थिरता के संबंध में सचमुच आशंका होती है।"

बहुत सम्भव है इस कारण भी वह उसके लिए तुरन्त नहीं लिख सका। उसकी रचना छापने का अवसर उन्हें दिसम्बर में ही मिल सका। यह रचना थी *विराजबहू*।

विराजबहू उसने *भारतवर्ष* को भेजी, इस बात से फणीन्द्र का चिन्तित होना स्वाभाविक था। इस चिन्ता को शरत् समझता था। इसलिए बार-बार उसने फणीन्द्र को विश्वास दिलाया, "आपके पत्र को मैं अपना पत्र मानता हूँ। उसकी हानि हो ऐसा कोई काम नहीं करूँगा। केवल प्रमथ को लेकर झंझट है। वह परिचित ही नहीं परम बन्धु है। चिर दिन का अति स्नेह का पात्र है, इसलिए सोचना होगा, न सोचने पर कैसे होगा... ?"

यह उपन्यास बर्मा के उसके मित्रों को बहुत अच्छा लगा, पर वे विराज के अधःपतन को स्वीकार न कर सके। योगेन्द्रनाथ सरकार ने कहा, "अच्छा, विराज के आत्मघातिनी हो जाने से यदि वह हाथ-पाँव बाँधकर जल में डुबा दी जाती और उसी अवस्था में मछलियों का शिकार करने वाला ज़मींदार उसको अपने बजरे में खींच लेता, तो विराज के पक्ष में क्या यह

---

1. जून, 1913 ई.। कुछ दिन सेन महोदय के साथ भी अमूल्यचरण विद्याभूषण भी इस पद पर रहे।

कम पाप होता? हिन्दू नारी स्वामी के ऊपर अभिमान करके घर छोड़ दे और फिर आत्महत्या की चेष्टा करे! सर्वनाश! इन दो से अधिक कोई पाप क्या दुनिया के शास्त्रों में है? स्वामी के ऊपर अभिमान करके कुलत्याग करने में, सोचता हूँ 'ईस्ट लीन' का कितना असर हुआ है। यद्यपि वह बात और है।''

शरत् बाबू ने उत्तर दिया, ''संसार में असम्भव कुछ नहीं है। जिन्होंने शेक्सपियर की रचनाएँ अच्छी तरह पढ़ी हैं वे इस बात का प्रमाण खूब दे सकते हैं। क्या कह सकते हो कि शेक्सपियर से बढ़कर दूसरा आदमी इस पृथ्वी पर पैदा हुआ है जो नर-नारी के चरित्रों को समझता हो?''

योगेन्द्रनाथ सरकार इस बात पर कोई उत्तर न दे सके।

इस प्रकार का आक्षेप कलकत्ता के मित्र ने किया था। तब शरत् ने एक और भी बात कही थी, ''दिन पर दिन अनाहार रहने और मानसिक चिन्ताओं के कारण तन और मन दोनों ही विकल हो उठे हैं वह क्षणिक उत्तेजना के कारण कुछ भी कर सकता है। मैंने अपनी आँखों से यह अवस्था देखी है।''

अपने अनुभव के आधार पर वह मानता था कि चिरकाल की गृहस्थ रमणी एक बार पतिता हो जाने पर थोड़े ही दिनों में लाज-शर्म छोड़कर नये जीवन की जिस प्रकार अभ्यस्त हो जाती है वैसे पुरुष नहीं हो सकता।

'विराजबहू' को लिखने में शरत् को एक महीने से अधिक लगा। असीम धैर्य के साथ काट-पीट करके वह लिखता था और फिर सरकार को सुनाकर विचार-विनिमय भी करता था। अपने लिखने की प्रक्रिया के संबंध में उसने सरकार से कहा था, ''देखो, जब तक मेरा एक्सप्रेशन सहज तथा निर्झर के समान नहीं हो जाता तब तक किसी भी तरह मेरी तृप्ति नहीं होती। रात का लिखा दिन के समय गलत जान पड़ता है।''

''यह गलती व्याकरण की गलती नहीं है। यह है भावों के अनुसार चलने वाली भाषा का अभाव। गाँव-गोठ की कथा-वार्ता में बोलचाल की बांग्ला चलती है। उसी बांग्ला को यदि कोई काव्यतीर्थ या विद्यासागर संस्कृतमयी कर दे तो उससे जो अवस्था हो जाएगी ठीक वैसी ही गलती है यह। बात यह है कि जो जैसा हो वैसा ही होना चाहिए।''

विराजबहू की पहली किस्त लिखकर जब वह भेजने लगा तो उसने योगेन्द्रनाथ से पूछा, ''बताओ इसका क्या नाम रखा जाए?''

सरकार ने कहा, '' 'विराज मोहिनी' ठीक रहेगा।''

''ना रे, उससे तो अच्छा मुझे 'विराजबहू' नाम पसन्द है! मोहिनी चरित्र उतना महत्त्वपूर्ण नहीं। वह नाम उसके साथ जोड़ना ठीक नहीं होगा।''

सरकार ने उत्तर दिया, ''अर्थात् पहली बार योगेन्द्र चटर्जी की कनिष्ठा बहू, दूसरी बार शिवनाथ शास्त्री की मंझली बहू, तीसरी बार शरत् बाबू की 'विराजबहू' यही तो!''

''ऐसा है तो हो। तुममें यही तो एक ऐसा रोग है। उनकी कनिष्ठा बहू, मंझली बहू, जिन्हें खुशी हो, मेरा उनसे क्या नुकसान होता है?''

यह कहते हुए नीली पेंसिल से पाण्डुलिपि के पहले पन्ने पर बड़े-बड़े अक्षरों में 'विराजबहू' लिख दिया। नीचे छोटे-छोटे अक्षरों में लिखा था—गल्प। यह देखकर सरकार ने प्रतिवाद किया, "यह नहीं होगा। क्या प्रमथ की चिट्ठी की बात याद नहीं है? लिखो, उपन्यास।"

शरत् ने 'गल्प' शब्द काटकर बड़े-बड़े अक्षरों में लिख दिया—'उपन्यास'।[1]

लेखक रूप में प्रसिद्ध होने पर उसकी प्रतिष्ठा भी बढ़ रही थी। उसके साथी अब उपेक्षा से उसे चिढ़ाते नहीं थे। इसके विपरीत जब भारत से स्वदेशी आन्दोलन के नेता सुरेन्द्रनाथ सेन रंगून आए तब उनकी अभ्यर्थना के लिए जो सभा आयोजित की गई उसके सभापति के पद पर उसी को बिछाया गया। जीवन में पहली बार वह अध्यक्ष की कुर्सी पर बैठा था। तब वह कितना नर्वस हो उठा था। सेर-डेढ़ सेर की माला गले में पड़ी थी। उसके भार से सीधा खड़ा नहीं हो पा रहा था। देखकर दया आती थी। भाषण लिखा हुआ था, सुन्दर भी था, पर क्या वह उसे ठीक-ठीक पढ़ पाया?

उसकी इस घबराहट के अनेक कारण थे, शारीरिक और मानसिक। शरीर से अब वह बहुत अशक्त हो गया था। जिस प्रकार का जीवन कुछ दिन पूर्व तक उसे जीना पड़ा था। उसमें स्वास्थ्य अच्छा रहता तो आश्चर्य ही होता। बुखार, न्यूरलज़िक दर्द और पेचिश, ये उसके चिरसंगी थे। फिर वह अफ़ीम भी खाता था। रात में वह कुछ अधिक ही चढ़ जाती थी। इसलिए अक्सर ही लिखने-पढ़ने में व्यवधान पड़ता था। इसलिये मित्रों ने उसे लिखा कि अब वह कलकत्ता आकर रहे। लेकिन उसको यह सब बातें उस समय बिलकुल पसन्द नहीं आईं। फणीन्द्रनथ को उसने उत्तर दिया, "नौकरी छोड़कर और यह अस्वस्थ शरीर लेकर खानाबदोश बनना मुझे अच्छा नहीं लगता। और किसी के पास आकर रहना तो एकदम असम्भव है। अस्पताल में मरूँगा पर किसी भी हालत में पीड़ित शरीर को किसी के घर में अन्तिम बार नहीं रखूँगा। इससे मैं घृणा करता हूँ।...अगर गया तो मैं अपनी बड़ी बहन के यहाँ ही रहूँगा। एक प्रकार से वही मेरा घरद्वार है। उसकी आदत भी बहुत अच्छी है। आने के लिए बारम्बार तकाज़ा भी कर रही है। लेकिन अस्वस्थ शरीर लेकर मैं कहीं जाना नहीं चाहता। मुझे बारम्बार इस बात का डर रहता है कि कहीं अचानक मरकर परेशान न करूँ।"

लेकिन प्रमथनाथ को वह लिख चुका था, "...एक बार मिलना हो जाए, यही अन्तिम इच्छा है। जाने पर तुम्हारे वहीं ठहरूँगा, मर जाऊँगा तो सद्गति होगी। ब्राह्मण के कन्धे पर चढ़कर, परम मित्र का मुँह देखकर अन्तिम सेवा लेकर नीमतल्ला जाना होगा।"

उसके पत्रों में अनेक ऐसी विसंगतियाँ ढूँढ़ी जा सकती हैं। लेकिन सच यही है कि वह दिन-प्रतिदिन रंगून छोड़ने के लिए आतुर हो रहा था। उसका एक कारण था दफ़्तर की नौकरी और साहित्य-सृजन में संघर्ष। एक पत्र में अपने बड़े साहब न्यूमार्श की घोर निन्दा करते हुए उसने लिखा, "हमारे ऑफ़िस में यह नियम है कि यदि किसी दिन कहीं से कोई रिमाइंडर आ जाता है, तो 6 महीने के लिए 10 रुपये के हिसाब से जुर्माना हो जाता है। यह ऐसी आराम की

---

1. ब्रह्मप्रवासे शरत्चन्द्र—योगेन्द्रनाथ सरकार

नौकरी है।...तीन-चार दिन पहले की एक घटना है, हठात् मेरा एक रिमांइडर आ गया। इतने काम में छोटे-मोटे काम की ओर मैं ध्यान नहीं दे सकता। यह हमारे सब-ऑडीटर भौमिक बाबू और पेरिया स्वामी की गलती थी, लेकिन मैंने सारा दोष अपने ऊपर ले लिया। जवाब दिया कि नज़र से चूक हो गई और इसी बीच में अपना त्यागपत्र लिखकर रख लिया। अच्छी तरह जानता था कि 10 रुपये गए। यह अपमान सहन करके जो नौकरी करना चाहता है, करे। मैं तो किसी तरह से नहीं सहन कर सकता। लेकिन नहीं जानता, क्यों न्यूमार्श ने दया करके कोई बात नहीं कही। नहीं जानता यह दुर्भाग्य है या सौभाग्य? मैं त्यागपत्र नहीं दे सका। लेकिन शरीर भी चल नहीं रहा। लिखना-पढ़ना प्राय: असम्भव हो गया है। इतने दिन नौकरी की है भैया, लेकिन ऐसी भयानक दुर्दशा में कभी नहीं पड़ा। उस दिन झोंक में आकर लज्जा और संकोच त्याग मित्र महाशय को एक चिट्ठी लिखी कि जैसे भी हो, जो भी हो, कलकत्ता में एक नौकरी दिलवा दो। मैं इस्तीफ़ा देकर चला आऊँगा। अभी उनके जवाब आने का समय नहीं हुआ। पर यह भी समझ में आ रहा है कि यदि शीघ्र ही यह साहब नहीं जाता, और जाने की कोई आशा भी नहीं दिखाई देती, तो ऐसा होने पर अन्त में मुझे नौकरी छोड़नी ही होगी। साला, दूसरे दफ़्तर में अर्ज़ी तक फारवर्ड नहीं करता। बहुत-से पाजी देखे हैं, लेकिन इस प्रकार का तो सुना ही नहीं...''

नौकरी छोड़ देने की बात मन में उठना तो स्वाभाविक नहीं था, लेकिन अधिकारियों के प्रति उसका आक्रोश अतिरंजित था। साहित्य-सृजन में मन देने पर कार्यालय के कार्य की अवहेलना ही हो सकती थी। कोई भी अधिकारी इस प्रकार की अवहेलना नहीं सह सकता। न्यूमार्श इतना बुरा नहीं था, जितना शरत् ने उसे बताया है। वास्तव में अब तक जिस प्रच्छन्नता, तुच्छता और अवहेलना का जीवन उसे बिताना पड़ा था, उससे मुक्ति का आनन्द ही उसे कलकत्ता की ओर खींच रहा था। उसे इस बात की ज़रा भी चिन्ता नहीं थी कि नौकरी सरकारी है या प्राइवेट। हाँ, किसी साहित्यिक पत्र में काम मिल जाता है तो उससे अच्छा और कुछ नहीं हो सकता। उसने लिखा ''इतने बड़े-बड़े पत्र प्रकाशित हो रहे हैं, मुझको कोई सब-एडीटर नहीं लगा सकता? मैं उनके लिए बहुत कुछ काम कर सकता हूँ। एक बड़ी कहानी, एक धारावाहिक उपन्यास, एक प्रबन्ध, एक समालोचना, ये सब मैं दे सकता हूँ। इसके अतिरिक्त चित्र जाँच सकता हूँ, गाने की स्वर-लिपि के दोष बता सकता हूँ, वैज्ञानिक और साहित्यिक आलोचना भी मैं कर लूँगा। दस से पाँच बजे तक खूब मेहनत कर सकता हूँ। बर्मा अब मुझे नहीं सुहाता। स्वदेश लौटने को जी करता है।''

रंगून के भद्र बंगाली समाज में उसका अब भी सम्मान नहीं था। उसके दावे सभ्य और प्रतिष्ठित जनों के दृष्टिकोण से निन्दनीय और असभ्यता सूचक माने जाते थे। इसीलिए वे उसे आवारा और चरित्रहीन समझते थे। उस दिन एक युवक कलकत्ता से आकर उसके पड़ोस में ठहरा।[1] वह ज़ीने के ऊपर चुपचाप खड़े-खड़े रास्ते की ओर देखता रहता था। शरत् आते-जाते उसे देखता। एक दिन उससे नहीं रहा गया। उसने पूछा, ''अकेले चुपचाप रास्ते की ओर आप क्या देखते रहते हैं?''

युवक ने उत्तर दिया, ''यहाँ के लिए नया हूँ, किसी से परिचय नहीं है।''

---

1. सन् 1913 ई.

''तुम्हारा नाम क्या है?''

''पवित्र गंगोपाध्याय!''

शरत् बोला, ''मेरा नाम शरत् चटर्जी है। मैं एकाउण्टेण्ट जनरल के दफ़्तर में क्लर्क हूँ। कल तुम मेरे घर आओ।''

युवक इस अनाहूत आमंत्रण को अस्वीकार नहीं कर सका और दूसरे दिन निश्चित समय पर उसने द्वार पर जाकर आहट की। शरत् स्वयं दरवाज़ा खोलने आया। युवक ने अन्दर आकर देखा, दीवार के एक ओर पुस्तकों से भरा रैक है। दूसरी ओर मेज़-कुर्सी है। मेज़ के ऊपर लकड़ी का एक चौकोर कलमदान है। जिसमें 5-6 फाउण्टेनपेन करीने से रखे हैं। फुलस्केप साइज़ की चमड़े की ज़िल्दवाली एक कॉपी भी है। पैड के ऊपर गोलाकार रूप में 'शरत्' लिखा हुआ मोनोग्राम है। पैड के कागज़ पर खूब छोटे-छोटे सुन्दर मोती जैसे बांग्ला अक्षरों में कुछ लिखा हुआ है।

उन अक्षरों में ऐसा कुछ आकर्षण था कि पढ़ने को मन कर आया, लेकिन उसी समय शरत् मुड़ा, बोला, ''अरे, यह तो पागलपन है। देखिए नहीं, उधर चलिए, ज़रा अड्डा जमे। और भी कई मित्र आए हैं।''

पास के घर में पहुँचकर पाया कि शतरंजी के ऊपर तीन-चार व्यक्ति बैठे हैं। उनमें एक बर्मी भी है। शरत् ने उससे कहा, ''आप यहाँ बैठिए, मैं अभी आता हूँ।''

वह बैठ गया। शरत् कई क्षण बाद लौटा तो उसके हाथ में एक किताब थी। उसे दिखाकर बोला, ''*साहित्य* मासिक पत्र में यह जो पवित्र गांगुली की कविता निकली है, यह क्या आप ही हैं?''

युवक ने कुछ जवाब न देकर सिर झुका लिया। अब समझने को कुछ शेष नहीं रहा था। शरत् बोला, ''अब तो हमारे घर में एक कवि भी आ गया है।''

सहसा इसी समय उस युवक के आतिथेय का नौकर वहाँ आया और बोला, ''आपको बाबू अभी बुलाते हैं।''

हतप्रभ वह वहाँ से चला गया। उसकी कुछ समझ में नहीं आया। पहुँचने पर मित्र ने अत्यन्त तिरस्कार के स्वर में उससे कहा, ''तो यह है तुम्हारा काम! उस अड्डे में जा शामिल हुए। मेरी बात मानकर यदि वहाँ नहीं जाओगे तो अच्छा होगा। एक तो विदेश और उसमें भी रंगून! यह अच्छी जगह नहीं है।''

भारतवर्ष में उसके बाल्यबन्धु प्रमथनाथ भट्टाचार्य थे। वह वहाँ जा सकता था, परन्तु *चरित्रहीन* के कारण अभी उसका मन उधर उतना नहीं था। *यमुना* ही उसके मस्तिष्क पर छायी हुई थी। कभी-कभी तो कविता को छोड़कर और सब कुछ लिखकर वह *यमुना* के पन्ने भर देता था। बीच-बीच में, प्रमथ को पत्र लिखकर अपनी व्यथा भी प्रकट करता था लेकिन उस व्यथा में भी *यमुना* का प्रेम प्रमुख था।

''तुमसे मेरा निवेदन है कि तुम मेरी *यमुना* को प्यार करो। *भारतवर्ष* जिस प्रकार तुम्हारा

है, *यमुना* उसी प्रकार मेरी है। जिससे उसकी हानि न हो, उन्नति हो, उस पर ऐसी नज़र रखो। तुम फणि के ऊपर क्रोध मत करना, भला आदमी है। वह कैसे जान सकता है कि तुम और मैं क्या हैं और 20 वर्ष से कैसे एक घनिष्ठ सूत्र में बँधे हैं। दुनिया सोचती है कि हम मित्र हैं लेकिन मित्रता किसके बीच में है, किस प्रकार की है यह वह बेचारा कैसे जान सकता है! तुम्हारी-मेरी बातें तुम्हें-मुझे छोड़कर और कोई नहीं जानता, प्रमथ।''

''मैं अकेले तो *यमुना* को चला नहीं सकता। इसीलिए जितने शिष्य लोग थे, सबको इसमें लगा दिया है। निरुपमा, विभूति, सुरेन, गिरीन और भागलपुर के जो दो-एक साहित्यकार थे सबने लिखना शुरू कर दिया है। देखना चाहिए कि *यमुना* के भाग्य में क्या होता है? वे तो कहते हैं कि तुम गुरुदेव हो। तुम जो कहोगे वह हमें करना ही है। यही एक आशा है।''

यमुना के लिए उसकी चिन्ता का कोई पार नहीं था। पुराने शिष्य और मित्रों को ही नहीं, नये मित्रों को भी वह बार-बार *यमुना* के लिए लिखने और कुछ भी करने के लिए कह रहा था। इस सन्दर्भ में उन दिनों जैसी कहानियाँ छप रही थीं, उनकी उसने आलोचना की। सौरीन्द्रमोहन को लिखा :

''आजकल मासिक पत्रों में जो ये छोटी कहानियाँ छपती हैं, उनमें से पन्द्रह आना के संबंध में तो कोई समालोचना ही नहीं हो सकती। कार्तिक के महीने में इतनी कहानियाँ छपी हैं, उनमें एक भी सुन्दर नहीं है। अधिकांश तो पढ़ने योग्य भी नहीं हैं। किसी में भी न तो वस्तु है, न भाव है, केवल सारहीन आडम्बर है। घटनाओं की सृष्टि है और ज़बरदस्ती से करुणा पैदा करने की चेष्टा है। बूढ़ी वेश्या को सजाकर युवती कहकर दुनिया को भुलाने की चेष्टा करते हैं। यह देखकर मन में वितृष्णा, लज्जा और करुणा पैदा होती है। उन सब लेखकों को छोटी गल्प लिखने की चेष्टा करते देखने पर सचमुच ही मेरे मन में इस प्रकार का एक भाव पैदा होता है कि वह चाहे और जो कुछ हों, स्वस्थ बिलकुल नहीं हैं। आजकल छोटी कहानियों की क्या दुर्दशा हो रही है!''

साहित्य इस दुर्दशा से मुक्त हो और *यमुना* सभी दृष्टियों से सम्पन्न हो यही तब उसकी एकमात्र आन्तरिक कामना थी।

15

अगले वर्ष[1] जब वह छः महीने की छुट्टी लेकर कलकत्ता आया तो वह आना ऐसा ही था जैसे किसी विजयी राजकुमार का लौटना। उसके प्रशंसक और निन्दक दोनों की कोई सीमा नहीं थी। लेकिन इस बार भी वह किसी मित्र के पास नहीं ठहरा। किसी को अपना परिचय देने में सदा की तरह उदासीन ही बना रहा। चालढाल और वेशभूषा से भी वह एकदम देहाती मालूम होता था। फिर भी मित्रों से मिलना और अड्डा जमाना उसे बहुत अच्छा लगता था। प्रतिदिन संध्या को *यमुना* के कार्यालय में अनेक साहित्यकार इकट्ठे होते। उनमें एक थे कथाशिल्पी और कवि सुधीन्द्रनाथ ठाकुर। शरत् के प्रति उनकी श्रद्धा का पार नहीं था। उसका चलना-फिरना,

1. सन् 1914 ई.

बोलना-बैठना, खड़ा होना, हँसी-मज़ाक करना सभी में उन्हें बड़ा आनन्द आता था।

इस बैठक में साहित्यिक आलोचनाएँ ही नहीं होती थीं, हास-परिहास भी अबाध गति से बहता था। शरत् तुरन्त कहानियाँ गढ़कर सुनाने में उस्ताद था ही। प्रत्येक कहानी के अन्त में कहता, "यह मेरी जीवन की सच्ची घटना है।"

सुधीन्द्र हँस पड़ते, "ना-ना, शरत्, यह तो तुम गढ़कर सुना रहे हो।"

शरत् उत्तर देता, "देखिए तो, जब कहानी लिखता हूँ तो कहते हैं, आप चिन्तन करके लिखते हैं और जब ज़बानी कहता हूँ तो गढ़ना बताते हैं। नहीं, महाशय, यह सच्ची घटना है। अगर आपको अविश्वास है तो प्रमाण और साक्षी दे सकता हूँ।"

प्रमाण और साक्षी की आवश्यकता शायद ही पड़ी हो। लेकिन इसमें तनिक भी सन्देह नहीं है कि इन कहानियों के पीछे किसी-न-किसी रूप में उसकी अनुभूति होती थी। और अनुभूति के ये स्रोत उसे सहज भाव से मिल भी जाते थे। वही दृष्टि तो उसका मूलधन थी।

उस दिन संध्या के समय सौरीन्द्र की राह देखता वह कचहरी के बाहर घूम रहा था। सब लोग जा चुके थे, लेकिन कम्पाउंड में जेल की गाड़ी कैदियों को ले जाने के लिए अभी भी खड़ी थी। उस दिन किसी दागी चोर का मामला था। उसे दो साल की सज़ा हुई थी। सौरीन्द्रमोहन ही उसके वकील थे। जैसे ही वे बाहर आए उनके मुवक्किल की रक्षिता स्त्री उसके पैरों पर गिर पड़ी। बोली, "आज रात को ही रुपये लेकर आपके पास आऊँगी। आप तुरन्त नकल लेकर हाईकोर्ट में अपील करने की व्यवस्था कर दें। सबसे बड़ा वकील पैरवी के लिए नियुक्त करें।"

सौरीन्द्रमोहन ने उसे समझाते हुए कहा, "अपील का कोई फल नहीं होगा। व्यर्थ ही पैसे नष्ट होंगे।"

वह बोली, "फल हो या न हो, मैं प्राणपन से चेष्टा करूँगी। रुपयों की चिन्ता मत करो। जो भी गहने हैं बेच दूँगी।"

सौरीन्द्र की कोई युक्ति उसके गले से नहीं उतरी। तभी पुलिस आसामी को गाड़ी के पास ले आई। वह स्त्री तुरन्त वहाँ पहुँची और रोने लगी। रोते-रोते उसने दो-चार रुपये पुलिसवालों के हाथ में थमा दिए। उसके प्रणयी ने कहा, "देख हाईकोर्ट मत जाना। बाबूजी की बात सुनना। रुपया व्यर्थ खर्च हो जाने पर तेरे दो साल कैसे कटेंगे?"

वह सुनती रही, लेकिन गाड़ी के चले जाने पर, वह फिर सौरीन्द्रमोहन की ओर मुड़ी बोली, "रात को रुपये लेकर आपके घर आऊँगी। मना करना आसामी का कर्तव्य था, उसने पूरा किया। मेरा कर्तव्य मैं पूरा करूँगी।"

शरत् सब कुछ देख-सुन रहा था। सौरीन्द्र से उसने कहा, "स्त्री दमदार है। इस घटना से मैं उसके मन का परिचय पा सका। समाज की दृष्टि में ये लोग घृणित-बहिष्कृत हैं, लेकिन इनके मन के भीतर जो मनुष्य विराजमान है वह कितना महान है! अनेक साध्वी स्त्रियाँ अपने स्वामी के इस प्र्कार विपत्ति में पड़ जाने पर विचलित होकर सर्वस्व त्याग नहीं करतीं, फिर यह तो पपिता नारी है। इन पतिताओं की कहानी हमारे साहित्य में कब स्थान पायेगी?"

इसी 'पतिता नारी' को वह जीवन-भर अपने साहित्य में मर्यादा देने का प्रयत्न करता रहा। बर्मा में रहते हुए ऐसे अनेक चरित्र उसके जीवन में आए, जिन्हें 'छोटे लोग' कहा जाता है। उनके बीच में नाना रूपों में उसकी शोहरत थी। उनमें एक रूप था होम्योपैथ डॉक्टर का। इसी रूप में उसकी भेंट कामिनी नाम की एक स्त्री से हुई। वह बंगाल में एक अच्छे घर की बहू थी। लेकिन एक दिन वह सब कुछ को छोड़कर अपने पति को भी छोड़कर, एक लुहार के साथ चली गई। लुहार का नाम शीतलचन्द्र था और वह कांचरापाड़ा के रेल-कारखाने में काम करता था। अचानक रंगून में अच्छा-सा काम पाकर वह बंगाल से चला आया। कामिनी साथ थी। उम्र तो उसकी चौबीस वर्ष की हो चुकी लेकिन स्वास्थ्य उसका इतना अच्छा था कि ऐसा लगता था मानो प्रथम यौवन के सारे ज्वार को उसने अपने शरीर में बाँध रखा है।

वे लोग शरत् बाबू के घर के पास ही रहते थे। दफ़्तर जाते हुए वह रोज़ उन्हें देखते। पाते कि वे बहुत प्रसन्न हैं। कामिनी का शीतलचन्द्र पर इतना प्रभाव है कि उसने शराब पीनी तक छोड़ दी है।

शरत् के मन में कामिनी के प्रति इसीलिए और भी श्रद्धा जाग आई। तभी एक दिन क्या हुआ कि वह दफ़्तर से लौट रहा था तो देखा कि उसकी राह निहारती कामिनी किवाड़ का पल्ला पकड़े खड़ी है। जब वह पास पहुँचा तो उसने रोते हुए कहा, "दादाजी, मेरी तकदीर फूट गई। उन पर आज चार दिन से शीतला माई की कृपा हुई है। सोचा था कि यूं ही ठीक हो जाएँगे। आपको उस छुतहे रोग में नहीं खींचूँगी। लेकिन कल रात से ज़ोरों का बुखार है, सारे बदन में इतनी माता निकली है कि पहचाना तक नहीं जाता। दर्द से तड़प रहे हैं। मुझसे तो अब देखा नहीं जाता। आप कृपा करके कुछ दवा दे दीजिए।"

यह कहकर वह उनके पैर छूने के लिए आगे बढ़ी। ज़रा दूर हटकर शरत् ने कहा, "मैं अभी आता हूँ। तुम चिन्ता मत करो।"

घर जाकर अपना होम्योपैथी का बाक्स उसने उठाया और शीतलचन्द्र के पास पहुँचा। जो हालत देखी उसका वर्णन नहीं किया जा सकता। कुछ ही दिन की बीमारी में आदमी का चेहरा इतना वीभत्स हो सकता है! आँखों से दीखना तक बन्द हो गया था। उसे पहचानना सचमुच बड़ा कठिन था। कामिनी ने किसी तरह अपना मुँह उसके विकृत मुँह के पास ले जाकर कहा, "अजी सुनते हो, दादाजी आए हैं। अब किसी बात का डर नहीं। उनकी एक बूँद दवा खाते ही सारा दर्द दूर हो जाएगा।"

रोगी का उत्साह बढ़ाने के लिए वह शरत् बाबू की दवा की बहुत तारीफ़ करने लगी। किसी तरह रोगी से हाल मालूम करके और अपनी जानकारी के हिसाब से शरत् से उसे दवा दी। फिर कई दिन तक शाम-सवेरे देखने जाता रहा। लेकिन रोग कम नहीं हुआ। दर्द बढ़ता ही गया। फिर दूसरे डॉक्टर आए। लेकिन शीतलचन्द्र को कोई नहीं बचा सका। तब कामिनी ने कैसा विलाप किया! शोक से मानो वह पागल हो गई। बीमारी के वक्त आहार-निद्रा छोड़कर दिन रात उसने अपने इस प्रेमी की कैसी सेवा की थी! कोई सती-साध्वी भी अपने पति की ऐसी सेवा नहीं कर सकती।

शरत् द्रवित हो उठा। किसी तरह अन्तिम संस्कार किया गया। लेकिन दूसरे दिन जब वह

दफ़्तर जा रहा था तो देखा, कामिनी के घर पर ताला लटक रहा है। आश्चर्य हुआ। आसपास पूछने पर पता लगा कि वह कल ही घर छोड़कर कहीं चली गई है। कहाँ गई, कोई नहीं जानता।

लेकिन उस बस्ती में ऐसा कुछ होता ही रहता था। धीरे-धीरे शरत् उस बात को भूल गया। और फिर दो वर्ष न जाने कैसे बीत गए। इसी बीच में उसे अपना ठिकाना बदलना पड़ा। नये मेस में डेरा डालकर वह अपने स्वभाव के अनुसार घूमने के लिए निकल पड़ा। चलते-चलते पाया कि जेब में सिगार तो है लेकिन दियासलाई नहीं है। सड़क पर एक परचून की दुकान थी। वहीं पहुँचा। आश्चर्य! जो नारी ग्राहकों को तोलकर सौदा दे रही है वह कामिनी है।

कामिनी इस रूप में! शरीर पर गहने लदे हैं। स्वास्थ्य वैसा ही गदरा रहा है। मुख पर वही मादक हास्य है। क्या यह शीतलचन्द्र की कामिनी है! वही कामिनी जो शोक से पागल हो गई थी!

वह सोच ही रहा था कि कामिनी ने उसे देख लिया। उसने सिर पर कपड़ा खींच और धीमे से उसके पास आकर चरणों में प्रणाम किया। फिर मुस्कराते हुए पूछा, ''दादाजी, मज़े में हैं न?''

शरत् ने कहा, ''हाँ, मैं ठीक हूँ। तुम बताओ कैसी हो? क्या समाचार हैं? देखकर तो लगता है कि मज़े में हो। हो न?''

कामिनी बोली, ''आपके आशीर्वाद से अच्छी हूँ, दादाजी।''

फिर जैसे पुरानी बातें याद हो आई हों। आँखें सजल हो उठीं। रुंधे कंठ से कहा, ''यम के बुलावे को कौन टाल सकता है दादाजी, आपने उनको बचाने के लिए क्या नहीं किया।''

जैसे आगे उससे बोला नहीं गया। कई क्षण संभलने में लग गए। फिर शांत स्वर में बोली, ''यह उन्हीं के ममेरे भाई हैं। बहुत दिनों से रंगून में ही हैं। मुसीबत में यही खोज-खबर लिया करते थे। आपने तो देखा होगा इन्हें, दादाजी? उनकी बीमारी के वक्त अक्सर आते थे। इन्हीं की कृपा से अब दो मुट्ठी खाने को मिल जाता है। इनके दो छोटे-छोटे बच्चे हैं। बेचारों की माँ मर गई है। ओह! बच्चों का मुँह देखकर ही तो मुझे गृहस्थी बसानी पड़ी। नहीं तो अकेले पेट को तो कोई काम-धाम करके भर ही लेती। लेकिन आदमी बड़ा भला है, दादाजी। बिलकुल उन्हीं की तरह है। बहुत आदर करता है। बड़ा प्यार करता है।''

बहुत देर तक कामिनी न जाने क्या-क्या कहती रही। शरत् समझ गया कि इस गृहस्थी में कामिनी बहुत मज़े में है। और अपने नये प्रेमी को सचमुच ही प्यार करती है। उसे याद आया, शीतलचन्द्र की बीमारी के वक्त एक आदमी सचमुच वहाँ आता-जाता था। पूछा, ''तो क्या यह वही निवारण है? उसका नाम निवारण ही तो था?''

कामिनी हँस पड़ी। सिर के कपड़े को ज़रा और खींचकर बोली, ''दादाजी, आपको तो सब कुछ मालूम है।''

शरत् एक क्षण के लिए न जाने कहाँ खो गया। शीतलचन्द्र की गृहस्थी में कामिनी को देखा। वहाँ कितने सुख से रह रही थी! फिर जब शीतलचन्द्र को चेचक निकली, उसकी बगल में कामिनी को देखा। बिना खाये-सोये, चिन्ता के मारे वह सूखकर जली लकड़ी जैसी काली

हो गई थी। उसी कामिनी को वह निवारण के घर में देख रहा था। उसके सारे अंगों में बसन्त की हवा लगी हुई थी। उसका रूप-लावण्य असाधारण हो उठा था। उसने शीतलचन्द्र को प्यार किया धा, वह निवारण को भी प्यार करती है और कांचरापाड़ा में वह जिस पति को छोड़ आई थी उसको भी निश्चय ही प्यार करती होगी।

उसका मन फिर भटक गया। एक और कहानी उसे याद आने लगी। नयी हाटी का रहने वाला एक तरुण बंगाली युवक था। नाम उसका कुछ भी हो सकता है। सुविधा के लिए उसे दुलालचांद कहा जा सकता है। कलकत्ता के किसी दफ़्तर में काम करता था। रेस में दांव लगाने का उसे नशा था। शराब का नशा तो था ही। परिणाम यह हुआ कि काफ़ी उधार हो गया। देने वालों के तकाज़ों और काबुली पठान की लाठी से परेशान होकर वह एक दिन बर्मा भाग गया। इसी तरह से उधार चढ़ाकर, दफ़्तरों का रुपया चुराकर अनेक खुराफ़ातों में फँसे हुए बहुत-से बंगाली बैरागी होकर सीधे बर्मा पहुँच जाते थे। क्योंकि वहाँ पर उन पर मुकदमा नहीं चलाया जा सकता था। दुलालचांद भागकर सीधे मांडले पहुँचे और वहाँ लकड़ी के एक कारखाने में क्लर्की का काम करने लगे। कारखाना एक बर्मी का था। वह अंग्रेज़ी में हिसाब नहीं रखना जानता था। दुलालचांद को खूब अंग्रेज़ी आती थी और काम भी उसने मन लगाकर किया। बस, वह मालिक के मन चढ़ गया। मालिक की दुनिया बहुत सीमित थी। वह स्वयं, उसकी कन्या और दामाद। दामाद बेकार किस्म का आदमी था। बस, शौकीनी ही उसका शगल थी। इसलिए मालिक दुलालचांद से और भी प्रसन्न रहने लगा। वही उसका सलाहकार बन गया। वहीं रहने भी लगा।

मालिक का घर भी बहुत दूर नहीं था। छुट्टी के दिनों में दुलालचांद मालिक के घर में अतिथि बनता। वहाँ बहुत-सी काम की बातें होतीं। साथ ही साथ मालिक की लड़की के साथ हँसी-मज़ाक भी चलता। बर्मी लड़कियाँ भारतीय कन्या की तरह लजीली नहीं होतीं।

और कई वर्ष बीत गए। सहसा एक दिन दामाद की मृत्यु हो गई। उससे वे लोग पहले ही बहुत प्रसन्न नहीं थे। मरने पर मानो उन्होंने मुक्ति की साँस ली। लेकिन एक वर्ष भी नहीं बीता था कि मालिक की मृत्यु हो गई। कन्या सब कुछ की मालिक थी, लेकिन वास्तविक मालिक दुलालचांद था। अब तक वही सब कुछ करता आया था। अब भी वही करता रहा। दो-तीन महीने भी नहीं बीते होंगे कि लड़की ने दुलालचांद से प्रस्ताव किया कि वह उससे विवाह कर ले।

दुलालचांद को मानों स्वर्ग मिल गया। वह तुरन्त राज़ी हो गया। और फिर उस बर्मी नारी के प्रेम में दुलालचांद जैसे डूब गया हो। वह अब राजा था। सचमुच का राजा। कन्या उसकी एकान्त उपासिका बन गई। इस सुख-सागर में बहते हुए फिर कई वर्ष बीत गए। तब अचानक दुलालचांद ने अपनी स्त्री से कहा, "अब जब यहीं पर रहना है तो बंगाल में जो पूंजी है उस सबको बेचकर रुपये ले आता हूँ। वहाँ पर बूढ़ी माँ और विधवा बहन भी हैं। उनके लिए भी व्यवस्था करनी है।"

स्त्री ने खुशी-खुशी उसे जाने की आज्ञा दे दी। वह यह नहीं जानती थी कि दुलालचांद विवाहित है, उसकी स्त्री जीवित है और उसके पुत्र भी हैं। दुलालचांद ने यह बात बड़े यत्न से छिपा रखी थी। स्वामी को विदा करते समय स्त्री ने उसको दो-तीन हज़ार रुपये और दिये।

इसके अतिरिक्त कारखाने का सारा रुपया उसी के पास रहता था। दस हज़ार रुपये उसने उस हिसाब में से निकाल लिये। इस प्रकार 12-13 हज़ार रुपये लेकर यह कलकत्ता के लिए चल पड़ा। स्टीमर घाट पर पत्नी उसे छोड़ने आई। जैसे-जैसे जाने का क्षण आ रहा था, वह विह्वल हो रही थी। यहाँ तक कि वह रो पड़ी और देखते-देखते हिचकियाँ लेने लगी। दुलालचांद ने उसे समझाने का बहुत प्रयत्न किया। कहा, ''मैं सच कहता हूँ, एक महीने के भीतर ही वापस आ जाऊँगा। मेरा मन भी तो वहाँ नहीं लगेगा।''

स्त्री बोली, ''मेरा मन तुम्हें जाने देने के लिए नहीं करता। लेकिन क्या करूँ? तुम्हें अपना काम निबटाना है। जल्दी-से-जल्दी निबटाकर आना। मैं तुम्हारे बिना नहीं रह सकूँगी।''

आखिर जहाज़ के चलने का समय आ पहुँचा और फिर किसी तरह अपने को छुड़ाकर दुलालचांद जहाज़ पर जा चढ़ा। फिर धीरे-धीरे आँखों से ओझल हो गया। हमेशा के लिए ओझल हो गया। वह फिर लौटकर बर्मा नहीं आया। दुलालचांद उसका असली नाम नहीं था। उसने जो पता स्त्री को दिया था वह भी गलत था। महीना बीता, फिर वर्ष भी बीत गया। तीन-चार वर्ष तक वह स्त्री उसके लौटने की आशा हृदय में संजोये व्याकुल नयन और व्याकुल चित्त, समुद्र की ओर ताकती रही। फ़र्ज़ी पते पर खोज-खबर भी बहुत ली। लेकिन कोई अर्थ नहीं निकला। वह इतनी व्यथित हुई कि अन्त में मर गई।

इन घटनाओं का कोई अन्त नहीं है। इनके पात्रों को उसने बहुत पास से देखा और वे ही उसकी कहानियों का आधार बने। दुलालचांद की यही कथा कलाकार की लेखनी का स्पर्श पाकर *श्रीकान्त* (द्वितीय पर्व) में कैसी मार्मिक हो उठी है। बर्मी नारी उसके साहित्य में कम है पर उनके प्रति उसकी श्रद्धा की थाह नहीं। वह उनके सौन्दर्य पर ही मुग्ध नहीं है, उनकी स्वाधीनता से भी उसे ईर्ष्या है। ''घूंघट की झंझट नहीं, पुरुषों को देखकर तेज़ी से भाग जाने की व्यग्रता से ठोकर खाकर गिरने का अन्देशा नहीं, दुविधा और लाज का लेश नहीं, मानो झरने के मुक्त प्रवाह के समान स्वच्छन्द, बेरोक गति से बही जा रही है। रमणियों को इतनी स्वाधीनता देकर इस देश के पुरुष क्या ठगे गए हैं? और हम लोग क्या उनको नीचे से ऊपर तक जकड़े रखकर और उनके जीवन को लंगड़ा बनाकर लाभ में रहे हैं? हमारी स्त्रियाँ भी यदि किसी ऐसे ही दिन...''

सन् 1903 से सन् 1912 के प्रारम्भ तक वह प्राय: अन्धकार में छिपा रहा, पर इसी अवधि में उसने अपने-आपको उस जीवन के लिए तैयार कर लिया जो उसे प्रसिद्धि के शिखर पर ले जाने वाला था। एक कृतिकार के लिए मानव का अध्ययन अत्यन्त आवश्यक है और सर्वहाराओं के बीच में रहते हुए वह यही करता रहा था। अपने को उनके साथ पूर्ण रूप से एकाकार करके उसने उनकी भावनाओं का अध्ययन किया था और अपने जीवन के उद्देश्य की दिशा को खोज लिया था।

16

यमुना कार्यालय में जो साहित्यिक बैठकें हुआ करती थीं, उन्हीं में उसका उस युग के अनेक साहित्यिकों से परिचय हुआ। उनमें एक थे हेमेन्द्रकुमार राय। वे *यमुना* के सम्पादक फणीन्द्रनाथ

पाल की सहायता करते थे। एक दिन संध्या के समय जब वह रचनाओं का निर्वाचन कर रहे थे, तो शरत्चन्द्र ने वहाँ प्रवेश किया। पहले कोई प्रत्यक्ष परिचय नहीं था। हेमेन्द्र ने दृष्टि उठाकर देखा। नितान्त साधारण चेहरे, साधारण दुबली-पतली रुग्ण देह और काले रंग का एक व्यक्ति चट्टी पहने और एक बदसूरत देसी कुत्ते के बच्चे को साथ लिए उसके सामने खड़ा है। सिर पर बढ़े हुए सूखे बाल हैं। दाढ़ी छोटी और पतली है। कपड़े अधमैले हैं। उपेक्षा से उसने पूछा, "किसे चाहते हो?"

"फणि बाबू को।"

"वह अभी नहीं आए।"

"तब मैं कुछ देर बैठ सकता हूँ?"

हेमेन्द्र ने सोचा कोई दफ़्तरी है, कुर्सी तो साहित्यकार के लिए है। इसलिए बिना कुछ कहे उन्होंने एक बेंच की ओर इशारा कर दिया। फिर अपना काम करने लगे। काफ़ी देर हो गई। शरत् कुत्ते के बच्चे के साथ खेलता रहा। एक बार वह कुत्ता हेमेन्द्र बाबू के पास जा पहुँचा और उनकी धोती पकड़ने लगा। वह विरक्त हो उठे। बोले, "छीः-छीः, कार्यालय में यह देसी कुत्ता..."

तभी सहसा फणि बाबू ने वहाँ प्रवेश किया और शरत् को देखकर व्यस्त हो उठे। बोले, "यह क्या शरत् बाबू? वहाँ बेंच पर क्यों बैठे हैं?"

शरत् ने उँगली से हेमेन्द्र की ओर इशारा किया और मन्द-मन्द मुस्कराते हुए कहा, "उन्होंने मुझे यहीं बैठने का हुक्म दिया है।"

फणि बाबू बोले, "ना-ना, यहाँ कुर्सी पर बैठिए। यह क्या हेमेन्द्र बाबू, आप शरत् बाबू को पहचान नहीं सके?"

हेमेन्द्र ने अप्रतिभ होकर कहा, "क्षमा कीजिए, कैसे पहचानूँगा? मैंने तो इन्हें कभी देखा ही नहीं। सोचा था कोई दफ़्तरी होगा।"

यह सुनकर शरत् खिलखिलाकर हँस पड़ा। लेकिन इसके बाद उन दोनों में गहरी मैत्री हो गई। साहित्यिक बैठकों में दोनों साथ-साथ आते-जाते थे। शरत् कहानियाँ कहते-कहते एक दो-बार अफ़ीम की बड़ी-सी गोली मुँह में डाल लेता था। भयातुर होकर एक दिन हेमेन्द्र ने कहा, "यह क्या करते हैं आप?"

शरत् ने उत्तर दिया, "अफ़ीम खाता हूँ। यदि तुम भी सुन्दर लिखना चाहते हो तो मेरी तरह अफ़ीम खाओ।"

हेमेन्द्र ने कहा, "माफ़ कीजिए महाशय। इस तरह की यदि एक भी गोली खा लूँगा तो फिर सुन्दर लिखने का समय ही नहीं मिलेगा। खबर पाकर यमदूत दौड़े आयेंगे।"

लेकिन शरत् को इस बात की चिन्ता नहीं थी। कभी-कभी वह दस-बारह घण्टे तक बिना थके कहानी कहता रहता था। रात को दो-तीन बजे घर लौटता था। वह एक बदनाम गली में रहता था। अक्सर हेमेन्द्र उसके साथ आते। उस समय रास्ता चलते-चलते शरत् अपने

जीवन की विचित्र कहानी सुनाता रहता। हेमेन्द्र अचरज से उसकी ओर देखते और सोचते कि कितना सरलप्राण है यह व्यक्ति, कुछ भी तो नहीं छिपाता। शरत् ने कहा, "हेमेन्द्र, ऐसा कोई नशा नहीं जो मैंने नहीं किया हो। ऐसी कोई बुरी जगह नहीं जहाँ मैं न गया हूँ। आज यही सब सोचकर कभी-कभी अवाक् हो जाता हूँ कि इतना करने पर भी मैंने अपने से हार नहीं मानी। मेरे मन के भीतर का मनुष्य हमेशा ही निर्मुक्त रहा।"

लेकिन साधारण मनुष्य क्या इतने गहरे पैठकर किसी के अन्तर में झाँक पाता है? रंगून की तरह कलकत्ता में भी उसके चारों ओर अपवादों का जाल उठता चला गया। लोगों ने उसे चरित्रहीन, वेश्यागामी और शराबी सभी कुछ कहा। एक रात क्या हुआ, वर्षा के कारण कलकत्ता के सारे रास्ते नदी की तरह जल से भर गए। उस दिन बैठक न हो सकी। नौ बजते-बजते सारे रास्ते जनहीन हो गए। शरत् और हेमेन्द्र जब घर लौटे तो सड़क पर घुटने-घुटने तक जल था। संयोग की बात कि एक स्त्री उनके आगे-आगे जा रही थी। शरत् धीरे-धीरे चल रहा था। जल में ज़ोर से चला ही नहीं जा सकता। इन लोगों ने उस स्त्री की ओर देखा तक नहीं, फिर भी दूसरे दिन दफ़्तर में पहुँचते ही पता लगा कि सब जगह यह अफ़वाह फैली हुई है कि कल रात शरत् और हेमेन्द्र एक वेश्या के पीछे घूम रहे थे।

हेमेन्द्र ने सुना तो बात को हँसी में उड़ा दिया, लेकिन शरत् अत्यन्त क्रुद्ध हो उठा। बोला, "छि:-छि:, ऐसे हतभागे व्यक्ति भी हैं। हमारे नाम के साथ बेकार इतना बड़ा अपवाद लगा दिया। मैं बूढ़ा मनुष्य और हेमेन्द्र अभी बच्चा, कुछ तो सोचना था।"

उस समय उसके मुख की भावभंगी देखकर ऐसा लगता था कि अगर अपवाद फैलाने वाला व्यक्ति सामने होता तो उसका अंग-भंग हो जाने की काफ़ी संभावना थी। जो व्यक्ति वेश्यालयों में जाकर रहता हो वह इस अपवाद से इतना परेशान हो, क्या यह आश्चर्य की बात नहीं है? इस घटना के वर्णन में अतिरंजना हो सकती है पर यह भी सच है कि अनजाने ही सदाचारी बनने की कामना धीरे-धीरे उसके वैरागी मन को घेरती आ रही थी। वह दुस्साहसी था, विद्रोही नहीं। इसीलिए यह विरोधाभास है।

दूसरे महत्त्वपूर्ण व्यक्ति जिनसे उसका परिचय हुआ वह थे *भारतवर्ष* के सम्पादक स्वनाम धन्य रायबहादुर जलधर सेन। वह स्वयं ही एक मित्र के साथ उससे मिलने *यमुना* के कार्यालय में आए। फणीन्द्र ने शरत् से उनका परिचय कराने की दृष्टि से कुछ कहना चाहा ही था कि वह बोल उठा, "दादा के साथ मेरा परिचय बहुत पुराना है।"

जलधर सेन चकित होकर बोले, "मुझे तो कुछ याद नहीं आता।"

शरत् ने कहा, "आपको यह तो याद होगा कि कई वर्ष पहले आप 'कुन्तलीन पुरस्कार प्रतियोगिता' के निर्णायक थे और उसमें 'मन्दिर' नाम की एक गल्प ने प्रथम पारितोषिक पाया था।"

जलधर सेन बोले, "हाँ-हाँ, था। उसमें लगभग 150 कहानियाँ आई थीं। 'मन्दिर' उसमें मुझे सबसे अच्छी लगी थी। मैंने उस पर लिखा था, यदि यह लेखक लिखता रहे तो भविष्य में यशस्वी होगा, लेकिन उस गल्प के लेखक तो भागलपुर के श्रीमान सुरेन्द्रनाथ गंगोपाध्याय थे।"

हँसकर शरत् ने कहा, "वह कहानी मैंने ही लिखी थी। लेकिन अपना नाम देने में संकोच हुआ। इसलिए मामा सुरेन्द्रनाथ का नाम दिया था। इसलिए आपके साथ मेरा परिचय पुराना हुआ न?"

जलधर सेन बोले, "यह मेरे लिए कम गौरव की बात नहीं है। मैंने तभी रत्न को पहचान लिया था।"

और यह भेंट शीघ्र ही प्रगाढ़ स्नेह में बदल गई। शरत् के साहित्य-सृजन का सबसे अधिक श्रेय यदि किसी एक व्यक्ति को मिल सकता है तो वह यही जलधर सेन थे। बहुत दिन बाद स्वयं शरत् ने स्वीकार किया,[1] "दादा, यदि मेरी रचनाओं के लिए इतनी मारामारी न करते, गुरु की भाँति तकाज़े पर तकाज़े न करते तो मेरे जैसे आलसी की आधी तो क्या चौथाई रचनाएँ भी प्रकाशित न हो पातीं।"

इसी समय वह रवीन्द्रनाथ से भी मिला। वह उनका परम भक्त था और रवीन्द्रनाथ भी शरत् की प्रतिभा से परिचित हो चुके थे। अभी-अभी उन्होंने उसकी नयी कृति 'पण्डित मोशाय' पढ़ी थी।[2] असित कुमार हाल्दार ने लिखा है, "मुझे याद है, 'पण्डित मोशाय' पढ़ने के बाद उन्होंने मुझसे कहा था, 'मैंने काफ़ी दिनों से इधर-उधर की चीज़ें पढ़ना छोड़ दिया है, किन्तु इस पुस्तक की लेखनी मुझे मरुभूमि में शाद्वल के समान नज़र आती है।' "

"बाद में उन्होंने स्वयं ही शरत् से मिलने की इच्छा प्रकट की और कलकत्ता वापस लौटने पर एक दिन जब हम लोगों ने उनके सामने सलज्ज शरत्चन्द्र को उपस्थित किया तो एक अजीब ही दृश्य उपस्थित हो गया था।"

कोई नहीं जानता कि उस प्रथम भेंट में गुरु-शिष्य में क्या बातचीत हुई। कविगुरु के गरिमामय रूप, गौर वर्ण, लम्बी दाढ़ी, ढीले-ढाले वस्त्र और रुपहली वाणी के कारण उसने उन्हें निश्चय ही किसी और लोक का प्राणी समझा होगा। उनके इस रूप को लेकर वह जीवन-भर विस्मित रहा।

उसकी आर्थिक स्थिति बहुत अच्छी नहीं थी। इसलिए उसने अपनी तीन कहानियाँ 'रामेर सुमति', 'पथ निर्देश' और 'बिन्दूर छेले' तथा उपन्यास *विराजबहू* के प्रकाशन का सर्वाधिकार हरिदाय चट्टोपाध्याय को बेच दिया था। इन दोनों पुस्तकों के लिए उसे कुल 300 रुपये मिले। लेकिन तत्कालीन दृष्टि से यह सौदा कोई बहुत बुरा नहीं था।

इसी समय फणीन्द्रनाथ के माध्यम से उसने अपनी *परिणीता, पण्डितजी, चन्द्रनाथ, काशीनाथ, नारी का मूल्य* और *चरित्रहीन* के प्रकाशन का अधिकार एम.सी. सरकार एण्ड संस को दे दिया। यह अधिकार केवल एक ही संस्करण के लिए था।

फणीन्द्रनाथ शरत् की रचनाएँ स्वयं प्रकाशित करना चाहते थे, पर वे इस स्थिति में नहीं थे और शरत् को रुपयों की आवश्यकता थी, इसलिए उन्होंने सुधीरचन्द्र सरकार से आग्रह किया। सरकार ने शरत् को 200 रुपये अग्रिम दिए। इस आग्रह के पीछे फणीन्द्रनाथ का उद्देश्य

1. सन् 1933 ई. 2. अक्तूबर 1914 ई. में प्रयाग जाते हुए उन्होंने यह पुस्तक पढ़ी थी। यह 15 सितम्बर, 1914 ई. को प्रकाशित हुई थी।

यही था कि शरत् किसी भी प्रकार *यमुना* से अलग न हो जाए।

इन रचनाओं में से *बिन्दो का लल्ला* और अन्य कहानियाँ, *परिणीता* और *पण्डितजी*[1] का प्रकाशन शरत् के कलकत्ता-प्रवास के दौरान हुआ। *विराजबहू*[2] का प्रकाशन यहाँ आने से पूर्व हो चुका था। *निष्कृति*[3], *अन्धेरा और प्रकाश, मंझली दीदी, दर्पचूर्ण* आदि इन नई-पुरानी रचनाओं का प्रकाशन-काल भी यही है।

यमुना शरत् को पैसे नहीं दे सकती थी, वे मिल सकते थे *भारतवर्ष* से। इसके अतिरिक्त वहाँ उसके परम मित्र प्रमथनाथ भट्ट थे। नये सम्पादक जलधर सेन भी उसे बहुत प्यार करते थे। *भारतवर्ष* का पूरा दल ही उसका प्रशंसक था। फणीन्द्रनाथ सब कुछ समझते थे और डरते भी थे इसीलिए तो उन्होंने शरत् को 'सम्पादक' के पद पर प्रतिष्ठित कर दिया था। उसमें बाकायदा यह विज्ञप्ति प्रकाशित हुई थी :

"*यमुना*[4] के पाठक यह सुनकर खुश होंगे कि सुप्रसिद्ध औपन्यासिक और गल्प लेखक श्री शरच्चन्द्र चट्टोपाध्याय महोदय वर्तमान मास से *यमुना* के सम्पादन में योग देंगे। *यमुना* के पाठक शरत् बाबू से यथेष्ट परिचित हैं। इसलिए परिचित का फिर से परिचय देना अनावश्यक है।"

लेकिन इसका कोई लाभ नहीं हुआ। उन और प्रयत्नों का भी कोई लाभ नहीं हुआ जो फणीन्द्र ने उसे रोक रखने के लिए किए। बड़े चाव से शरत् के मना करने पर भी उन्होंने *बड़ी दीदी* पुस्तक के रूप में प्रकाशित की थी।[5] तब शरत् ने लिखा था[6], "तुम्हारी भेजी *बड़ी दीदी* मिली। बुरी नहीं है। फिर भी यह बचपन की रचना है, न छापते तो अच्छा होता।"

इस रूप में आने वाली यह उसकी प्रथम रचना थी, लेकिन जैसा चाहते थे, वैसी बिक्री उसकी नहीं हो सकी। आठ आने मूल्य रखकर वर्ष में चार सौ प्रतियाँ भी नहीं बेच पाए। घर-घर जाते थे, परन्तु शायद उस समय के पाठकों की दृष्टि में वह पुस्तक *चरित्रहीन* के समान अश्लील मान ली गई थी।

इधर यह स्थिति थी, उधर शरत् के उन मित्रों ने, जो सदा इस बात का प्रयत्न करते रहते थे कि *यमुना* से उसके संबंध टूट जाएँ, उसको बताया कि फणीन्द्र उस पुस्तक से काफ़ी पैसा कमा रहे हैं। शरत् ने इस बात पर विश्वास कर लिया। इस विश्वास का एक कारण था। गुरुदास की दुकान से उसकी दूसरी पुस्तकों की अच्छी बिक्री हो रही थी। एक दिन वह *यमुना* के कार्यालय में पहुँचा तो फणीन्द्रनाथ वहाँ पर नहीं थे। उनके एक संबंधी बैठे हुए थे। शरत् ने उनसे कहा, "*बड़ी दीदी* की सब प्रतियाँ मुझे दे दो। वे मेरी हैं।"

संबंधी ने उत्तर दिया, "पुस्तकें अलमारी में बन्द हैं। चाबी मेरे पास नहीं है। वे आयेंगे तब उनसे कहकर आप पुस्तकें ले जा सकते हैं।"

शरत् बहुत उद्विग्न था। कहा, "मैं और राह नहीं देख सकता। चाबी नहीं है तो मैं कील

---

1. *बिन्दो का लल्ला,* जुलाई 1914 ई. *परिणीता,* 10 अगस्त, 1914 ई., 'पंडितजी', 15 सितम्बर, 1914 ई. 2. *विराजबहू,* मई, 1914 ई. 3. ये तीनों कहानियाँ *यमुना* में सन् 1914 में छपीं। 4. जून, 1914 ई. 5. 30 सितम्बर, 1913 ई. 6. 10 अक्टूबर, 1913 ई.

से ताला खोलकर ले जाऊँगा।''

और उसने कील से अलमारी का ताला खोल डाला। फिर सब प्रतियाँ कुली के सिर पर रखवाकर ले गया। फणीन्द्रनाथ ने लौटकर जब यह समाचार सुना तो वह बहुत दुखी हुए। उन्होंने उसी संध्या को सौरीन्द्रमोहन से इस घटना की चर्चा की। वे भी बहुत परेशान हुए। उन्होंने शरत को बुलाकर कहा, ''जानते हो, जो कुछ तुमने किया है वह अपराध है, चोरी है। पुस्तक फणीन्द्रनाथ ने अपने खर्चे से छापी है। वह उसकी सम्पत्ति है। अगर वह कचहरी में जाए तो तुम्हें हवालात में बन्द कर दिया जाएगा। तुमने फणि से कहा क्यों नहीं? चाहने पर वह तुम्हें रुपया दे सकता था। इस बात के लिए वह हमेशा तैयार था। तुम तो उसके घर के व्यक्ति की तरह थे। तुम्हारे लिए उसने क्या नहीं किया?''

इस प्रकार समझाने पर शरत् ने अनुभव किया कि वह सचमुच गलती कर बैठा है। वह बहुत लज्जित हुआ, लेकिन इसके बाद भी *यमुना* से उसके संबंध नहीं बन सके। वह अब केवल *भारतवर्ष* के लिए ही लिखने लगा।

क्या सचमुच ऐसा हुआ था? क्या उसके जीवन के साथ जुड़े अनेक प्रवादों की तरह यह घटना भी एक प्रवाद ही नहीं है? फणीन्द्रनाथ से उसने एक पैसा नहीं लिया और उसकी रचनाओं के कारण *यमुना* की ग्राहक संख्या 200 से 2000 तक चली गई। जो गरीबों को देखकर पिघल उठता था, पैसे से जिसे कभी मोह नहीं रहा, वह इस प्रकार चोरी से पुस्तकें उठा लायेगा, सहसा विश्वास नहीं होता। पैसे से उसे खरीदना सम्भव नहीं था। एक दिन उसने प्रमथ से स्पष्ट कहा था कि पूरा कलकत्ता भी उसे नहीं खरीद सकता, तुम्हारा परिवार तो छोटा-सा ही है।

शरत् को प्रकाश में लाने का सबसे अधिक श्रेय फणीन्द्रनाथ को है, यह बात निःसन्देह सत्य है। बड़े गर्व के साथ एक दिन फणीन्द्रनाथ ने कहा था, ''शरत् को पहचाना बहुतेरों ने पर स्वीकृति देने का साहस कोई नहीं कर सका। 'साहित्य' के सम्पादक समाजपति ने *चरित्रहीन* की प्रशंसा की, पर उसे अपने पत्र में छापने का साहस नहीं कर सके। *नारी का मूल्य* कोई भी नारी के नाम से छापने के लिए तैयार नहीं था। मैंने छापा। मुझे कितनी गालियाँ मिलीं, पर मैं डरा नहीं।''

तब क्या *यमुना* से संबंध विच्छेद को लेकर केवल शरत् ही दोषी था? क्या केवल मित्र के प्रेम और पैसे से सुविधा के कारण ही वह *भारतवर्ष* की ओर खिंचा? निःसन्देह ये प्रबल कारण थे। बर्मा से उसका मन ऊब गया था। बंगाल लौटने पर पैसे की आवश्यकता तो होनी ही थी। उसके लिए शरत् को दोष नहीं दिया जा सकता, परंतु इन सब कारणों के अतिरिक्त एक और भी कारण था, और वह कम महत्त्वपूर्ण नहीं था। फणीन्द्रनाथ का स्वभाव बहुत शंकाशील था। बार-बार विश्वास दिलाने पर भी उन्हें चिन्ता लगी रहती थी कि *भारतवर्ष* के रहते वह उनके छोटे पत्र में नहीं लिख सकेगा। चिन्ता का होना स्वाभाविक थ, पर वह सीमा का...अतिक्रमण कर गई थी। अगले वर्ष रंगून से लिखे एक पत्र[1] में एक विच्छेद के बारे में शरत् ने जो कुछ कहा वह भी फणीन्द्रनाथ के पक्ष में नहीं है।

---

1. 15 नवम्बर, 1915 ई.

"अच्छा *यमुना* आजकल कैसी चलती है? फणि ने पुस्तक छापी है। वह कहता है, 'मैंने आपकी एक कहानी तीस-चालीस बार पढ़कर जबानी याद कर ली हैं। आपकी रचनाएँ मेरा आदर्श हैं।' इतनी गुरुभक्ति, पर एक प्रति पुस्तक नहीं भेजी! मैंने उसकी सभी रचनाएँ पढ़ी हैं और वे कैसी हैं, यह मुझसे अधिक कौन जानता है? नाना कारणों से मैंने उससे और कोई संबंध नहीं रखा।"

बहुत दिन बाद फणीन्द्रनाथ ने कहा था, "प्रत्येक मिलन का एक उद्देश्य होता है। शरत्-यमुना मिलन का उद्देश्य सिद्ध हो गया। अब यदि मथुरा के राज सिंहासन का आह्वान पाकर उसने ब्रजधाम को छोड़ दिया तो मर्मान्तक वेदना पाकर भी ब्रजवासी अभियोग नहीं करेंगे।"

रूपक सही न हो, उद्देश्य की बात निश्चित रूप से सही है।

17

अचानक तार आ जाने के कारण शरत् को छुट्टी समाप्त होने से पहले ही और अकेले ही रंगून लौट जाना पड़ा। ऐसा लगता है कि आते ही उसने अपनी प्रसिद्ध रचना 'पल्ली समाज' पर काम करना शुरू कर दिया था, लेकिन गृहिणी के न रहने के कारण उसे बहुत असुविधा होती थी। इसलिए कुछ ही दिन बाद उसने प्रमथ को लिखा, "चाहता हूँ इनको भेज ही दो। मेरा काम नहीं चल रहा है। इनकी तो भूख-प्यास और नींद सब बन्द हो गई...। इनके न आने से लिखना नहीं हो सकता। मेस में नहीं होता। सब देखना चाहते हैं, इसलिए यह सब उत्पात होता है। मैंने जिस हालत में बहुत लिखा है, ठीक वैसी हालत न होने पर कुछ नहीं होता।"[1]

वह अपने पात्र और घटनाएँ किस प्रकार वास्तविक जीवन से लेता था, *पल्ली समाज* इसका एक और उदाहरण है। इसमें शवदाह और प्रायश्चित्त की घटनाएँ आती हैं। उन दिनों बंगाल में दमे आदि कई रोगों के रोगियों को प्रायश्चित कराने की प्रथा थी। उसी की चर्चा करते हुए उपन्यास का एक पात्र गोपाल सरकार रमेश से कहता है, "इस लड़के के बाप द्वारका चक्रवर्ती छः महीने से दमे की बीमारी के कारण खाट पर पड़े थे। आज सवेरे वे मर गए। उनका प्रायश्चित नहीं हुआ था, इसलिए कोई उनकी लाश नहीं छूना चाहता। इस समय वह करना बहुत आवश्यक है। कामिनी की माँ छः महीने से बराबर इस गरीब ब्राह्मण परिवार की सहायता करती आ रही है और इसी में वह अपना सर्वस्व लगा चुकी है। अब उसके पास कुछ भी नहीं बचा है, इसलिए वह इस लड़के को लेकर आपके पास आई है।"

रमेश ने कुछ देर तक चुप रहकर पूछा, "अब तो दो बज रहे हैं। अगर प्रायश्चित न हो तो क्या मुर्दा पड़ा ही रहेगा?"

सरकार ने हँसकर कहा, "बाबूजी, और उपाय ही क्या है? शास्त्र के विरुद्ध तो काम हो ही नहीं सकता। और फिर इसमें गाँव के लोगों को ही क्या दोष दिया जा सकता है? जो हो, मुर्दा पड़ा नहीं रहेगा। जिस तरह से हो, इन लोगों को काम करना ही पड़ेगा। इसीलिए तो भीख...(मुड़कर) कामिनी की माँ, और कहीं भी गई थी?"

---

1. 25 फरवरी, 1915 ई.

लड़के ने मुट्ठी खोलकर एक चवन्नी और चार पैसे दिखा दिए। कामिनी की माँ ने कहा, ''चवन्नी तो मुकर्जी के यहाँ से मिली है और चार पैसे हाल्दार ने दिए हैं, लेकिन नौ चवन्नियों से कम में काम चल ही नहीं सकता, इसलिए बाबूजी अगर...।''

रमेश ने जल्दी से कहा, ''अच्छा तुम लोग घर जाओ। अब और कहीं जाने की ज़रूरत नहीं। मैं अभी इंतज़ाम करके आदमी भेजता हूँ।''

इस घटना का चित्रण करते समय शरत् को अपने एक नाना महेन्द्रनाथ की मृत्यु की निश्चय ही याद आई होगी। बहुत वर्ष पहले जगद्धात्री पूजा के अवसर पर जब ब्राह्मणों को परोसने के लिए नाना के घर गया था तब मुखिया के आपत्ति करने पर इन्हीं नाना ने उसे रोक दिया था। इन्हीं की मृत्यु पर ब्राह्मणों ने हंगामा खड़ा कर दिया। वे बीमार थे। ज्वर के साथ रक्त उभरता था। कविराज ने बताया 'रक्त पित्त' है। पुरातनपंथियों के मुखिया लोग खूब आने-जाने लगे। हालत निरन्तर खराब होती जा रही थी। तभी एक दिन मुखियाओं में से कोई नहीं आया। आया उनका सन्देश—''जल्दी से प्रायश्चित्त कर डालो, नहीं तो शवदाह के समय मुसीबत होगी।''

''कैसी मुसीबत?''

''रोगी के रक्त उभरता है। उसे कोई छुएगा नहीं।''

घर में चारों ओर मौत की छाया मंडरा रही थी। सभी दुखी थे। इस बात पर किसी बड़े ने कान नहीं दिया, फिर भी कानाफूसी चलती रही। महेन्द्रनाथ ठीक नहीं हो सके। अष्टमी को उनकी मृत्यु हो गई। विपक्षी दल शायद यही चाहता था। उसकी खुशी का ठिकाना न रहा। अष्टमी के दिन प्रायश्चित्त की व्यवस्था नहीं है, इसलिए शव पड़ा रहेगा—मुखियाओं ने अपने-अपने घर जाकर एक फतवा जारी कर दिया। फलस्वरूप शवदाह के लिए लोगों को ढूँढ़ना एक समस्या हो गई। श्मशान भूमि वहाँ से तीन-साढ़े तीन मील दूर थी। रास्ता भी सुगम नहीं था। गांगुली-परिवार मुसीबत में पड़ गया। लेकिन शरत् के छोटे नाना अघोरनाथ साहसी व्यक्ति थे। उन्होंने कहा, ''हिन्दू शास्त्र तो कामधेनु है, जो चाहोगे वही मिलेगा। नाना मुनियों के नाना मत हैं। डरो नहीं, व्यवस्था निश्चित ही होगी।''

और अन्त में व्यवस्था हुई। तर्करत्न महोदय ने कहा, ''वह साला काव्यतीर्थ, वह न्याय क्या जाने? उसको ह्रस्व-दीर्घ का ज्ञान तो है ही नहीं। अष्टमी, चतुर्दशी, शनिवार और मंगलवार को जीवित देह का प्रायश्चित्त नहीं होता। मुर्दे को सड़ने देना हिन्दू शास्त्र और न्याय के विरुद्ध है। यह नहीं हो सकता, युक्ति सबसे बड़ी है।''

युक्तिहीने विचारेतु धर्महानि प्रजायते।

तर्करत्न ने व्यवस्था लिख दी और उनके शिष्य ने आकर प्रायश्चित करा दिया। तब घर से शव उठाया गया।[1]

इस उपन्यास की रचना-प्रक्रिया और कथानक के विकास की चर्चा करते हुए शरत् ने

1. शरत्चन्द्रेर जीवनेर एक दिक-प्रथम खण्ड—सुरेन्द्रनाथ गांगुली, पृष्ठ 17

अपने एक मित्र से कहा था[1], "*पल्ली समाज* को मैंने दूसरे ढंग से खत्म कर दिया। उस दिन जिस तरह से समाप्त करके भेज रहा था, वह अच्छा न लगने के कारण उपसंहार दूसरे ढंग से प्रस्तुत किया गया है। मैं यह अवश्य बता दूँ कि 'सरस' शब्द से मैं जो अर्थ समझता हूँ, यह कहानी उसके पास भी नहीं फटकती। बहुत ही किरकिरापन लिए हुए पदार्थ से इसका ताना-बाना बुना गया है। चलो, दो-एक इंट्रेस्टिंग कहानियाँ भी होनी चाहिए। निबन्ध तो बहुतेरे पढ़ते हैं।"

एक और पत्र में उसने लिखा, "मेरी तो इतनी इच्छा है कि लोग गाँव की बातों में दिलचस्पी लें। इस पुस्तक में एक मूल बात यानी विवाह के बारे में कुँछ नहीं कहा गया। इच्छा है कि इस प्रसंग को मैं किसी दूसरी पुस्तक में उठाऊँ। वहाँ *पल्ली समाज* को लोगों ने किस रूप में लिया, मैं नहीं जानता।...जानना चाहता हूँ।"

पल्ली समाज में केवल दुख-दैन्य से पीड़ित, संकीर्ण सांस्कृतिक घेरे के भीतर बँधे हुए, परम्परा-प्रचलित कुसंस्कारों से घिरे हुए, बंगाल के निम्न मध्यवर्गीय देहाती समाज का सीधा-सादा यथार्थ चित्रण है। शरत् का बचपन और यौवन का भी कुछ समय गाँव में ही कटा था। गाँव को वह प्यार करता था। उसी के आधार पर उसने इस पुस्तक की रचना की।

लेकिन उसने इस बात को स्वीकार किया है कि गाँव के बारे में गाँवों के लोगों को ही लिखना चाहिए। कलकत्ता नगर के बड़े लोगों के कल्पना करके लिखने से वह कहीं अधिक सत्य होगा। गाँवों में फैले अज्ञान का प्रतिकार ज्ञान के विस्तार से ही हो सकता है। जो यह काम करना चाहते हैं उन्हें गाँव से दूर विदेशों में जाकर मनुष्य होना होगा। लेकिन काम करना होगा गाँवों में बैठकर ही और गाँवों के अच्छे-बुरे लोगों से भली-भाँति मेल करके।[2]

बर्मा में *पल्ली समाज* का स्वागत हुआ पर कलकत्ता में तीव्र आलोचना हुई। विधवा रमा रमेश से क्यों प्रेम करने लगी—इस पर नाना प्रकार के लोगों ने नाना प्रकार के आक्षेप किए। साहित्य के एक प्रवीण समालोचक ने 'साहित्य की स्वास्थ्य रक्षा' नामक ग्रन्थ में रमा का इस तरह तिरस्कार किया है—"ठकुरानी, तुम बुद्धिमती हो न? अपनी बुद्धि के ज़ोर से पिता की ज़मींदारी का शासन-प्रबन्ध कर सकीं और तुम्हीं अपने बाल्य सखा, पर पुरुष रमेश को प्यार कर बैठीं। यही तुम्हारी बुद्धि है, छिः... ।"

आक्रमण का एक और भी पक्ष है—रमा और रमेश में जब इतना प्रेम हो गया था, तो लेखक उनका विवाह क्यों नहीं करा सका। शरत् ने इन सब अभियोगों का उत्तर देते हुए लिखा है—"*पल्ली समाज* नाम की मेरी छोटी-सी पुस्तक है। उसकी विधवा रमा ने अपने बाल्य बन्धु रमेश को प्यार किया था। इसके लिए मुझे बहुत झिड़कियाँ और तिरस्कार सहना पड़ा है। एक विशिष्ट समालोचक ने ऐसा अभियोग भी लगाया था कि इतनी दुर्नीति को प्रश्रय देने से गाँव में कोई विधवा नहीं रहेगी। मरने-जीने की बात कही नहीं जा सकती। प्रत्येक पति के लिए यह गहरी दुश्चिन्ता का विषय है। इसका एक और पहलू भी तो है। इसको प्रश्रय देने से भला होगा या बुरा? हिन्दू समाज स्वर्ग में जाएगा या नरक में, इस मीमांसा का भार मेरे ऊपर

1. 22 सितम्बर, 1915 ई. 2. 10 मार्च, 1919 ई. का एक पत्र

नहीं है। रमा जैसी नारी और रमेश जैसे पुरुष किसी भी समाज में दल के दल नहीं जनमते। दोनों के सम्मिलित पवित्र जीवन की कल्पना करना कठिन नहीं है। किन्तु हिन्दू समाज में इस समाधान के लिए जगह न थी। इसका परिणाम यह हुआ कि इतने बड़े महाप्राण नर-नारी इस जीवन में विफल, व्यर्थ और पंगु हो गए। मनुष्य के बन्द हृदय-द्वार तक वेदना की यह खबर अगर मैं पहुँचा सका हूँ तो इससे अधिक और कुछ मुझे नहीं करना है। इस लाभ-हानि को खतियाकार देखने का भार समाज का है, साहित्यिक का नहीं। रमा के व्यर्थ जीवन की तरह यह रचना वर्तमान में व्यर्थ हो सकती है, किन्तु भविष्य की विचारधारा में निर्दोष के लिए इतनी बड़ी सज़ा का भोग एक दिन किसी तरह मंजूर न होगा। यह बात मैं निश्चय के साथ जानता हूँ। यह विश्वास यदि न होगा तो साहित्यसेवी की कलम उसी दिन वहीं संन्यास ले लेती।''[1]

''*पल्ली समाज* के अतिरिक्त वह अपने दो और उपन्यासों पर काम कर रहा था, *गृहदाह* और *श्रीकान्त*।*गृहदाह* के संबंध में बहुत-से प्रवाद प्रचलित हो गए थे और इसका कारण वह स्वयं ही था। कब क्या बात कह देता था और कब उसका खण्डन करके दूसरी बात कह देता था, यह शायद वह जानबूझ कर ही करता था। ऐसा करने में उसे आनन्द आता था। एक पत्र में उसने लिखा—''इस कहानी का भाव *गोरा* के परेश बाबू से लिया गया है—अर्थात् अपने कहने के लिए यह अनुकरण है, पर पकड़ा नहीं जा सकता। सामाजिक-पारिवारिक कहानी है। मेरे मन में बड़ा उत्साह है कि सुन्दर होगी, पर क्या से क्या हो जाएगा, कहा नहीं जा सकता।''

इस प्रकार के पत्रों से एक बात को निश्चय ही बल मिलता है कि वह रवीन्द्रनाथ से अत्यन्त प्रभावित था। किसी सीमा तक आक्रान्त था। कोई भी रचना करते समय उसकी उपचेतना में निश्चय ही यह बात घुमड़ती रहती थी कि यह रचना रवीन्द्रनाथ की अमुक रचना से अच्छी होनी चाहिए या कम-से-कम उनके जैसी तो होनी ही चाहिए। बार-बार उसने अपने मित्रों को लिखा, ''मुझसे तभी रचना मांगी जाए जब यह विश्वास हो जाए कि रवीन्द्रनाथ को छोड़कर ऐसी रचना और कोई नहीं कर सकता।''

उसके अन्तर की यह विचित्र मनोग्रन्थि उससे इस प्रकार के अनेक काम करवाती रहती थी।

कलकत्ता लौटने से पूर्व *श्रीकान्त* का सृजन भी आरम्भ हो चुका था। और वह *भारतवर्ष* में धारावाहिक रूप में प्रकाशित हो रहा था। उसकी दूसरी रचनाओं की तरह इनका आरम्भ भी दफ़्तर में ही हुआ था। उसकी प्रारम्भिक कहानियों के साथ जिस प्रकार योगेन्द्रनाथ सरकार का नाम जुड़ा हुआ है उसी प्रकार *श्रीकान्त* के साथ कुमदिनीकान्त कर का नाम जुड़ा है। बहुत-से लोगों का विश्वास है कि इस उपन्यास में श्रीकान्त वह स्वयं है और राजलक्ष्मी उसकी प्रेयसी है। इस राजलक्ष्मी की खोज में न जाने कितने लोग पागल हो गए। लेकिन उसकी खोज-खबर कोई नहीं पा सका। पाता कैसे? वह तो लेखक की कल्पना-मात्र थी, अतृप्त कामनाओं की कल्पना। उसने अपने बचपन की साथिन धीरू को आधार मानकर पहले *देवदास* की पारो और फिर *श्रीकान्त* की राजलक्ष्मी का चित्रण किया। सुना यह भी गया कि धीरू का वास्तविक नाम

1. 'साहित्य में आर्ट और दुर्नीति' प्रबंध से

राजलक्ष्मी ही था। यौवन के प्रथम चरण में उसका जो एक प्रेम असफल हो गया था उसकी नायिका भी तो राजलक्ष्मी हो सकती है। और मुज़फ़्फ़रपुर की राजबाला क्यों नहीं हो सकती ?

इस प्रकार अनेक व्यक्तियों ने स्वयं ही अनेक प्रकार की बातें नहीं कही हैं, उसके मुख से भी न जाने क्या-क्या कहलवाया है। कुछ व्यक्ति हिरण्मयी देवी को ही राजलक्ष्मी मानते हैं। प्यार से उसने कभी उन्हें 'लक्ष्मी' कहकर पुकारा होगा, बस उसी के आधार पर उन्हें राजलक्ष्मी मान लिया गया। एक मित्र ने उससे यहाँ तक कहा, "विवाह करके इस महान् प्रेम की आपने अमर्यादा की है। जो कभी पुण्य भागीरथी का निर्बन्ध स्वच्छ जल था, उस पर बाँध बाँधकर आपने उसे तालाब और गड्ढे का रूप दे दिया है।"

कई क्षण मौन रहकर शरत् ने इतना की कहा, "और कोई रास्ता भी तो नहीं था, लेकिन मैंने उसे छोड़ा तो नहीं।"

क्या इसे सत्य माना जा सकता है। नहीं माना जा सकता। अगर यह बात सत्य होती तो शरत् अपने एक पत्र में यह क्यों लिखता[1]—"राजलक्ष्मी कहाँ मिलेगी ? वह तो सब मनगढ़न्त झूठी कहानी है। *श्रीकान्त* केवल एक उपन्यास मात्र ही तो है। झूठी अफ़वाहें न सुनना ही बेहतर है।"

लेकिन जो खोज करने वाले थे, वे इस निषेध से कैसे चुप रह सकते थे। वे हिरण्मयी देवी के पास जाते और पूछते, "आप ही राजलक्ष्मी हैं ?"

ऐसे प्रश्न सुन-सुनकर वह इतनी दुखी हुईं कि लोगों से मिलना-जुलना ही छोड़ दिया। बेचारी न तो *श्रीकान्त* की राजलक्ष्मी की तरह रूपसी ही थीं और न ऐश्वर्यमयी। नृत्य-गान तो क्या, बातचीत करने में भी इतनी चतुर नहीं थीं। वह अत्यन्त साधारण, सरल और अशिक्षित पर धर्मशीला, पतिव्रता और सेवापरायण महिला थीं। शरत् बाबू के प्रति उनमें अगाध प्रेम और श्रद्धा थी। उस दिशाहारा, निराश्रित व्यक्ति का जीवन सुखी बनाने में अपनी दृष्टि और अपनी समझ में उन्होंने कुछ भी उठा न रखा था। वह सही अर्थों में अर्पिता थीं। भावुक, अर्पिता, जो प्राय: अति का शिकार हो जाती है, लेकिन यह उन्हीं की तपस्यामयी श्रद्धा का परिणाम था कि जो शरत् अपने यौवन में उपेक्षा और अपमान के कारण दिशाहारा होकर जीवन को व्यर्थ कर रहा था, वही पहले शान्ति देवी और फिर हिरण्मयी देवी का सम्पर्क पाकर प्राणवान साहित्य का प्रणेता बना। वह तेजपुंज था और तेजपुंज को नारी का स्पर्श चाहिए ही। नहीं तो वह तेज न केवल उसी को भस्म कर देता है बल्कि उसके आसपास भी जो कुछ होता है, उसको भी दिशाभ्रष्ट और नष्ट करता रहता है।

इसमें सन्देह नहीं कि 'श्रीकान्त' उन्हीं के समान आवारा है। और इस उपन्यास में वर्णित अनेक घटनाएँ सत्य के आधार पर लिखी गई हैं। अपने एक मित्र से इसकी चर्चा करते हुए उसने एक बार कहा था, "आप मेरा उपन्यास पढ़ते समय कृपया घटना और परिस्थिति पर ज़ोर न दें। मैं घटना को उपन्यास की असली वस्तु नहीं मानता। मेरा एकमात्र उद्देश्य चरित्र-सृष्टि है। उसके साथ-साथ घटना स्वयं ही आ जाती है। चेष्टा नहीं करनी होती। मेरे चरित्रों के अन्तराल में कौन-

1. 14 अगस्त, 1919 ई. (लीलारानी गंगोपाध्याय)

कौन-से स्थल यथार्थ हो सकते हैं, वे चित्र की पृष्ठभूमि के रूप में ही हैं, इससे अधिक नहीं।"

इन घटनाओं को लेकर उसने अपने एक और मित्र से इस बात को स्वीकार किया कि *श्रीकान्त* में उसकी अपनी कथा कुछ तो है ही। जीवन की किसी घटना को साहित्य के स्तर पर लाते समय कभी-कभी खण्ड-खण्ड घटनाओं को सम्बद्ध करने अथवा पूर्ण रूप से कहानी का रूप देने के लिए कल्पना का सहारा लेना ही पड़ता है। उसने कहा, "तुम शिक्षक हो। मान लो तुम एक विद्यार्थी को 'अपना गाँव' विषय पर एक निबन्ध लिखने को कहते हो। उस गाँव में न कोई नदी है, न कोई मन्दिर, पर वह अच्छे नम्बर पाना चाहता है। अब सोचो, वह क्या करेगा? आसपास के गाँवों में जो नदियाँ जो मन्दिर उसने देखे हैं, उन्हीं को अपने गाँव से सम्बद्ध करता हुआ वह निबन्ध लिखेगा। साहित्य के संबंध में ही वही बात लागू होती है।"

यहाँ *श्रीकान्त* में वर्णित कुछ घटनाओं पर भी विचार किया जा सकता है। इसमें एक पात्र है इन्द्रनाथ। वह श्रीकान्त का बचपन का साथी है। एक दल कहता है, शरत् ने भागलपुर के अपने बचपन के साथी राजेन्द्रनाथ मजूमदार उर्फ़ राजू को ही इन्द्रनाथ के रूप में चित्रित किया है। राजू और इन्द्रनाथ दोनों की प्रकृति एक-सी ही है। स्वयं शरत् ने भी इस बात को स्वीकार किया है।

दूसरा दल मानता है कि इन्द्रनाथ शरत् की जन्मभूमि देवानन्दपुर के सतीशचन्द्र भट्टाचार्य के अतिरिक्त और कोई नहीं है। गाँव में रहते हुए शरत् सतीश के सम्पर्क में आया था। यद्यपि बहुमत राजेन्द्रनाथ के पक्ष में ही है, लेकिन फिर भी यह मानने में क्या हानि है कि शरत् ने इन्द्रनाथ का चरित्र चित्रण वास्तविक जगत् के दो व्यक्तियों के आधार पर किया था।

इसी प्रकार अन्नदा दीदी के वास्तविक अस्तित्व से भी शरत् ने इनकार नहीं किया। वह देवानन्दपुर की रहने वाली उसकी नाते की एक बहन थी या भागलपुर की कोई लड़की, यह प्रश्न असंगत है। नाम बदलकर बहुत-से वास्तविक स्थान भी *श्रीकान्त* में वैसे ही आए हैं। अनेक घटनाओं को उसने अपनी सुविधा के अनुसार परिवर्तित भी कर दिया है। उसकी लेखनी के चमत्कार ने उन्हें इतना मनोरम बना दिया है कि सत्य क्या है यह पता लगा लेना असम्भव हो गया है। अपनी प्रकृति का स्वयं चित्रण करना दुस्तर कार्य है। किसी भी वस्तु को अच्छी तरह देखने के लिए, अच्छी तरह जानने के लिए कुछ दूरी और अलगाव अत्यन्त आवश्यक है। आँख के सबसे पास रहने पर क्या उसको सबसे अच्छी तरह देखा जा सकता है? एक चित्रकार के लिए अपनी आकृति आंकना जितना कठिन है, लेखक के लिए भी अपना चित्रण करना उतना ही कठिन है।

श्रीकान्त के चरित्र में शरत् ने अपने को चित्रित किया है या नहीं, इसका यदि सीधा उत्तर देना हो तो यही होगा कि यदि चीनी को सन्देश[1] कहा जा सकता है तो अवश्य किया है। अन्यथा सत्य इतना ही है कि बीच-बीच में झलक मात्र मिल जाती है। वह चरित्र-सृष्टि को ही उपन्यास में महत्त्वपूर्ण मानते थे। घटनाएँ तो अनायास ही आ जाती थीं। कहीं-कहीं वास्तविकता दिखाई दे सकती है लेकिन वह मात्र चित्र सृष्टि की पृष्ठभूमि के रूप में होती है। सभी लेखक अपनी अभिज्ञता के सहारे लिखते हैं। इस प्रकार उनकी हर रचना ही उनकी अपनी जीवनी है। लेकिन शरत् उपन्यास के माध्यम से छद्म रूप में आत्म चरित्र लिखना कायरता

1. छेने और चीनी द्वारा तैयार की जाने वाली एक लोकप्रिय बंगाली मिठाई। यही बात मामा उपेन्द्रनाथ गांगुली ने लेखक से कही थी।

मानता था। बहुत दिन बाद हिन्दी के सुप्रसिद्ध कथाकार श्री इलाचन्द्र जोशी से उसने कहा, "जिन लोगों में जीवन को व्यापक और गहरे रूप में देखने की शक्ति नहीं है, जो अपने अहं की चारदीवारी के बाहर झाँककर जीवन के सिंहावलोकन का दम नहीं रखते, वे अपनी कला में निरपेक्षता लाने में असमर्थ हैं। वे ही जीवन की गुप्त कथा को उपन्यास का रूप देते हैं।"

उसने स्पष्ट कहा, "*श्रीकान्त* में जीवन के उन्हीं रूपों का वर्णन मैंने किया है, जिनसे मेरा व्यक्तिगत परिचय है, और उन्हीं चरित्रों को मैंने लिया है जिनका अध्ययन निकट से करने का अवसर मुझे मिला है, पर इसका अर्थ यह कदापि नहीं है कि वह मेरा आत्मचरित है। फिर भी मुझे लोगों की यह धारणा जानकर प्रसन्नता ही होती है, क्योंकि उससे प्रमाणित होता है कि मेरे पात्र पाठकों को सजीव लगते हैं और मेरा जीवन-वर्णन और चरित्रांकन यथार्थ जीवन के बहुत निकट है।"

मामा सुरेन्द्रनाथ ने लिखा है, "बहुत-से लोग कहते हैं कि शरत्चन्द्र ने साहित्य में अपने को जितना प्रकाशित किया है जीवनी के रूप में उतना ही यथेष्ट है। स्वतन्त्र जीवन चरित्र की कोई आवश्यकता नहीं। लेकिन शरत्चन्द्र ने तो साहित्य में अपने को अद्‌भुत रूप से छिपाया है, जो यह बात नहीं जानते उनसे भूल होना स्वाभाविक है।"

जैसा कि प्रत्येक रचना के साथ होता था, *श्रीकान्त* के संबंध में भी वह आश्वस्त नहीं था। अपने प्रकाशक को उसने लिखा था, "*श्रीकान्त* की भ्रमण कहानी' सचमुच छापने के योग्य है, ऐसा मैंने नहीं समझा था। अब भी नहीं समझता। पर सोचा था कि शायद कोई छाप दे, इसी आशा से लिखा था...। उसके प्रारम्भ में ही जो श्लेष थे, वे सब किसी भी दशा में आपकी पत्रिका में स्थान नहीं पा सकेंगे, यह तो जानी हुई बात है, पर दूसरी किसी पत्रिका में शायद वह आपत्ति न उठे, इसी का भरोसा था। इसीलिए आपकी मार्फ़त भेजा। अगर कहें तो और लिखूँ। बहुत-सी बातें कहने को हैं। पर व्यक्तिगत[1] श्लेष-विद्रूप यहीं तक। आखिर तक सारी बातें सच कही जाएँगी। मेरा नाम किसी भी हालत में प्रकट न होने पाए।...हाँ *श्रीकान्त* की आत्मकथा से इसका कोई संबंध तो रहेगा ही, परन्तु यह मूलतः भ्रमण कहानी है।"[2]

कुछ दिन बाद फिर लिखा, "अगर अभय दें तो इस संबंध में एक बात कहूँ। सम्पादक गण इस कहानी की नितान्त अवज्ञा न करें। मुझे आशा है जो रचनाएँ प्रकाशित होती हैं और हुई हैं, उनसे यह बहुत नीचे आसन पाने योग्य नहीं है। अनेक सामाजिक इतिहास इसके भविष्य के गर्भ में प्रच्छन्न हैं। मेरी बहुत चेष्टा और यत्न की यह वस्तु कम-से-कम मित्रों से कद्र पाने योग्य होगी ही। हाँ, प्रारम्भ खराब है, हर यथार्थ में अच्छी चीज़ का प्रारम्भ खराब होता है। यही मेरी कैफ़ियत है। क्या अबकी बार छपेगी? हाथ की लिखावट को छपे अक्षरों में देखने की आशा से ही उसे भेजा है।"[3]

इन पत्रों में उसने इस बात का संकेत किया है कि इस कहानी का श्रीकान्त की आत्मकथा से संबंध है। लेकिन यह संबंध इतना ही है, जितना एक उपन्यास का वास्तविक जीवन से होता है। उसका जीवन इतना रोमांचक, इतना वैविध्यपूर्ण रहा है कि *श्रीकान्त* को

---

1. पुस्तक रूप में ये अंश नहीं आए हैं। 2. 15 नवम्बर, 1915 ई. का पत्र 3. 7 सितम्बर, 1915 का पत्र

पढ़कर इस भ्रम में पड़ जाना अस्वाभाविक नहीं। श्रीकान्त शरत् नहीं है लेकिन दोनों की प्रकृति में अद्‌भुत समानता है, यह स्वीकार करना ही पड़ेगा। इसे सहज भाव से आत्म-जीवनी मूलक उपन्यास की श्रेणी में रखा जा सकता है।

एक दिन उसने कहा था, ''मुझे लोग मेरी रचनाओं में खोजते हैं। कोई कहता है, मैं कट्टर हिन्दू हूँ, कोई कहता है, नास्तिक हूँ। कोई कहता है, *चरित्रहीन* मेरी ही कहानी है, कोई मानता है कि *श्रीकान्त* मेरी आत्मकथा है। मुझे लेकर यह सब वितण्डावाद चलता है और मैं दूर खड़ा हँसता हूँ।''

हर प्राणवान व्यक्ति की यही नियति होती है। जिस गाँधी को लोगों ने सन्त कहा उसी गाँधी को ढोंगी, दम्भी, धोखेबाज़ तक कहा। गाँधी ही ऐसा व्यक्ति था जो सब-कुछ हो सकता था। सब कुछ होने के लिये हिया चाहिए। वह हिया शरत् के पास भी था। उसने जीवन में बहुत दुख भोगा था, बहुत-सा पाप भी किया था, पर उससे ऊपर उठकर उसे अभिज्ञता में रूपान्तरित करने की प्राण शक्ति भी उसमें थी। क्योंकि वह मात्र भोक्ता ही नहीं, द्रष्टा भी था, इसीलिए अन्ततः साहित्य की मंज़िल ने उसे खोज लिया। जो परम्पराओं का किसी रूप में विरोध करते हैं वे अन्तर की अज्ञात शक्तियों को मुक्त कर देते हैं। कोई नहीं जानता, उनका क्या परिणाम होगा। स्वतन्त्रता शक्तिशाली के लिए, योग्य के लिए ही अच्छी है। शरत् में वह असीम शक्ति थी, इसीलिए वह स्रष्टा बन सका।

18

वह अब भी रंगून में नौकरी कर रहा था, लेकिन उसका मन वहाँ नहीं था। दफ़्तर के बँधे-बँधाए नियमों के साथ स्वाधीन मनोवृत्ति का कोई मेल नहीं बैठता था। कलकत्ता से हरिदास चट्टोपाध्याय उसे बराबर नौकरी छोड़ देने के लिए लिख रहे थे। उन्होंने उसे विश्वास दिलाया कि वह उसके लिए सौ रुपये मासिक का प्रबन्ध कर देंगे। इन सब बातों का परिणाम यह हुआ कि उसका हमेशा का खराब स्वास्थ्य और भी खराब होता चला गया। शारीरिक असमर्थता को जब मन का सहारा मिल जाता है तो उसके सुधरने की सभी सम्भावनाएँ नष्ट हो जाती हैं। वह बार-बार अपने मित्रों को लिखने लगा, ''इस बार हालत और भी खराब है। डर लगता है कि ज़िन्दगी-भर के लिए पंगु हो ही जाऊँगा। मानसिक चंचलता के कारण कुछ भी लिखने को इच्छा नहीं होती। मेरे इस लकड़ी जैसे शरीर में इस तरह की कठिन बीमारी सम्भव होगी, यह कभी नहीं सोचा था।''

फिर लिखा, ''यहाँ अच्छा होने की आशा नहीं है। शरीर के अंगों को ठीक करके जगदीशश्वर यदि मुझे पंगु होने की सज़ा देते हैं तो यही अच्छा है। बीच-बीच में दोनों पैरों को बंद करके केवल हाथों से ही काम करने को कहते हैं।''

उसके पैर सूज जाते थे। किसी तरह ठीक नहीं हो रहे थे। डॉक्टर ने उसे बताया कि बर्मा छोड़ देने पर ही यह रोग दूर हो सकता है। वह अफ़ीम बहुत खाता था। इस कारण भी उसका स्वास्थ्य बिगड़ चुका था। शायद किसी के कहने पर उसने एक बार अफ़ीम छोड़ने की चेष्टा की थी। तब स्थिति और भी खराब हो गई थी। दुबारा खाना शुरू करने पर ही प्राण बच सके

थे। जो अफ़ीम के आदी हो जाते हैं, वे सहसा उसको छोड़ नहीं सकते। इस बात की चर्चा उसने अपने एक पत्र[1] में की है, ''मुझे इतना दुख शायद इसलिए मिला है कि मैंने अफ़ीम छोड़ने की चेष्टा की है। अब मैं कभी अफ़ीम छोड़ने का नाम नहीं लूँगा। जब अच्छी तरह अफ़ीम फिर से शुरू की तभी पैर अच्छा हुआ। अब थोड़ी मात्रा और बढ़ा दूँ तो शायद हाथ भी ठीक हो जाए। अफ़ीम कम करने के कारण दिमाग खाली-सा हो गया था। फिर धीरे-धीरे भरता जा रहा है। यह भी क्या चीज़ है! आप लोगों को भी शुरू करनी चाहिए। मैं तो समझता हूँ कि हर शरीफ़ आदमी को अफ़ीम का सेवन करना चाहिए।''

अफ़ीम की चर्चा अभी रहने दें। मज़ाक करने का उसका स्वभाव था। लेकिन बर्मा छोड़ देने का अब उसने निश्चय कर लिया था। उसने श्री हरिदास चट्टोपाध्याय को लिखा, ''आपने मुझे जो कुछ देना चाहा है, वही मेरे लिए यथेष्ट है। इस वर्ष के अन्दर मर नहीं जाता तो हो सकता है, रुपये-पैसे का कर्ज़ अदा हो जाए। पर कृतज्ञता का ऋण तो अदा नहीं हो सकता।...मैं एक वर्ष की छुट्टी लेने का कार्यक्रम बना रहा हूँ। यदि आप 300 रुपये भेज दें तो आने में सुविधा होगी। इस हतभाग्य स्थान को छोड़ने में आप मेरे लिए जो अतिरिक्त आर्थिक क्षति उठायेंगे उसको पूरा करने की मैं इसी वर्ष चेष्टा करूँगा।''

कभी-कभी तो वह अहंकारी अत्यन्त करुण हो उठता था। पंगु होने और रुपया भेजने की बात उसने बार-बार लिखी है। अंत में श्री हरिदास ने रुपया भेज दिया और तब उसने सूचना दी कि वह 11 अप्रैल को रवाना हो रहा है। मन में इतना विमर्ष है कि किसी काम में हाथ लगाने की इच्छा नहीं होती। लगाने पर भी अच्छा नहीं होता। अब कलकत्ता जाकर ही वह लिखेगा।

इसी समय रंगून में एक ऐसा काण्ड हो गया जिसने उसे वहाँ से चले जाने के लिए अन्तिम रूप से विवश कर दिया। उसका मन दफ़्तर के काम में नहीं लगता था। वह पड़ा रह जाता था और उसकी रिपोर्ट ऊपर के अधिकारियों तक पहुँचती थी। कई बार उसे चेतावनी दी गई, लेकिन उसका कोई परिणाम नहीं निकला। आखिर इसी बात को लेकर एक दिन ऑफिस सुपरिण्टेण्डेण्ट मेजर बर्नार्ड से उसका भयंकर झगड़ा हो गया।

उसने कोई फाइल माँगी थी। शरत् ने उत्तर दिया, ''मैं उसके बारे में कुछ नहीं जानता। वह मेरे पास नहीं है।'' लेकिन खोज करने पर वह उसी की दराज़ में मिली। यह देखकर सुपरिण्टेण्डेण्ट क्रोध से भर उठा। ऐसा होना स्वाभाविक था, लेकिन शायद कुछ अति हो गई। इतनी कि द्वन्द्व युद्ध की नौबत आ पहुँची। लेकिन शरत् था दुबला-पतला और बर्नार्ड जितना स्वस्थ, उतनी ही सुगठित थी उसकी देहयष्टि। काफ़ी चोट आई शरत् को। कपड़े खून से तर हो गए। रिपोर्ट बड़े साहब तक पहुँची। जाँच करने पर उसने पाया कि ज़्यादती बर्नार्ड की ओर से हुई है। उसने उसे तुरन्त निलम्बित कर दिया। बाद में सुना, उस पर 90 रुपये जुर्माना हुआ और आदेश हुआ कि वसूल हो जाने पर वे रुपये शरत् बाबू को दे दिए जाएँ।

यह भी सुना गया कि रिपोर्ट जब अकाउण्टेण्ट जनरल के पास पहुँची तो उन्होंने शरत् से कहा, ''तुम बर्नार्ड के बर्ताव का विरोध करने आए हो, मैं उसके विरुद्ध कार्रवाई करूँगा।

1. 5 अक्तूबर, 1915 ई.

लेकिन तुम मानवता के स्तर से गिर गए हो। अगर तुम आघात के बदले आघात करते और फिर मेरे पास आते तो मैं समझ सकता।''

यह विवरण राई-रत्ती सही नहीं हो सकता। लेकिन घटना सही अवश्य है और यह भी सही है कि वह ऊँट की पीठ पर अन्तिम तिनका प्रमाणित हुई। शरत् ने रंगून छोड़ने का दृढ़ निश्चय कर लिया। मित्रों ने उससे कहा, ''तुम कहानियाँ लिखते हो, तुम्हारा इतना नाम हो गया है, फिर क्यों दफ़्तर में पड़े सड़ रहे हो? इससे तो अच्छा यही है कि नौकरी छोड़ दो और लिखने में मन लगाओ।''

साहित्य में यश था, अर्थ था, लेकिन दफ़्तर के कार्य की उपेक्षा अनिवार्य थी। वह अधिक परिश्रम करने का आदी नहीं था। स्वास्थ्य एकदम खराब था। उसने त्यागपत्र दे दिया। उसके बाद वह फिर कभी बर्मा नहीं गया। लेकिन इतिहासकार इस बात को कैसे भूल सकेंगे कि कथाशिल्पी शरत्चन्द्र का पुनर्जन्म बर्मा में ही हुआ था। *श्रीकान्त, चरित्रहीन, छवि और अधिकार* सभी पर इस जीवन की अमिट छाप है। बर्मा-प्रवास में ऐसे भी व्यक्तियों के सम्पर्क में आया जिनका बौद्धिक स्तर ऊँचा था, परन्तु उसके अधिकतर साथी महत्त्वहीन और अजाने ही थे। उन्हीं के द्वारा प्रोत्साहन पाकर यह निर्धन, अर्द्ध-शिक्षित और आवारा युवक साहित्य के उस क्षेत्र में प्रवेश पा सका जहाँ महानता उसकी प्रतीक्षा कर रही थी।

बर्मा छोड़ने से पूर्व चार महीने के भीतर-ही-भीतर उसकी तीन और पुस्तकें प्रकाशित हो चुकी थीं। *मंझली दीदी*[1] और दूसरी कहानियाँ *पल्ली समाज*[2] और *चन्द्रनाथ*[3]।

दिशा की खोज जैसे समाप्त हो गई थी।

1. दिसम्बर, 1915 ई. 2. 15 जनवरी, 1916 ई. 3. 12 मार्च, 1916 ई.

शरत् : विभिन्न कालों और मुद्राओं में

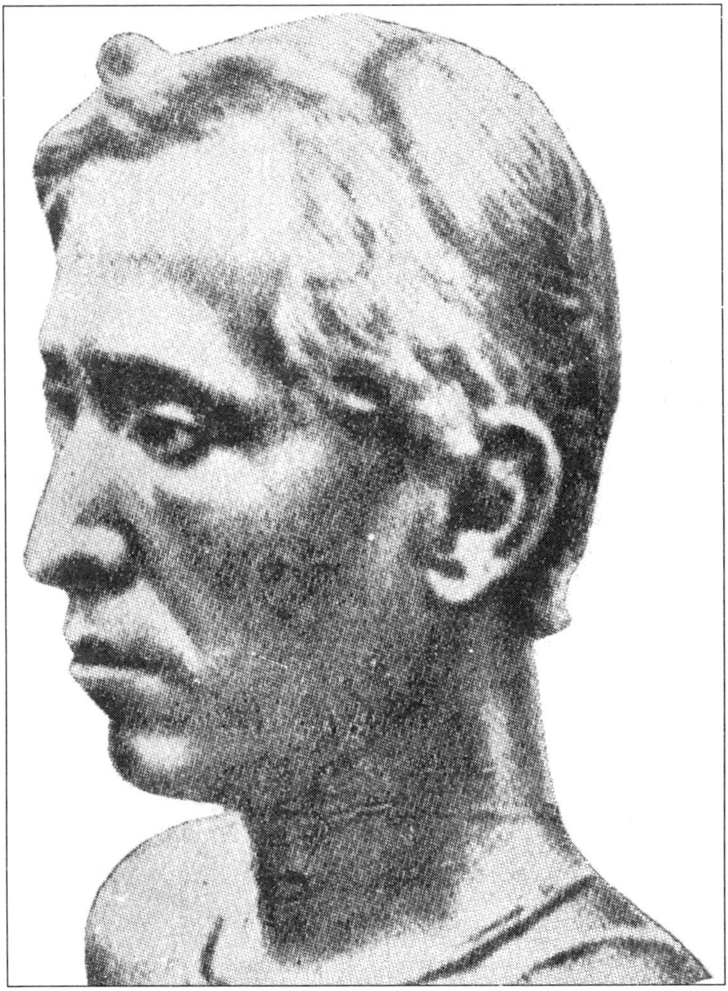

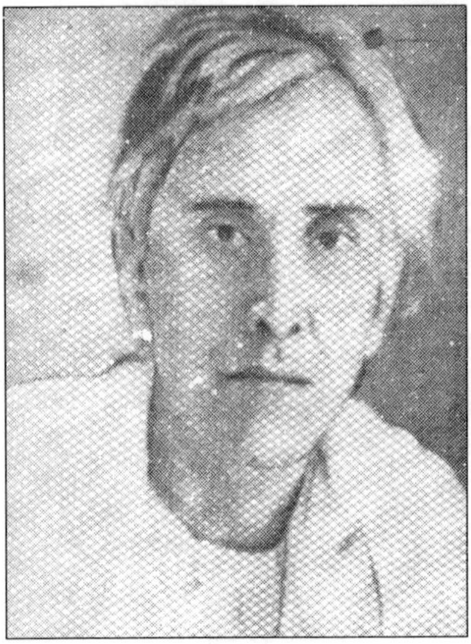

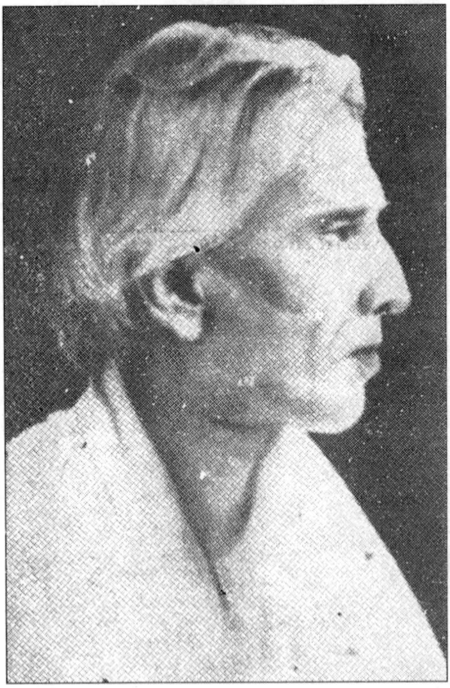

डी.लिट्. (ढाका विश्वविद्यालय)
की उपाधि लेते समय

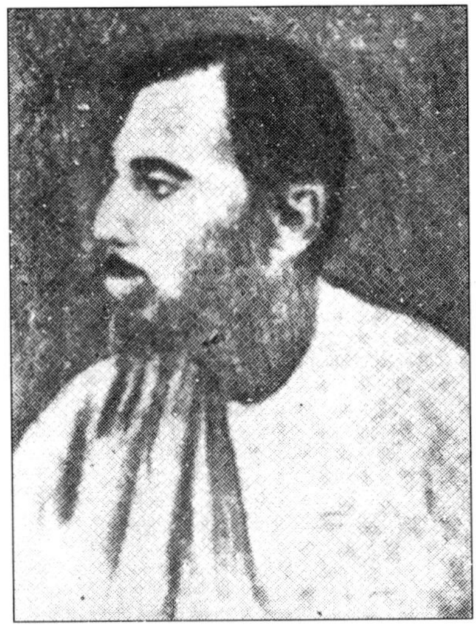

'चरित्रहीन' के रचनाकाल में

'विराजबहू' के रचनाकाल में

मंझले भाई प्रभासचन्द्र जो संन्यास लेकर स्वामी वेदानन्द कहलाये

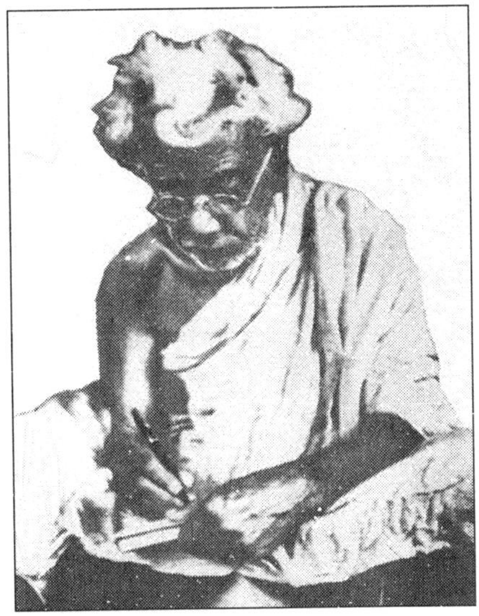

बाल्यसखा सुरेन्द्रनाथ गांगुली—रिश्ते के मामा होकर भी जो अंतिम क्षण तक अंतरंग मित्र बने रहे

एक और बाल्यसखा और अंतरंग मित्र गिरीन्द्रनाथ गांगुली, सुरेन्द्रनाथ के छोटे भाई

एक और मामा, उपेन्द्रनाथ गांगुली—'विचित्रा' के सम्पादक और प्रसिद्ध लेखक

प्रसिद्ध इतिहासकार डॉ. रमेशचन्द्र मजुमदार। इन्हीं के प्रयत्नों से ढाका विश्वविद्यालय ने शरत्चन्द्र को डॉक्टर ऑफ़ लिटरेचर की उपाधि प्रदान की।

'भारतवर्ष' के ख्यातनामा सम्पादक रायबहादुर जलधर सेन—चिर-आलसी शरत् इतना लिख पाए इसका सबसे अधिक श्रेय इन्हीं को है।

सर आशुतोष मुकर्जी के पुत्र न्यायमूर्ति रमाप्रसाद मुकर्जी, जिनके कारण 'पथेर दाबी' का लेखन और प्रकाशन संभव हुआ।

कुमुदिनीकांत कर—रंगून के अंतरंग मित्र और सहकर्मी, 'श्रीकांत' की रचना-प्रक्रिया के ये साक्षी रहे।

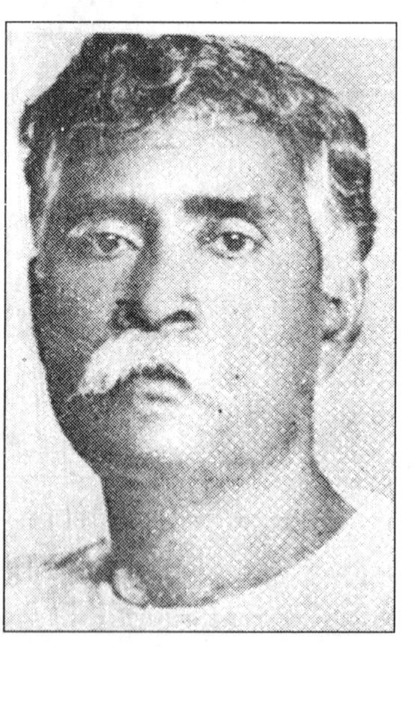

गुरु और शिष्य—रवीन्द्रनाथ न होते तो शरत्चन्द्र भी न होते।

शरत्चन्द्र के परम शिष्य कवि दम्पति नरेन्द्रदेव और 'शेषेर परिचय' को पूरा करने वाली राधारानी देवी, अपनी पुत्री के साथ।

भागलपुर के आदमपुर क्लब के सदस्य—किशोर शरत् बाईं ओर नीचे (×) बैठे हैं। इसी क्लब में उन्होंने अपने भावी जीवन की प्रवृत्तियों को पनपते देखा।

गोपाल—जीवन के अंतिम प्रहर का उनका सेवक।

पत्नी के बार-बार अनुरोध करने पर मृत्यु से कुल साढ़े तीन वर्ष पूर्व शरत् बाबू ने कलकत्ता में अश्विनीदत्त रोड पर यह मकान बनवाया था। वे बीच-बीच में गाँव से आकर यहाँ रहते थे।

तन और मन के स्वास्थ्य को ठीक करने की चेष्टा में उन्होंने सामता में रूपनारायण नद के किनारे यह मकान बनवाया था। वह बारह वर्ष इसी में रहे।

सामता के मकान में सुरक्षित उनके उपयोग में आनेवाली कुछ वस्तुएँ।

देवानन्दपुर में शरत्चन्द्र का पैतृक भवन जहाँ उन्होंने जन्म लिया।

भागलपुर में नानाबाड़ी का प्रवेश-द्वार—बचपन से यौवन तक का क्रीड़ास्थल, उसी मकान में बरामदे के उस ओर उनके पढ़ने का कमरा। (नीचे) गंगा बहुत दूर चली गई है परन्तु बरगद का यह पेड़ शरत् की स्मृति में डूबा वहीं खड़ा है।

रंगून का वह मकान जिसमें शरत् प्रवास के अन्तिम दिनों में रहे थे—इसी के आसपास 'पथेर दाबी' के स्थल बिखरे पड़े हैं। युद्ध में यह मकान ध्वस्त हो गया था लेकिन उसी स्थान पर वैसा ही मकान फिर खड़ा हो गया।

रंगून में अकाउंटेंट जनरल का कार्यालय—जहाँ कुछ वर्ष शरत् ने काम किया।

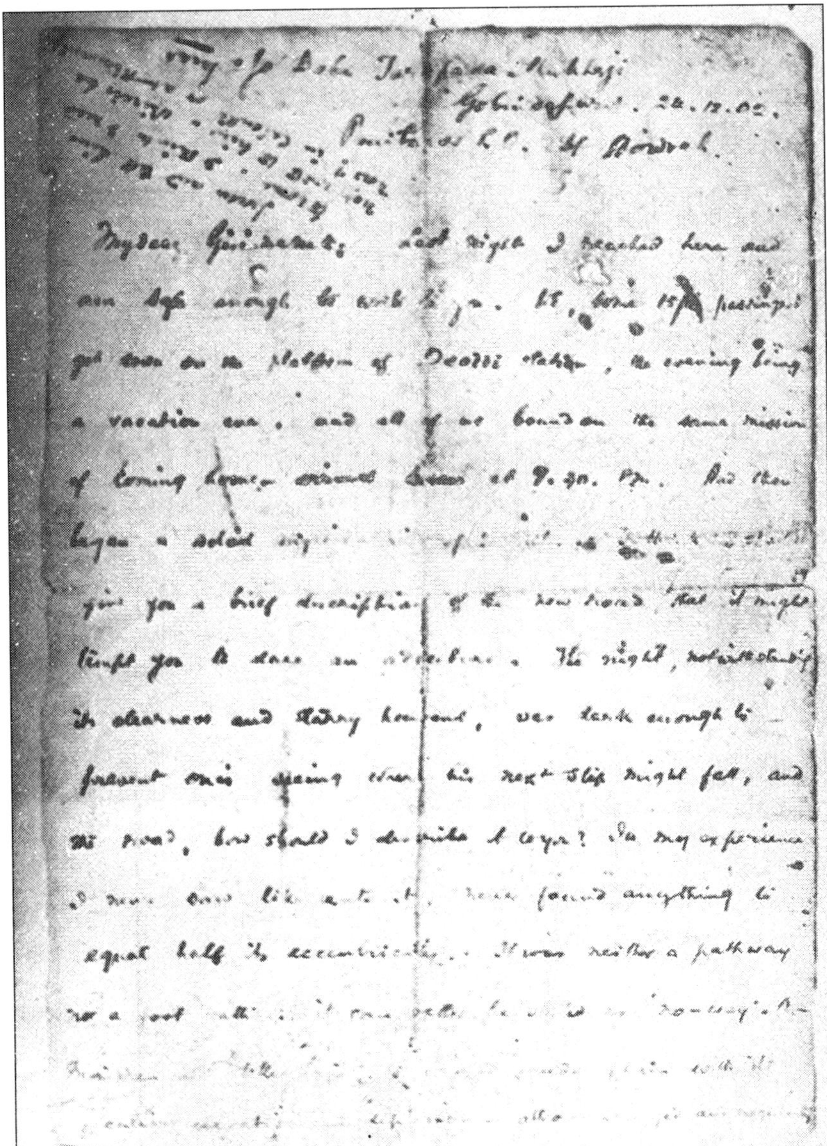

Gobindapur. 24.12.02.

My dear Girindranath, Last night I reached here and am safe enough to write to you. [illegible] some 15 passengers got down on the platform of [illegible] station, the evening being a vacation one, and all of us bound on the same mission of coming home [illegible] at 7.30 P.M. And then began a [illegible]

give you a brief description of the new road that it might tempt you to dare an adventure. The night, notwithstanding its clearness and starry [illegible], was dark enough to [illegible] where his next step might fall, and the road, how shall I describe it to you? In my experience I never saw like [illegible] found anything to equal half its eccentricity. It was neither a pathway nor a foot [illegible]

रंगून भाग जाने से पूर्व 1902 में दीदी के गाँव गोविन्दपुर से मामा गिरीन्द्रनाथ को अंग्रेज़ी में लिखा पत्र। उनका लिखा यही सबसे पहला पत्र मिलता है।

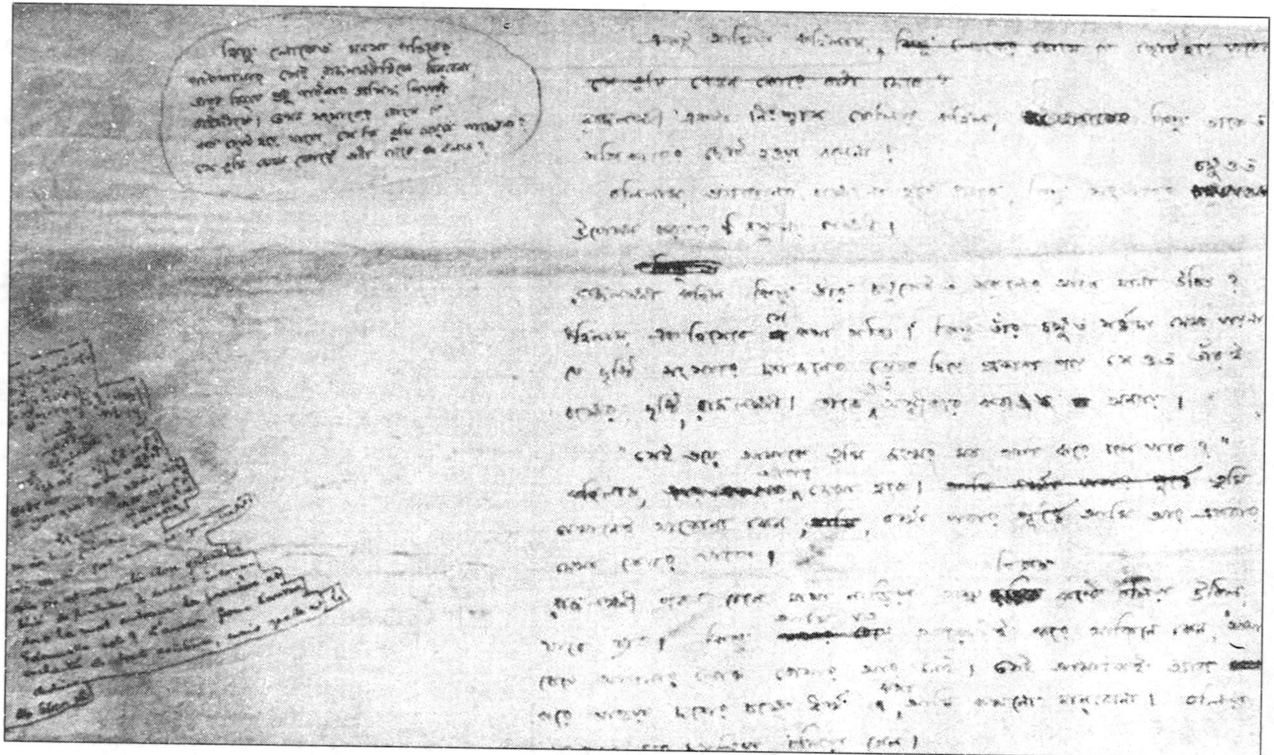

'श्रीकान्त', प्रथम पर्व, का एक पृष्ठ। लिखते-लिखते चिन्तन करते और हाशिये में लिखते जाते। यहाँ फ्रेंच और हिन्दी में भी लिखा है।

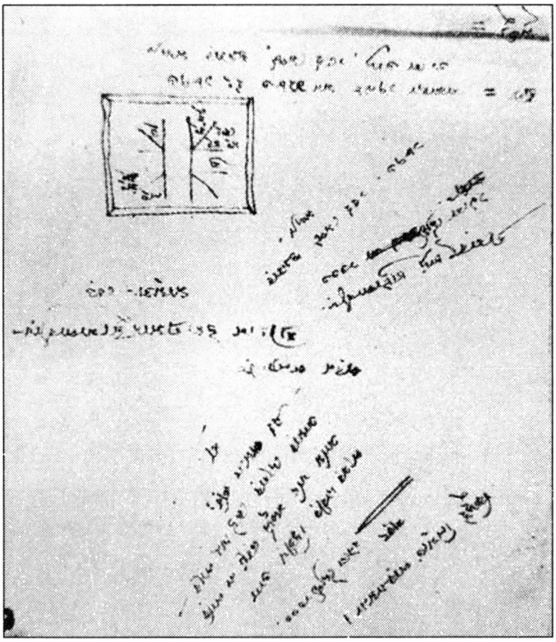

'बंगवाणी' में प्रकाशित 'पथेर दाबी' की पांडुलिपि के मुखपृष्ठ पर शरत् ने लिखा—'दूसरा भाग यदि पूरा नहीं कर सका तो मेरे देश में कोई और करेगा।'

(नीचे) 'पथेर दाबी' का अन्तिम पृष्ठ

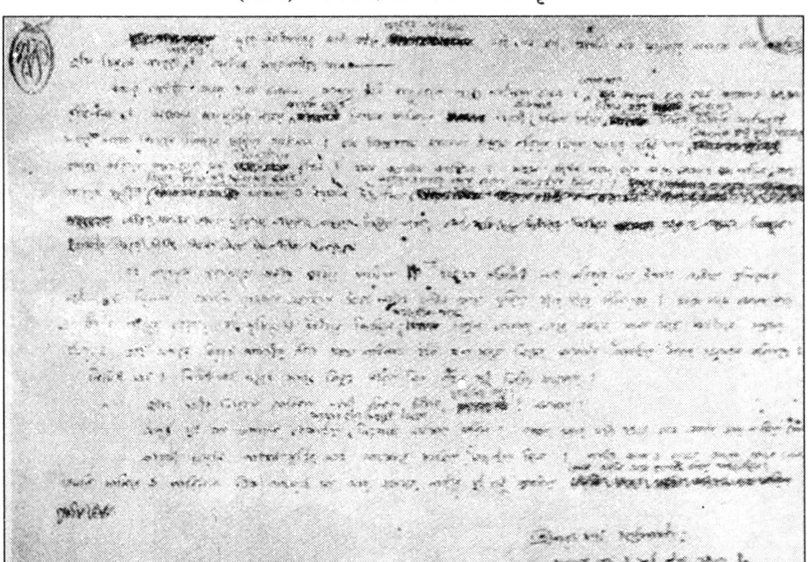

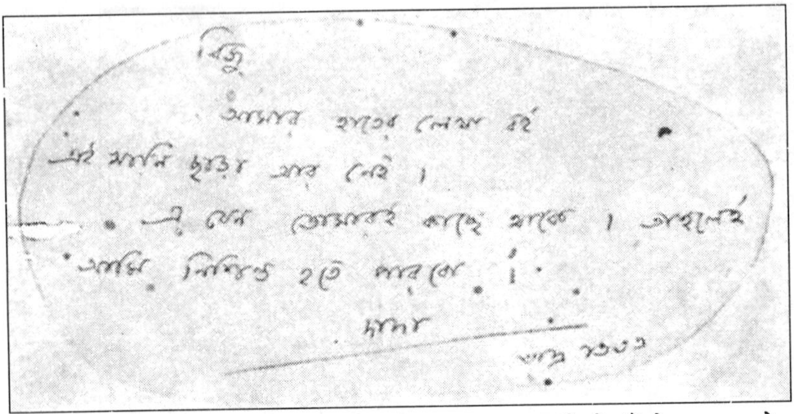

'पथेर दाबी' की हस्तलिखित पांडुलिपि श्री उमाप्रसाद मुकर्जी को सौंपते हुए शरत् ने लिखा—'यह तुम्हारे पास रहेगी। ऐसा होने पर निश्चिन्त हो सकूँगा।'

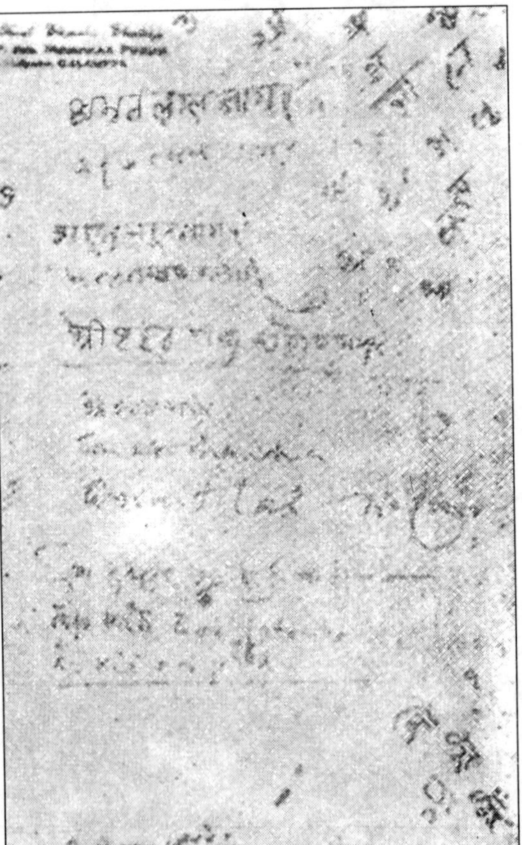

हिन्दी में हस्ताक्षर—सुप्रसिद्ध लेखक अमृतलाल नागर जब उनसे मिलने गए तब अपने लेटरहेड पर उन्होंने ये नाम लिखे थे।

पार्क नर्सिंग होम जहाँ अंतिम समय में शरत्
की चिकित्सा और उनका देहान्त हुआ।

देवानन्दपुर में शरत्चन्द्र स्मृति मंदिर

स्मृति स्तम्भ—'श्रीकान्त' के स्रष्टा चिरव्रात्य शरत्चन्द्र की पार्थिव देह को यहाँ अग्नि को समर्पित किया गया था।

अंतिम दिनों में पत्नी हिरण्यमयी देवी को लिखा एक पत्र (सामने के पृष्ठ पर), पते सहित (नीचे)—यह प्रेमपत्र नहीं है पर इसके शब्द-शब्द से पत्नी के प्रति उनका गहरा प्रेम प्रकट होता है।

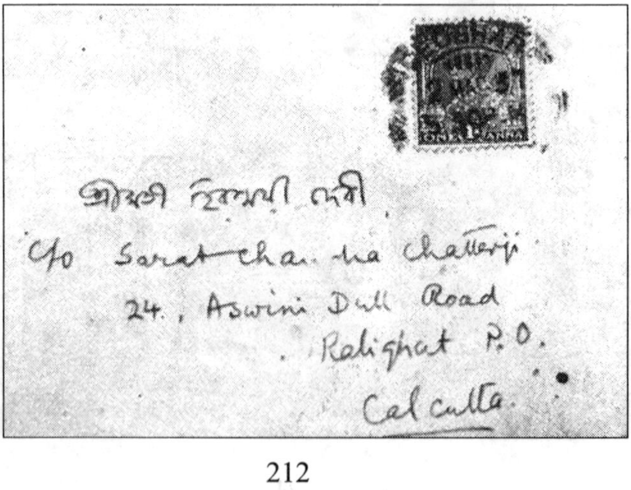

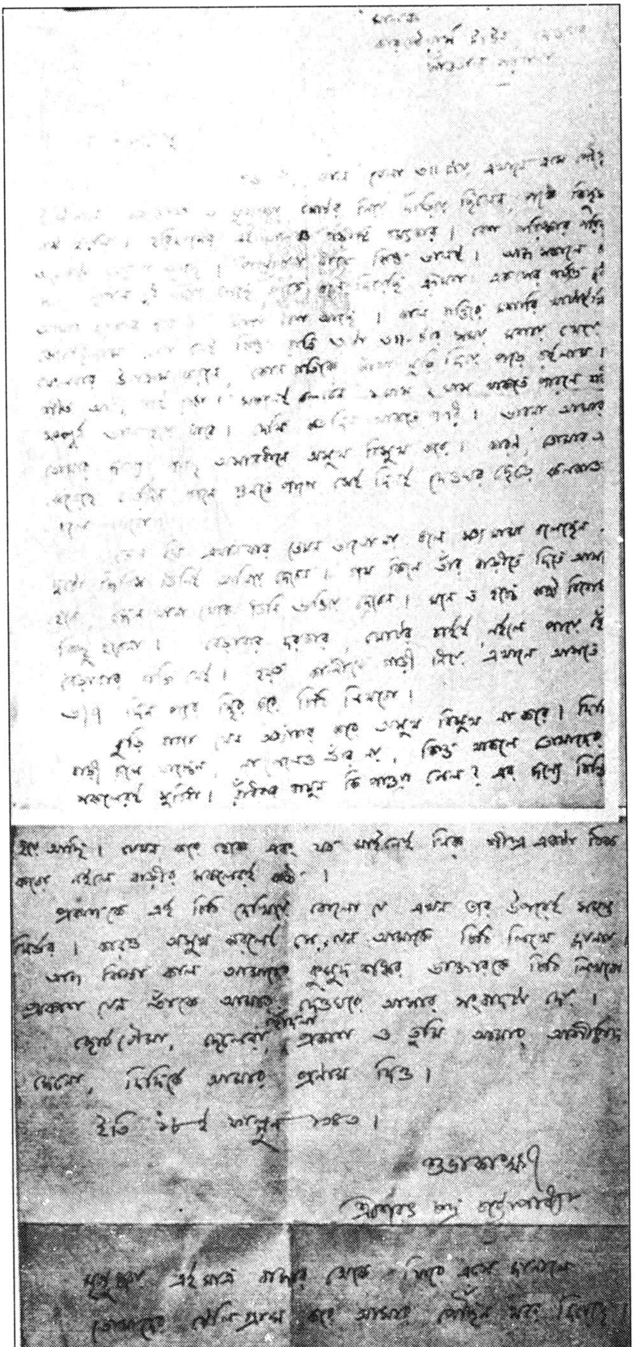

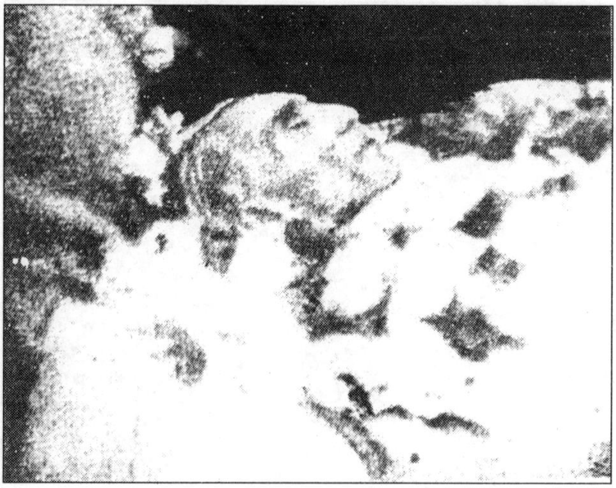

अंतिम दर्शन

सामता में घर के बाजू में ही स्वामी वेदानन्द (बाईं ओर की समाधि) और शरत्चन्द्र (दाईं ओर की समाधि) दोनों भाई पास-पास सोए हैं।

तृतीय पर्व

दिशान्त

जिस समय शरत् ने कलकत्ता छोड़कर रंगून की राह ली थी, उस समय वह तिरस्कृत, उपेक्षित और असहाय था। लेकिन अब जब वह तेरह वर्ष बाद कलकत्ता लौटा तो ख्यातनामा कथाशिल्पी के रूप में प्रसिद्ध हो चुका था। वह अब 'वह' नहीं रह गया था, 'वे' के पद पर प्रतिष्ठित हो चुका था।

उनके प्रति बंगाल के लोग कितने उत्सुक थे और किस प्रकार उनका स्वागत हुआ, यह तथ्य किसी भी साहित्यिक के लिए ईर्ष्या का कारण हो सकता है। नाटककार द्विजेन्द्रलाल राय शरत् के प्रशंसक थे, लेकिन उनके पुत्र दिलीपकुमार राय (जो बाद में संगीतज्ञ के रूप में प्रसिद्ध हुए) उनसे भी अधिक उनके भक्त हो चुके थे। *चरित्रहीन* के कारण शरत्चन्द्र को जो बदनामी मिली, उससे वे और भी उनके 'हीरो' बन गए। वे मन-ही-मन सोचते, वे कलकत्ता क्यों नहीं आते? ऐसे विदेश में क्यों पड़े हैं जहाँ लोग नाप्पि खाते हैं।

जब उन्होंने सुना कि शरत् बाबू कलकत्ता आ रहे हैं तो उनकी प्रसन्नता का पार नहीं था। रात को नींद भी नहीं आती थी। सोचते थे, कब आयेंगे सात समुद्र और तेरह नदी पार से वे अपरूप गल्प-गंधर्व।

आखिर शरत् आए और दिलीपकुमार उनसे मिलने के लिए पहुँचे। गुरुदास लाइब्रेरी में ऊपर के तल्ले पर एक छोटे-से कमरे में उन्होंने पहली बार शरत् बाबू को देखा। उनके चारों ओर पुस्तकें बिखरी हुई थीं। बीच में वे बैठे थे। श्याम वर्ण, बकरे जैसी दाढ़ी, क्षीणकाय, केवल दो आँखें, कैसी तीक्ष्ण हैं, कैसी तीक्ष्ण है नाक, लेकिन चेहरे पर तेज तो ज़रा भी नहीं है। अत्यन्त गद्यमय वेश...।

दिलीपकुमार का उत्फुल्ल हृदय एक क्षण को जैसे बुझ गया हो। फिर प्रणाम करने के लिए पैरों की धूलि ली और कुछ घबराकर कहा, "आप...!"

शरत् बाबू हँसे, "हाँ, मैं शरत्चन्द्र ही हूँ। मुझे देखकर तुम्हें दुःख हुआ। सोचा होगा कि मेरा चेहरा राजपुत्र के समान होगा। है न? यही सोचा था?"

दिलीप ने लजाकर उत्तर दिया, "नहीं, नहीं यह बात नहीं है। फिर भी...।"

लेकिन स्नेह की प्रगाढ़ता केवल रूप की अपेक्षा नहीं रखती। उनमें ऐसी कुछ विलक्षणता थी जो शीघ्र ही दर्शक का ध्यान आकर्षित कर लेती थी, फिर दिलीप तो उनकी रचनाओं के उपासक थे। शीघ्र ही उनकी हार्दिक सरलता, निश्छल स्नेह और सन्तों जैसी सादगी ने दिलीप

के मन को जीत लिया। इस श्रद्धा का एक और कारण था उनका मधुर कण्ठ। दिलीपकुमार स्वयं भी तो सुन्दर गायक थे। अपने पिता के कीर्तन-गान और हिन्दुस्तानी संगीत में उनकी अच्छी गति थी। जब वे अपने पिता का यह गीत गाते—'ओ जे गान गेए-गेए चोले जाए।' तो शरत् बाबू बार-बार सुनकर भी तृप्त नहीं होते थे। कहते, "गाओ तो मन्टू, एक बार फिर वही पंक्ति... 'से जे देवता भिखारी, मानव दुयारे, देखे जारे तोरा देख जा।' आहा, तुम्हारे पिता केवल कवि ही नहीं थे, भक्त भी थे। नहीं तो ऐसे गीत नहीं लिख पाते।"

उनका एक और प्रिय कीर्तन था, 'चन्द्रगुप्त' नाटक का यह गीत...

आर केन मीछे आशा, मीछे भालबासा, मीछे केन तार भावना।
से जे सागरेर मणि आकाशेर चाँद आमी तो ताहारे पाबना॥

कलकत्ता आने के बाद शरत् बाबू सबसे पहले छः नम्बर शिवपुर फर्स्ट बाई लेन (नील कमल कुण्डू लेन) में रहे और उसके बाद चार नम्बर फर्स्ट बाई लेन शिवपुर में स्थायी रूप में रहने लगे। घर छोटा था और पैसा भी नहीं था। परन्तु फिर भी उनका सौन्दर्य-प्रेम वैसा ही था। बैठक में एक मंझोले कद की मेज़, उसके तीन ओर तीन कुर्सियाँ, एक बेंच। मेज़ पर सुन्दर जिल्द की दो कापियाँ, एक सुन्दर-सा कलमदान, काली और लाल स्याही की दवातें, चार कलम, दो कीमती फाउंटेनपेन और विज्ञान व अर्थशास्त्र की कई पुस्तकें जो करीने से सजी हुई थीं।

पास ही एक बड़ा-सा हुक्का रखा रहता था। बीच-बीच में आवाज़ देकर नौकर को बुलाना वे नहीं भूलते थे।

कलकत्ता से जाने से पहले अपने जिन भाई-बहनों को, अनाथ की तरह इधर-उधर अपने दूर के नातेदारों और दोस्तों के पास छोड़ गए थे, सबसे पहले उन्होंने उन्हें अपने पास बुलाया। छोटे भाई प्रकाशचन्द्र इस समय अग्रद्वीप में थे। इस समय वे रामकृष्ण मिशन सेवा आश्रम, वृन्दावन, का संचालन कर रहे थे। जब कभी वे कलकत्ता आते तो पूर्वाश्रम के अपने बड़े भाई के पास ही ठहरते थे। बड़ी बहन अनिला देवी पास ही के गाँव 'सामता बेड' में रहती थीं। पति-परिवार के साथ वे बार-बार अपने भाई से मिलने आतीं। उन्हीं के परिवार के कारण उनके रहने की व्यवस्था हो सकी थी।

सबसे छोटी बहन सुशीला को वे मकान-मालकिन के पास छोड़ गए थे। छोटे मामा विप्रदास को शायद यह अच्छा नहीं लगा। वे उसे अपने पास ले आए। उन्होंने ही उसका विवाह किया। वह विवाह आसनसोल के एक कोयला व्यापारी के घराने में हुआ था। शरत् बाबू के कलकत्ता आने पर प्रकाशचन्द्र उससे मिलने के लिए गए। लेकिन सुना जाता है, किसी बात को लेकर सुशीला ने उन्हें कुछ सख्त-सुस्त कह दिया। वह लौट आए। कारण कुछ भी हो, सुशीला कभी उनके पास नहीं आई।

इस एक अपवाद को छोड़कर शरत्चन्द्र ने अपने विशृंखल परिवार को फिर से संगठित करने में कुछ न उठा रखा। कुछ समय बाद ही उनकी भानजी का विवाह हुआ और हिन्दू प्रथा

के अनुसार उन्हें भात देना था। लेकिन उनके पास पैसे नहीं थे। उन्होंने अपने प्रकाशक को लिखा, ''मेरी भानजी का विवाह इस शुक्रवार के बाद अगले शुक्रवार को होगा। मेरे ऊपर बड़ी ज़िम्मेदारी है। इतने दिनों तक एक बात आपको नहीं बताई कि देश में मैं समाज-बहिष्कृत हूँ। कामकाज के घर में जाना ठीक नहीं है। जो हो उसकी चिन्ता नहीं है, लेकिन रुपये देना चाहता हूँ। मैं न आऊँ, यह उनकी गुप्त इच्छा है। मेरे पास चार सौ रुपये की कमी है, वह मुझे चाहिए।''[1]

वे अपनी दीदी को कितना प्यार करते थे यह पत्र से स्पष्ट हो जाता है। जाति-बहिष्कृत होने के कारण (वे जीवन-भर जाति बहिष्कृत रहे) वे उस उत्सव में सम्मिलित नहीं हो सकते थे। इसीलिए वे चाहते तो आसानी से भात देने से बच सकते थे, लेकिन अब उनके अन्तर का 'आवारा व्यक्ति' जैसे थक चला था या जैसे वह स्वयं उससे मुक्ति पाना चाहते हों, शायद इसीलिए परिवार का व्यक्ति होने की लालसा उनके मन में जाग आई थी। तभी तो उन्होंने यह अपमान सहकर भी रुपये भेजने से इनकार नहीं किया। लेकिन इसके साथ ही उन्हें जाति के भीतर लिया जाए, इसकी भी चेष्टा नहीं की। लाने की चेष्टा करने वालों को भी प्रोत्साहित नहीं किया। नाना लोग नाना प्रकार के प्रस्ताव लेकर आते थे और सदा आते रहे। किसी ने अंग्रेज़ी स्कूल को पाँच सौ रुपया चन्दा देने की मांग की। किसी ने कहा कि यदि वे पोखर के चारों ओर पक्का घाट बनवा दें तो उन्हें फिर से जाति में लिया जा सकता है, लेकिन उन्होंने कोई भी शर्त मानने से इनकार कर दिया। यह घूस देना उनका अभिमानी मन बर्दाश्त नहीं कर सकता था।

परिवार के अतिरिक्त उन्होंने आसपास के लोगों से भी परिचय बढ़ाना शुरू किया। सौदा खरीदते-खरीदते उनका परिचय मोदी शरत् सेठ से हो गया। उसके साथ वे अक्सर ताश खेला करते थे। तमाखू पीते रहते और तीसरे पहर से रात गए तक खेलते रहते। सेठ को उठने न देते। कहते, ''नया आया हूँ, किसी से परिचय नहीं, कहाँ बैठूँ, सो तुम्हारी दुकान ही सही।''

धीरे-धीरे परिचय का यह क्षेत्र बढ़ने लगा। लोग उनके घर भी आने लगे। कई लोग तो उनमें ऐसे भी थे कि अधिकतर उनके पास ही जमे रहते। बेंच पर लेटे, हुक्का पीते हुए वे उन्हें कहानियाँ सुनाया करते। इकतारा बजाकर गाने वाले वैष्णव भिखारियों का वे बड़ा आदर करते थे। उनका संगीत सुनते-सुनते वे तन्मय हो उठते। लेकिन दूसरे भिखारियों को एक आँख भी नहीं देख पाते थे। गोलियाँ खेलने की आयु तो कभी की बीत चुकी थी, पर सक्रिय दर्शक होने का चाव उन्हें अब भी था।

इसी समय उनका परिचय सर्वश्री सरोजरंजन बंदोपाध्याय और अक्षय कुमार सरकार से हुआ, जो शीघ्र ही घनिष्ठता में बदल गया। सरोजरंजन किसी ऊँचे पद पर थे। उन्होंने *अरक्षणीया* की भूमिका लिखी है। इतिहास के अध्यापक अक्षय सरकार नियमित रूप से डायरी लिखते थे। उस डायरी में शरत् बाबू के संबंध में बहुत कुछ लिखा हुआ है। शरत् ने *शेष प्रश्न* में अध्यापक अक्षय का चित्रण करते समय अपने इस आदर्शवादी बन्धु को निश्चय ही याद रखा है।

---

1. 20 जून, 1916 ई.

जैसा कि उनका स्वभाव था, वे बहुत अधिक नहीं लिख पाते थे। आग्रह करने वाले बहुत थे और सबकी रक्षा करना उनके लिए असम्भव था। जो उनको जानते थे और उनके परम भक्त थे, वे ही उनसे लिखवा सकते थे। उनमें अग्रणी थे— *भारतवर्ष* के ख़्यातनामा सम्पादक रायबहादुर जलधर सेन। *बैकुण्ठ का वसीयतनामा*[1], *अरक्षणीया*[2], *श्रीकान्त, निष्कृति* तथा *समाज धर्मेर मूल्य* आदि उनकी रचनाएँ *भारतवर्ष* में ही प्रकाशित हुई। *निष्कृति* का एक अंश 'घर भांगा' के नाम से *यमुना* में भी छपा था।

अरक्षणीया एक मार्मिक कथा है। पहले उसका अन्त उन्होंने नायिका की आत्महत्या से किया था। वह अत्यन्त कुरूपा थी। उसकी मर्मान्तक व्यथा से मुक्ति उसे जल में डुबा देने में ही लेखक ने समझी, परन्तु ऐसा लगता है कि यह अन्त न तो पाठकों को ग्राह्य हुआ और न लेखक को ही अच्छा लगा। विशेषकर प्रकाशक हरिदास चट्टोपाध्याय को बिलकुल अच्छा नहीं लगा। इसलिए पुस्तक रूप में आते-आते 'अरक्षणीया' को उसका रक्षक मिल गया। यह वही अतुल था जिसे उस रूपहीना कल्याणी ने मन से वरा था। इस परिवर्तन की कैफ़ियत देते हुए उन्होंने कहा, "स्त्रियों में यह रोग (आत्महत्या) और न बढ़ाना ही अच्छा है।"

लेकिन लेखक ने अब भी स्पष्ट रूप से यह नहीं कहा कि अतुल ने ज्ञानदा से विवाह कर लिया। इसी बात को लेकर पाठक बार-बार पूछते, "आखिर उन दोनों का हुआ क्या? क्या उन्होंने शादी कर ली?"

एक दिन तो दो दलों में शर्त हो गई। बात शरत् बाबू तक पहुँची वे परेशानी में पड़ गए। हरिदास से बोले, "तुम्हारे कारण ही यह सब हुआ। नहीं तो ज्ञानदा जल में डूब मरी थी, मर जाती तो बेचारा अतुल भी काली लड़की से बच जाता, लेखक-प्रकाशक भी बच जाते। अब क्या जवाब दूँ? रोज़ ऐसे पत्र आते हैं। अच्छा, लिख दो कि उसके बाद शरत् बाबू की उन दोनों से भेंट नहीं हुई। इसलिए फिर क्या हुआ पता नहीं।"

लेकिन अरक्षणीया की रक्षा करके शरत् बाबू ने सिद्धान्त तो बचा लिया परन्तु कला की निःसन्देह क्षति हुई। ट्रेज़ेडी में ही वह उपन्यास सार्थक था। फिर भी तत्कालीन समाज और समाज में परिवार के अन्दर जो अत्याचार और उत्पीड़न चलता था, उसका मर्मान्तक चित्र शरत्चन्द्र ने खींचा है। उच्च वर्ग के हिन्दू समाज के विवाह-संबंधी विधि-विधान आज के लिए कितने घातक हैं, ज़िन्दगी को वे किस प्रकार अशान्त कर निष्ठुर और नैतिकताविहीन बना देते हैं, यही कुछ बड़ी सहृदयता और संयम के साथ शरत् बाबू ने चित्रित किया है। रूपहीना, पितृहीना और धनहीना ज्ञानदा अपने चरित्र और सहनशीलता से प्रत्येक सहृदय पाठक को हिला देती है।

एक और उपन्यास वह लिख रहे थे, लेकिन पूरा हो पाता इससे पूर्व ही उनके प्यारे कुत्ते भेलू ने उसे नष्ट कर दिया। एक दिन लिखते-लिखते किसी अति आवश्यक कार्य से उन्हें कहीं जाना पड़ा। जल्दी के कारण शायद कमरे में कुण्डी लगाना भूल गए। लौटकर देखा, उपन्यास की पांडुलिपि टुकड़े-टुकड़े होकर कमरे में बिखरी पड़ी है। आँखों में आँसू छलछला आए।

---

1. पुस्तक रूप में प्रकाशित, 5 जून, 1916 ई. 2. 20 नवम्बर, 1916 ई.

उनके विचार में वह उनकी सर्वोत्तम कृति होती। पूरे छः महीने पूरी निष्ठा के साथ परिश्रम करके उन्होंने उसे लिखा था। नाम था उसका 'मालिनी'। उसको वे फिर नहीं लिख सके।

इसी समय जोड़ासांको में रवीन्द्रनाथ के पैतृक भवन में *विचित्रा* की बैठकें हुआ करती थीं। रवीन्द्रनाथ और अवनीन्द्रनाथ के अतिरिक्त और भी अनेक सुपरिचित साहित्यिक तथा कलाकार उसमें आते थे। शरत् भी बीच-बीच में जाते थे। उसी को लेकर एक विचित्र प्रवाद उन दिनों प्रचलित हो गया था। सुना गया कि वहाँ हर बार किसी-न-किसी का जूता खो जाता है। इसीलिए सभी व्यस्त हो उठे थे। शरत् बाबू ने भी सुना। उस दिन वे अपना नया जूता पहने थे। उन्होंने चुपचाप उसे निकालकर अख़बार में लपेट लिया। कवि सत्येन्द्रनाथ दत्त यह सब देख रहे थे। चुपके से रवीन्द्रनाथ के कान में उन्होंने यह बात डाल दी। कुछ देर बाद रवीन्द्रनाथ ने शरत् से पूछा, ''शरत्, तुम्हारे हाथ में यह पैकेट कैसा है?''

''जी, ऐसे ही एक चीज़ है?''

''क्या चीज़ है? कोई पुस्तक है?''

''जी हाँ।''

''कौन-सी पुस्तक है। शायद पादुका पुराण है?''

शरत् तो हतप्रभ-अवाक्, लेकिन सभा अट्टहास से गूँज-गूँज उठी।

2

शरत्चन्द्र के जीवन का स्वर्णयुग जैसे अब आ गया था। देखते-देखते उनकी रचनाएँ बंगाल पर छा गईं। एक के बाद एक *श्रीकान्त*[1] (प्रथम पर्व), *देवदास*[2], *निष्कृति*[3], *चरित्रहीन*[4], और *काशीनाथ*[5] पुस्तक रूप में प्रकाशित होते चले गए। *एकादश वैरागी, श्रीकान्त* (द्वितीय पर्व), *गृहदाह, स्वामी, दत्ता, आमार आशय* का लिखना और पत्रों में प्रकाशित होना भी चलता रहा। अपनी-अपनी रुचि और दृष्टि से पाठकों और आलोचकों ने प्रत्येक रचना की सराहना की है।

लिखते समय वे बहुत चिन्तन करते थे। उनकी पाण्डुलिपियाँ इस बात का प्रमाण हैं। बीच-बीच में उन्हें शुद्ध ही नहीं करते थे, इधर-उधर दूसरी भाषाओं में लिखते भी जाते थे। *श्रीकान्त* की पाण्डुलिपि में एक स्थान पर उन्होंने हिन्दी और फ्रेंच में कुछ लिखा हुआ है। *देवदास* के संबंध में चर्चा चलने पर एक बार उन्होंने कहा भी था, ''*देवदास* के सृजन में मेरे हृदय का योग है और *श्रीकान्त* में मस्तिष्क का।''

शरत् यौवन काल में जितने स्वतन्त्र मन के थे प्रौढ़ होते-होते उतने ही आचारवादी हो गए। शायद उन्हें लगा कि देवदास की आत्मघाती भावुकता को इतना निश्छल और महान् बनाकर आदर्श रूप में प्रतिष्ठित नहीं करना चाहिए। इसीलिए तब उन्हें वह इतना प्रिय नहीं रहा, लेकिन इसमें सन्देह नहीं कि जिस समय वे *देवदास* लिख रहे थे, उस समय वे सचमुच प्रेम की

---

1. 12 फरवरी, 1917 ई. 2. 30 जून, 1917 ई. 3. 1 जुलाई, 1917 ई. 4. 11 नवम्बर, 1917 ई. 5. काशीनाथ (1 सितम्बर, 1917 ई.) में ये छः कहानियाँ और भी हैं—प्रकाश और छाया, मन्दिर, बोझा, अनुपमा का प्रेम, बचपन की याद और हरिचरण।

वेदना से व्याकुल थे। निस्सन्देह वह वेदना अपरिपक्व किशोर हृदय की है और उनकी प्रेमिका भी शायद कोई हाड़-मांस की नारी नहीं है या अगर वह है तो फिर उस तक पहुँचने का उनके पास कोई मार्ग नहीं है। यौवन में प्रवेश करते समय जैसा होता है वैसा ही उनके साथ हुआ। परन्तु प्रेम के क्षेत्र में वे सफल नहीं हो सके और वही असफल प्रेम नाना सामाजिक आघातों के बीच 'देवदास' में प्रस्तुत हुआ। इसीलिए उसका उच्छ्वास और तीव्र दर्द मन को आलोड़ित कर देता है। वियोग की सार्थकता की दृष्टि से भी मनीषियों ने उसकी व्याख्या करने का प्रयत्न किया है! सुप्रसिद्ध गाँधीवादी चिन्तक जैनेन्द्र कुमार ने देवदास को अमित संयमी सिद्ध करते हुए लिखा..."मन का वह अडिग ब्रह्मचर्य जो तन के विद्रूप विद्रोह पर भी विशुद्ध बना रहा सो क्या स्वीकृत वियोग की शक्ति के बल पर ही नहीं? मैं तो कहता हूँ कि वियोग को देवदास और भी पूरी तरह स्वीकार कर सकता तो उसके जैसा योगी पुरुष उपन्यास साहित्य में दूसरा पाना कदाचित् ही सम्भव रह जाता। उस कोटि तक नहीं पहुँचा, इसलिए क्या हम आसानी से अपनी आँखों को धोखा दे लेंगे? जिस अंश तक वियोग उसे प्रसाद ही बना और उसमें देवदास ऊँचा उठा। देवदास पार्वती की अलख जगाए रहा, लेकिन जब विवाहित पार्वती रात्रि के एकान्त में सम्पूर्ण भाव से उसके प्रति अपना आत्मार्पण निवेदन कर उठी तब निविड़ अधमाचार से घिरे देवदास ने क्या किया? क्या पार्वती को लिया? नहीं, लिया नहीं। मूर्ति की भाँति उसे अपने से दूर ही रखा। मूर्ति की भक्ति उसने अपने लिए चाही। मूर्ति पाने की स्पर्धा नहीं की।"

प्रेम की यह प्रगाढ़ता ही मन को छूती है, असफलता-सफलता नहीं। और यह भी कि सच्चा प्रेम मिलाता ही नहीं दूर भी करता है।

निष्कृति की प्रशंसा स्वयं गुरुदेव रवीन्द्रनाथ ठाकुर ने की है, लेकिन जो तूफ़ान *चरित्रहीन* को लेकर उठा वह सचमुच अद्‌भुत था। वह *यमुना* में पूरा नहीं छप सकता था। पुस्तक रूप में छपने में भी बड़ी देर लगी। वे बहुत धीरे-धीरे सामग्री भेजते थे। सुधीरचन्द्र सरकार ने पूरी पाण्डुलिपि पाए बिना ही मुद्रण प्रारम्भ कर दिया था। उन्हें विश्वास था कि *चरित्रहीन* के कारण जो हलचल मच चुकी है, वह उसकी बिक्री में बहुत सहायक होगी, लेकिन महीनों पर महीने बीतने लगे, शरत् सामग्री नहीं भेज सके। सरकार उन्हें बार-बार पत्र लिखते और उत्तर में शरत् कहते, "देरी के कारण जो क्षति होती है, उसे क्या मैं नहीं जानता? पर प्रायः सारा ही लिखना फिर से होता है। ऐसा करने से यदि दो-एक महीने की देर हो जाती है तो अच्छा है। फिर भी छपना बन्द न हो, इसलिए अगली डाक से कुछ भेजूँगा। हो सकता है कुछ अधिक हो। और एक बात है, फिर से लिखने के कारण अक्सर डर लगा रहता है कि पीछे जो एक बार कह आया हूँ, हो सकता है, फिर वही कह दूँ। जितना छप गया है वह सभी मुझे नहीं मिला। वह सब यदि रजिस्ट्री करके भेज दो तो मेरा चौथाई परिश्रम कम हो जाएगा। जल्दी करने पर तो सब कुछ पन्द्रह दिन में हो सकता है, पर वह क्या ठीक होगा? फिर भी चाहे जितनी भी देर हो, माघ के अन्त तक छपाई समाप्त हो जाएगी।"[1]

तीन महीने बाद फिर लिखा, "मन इतना विमर्ष है कि किसी काम में हाथ लगाने की इच्छा नहीं होती। लगाने पर वह अच्छा नहीं होता। केवल जो पहले की लिखी हुई हैं, अर्थात्

---

1. दिसम्बर, 1915 ई.

आधी, तिहाई, चौथाई, इस तरह की मेरी बहुत-सी रचनाएँ हैं, उन्हीं को किसी तरह जोड़-तोड़ कर पूरा कर देता हूँ। *चरित्रहीन* के लिए ऐसा करना नहीं चाहा। इसीलिए इतने दिनों तक दो-दो अध्याय करके भेज रहा था। न हो तो इस बार मेरे पास बैठकर सब ठीक कर लेना। मैं आयुर्वेद चिकित्सा के लिए कलकत्ता आ रहा हूँ। एक साल रहूँगा। 11 अप्रैल को रवाना हो रहा हूँ।''[1]

इसके बाद भी *चरित्रहीन* का प्रकाशन होने में एक वर्ष लग गया। बर्मा जाने से बहुत पहले ही उसका लिखा जाना आरम्भ हो चुका था। लगभग पन्द्रह वर्ष तक वे उसे निरन्तर लिखते रहे। लेकिन एक दिन घर में आग लग जाने पर वह पाण्डुलिपि भस्म हो गई। उसके बाद स्मृति से उसे उन्होंने फिर लिखना शुरू किया। उसमें भी पाँच-छः वर्ष लगे।

उसके प्रकाशित होते ही बंगाल में जैसे हाहाकार मच उठा। *उपासना* पत्रिका ने उसकी तीव्र आलोचना करते हुए उन पर ऐसा आक्रमण किया मानो धर्म और समाज सम्पूर्ण-रूप से नष्ट-भ्रष्ट करने की चेष्टा की जा रही हो। *चरित्रहीन* में जिस नारी-चरित्र की सृष्टि हुई है, उसकी समाज में कभी कमी नहीं रही और फिर शरत्चन्द्र ने तो सभी चरित्रहीनों के चरित्र की धर्मप्राण हिन्दू की तरह रक्षा की है, लेकिन समाज में वे ही धर्मप्राण व्यक्ति उनके विरुद्ध हो उठे। एक दिन घर के बरामदे में बैठे वे धूम्रपान कर रहे थे कि तीन-चार युवक *चरित्रहीन* की एक प्रति लेकर वहाँ आए। शरत् बाबू ने गुड़गुड़ी मुँह से हटाकर पूछा, ''कहिए, कैसे आना हुआ?''

अतिशय क्रुद्ध एक युवक बोला, ''यह *चरित्रहीन* आपकी ही रचना है?''

''हाँ।''

''इस प्रकार की पुस्तकें लिखने पर आप इस मोहल्ले में नहीं रह सकते। यह भले लोगों के रहने का मोहल्ला है।''

दूसरे युवक ने और भी तीव्रता से कहा, ''सावित्री और किरणमयी को छोड़कर क्या समाज में और अच्छे चरित्र नहीं देखे थे?''

शरत्चन्द्र मन-ही-मन मुस्कराए। कहा, ''पहले आप बैठिए तो।''

अब तीसरा युवक बोला, ''आपकी इस पुस्तक का क्या परिणाम होना चाहिए, यही दिखाने हम आए हैं।''

और उन युवकों ने शरत् बाबू के सामने ही *चरित्रहीन* की प्रति को फाड़ा और जला दिया। दुखी मन वे बैठे देखते रहे। उन्होंने क्रुद्ध युवकों को समझाने की चेष्टा की। बताया, ''सावित्री मेस की दासी नहीं है। मेस की सब कुछ है। सबको उसने स्नेह देकर अपनाया है। सतीश भी उसका हो गया है। कितनी बार उसने कितने प्रकार से उसे अपनी बनाना चाहा है, परन्तु सावित्री ने उसे दूर ही रखा। वह उससे कितना प्रेम करती थी। फिर भी उसने उसको पाने की चेष्टा नहीं की। सरोजिनी के साथ विवाह कराके उसे साँपारिक बना दिया।''

सहसा एक युवक बोल उठा, ''अच्छा, किरणमयी के बारे में क्या कहते हो?''

---

1. 14 मार्च, 1916 ई.

शरत् ने उत्तर दिया, "देखो, किरणमयी के चरित्र द्वारा मैंने नारी-जीवन की व्यर्थता को दिखाना चाहा है। किरणमयी और हारान बाबू का गृहस्थ जीवन बड़ा ही करुण है। स्वामी का प्यार उसने नहीं पाया। घर में स्वामी है, सास है। एक दार्शनिक है जो पत्नी को पढ़ाकर सुखी है। दूसरी घोर स्वार्थी है। पुत्रवधू से खूब काम लेती है। किरणमयी दोनों विरुद्ध-प्रकृति के स्त्री-पुरुष के प्रेमहीन मेल को हिन्दू समाज-विधि का नियम मानकर स्वीकार नहीं करती। वहीं से किरणमयी के जीवन की ट्रेजेडी आरम्भ होती है।"

लेकिन वे युवक तो समझने के लिए नहीं आए थे। उन्होंने मान लिया था कि यह पुस्तक समाज के लिए वर्जनीय है। वे साहित्यिक शरत्चन्द्र से घृणा ही कर सकते थे। उनके चले जाने के बाद वे देर तक राख की ढेरी की ओर देखते रहे। मन-ही-मन उन्होंने कहा, 'बेचारे-युवक! नहीं जानते कि वे क्या कर गए। *चरित्रहीन* की यह भस्म उसे उन स्थानों तक भी पहुँचा देगी, जहाँ वह शायद पहले नहीं पहुँच पाया था।

इस घटना की सत्यता के बारे में सन्देह प्रकट किया गया है। न हो सत्य, परन्तु उस व्यक्ति की शक्ति के बारे में तो सन्देह नहीं हो सकता, जिसके बारे में यह कथा गढ़ी गई है। और न ही सन्देह हो सकता है, उस वातावरण के बारे में जिसकी इसमें सृष्टि हुई है। हर किंवदन्ती एक से दूसरे मुँह जाते-जाते कल्पना की न जाने कितनी रंगीनियाँ अपने में समेटती रहती है पर इतना तो स्पष्ट है कि घर-गोष्ठी में, सभा-समाज में *चरित्रहीन* को लेकर जो वाद-विवाद शुरू हुआ, जो गण्डगोल मचा उसकी तुलना नहीं थी। किसी व्यक्ति ने व्यंग्य करते हुए लिखा, "सावित्री के समान नारी मिलती तो हम भी मेस में रहते।" शरत् ने उसे उत्तर दिया, "सतीश होने की ज़रूरत है। उसके बिना सावित्री का हृदय नहीं जीता जा सकता।...बच्चू यह न समझ सके कि सावित्री दासी श्रेणी की स्त्री नहीं है। पुराणों में आता है कि विपद पड़ने पर लक्ष्मी को भी एक ब्राह्मण के घर दासी बनना पड़ा था। अर्जुन जिस समय उत्तरा को नृत्य-गान सिखाते थे उस समय की उनकी कथा सुनकर यह नहीं कहा जा सकता कि ऐसा शिखण्डी मिलने पर सब नारियाँ नाच-गान सीखने के लिए उन्मत्त हो उठेंगी। जैसा सभी सम्प्रदायों में होता है, वेश्या जाति में भी ऊँची-नीची श्रेणियाँ होती हैं... ।"

जो उनके परम मित्र थे, उनमें से भी कई *चरित्रहीन* को लेकर प्रसन्न नहीं थे। कुमदिनीकान्त कर ने विक्षुब्ध होकर कहा, "आप ये दृश्य साहित्य में क्यों ले आए?"

शरत् ने उत्तर दिया, "मैंने नया तो कुछ लिखा नहीं। दुनिया में यह सब पहले से ही है।"

"दुनिया में तो और भी बहुत कुछ है, किन्तु उस सबकी क्या चर्चा की जाती है? क्या उसको इस प्रकार चित्रित किया जाता है? मनुष्य को उपहार दिया जाता है। क्यों आपने यह सर्वनाश किया? भविष्य में आने वाले इससे क्या सीखेंगे?"

इस आरोप-प्रत्यारोप का कोई अन्त नहीं था, लेकिन उन सबके लिए शरत् का उत्तर बहुत संक्षिप्त था, "मैंने *चरित्रहीन* लिखा है, चरित्रवान की कहानी नहीं।"

व्यक्तिगत आक्रमण भी कम नहीं किए गए। यहाँ तक कि एक बार किसी शरत् चटर्जी के रुपये चुरा लेने की खबर अख़बार में छपी तो उनके विरोधियों ने प्रचारित कर दिया कि रुपये

चुराने वाला शरत् और उपन्यास लिखने वाला शरत् दोनों एक ही हैं।

जहाँ एक ओर उसके विरुद्ध इतना तीव्र आन्दोलन उठ खड़ा हुआ था, वहीं दूसरी ओर बहुत-से व्यक्तियों ने उसकी आत्मा तक पहुँचने का प्रयत्न भी किया। बहुत दिन बाद एक धर्मपरायण व्यक्ति ने एक[1] गोष्ठी में उनसे कहा, ''आप मुँह से चाहे जो कहें, आपकी रचनाओं को पढ़कर मुझे लगता है कि सनातन धर्म की मर्यादा को आप ठेस पहुँचाना नहीं चाहते। जब देखता हूँ कि *चरित्रहीन* उपन्यास की उस लड़की ने स्टीमर पर एक बालक के साथ एक बिछौने पर रहते हुए भी अपने शील को नष्ट नहीं होने दिया तो तब क्या हम लोग कहेंगे कि आप सनातन धर्म को नहीं मानते?''

शरत् बाबू ने उत्तर दिया, ''आप मेरे उद्देश्य को ठीक नहीं समझ सके। आपने जो कहा है, उस तरह मैं कुछ नहीं करता। यदि किरणमयी अपना शील नष्ट कर भी डालती तो इसमें भी मेरी कोई हानि नहीं थी। किन्तु यह पात्र एकदम असत्य हो जाता। इस प्रकार की पढ़ी-लिखी सुशिक्षिता स्त्री और जिस लड़के के साथ वह सिर्फ़ एक ज़िद्द की वजह से भाग गई है उसे एक नाबालिग शिशु ही कहा जा सकता है, जिसे वह किसी प्रकार भी अपने बराबर नहीं मानती, उस लड़के द्वारा भी यदि वह अपने शील को नष्ट होने देती तो वह चरित्र ही नष्ट हो जाता।''

किरणमयी के चरित्र की व्याख्या मानव-मन के रहस्य के ज्ञाता एक कलाकार की व्याख्या है, समाज-सुधारक या धर्मभीरु व्यक्ति की नहीं। किरणमयी के इसी चरित्र-अंकन पर मुग्ध हो उठे थे प्रमथ चौधरी। लिखा था, ''इस प्रकार की छवि कोई साधारण लेखक अंकित नहीं कर सकता।''

इस पुस्तक को लेकर लोग कितने व्यस्त रहते थे। अभिभावक लोग अपने पुत्र और पुत्रियों को बार-बार मना करते थे कि उस *चरित्रहीन* की रचनाओं को मत पढ़ो, लेकिन जिसका जितना निषेध होता है उसी को पढ़ने के लिए सब लालायित रहते हैं। एक दिन अपनी कक्षा के एक विद्यार्थी के हाथ में *चरित्रहीन* देखकर एक प्राध्यापक अत्यन्त क्रुद्ध हो उठे। कहा, ''अहा यह *चरित्रहीन* है! तुम्हें इसे नहीं पढ़ना चाहिए।''

विद्यार्थी ने उत्तर दिया, ''सर, इसके लेखक तो बहुत प्रसिद्ध हैं।''

प्राध्यापक ने कहा, ''होंगे, लेकिन यह पुस्तक भ्रष्ट है।''

विद्यार्थी फिर बोला, ''सर, आप कैसे कह सकते हैं कि यह पुस्तक भ्रष्ट है? क्या आपने इसे पढ़ा है?''

प्राध्यापक ने कहा, ''हाँ, हाँ, पढ़ा है, तभी तो कहता हूँ। मेरा लड़का तकिये के नीचे रखकर इसे पढ़ता था। कल मैंने इसे देखा तो फिर सारी पढ़कर ही उठा। मैं जानना चाहता था कि इसमें है क्या?''

विद्यार्थी बोला, ''तब तो सर, मैं भी पढ़कर देख लूँ। भ्रष्ट होगी तो फिर नहीं पढ़ूँगा।

लेकिन एक दिन अचानक एक ऐसी नारी से शरत् बाबू की भेंट हो गई, जिसने *चरित्रहीन*

1. नवम्बर, 1930, चन्दनगर

पढ़कर उन्हें अपना गुरु और त्राता स्वीकार किया था। वह सब काशी आए हुए थे। एक दिन वहाँ के प्रवासी बंगालियों ने उनके सम्मान में सभा का आयोजन किया। माला-चन्दन, धूप-धूनी, किसी भी वस्तु की कमी नहीं रही। सच्चा आन्तरिक स्वागत था। लौटते समय बहुत-से लोगों ने उन्हें घेर लिया। उनमें दो नारियाँ भी थीं। दोनों विधवाएँ थीं। एक प्रौढ़ा थी, दूसरी युवती। अवसर पाकर वह युवती उनके पास आई। उन्हें प्रणाम किया और ऐसे देखने लगी जैसे बहुत दिनों से परिचित हो। मधुर स्वर में बोली, ''आपने मुझे बचाया है, आप गुरु हैं। मैं आपकी विशेष रूप से कृतज्ञ हूँ।''

अवाक् शरत् बोले, ''मैंने तुम्हें बचाया है? कब, कहाँ? मैंने तो कभी तुम्हें पहले देखा भी नहीं।''

युवती का रंग जैसा गोरा था वैसी ही उसकी मुखश्री थी। उसने शरत् बाबू को अपनी कहानी कह सुनाई। बोली, ''मेरे पिता बंगाल के बाहर किसी कॉलेज में अध्यापक हैं। सदा पिता के पास ही रहती आई हूँ। जब मेरी उम्र दो साल की थी तभी मेरी माँ मर गई थी। तब से पिता ने ही मुझे पाल-पोस कर बड़ा किया है। विवाह 17 वर्ष की आयु में हुआ लेकिन इसी काशी में केवल तीन दिन के बुखार में मेरे पति की मृत्यु हो गई। मैं पिता के पास लौट गई। भुला रखने के लिए उन्होंने मुझे फिर से पढ़ाना आरम्भ कर दिया।''

''उनका एक छात्र था। हमारे ही घर में रहता था। पिता उससे बहुत स्नेह करते थे। क्लास में किस दिन कौन-सा लेक्चर होगा, इसका हिसाब-किताब उसी के पास था। सारी ज़रूरत की किताबें और नोट्स की कापियाँ भी वही ठीक रखता था। मैं उससे गणित और साहित्य पढ़ती थी।''

''और इसी तरह डेढ़ वर्ष बीत गया। इस मिलने-जुलने के कारण हम दोनों में काफ़ी परिवर्तन हो गया था। वह लड़का इस बात को समझता था। उसने एक दिन पिताजी से कहा, 'मैं अब नहीं पढ़ा सकूँगा।'

''पिताजी सब कुछ समझ गए। मुझ पर उन्हें क्रोध भी आया। और इसीलिए मुझे उन्होंने बराह नगर, कलकत्ता भेज दिया। मगर मेरा दिल वहीं अटका रहा। कुछ ही दिन बीते होंगे कि न जाने कैसे हम दोनों में चिट्ठी-पत्री आरम्भ हो गई। और फिर वह लड़का भी एक दिन कलकत्ता आ पहुँचा। अब हम दोनों नियमित रूप से मिलने लगे। अन्त में एक दिन वह भी आया जब हमने निश्चय किया कि कुछ भी क्यों न हो, हम लोग कहीं भाग चलें और सदा के लिए एक हो जाएँ।''

''वह दिन भी निश्चित हो गया। यह तय हो गया कि उस रात मैं जागती रहूँगी। दो बजे वह गाड़ी लेकर आएगा। नीचे जिस कमरे में मैं सोती हूँ उसकी खिड़की पर एक दस्तक देगा और मैं सदा के लिए घर से निकल जाऊँगी।...''

एक क्षण के लिए वह लड़की रुकी। फिर बोली, ''उस दिन की बात मैं आसानी से नहीं भूलूँगी। वह सारा समय एक विचित्र बेचैनी, चिन्ता और उत्तेजना के बीच कट गया। अभी तो रात-भर जागना था। शाम को मैंने अपने ममेरे भाई से कहा, 'मुझे लाइब्रेरी से एक अच्छा-सा उपन्यास ला दो।'

''सोचा था, पढ़कर जागती रहूँगी। इसीलिए मोटा-सा उपन्यास लाने को कहा और वह एक उपन्यास ले आया। अच्छा-खासा मोटा उपन्यास था। नाम था *चरित्रहीन*। पढ़ते ही मेरा कलेजा धड़कने लगा। सोचा, यह प्रकृति का कैसा परिहास है ? क्या मैं चरित्रहीन होने तो नहीं जा रही ?

''खाना-पीना होने के बाद सभी सोने चले गए। मैंने किताब हाथ में लेकर कमरे की अर्गला बंद कर ली। पढ़ने लगी। जब किताब खत्म हुई तब रात के दो बज रहे थे। तब तक मैंने अपना कर्तव्य निश्चित कर लिया था। *चरित्रहीन* की किरणमयी ने मुझे उबार लिया। ठीक समय पर खिड़की पर दस्तक पड़ी। समझ गई कि वह आ गया है। खिड़की पर आकर मैंने उससे विनती की, 'मुझे क्षमा करो, मैं नहीं जा सकती।'

''उस समय के उसके निराश मुख की वह छवि मैं कभी नहीं भूल सकूँगी। लगा जैसे मैंने उसके पैरों के तले से धरती हटा ली है। किसी तरह उसने कहा, 'सारा इंतज़ाम हो गया है। रेल का टिकट भी खरीद लिया है।'

''मैंने हाथ जोड़कर कहा, 'मुझसे अन्याय हुआ। मुझे क्षमा कर दो। मैं नहीं जा सकूँगी।'

''विकल-विवश वह थोड़ी देर तक वहाँ खड़ा रहा। फिर दीर्घ निःश्वास खींचकर वहाँ से चला गया। उसके बाद उसका क्या हुआ, मैं नहीं जानती। मैं भी अपनी इस नानी के साथ काशी चली आई। यहाँ आए आज साल-भर हो गया है। आज भी सोचती हूँ, आपकी उस किरणमयी ने मुझे बचा लिया। आपका *चरित्रहीन* पढ़कर आपको देखने की बड़ी इच्छा थी, लेकिन बाबा विश्वनाथ इतनी जल्दी यह इच्छा पूरी कर देंगे, यह नहीं सोचा था। उस दिन आपका *चरित्रहीन* न पढ़ती तो आज कहाँ जाती ? क्या दशा होती मेरी ? सोच भी नहीं सकती। आपने मेरी रक्षा की। चिरकृतज्ञ हूँ।''

शरत्चन्द्र का मन उस दिन सचमुच ही गद्गद् हो उठा। कितनी गाली-गलौज सुननी पड़ी थी, उन्हें उसके लिए! उनके ऊपर से निन्दा, विद्रोह और आक्रमण का एक तूफ़ान-सा बह चला था। लेकिन उस लड़की की कहानी सुनकर उन्हें कितनी सांत्वना मिली! कम-से-कम एक लड़की की रक्षा तो वह कर ही सके।

इस प्रकार नाना स्रोतों से होकर नाना प्रकार की कहानियाँ उस उपन्यास के संबंध में प्रचलित हो गई थीं। हो सकता है, उनमें से कुछ बिलकुल सही न हों, परन्तु इतना अवश्य सही है कि तूफ़ान आया था और वह कम शक्तिशाली नहीं था।

जिस समय *चरित्रहीन* की कल्पना उनके मस्तिष्क में आई तब वे देवानन्दपुर में रहते थे। उस समय सुरबाला के समान एक नारी से उनका सम्पर्क हुआ था। उसे गलत समझने के कारण ही वे पुरी भाग गए थे। फिर मार्ग में जिस नारी से उनकी भेंट हुई, उसके आधार पर उन्होंने सावित्री के चरित्र का निर्माण किया। वह चरित्र वास्तविक है। कल्पना ने केवल इतना ही किया है कि उसे मेस की दासी बना दिया और सतीश के साथ जोड़ दिया।

सुरबाला के संबंध में उसके मामा सुरेन्द्रनाथ ने उनके मुँह से कहलवाया है, ''यह सुरबाला ही मेरी प्रवृत्ति को दिशा देने वाली गुरु थी। इस चरित्र के बाहरी रूप का अंकन करने

में मुझे ज़रा भी परिश्रम नहीं करना पड़ा। सती-साध्वी, स्वामी के प्रति जैसी भक्ति, जैसा प्यार, जैसा आकर्षण, वैसा ही उसका अन्त हुआ। चारों ओर धन्य-धन्य गूँज उठा...। स्वामी के चरणों में सिर रखकर सुरबाला चली गई, किन्तु किरणमयी का चरित्र मैंने सुरबाला से जो शिक्षा प्राप्त की उसी के अनुसार गढ़ा है। उसमें यदि कोई भूल रह गई है तो वह मेरी ही है। सुरबाला से पूर्ण वैषम्य दिखाने के लिए मुझे ऐसा करने को बाध्य होना पड़ा। मूल बात यह है कि मुझसे नारी जाति के संबंध में जो सजगता देख पाते हो वह सुरबाला के कारण ही है। उनके प्रति मैं सदा श्रद्धानत रहा हूँ। यह चरित्र-चित्रण ही मेरी गुरु दक्षिणा है।''[1]

इस सुरबाला के कारण ही वह देवानन्दपुर को इतना प्यार करते थे। *चरित्रहीन* में उसे अमर करके मानो उन्होंने मातृभूमि का ही ऋण चुकाया।

सुरबाला उनके नाना के परिवार में भी किसी का नाम था। उसी को स्मरण करने के लिए उन्होंने इस चरित्र को यह नाम दिया। इसी परिवार में कोई एक किरणशशि भी थी। सम्भवत: वह भी इस उपन्यास के पीछे किसी सीमा तक प्रेरणा रही हो, परन्तु इस बात का कोई प्रमाण आज उपलब्ध नहीं है कि उनका चरित्र भी वैसा ही था। परिचित नामों का प्रयोग करना शरत् बाबू का स्वभाव था।

लेकिन सतीश अवश्य ही बचपन के साथी राजू की प्रतिमूर्ति दिखाई देता है। ''जहाँ गाना-बजाना होता था, जहाँ थियेटर और कन्सर्ट की रिहर्सल होती थी, जहाँ क्रिकेट-फुटबाल होती थी वहीं सतीश ने इतने दिन बिताए थे। कहाँ मारपीट करनी होगी, कहाँ नाटक खेलने के लिए स्टेज खड़ा करना होगा, किसके घर में गमी हुई है और किसका मुर्दा मसान में जलाने के लिए ले जाना होगा, किस पर मुसीबत आ पड़ी है और किसके लिए रुपये का प्रबन्ध करना होगा, यही सब खोजते रहना और इस कामों में सबसे आगे रहना सतीश का काम था...। सतीश जब बाँसुरी बजाता था तो पृथ्वी पर सोई चाँदनी की नींद उचट जाती थी।''

इन प्रमाणित और अप्रमाणित किंवदन्तियों का अर्थ केवल इतना ही है कि उनकी रचनाओं का मूल आधार सदा अभिज्ञता रही है। किशोरावस्था में जब ये कलम उठाना सीख रहे थे तब उनके गुरु श्री पाँचकौड़ी बन्दोपाध्याय ने उनसे कहा था, ''कुछ भी लिखो, मुझे खुशी है, लेकिन मैं तुम्हें तीन बातें बताता हूँ—जो कुछ भी लिखना अनुभव से लिखना, दूसरे, किसी को दिखाना-विखाना मत, तीसरे, अपनी कलम से किसी की व्यक्तिगत निन्दा मत करना।''

वे सब बातें उनमें पहले से ही थीं। गुरु का आदेश पाकर उनके विचार और भी दृढ़ हो गए, लेकिन उनकी इस अभिज्ञता को लेकर ही कुछ लोग उन पर आक्रमण करने से नहीं चूके। एक आलोचक ने लिखा, ''हमारे देश में एक प्रसिद्ध औपन्यासिक के हाथ से उन समाज-बहिर्गता नारियों के चित्र बहुत सुन्दर उभरे हैं। कहा जाता है कि ये इनकी व्यक्तिगत अभिज्ञता के परिचायक हैं।''

इस आक्रमण का दंश कितना ही तीव्र क्यों न हो मानवीय अध्ययन की दिशा में वह एक अच्छा प्रमाणपत्र है। *काशीनाथ* के प्रकाशन के साथ शरत् बाबू के एक और उदात्त रूप की

1. शरत्-परिचय—सुरेन्द्रनाथ, पृष्ठ 95

कहानी जुड़ी हुई है। इस पुस्तक का स्वत्वाधिकार उन्होंने अपने प्रिय बंधु प्रमथनाथ भट्टाचार्य को दे दिया था। बीमार होने के बाद प्रमथनाथ स्वास्थ्य-लाभ के लिए छत्रपुर चले गए थे। शुरू-शुरू में उनका स्वास्थ्य कुछ सुधरा, लेकिन बाद में वे और भी अस्वस्थ हो उठे। उन्हें भुवाली सेनीटोरियम जाना पड़ा। यहाँ उनका स्वास्थ्य ज़रा भी नहीं सुधरा। दिन पर दिन खराब होता चला गया। उस समय वह आर्थिक दृष्टि से भी बहुत विपन्न थे। यही समाचार पाकर शरत् ने *काशीनाथ* का स्वत्वाधिकार उन्हें दे दिया था। जब इस दान का समाचार प्रमथनाथ को मिला तो उन्होंने हरिदास को लिखा, ''कल तुम्हारा पत्र पाकर मैं कैसा हतप्रभ हो उठा, उसे बताना सम्भव नहीं है। जीवन में इस प्रकार सहानुभूति और सहायता पाने का मैं अभ्यस्त नहीं हूँ। कोई क्यों और किस योग्यता के लिए मेरी सहायता करेगा? अब देखता हूँ, अयोग्यता भी एक विशेष गुण है। शरत् के सब काम विचित्र होते हैं। जब से उससे परिचय हुआ है, तभी से यह सब देख रहा हूँ। उसका काम उसी के योग्य है। उसकी कोई तुलना नहीं हो सकती। मैं यह अप्रत्याशित-अननुभूत सहानुभूति पाने का किसी भी तरह अधिकारी नहीं हूँ। ओह, शरत् का यह काण्ड! आज संसार मेरे सामने नये रूप में प्रकट हुआ है। शरत् को मैं क्या कहूँ? वह देवता है। जन्म-भर परिश्रम करके मैं अपने परिवार के लिए जो न कर पाता, वह तुम लोगों ने कर दिया। तुम सबको कोटि-कोटि नमस्कार। तुम इस समय मुझसे बहुत-बहुत बड़े हो। तुम दाता हो और मैं भिखारी हूँ... ।''

प्रेम करने की क्षमता शरत् बाबू में अद्‌भुत और असाधारण थी। मित्रों के लिए वह सदा ही कुछ-न-कुछ करने को आतुर रहते थे। कुछ वर्ष पहले[1] बचपन के साथी विभूतिभूषण के लिए उन्होंने सोने का कलम भेज दिया था। निरुपमा के लिए भी वाटरमेन भेजा था। विभूति ने उत्तर दिया था, ''सोने के कलम से कैसे लिखूँगा?''

शरत् ने कहा था, ''तुझे इससे ही लिखना है।''

विभूति ने फिर लिखा था, ''यह तो गहना है। इससे नहीं लिख सकूँगा। जैसे कलम से तुम लिखते हो वैसा ही एक भेज दो।''

तुरन्त वैसा ही एक और कलम आ गया।

और केवल विभूतिभूषण के लिए ही नहीं सुरेन्द्र मामा, गिरीन्द्र मामा, योगेश मजूमदार, सौरीन्द्रनाथ मुकर्जी आदि सभी बचपन के मित्रों के लिए कलम तैयार थे। मानते थे कि देने के लिए इससे अच्छी वस्तु उनके पास और कुछ नहीं है।

3

चरित्रहीन के प्रकाशन के अगले वर्ष उनकी तीन और श्रेष्ठ रचनाएँ पाठकों के हाथों में थीं—*स्वामी* (गल्पसंग्रह—एकादश वैरागी सहित)[2], *दत्ता*[3] और *श्रीकान्त* (द्वितीय पर्व)[4]। उनकी रचनाओं ने जनता को ही इस प्रकार आलोड़ित कर दिया हो यह बात नहीं थी, उस समय के सभी ख्यातनामा मनीषियों के सम्पर्क में भी वह आने लगे थे। यद्यपि किसी बड़े व्यक्ति के पास जाते उन्हें बड़ी परेशानी होती थी, ''न जाने कैसा मेरा स्वभाव है! बड़े लोगों के घर जाने की

1. सन् 1913 ई. 2. 28 फरवरी, 1918 ई. 3. 2 सितम्बर, 1918 ई. 4. 28 सितम्बर, 1918 ई.

बात उठते ही दुविधा-संकोच के कारण मन अप्रसन्न हो जाता है। इसलिए जाऊँ-जाऊँ करने पर भी जाना नहीं होता।[1]'' फिर भी सम्पर्क बढ़ ही रहा था। एक ओर थे रवीन्द्रनाथ ठाकुर, प्रमथ चौधरी, अमृतलाल बसु, श्रीरोदप्रसाद विद्या विनोद और सत्येन्द्रनाथ दत्त जैसे साहित्य-मनीषी तो दूसरी ओर सौरीन्द्रमोहन मुकर्जी, हेमेन्द्रकुमार राय, मणिलाल गांगुली, पवित्र गांगुली, अमल होम और दिलीपकुमार राय जैसे मित्र। आधुनिक दल के सर्वश्री शैलजानन्द मुखोपाध्याय, काजी नजरुल इस्लाम, अचिन्त्यकुमार सेनगुप्त, प्रेमेन्द्र मित्र और नृपेन्द्रकृष्ण चट्टोपाध्याय आदि भी समय-समय पर मिलने आते थे और साहित्य-चर्चा करते थे। साहित्य-क्षेत्र से बाहर भी परिचय का दायरा विस्तृत होता जा रहा था। बर्मा के उनके स्नेही बन्धु कुमुदिनीकान्त कर किसी मुसीबत में फंस गए थे, तब उन्होंने उन्हें लिखा था, ''मैं पत्र तो अनेक व्यक्तियों को लिख सकता हूँ, जैसे बलराम अय्यर, मोनि मित्तर, उपेन मजूमदार। और भी अनेक अफ़सर हैं, परन्तु क्या लिखूँ किसको लिखूँ, ज़रा शान्ति से सोचकर बताओ।[2]''

अपने मोहल्ले में साहित्य सभा का निर्माण उन्होंने यहाँ भी किया था। उसका सभापतित्व करने को वे तत्कालीन सुप्रसिद्ध साहित्यकारों को बुलाते रहते थे। कविगुरु को पहला पत्र सम्भवतः इसी निमन्त्रण को लेकर लिखा था, ''कई दिन से बराबर तर्क करने पर भी यह मीमांसा नहीं कर पाए कि इस सभा में आपकी चरणधूलि पड़ने की किंचित् सम्भावना है या नहीं। इस बार आप जब घर आएँ तो अनुमति मिलने पर हम आपके पास आकर निवेदन करें।[3]''

अड्डा जमाने में तो वे सदा सिद्धहस्त रहते थे। इस अड्डे में उनके बाल्यजीवन के मित्र भी आते थे। उनके लिए वे वही प्यार करने वाले बीरबली स्वभाव के अनगढ़ देहाती मनुष्य थे। वही हँसी, वही चंचलता, वही महाव्यस्तता। आयु भी वहाँ कोई अर्थ नहीं रखती थी। उस दिन विभूतिभूषण अपने मित्र श्री अतुलचन्द्र दत्त के साथ उनसे मिलने आए। द्वार खोलते ही बदसूरत भेलू ने इनका स्वागत किया। उस क्षण विभूति बाबू को लगा, जैसे शरच्चन्द्र ने अपने एकान्त की रक्षा करने के लिए इस यमदूत को रख छोड़ा है। तभी उसकी आवाज़ सुनकर ज़ोर-ज़ोर से पुकारते हुए शरत् बाबू बाहर आए। लेकिन जैसे ही उनकी दृष्टि विभूति पर पड़ी तो सब कुछ बदल गया। वे लोग कुछ देर के लिए आए थे, लेकिन जब लौटे तो तीन दिन और तीन रातें बीत चुकी थीं। बातें करते-करते न जाने इतना लम्बा समय कहाँ चला गया। किस्से पर किस्से, हर घंटे तम्बाकू, बीच-बीच में खाने-पीने का प्रचुर प्रबन्ध—इस अत्याचार से मित्र परेशान हो उठे। लेकिन शरत् का प्रेम तो विश्रांति जानता ही नहीं था। घड़ी या तो बन्द हो जाती या उल्टी रख दी जाती थी। विभूतिभूषण ने कहा, ''शरत् दा! आपके इस अश्लील कुत्ते के प्रथम स्वागत से मैं समझा था कि आप कालभैरव की साधना में लगे हुए हैं, पर अब देखता हूँ तो वही पहले की नटराज की मूर्ति है।''

शरत् बाबू कुछ नहीं बोले। बस कुत्ते के मुँह से मुँह लगा कर उसे चूमने लगे। कैसा अद्‌भुत उत्तर था यह! न जाने कितने परिचित और अपरिचित बन्धुओं ने इन बैठकों में उनके

---

1. 21-9-1916 ई. (प्रमथ चौधरी के नाम) 2. 25-10-1917 ई. 3. 6 दिसम्बर, 1917 ई. (29 पौष 1324)

मुँह से कितनी कहानियाँ सुनी थीं। उनकी झूठी-सच्ची वे बैठकी कहानियाँ उनके साहित्य से कम रोचक नहीं हैं।

उस समय बंगाल में अनेक मासिक पत्र प्रकाशित हो रहे थे। उनमें आधुनिक दल के नवीन स्वर की प्रतिनिधि थी *भारती*। *सबुज पत्र* कथ्य भाषा का प्रसार पत्र था (यद्यपि शरत्चन्द्र की लोकप्रियता का एक बड़ा आधार उनका कथ्य भाषा का प्रयोग था, पर *सबुज पत्र* ने उनका विरोध किया)। *प्रवासी* में रवीन्द्रनाथ ठाकुर का योग सर्वोपरि था। *भारतवर्ष* के प्रमुख लेखक थे शरत्चन्द्र और *नारायण* में विपिन पाल आदि मुख्य रूप से लिखते थे। *नारायण* के सम्पादक थे बैरिस्टर चितरंजन दास। अलीपुर बम षड्यन्त्र केस के अभियुक्त अरविन्द घोष के बचाव के वकील के रूप में उनकी ख्याति दूर-दूर तक फैल चुकी थी। वे कवि भी थे। यदि वे राजनीति में न डूब जाते तो निश्चय ही एक भक्त और रहस्यवादी कवि के रूप में उनकी प्रसिद्धि होती। *नारायण* का प्रकाशन उन्होंने ही आरम्भ किया था। वह *सबुज पत्र* का प्रतिद्वन्द्वी माना जाता था। इसका कारण यह था कि बैरिस्टर दास रवीन्द्रनाथ के पाश्चात्य प्रभाव को अच्छा नहीं मानते थे। उनका मत था, "रवीन्द्रनाथ ने पश्चिम से बहुत सारी चीज़ें ग्रहण की हैं। इसमें कोई सन्देह नहीं कि उनकी वजह से बांग्ला साहित्य में विविधता आई और उसकी समृद्धि भी हुई। परन्तु इसी कारण बंगाल की अपनी संस्कृति और राष्ट्रीय चेतना का विकास नहीं हो सका। किसी भी स्थिति में हमारे लिए यह शोभनीय नहीं है कि हम पश्चिम की चकाचौंध से प्रभावित हो जाएँ।"

इससे स्पष्ट है कि उनके साहित्य की प्रेरणा का स्रोत विशुद्ध देश प्रेम था। प्राचीन परम्पराओं के प्रति उनकी लेखनी में असीम सम्मान था। इसी कारण वे शरत्चन्द्र की ओर झुके। एक दिन पत्र लिखकर उन्होंने शरत्चन्द्र से प्रार्थना की कि वे *नारायण* के लिए अपनी कोई रचना भेजें।

शरत्चन्द्र ने विशेष रूप से उनके लिए एक गल्प लिखी। उसे भेजते हुए उन्होंने अपने पत्र में लिखा था कि इस गल्प के नामकरण का भार वह दास महोदय के ऊपर ही छोड़ते हैं।

दास महोदय ने उस गल्प का नाम रखा *स्वामी*[1]। उसका नायक वैष्णव आदर्श का जीवन्त रूप है। प्रकाशित होने के बाद पारिश्रमिक के रूप में बैरिस्टर दास ने लेखक को एक कोरा चेक भेजते हुए लिखा, "अर्थ को लेकर आप जैसे शिल्पी की रचना का मूल्य निर्धारित नहीं किया जा सकता। आपके पारिश्रमिक के रूप में यह चेक भेजता हूँ। कृपा करके इसे स्वीकार कीजिए और इच्छानुसार रुपये इसमें लिख लीजिए। कोई संकोच न कीजिए।"

शरत् बाबू का मन भीग आया। इतना अमित विश्वास प्रकट किया था उन्होंने एक लेखक के प्रति! वे चाहते तो कुछ भी लिख सकते थे। रवीन्द्रनाथ के बाद वही तो सर्वश्रेष्ठ लेखक थे। उनकी लोकप्रियता उस समय चरम सीमा पर थी। लोग उनका नाम नहीं जानते थे, लेकिन उनकी रचनाओं से परिचित थे।

उस दिन उत्तर प्रदेश के एक प्रवासी बंगाली ठेकेदार कार्यवश कलकत्ता आए और अपने

---

1. अगस्त, 1917 ई.

एक रिश्तेदार के पास ठहरे। वह परिवार बहुत सुशिक्षित था। उस घर की एक लड़की ने एक दिन उनसे कहा, ''मामा, एक काम करोगे? हमारे घर आते समय मोड़ के पास जो लाल घर है, वहाँ बीच-बीच में शरत् बाबू आते रहते हैं, आप एक बार उनसे मिल लें।''

चकित होकर मामा ने पूछा, ''कौन शरत्?''

''शरत् बाबू, वही हमारे शरत्चन्द्र।''

ठेकेदार महोदय अब भी कुछ नहीं समझे कि यह 'अपने शरत्चन्द्र' कौन है? लड़की के पिता ने कई तरह से शरत् बाबू का परिचय दिया, परन्तु व्यर्थ। अन्त में वे बोले, ''अजी वही शरत्, जिनका *श्रीकान्त* है।''

यह सुनते ही ठेकेदार बोल उठे, ''अरे वह आवारा लड़का! जान पड़ता है, उसने अपना *श्रीकान्त* नाम बदल लिया है?''

नाम बदला हो या न बदला हो, पर उनकी रचनाओं की लोकप्रियता की थाह नहीं थी। लेखक को बहुतों ने नहीं देखा था, पर रचनाएँ पढ़ने में छात्र, किरानी, गृहनारी, व्यापारी सब एक-दूसरे से बाज़ी मार ले जाने को उत्सुक थे। छात्रों की परीक्षा की पुस्तकों के नीचे *श्रीकान्त, चरित्रहीन* और *देवदास* आदि छिपे रहते। लक्ष्मी बहू के तकिये के नीचे काजल और सिन्दूर से अंकित *पल्ली समाज, विराजबहू* और *बिन्दूर छेले* का मिल जाना बहुत स्वाभाविक था। यहाँ तक कि बनिये की दुकान पर जहाँ प्रतिदिन *रामायण* का पाठ होता था वहाँ भी *बड़ी दीदी, पण्डित मोशाय* या *श्रीकान्त* दिखाई दे जाते। इस लोकप्रियता का कारण यही तो था कि उनके पात्र जीवन में से उभरे थे, किसी नियम-विधान से निर्मित नहीं हुए। उनसे शरत् बाबू का प्रेम का नाता था, अर्थात् हार्दिक था बौद्धिक नहीं, इसीलिए वे हर किसी के अपने हो रहते थे। चिन्तन का दुख बीच में नहीं आने देते थे। प्रेम की यह अनन्यता ही तो कलाकार की कसौटी है।

इसीलिए पाठक उनके पात्रों में इतने रम जाते कि भूल जाते उनका कोई स्रष्टा भी है। विद्यार्थी दल बनाकर उनकी रचनाओं का पाठ करते, फिर भी वे कहाँ रहते हैं, क्या करते हैं, यह बहुत कम लोग जानते थे। बहुत-से समझते थे, वे आवारा हैं। कभी बिहार, कभी काशी तो कभी बर्मा घूमते रहते हैं।

इतने लोकप्रिय थे शरत् बाबू! लेकिन दास बाबू के कोरे चेक में उन्होंने केवल 100 रुपये ही लिखे। रुपये का मूल्य नितान्त सामयिक है। असली मूल्य उस परिचय का था जो उनका देशबन्धु के साथ हुआ। एक प्रतिभा ने बाँहें फैलाकर मुक्त मन से दूसरी प्रतिभा का वरण किया।

केवल देश ही नहीं, विदेशों में भी उनकी प्रतिभा की कहानी धीरे-धीरे पहुँच रही थी। लन्दन के सुप्रसिद्ध समाचार पत्र *दि टाइम्स* के लिटरेरी सप्लीमेंट ने इसी समय[1] उनके दो कहानी-संग्रहों *बिन्दूर छेले* और *मेज दीदी* की प्रशंसात्मक समीक्षा प्रकाशित की। समीक्षक महोदय ने उन्हें मोपाँपा के समकक्ष माना। नारी-चरित्र और शिशु-मन के ज्ञाता के रूप में विशेष रूप से उनकी ख्याति उसने की। यद्यपि इस समीक्षा-विशेष में कोई बहुत गहराई नहीं थी, परन्तु फिर भी उनकी प्रतिभा का वरण करके आलोचक ने अच्छा ही किया था।

---

1. जुलाई, 1918 ई.

अनेक कहानियों के अतिरिक्त *दत्ता* और *श्रीकान्त* का दूसरा पर्व उसी समय पुस्तक के रूप में प्रकाशित हुए। *दत्ता* के कारण उन्हें कम लांछना नहीं सहनी पड़ी। इस रचना में उन्होंने ब्रह्म समाज की कुछ आलोचना की। इसी को लेकर ब्रह्मसमाजी खड्गहस्त हो उठे थे। इसी समय एक शिक्षित ब्रह्म परिवार ने उन्हें अपने घर निमन्त्रित किया। वे संकट में पड़ गए। जान पर कोई अप्रीतिकर घटना घट सकती है। न जाने पर उन्हें डरपोक समझा जाएगा।

लेकिन अन्त में वे गए। उनका खूब भाव-भीना स्वागत किया गया। साज-सज्जा भी कम नहीं थी। महिलाओं ने बड़े स्नेह और आदर से उन्हें बहुमूल्य कुर्सी पर बैठाया, फिर सुन्दर-सुन्दर विशेषण लगाकर उनकी अभ्यर्थना की। उसके बाद बारी आई भोजन की, उस समय अब तक जो नहीं देखा था वही उन्होंने देखा। उन्होंने बायीं ओर चाँदी के थाल में अपने उपन्यास *दत्ता* को देखा। उसका वह पृष्ठ खुला हुआ था, जहाँ रासबिहारी अपनी योजना फेल हो जाने पर बेटे की ताड़ना करता है। उन पंक्तियों को विशेष रूप से लाल पेंसिल से अंकित किया गया था।

वह सब कुछ समझ गए। पर उन्होंने दिखाया यही कि कुछ नहीं समझे हैं। खूब खाया, खूब मुक्त मन से बातें कीं और चले आए।

वे ब्राह्म महिलाएँ सोचती होंगी कि इस तरह उन्होंने शरत् की अच्छी ताड़ना की है, पर जो वाद-विवाद से परे है, जिसकी दृष्टि तात्त्विक उतनी नहीं जितनी प्रसादमयी है, वह स्रष्टा क्या ऐसी ताड़नाओं की चिन्ता करता है ?

उनकी सभी रचनाओं के साथ कोई-न-कोई इतिहास जुड़ा हुआ है। और वह इतिहास प्राय: रोचक नहीं है। *साहित्य* के सम्पादक समाजपति महोदय से उनका पुराना परिचय था। बड़े क्रूर आलोचक के रूप में उनकी ख्याति थी। शरत् बाबू पर भी यदा-कदा कृपा करने से वे नहीं चूकते थे। *साहित्य* के एक अंक में उन्होंने शरत् बाबू पर बड़ा करारा व्यंग्य किया। वह व्यंग्य उनके कुत्ते को लेकर था। उन्होंने लिखा, ''शरत्चन्द्र चट्टोपाध्याय नाम के एक नये लेखक का आविर्भाव हुआ है। उनके मन में माया-ममता बहुत है। उस दिन कार्नवालिस स्ट्रीट में वह एक नैड़ी कुत्ते को कटलेट खरीदकर खिला रहे थे। पास ही एक भिखारी एक पैसे के लिए गिड़गिड़ा रहा था, परन्तु उसकी ओर इन दयालु शरत्चन्द्र की नज़र नहीं पड़ी।''

वे समझ गए कि उन्होंने बहुत दिनों से *साहित्य* के लिए कुछ नहीं लिखा है, इसीलिए यह अप्रिय आन्दोलन चल रहा है। उस समय वसुमति साहित्य मन्दिर से प्रकाशित पूजा वार्षिकी *आगमनी* के सम्पादन का भार उन्हीं पर था और उनका आग्रह था कि शरत् बाबू उसके लिए अवश्य ही कहानी लिखें। वह अच्छा अवसर था। समाजपति महोदय को प्रसन्न करने के लिए उन्होंने 'छवि'[1] कहानी लिखी। इसमें एक बर्मी चित्रकार और उसकी धनी प्रेमिका की कहानी है। रंगून में उनका एक बर्मी चित्रकार से बहुत घनिष्ठ परिचय था। निश्चय ही इस कहानी को लिखते समय उनके मन में वह बर्मी चित्रकार रहा होगा, लेकिन वास्तव में इसका आधार है, उनकी बचपन की एक कहानी 'कोरेल ग्राम'[2]। वे अपनी बचपन की रचनाओं को अच्छा नहीं समझते थे। इसलिए जहाँ तक हो सका, सभी को उन्होंने फिर से लिखने की चेष्टा की। यही

---

1. पूजा वार्षिकी *आगमनी* 1366 (अक्तूबर, 1919 ई.) 2. 29 जुलाई, 1893 से 3 अगस्त, 1900 ई.

'कोरेल ग्राम' नये रूप में 'छवि' के नाम से प्रकट हुई। 'कोरेल ग्राम' की पृष्ठभूमि भी विदेशी थी। वह लन्दन के पास एक छोटे-से ग्राम के वातावरण पर लिखी गई थी। पात्र अंग्रेज़ थे। इसके विपरीत 'छवि' का वातावरण बर्मा का है और पात्र भी बर्मी हैं। शरत् लन्दन नहीं गए थे, लेकिन बर्मा में उन्होंने तेरह वर्ष बिताए थे, इसलिए नयी कहानी को उन्होंने बर्मी जीवन पर आधारित किया।

सौरीन्द्रमोहन मुकर्जी ने भी उनकी रचना चाही थी, लेकिन समाजपति की तरह नहीं। उन्होंने शरत् बाबू से कहा, "तुम्हारी सबसे पहली रचना *बड़ी दीदी भारती* में प्रकाशित हुई। उसी के द्वारा बंगाल के लोगों को तुम्हारा परिचय मिला। इसलिए *भारती* का तुम्हारे ऊपर दावा है। इसी दावे के आधार पर मैं तुमसे एक कहानी चाहता हूँ। जितना पैसा चाहोगे, दूँगा।"

शरत् हँसकर बोले, "तुमसे पैसा लूँगा! नहीं, मैं तुम्हें कहानी दूँगा।"

और उन्होंने *भारती* के लिए 'विलासी'[1] कहानी लिखी। इस कहानी में उन्होंने अपने ही जीवन को चित्रित करने का प्रयत्न किया है। पूर्णतः सत्य न होकर भी उसकी आधारभूत घटनाएँ सत्य हैं। यह कहानी डायरी के रूप में लिखी गई है और वह डायरी एक गाँव के बालक की है। बालक का नाम है 'नेड़ा' यह 'नेड़ा' नाम उनका अपना पुकारने का नाम था। ऐसा लगता है, अपना नाम देकर लेखक कहानी की प्रामाणिकता और उसका अपने से सम्बन्ध स्पष्ट करना चाहता है। वह यह नहीं भूल सके कि मृत्युजंय सचमुच ही एक व्यक्ति था, जिसे वे बचपन में अच्छी तरह जानते थे और उन दिनों के समाज की ममताहीन निष्ठुर सत्ता की भी उन्हें याद थी। इस कहानी में कायस्थ सन्तान मृत्युंजय के साथ अस्पृश्य मुसलमान कन्या विलासी का विवाह कराके शरत्चन्द्र ने जिस शक्तिशाली मन का परिचय दिया है, वह कभी सम्भव नहीं होता, यदि साहित्य के रूप में उनका जीवन-बोध स्पष्ट न होता। उनकी मान्यता थी कि दत्तचित्त होकर जब आदमी साहित्य-रचना में मग्न होता है, तब वह ठीक हिन्दू होता है न मुसलमान। तब वह सबके परिचित अपने अहम् से बहुत दूर चला जाता है। नहीं तो उसकी साहित्य-साधना व्यर्थ हो जाती है।

सम्पादक-प्रकाशक ही उनसे रचनाएँ नहीं चाहते थे, बाज़ार में भी उनकी पुस्तकों की मांग निरन्तर बढ़ती जा रही थी। वसुमति साहित्य मन्दिर के व्यवस्थापक श्री सतीशचन्द्र मुखोपाध्याय ने उनके सामने एक योजना रखी कि उनकी सब रचनाओं को ग्रन्थावली के रूप में अल्प मूल्य पर प्रकाशित किया जाए। गरीब देश में इच्छा होने पर भी अधिक मूल्य की पुस्तकें हरेक के लिए खरीदना सम्भव नहीं है, लेकिन शरत्चन्द्र इस योजना को सहसा स्वीकार नहीं कर सके। उनको डर था कि ग्रन्थावली छपने पर अलग-अलग छपने वाली उनकी पुस्तकों की बिक्री कम हो जाएगी, लेकिन प्रकाशक महोदय वह तर्क स्वीकार करने के लिए तैयार नहीं थे। इसके अतिरिक्त उन्होंने यह भी बताया कि ग्रन्थावली से तीन साल में पच्चीस-तीस हज़ार रुपए मिल सकते हैं। शरत् बाबू को रुपए की आवश्यकता थी। रोटी के लिए निरन्तर लिखते रहना उन्हें अच्छा नहीं लगता था। इतना रुपया मिलने पर इस लिखने से मुक्ति मिलने की सम्भावना थी। वे पछांह भी जाना चाहते थे, लेकिन साथ ही वे यह भी नहीं चाहते थे कि उनके स्थायी

---

1. *भारती,* वैशाख, 1325 (अप्रैल, 1918 ई.)

प्रकाशक हरिदास चट्टोपाध्याय को किसी तरह की हानि पहुँचे।

अनिश्चय की इसी स्थिति में कई महीने बीत गए। शायद उनकी इच्छा थी कि वह स्वयं ग्रन्थावली प्रकाशित करें या कहीं और से कराएँ, लेकिन अन्ततः उन्होंने वसुमति साहित्य मन्दिर को ही अनुमति देने का निश्चय किया। उन्हें ऐसा लगा कि सतीश बाबू को निराश करके अब कहीं और से ग्रन्थावली प्रकाशित करवाना अशोभनीय होगा। शरत्-ग्रन्थावली का पहला खण्ड प्रकाशित हुआ।[1] इसमें *दत्ता, परिणीता, श्रीकान्त* (प्रथम-पर्व), *अरक्षणीया, एकादश वैरागी, मंझली दीदी* और *मुकदमे का परिणाम,* ये रचनाएँ संगृहीत थीं। इस ग्रन्थावली से उन्हें बहुत धन प्राप्त हुआ। पाठकों की संख्या में भी वृद्धि हुई और पुरानी पुस्तकों की बिक्री पर कोई प्रभाव नहीं पड़ा। फिर तो और भी खण्ड[2] प्रकाशित होते चले गए। एक वर्ष के भीतर ही भीतर चार खण्ड बाज़ार में आ गए। एक-एक खण्ड की पाँच-पाँच हज़ार प्रतियाँ छपती थीं और कुछ ही महीनों में बिक जाती थीं। उन दिनों देश में काफ़ी धन था। क्योंकि प्रथम महायुद्ध के बाद पटसन का दाम बढ़ गया था। बंगाल पटसन के लिए प्रसिद्ध है। अधिक धन के कारण लोगों का जीवन-स्तर ऊपर उठ रहा था। कांच की कुप्पी की जगह हरिकेन लालटेन आ गई थी और सिर के ऊपर फूस के छप्पर का स्थान टीन की चादरों ने ले लिया था, इसलिए लोग पुस्तक भी खरीदने लगे थे। पढ़ने का चाव बंगाल में सदा ही अपेक्षाकृत अधिक रहा है।

इस अभूतपूर्व सफलता से प्रभावित होकर वसुमति साहित्य मन्दिर के मालिक ने अलग-अलग पुस्तकें छापने का आग्रह भी किया। लेकिन शरत् बाबू इसके लिए किसी भी तरह तैयार नहीं हुए। बोले, ''प्रारम्भिक जीवन में हरिदास ने मेरी सहायता की थी। अब उनसे मैं वे पुस्तकें वापस नहीं ले सकता। वसुमति वाले केवल ग्रन्थावली छाप सकते हैं। अलग-अलग पुस्तकें तो हरिदास ही छापेंगे।''

नये प्रकाशक से उन्हें आठ हज़ार रुपया प्रतिवर्ष मिलने लगा। पुराने प्रकाशक जो छः हज़ार रुपया प्रतिवर्ष देते थे, उनमें भी कोई कमी नहीं हुई। जो शरत् बाबू किशोरावस्था में परीक्षा के लिए फीस का जुगाड़ नहीं कर सके थे, जिन्होंने अपना यौवन जीविका की तलाश में व्यर्थ कर दिया था, वही अब अमीर हो गए। तीन-चार वर्ष पूर्व वे सौ रुपये मासिक पाने के लिए तरस रहे थे। अब उनको एक हज़ार रुपये मासिक से भी अधिक मिलने लगा था, लेकिन इतना धन पाकर भी उसका मन गरीबी को नहीं भूल सका। गरीबों की वेदना को उन्होंने प्रत्यक्ष झेला था, इसलिए जब हाथ में इतना रुपया आया तो उन्होंने उसको जमा करने का ज़रा भी प्रयत्न नहीं किया। मित्रों की सहायता करने के लिए तो वे सदा ही तत्पर रहते थे। अब आसपास के गरीबों की ओर भी उनकी दृष्टि गई। उस दिन सदा की तरह *भारतवर्ष* के सम्पादक जलधर सेन रचना के लिए तकाज़ा करने आए। देखते क्या हैं, घर में चारों ओर अनेक धोतियाँ और साड़ियाँ बिखरी पड़ी हैं। नौकर उनको बाँधने की चेष्टा कर रहा है। और उनके बीच में कुर्सी पर बैठे हुए शरत्चन्द्र इकन्नी, दुअन्नी और चवन्नी गिन-गिनकर मेज़ पर ढेरियाँ लगा रहे हैं। चकित होकर सेन बाबू ने पूछा, ''यह क्या हो रहा है शरत्?''

शरत् ने उत्तर दिया ''दादा, दस बजे की गाड़ी से दीदी के घर जा रहा हूँ।''

---

1. 20 अक्तूबर, 1919 ई. 2. दूसरा खण्ड 20 जनवरी, 1920, तीसरा खण्ड 18 जून, 1920 चौथा खण्ड 25 सितम्बर, 1920 ई.

सेन महोदय ने कहा, "जान पड़ता है वहाँ कोई व्रत-प्रतिष्ठा है। इसीलिए इतने कपड़े और इतनी खरीज लिए जा रहे हो।"

शरत् बाबू ने उत्तर दिया, "नहीं दादा, दीदी के घर व्रत-प्रतिष्ठा नहीं।"

सेन महोदय ने पूछा, "व्रत-प्रतिष्ठा नहीं है तो यह सब सामान किसलिए ले जा रहे हो?"

शरत् बाबू ने उदास मन से कहा, "दादा, दीदी के गाँव में और उसके चारों ओर गरीब लोगों की क्या दशा है! उनके पेट के लिए भात नहीं, शरीर ढकने के लिए कपड़े नहीं। यह जो..."

इतना कहकर वे चुप हो गए। कण्ठावरोध हो आया और आँखों से जल गिरने लगा।

यही परदुःख कातरता उनके साहित्य में मुखर हुई और इसी कारण वे इतने लोकप्रिय हुए। उनके पाठक जान गए थे कि *श्रीकान्त* की आवारगी के बावजूद उन्हें भारी दुखों के बीच में से अपना रास्ता ढूँढ़ना पड़ा है और यह भी कि अन्याय को देखकर उनका क्रोध उफन उठता है। जैसे उनके विचारों के अन्तराल में वैसे ही जीवन में भी पीड़ा की धारा प्रवाहित होती रही है।

यह बात नहीं कि वे अपने लिए पैसा खर्च नहीं करते थे। उनका अपना जीवन-स्तर भी अब ऊँचा उठ गया था। समृद्धि के साथ सौंदर्य-पिपासा और तीव्र हो उठी थी। मकान बनाने के लिए दीदी के गाँव के पास ही 'पाणित्रास' में उन्होंने ग्यारह सौ रुपये में ज़मीन खरीदी तो उस समय का बढ़िया रैक शू भी पहनने के लिए खरीदा[1]। उस दिन मामा उपेन्द्रनाथ गांगुली मिलने के लिए आए। चाय, गप्प-शप, खाना-पीना, आराम सब कुछ सदा की तरह हुआ, लेकिन उसके बाद सहसा शरत्चन्द्र ने कहा, "चलो उपीन, आज एक सौदा करना है।"

उपेन्द्रनाथ ने पूछा, "कैसा सौदा?"

शरत् बोले, "व्हाइट वे की दुकान से एक जोड़ा रैक शू खरीदूँगा। सुनता हूँ वह जितना आरामदेह है, उतना ही मज़बूत है।"

उस जूते का मूल्य साढ़े बत्तीस रुपये था। इसी से उसके रूप और उसकी उपयोगिता की कल्पना की जा सकती है। उसी को खरीदने के लिये वे मामा के साथ स्टीमर के द्वारा कलकत्ता की ओर चले। उस समय उनके पैरों में फटी चट्टियाँ थीं। जब वे नई होंगी तब उनका रंग कैसा रहा होगा, कुछ नहीं कहा जा सकता था। अब तो कहीं काला और कहीं बादामी हो गया था। बड़े घरों में ऐसे जूते शौचालय में ही जाने के काम आते हैं। चलने से न केवल चट्टियों पर ही धूल जम गई थी, बल्कि पैरों पर भी मानो किसी ने धूल की जुबान पहना दी हो। गंगा पार करके बातें करते हुए वे जिस समय दुकान के सामने पहुँचे तो मामा ने कहा, "शरत्, तुम्हारे इन पैरों को देखकर दुकानदार तुम्हें कीमती रैक शू नहीं दिखाएगा।"

शरत् बाबू उद्विग्न हो उठे। बार-बार पैर पटकते और उन्हें साफ़ करते, लेकिन कोई विशेष अन्तर नहीं पड़ा। अन्त में बोले, "चलो, अन्दर चलते हैं। पास में पैसा तो है। चार नोट मुँह पर मारेंगे—कहेंगे, यह लो पैसा, पैर क्यों देखते हो?"

---

1. सन् 1929 ई. का प्रारम्भ

लेकिन दुकान के अन्दर जाकर उन्हें ज़रा भी परेशानी नहीं हुई। विदेशी दुकान थी। देशी होती तो निश्चय ही दुकानदार कहता, ''आज नहीं, फिर किसी दिन आना।'' चीनी दुकानदारों की दुकानों पर भी ऐसी ही दुर्दशा उन दिनों होती थी। बंगाली लोग अपनी मातृभाषा में गालियाँ देकर संतोष कर लेते थे, लेकिन इन लोगों ने शरत् बाबू का वैसा ही स्वागत किया जैसा रैक शू पहने हुए किसी व्यक्ति का हो सकता था। अंग्रेज़ व्यापारी ही तो हैं। पैर की धूल और टूटी चट्टियाँ अंग्रेज़ कर्मचारी को विवृत न कर सकीं। आठ-दस जोड़े जूतों के बक्स बगल में दबाकर वह तुरन्त हाज़िर हो गया। फिर घुटने टेककर उनके सामने बैठ गया और एक-एक जोड़ा जूता पहनाकर परीक्षा करने लगा। शरत् बाबू किसी भी तरह सन्तुष्ट नहीं हो रहे थे। वह फिर चार-पाँच जोड़े ले आया। अन्त में एक जोड़ा पहनकर शरत् सन्तुष्ट हो गए। कर्मचारी ने अच्छी तरह फीता बाँध दिया। कहा, ''ज़रा चल-फिरकर देखो तो, मुझे तो लगता है यह जोड़ा ठीक है।''

शरत् बाबू ने वैसा ही किया। फिर बोले, ''चमत्कार, जूता पहन रखा है, ऐसा लगता ही नहीं।''

और यह कहते हुए उन्होंने बटुए से दस-दस के चार नोट निकाले। उन्हें लेकर कर्मचारी कुछ क्षण बाद कैश मेमो और बाकी साढ़े सात रुपये ले आया। शरत् बाबू उठे। बोले, ''चलो मामा।''

कर्मचारी ने पूछा, ''आपके स्लीपर बक्स में रख दूँ?''

''नहीं, इसकी कोई ज़रूरत नहीं।''

और यह कहकर वह दुकान से बाहर निकल आए। पुराने स्लीपर और नया बक्स दोनों स्वामी-विहीन होकर एक-दूसरे का मुँह देखते हुए दुकान में पड़े रह गए। जूतों का बक्स उठाने की ज़हमत से बचने के लिए ही वे पुराने स्लीपर छोड़कर और नये जूते पहनकर चल पड़े थे।

यह परिवर्तन केवल जूतों की खरीद तक ही सीमित नहीं था। उनके सारे रूपरंग और पहनावे में अन्तर आ चुका था। अब वे साज-सज्जा में पहले के देहाती शरत् नहीं रह गए थे, जब कपड़ों के प्रति वे अत्यन्त लापरवाह थे। बाल रूखे, कुर्ते में बटन नहीं, कंधे की चादर भी मैली, बांस की डंडीवाला छाता ओर पैरों में फटे जूते। अब तो चेहरे पर स्निग्धता आ गई थी। पहनते थे डबल ब्रेस्ट की चमकदार कमीज़, दामी सर्ज का कोट, धुली हुई शान्तिपुरी धोती, पैरों में लाल मोजे, फीते वाले जूते, हाथ में चांदी की मूठ की छड़ी, आँखों पर सुनहरी फ्रेम का चश्मा और चेहरे पर दाढ़ी।

लेकिन यह रूप भी क्या उनके स्वभाव के उजड्डपन और शरीर के स्वास्थ्य को ठीक कर सका? अब भी साधारण-सी बदपरहेज़ी करने पर बुखार हो जाता था। दूसरे रोग भी जब-तब आक्रमण करते रहते थे। एक दिन दाहिने पैर के घुटने के नीचे इतनी जलन और खुजली हुई कि बेचैन हो उठे। ऐसा लगा जैसे एग्ज़ीमा हो गया हो। बेरी-बेरी की आशंका भी हुई। वे जानते तो थे नहीं कि यह रोग क्या है, टिंचर-आयोडिन लगाना शुरू कर दिया। कई बार लगाने से रोग ने उग्र रूप धारण कर लिया। डॉक्टर ने आकर उन्हें बहुत फटकारा। कहा, ''आपको तनिक

भी सब्र नहीं होता? कास्टिक या एसिड-वेसिड जो कुछ लगाना हो लगाएँ, मैं तो चला।''

लेकिन बाद में शान्त होकर दवा और मालिश की व्यवस्था की और शरत् बाबू दोनों पैरों को तकिये पर रखकर चुपचाप लेट गए। इस घटना की चर्चा करते हुए उन्होंने अपनी एक शिष्या को एक लम्बा पत्र लिखा। इस पत्र में उन्होंने न केवल स्वास्थ्य की चर्चा की, बल्कि अनेक सामाजिक विषयों के साथ-साथ अपने दाम्पत्य जीवन पर भी प्रकाश डाला...''मैं कभी अम्ल का रोगी नहीं रहा। इतना कम खाता हूँ कि वह पास नहीं फटकता कि कहीं उसे भी भूखों न मरना पड़े। उस दिन घर पर बनाए गए कुछ संदेश ज़बर्दस्ती खिला दिए। आज भी उनकी डकार आ रही है। मैं मशहूर आलसी हूँ। चबाने के डर से किसी चीज़ को आसानी से मुँह में नहीं डालता। मुझसे यह अत्याचार कैसे सहा जाए? लेकिन घर के लोग नहीं समझते। वे सोचते हैं, न खाने के कारण ही मैं दुबला हुआ हूँ। अतएव खाने से ही उनकी तरह मोटा हाथी हो जाऊँगा।''

''स्वर्गीय गिरीश बाबू ने अपने 'बाबू हसन' में लाख बात की एक बात कही है—अबलाएँ बड़ी लालची होती हैं। मर जाने पर भी खाती हैं। औरत की जाति को उन्होंने पहचान लिया था। आज से बीस वर्ष पहले से हम केवल खाने को लेकर ही लाठी चलाते आ रहे हैं। उन्होंने नहीं खाया और न खाकर दुबले हो गए। गृहस्थी और रसोई किसके लिए है? जहाँ दोनों आँखें ले जाएँगी वहीं जाकर बैरागन हो जाऊँगी। इत्यादि, इत्यादि।''

''मैं कहता हूँ, 'अरे भई, बैरागन होना है तो जल्दी हो जाओ। तुम तो मुझे डर दिखाकर कांटे-सा सुखा रही हो।' ''

''यथार्थ में मेरे दुख को किसी ने नहीं देखा। मैं अक्सर सोचता हूँ कि अगर सचमुच ही कहीं सुख है तो वहाँ एक आदमी दूसरे के साथ खाने के लिए इतनी ज़ोर-ज़बर्दस्ती नहीं करता होगा और अगर करता है तो मैं नरक में जाना ही पसन्द करूँगा।''

''कोई बीस दिन पहले कुत्ते का झगड़ा मिटाने गया तो कहीं से एक खौरहे कुत्ते ने आकर मेरी हथेली में दाँत गड़ा दिए। अभागा कुत्ता कितना अकृतज्ञ है! उसे अपने भेलू के चंगुल से छुड़ाने के लिए गया था। डर के मारे किसी से कहा नहीं। सूख गया था, लेकिन कल से फिर दर्द हो रहा है। सुख की बात यह है कि वृद्ध हो गया हूँ। न जाने कितनी प्रकार के दुख-दैन्य और आपद-विपद के बीच 40 वर्ष काटे हैं। सुना है, मेरे वंश में आज तक 40 तक कोई नहीं पहुँचा। कम-से-कम इस बात में तो मैंने अपने बाप-दादों को हराया है। और चाहिए भी क्या... ?''[1]

शरत् ग्रंथावली के चार खण्डों के अतिरिक्त इस समय एक गल्प-संग्रह *छवि*[2] के नाम से प्रकाशित हुआ। *गृहदाह*[3] और *बामन की बेटी*[4] ये दोनों उपन्यास भी पुस्तक के रूप में आ गए। *देना-पावना* और *श्रीकान्त* धारावाहिक रूप में छप रहे थे। *छवि* कहानी-संग्रह में 'छवि' और 'विलासी' गल्पों के अतिरिक्त 'मुकदमे का परिणाम' कहानी भी संकलित है। निम्न वर्ग के कैवर्त समाज के परिवार का चित्रण इस कहानी में हुआ है। इस तरह की कम ही कहानियाँ उन्होंने लिखी हैं।

---

1. 18 अगस्त, 1919 ई. 2. 16 जनवरी, 1920 ई. 3. 20 मार्च, 1920 ई. 4. सितम्बर, 1920 ई.

बामन की बेटी का प्रकाशन शिशिर पब्लिशिंग हाउस से प्रकाशित *उपन्यास-माला* में हुआ। यह किसी पत्रिका में नहीं छपा। लिखने से पूर्व इसके सम्बन्ध में रवीन्द्रनाथ से उनकी बातें हुई थीं। एक भेंट में उन्होंने गुरुदेव से कहा, ''मैं *बामन की बेटी* एक उपन्यास लिख रहा हूँ। इस सम्बन्ध में मेरे बहुत-से व्यक्तिगत अनुभव हैं। कुलीनता ने समाज में क्या अनर्थ किया वही मैं लिखना चाहता हूँ।''

रवीन्द्रनाथ बोले, ''अब तो कुलीनता रही नहीं है। एक व्यक्ति के सौ विवाह भी नहीं होते। फिर इसकी पुनरावृत्ति करने से क्या लाभ है ? फिर भी साहस है तो लिखो, लेकिन कोई मिथ्या कल्पना मत करना।''

शरत्चन्द्र मिथ्या कल्पना करने में कभी विश्वास नहीं करते थे। गड़े मुर्दे उखाड़ना भी उनका उद्देश्य नहीं था। लेकिन कुलीन प्रथा सचमुच उन्हें बहुत चुभती थी। किसी-न-किसी रूप में आज भी उसका अस्तित्व है। जो लोग अपने को ब्राह्मण होने के कारण गौरवान्वित समझते हैं और सोचते हैं कि ब्राह्मणों में विशुद्ध रक्त प्रवाहित होता आया है, उनकी यह धारणा बिलकुल गलत है। उन्होंने स्वयं जो देखा और भोगा वही लिखा है। कुलीनता अच्छी चीज़ है या बुरी, इस बारे में उन्होंने कोई निर्णय नहीं लिया। वे यह नहीं कहते थे कि वैद्य के साथ कायस्थ का विवाह कर दो। फिर भी यदि कोई कर दे तो उसमें बाधा मत डालो। उसने अच्छा किया या बुरा लेकिन इतना अवश्य सत्य है कि वह कपटी नहीं है। बहुत-से लोग मुँह से कहते रहते हैं कि विधवा लड़कियों का विवाह करो, किन्तु जैसे ही अपनी लड़की विधवा हुई वैसे ही वे कहना शुरू कर देते हैं, ''देखिये, ऐसा हम नहीं करेंगे। हमें और भी तो चार लड़कियों के विवाह करने हैं, आदि-आदि।''

इस प्रकार के मिथ्याचार को वे अच्छा नहीं मानते थे। इसीलिए मिथ्या के आधार पर उन्होंने कभी अपने पात्र नहीं खड़े किए।

इस उपन्यास की प्रेरणा उन्हें कहाँ से मिली, कई मित्रों से उन्होंने इसकी अलग-अलग चर्चा की है। एक स्थान पर उन्होंने कहा, एक दिन हठात् गाँव घूमने की इच्छा होने पर स्टीमर की सहायता ली। जब वहाँ जाकर उतरे तब समय अधिक हो गया था। भूख-प्यास के कारण थकान हो आई थी। गाँव में प्रवेश करके एक बनिये की दुकान पर कुछ विश्राम किया और फिर जलपान। उसके बाद कुछ दूर गाँव में जाकर एक ब्राह्मण के घर पहुँचा। घर की स्वामिनी एक वयस्क विधवा थी। दोपहर को एक अभुक्त अतिथि को पाकर उसके स्नान-भोजन के लिए आग्रह किया। शरत्चन्द्र ने तालाब में स्नान करने के बाद आकर देखा कि रसोई का सब प्रबन्ध हो गया है। बस चूल्हा जलाने की राह देख रही है। पूछा, ''क्या आप खाना बनायेंगे ?''

कुलीन ब्राह्मण के घर में अपने हाथ से पकाने की बात क्या हो सकती है, यह समझ में नहीं आया। फिर भी किंचित् विस्मय और संशय के साथ उन्होंने भोजन समाप्त किया और विदा ली। लौटते समय पहले की दुकान के बनिये ने कहा, ''ठाकुर, जात दे आए ?''

उससे पूछने पर पता लगा कि कुलीन ब्राह्मण घर की उस नारी ने एक नीच जाति के शूद्र से विवाह किया था। इस घटना से ही पुस्तक लिखने का विचार पैदा हुआ।

दूसरे स्थान पर उन्होंने अविनाशचन्द्र घोषाल को बताया, "जिस एक घटना को लेकर मैंने *बामन की बेटी* की रचना की है, उसके बारे में बताने में मुझे कोई आपत्ति नहीं है। मुझे लगता है कि बहुतों का नाम लेकर जो प्रश्न तुमने किया है उसका उत्तर तुम्हें मिलेगा। कोलाघाट स्टेशन पर एक स्त्री पान बेचती है। बहुत-सी स्त्रियाँ जिस तरह पान बेचती हैं, वह उस तरह की नहीं लगती। इसलिए मेरे मन में उत्सुकता जागी। उससे बातचीत की। वह मेरा विश्वास करती है। *बामन की बेटी* में प्रिय मुकर्जी की माँ का चित्र है, उसके साथ कलंक जुड़ा हुआ है। उसके पीछे वही नारी है। उसका लड़का उच्च पदाधिकारी है और उसके आत्मीय स्वजन यह जानते हैं कि वह पागल होकर चली गई है या मर गई है। अब बताओ कि क्या समस्या समाप्त हो गई? यह जो उच्च पदाधिकारी है, वह वंश-मर्यादा के गौरव से क्या 'भद्र लोक' नहीं है? क्यों नहीं हैं? वह तो इस बात को नहीं जानता कि किस दुख के कारण उसकी माँ घर छोड़ गई है और घर नहीं लौटेगी।"

हो सकता है उन्होंने और भी ऐसा बहुत कुछ देखा हो, और उसी बहुत कुछ 'अनुभव' का परिणाम हुआ यह उपन्यास। वे किसी एक घटना के आधार पर तुरन्त ही कुछ नहीं लिख डालते थे। वर्षों वे घटनाएँ उनके मस्तिष्क में घुमड़ती रहती थीं। *गृहदाह* लिखने में उन्हें कई वर्ष लगे थे। छः वर्ष पूर्व[1] रंगून से उन्होंने अपने बाल सखा प्रमथ बाबू को लिखा था, "एक उपन्यास *गृहदाह* नाम देकर है।"

एक बार उन्होंने यह भी कहा था, "यह उपन्यास रवि बाबू के *घरे-बहिरे* से रत्ती-भर भी कम नहीं होगा।"

उस समय हेमेन्द्रकुमार राय ने उनसे पूछा था, "क्या आप अपना उपन्यास लिख चुके हैं?"

"नहीं, अभी तो लिखना भी आरम्भ नहीं हुआ।"

"जो अभी तक लिखा नहीं गया उसकी तुलना *घने-बाहिरे* के साथ कैसे की जा सकती है?"

इसकी चर्चा करते हुए हेमेन्द्रकुमार ने लिखा है—"उपन्यास लिखना आरम्भ करने पर वे स्वयं ही पहचान गए थे कि उन्होंने *घरे-बाहिरे* के बराबर रचना नहीं की, और सच बात कहने में क्या है, *गृहदाह* न केवल *घरे-बाहिरे* की तुलना में कुछ नहीं है, बल्कि शरत्चन्द्र के कथा साहित्य में भी इसका कोई ऊँचा स्थान नहीं है।"

इसमें कोई सन्देह नहीं कि शरत्चन्द्र अपने दोनों पूर्ववर्ती उपन्यासकारों बंकिमचन्द्र और रवीन्द्रनाथ के ऋणी हैं। पति यदि पत्नी के प्रति किसी कारणवश उदासीन रहता है तो उसका पथभ्रष्ट हो जाना स्वाभाविक है—यही विषय है बंकिमचन्द्र के उपन्यास *चन्द्रशेखर* का और रवीन्द्रनाथ के *घरे-बाहिरे* का। *गृहदाह* में महिम और अचला के माध्यम से शरत्चन्द्र ने भी यही प्रतिपादन करना चाहा है। पर उनकी अभिज्ञता और उनका रचना-कौशल सब नितान्त मौलिक है। *गृहदाह* की श्रेष्ठता के संबंध में बहुत मतभेद है। इतिहासकार सुकुमार सेन हेमेन्द्रकुमार राय

1. 13 मार्च, 1914 ई.

से सहमत हैं, लेकिन सुरेन्द्रनाथ आदि दूसरे अनेक व्यक्तियों की दृष्टि में *गृहदाह* में न केवल उनकी चिन्तनशीलता का गम्भीर परिचय मिलता है बल्कि उनके साहित्य में भी उसे ऊँचा स्थान प्राप्त है। निस्सन्देह वह एक श्रेष्ठ कृति है। बहुत दिन बाद[1] डॉ. रमेशचन्द्र मजूमदार ने उनसे पूछा था, "आप अपने उपन्यासों में किसे अच्छा समझते हो?"

शरत् बाबू ने तुरन्त कहा, "कला की दृष्टि से *गृहदाह* दोषहीन है।"

डॉ. मजूमदार उनसे सहमत नहीं हो सके। परन्तु वह उनकी श्रेष्ठ रचना हो या न हो, उसका आधार *घरे-बाहिरे* हो या *गोरा* के परेश बाबू हों, इसमें तनिक भी सन्देह नहीं है कि उसने तत्कालीन समाज को, विशेषकर ब्रह्म समाज को, आलोड़ित कर दिया था। ब्रह्मसमाजी इस पुस्तक को अपनी लाइब्रेरी में भी नहीं आने देते थे। एक बार एक बन्धु ने ब्रह्मसमाज के पुस्तकालय के एक पुस्तकाध्यक्ष से पूछा, "अच्छा दादा, आपने क्या शरत्चन्द की *गृहदाह* पुस्तक पढ़ी है?"

यह सुनकर वृद्ध ने दोनों कानों में उंगली दे लीं। बोले, "छि:छि:, वह क्या कोई पुस्तक है? उसे क्या भद्र लोग पढ़ते हैं?"

बन्धु ने फिर पूछा, "*गृहदाह* की बात रहने दीजिए। आपके पुस्तकालय में शरत्चन्द्र की और कौन-कौन-सी पुस्तकें हैं?"

वृद्ध बोले, "शरत्चन्द्र की कोई भी पुस्तक लाइब्रेरी में नहीं है। उनको पढ़कर लड़के-लड़कियों की मानसिक अधोगति ही हो सकती है। इसलिए हम कोई पुस्तक नहीं रख सकते।"

एक दिन कई ब्राह्म महिलाएँ उनसे मिलने आईं। वे उनकी परम भक्त थीं। लेकिन अचला के चरित्र से उनके हृदय को बहुत ठेस पहुँची थी। वे मानती थीं कि शरत् बाबू ने साम्प्रदायिक भावना से अचला का चरित्र गढ़ा है। इससे ब्रह्म समाज का अपमान हुआ है, लेकिन शरत् तो कभी साम्प्रदायिक रहे नहीं। उनकी बातें सुनकर बोले, "अगले संस्करण में मैं सब ठीक कर दूँगा।"

संतुष्ट होकर वे महिलाएँ चली गईं। तब एक मित्र ने पूछा, "क्या संशोधन करेंगे आप!"

शरत् ने उत्तर दिया, "अचला के संबंध में जहाँ 'आजीवन तृष्णा' लिखा है, वहाँ 'आजीवन पिपासा' कर दूँगा।"

समाज में शरत्चन्द्र अभी भी एक विद्रोही, आचारहीन और अनीश्वरवादी के रूप में प्रसिद्ध थे। लेकिन वास्तव में वह थे एकदम धर्मभीरु मानव। उन्होंने यह बात स्वयं स्वीकार की है—"किसी-किसी ने ऐसा भी कटाक्ष नहीं किया। केवल उसकी अनुदारता पर ही आक्रमण किया है। कितने ही लोगों ने आलोचना करने का डर दिखाया, पर आज तक किसी ने कुछ भी नहीं किया। उस समय एक बन्धु ने लिखा था कि मैं दिल से तो ब्राह्म हूँ, बाहर से हिन्दू हूँ। यद्यपि मेरे गले में यह कण्ठी की माला है। संध्या किए बगैर मैं जल ग्रहण नहीं करता। जिस किसी के हाथ का पानी नहीं पीता। इन सब बातों के होते हुए भी उन्होंने मुझे कितनी गालियाँ

1. सन् 1925 ई.

दीं। मैं बाहर से ढोंग रचता हूँ, यह कहा।''

संध्या करने और जिस किसी के हाथ का पानी न पीने के बारे में कुछ अतिरंजना हो सकती है, परन्तु गले में माला वे अवश्य पहनते थे। ऐसा लगता है कि उनके रहने-सहने के ढंग के कारण और समय-समय पर अपनी रचनाओं में समाज की कटु आलोचना करने के कारण इस प्रकार के नाना प्रवाद प्रचलित हो गए थे। शुरू में लोग उन्हें ब्रह्मसमाजी मानने लगे थे। लेकिन जब *गृहदाह* में उन्होंने ब्रह्म समाज के पाखण्ड पर भी आक्रमण किया तो वे लोग भी उनसे रुष्ट हो गए।

अत्यन्त लोकप्रियता के कारण जनसाधारण, विशेषकर विद्यार्थी लोग उनकी प्रत्येक गतिविधि पर ध्यान रखते थे और उसका अर्थ निकालने की चेष्टा करते थे। जब वे बनारस गए तो अनेक विद्यार्थी उनसे मिलने के लिए आए और अनेक विषयों पर उनके साथ विचार-विनिमय किया। एक दिन उन सबको साथ लेकर वे विश्वनाथ के मन्दिर में भी गए। उस समय वहाँ आरती हो रही थी। एक कोने में जाकर वे खड़े हो गए और आरती के पश्चात् बिना दर्शन किए चुपचाप चले आए। एक विद्यार्थी ने पूछा, ''आपके उपन्यास से पता लगता है कि आप कंज़र्वेटिव या आर्थोडाक्स नहीं हैं। तब आप मन्दिर में क्यों गए?''

शरत्चन्द्र ने उत्तर दिया, ''भगवान के प्रति मेरे मन में वैसी श्रद्धा नहीं है, लेकिन मैं भक्त को प्यार करता हूँ। एक अनपढ़ ग्रामीण की सच्ची भक्ति में देवत्व रहता है। मैं वही देखने गया था। वह देखकर मैं कृतकृत्य अनुभव करता हूँ।''

उनकी पत्नी परम धार्मिक और निष्ठावान नारी थीं। व्रत-उद्यापन में उनका बहुत-सा समय बीतता था। शरत् बाबू ने उनके कार्य में कभी बाधा नहीं डाली। तीव्र गर्मी में भी उनके इस विश्वास की रक्षा करने के लिए वे बनारस में रुके रहे।

यही स्थिति ज्योतिष के संबंध में थी। विश्वास न होने पर भी वे उसमें रुचि लेते थे। बनारस में एक पण्डित ने उनकी कुण्डली देखकर उनके अतीत जीवन की सारी घटनाएँ विस्तार से बता दी थीं। कहा था, ''यह किसी महायोगी नहीं तो किसी राजातुल्य व्यक्ति की कुण्डली है। धर्मस्थान में बृहस्पति का इतना पूर्ण संस्थान मैंने पहले कभी नहीं देखा। आयु अड़तालीस वर्ष या अधिक से अधिक पचपन वर्ष की होगी। यदि अड़तालिसवें वर्ष में मोक्ष नहीं होता तो उसके बाद संसार छोड़कर छप्पनवें वर्ष में शरीर का त्याग करेंगे।''

एक-दूसरे ज्योतिषी ने उन्हें जबर्दस्त धार्मिक व्यक्ति बताया, वह थे भी। उन्होंने कहीं भी, एक क्षण के लिए भी, अपने साहित्य में सनातन धर्म की मर्यादाओं की अवहेलना नहीं की। जनेऊ तक का समर्थन किया है। वे रूढ़ियों और कुरीतियों, अन्ध परम्पराओं और मूढ़ विश्वासों के विरोधी थे, धर्म की मूल स्थापनाओं के नहीं। समाज के ही निषेधों के कारण सती न रहने पर भी वे यह नहीं मानते थे कि यह असली नारी नारी भी नहीं रही। यह संकीर्ण भेद-बुद्धि ही उन्होंने त्यागी थी क्योंकि इसमें मनुष्य धर्म का अपमान होता है। वह मानते थे, जब परिस्थितियों से विवश होकर मनुष्य ऐसा कुछ कर बैठता है जो तत्कालीन धर्म और समाज की दृष्टि से बुरा हो तो मनुष्य सचमुच बुरा नहीं हो जाता। उसका जो मनुष्य धर्म है, जो उज्ज्वल पक्ष है, वह मर नहीं जाता। मरता तब है जब किसी परिस्थितिवश या क्षणिक प्रमादवश की गई भूल

के कारण उसे अपमानित और दण्डित किया जाता है। मनुष्य के बाह्य रूप का अतिक्रमण कर अन्तर में प्रवेश करके देखा जाता है कि वहाँ उसका रूप स्वतन्त्र है। बाह्य रूप में जो पतिता है, पतन उसके लिए सत्य ही है, किन्तु बाहर के इस पतन के भीतर उसका परिपूर्ण नारीत्व अक्षुण्ण रह सकता है, यह भी सत्य है। दोनों ही मनुष्य के रूप हैं और इन दोनों को समान रूप से जो स्पष्ट करता है वह है यथार्थवाद।

4

जिस समय शरत्चन्द्र लोकप्रियता की चरम सीमा पर थे, उसी समय उनके जीवन में एक और क्रांति का उदय हुआ। समूचा देश एक नयी करवट ले रहा था। राजनीतिक क्षितिज पर तेज़ी के साथ नयी परिस्थितियाँ पैदा हो रही थीं। ब्रिटिश क्राउन के प्रति वफ़ादारी की प्रतिज्ञा लेने वाली कांग्रेस ने केंचुल उतार फेंकी थी क्योंकि प्रथम महायुद्ध के समाप्त हो जाने पर भारत के हार्दिक सहयोग के बदले में उसी क्राउन ने उसे रौलेट एक्ट प्रदान किया था। दक्षिण अफ्रीका में रंगभेद के विरुद्ध संघर्ष करने वाले महात्मा गाँधी ने घोषणा की, "यदि रौलेट कमीशन की सिफ़ारिश को बिल का रूप दिया गया तो मैं सत्याग्रह आरम्भ कर दूँगा।"

उन्होंने देश का दौरा किया। उस समय उनके कार्यक्रम का जैसा अभूतपूर्व स्वागत हुआ वैसा शायद फिर कभी नहीं हो सका। सभी ने बड़े उत्साह के साथ उस आन्दोलन में भाग लिया। अप्रैल, 1919 में पंजाब में ऐसी अमानुषिक घटनाएँ घटीं कि सारा देश कांप उठा। 13 अप्रैल को बैसाखी के दिन अमृतसर के जलियांवाला बाग में एक सभा आयोजित की गई थी। बीस हज़ार स्त्री-पुरुष अपने नेता का भाषण सुन रहे थे कि एक बड़ी सेना लेकर जनरल डायर ने उन्हें घेर लिया। गोली चलाने से पूर्व उसने लोगों को तितर-बितर होने के लिए केवल दो मिनट का समय दिया। जाने के लिए मार्ग था केवल एक संकरा-सा दरवाज़ा। भागना चाहने पर भी वे भाग नहीं सकते थे। सैकड़ों व्यक्ति उसी क्षण मारे गए। हज़ारों घायल हुए। उनकी सहायता करने के सारे प्रयत्न विफल कर दिए गए।

इस घटना ने देश के आत्माभिमान पर चोट की। विषधर भुजंग की भाँति वह तड़पकर पागल हो उठा। बड़े-बड़े सरकार परस्त भी उस दिन विद्रोही हो गए। रवीन्द्रनाथ ठाकुर इतने विचलित हुए कि उन्होंने 'सर' की उपाधि लौटा दी। शरत्चन्द्र इस बात से बहुत प्रसन्न हुए। पंजाब के इंगलिश दैनिक *ट्रिब्यून* के सम्पादक श्री अमल होम को एक पत्र में उन्होंने लिखा—"*भारती* के अड्डे पर उस दिन सुना कि तुम भी खूब विपत्ति में पड़े। अंग्रेज़ों की हिंसक मूर्ति बहुत पास से अच्छी तरह देखी। यह कम लाभ नहीं है। हमारा मोह काटने के लिए यह आवश्यक था। हमें यह समझ लेना है कि वे कितने निष्ठुर और पशु हो सकते हैं। यह बात इतिहास के पन्नों से एक दिन हमने समझी थी। इस बार प्रत्यक्ष अनुभव किया। एक और लाभ हुआ कि देश की वेदना के बीच में हमने रवीन्द्रनाथ को नये रूप में पाया। इस बार अकेले उन्होंने ही हमारे आत्माभिमान की रक्षा की। सी.आर. दास ने एक दिन मुझसे कहा था कि रवि बाबू ने जब नाइटहुड स्वीकार किया था तब वे रोये थे। अब उनसे मिलने पर पूछूँगा कि क्या आज हमारी छाती दस हाथ फूल गई है या नहीं?"

देशबन्धु चितरंजनदास स्वयं मन-प्राण से इस आन्दोलन में कूद पड़े थे। राष्ट्रीय कांग्रेस के अमृतसर अधिवेशन में उन्होंने सक्रिय भाग लिया। शरत् बाबू का देशबन्धु के साथ अत्यन्त स्नेह था, इसलिए वे भी बड़ी तेज़ी के साथ उस ओर खिंच आये। जलियांवाला बाग हत्याकाण्ड के प्रतिरोध में हावड़ा में जो विशाल सभा हुई, उसमें उन्होंने प्रत्यक्ष भाग लिया और इस प्रकार देशबन्धु दास के साथ उनका जो सम्पर्क था उसे निरा साहित्यिक ही नहीं रहने दिया।

शरत्चन्द्र का राजनीतिक झुकाव सदा गरम दल की ओर रहा। लोकमान्य के प्रति उनकी सच्ची श्रद्धा थी। 'हरिलक्ष्मी' में मंझली बहू शरमाते हुए, हँसते हुए कहती है, "तिलक महाराज की तस्वीर देख-देखकर बनने की कोशिश की थी जीजी, पर कुछ बनी नहीं।" यह कहते हुए उसने उंगली उठाकर सामने की दीवार पर टंगे हुए भारत के कौस्तुभ लोकमान्य तिलक का चित्र दिखा दिया। उन्हीं तिलक का जब 31 जुलाई की आधी रात के बाद देहावसान हो गया तब व्याकुल मन शरत्चन्द्र ने लिखा, "तिलक केवल हमारे भाई ही नहीं थे, बन्धु ही नहीं थे, नेता ही नहीं थे, वे हम बाईस करोड़ के मलिन ललाट के, शुभ्र गौरवमय तिलक थे। वही तिलक आज मिट गया है। हम अनाथ हो गए हैं।"

बंगाल प्रारम्भ में गाँधीजी के साथ पूरी तरह सहमत नहीं था। देशबन्धु असहयोग कार्यक्रम के विरुद्ध थे, लेकिन फिर भी कलकत्ता में होने वाले कांग्रेस के विशेष अधिवेशन में, जिसके सभापति पंजाब केसरी लाला लाजपतराय थे, गाँधीजी का प्रस्ताव पास हो गया।[1] उस समय वातावरण ही ऐसा था। भारत सरकार ने हण्टर कमेटी की रिपोर्ट के बहुसंख्यक पक्ष की बात ग्रहण कर ली थी। वह अधिकारियों की काली करतूतों पर अंधकार का पर्दा डालना चाहती थी।

इस प्रस्ताव में सरकार पर प्रतिज्ञा-भंग का आरोप लगाते हुए कहा गया था, "इस कांग्रेस की राय है कि जब तक भूलों का सुधार न हो जाए और स्वराज्य की स्थापना न हो जाए, भारतवासियों के लिए इसके सिवाय और कोई मार्ग नहीं है कि वे गाँधीजी द्वारा संचालित क्रमिक अहिंसात्मक असहयोग की नीति को स्वीकार करें और अपनाएँ। और क्योंकि शुरुआत उन लोगों को ही करनी चाहिए, जिन्होंने अब तक लोकमत को बनाया है और उसका प्रतिनिधित्व किया है, और चूँकि सरकार अपनी शक्ति का संगठन लोगों को दी गई उपाधियों व सम्मान से, अपने द्वारा नियंत्रित स्कूलों से, अदालतों और कौंसिलों से करती है और चूँकि आन्दोलन को चलाने में यह वांछनीय है कि कम-से-कम खतरा रहे और वांछित उद्देश्य की सिद्धि के लिए आवश्यक कम-से-कम त्याग का आह्वान किया जाए, यह कांग्रेस सरगर्मी के साथ सलाह देती है...।"

इस सलाह के अनुसार सरकारी उपाधियों, अदालतों, स्कूल-कॉलेजों, कौंसिलों, सरकारी दरबारों का त्याग तथा विदेशी माल का बहिष्कार आवश्यक था और आवश्यक था स्वदेशी वस्त्रों तथा चर्खे को स्वीकार करना।

इस प्रस्ताव पर बंगाल के श्री विपिनचन्द्र पाल ने एक संशोधन पेश किया, जिसका समर्थन किया देशबन्धु चितरंजनदास ने। इसके अनुसार ब्रिटेन के प्रधानमंत्री को भारत के एक

1. 4 सितम्बर से 9 सितम्बर, 1920 ई.

शिष्टमण्डल से मिलने के लिए कहा गया था। लेकिन यह स्वीकृत नहीं हो सका। असहयोग के प्रस्ताव का परिणाम यह हुआ कि आने वाले चुनाव में वोटरों ने वोट देने से ही इनकार कर दिया। सरकार को यह स्वीकार करना पड़ा कि कौंसिल का यह बहिष्कार निश्चय ही आने वाले अनेक वर्षों के इतिहास पर ज़बर्दस्त प्रभाव डालेगा। लेकिन अभी भी असहयोग के इस कार्यक्रम पर अन्तिम रूप से विचार होना शेष था।

तीन महीने बाद दिसम्बर में नागपुर में कांग्रेस का वार्षिक अधिवेशन हुआ। देशबन्धु नहीं चाहते थे कि असहयोग का प्रस्ताव पास हो। इस अधिवेशन में वे अपने खर्चे पर दो सौ पचास प्रतिनिधियों का दल लेकर आए लेकिन यहाँ भी गाँधीजी के व्यक्तित्व की ही विजय हुई। यहाँ तक कि जो अब तक विरुद्ध थे, उन्हीं देशबन्धु ने स्वयं इस प्रस्ताव को पेश किया और लाला लाजपतराय ने इसका समर्थन किया। इस प्रस्ताव में देश से अनुरोध किया गया कि राष्ट्रीय आन्दोलन में अधिक-से-अधिक त्याग करे। इस बात पर विशेष ज़ोर दिया गया कि सब सार्वजनिक संस्थाएँ सरकार से असहयोग करने में अपना सारा ध्यान लगा दें और जनता में परस्पर पूर्ण सहयोग स्थापित करें।

देशबन्धु दास ने घोषणा की कि वे अपनी वकालत छोड़ देंगे। वे चोटी के वकील थे। उनकी आय और उनके ऐश्वर्य की कोई सीमा न थी। उनकी इस घोषणा ने देश को आलोड़ित कर दिया। देखते-देखते उनका घर एक राजनीतिक संस्थान, परामर्श, संगठन और प्रचार का केन्द्र बन गया। शरत् बाबू उन दिनों बाजे शिवपुर में रहते थे। उन्होंने सम्पूर्ण हृदय से असहयोग आन्दोलन का समर्थन किया। वे न केवल हावड़ा ज़िला कांग्रेस कमेटी के अध्यक्ष चुने गए बल्कि बंगाल प्रादेशिक और अखिल भारतीय कांग्रेस कमेटी के सदस्य भी निर्वाचित हुए। इस प्रकार इस आन्दोलन के परिचालन का उत्तरदायित्व उन पर भी आ गया। इस उत्तरदायित्व को उन्होंने मुक्त मन से स्वीकार किया। प्रायः प्रतिदिन सवेरे वे शिवपुर से कलकत्ता आते और देशबन्धु तथा दूसरे कार्यकर्ताओं के साथ आन्दोलन के संचालन के संबंध में परामर्श करते। इन कार्यकर्ताओं में प्रमुख थे डॉ. यतीन्द्र मोहन दासगुप्त, सुभाषचन्द्र बोस, हेमन्तकुमार सरकार और निर्मलचन्द्र 'चन्द्र'। चन्द्र महोदय से उनकी विशेष घनिष्ठता थी। दोनों वाक्पटु, सरल प्राण तथा तम्बाकू और रवीन्द्रनाथ ठाकुर के परम भक्त थे।

शरत्चन्द्र परामर्श देने में विशेष पटु थे। किसी जटिल समस्या को लेकर जब सब उलझे रहते तब ये चाय और चुरुट सेवन में मन देते। और जब दूसरे लोग परेशान हो उठते तो वह सहज भाव से समस्या का समाधान प्रस्तुत करके सबको चकित कर देते। घर लौटते-लौटते बहुत रात बीत जाती थी। थके शरीर टैक्सी में बैठकर जब वे लौटते, तब उनके विरोधी कहते, "अरे देखो, शरत् बाबू कैसे शराब में धुत होकर लौटे हैं।"

इन चार पाँच वर्षों में जहाँ उन्हें असंख्य भक्त मिले थे वहाँ विरोधियों की संख्या भी काफ़ी बढ़ गई थी। समय-समय छींटा कसने से वे नहीं चूकते थे। उनका सबसे बड़ा अस्त्र था उनके चरित्र पर आक्रमण करना, विशेषकर उन्हें शराबी प्रमाणित करना। बहुत दिनों बाद[1] देशबन्धु दास ने घर में स्थापित करने के लिए उन्हें राधाकृष्ण की एक मूर्ति दी। यह भी सुना

1. 22 अगस्त, 1914 ई. (रात्रि बारह बजे)

कि शरत् बाबू ने उनके घर में श्वेत प्रस्तर की राधाकृष्ण की एक मूर्ति दी। यह भी सुना गया कि शरत् बाबू ने उनके घर में श्वेत प्रस्तर की राधाकृष्ण की एक मूर्ति देखकर उसकी बड़ी प्रशंसा की थी। तब देशबन्धु ने वही मूर्ति उन्हें दे दी थी।[1] मूर्ति काफ़ी भारी थी। उसे लेकर वे आधी रात को लौटे। लौटने में सदा ही देर हो जाती थी। उस दिन साथ में शैलेश विशी थे। उन्हीं की सहायता से उन्होंने उस मूर्ति को टैक्सी में रखा। उन्हीं की सहायता से उतारा। बोझ के कारण उनके पैर लड़खड़ा रहे थे। राह चलते किन्हीं सज्जन ने उन्हें इसी अवस्था में देखा। मूर्ति को वे नहीं देख सके। उन्होंने सवेरे सहज भाव से प्रचार कर दिया, 'रात शरत् बाबू शराब में धुत होकर लौटे थे। उन्हें पकड़कर टैक्सी से उतारा गया। उनसे चला भी नहीं जाता था।'

कृतिकार का जीवन उसका अपना होता है। उस पर आक्षेप करने से क्या लाभ? उसका मूल्य तो उसकी कृति से आंकना चाहिए। परन्तु मनुष्य तो स्वभाव से छिद्रान्वेषी है। ढूँढ़ने पर दोष न भी मिले तो वह कल्पना कर सकता है, परन्तु जैसा कि उनका स्वभाव था, इस प्रकार के लांछनों का वे कभी प्रतिवाद नहीं करते थे। मौन रहकर उस ख्याति को फैलने देते थे। न जाने कैसी-कैसी गप्पें उनके बारे में प्रचलित थीं। जो उनके निकट थे वे मित्र तक यह मानने लगे थे कि असहयोग आन्दोलन में भाग लेने के पहले तक वे खूब शराब पीते थे। गिलास में डालकर पीते थे, बोतल से मुँह लगाकर पीते थे, दूध-भात खाने की तरह शेम्पेन में भात मिलाकर खाते थे, मार्बल की गोली जितनी अफ़ीम डालकर पीते थे, काँच या पत्थर के बड़े बर्तन में डालकर नली से पी जाते थे...।

जिस व्यक्ति के बारे में ऐसी कल्पनाएँ की जा सकती हैं वह कैसा विलक्षण रहा होगा! लेकिन आश्चर्य यह है कि कभी किसी ने उन्हें ऐसा करते देखा नहीं था, केवल सुना ही था। इस बात के प्रमाण हैं कि वे शराब पीते थे, किशोरावस्था से पीते थे, लेकिन जैसा कि उनके बारे में प्रचलित हो गया था वैसे पियक्कड़ वे कभी नहीं थे। कलकत्ता लौटने से पहले उन्होंने शराब पीना बिलकुल छोड़ दिया था। हिन्दी के ख्यातनामा साहित्यकार श्री इलाचन्द्र जोशी एक बार उनसे मिलने के लिए गए थे।[2] बातों-ही-बातों में उन्होंने पूछा था, "क्या आपने जीवन में कभी शराब का अनुभव किया है?"

"कई बार।"

"क्या कभी आप उस हद तक शराब में डूबे हैं, जिस हद तक आपका देवदास डूबा रहता था?"

वे मुस्कराए और बोले, "जीवन में मैंने छोटी-मोटी भूलें बहुत-सी की हैं, परन्तु अपनी मूर्खता को मैं उस सीमा तक कभी नहीं खींच ले गया। शराब को मैंने कभी नशे के रूप में ग्रहण नहीं किया। बराबर दवा के रूप में ही ग्रहण किया है। किसी शारीरिक रोग की दवा के रूप में नहीं, बल्कि अपने स्वभाव की एक कमी की पूर्ति के लिए। मैं स्वभाव से अन्तर्मुखी हूँ और बुद्धि से सामाजिक जीवन को पूर्णतया अपनाने पर भी व्यावहारिक रूप से समाज और समूह से भागना चाहता हूँ। समाज के बीच में बड़े असन्तोष का अनुभव करने लगता हूँ। इसलिए

---

1. विप्लवी शरत्चन्द्रेर जीवन प्रश्न-शैलेश बिशी, पृ. 129 2. सन् 1922 ई.

कभी-कभी दवा की मात्रा में थोड़ी-सी मदिरा पी लेता हूँ और तब मैं समाज में सामाजिक प्राणियों की तरह ही रहने लगता हूँ और उसके साथ सहज भाव से हेलमेल बढ़ा सकने में समर्थ होता हूँ।[1] इधर तो मैंने दो-तीन महीने से एक बूंद भी नहीं पी है।''

''क्या कभी ऐसा भी अवसर आया है कि आप अपनी किसी रचना, कहानी या उपन्यास को जल्दी पूरा करना चाहते हों, पर लिखने की प्रेरणा न मिल रही हो और उस हालत में आप शराब पीकर कृत्रिम उपाय से प्रेरणा प्राप्त करके लिखने बैठे हों?''

''कभी नहीं। पी लेने के बाद मुझे लिखने की प्रेरणा कभी नहीं मिलती। उस हालत में केवल मैं अनुभव करता हूँ और जब कोई महत्त्वपूर्ण भाव या विचार उस हालत में मेरे मन में उठने लगता है तब पास में कागज़-कलम होने पर उसे नोट अवश्य कर लेता हूँ।''

फिर भी अफवाहों का कोई अन्त नहीं था। यहाँ तक प्रचलित हो गया था कि वे गुरुदेव रवीन्द्रनाथ ठाकुर के सामने भी पीते हैं और वेश्या के साथ गाते-बजाते हैं। एक अनोखी अफवाह यह थी कि उनके पास 'पंचरत्नी' है, अर्थात् चाँदी की एक गुड़गुड़ी, उस पर चाँदी की एक चिलम, चिलम में चार खाने। एक में गांजा, दूसरे में भांग, तीसरे में अफ़ीम, चौथे में तम्बाकू और स्वयं गुड़गुड़ी में शराब भरी रहती है।

ऐसी सब अफवाहों का स्रोत स्वयं उनके पास ही था। खूब शराब पीने की बात भी स्वयं उन्होंने ही अनेक बार अनेक व्यक्तियों से बड़ी गम्भीरता (?) के साथ कही है या उनके मित्रों ने उनके मुँह से कहलवाई है। उनकी मौज की कल्पनाओं का कोई अन्त नहीं था। बहुत पहले रंगून से अपने एक मित्र को लिखा था, ''मैंने 'देवदास' माताल होकर बोतल पर बोतल पीकर लिखा है।''[2]

लेकिन इससे भी बहुत पहले एक और पत्र में[3] उन्होंने लिखा था, ''छः महीने से शराब नहीं पी है। शरीर कुछ स्वस्थ लगता है। जान पड़ता है, यदि नहीं पीऊँगा तो जल्दी ही ठीक हो जाऊँगा।''

रंगून में उन्होंने किस प्रकार शराब छोड़ी, इसकी चर्चा करते हुए उन्होंने अपने मित्र हरिदास शास्त्री से एक दिन कहा था, ''श्रीरामपुर से जो लड़की मुझसे मिलने आई थी, वह कैसी अद्‌भुत थी, जानते हो?''

हरिदास बोले, ''नहीं तो।''

शरत् ने कहा, ''वह लड़की मेरे पास आई और बोली, 'बहुत दिनों से आपसे मिलने की इच्छा थी, लेकिन मेरे आत्मीयजनों ने मुझसे कहा कि तुम भले घर की लड़की हो, भला तुम शरत् से मिलोगी! कैसा साहस है तुम्हारा?' यह सब बताकर उसने पूछा, 'क्या आप सचमुच ऐसे हैं कि आपसे कोई युवती मिल भी नहीं सकती?' मैं हँस पड़ा, उत्तर दिया, 'अगर दस वर्ष पहले के शरत् के संबंध में ऐसा कहा जाता तो मैं कुछ न कहता, क्योंकि तब मैं खूब नशा करता था। दिन-रात नशे में चूर रहता था, लेकिन तब भी मैं कह सकता हूँ कि मैंने कभी किसी

---

1. यही बात श्री अमल होम ने लेखक से कही थी। 2. सन् 1913 ई. 3. 22 फरवरी, 1908 ई.

नारी का अपमान नहीं किया। और अब तो मैं तुम्हारा बड़ा भाई हूँ। निडर होकर तुम मेरे पास आ सकती हो।' "

शास्त्रीजी ने पूछा, "खूब शराब पीते थे?"

शरत् बोले, "हाँ भाई, पीता था किन्तु एक दिन छोड़ दी।"

"कैसे छोड़ दी?"

"अच्छा बताता हूँ। एक और चटर्जी थे, एक बर्मी बन्धु थे। हम तीनों एक साथ शराब पीते थे। अचानक वे बर्मी बन्धु बीमार हो गए। डॉक्टर ने उन्हें शराब पीने से मना कर दिया। छुट्टी लेकर वे अपना इलाज भी कराने लगे। एक दिन क्या हुआ कि लगभग रात के ग्यारह बजे दूसरे चटर्जी मेरे घर आकर मुझे पुकारने लगे। पूछने पर उन्होंने बताया कि दुकानें बन्द हो गई हैं और उन्हें प्यास लगी है, कुछ शराब चाहिए। लेकिन मेरे पास जितनी थी उससे उनकी प्यास नहीं बुझी। बोले, 'चलो उन बर्मी बन्धु के घर चलें।'

"मैं राज़ी नहीं हुआ। लेकिन वह क्यों मानने लगे थे? मुझे उनके साथ जाना ही पड़ा। रात का एक बज चुका था। बहुत आवाज़ देने पर बन्धु की पत्नी खिड़की से झाँकी। बोलीं, 'मेरे स्वामी बीमार हैं, कृपा करके आप लोग चले जाएँ।'

"लेकिन तब तक हमारी पुकार सुनकर वह बन्धु भी जाग पड़े थे। उन्होंने अपनी पत्नी से अनुरोध किया, दरवाज़ा खोल दो। हमारे घर में एक बोतल है। उसकी हमें क्या ज़रूरत है? मैं तो अब शराब पीता ही नहीं हूँ।"

"मैं होश में था। उस समय भी मैंने वापस लौट चलने का अनुरोध किया, लेकिन चटर्जी नहीं माने। अन्दर जाकर हम लोग एक छोटी-सी मेज़ के पास बैठ गए। बर्मी बन्धु की पत्नी भी पहरा देने के लिए वहीं बैठी हुई थीं। परन्तु दिन-भर के परिश्रम से थकी होने के कारण वे शीघ्र ही ऊँघने लगीं। यह देखकर चटर्जी ने बर्मी बन्धु से भी शराब पीने का इशारा किया, लेकिन पत्नी की ओर देखकर उन्होंने इनकार कर दिया। फिर धीरे-धीरे पत्नी को सचमुच नींद आ गई। चटर्जी ने फिर अनुरोध किया। बर्मी बन्धु इस बार मना नहीं कर सके। एक बार, दो बार, और तीसरी बार पीते समय पात्र उनके हाथ से गिर पड़ा। 'आं-आं' ऐसा भयानक शब्द करते हुए वे खुद भी गिर पड़े। यह शब्द सुनकर उनके स्त्री-पुत्र सब जाग पड़े। और तब उन बन्धु की छाती पर लोट-लोटकर उन्होंने जो चीत्कार किया, उसे सुनकर हमारा नशा न जाने कहाँ चला गया। रात-भर थाना-पुलिस हुआ और फिर अगले दिन बन्धु का अन्तिम संस्कार किया। वहाँ से लौटकर प्रतिज्ञा की कि अब शराब नहीं पीऊँगा। चटर्जी ने भी प्रतिज्ञा की, लेकिन वे उसकी रक्षा न कर सके। तो हरिदास, एक भला आदमी स्त्री-पुत्र को लेकर सुख से सो रहा था। रात के एक बजे दो आदमी उसके घर में घुसे और उसे मार डाला। ऐसा भयानक कर्म होने पर भी शराबी को ज्ञान नहीं होगा तो कब होगा?"

उन्होंने श्री इलाचन्द्र जोशी से जो कुछ कहा वह इस वर्णन से राई-रत्ती मेल नहीं खाता, लेकिन फिर भी अपने-अपने स्थान पर दोनों वक्तव्यों में काफ़ी सत्य है। उनका सारा जीवन विरोधाभासों से पूर्ण रहा है और उसके बीच में से उस सत्य को खोज निकालना भी उतना ही

कठिन रहा है। लेकिन उनके ये तथाकथित वक्तव्य सही हों या न हों यह निश्चय ही सही है कि उन्होंने शराब पीना छोड़ने का कई बार प्रयत्न किया और भारत लौटने पर उन्होंने पीने के लिए शराब कभी नहीं पी। केवल कभी-कभी स्नायु-तंतुओं को उत्तेजित करने के लिए दवा के रूप में वे एकाध पेग ले लेते थे ताकि अन्तर के हीन भाव को पराजित करके समाज में एक स्वस्थ सामाजिक प्राणी की तरह रह सकें।

कृतिकार अपनी कृतियों में किसी-न-किसी रूप में अपने को और अपनी भावनाओं को चित्रित करता ही है। उनकी रचनाओं के अनेक पात्र शराबी हैं, लेकिन उनमें केवल देवदास ही ऐसा व्यक्ति है जिसे पीने से सचमुच प्रेम है। वह प्रेम के क्षेत्र में निराश हो चुका है। उस निराशा को भूलने के प्रयत्न में ही वह पीता है। शायद इसी तरह एक दिन शरत् बाबू ने भी पीना शुरू कर दिया था। *देवदास* लिखते समय उनकी आयु सत्रह वर्ष की थी। प्रेम में पड़ने की इससे अच्छी आयु और नहीं हो सकती। चारों ओर से उपेक्षित, अपमानित होकर शराब की शरण लेना बहुत अच्छा लगता है। देवदास यही करता है, लेकिन बाद की रचनाओं में ऐसा नहीं है। *चरित्रहीन* का सतीश पीता अवश्य है, पर प्रयत्न उसका बराबर छोड़ने की दिशा में ही चलता है। एक दिन सावित्री के सामने शराब न पीने की कसम खाकर वह मुक्त हो जाता है। *देना-पावना* का शराबी ज़मींदार जीवानन्द भी एक दिन भरा हुआ शराब का प्याला लौटा देता है और अपनी इच्छा से मदिरा के स्थान पर चाय पीकर घर से निकलता है। *पथेर दाबी* का कवि शशि भी नवतारा और डॉक्टर के कहने पर शराब न पीने की प्रतिज्ञा करता है।

लेकिन शराब को बुरा मानकर भी कवि और गुणी व्यक्तियों को शराब पीने की छूट देने के लिए वह सहमत थे। *पथेर दाबी* का डॉक्टर मानो शरत् के स्वर में कहता है, ''इसके सिवा वे ठहरे कवि और गुणी आदमी। उन लोगों की जाति ही अलग है। उनकी भलाई-बुराई ठीक हम लोगों से नहीं मिलती। मगर इसके मायने यह नहीं हैं कि दुनिया की भलाई-बुराई के बने हुए कामों में उन्हें माफ़ी दे देते हैं। उनके गुणों का फल तो हम सब मिलकर भोगते हैं, पर दोषों को वे सदा अकेले ही भोगते हैं।''

शरत् बाबू इसी अलग जाति के थे। वे मन-प्राण से इस आन्दोलन में आए थे। उनका यह आना कई कारणों से बहुत ही महत्त्वपूर्ण है। वे साहित्यकार थे और साहित्यकार प्राय: राजनीति के दलदल से दूर रहता है। परन्तु वे मानते थे कि भारत की स्वतन्त्रता के लिए जो आन्दोलन गाँधीजी ने चलाया है वह केवल शुष्क राजनीति ही नहीं है। देश की मुक्ति का व्रत है। जो देश की दासता को सह सकता है वह साहित्यिक नहीं है। उनके साहित्य में देश और मनुष्य का यही प्रेम परिष्कृत हुआ है। उसी देश और मनुष्य के प्रेम के कारण वह असहयोग आन्दोलन से अलग नहीं रह सके। साहित्यिक मित्रों ने उनसे कहा, ''आप तो साहित्यिक हैं। आपका काम साहित्य-चर्चा है, राजनीति नहीं।''

शरत् ने उत्तर दिया, ''यह आपकी भूल है। राजनीति में योग देना देशवासियों का कर्त्तव्य है। विशेषकर हमारे देश में यह राजनीतिक आन्दोलन देश की मुक्ति का आन्दोलन है। इस आन्दोलन में साहित्यिकों को सबसे आगे बढ़कर योग देना चाहिए। लोकमत जाग्रत् करने का गुरुभार संसार के सभी देशों में साहित्यिकों के ऊपर रहा है। युग-युग में उन्होंने ही तो मनुष्य

के मन में मुक्ति की आकांक्षा जगाई है। यदि आपकी बात मान भी लें, तो वकील, बैरिस्टर, डॉक्टर और विद्यार्थी सभी यही तर्क उपस्थित करेंगे। तब राजनीति को कौन संभालेगा?''

शरत्चन्द्र देश की मुक्ति के आन्दोलन में पूर्ण विश्वास रखते थे, परन्तु उसके सारे कार्यक्रम में न तो उनकी पूरी श्रद्धा थी और न वैसी आस्था ही। विशेषकर चर्खे में उनका रंचमात्र भी विश्वास नहीं था। फिर भी निरन्तर कातते रहे और खद्दर पहनते रहे। स्थान-स्थान पर चर्खा स्थापित करने में उन्होंने अपनी जेब से बहुत-सा पैसा खर्च किया था। उनकी मान्यता थी कि उनका विश्वास हो या न हो, परन्तु जब कांग्रेस ने खद्दर पहनने का नियम बनाया है तो पहनना ही चाहिए। नहीं तो अनुशासन कैसे रहेगा? इसलिए वे कातते थे, सुन्दर कातते थे। इतना सुन्दर कि एक बार वैज्ञानिक आचार्य प्रफुल्लचन्द्र राय उनके काते हुए सूत का बुना हुआ कपड़ा सिर पर रखकर नाच उठे।

वैज्ञानिक प्रफुल्लचन्द्र साहित्यिक शरत्चन्द्र के बड़े प्रशंसक थे। शरत् बाबू भी उनके प्रति कम श्रद्धा नहीं रखते थे। उन दोनों महाप्राण व्यक्तियों का प्रथम मिलन एक असाधारण घटना के रूप में प्रचारित हो गया था। एक दिन किसी सन्दर्भ में राय महोदय ने अपने विद्यार्थियों के सामने शरत् बाबू से मिलने की इच्छा प्रकट की। तुरन्त एक विद्यार्थी शरत् बाबू के पास पहुँचा और निवेदन किया कि क्या वे किसी दिन राय महोदय से मिलने के लिए चल सकेंगे?

'शरत् बाबू स्वयं बड़े उत्सुक थे, इसलिए वे उसी क्षण उस विद्यार्थी के साथ चल पड़े।

साइंस कॉलेज के ऊपर के तल्ले के एक कमरे में राय महोदय रहते थे। दोनों सीधे वहाँ पहुँचे। उस समय राय महोदय अपनी छोटी खाट पर बैठे काम करने में व्यस्त थे। शरत् बाबू ने देखा, खाट के पास दो कुर्सियाँ हैं, परन्तु दोनों कागज-पत्रों से भरी हैं। बैठने के लिए कहीं भी रंच-मात्र स्थान नहीं है। तब वे खाट पर बैठने के लिए आगे बढ़े कि सहसा राय महोदय उत्तेजित होकर बोल उठे, ''क्या करते हो, क्या करते हो, खाट पर मत बैठो।''

शरत् खड़े के खड़े रह गए। विद्यार्थी की लज्जा का पार नहीं, शीघ्रता से एक कुर्सी उठा लाया। शरत् बैठ गए। अब राय महोदय ने उनकी ओर देखकर सहज भाव से पूछा, ''क्या कर रहे हो आजकल?''

शरत् ने उत्तर दिया, ''थोड़ा-बहुत लिखने की चेष्टा करता हूँ।''

उत्साहित करते हुए प्रफुल्ल बाबू बोले, ''सुन्दर! करे जाओ। खूब लिखो, लेकिन हाँ, छपाने की जल्दी मत करना।''

बातचीत से स्पष्ट था कि राय महोदय उन्हें अपना कोई पुराना छात्र समझ रहे हैं। विनीत भाव से उन्होंने कहा, ''छापने लायक कुछ नहीं है। बस चेष्टा करता हूँ।''

जिस छात्र के साथ शरत् बाबू आए थे वह अब अपने को न रोक सका। प्रफुल्ल बाबू के पास आकर उसने कहा, ''जी, ये शरत् बाबू हैं।''

सुनते ही प्रफुल्लचन्द्र राय ने चशमे के ऊपर से शरत्चन्द्र को एक बार अच्छी तरह देखा। फिर उठकर तुरन्त द्वार पर आए और अपने प्रिय शिष्यों के नाम ले-लेकर पुकारने लगे। क्षण-भर में वहाँ एक छोटी-सी भीड़ जमा हो गई। उनको लेकर सेनापति की तरह वे आगे-आगे

घर में घुसे। शरत् बाबू की ओर उंगली से दिखाकर बोले, "देखते हो उधर कौन बैठा है ? ये हैं श्री शरत्चन्द्र चट्टोपाध्याय। उधर देखो उनकी सब पुस्तकें हैं और आज स्वयं भी आए हैं। अच्छी तरह देखो। पैरों की धूल लो।"

उसके बाद शरत्चन्द्र के पास आकर बैठ गए और एक अन्तरंग मित्र की तरह बातें करने लगे। बोले, "आपकी पुस्तकें पढ़कर कितनी बार बातचीत करने की इच्छा हुई है। आज इतने दिन बाद वह पूरी हुई।"

इस बातचीत में अपरिचय के कारण प्रारम्भ में जो भूल हो गई थी, उसके लिए क्षमा-प्रार्थना करने की सुधि भी उन्हें नहीं रही। जहाँ स्नेह हो वहाँ क्षमा कोई अर्थ नहीं रखती।

उनके सारे जीवन की तरह यह मिलन भी रोमांचकारी है। महात्मा गाँधी से उनकी प्रथम भेंट भी सम्भवत: इतनी ही रोमांचकारी रही होगी। परन्तु उसका कोई विवरण किसी ने नहीं लिखा। बहुत पहले रंगून में उन्होंने महात्माजी को देखा था। उनके स्वागत समारोह की रिपोर्ट भी उन्होंने लिखी थी। वह रिपोर्ट रंगून गजट में छपी थी, लेकिन भारत में उनकी महात्माजी से जिस भेंट का विवरण उपलब्ध है, वह चर्खे को लेकर ही है। राय महोदय की तरह महात्माजी ने भी उनके कते सूत की प्रशंसा की थी। असहयोग आन्दोलन के समय जब वे कलकत्ता आए थे तो एक दिन 'सर्वेण्ट' का कार्यालय देखने के लिए गए। देशबन्धु दास के घर से और भी कई व्यक्ति उनके साथ थे। श्री श्यामसुन्दर चक्रवर्ती उस समय बंगाल प्रान्तीय कांग्रेस कमेटी के अध्यक्ष थे। वह भी थे, शरत्चन्द्र भी थे। कार्यालय में पहुँचकर महात्माजी ने सबके साथ चर्खा कातने की इच्छा प्रकट की।

चर्खे आए और सब लोग कातने लगे। महात्माजी की दृष्टि बड़ी तीक्ष्ण थी। तुरन्त ही उन्होंने देख लिया कि शरत् बाबू का सूत बहुत सुन्दर है। इसके विपरीत श्याम बाबू बहुत मोटा कात रहे हैं। परिहास के स्वर में वे बोले, "अरे, देखो तो, बंगाल प्रान्तीय कांग्रेस के प्रधान रस्से जैसा मोटा सूत कात रहे हैं।"

सुनकर सब हँस पड़े। शरत्चन्द्र बोले, "मन्दिर के जो जितना पास होता है भगवान से उतना ही दूर होता है।"

महात्माजी ने कहा, "शरत् बाबू, आपकी चर्खे में श्रद्धा नहीं है ?"

"नहीं, रत्ती-भर नहीं।"

महात्माजी ने कहा, "लेकिन कातते तो आप चर्खे के अनेक प्रेमियों से अच्छा हैं।"

शरत् बोले, "मैं चर्खे को नहीं, आपको प्यार करता हूँ। मैंने चर्खा कातना इसलिए सीखा है।"

महात्माजी हँस पड़े। बोले, "लेकिन आप इस बात में विश्वास नहीं करते कि कातने से स्वराज्य-प्राप्ति में सहायता मिलेगी।"

"शरत्चन्द्र ने हँसते हुए कहा," जी नहीं, मैं विश्वास नहीं करता। मेरे विचार से स्वराज्य-प्राप्ति में सिपाही ही सहायक हो सकते हैं, चर्खे नहीं।"

यह बात सुनकर महात्मा जी बड़े ज़ोर से हँस पड़े।

एक बार देशबन्धु चितरंजनदास ने भी यही प्रश्न उनसे पूछा, "क्या आप चर्खे में विश्वास करते हैं?"

शरत् बाबू ने उत्तर दिया, "आप जिस विश्वास की बात करते हैं, वह विश्वास मैं नहीं करता।"

देशबन्धु ने कहा, "क्यों नहीं करते?"

शरत् बाबू ने उत्तर दिया, "जान पड़ता है बहुत दिनों तक बहुत चर्खा कातने के कारण।"

देशबन्धु क्षण-भर चुप रहकर बोले, "इस देश के तीस करोड़ लोगों में अगर पाँच करोड़ आदमी सूत कातने लगें तो सात करोड़ रुपये का सूत तैयार हो सकता है।"

शरत् बाबू ने कहा, "हो सकता है। दस लाख आदमी एक घर बनाने में हाथ लगाएँ तो डेढ़ सेकेण्ड में घर बनकर तैयार हो सकता है। हो सकता है? आप विश्वास करते हैं?"

देशबन्धु बोले, "ये दोनों एक चीज़ नहीं हैं, लेकिन मैं आपका मतलब समझ गया। न नौ मन तेल होगा और न राधा नाचेगी। फिर भी मैं विश्वास करता हूँ। मेरी बड़ी इच्छा होती है कि चर्खा कातना सीख लूँ। किन्तु मुश्किल यह है कि हाथ के किसी भी काम में मेरी गति नहीं है।"

शरत् बाबू ने कहा, "भगवान आपकी रक्षा करें।"

लेकिन विश्वास हो या न हो, चर्खे के लिए कुछ करने में उन्होंने कोई कसर उठा न रखी। छूट गया ऐश्वर्य, छूट गई सिल्क की पोशाक, रह गया बस खद्दर, तेल की बनी कचौड़ी-कचौड़ी, यहाँ तक कि भुने हुए चने खा-खाकर, गाँव-गाँव चर्खे का प्रचार करते वे घूमे। वे स्वयं कातते थे, घर के दूसरे लोग कातते थे, नौकर तक कातते थे और चकमा देते थे। शरत् पूछते, "क्यों रे अमुक, काम क्यों नहीं किया?"

जवाब मिलता, "चर्खा कात रहा था।"

शरत् अब क्या कहते! देशोद्धार के काम में जो लगा था, लेकिन इसका यहीं अन्त नहीं था। मामा सुरेन्द्रनाथ भी इस आन्दोलन में कूद पड़े थे। एक दिन अध्यापक का पद छोड़कर वे शरत्चन्द्र के पास आकर रहने लगे। काम करने के साथ-साथ चर्खे को लेकर मामा-भानजे में काफ़ी तर्क-वितर्क चलता रहता था। एक दिन शरत्बाबू ने कहा, "मामा, तुम समाज का जो काम कर रहे थे, वह चर्खा आन्दोलन से बहुत बड़ा है। मैं साहित्य-रचना करता हूँ, वह चर्खे से निश्चय ही बड़ा काम है। यदि मैं सब काम छोड़कर चर्खा चलाता रहूँ तो क्या देश का लाभ होगा?"

सुरेन्द्रनाथ ने उत्तर दिया, "बहुत हानि होगी।"

"तब?"

सुरेन्द्रनाथ ने कहा, "लेकिन मैं यदि छुट्टी के दिन चर्खा चलाता हूँ तो इसमें क्या अन्याय की बात है? यदि सरकार कहती है कि चर्खा चलाना अन्याय है और जो चर्खा चलाएगा उसे जेल भेज दिया जाएगा तब मैं अवश्य चर्खा चलाऊँगा और जेल जाऊँगा। मेरे देश की दादी-

नानी हमेशा से चर्खा चलाती आई हैं। इसमें क्या दोष है?''

शरत् बाबू बोले, ''यदि भारत अपने पहनने के वस्त्र स्वयं तैयार कर लेता है तो इसमें हमारा लाभ है और उनकी हानि। इसलिए वे चर्खा चलाने को अन्याय मानते हैं।''

मामा ने कहा, ''और मैं उनकी इस मान्यता को घोर अन्याय मानता हूँ। यदि स्कूल में चर्खा नहीं कात सकता तो मैं अध्यापकी करने को तैयार नहीं हूँ। इसीलिए काम छोड़कर चला आया हूँ। ''

शरत्चन्द्र बोले, ''तुमने कोई अन्याय नहीं किया।''

लेकिन शायद चर्खे से सुरेन्द्र मामा का काम नहीं चला। एक दिन बोले, ''शरत्, केवल चर्खे से काम नहीं चलेगा। करघा भी बैठाना होगा।''

शरत् तुरन्त तैयार हो गए। भागलपुर में पाँच-सात करघे बैठाए गए। पेशगी देकर बंगाल के अच्छे-अच्छे बुनकर आए। लेकिन कुछ दिन बीतते न बीतते, यहाँ तक कि पेशगी के रुपये कटते न कटते उनके घरों से चिट्ठियाँ आने लगीं। किसी का लड़का बीमार है, किसी की बीवी बीमार है। किसी के यहाँ रुपये की कमी से इलाज नहीं हो पा रहा है। इसलिए और रुपये चाहिए।

रुपये दिए गए, लेकिन चिट्ठी का आना बन्द नहीं हुआ। इस बार चिट्ठी आई कि आदमी की कमी के कारण पका धान खेत में झड़ रहा है, तुरन्त चले आओ।

किसी की चिट्ठी आती कि अमुक ने मुकदमा दायर कर दिया है, पैरवी के लिए आना ही होगा, नहीं तो सब मटियामेट हो जाएगा। ये चिट्ठियाँ लेकर बुनकर उनके सामने हाज़िर होते। वे मजबूर होकर राह-खर्च और छुट्टी देकर उन्हें घर भेज देते, लेकिन लौटकर कोई नहीं आता। इधर करघाघर में दीमकों का उत्पात बढ़ता ही जाता था। निराश होकर सुरेन्द्र मामा ने कहा, ''छोड़ो, दूसरों के भरोसे यह काम नहीं चलने का। इससे तो अच्छा है कि दियासलाई का कारखाना खोल दिया जाए। देश का काम भी होगा और आमदनी भी। लेकिन अब बाहर से आदमी नहीं बुलाएँगे। सीखकर स्वयं सब कुछ करेंगे। वफादार लड़कों को काम सिखाएँगे।''

शरत्चन्द्र ने उत्तर दिया, ''चर्खा तो झगड़ू मिस्त्री ही तैयार कर सकता है, लेकिन दियासलाई की मशीन कितने की आएगी?''

सुरेन्द्र मामा बोले, ''सात सौ रुपये की।''

शरत् ने पूछा, ''और कुमिल्ला से स्टीमर पर लाने में कितना खर्च होगा?''

सुरेन्द्र मामा बोले, ''वह नहीं मालूम। फिर भी वह बहुत ज़्यादा नहीं होगा। 80 रुपये में केमिकल खरीदा जा सकेगा।''

शरत्चन्द्र ने कहा, ''अच्छा, मैं तुम्हें एक हज़ार रुपये दूँगा। वही काम करो।''

और दियासलाई का कारखाना चालू किया गया, लेकिन हिन्दुओं के लड़कों में से कोई भी काम सीखने नहीं आया। बस थोड़े-से मुसलमान लड़के मिले। उन्होंने कहा, ''हम काम सीखेंगे, लेकिन मजूरी देनी होगी।''

काफ़ी कहा-सुनी के बाद चार आना प्रतिदिन मजूरी तय हुई। काम ज़ोरों से चल निकला,

लेकिन अचानक एक दिन बारूद में आग लग गई। किसी का हाथ जला, किसी का पैर जला और किसी का मुँह जला। दियासलाई का कारखाना भी समाप्त हो गया। शरत् बाबू वापस लौट गए।

5

चर्खे में उनका विश्वास हो या न हो, प्रारम्भ में असहयोग में उनका पूर्ण विश्वास था। देशबन्धु के निवास स्थान पर एक दिन उन्होंने गाँधीजी से कहा था, ''महात्माजी, आपने असहयोग रूपी एक अभेद्य अस्त्र का आविष्कार किया है। अगर जनता सरकार से सहयोग न करे तो वह एक दिन में ही समाप्त हो जाए। तब हम एक वर्ष में नहीं चौबीस घण्टे में स्वराज्य ले सकते हैं।''

इस कार्यक्रम में सचमुच उनका बड़ा उत्साह था। विलायती कपड़ों, वस्तुओं और किताबों के बहिष्कार के वे पूर्ण पक्षपाती थे। रवीन्द्रनाथ ठाकुर ने जब 'सर' की उपाधि लौटा दी थी, तो वे बहुत प्रसन्न हुए थे। लेकिन जब कांग्रेस के आह्वान पर सर प्रफुल्लचन्द्र राय ने ऐसा नहीं किया तो वे बहुत दुखी हुए। बोले, ''चाँद में भी कलंक है। उन्हें 'सर' का खिताब लौटा देना चाहिए। उनके समान इतने बड़े देशभक्त ने उपाधि का त्याग नहीं किया, यह व्यथा मेरे मन से किसी भी तरह दूर नहीं होती।''

उनकी व्यथा इसलिए और भी अधिक थी कि वे आचार्य राय को बहुत प्यार करते थे। विलायती वस्त्रों के साथ विलायती खिताबों के बहिष्कार से स्वाधीनता निकट आएगी यह उनका दृढ़ विश्वास था। जो विदेशी खिताब पाकर धन्य होते हैं, वे बहुत छोटे हैं। और जो उनका सम्मान करते हैं, वे भी देश के शत्रु हैं।

असहयोग के दिनों में देशबन्धु के सामने एक विकट समस्या उत्पन्न हो गई थी। पुरुष जैसे इस संग्राम में कूद पड़े थे, वैसा ही नारियाँ भी उसमें भाग लेने को आतुर थीं। उन्हीं को लेकर देशबन्धु चिन्तित थे। विशेषकर उनकी व्यवस्था के प्रश्न को लेकर। अन्त में उन्होंने शरत्चन्द्र से कहा, ''यह भार आपको सौंपता हूँ। इनके लिए आपको स्वतन्त्र व्यवस्था करनी होगी।''

स्त्रियाँ बहुत नहीं थीं। शरत्चन्द्र ने उनके लिए भवानीपुर में 'नारी कर्म मन्दिर' की स्थापना की और उसकी परिचालना का भार सौंपा देशबन्धु की बहन उर्मिला देवी को। बाद में यह संख्या कुछ और बढ़ी, लेकिन शरत्चन्द्र संख्या में विश्वास नहीं करते थे। वे कहा करते थे, ''युग-युग से जो घर से बाहर नहीं निकलीं, रसोई और प्रसूतिघर के अतिरिक्त जिनका और कोई कर्मक्षेत्र नहीं रहा, उनमें से स्वाधीनता के सहस्रों सैनिक कहाँ से आएँगे? लेकिन कमल कीचड़ से ही फूटता है। एक दिन देश के अन्त:पुर से ही वह फूटेगा।''

यह पहला अवसर था जब गाँधीजी के आह्वान पर भारत की नारी सामूहिक रूप में पुरुष के कन्धे से कन्धा मिलाकर रणभूमि में उतरी थी। दोनों साथ-साथ रहेंगे तो क्या अप्रीतिकर घटनाएँ न घटेंगी? यह आशंका अनेक व्यक्तियों को परेशान कर रही थी। शरत् बाबू ने इस अवसर पर स्पष्ट शब्दों में कहा, ''मशाल के दीप्त प्रकाश से अंधकार नष्ट होता है, यही बात सब लोग जानते हैं। लेकिन उससे उठने वाली किंचित् बदबू की ओर क्या किसी का ध्यान जाता है? जल-प्लावंन से धरती उर्वर हो उठती है। यदि उस जल के साथ कुछ मैला भी आ जाए तो परेशान होने की क्या बात है?''

शिवपुर इंस्टीट्यूट में भाषण देते हुए उन्होंने स्पष्ट कहा, "जिस चेष्टा में, जिस आयोजन में देश की नारियाँ सम्मिलित नहीं हैं, उनकी सहानुभूति नहीं है, उस सत्य की उपलब्धि करने का कोई ज्ञान, कोई शिक्षा, कोई साहस आज तक जिनको हमने नहीं दिया, उनको केवल घर के घेरे के भीतर बिठाकर, केवल चरखा कातने के लिए बाध्य करके ही कोई बड़ी वस्तु नहीं प्राप्त की जा सकेगी। औरतों को हमने जो केवल औरत बनाकर ही रखा है मनुष्य नहीं बनने दिया उसका प्रायश्चित स्वराज्य के पहले देश को करना चाहिए। अत्यन्त स्वार्थ की खातिर जिस देश ने अब तक केवल उसके सतीत्व को ही बड़ा करके देखा है, उसके मनुष्यत्व का कोई खयाल नहीं किया, उसे उसका देना पहले चुका देना ही होगा।"[1]

जिस समय ये मुट्ठी-भर नारियाँ पिकेटिंग करती हुई गिरफ़्तार हुई थीं, तो जैसे दावानल भड़क उठा था। सहस्त्रों व्यक्ति वालंटियर बनने और गिरफ़्तार होने के लिए दौड़ पड़े थे।

आन्दोलन का एक प्रमुख अंग था सरकारी स्कूलों और कॉलेजों का बहिष्कार। कांग्रेस ने छात्रों के अभिभावकों से अनुरोध किया कि वे अपने बच्चों को सरकारी स्कूलों और कॉलेजों से निकाल लें। इस प्रार्थना का अच्छा प्रभाव हुआ। देखते-देखते असंख्य छात्र स्कूलों और कॉलेजों से बाहर आ गये। देशबन्धु दास ने वेलिंग्टन स्क्वायर की 'फरवीज़ मेंशन' की विशाल अट्टालिका में 'गौड़ीय सर्व विद्या आयतन' के नाम से राष्ट्रीय विश्वविद्यालय की स्थापना की और इसके परिचालन के लिए यहीं पर एक राष्ट्रीय विद्यालय 'कलकत्ता विद्या मन्दिर' भी स्थापित किया गया।[2] महात्मा गाँधी ने इसका उद्घाटन किया। उसके प्रिंसिपल बने सुभाषचन्द्र बोस, और शरत्चन्द्र हुए बांग्ला भाषा के मुख्य प्राध्यापक। पहले के परिचित सभी कार्मों से अपने को अलग कर वे अब नयी पाठशाला के काम में व्यस्त हो गये। इस समय उनके सामने देश की मुक्ति का आन्दोलन ही सबसे ऊपर था। लेकिन वे जितना उत्साह स्कूल और कॉलेज के इस बहिष्कार आन्दोलन में ले रहे थे, सुप्रसिद्ध शिक्षा-शास्त्री सर आशुतोष मुखोपाध्याय और विश्वकवि रवीन्द्रनाथ ठाकुर उसका उतना ही विरोध कर रहे थे। देशबन्धु दास ने सर आशुतोष का विरोध करते हुए कहा, "शिक्षा इंतज़ार कर सकती है, लेकिन स्वराज्य नहीं कर सकता।"

शरत्चन्द्र की भी यही धारणा थी इसलिए कविगुरु के प्रति अनन्य श्रद्धा और भक्ति रहते हुए भी वे चुप न रह सके। योरोप से लौटने पर जब कविगुरु ने 'शिक्षा का मिलन' नाम का अपना निबन्ध[3] पहले आश्रम-वासियों के सामने फिर जातीय शिक्षा परिषद्, यूनिवर्सिटी इंस्टीट्यूट में पढ़ा तो दुखी मन से शरत् बाबू ने अपने मन के विश्वास को ही सही माना। जीवन में पहली बार कविगुरु से उनका संघर्ष हुआ। यद्यपि इस निबन्ध में कविगुरु ने स्पष्ट शब्दों में महात्माजी का विरोध नहीं किया था, पर उनका आशय यही था कि गाँधीजी जो पाश्चात्य ज्ञान-विज्ञान की निन्दा करते हैं, आधुनिक भारत के पक्ष में वह सदुपदेश नहीं कहा जा सकता। इस मान्यता का खण्डन करते हुए उन्होंने 'शिक्षा का विरोध'[4] नाम से अपना लम्बा निबन्ध 'गौड़ीय सर्व विद्या आयतन' में पढ़ा। उसके अन्त में उन्होंने जो कुछ कहा, वही उनकी विचारधारा का मूलमंत्र है—

---

1. पौष, 1328 (दिसम्बर, 1921 ई. जनवरी, 1922 ई.) 2. 4 फरवरी, 1921 ई. 3. 10 अगस्त, 1921 ई. 4. यह निबन्ध *सुदेश और साहित्य* से संगृहीत है। पहले यह *बांग्लार कथा* (3 सितम्बर, 1921) में छपा।

"...पश्चिम की सभ्यता का मूलमंत्र है 'स्टैण्डर्ड ऑफ़ लिविंग को (जीवनस्तर) बड़ा बनाना।...उनकी समाजनीति की चाहे जैसे व्याख्या क्यों न की जाए, उसका लक्ष्य है धनी होना। उनकी सामाजिक व्यवस्था, उनकी सभ्यता और धन विज्ञान के साथ जिनका साधारण परिचय भी है, वे इस बात को अस्वीकार नहीं करेंगे। इस धनी होने का अर्थ केवल संग्रह करना ही नहीं है, साथ ही साथ पड़ोसी को भी धनहीन कर देना इसका दूसरा उद्देश्य है। नहीं तो केवल धनी होने का कोई अर्थ ही नहीं रहता। अतएव कोई एक महादेश यदि केवल धनी होना चाहे, तो अन्यान्य देशों को ठीक इसी परिणाम में गरीब बनाए बिना नहीं रह सकता।...यही उसकी सारी सभ्यता की नींव है। इसी नींव के ऊपर उसका विराट राजमहल आकाश को छू रहा है। इसी के लिए उसकी सारी शिक्षा, सारी साधना लगी हुई है। आज क्या हमारे कहने से हमारे ऋषियों के वचनों से, वह अपनी सारी सभ्यता के केन्द्र को हिला देगा? हमारे संसर्ग में उसके बहुत-से युग बीत गए, किन्तु हमारी सभ्यता की आँच तक उसने कभी अपने शरीर पर नहीं लगने दी।...किन्तु आज खामखां अगर वह भारत की आधिभौतिक सत्य वस्तुओं के बदले भारत के आध्यात्मिक तत्त्व पदार्थ की खोज कर रहा हो तो हम खुशी मनाएँ या होशियार हों, यह सोचने की बात है।

"योरोप और भारत की शिक्षा में असल में विरोध इसी जगह पर है। हमारा ऋषि वाक्य चाहे कितना अच्छा हो, उसे वे ग्रहण नहीं करेंगे। वह उनकी सभ्यता का विरोधी है। और अपनी शिक्षा भी वे हमें नहीं देंगे।...और दें भी तो उसमें जितनी भिक्षा है, वह न लेना ही अच्छा। बाकी अंश यदि हमारी सभ्यता के अनुकूल न हो तो वह केवल व्यर्थ ही नहीं, कूड़ा है। उनकी तरह अगर हम पराये मुँह का अन्न छीनकर खाने को ही चूड़ान्त सभ्यता न मानें, तो उनका वह मारण मंत्र चाहे जितना सत्य हो उसके प्रति निर्लोभ रहना ही भला।

"और एक बात कहकर इस प्रबंध को समाप्त करूँगा कि विद्या और विद्यालय एक ही चीज़ नहीं हैं। शिक्षा और शिक्षा-प्रणाली ये दोनों अलग-अलग चीज़ें हैं। किसी एक का त्याग ही दूसरे का वर्जन नहीं है। ऐसा भी हो सकता है कि विद्यालय छोड़ना ही विद्या-लाभ का बड़ा मार्ग हो। आपात दृष्टि से बात उलटी मालूम पड़ने पर भी उसका सत्य होना असम्भव नहीं है। तेल जल में नहीं मिलता, ये दोनों पदार्थ एकदम उलटी प्रकृति के हैं। तो भी तेल का दीपक जलाते समय जो आदमी उसमें पानी डालता है सो केवल तेल को पूरा-पूरा जला देने के लिए। जो लोग इस तत्त्व को नहीं जानते, उनमें थोड़ा-सा धैर्य रहना अच्छा है।"

इस निबन्ध में शरत् बाबू ने कविगुरु पर एक रोचक चोट भी की, लिखा, "बांग्ला साहित्य में *गोरा* नाम का एक अत्यन्त प्रसिद्ध उपन्यास है, कवि यदि उसे एक बार पढ़कर देखें तो देखेंगे उसके अत्यन्त स्वदेशभक्त ग्रन्थकार ने गोरा के मुँह से कहलवाया है, 'निन्दा पाप है, मिथ्या निन्दा और भी पाप है और अपने देश की मिथ्या निन्दा के बराबर पाप तो संसार में थोड़े ही हैं।' "[1]

स्वयं महात्माजी भी कविगुरु को कुछ ऐसा ही उत्तर दे चुके थे—

"आज अगर लोग अंग्रेज़ी पढ़ते हैं तो व्यापारी बुद्धि से और कहे जाने वाले राजनीतिक

---

1. सन् 1921 ई.

फ़ायदे के लिए ही पढ़ते हैं। हमारे विद्यार्थी ऐसा मानने लगे हैं कि अंग्रेज़ी के बिना उन्हें सरकारी नौकरी हर्गिज़ नहीं मिल सकती। लड़कियों को तो इसीलिए अंग्रेज़ी पढ़ाई जाती है कि उनको अच्छा वर मिल जाएगा। मैं इसकी कई मिसालें जानता हूँ, जिनमें स्त्रियाँ इसलिए अंग्रेज़ी पढ़ना चाहती हैं कि अंग्रेज़ों के साथ अंग्रेज़ी बोलना आ जाए। मैंने ऐसे कितने ही पति देखे हैं कि जिनकी स्त्री उनके साथ या उनके दोस्तों के साथ अंग्रेज़ी में न बोल सकें तो उन्हें दुख होता है। मैं ऐसे कुटुम्बों को भी जानता हूँ जिनमें अंग्रेज़ी भाषा को अपनी ज़बान बना लिया जाता है। सैकड़ों नौजवान ऐसा समझते है कि अंग्रेज़ी जाने बिना हिन्दुस्तान को स्वराज्य मिलना नामुमकिन-सा है। इसी बुराई ने समाज में इतना घर कर लिया है, मानो शिक्षा का अर्थ अंग्रेज़ी भाषा के ज्ञान के सिवाय और कुछ है ही नहीं। मेरे विचार में तो यह सब हमारी गुलामी और गिरावट की साफ़ निशानी है। आज जिस तरह देसी भाषाओं की उपेक्षा की जाती है, और जिस तरह उनके विद्वानों और लेखकों को रोटी के भी लाले पड़े हुए हैं, वह मुझसे देखा नहीं जाता। माँ-बाप अपने बच्चों को और पति अपनी स्त्री को अपनी भाषा छोड़कर अंग्रेज़ी में पत्र लिखे तो वह मुझसे कैसे बर्दाश्त हो सकता है ?''

''कवि सम्राट के बराबर ही मैं भी चण्डूल की स्वतन्त्रता पर मुग्ध हूँ। मुझे भी खुली हवा पर श्रद्धा है। मैं नहीं चाहता कि मेरा घर सब तरफ़ खड़ी हुई दीवारों से घिरा रहे और उसके दरवाज़े और खिड़कियाँ बन्द कर दी जाएँ। मैं भी यही चाहता हूँ कि मेरे घर के आसपास देश-विदेश की संस्कृति की हवा बहती रहे, पर मैं यह नहीं चाहता कि उस हवा से ज़मीन पर से मेरे पैर उखड़ जाएँ और मैं औंधे मुँह गिर पड़ूँ। मैं दूसरे के घर में अतिथि, भिखारी या गुलाम की हैसियत से रहने के लिए तैयार नहीं हूँ। झूठे घमण्ड के वश होकर या कही जाने वाली सामाजिक प्रतिष्ठा पाने के लिए मैं अपने देश की बहनों पर अंग्रेज़ी का नाहक बोझ डालने से इनकार करता हूँ। मैं चाहता हूँ कि हमारे देश के जवान लड़के-लड़कियों को साहित्य में रस हो तो वे भले ही दुनिया की दूसरी भाषा की तरह अंग्रेज़ी भी जी भरकर पढ़ें। फिर मैं उनसे आशा रखूँगा कि वे अपने अंग्रेज़ी पढ़ने के लाभ डॉक्टर बोस, राय और कवि सम्राट की तरह हिन्दुस्तान को और दुनिया को दे। लेकिन मुझसे यह नहीं बर्दाश्त होगा कि हिन्दुस्तान का एक भी आदमी मातृभाषा को भूल जाए, उसकी हँसी उड़ाए या उससे शर्माए या उसे यह भी लगे कि वह अपने अच्छे से अच्छे विचार अपनी भाषा में नहीं रख सकता। ''कवि सम्राट धीरज रखेंगे तो वे देखेंगे कि हिन्दुस्तान आज ऐसी कोई बात नहीं कर रहा है, जिससे उसे विदेशों में अपने देश-भाइयों के लिए अफ़सोस करना पड़े या नीचा देखना पड़े। उन्हें मैं नम्रता के साथ चेतावनी देता हूँ कि वे ऐसा न मानें कि इस आन्दोलन के सिलसिले में जो थोड़ी-सी अफ़सोस करने लायक घटनाएँ हो गई हैं वे ही इस आन्दोलन का सच्चा स्वरूप हैं। डायर और ओडायर पर से अंग्रेज़ों की कीमत आंकना जितना गलत है, उतना ही गलत लन्दन में बताई गई विद्यार्थियों की कुछ नासमझी या मालेगाँव की ज़्यादतियों से असहयोग की कीमत लगाना भी है।''[1]

कवि अब भी चुप नहीं रहे। 'सत्य का आह्वान' नामक एक और निबन्ध उन्होंने यूनिवर्सिटी इंस्टीट्यूट[2] में पढ़ा, जिसमें उन्होंने स्पष्ट रूप से और पूरी तरह असहयोग और

---

1. 'अंग्रेज़ी विद्या और रवि बाबू'—हिन्दी नवजीवन, 13 जून, 1921 ई. 2. 29 अगस्त, 1921 ई.

चर्खे को अस्वीकार कर दिया। इस बात से स्पष्ट हो जाता है कि शरत् और कवि के चिन्तन में वास्तविक विरोध कहाँ था। शरत् मानते थे कि स्वाधीनता मिलने पर सब कुछ मिल सकता है। *पथेर दाबी* का सव्यसाची यही तो कहता है, ''भारती, मैं नहीं चाहता देश का कल्याण, देश की समृद्धि। मैं चाहता हूँ देश की स्वाधीनता।'' इसके विपरीत कवि का मत था कि मनुष्य के मन में मुक्ति होने पर स्वाधीनता आप ही प्राप्त हो जाएगी।

लेकिन केवल स्कूल और कॉलेजों के बहिष्कार ही की बात नहीं थी, असहयोग आन्दोलन के दूसरे कार्यक्रम भी बड़े उत्साह के साथ नगर-नगर और गाँव-गाँव में मनाए जा रहे थे। विदेशी वस्त्रों की होली में मानो दासता का परिधान भस्म हो रहा था। वकील दबादब वकालत छोड़ रहे थे। राष्ट्रीय पंचायतें स्थापित हो रही थीं। शरत् बाबू भी अपनी साहित्य-साधना को छोड़कर देशबन्धु के पास चले जाते थे। उनके पत्र में प्रकाशित होने वाली सामग्री के चयन और सम्पादन में ही योग नहीं देते थे, उसका निर्माण तक करते थे। लेकिन सुभाषचन्द्र बोस के एक पत्र से[1], जो उन्होंने शरत् बाबू के पड़ोसी श्री भोलानाथ राय को लिखा था, यह स्पष्ट है कि भाषण देना उनके लिए सरल काम न था, ''मैंने बहुतों को आशा दिलाई है कि शरत् बाबू फिर भाषण देंगे। यदि एक दिन फिर सभा नहीं होती तो मेरी बात नहीं रहेगी, मान भी नहीं रहेगा।''

इस तरह दिन, सप्ताह और मास बीतते जा रहे थे। समूचा देश एक नई चेतना से मुखर हो उठा था। हिन्दू-मुसलमान सब जैसे एक प्राण दो देह हो रहे थे। 'वन्दे मातरम्' और 'अल्ला हो अकबर' का सम्मिलित स्वरघोष भारत के भाग्याकाश में गूँज रहा था। मानव का वह उच्छ्वास-उछाह, वह उद्दाम कर्म-शक्ति, वह मृत्युंजय आशावाद, वह स्नेह-दीप्ति फिर कभी नहीं देखी गई। महात्माजी का एक वर्ष में स्वराज्य का नारा जैसे जीवन का संजीवन-मंत्र बन गया। 'तिलक स्वराज्य फण्ड' के लिए 1 करोड़ रुपये की अपील पर जनता ने उन पर धन की सचमुच वर्षा की। बंगाल कैसे पीछे रहता। स्त्रियों ने अपने आभूषण तक उतारकर उनकी झोली में डाल दिए।

उधर सरकार की चिन्ता की कोई सीमा न थी। दमनचक्र की गति तीव्र से तीव्रतर होने लगी। वैसी ही तीव्रता आने लगी जनता के उत्साह में। युवराज वर्ष के अन्त में भारत आने वाले थे। अखिल भारतीय कांग्रेस कार्य समिति ने निश्चय किया कि उनके आने पर किसी प्रकार का स्वागत न किया जाए। देश ने उसकी आज्ञा का पालन किया, किन्तु ईसाई और पारसी विरोध कर रहे थे। इसलिए बम्बई में भयंकर दंगा हो गया। महात्माजी बहुत दुखी हुए। कार्य समिति ने बंगाल को इस शर्त पर सविनय अवज्ञा आन्दोलन की अनुमति दी कि कथन और व्यवहार दोनों ही दृष्टियों से अहिंसा का पालन किया जाएगा।

बंगाल में आन्दोलन के संचालक देशबन्धु दास थे। बाज़ारों में खादी बेचने के लिए जो स्वयंसेवक गए, उनमें उनके पुत्र भी थे। उन्हें गिरफ़्तार कर लिया गया। उसके बाद उनकी पत्नी वासन्ती देवी और बहन उर्मिला देवी ने नेतृत्व संभाला। युवराज उसी समय कलकत्ता पधारे। उस दिन हड़ताल का अनुरोध करने के कारण वासन्ती देवी को भी गिरफ़्तार कर लिया

1. डाक मोहर 24 सितम्बर, 1922 ई.

गया। बंगाल में जैसे उत्साह का तूफ़ान जाग उठा। शरत्चन्द्र की उत्तेजना का कोई पार नहीं था। *भारतवर्ष* के सम्पादक जलधर सेन उन्हें प्यार करते थे। बार-बार निराश होकर भी उनके पास लेख मांगने के लिए आना उन्होंने नहीं छोड़ा था। उस दिन भी आए। बोले, ''शरत्, बहुत दिनों से तुमने कुछ नहीं लिखा। अब फिर शुरू करो।''

शरत् तब हुक्का पी रहे थे। नली को परे हटाकर कहा, ''लिखूँ? किसके लिए लिखूँ? क्या लिखूँ? क्यों लिखूँ? क्या होगा लिखकर? वासन्ती देवी अपने एकमात्र बेटे के साथ कलकत्ता के राजपथ पर सबके सामने सार्जेण्ट द्वारा गिरफ़्तार कर ली गईं। फिर भी बंगाली उस दिन लाट साहब के घर जाकर खाना खा आए। अब भी लोग विलायती कपड़े पहनते हैं, अब भी उसी सरकार की नौकरी करते हैं। अब भी कोर्ट-कचहरी में वकील-बैरिस्टर घिस-घिस करते हैं। हम लोग दास हैं, भाड़े के टट्टू हैं और ज़रखरीद गुलाम हैं। हमारे लिए लज्जा की बात है।''

घटनाएँ बड़ी तेज़ी से घट रही थीं। बंगाल के गवर्नर लार्ड रोनाल्डशे ने देशबन्धु दास को समझौते की बातचीत के लिए आमन्त्रित किया, किन्तु उसका कुछ परिणाम नहीं निकला। देशबन्धु को गिरफ़्तार कर लिया गया। दूसरे और बहुत-से नेता भी गिरफ़्तार हो गए। शरत् अभी बाहर ही थे। शचिनन्दन चट्टोपाध्याय ने लिखा है ''जब गिरफ़्तारियों का प्रकोप तीव्र हो रहा था तो एक दिन उन्होंने हेमन्तकुमार सरकार से पूछा था, 'हेमन्त, क्या जेलखाने में अफ़ीम खाने देते हैं?'

'' 'जी नहीं।'

'' 'तम्बाखू खाने देते हैं?'

'' 'जी, वह भी नहीं।'

'' 'तब तो मेरा जेल जाना नहीं होगा।'

देशबन्धु उस दिन तक गिरफ़्तार नहीं हुए थे। यह वार्तालाप सुनकर हँस पड़े। पूछा, 'क्यों नहीं होगा।'

''शरत् बाबू बोले, 'जान पड़ता है जेलखाना भद्र लोगों के रहने के लिए नहीं है। वहाँ मेरे लिए ठीक नहीं होगा। गवर्नमेण्ट यदि गोली चलाए तो उसके सामने खड़ा रह सकता हूँ, लेकिन भेड़ों के गिरोह में बैठे-बैठे दिन-रात कड़ियाँ गिनते-गिनते महीनों पर महीने काट देना मुझसे नहीं होगा।' ''

वास्तव में प्रचलित अर्थों में शरत् बाबू जननेता नहीं थे। वे मित्र और परामर्शदाता थे। उस समय तक केवल कांग्रेस वालंटियर बोर्ड ही गैरकानूनी घोषित की गई थी, कांग्रेस नहीं। शरत् वालंटियर कोर के सदस्य नहीं थे, इसलिए उनके गिरफ़्तार होने का प्रश्न ही नहीं था। वे बराबर कांग्रेस का कार्य करते रहे।

अब तक शरत् बाबू दाढ़ी रखते थे, लेकिन एक दिन अचानक जब वे सर्वेंट के कार्यालय में पहुँचे तो उनके दाढ़ी-विहीन मुख को देखकर सम्पादक श्री श्यामसुन्दर चक्रवर्ती चकित हो उठे। बोले, ''आइए, आइए, यह आपकी दाढ़ी क्या हुई?''

शरत् बाबू ने उत्तर दिया, ''आजकल इस आन्दोलन में जिस अपराध के लिए एक हिन्दू

को छः महीने की सज़ा दी जाती है, उसी अपराध के लिए एक मुसलमान को दुगनी सज़ा दी जाती है। इसलिए मैं हिन्दू बन गया हूँ।''

सुनकर सब अट्टहास कर उठे, पर उनकी इस विनोदप्रियता से यह स्पष्ट हो जाता है कि जेल-यात्रा उनके उपचेतन में जमकर बैठ गई थी।

युवराज के आने से पूर्व एक बार फिर समझौते की बात चली। देशबन्धु दास तब अलीपुर जेल में थे। पण्डित मदनमोहन मालवीय के नेतृत्व में एक शिष्टमण्डल वायसराय से मिला। उसके बाद अलीपुर जेल में देशबन्धु से टेलीफ़ोन पर बातें हुईं। अहमदाबाद में गाँधीजी से राय ली गई, लेकिन कैदियों के छुटकारे और पिकेटिंग के अधिकार पर समझौता नहीं हो सका।

युवराज कलकत्ता[1] आये, परन्तु यह महानगरी श्मशान की तरह नीरवता का आवरण डाले बैठी रही। कसाइयों तक की दुकानें बन्द थीं। देशबन्धु स्वयं हड़ताल का संचालन कर रहे थे और मामा उपेन्द्रनाथ को साथ लिए शरत्चन्द्र नंगे पैर हावड़ा पुल के पास अपार जनता के बीच नियन्त्रण करते घूम रहे थे। इतनी परिपूर्ण हड़ताल फिर किसी दिन नहीं हुई। इस सफलता से योरोपियन क्षुब्ध हो उठे। सरकार का दमन भी तीव्र हो उठा और उसी के साथ तीव्र हो उठा असहयोग आन्दोलन।

ऐसे वातावरण में राष्ट्रीय कांग्रेस का अधिवेशन अहमदाबाद में हुआ। देशबन्धु दास उसके सभापति चुने गये थे, परन्तु वे तो जेल में थे। इसलिए हकीम अजमल खाँ स्थापन्न सभापति निर्वाचित हुए। देशबन्धु का भाषण पढ़ा भारतकोकिला श्रीमती सरोजिनी नायडू ने। उसमें देशबन्धु ने भारतीय राष्ट्र संघ का व्यापक रूप से सिंहावलोकन करते हुए कहा, ''पेश्तर इसके कि हमारी संस्कृति पश्चिमी सभ्यता को आत्मसात करने को तैयार हो, उसे पहले अपने-आप को पहचान लेना होगा।''

गवर्नमेण्ट ऑफ़ इण्डिया एक्ट पर विचार करते हुए उन्होंने घोषणा की, ''इस कानून को सरकार के साथ सहयोग करने की बुनियाद पर स्वीकार करने की सिफारिश मैं आपसे नहीं कर सकता। मैं इज़्ज़त खोकर शान्ति खरीदना नहीं चाहता। जब तक इस कानून का यह प्राक्कथन कायम है और जब तक हमारे इस अधिकार को, कि अपने घर का इंतज़ाम, अपने स्वतन्त्र व्यक्तित्व का विकास और अपने भाग्य का निर्णय आप करें, तस्लीम नहीं कर लिया जाता, मैं सुलह की किसी शर्त पर विचार करने के लिए तैयार नहीं हूँ।''

आन्दोलन के समाप्त होने का कोई प्रश्न नहीं था। देश के कोने-कोने में अहिंसक विप्लव की आग सुलग रही थी, परन्तु ठीक इसी समय एक दुर्घटना घटी। तीव्र गति से घूमता हुआ कालचक्र जैसे सहसा रुक गया।

गोरखपुर ज़िले के चौरीचौरा ग्राम[2] में कांग्रेस का एक जुलूस निकाला गया था। इस अवसर पर अचानक दंगा हो गया। उसके बाद भीड़ ने इक्कीस सिपाहियों और एक थानेदार को थाने में बन्द करके आग लगा दी। किसी को बाहर नहीं निकलने दिया। वे सबके सब जलकर मर गए।

---

1. 24 सितम्बर, 1921 ई. 2. 5 फरवरी, 1922 ई.

इससे पहले बम्बई और मद्रास में भी इसी प्रकार के दंगे हो चुके थे। उनमें लगभग 53 व्यक्ति मरे थे और 400 घायल हुए थे। इन दंगों के कारण गाँधी जी बहुत विचलित हुए। बारदोली में कार्य समिति[1] की एक बैठक हुई और उसमें यह निश्चय किया गया कि सामूहिक सत्याग्रह आरम्भ करने का विचार छोड़ दिया जाए। कांग्रेस जनों से अनुरोध किया गया कि वे गिरफ़्तार होने और सज़ा पाने के लिए ही कोई काम न करे। एक रचनात्मक कार्यक्रम तैयार किया गया। उसके अनुसार कांग्रेस के लिए एक करोड़ सदस्य भर्ती करना, चर्खे का प्रचार करना, राष्ट्रीय विद्यालय खोलना, मादक द्रव्य-निषेध का प्रचार करना, और पंचायत संगठित करना और कराना ही मुख्य कार्य रह गया था।

गाँधीजी रचनात्मक कार्य के द्वारा फिर से अहिंसक वातावरण पैदा करना चाहते थे, लेकिन जो बड़े-बड़े नेता जेल के भीतर बन्द थे, उन्होंने अनुभव किया कि गाँधीजी ने आन्दोलन को बिलकुल ठंडा कर दिया है। पं. मोतीलाल नेहरू और लाला लाजपत राय ने जेल के भीतर से लम्बे-लम्बे पत्र लिखे। उन्होंने कहा कि एक स्थान के पाप के कारण सारे देश को दण्ड देने का गाँधीजी को कोई अधिकार नहीं है। देशबन्धु दास भी यही मानते थे और यही विचार था शरत्चन्द्र का। शचिनन्दन ने लिखा है, ''उन्हें महात्माजी के इस निर्णय से बहुत वेदना हुई। उन्होंने कहा, 'महात्माजी ने भयानक भूल की है। इस अवस्था में आन्दोलन को स्थगित करने का अर्थ है आन्दोलन की अपमृत्यु। जन-आन्दोलन एकदम ही नष्ट हो गया। यह फिर पुनर्जीवित नहीं होगा। सोचा था, इस आन्दोलन से स्वराज्य निश्चय ही मिलेगा, पर महात्माजी ने उसे आरम्भ ही नहीं किया।...कुछ कांस्टेबिल उत्तेजित जनता के हाथ जल मरे। उससे क्या हुआ? इससे ही क्या भारतवर्ष का आन्दोलन बन्द कर देना होगा? इतने विरोट देश की मुक्ति के संग्राम में क्या रक्तपात नहीं होगा? होगा ही तो। चारों ओर रक्त की गंगा बहेगी। उसी रक्त-प्रवाह के बीच में स्वाधीनता का रक्तकमल प्रस्फुटित होगा। इससे कैसा क्षोभ, कैसा दुख, कैसा अनुताप?...नान वायलेंस अत्यन्त पवित्र धिचार हैं, लेकिन स्वतन्त्रता की प्राप्ति उसमें कहीं अधिक, उससे शतगुना पवित्र है।' ''

सत्याग्रह बन्द हो जाने के बाद सचमुच जैसे उमड़ते-उमंगते उत्साह पर छींटा पड़ गया। सरकार इसी क्षण की राह देख रही थी। उसने गाँधीजी को गिरफ़्तार कर लिया[2] और राजद्रोह के अपराध में छः वर्ष के लिए कारागार में बन्द कर दिया। चालीस करोड़ नर-नारियों को वह नेता, जिसने भारतवर्ष के कोने-कोने में अग्नि प्रज्वलित कर दी थी, अपने ही हाथों से उसे शान्त करके यरवदा जेल के द्वार पर जा खड़ा हुआ। फाटक खुले और दृढ़ कदम रखता हुआ वह क्षीणकाय महामानव, उसके भीतर चला गया। द्वार बन्द हो गया और सविनय आन्दोलन के प्रथम अंक पर यवनिका गिर गई। शरत्चन्द्र सत्याग्रह के स्थगित हो जाने के कारण बहुत दुखी थे, परन्तु जब सरकार ने महात्माजी को जेल में बन्द कर दिया तो उन्होंने एक लेख लिखा, जिसका शीर्षक था 'महात्माजी'। इस लेख से स्पष्ट है कि जो व्यक्ति कुछ दिन पूर्व गाँधीजी से असंतुष्ट था वही अब उनके अन्तरतम तक पहुँचकर सत्य को खोज लेता है और पूरी श्रद्धा के साथ प्रकट कर देता है। इन शब्दों में जैसे उनकी सारी वेदना पूंजीभूत हो गयी है।

---

1. 11 फरवरी, 1922 ई. 2. 13 मार्च, 1922 ई.

"जो अनन्य भाव से सत्यनिष्ठ है, जो मन-वाणी-काया से हिंसा को छोड़े हुए है, स्वार्थ के नाम से जिसका कहीं भी कुछ भी नहीं है, आर्तों के लिए, पीड़ितों के लिए जो संन्यासी है इस अभागे देश में ऐसा कानून भी है। जिसके अपराध में इस आदमी को भी आज जेल जाना पड़ा।"[1]

6

उस दिन जलधर दादा मिलने आए थे। देखा शरत्चन्द्र मनोयोगपूर्वक कुछ लिख रहे हैं। मुख पर प्रसन्नता है आँखें दीप्त हैं, कलम तीव्र गति से चल रही है। पास ही रखी हुई गुड़गुड़ी की ओर उनका ध्यान नहीं है। चिलम की आग ठंडी पड़ गई है। यह देखकर उन्हें बड़ा आनन्द हुआ। आह्लाद से भरकर, हाथ की लाठी से, उन्होंने मेज़ पर चोट की और शरत्चन्द्र को चकित करते हुए बोल उठे, "खूब, खूब, इतने दिन बाद तुमने कलम पकड़ी है शरत्! तुम लिख रहे हो!"

मुख उठाकर शरत्चन्द्र बोले, "हाँ दादा, लिख रहा हूँ।"

दादा खुश होकर पास की कुर्सी पर बैठ गए। पूछा, "यह तुमने क्या आरम्भ किया है ?"

शरत्चन्द्र के मन में बड़े भाई के समान इस मित्र के लिए बड़ा कष्ट हुआ। म्लान हँसी हँसकर बोले, "कहानी, उपन्यास नहीं लिख रहा हूँ दादा, देशबन्धु जेल से छूट आए हैं।[2] उसका सार्वजनिक अभिनन्दन हो रहा है। उसी के लिए अभिनन्दन-पत्र लिख रहा हूँ।"

देशबन्धु जेल से सविनय अवज्ञा आन्दोलन को नया रूप देने की परिकल्पना लेकर आए थे। उन्होंने कौंसिलों में प्रवेश करने का प्रस्ताव पेश किया। असहयोग के युग में यह प्रस्ताव सबको चकित कर देने वाला था, लेकिन शरत्चन्द्र ने देशबन्धु का साथ नहीं छोड़ा। वे परिषदों को खत्म कर देना चाहते थे, लेकिन अन्दर जाकर। उन्होंने कहा, "ये सुधरी हुई परिषदें नौकरशाही के चेहरे पर एक नकाब हैं। हमारा यह कर्तव्य है कि हम इसे उतार फेंकें। इन परिषदों को खत्म कर देना ही हमारा सबसे प्रभावशाली बहिष्कार होगा। यह तभी सम्भव हो सकता है जब परिषदों में हमारा बहुमत हो। यदि हम चुनाव लड़े तो उनके परिणामों से पता चल जाएगा कि हम तथ्यों के आधार पर आगे बढ़े हैं, कल्पनाओं के सहारे नहीं। मुझे पूर्ण विश्वास है कि बहुमत हमारे पक्ष में रहेगा।"

बंगाल में इन प्रस्तावों का तीव्र विरोध हुआ। इतना कि शरत् बाबू को कांग्रेस कमेटी के सभापति पद से इस्तीफ़ा देना पड़ा।[3] कांग्रेस दो दलों में बंट गई—परिवर्तनवादी और अपरिवर्तनवादी। गया अधिवेशन में[4] जिसके सभापति स्वयं देशबन्धु थे, यह प्रश्न बड़े उग्र रूप से सामने आया। शरत्चन्द्र उस समय अखिल भारतीय कांग्रेस कमेटी के सदस्य थे। अस्वस्थ हो जाने के कारण वे बीच में ही कलकत्ता लौट आए थे लेकिन उन्होंने कौंसिल-प्रवेश के कार्यक्रम का पूर्ण समर्थन किया। कहा, "असहयोग आन्दोलन को सहसा स्थगित कर देने से जो घोर निराशा छा गई है, उससे मुक्त होने का एकमात्र उपाय यही है।"

---

1. देखिए परिशिष्ट 3 2. जून 1922 ई. 3. 14 जुलाई, 1922 ई. 4. 26 दिसम्बर, 1922 ई.

चारों ओर के विरोध और अप्रिय आलोचना तथा अशिष्ट आक्रमण के बीच वे निरन्तर देशबन्धु को उत्साहित करते रहे कि जिस सत्य की उपलब्धि उन्होंने की है, उसका वे निरन्तर प्रचार करते रहें।

अपने अध्यक्षीय भाषण में देशबन्धु ने स्पष्ट और निस्संकोच भाव से परिषदों में प्रवेश का प्रस्ताव उपस्थित किया, लेकिन वह पारित न हो सका। तब उन्होंने तुरन्त अध्यक्ष-पद से त्यागपत्र दे दिया और पंडित मोतीलाल नेहरू के सहयोग से स्वराज्य पार्टी की नींव डाली।[1] उन्होंने घोषणा की कि एक दिन देश मेरा कार्यक्रम स्वीकार करेगा।...

उन्होंने सारे देश का तूफ़ानी दौरा किया। इस दौरे में प्रचार का जो स्तर था उसके संबंध में मतभेद की गुंजायश है और यह भी निश्चित है कि राजनीतिक उत्तेजना में मानवता की क्षति होती है, लेकिन इसमें भी कोई सन्देह नहीं कि शीघ्र ही किसी-न-किसी रूप में देश ने उनके कार्यक्रम को स्वीकार कर लिया। कुछ दिन बाद बम्बई में कार्यसमिति और महासमिति की बैठकें हुईं।[2] सर्वसम्मति से देशबन्धु महासमिति के अध्यक्ष चुने गए। श्री पुरुषोत्तमदास टण्डन द्वारा प्रस्तावित तथा श्री जवाहरलाल नेहरू द्वारा अनुमोदित यह प्रस्ताव उस समिति में पास हुआ कि सब कांग्रेसियों को अपने मतभेद भुलाकर संयुक्त मोर्चा बनाना चाहिए। कांग्रेस यह निर्देश देती है कि गया में स्वीकार किए गए प्रस्ताव के सिलसिले में अब और किसी तरह का प्रचार न किया जाए।

यह उस अप्रिय संघर्ष के अन्त का आरम्भ था जो कांग्रेस के भीतर विषाक्त वातावरण पैदा कर रहा था। देशबन्धु का सबसे भयंकर विरोध उनके प्रान्त में था। बम्बई में महासमिति की बैठक से दो सप्ताह पूर्व ही बारीसाल नगर में बंगीय प्रादेशिक कमेटी की बैठकें[3] हुई थीं। शचिनन्दन ने लिखा है--"देशबन्धु सदल-बल वहाँ पहुँचे थे। शरत् बाबू भी साथ थे। वे सब लोग साधारण सदस्यों के साथ बैठे। किसी ने देशबन्धु से मंच पर बैठने तक का अनुरोध नहीं किया। श्री श्यामसुन्दर चक्रवर्ती सभापति थे। देशबन्धु सभापति के एक रूलिंग के संबंध में बोलने के लिए उठे। श्याम बाबू ने दूसरी ओर मुँह फिराकर कहा, "मैं 'उस आदमी' की बात नहीं सुनूँगा ?"

देशबन्धु की आँखें अभिमान से जल उठीं। वे बोले, "श्याम बाबू, मैंने बहुत दिन तक बैरिस्टरी की है। हाईकोर्ट के किसी जज ने मुझसे यह कहने का साहस नहीं किया कि वह मेरी बात नहीं सुनेगा और आज आप ये शब्द कहते हैं ?"

शरत्चन्द्र भी उठकर खड़े हो गए। वे कहने लगे, "श्याम बाबू, आपने देशबन्धु को 'उस आदमी' कहकर पुकारा ? 'महानुभाव' शब्द का प्रयोग तक न कर सके ?"

श्याम बाबू उत्तेजित होकर बोले, "मैं तुम्हारा मुँह नहीं देखना चाहता।"

शरत्चन्द्र यह अपमान नहीं सह सकते थे। राजनीति में आदमी को जैसी मोटी खाल वाला होना चाहिए, वैसे वे नहीं थे। क्रोध से उबलते हुए उन्होंने सभा का त्याग कर दिया। जब

---

1. 1 जनवरी, 1923 ई. 2. 25-27 मई, 1923 ई. 3. 13 मई, 1923 ई.

सब लोग निवास-स्थान पर लौटे तो पाया कि वे उत्तेजित होकर बरामदे में इधर-से-उधर घूम रहे हैं। उन्होंने अलीपुर बम केस के सुप्रसिद्ध अभियुक्त उपेन्द्रनाथ गंगोपाध्याय के पास आकर कहा, "उपीन, तुम तो भाई बम पार्टी के नेता थे, क्या मुझे एक बम तैयार करके दे सकते हो?"

उपेन्द्र दा ने पूछा, "बम, बम का क्या करेंगे आप?"

"श्यामू चकोती के सिर पर फेंक मारूँगा। उसने मुझसे कहा कि मैं तुम्हारा मुँह नहीं देख सकता। ओरे बाबा, बारेन्दो ब्राह्मण। ब्राह्मणों में बारेन्दों और रोगों में... ।"

और भी बहुत कुछ न कहने योग्य उन्होंने कहा। ऐसा कि दूसरे लोग हँस ही सकते थे। इसलिए सबके सम्मिलित अट्टहास से वह कमरा गूंज-गूंज उठा। शरत्चन्द्र और भी क्रुद्ध होकर बोले, "आप हँसते हैं, मेरा इस तरह अपमान किया गया फिर भी आपको हँसी आती है! राजनीति में किसी भले आदमी का इस तरह अपमान किया जाता है! मैं अब और इसमें नहीं ठहर सकता। काफ़ी देख लिया, अब और नहीं।"

देशबन्धु स्नेह के साथ एक हाथ अपने हाथ में लेकर बोले, "ऐसा ही कीजिए। आप इसे छोड़ दीजिए। आप साहित्यिक हैं, शिल्पी हैं। आपकी अनुभूति अत्यन्त नाजुक है। इतनी व्यथा और इतना अपमान आप नहीं सह सकेंगे। आप कांग्रेस और राजनीति को एकदम छोड़ दीजिए।"

शरत् एक कुर्सी पर जा बैठे। हुक्का तैयार था। दो-तीन कश खीचकर बोले, "किन्तु कैसे छोड़ूँ?"

सहसा उनका कण्ठ वेदना से अभिभूत हो उठा। आँखें भर आईं। अन्तस्तल से एक दीर्घ निःश्वास निकला, "आपकी इस असहाय अवस्था में जब चारों ओर से बाधाएँ घिरती आ रही हैं, तब उनके बीच में आपका विसर्जन करके भागकर अपनी आत्मरक्षा कैसे करूँ? मेरी व्यथा अत्यन्त साधारण है, लेकिन आप तो दुखों के दावानल में फँसे हुए हैं। नहीं, आपको छोड़कर नहीं भाग सकता।"

और वे बड़ी तेज़ी से हुक्के के कश खींचने लगे।

इस अवसर पर बंगीय साहित्य परिषद् की स्थानीय शाखा ने उनका सम्मान किया। उस सभा में देशबन्धु दास, सुभाषचन्द्र बोस व किरणशंकर राय आदि भी उपस्थित थे। अभिनन्दन का उत्तर देते हुए भी वे देश को नहीं भूले। उन्होंने कहा, "आज इस देश में जिसे महान् साहित्य कहते हैं, उसका सृजन नहीं हो सकता क्योंकि हम राजनैतिक, सामाजिक किसी भी दृष्टि से मुक्त नहीं हैं। जिस दिन वह मुक्ति मिलेगी उसी दिन आनन्द के भीतर से उस साहित्य की सृष्टि होगी।"

देश की स्वतंत्रता के प्रति उनकी अनुरक्ति वास्तविक थी। तभी तो वे मन-वचन-कर्म से इस संग्राम में योग देने के लिए देशबन्धु के पीछे खड़े थे।

इतने विषाक्त वातावरण और इतने संघर्ष के बावजूद देशबन्धु ने बम्बई में समिति के सदस्यों को अपने दृष्टिकोण से सहमत कर लिया। इसके पश्चात् मौलाना आज़ाद के

सभापतित्व में कांग्रेस का एक विशेष और कई दृष्टियों से अत्यन्त महत्त्वपूर्ण अधिवेश दिल्ली में हुआ।[1] दिलीपकुमार राय और सुभाषचन्द्र बोस के साथ शरत्चन्द भी इसमें भाग लेने के लिए पहुँचे। इस अधिवेशन में कांग्रेस के दोनों दलों में अन्तिम रूप से समझौता हो गया और अगले निर्वाचनों में खड़े होने तथा अपनी राय देने के अधिकार का उपयोग करने की स्वतन्त्रता सबको दे दी गई। कौंसिल प्रवेश के विरुद्ध सब प्रचार बन्द कर दिया गया। देशबन्धु विधान मण्डलों में आकर नये सुधारों को निरर्थक सिद्ध करना चाहते थे। उन्होंने कहा, ''मेरा कहना तो यह है कि या तो मैं वहाँ उन सुधारों को नष्ट करने के लिए जाऊँ, जो हमारा खून चूस रहे हैं, या फिर बिलकुल भी न जाऊँ। मुझे इस बात से अत्यन्त प्रसन्नता है कि इस समझौते के प्रस्ताव में अहिंसात्मक असहयोग के सिद्धान्तों पर ज़ोर दिया गया है। मगर परिषद् में हमारा अल्पमत होगा तो मैं उन सीटों को रिक्त रखूँगा। वे असहयोग के प्रकाशित दीपों का काम करेंगी।''

इसके तुरन्त बाद ही बंगाल कौंसिल के चुनाव आ पहुँचे। देशबन्धु ने शरत्चन्द्र से कहा, ''आप हावड़ा से खड़े होइए।''

शरत्चन्द्र हँस पड़े। बोले, ''आप मज़ाक करते हैं। मैं कौंसिल के चुनाव में खड़ा होऊँ?''

''क्यों न खड़े हों?''

''ना, ना, उससे क्या? मैं साधारण लेखक हूँ। मैं क्या चुनाव में खड़े होने योग्य हूँ? लोग क्या कहेंगे?''

देशबन्धु विस्मित होकर बोले, ''आप क्या कहते हैं शरत् बाबू?''

शरत्चन्द्र ने उत्तर दिया, ''ठीक कहता हूँ। देश के लिए मैंने क्या किया है? जेल नहीं गया, वकालत-बैरिस्टरी नहीं छोड़ी। किसी प्रकार का देश-निकाला या त्याग स्वीकार नहीं किया। आप मुझको प्यार करते हैं, यह मेरा और आपका व्यक्तिगत मामला है। आप स्वयं कवि और साहित्यिक हैं। साहित्यिक के रूप में ही आप मुझे प्यार करते हैं। मित्रता के नाते मैं आपका प्रियजन हो सकता हूँ, किन्तु देश की जनता कैसे मुझे प्रियजन माने। मैं अपनी साधारण साहित्य-साधना को राजनीति का मूलधन बनाना नहीं चाहता। विशेषकर कौंसिल का काम, अंग्रेज़ी भाषण सुनना और देना, इन दोनों से ही मुझे अरुचि है। आप मुझे मुक्ति दीजिए। ऐसे किसी को खड़ा कीजिए, जिसे जनता मुक्त मन से स्वीकार करे। यूँ ही आपकी विपत्तियों का कोई अन्त नहीं है। राय देने वालों के ऊपर अपनी रुचि लादकर अपनी बाधाओं को और अधिक न बढ़ाइए।''

शिल्पी शरत्चन्द्र ही ऐसा कह सकते थे। उस समय वे अपनी ख्याति के शिखर पर थे। जन-जन की जिह्वा पर उनका नाम था। शायद वे आसानी से कौंसिल के सदस्य और हावड़ा म्युनिसिपल कमेटी के चेयरमैन हो सकते थे, लेकिन उनका चिरसंगी आलस्य और शिल्पी का बैरागी मन क्या उन्हें कुछ करने देता, इसलिए उन्होंने ठीक ही अपनी साहित्य-साधना को राजनीति का मूलधन नहीं होने दिया।

जब कलकत्ता नगर निगम का पुनर्गठन हुआ तो देशबन्धु ने अधिकांश सीटें निर्विरोध ही

---

1. 15 दिसम्बर, 1923 ई.

प्राप्त कर लीं। वे कलकत्ता के प्रथम मेयर बने, लेकिन शरत्चन्द्र उसी तरह पीछे खड़े रहे। हाँ, जब दास बाबू ने *फ़ारवर्ड* दैनिक पत्र प्रारम्भ[1] किया तब उन्होंने शेयर बेचने में उनकी यथोचित सहायता की। चन्दा इकट्ठा करने में तनिक भी रुचि नहीं थी, परन्तु जब देशबन्धु ने ग्राम संगठन के लिए तीन लाख रुपये की अपील निकाली तब वे उनके साथ दर-दर भीख माँगते फिरे।

उस दिन रात हो आई थी। पानी बरस रहा था। उस समय देशबन्धु दास, सुभाषचन्द्र बोस और शरत्चन्द्र सियालहदह के पास एक बड़े आदमी की बैठक में कुछ रुपये पाने की आशा में बैठे हुए थे। सहसा शरत् झुंझलाकर बोले, ''गरज क्या एक आपकी ही है? देश के आदमी सहायता करने में अगर इतने विमुख हो उठे हैं, तो रहने दीजिए।''

देशबन्धु के मन पर चोट लगी। कहा, ''यह ठीक नहीं है शरत् बाबू, दोष हम लोगों का ही है। हम लोग काम करना नहीं जानते। अपनी बात समझाकर नहीं कह सकते। बंगाली भावुक हैं, कृपण नहीं। एक दिन जब वे समझेंगे तब अपना सर्वस्व लाकर हमारे हाथ में सौंप देंगे।''

आचार्य प्रफुल्लचन्द्र राय भी ऐसे ही आशावादी थे। उन्हीं के शब्दों में, ''नारी कर्म मन्दिर की दो महिलाओं और श्रीयुत डॉ. प्रफुल्लचन्द्र राय महाशय को लेकर घोर आँधी-पानी के बीच आमता ज़िले की ओर हम गये...हमारे आने-जाने का खर्च हुआ पचास रुपया...पुलिस का भी इतना ही खर्च हुआ होगा। उन्नतिशील स्थान है। बहुत-से धनी लोग रहते हैं। फिर भी स्थानीय करघे और चरखे की उन्नति के लिए चन्दा किया गया तो वायदा हुआ तीन रुपये पाँच आने का। इसके बाद आचार्य राय ने बड़े परिश्रम से यह आविष्कार किया कि वहाँ के दो वकील विलायती कपड़ा नहीं खरीदते। और एक आदमी ने उनकी वक्तृता पर मुग्ध होकर उसी दिन प्रतिज्ञा की कि भविष्य में अब वह भी विलायती कपड़ा नहीं खरीदेगा।...प्रफुल्लचन्द्र ने प्रफुल्ल होकर मेरे कान में चुपके से कहा, ''हाँ, यह ज़िला उन्नतिशील है और ज़रा लगे रहिये...।''

उस दिन भी वे निरुत्तर हो गये थे। आज भी बंगाल के प्रति देशबन्धु का यह प्रेम देखकर वे निरुत्तर हो गये। उन दोनों के संबंधों में एक विशेषता थी। देशबन्धु के साथ अनेक व्यक्ति थे, परन्तु वे सब उनके शिष्य थे। श्रद्धा-भक्ति रखते थे। मित्र और सखा का सौहार्द मिलता था उन्हें केवल शरत्चन्द्र से। जब वे आघात पर आघात पाकर व्याकुल हो उठते, तब मन-प्राण को उत्फुल्ल करने वाले शरत्चन्द्र ही थे। आर्थिक सहायता करने में भी वे कभी पीछे नहीं रहे। मोटी रकम का चेक चुपचाप देशबन्धु के हाथ में थमा आते।

तारकेश्वर के तत्कालीन महन्त सतीश गिरि के विरुद्ध महावीर दल के स्वामी सच्चिदानन्द और स्वामी विश्वानन्द ने सत्याग्रह आन्दोलन किया था।[2] वे दोनों सुधारवादी थे। परन्तु महन्त की शक्ति भी कम नहीं थी। इसीलिए वे दोनों स्वामी देशबन्धु की शरण में आए। एक दिन क्या हुआ कि स्वयं इन दोनों स्वामियों में किसी बात को लेकर काफ़ी विरोध पैदा हो गया। देशबन्धु ने बड़े-बड़े समझौते कराए थे, परन्तु उन दोनों स्वामियों में समझौता करा सकने में वे

1. 23-10-1923 ई. 2. सन् 1924 ई.

सफल नहीं हो सके। उस दिन वे दोनों स्वामी चीख-चीखकर अपनी बात कह रहे थे। संयोग से शरत्चन्द्र भी वहाँ उपस्थित थे। देशबन्धु की व्यथा का कोई अन्त नहीं था। बोले, ''शरत् बाबू, अब निश्चय ही प्राण गए।''

शरत् बाबू ने उत्तर दिया, ''वह तो जायेंगे ही।''

सुनकर देशबन्धु चकित हो उठे। शरत् बाबू बोले, ''मोशाय, दो स्त्रियों को लेकर गृहस्थी चलाने में मनुष्य के प्राण संकट में पड़ जाते हैं। आप तो दो स्वामियों को लेकर घर-गृहस्थी करने चले हैं। आपके प्राण नहीं जाएँगे तो किसके जाएँगे ?''

यह गम्भीर तर्क सुनकर सभी उपस्थित व्यक्ति अट्टहास कर उठे। दोनों स्वामियों ने भी मुक्त कण्ठ से उसमें अपना योग दिया। सम्भवत: इसी कारण बाद में दोनों में समझौता भी हो गया।

शरत् बाबू की परिहास वृत्ति सचमुच बड़ी मुखर थी। बहुधा कठिन समय में वही वृत्ति वातावरण को बदल देती थी। उन दिनों अधिकांश व्यक्ति मोटा खद्दर पहनते थे। अनिलवरण राय तो मोटे खद्दर को केवल एक गमछा ही धारण करते थे, लेकिन इसके विपरीत सुभाषचन्द्र के बड़े भाई शरत्चन्द्र बोस अत्यन्त महीन खद्दर की धोती, कुर्ता और चादर का प्रयोग करते थे। वैसे भी वे विशालकाय व्यक्ति थे। धोती टखने तक आती। पंजाबी कुरता भी खूब लम्बा और ऊपर से चादर। एक दिन किसी ने विनोद में पूछ लिया, ''शरत् बाबू, आपका यह महीन खद्दर कहाँ तैयार होता है।''

शरत् बाबू ने समझा कि वे बन्धु उनके बारीक खद्दर पहनने पर आक्षेप कर रहे हैं। उग्र होकर बोले, ''भागलपुर में।''

लगा, जैसे कोई अप्रिय घटना होने वाली है कि तभी साहित्यिक शरत्चन्द्र बोल उठे, ''अजी, हमारे यहाँ सब प्रकार के नमूने हैं। वैचित्र्य होना ही अच्छा है। अनिलवरण राय खद्दर की मदर टिंचर हैं और शरत्चन्द्र बोस टू हण्ड्रेड डाइल्यूशन।''

होम्योपैथिक दवाओं के सिद्धान्त के इस उदाहरण से वातावरण बिलकुल ही बदल गया। सब लोग अट्टहास कर उठे और शरत्चन्द्र बोस भी उस व्यंग्य की चोट को भूलकर हँसने लगे।

लेकिन कभी-कभी यह व्यंग्य बड़ा कठोर हो उठता था। दिल्ली कांग्रेस के अधिवेशन के अवसर पर शरत्चन्द्र अन्य मित्रों के साथ दर्शनीय स्थान भी देखने गए थे। एक दिन वे लोग कुतुबमीनार के पास एक विकराल बावड़ी देखने गए। तुरन्त तीन मंज़िल से उसमें कूदने वाला एक युवक पण्डा उनके पास आकर हाज़िर हो गया। सुभाषचन्द्र ने उनको एक रुपया दिया। वह तुरन्त नीचे कूद पड़ा। बार रे, कैसा लोमहर्षक दृश्य था। ज़रा-से कुंए जितना घेरा, कृपण के धन जैसी रोशनी, ज़रा इधर-उधर हुए तो हड्डी-पसली गई, पर वह पण्डा तो फिर आकर रुपया मांगने लगा। बोला, ''एक रुपया और दीजिए फिर कूदूँगा।''

सुभाषचन्द्र, किरणशंकर राय, दिलीपकुमार राय सभी ने मना कर दिया, परन्तु शरत् बाबू ने तुरन्त एक रुपया निकालकर उसके हाथ पर रख दिया। बोले, ''कूदो।''

चकित होकर सुभाषचन्द्र बोस ने कहा, ''क्यों, अभी तो देख चुके हैं।''

शरत् बाबू हँसकर बोले, ''कौन जाने इस बार इधर-उधर हो जाने से चोट लगे या डूब जाए। तब एक दुस्साहसी पण्डा तो कम होगा।''

यहाँ से वे अपने छोटे भाई प्रभासचन्द्र (स्वामी वेदानन्द) के पास वृन्दावन गये। साथ में कई मित्र थे। एक दिन सभी राधाकुण्ड देखने गये। उन्हें देखकर कई पण्डे साथ आ लगे और पैसे मांगने लगे। किसी की समझ में नहीं आया कि क्या दें। लेकिन शरत् बाबू ने तुरन्त दो रुपये निकाले और उनके बीच में फेंक दिये। सभी चकित थे—दो रुपये! शरत् बाबू बोले, ''देखा नहीं, उन रुपयों पर वे सब कैसे झपटे थे! मैंने सदा के लिए उनमें झगड़ा करा दिया है। ये रुपये किसके हैं; वे कभी फ़ैसला नहीं कर पायेंगे।''

क्रूर हास्य की ये घटनाएँ क्या स्पष्ट नहीं करतीं कि इन तमाशों से उन्हें कितनी घृणा थी?

7

शरत्चन्द्र इस समय आकण्ठ राजनीति में डूबे हुए थे। साहित्य और परिवार की ओर उनका ध्यान नहीं था। उनकी पत्नी और उने मित्र इस बात से बहुत दुखी थे। क्या हुआ उस शरत्चन्द्र का जो साहित्य का साधक था, जो अड्डा जमाने में सिद्धहस्त था, जो अभद्र भेलू और प्राणप्रिय पक्षी के लिए कुछ भी सहने को तैयार था? राजनीति ने उस असली शरत्चन्द्र को ग्रस लिया था। लेकिन वे बिलकुल ही न लिखते हों ऐसी बात भी नहीं थी। शरत् ग्रंथावली[1] के पाँचवें खण्ड के अतिरिक्त *नारी का मूल्य* (संदर्भ) और *देना-पावना* उपन्यास इसी काल में प्रकाशित हुए। *श्रीकान्त* का तीसरा पर्व, *पथेर दाबी, नवविधान* और *जागरण;* ये चार उपन्यास भी उन्होंने इसी काल में लिखने आरम्भ किए। इसी काल में प्रकाशित हुईं उनकी दो प्रसिद्ध कहानियाँ 'महेश' और 'अभागी का स्वर्ग'।

इसके अतिरिक्त उनके कुछ प्रसिद्ध भाषण और कुछ लेख भी इसी काल में प्रकाशित हुए और इसी काल में प्रकाशित हुआ *श्रीकान्त* प्रथम पर्व का अंग्रेज़ी अनुवाद[2]। यह अनुवाद के. सी. सेन और थियोडोसिया टामसन ने किया था। भूमिका लिखी थी ई.जे. टामसन ने। प्रकाशन हुआ था आक्सफोर्ड यूनिवर्सिटी प्रेस से।

देना-पावना के साथ एक मधुर कहानी जुड़ी है। प्रसिद्ध नाटककार क्षीरोद प्रसाद विद्याविनोद 'बिन्दो का लल्ला' पढ़कर बिगड़ उठे थे। ऐसा लगता है वे उसे बिना पढ़े ही बिगड़ पड़े थे। क्योंकि श्री यतीन्द्रमोहन सिंह ने अपनी पुस्तक *साहित्य की स्वास्थ्यरक्षा* में उन्हें अनीति का प्रचारक प्रमाणित करने में प्राणपण से चेष्टा की थी। परन्तु जब उन्होंने *दत्ता* पढ़ा तो वे मुग्ध हो उठे। उसके बाद पढ़ा *देना-पावना*। कैसी भाषा! कैसा चरित्र-चित्रण! वे अभिभूत हो आए। उन्होंने नलिनीकान्त सरकार से कहा, ''मैं शरत् बाबू से मिलना चाहता हूँ।''

''किसलिए?''

''उन्हें प्रमाण करके उनका अभिनन्दन करूँगा।''

---

1. *शरत् ग्रन्थावली,* 21 फरवरी, 1923 ई., *नारी का मूल्य,* अप्रैल, 1923 ई., *देना-पावना,* 14 अगस्त, 1923 ई.; 'महेश', सितम्बर, 1922 ई.; 'अभागी का स्वर्ग', जनवरी, 1923 ई. 2. सन् 1922 ई.

वयोज्येष्ठ साहित्यकार इससे अधिक और क्या कहते। और सचमुच जब वे दोनों मिले तो क्षीरोद बाबू ने शरत् को ऐसे छाती में भर लिया, जैसे अब अलग ही नहीं होंगे।

इस काल की उनकी रचनाओं पर स्पष्ट ही उनकी राजनीतिक अभिज्ञाता का प्रभाव है। उनके मस्तिष्क में अनुभवों के विशाल कोष थे, जो उन्हें प्रेरणा और सूझ प्रदान करते रहते थे। गरीबी, ज़मींदारों के अत्याचार और स्वाधीनता के प्रति अदम्य आकांक्षा का इन रचनाओं में प्रस्फुटन हुआ है। 'महेश' कहानी को पढ़कर श्री अरविन्द ने लिखा था, "विस्मित कर देने वाली रचना-शैली, महान स्रष्टा-शिल्पी जो मानव हृदय में गम्भीर आवेग पैदा करने में सक्षम है।"

आश्चर्य! यह कहानी डिस्ट्रिक्ट बोर्ड से सहायता प्राप्त, सरकारी मत का प्रचार करने वाली पत्रिका *पल्लीश्री* में प्रकाशित हुई थी। इसे पढ़कर एक हिन्दू ज़मींदार ने आक्षेप किया, "डिस्ट्रिक्ट बोर्ड से सहायता प्राप्त पत्र में ऐसी कहानियाँ नहीं छपनी चाहिए। इससे प्रजा ज़मींदारों के विरुद्ध उठ खड़ी होगी, अर्थात् देश का सर्वनाश होगा।"

यह कहानी इस पत्र में कैसे छपी, इसका एक इतिहास है। शरत् बाबू के पड़ोसी अक्षय बाबू हुगली गवर्नमेंट कॉलेज में प्राध्यापक थे। वे 'पल्लीश्री' के सम्पादक होने को मजबूर थे। उन्होंने शरत् बाबू से एक कहानी देने की प्रार्थना की थी। वही कहानी थी 'महेश'। शरत् बाबू शायद उस क्षण यह कल्पना भी नहीं कर सके थे कि यह कहानी उनके साहित्य की ही नहीं विश्व-साहित्य की श्रेष्ठ कृति है लेकिन अक्षय बाबू अवश्य इस तथ्य को समझ गए थे। वे नहीं चाहते थे कि इतनी सुन्दर कहानी ऐसे पत्र में छपे। इसीलिए उन्होंने स्वयं इस बात की व्यवस्था की कि 'महेश' 'पल्लीश्री' के साथ-साथ उसी महीने *बंगवाणी* में भी प्रकाशित हो।

'अभागी का स्वर्ग' में शरत्चन्द्र ने गरीबी से पीड़ित दूले समाज का दारुण चित्र अंकित किया है। इनके मुर्दो के लिए लकड़ी का विधान नहीं है, लेकिन कंगाली की माँ की साध थी चिंता पर जलकर स्वर्ग जाने की। वह साध पूरी न हो पाई। गड्ढे में दबकर ही उसे गति पानी पड़ी। अपने हाथ से रोपे हुए पेड़ को भी वे लोग न काट सके। नीच जाति के दूले कहीं ब्राह्मण-कायस्थों की बराबरी कर सकते हैं?

पथेर दाबी उनके अपने राजनीतिक विश्वास का प्रतीक है। अपने आवारा जीवन में उन्होंने अनेक देशों की जो यात्रा की थी, उसका अनुभव ही मानो उसमें संचित हुआ है। जिस समय वे इसे लिख रहे थे, उस समय उनके सामने बंगाल का क्रांतिकारी आन्दोलन तो था ही सुप्रसिद्ध रूसी लेखक मैक्सिम गोर्की का उपन्यास *माँ* भी था। वे मानते थे, "गोर्की की रचनाएँ पढ़ने के बाद मुझे ऐसा लगता है कि जीवन की जैसी पकड़ उसमें है, वैसी न दास्तायव्स्की में पाई जाती है और न किसी और में।"

उन्होंने उनका अभी प्रकाशित कहानी-संग्रह 'क्रीचर दैट वन्स मैन' पढ़ा था। पढ़कर कहा था, "इन कहानियों में जीवन के प्रति एक नया दृष्टिकोण है, नई भावधारा, नई शैली, नई टेकनीक। गोर्की मानवता के लिए एक नया सन्देश लेकर आया है।"

इलाचन्द्र जोशी ने लिखा है, "तब वह पतित नर-नारियों से संबंधित युग पार कर चुके

थे और अपने रचनाकाल के तीसरे चरण में प्रवेश कर रहे थे। *पथेर दाबी* के कुछ परिच्छेद वे लिख चुके थे और अब वह उसे नया मोड़ देना चाहते थे, बल्कि गोर्की उन पर बड़े ज़ोर से हावी हो रहा था। *पथेर दाबी* पर निश्चय ही गोर्की का प्रभाव है। दोनों के जीवन में भी किसी सीमा तक साम्यता है। दोनों ने बहुत दिन तक आवारगी का जीवन बिताया था। दोनों ने जीवन को सचमुच बहुत पास से देखा था। दोनों ही मुक्ति आन्दोलन के प्रबल समर्थक थे। व्यक्तिगत रूप से अहिंसा के पथ के पथिक होने पर भी, शरत्चन्द्र देश की मुक्ति के लिए हिंसा का मार्ग अपनाने वालों को सच्चे मन से प्यार करते थे।''

राजनीतिक अभिज्ञता का प्रमाण उनके असमाप्त उपन्यास *जागरण*[1] से भी मिलता है। लगभग दो वर्ष तक वह *वसुमति* में छपता रहा था। लेकिन वे उसे पूरा नहीं कर सके थे। कर पाते तो निश्चय ही यह उपन्यास अत्यन्त महत्त्वपूर्ण होता, इसीलिए नहीं कि इसकी शैली प्रौढ़ है बल्कि इसलिए भी कि इसमें जो राजनीतिक विचार प्रकट हुए हैं, वे मानो भविष्यवाणी के रूप में हैं। साहित्यिक महाकाल का स्वामी होता है। आने वाले युग की कल्पना उसके लिए असाध्य नहीं है। इस उपन्यास में एक स्थान पर नायिका का ज़मींदार पिता कहता है, ''प्रजा की मन:स्थिति में भारी परिवर्तन आ गया है। अब यह चाहे शिक्षा का परिणाम हो, चाहे युगधर्म का हो, चाहे ज़मीदारों के अत्याचारों का नतीजा हो, जनता अब ज़मींदारी प्रथा का नाश चाहती है। दो रोज़ पहले हो या दो रोज बाद, ज़मींदारी मिटेगी ज़रूर। ज़मींदारी को विदा होना होगा। तुम किसी भी तरह इसे बचा न सकोगे।''

ज़मींदारी प्रथा को समाप्त करने के बारे में इतना स्पष्ट मत उस समय शायद किसी भी कथाकार ने व्यक्त नहीं किया था। न जाने क्यों वे इसे पूरा न कर पाए। शायद अपने चिरसंगी आलस्य के कारण, शायद इस कारण भी कि देशबन्धु की मृत्यु के बाद उनका मन राजनीति में नहीं रहा था। *पथेर दाबी* भी वे बड़ी कठिनता से *बंगवाणी* के बार-बार आग्रह करने पर कई वर्ष में पूरा कर सके थे।

नवविधान[2] पुराने ढर्रे की पुस्तक है, जिसमें नई साहबी सभ्यता के विरोध में प्राचीन हिन्दू रीति-नीति की (कर्मकाण्ड की नहीं) जय-पताका फहराई गई है। शायद शरत् बाबू स्वयं इस बात को समझते थे। एक दिन असमंजस मुखोपाध्याय ने उनसे पूछा, ''अपनी पुस्तकों में सबसे प्रिय पुस्तक आपको कौन-सी लगी है?''

उन्होंने तुरन्त उत्तर दिया, ''*नवविधान*।''

फिर कुछ क्षण चुप रहकर बोले, ''अचरज हुआ न! इस पुस्तक का कोई आदर नहीं करता। इसीलिए मैंने अपनी इस अनादृत रचना का नाम लिया है। देखो, तुम भी लेखक हो। तुम्हारे लेखन में भी अच्छा, बुरा और साधारण सब है।''

साहित्यिक मान्यताओं की चर्चा करने उनके पास अनेक व्यक्ति आते थे। उन्हीं में थे हिन्दी के एक नवयुवक लेखक इलाचन्द्र जोशी। शरत्चन्द्र में उनकी बड़ी श्रद्धा थी। बहुत

---

1. अक्तूबर, 1923 ई. से अप्रैल, 1925 तक। उनकी मृत्यु के बाद इस अधूरे उपन्यास को (अमरनाथ के नाम से) ननीमाधव मुकर्जी ने पूरा किया, लेकिन लेखक की कल्पना और प्रतिभा को यह छू भी नहीं सका। 2. मार्च, 1922 ई.

खोज करने पर ही वे एक दिन उनका मकान ढूँढ सके थे।[1] वहाँ पहुँचकर उन्होंने देखा कि एक अधेड़ सज्जन दातुन कर रहे हैं। जोशीजी ने कहा, "मैं शरत् बाबू से मिलना चाहता हूँ।"

उन्होंने उत्तर दिया, "कहिए क्या काम है ? मैं ही हूँ।"

अत्यन्त श्रद्धापूर्वक हाथ जोड़कर संकोच-भरे स्वर में जोशी ने कहा, "आपकी रचनाएँ पढ़कर मैं बहुत प्रभावित हुआ हूँ। बहुत दिनों से मिलने की तीव्र इच्छा थी। आज पूरी हुई।..."

सहसा उन्हें बीच में रोककर वे सज्जन बोले, "ओह, आप उपन्यासकार शरत् चाटुज्जे से मिलना चाहते हैं। वे उस तरफ़ रहते हैं। वह जो उस गली की बायीं ओर लाल मकान दिखाई दे रहा है न, वहीं वे मिलेंगे।"

तो ये सज्जन भी उनके प्रिय शरत् नहीं हैं !

निराश मन जोशीजी उसी ओर चल पड़े। बताए हुए मकान पर पहुँचकर वे बरामदे में जा खड़े हुए। सामने एक छोटा-सा कमरा था। तीन-चार व्यक्ति एक मेज़ को घेरकर बैठ शतरंज खेलने में व्यस्त थे। जोशीजी ने वहीं से पुकारा, "क्या विख्यात उपन्यासकार शरत् बाबू इसी मकान में रहते हैं ?"

आवाज़ सुनकर एक अधेड़ सज्जन ने, जिनके सिर के आधे बाल पक चुके थे, दाढ़ी-मूँछ साफ़ थी, केवल चेहरे पर सफ़ेद बालों की खूटियां यहाँ-वहाँ दिखाई दे रही थीं और जो बण्डी तथा धोती पहने शतरंज के खेल में बड़ी दिलचस्पी ले रहे थे, सिर उठाकर उनकी ओर देखा, "कहिए, आप कैसे आए ? आइए, बैठिए।"

जोशी जी ने भीतर प्रवेश करते हुए कहा, "मुझे उन्हीं से कुछ काम है।"

"बैठिए, मैं ही हूँ शरत्चन्द्र।"

"विख्यात उपन्यासकार शरत्चन्द्र ?"

एक बार धोखा खा चुके थे, इसीलिए जोशीजी ने यह अटपटा प्रश्न किया। शरत्चन्द्र बड़ी शालीनता से मुस्कराए, "हाँ, एक प्रकार से विख्यात ही हूँ।"

वहाँ एकान्त नहीं था। जोशीजी को संकोच हो रहा था। इसलिए शरत् बाबू बोले, "चलिए, मेरा मकान पास ही है, वहीं चलते हैं।"

तो वह भी उनका मकान नहीं था !

जब शरत् बाबू अपने मकान पर पहुँचे तो जोशीजी को देखते ही भेलू विकट स्वर में भौंकने लगा। शरत्चन्द्र के प्रेमपूर्वक डाँटने पर ही वह चुप हो सका। जिस कमरे में वे जाकर बैठे, वह वैसे तो काफ़ी बड़ा था, पर न तो उसमें कोई विशेष फर्नीचर था और न कोई दूसरे प्रकार की साजसज्जा थी। कुछ कुर्सियाँ, बेंच, दीवार से सटे हुए कुछ रेक, जिनमें पुस्तकें सजाकर रखी गई थीं। यही सब कुछ वहाँ था, लेकिन था एकान्त। अच्छा लगा। दोनों आराम से एक-दूसरे के आमने-सामने बैठ गए। तभी एक नौकर हुक्का भरकर ले आया। शरत्चन्द्र ने बड़े आराम से उसे गुड़गुड़ाते हुए प्रेम-भरे शब्दों में कहा, "अब कहिए।"

---

1. मार्च, 1922 ई.

जोशीजी यद्यपि पहली बार मिल रहे थे, लेकिन पूछने को उनके पास बहुत कुछ था और बातें करने में तो शरत् पटु थे ही। न जाने किन-किन विषयों पर उस दिन चर्चा हुई। *सतीत्व और नारीत्व, श्रीकान्त* और *अन्नदा दीदी,* उपन्यास का यथार्थ और जीवन का यथार्थ, एक के बाद एक जोशीजी प्रश्न पूछते चले गए। कला के सम्बन्ध में अपना मत बताते हुए शरत् बाबू ने कहा, "हमारे यहाँ कला में कल्याण और मंगल की भावना को प्रमुख स्थान दिया गया है, इसलिए जिस कलात्मक सत्य की पृष्ठभूमि में यह भावना न हो, उसके प्रति मेरे मन में कभी आदर का भाव नहीं रहा है। मैंने कला को कभी क्रीड़ा-कौतुक के रूप में नहीं देखा है। मैं उसे मनुष्य के जीवन की चरम साधना के रूप में मानता हूँ।"

अपने अतीत जीवन की अनेक कहानियाँ भी शरत् बाबू ने उन्हें सुनाई। इस अवसर पर रवीन्द्रनाथ की चर्चा होना भी स्वाभाविक था। जोशीजी ने पूछा, "आपने बहुत-सी रचनाओं में वेश्याओं और तथाकथित असती नारियों को नायिकाओं के रूप में चुना है। इसका कारण क्या आपकी व्यक्तिगत रुचि है? अथवा किसी विशेष आदर्शात्मक उद्देश्य से प्रेरित होकर केवल अपने सैद्धान्तिक पक्ष के समर्थन के लिए आपने ऐसे चरित्रों की अवतारणा की है?"

शरत् बाबू ने सहज भाव से उत्तर दिया, "दोनों बातें हैं। मैं व्यक्तिगत रूप से ऐसे चरित्रों के घनिष्ठ सम्पर्क में आया हूँ और इसी कारण मैंने अत्यन्त तीव्रता से यह अनुभव किया है कि वे वेश्याएँ समाज की सबसे अधिक शोषित और सबसे अधिक अत्याचार-पीड़ित नारियाँ हैं। आर्थिक विषमता के कारण वे जिस प्रकार का गन्दा और घृणित जीवन बिताती हैं, उससे उबरने के लिए वे जाने या अनजाने सब समय छटपटाती रहती हैं। उनकी यह छटपटाहट देखने का संयोग सबको सब समय नहीं मिलता। पर जब कभी किसी को किसी कारणवश यह सुयोग मिल जाता है तब वह उसे जीवन-भर नहीं भूलता। उनके अन्तर के इस मूल विद्रोह को वाणी देने का निश्चय मैं बहुत पहले कर चुका था और अपने उस मिशन को कार्यान्वित करने में मैंने कोई बात उठा नहीं रखी।"

जोशीजी ने कहा, "एक बार रवीन्द्रनाथ ने अपने एक लेख में आप पर छींटे कसते हुए लिखा था—'कला विशुद्ध आनन्दमूलक सौंदर्य से सम्बन्ध रखती है। इसका निवास चीतपुर की गन्दी गलियों में नहीं है, बल्कि वाणी के अकलुष मन्दिर में है।' इस सम्बन्ध में आप क्या कहते हैं?"

शरत् बाबू बोले, "उस लेख में किसी अज्ञात कारण से रवीन्द्रनाथ उलझ गए। नहीं तो उनके समान महान् द्रष्टा कला के क्षेत्र और उद्देश्य की व्यापकता के सम्बन्ध में अपरिचित हो, ऐसा मैं नहीं मानता। इस लेख में उन्होंने स्वयं अपनी पिछली बातों का खंडन किया है। इसमें सन्देह नहीं है कि वे आनन्दमूलक सौन्दर्य के कवि रहे हैं और हैं। पर साथ-ही-साथ दुख-दैन्य, अभाव, शोषण और अत्याचार से पीड़ित जीवन के कठोर, वास्तविक पहलू की उपेक्षा भी उन्होंने नहीं की। जिस कवि ने अपनी एक कविता में वेश्याओं और दूसरी पतिता स्त्रियों को सती-शिरोमणि माना हो और 'पतिता' शीर्षक कविता में एक वेश्या के अन्तर में निहित देवत्व को अत्यन्त मार्मिक सुन्दरता से प्रस्फुटित किया हो, वह आज कहे कि चीतपुर की गन्दी गलियों से कला का कोई सम्बन्ध नहीं है तब यह सन्देह होना स्वाभाविक है कि उनके इस लेख के

पीछे कोई रहस्यमय कारण है। यह कारण व्यक्तिगत भी हो सकता है।''

वह व्यक्तिगत कारण क्या था, कोई स्पष्ट रूप से नहीं जानता, पर इसमें कोई सन्देह नहीं कि जिस प्रकार ऋषिकुमार अपनी पुण्य दृष्टि के स्पर्श से 'पतिता' के अन्तर में सोये देवता को जगा देते हैं, उसी प्रकार *देवदास* की चन्द्रमुखी के अन्तस्तल में सोया देवता, चरित्रहीन पर सरलप्राण देवदास की निष्कपट आत्मा के स्पर्श से जाग उठा था। शरत्-साहित्य की यही विशेषता है, पर उनमें और कविगुरु में एक अन्तर है। रवीन्द्रनाथ देवत्व को जगाने के लिए तपोवन का पवित्र वातावरण उपयुक्त समझते हैं, शरत्चन्द्र उसी देवत्व को चीतपुर की गन्दी गलियों में खोज लेते हैं। यह अन्तर आभिजात्य और ब्रात्य संस्कारों का है। शरत्चन्द्र इसी कारण हीन न होकर कुछ महान् ही प्रमाणित होते हैं। रवीन्द्रनाथ आनन्दमूलक सौंदर्य के कवि थे। साहित्य के माध्यम से वह विश्वमानव की खोज करना चाहते थे। इसके विपरीत शरत् अपनी धरती से चिपके हुए थे। इसी कारण सविनय अवज्ञा आन्दोलन को लेकर एक दिन दोनों में तीव्र मतभेद पैदा हो गया था। लेकिन यह सब होने पर भी अपने गुरुदेव के प्रति उनकी श्रद्धा तनिक भी धूमिल नहीं हुई थी। गुरुदेव उनसे बहुत प्रसन्न हैं, यह सुनकर इन्हीं दिनों उन्होंने उन्हें एक पत्र लिखा था—

श्री चरणेषु,

लड़कों से सुना था कि आप मुझसे अतिशय असन्तुष्ट हैं। उत्तेजना में आकर गुस्से में हो सकता है कि आपके बारे में कोई मिथ्या बात कही हो। लेकिन जो व्यक्ति इसकी सच्चाई-झुठाई की जाँच करने आपके पास गए थे, उन्होंने भी कुछ कम अपराध नहीं किया है। इंग्लैण्ड के बर्ताव से आप क्षुब्ध हुए हैं और सब कुछ वही पंजाबी वाली चिट्ठी के लिए, उसके न लिखने से यह सब नहीं होता, इन बातों को मैंने उस समय ठीक-ठीक कहा था, मुझे याद नहीं। आमतौर पर मैं बनाकर झूठ नहीं बोलता, पर बोलना एकदम असम्भव है, ऐसा भी नहीं। कम-से-कम इन बातों को अवश्य ही कहा है कि इस बार विलायत से लौटकर आप बहुत बदल गए हैं, और बंगाल के लोगों के प्रति आपका पहला स्नेह और ममत्व अब नहीं है। चर्खा, असहयोग आदि पर आपकी तनिक भी आस्था या विश्वास नहीं है, इत्यादि।

आपके पास से एक दिन गुस्से में ही चला आया। उसके बाद शायद झूठी बातों का प्रचार किया हो। शायद मेरे मन में यह भाव था कि लोग गलत समझते हैं तो समझें।

आपके प्रति मैंने बहुत अपराध किया है, पर प्रथम अपराध होने के कारण मुझे क्षमा करेंगे। आपके सिवा और किसी बड़े आदमी के यहाँ मैं जानबूझकर कभी नहीं जाता। पर मेरे लिए उसका रास्ता भी मेरे अपने ही दोष से बन्द हो गया है। सोचने पर दुख होता है।

आपके अनेकों शिष्यों में एक मैं भी हूँ। उनकी तरह इतने दिनों तक मैंने भी कभी आपकी निन्दा नहीं की, लेकिन इस बार क्यों शामत आई, मैं नहीं जानता।[1]

तीन दिन बाद फिर लिखा—

श्री चरणेषु,

क्षुद्र स्वार्थ के लिए आप देश का अमंगल करेंगे, इतनी बड़ी निन्दा अगर की ही हो तो

---

1. 9 मई, 1922 ई.

उसके बाद चिट्ठी लिखकर आपसे क्षमा मांगने जाना केवल विडम्बना ही नहीं है, आपका विद्रूप करना भी है। अतएव आपके पत्र का स्वर इतना कठोर होगा इसमें आश्चर्य की कोई बात नहीं। भारी अपराध की बात जिन लोगों ने आप तक पहुँचाई है, उन्होंने कहीं इसकी सीमा नहीं रखी।

इसके बाद मैं क्या कहूँ? मेरा प्रणाम स्वीकार करें।[1]

अपनी दृष्टि में शरत् बाबू निश्चय ही धनवान हो गए थे, परन्तु बहुत कम लोग यह जानते हैं कि उनका वह पैसा कैसे खर्च होता था। एलायन्स बैंक ऑफ़ इण्डिया, उनका प्रिय बैंक था। उनकी सब जमा पूँजी इसी बैंक में सुरक्षित थी। उनके कहने पर आसपास के सभी किसान और परिचित व्यक्ति इसी बैंक में पैसे जमा करवाते थे। अचानक वही बैंक एक दिन फेल हो गया। शरत्चन्द्र बड़ी परेशानी में पड़े। वे अपना मकान बनवा रहे थे, वह अभी पूरा नहीं हो सका था, लेकिन उसकी उन्हें इतनी चिन्ता नहीं थी, जितनी इन व्यक्तियों की। वे बेचारे अपना सब कुछ लुटाकर सड़क पर खड़े थे। शरत् बाबू उनकी यह दुर्दशा नहीं देख सके। वैधानिक दायित्व न होते हुए भी उन्होंने निश्चय किया कि यदि बैंक पैसा न देता तो उन्हें ही इनकी पाई-पाई चुकता करनी होगी।

अपने इस विचार को व्यावहारिक रूप देने में उन्हें घोर परिश्रम करना पड़ सकता था, लेकिन सौभाग्य से उस बैंक में जिन लोगों के पैसे थे उनमें अंग्रेज़ों की संख्या बहुत अधिक थी। इस कारण सरकार ने बैंक की सहायता की और सभी लेनदारों को अपनी जमा पूँजी का पचास प्रतिशत वापस मिल गया। फिर भी शरत्चन्द्र को उनका शेष रुपया चुकाने के लिए काफ़ी भार उठाना पड़ा।

अचानक इसी समय उनके मित्र और, रवीन्द्रनाथ के बाद जिनका नाम लिया जा सकता था, बंगाल के सुप्रसिद्ध कवि सत्येन्द्रनाथ दत्त का देहान्त हो गया[2]। उनकी कुछ कविताओं का अनुवाद स्वयं कविगुरु ने इंग्लिश में किया था। उनकी मृत्यु पर शोक प्रकट करने के लिए जो सभा सरस्वती इंस्टीट्यूट की ओर से थियोसोफ़िकल हाल में नियोजित की गई थी, उसका सभापतित्व शरत्चन्द्र को करना था। भाषण देने में वे बहुत घबराते थे। लेकिन इस बार वे किसी भी तरह बच नहीं सके। उन्हें यह पद स्वीकार करना ही पड़ा। शायद इसलिए भी कि सत्येन्द्र के प्रति उनके मन में एक सहज ममता थी। फिर भी वे सभा में नियत समय पर नहीं पहुँच सके। काफ़ी देर हो जाने पर जब एक वृद्ध सज्जन को अध्यक्ष के आसन पर बिठाकर कार्यवाही आरम्भ कर दी गई थी तभी वे आते हुए दिखाई दिए। अस्थायी सभापति ने तुरन्त उनके लिए कुर्सी छोड़ दी। बार-बार मना करने पर भी वे नहीं माने। शरत्चन्द्र को बैठना ही पड़ा। एक-एक करके जब सभी वक्ता बोल चुके तब सभापति की हैसियत से वे बोलने के लिए उठे। मेज़ पर दोनों हाथ रखकर उन्होंने अपनी पीठ को नीचे की ओर झुकाया। उसके बाद अस्पष्ट स्वर में कुछ बुदबुदाना आरम्भ कर दिया। कुछ क्षण बाद शायद उन्होंने यह अनुभव किया कि उनकी आवाज़ जनता तक नहीं पहुँच रही है, तो उन्होंने स्वर को ऊँचा करते हुए कहा, "हाँ ठीक है। सत्येन्द्रनाथ की मृत्यु से आज हमारे बंगीय साहित्य समाज में शोक-सागर

---

1. 12 मई, 1922 ई. 2. सन् 1922 ई.

उमड़ रहा है। हम लोग कुछ समय के लिए खूब मज़े में रो लिए। बस हमारा कर्त्तव्य समाप्त हुआ। चलिए, अब सब लोग घर चलें।''

सुनने वाले अवाक् होकर देखते ही रह गए, लेकिन शरत् बाबू बोलते जा रहे थे—आज हम लोगों ने आविष्कार किया है कि सत्येन्द्र कितने प्रिय कवि थे। आज उनके लिए जगह-जगह साहित्यिक सभाएँ हो रही हैं, पर जब वे जीवित थे तब कभी किसी सभा के संयोजक को इतना तक न सूझा कि सत्येन्द्र भी किसी साहित्य सभा के अध्यक्ष होने की योग्यता रखते हैं। बड़े-बड़े राजा-महाराजाओं को या बड़े-बड़े पदाधिकारियों को सभापति बनाया जाता था। साहित्य के प्रति श्रद्धा प्रकट करने का मार्ग उनके ग्रन्थों का पाठ करना है। सत्येन्द्र बाबू की पुस्तकें आप में से किस-किसने अभी तक पढ़ी हैं ? वह पता लगाने पर ही उनकी श्रद्धा का हिसाब लगाया जा सकता है। बहुतों को तो उनकी सब पुस्तकों के नामों का भी पता न होगा, लेकिन उनकी रचनाएँ पढ़े बिना यह पता लगाना कि वे कितने बड़े कवि थे बड़ा कठिन है। मन्मथ बाबू ने उनके बारे में बहुत देर तक भाषण दिया था। शायद इन्होंने उनको पढ़ा होगा। और भी बहुत से व्यक्ति बोले थे, अच्छा ही बोले थे। नजरुल ने गीत गाया था, अच्छा ही गाया था। नलिनी इस बार तुम गाओ। अच्छा ही गाओगे...।''

बड़ी कठिनता से वे इतने शब्द कह सके थे। लेकिन ऐसे अवसर पर भी वे स्पष्टवादिता से बाज़ नहीं आए। सत्य के प्रति उनकी यह निर्भीकता उन्हें अच्छा लेखक ही नहीं, अच्छा मनुष्य भी प्रमाणित करती है।

वे मित्र जाति के व्यक्ति थे, लेकिन सभा-समितियों से उन्हें बड़ी अरुचि थी। उनके बचपन के मित्र विभूतिभूषण भट्ट और उनकी बहन निरुपमा देवी, जो लेखिका के रूप में प्रसिद्ध हो चुकी थीं, बहरामपुर में रहते थे। उनसे मिलने के लिए एक बार वे वहाँ गए। जहाँ भी वे जाते थे लोग उनको घेरने की चेष्टा करते थे। यहाँ भी उनके सम्मान में एक सम्वर्द्धना सभा का आयोजन किया गया। महाराजकुमार श्रीशचन्द्र नन्दी उस बोट पार्टी में उनकी राह देखने लगे। पर 'उत्सव के राजा' का कहीं पता नहीं था।

वह तो चुपचाप कवि यतीन्द्रनाथ के साथ मुर्शिदाबाद देखने चले गए थे। सभा का समय पाँच बजे था। तीन बजे तक वे घूमते रहे। थक गए तो गंगा-तीर पर जा बैठे। यतीन्द्र ने कहा, ''दादा, अब लौटना चाहिए। तीन बज चुके हैं।''

शरत्चन्द्र बोले, ''लेकिन सभा तो पाँच बजे है। चार बजने दो।''

चार भी बज गए, लेकिन बातों का अन्त नहीं आ रहा था। यतीन्द्र ने फिर कहा, ''दादा, अब नहीं चलेंगे तो पाँच बजे पहुँचना नहीं हो सकेगा।''

शरत्चन्द्र ने उत्तर दिया, ''तुमने कितनी सभाएँ देखी हैं ? कोई सभा कभी ठीक समय पर आरम्भ होती है ? बैठो, बैठो। सभा ही तो है।''

इसी समय गंगा में एक शव बहता हुआ दिखाई दिया। बस वे उदास हो उठे। अपलक उसे देखते रहे और मनुष्य के जीवन-दर्शन पर चर्चा करते रहे। यतीन्द्र की दृष्टि घड़ी पर थी, लेकिन शरत् की दृष्टि उस शव पर से होती हुई न जाने किस अदृश्य में जा अटकी थी। यतीन्द्र

ने कहा, ''दादा, पाँच बज गए।''

''पाँच बज गए। वहाँ पहुँचते-पहुँचते छः बज जाएँगे। अब वहाँ जाकर क्या होगा?''

यतीन्द्र बोला, ''होगा दादा, सब राह देख रहे होंगे।''

उसी निर्विकार भाव से शरत् ने उत्तर दिया, ''तुम पागल हो गए हो। सभा पाँच बजे है और वे लोग साढ़े छः बजे तक बैठे रहेंगे? मानो किसी को और काम ही नहीं है। सब चले गए होंगे। अब वहाँ जाना व्यर्थ है। इससे तो अच्छा यही है कि यहीं बैठकर मन की बातें करें।''

यह मात्र एक ही घटना हो ऐसा नहीं है। बार-बार वह ऐसा करते थे। वचन देकर ठीक समय पर घर से गायब हो जाते! उस दिन ठीक दोपहर में नरेन्द्रदेव के घर जा पहुँचे। उन्होंने पूछा, ''इतनी दोपहर में! बात क्या है?''

''अरे क्या बताऊँ। एक सभा में जाने की बात है। इसीलिए भाग आया हूँ। वे लोग देखकर लौट जाएँगे।''

''परन्तु सोचेंगे क्या?''

''जो चाहे सोचें। मैं नहीं जा सकता।''

''लेकिन जाने की सम्मति जो दे चुके हैं!''

''सम्मति क्या, मैंने मन से दी थी। ज़ोर करके उन्होंने ले ली।''

कई वर्ष बाद[1] हरिपद साहित्य मन्दिर, बाढागार, पुरलिया के अधिवेशन में जाकर भी वे पूरी तरह योग न दे सके। सम्मेलन कई दिन चला, पर वे एकाध बार ही वहाँ गए। पूरे समय मामा डॉ. सत्येन्द्रनाथ गांगुली के पास ही रहे।

इसे परले सिरे की गैरज़िम्मेदारी कहा जा सकता है। पर साहित्यकार क्या किसी ज़िम्मेदारी को ओढ़ता है? शरत् बाबू को, इस आदर्श के पीछे अपनी सहज दुर्बलता को छिपाने का, जो उनके आवारा जीवन का ही एक अंग थी, बड़ा अच्छा अवसर मिल जाता था। लेकिन यह मन्तव्य क्या एकांगी नहीं है? इतने लोकप्रिय लेखक को सभी अपने बीच में चाहते हैं। उसकी सुविधा-असुविधा की चिन्ता नहीं करते। ऐसी स्थिति में लेखक यदि बचने का उचित-अनुचित कैसा भी मार्ग ढूँढ़ लेता है तो उसे निन्दनीय नहीं कहा जा सकेगा। फिर शरत् बाबू तो सभा-समितियों से सचमुच घबराते थे। भाषण यदि देना ही पड़ता तो बहुत धीरे-धीरे बोलते। बोलते-बोलते बैठ जाते। बैठे-बैठे बोलते, फिर खड़े हो जाते।

8

शरत्चन्द्र कभी नियमित होकर नहीं लिख सके। उनसे लिखाया गया था। पत्र-पत्रिकाओं के सम्पादक घर पर आकर बार-बार धरना देते थे। बार-बार आग्रह करने के लिए आते थे। *भारतवर्ष* के सम्पादक रायबहादुर जलधर सेन आते, शरत् बाबू के सेवक भोला को पुकारते, ''ओरे भोला, चा ले आ और भीतर बऊ माँ को कह दे कि आज मैं यहीं नहाऊँगा-खाऊँगा।''

1. अप्रैल, 1928 ई.

इतना कहकर वे कपड़े उतारते और एक तकिए के सहारे लेटकर चुरुट पीने लगते।

शरत् बाबू सब कुछ देखते, मुस्कराकर पूछते, "क्या बात है दादा, इस सबका क्या मतलब है?"

"मतलब पाँच बजे चाय पीकर जाऊँगा। तुम्हारा लेख भी लेता जाऊँगा। इसलिए अब समय व्यर्थ न खोकर लिखना शुरू कर दो।"

विचित्रा के लिए लेख लेकर आते श्री तुलसी, जो रेल विभाग में काम करते थे। उपेन्द्रनाथ स्वयं स्टेशन जाकर लेख ले आते थे। वे स्वयं इसलिए जाते थे जिससे शरत् बाबू उनका लिहाज करके सुस्ती न करें।

यदि ये लोग ऐसा न करते तो उनके लिए लिखना असम्भव जैसा था। इसी बात की गवाही देती हुई उनकी कितनी ही रचनाएँ असमाप्त पड़ी रह गई हैं। काशी-प्रवास में उनकी भेंट साहित्यकार श्री केदारनाथ बंदोपाध्याय से हुई थी। शीघ्र ही वह भेंट प्रगाढ़ बन्धुत्व में परिवर्तित हो गई। उन्हीं केदार बाबू ने अपनी पत्रिका *प्रवास-ज्योति* में लिखने के लिए उनको आमंत्रित किया था। वे तुरन्त उन्हें एक उपन्यास देने के लिए वचनबद्ध हो गए। लेकिन बार-बार आग्रह करने पर केवल एक किस्त ही वे भेज सके। उस समय एक बार एक पत्र में उन्होंने लिखा—

"आपके साथ मेरा व्यवहार काफ़ी निन्दनीय हो गया, लेकिन मजबूर होकर ही ऐसा हुआ। आशा है भविष्य में फिर कभी ऐसा नहीं होगा। पहली बात है, बीमारी में बिस्तर पर पड़ा था। कुछ भी अच्छा नहीं लग रहा था। इसके बाद जब शरीर स्वस्थ हुआ तो दूसरे उपसर्ग दिखाई पड़े। आपके लिए रचना इस महीने भेज सकता था, पर *भारतवर्ष* में न भेजने के कारण आप लोगों को भी न भेज सका। उनको न देकर आप लोगों को देने से उनको असीम व्यथा ही न पहुँचती, अपमान भी होता।

"इस महीने से फिर सब कुछ नियमित होगा। मुझे लेकर जो भी कोई कारबार करते हैं, उन्हें इसी तरह भुगतना पड़ता है। मैं केवल खुद ही अन्याय नहीं करता और पाँच आदमियों को भी विडम्बित करता हूँ। इसे आप लोग निज गुण से क्षमा करें। स्वभाव...।"

"मैं जितनी जल्दी हो सकेगा (किस्त) भेज रहा हूँ। इस विषय में इस बार निश्चिन्त रह सकते हैं।"[1]

लेकिन ऐसा नहीं हो सका। वे उनको कुछ भी नहीं भेज सके। यह तथाकथित असमर्थता उनके स्वभाव का अंग बन गई थी। कारण अनेक थे, होते ही हैं। जो मजलिसी है उनके लिए न काल कोई अर्थ रखता है न नियम। इन्हीं केदार बाबू के साथ वे काशी में गप्प-शप्प करते-करते दिन पर दिन बिता देते थे। केदारनाथ अस्वस्थ हैं, इन्हें बाहर लेकर जाना ही होगा। तांगेवाले को आदेश मिला आठ बजे आने का।

वह आया पर अभी तो चाय चल रही है, अब नवयुवक मिलने आ गए हैं। बारह बज गए। अब क्या जाने का वक्त है! अच्छा चार बजे आना। न-न, डरो नहीं, किराया पूरा मिलेगा।

---

1. नवम्बर, 1920 ई.

तांगेवाला दो दिन ऐसे ही आता रहा और रात को ग्यारह बजे पूरा किराया लेकर जाता रहा। उनका बाहर जाना न होना था न हुआ।

ऐसा व्यक्ति अगर अफ़ीम भी खाता हो तो...एक तो करेला फिर नीम चढ़ा...।

एक और अवसर पर अपनी इस चिरपरिचित असमर्थता की कैफ़ियत देते हुए उन्होंने कवि गिरिजाकुमार को जो पत्र लिखा, उसमें उन्होंने अपने मन की बात कुछ अधिक स्पष्टता से कही है।

''....मुझे यह विश्वास है कि किसी और के सामने अपने दोषों के स्पष्टीकरण देने का कोई मार्ग हो या न हो, तुम्हारे सामने तो है। कारण यह कि तुम केवल किसी मासिक या साप्ताहिक के सम्पादक ही नहीं हो, स्वयं कवि भी हो। अर्थात् सगोत्र हो। साहित्य-सेवा में जो आनन्द और जो वेदना होती है, उसको जानते हो। साहित्य-सेवी की दुरवस्था को पहचानते हो। तुमको यह बताना नहीं होगा कि साहित्यकार का बाह्य और अन्तर दोनों एक सूत्र में गुँथे हुए नहीं होते। एक के प्रमाण से दूसरे पर विचार नहीं किया जा सकता। ऐसी विडम्बना भी होती है कि जब शरीर स्वस्थ दिखाई देता है, लेकिन मन एकदम दिवालिया हो जाता है। मस्तिष्क हो उठता है बिलकुल रेगिस्तान। उसको हिलाने-डुलाने से 'भाव' के बदले 'अभाव' की रसहीन धूल ही बाहर आना चाहती है। आजकल मेरी यही दुरवस्था हो रही है।''

कैफ़ियत नाना प्रकार से दी जा सकती है, दी भी जाती थी। लेकिन सत्य यही है कि उनसे रचना प्राप्त करने के लिए सम्पादकों को बहुत बार आग्रह का ऋजुपथ छोड़कर दुराग्रह का कुटिल मार्ग ग्रहण करने को विवश होना पड़ता था। उस बार *बिजली* के सम्पादक नलिनीकान्त सरकार ने पूजा के अंक के लिए समय से बहुत पहले एक रचना के लिए प्रार्थना की।

शरत् ने कहा, ''तुम्हारे पत्र में मैं निश्चय लिखूँगा।''

आश्वासन पाकर नलिनी बाबू धन्य हो गये। एक सप्ताह बाद वे फिर आए। उनके आतिथ्य में किसी प्रकार की कोई कमी नहीं हुई। बातों का भी कोई अन्त नहीं आया। संन्यासी दल की कथा, वेश्यालयों में रहने की कथा, यात्रा दल, गाना-बजाना, नाटक, अतीत के जीवन की न जाने कितनी कहानियाँ उन्होंने नलिनी बाबू को सुना डालीं। विदा के समय नलिनी ने पूछा, ''दादा, मेरे लेख की बात तो याद है न!''

उत्तर दिया, ''खूब याद है, तुम्हें एक लेख दूँगा।''

दिन बीते, महीने बीते। नलिनी आते रहे। आतिथ्य, स्नेह, कथा-वार्ता सभी कुछ होता रहा, पर लेख नहीं लिखा जा सका तो नहीं ही लिखा जा सका। आखिर नाम देने का समय आ गया। उसी उत्साह से शरत् बाबू ने कहा, ''निश्चय ही लेख दूँगा। कहा है तो दूँगा। तब नाम देने में क्या?''

नाम भी छप गया, पर लेख कहीं नहीं था। अन्त में एक दिन निश्चित करना ही पड़ा। उस दिन आने पर नलिनी बाबू को जो कुछ मिला, वह यह पत्र था—

श्रीयुत *बिजली* सम्पादक,

परम कल्याणयेषु।

देश की अनेक समस्याओं की आलोचना तुम्हारे *बिजली* पत्र में छपती हैं। मुझे भी बहुत कुछ देखने का सुयोग मिला है। सोचा था, इस अंक में उन्हीं के बारे में कुछ लिखूँगा। किन्तु शरीर इतना टूट गया है कि कुछ न लिख सका। भरोसा यही है कि न तो तुम्हारा पत्र बन्द होगा और न ही मैं मरूँगा। स्वस्थ होते ही लिखना शुरू करूँगा। वायदा पूरा न कर पाया, इसका दुःख है। उस पर तुम क्रोध करोगे तो दुःख और बढ़ जाएगा। अच्छी तरह जानता हूँ वह तुम नहीं करोगे।

तुम्हारा,
श्री शरत्चन्द्र चट्टोपाध्याय

उस वर्ष के पूजा अंक में यही पत्र छपा। अगले वर्ष पूजा अंक के लिए फिर आग्रह की बारी आई। वही कहानी फिर दोहराई जाने लगी। आखिर फिर अन्तिम दिन निश्चय हो गया। उस दिन जाकर नलिनी बाबू ने देखा, घर में मेहमानों की भीड़ है। शरत् बाबू ने कहा, ''देखते हो, इस भीड़ में कहीं लिखा जा सकता है!''

दो क्षण चुप रहने के बाद नलिनी बाबू बोले, ''जानता था, लेख नहीं मिलेगा। लेकिन मैं आज किसी और ही उद्देश्य से आया हूँ दादा।''

''वह क्या है?''

''दादा, 'बिजली' से जो मिलता है, उससे पेट नहीं भरता। छोटे-छोटे बच्चों को गाना सिखाकर कुछ रोज़गार करता हूँ। रामकृष्णपुर में सुना है, अमुक सज्जन को एक ऐसे ही मास्टर की आवश्यकता है। वे आपके पास आते हैं। आप उनसे कह देंगे तो काम हो जाएगा।''

लेख देने से इतनी सरलता से मुक्ति मिल जाएगी, यह कल्पना शायद शरत् बाबू ने नहीं की थी। बहुत खुश हुए। और जैसा कि उनका स्वभाव था, तुरन्त चलने के लिए तैयार हो गए। नलिनी बाबू टैक्सी ले आए, लेकिन वे तो चले ही जा रहे हैं। गंतव्य स्थान आकर भी चला गया है। टैक्सी रुकती ही नहीं। शरत् बाबू ने पूछा, ''आखिर हम कहाँ जा रहे हैं?''

नलिनी बाबू ने उत्तर दिया, ''दादा, मेरा मेस आ गया है। जब आ ही गया है तो चलिए, मेरे निवास स्थान पर चलिए। यह सौभाग्य मिला है तो चाय पीकर और कृतार्थ कीजिए।''

ऊपर जाकर सरकार महाशय ने शरत् बाबू को बड़े आदर के साथ एक कमरे में बिठाया। चाय और खाने के लिए सामान लाने का आदेश दिया। आने पर उसी के साथ एक पैकेट सिगरेट, दियासलाई, राइटिंग पैड और फाउंटेन पेन भी उनके सामने रखे। चकित होकर शरत् बाबू ने पूछा, ''यह सब क्या है?''

सरकार महाशय ने शान्त भाव से उत्तर दिया, ''दादा, चाय पीकर दया करके मेरा लेख लिख दीजिए। बिना लेख लिखे आपका छुटकारा नहीं हो सकता। इस कमरे का दरवाज़ा बन्द करके मैं पास के कमरे में रहूँगा। लेख पूरा होने पर मुझे पुकार लीजिए। दरवाज़ा खोल दूँगा।''

यह कहते हुए वे बाहर चले गए और दरवाज़ा बन्द कर दिया। जाते समय पाया कि विस्मय-विमूढ़ शरत्चन्द्र उनकी ओर देख रहे हैं। बाहर निकलने का कोई रास्ता नहीं था। चारों ओर शोर मच गया कि शरत्चन्द्र कमरे में बन्द होकर लेख लिख रहे हैं। तीन घंटे बाद दरवाज़े पर आहट हुई। शरत्चन्द्र ने भीतर से पुकारा, "नलिनी, दरवाज़ा खोलो।"

दरवाज़ा खुला, हाथ में लेख लिख शरत्चन्द्र खड़े थे। बोले, "तू धन्य है लड़के। यह रहा तेरा लेख।"

लेख का नाम था 'कतिपय दिनों की भ्रमण कहानी।' कांग्रेस अधिवेशन में भाग लेने वे दिल्ली गए थे, उसी का यह रोचक यात्रा-विवरण था, लेकिन अचरज यह कि उन्हें तनिक भी तो क्रोध नहीं आया। उसी तरह हँसते-हँसते नलिनी के साथ शिवपुर लौट गए।

यह सब ठीक है परन्तु क्या यह भी सत्य नहीं कि लिखने में द्रुतगति क्लर्क की योग्यता हो सकती है, लेखक की नहीं।

शरत् बाबू ने एक नई लेखिका को यही उपदेश दिया था।[1]

9

अपनी रचनाओं के कारण शरत् बाबू विद्यार्थियों में विशेष रूप से लोकप्रिय थे। लेकिन विश्वविद्यालय और कॉलेजों से उनका संबंध अभी भी घनिष्ठ नहीं हुआ था। उस दिन[2] अचानक प्रेजिडेन्सी कॉलेज की बांग्ला साहित्य सभा के सम्पादक ने निश्चय किया कि इस बार अवश्य कुछ नया करके दिखाना है। सभी लोग *शरत् ग्रंथावली* पढ़ते हैं। क्या उन्हीं शरत् को नहीं बुलाया जा सकता?

बस एक दिन दो विद्यार्थी[3] पहुँचे बाजे शिवपुर। किसी तरह कुत्ते की यातना से मुक्ति पाकर देखा कि घर के संकरे बरामदे में आराम कुर्सी पर लेटा नंगे बदन एक व्यक्ति हुक्का गुड़गुड़ा रहा है। एक साड़ी को लुंगी की तरह बाँधे हुए है। जनेऊ माला की तरह गले में अटका है। खिचड़ी बाल कंधे तक आ गए हैं। दोनों ने नमस्कार किया। उत्तर में दो तीक्ष्ण आँखें उठीं। शुष्क गले से पूछा, "कहाँ से आना हुआ।"

"प्रेज़िडेन्सी कॉलेज से।"

"क्या काम है?"

बेचारे विद्यार्थी इस शुष्क व्यवहार के लिए शायद प्रस्तुत नहीं थे। प्रयोजन बताया कि साहित्य सभा का अध्यक्ष बनाने की प्रार्थना लेकर आए हैं। शरत् बाबू ने तुरन्त इन्कार कर दिया, "मैं किसी सभा-वभा में नहीं आता। उस दिन एक स्कूल के लोग आये थे, मैं नहीं गया।"

विद्यार्थियों को जैसे आघात लगा। बोले, "हम किसी स्कूल से नहीं आए, प्रेज़िडेन्सी कॉलेज से आए हैं।"

---

1. आषाढ़ 1335 (आशालता सिंह), जून-जुलाई, 1928 ई. 2. सन् 1923 ई. (यह वार्षिक अधिवेशन 30 अगस्त, 1923 ई. को हुआ)। 3. उनमें एक थे जरासन्ध जो बाद में स्वयं प्रसिद्ध लेखक हुए।

शरत् बाबू ने कहा, "एक ही बात है। वह छोटा स्कूल है, तुम्हारा बड़ा हो सकता है किन्तु...वहाँ जाकर मैं क्या करूँगा? बंगाल में मेरी कोई प्रतिष्ठा नहीं है। फिर मुझे बोलना नहीं आता। एक काम करो। जलधर सेन को ले जाओ। वह साहित्यकार भी हैं और रायबहादुर भी।"

विद्यार्थियों ने समझाने की चेष्टा की कि उन्हें न रायबहादुरी से प्रेम है और न सामाजिक प्रतिष्ठा से। वे 'उनके कारण' ही उनके पास आए हैं।

अब शरत् बाबू ने कुछ गम्भीर होकर कहा, "क्या तुम मेरी पुस्तक-उस्तक भी पढ़ते हो?"

"तुरन्त एक विद्यार्थी ने उत्तर दिया, "आप अपनी कोई भी पुस्तक ले लें। कहीं से पूछ लें। सब याद हैं।"

शरत् बाबू ने कहा, मैं तो समझा था पढ़े-लिखे लड़के हो। बांग्ला नहीं पढ़ते होंगे। 'कांटिनेण्टल लिटरेचर' पढ़ते होंगे। शिक्षित वर्ग में आजकल वही व्यापार चलता है।

वह युग कांटिनेण्टल साहित्य का ही था। पर विद्यार्थियों ने कहा, "आप ठीक खबर नहीं रखते। तरुण समाज में आपकी बहुत प्रतिष्ठा है।"

और तरुणोचित आवेश में वे न जाने क्या-क्या कहते रहे और वे चुपचाप सुनते रहे। उनके चुप होने पर भी वे कई क्षण चुप रहे। फिर बोले, "मैं तो यह नहीं समझता था। मेरे पास तुम्हारे जैसे विद्यार्थी कहाँ आते हैं? बड़े-बड़े लोग आते हैं। कहते हैं, 'यह करो, यह मत करो। बंकिम ने जैसे पाप के क्षय और पुण्य की जयपताका फहराई है, ऐसा ही आप भी करो। आप पाप को ऐसे अंकित करते हैं जैसे वह कोई बहादुरी हो'।"

ऐसे पथ-प्रदर्शन से उन्हें बड़ी चिढ़ थी। वह अपनी स्वाधीन चिन्ताधारा पर किसी प्रकार का बन्धन नहीं चाहते थे और न स्वयं ही किसी का रहबर बनने की उनकी इच्छा थी। इसीलिए सभा-सोसाइटियों में जाना उन्हें अच्छा नहीं लगता था पर आज वार्ता का क्रम कुछ ऐसा चला कि कुछ क्षण बाद नरम होकर वह बोले, "अच्छा आ जाऊँगा। किन्तु क्या बोलना होगा?"

"जो आप चाहें।"

"बहुत भीड़ तो नहीं होगी?"

"भीड़ कहाँ? केवल हम ही होंगे।"

"अच्छा ठहरो। तारीख लिख लूँ।"

दीवार पर लगे कलेण्डर में तारीख अंकित करने के बाद वे सहज स्नेह से बातें करने लगे। अपने अतीत की न जाने कितनी कहानियाँ उन्होंने उन दोनों विद्यार्थियों को सुनाईं। एक ने पूछा, "लोग कहते हैं, *श्रीकान्त* आपकी जीवनी है, क्या यह सत्य है?"

शरत् हँसे, बोले, "तुम क्या कहते हो?"

"हम कैसे जानेंगे, हम तो पूछते हैं।"

वह फिर गम्भीर हो गए। कहा, ''उपन्यास लिखने बैठने पर कोई हूबहू अपनी कथा नहीं लिखता। उसी तरह अपने को छोड़कर कोई सार्थक सृष्टि भी नहीं होती।''

विद्यार्थी ने फिर पूछा, ''आपके साहित्य में पतिताएँ बहुत हैं। इसका क्या कोई विशेष कारण है?''

सहसा वे अनमने हो उठे। उनकी तीक्ष्ण दृष्टि उदासी से भर आई। नली मुँह से निकालकर हाथ में ले ली। कहा, ''नहीं जानता, विशेष कारण क्या है। मैं बहुतों को जानता हूँ। अपनी आँखों से देखा है। उनमें ऐसी वस्तु है जो बड़ों-बड़ों में नहीं है। त्याग, धर्म, दया, माया, प्रेम, मनुष्य में जो कुछ अच्छा है, उसका उनमें अभाव नहीं है। भद्रता के मोह में पड़कर इसे अस्वीकार करूँ तो इससे बड़ा अधर्म क्या होगा? कोई मनुष्य केवल काला ही है, उसमें कोई सुधरने योग्य वस्तु नहीं है, ऐसा नहीं होता।''

वे जैसे कहीं खो गए थे। इस तरह बोल रहे थे, जैसे अपने से ही बातें कर रहे हों। किसी ने उनके कमरे की दीवार पर बन्दूक और रुद्राक्ष माला को एक साथ देखकर कहा था, ''इसी आपात असंगति में शरत्चन्द्र के व्यक्तित्व और साहित्य-साधना का रहस्य छिपा है।''

लेकिन फिर भी क्या सहजभाव से वे उस सभा में जा सके। ठीक समय पर 'ना' कर बैठे। किसी तरह अनुनय-विनय, आवेदन-निवेदन और अन्त में विक्षोभ-प्रदर्शन के बाद ही उन्हें ले जाया जा सका। वहाँ भीड़-सी भीड़ थी। उनको देखने को लोग पागल रहते थे, पर वे थे कि आतंकित हो उठे। बोले, ''यह क्या किया? इतने मनुष्य!''

लेकिन जब खड़े हुए तो अपनी रचना-प्रक्रिया और साहित्य सृजन की पृष्ठभूमि की विस्तार से चर्चा करते हुए तरुणों को अपना पृष्ठपोषक स्वीकार किया।

तरुण विद्यार्थी उन दिनों देशभक्ति और क्रान्ति की भावना से भरे हुए थे। शरत्चन्द्र में उन्होंने न केवल एक प्रसिद्ध लेखक को देखा बल्कि एक ऐसे क्रान्तिकारी को भी पाया जो उनका पथ-प्रदर्शक बन सकता था। केवल तरुणों ने ही नहीं, उस वर्ष कलकत्ता विश्वविद्यालय ने भी जगत्तारिणी स्वर्ण पदक देकर उनका सम्मान किया। इससे पहले केवल रवीन्द्रनाथ ही यह सम्मान प्राप्त कर चुके थे। वे केवल एफ.ए. तक पढ़े थे, परन्तु विश्वविद्यालय ने एक बार उन्हें बी.ए. परीक्षा के बांग्ला भाषा के प्रश्नपत्र का रचयिता भी नियुक्त किया था।

इसी समय योरोप से यह समाचार आया कि इस वर्ष नोबल पुरस्कार किसी भारतीय को मिलने वाला है। डॉ. सर मोहम्मद इकबाल और श्रीमती सरोजिनी नायडू के साथ शरत्चन्द्र का नाम भी लोगों की जिह्वा पर था। इसी बात की चर्चा करते हुए इलाचन्द्र जोशी ने एक दिन उनसे पूछा, ''यह सब सुनकर आपको कैसा लगता है?''

शरत् बाबू ने उत्तर दिया, ''यदि पुरस्कार मिल गया तो अच्छा ही है। और न भी मिला तो मुझे कोई विशेष खेद नहीं होगा। संसार के सभी प्रतिभाशाली लेखकों को नोबल पुरस्कार मिल ही जायेगा यह निश्चित नहीं है। फिर भी यह बात माननी पड़ेगी कि यह पुरस्कार किसी भी लेखक के लिए प्रलोभनीय है।''

जोशीजी ने पूछा, ''प्रलोभनीय किस अर्थ में?''

शरत्चन्द्र बोले, ''जिसे यह पुरस्कार मिल जाता है, उसकी ख्याति सारे संसार में फैल जाती है और इतनी बड़ी ख्याति का प्रलोभन न हो ऐसा कोई कवि या लेखक हो सकता है, यह मैं नहीं मानता। मैं इतना बड़ा ढोंगी नहीं बनना चाहता कि तुझसे कह दूँ कि मुझे इसका कोई भी प्रलोभन नहीं है।''

सम्मान बढ़ रहा था। साथ ही सभा-समितियों में बुलाने का आग्रह भी। अगले वर्ष उन्होंने बंगीय साहित्य परिषद, नदिया शाखा के वार्षिक अधिवेशन की अध्यक्षता की।[1] यह अधिवेशन कृष्णनगर में हुआ। वहाँ वे श्री ललितकुमार चटर्जी के निवास स्थान पर ठहरे थे। चटर्जी महोदय एक सुप्रसिद्ध वकील ही नहीं थे, सर आशुतोष मुकर्जी के समधी भी थे। नाटककार द्विजेन्द्रलाल राय भी कृष्ण नगर के ही रहने वाले थे। इसलिए दिलीप कुमार भी ललित बाबू के मित्र थे। उन्हीं के कारण शरत् बाबू इस अधिवेशन की अध्यक्षता करने के लिए तैयार हुए थे। स्वीकृति के बाद भी उन लोगों को आशा नहीं थी कि वे आ ही जायेंगे। फिर भी ठीक समय वे लोग शरत् बाबू को लेने के लिए स्टेशन पर आए। नगर के और भी अनेक सम्भ्रान्त व्यक्ति साथ में थे। ट्रेन आई, यात्री उतरे, लेकिन शरत् बाबू किसी भी कम्पार्टमेण्ट के द्वार पर दिखाई नहीं दिए। अन्दर ढूँढ़ने पर पाया कि वे एक द्वितीय श्रेणी के डिब्बे में बैठे हुए शान्त भाव से गुड़गुड़ी पी रहे हैं। सामने नौकर खड़ा है। जो अब तक चिन्तामग्न थे, वे सब व्यक्ति प्रसन्न हो उठे। बड़े आदर से उन्हें नीचे उतारा और विधिपूर्वक स्वागत-सत्कार किया।

ललित बाबू के घर पर ही बहुत-से लोग आ गये थे। शरत् बाबू दिन-भर हुक्का और चाय पीते रहे। कहानियाँ सुना-सुनाकर सबको हँसाते रहे। सभी को उन्होंने व्यस्त रखा। दूसरे दिन भी इस क्रम में कोई व्याघात नहीं पड़ा। ललित बाबू जानना चाहते थे कि उन्होंने अपना अध्यक्षीय भाषण लिख लिया है या नहीं। पता लगा, नहीं लिखा है। उन्होंने दिलीपकुमार से कहा, ''जानते हो, ये बहुत नर्वस स्वभाव के व्यक्ति हैं। भीड़ का सामना नहीं कर सकते। अब यह देखना तुम्हारा काम है कि ये अपना अध्यक्षीय भाषण लिख लेते हैं।''

कचहरी से वे तीन बजे लौटे। देखा, शरत् बाबू अभी तक मजलिस लगाए बैठे हैं। सभा दो घण्टे बाद ही तो होने वाली है। अब कहीं याद दिलाने पर शरत् बाबू कागज़-कलम लेकर कमरे में गए। ललित बाबू की चिन्ता का पार नहीं था। इतने थोड़े समय में क्या वे कुछ लिख पायेंगे, लेकिन साढ़े चार बजे तक शरत् बाबू अपना भाषण लिख चुके थे। ठीक समय पर वे लोग कृष्ण नगर कॉलेज के सभा भवन में पहुँच गए। स्थानीय भद्र लोगों से वह भवन खचाखच भरा हुआ था। तरुण विशेष रूप से बहुत उत्तेजित थे। शरत् बाबू ने जब बोलना शुरू किया तो सहसा शान्ति छा गई। अन्त तक छाई रही। भाषण सुनकर सभी लोग बहुत सन्तुष्ट हुए। इतने थोड़े समय में इतना सुन्दर, संक्षिप्त, सारगर्भित भाषण लिख डाला था उन्होंने।[1]

इसी सभा में दिलीपकुमार राय ने अपना प्रबन्ध 'शरत् साहित्य में आदर्शवाद' पढ़ा और निरुपमा देवी का यह गीत गाया—'बाहिरेर न ओ तूमि, आमादेरि आमादेरि एकजन।'

सभा के बाद भोजन की सभा का आयोजन था। मखमल के आसन पर अध्यक्ष को

---

1. 'साहित्य और नीति' शीर्षक से यह *सुदेश और साहित्य* में संगृहीत है।

आसीन करके सब लोग दिलीपकुमार राय की प्रशंसा करने लगे। किसी ने गाने की प्रशंसा की, किसी ने अभिनन्दन की तो किसी ने आवृत्ति की। शरत् बीच में बोले, "रुको, मण्टू का गाना चमत्कार, आवृत्ति चमत्कार, उच्छ्वास चमत्कार, सब चमत्कार। किन्तु सबसे अधिक चमत्कार जो वस्तु है, उसे कोई नहीं जानता। मैं जानता हूँ।"

सब चकित होकर उनकी ओर देखने लगे। वे उसी गम्भीरता से बोले, "वह सबसे अधिक चमत्कार वस्तु है, इनकी तिल्ली। साधुभाषा में उसे जिगर कहते हैं। वृन्दावन, दिल्ली, आगरा, सभी जगह हम लोग साथ रहे हैं। मैं जो कुछ भी खाता वह मुझे बदहज़मी कर देता। ये जो भी खाते वह इनकी शक्ति बन जाता। इतने-इतने बैलून जितने परांठे, ईंट के परिमाण जितनी मलाई, पहाड़ जितना ऊँचा पुलाव, कोफ़्ता, कोरमा, सींक-कबाब। पता नहीं सब कहाँ चला जाता था? किसी से भी इन्हें कोई बदहज़मी नहीं हुई। इसीलिए कहता हूँ कि इनकी सबसे बड़ी सम्पदा गाना या लिखना या आवृत्ति नहीं है, इनका जिगर है।"

एक दिन इन्हीं दिलीपकुमार राय ने शरत् बाबू को उस्ताद अब्दुल करीम का गाना सुनने के लिए आमन्त्रित किया था। जब वे बुलाने के लिए आए तो वे बड़े गम्भीरता से बोले, "एक शर्त पर चल सकता हूँ, मुझे यह विश्वास दिला दीजिए...।"

"क्या विश्वास?"

"कि वे रुक तो जायेंगे।"

सुनकर दिलीपकुमार एकदम अट्टहास कर उठे। शरत् कभी स्वयं बड़ा अच्छा गाते थे। लेकिन शास्त्रीय संगीत से, विशेषकर उस्तादों से उनको कोई प्रेम नहीं था। एक दिन किसी मित्र के आग्रह पर वे गाना सुनने के लिए गए भी। पक्का राग था। आलाप के साथ उस्ताद एक ही वाक्य बार-बार दोहराते थे। 'सैयां तू कहाँ गैयां, आ रे मोरे सैयां तू कहाँ गैयां रे।'[1]

बहुत देर तक सुनते रहे, लेकिन अन्त तक वे चुप नहीं रह सके। हुक्के की गुड़गुड़ी मुँह से निकालकर वे ज़ोर से बोले, "अरे तेरा सैयां काशी मित्तर के घर गैयां, उसके बाद क्या हुआ बताओ न!"

दिलीपकुमार से जो कुछ उन्होंने कहा था, उसका संबंध इसी घटना से था। जहाँ भी वे जाते, जहाँ भी वे बैठते, उस मजलिस में इस तरह हँसी के फव्वारे फूटते रहते।

उन्होंने संगीत में रुकने की बात कही थी, परन्तु जहाँ तक हास-परिहास की वृत्ति का संबंध है वह स्वयं भी रुकना नहीं जानते थे। उस दिन *भारतवर्ष* के कार्यालय में केवल कर्मचारी ही थे, कर्ता कोई नहीं था। शरत् बाबू उसी समय वहाँ पहुँचे। अफ़ीम खाने का समय था। उन्होंने जैसे ही गोली मुँह में डाली, कर्मचारी उन्हें देखने लगे। वे बोले, "तुम भी खाओगे? मेरे जैसा लेखक बनना चाहते हो तो ज़रूर खाओ।" और नाना प्रकार के प्रलोभन देकर थोड़ी-थोड़ी सभी को खिलाई। फिर हरिदास को पत्र लिखा कि उनके सभी कर्मचारी लेखक बनने के मोह में अफ़ीम खाकर नशे में टूल रहे हैं। अगर अभी उनके लिए मिठाई का प्रबन्ध नहीं कर देते तो हाथ में हथकड़ी पड़ सकती हैं।

---

1. इसका शुद्ध रूप है—'कहाँ गये सैयां।' चुटकुले में आते-आते यह विकृत रूप हो गया।

हरिदास सब कुछ समझ गए और उन्होंने दस रुपये भेज दिए।

लेकिन एक बात जो उनके मित्रों को बहुत परेशान करती थी, वह थी उनकी लोगों को अकारण ही क्रुद्ध कर देने की प्रवृत्ति। किसी के भी बारे में झूठ-मूठ प्रचार कर देते थे या परेशान करने के लिए ऐसा-वैसा कह देते थे। कविगुरु रवीन्द्रनाथ तक को उन्होंने नहीं छोड़ा था। उस दिन 'रसचक्र' की बैठक में उन्होंने सहसा बड़ी गम्भीरता से कहा, ''तुमने सुना, आजकल रामानन्द चटर्जी और गुरुदेव में बोलचाल बन्द है।''

''सच? क्या बात है?''

''रामानन्द योरोप गए थे न। दाढ़ी के कारण लोगों ने उन्हें रवीन्द्रनाथ समझ लिया। उस कविगुरु को यह पता लगा तो उन्होंने रामानन्द चटर्जी से कहा कि वे अपनी दाढ़ी कटवा दें। वे तैयार नहीं हुए। भला इतने दिनों के परिश्रम से बढ़ाई दाढ़ी कैसे कटवाई जा सकती है। तब कविगुरु ने प्रस्ताव किया कि यदि दाढ़ी कटवाना संभव नहीं है तो वे मेंहदी लगाया करें। यह सुनकर रामानन्द बाबू क्रुद्ध हो उठे। बोले, 'मैं क्या मुसलमान हूँ?'

''बस तब से उनकी बोलचाल बन्द है।''

'रसचक्र' के अधिकांश सदस्य शरत् बाबू के बीरबली स्वभाव से परिचित थे। इस परिहास पर वे खूब हँसे। पर यह भी सच है कि इसी कारण जो उनसे अपरिचित थे, उनके बारे में बुरी धारणा बना लेते थे। या जो उनके विरोधी थे वे इसका अनुचित लाभ उठाते थे। किन्तु वे ज़रा भी परेशान नहीं होते। मित्र तर्क करते और वे हँसते रहते। यह सब वे रस लेने के विचार से ही करते थे। वे लोग देखते तो पाते उनकी आँखों में छेड़-छाड़ करने की वृत्ति है। इसलिए जब सत्य प्रकट होता तो संबंधित व्यक्ति हँस पड़ते थे। लेकिन सभी तो इतने उदार नहीं होते कि जानें कि आदमी अपनी दुर्बलताओं के साथ ही बड़ा होता है। उनसे कटकर नहीं।

इसी वर्ष[1] मुंशीगंज में, बंगीय साहित्य सम्मेलन का अधिवेशन हुआ था। उसकी साहित्य शाखा की अध्यक्षता की थी शरत् बाबू ने। उस समय वे[2] ढाका भी गए थे और अपने प्रिय मित्र उपन्यासकार चारुचन्द्र बंदोपाध्याय के घर पर ठहरे थे। वहाँ के डिप्टी मजिस्ट्रेट सुरेशचन्द्र घटक स्वयं साहित्यिक थे। वे उन्हें अपने पास ले जाना चाहते थे। ढाका विश्वविद्यालय के इतिहास के अध्यापक डॉ. रमेशचन्द्र मजूमदार मुंशीगंज में ही उन्हें अपने घर पर ठहरने का निमंत्रण दे चुके थे। लेकिन शरत् बाबू ने सबसे यही कहा, ''मैं अपना घर छोड़कर कहीं नहीं जा सकता।''

''आपका घर यहाँ है?''

''हाँ, चारु मेरा बचपन का दोस्त है। उसका घर मेरा घर है। उसकी पत्नी मेरी जितनी देखभाल करती है, उतनी तुम नहीं कर सकोगे।''

वे किसी के पास जाकर नहीं ठहरे। फिर भी बारी-बारी उनके घर चरणधूलि डालने का निमन्त्रण उन्हें स्वीकार करना ही पड़ा। मजूमदार महाशय के घर जब मजलिस जमी तो कितनी

1. 10-11 अप्रैल, 1925 ई. 2. विश्वभारती सम्मिलनी ने उनका अभिनंदन किया था

कहानियाँ सुनाईं, कितने प्याले चाय पी और कितना तम्बाकू खाया, इसका हिसाब किसी के पास नहीं हो सकता। जिस रात सुरेशचन्द्र के यहाँ निमन्त्रण था, उसी रात को अपूर्वचन्द्र कुमार के घर जाना था। बातों के धनी शरत् बाबू को यह सब कैसे याद रहता। बहुत देर तक प्रतीक्षा करने के बाद स्वयं कुमार रात में 11 बजे उन्हें लेने के लिए आए। शरत् बाबू ने कहा, ''लोगों को मुझसे बात करने में आनन्द आता है, तो मैं कृपण क्यों होऊँ?''

उनके घर से वे रात के ढाई बजे लौटे तो चारु बाबू ने कहा, ''शरत्, समय के संबंध में तुम्हें कुछ ध्यान देना चाहिए।''

उन्हें तुरन्त उत्तर मिला, ''देखो, चारु, मनुष्य घड़ी का दास हो, यह मैं कभी नहीं चाह सकता। तुम दासता से घृणा करते हो, तब भी मुझसे कहते हो कि घड़ी का दास बनूँ। वह मैं नहीं करूँगा।''

आवारापन से शायद उन्हें मुक्ति मिल गई थी, लेकिन उसने उनके जीवन पर जो छाप लगा दी थी उससे वे कभी भी मुक्त नहीं हो सके। वे तथाकथित सभ्य समाज के सुसंस्कृत व्यक्ति कभी नहीं बन सके। उस समय भी, जब वह बांग्ला साहित्य के महान उपन्यासकार के रूप में प्रतिष्ठित और समादृत हो चुके थे, उन्होंने अपने को अभिजात वर्ग का व्यक्ति कहकर परिचित कराने की ज़रा भी चेष्टा नहीं की। यही कहा, ''मैं न तो बहुत पढ़ा-लिखा हूँ, न मेरा ज्ञान ही कुछ अधिक है। मुझे जो पढ़ना चाहते हैं उसका कारण यही है कि मैंने अपनी रचनाओं में वहीं चित्रित किया है जो मैंने अपनी आँखों से देखा और मन से अनुभव किया है।'' अभिजात वर्ग के विरोध में वे ब्रात्य ही बने रहे। कई वर्ष पूर्व[1] प्रमथ चौधरी ने जब उन्हें अपनी एक पुस्तक समर्पित की थी तब भी उन्होंने यही कहा था कि ''मेरे जैसे दुश्चरित्र को पुस्तक समर्पित करने के लिए समाज चौधरी महाशय को क्षमा नहीं करेगा। वे ठहरे परम विद्वान, समाज के चौधरी, और मैं ठहरा शरत् चाटुज्जे।''

लेकिन इस सम्मेलन की अध्यक्षता करते हुए उन्होंने जो भाषण दिया था वह उतना ही गम्भीर और महत्त्वपूर्ण है। उसमें उन्होंने अपनी साहित्यिक मान्यताओं को और अपने साहित्य के थीम को स्पष्ट किया है। साहित्य में आर्ट और दुर्नीति क्या है[2] उसकी विशद व्याख्या करते हुए उन्होंने कहा, ''साहित्य की सुशिक्षा, नीति और लाभालाभ का अंश ही अब तक मैं व्यक्त करता आया हूँ। जो चीज़ इससे भी बड़ी है—इसका आनन्द, इसका सौन्दर्य—उसकी आलोचना करने का समय अनेक कारणों से मुझे नहीं मिला। केवल एक बात कह रखना चाहता हूँ कि आनन्द और सौन्दर्य केवल बाहर की वस्तु नहीं है। केवल सृष्टि करने की त्रुटि ही है, उसे ग्रहण करने की अक्षमता नहीं—यह बात किसी तरह सच नहीं है। आज यह शायद असुन्दर और आनन्दहीन जान पड़े, किन्तु यही इसकी आखिरी बात नहीं है, आधुनिक साहित्य के सम्बन्ध में यह सत्य याद रखने की ज़रूरत है।

''और एक बात कहकर ही मैं अपने वक्तव्य को समाप्त करूँगा। अंग्रेज़ी में आईडियलिस्टिक (आदर्शवादी) और रियलिस्टिक (यथार्थवादी) दो शब्द हैं। हाल में किसी-

---

1. सन् 1919 ई. में *आहुति* कहानी-संग्रह 2. *सुदेश और साहित्य* में संगृहीत

किसी ने यह अभियोग लगाया है कि आधुनिक बांग्ला साहित्य अत्यधिक यथार्थवादी हो चला है। मैं कहता हूँ, एक को 'बाद देकर' दूसरा नहीं होता।[1] कम-से-कम जिसे उपन्यास कहते हैं, वह नहीं होता। हाँ, कौन किधर झुककर चलेगा, यह साहित्यिक शक्ति और रुचि पर निर्भर करता है। किन्तु एक शिकायत यह की जा सकती है कि पहले की तरह राजे-रजवाड़ों और ज़मींदारों के दुख-दैन्य-द्वन्द्व-हीन जीवन के इतिहास को लेकर आधुनिक साहित्यसेवी को सन्तोष नहीं होता—उसका मन नहीं भरता। वह नीचे स्तर में उतर गया है। यह अफ़सोस की बात नहीं है। बल्कि इस अभिशप्त और तमाम दुखों के देश में, अपने अभिमान को छोड़कर रूसी साहित्य की तरह जिस दिन वह और भी समाज के नीचे के स्तर में उतरकर उनके दुख और वेदना के बीच खड़ा हो सकेगा, उस दिन यह साहित्य-साधना केवल स्वदेश में ही नहीं विश्व-साहित्य में भी अपना स्थान कर ले सकेगी।''

आदर-अभ्यर्थना का यह जो क्रम आरम्भ हुआ वह फिर नहीं टूटा। उसमें कई महान गुण थे, फिर भी हमेशा डर लगा रहता था कि कहीं उनकी कमज़ोरियाँ, जो कम नहीं थीं, उनके कार्य को नष्ट न कर दें। लेकिन यह डर निर्मूल था, नियति ने उनके लिए यही पथ निश्चित किया था जिस पर वे निरन्तर भूल और संघर्ष करते हुए आगे बढ़ रहे थे। वे गरीबी से उठकर आये थे। शिक्षा भी उन्हें कम ही मिली थी। परन्तु जीवन की पाठशाला में उन्होंने जो अनुभव प्राप्त किए थे, उनके कारण मनुष्य को समझने की शक्ति उन्हें प्राप्त हो गई थी। भले ही व्यवहार उनका अब भी अटपटा ही था। यह अटपटापन उन्हें अक्सर मुसीबत में डाल देता था, परन्तु मस्तिष्क का संतुलन कभी नहीं खोने देता था। जानने से भी अधिक वे मनुष्य को प्यार करते थे।

10

किसी पत्रिका का सम्पादन करने की चाह किसी-न-किसी रूप में उनके अन्तर में बराबर बनी रही। बचपन में भी यह खेल वे खेल चुके थे, परन्तु इस क्षेत्र में *यमुना* से अधिक सफलता उन्हें कभी नहीं मिली। अपने मित्र निर्मलचन्द्र 'चन्द्र' के साथ उन्होंने *रूप और रंग*[2] का सम्पादन भी कुछ दिन किया। *भारत लक्ष्मी* का सम्पादन करने के लिए वे सहमत हो गए थे। अपने एक पत्र में उन्होंने लिखा था—'' *भारत लक्ष्मी* नामक एक नये पत्र का सम्पादक बनने के लिए राज़ी हो गया हूँ। आज एक चिट्ठी लिखी है। अगर उन शर्तों पर तैयार हुए तो सम्पादन का भार ले सकता हूँ। संसार में बहुतेरे लोगों के बारे में जो होता है मेरे बारे में भी वही होगा। अर्थात् संसार में बुद्धिमान और बेवकूफ़ दोनों ही हैं और एक पक्ष की जीत होती है। अधिक न होने पर भी पाँच-छः हज़ार का ज़मानतदार हूँ। सोचा है कि *भारत लक्ष्मी* में शामिल होकर इसे चुका दूँगा। वे मुझे चौथाई का हिस्सा देंगे। अब साँपारिक बुद्धि वाले जैसा आचरण करते हैं, मैं भी वैसा ही करूँगा। अर्थात् ठगा न जाऊँगा। दशहरे के बाद ये सारी बातें तफ़सील से तय करूँगा। लेकिन इसी बीच परिचित-अपरिचित साहित्यिक बहुतेरे लोग लिख रहे हैं कि उनकी रचना लेकर पेशगी रुपये भेजूँ। हाय, इतनी शक्ति यदि होती, किन्तु इसी शक्ति की परम आवश्यकता है।...''

---

1. एक को अलग कर दूसरा नहीं होता 2. 1924 ई. (प्रारम्भ किया 4-10-24 को)

लेकिन यह शक्ति शायद उन्हें कभी नहीं मिली। हाँ, अपनी अर्जित सम्पत्ति में से वे नाना व्यक्तियों की नाना रूपों में सहायता करते रहे। काशी में सम्भ्रान्त परिवार की एक वृद्धा बंगालिन रहती थी। बालपन में ही विधवा हो गई थी। पढ़ी-लिखी थी। खूब खाना-पकाना और खिलाना जानती थी, लेकिन बुढ़ापे में उसकी आँखें बिलकुल खराब हो गईं। एक दिन उसने शरत् बाबू को बेटा कहकर पुकारा था, उस समय से अपने मित्र हरिदास शास्त्री के द्वारा वह बराबर उसकी सहायता करते रहे। लेकिन अपना नाम कभी प्रकट नहीं होने दिया। वृद्धा यही समझती रही कि यह पैसा हरिदास का ही है। गुप्त रूप से सहायता करने का जैसे उनका स्वभाव था। कुछ दूर पर एक विधवा मूड़ीवाली[1] रहती थी। उसके कोई सन्तान भी नहीं थी। गुप्त रूप से उसकी सहायता करने के उद्देश्य से ही उन्होंने बड़ी बहू को आदेश दिया था कि वे प्रतिदिन उससे मूड़ी खरीदा करें। गरम मूड़ी खाना उन्हें बहुत अच्छा लगता था।

छोटा भाई प्रकाशचन्द्र उन्हीं के साथ रहता था। बड़े चाव से उन्होंने उसका विवाह[2] किया। कन्या के पिता की अवस्था बहुत अच्छी थी, परन्तु उन्होंने दान-दहेज की ज़रा भी चिन्ता नहीं की। बड़ी बहू ने सहज उदारता के साथ अपने सब गहने देवरानी को चढ़ा दिए। उनका यह भाई कभी कुछ नहीं कर सका। कुछ करने योग्य न तो उसे कोई शिक्षा मिली थी और न वातावरण ही। अभावों में वह पला और ज़मींदारों की नाटक मण्डलियों में स्त्रियों का अभिनय कर-करके बड़ा हुआ। वहाँ वह पीना ही सीख सकता था। जीवन-भर शरत् बाबू अपने इस भाई क़ा और उसके परिवार का पोषण करते रहे।

ऐसी मानवीय करुणा से ओतप्रोत होने के बावजूद उनकी प्रसिद्धि अनीति के प्रचारक के रूप में ज़रा भी कम नहीं हुई थी। लोग बराबर मानते रहे कि वे इतनी शराब पीते हैं कि तौबा। और भी न जाने कितने कल्पनीय-अकल्पनीय ऐब हैं उनमें। न जाने कितने सम्मेलन उन्हें अध्यक्ष के रूप में पाकर गौरवान्वित हुए। न जाने कितनी सभाओं ने उनका अभिनन्दन किया, परन्तु उनके मुँह पर ही उनकी निन्दा करने वालों की संख्या में कोई कमी नहीं हुई। कभी परोक्ष रूप में, कभी अपरोक्ष रूप में भाषणकर्ता उन्हें लक्ष्य करके कुछ कह जाते थे। चितपुर में एक पुस्तकालय के स्थापना-दिवस पर होने वाली सभा की अध्यक्षता करने के लिए उन्हें आमन्त्रित किया गया था, लेकिन उसी सभा में एक सज्जन ने भाषण करते हुए कहा, ''हम लोगों ने बड़े उत्साह से पुस्तकालयों की स्थापना करने की ओर ध्यान दिया है। लेकिन कभी-कभी सोचता हूँ, ऐसा करने से क्या लाभ? क्या पढ़ने लायक अच्छी किताबें निकल रही हैं? कोई लिख रहा है? साहित्य में न तो आज नीति है और न रुचि। सब कुछ गन्दगी से भरा हुआ है। और इस गन्दगी के लिए खास तौर से ज़िम्मेदार हैं हमारे आज के अध्यक्ष।''

शरत् बाबू अध्यक्ष पद पर बैठे हुए यह सब कुछ चुपचाप सुनते रहे। जब उनके भाषण देने का समय आया तो उन्होंने केवल इतना ही कहा, ''देखिए, अच्छी किताबें अगर नहीं निकल रही हैं तो आप लोग एक काम कीजिए, पुस्तकालय बन्द कर दीजिए। एक संकीर्तन दल बनाइए। पुस्तकालय स्थापित कर देश के लोगों में गन्दगी न फैलाकर कीर्तन दल बनाकर मोहल्ले-मोहल्ले में कीर्तन का प्रचार कीजिए। यह अच्छा सत्कर्म होगा।''

---

1. सन् 1925 ई. 2. सन् 1925 ई.

एक मजिस्ट्रेट थे—श्री यतीन्द्रमोहन सिंह। उन्होंने *साहित्य की स्वास्थ्य-रक्षा* नाम से एक पुस्तक लिखी। इसमें उन्होंने शरत् बाबू पर तीव्र आक्रमण किए। इस पुस्तक का उतना ही तीव्र विरोध हुआ और एक दिन अपने-आप ही यह समाप्त भी हो गई। लेकिन कहते हैं, एक दिन उनकी शरत् बाबू से भेंट हो गई थी। अनीतिमूलक साहित्य की चर्चा चलने पर शरत् बाबू ने कहा, ''मुझे विश्वास है कि आप सच्चरित्र व्यक्ति हैं। आप तो कभी वेश्या के यहाँ गए नहीं होंगे?''

यह सुनकर मजिस्ट्रेट साहब हतप्रभ ही हो सकते थे। हाँ या ना में उत्तर देना उनके लिए सम्भव नहीं था। शरत् बाबू ने ही कहा, ''अब जब आपको अनुभव ही नहीं है तो आपसे क्या बात करें?''

जिस प्रकार वे जीवन-भर अनीति के प्रचारक के रूप में प्रसिद्ध रहे, उसी प्रकार आवारा जीवन की ललक भी कभी पूरी तरह समाप्त नहीं हुई। प्रतिवर्ष जगद्धात्री पूजा के अवसर पर वे भागलपुर मामा-बाड़ी में जाते थे। जब वे बर्मा से लौटे थे तो उन्होंने मामा-परिवार से, विशेषकर बचपन के अपने सहपाठी मणि मामा से, संबंध सुधारने का बहुत प्रयत्न किया था। एक बार ये मामा बेटी के विवाह के संबंध में कलकत्ता आए थे। उस समय सुरेन्द्रनाथ ने शरत् बाबू को सलाह दी, ''इस अवसर पर तुम उपहार भेजो।''

शरत् बाबू ने उत्तर दिया, ''मणि मामा नहीं लेंगे।''

सुरेन्द्रनाथ ने कहा, ''तुम भेजो, बाकी हम देख लेंगे।''

शरत् बाबू ने ऐसा ही किया और, जैसा कि हो सकता था, उसे देखकर मणि मामा तुरन्त बोले, ''नहीं, यह नहीं लिया जाएगा। इसे लौटा दो।''

मामी ने कहा, ''उपहार नहीं लौटाया जा सकता। लेना ही होगा।''

''नहीं, नहीं...,'' मणि मामा और भी क्रुद्ध हो उठे कि तभी सुरेन्द्र ने आकर उनसे कहा, ''दादा, शरत् आए हैं।''

''कहाँ हैं?''

सामने आकर शरत् बाबू ने मणि मामा के पैर पकड़ लिए। कहा, ''मुझे क्षमा कर दो।''

क्षण-भर में मामा का राग-अभिमान दूर हो गया। कण्ठ अवरुद्ध और आँखें भरी-भरी। इतना ही कह सके, ''शादी में आना, समझे!''

शरत् बाबू के लिए मामा-बाड़ी के द्वार खुल गए। मणि मामा की मृत्यु[1] के बाद तो उन्होंने जैसे वहाँ जाने का नियम बना लिया था। उस समय वे यथाशक्ति अपना पुराना जीवन जीने की चेष्टा करते थे। चाय, तम्बाकू और हँसी-मज़ाक चलता था। खाने के लिए दिन में चार बज जाते और रात में एक। आते ही घर के सब नियम उलट-पुलट कर देते थे। यह उनकी प्रकृति थी। बच्चे उन्हें बहुत प्यार करते थे। वे आते और सीधे गंगा तट पर पहुँच जाते और ढेरों खिलौने लाकर बच्चों के सामने बिखेर देते। फिर आता मिठाईवाला, ''अरे, इतने से क्या

1. सन् 1921 ई.

होगा, और लाओ। और चाय लाओ। और तम्बाकू लाओ।'' बस यही पुकार वे लगाते रहते।

पूजा के समय नाटक भी होते थे। उस बार उन्होंने *चन्द्रगुप्त* नाटक को मंचस्थ करने का निर्णय किया और तुरन्त गिरीन्द्रनाथ को बुलाकर कहा, ''इस बार *चन्द्रगुप्त* नाटक का एक दृश्य करने की इच्छा है। तुम 'चाणक्य' का अभिनय करो। प्रफुल्ल 'कात्यायन' बनेगा। शचि 'भिक्षु' और देवी 'प्रॉम्पटर'।''

ऐसा ही हुआ। जब शरत् बाबू भिक्षुक का गाना नहीं सुन सके तो रोते-रोते अपने कमरे में चले गए और वहीं अंधेरे में बैठकर अभिनय देखते रहे।

कीर्तन भी उसी तरह होता और वे लेटे-लेटे सुनते रहते। बीच में सहसा बोल उठते, ''रासबिहारी, 'ओ कुब्जार बन्धुटि' गाओ।''

यह उनका बड़ा प्रिय गाना था। लेकिन इसे वे कभी पूरा नहीं सुन पाते थे। बीच में ही रो पड़ते और भाग जाते।

बोलि ओ कुब्जार बन्धु

तोमाय राधानाथ आर बोलबो ना हे। ओ कुब्जार बन्धु

रासबिहारीदास तुलसी की माला भी तैयार करते थे। एक दिन शरत् बाबू ने कहा, ''मुझे भी एक दो।''

सुरेन्द्रनाथ ने पूछा, ''तुम पहनोगे?''

''हाँ, बड़ी इच्छा है।''

रासबिहारी ने उसी दिन परिश्रम से माला तैयार की। शरत् बाबू ने उसे पहना और बहुत प्रसन्न हुए। लेकिन उस दिन जैसे पुराने यायावर-जीवन की याद आ गई हो। उन्होंने कहा, ''इस बार भागलपुर से स्टीमर के मार्ग से कलकत्ता जाएँगे। घूमना हो जाएगा।''

बस सुरेन्द्रनाथ और गिरीन्द्रनाथ को साथ लेकर चल पड़े। साथ में नौकर-चाकर और बहुत-सा सामान। इतना कि दो-तीन घोड़ागाड़ियों में भी नहीं आया। स्टीमर घाट पर पहुँचे। बहुत देर तक कोई जहाज़ नहीं दिखाई दिया। निश्चय किया कि पहले जिस ओर का जहाज़ आएगा उसी में बैठकर चल देंगे। पश्चिम की ओर से आएगा तो पूर्व की ओर चलेंगे और पूर्व की ओर से आएगा तो पश्चिम की ओर।

मामा ने पूछा, ''पश्चिम की ओर कहाँ चलेंगे?''

उत्तर दिया, ''कहीं भी। रवीन्द्रनाथ भी तो गाजीपुर तक हो आए हैं।''

सौभाग्य से कलकत्ता जाने वाला जहाज़ ही पहले आ गया। लेकिन मार्ग उसका बड़ा विकट था। आगे चलकर पद्मा नदी से होकर गुआलन्दो पहुँचना था। वहाँ से सुन्दर बन होकर फिर डायमण्ड हार्बर द्वारा खिदिरपुर आते थे।

शरत् बाबू अपने सभी साथियों के साथ प्रथम श्रेणी के टिकट लेकर केबिन में पहुँच गए। नौकर को गुड़गुड़ी तैयार करने का आदेश दिया। पास ही कप्तान का केबिन था। गुड़गुड़ी

की आवाज़ सुनकर उसने तुरन्त एक खलासी को भेजा। उसने आकर शरत् बाबू से कहा, ''यहाँ तम्बाकू पीने की आज्ञा नहीं है, बन्द कर दीजिए।''

शरत् बाबू ने उसकी ओर ध्यान ही नहीं दिया। कप्तान स्वयं आया। बोला, ''तम्बाकू पीना आपको बन्द करना होगा।''

''क्यों ?''

''क्योंकि यह असभ्यता है। अच्छा नहीं दिखाई देता।''

''लेकिन मुझे तो यह सुन्दर दिखाई देता है। इससे सभ्यता का परिचय अधिक मिलता है।''

''इसका कर्णकटु शब्द सुनकर यात्री नाराज़ होते हैं।''

''शायद स्टीमर की सीटी सुनकर उनको अच्छा लगता है। केवल अनिवार्य समझकर ही क्या वे उसे सहन नहीं करते ?''

''लेकिन गुड़गुड़ी पीना क्या अनिवार्य है ?''

''शायद आप धूम्रपान नहीं करते ?''

''सिगार या सिगरेट पर मुझे कोई आपत्ति नहीं है।''

''आपको न हो, लेकिन किसी और को हो सकती है।''

''किसी योरोपियन को कोई आपत्ति नहीं है।''

''लेकिन यह योरोप नहीं है।''

इस वाक्युद्ध का कोई अन्त नहीं था। कप्तान को अन्त में यह कहकर चले जाना पड़ा, ''किसी योरोपियन को आपत्ति होगी तो आपको बन्द करना होगा। यह आपसे मेरा अनुरोध है।''

शरत् बाबू ने कोई उत्तर नहीं दिया। उसी तरह गुड़गुड़ी पीते रहे।

जहाज़ चलते-चलते पहुँच गया। कहालगाँव। कभी इस गाँव में कलह होता होगा, अब तो नाम शेष रह गया है। कुछ क्षण जहाज़ यहाँ रुकता था। शरत् बाबू उतरे और चल दिये एक ओर। जहाज़ के छूटने का समय आ गया। लेकिन उनका कहीं पता नहीं था। दोनों मामा खोजने के लिए इधर-उधर भागे! पाया कि घाट के पास ही जो एक छोटी-सी दुकान है उसके सामने मैदान में शरत् बाबू बैठे हुए हैं। चारों ओर पन्द्रह-बीस कुत्ते दही-चूड़ा खाने में मस्त हैं। एक बारह-तेरह वर्ष का बच्चा दोनों हाथों में सामान लिए खड़ा है। सुरेन्द्रनाथ ने कहा, ''यह क्या है ? जहाज़ छूटने वाला है।''

''मुझे मालूम है। लेकिन अभी सीटी नहीं हुई।''

यह कहकर वे उठे। दुकानदार का हिसाब चुकता किया। वह बाकी पैसे देने लगा तो हिन्दी में बोले, ''देने नहीं होंगे। यह तुम्हारा नफा है।''

बेचारा दुकानदार उनका मुँह देखता रह गया। जहाज़ पर लौटकर शरत् बाबू ने बताया,

''जैसे ही मैं नीचे उतरा कुत्तों के एक दल ने मुझे घेर लिया। देखने पर लगा न जाने कितने दिनों से उन्होंने खाया नहीं है। मेरी इच्छा हुई, कुछ इन्हें खिलाना चाहिए। यहाँ सिर्फ़ दही-चूड़ा ही मिल सका। वही खिलाने में इतनी देर हो गई।''

अगले दिन संध्या को फिर एक गाँव आया। यहाँ दूध, मछली, तरकारी खूब मिलती थी। बस खरीदने के लिए लोग उतर पड़े। बेचने वाले वहीं आ गए थे। लेकिन जब जहाज़ फिर चला तो देखा गया कि एक व्यक्ति स्टीमर के साथ भागता हुआ किनारे-किनारे चल रहा है। बार-बार उधर देखकर हाथ जोड़ता है और फिर भागता है। सहसा शरत् बाबू की दृष्टि उस पर पड़ी। उन्होंने कप्तान से अनुरोध किया, ''जहाज़ को रोक दीजिए।''

कप्तान ने उत्तर दिया, ''बाबूजी, इस प्रकार दया दिखाने पर तो दस दिन में भी गुआलन्दो नहीं पहुँचा जा सकेगा।''

लेकिन फिर भी शरत् बाबू के अनुरोध करने पर उसने जहाज़ किनारे लगा ही दिया। वह व्यक्ति रोता-रोता जहाज़ पर चढ़ा और बेहोश होकर गिर पड़ा। बेटी के मरणासन्न होने का समाचार पाकर वह उसे देखने के लिए जा रहा था।

यात्रा लम्बी थी और इस प्रकार के अनुभवों की कोई कमी नहीं थी। दूसरे दिन सवेरा होते ही दूर से कोलाहल का शब्द पास आने लगा। दस बजे के लगभग जहाज़ एक गाँव के किनारे जा लगा। नाम था 'प्रेमतली'। वैष्णवों का बहुत बड़ा मेला यहाँ लगता था। चारों ओर से असंख्य वैष्णव-वैष्णवी मेले में आते थे, लेकिन जहाज़ तो केवल आधा घंटे के लिए ही रुक रहा था। शरत् बाबू ने कहा, ''इतना बड़ा मेला लगता है यहाँ, क्या एक दिन भी नहीं ठहरेंगे?''

कप्तान हाथ जोड़कर बोला, ''माफ़ कीजिए। आध घंटे से अधिक नहीं ठहर सकता।''

शरत् बाबू ने मामा से कहा, ''आध घंटे में कुछ नहीं हो सकता। प्रेमतली का मेला देखे बिना मैं आगे नहीं जाऊँगा। जहाज़ जाता है तो जाए।''

और वह तुरन्त अपना सारा सामान लेकर सबके साथ नीचे उतर पड़े। लेकिन अब जाएँ कहाँ? शरत् बाबू स्थान की खोज करने के लिए निकले। पता लगाया, पास ही ज़मींदार की कचहरी है। वहीं जाकर ठहरना होगा। साथ में वे ज़मींदार के नौकर भी लेकर आए थे। धीरे-धीरे सब लोग वहाँ पहुँच गए। देखा चारों ओर वैष्णव नर-नारी अधिकार जमाए हुए हैं। इन लोगों का सामान देखकर वे सब चकित हो उठे। और जब अन्त में शरत् बाबू वहाँ पहुँचे तो जैसे चारों ओर एक आर्तनाद मच उठा। दाढ़ी-मूँछधारी शरत् को उन्होंने मुसलमान समझ लिया था। चीत्कार करके वे पुकारने लगे, ''भागो, भागो! श्यामसुन्दर, राधिकारमण, सर्वनाश हो गया! रसोई तैयार हो रही थी। आज हमारा जन्म भ्रष्ट हो गया। राधे, राधे, यह क्या किया मदनमोहन?''

क्षण-भर तो शरत् बाबू हतप्रभ-से देखते रहे। फिर बोले, ''अजी सुनते हो तुम सब लोग, मैं ब्राह्मण हूँ, ब्राह्मण। डरो नहीं, मैंने जनेऊ पहना है।''

एक बुद्धिमान दिखाई देने वाले वैष्णव ने उत्तर दिया, ''सुनता हूँ, आजकल वे भी जनेऊ पहनने लगे हैं।''

सुनकर शरत् बाबू और मामा लोग बड़े ज़ोर से हँस पड़े। शरत् बरामदे में जा पहुँचे। सब वैष्णव-वैष्णवी 'श्यामसुन्दर', 'राधिकारमण' पुकारते हुए वहाँ से भाग गए। तब शरत् बड़े आराम से शतरंजी के ऊपर बैठ गए और बोले, "अच्छा, हुआ, वह विपत्ति टली।"

कुछ क्षण आराम करने के बाद वे मेला देखने के लिए निकल पड़े। घण्टे पर घण्टे बीतने लगे, लेकिन उनका कहीं पता नहीं था। दोनों मामा फिर ढूँढ़ने के लिए निकले। पाया, एक प्रकाण्ड वृक्ष के नीचे बहुत बड़ी भीड़ के बीच में एक कृष्णवर्णीय बाउल एक गौरांगिनी के साथ नृत्य-संगीत में लीन है और शरत् तन्मय होकर सुन रहे हैं। मामा ने कहा, "नहाना, धोना और खाना नहीं होगा क्या?"

उत्तर मिला, "वह तो रोज़ ही होता है। सुनो कैसी भक्ति है इनकी! अहा, यदि यह भक्ति और यह तन्मयता मुझे मिल सके!"

मामा ने कहा, "तो इनके दल में शामिल हो जाओ न।"

"काश, अब ऐसा कर पाता!"

और पुराने जीवन की याद करके उन्होंने दीर्घश्वास खींचा। बड़ी कठिनता से मामा लोग उनको वहाँ से उठाकर ला सके। भोजन करते समय शरत् ने कहा, "आज यहीं रहना होगा। सुना है, यहाँ का वैष्णवी-ग्रहण व्यापार बहुत रोचक है। कुछ धन जमा करा देने पर किसी को भी वैष्णवी मिल सकती है। एक चादर के पीछे वैष्णवियों का दल इस प्रकार खड़ा कर दिया जाता है, कि बस उनके पैर की अंगुली ही दिखाई दे। जिस वैष्णवी की अंगुली जो पकड़ लेता है वे दोनों एक वर्ष तक एक साथ रह सकते हैं।"

कथा जितनी रोचक थी, उतनी ही अविश्वसनीय भी। इसीलिए अन्त में बहुत खोज करने पर पता लगा कि अब वह प्रथा समाप्त हो गई है। लेकिन साथ ही यह भी पता लगा कि रात में यहाँ बहुत बड़े-बड़े मच्छर होते हैं।

"अरे बाप रे, मच्छर-मलेरिया! तब तो यहाँ रहना नहीं हो सकता। अब क्या किया जाए? इस समय कोई जहाज़ भी तो नहीं जाता। क्यों न नाव से यात्रा की जाए। खूब मज़ा आएगा।"

मामा ने पूछा, "लेकिन जाना कहाँ होगा?"

"जहाँ भी पहुँच जाएँ। राजशाही तो पहुँच ही सकते हैं।"

बस एक नौका तैयार की गई, लेकिन भाग्य अच्छा था कि रास्ते में ही गुआलन्दो जाने वाला जहाज़ मिल गया। बस सब लोग उसमें सवार हो गए। दिन-भर बहुत भाग-दौड़ हुई थी, खूब नींद आई। अगले दिन जहाज़ एक घाट पर जाकर ठहरा। वहाँ के ज़मींदार से शरत् बाबू का परिचय था। बोले, "चलो, वहीं चलकर चाय पीयेंगे।"

बहुत खोज करने पर कहीं मकान मिल सका, लेकिन दुर्भाग्य से ज़मींदार साहब सो रहे थे। नौकर किसी भी तरह उन्हें जगाने के लिए तैयार नहीं हुआ। उसी समय जहाज़ की सीटी सुनाई दी और वे दौड़े। उनके चढ़ते ही जहाज़ छूट गया। लेकिन चाय तो मिलनी ही चाहिए।

नौकर को आवाज़ दी "बैकुण्ठ, चाय तैयार करो।"

लेकिन बैकुण्ठ हो तो जवाब दे। वह तो पद्मा के किनारे दौड़ रहा था। बड़ी कठिनता से एक नाव द्वारा उसे जहाज़ पर लाया गया। उसने कहा, "ताज़ा दूध लेने के लिए मैं गाँव में चला गया था।

अब शरत् बाबू कैसे उस पर क्रुद्ध होते, लेकिन कप्तान के क्रोध का पार नहीं था। शरत् बाबू बोले, "अजी छोड़ो भी, जाओ चाय तैयार करो। अजी, उसे सीटी सुनने की फुर्सत कहाँ थी। थोड़ा रसिक है बेचारा।"

और इसी प्रकार अनुभव प्राप्त करते हुए आखिर एक दिन वे गुआलन्दो पहुँच ही गए। शरत् बाबू ने घोषणा की, "बस, जहाज़ की यात्रा यहीं तक। अब यहाँ से रेल द्वारा सीधे कलकत्ते जाऊँगा।"

लेकिन अब तो कोई गाड़ी नहीं जाती, यही सोचकर दोनों मामा बाज़ार की सैर करने चले गए। आधे घंटे बाद लौटे तो पाया, न कहीं शरत् बाबू हैं और न नौकर-चाकर। सामान का भी कुछ पता नहीं। वे स्टेशन गए। वहाँ भी कोई नहीं था। फिर घाट पर आए। एक खलासी से पूछा, "बाबूजी कहाँ गए हैं?"

पीछे एक और जहाज़ खड़ा था। उसी की ओर इशारा करके खलासी ने कहा, "वहाँ।"

दोनों मामाओं ने जब उधर देखा तो पाया कि रेलिंग के सहारे खड़े हुए शरत् बाबू हँस रहे हैं। पास जाने पर उन्होंने कहा, "पहला जहाज़ एक दिन बाद जाएगा। यह अभी जाने वाला है। डायमण्ड हार्बर होकर जाएगा। पाँच-छह दिन लग सकते हैं। अच्छा है, सुन्दर बन देखने को मिलेगा। वहाँ जंगल में रायल बंगाल टाइगर हैं तो नदी में बड़े-बड़े मगर और घड़ियाल हैं। सुन्दर वृक्षों पर नाना प्रकार के पक्षी हैं। भयानक अजगर भी दिखाई दे सकते हैं।"

शरत् बाबू के मन के भीतर बैठे हुए यौवन के यायावर शरत् ने इस सबका इतने सुन्दर शब्दों में वर्णन किया कि अन्ततः मामा लोगों को गाड़ी छोड़कर जहाज़ से जाना ही स्वीकार करना पड़ा। जहाज़ बड़ी तीव्र गति से आगे बढ़ रहा था। रायल बंगाल टाइगर और घड़ियाल-मगरमच्छ की आशा में दिन कट रहे थे, लेकिन भाग्य देखिए कि किसी काठविडाल की पूँछ तक दिखाई नहीं दी।

इसी प्रकार चलते-चलते पाया कि एक दिन वह जहाज़ डायमण्ड हार्बर पहुँच गया है। जैसे उनके प्राण लौटे। सुन्दर बन का वह असामान्य सौन्दर्य उन्हें बहुत महँगा पड़ा। इतना कि मामा को इसराज बजाते देखकर शरत् बाबू स्वयं चंचल हो उठे। कहा, "प्रार्थना करता हूँ, इसे बन्द कर दीजिए, नहीं तो जहाज़ से कूदकर आत्महत्या कर लूँगा।"

डायमंड हार्बर के बाद खिदिरपुर आने में देर नहीं लगी। लेकिन एक और मुसीबत...। पता लगा कि गिरीन मामा के सूटकेस में से किसी ने सभी रुपये निकाल लिए हैं। शरत् बाबू ने कहा, "ठीक है, जो होना था वह हो गया। हम सब लोगों ने मिलकर आनन्द मनाया है तो यह हानि भी मिलकर ही बाँट लेंगे।"

खिदिरपुर पहुँचने पर यात्री अपना-अपना सामान संभालने लगे। तभी मामा लोगों ने देखा कि शरत् का कहीं पता नहीं है। बैकुण्ठ ने बताया, ''बाबू तो ट्राम से चले गए।''

सब सामान लेकर जब मामा लोग घर पहुँचे तो पाया कि शरत् बाबू आरामकुर्सी पर लेटे हुक्का गुड़गुड़ा रहे हैं और पास ही उनका चिर दिन का संगी भेलू बड़े प्रेम से उन्हें ताकता हुआ बैठा है, जैसे कभी घर से बाहर ही नहीं निकले हों। मामा ने पूछा, ''इतनी जल्दी चले आए! कहकर तो आते।''

शरत् बाबू ने शान्त भाव से उत्तर दिया, ''पूछने पर क्या तुम मुझको आने देते? अच्छा, अब आराम करो, नहाओ-धोओ और खाना खाओ।''

11

राजनीतिक क्षेत्र में इस समय अपेक्षाकृत शान्ति थी। सविनय अवज्ञा आन्दोलन जैसा उत्साह अब शेष नहीं रहा था। लेकिन गाँव का संगठन करने और चन्दा इकट्ठा करने में अभी भी वे रुचि ले रहे थे। देशबन्धु का यश ओर प्रभाव निरन्तर बढ़ रहा था। हिन्दू और मुसलमानों के बीच मैत्री और सद्भावना बढ़ाने के लिए जो 'बंगाल समझौता' हो सका था उसका कारण वही थे। उनके प्रति शरत् बाबू के मन में अगाध श्रद्धा और ममता थी। लेकिन इस समझौते से वे शत-प्रतिशत सहमत नहीं थे। अवसर मिलने पर एक दिन देशबन्धु ने उनसे पूछा, ''आप हिन्दू-मुस्लिम एकता पर विश्वास रखते हैं?''

शरत् ने कहा, ''नहीं।''

देशबन्धु बोले, ''आपकी मुस्लिम-प्रीति तो बहुत प्रसिद्ध है।''

शरत् ने कहा, ''मनुष्य की कोई भी अच्छी इच्छा गुप्त नहीं रह सकती। मेरी यह ख्याति इतने बड़े आदमी के कानों तक भी पहुँच गई। किन्तु अपनी प्रशंसा सुनकर मुझे सदैव लज्जा लगती है।''

देशबन्धु बोले, ''किन्तु क्या आप बता सकते हैं कि इसके सिवाय और उपाय क्या है? इसी बीच वे संख्या में पचास लाख बढ़ गए और दस वर्ष बाद क्या होगा, बताइए तो?''

शरत् बाबू ने कहा, ''यह यद्यपि ठीक मुस्लिम-प्रीति का निदर्शन नहीं है। अर्थात दस वर्ष बाद क्या होगा—इसकी कल्पना करके आपका चेहरा जैसे सफ़ेद हो उठता है उससे तो मेरे साथ आपका बहुत अधिक अन्तर नहीं जान पड़ता। सो वह चाहे जो हो, केवल संख्या ही मेरे विचार में बड़ी चीज़ नहीं है। अगर ऐसा भी होता, संख्या का ही महत्त्व होता तो चार करोड़ अंग्रेज़ एक सौ पचास करोड़ लोगों के सिर पर पैर रखकर संसार में न घूम पाते। नमः शूद्र, 'मालो', 'नट', 'राजवंशी', 'पौंध' आदि को समेट लीजिए, देश के बीच, दस आदमियों के बीच इनका एक मर्यादा का स्थान निर्दिष्ट करके इन्हें मनुष्य बनाइए। स्त्री जाति के प्रति जो अन्याय, निष्ठुर सामाजिक अविचार अरसे से चला आ रहा है, उसका प्रतिविधान कीजिए। फिर उधर की संख्या के लिए आपको चिन्तित होना नहीं पड़ेगा।''

कुछ भी हो, समझौते से देशबन्धु की ख्याति बहुत बढ़ गई। महात्माजी से भी उनका

समझौता हो गया। अब उन्होंने अपना सारा समय गाँवों में रचनात्मक कार्यों में लगाने का निश्चय किया। शरत् बाबू उनके साथ थे, लेकिन स्वास्थ्य साथ नहीं दे रहा था। जब परिषद में काले बिलों पर विचार किया जाने वाला था तब उन्हें स्ट्रेचर पर डालकर परिषद भवन में ले जाया गया। इसके बाद डॉक्टरों ने उन्हें पूर्ण विश्राम के लिए पटना जाने को कहा। जाने से पूर्व शरत् बाबू मिलने के लिए आए। उन्हें देखकर देशबन्धु ने पास आकर बैठने के लिए इशारा किया। बोले, "अबकी आखिरी है शरत् बाबू।"

शरत् बाबू बोले, "आप तो कह चुके हैं कि स्वराज्य अपनी आँखों से देखकर जाइएगा!"

क्षण-भर चुप रहकर देशबन्धु ने कहा, "उसके लिए समय नहीं मिला।"

शरत् बाबू बोले, "आप जब जेल में थे तब कुछ आदमी जेलखाने की दीवारों को प्रणाम कर रहे थे। उन्होंने कहा था, 'हमारे देशबन्धु जेल के भीतर हैं, उनको आँखों से देखने का तो कोई उपाय नहीं है। इसी से हम जेल की दीवार को प्रणाम करते हैं।' वे लोग अब आपको कैसे छोड़ेंगे?"

देशबन्धु की आँखों में आँसू भर आए। संभलने में कई क्षण लग गए। उसके बाद उन्होंने इस बात की चर्चा नहीं की। दूसरी बातें करने लगे। लगभग बीस मिनट बीत चुके थे। डॉक्टर दासगुप्त घर के कोने में रखी हुई शरत् बाबू की मोटी लाठी उठा लाए और उनके हाथ में थमा दी। यह देखकर देशबन्धु को हँसी आ गई। बोले, "इशारा समझ गए शरत् बाबू? ये लोग हमें थोड़ी-सी बातचीत भी नहीं करने देना चाहते।"

देशबन्धु पटना चले गए। स्वास्थ्य कुछ सुधरा, परन्तु विधान परिषद का अधिवेशन आ पहुँचा था। वे फिर कलकत्ता लौट आए। वे राजनीतिक हत्याओं और हिंसा के विरोधी थे। उन्होंने एक वक्तव्य देते हुए इस बात की पुष्टि की। इस वक्तव्य से ब्रिटिश गवर्नमेण्ट बहुत प्रभावित हुई। उन्होंने एक बार फिर समझौते की चर्चा आरम्भ करनी चाही। देशबन्धु को विश्वास हो चला था कि सचमुच ब्रिटिश गवर्नमेण्ट का हृदय-परिवर्तन हो रहा है। लेकिन इस बात से उनके साथी और उनके शिष्य बहुत रुष्ट हो चुके थे। इतने कि उन्होंने आक्षेप किया कि दास बाबू प्राविंशियल एटानामी स्वीकार करके गवर्नर बनने के लोभ में फंस गए हैं। लेकिन शरत्चन्द्र संकट के इस क्षण में भी उनके पीछे खड़े रहे। दास बाबू ने एक दिन उनसे कहा था, "शरत् बाबू, समझौते करना जिसने नहीं सीखा, जान पड़ता है, इस दुनिया में उसने कुछ नहीं सीखा। अनुदार दल की सरकार दुनिया में सबसे बढ़कर बेरहम सरकार है। पृथ्वी पर ऐसा कोई अनाचार नहीं, जिसे ये लोग नहीं कर सकते। पर समझौता और मिटमाट कर लेने में भी जान पड़ता है कि ऐसा मित्र और कोई नहीं है।"

यह विश्वास ही लांछन का कारण बन गया। उनका स्वास्थ्य और भी गिरने लगा। उन्होंने पटना होकर दार्जिलिंग जाने का निश्चय किया। उस समय[1] शरत् बाबू उनसे मिलने के लिए स्टेशन पर आए थे। शचिनन्दन ने लिखा है—"अपने इस मित्र से अपने मन की व्यथा प्रकट करते हुए दास बाबू ने कहा, 'शरत्बाबू, मैं माडरेट हो गया हूँ। मैं गवर्नर होना चाहता हूँ। बंगाल

---

1. 11 मई, 1925 ई.

ने अन्त में मेरे बारे में यही धारणा बनाई है।'

"शरत् बाबू चुपचाप अपने दोनों हाथों में देशबन्धु के दोनों क्षीण कर-पल्लव पकड़े रहे। फिर धीरे-धीरे मानो अपने प्राणों का समस्त आदर उड़ेलते हुए बोले, 'दुखी न होइए। भविष्य में देश के प्रायश्चित्त करने के मार्ग को ही अवरुद्ध न कर दीजिए। समग्र देश के लिए, सारी जाति के लिए इस दुख को संचित किए रखिए। सोच लीजिए, सीता को भी अग्निपरीक्षा देनी पड़ी थी। जो असाधारण हैं वे ही यदि तुच्छ को ताच्छिल्य नहीं कर सकते तो जो स्वयं तुच्छ हैं उनकी तुच्छता कैसे दूर होगी? इस दुख को आप ग्रहण न कीजिए। हम सबके लिए रखे रहिए।'

"परन्तु देशबन्धु का मन टूट चुका था। अवरुद्ध कष्ट से वे बोले, "माँ, अब और नहीं सहा जाता। इस बार तुम मुझको स्वीकार करो।"

"शरत्चन्द्र बैठे-बैठे, उनके हाथ की दस उँगलियों को अपने हाथ की दस उँगलियों में लिए चुपचाप समस्त श्रद्धा और विश्वास और सम्वेदना उंडेलते रहे। कई क्षण बाद फिर बोले, "आप स्वस्थ होकर दार्जिलिंग से लौट आइए, सब ठीक हो जाएगा। आप सर्वत्यागी हैं, अभ्रान्त हैं, अग्निशुद्ध हैं, आप ही देश के नेता हैं। देश आपका है। किसी ऐरे-गेरे, नत्थू-खैरे का नहीं।"

लेकिन देशबन्धु स्वस्थ नहीं हो सके। कुछ दिन बाद ही दार्जिलिंग में उनका देहांत हो गया।[1] सारे देश में क्रन्दन फूट पड़ा। बंगाल में जैसे तूफ़ान आ गया। उनके कट्टर विरोधी श्री श्यामसुन्दर चक्रवती ने अत्यन्त मार्मिक शब्दों में लिखा, "ओ बंगाल, यदि तेरे पास आँसू हैं तो उन्हें आज बहा दे।" श्मशान घाट में हुई शोकसभा के एकमात्र वक्ता महात्मा गाँधी एक स्थान पर फूट-फूटकर रो उठे थे।

शरत्चन्द्र की विकलता का पार नहीं था। आरामकुर्सी पर लेटे-लेटे शोक के आवेग से वे हांफने लगे। रोते-रोते बोले, "सब कुछ समाप्त हो गया। हमने ही तो उन्हें समाप्त कर दिया। इतनी मार क्या कोई सह सकता है?"

श्मशान भूमि में अपार भीड़ देखकर उन्होंने कहा, "यदि ये लोग उनके जीवनकाल में ज़रा भी उनके अनुकूल होते तो शायद उनकी अकाल-मृत्यु न होती। बाउल कवि गोविन्ददास ने ठीक ही कहा है, 'ओ भाई बंगवासी, मेरे मरने पर मेरी चिता पर तुम मठ बनवा दोगे'।"

कई दिन तक उनकी ऐसी ही अवस्था रही। उत्तेजना से उठकर बैठ जाते और जोश में कहने लगते, "अजी हमारा अपराध क्षमा करो। हम तुम्हारा विश्वास करते हैं। हम तुमको चाहते हैं। हम केवल तुम्हारे हैं।...उन्होंने इस बात का बदला लिया, उनको हमने रुलाया, उन्होंने हमें रुलाया। सूद और असल सब वसूल कर लिया। अच्छा किया, वे हमारे योग्य नहीं थे।"

उन्होंने देशबन्धु के संबंध में एक अत्यन्त मार्मिक संस्मरणात्मक लेख लिखा। सुदूर मांडले जेल, में बैठे हुए देशबन्धु दास के परम शिष्य सुभाषचन्द्र बोस ने इस 'स्मृति कथा' को तीन बार पढ़ा और उन्हें एक लम्बा पत्र लिखते हुए कहा, "मनुष्य चरित्र को पहचानने में आपकी अद्‌भुत दृष्टि है। देशबन्धु के साथ अपने घनिष्ठ परिचय और आत्मीयता एवं छोटी-

---

1. 16 जून, 1925 ई.

छोटी घटनाओं का विश्लेषण करके आप में रस और सत्य का उद्धार करने की क्षमता है। ऐसा करके ही आपने कितना सुन्दर लेख लिखा।''[1]

देशबन्धु और शरत्चन्द्र के संबंध सचमुच निराले थे। देशबन्धु उनके प्रति इतनी श्रद्धा रखते थे कि कई बार परामर्श करने के लिए उनके घर चले जाते थे। एक बार एक सभा के बाद गाड़ी के भीतर शरत् बाबू से उन्होंने पूछा था, ''बहुत-से लोग मुझे सलाह देते हैं कि फिर बैरिस्टरी करके देश के लिए रुपये कमाऊँ। आप क्या कहते हैं ?''

शरत् बाबू ने कहा, ''ना। रुपयों के काम का अन्त है, किन्तु इस आदर्श का कोई अन्त नहीं है। आपका त्याग सदैव हमारी जातीय सम्पत्ति बनकर रहे। यह हमारे लिए असंख्य रुपयों से भी कहीं बड़ा है।''

उन दोनों की चिन्तनधारा में अद्‌भुत समानता थी। इसीलिए दोनों एक-दूसरे से प्रेम करते थे। 'समाने-समाने हाये प्रणयेर विनिमय'।

12

देशबन्धु की मृत्यु के बाद शरत् बाबू का मन राजनीति में उतना नहीं रह गया था। काम वे बराबर करते रहे, पर मन उनका बार-बार साहित्य के क्षेत्र में लौटने को आतुर हो उठता था। यद्यपि वहाँ भी लिखने की गति पहले जैसी नहीं रही थी। वे अपने रचनाकाल के तीसरे युग में प्रवेश कर चुके थे। उद्दाम भावुकता पीछे छूट रही थी। वे अब वैज्ञानिक विवेचन और जीवन के व्यापक कैनवास को चित्रित करने का प्रयत्न कर रहे थे। इस समय बहुत थोड़ी रचनाएँ प्रकाशित हुईं। दो-चार कहानियाँ और कुछ लेख। लेखों में 'वर्तमान हिन्दू-मुस्लिम समस्या' महत्त्वपूर्ण है, और कहानियों में 'हरिलक्ष्मी'।[2] *नवविधान*[3] और *पथेर दाबी* अभी भी धारावाहिक रूप में प्रकाशित हो रहे थे।

पथेर दाबी के लिखे जाने का इतिहास बहुत रोमांचकारी है। लगभग तीन वर्ष पूर्व[4] सर आशुतोष मुकर्जी के लड़के उनके पास आए थे। वे *बंगवाणी* का प्रकाशन करते थे। उनकी बड़ी इच्छा थी कि शरत्चन्द्र की रचनाएँ उनकी पत्रिका में प्रकाशित हों। इसके लिए श्यामाप्रसाद मुकर्जी, रमाप्रसाद मुकर्जी और व्यवस्थापक कुमुदचन्द्र राय चौधरी छः महीने तक शिवपुर के चक्कर काटते रहे। परन्तु उन्हें कोई रचना नहीं मिल सकी। पर एक दिन सहसा क्या हुआ कि बाहर के कमरे में बैठे रमा बाबू मेज़ पर रखे कागज़ों को उलट-पुलट रहे थे कि उन्होंने *पथेर दाबी* का अंश देखा। कुल सात-आठ पृष्ठ होंगे, परन्तु उनके उत्साह की कोई सीमा नहीं थी। बोले, ''यह रही रचना।''

शरत् बाबू ने उधर देखा और कहा, ''इसे तुम नहीं छाप सकोगे। तुम आशुतोष के बेटे हो।''

रमा बाबू ने पूछा, ''क्यों नहीं छाप सकूँगा ?''

---

1. 12 अगस्त, 1925 ई. 2.1925 ई., पुस्तक रूप में इसी नाम के कहानी-संग्रह में यह 13-3-36 को प्रकाशित हुई। शेष दो गल्प थीं, 'महेश' और 'अभागी का स्वर्ग' 3. पुस्तक रूप में अक्तूबर, 1924 ई. में प्रकाशित 4. जनवरी, 1923 ई.

शरत् बाबू बोले, "क्योंकि यह भीषण रचना है।"

रमा बाबू ने कहा, "मैं इसे छापूँगा। आपने इसे समाप्त कर लिया है?"

शरत् बाबू ने उत्तर दिया, "मैंने समझा था कि इसे छापने वाले नहीं मिलेंगे। इसीलिए आगे नहीं लिखा। तुम छापोगे तो लिखूँगा।"

उस दिन जो पन्ने मिले थे वे ही पहले अंक में छपे।[1] उनकी यह रचना इतनी विद्रोहात्मक थी कि सरकार की दृष्टि से नहीं बच सकी। जैसे-जैसे यह *बंगवाणी* में प्रकाशित होती रही वैसे-वैसे सरकार इसका अनुवाद कराती रही। लेकिन उस समय पब्लिक प्रॉसिक्यूटर के पद पर थे, श्री तारकनाथ साधु। वे स्वयं साहित्यिक थे। शरत्चन्द्र के प्रति उनके मन में बड़ी श्रद्धा थी। वे रमाप्रसाद मुकर्जी के भी मित्र थे। इसलिए उनको बराबर सूचना देते रहते थे।

यह उपन्यास वैसे तो कुल 24 किस्तों में छपा, लेकिन शरत् बाबू तो इतने मनमौजी और इतने अनियमित थे कि बार-बार आग्रह करने पर भी इसके छपने में तीन वर्ष और तीन महीने लग गए। एक-एक अंक की सामग्री के लिए कुमुद बाबू को ही नहीं स्वयं श्यामाप्रसाद मुकर्जी और रमाप्रसाद मुकर्जी को भी दस-दस, बीस-बीस बार चक्कर लगाने पड़ते थे। उमाप्रसाद से शरत् बाबू का परिचय बाद में हुआ पर स्नेह सबसे अधिक उन्हीं से था। जब जाते तो बातों का अन्त ही नहीं आता था। इनको भी बहुत बार खाली हाथ लौटना पड़ता था।

प्रकाशक जानते थे कि सरकार *पथेर दाबी* को पुस्तक के रूप में नहीं छपने देगी। इसलिए उन्होंने एक खेल खेला। इसकी अन्तिम किस्त पर भी उन्होंने 'क्रमशः' लिख दिया। पुलिस ने समझा उपन्यास अभी समाप्त नहीं हुआ है। और बीच में पुस्तक प्रकाशित हो गई।

पहले इस पुस्तक का प्रकाशन एम.सी. सरकार एण्ड सन्स के मालिक सुधीरचन्द्र सरकार करना चाहते थे। उन्होंने शरत् बाबू को इसीलिए एक हज़ार रुपये पेशगी दिए थे। लेकिन जब सुधीरचन्द्र ने पूरा उपन्यास पढ़ा तो डर गए। उन्होंने वकील से परामर्श किया। जाँच करने के बाद वकील ने कहा, "ऐसे का ऐसा छापने पर राजद्रोह का मुकदमा निश्चय ही चल सकता है।"

सुधीरचन्द्र शरत् बाबू के पास गए और बोले, "मेरा वकील कहता है कि इस उपन्यास को हुबहू छापने से हम विपत्ति में पड़ सकते हैं। उन्होंने पाण्डुलिपि में कई जगह निशान लगा दिए हैं। उन्हें यदि आप बदल दें तो अच्छा हो।"

सुनते ही शरत् बाबू बोल उठे, "मैं एक शब्द भी नहीं बदलूँगा। कॉमा तक नहीं बदलूँगा। इच्छा हो तो छापो, नहीं तो मत छापो।"

"तब मेरे लिए छापना सम्भव नहीं होगा।"

"अच्छी बात है। मत छापो। तुम्हारा रुपया मैं लौटा दूँगा।"

उनके जाने के बाद रमा बाबू ने शरत् बाबू से कहा, "यदि कोई और नहीं छापना चाहता तो मैं इसे छापूँगा।"

---

1. फरवरी, 1923 ई. (अन्तिम किस्त अप्रैल, 1926 ई.)

शरत् बाबू बोले, ''ठीक है, तुम ही छापो।''

प्रकाशन की समस्या सुलझी तो प्रेस वालों ने उसे छापने से इनकार कर दिया। अन्त में बहुत प्रयत्न करने पर काटन प्रेस में छपाई का प्रबन्ध हुआ। सब काम इस प्रकार करने थे कि किसी को पता न लगे। उधर तत्कालीन एडवोकेट जनरल श्री बी.एल. मित्र सरकार को राजद्रोह का मुकदमा चलाने की सलाह दे चुके थे। अब यह प्रश्न उठा कि प्रकाशक के स्थान पर किसका नाम दिया जाए। प्रेस में कापी जाने तक किशोर मोहन भट्टाचार्य का नाम जाने की बात थी। उस समय उमाप्रसाद मुकर्जी ने कहा, ''यदि राजद्रोह का मुकदमा चला, तो बेचारा गरीब आदमी मारा जाएगा। इसलिए मुकदमे का व्यय हम ही वहन करेंगे, नाम भी हमारा ही जाएगा।''

सरकार मुकदमा चलाने को उत्सुक थी, लेकिन पब्लिक प्रॉसीक्यूटर तारकनाथ साधु ने कहा, ''मुकदमा चलाने से पहले एक बार सोच लीजिए। इस पुस्तक के लेखक हैं बंगाल के लोकप्रिय कथाशिल्पी शरत्चन्द्र और प्रकाशक हैं स्वनामधन्य आशुतोष मुकर्जी के छोटे बेटे उमाप्रसाद मुकजी।''

सरकार सहसा कुछ निर्णय नहीं कर सकी। जानती थी कि शरत् बाबू इतने लोकप्रिय हैं और आशुतोष मुकर्जी का इतना मान है कि उन पर मुकदमा चलाने से विद्रोह की सम्भावना हो सकती है। तब पुस्तक और भी लोकप्रिय होगी।

इसी सोच-विचार में कई महीने बीत गए और तभी अचानक पता लगा कि पुस्तक प्रकाशित हो गई है।[1] पहला संस्करण तीन हज़ार प्रतियों का छापा गया। जिनमें से एक हज़ार प्रतियाँ पहले ही दिन बिक गईं। शेष दो हज़ार को बिकते भी देर नहीं लगी। बीस दिन बाद जब सरकार ने यह निर्णय किया कि मुकदमा चलाने के स्थान पर पुस्तक को ज़ब्त करना उचित होगा, तब तक उसकी एक भी प्रति शेष नहीं रही थी। तलाशी का वारण्ट लेकर जब पुलिस अधिकारी *बंगवाणी* के कार्यालय में पहुँचे तो उन्हें कुछ भी नहीं मिला। अधिकारी ने पूछा, ''क्या यह संभव हो सकता है कि एक भी पुस्तक प्रेस में न हो।''

रमा बाबू ने उत्तर दिया, ''तलाशी ले लीजिए।''

अधिकारी ने कहा, ''नहीं, हम तलाशी नहीं लेगे। आप पर हमें विश्वास है। लेकिन एक कापी तो हमें दे ही दीजिए। आप जानते हैं कि हर नई छपने वाली पुस्तक की तीन प्रतियाँ रजिस्ट्री करने के लिए भेजी जाती हैं।''

''जी हाँ, जानते हैं। तीस दिन के अन्दर ये प्रतियाँ भेजी जाती हैं, लेकिन आप तो बीस दिन के अन्दर ही आ गए?''

पुलिस अधिकारी ने कहा, ''फिर भी एक प्रति तो हमें चाहिए ही।''

रमा बाबू ने इधर-उधर कई व्यक्ति भेजे। बड़ी कठिनता से छोटी बहन के घर एक प्रति मिल सकी। वही लेकर पुलिस वाले चले गए।

---

1. 31 अगस्त, 1926 ई.

कई पुस्तक-विक्रेता ऐसे थे जिन्होंने कुछ पुस्तकें रोक ली थीं। बाद में उनकी एक-एक प्रति पचास रुपये तक में बिकी। मांग इतनी अधिक थी कि लोग एक प्रति के लिए 100 रुपये तक देने को तैयार थे। परन्तु दूसरा संस्करण निकालने का कोई प्रश्न नहीं था।

यह पुस्तक क्रांतिकारियों में भी बहुत लोकप्रिय हुई। वे इसे *बाइबिल* की तरह मानते थे। इस स्थिति का लाभ उठाकर एक व्यक्ति ने चोरी से एक बड़े ही रद्दी कागज़ पर इसे छापा। वह अशुद्धियों से भरी हुई थी। बाज़ार में वह कभी नहीं आई। केवल क्रांतिकारियों में ही बाँटी गईं। शरत्चन्द्र *पथेर दाबी* का दूसरा भाग भी लिखना चाहते थे। वे दिखाना चाहते थे कि भारती भारत में आकर काम करती है। लेकिन यह सम्भव नहीं हो सका। *बंगवाणी* में जब यह पुस्तक छप रही थी तो उसके सब अंकों को मिलाकर एक फ़ाइल तैयार की गई थी। उसी फ़ाइल को उमा बाबू ने एक दिन उनको देते हुए कहा, ''अपने हाथ से इस पर कुछ लिख दीजिए।''

व्यथा-भरे कण्ठ से शरत् बाबू ने उत्तर दिया, ''और क्या लिखूँ? मैं लिखूँगा और सरकार ज़ब्त कर लेगी। पराधीन देश में सच्चे मन से साहित्य-साधना करने में व्यथा ही मिलती है।''

लेकिन फिर भी मोटा फाउंटेन पेन अपने हाथ में लेकर वे सोचने लगे। दो क्षण बाद बोले, ''नहीं, कुछ नहीं लिख सकता।''

फिर धीरे-धीरे उनकी कलम चलने लगी। उसके पहले पन्ने पर उन्होंने बीच में उमाप्रसाद का नाम लिखा। उसके पास अपना नाम लिखा। नीचे अपनी जन्मकुण्डली अंकित की। जन्मतिथि और जन्म का समय भी लिखा। फिर 'मृत्यु' शब्द लिखकर उसके आगे का स्थान खाली छोड़ दिया। और पन्ने के ऊपर तिरछी पंक्ति में लिखा-कुछ नहीं लिख सका। शरत् 19 ज्येष्ठ, 1333। *पथेर दाबी* का दूसरा भाग यदि मैं पूरा नहीं कर सका तो मेरे देश में कोई और करेगा। यही कामना करता हूँ—शरत्। खाते के अन्तिम पन्ने पर लिखा—

> जे फूल ना फूटिते, झरिल धरणीते
>
> जे नदी मरुपथे हाराल धारा, जानि हे जानि ताओ हयनि हारा।

अस्फुट स्वर में यह गाना गाते-गाते वह खाता उन्होंने उमा बाबू को दे दिया। वे कुछ नहीं लिख सके, लेकिन जो थोड़े से शब्द उन्होंने लिखे वे कम महत्त्वपूर्ण नहीं हैं। उस समय की उनकी मन:स्थिति को और उनके चिन्तन को वे स्पष्ट करते हैं। दासता की व्यथा उनके साहित्यकार को कितना साल रही थी।

इसके रचनाकाल में उमाप्रसाद से उनकी अनेक बार गम्भीर बातें होती थीं। प्रकाशक के जेल जाने की बहुत सम्भावना थी। शरत् बाबू ने एक दिन उनसे पूछा, ''यदि जेल हुई तो क्या करोगे?''

उमा बाबू ने उत्तर दिया, ''जेल होगी तो अकेले प्रकाशक को नहीं होगी, लेखक को भी होगी। दोनों एक साथ ही जेल में रहेंगे। आपके साथ जेल में रहना मेरा सौभाग्य होगा।''

शरत्चन्द्र ने सहसा गम्भीर होकर कहा, ''ऐसा करना, जिससे मैं अपने हुक्के को साथ ले जा सकूँ।''

दोनों बड़े ज़ोर से अट्टहास कर उठे, लेकिन जेल किसी को भी नहीं हुई। केवल पुस्तक ही ज़ब्त होकर रह गई। इस पुस्तक के लिखने में शरत् बाबू ने जिस कागज़ का प्रयोग किया था, वह अत्यन्त सुन्दर और लाइनदार था और उस पर शरत् बाबू का मोनोग्राम अंकित था—कच्चे नारियल की आकृति के मध्य में लिखा—शरत्। उतना ही मूल्यवान था वह पेन, जिससे उन्होंने इस उपन्यास को लिखा। *बंगवाणी* के मालिकों ने विशेष रूप से उनके लिए ये दोनों वस्तुएँ मँगाकर दी थीं। शरत् बाबू सदा ही सुन्दर कागज़ पर, सुन्दर और दामी कलम से, छोटे-छोटे मोती जैसे सुन्दर अक्षर लिखा करते थे। एक व्यक्ति ने उनसे पूछा, ''शरत् बाबू, आप इतने कीमती कलम और कागज़ का प्रयोग क्यों करते हैं?''

शरत् बाबू ने तुरन्त जवाब दिया, ''माँ सरस्वती ने मुझे प्रतिभा का जो इतना बड़ा वरदान दिया है, उसको क्या रद्दी कागज़ पर लिखकर नष्ट कर दूँ?''

जिस दिन वह पुस्तक प्रकाशित हुई उससे पहली रात शरत्चन्द्र, मुकर्जी लोगों के घर पर ही रहे। सारी रात जागकर उमाप्रसाद से वे नाना प्रकार की बातें करते रहे। सवेरा हुआ। इससे पूर्व कि मुद्रित पुस्तक प्रेस से आए, उमा बाबू उनके हाथ की लिखी हुई पूरी पाण्डुलिपि ले आए। उन्हें बड़ा आश्चर्य हुआ। बोले, ''इसे तुमने सहेजकर रखा हुआ है! तुमने इतना किया! मुझे दो, मैं तुम्हारे लिए इस पर कुछ लिखे देता हूँ।''

और पाण्डुलिपि लेकर उसके पहले पन्ने पर उन्होंने सुन्दर अक्षरों में लिखा—बीजू, मेरे हाथ की लिखी हुई पुस्तक इसको छोड़कर और नहीं है। यह तुम्हारे पास ही रहेगी, ऐसा होने पर मैं निश्चिन्त रहूँगा।—दादा

भाद्र, 1333
(अगस्त, 1926 ई.)

इस पाण्डुलिपि के शीर्ष स्थान पर *पथेर दाबी* लिखा है और अन्त में लिखा है—श्री शरत्चन्द्र चट्टोपाध्याय, सामताबेड़, 10 चैत्र, 1333 (24 मार्च, 1926 ई.)

जिस समय *पथेर दाबी* को सरकार ने ज़ब्त किया, उसी समय रेवरेण्ड जे.टी. सेण्डरलैण्ड रचित *इण्डिया इन बांडेज* पुस्तक भी ज़ब्त की गई थी। इसके प्रकाशक थे, 'माडर्न रिव्यू' के संचालक स्वनामधन्य रामानन्द चट्टोपाध्याय। उन्होंने पुस्तक की ज़ब्ती के विरुद्ध दावा दायर कर दिया था। शरत् बाबू ने सोचा कि क्या वे भी ऐसा नहीं कर सकते, लेकिन उनके प्रिय मित्र श्री निर्मलचन्द्र 'चन्द्र' ने उनसे कहा, ''मैं आपको ऐसा करने की सलाह नहीं दूँगा।''

निर्मलचन्द्र जानते थे कि अदालत पर सरकार का प्रभाव है। वह कभी भी सरकार को हारने नहीं देगी। उनकी बात सही प्रमाणित हुई। रामानन्द बाबू मुकदमा हार गए। शरत् बाबू भी हार जाते। हारना स्वाभाविक ही था, क्योंकि इस पुस्तक के कारण सरकार को बहुत परेशानी उठानी पड़ी थी। उस वर्ष की सरकारी पुस्तक में *पथेर दाबी* के संबंध में लिखा है, ''इस पुस्तक में लगभग हर पृष्ठ पर राजद्रोह का प्रबल प्रचार किया गया है।''

पुलिस कमिश्नर ने शरत् बाबू से कहा था, ''शरत् बाबू, जानते हैं, *पथेर दाबी* लिखकर आपने हमारी कितनी हानि की है? जहाँ भी हम क्रांतिकारियों को पकड़ते हैं, वहीं देखते

हैं कि हरेक के पास दो पुस्तकें हैं, एक *गीता* और दूसरी *पथेर दाबी*। आपकी *पथेर दाबी* ने क्रांतिकारियों को पागल बना दिया है।''

पथेर दाबी ने क्रांतिकारियों को ही नहीं तमाम बंगाल को पागल बना दिया था। उसकी लोकप्रियता की कल्पना नहीं की जा सकती। शरत् बाबू के उत्साह का भी कोई अन्त नहीं था। यदि सरकार पर मुकदमा नहीं चलाया जा सकता तो इसके विरुद्ध जन-आन्दोलन तो किया ही जा सकता है, लेकिन यह आन्दोलन रवीन्द्रनाथ ठाकुर की सहायता के बिना सम्भव नहीं हो सकता। उन्होंने गुरुदेव को पत्र लिखा। तुरन्त उत्तर आया, ''पुस्तक की एक प्रति भेज दो। पढ़कर ही कुछ कह सकूँगा।''

शरतचन्द्र ने तुरन्त पुस्तक भेज दी। उसको पढ़कर रवीन्द्रनाथ ने अपना मत व्यक्त करते हुए एक लम्बा पत्र लिखा—

कल्याणयेषु

तुम्हारा *पथेर दाबी* पढ़ लिया। पुस्तक उत्तेजक है, अर्थात् अंग्रेज़ी शासन के विरुद्ध पाठकों के मन को अप्रसन्न करती है। लेखक के कर्तव्य के हिसाब से वह दोष नहीं हो सकता। क्योंकि लेखक अंग्रेज़ी राज को खराब समझता है। वह चुप नहीं बैठ सकता। लेकिन चुप न बैठने पर जो विपद पैदा हो सकती है वह भी उसको स्वीकार करनी चाहिए। अंग्रेज़ी राज क्षमा कर देगा, इस अधिकार को लेकर हम उसकी निन्दा करें, यह भी कोई पौरुष की बात नहीं है। मैं नाना देशों में घूम आया हूँ और जो कुछ जान सका हूँ, उससे यही देखा है कि एकमात्र अंग्रेज़ी राज को छोड़कर स्वदेशी या विदेशी प्रजा के मौखिक या व्यावहारिक विरोध को और कोई भी राज्य इतने धैर्य के साथ सहन नहीं करता।

यदि हम अपनी ताकत पर नहीं, बल्कि दूसरे की सहिष्णुता की बदौलत विदेशी राज्य के संबंध में यथेच्छ व्यवहार दिखाने का साहस दिखाते हैं तो, वह पौरुष की विडम्बना-मात्र है। उसमें अंग्रेज़ी शासन के प्रति ही श्रद्धा झलकती है न कि अपने प्रति। राजशक्ति में पशुबल है, यदि कर्तव्य के आधार पर उसके विरुद्ध खड़ा भी होना पड़े तो दूसरे पक्ष में चारित्रिक ज़ोर का होना यानी आघात सहने का ज़ोर होना आवश्यक है। पर हम अंग्रेज़ी शासन से उस चारित्रिक ज़ोर की मांग करते हैं, अपने से नहीं। उससे प्रामाणित होता है कि हम मुँह से चाहे जो भी कहें पर अपने अनजान में हम अंग्रेज़ों को गालियाँ देकर उनसे सज़ा की आशंका नहीं करते। शक्तिमान की दृष्टि से देखा जाए तो तुम्हें कुछ न कहकर सिर्फ़ तुम्हारी पुस्तक को ज़ब्त कर लेना लगभग क्षमा करना है। कोई भी प्राच्य या पाश्चात्य विदेशी शासन ऐसा न करता। हम भारतीयों के हाथों में राजशक्ति होती तो हम क्या करते, इसका अनुमान हम अपने ज़मींदारों और भारतीय रजवाड़ों के व्यवहार से लगा सकते हैं।

पर इसीलिए लेखनी बन्द थोड़े ही करनी है। मैं भी यह नहीं कहता। मैं कह रहा हूँ कि सज़ा स्वीकार करके ही लेखनी चलानी पड़ेगी। जिस किसी देश में राजशक्ति के साथ विरोध हुआ है, वहाँ ऐसा ही हुआ है। राजशक्ति का विरोध करते हुए आराम से नहीं रहा जा सकता। इस बात को असंदिग्ध रूप से जानकर ही ऐसा करना है। क्योंकि यदि तुम पत्रों में उनके राज्य

के विरुद्ध लिखते तो उसका प्रभाव बहुत थोड़ा और बहुत कम समय के लिए होता। किन्तु तुम्हारे समान लेखक गल्प के रूप में ऐसी कथा लिखें तो उसका प्रभाव सदा ही होता रहेगा। देश और काल दोनों ही की दृष्टि से उसके प्रचार की कोई सीमा नहीं हो सकती। कच्ची उम्र के बालक-बालिकाओं से लेकर बूढ़ों तक पर उसका प्रभाव होगा। ऐसी अवस्था में अंग्रेज़ी राज्य यदि तुम्हारी पुस्तक का प्रचार बन्द न करे तो उससे यही समझा जा सकता है कि साहित्य में तुम्हारी शक्ति और देश में तुम्हारी प्रतिष्ठा के संबंध में उसे कोई ज्ञान नहीं है। शक्ति पर जब आघात किया है, तो प्रतिघात सहने के लिए तैयार रहना ही होगा। इसी कारण से उस आघात का मूल्य है। आघात की गुरुता को लेकर विलाप करने से उस आघात के मूल्य को एक बार ही मिट्टी कर देना होगा। इति। 27 माघ, 1333 (10 फरवरी, 1927 ई.)

तुम्हारा
रवीन्द्रनाथ ठाकुर

पत्र की भाषा, यद्यपि बहुत युक्तियुक्त है और परोक्ष में उन्होंने शरत्चन्द्र की प्रशंसा ही की है, परन्तु फिर भी उन दोनों के सोचने के दृष्टिकोण के अन्तर को यह पत्र स्पष्ट करता है। इसे पढ़कर शरत् बाबू की व्यथा का पार नहीं था। प्रतिवाद के अधिकार को वह किसी भी तरह छोड़ने को तैयार नहीं थे। बार-बार सोचते थे कि रवीन्द्रनाथ ने *पथेर दाबी* पढ़कर अंग्रेज़ों की सहिष्णुता की प्रशंसा की है। मेरी पुस्तक पढ़कर यह मत दिया है कि इसमें अंग्रेज़ों के प्रति विद्रोह की सम्भावना है। हमारे देश के कवि के समीप यदि वे इतने बड़े हैं तो फिर स्वाधीनता का यह आन्दोलन क्यों ? तब तो सबको मिलकर अंग्रेज़ों को कन्धे पर चढ़ाकर नाचते हुए घूमना चाहिए। हाय कवि, यदि तुम जानते कि तुम हमारी कितनी बड़ी आशा, कितना बड़ा गर्व हो तब निश्चय ही यह बात नहीं कह सकते थे। कवि की दृष्टि में मेरा *पथेर दाबी* कितनी बड़ी लांछना का पात्र हुआ, यह मैंने स्वप्न में भी नहीं सोचा था। क्या मन लेकर मैंने यह किताब लिखी थी, यह मैं किसी को नहीं समझा सकूँगा।

इसी उत्तेजना में इस पत्र के उत्तर में उन्होंने कवि को जो पत्र लिखा उसके शब्द-शब्द से आक्रोश टपका पड़ता है। संयम जैसे हाथ से छूट गया है। अच्छा यही था कि यह पत्र उन्होंने तुरन्त ही नहीं भेज दिया। शायद मन-ही-मन उन्हें ऐसा लगा जैसे उन्होंने यह पत्र लिखकर गलती की है। उन्होंने लिखा था—

श्रीचरणेषु,

आपका पत्र पाया। बहुत अच्छा, यह पुस्तक मेरी लिखी हुई है, इसलिए दुख तो मुझे है, पर कोई खास बात नहीं है। आपने जो कर्तव्य और उचित समझा उसके विरुद्ध न तो मेरा कोई अभिमत है और न कोई अभियोग, पर आपकी चिट्ठी में जो दूसरी बातें आ गई हैं, उस अभिमत में मेरे मन में दो-एक प्रश्न हैं और कुछ वक्तव्य भी हैं। यदि तुर्की ब तुर्की लगे तो वह भी आपकी ही शराफ़त के कारण समझिए। आपने लिखा है, 'अंग्रेज़ी राज्य के प्रति पाठकों का मन अप्रसन्न हो उठा है।' होने की बात थी, किन्तु यदि मैंने ऐसा किसी असत्य प्रचार के द्वारा करने की चेष्टा की होती तो लेखक के रूप में उससे मुझे लज्जा और अपराध दोनों ही महसूस होते। किन्तु जान-बूझकर मैंने ऐसा नहीं किया। यदि ऐसा करता तो वह राजनीतिज्ञों का धन्धा

होता। कृति न होती। नाना कारणों से बांग्ला में इस तरह की पुस्तक किसी ने नहीं लिखी। मैंने जब लिखी है और उसे छपवाया है तो सब परिणाम जानकर ही किया है।

` जब बहुत मामूली कारणों से भारत में सर्वत्र लोगों को बिना मुकदमे के अन्यायपूर्वक या न्याय का दिखावा करके कैद और निर्वासित किया जा रहा है तो मुझे छुट्टी मिलेगी यानी राजपुरुष मुझे क्षमा करेंगे यह दुराशा मेरे मन में नहीं थी, आज भी नहीं है। किन्तु बंगाल देश के लेखक के हिसाब से पुस्तक में यदि मिथ्या का आश्रय नहीं लिया है एवं उसके कारण ही यदि राजरोष भोग करना होगा तो करना ही होगा। चाहे वह मुँह लटकाकर किया जाए या रोकर किया जाए। किन्तु क्या इससे प्रतिवाद करने का प्रयोजन खत्म हो जाता है?

राजबन्दी जेल में दूध-मक्खन नहीं पाते। चिट्ठी लिखकर पत्रों में शोर करने में मुझे लज्जा आती है, किन्तु मोटे चावल के बदले में जेल के अधिकारी यदि घास का प्रबन्ध करते हैं तब हो सकता है लाठी की चोट से उसे चबा सकूं, किन्तु जब तक घास के कारण गला बन्द नहीं हो जाता तब तक उसे अन्याय कहकर प्रतिवाद करना मैं अपना कर्तव्य समझता हूँ।

किन्तु पुस्तक मेरे अकेले की ही लिखी हुई है, इसलिए मेरा अकेले का ही दायित्व है, जो कुछ कहना मैंने उचित समझा वह कहा या नहीं, असली बात तो यही है। अंग्रेज़ी राज्य की क्षमाशीलता के प्रति मेरी कोई निर्भरता नहीं है। मेरी सारी साहित्य-सेवा इसी प्रकार की है। जो मैं ठीक समझता हूँ, वही लिखता हूँ।

मेरा प्रश्न यह है कि अंग्रेज़ी राज्यशक्ति द्वारा उस पुस्तक को ज़ब्त करने का औचित्य यदि है तो पराधीन भारतवासियों द्वारा प्रतिवाद करने का भी वैसा ही औचित्य है। मेरे प्रति आपने यही अविचार किया है कि मैं दण्ड के भय से प्रतिवाद करना चाहता हूँ और उस प्रतिवाद के पीछे ही अपने को बचाना चाहता हूँ। किन्तु वह वास्तविकता नहीं है। देशवासी यदि प्रतिवाद नहीं करते तो मुझे करना होगा, लेकिन वह सब शोर मचाकर नहीं करूँगा, एक और पुस्तक लिखकर करूँगा।

आप यदि केवल मुझे यह आदेश देते कि इस पुस्तक का प्रचार करने से देश का सचमुच अमंगल होगा तो मुझे सांत्वना मिलती। मनुष्य से भूल होती है। सोच लेता कि मुझसे भी भूल हुई है। मैंने किसी रूप में विरुद्ध भाव लेकर आपको यह पत्र नहीं लिखा। जो मन में आया आपको स्पष्ट रूप से लिख दिया। मैं सचमुच रास्ता खोजता हुआ घूम रहा हूँ, इसलिए सब कुछ छोड़-छाड़कर निर्वासित हो गया हूँ। इसमें कितना पैसा, कितनी शक्ति, कितना समय बर्बाद हुआ वह किसी को बताने से क्या?...आपके अनेक भक्तों में मैं भी एक हूँ, इसलिए बातचीत से या आचरण से आपको तनिक भी कष्ट पहुँचाने की बात मैं सोच भी नहीं सकता। इति।

2 फाल्गुन, 1333

सेवक

श्री शरत्चन्द्र चट्टोपाध्याय

यह पत्र लिखने से पूर्व शरत् बाबू ने उमाप्रसाद मुकर्जी को भी एक पत्र लिखा था। उसमें उन्होंने अपनी वेदना को छिपाया नहीं था। उसे पढ़कर उमा बाबू सामताबेड़ आए। उन्होंने यह

पत्र पढ़ा और निर्णय लिया कि इसे गुरुदेव के पास नहीं भेजा जा सकता। उस पत्र को उन्होंने अपने पास रख लिया। दो दिन बाद शान्त होने पर स्वयं शरत्‌चन्द्र ने भी कहा, "यह वाद-विवाद ठीक नहीं। मेरी चिट्ठी भेजने की आवश्यकता नहीं।" उन्होंने रमा बाबू से यह भी कहा कि वे इन पत्रों की चर्चा किसी से न करें। लेकिन वे स्वयं ही चुप न रह सके। अनेक सभाओं और अनेक पत्रों में इसकी चर्चा उन्होंने की है। श्रीमती राधारानी देवी को उन्होंने लिखा—

"...एक बात तुमको बताता हूँ। किसी से कहना मत। *पथेर दाबी* जब ज़ब्त हो गया था तब रवि बाबू के पास जाकर कहा कि यदि आप प्रतिवाद करेंगे तो काम होगा। पृथ्वी के लोग जान सकेंगे कि सरकार किस तरह साहित्यिकों के साथ विचार करती है। अवश्य ही मेरी किताब संजीवित नहीं होगी। अंग्रेज़ ऐसे पात्र नहीं हैं। तब भी संसार के लोग जान तो लेंगे। उनको किताब दे आया। उन्होंने जवाब में लिखा, 'पृथ्वी में घूमकर देखा है। अंग्रेज़ों की राजशक्ति के समान सहिष्णु और क्षमाशील राजशक्ति और नहीं है। तुम्हारी पुस्तक पढ़कर पाठकों का मन अंग्रेज़ी सरकार के प्रति अप्रसन्न हो उठेगा। तुम्हारी पुस्तक को ज़ब्त करके तुमको कुछ नहीं कहा। प्रायः क्षमा ही कर दिया। इसी क्षमा के ऊपर निर्भर करके गवर्नमेंट की निन्दा करना साहस की विडम्बना है।'

सोच सकती हो, बिना अपराध कोई किसी के प्रति इतना कटु हो सकता है? यह चिट्ठी उन्होंने छपने के लिए दी थी। किन्तु मैंने छपने नहीं दिया। इसलिए कि कवि का इतना बड़ा सर्टिफिकेट सभी, *स्टेट्समैन* आदि अंग्रेज़ी के पत्र प्रकाशित कर देंगे और यह जो हमारे देश के लड़के बिना विचारे जेल में बंद कर दिए गए हैं इनको लेकर जो आन्दोलन हो रहा है वह निष्फल हो जाएगा।"

उस समय बंगाल लाइब्रेरी एसोसिएशन का पहला अधिवेशन होने वाला था। अविनाशचन्द्र घोषाल व्यवस्थापकों में से एक थे और वह थे शरत्‌चन्द्र के परमभक्त। इसी नाते वे शरत्‌चन्द्र को निमंत्रण देने के लिए आए। पर उनके मन और मस्तिष्क पर तो *पथेर दाबी* छाया हुआ था। बातचीत करते-करते सहसा अनमने हो उठे और बोले, "अच्छा, तुम्हारा यह तो सारे बंगाल के पुस्तकालयों का काम है। तुम एक काम करो न, और वह तुम्हारा ही तो काम है। *पथेर दाबी* को मुक्त कराने के लिए सभा में एक प्रस्ताव पास करा सकते हो? प्रकाश रूप में सभा से प्रतिवाद होने पर बहुत काम होगा। सरकार भी कुछ झुकेगी। वह अगर मेरी पाँच और किताबें ज़ब्त कर लेती तो मुझे इतना दुख न होता।"

उनकी इच्छानुसार ऐसा ही किया गया। यही नहीं प्रान्त के अनेक विशिष्ट व्यक्तियों ने भी इस निषेध आज्ञा को लेकर तीव्र भाषा में सरकार की निन्दा की। लेकिन उसका कोई परिणाम नहीं निकला, हाँ, एक दिन एक अधिकारी ने उन्हें बुलाकर कहा, "तुम सरकार की ओर से *पथेर दाबी* के समान एक पुस्तक लिख दो। खूब पैसा मिलेगा।[1]"

शरत् बाबू ने उत्तर दिया, "साहब! बचपन मैंने पतंग उड़ाकर और लट्टू घुमाकर काट दिया और जवानी काट दी गांजा आदि पीकर। उसके बाद रंगून जाकर नौकरी की। अब 'चार अध्याय' लिखने की उम्र नहीं है। क्षमा करें।"

---

1. शरत् परिचय-सुरेन्द्रनाथ गंगोपाध्याय

इस घटना के न जाने कितने रूप प्रचलित हो गए थे। शायद उन्होंने कहा था, "साहब, मेरे जीवन के तीन अध्याय बीत गए हैं। बचपन में देवदास था, यौवन में जीवानन्द, प्रौढ़ावस्था में आशु बाबू, अब चौथा अध्याय जोड़ने की इच्छा नहीं है।"

शायद यह घटना बिलकुल ही सही नहीं है। उनके जीवन में किंवदंतियाँ जैसे पेवस्त हो गई थीं वैसी ही एक किंवदंती यह भी हो सकती है। क्योंकि वे कविगुरु से चाहे कितने भी अप्रसन्न हों, उनकी निन्दा इस सीमा तक कभी नहीं कर सकते थे कि उनकी रचनाओं का मखौल उड़ाएँ और वह भी एक विदेशी अधिकारी के सामने। 'चार अध्याय' रवि बाबू का सुप्रसिद्ध उपन्यास है।

पथेर दाबी के साथ और भी अनेक कहानियाँ जुड़ी हैं। उसके कारण जेल जाने की सम्भावना बहुत दिन तक बनी रही। एक समय तो स्थिति बहुत गम्भीर हो गई थी। किसी भी क्षण पकड़े जा सकते थे। वे जानते थे कि जेल जाने पर अफ़ीम खाने की सुविधा नहीं मिल सकती। इसलिए एक दिन उन्होंने निश्चय किया कि अब अफ़ीम नहीं खाऊँगा।

लेकिन शीघ्र ही उन्हें ज्वर रहने लगा। धीरे-धीरे तीन सप्ताह बीत गए, ज्वर था कि उतरता ही नहीं था। डॉक्टर बहुत चिन्तित हुए लेकिन तभी कारण की खोज करते-करते उन्हें पता लगा कि शरत् बाबू ने अफ़ीम खाना छोड़ दिया है। जो व्यक्ति दिन में कई बार चने (?) के बराबर गोली बनाकर अफ़ीम खाता हो, वही अचानक उसे छोड़ दे तो आश्चर्य ही कहा जा सकता है। डाक्टर ने पूछा, "अफ़ीम खाना आपने कब से छोड़ा है?"

उत्तर दिया बड़ी बहू ने। बोली, "लगभग एक महीना बीत गया।"

डॉक्टर ने कहा, "हमारे शास्त्र में इसे 'ओपियम फीवर' कहते हैं। दवा के साथ-साथ धीरे-धीरे जब अफ़ीम की मात्रा बढ़ाई जाएगी तभी बुखार उतरेगा। अफ़ीम छोड़ने की भी एक विधि होती है। आप यदि सचमुच छोड़ना चाहते हैं तो उस विधि का पालन कीजिए।"

लेकिन उसका पालन करना शरत् बाबू के लिए सम्भव नहीं था। बुखार उतर गया, परन्तु अफ़ीम नहीं छूटी। एक बार बर्मा में भी ऐसा करके देख चुके थे। लगता है कि देशबन्धु के साहचर्य तथा प्रसिद्धि बढ़ने के साथ-साथ उन्हें अपने पुराने जीवन से ग्लानि हो चली थी। क्योंकि बड़े दुखी मन से एक दिन उन्होंने अपने मामा से कहा था, "देख, यह नशा करके मैंने कैसी भूल की है। जब अफ़ीम नहीं खाता था, तब पृथ्वी का सब कुछ खूब स्वच्छ और सुन्दर दिखाई देता था। यदि मैं नशा न करता तो इससे कहीं बड़ा लेखक हो सकता था।"

इसके विपरीत बातें भी वे कई बार कर चुके थे। एक बार किसी ने उनसे पूछा भी था, "दादा, उस दिन आपने यह बात इस प्रकार कही थी, आज उसके बिलकुल विपरीत कह रहे हैं?"

किंचित् कठोर स्वर में उत्तर दिया, "बात मेरी है। किस प्रकार कहना चाहिए, यह मेरा अधिकार है।"

ऐसे अवसरों पर उनकी परिहास-वृत्ति कुछ अधिक गम्भीर हो उठती थी। लेकिन

साहित्यकार सदा ही विनोद करने की स्थिति में नहीं रहता। पाठकों में लोकप्रियता पा लेने पर उसे सचमुच गम्भीर प्रश्नों का सामना करना पड़ता है। *पथेर दाबी* की रचना-प्रक्रिया और प्रेरणा के संबंध में न जाने कितने प्रश्न उनसे पूछे जाते थे—''दादा, आपको इस उपन्यास की प्रेरणा कहाँ से मिली? दादा, इस उपन्यास का नायक कौन है? दादा, किस क्रान्तिकारी को लक्ष्य में रखकर आपने *सव्यसाची* की सृष्टि की है? भारती कौन है? इत्यादि, इत्यादि।''

ये सभी प्रश्न अर्थहीन हैं। लेखक की अभिज्ञता का अर्थ यह नहीं कि वह सदा ही किसी जीवित व्यक्ति को लक्ष्य में रखकर अपने पात्रों की सृष्टि करता है। उन दिनों उनका संबंध राजबन्दियों और क्रान्तिकारियों से बहुत घनिष्ठ हो उठा था। बहुत पहले पीनांग में भी वे किसी क्रान्तिकारी से मिले थे। सम्भवतः उनके सामूहिक गुणों को देखकर ही उन्होंने *सव्यसाची* की सृष्टि की थी। किसी एक व्यक्ति को उसमें ढूँढ़ना व्यर्थ है।

लेकिन *पथेर दाबी* में रंगून के विभिन्न स्थानों और उनके निवासियों का जो चित्रण हुआ है, यह सचमुच यथार्थ है। चन्दन नगर की आलोचना सभा में उन्होंने स्वीकार किया था—''समस्त द्वीपों में सुमात्रा, जावा तथा बोर्नियो आदि में घूमता फिरता था।'' वहाँ के अधिकांश लोग अच्छे नहीं हैं। तस्कर हैं। उन्होंने बर्मा में भी कोकीन का गुप्त व्यापार करने वाले एक दल की बात सुनी थी। उसकी संचालिका एक नारी थी। वही उनकी सुमित्रा की सृष्टि का कारण बनी। इसी प्रकार इस सारी अभिज्ञता का फल है *पथेर दाबी*। घर में बैठकर और आरामकुर्सी पर पड़े रहकर साहित्य की सृष्टि नहीं होती। हाँ, नकल की जा सकती है। किसी ने बंकिमचन्द्र के *आनन्द मठ* से *पथेर दाबी* की तुलना करते हुए कहा है कि बंकिमचन्द्र के *आनन्द मठ* में न आदर्श विद्रोह है, न विप्लव, न अराजकता। वह स्वदेश पूजा का शास्त्र है, परन्तु उसमें परजाति का विद्वेष है। *पथेर दाबी* में पथ का संकेत नहीं है। वह मार्ग में ही समाप्त हो जाता है। शरत् 'जो है' के कलाकार है। कल्पना के सहारे आदर्श का निर्माण नहीं करते। यथार्थ को स्वर देते हैं।

परन्तु क्या यह भी सच नहीं है कि *आनन्द मठ* में जो परजाति विद्वेष दिखाई देता है यह जानबूझकर नहीं है। यह विद्वेष शासक के प्रति है और यह मात्र संयोग ही है कि शासक परजाति का है। इसके अतिरिक्त *पथेर दाबी* में क्रान्तिकारी का जो चित्र उपस्थित किया गया है, बहुतों के समीप वह सजीव होकर भी पूर्ण नहीं है। कला की दृष्टि से भी *पथेर दाबी* का स्थान उनके अपने अनेक उपन्यासों से नीचे है। मनोवेगों का वह घात-प्रतिघात जो शरत्-साहित्य की विशेषता है, इसमें कहाँ है? और कहाँ है वह संयम जो *चरित्रहीन* की सावित्री में है। मात्र डॉक्टर या कुछ और गौण पात्र ही इस दृष्टि से उभर सके हैं।

वस्तुतः *पथेर दाबी* का महत्त्व कला या चरित्र-सृष्टि के संयम में उतना नहीं है, जितना राजनीतिक जीवन के एक अछूते पहलू को सजीव रूप में प्रस्तुत करने की चेष्टा की है। चेष्टा प्रायः ही सायास होती है। यह सायासता ही इसकी दुर्बलता है। किन्तु फिर भी अपनी समस्त दुर्बलताओं के बीच में *पथेर दाबी* के सव्यसाची का निर्मल चरित्र भारत के जन-मन को सदा आकर्षित और प्रभावित करता रहेगा।

13

जिस समय वे *पथेर दाबी* लिख रहे थे, उसी समय उनका मकान बनकर तैयार हो गया था। वे वहीं जाकर रहने लगे थे।[1] वहाँ जाने से पहले लगभग एक वर्ष तक वे शिवपुर ट्राम डिपो के पास कालीकुमार मुकर्जी लेन में भी रहे थे।

यह मंकान उन्होंने अपनी दीदी के गाँव गोविन्दपुर के पास सामतो बेड़ में रूपनारायण नदी के किनारे पर बनवाया था। प्रशस्त स्थान था, पास में दो पोखर और एक बगीचा, ये भी उन्होंने तैयार करवाये थे। अपनी सुविधानुसार सभी बातों का ध्यान उन्होंने रखा था। तभी तो उस युग में लगभग सत्रह हज़ार रुपये खर्च कर दिये थे।

गाँव का मूल नाम सामता था परन्तु उनका मकान चूँकि एकदम किनारे पर बाड़ की तरह था इसलिए वे सामताबेड़ लिखते थे। रेल द्वारा देउल्टी स्टेशन पहुँचकर वहाँ से पालकी के द्वारा ही गाँव पहुँचा जा सकता था, वर्षा में पानी भर जाने के कारण असुविधा की कोई सीमा नहीं रहती थी लेकिन प्राकृतिक सौन्दर्य उसको अनुभव ही नहीं होने देता था। चारों ओर फैले हुए धान के खेत, प्रहरी के समान खड़े हुए केले और खजूर के पेड़ और पूरम्पार भरी हुई नदी, तीव्रता से और उच्छ्‌वसित रूप से जल के संघर्ष के कारण फेन लट्टू की तरह घूमते हुए आगे बढ़ते थे। मार्ग में नाले भी कम नहीं थे। बांस के पुल पर से पार करना पड़ता था।

मार्ग की सारी बाधाओं के बावजूद रूपनारायण नद उनके शिल्पी मन को शुरू से ही पुकारता आ रहा था। अपने कैशोर्य में वे दीदी के पास अवश्य आये होंगे। कम-से-कम बर्मा जाने से पूर्व तो वे अवश्य आये थे। तब उन्होंने मामा गिरीन्द्रनाथ को लिखा था, ''फिर भी एक बार अवश्य आओ। दीदी प्रसन्न होगी। घर ठीक विशाल रूपनारायण के सामने है। सुना है, शिकार की व्यवस्था भी है...अगर तुम सचमुच आना चाहते हो तो अवश्य आओ। हम रेलवे स्टेशन का निरीक्षण करेंगे, जो भव्य है। रूपनारायण पर बना पुल तो और भी भव्य है। फिर हम नौकाविहार करेंगे। क्या कहते हो!...''

तन और मन के स्वास्थ्य को ठीक करने की चेष्टा में ही उन्होंने शेष जीवन के कुछ वर्ष गाँव में बिताने का विचार किया था। पिछले कुछ दिनों से उन्हें नाना प्रकार के आघात सहने पड़ रहे थे। कई प्रियजनों की मृत्यु ने उनके मन को बहुत चोट पहुँचाई थी। देशबन्धु चितरंजनदास की मृत्यु ने उन्हें बहुत कुछ अस्त-व्यस्त कर दिया था। किन्तु उससे भी पहले उनके चिर संगी कुत्ते भेलू की मृत्यु हो चुकी थी। उनका जीवन भेलू के बिना कितना अपूर्ण था, इसको वही जान सकते थे जिनको उनके पास रहने का सौभाग्य प्राप्त हुआ था उसको लेकर उन्हें बहुत कुछ सहना पड़ा था। पर वे सदा उसे अपने हृदय के अन्तरतम से प्यार करते रहे। उनका यह सहज विश्वास था कि भेलू जैसा शान्त, शिष्ट कुत्ता और कोई नहीं है। इलाचन्द्र जोशी से उन्होंने कहा था, ''कुत्ता प्यार में भी क्रोध का भाव जताता हुआ भूंकता है। इस सत्य से केवल वे ही लोग परिचित होते हैं जो कुत्ते को प्यार कर चुके हैं और उसका प्यार पा चुके हैं...कुत्ता आदमी को आदमी से अधिक पहचानता है, मेरी यह बात तुम गांठ बाँध लो।''

---

1. 24 दिसम्बर, 1902 ई.

इसलिए वह मानते थे कि भेलू यदि किसी को काटता भी है तो आदर से काटता है। इस आदर के कारण उन्हें अदालत में जाना पड़ा, पीड़ितों को रुपया देना पड़ा और बार-बार उसकी लार की परीक्षा करवानी पड़ी। लेकिन उसका अनादर वे कभी नहीं कर सके। बड़े आदर-प्यार के साथ वे उसे अपने पास बिठाते थे। उस दिन एक सम्भ्रान्त महिला ने उनके लिए थाल भरकर सन्देश भेजे। साथ में एक पत्र था। लिखा था—ग्रहण करेंगे तो कृतार्थ होऊँगी।—इला।

भेलू ने जैसे ही उस पत्र को देखा वह उसके आस-पास मंडराने लगा। बड़े प्यार से शरत् बाबू ने उसे एक सन्देश खाने को दिया। खाकर उसने और मांगा। वह मांगता रहा और शरत् बाबू तब तक देते रहे जब तक पात्र खाली नहीं हो गया। कवि नरेन्द्रदेव बैठे हुए सब कुछ देख रहे थे। बोले, "यह आपने क्या किया? उन महिला ने जो सन्देश आपके लिए श्रद्धापूर्वक भेजे थे, वे सभी आपने कुत्ते को खिला दिए। वह सुनेगी तो कितना कष्ट होगा! सोचो तो।"

शरत् बाबू ने उत्तर दिया, "यही तो तुम्हारा दोष है। किसी बात की गहराई में जाकर समझने की चेष्टा नहीं करते। इला ने मुझे सन्देश क्यों भेजे थे? इसी आशा से न, कि मैं खाकर तृप्त होऊँगा। अब सोचो मैंने स्वयं न खाकर भेलू को खिला दिए। उन्हें खाकर वह जितना तृप्त हुआ है, उतना क्या मैं हो पाता? मेरे विचार में इला का अर्ध्यदान व्यर्थ न होकर पूर्ण रूप से सार्थक हुआ है।

इसी तरह की अनेक घटनाएँ भेलू को लेकर प्रचलित हो गई थीं। हो सकता है इस घटना-विशेष में कुछ सचाई हो, और एक मुँह से दूसरे मुँह तक जाते-जाते कल्पना ने उसे यह रूप दे दिया हो, पर शेष घटनाओं का प्रतिवाद करना भी मूर्खता है।

परन्तु यह सच है कि जब कोई उनसे मिलने आता और पुकारता, 'शरत् बाबू!' तो सबसे पहले उसका स्वागत करने के लिए यह भेलू ही भौंकता हुआ दौड़ पड़ता। आगन्तुक उसका रूप और स्वर देख-सुनकर घबरा जाता। तब शरत् बाबू प्यार से पुकारते, 'ऐ भेलू!' और भेलू भलेमानुसों की तरह उनके पास आ बैठता। एक दिन एक नवागन्तुक ने घबराकर पूछा, "क्या यह कुत्ता काट लेगा?"

शरत् बाबू ने प्रत्युत्तर में उनसे पूछा, "क्या इसने आपको काटा है?"

आक्षेप का आभास तक उन्हें उद्विग्न कर देता था, लेकिन इसी भेलू के कारण कभी-कभी बड़ा अद्भुत दृश्य उपस्थित हो जाता था। उस दिन मकान-मालिक किराया लेने के लिए आए। उन्हें रुपये देकर शरत् बाबू तुरन्त खाना खाने के लिए चले गए और जब खाकर लौटे तो क्या देखते हैं कि मकान-मालिक एक कोने में कांपते हुए खड़े हैं। किराये के रुपये वैसे ही उनके हाथ में हैं और सामने बैठा हुआ भेलू एकटक उन्हें ताक रहा है।

शरत् बाबू बहुत दुखी हुए। उन्होंने भेलू को अपने पास बुलाया और मकान-मालिक से क्षमा मांगते हुए कहा, "छिः-छिः आपको इस तरह यहाँ खड़े रहना पड़ा! खाना-नहाना भी नहीं हुआ! बड़ा अन्याय हुआ। लेकिन मैं जानता नहीं था।"

इतना होने पर भी उन्होंने भेलू को एक शब्द नहीं कहा। यदि कोई पड़ोसी कभी उसे डांट देता तो बस उसकी खैर नहीं थी। हुक्का पीते होते तो उसे लेकर ही वे दौड़ पड़ते और

धारा प्रवाह भाषण देना शुरू कर देते। उस भाषण की प्राकृत भाषा सुनकर पड़ोसी को बस सिर झुका लेने के सिवा और कोई मार्ग नहीं सूझता था।

वे भेलू को चाय भी पिलाते थे! प्याली में उसके बाल गिर पड़ते, तो भी न वह स्वयं आपत्ति करते थे न किसी दूसरे की आपत्ति सह सकते थे। इस असंगत-असीम प्यार के कारण मित्र लोग भेलू को व्यंग्य से उनका बेटा या युवराज कहते थे। लीलारानी को उन्होंने स्वयं यही लिखा था, "इस समय मेरा बेटा है मेरा भेलू कुत्ता, इसे सभी पहचानते हैं। सभी जानते हैं कि यह कुत्ता शरत् बाबू को प्राणों से भी प्यारा है।"[1]

वही उनके प्यार का अधिकारी एक दिन अचानक बीमार हो गया, वे तुरन्त उसे बेलियाघाट के अस्पताल में दाखिल करवाकर आए। उन्हें ढाका जाना था। वहाँ से लौटकर वे उसे फिर घर ले आए। स्वास्थ्य कुछ ठीक हो चला था, लेकिन घर आते ही उसका रोग फिर बढ़ गया। डॉक्टर ने आकर बताया कि एक्यूट गैसट्राइटिस का केस है।

अब कोई दवा काम नहीं कर सकी। आखिरी दिन सचमुच उसे बहुत कष्ट हुआ। पहले दिन शरत् बाबू ने चम्मच से उसे औषधि पिलाने की बहुत चेष्टा की, लेकिन दवा पेट में नहीं जा सकी। गुस्से में आकर उसने उनके हाथ में काट लिया। फिर सारी रात उनके गले के पास अपना मुँह रखकर वह रोता रहा। सवेरे उसका वह रोना थम गया। उनके एकाकी जीवन का चौबीस घंटे का साथी, प्रवास का बन्धु, इस दुनिया में वह केवल उन्हें ही पहचानता था। जब उसने उन्हें काटा तब सब लोग बहुत डर गए, लेकिन स्वयं शरत् बाबू के मन में रवि बाबू की यह पंक्ति गूंजती रही, 'तुम्हारे प्रेम में आघात है, अवहेलना नहीं।'

भेलू ने उनके शरीर पर आघात किया था, पर उसके मन में अवहेलना नहीं थी, यही बात पूरे विश्वास के साथ उन्होंने सबसे कही। लेकिन इतनी व्यथा उन्होंने पहले कभी नहीं पाई थी। वे बच्चों की तरह रोये और स्वयं अपने हाथों से पड़ोसी के बाग में उसके लिए समाधि का निर्माण किया। एक खाते में उसकी मृत्यु का सम्वाद उन्होंने इस प्रकार लिखा, "भेलू, देह-त्याग करने का दिन 10 वैशाख, बृहस्पतिवार, 1322 सवेरे छ: बजे, 23 अप्रैल, 1925 ई.। समाधि वेला साढ़े नौ बजे, बाजे शिवपुर, हावड़ा। रात्रिर-दिनेर संगी आमार परम स्नेहेर बन्धु।"

उनका नहाना-खाना सब बन्द हो गया। बस समाधि के पास बैठकर रोते रहते। बड़ी बहू समझाकर हार गई, पर वे शान्त नहीं हुए। सन्देश पाकर *भारतवर्ष* के सम्पादक रायबहादुर सेन उनसे मिलने के लिए आए। उनकी छाती से लगकर रोते-रोते शरत् बाबू ने कहा, "दादा, मेरा भेलू मुझे धोखा देकर चला गया।"

उन दिनों जो भी मिलने जाता उसके सामने इस प्रकार शोकार्त हो उठते मानो उनके सबसे प्रिय व्यक्ति की मृत्यु हो गई है। अपने प्रिय मित्र चारुचन्द्र बंदोपाध्याय को उन्होंने लिखा, "मेरा चौबीस घंटे का साथी नहीं रहा। संसार में जो इतना बड़ा दुख का व्यापार है, उसको ठीक तरह से नहीं समझता था। शायद इसीलिए मुझे इसकी आवश्यकता थी। चारु, एक और बात समझ सका, इस संसार में ऑब्जेक्टिव कुछ भी नहीं है, सब कुछ सब्जेक्टिव ही है। नहीं

---

1. 7 भाद्र, 1326 (23 अगस्त, 1919 ई.)

तो वह एक कुत्ते के सिवा और क्या था? राजा भरत की कहानी किसी तरह मिथ्या नहीं हैं।"[1] मामा सुरेन्द्र से उन्होंने कहा था, "जीवन में कितने दुख-कष्ट पाए हैं, उनको भेलू ने बहुत बार तुच्छ कर दिया है...दुख के दिनों में उसके सहारे मेरा समय सुख से कट गया।"

कितना एकात्म भाव था उन दोनों में। एक पशु, एक दरदी मानव।

इस कहानी से गलतफहमी हो सकती है कि वे केवल अपने कुत्ते को ही इतना प्यार करते थे, लेकिन यह सत्य नहीं है। जीव-मात्र से उन्हें प्रेम था। कुत्तों से कुछ विशेष प्रेम था। अपने मोटर चालक को उन्होंने आदेश दे रखा था कि देखो बापू, यदि तुम किसी मनुष्य को मोटर के नीचे दबा दोगे तो शायद मैं कुछ न कहूँ, परन्तु यदि तुमने किसी कुत्ते को दबा दिया तो समझ लेना कि तुम्हारी नौकरी गई।

इन आघातों ने नये मकान में आने के बाद भी उनका पीछा नहीं छोड़ा। अभी नौ महीने भी नहीं बीते थे कि एक और प्रबल आघात उन्हें सहना पड़ा। उनके छोटे भाई प्रभासचन्द्र लगभग पन्द्रह वर्ष पूर्व संन्यासी हो गए थे। दो वर्ष तक वे मायावती अद्वैत आश्रम में रहे। फिर कई वर्ष तक रामकृष्ण मिशन सेवा आश्रम, वृन्दावन की व्यवस्था का भार उन पर रहा। कुछ दिन पूर्व वे मिशन के कार्य से बर्मा चले गए थे। शरत् बाबू की तरह स्वास्थ्य उनका भी कोई बहुत अच्छा नहीं था। बर्मा से लौटने पर वे कलकत्ता रुके और जैसा कि वे सदा करते थे, पूर्वाश्रम के अपने बड़े भाई शरत् बाबू के पास ही ठहरे। यहीं पर सहसा उनको ज्वर हो आया। अभी कुछ माह पूर्व स्वस्थ होकर ही तो यहाँ से गए थे, लेकिन निरन्तर बीमार रहने के कारण उनका शरीर बहुत शिथिल हो गया था। कई बार उन्होंने कहा था कि अब इस शरीर को छोड़ देने की आवश्यकता है। शायद आवश्यकता का वह क्षण आ पहुँचा था। अगले दिन ही वे बहुत बेचैन हो उठे। घर और बिस्तर छोड़कर वे बाहर चले आए। उन्होंने अपना सिर शरत् बाबू की छाती पर रख दिया और फिर शरीर को त्याग कर दिया।[2] मृत्यु के समय शरत् बाबू, अनिला देवी, हिरण्मयी देवी और प्रकाशचन्द्र पूर्वाश्रम के यही चार परिजन उनके पास थे।

घर के एक पशु-पक्षी की भी जो मृत्यु नहीं सह सकते थे, वे शरत् बाबू इस भातृ-वियोग से बहुत ही व्यथित हो उठे। उस समय लिखे गए उनके एक पत्र से उस व्यथा का कुछ आभास मिलता है—"नहीं जानता था कि मैं इतना दुर्बल हूँ। यह व्यथा मैं कैसे सहूंगा?"

अपने भाई की समाधि उन्होंने अपने घर के पास ही नदी के तट पर बनवाई। जब तक सामताबेड़ में रहे प्रतिदिन संध्या को उस पर दीपक जलाते रहे! यही नहीं, लिखते-लिखते वे बहुधा उठ खड़े होते और समाधि के पास जाकर खड़े हो जाते। उनके श्राद्ध के दिन वह प्रतिवर्ष कीर्तन और भोज कराते।

संन्यासी हो जाने के बाद प्रभासचन्द्र स्वामी वेदानन्द के नाम से जाने जाते थे। उनकी मृत्यु का समाचार पाकर बेल्लूरमठ के एक स्वामी शरत् बाबू के पास आए और बोले, "आपने स्वामी वेदानन्द की देह हमें क्यों नहीं सौंपी? स्वयं ही संस्कार क्यों किया? उनकी समाधि बेल्लूरमठ में बननी चाहिए थी। यहाँ क्यों बनवाई?"

---

1. 27 अप्रैल, 1925 ई. 2. बुधवार, 27 अक्टूबर, 1926 ई.

स्वामीजी ने ठीक कहा था कि संन्यासी हो जाने के बाद पूर्वाश्रम के परिजनों से कोई संबंध नहीं रह जाता, लेकिन शरत् बाबू स्वामीजी की बात सुनकर विरक्त हो उठे। बोले, "आप यह क्यों भूल जाते हैं कि वे मेरे सहोदर थे। आपसे अधिक मेरा उन पर अधिकार था। आप उनके कौन हैं ?"

शरत्चन्द्र ने विधि-विधानों की दासता कभी स्वीकार नहीं की। उनके सामने आदि शंकराचार्य का उदाहरण था। उन्होंने अपनी माँ का स्वयं दाह संस्कार किया था। उन्हीं की तरह शरत् बाबू ने भी जड़ नियमों पर आघात किया। बहुत तर्क-वितर्क हुआ, लेकिन बेल्लूरमठ के स्वामी किसी भी तरह आश्वस्त नहीं हो सके। तब सहसा शरत् बाबू बोल उठे, "खैर उसे जाने दीजिए। एक और स्वामीजी यहाँ हैं उन्हें ले जाइए।"

स्वामीजी बहुत चकित हुए, लेकिन वे कुछ कह पाते इससे पूर्व ही शरत् बाबू ने ज़ोर से पुकारा, "स्वामीजी! स्वामीजी!"

तुरन्त ही एक मोटा-ताज़ा बकरा भागता हुआ आया। शरत्चन्द्र ने उसकी ओर देखते हुए कहा, "बेल्लूरमठ के ये स्वामीजी तुम्हें लेने के लिए आए हैं। इनका कहना है कि कोई भी स्वामी गृहस्थी के घर में नहीं रह सकता। तुम चाहो तो इनके साथ जा सकते हो।"

फिर स्वामीजी की ओर मुड़कर बोले, "इसे यदि आप एक गेरुआ चादर पहना देंगे तो यह आपके दल में मिल जाएगा।"

जैसा कि स्वाभाविक था, इस व्यंग्य से स्वामीजी तिलमिला उठे। और अग्निरूप होकर तुरन्त ही वहाँ से चले गए।

यह कथा भी मात्र एक प्रवाद हो सकती है परन्तु यदि सच भी है तो इसमें अस्वाभाविक कुछ नहीं। बहुत वर्ष बाद[1] स्वामी विवेकानन्द के जन्मोत्सव पर बेल्लूरमठ में श्री सुभाषचन्द्र बोस के सभापतित्व में जो सभा हुई थी, उसमें भी उन्होंने इस मठ की कार्य-पद्धति की आलोचना करते हुए कहा था, "आप लोग रामकृष्ण परमहंस और विवेकानन्द के आदर्श के अनुरूप कार्य नहीं कर रहे।"

इससे अनुमान किया जा सकता है कि इस घटना में कुछ-न-कुछ सचाई की सम्भावना है ? फिर भी यह कहना कि वे अधार्मिक या नास्तिक थे असत्य होगा। यौवन के आवेश में निश्चय ही उन्होंने कई बार धर्म और ईश्वर पर आक्रमण किया पर वह आक्रमण उनके अन्तर में विश्वास का परिणाम नहीं था। वे अन्धविश्वासों और संकीर्णता पर ही चोट करना चाहते थे। दैवी चमत्कारों और पाखण्ड पूर्ण कर्मकाण्डों में उनका विश्वास नहीं था, पर एक सर्वव्यापी और सर्वशक्तिमान ईश्वर में उनकी सच्ची आस्था थी। जो वास्तविक धर्म है उसमें आयु के साथ-साथ उनकी श्रद्धा निरन्तर बढ़ती जा रही थी। उनका सारा साहित्य इस बात का प्रमाण है। देशबन्धु दास ने राधाकृष्ण की जो प्रतिमा उन्हें भेंट में दी थी उसके लिए नित्य पूजा की व्यवस्था थी। विशेष रूप से एक पण्डितजी उसकी देखभाल करते थे। जिस दिन पण्डितजी नहीं आ पाते उस दिन वे स्वयं पूजा करते थे। कहते थे, "देशबन्धु उसकी पूजा का भार मुझ

---

1. सन् 1932 ई.

पर सौंप गए हैं। उसे यथासाध्य पूरा करना ही है।''

वे यज्ञोपवीत पहनते थे। गले में तुलसी की माला रहती थी। एक दिन उन्होंने कहा था, ''मेरे गले में तुलसी की माला देखकर अचरज होता है। जो व्यक्ति दुर्नीति-परायण साहित्य की सृष्टि करता है, वह तुलसी की माला पहनेगा, यह बात कोई नहीं सोच सकता।''

यज्ञोपवीत वे स्वयं ही नहीं पहनते थे अपने मित्रों के गले में भी उसे देखना चाहते थे। कलकत्ता के उनके पड़ोसी अध्यापक निर्मलचन्द्र भट्टाचार्य ने जनेऊ का परित्याग कर दिया था। एक दिन शरत्चन्द्र ने उनको नंगे बदन देखकर पूछा, ''तुम्हारा जनेऊ क्या हुआ?''

निर्मलचन्द्र ने उत्तर दिया, ''मैंने जनेऊ का त्याग कर दिया है।''

सुनकर शरत्चन्द्र व्यथित हो उठे। बोले, ''यज्ञोपवीत न पहनने से पितरों का अपमान होता है।''

वे वैष्णव धर्मग्रंथों का पारायण भी करते थे। जीवन के अनेक विरोधाभासों की तरह उनके धर्म-विश्वास के बारे में अनेक किंवदंतियां प्रचलित हो गई थीं, जो साधारण-से दिखने वाले विरोधाभास को जटिल से जटिलतर बनाने में ही सहायक हो सकती थीं। आज जो मनुष्य का विश्वास है वह कल बदल सकता है, यह न असम्भव ही है और न घृणा के योग्य ही। देशबन्धु के सम्पर्क में आने के बाद उनके धार्मिक दृष्टिकोण में परिवर्तिन हुआ, यह सम्भव ही नहीं, निश्चित-सा दिखाई देता है।

संघर्ष और प्रसिद्धि के उन दिनों में उनके स्वभाव में कई परिवर्तन हुए, परन्तु मानवीय करुणा ने मनुष्य शरत्चन्द्र का साथ कभी नहीं छोड़ा। सर्वोत्तम सौन्दर्य के समान सर्वोत्तम मानवीय करुणा ही क्या ईश्वर नहीं है?

14

गाँव में आकर उनका जीवन बिलकुल ही बदल गया। इस बदले हुए जीवन की चर्चा उन्होंने अपने बहुत-से पत्रों में की है, ''रूपनारायण के तट पर घर बनाया है, आरामकुर्सी पर पड़ा रहता हूँ।''

एक और पत्र में उन्होंने लिखा, ''उसके बाद मैं कलकत्ता नहीं गया। इधर छोटी परिधि में जैसे-तैसे दिन कट जाते हैं, लेकिन एक बार शहर का मुख देख आने पर संभलने में पाँच-सात दिन लग जाते हैं। इसके अलावा वर्षा, बादल और कीचड़ में रास्ता चलना कठिन है। उतनी शक्ति भी नहीं है। उद्यम भी नहीं है। कुछ दिन पहले अंधेरी रात में सीढ़ियों को एक समझकर उतरने में जो होना चाहिए था वही हुआ। हाँ, बाहर उसके लक्षण नहीं, पर पीठ और कमर का दर्द आज भी पूरी तरह दूर नहीं हुआ है। सभी मुझे लिखने के लिए कहते हैं, लेकिन समझ में नहीं आता क्या लिखूँ। सब कुछ अर्थहीन-अनावश्यक लगता है। और ग्रन्थकारों की तरह अपने मन में अगर एक बार फिर अपने-आपको पुराने ज़माने की साहित्य-सेवा के बीच खींच ले जा सकता तो शायद कितने ही *बिन्दो का लल्ला* और *चरित्रहीन* लिखे जा सकते थे। लेकिन ऐसा नहीं लगता कि इस जीवन में वह बात फिर आएगी। निरन्तर सोचता हूँ कि

लिखकर क्या होगा? लोगों को आनन्द मिलता है, भले ही न मिले। पहले पाने का अधिकार प्राप्त करें, उसके बाद *बिन्दो का लल्ला* और *राम की सुमति* लिखने वाले बहुतेरे पैदा होंगे। मुझे तो हाथ देखना सीखने की बड़ी इच्छा हो रही है।''

बिन्दो का लल्ला या *चरित्रहीन* लिखने की स्थिति में वे भले ही न रहे हों, गाँव वालों के जीवन को समझने का यह स्वर्ण अवसर था। बर्मा में रहते समय जैसे वे अपने सर्वहारा पड़ोसियों की सहायता करने के लिए सदा तैयार रहते थे, वैसे ही यहाँ भी कोई अवसर नहीं चूकते थे। आयु काफ़ी हो गई थी। नाम भी बहुत हो गया था। सभी सुविधाएँ थीं जो एक समृद्ध व्यक्ति को हो सकती हैं। फिर भी मन से वे वही शरत् थे जो रंगून-प्रवास में थे। आसपास किसी को भी कष्ट होता तो 'बामन की बेटी' के डॉ. प्रियनाथ की तरह दौड़ पड़ते।

उस दिन मनोज बसु मिलने के लिए आए। देखते क्या हैं कि बरामदा गाँव के अनेक स्त्री-पुरुषों से भरा है और उनके बीच में आरामकुर्सी पर बैठे हैं उनके दादा ठाकुर शरत्चन्द्र। एक-एक व्यक्ति से घर-गृहस्थी की बातें चल रही हैं। सहसा एक स्त्री से उन्होंने पूछा, ''छवि की माँ, तेरी बेटी कैसी है?''

''ठीक है दादा ठाकुर। आपकी दवा तो बस धन्वंतरी है।''

इस पर शरत् बाबू से कहा, ''लेकिन तुमने बच्चे को बड़ी असावधानी से नदी में फेंक दिया था। बहता-बहता वह अन्त में इस चड़े में अटक गया। कौवे और गिद्ध मांस नोचने को मंडरा रहे थे।:मैं यह सब नहीं देख सका। नदी में उतर कर बीच धारा में डाल आया।''

बूढ़ी माँ ने आंचल से आँखें ढक लीं।

ये लोग कुलीन नहीं हैं। छवि का आठ वर्ष की उम्र में विवाह हुआ था। पति थे दादा की उम्र के। जल्दी मर गये। रह गई बिचारी माँ और उसकी स्वस्थ बेटी। किसी युवक को बर्बाद करेगी, इसलिए उसे गाँव से बाहर निकाल दिया गया था। बेचारी दादा ठाकुर की दया के सहारे रहती थी। छवि का एक बेटा था, वह भी कल मर गया। उसी को बुढ़िया ने असावधानी से नदी में फेंक दिया था...।

इन कहानियों का कोई अन्त नहीं था। उस दिन सुना, एक व्यक्ति को हैजा हो गया है। कोई भी उसके पास नहीं जाता। अकेला फूस के छप्पर के नीचे पड़ा कराह रहा है। रंगून में न जाने कितने प्लेग के रोगियों को उन्होंने दवा दी थी। कितने ही व्यक्तियों ने उनकी गोद में प्राण छोड़े थे। *गृहदाह* के सुरेश की तरह मृत्यु का भय उनके मन को कभी नहीं जीत पाया। तुरन्त उस व्यक्ति के पास गए। उसे दवा दी। डॉ. प्रियनाथ का होमियोपैथी का बक्स अभी भी उनके पास था। वह मानो उसी की तरह रोगियों को ढूँढ़ते फिरा करते थे।

इतना ही नहीं, इनके लिये पथ्य का प्रबन्ध करने का भार भी वे संभाल लेते थे। नाना प्रकार की मछलियाँ, बेदाना, सेब, साबूदाना, मिश्री आदि सब कुछ खरीदकर भेज देते थे। यदि उनकी दवा से लाभ न होता तो वे पाणित्रास के स्थानीय डॉ. रमेशचन्द्र मुखोपाध्याय को बुलाते। वे भी सफल न हो पाते तो नूण्टेरहटा, हावड़ा से डॉ. गोपीकृष्ण चक्रवर्ती आते।

उनकी फीस भी वे स्वयं देते थे पर अपने हाथ से नहीं, मरीज़ के ही हाथ से दिलवाते थे।

वे केवल उनके शरीर का ही ध्यान नहीं रखते थे, बल्कि बालिकाओं की शिक्षा-दीक्षा के लिए एक विद्यालय भी उन्होंने खोल दिया था। पथ-घाट बनवाते रहते थे। बच्चों के प्रति उनके प्रेम की थाह नहीं थी। न जाने क्या-क्या खरीदकर उनको देते रहते थे। प्रारम्भ में एक गाँव वाले उन्हें नहीं चाहते थे, परन्तु जैसे-जैसे वे उनके सुख-दुख में एकाकार होते गए वे सबके प्रिय हो उठे। मामले-मुकदमे में ज़ालिम ज़मींदार के विरुद्ध उनका पक्ष लेने से वे यहाँ भी पीछे नहीं हटे। सब काम छोड़कर वे अन्याय का प्रतिरोध करने को कटिबद्ध हो जाते थे। इसीलिए वे गाँव वालों के 'आपुन जन' हो गए थे।

मकान ठीक रूपनारायण नद के ऊपर था। ज्वार और बन्या का प्रकोप अक्सर होता रहता था। बंगाल में वर्षा ऋतु का क्या अर्थ है यह एकाध वर्ष गाँव में रहकर ही जाना जा सकता है। उस बार इतना तीव्र ज्वार आया कि बाँध भी बह गया। चारों ओर जल ही जल। मिट्टी खोद-खोदकर यहाँ-वहाँ गड्ढों को पाटने में ही दस-पन्द्रह दिन निकल गए। एक रात सूचना मिली कि जल बाँध तोड़कर खेतों में घुस आया है। फसल को बचाने का प्रश्न था। किसी-न-किसी तरह बाँध बाँधना था। लेकिन सभी गाँव वाले सहसा इसके लिए राज़ी नहीं हुए। तब शरत् बाबू ने साम-दाम-दण्ड-भेद से, जैसे भी हो सका, उनको तैयार किया और वे बांस काटने और मिट्टी खोदने में जुट गए। आसपास मिट्टी कम थी। इसलिये श्मशान की ऊँची भूमि की खुदाई शुरू की। खोदते-खोदते सहसा क्या देखा कि गड्ढे में शिशु का शव है। क्षणभर में बचपन आँखों के सामने घूम गया। राजू के साथ मिलकर न जाने कितनी लावारिस लाशों का संस्कार किया था। बड़े प्यार से मृत शिशु को एक सुरक्षित स्थान पर रखा, जब बाँध पूरा हो गया तब एक बड़ा-सा गड्ढा खोदकर उसे गाड़ दिया।

यद्यपि वे शहर से दूर रहने लगे थे, लेकिन मित्रों का आना-जाना कम नहीं हुआ। बल्कि ऐसा होता कि सवेरे ही वे लोग आ जाते और फिर दिन-भर अड्डा जमाने के बाद ही शाम को लौटते। आने वालों में मित्र, रिश्तेदार, प्रशंसक सभी होते। शिवपुर की तरह कुछ रचनाएँ माँगने आते, कुछ आते किसी सभा का सभापति बनने का आग्रह लेकर, कुछ सम्पादक बन जाने की प्रार्थना करते। उन्हें यह सब तो अच्छा न लगता, पर आना अवश्य अच्छा लगता। स्वयं शहर जाकर निमंत्रित कर आते कि वे लोग आकर उनका बाग देखें, तालाब के माछ देखें। खिलाते-पिलाते भी खूब थे। उनकी घर की गाय का मीठा दूध बहुतों को प्रिय था और हर आने वाले को छ: बड़े-बड़े बताशे अवश्य दिए जाते थे। एक बन्धु ने कहा, "ये बताशे क्यों?"

उत्तर मिला, "यह तो भाई, गाँव का शिष्टाचार है।" पास में बाज़ार नहीं था। देने को मिठाई हमेशा कैसे मिलती, सो बताशे तैयार रखते थे। कहते, "खूब खाएँगे तभी तो लोग यहाँ आएँगे।" फिर गल्प पर गल्प सुनाकर सवेरा कर देते। अन्दर से तकाज़ा आता, 'ओ जी, सवेरा हो गया, सोओगे कब?'

घंटों पर घंटे पंख लगाकर उड़ जाते। काम में हानि होती है, होने दो। बैठना ही होगा। कितनी कहानियाँ कहते—अपने बारे में, अपने आसपास के बारे में। कोई बोल उठता, "आपकी कहानियाँ हम मग्न होकर सुनते तो हैं, पर विश्वास नहीं करते। सब झूठ, झांसा-पट्टी, आप बना-बनाकर बोलते हैं।"

वे उत्तर देते, ''जीवन भी तो झांसा-पट्टी देकर काट दिया है, भाई। तुम सब स्कूल-कॉलेजों में कितना खटे हो, वह सब समय मैंने झांसा-पट्टी देकर और तम्बाकू खाकर ही तो काटा है। उसके बाद सारा जीवन खाली झूठी कथाएँ लिख-लिखकर इतना प्यार इकट्ठा कर लिया।''

फिर कहते, ''मैंने शायद मिथ्या तो कुछ नहीं लिखा। कितने मनुष्यों से मिला हूँ। कितनों को देखा है। लिखते समय वे ही सब मेरे मन में उभर उठते हैं। फिर मैं अपने को रोक नहीं सकता।''

कहते-कहते वे उठकर बेचैनी से बरामदे में टहलने लगते। उत्तेजित होते तो माथे पर आए बालों को उँगली में लपेट लेते। सिगरेट पर सिगरेट पीते जाते और बोलते जाते।

लोग प्रश्न पर प्रश्न करके उन्हें परेशान कर देते, पर वे मृदु-मृदु मुस्कराते ही रहते। कोई पूछता, ''आपने किरणमयी को पागल क्यों नहीं किया?'' कोई जवाब तलब करता, ''आपने फिर अन्नदा दीदी की खोज-खबर क्यों नहीं ली? इन्द्रनाथ को कहाँ निर्वासित कर दिया? आपके *शेष प्रश्न* का समाधान क्या है?''

लेकिन एक दिन एक ऐसे ही आने वाले के साथ एक अघटित घटना घट गई। दस बजे का समय होगा। बाहर के बरामदे में आरामकुर्सी पर लेटे-लेटे कोई पुस्तक पढ़ रहे थे, तभी किसी के आने की पदचाप सुनाई दी। किताब हटाकर आने वाले को देखा, फिर वैसे ही पढ़ने में व्यस्त हो गए।

आगन्तुक और कोई नहीं चिर-परिचित मामा उपेन्द्रनाथ थे। उन्हीं दिनों *विचित्र*[1] पत्र के प्रकाशन की योजना सामने आई थी। इसके स्वप्नद्रष्टा थे उपेन्द्रनाथ के समधी योगीन्द्रनाथ मुकर्जी। इस योजना को कार्यरूप देने से पूर्व ही वे स्वर्गवासी हो गए। तब उनके पुत्र ने इसे कार्यान्वित करने का बीड़ा उठाया। सम्पादक के पद पर प्रतिष्ठित हुए उपेन्द्रनाथ। जैसा कि स्वाभाविक था उन्होंने पहले से ही रवीन्द्रनाथ और शरत्चन्द्र दोनों को लिखने के लिए आमन्त्रित किया, परन्तु बार-बार पत्र लिखने पर भी शरत्चन्द्र ने कोई जवाब नहीं दिया। उन्हें बड़ा आश्चर्य हुआ और वे स्वयं उनसे मिलने के लिए पाणित्रास[2] आए। आश्चर्य! महान आश्चर्य!! शरत् ने उन्हें देखकर भी अनदेखा कर दिया। अच्छा नहीं लगा। फिर भी एक कुर्सी पर बैठते ही उन्होंने पूछा, ''कैसे हो शरत्?''

उसी तरह किताब से मुँह ढके-ढके शरत् बाबू बोले, ''वैसा ही हूँ।''

उपेन्द्रनाथ ने कहा, ''वह तो मैं अपनी आँखों से देख रहा हूँ। पूछता हूँ, कैसे हो? और तुमने मेरी चिट्ठी का जवाब क्यों नहीं दिया?''

शरत् बाबू पूर्ववत् बोले, ''क्या जवाब देता?''

उपेन्द्रनाथ को और भी आश्चर्य हुआ, लेकिन फिर भी मुस्कराकर कहा, ''जवाब देते, तुम्हारी चिट्ठी पाकर खुशी हुई। उपन्यास लिखना शुरू कर दिया है। एक संख्या के जितना होने पर भेज दूँगा।''

---

1. प्रथम आषाढ़, 1334 (16 जून, 1927) को प्रकाशन शुरू हुआ। 2. सितम्बर, 1926 ई.

शरत् बाबू ने धीरे-धीरे पुस्तक बन्द करके मेज़ के ऊपर रख दी। सीधे होकर बैठ गए और फिर तीक्ष्ण दृष्टि से मामा की ओर देखते हुए बोले, ''उस कोयले वाले के बेटे के पत्र में मुझसे उपन्यास लिखने के लिए कहते हो?''

इस अकारण क्रोध के विरुद्ध उपेन्द्रनाथ का अहंकार फुंकार उठा। उसी तरह तीव्र दृष्टि से देखते हुए वे बोले, ''कोयले वाला कौन है? जोगिन मुकुज्जे! उसका बेटा मेरा दामाद है, यह तो जानते हो?''

शरत् बोले, ''जानता हूँ या नहीं जानता हूँ, मैं उसके पत्र में नहीं लिखूँगा।''

''जानते हो, वह कोयले वाला अब इस संसार में नहीं है।''

शरत् बाबू ने कोई उत्तर नहीं दिया। उपेन्द्रनाथ के मन में अभिमान और क्रोध उमड़ आया। मन-ही-मन उन्होंने कहा, ''देखता हूँ, तुम्हें छोड़कर अख़बार निकाला जा सकता है या नहीं। जहाँ प्यार बहुत होता है वहाँ आशा करना असंगत नहीं होता। तुम यदि मेरे नातेदार नहीं होते, बन्धु नहीं होते, दोनों के बीच प्रेम का सहज सुदृढ़ बन्धन न होता तो तर्क-वितर्क और झगड़ा कर सकता था। झगड़ा निपटा भी सकता था...।''

मन में और भी न जाने क्या-क्या विचार आए, पर कहा उन्होंने कुछ नहीं। उठकर खड़े हो गए। शरत् बाबू ही बोले, ''कहाँ जाते हो?''

उपेन्द्रनाथ ने उत्तर दिया, ''अपने घर जाता हूँ।''

शरत् बाबू बोले, ''खा-पीकर जाना।''

उपेन्द्रनाथ व्यंग्य से मुस्कराए। कहा, ''इस किताब वाले के घर खाना-पीना करने के लिए कहते हो?''

शरत् बाबू को ये शब्द निश्चय ही बुरे लगे। फिर भी उन्होंने कहा, ''बहुत दूर से आए हो। बहुत दूर जाना है। आखिर चाय-नाश्ता लेकर जाओ।''

लेकिन जैसा स्वागत हुआ था उसको देखते हुए उपेन्द्रनाथ का रुकना असम्भव था। वे नहीं रुके। शरत् बाबू फिर बोले, ''तुम गुस्सा हो गए उपेन्द्र!''

उपेन्द्रनाथ ने कहा, ''हो गया हूँ किन्तु वह अकारण तो नहीं है।''

''अन्याय कर रहे हो।''

उपेन्द्रनाथ बोले, ''मैं अन्याय नहीं कर रहा हूँ। अन्याय मेरे साथ हुआ है। भविष्य में शायद इस पर विचार हो सकेगा।''

शरत् बोले, ''ऐसा होने पर भविष्य की ओर देखते बैठे रहना पड़ेगा।''

उपेन्द्रनाथ चले गए। इस घटना-विशेष में अपराध किसका है, यह चर्चा अभी असंगत है। स्पष्ट इतना ही है कि वे जब दृढ़ होना चाहते थे, हो सकते थे। इसी प्रवृत्ति के कारण कई बार उन्हें गाँव वालों के मुकदमों में भी फंस जाना पड़ता था। पुराने ज़मींदार ने गोविन्दपुर में कुछ भूमि भगवान शिव के नाम अर्पित कर रखी थी। निचान में होने के कारण उसमें प्रायः जल

भर जाता था। नये ज़मींदार ने इसका लाभ उठाना चाहा। जल से भरी वह भूमि उसने मछली पकड़ने के लिए ठेके पर उठा दी। अब तक गाँव के लोग स्वेच्छापूर्वक मछली पकड़ते थे। इस ठेके से उनका वह अधिकार छिन गया।

यही झगड़े का आरम्भ था। लेकिन शीघ्र ही बात हाथापाई और मारपीट तक पहुँच गई। ठेकदार शिकायत लेकर ज़मींदार के पास पहुँचे। वह क्रुद्ध हो उठा और तुरन्त कचहरी जाकर उसने पच्चीस व्यक्तियों पर फौजदारी मुकदमा दायर कर दिया। इनमें शरत् बाबू की दीदी के एक देवर भी थे। वे एक स्कूल में मुख्याध्यापक थे। उन सहित कई लोग, जिन पर मुकदमा दायर किया गया, घटनास्थल पर मौजूद भी नहीं थे।

जब यह समाचार शरत् बाबू को मिला तो उन्होंने किसी से कुछ नहीं कहा। चुपचाप ज़मींदार के पास गए और उसे समझाने की चेष्टा की। लेकिन ज़मींदार तो मदान्ध था। तीव्र होकर बोला, ''मैं किसी का उपदेश नहीं सुनना चाहता। जो मुझे ठीक लगेगा करूँगा। गोविन्दपुर के लोगों को सबक सिखाऊँगा। सुनता हूँ, आप उनके सलाहकार हैं! रहिए, मैं डरता नहीं हूँ।''

इसका जो परिणाम हो सकता था वही हुआ। दोनों ओर से फ़ौजदारी तथा दीवानी दोनों प्रकार के मुकदमे चलने लगे। उस स्थान पर शिवपूजा को लेकर एक उत्सव भी मनाया जाता था। इस बार गाँव वालों ने निश्चय किया कि जिन लोगों ने ठेका लिया है, उन्हें किसी भी शर्त पर उत्सव में भाग लेने की अनुमति नहीं दी जाएगी। इस बात पर फिर झगड़ा बढ़ा। ज़मींदार के पास पैसा ही नहीं था, वह यूनियन बोर्ड का प्रेज़ीडेण्ट भी था। पुलिस के अधिकारियों से उसका खूब परिचय था। इसीलिए झगड़े की सम्भावना बताकर वह वहाँ धारा 144 लगवाने में सफल हो गया। गाँव में यहाँ-वहाँ सब कहीं पुलिस दिखाई देने लगी।

धर्म के मामले में पुलिस का यह हस्तक्षेप देखकर गाँव वाले भड़क उठे। दोनों दलों में फिर उत्तेजना बढ़ गई। तब कई भद्र पुरुष फिर शरत् बाबू के पास आए। वे क्रोध और दृढ़ संकल्प से भर उठे और उन्होंने निर्णय किया कि उन्हें डिस्ट्रिक्ट मजिस्ट्रेट के पास जाना ही होगा। सब लोगों को शान्त रहने को कहकर वे तुरन्त चल पड़े। उन्होंने मजिस्ट्रेट को सब कुछ बता दिया। बंगाल के अपराजेय कथाशिल्पी को इस मामले में रुचि लेते देखकर मजिस्ट्रेट व्यस्त हो उठा। उसने तुरन्त पुलिस कप्तान को बुलाया और उसे सब कुछ समझाकर कहा, ''आप शरत् बाबू को एक चिट्ठी लिखकर दे दीजिए कि थानेदार पुलिस को लेकर वहाँ से चला जाए। मेले की व्यवस्था शरत् बाबू स्वयं कर लेंगे।''

उधर थानेदार ने ऊपर रिपोर्ट करके अतिरिक्त पुलिस बुलाने का प्रबन्ध कर लिया था। लेकिन संयोग ऐसा हुआ कि शरत् बाबू और पुलिस के नये अफसर भुवनेश्वर बाबू एक ही ट्रेन और एक ही डिब्बे में सवार होकर गोविन्दपुर के लिए रवाना हुए। भुवनेश्वर बाबू शरत् बाबू के भक्त थे, लेकिन उन्हें पहचानते नहीं थे। एक मित्र के माध्यम से उसी डिब्बे में उनका उनसे प्रथम साक्षात् परिचय हुआ। स्वाभाविक था कि झगड़े की बात सामने आती, शरत् बाबू ने भुवनेश्वर को सब कुछ बता दिया।

गाँव पहुँचकर दोनों एक साथ ही झगड़े के स्थान की ओर रवाना हुए। शरत् बाबू कुछ

आगे थे। लोगों ने पहले उन्हीं को देखा और थानेदार को सूचना दी, ''शरत् बाबू आ रहे हैं।''

थानेदार बिगड़ उठा। बोला, ''रहने दे, रहने दे शरत् बाबू को। दो-चार किताबें लिख ली हैं तो उससे यहाँ नेतागिरी नहीं चलेगी। अपमानित होकर लौटना होगा।''

तब तक भुवनेश्वर बाबू भी सामने आ गए थे। अब तो थानेदार की सिट्टी गुम हो गई। थर-थर कांपने लगा। भुवनेश्वर बाबू सब कुछ सुन जो चुके थे। क्रुद्ध होकर उन्होंने दरोगा से कहा, ''वर्तमान बंगाल के सर्वश्रेष्ठ उपन्यासकार के प्रति ज़रा भी शालीनता नहीं बरत सके! ज़मींदार से घूस खाकर तुमने यह सब हंगामा किया है। अच्छा, अब यहाँ से इसी वक्त चले जाओ। और पाणित्रास के हाई स्कूल में मेरी राह देखो।''

डरते-काँपते थानेदार साहब वहाँ से चले गए। मेला खुशी-खुशी सम्पन्न हुआ। शरत् बाबू के अनुरोध पर गाँव वालों ने ठेकेदारों को भी उसमें भाग लेने की अनुमति दे दी। भगवान शिव के लिए समर्पित भूमि फिर से शिव के लिए समर्पित हो गई। लेकिन इससे पहला मामला हाईकोट तक पहुँच चुका था। बार-बार हारने के बाद अंततः ज़मींदार की बुद्धि लौट आई। वह शरत् बाबू के घर आया और उस झगड़े को समाप्त कर दिया।

मेले वाली उस घटना के बाद एक दिन एक भद्र पुरुष सपत्नीक शरत् बाबू से मिलने के लिए आए। आते ही दोनों ने शरत् बाबू के चरण पकड़ लिए। बहुत पूछने पर उन्होंने कहा, ''मैं वही थानेदार हूँ, जिसने आपके साथ उस दिन अभद्रता का व्यवहार किया था। आप मुझे क्षमा कर दीजिए।''

शरत् बाबू ने उत्तर दिया, ''अरे भाई, वह बात तो उसी दिन समाप्त हो गई थी। मुझे उसका कुछ भी गिला नहीं है।''

दरोगा ने कहा, ''पर मेरी नौकरी तो खतरे में पड़ गई है। वह चली गई तो मेरे बच्चे भूखे मर जायेंगे। ज़मींदार से घूस लेने के अपराध में भुवनेश्वर बाबू ने मुझे निलम्बित कर दिया है। आप मुझ पर कृपा कीजिए।''

शरत् बाबू बोले, ''मैं क्या कर सकता हूँ, बताओ तो!''

''आप कृपा कर एक चिट्ठी भुवनेश्वर बाबू को लिख दीजिए कि आपने मुझे क्षमा कर दिया है।...और यह कि वे भी मुझे क्षमा कर दें।''

बिना एक शब्द बोले शरत् बाबू ने वैसी ही चिट्ठी लिख दी और उन लोगों को वहाँ से तभी जाने दिया जब वे भोजन कर चुके।

लेकिन ये समस्याएँ हमेशा नहीं रहती थीं, न मित्र-बन्धु ही हमेशा आ पाते थे। जब गाँव में किसी प्रकार का आमोद-आनन्दोत्सव न होता तो गाँव निर्जीव निस्पन्द हो उठता। तब इनका थका तन-मन संध्या के समय रेडियो संगीत के लिए उत्सुक हो आता। श्रावण के घने मेघ चारों ओर से घिर आए हैं। कीचड़-भरा जनहीन ग्राम्य पथ दुर्गम हो उठा है। निविड़ अंधकार छाती पर भार बनकर बैठ गया है। तब रेडियो की तरंगों पर बहती हुई संगीत की धारा को सुनकर ऐसा लगता जैसे दूर कहीं संगीत की महफ़िल में भाग ले रहे हों। फिर किसी दिन वर्षा के बाद आकाश में छोटे-छोटे मेघों की दरारों से चांद का प्रकाश दिखाई देता। वर्षा के जल से पूरम्पार

भरी नदी पर मलिन ज्योत्स्ना उभर आती। तब शरत् बाबू उस एकांत नदी-तट पर, आरामकुर्सी पर आँखें मूंदे लेटे हुए, ऐसा अनुभव करते मानो तम्बाकू के धुएँ के साथ मिलकर रेडियो से उठती बांसुरी के स्वर किसी मायाजाल का निर्माण कर रहे हों।

15

गाँव में रहने पर भी शहर छूट नहीं गया था। अक्सर आना-जाना होता रहता था। स्वास्थ्य बहुत अच्छा न होने के कारण कभी-कभी तो बहुत दिनों तक वहीं रहना पड़ता था। इसीलिए बड़ी बहू बार-बार शहर में मकान बना लेने का आग्रह करती रहती थी। इसीलिए इस अवधि में और इसके बाद भी मौलिक सृजन की दृष्टि से लिखना कुछ विशेष नहीं हुआ। पुराना उत्साह फिर लौटकर ही नहीं आया। *भारत वर्ष* के सम्पादक जलधर सेन भी यहाँ उतनी आसानी से नहीं आ सकते थे, जितनी आसानी से शिवपुर में। चिट्ठियाँ शरत् बाबू को बहुत परेशान नहीं करती थीं। इसलिए इस काल में कुछ छोटी-मोटी कहानियों के अतिरिक्त तीन उपन्यास ही वे पूरे कर सके। *श्रीकान्त* तीसरा[1] और चौथा[2] पर्व *शेष प्रश्न*[3]।

शेष प्रश्न भी शेष रचनाओं की तरह नियमित रूप से नहीं लिखा जा सका। लगभग चार वर्ष तक वह अनियमित रूप से छपता रहा। बहुत कड़ा तगादा आने पर एक बार उन्होंने उत्तर दिया...

"मेरे लिखने के बारे में यह जो त्रुटि है इसे आप पन्द्रह वर्षों से देखते आ रहे हैं...इसी तरह अन्त में एक दिन यह पुस्तक पूरी हो जाएगी।"[4]

दो और नये उपन्यास उन्होंने इसी काल में शुरू किए—*विप्रदास* और *शेषेर परिचय*। इनमें *शेषेर परिचय* एक महत्त्वपूर्ण रचना थी, परन्तु दुर्भाग्य से *जागरण* की तरह यह भी कभी पूरी नहीं हो सकी। इस समय के उनके दो लेख बहुत प्रसिद्ध हुए, *साहित्य की रीति और नीति*[5] तथा *तरुणों का विद्रोह*[6]। *षोडशी*[7] और *रमा*[8] ये दो नाटक भी उन्होंने इसी काल में अपने दो उपन्यासों *देना-पावना* और *पल्ली समाज* के आधार पर तैयार किए थे।

इसी समय उनकी प्रसिद्ध कहानी 'बिन्दो का लल्ला' का अंग्रेज़ी अनुवाद *माडर्न रिव्यू* में प्रकाशित हुआ। डॉ. कानाई गांगुली ने *श्रीकान्त* (प्रथम पर्व) का अनुवाद इतालवी भाषा में किया। 'बिन्दो का लल्ला' का अनुवाद श्री रामानन्द चट्टोपाध्याय के पुत्र श्री अशोक चट्टोपाध्याय ने किया था। वे शरत् बाबू के पास आया करते थे। एक दिन अच्छे अनुवादों की चर्चा चल रही थी कि शरत् बाबू ने अशोक से पूछा, "क्या तुम बिना कोई महत्त्वपूर्ण परिवर्तन किए मेरी किसी रचना का अनुवाद कर सकते हो?"

अशोक तुरन्त तैयार हो गए और उसी के परिणामस्वरूप 'बिन्दो का लल्ला' का अनुवाद *माडर्न रिव्यू* में प्रकाशित हुआ।[9]

---

1. 18 अप्रैल, 1927 ई. 2. मार्च, 1933 ई. 3. 2 मई, 1931 ई. 4. 30 सितम्बर, 1928 ई. 5. 18 अप्रैल, 1929 ई. 6. 13 अगस्त, 1927 ई. 7. 4 अगस्त, 1928 ई. 8. *बंगवाणी*, आश्विन, 1334 (सितम्बर-अक्तूबर, 1927 ई.) 9. फरवरी-जून, 1927 ई.

इस काल की रचनाओं में *शेष प्रश्न* कई कारणों से अत्यन्त महत्त्वपूर्ण है। दिलीप कुमार को एक पत्र लिखते हुए उन्होंने इस उपन्यास की पृष्ठभूमि पर प्रकाश डाला है—

मण्टू!

शेष प्रश्न पढ़कर तुम खुश हुए हो, यह जानकर बड़ा आनन्द हुआ। क्योंकि खुश होना तो तुम लोगों का नियम नहीं है। 'प्रवर्तक संघ' ने इस साल अक्षय तृतीया पर मुझे फिर नहीं बुलाया। उन्होंने अनुरोध किया था कि इस पुस्तक में अन्त की ओर आश्रम का जयगान करूँ। लेकिन स्पष्ट है कि मुझसे वह नहीं हो सका। *शेष प्रश्न* में आधुनिक साहित्य कैसा होना चाहिए, इसी का कुछ आभास देने की चेष्टा की है। 'खूब गर्जन करूँगा, गर्जन करके गन्दी बातें लिखूँगा'—यही मनोभाव अति आधुनिक साहित्य का केन्द्रीय आधार नहीं है। इसी का थोड़ा-सा नमूना-भर दिया है। लेकिन बूढ़ा हो गया हूँ। शक्ति, सामर्थ्य पश्चिम की ओर ढल गए हैं, अब तुम्हीं लोगों पर इसका दायित्व रहा।...अच्छा, यह तो बताओ कि क्या श्री अरविन्द बांग्ला पढ़ लेते हैं? *शेष प्रश्न* देने पर क्या क्रुद्ध होंगे? जानता हूँ, इन चीज़ों को पढ़ने के लिए उनके पास समय नहीं है। पढ़ने के लिए कहा जाए तो क्या अपमान समझेंगे? 'प्रवर्तक संघ' क्रुद्ध हो गया है, यही देखकर डर लगता है। नहीं तो उनके जैसे गम्भीर पंडित की राय जानने से मेरी रचना की धारा शायद कोई दूसरा रास्ता ढूँढती। उपन्यास के माध्यम से मनुष्य को बहुतेरी बातें सुनने के लिए बाध्य किया जा सकता है, इस बात को क्या श्री अरविन्द स्वीकार नहीं करते? जिसे हलका (रोचक) साहित्य कहते हैं, उसके प्रति क्या वे अत्यन्त उदासीन हैं?...

इसके प्रकाशित होते ही उन पर चारों ओर से तीव्र आक्रमण होने लगे। किसी ने कहा, शरत्चन्द्र मूर्ख है। किसी ने कहा, *शेष प्रश्न* क्या सचमुच कोई प्रश्न है? किसी ने उसे 'शेषेर कविता' का अनुकरण बताया तो किसी ने 'शेषेर कविता' की व्यंगोक्ति। एक आलोचक ने लिखा, "यह गोरा साहब का लड़का है, इसीलिए कमल का चरित्र गोरा की नकल के सिवाय और कुछ नहीं है।"

उन लोगों की भी कमी नहीं थी, जो मानते थे कि ऐसी रचनाएँ प्रकाशित होती रहीं तो हिन्दू समाज जीवित नहीं रह सकेगा। पत्रों में उनके विरुद्ध लेख ही नहीं निकले, कार्टून भी छपे। आक्रमण की जैसे बाढ़-सी आ गई, लेकिन बंगाल की नारी ने *शेष प्रश्न* को अन्तर्मन से स्वीकार किया।

सुमन्द भवन की श्रीमती सेन ने *शेष प्रश्न* की आलोचना को लेकर एक विस्तृत पत्र उन्हें लिखा। वे शरत् बाबू की प्रशंसक थीं और उनकी कटु आलोचनाओं से बहुत खिन्न हो उठी थीं। उनके पत्र का विस्तार से उत्तर देते हुए शरत् बाबू ने लिखा—"हाँ, *शेष प्रश्न* को लेकर आन्दोलन की लहर मेरे कानों तक आई है। कम-से-कम जो अत्यन्त तीव्र और कटु हैं वे कहीं संयोगवश मेरी आँखों और कानों में पड़ने से रह न जाएँ इसकी ओर मेरे जो अत्यन्त शुभचिंतक हैं, उनकी तेज़ नज़र है। ऐसे लेखों को बड़े यत्न से संग्रह करके लाल, नीली, हरी, बैंगनी अनेक रंगों की पेंसिलों से निशान लगा-लगाकर उन्होंने डाक द्वारा महसूल देकर बड़ी सावधानी से भेज दिया है और बाद को अलग चिट्ठी लिखकर खबर दी है कि मुझ तक पहुँचे या नहीं। उन का आग्रह, क्रोध और सम्वेदन हृदय को स्पर्श करता है।

"खुद तुमने अख़बार तो नहीं भेजे किन्तु क्रोध तुम्हें भी कम नहीं आया। समालोचक के चरित्र, रुचि यहाँ तक कि पारिवारिक संबंध पर भी तुमने कटाक्ष किया है। एक बार भी सोचकर नहीं देखा कि बड़ी बात कह सकना ही संसार में कठिन काम नहीं है। मनुष्य का अपमान करने से अपनी मर्यादा को ही सबसे अधिक चोट पहुँचती है। जो लोग जीवन में यह भूल जाते हैं, वे एक बड़ी बात भूल जाते हैं। इसके सिवाय ऐसा भी हो सकता है कि *पथेर दाबी* और *शेष प्रश्न* उनको सचमुच ही बुरे लगे हों। दुनिया में सभी पुस्तकें सभी के लिए नहीं हैं। कोई ऐसा बंधा हुआ नियम नहीं है कि वे सभी को अच्छी लगें और सभी प्रशंसा करें। हाँ, बात प्रकट करने का ढंग अच्छा नहीं बन पड़ा, यह मैं मानता हूँ। भाषा अकारण ही रूढ़ और हिंस्र हो उठी है, किन्तु यही तो रचना शैली की बड़ी साधना है। मन के भीतर क्षोभ और उत्तेजना का यथेष्ट कारण रहने पर भी भले आदमी को असंयत भाषा का प्रयोग नहीं करना चाहिए; यह बात बड़े दुख उठाकर मन में बैठानी होती है। अपनी चिट्ठी में तुमने यह भूल उनसे भी अधिक की है। इतनी बड़ी आत्म-अवमानना और नहीं है।

"भाव या ढंग से जान पड़ता है, तुमको कालिज छोड़े अभी थोड़े ही दिन हुए हैं। तुमने लिखा है, कि तुम्हारी सखियों के मन का भी यही भाव है। यदि है तो दुख की बात है। यह मेरा लेख यदि तुम्हारे हाथ में पड़े तो उनको दिखाना। शील स्त्रियों का बड़ा आभूषण है। यह अपनी सम्पत्ति किसी के लिए, किसी बात के लिए भी नहीं छोड़नी चाहिए।

"तुमने जानना चाहा है कि मैं इन बातों का जवाब क्यों नहीं देता? इसका उत्तर यह है कि मेरा जी नहीं चाहता। क्योंकि यह मेरा काम नहीं है। आत्मरक्षा के बहाने मनुष्य का असम्मान करना मुझसे नहीं होता। देखो न, लोग कहते हैं कि मैं पतिताओं का समर्थन करता हूँ। समर्थन मैं नहीं करता केवल उनका अपमान करने का ही मेरा मन नहीं चाहता। मैं कहता हूँ कि वे भी मनुष्य है। उन्हें भी फ़रियाद करने का अधिकार है और महाकाल के दरबार में इसका विचार एक दिन अवश्य होगा। अथच संस्कारों से अंधे हो रहे लोग इस बात को किसी तरह स्वीकार करना नहीं चाहते। किन्तु यह मेरी निहायत व्यक्तिगत बातें हैं, और नहीं कहूँगा।

"तुमने संकोच के साथ प्रश्न किया है—बहुत लोग कहते हैं कि आपने *शेष प्रश्न* में एक विशेष मतवाद का प्रचार करने की चेष्टा की है। क्या यह सत्य है?

"सत्य है या नहीं, मैं नहीं कहूँगा। किन्तु 'प्रचार किया है, बुरा किया', कहकर शोर मचा देने से ही जो लोग लज्जा से सिर नीचा कर लेते हैं और 'नहीं-नहीं' कहकर ऊँचे स्वर से प्रतिवाद करने लगते हैं, उनमें मैं नहीं हूँ। अथच उल्टे यदि मैं ही पूछूँ कि भला इसमें इतना बड़ा अपराध हुआ क्या? तो मेरा विश्वास है कि वादी-प्रतिवादी कोई भी उसका सुनिश्चित उत्तर न दे पाएगा।...उनसे यह बात नहीं कही जा सकती कि जगत का जो चिरस्मरणीय काव्य और साहित्य है, उसमें भी किसी-न-किसी रूप में यह चीज़ है। *रामायण* में है, *महाभारत* में है, कालिदास के काव्य ग्रंथों में है, बंकिम के *आनन्द मठ* और *देवी चौधरानी* में है। इब्सन, मेटरलिंक, टाल्स्टाय में है...। किन्तु इससे क्या? 'कला-कला के लिए' नारा यहाँ पश्चिम से आया है। यह सब उनके नखाग्र में है। कहते हैं कहानी का कहानीपन ही मिट्टी है। कारण,

इसमें चित्त का रंजन जो नहीं हुआ है। अरे भाई, किसका चित्तरंजन? मेरा, गाँव में मुखिया कौन है, मैं और मेरा मामा। ''

''तुमने 'चित्तरंजन' शब्द को लेकर बहुत कुछ लिखा है, किन्तु यह एक बार भी सोचकर नहीं देखा कि इसमें दो शब्द हैं। केवल 'रंजन' नहीं, 'चित्त' नाम की भी एक चीज़ है और वह चीज़ बदलती है। चित्तपुर के दफ़्तरी खाने में 'गुलबकांवली' की जगह है। उस तरफ़ वह चित्तरंजन का दावा रखती है। किन्तु उस दावे के ज़ोर से बर्नार्ड शा को गाली देने का अधिकार तो नहीं मिल जाता।...

''अन्त में तुमसे एक बात कहता हूँ, समाज-संस्कार की कोई दुरभिसंधि मेरी नहीं है। इसी से इस पुस्तक के भीतर मनुष्य के दुख और वेदना का विवरण है। समस्या भी शायद है, किन्तु समाधान नहीं। यह काम दूसरों का है। मैं केवल कहानी लेखक हूँ। इसके सिवा और कुछ नहीं।''

राधारानी देवी को लिखा—'' *शेष प्रश्न* तुमको अच्छा लगा है, सुनकर बहुत आनन्द हुआ। सोचता था कि जिनको यह पुस्तक अच्छी लगेगी ऐसे व्यक्ति शायद बंगाल में नहीं मिलेंगे। केवल गाली-गलौज ही भाग्य में होगी। किन्तु देखता हूँ, भय का इतना बड़ा कारण नहीं है। रेगिस्तान में भी बीच-बीच में नखलिस्तान मिलते हैं। कई पत्र पढ़े। एक नारी ने लिखा है कि उनके पास यदि यथेष्ट धन होता तो इस पुस्तक को बिना मूल्य *बाइबिल* के समान वितरण करतीं। एक तरफ़ तो यह बात है, दूसरी तरफ़ अभी सब छिपा हुआ है। शुरू होने पर उसका पता लगेगा। अति आधुनिक साहित्य कैसा होना चाहिए, इसका ही उसमें थोड़ा-सा इशारा है। बूढ़ा हो गया हूँ। शक्ति-सामर्थ्य पश्चिम की ओर डूबने का इशारा दिन-रात अपने अन्दर अनुभव करता हूँ। इस समय शक्तिमान जो नये साहित्यिक हैं उनके लिए केवल इतना ही कह दिया है। अब यह उनका ही काम है—फूलें-फलें। शोभा-सम्पदा को बड़ा करना यह अब उन्हीं का दायित्व है। भाषा पर मेरा सदा ही कम अधिकार रहा है। शब्द-सम्पदा कितनी साधारण है, यह संवाद किसी और से भले छिपा हो पर तुम लोगों से छिपा नहीं है। साथ ही कहने को बहुत-सी बातें रह गईं। समय न बीत जाए, इसलिए *शेष प्रश्न* में कुछ कहने की चेष्टा की है।''

भूपेन्द्र किशोर रक्षित राय को लिखा—'' *शेष प्रश्न* उपन्यास तुमको इतना अच्छा लगा है, जानकर खुशी हुई। इसमें बहुत-से सामाजिक प्रश्नों की आलोचना है, पर समाधान का भार तुम लोगों पर है। भविष्य की इस कठिन ज़िम्मेदारी की सम्भावना ने शायद तुम लोगों को आनन्द दिया है, मगर मेरी धारणा है कि यह किताब बहुतों को निराश करेगी। उन्हें किसी भी तरह का आनन्द नहीं मिलेगा। एक तो गल्पांश बहुत कम हैं। बड़ी तेज़ी से समय काटना या नींद की खुराक की तरह निश्चिंत हो आराम से अधमुँदी आँखों से आनन्दानुभव करना नहीं हो सका है। इसके अच्छे लगने की बात नहीं। फिर भी यह सोचकर लिखा था कि कुछ लोग समझेंगे और मेरा काम इसी से चल जाएगा। सभी प्रकार के रस सभी के लिए नहीं होते। अधिकारी भेद को मैं मानता हूँ।

''और एक बात याद थी कि वह अति आधुनिक साहित्य है। सोचा था, इस दिशा में एक संकेत छोड़ जाऊँगा। बूढ़ा हो गया हूँ, लिखने की शक्ति अस्तंगत प्राय: है। फिर भी सोचता हूँ कि आगामी कल के तुम लोगों को शायद इसका आभास मिल जाएगा कि गंदा किए बगैर

अच्छा साहित्य भी लिखा जा सकता है। केवल कोमल-पेलव रसानुभूति ही नहीं, बुद्धि के लिए बलकारक भोजन उपलब्ध करना भी अति आधुनिक साहित्य का एक बड़ा काम है। इसके बाद तुम लोग जब लिखोगे तो तुम्हें भी बहुत पढ़ना पड़ेगा, बहुत सोचना पड़ेगा। केवल मनोरंजन के हल्के बोझ को देने से ही छुटकारा नहीं मिलेगा।

ये सब लोग शरत् बाबू के भक्त और प्रशंसक थे। उन्हें यह रचना पसन्द आई, इसमें आश्चर्य की कोई बात नहीं। परन्तु प्रसिद्ध क्रान्तिकारी मानवेन्द्रनाथ राय ने भी इसे जेल में पढ़ा और वे इससे बहुत प्रभावित हुए, यह अवश्य आश्चर्य की बात है। उन्होंने लिखा—

''*शेष प्रश्न* की तुलना इस युग में सिंक्लेयर लीविस की पुस्तकों से नहीं हो सकती। किन्तु अनतोले फ्रांस, जोला और इब्सन से इसकी अच्छी तरह तुलना हो सकती है। इसका अभी तक किसी भी विदेशी भाषा में अनुवाद नहीं हुआ। इस पुस्तक का मध्य बिन्दु एक लड़की है, जो सचमुच एक दायोनिसस है। किस प्रकार वह युगान्तर से आदृत सारे बुतों, रिवाजों तथा परम्परा को कुचल देती है और रवीन्द्रनाथ तथा गाँधी के धार्मिक रूप से अनुसरण करने वाले नौजवान भारत को सबक देती है। जो कुछ भी हो, जो भी शरत् बाबू की दायोनिसीय लड़की को पश्चिम में परिचित करा देगा वह एक भारतीय को फिर से नोबल पुरस्कार दिलाने का मार्ग प्रशस्त कर देगा। विश्वास करो, रवि बाबू से शरत् बाबू नोबल पुरस्कार के लिए कम हकदार नहीं हैं। वैयक्तिक रूप में *शेष प्रश्न* को *गीतांजलि* से बढ़कर समझता हूँ। हो सकता है, उच्च साहित्य को कूतने की मेरी योग्यता संदिग्ध हो, किन्तु यह रुचि की बात है। *शेष प्रश्न* भारतीय पुनर्जीवन की एक क्रोश शिला है। इसने बंगाली रोमांसवाद तथा रहस्यवादी भावात्रिलता से ग्रस्त तथा स्थिर वातावरण को दूर कर दिया। शरत् बाबू की अन्य रचनाओं की पात्रियाँ मुनमुनाती थीं, यहाँ तक कि विद्रोह भी कर बैठती थीं, किन्तु अन्त में खुशी से वे सिर झुका देती थीं। शरत् बाबू के लिए दो रास्ते थे—एक तो यह कि वे निष्ठुर प्रतिक्रिया की ओर जाकर अपनी पहली पात्रियों का गला घोंट देते, किन्तु नहीं, उन्होंने दूसरे रास्ते को अपनाया। वे क्रमशः आगे बढ़ते गए और अन्त में चलकर उन्होंने 'दायोनिसीय' कन्या की सृष्टि की। जिसके हाथ में विद्रोह का नहीं, बल्कि क्रान्ति का झंडा है। हाँ, यह कृति भी आदर्शवादी है। देश की वर्तमान अवस्था में ऐसा होना अनिवार्य है, किन्तु यह आदर्शवादिता 'कला कला के लिए' दृष्टिकोण से ही है और यह दृष्टिकोण आदर्शवाद का निकृष्टतम रूप है।''

राय महोदय ने ठीक ही लिखा है कि कमल शरत् के नारी पात्रों के क्रमागत विकास की चरम परिणति है। सर्वबन्धन-विमुक्त भारतीय नारी का वह प्रतीक है। यद्यपि वह नारी अभी तक मानसिक ही है, हाड़-मांस की नहीं, फिर भी इस पात्र के माध्यम से शरत् बाबू ने नवयुग की झलक का संकेत किया है। *शेष प्रश्न* वही प्रभाव पैदा करने के लिए उन्होंने लिखा था। चन्दन नगर की गोष्ठी में उन्होंने स्पष्ट कहा था, ''मेरा कहना है, प्राचीन वस्तुओं को लेकर गर्व करने से बात नहीं बनेगी। नूतन गढ़ डालो। जाति के संबंध में वही है। जाति यदि नहीं रहती तो उससे क्या आता-जाता है। इस प्रकार के लड़के मिलते हैं, जिनके पास वंश-परिचय देने को कुछ नहीं है। वे अपने बल पर बड़े हुए हैं, सफल हुए हैं। मेरा तात्पर्य भी वही है। मेरी एक पुस्तक अधूरी पड़ी है *शेष प्रश्न*। उसमें इसी संबंध में चर्चा की है। आजकल जो कुछ चल रहा

है, उसमें उसके बहुत-से पहलुओं पर कटाक्ष किया गया है। पुस्तक अभी तक समाप्त नहीं हुई। लगता है दो-चार दिनों में समाप्त होगी।''

एक और स्थान पर उन्होंने लिखा, ''अन्त तक चलकर *शेष प्रश्न* में मैं शायद बहुतों को व्यथित करूँगा। फिर भी जो कुछ ठीक है, उसे कहना ज़रूरी है। इसके बाद जो होगा देखा जाएगा।

शेष प्रश्न का विरोध वयोवृद्ध या पुराने विचार के लोगों ने ही नहीं किया, नये लेखकों ने भी इसकी कटु आलोचना की। अन्नदाशंकर राय और प्रबोध कुमार सान्याल दोनों ही शरत् बाबू के प्रशंसक थे। पर *शेष प्रश्न* पढ़कर वे निराश हुए। प्रबोध कुमार ने *सुदेश* में लिखा, ''शरत् बाबू आधुनिक विचार और बुद्धि से बिलकुल परिचित नहीं हैं। प्रगति और मुक्ति का उनका समर्थन झूठा है।''

कुछ और लोगों ने कहा कि वह तर्कजाल-मात्र है। कथा-अंश नाममात्र को है। चरित्र बहुत हैं, पर वे सभी रक्त-मांस-हीन हैं। इसमें न साहित्य है और न रस-सौन्दर्य, न भाव-सौष्ठव है। है केवल विकृत यौनभाव-संस्कार। सब कुछ लेखक ही कह डालना चाहता है। पात्रों के प्राणों की वह पुकार इसमें कहाँ सुनाई देती है जो *चरित्रहीन* आदि में है?

इस कटु आलोचना के कारण नये लेखकों से उनके संबंध कुछ खिंच-से गए। लेकिन इसमें सन्देह नहीं कि ये आरोप आधारहीन थे। *शेष प्रश्न* की सबसे बड़ी दुर्बलता यही है कि वह एक विचार-बहुल सायास लेखन है, सहज नहीं। परन्तु तार्किक क्या चुप रह सकता है? अपना स्वर और भी ऊँचा करके वह कह सकता है, ''महाशय, यह सब उनके समूचे साहित्य को दृष्टि में रखकर तुलनात्मक दृष्टि से ही कहा जा रहा है। अगर उन्होंने केवलमात्र *शेष प्रश्न* ही लिखा होता तो क्या तब भी उनकी ऐसी ही आलोचना होती? क्या वे एक क्रांतिकारी लेखक के रूप में रातों-रात प्रसिद्ध नहीं हो जाते?''

तर्क का अन्त नहीं है, लेकिन सब कुछ कहने के बाद यह तो मानना ही पड़ेगा कि *शेष प्रश्न* का अध्ययन उनके विकास और उनकी क्षमता के आधार पर होना चाहिए। उन्होंने अपने मित्र कुमुदिनीकांत कर से कहा था, ''दस वर्ष बाद बंगाल के घर-घर में कमल जैसी नारियाँ पैदा हो जाएँगी।''

शेष प्रश्न एक क्रांतिकारी रचना है या नहीं, इस पर विवाद हो सकता है, लेकिन आश्चर्य यह है कि एक ओर तो शरत् बाबू इस प्रकार की विवादग्रस्त रचनाएँ करते थे, दूसरी ओर लगभग उसी अवधि में ऐसी रचनाएँ भी उन्होंने कीं जो यथास्थितिवादी विचारधारा का समर्थन करती हैं। *शेष प्रश्न* के प्रकाशित होने से पूर्व ही उन्होंने एक और उपन्यास हाथ में लिया था, जो *विप्रदास* के नाम से प्रकाशित हुआ। *शेष-प्रश्न* में प्राचीन आचार और विचार का जितना विरोध हुआ है, *विप्रदास* उतना ही आचार और संस्कारनिष्ठ है। एक ही काल में एक ही लेखक ने ऐसी परस्पर विरोधी विचारधारा-प्रधान रचनाएँ कीं, यह बात बहुतों की समझ में नहीं आएगी। ऐसा लगता है कि लोग *शेष प्रश्न* की ध्वंसमूलक नीति को उनके जीवन की चरम अनुभूति मानने की भूल न करें, इसीलिए उन्होंने साथ-साथ ही *विप्रदास* के समान समाजनिष्ठ रचना की सृष्टि की। प्रकट रूप में शरत्चन्द्र अपने साहित्य में एक वैज्ञानिक की दृष्टि से समाज को

त्रुटियों को देखते थे, समाज-संस्कार की दृष्टि से नहीं। इसी कारण किसी विशेष मतवाद के प्रति उनका पक्षपात नहीं मालूम होता। ऐसा वे चाहते भी नहीं थे। वे मात्र अन्याय के विरोधी थे। बहुत वर्ष पूर्व जब उन्होंने *चरित्रहीन* का सृजन किया था तब उसके संबंध में उन्होंने अपने एक मित्र को लिखा था[1]—"लोगों की जैसी इच्छा हो मेरे संबंध में सोचें। किन्तु *यमुना* के सम्पादक यह विश्वास करते हैं कि *चरित्रहीन* के द्वारा ही उनके पत्र की श्रीवृद्धि होगी और अनैतिक-नैतिक जो हो लोग खूब आग्रह से उसे पढ़ेंगे। तब उन्हें जो अच्छा लगा करें। फिर भी एक उपाय करना होगा 'राम की सुमति' के समान सरल-स्पष्ट कहानी साथ-साथ ही लिखकर *चरित्रहीन* के प्रभाव को कुछ हल्का करना होगा।"

इसलिए यह बात समझ में आ जाती है कि *शेष प्रश्न* के प्रभाव को हल्का करने के लिए ही उन्होंने *विप्रदास*[2] की रचना की। *विप्रदास* का नामकरण उन्होंने अपने सगे मामा के नाम पर किया। उन्होंने विप्रदास को जैसे वे अपने जीवन में थे ठीक उसी रूप में चित्रित किया है। वे स्वधर्मपरायण, आचारनिष्ठ, गुरु और देवताओं में भक्ति रखने वाले थे और तीनों समय संध्या, आह्निक और पूजा-पाठ के बिना पानी तक नहीं पीते थे। वे उसी वस्तु को खाने योग्य समझते थे जो देवता के भोग के काम आती है। अखाद्य वे नहीं खाते थे। धर्म का अर्थ उनके लिए केवल सनातन हिन्दू धर्म था और यात्रा का अर्थ था तीर्थयात्रा। संस्कृत भाषा और साहित्य से उन्हें परम अनुराग था। कालिज में प्रवेश करने से पहले ही उन्होंने जटिल संस्कृत व्याकरण को अच्छी तरह बस में कर लिया था। अपने इन धर्मनिष्ठ मामा को शरत् अपनी पुस्तकें भेंट करते हुए भी डरते थे। जगद्धात्री पूजा के अवसर पर वे प्रतिवर्ष भागलपुर जाते थे। उस बार गए तो सहसा मामा विप्रदास से भेंट हो गई। उन्हें देखकर वे प्रणाम करने के लिए आगे बढ़े। लेकिन जैसे ही वे आगे बढ़े मामा पीछे हट गए। बोले, "बस-बस, रहने दे। काफ़ी हो गया। अब और प्रणाम करने की आवश्यकता नहीं।"

जो व्यक्ति उस समय वहाँ उपस्थित थे वे चकित हो आए, लेकिन मामा के चले जाने पर शरत् बाबू ने उनसे कहा, "कुछ दिन पहले मामा ने मुझसे मेरी पुस्तकें माँगी थीं। भला इन नीतिवागीश मामा को मैं अपनी *चरित्रहीन* जैसी पुस्तकें कैसे दे सकता हूँ। इसीलिए तो यह क्रोध है, प्रणाम तक नहीं लिया।"

विप्रदास को लेकर कई अपवाद प्रचलित हो गए थे, इनमें एक यह था कि इसकी रचना उन्होंने अधिकारियों के कहने पर की थी। परन्तु यह सत्य नहीं हो सकता। वे कुछ भी कर सकते थे, पर छोटा काम उन्होंने कभी नहीं किया। कलाकार किसी के आदेश पर लिखे इससे 'छोटा काम' और क्या हो सकता है ? परन्तु जाने दें ये बातें। कला की दृष्टि से भी इस पुस्तक के संबंध में बहुत मतभेद हैं। 'स्वदेशी' के जिस टंकार से यह आरम्भ होती है, वह टंकार शीघ्र ही सनातन विधि-निषेधों और अपरिपक्व रोमांस के रेगिस्तान में जाकर खो जाती है। ऐसा लगता है कि इस उपन्यास को लिखते समय उनके सामने मामा विप्रदास ही नहीं, नाते के दूसरे मामा मणीन्द्रनाथ और नाना केदारनाथ की मूर्ति भी रही थी। किसी से उन्होंने कहा भी था कि *विप्रदास* में मैंने मणि मामा का ऋणशोध किया है। उनके नाना केदारनाथ भी घोर आदर्शवादी

---

1. प्रमथनाथ भट्ट, डाक मोहर 24 मई, 1913 ई. 2. पुस्तक रूप में 1 फरवरी, 1935 ई. को प्रकाशित

और हिन्दू धर्म के प्रति एकान्त अनुरक्त तथा आस्थावान थे।

विचित्रा में प्रकाशित होने से पूर्व उसके कुछ अंश *वेणु* में प्रकाशित हुए थे। *वेणु* युवकों का पत्र था। उसके सम्पादक भूपेन्द्रकिशोर रक्षित राय शरत् के प्रिय थे। उस पत्रिका के पीछे विप्लवी दल का समर्थन था। बार-बार उस पर सरकार की कोपदृष्टि होती थी। इसीलिए वह चल नहीं सका और *विप्रदास* का प्रकाशन भी बन्द हो गया। पुलिस ने भी उन्हें चेतावनी दे दी थी कि *वेणु* में *विप्रदास* अब और नहीं छप सकेगा।[1]

शरत् बाबू को इस पत्र से कोई पारिश्रमिक नहीं मिलता था। उनसे इस संबंध में जब प्रश्न किया गया तो उन्होंने उत्तर दिया—"*वेणु* के लोग अपने देश को प्यार करते हैं, यही मेरा शुल्क है। वे गरीब हैं, वे मुझे क्या देंगे? मुझे ही उन्हें देना चाहिए, लेख ही नहीं, अर्थ भी।"

तब यह कल्पना असंगत न होगी कि यदि *विप्रदास, वेणु* में प्रकाशित होता रहता तो शायद उसका अन्त संस्कार निष्ठा के जयघोष में न होता। स्वयं उन पर भी तो इन दिनों सरकार की कोपदृष्टि थी। उनकी रिवॉल्वर और राइफ़ल भी ज़ब्त हो गई थी, लेकिन उन्होंने कभी इन बातों की निन्दा नहीं की। *वेणु* में आन्दोलन के संबंध में भी कहानियाँ छपती थीं। उन्हीं का एक संग्रह भी निकला था। उसकी भूमिका स्वयं शरत्चन्द्र ने लिखी थी[2] और जैसा कि हो सकता था वह तुरन्त ज़ब्त कर लिया गया था। लेकिन ज़ब्त होने से पहले ही पुस्तक का पूरा संस्करण बिक चुका था।

जिस समय वे दोनों उपन्यास लिखे जा रहे थे, उसी काल में उन्होंने दो कहानियाँ भी लिखीं—'सती' और 'अनुराधा'। पूर्ण रचना की दृष्टि से 'अनुराधा' उनकी अन्तिम रचना कही जा सकती है। जिस समय यह प्रकाशित हुई[3], उस समय अति आधुनिक साहित्यिकों के देह समर्पण करने वाले प्रेम की बाढ़ आई हुई थी। यह कहानी मानो उस प्रवृत्ति का गुप्त प्रतिवाद है। लेकिन शरत् बाबू ने इस बात को स्वीकार नहीं किया। इसकी रचना प्रक्रिया की चर्चा करते हुए उन्होंने लिखा है—"मैंने किसी का प्रतिवाद करने के लिए 'अनुराधा' नहीं लिखी। इसमें नायिका अनुराधा की जो मातृमूर्ति सेवा परायणता और चरित्र के माधुर्य से नायक विजय को मुग्ध कर लेती है, और उसके कारण नायक का चित्त जिस अनुराग के रंग से रंजित होता है, वह तो व्यर्थ (मिथ्या) नहीं है। वही तो प्रेम है। नारी-चरित्र रूपों को जो नहीं पहचानता, उसकी देह को ही सब कुछ मान लेता है, उसकी साहित्य-सृष्टि कभी सार्थक नहीं हो सकती। प्रेम में देह का कोई स्थान नहीं, यह बात नहीं, किन्तु उसका स्थान पेड़ में जड़ के समान है, मिट्टी के नीचे।"

'सती' कहानी 'अनुराधा' के कई वर्ष पूर्व[4] लिखी गई थी। उसका स्वर व्यंग्यात्मक है। 'एकनिष्ठ प्रेम और सतीत्व ठीक एक ही वस्तु नहीं हैं।'—यह बात साहित्य में स्थान नहीं पाती तो सत्य कहाँ बचेगा? शरत्चन्द्र की यह मान्यता मानो 'सती' कहानी में मूर्त हुई है। इस कहानी के लिखे जाने का भी एक इतिहास है। शिवपुर वाले घर में उनके पास एक बहुत बड़ा

1. सन् 1932 ई. 2. दिसम्बर, 1929 ई. 3. 1934 ई.। इसी वर्ष 'अनुराधा, सती और परेश' संग्रह में यह संकलित हुई 18 मार्च, 1934 ई.। 'परेश' शरतेर फूल के पूजा वार्षिकी में छपी थी, बंगाब्द भाद्र, 1332 में। 4. आषाढ़, 1334 (जून 1927 ई.)

डेस्क था। उसमें उनकी कई असमाप्त रचनाएँ पड़ी थीं। शरत् बाबू ने उमा प्रसाद मुकर्जी से कहा, "उन्हें लाकर मेरे पास रख दो।"

उमा बाबू ने वैसा ही किया। उनमें सचमुच कई अधूरी कहानियाँ थीं। उन्हें एक कहानी की आवश्यकता थी। बार-बार वायदा करने पर भी शरत् बाबू कुछ लिख नहीं पा रहे थे। उमा प्रसाद ने उन्हीं में से एक सबसे बड़ी अधूरी कहानी लेकर शरत् बाबू से कहा, "इस कहानी को पूरा कर दीजिए।"

उस अधूरी कहानी को पढ़ते-पढ़ते वे जैसे शून्य में खो गए, मानो समाधिस्थ हो गए हों। कई क्षण बाद दीर्घ नि:श्वास खींचकर वे बोले, "इसे मेरे पास रहने दो।"

"देखता हूँ क्या हो सकता है।"

लेकिन जब वह कहानी तैयार हुई तो उस अधूरी कहानी से उसका कोई संबंध नहीं था।

श्रीकान्त (चतुर्थ पर्व),[1] *विप्रदास* के प्रकाशन से पूर्व सम्पूर्ण हो चुका था। दिलीप कुमार राय ने इसकी भूरि-भूरि प्रशंसा करते हुए एक विस्तृत निबन्ध लिखा था। उसे पढ़कर शरत् बाबू ने कहा..., "*श्रीकान्त* (चतुर्थ पर्व) तुम्हें इतना अच्छा लगा यह जानकर कितनी प्रसन्नता हुई बतला नहीं सकता। इसका कारण यह है कि इस पुस्तक को मैंने सचमुच ही बड़े यत्न से मन लगाकर हृदयवान पाठकों को अच्छा लगने के लिए ही लिखा है। तुम्हारे जैसा एक पाठक ही *श्रीकान्त* को भाग्य से मिला है, यही मेरे लिए परम आनन्द की बात है। अब दूसरा पाठक नहीं चाहिए। कम-से-कम, न मिले तो दुख नहीं।"

अपनी इस रचना को वे स्वयं सर्वश्रेष्ठ मानते थे। मतभेद हो सकता है, परन्तु उनका यह सहज विश्वास था। जब कोई व्यक्ति इस संबंध में शंका व्यक्त करता तो वे कह देते, "यह बात तुम बड़े होकर समझोगे।" दिलीप कुमार को उन्होंने लिखा[2], "और कुछ भी अच्छा न बना हो पर कम-से-कम असंगत होकर उछृंखलता का स्परूप प्रकट नहीं कर बैठा हूँ..."

श्रीकान्त (चतुर्थ पर्व) की रचना की कहानी बहुत विचित्र है। यदि इसके पीछे किसी का आग्रह न होता तो शायद वह इसकी रचना न कर पाते। वह *विचित्रा* में धारावाहिक रूप से प्रकाशित हुआ था। इस पत्रिका के सम्पादक थे मामा उपेन्द्रनाथ। कई वर्ष पूर्व एक दिन वे शरत्चन्द्र से एक उपन्यास मांगने के लिए आए थे। उस दिन उन्हें निराश होकर लौट जाना पड़ा था। इस मनोमालिन्य के पीछे एक पूरा इतिहास है। हावड़ा डिस्ट्रिक्ट कांग्रेस कमेटी के प्रधान होने के नाते वहाँ की म्युनिसिपल कमेटी के चुनाव में उनका भी एक पक्ष रहता था। ऐसे ही एक अवसर पर वे जिस पक्ष की सहायता कर रहे थे, उसके विरोध में नित्यधन मुकर्जी नाम के एक सज्जन थे। इन्हीं नित्यधन के परम मित्र थे योगीन्द्रनाथ मुकर्जी, जो उपेन्द्रनाथ के समधी थे।

इस प्रकार अनायास ही ये नातेदार दो दलों में बँट गए। ऐसे अवसरों पर उन लोगों की बन आती है, जो फूट डालने का काम किया करते हैं। इन्हीं लोगों में एक ऐसा व्यक्ति भी था, जिस पर योगीन्द्रनाथ के एहसान थे। वह शरत् बाबू के पास आकर उसके कान भरने लगा। कहता कि वह प्रतिदिन शाम को योगीन्द्रनाथ के घर पर भोजन करता है और उस समय उनकी

1. 13 मार्च, 1933 ई. 2. 19 मई, 1933 ई.

पुत्रवधू शरत् बाबू की बड़ी निन्दा करती है।

यह पुत्रवधू उपेन्द्रनाथ की लड़की थी और शरत् की ममेरी बहन लगती थी। बार-बार यह कथा सुनते-सुनते शरत्चन्द्र का मन योगीन्द्रनाथ के परिवार के प्रति विमुख हो उठा। ऐसा होना नहीं चाहिए था, परन्तु यह बात भी सच थी कि शरत् के प्रति मामा लोगों का व्यवहार कभी सहज नहीं रहा। केवल सुरेन्द्रनाथ ही उनके मित्र थे। एक ही क्षेत्र में होने के कारण उपेन्द्रनाथ से भी मिलना-जुलना होता रहता था, पर वैसी अनुरक्ति नहीं थी, इसलिए शरत् बाबू को यह बात मानने में बहुत कठिनाई नहीं हुई कि उपेन्द्रनाथ की लड़की उनकी निन्दा कर सकती है।

पाँच वर्ष बाद[1] अचानक यह रहस्य खुला कि शरत् बाबू के कान भरने वाले सज्जन कभी भी योगीन्द्रनाथ के घर खाना खाने नहीं गए और उन्होंने शरत् बाबू से जो कुछ कहा था, वह सब झूठ था। यह जानकर उन्हें बड़ी वेदना हुई और वे उपेन्द्रनाथ से मिलने के लिए छपटटाने लगे। एक दिन सहसा उन्होंने उपेन्द्रनाथ को फ़ोन किया। संध्या के साढ़े सात बजे थे। दफ़्तर बन्द हो चुका था। केवल उपेन्द्रनाथ और परिचालक सुशील कुमार ही दफ़्तर में बैठे हुए थे। टेलीफ़ोन की घंटी बज उठी। रिसीवर उठाकर उपेन्द्रनाथ ने कहा, ''हलो!''

उधर से आवाज़ आई, ''उपीन है क्या?''

स्वर परिचित था और पाँच-छः वर्ष के बाद सुनाई दिया था। उपेन्द्रनाथ ने तुरन्त कहा, ''मैं बोल रहा हूँ, कैसे हो शरत्?''

''जैसा रहता हूँ, वैसा ही हूँ। तुम्हारे पत्र की अवस्था क्या बहुत खराब है?''

''किस दृष्टि से पूछते हो?''

''आर्थिक दृष्टि से।''

''वह ज़रा टेढ़ी बात है। बहुत खराब है कि नहीं, एकदम नहीं कहा जा सकता। लेकिन तब भी बहुत अच्छी नहीं है।''

''मेरा लेख मिलने पर तुम्हें सुविधा होगी?''

''होनी तो चाहिए।''

''चाहते हो!''

स्वयं शरत् के मुख से यह बात सुनकर उपेन्द्रनाथ का मन एकदम उल्लास और अभिमान से भर आया। सुशील भी शरत् का नाम सुनकर उत्सुक हो उठे थे। जब उपेन्द्रनाथ ने बताया कि शरत् लेख देने के लिए कहते हैं, क्या तुम लोगे? तो उनका मुख हर्ष से खिल उठा। बोले, ''इसमें पूछने की क्या बात है? निश्चय ही लेंगे।''

दोनों जानते थे कि शरत् का लेख छापने पर *विचित्रा* की लोकप्रियता बढ़ जाएगी। पाठक और ग्राहक दोनों ही शरत् को चाहते हैं, इसलिए व्यक्तिगत मान-अपमान का कोई प्रश्न नहीं है। उपेन्द्रनाथ ने शरत् से कहा, ''चाहते हैं या नहीं, यह क्या पूछते हो शरत्? मैं तो चाहने के

1. दिसम्बर, 1931 ई.

लिए ही गया था। तुमने ही लौटा दिया था।''

इस शिकायत और अभिमान का कोई उत्तर न देकर शरत् ने कहा, ''दफ़्तर में कितनी देर हो?''

''क्या तुम आ रहे हो?''

''बस, बीसेक मिनट में पहुँच रहा हूँ।''

लेकिन आठ मिनट बीतते न बीतते शरत् बाबू ने हँसते हुए उपेन्द्रनाथ के कमरे में प्रवेश किया। फिर तो ऐसे बातें होने लगी, जैसे कभी भी उनके बीच में झगड़ा नहीं हुआ हो। किसी ने भी पुरानी बात का कभी भी संकेत नहीं किया। इसलिए शिकायत, कैफ़ियत और माफ़ी माँगने की कोई बात ही पैदा नहीं हुई। दो-चार मिनट इधर-उधर की बात करने पर असली बात उठी। शरत् ने पूछा, ''मुझसे क्या चाहते हो?''

उपेन्द्रनाथ ने कहा, ''निश्चय ही उपन्यास।''

शरत्चन्द्र बोले, ''उपन्यास तो निश्चय ही, पर किस विषय का उपन्यास?''

उपेन्द्रनाथ इसी बीच में मन-ही-मन निर्णय कर चुके थे। तुरन्त बोले, '' *श्रीकान्त* चौथा पर्व।''

विस्मित स्वर में शरत् ने कहा, ''क्या चाहते हो? *श्रीकान्त* चौथा पर्व; तीन पर्वों के बाद चौथा पर्व पढ़ने का धैर्य क्या पाठकों को होगा?''

उपेन्द्रनाथ बोले, ''निश्चय ही होगा। *श्रीकान्त* के तीसरे पर्व के अन्त में तुमने राजलक्ष्मी को काशीधाम में सद्गुरु के हाथ में सौंपकर उसकी कहानी पर हमेशा के लिए यवनिका डाल दी। इसके बाद अब राजलक्ष्मी और श्रीकान्त को रागामाटी से वापस लाकर फिर से कहानी आरम्भ करने से पाठकों का धैर्य खत्म हो जाएगा, यह कहना कठिन है। किन्तु जिस अभया के ज़ोरदार आमन्त्रण के कारण श्रीकान्त आग्रह के साथ रंगून जाने के लिए तैयार हुआ था, उस अभया को तुमने ऐसे ही छोड़ दिया, पुष्पित-पल्लवित नहीं किया? लेकिन उस अवस्था में ही तुमने अभया का जो परिचय दिया है, उसके फूल होकर पुष्पित होने की कहानी यदि लिखो तो निश्चय ही अपूर्व होगी। केवल *विचित्रा* के पाठक ही नहीं, गौड़जन भी उससे आनन्द उठायेंगे।''

सुशील ने भी इस प्रस्ताव का समर्थन किया। शरत्चन्द्र सहमत हो गये। *विचित्रा* की अगली संख्या में यह विज्ञापन प्रकाशित हुआ कि माघ मास की संख्या से *विचित्रा* में धारावाहिक रूप से *श्रीकान्त* का चौथा पर्व प्रकाशित होगा और उसमें अभया के सौरभ से सुगन्धित *श्रीकान्त* के पाठकों का मन विभोर हो उठेगा।

विज्ञापन के अनुसार *विचित्रा* में *श्रीकान्त* का चौथा पर्व प्रकाशित होना भी शुरू हो गया लेकिन आरम्भ से ही उसमें अभया का कहीं कुछ पता नहीं लगा। कहानी आरम्भ हुई, कवि गौहर और वैष्णवी कमल लता को लेकर। शरत् का मन बदल गया और अभया की कहानी हमेशा के लिए अधूरी रह गई। शायद इसलिए भी कि ये दोनों चरित्र पूर्ण रूप से काल्पनिक नहीं

हैं। दोनों से उसका प्रत्यक्ष परिचय रहा है। अभिज्ञता के इस मोह ने ही अभया तक पहुँचने के मार्ग को अवरुद्ध कर दिया। लेकिन स्वयं अभया का चरित्र भी तो काल्पनिक नहीं है। मिस्त्री की एक स्त्री से बर्मा में उनका परिचय हुआ था। पति से बुरी तरह सताई जाकर भी वह उसके जीते-जी प्रेमी के पास नहीं गई। उसके मरने पर ही वे दोनों एक हो सके थे। थोड़े-से परिवर्तन के साथ इस घटना के आधार पर अभया का जन्म हुआ, लेकिन यह थोड़ा-सा परिवर्तन महत्त्व की दृष्टि से कितना बड़ा है! उसने जीते-जी अत्याचारी पति को छोड़ने का साहस किया। मिस्त्री के अत्याचारों को आँखों से देखकर शरत् बाबू को लगा, यदि ऐसे पति को नारी छोड़ देती है तो कोई पाप नहीं करती।

उनके साहित्यिक चरित्रों में हम उनके जीवन में आये वास्तविक व्यक्तियों की खोज करते हैं, खोज करने पर बहुत कुछ मिल भी सकता है, पर साहित्य में आते-जाते जैसे मिस्त्री की पत्नी अभया बन गई वैसे औरों के साथ भी तो हुआ, इसलिए *श्रीकान्त* शरत् होकर भी शरत् नहीं है। कृतिकार की जादू-भरी लेखनी का परस पाकर वह इतना परिवर्तित हो गया है कि कुछ का कुछ हो गया। अभया को लेकर पाँचवां पर्व लिखने का विचार उनके मन में अब भी था। दिलीप कुमार को उन्होंने लिखा[1], " *श्रीकान्त* का पाँचवाँ पर्व लिखकर समाप्त कर दूँगा—अभया आदि के संबंध में। और यदि तुम लोग कहते हो कि चौथा पर्व अच्छा नहीं हुआ तो बस रथ यहीं रुका...।"

लेकिन चिर आलस्य के कारण दिलीप कुमार के चौथे पर्व की प्रशंसा करने पर भी रथ आगे नहीं बढ़ सका।

इन्हीं दिनों[2] उनके निबन्धों का संग्रह *सुदेश और साहित्य* के नाम से प्रकाशित हुआ। पिछले अनेक वर्षों में उन्होंने जो लेख लिखे थे या भाषण दिये थे उन्हीं का यह संकलन था। इसके दो भाग थे—'सुदेश' विभाग में राजनीतिक लेख थे और 'साहित्य' विभाग में वे लेख थे, जिनका संबध साहित्य से था। यह संग्रह इसलिए अधिक उल्लेखनीय है कि इसका सर्वस्व उन्होंने आर्य पब्लिशिंग कम्पनी के स्वत्वाधिकारी श्री अश्विनी कुमार बर्मन को दान कर दिया था। अश्विनी कुमार स्वतंत्रता-संग्राम के एक सेनानी थे। जेल हो आये थे। इस समय उनकी संस्था आर्थिक संकट में से गुज़र रही थी। पूँजी के अभाव में लेखकों को धन देकर उनसे पुस्तकें लेना सम्भव नहीं था। उसी की सहायता करने के उद्देश्य से उन्होंने ऐसा किया। *सुदेश और साहित्य* के अतिरिक्त *तरुणों का विद्रोह* प्रकाशित करने का अधिकार भी उन्होंने इसी संस्था को दे दिया। इस संग्रह में *सत्य और मिथ्या* प्रबन्ध भी संगृहीत है।[3]

इन निबन्धों से यह सहज रूप से प्रमाणित हो जाता है कि भले ही उनके पास कोई सुस्पष्ट दर्शन न हो, लेकिन चिन्तनशीलता का अभाव उनमें नहीं था। प्रबन्ध के रूप में अपनी बात कहना उन्हें आता था। इसी प्रकार की अनेक रचनाएँ हैं जो उनकी मृत्यु के बाद संकलित हुईं। उनमें *क्षुद्रेर गारव*[4] जैसी रम्य रचना और *आमार आशय*[5] जैसी रूप कथा भी थी। ये माधुर्य-मण्डित रचनाएँ उनके कवि-मन का परिचय देती हैं।

---

1. 19 मई, 1933 ई. 2. अगस्त, 1972 ई. 3. 23 अगस्त, 1932 ई. 4. *यमुना,* माघ, 1320 (जनवरी, 1914 ई.)
5. *भारतवर्ष,* ज्येष्ठ, 1324 (मई-जून, 1917 ई.)

16

किशोरावस्था में शरत् बाबू ने अनेक नाटकों में अभिनय करके प्रशंसा पाई थी। उस समय जनता को नाटक देखने का बहुत शौक था, लेकिन भले घरों के लड़के मंच पर आयें, यह कोई स्वीकार करना नहीं चाहता था। शरत् बाबू थे जन्मजात विद्रोही, इसलिए वे बराबर अभिनय में रुचि लेते रहे। कलकत्ता और फिर बर्मा आकर भी उनका यह शौक किसी-न-किसी रूप में जीवित रहा।

रंगून में उन्होंने बिल्वमंगल थियेटर की स्थापना का प्रयत्न किया था, परन्तु गायिका विधुबाला की अकस्मात् मृत्यु से इस थियेटर की भ्रूण हत्या हो गई।[1] अभिनय में इतनी रुचि रहने पर उन जैसे कृतिकार के लिए यह स्वाभाविक था कि उनके मन में स्वयं नाटक लिखने की लालसा जागती। जिस समय वे अप्रसिद्धि के अंधकार से बाहर आए उस समय उन्होंने परम मित्र प्रमथनाथ को एक पत्र लिखा था, ''मैंने भी एक नाटक लिखने का निश्चय किया है। यदि अच्छा हो तो क्या उसका किसी थियेटर में अभिनय हो सकता है।''[2]

लेकिन ऐसा लगता है कि यह मात्र प्रस्ताव होकर ही रह गया। वे नाटक नहीं लिख पाये। फिर धीरे-धीरे इस ओर से उनका मन हटता गया। लगभग 15 वर्ष बाद जब उनके प्रशंसकों ने उनके उपन्यासों के आधार पर नाटक लिखने की बात उठाई, कुछ ने ऐसा करने का प्रयत्न भी किया तो उनका ध्यान फिर से इस ओर आकर्षित हुआ। श्री अक्षयचन्द्र सरकार को इस संबंध में उन्होंने एक पत्र में लिखा, ''मेरे उपन्यासों को नाटक बनाकर अभिनय करने के संबंध में साधारण नियम इतना ही है कि वह नाटक छपाया न जा सकेगा और कोई व्यापारी थियेटर वाला उससे अर्थोपार्जन नहीं कर सकेगा। यदि यह न हो तो शौक से अभिनय करने और उसके लिए टिकट बेचने में मेरी कोई मनाही नहीं है।''[3]

किन्हीं सज्जन ने *दत्ता* उपन्यास के आधार पर एक नाटक तैयार भी किया था। शरत् बाबू ने स्वयं उसमें संशोधन किये और उसका नाम रखा 'विजया'। वे मानते थे कि नाटक बनाने के लिए उपन्यास की कथा को नया रूप देना होगा और यह काम उनके अतिरिक्त दूसरा व्यक्ति नहीं कर सकता।

लेकिन यह नाटक आसानी से नहीं लिखा जा सकता था। उनके प्रकाशक हरिदास चट्टोपाध्याय जब उनसे निराश हो गये तो उन्होंने किसी और व्यक्ति से उसे लिखा लेना चाहा। शरत् बाबू ने जवाब दिया, ''आप उसे दूसरे से लिखा लेना चाहते हैं, लेकिन क्या वह मुझसे जल्दी कर सकेगा? अनेक असुविधाएँ उसे होंगी। बीच में लेखक के स्वयं न रहने से उनका दूर होना कठिन ही समझता हूँ। और अभिनय की दृष्टि से भी वह बहुत अच्छा होगा, उसकी भी आशा नहीं रखता। मेरा अपना लिखा होने से वह बाधा नहीं रहती और मैं भी एक नाटक 'विजया' नाम से प्रकाशित कर सकता। दूसरे का लिखा होने से तो नहीं कर सकूँगा।...

''प्रथम अंक प्रबोध गुह देखने को ले गये थे, सो दिया ही नहीं। कापी थी, उसको अभिनयोपयोगी करके लिखना आरम्भ किया था कि इसी समय विघ्न आ पड़ा। पर विलम्ब

---

1. जुलाई, 1907 ई., शरत्-प्रतिभा—सतीशचन्द्र दास 2. 8 अप्रैल, 1913 ई. 3. 21 जनवरी, 1928 ई.

होने से (अर्थात् 'विजया' की आशा में) बहुत क्षति होगी। व्यर्थ ही अभिनेताओं को वेतन देना पड़ रहा है। इस हालत में क्या करूँ, कुछ समझ में नहीं आता। पर एक तरह से पूरी पुस्तक तैयार है। केवल थोड़ा-बहुत रद्दो-बदल और थोड़ा-सा लिखकर कापी करवानी है। अगर इस बीच में अच्छा हो गया तो अवश्य ही कर डालूँगा। कुछ दिन पहले आपने यह फ़ैसला किया होता तो कुछ बात ही नहीं थी।...

"पुनश्चः-देखने के लिए पहले हिस्से को तुलू के हाथ भेज रहा हूँ। इसे देखकर अगर समझें कि बाकी हिस्से को आप लिखा सकेंगे तो मुझे जताना।"[1]

शरत बाबू नाटक नहीं लिख सके, लेकिन अपनी अक्षमता को स्वीकार करते हुए भी उनके मन में विश्वास था कि वे लिख सकते हैं। यह विश्वास पशुपति चट्टोपाध्याय को लिखे एक पत्र में प्रकट हुआ है :

"नाटक शायद मैं लिख सकता हूँ। कारण, नाटक की जो अत्यन्त प्रयोजनीय वस्तु है, उस कथोपथन को लिखने का अभ्यास मुझे है। बात कैसे कहनी चाहिए, कितनी सरल बनाकर कहने से वह मन पर गहरा असर करती है, इस कौशल को नहीं जानता, ऐसा नहीं है। इसके अतिरिक्त अगर चरित्र या घटना-निर्माण की बात कहते हो तो उसे भी कर सकता हूँ, ऐसा मुझे विश्वास है। नाटक में घटना या सिचुएशन तैयार करनी पड़ती है, चरित्र-सृजन के लिए ही। चरित्र-सृजन दो तरह से हो सकता है, एक है, प्रकाश अर्थात् पात्र-पात्री जो है उसी को घटना-परम्परा की सहायता से दर्शकों के सम्मुख उपस्थित करना और दूसरा है चरित्र का विकास, अर्थात् घटना-परम्परा के अन्दर से उसके जीवन में परिवर्तन दिखाना। यह अच्छाई की ओर हो सकता है और बुराई की ओर भी। मान लो कोई आदमी बीस साल पहले विल्सन होटल में खाना खाता था, झूठ बोलता था और दूसरे बुरे काम भी करता था। आज वह धार्मिक वैष्णव है, बंकिमचन्द्र के शब्दों में पत्तल पर मछली का रस गिर जाता है तो उसे हाथ से पोंछ देता है। फिर भी हो सकता है कि यह उसका दिखावटीपन न हो, सच्चा आन्तरिक परिवर्तन हो। कुछ घटनाओं के कारण या 10-5 भले आदमियों के सम्पर्क में आकर, उनसे प्रभावित होकर वह सचमुच ही बदल गया हो। अतएव वह बीस वर्ष पहले जो था वह भी सत्य है और आज जो हो गया है वह भी सत्य है। नाटक में इसी को रचना के अन्दर से पाठक या दर्शक के सम्मुख ऐसे उपस्थित करना होगा कि यथार्थ दिखाई दे। उन्हें ऐसा नहीं लगना चाहिए कि रचना में इस परिवर्तन का कारण कहीं ढूंढने पर भी नहीं मिलता। काम कठिन है।

"और एक बात। उपन्यास की तरह नाटक में लचीलापन नहीं है। उसे एक निश्चित समय के बाद आगे नहीं बढ़ने दिया जा सकता। एक के बाद दूसरी घटना को सजाकर नाटक को दृश्यों या अंकों में विभाजित करना, वह भी चेष्टा करने पर शायद दुस्साध्य नहीं होगा।" फिर भी वे नाटक क्यों नहीं लिखते इसकी चर्चा करते हुए इसी पत्र में वे कहते हैं "लेकिन सोचता हूँ, करके क्या होगा? जो नाटक लिखूँगा, उसे मंचस्थ करेगा कौन? शिक्षित, समझदार अभिनेता-अभिनेत्री कहाँ हैं? नाटक की नायिका बनेगी—ऐसी एक भी तो अभिनेत्री नज़र

---

1. 29 जून, 1933 ई.। बाद में वह दिसम्बर, 1934 ई. में प्रकाशित हुआ।

नहीं आती। इसी प्रकार के नाना कारणों से साहित्य की इस दिशा में पैर रखने की इच्छा नहीं होती। आशा करता हूँ, किसी दिन वर्तमान रंगमंच की यह कमी दूर होगी। लेकिन शायद हम इसे आँखों से नहीं देख सकेंगे। अवश्य ही अगर वास्तविक प्रेरणा आई तो शायद कभी लिख भी सकूँ, लेकिन अधिक आशा नहीं रखता।''[1]

उन्होंने कहा, ''थियेटर केवल आनन्द के लिए ही नहीं है, लोक-शिक्षण का कार्य भी करता है। लेकिन अगर देश के नाट्यकारों ने इस सत्य को प्रतिपादित करते हुए कभी ऐसा नाटक लिखा है तो वह फ़ौरन ही शान्ति-रक्षा के नाम पर आईन की आड़ में राज्य सरकार द्वारा ज़ब्त कर लिया गया है। इसी कारण सत्य से वंचित हमारी नाट्यशाला आज देश के सामने ऐसी लज्जित, व्यर्थ और अर्थहीन है।''

संभवतः इसी कारण उन्होंने नाटक लिखने की ओर विशेष ध्यान नहीं दिया। केवल *दत्ता, पल्ली समाज* और *देना-पावना* इन तीन उपन्यासों के नाट्य-रूप तैयार किये। *षोडशी देना-पावना* का रूपान्तर है। इसका प्रथम प्रारूप कवि शिवराम चक्रवर्ती ने तैयार किया था। अन्तिम रूप दिया स्वयं शरत् बाबू ने। *भारती* में वह इन्हीं के नाम से प्रकाशित हुआ। और पारिश्रमिक रूप में तीन सौ रुपये मिले। उसमें से सौ रुपये उन्होंने शिवराम चक्रवर्ती को दे दिये।

नाट्य मन्दिर के रंगमंच पर *षोडशी* का निर्देशन उस समय के सुप्रसिद्ध निर्देशक श्री शिशिर भादुड़ी ने किया[2]। मुख्य पात्रों की भूमिका में जीवानंद के रूप में स्वयं शिशिर भादुड़ी मंच पर आये। *षोडशी* का अभिनय अभिनेत्री चारुबाला, राय साहब का योगेश बाबू और सागर सरदार का मनोरंजन भट्टाचार्य ने किया। शिशिर और चारु का अभिनय शरत्चन्द्र को बहुत पसन्द आया। मित्रों से उन्होंने उसकी बार-बार प्रशंसा की है। लेकिन उन्हें इस बात का सदा दुख रहा कि अपनी इच्छा के विरुद्ध, शिशिर बाबू के कहने पर उन्हें नाटक को दुखान्त बनाना पड़ा। उपन्यास में कहानी का अन्त सुखद है। नाटक में जीवानन्द को मारने की सार्थकता वे कभी स्वीकार नहीं कर सके। *षोडशी* का सन्देश उसके जीवित रहने में जिस प्रकार सार्थक होता है उस प्रकार मरने में नहीं। उन्होंने इस संबंध में शिशिर को एक पत्र भी लिखना शुरू किया था। लेकिन फिर उसे पूरा नहीं किया। क्योंकि वे जान गये थे कि थियेटर के सभी लोग एक जैसे हैं, उन्हें केवल सस्ते 'ड्रैमेटिक इफेक्ट' की चिन्ता है।

यह नाटक एक और कारण से महत्त्वपूर्ण है। कई बार कविगुरु रवीन्द्रनाथ से उनका मनोमालिन्य हुआ। उसके अनेक कारणों से एक कारण यह नाटक भी रहा है। नाटक में गीतों की आवश्यकता होती है। *षोडशी* के लिए गीत लिख देने की प्रार्थना उन्होंने कविगुरु से की थी, परन्तु व्यस्तता के कारण वे ऐसा नहीं कर सके। असमर्थता प्रकट की। शरत् बाबू इस कारण को स्वीकार नहीं कर सके। बहुत पहले से मन के किसी कोने में यह बात बैठ गई थी कि रवीन्द्रनाथ जान-बूझकर उनकी उपेक्षा करते हैं। फिर भी मान-अभिमान की चिन्ता न करते हुए जब *षोडशी*[3] का प्रकाशन हुआ तब उसकी एक प्रति उन्होंने गुरुदेव को भेजी और चाहा कि वे अपनी सम्मति दें।

1.सितम्बर, 1934 ई. (25 आश्विन, 1314) 2. 6 अगस्त, 1927 ई. 3. 13 अगस्त, 1927 ई.

नाटक पढ़कर कविगुरु ने लिखा, ''तुम्हारी *षोडशी* मिली। बांग्ला साहित्य में नाटक जैसे नाटक नहीं हैं। अगर मुझमें नाटक लिखने की शक्ति होती तो मैं कोशिश करता। क्योंकि नाटक साहित्य का एक श्रेष्ठ अंग है। मेरा विश्वास है कि तुममें नाटक लिखने की शक्ति है। भीतर की प्रकृति और बाहर की आकृति में दोनों जब सचमुच मिलते हैं चरित्र-चित्रण सुन्दर होता है। मेरा विश्वास है कि यदि तुम्हारी कलम ठीक तरह से चले और रूप के साथ भाव का ताल-मेल बैठा सके तो तुम बहुत कुछ कर सकते हो, क्योंकि तुममें देखने की शक्ति है। चिन्तनशील मन है। इसके अतिरिक्त देश के लोक-चरित्र के संबंध में तुम्हारी अभिज्ञता का क्षेत्र बहुत बड़ा है। लेकिन तुम यदि वर्तमान के दावे और जनसमूह की अभिरुचि को नहीं भूल पाते तो तुम्हारी इस शक्ति में व्यवधान पड़ेगा। जो सचमुच बड़ा साहित्य है, उसका परिप्रेक्ष्य दूरव्यापी है। जो उसके साथ तालमेल बैठा सकता है, वही साहित्य टिक सकता है। पर जब आसपास के लोगों का शोर दीवार बनकर संकीर्ण परिवेश में उसको अवरुद्ध करता है, तब वह कुण्ठित और असत्य हो जाता है।''

'' *षोडशी* में तुमने वर्तमान काल को प्रसन्न करना चाहा है। उसका मूल्य भी पाया है, लेकिन अपनी शक्ति के गौरव को खूब कुण्ठित किया है। जिस *षोडशी* का निर्माण किया है, वह इस काल की फरमाइश है। मन से गढ़ी हुई वस्तु है। वह अन्तर और बाहर का सत्य नहीं है। मैं यह नहीं कहता कि इस प्रकार की भैरवी नहीं हो सकती। किन्तु होने पर जिस भाषा को जिस ढांचे के बीच में उसका निर्माण होता, वह आजकल के अख़बार पढ़े हुए चेहरों में नहीं मिलती है। जिस कहानी में हमारे गाँव की सच्ची भैरवी आत्म-प्रकाश कर पाती, वह यह कहानी नहीं है। सर्जक के रूप में तुम्हारा कर्त्तव्य था कि इस भैरवी को एकान्त सत्य बना देते। लोकरंजन के लिए आधुनिक काल की चलती भावुकता से पूर्ण कहानी की रचना नहीं करनी थी। जानता हूँ, मेरी बात से तुम्हें गुस्सा आएगा। किन्तु तुम्हारी प्रतिभा में मुझे श्रद्धा है, तभी सरल मन से अपनी राय दे रहा हूँ। नहीं तो कोई आवश्यकता नहीं थी। तुम साहित्य के बड़े साधक हो। इन्द्र यदि सामान्य प्रलोभन से तुम्हारा तपोभंग करते हैं, तो वह नुकसान साहित्य का है। तुम वर्तमान से मूल्य प्राप्त करके खुश हो सकते हो, किन्तु शाश्वत काल के लिए क्या दे जाओगे?''[1]

शरत् बाबू गुरुदेव की इस धारणा से सहमत नहीं हो सके। अपने मनोभावों को व्यक्त करते हुए उन्होंने एक लम्बा पत्र लिखा। यद्यपि इस पत्र में आवेश और उफान नहीं है, फिर भी इतना तो स्पष्ट है कि उन्हें गुरुदेव की बात अच्छी नहीं लगी। उन्होंने लिखा, ''यह नाटक मेरे एक उपन्यास को लेकर लिखा गया है। इसलिए उपन्यास में जितनी बात कह पाया, चरित्र-चित्रण के लिए जितनी घटनाओं का समावेश कर पाया, नाटक में उतना नहीं कर सका। काल की दृष्टि से नाटक का परिसर (विस्तार) छोटा है। व्याप्ति की दृष्टि से भी इसका स्थान संकीर्ण है। यह बात लिखते समय, मैंने भी बार-बार अनुभव की थी। यह ठीक नहीं हुआ। फिर उपन्यास जब इसका आधार है, तब ठीक किस प्रकार यह हो सकता—यह नहीं सोच सका। सोचता हूँ, उपन्यास से नाटक तैयार करने पर ऐसे ही होता है। एक ओर काम आसान हो जाता

1. 17 फरवरी, 1927 ई.

है, दूसरी ओर गलती भी बहुत होती है। ऐसा ही हुआ है।

''एक और कारण है, इस जीवन में नाना अवस्थाओं से गुज़रने पर आँखों में बहुत-सी वस्तुएँ आती हैं। आपने इसी को इस देश के लोक-चरित्र के संबंध में मेरी अभिज्ञता कहा है। किन्तु बहुत कुछ देखना और जानना साहित्य के लिए अच्छा है या नहीं, इस विषय में मुझे संदेह है। अभिज्ञता केवल शक्ति ही नहीं देती, उसका हरण भी करती है एवं साँपारिक सत्य साहित्य का सत्य नहीं भी हो सकता। जान पड़ता है, यह पुस्तक उसका उदाहरण है। इसको मैंने एक ऐसी घटना के आधार पर लिखा है, जिसको मैं घनिष्ठता से जानता हूँ। यह ज्ञान ही मेरी मुसीबत हो गया है। लिखते समय कदम-कदम पर जिरह करके उसने मेरी कल्पना के आनन्द और गति में बाधा ही नहीं दी उन्हें विकृत भी किया है। सत्य के साथ कल्पना को मिश्रित करने पर, लगता है, ऐसा ही होता है। दुनिया में अचानक या सचमुच जो कुछ होता है, उसको उसी रूप में लिखना इतिहास हो सकता है, साहित्य नहीं हो सकता। किन्तु सत्य के साथ कल्पना मिलाकर मेरी *षोडशी* का जन्म हुआ है। इस उपाय से साधारण जनता से तो बहुत आदर पाया है, किन्तु आपसे मूल्य नहीं पा सका।

''...आपने ठीक-ठीक क्या कहा, वह मैं नहीं समझ सका। आपने परिप्रेक्ष्य का उल्लेख किया है। छवि आंकते समय इतनी दूर से बड़ी वस्तु छोटी, गोल वस्तु चपटी, ठिगनी वस्तु लम्बी और सीधी वस्तु बांकी दिखाई देती है। इतनी दूर कौन-से स्थान में वस्तु के आकार-प्रकार में कैसा और कितना परिवर्तन होगा, उसका एक बँधा हुआ नियम है। कैमरा जैसे यन्त्र को भी उस नियम से छुट्टी नहीं मिलती, परन्तु साहित्य का तो ऐसा कोई बंधा हुआ नियम नहीं है। यह सब लेखक की रुचि और विचार बुद्धि पर निर्भर करता है। अपने-आपको कहाँ और कितनी दूर खड़ा करना होगा, इसका कोई निर्देश पाने का रास्ता नहीं है। इसलिए मूर्ति का परिप्रेक्षित और साहित्य का परिप्रेक्षित कथा की दृष्टि से एक होने पर भी कार्य की दृष्टि से एक नहीं है। इसके अतिरिक्त साहित्य में वर्तमान काल जितना बड़ा सत्य है, भविष्य किसी भी तरह ठीक उतना बड़ा सत्य नहीं है। नर-नारियों का जो एकनिष्ठ प्रेम है, उसको लेकर इतने समय से इतने काव्य लिखे गए, मनुष्य ने इतनी तृप्ति पाई है, आँखों का इतना जल बहाया है, वह भी हो सकता है, एक दिन हँसी का व्यापार हो जाएगा। अन्ततः यह असंभव नहीं है किन्तु ऐसा होने पर भी आज तो कल्पना में भी उसको ग्रहण नहीं किया जा सकता... ।''

''*रामायण* में राम-रावण के युद्ध के ब्यौरे ने बहुत जगह ली है। रांक्षस और बन्दरों ने मिलकर किस प्रकार की लड़ाई की, किसने कौन-सा अस्त्र मारा, इस संबंध में कितने ही नाम तथा कितने ही प्रकार के वर्णन आते हैं। किसका हाथ किसका पैर और किसका गला कट गया, यह भी उपेक्षित नहीं हुआ है। युद्धक्षेत्र में यह ब्यौरा न तो छोटा है, न तुच्छ। और शायद उस ज़माने की भीड़ ने कवि के निकट यह ब्यौरा माँगा भी था और पाकर लोगों को अकृत्रिम आनन्द भी मिला। पर आज इतने दिनों के बाद युद्धक्षेत्र में युद्धार्थी वीरों का युद्धकौशल बिलकुल तुच्छ हो गया है। साहित्य के सुदूर विस्तृत परिप्रेक्षित से शायद आपने उसी प्रकार की किसी बात को इंगित किया है।

मैंने कभी पहले नाटक नहीं लिखा। अब दो-एक लिखने की इच्छा होती है। किन्तु

बाधाएँ भी बहुत हैं। मेरे उपन्यासों पर विचार पाठक समाज ने किया है। उसका क्षेत्र प्रशस्त है। किन्तु नाटकों के परीक्षक कौन हैं, यह समझना कठिन है। थियेटर वाले या बुद्धू दर्शक? कहाँ उसकी हाईकोर्ट है, यह कोई नहीं जानता। *रामायण, महाभारत* या उन्हीं की तरह प्रतिष्ठित टाड साहब के राजस्थान से कथानक लेकर नाटक लिखने पर परीक्षा में पास हुआ जा सकता है। लेकिन आपसे तो ताड़ना ही पानी होगी।

"आपने मेरी शक्ति का उल्लेख करके लिखा है, 'तुम यदि वर्तमान काल के दावे और लोगों की भीड़ की अभिरुचि नहीं भूल सके तो तुम्हारी इस शक्ति में व्यवधान पड़ेगा।' आप बहुत-से कामों में व्यस्त हैं, किन्तु मेरी बड़ी इच्छा है कि आपके पास जाकर इस बात को ठीक तरह से समझ लूँ। कारण, वर्तमान काल भी एक बड़ी वस्तु है। इसका दावा न मानने से दण्ड मिलता है।..."[1]

इसके उत्तर में रवीन्द्रनाथ ठाकुर ने लिखा, "...तुममें प्रतिभा है, इसलिए मैं तुमसे मांग करता हूँ, वह माँग साहित्य की तरफ़ से मांग है। बहुत-से मामलों में (एक-एक युग के) वर्तमान का भोग वर्तमान काल में ही समाप्त हो जाता है। पर साहित्य में प्रत्येक जाति चिरकाल की सम्पत्ति की कामना करती है। इस संपत्ति को सृजन करने की जिनमें क्षमता है, वे वर्तमान के किसी प्रलोभन में न आ जाएँ और उनका तपोभंग न हो, यही हम लोग तहेदिल से चाहते हैं। जो लोग संसार में केवल वर्तमान काल की मांग की पूर्ति करने आये हैं, उनकी संख्या असीम है। उनको प्रचुर परिमाण में नकद विदाई मिलती है। उन लोगों की मजलिस क्षणिक उत्सव के लिए तैयार की हुई बांस की खपच्चियों से भरी मजलिस है। यदि तुम वहाँ पैर रखो, तो उससे तुम्हारी जाति चली जाएगी। तुमने लिखा है कि वर्तमान भी बहुत बड़ी वस्तु है। वहाँ पर वह सचमुच ही बहुत बड़ी वस्तु है, जहाँ अनुपस्थित काल में भी उसका प्रवेशाधिकार है। 'वर्तमान' काल का एक बहुत बड़ा अंश है, जो क्षण-जीवियों का है। आधुनिक डेमोक्रेसी के युग में साहित्य के दरबार में गला फाड़-फाड़कर वे अपनी मांग पेश करते रहते हैं। इस युग में इस मांग से बचकर निकल जाना एक बहुत कठिन समस्या हो गई है। पहले के युगों में यह समस्या इतनी कठिन नहीं थी। आज के युग की राजनीति, समाज नीति, अर्थ नीति के प्रचलित नारे बराबर मुँह-दर-मुँह ध्वनित-प्रतिध्वनित हो रहे हैं। तुम्हारे सदृश साहित्यकारों को ऐसे लोगों से कहना चाहिए कि तुम लोगों का नारा मेरा नारा नहीं है। अल्हैत दाशूराय के ज़माने में उस समय के काल ने दाशूराय को प्रचुर पुरस्कार दिया था। पर उस काल ने जिस चेक पर दस्तखत किया था, उसे आधुनिक काल के बैंक में कैश नहीं किया जा सकता। दूसरी तरफ़ मैमन सिंह के गाथा काव्य और लोक साहित्य की मियाद अब भी खत्म नहीं हुई है। वह अशिक्षित लोगों की सहज भाषा में रचित है। फिर भी उसकी भाषा चिरकाल की भाषा है।...मैंने तुम्हारी जो कहानियाँ आदि पढ़ी हैं, उनमें तुमने बिना किसी आयास के चिरकाल के सत्य को मूर्त किया है। भीड़ की वाणी तुम्हारी वाणी में प्रविष्ट होकर सत्य के चित्रण पर अपनी छाप नहीं मार सकी है। उस समय तुम भीड़ से दूर थे, पर इस समय तुम जो कुछ लिखते हो, उसे पढ़ते हुए मुझे भय लगता है कि मैं कहीं यह आविष्कार न कर बैठूँ कि तुम्हारी लेखनी पर

---

1. मार्च, 1927 ई.

तुम्हारी जानकारी या गैर-जानकारी में भीड़ का भार बैठ गया है। वह इतनी बड़ी हानि है कि उसे मैं अपनी आँख से देख नहीं सकता।

"तुम्हारे नाटक के जिस परिप्रेक्षित की बात मैंने बताई है, वह नाटक के कथानक के संबंध में है। तुमने जो कुछ कहना चाहा है, उसे यदि उसकी परिस्थितियों के साथ संगत करके कहते तो, उससे वह भाषा और घटना में दूसरे ही रूप में सामने आता। मूल बात बनी रहती, पर रूप बदल जाता। कला के विषय में दूसरे ही रूप में सामने आता। मूल बात बनी रहती, पर रूप बदल जाता। कला में विषय के साथ रूप का सामंजस्य हो, तभी वह सत्य होता है। मैंने तुम्हारे इस नाटक के संबंध में जो मत व्यक्त किया यदि वह तुम्हें असंगत जंचे, तो उसे मन से एकदम निकाल दो। तुम्हारी सृष्टि का आदर्श तुम्हारे अपने ही मन में है। यदि तुमने उसकी रक्षा की है, तो कुछ नहीं कहना है पर यदि भीड़ के भोंड़े-भुलावे में तुम्हारी लेखनी विकृत हुई, तो वह चिन्तनीय है।

"इन दिनों मैं कलकत्ते में हूँ, यदि किसी दिन भेंट हो तो आमने-सामने बैठकर आलोचना हो सकती है।"[1]

शरत्‌चन्द्र नाटककार नहीं थे, परन्तु उनके उपन्यासों के नाट्य-रूपान्तरों ने बंगाली रंगमंच की दुर्दिन में रक्षा अवश्य की। दूरदर्शी रवीन्द्रनाथ ने उनकी शक्ति को व्यर्थ ही नहीं सराहा था। रचनाओं की लोकप्रियता, कथा में नाटकीय तथ्यों की प्रधानता, पारिवारिक वातावरण और पात्रों में आत्मीयता, सामाजिक कुरीतियों पर प्रहार, यथार्थवादी अन्तर्दृष्टि, प्रसाद गुण, प्रांजल, सरल, अन्तस्पर्शीय भाषा, कितने सारे गुण उस शक्ति का आधार थे! लेकिन एक अवगुण भी था, हृदय पक्ष का असाधारण महत्त्व अर्थात् भावुकता की प्रधानता। इसलिए चरम परिणति न्यायसंगत नहीं रह पाती थी। उनके नाटकों में *षोडशी* सर्वश्रेष्ठ है। इसका गठन-कौशल निर्दोष है और कथा में माधुर्य है। लेकिन दूसरे नाटक उतने सफल नहीं हो सके।

बहुत पहले श्री भूपेन्द्रनाथ बन्दोपाध्याय ने *विराजबहू* का नाट्य-रूपांतर किया था। स्टार थियेटर के मंच पर इसका अभिनय भी हुआ था।[2] लेकिन शरत् बाबू का इस रूपांतर से कोई संबंध नहीं था। इसी तरह देवनारायण गुप्त ने *रामेर सुमति* का नाट्य-रूपान्तर किया वह भी बहुत सफल हुआ। *पल्ली समाज* का रूपान्तर किया था उनके प्रकाशक श्री हरिदास चट्टोपाध्याय ने। आर्ट थियेटर द्वारा इसे स्टार के रंगमंच पर प्रस्तुत किया गया।[3] बाद में इसका परिवर्तित रूप *रमा* के नाम से प्रकाशित हुआ।[4] शरत् बाबू ने इस पर काफ़ी परिश्रम किया था। शिशिर भादुड़ी ने इसी परिवर्तित रूप को नाट्य मन्दिर में बड़ी सफलतापूर्वक प्रस्तुत किया।

'आंधारे आलो' उनकी एक बहुत साधारण कहानी है। उसके आधार पर कई वर्ष पूर्व[5] एक निर्वाक् चलचित्र तैयार किया गया था। सवाक् चलचित्रों का तब तक प्रचलन नहीं हुआ था। उसके निर्माण-काल में शरत् बाबू ने उसमें रुचि ली थी। इस फ़िल्म की काफ़ी चर्चा हुई। बहुत-से लोगों ने इसकी गद्‌गद् भाव से प्रशंसा की। हिन्दी लेखक श्री इलाचन्द्र जोशी ने भी इस फ़िल्म को देखा था। जब वे शरत्‌चन्द्र से मिलने के लिए गये तो उन्होंने जोशी जी से पूछा, "तुम्हें फ़िल्म कैसी लगी, सच बताना?"

1. 11 मार्च, 1928 ई. 2. 3 अगस्त, 1918 ई. 3. अगस्त, 1928 ई. 4. 4 अगस्त, 1928 ई. 5. सन् 1923 ई.

सकुचाते हुए जोशीजी ने धीरे से उत्तर दिया, "किसी अच्छी साहित्यिक कहानी की स्प्रिट को फ़िल्म में उसी खूबी से उतार लाने की कला बहुत कठिन है। कोई विदेशी फ़िल्म भी अभी तक सफल नहीं हो पाई। इसलिए उच्चकोटि की साहित्यिक कला के मान से इस पर विचार करना उचित नहीं है। यदि करेंगे तो 'आंधारे आलो' को लेकर बड़ी निराशा होगी। लेकिन मुझे तो शिकायत कुछ दूसरी ही बात की है।"

उत्सुकता से शरत्चन्द्र ने पूछा, "किस बात की?"

"फ़िल्म निर्माता ने आपकी इसी कहानी को क्यों फ़िल्म के उपयुक्त समझा? साहित्यिक दृष्टि से इससे कहीं अच्छी आपकी और बहुत-सी कहानियाँ हैं जो चित्रपट बनाने की दृष्टि से भी अधिक उपयुक्त हैं।"

"क्या 'आंधारे आलो' साहित्यिक दृष्टि से भी तुम्हें नहीं जंचती?"

"जंचती है। फिर भी उसमें आपकी कला का निखरा हुआ रूप नहीं मिलता। कहानी में अवास्तविकता, कृत्रिमता और अपरिपक्वता के स्पष्ट चिह्न मिलते हैं। लगता है यह कहानी आपने प्रारम्भिक प्रयास के युग में लिखी होगी?"

"नहीं, तुम्हारी यह धारणा एकदम गलत है। यह कहानी मैंने तब लिखी थी, जब मेरे विचार परिपक्व हो चुके थे। और मेरी लेखन शक्ति पूर्णतया विकसित हो चुकी थी।"

अकृत्रिम आश्चर्य से जोशी ने कहा, "अच्छा, मैं तो समझता था कि 'देवदास' से पहले ही आपने उसे लिखा होगा?"

"पर तुम्हें इसमें अपरिपक्वता और अकृत्रिमता कहाँ नज़र आती है, यह तो तुमने बताया ही नहीं?"

जोशीजी ने विस्तार से कहानी की चर्चा करते हुए उसे अमनोवैज्ञानिक और अवास्तविक सिद्ध करने का प्रयत्न किया। कई क्षण तक शरत् बाबू गम्भीर भाव से सोचते रहे। फिर बोले, "तुम यह आशा क्यों करते हो कि औपन्यासिक सत्य जीवन के सत्य के अनुरूप ही होना चाहिए। क्या तुम यह चाहते हो कि उपन्यास जीवन का फ़ोटो बनकर रह जाए? जो संभाव्य सत्य है, उसके लिए भी उपन्यास या कहानी में गुंजाइश रखनी ही होगी और फिर किसी विशेष आदर्श को उपस्थित करने के लिए यदि यथार्थ को तोड़ना-मरोड़ना भी पड़े, तो इसमें कोई अनौचित्य मैं नहीं मानता।"

जोशीजी ने उत्तर दिया, "आदर्श का विरोध मैं नहीं करता। मैं यह भी नहीं मानता कि कोई कहानी या उपन्यास जीवन का फ़ोटो होना चाहिए था, पर जो आदर्श यथार्थ के आधार पर प्रतिष्ठित नहीं होता, आज के जीवन में उसका मैं कोई मूल्य मानने को तैयार नहीं हूँ। इसी कारण रूस के आदर्शवादी कलाकारों ने यथार्थ दृष्टिकोण को स्वीकार किया है। मैं ज़ोला की कोटि के प्रकृतवादी कलाकारों को विशेष महत्त्व नहीं देता। वे जीवन के अच्छे और गन्दे सभी पहलुओं को वैसा ही चित्रण कर देने में अपने कर्तव्य की इतिश्री समझते हैं। और उस चित्रण को किसी आदर्श की स्थापना के लिए साधन न मानकर अपने-आप में साध्य मानते हैं। पर आदर्श की स्थापना के लिए जीवन की सचाई पूर्णत: आवश्यक है, यह मेरा दृढ़ विश्वास है।"

शरत् बाबू सहमत नहीं हो सके, लेकिन बड़े शान्त भाव से उन्होंने कहा, ''तुम्हारे दृढ़ विश्वास को खण्डित करने की प्रवृत्ति इस समय मुझमें नहीं जग रही है और न कोई उपयुक्त तर्क ही मुझे सूझ रहा है, पर इतना मैं बता देना चाहता हूँ कि यथार्थवादी लेखकों की टेकनीक को मैं कभी नहीं अपनाऊँगा। वह मेरे स्वभाव के अनुकूल नहीं है और न वह उस जीवन के चित्रण और उस आदर्श की स्थापना के लिए उपयुक्त है जो मुझे अभीष्ट हैं।''

जोशीजी ने इस अप्रिय प्रसंग को आगे नहीं बढ़ाया। उचित भी नहीं था, लेकिन जहाँ तक उनकी शिकायत का संबंध है वह सही है। कहानी में एक वेश्या का हृदय परिवर्तन दिखाया गया है परन्तु वह अत्यन्त आकस्मिक और अवास्तविक है। छोटी-सी कहानी में परस्पर विरुद्ध भावों का प्रस्फुटन इस प्रकार हुआ है कि वह अति नाटकीय ही लग सकता है। उसे विश्वसनीय बनाने के लिए बड़े आयाम की आवश्यकता थी। इसीलिए विस्तृत विश्लेषण के अभाव में वह सहज नहीं हो सका। कहा जा सकता है कि उसकी कथावस्तु उपन्यास के लिए अधिक उपयुक्त है। शरत् बाबू ने छोटी कहानियाँ अपेक्षाकृत कम लिखी हैं। उनकी प्रतिभा का वास्तविक क्षेत्र उपन्यास ही है।

अवाक् चलचित्रों के उस युग में *आंधारे आलो* के अतिरिक्त *चन्द्रनाथ, देवदास, श्रीकान्त, चरित्रहीन* और *स्वामी* के आधार पर चित्रपट तैयार किये गये थे। ऐसा लगता है उन्होंने अपनी कुछ कहानियों के आधार पर चित्र बनाने के अधिकार पन्द्रह वर्ष के लिए मंडन थियेटर को बेच दिये थे।[1]

17

शरत् साहित्य की रीढ़, नारी के प्रति उनका दृष्टिकोण है। बार-बार अपने इसी दृष्टिकोण को उन्होंने स्पष्ट किया है। प्रसिद्धि के साथ-साथ उन्हें अनेक सभाओं में जाना पड़ता था और वहाँ प्राय: यही प्रश्न उनके सामने आ उपस्थित होता था। राजनारायण बसु स्मृति पाठागार के द्वितीय वार्षिक अधिवेशन की अध्यक्षता करने के लिए वे मेदिनीपुर गये थे[2]। वहाँ उनके सम्मान में हुई एक गोष्ठी में किसी ने उनसे पूछा, ''अच्छा शरत् बाबू, सतीत्व ही तो नारीत्व है। आपने इन दोनों में अन्तर क्यों किया?''

शरत्चन्द्र ने कहा, ''इस प्रश्न के उत्तर में आपको एक कहानी सुनानी पड़ेगी। मेरे बचपन की बात है। हमारे गाँव में एक बाल विधवा रहती थी। गाँव के नाते से वह हमारी बड़ी बहन लगती थी। दुर्भाग्य से विवाह के थोड़े ही दिन बाद उनके पति मर गए। विधवा के वेश में वे नैहर लौट आईं। भाई-बहन उनके कोई था नहीं और माँ-बाप कितने दिन जी सकते थे? तीस-बत्तीस की उम्र होते न होते वे दोनों भी चल बसे। तब से वे उस घर में अकेली ही रहती थीं। उनका एक मिट्टी का घर चारों ओर से ऊँची दीवारों से घिरा हुआ था। आने-जाने के लिए आंगन में एक ओर एक ही दरवाज़ा था। शाम होते ही वह दरवाज़ा अन्दर से बन्द हो जाता था।

---

1. 4 दिसम्बर, 1925 ई. का पत्र निर्मलचन्द्र के नाम 2. 24 फरवरी, 1924 ई.

"उस गाँव में एक भी ऐसा परिवार नहीं था, जहाँ बहन की खातिरदारी और प्यार का कोई अभाव हो। इसका कारण भी था। लोगों के रोग-शोक में खाना-पीना भूलकर वह जी-जान से उन सबकी सेवा करती थीं। उनसे ज़्यादा मेहनत करने वाला कोई भी दिखाई नहीं देता था। गाँव में ऐसा एक भी घर नहीं था जो उनके उपकार और सहायता के बोझ से दबा न हो।

"तब मैं लड़का ही था। तरह-तरह की शैतानी में दिन कटते थे। एक दिन मुझे एक खुराफ़ात सूझी कि बहन को डराना चाहिए। घर में वे अकेली रहती हैं। डर दिखाने का ऐसा अच्छा मौका नहीं मिलेगा।

"बस तय किया कि बहन की चारदीवारी से लगा हुआ जो जामुन का पेड़ है, शाम के अंधेरे में उसी पर चढ़कर और भूत की बोली बोलकर बहन को इस तरह डराना होगा कि वे ज़िन्दगी-भर याद रखें।

"यथा समय चुपचाप पेड़ पर जा बैठा। वहाँ से बहन का घर साफ़ दिखाई पड़ता था। मौका देखकर नकियाकर जैसे ही बोला, वैसे ही देखा कि एक आदमी बहन की खाट से झट उतरकर उसके नीचे जा छिपा।

"इसके बाद बहन के बारे में मेरी क्या धारणा होनी चाहिए? आप कह सकते हैं कि बहन में सतीत्व नाम की कोई चीज़ नहीं है। इस बात को माने लेता हूँ। लेकिन इसका मतलब यह नहीं कि इसके साथ ही उनका नारीत्व भी लुप्त हो गया। इन्सान के रोग-शोक में रात-दिन सेवा करके, दीन-दुखियों को दान देकर सारी ज़िन्दगी उन्होंने जिस महानता का परिचय दिया था उसका क्या कोई स्वतंत्र मूल्य निर्धारित नहीं किया जाएगा? नारी का शरीर ही सब कुछ है, उसका अन्तर क्या कुछ भी नहीं है? यह बाल विधवा जवानी की दुस्सह ताड़ना से अपनी देह को पवित्र नहीं रख पाई तो क्या उसके अन्तर के सारे गुण झूठे पड़ जायेंगे? मनुष्य का सच्चा रूप हमें किस बात में मिलता है? उसकी देह के आवरण में या उसके अन्तर के आचरण में? आप ही बताएँ! इसीलिए सतीत्व और नारीत्व को पृथक दिखाने के लिए बाध्य हुआ हूँ।"

कई वर्ष बाद जब प्रेसिडेंसी कॉलेज में बंकिम शरत्-समिति ने उनके तिरपनवें जन्मदिन[1] के उपलक्ष्य में उनका अभिनन्दन किया था तब भी उन्होंने यही कहा था, "सम्पूर्ण मनुष्यत्व सतीत्व से बड़ा है। इस बात को मैंने एक दिन कहा था और इसी को अभद्र एवं गंदा बताकर मुझे गाली देने में कुछ उठा नहीं रखा गया। मनुष्य मानो विक्षिप्त हो गया। मैंने अत्यन्त सती नारी को चोरी-जुआखोरी और जालसाज़ी करते तथा झूठी गवाही देते देखा है। साथ ही उससे उलटी बात देखने का भी सौभाग्य मुझे प्राप्त हुआ है।

"सतीत्व की धारणा सदा एक-सी नहीं रही। पहले भी नहीं थी। बाद में भी शायद किसी दिन नहीं रहेगी। एकनिष्ठ प्रेम और सतीत्व एक ही वस्तु नहीं है। यह बात यदि साहित्य में स्थान नहीं पाती तो सत्य जीवित कहाँ रहेगा।"

और कई वर्ष पहले जब इलाचन्द्र जोशी ने भारतीय नारी के सतीत्व के आदर्श संबध

---

1. 16 सितम्बर, 1928 ई.

में उनके विचार जानने चाहे थे तब उन्होंने यही कहा था, ''मैं मानव धर्म को सती धर्म के बहुत ऊपर स्थान देता हूँ। सतीत्व और नारीत्व यह दोनों आदर्श समान नहीं हैं। नारी-हृदय की मंगलमयी करुणा, उसकी जन्मजात मातृ वेदना, उसके सतीत्व से कहीं अधिक महत्त्वपूर्ण है। बहुत-सी स्त्रियाँ मैंने ऐसी देखी हैं, जिनका दूसरे पुरुष से कभी किसी प्रकार का शारीरिक या मानसिक संबंध नहीं रहा. तथापि उनके स्वभाव में अत्यन्त नीचता, घोर संकीर्णता, विद्वेष भावना और चौरवृत्ति पाई गई है। इसके विपरीत ऐसी पतिताओं से मेरा परिचय रहा है, जिनके भीतर मैंने मातृ हृदय की निःस्वार्थ ममता और करुणा का अथाह सागर उमड़ता हुआ पाया है।''[1]

जोशी जी ने पूछा, ''यदि यही बात है तो आपने *श्रीकान्त* में अन्नदा दीदी के सतीत्व की महिमा ऐसे ज़ोरदार शब्दों में क्यों वर्णन की है कि उसके दीप्त प्रकाश के आगे आपके दूसरे नारी चरित्र म्लान पड़ जाते हैं?''

यह प्रश्न सुनकर शरत् बाबू मन्द-मन्द मुस्कराये। बोले, ''आपकी यह बात मैं मानता हूँ। अन्नदा दीदी के प्रति वास्तव में मेरी भी आन्तरिक श्रद्धा रही है। मेरे जन्मगत संस्कार आखिर भारतीय ही हैं। फिर भी मैं इतना बता देना चाहता हूँ कि उनके एकनिष्ठ पातिव्रत धर्म ने मेरी श्रद्धा उतनी नहीं उभारी है जितनी उनकी प्रेम-प्लावित आत्मा के मुक्त प्रवाह ने।''

शरत् बाबू ने अपने साहित्य में स्पष्ट रूप से यह अंकित किया है कि पुरुषों के बनाये हुए झूठे शास्त्र केवल स्त्रियों को बाँध रखने की बेड़ियाँ हैं। जिस प्रकार हो उन्हें रोक रखकर उनसे सेवा लेने के खाली जाल हैं। सतीत्व की महिमा केवल स्त्रियों को बतलाई जाती है—पुरुषों के लिए कुछ नहीं। यह सब धोखा है। योनि-परीक्षण से ही नारी के वास्तविक स्वरूप को नहीं पहचाना जा सकता।

उन्होंने बार-बार प्रश्न पूछा है कि नारी-जीवन की सार्थकता कहाँ है? जिसे लोग आत्मा कहते हैं वह क्या स्त्रियों के शरीर में नहीं होती? वे क्या इस संसार में केवल पुरुषों की सेवादासी बनने के लिए ही आई हैं।[2]

शेष प्रश्न की कमल कहती है, समस्त संयमों की भाँति यौन संयम भी सत्य है किन्तु गौण सत्य। उसे मुख्य मानना एक प्रकार का असंयम है। उसका दण्ड भी है। आत्मनिग्रह के उग्र दम्भ से आध्यात्मिकता क्षीण हो जाती है।''

तथाकथित पतिता नारी को उन्होंने वह प्रतिष्ठा दी है कि कलुषित से कलुषित मन वाला व्यक्ति भी उसके सम्पर्क में आकर किसी-न-किसी रूप में प्रभावित होता ही है और स्वयं को सुधारने की प्रवृत्ति उसमें जग जाती है। रूपाकार केवल आकार एवं रूप को ही उद्‌भासित नहीं करता अपितु अतरंग को भी अनुरंजित करता है।

असहयोग आन्दोलन के प्रथम चरण में उन्होंने घोषणा की थी कि हमने नारी को जो ''मनुष्य नहीं बनने दिया उसका प्रायश्चित स्वराज्य के पहले देश को करना ही चाहिए, अत्यन्त स्वार्थ की खातिर जिस देश ने जिस दिन से केवल उसके सतीत्व को ही बड़ा करके देखा है उसके मनुष्यत्व का ख़याल नहीं किया उसे उसका देना पहले चुका देना होगा।

---

1. मार्च, 1922 ई. 2. 'स्वामी' कहानी

"नारी जाति को मैं कभी छोटा करके नहीं देख सका। नारी के कलंक पर अविश्वास करके संसार में ठगा जाना भला है, किन्तु विश्वास करके पाप का भागी होना अच्छा नहीं। बहुत दिनों से नारी का अस्तित्व ही जैसे लोप हो गया था। वह स्वयं ही भूल गई थी कि उसकी कोई सत्ता भी है। मुख बन्द करके सब प्रकार के अत्याचार सहती आ रही थी। उसकी छाती विदीर्ण हो जाती थी पर मुँह नहीं खुलता था। उसका प्रतिवाद करने की आवश्यकता भी है, यह अनुभूति भी उसमें नहीं रह गई थी।"

शरत् बाबू ने इस वास्तविकता को पहचाना और स्वीकार किया कि नारी जाति के प्रति पुरुष ने कभी न्याय नहीं किया। 'नारी का मूल्य' प्रबन्ध में उन्होंने नारी मात्र का पक्ष लेते हुए स्पष्ट कहा, "जिस धर्म ने बुनियाद ही रखी है आदम-जननी हौवा के पाप पर, और जिस धर्म ने नारी को बैठा रखा है संसार के समस्त अध:पतन के मूल में, उस धर्म के संबंध में जिन लोगों के मन में यह विश्वास है कि सच्चा धर्म यही है, उन लोगों से यह कभी हो ही नहीं सकता कि वे नारी जाति को श्रद्धा की दृष्टि से देखें। ऐसे लोगों की श्रद्धा केवल उतनी ही हो सकती है जितने में उनका स्वार्थ लगा हुआ है। इससे अधिक चाहे श्रद्धा कहो चाहे उसका न्यायोचित अधिकार कहो वह न तो पुरुष ने उसे आज से हज़ार बरस पहले दिया है और न आज के हज़ार बरस बाद ही देगा।"

उसी अन्याय के प्रति उन्होंने युद्ध करने की घोषणा की। लीलारानी गंगोपाध्याय को उन्होंने लिखा था, "नारी का स्वामी परम पूजनीय व्यक्ति सबसे बड़ा गुरुजन है, पर इसी कारण स्त्री दासी नहीं है, इस संस्कार ने नारी को जितना छोटा, जितना क्षुद्र, जितना तुच्छ कर दिया है उसकी कोई तुलना नहीं।[1]"

अपने एक मित्र की पत्नी से उन्होंने कहा था, "दीदी, पुरुष जाति ने तुम्हारे साथ अन्याय किया है। मैं सदा उसके विरुद्ध लड़ता रहूँगा।"

और सचमुच वे जीवन-भर लड़ते रहे। इसी कारण सही अर्थों में वे नारी जाति के मसीहा बन गये। इसी कारण बंगाल की नारियों ने उनका अभूतपूर्व अभिनन्दन किया। उनकी 57वीं जन्म-जयन्ती[2] के अवसर पर उनको अभिनन्दन-पत्र भेंट करते हुए गद्‌गद् होकर उन्होंने कहा, "पराधीन देश के अध:पतित समाज की असहाया अन्त:पुरचारिणियों के हृदय की मूक आनन्द वेदना को तुमने भाषा में मूर्त कर दिया है। उनके दुर्गतिपूर्ण जीवन के सुख-दुखों की सभी अनुभूतियों को निविड़ सहानुभूति में ढालकर तुमने साहित्य में सत्य करके प्रत्यक्ष करा दिया है। तुम्हारी अनाविष्ट दृष्टि, सूक्ष्म पर्यवेक्षण-सामर्थ्य, सुगंभीर उपलब्धि, शक्ति तथा विचित्र मानव-चरित्र की अतलस्पर्शी अभिज्ञता ने निखिल नारी चित्र की निगूढ़ प्रकृति का गुप्ततम पता पा लिया है। हे नारी-चरित्र के परम परम रहस्य ज्ञाता, हम लोग तुम्हारी वन्दना करते हैं।"

"सब तरह का आत्मापमान तथा सब तरह की हीनता की हालत में भी नारी की प्राकृतिक विशेषताएँ सब देशों के सब समाजों में मौजूद हैं। तुमने उसके अकृत्रिम रूप को प्रत्यक्ष किया है। उसकी सत्य प्रकृति का अध्ययन किया। हे सन्नारियों के अन्तर्यामी, हम तुम्हारी वन्दना करती हैं।

---

1. 29 जुलाई, 1919 ई. 2. सन्, 1932 ई.

"आज के इस विशेष दिन हम यह बताने आई हैं कि हम तुम्हारा सम्मान करती हैं। हम लोग तुमको श्रद्धा करती हैं। हम तुमको प्यार करती हैं। तुमको हम लोग अपना करके ही समझती हैं। हे नारियों के परम श्रद्धेय मित्र! तुम हम लोगों को परम प्रिय हो। तुम हम लोगों के परम आत्मीय हो। हम तुम्हारी वन्दना करती हैं।"

ऐसी प्रशंसा कदाचित ही किसी देश के साहित्यिक को मिली हो, लेकिन शरत् की नारी बंगाल की होकर भी शिल्प की दृष्टि से किसी सीमा को स्वीकार नहीं करती। वातावरण का चित्रण करते समय शरत्चन्द्र बंगाली हैं, परन्तु जीवन-रस के परिवेश में शिल्पी हैं। शरत् की 'जननी' बंगाल की जननी है, लेकिन प्रेमिका का परिवेश समस्त विश्व है। जो व्यथा वह भोगती है, जो अपमान वह सहती है वह नारी-मात्र ने किसी-न-किसी रूप में सदा सहा है।

बंकिमचन्द्र के साहित्य में विधवा-विवाह का हल मारात्मक हुआ। रवीन्द्रनाथ ने नारी मात्र को स्नेह दिया, पर सहानुभूति दी शरत्चन्द्र ने। यद्यपि ज़ोर-ज़बर्दस्ती उन्होंने भी नहीं की। उनके साहित्य में भी विधवा-विवाह नहीं है। 'पण्डितजी' की कुसुम तो ऐसे लोगों को कुत्ता-बिल्ली समझती है। 'पथ-निर्देश' में हेम बार-बार विधवा-विवाह की निन्दा करती है, लेकिन उसके पक्ष में दलील भी कम नहीं है। गुणेन्द्र कहता है, "हिन्दुओं को छोड़कर संसार की और सभी जातियों में विधवा-विवाह होता है।" यहाँ तक कि बचपन की रचना *शुभदा* में जब सुरेन्द्रनाथ पूछते हैं, "क्यों, क्या विधवा से विवाह नहीं करना चाहिए?" तो मालती का उत्तर है, "विधवा से विवाह करना चाहिए मगर वेश्या से नहीं।" अनुपमा के पिता तो यहाँ तक कहते हैं, "मैंने बहुत विचार कर देखा है। दो बार विवाह करने से ही धर्म नहीं जाता। विवाह के साथ धर्म का कोई संबंध नहीं बल्कि अपनी बच्ची की इस तरह हत्या करने में ही धर्महानि की संभावना है।"

लेकिन अनुपमा तैयार नहीं हुई, अर्थात् शरत् तैयार नहीं हुए, क्योंकि समाज तैयार नहीं था। शरत् मानते थे कि नारी की दासता मानवीय अधिकारों का हनन है, परन्तु क्रान्ति का स्वर हृदय के भीतर से ही उठना चाहिए। समाज को यदि जीवित रहना है तो हृदय के गुण से ही रहना है। इसलिए सामाजिक-अत्याचारों के प्रति विद्रोह उनके साहित्य में उतना मुखर नहीं हुआ।[1] *शेष-प्रश्न* की कमल और *श्रीकान्त* (द्वितीय पर्व) की अभया अपवाद हैं। लेकिन यह स्वीकार करना पड़ेगा कि शरत्चन्द्र उन परिस्थितियों का चित्रण करने में निश्चय ही सफल हुए जो पाठक के अन्तर में विद्रोह की अनिवार्यता को स्पष्ट करती हैं और यह विद्रोह दृढ़ और सत्य सिद्धान्तों पर आधारित है। उन्होंने बार-बार कहा है कि विधवा होना ही नारी जीवन की चरम हानि और सधवा होना ही सार्थकता है—इन दोनों में से कोई सत्य नहीं है।

शरत् शास्त्र को स्वीकार करते हैं, पर उसे हृदय के ऊपर नहीं मानते। कमल विवाह को संसार में होने वाली अनेक घटनाओं में से एक घटना मानती है। मानती है कि उसी को जिस दिन से नारी का सर्वस्व मान लिया गया उसी दिन से स्त्रियों के जीवन की सबसे बड़ी त्रासदी शुरू हो गई। हृदय में प्रेम नहीं तो मंत्रपूत विवाह विडम्बना-मात्र है। 'नारी का मूल्य' निबन्ध में उन्होंने मानो भविष्यवाणी की, "आगे चलकर एक ऐसा समय आएगा जबकि प्रेम के द्वारा

1. परिच्छेद 18, खण्ड 2 भी देखिए।

दोनों का मिलकर एक होना अधिक महत्त्व का समझा जाएगा और कानून के द्वारा दोनों का मिलकर एक होना गौण माना जाएगा।''

शरत् साहित्य में प्रिया है, जाया है, जननी है, पतिता है, विप्लवी भी है। लेकिन बाहर से एक दिखाई देकर भी वे एक नहीं हैं। राजलक्ष्मी की त्रासदी इतनी गूढ़ और रहस्यमय है कि उसे समझ पाना असम्भव जैसा ही है। उसका अन्तर्विरोध, उसका द्वन्द्व वही उसकी सफलता है। उसके विषाद में ही शिल्पी की चेतना मूर्त हुई है। जिन्होंने प्रेम पाया, सुखी हुईं। वे किसी के हृदय को उद्वेलित नहीं कर सकीं। कर सकीं राजलक्ष्मी, पार्वती और सावित्री जैसी ही। याद रह सकीं अन्नदा और मृणाल जैसी ही जो स्वामी को प्यार करके पीड़ा ही पा सकीं, और अचला तो निर्धन महिम को एकनिष्ठ प्यार करती है, पर उसका व्यक्ति-स्वातंत्र्य दरिद्रता के सामाजिक वातावरण को नहीं सह पाता और अनजाने-अनचाहे वह सुरेश को समर्पित हो जाती है। फिर भी सारी त्रासदी के अन्त में यह कहने का साहस उसमें हैं, ''चिट्ठी लिखने पर तुम जवाब दोगे?''

याद रह सकी अभया की। शरत् साहित्य में अभया एक ही है, पर वह उनके इस विश्वास का कि सतीत्व और नारीत्व एक ही नहीं हैं, जीवन्त प्रतीक है। वह प्रतीक है इस सत्य का कि स्त्री-पुरुष का मिलन तभी तक सत्य है जब तक वह पति-पत्नी की प्रसन्नता का कारण बनता है। जिस क्षण लाभ से हानि का पलड़ा भारी हो जाता है, पति जब एकमात्र बेंत के ज़ोर से स्त्री के समस्त अधिकारों को छीन लेता है, उसी क्षण वह स्वत: ही समाप्त हो जाता है। वह अपने प्रेमी रोहिणी बाबू के लिए अपने अत्याचारी पति को छोड़ देती है और यह कहने का साहस करती है, ''ऐसे मनुष्य के सारे जीवन को लंगड़ा बनाकर मैं सती का खिताब नहीं खरीदना चाहती श्रीकान्त बाबू! निश्चयपूर्वक मैं कह सकती हूँ कि हमारे निष्पाप प्रेम की संतान संसार में मनुष्यत्व के लिहाज़ से किसी से भी हीन न होगी। उसकी माता उस को यह भरोसा अवश्य दे जाएगी कि वह सत्य के बीच पैदा हुई है। सत्य से बढ़कर सहारा संसार में और कुछ नहीं है। इस वस्तु से भ्रष्ट होना उसके लिए कठिन होगा।''

''...उन्होंने (पति) भी तो मेरे ही साथ उन्हीं मंत्रों का उच्चारण किया था किन्तु वह एक निरर्थक बकवाद ही रहा, उनकी इच्छा पर ज़रा भी रोक न लगा सका...क्या वह सारा बन्धन, सारा उत्तरदायित्व मैं स्त्री हूँ इसलिए केवल मेरे ही ऊपर रह गया? वह मात्र बंगाल की नारी का स्वर नहीं है। यह मनोभूमि है शाश्वत नारी की। शरत् की सबसे दुर्बल नारी है विप्लवी नारी। वह विचारों की प्रतिमा है। रक्त-मांस की सहज सुख-दुखमयी नारी नहीं। उनकी सबसे सशक्त नारी है पतिता। इस वर्ग को उन्होंने मात्र सहानुभूति ही नहीं दी, अन्तर में छिपी नारी को मर्यादा भी दी। प्रेमी के लिए ही प्रेमी को त्याग करने का साहस दिया। चन्द्रमुखी कह सकी, ''रूप का मोह तुम लोगों की अपेक्षा हम लोगों में बहुत ही कम होता है, इसलिए तुम लोगों की तरह हम लोग उन्मत्त नहीं हो जाते।''

लेकिन शरत् की यह निविड़ सहानुभूति मात्र मौखिक ही नहीं थी। व्यवहार में भी वे नारियों के प्रति उतने ही सम्वेदनशील थे। इलाचन्द्र जोशी ने लिखा है, ''जो साधारण से साधारण स्त्रियाँ भी उनके सम्पर्क में आईं, उनके प्रति भी शरत् के मन में करुणा, सम्वेदनशीलता और सहृदयता की भावना उमड़ती रही। कभी किसी भी नारी की आर्थिक या सहृदयताजनित

विवशता से अनुचित लाभ उठाने की प्रवृत्ति उनके मन में नहीं जागी। यह बात स्वयं शरत् ने मुझसे कहीं थी। उनके निकट और घनिष्ट सम्पर्क में आने के कारण स्वयं मुझे भी उनके स्वभाव और व्यवहार के अध्ययन से जो अनुभव हुआ उससे उनकी वह बात प्रत्यक्ष रूप में पूर्णत: प्रमाणित होती थी।''

उन्होंने अनेक असहाय नारियों की न केवल आर्थिक सहायता ही की थी बल्कि कइयों को अपने घर में आश्रय भी दिया था। शिवपुर के एक युवक प्रतुल मुकर्जी को वे बहुत अरसे से जानते थे। उसने अपने परिजनों और मित्रों के विरोध के बावजूद दुर्गादेवी नाम की एक विधवा से विवाह किया था। विरोध के उस वातावरण में दुर्गादेवी को शरत् बाबू ने कुछ समय के लिए अपने घर में शरण दी थी और लिखना-पढ़ना सिखाने की चेष्टा भी की थी।

और स्वयं उनका अपना विवाह क्या इसका सबसे बड़ा प्रमाण नहीं है? और क्या वे अपनी प्रसिद्धि के शिखर पर उन तथाकथित दुश्चरित्र नारियों को भूल सके, जिनकी बस्ती में वे रंगून से आकर ठहरा करते थे? अनेक मित्रों ने उनसे बातें करते देखकर लज्जा अनुभव की थी।[1]

उस दिन वे कविगुरु रवीन्द्रनाथ से मिलकर जोड़ासांको से लौट रहे थे। बहुत देर हो गई थी, कविगुरु ने किन्हीं सज्जन को आदेश दिया, ''जाओ, शरत् को सड़क तक पहुँचा आओ।''

सड़क पर आने पर शरत्चन्द्र ने ऐसा अनुभव किया कि बहुत देर बैठना पड़ा है, इसलिए कुछ दूर पैदल चल लेना उचित ही होगा।

इसलिए बातचीत करते हुए अचानक वे एक मोहल्ले के पास जा निकले। सहसा एक नारी ने पुकारा, ''दादाजी, ओ दादाजी!''

शरत्चन्द्र ने देखकर पहचाना कि वह तो पाँचू की माँ है। पास आकर पाँचू की माँ प्रणाम के अनन्तर बोली, ''आज मेरा बड़ा सौभाग्य है कि दादाजी के दर्शन हो गए। आप बड़े वैसे हैं। हम लोगों को बिलकुल ही बिसार दिया। बताओ तो कितने दिनों से इधर नहीं आये? आज मैं नहीं जाने दूँगी। मेरे घर में चरणधूलि देनी ही होगी।''

साथ आने वाले सज्जन हतप्रभ यह सब देख रहे थे। शरत्चन्द्र ने उनसे कहा, ''आप अब जाएँ। पकड़ा जब गया ही हूँ तो छुटकारा नहीं मिलने का।''

वे सज्जन लौट गये और शरत्चन्द्र पाँचू की माँ के घर की ओर चल पड़े। देखते-देखते कितने ही लड़के-लड़कियों ने 'दादाजी आए हैं, दादाजी आए हैं' कहते हुए उन्हें घेर लिया। किसी तरह उनसे छुट्टी पाकर आगे बढ़े तो पाया कि सात साल का पाँचू विद्यासागर महाशय का 'वर्ण-परिचय' खोले मुँह लटकाए है। बोले, ''पाँचू की माँ, तुम्हारा लड़का इस तरह से क्यों बैठा है? पढ़ना पड़ रहा है शायद इसीलिए क्या?''

पाँचू की माँ ने कहा, ''देखो न दादाजी, कब से कह रही हूँ, स्कूल में कल जो पढ़ा है उसे घर में अच्छी तरह पढ़ ले तभी तो मास्टर के सामने सबक सुना सकेगा। लेकिन अभागा

---

1. इसी प्रकार की एक घटना की चर्चा श्री सौरीन्द्रमोहन मुकर्जी ने लेखक से की थी।

लड़का हर्गिज़ सुनने के लिए तैयार नहीं। इतने पैसे नहीं हैं कि घर पर मास्टर रखकर पढ़ाऊँ।''

शरत्चन्द्र ने कहा, ''अच्छा, तुम अब ज़रा तम्बाकू भर लाओ। मैं इसे पढ़ाता हूँ।''

हुक्का सामने रखते हुए पाँचू की माँ ने फिर कहा, ''दादाजी, तुम ही बताओ, अभागे को कितना समझाती हूँ कि ज़्यादा न पढ़े तो कम-से-कम पहली और दूसरी किताब तो पढ़ ले। कहती हूँ, यह जो हमारे दादाजी हैं, सुनती हूँ, वे किताबें लिखते हैं। अगर कुछ न भी कर सका तो पहली-दूसरी किताब पढ़कर हमारे दादाजी की तरह चार किताबें लिखकर पेट तो पाल सकेगा। लेकिन अभागा किसी तरह पढ़ता ही नहीं। आप कृपा करके इसे ज़रा समझा दो दादाजी। आपकी बातें सुनकर थोड़ी-सी अकल तो आए। मैं तब तक आपके लिए भोजन का इंतज़ाम करती हूँ। न, न, यह नहीं होने का दादाजी। आज आप कितने दिनों बाद आए हैं। थोड़ा-सा भोजन कराए बिना नहीं जाने दूँगी।''

उस दिन भोजन करते-करते और बस्ती के हर घर में पगधूलि देते-देते दिन का अन्त हो गया।

और इसीलिए अनीति के प्रचारक के रूप में उनकी प्रसिद्धि ज़रा भी कम नहीं हो सकी। होती तो क्यों एक उच्चशिक्षिता भद्र महिला वीणा देवी सरस्वती को अपने ही घर में अपमानित होना पड़ता? वह स्वयं लेखिका थी। शरत् बाबू के प्रति श्रद्धा का कोई पार नहीं था। अक्सर उनसे मिलने के लिए आया करती थीं। एक दिन उन्होंने शरत् बाबू को भोजन के लिए निमन्त्रित किया।

जिस दिन उन्हें भोजन करने के लिए आना था उसी दिन वीणा देवी की एक अल्पशिक्षिता ननद ने अपनी माँ से कहा, ''जानती हो माँ, आज भाभी ने किसको खाने पर बुलाया है? अरे, वही शरत् चाटुज्जै, शराबी और चरित्रहीन। सुना है वेश्याओं के यहाँ पड़ा रहता है।''

माँ ठहरी निरक्षर भट्टाचार्य। सुनकर क्रुद्ध हो उठी। तुरन्त बहू के पास गई और बोली, ''बहू, तुमने यह क्या किया? मैं यदि पहले जानती तो लड़कों को मछली आदि लाने को मना कर देती। जो भी हो वह इस घर में नहीं आ सकता।''

वीणा देवी सुनकर परेशान हो उठीं। अनुनय-विनय के स्वर में उन्होंने कहा, ''माँ, केवल आज के लिए आज्ञा दे दो। फिर किसी दिन उन्हें नहीं बुलाऊँगी। निमन्त्रण देकर उन्हें न बुलाने से उनका अपमान होगा।''

लेकिन माँ किसी तरह से राज़ी नहीं हुई। अपना अन्तिम निर्णय देते हुए उसने कहा, ''तुम अभी उसके पास जाओ और कहो कि अचानक मेरी सास बहुत बीमार हो गई है, इसलिए आज भोजन की व्यवस्था नहीं हो सकेगी।''

भारी मन लेकर वीणा देवी शरत् बाबू के पास गईं, लेकिन वे झूठ नहीं बोल सकीं। रोते-रोते उन्होंने सारी कथा कह सुनाई। बोलीं, ''अगर मेरे स्वामी या जेठ घर पर होते तो माँ को समझाया जा सकता था। मेरी बात वे किसी भी तरह मानने को तैयार नहीं हैं।''

शरत् बाबू सहसा गम्भीर हो उठे। बोले, ''इस बात को लेकर तुम अपने मन में किसी

प्रकार का दुख न मानो। मेरे संबंध में लोग इसी तरह की भूल करते हैं। न जाने क्या-क्या कहते रहते हैं। तुम्हारी भाभी से मैंने धर्म के अनुसार विवाह किया है, फिर भी लोग कहते हैं कि यह मेरी रखैल है।''

ऐसी भी नारियाँ थीं जो इस प्रकार की भूल नहीं करती थीं। उन्हीं में थीं कानपुर की लीलारानी गंगोपाध्याय। उनसे अजस्र पत्र-व्यवहार तो चलता ही था, उनके घर निमन्त्रित होकर भी वे रह आये थे। उनके पति बहुत उदार थे। शरत् बाबू की बड़ी इच्छा थी, उनको निरुपमा देवी बनाने की। एक बार नवद्वीप के उनके घर में आकर वे उनसे रात-भर बैठे बातें करते रहे थे। उन बातों का अन्त नहीं आ रहा था। लेकिन रात का अन्त आ गया था। उनके मित्र ने आँखें खोलकर देखा, वे तब भी बातें कर रहे थे। लीलारानी ने उन्हें लिखा था, ''दादा, एक बार मिलने के लिए आओ।''

और दादा दौड़े चले गए। लीलारानी ने उनके स्वागत-सत्कार का कैसा विराट आयोजन किया! विदा की वेला भी कितनी भीग आई! बार-बार आने की प्रतिज्ञा, कैसा अकपट स्नेह था उन दोनों में!

समाज के सभी वर्ग की नारियों से उनके सदा सहज और आत्मीय संबंध रहे। उनकी कहानियाँ सुनने को वे नारियाँ जैसे लालायित रहती थीं। उनके कहने की भावभंगिमा पर वे मुग्ध थीं। उनके विचारों पर वे प्राण निछावर करती थीं। ऐसा निःस्वार्थ, ऐसा उदार, ऐसा मुक्त मनुष्य अब से पहले उन्होंने कहाँ देखा था। उनकी इसी अगाध भक्ति के कारण तो वे उन्हें जान सके और उनके प्रति होने वाले अन्याय के विरुद्ध संघर्ष कर सके, उन्हें मनुष्य की मर्यादा दिला सके। यह मर्यादा दिलाने के लिए ही उन्होंने मूक नारी को स्वर दिया और पतिता के अन्तर में छिपे मनुष्य को खोजा। लेकिन इतना सब कुछ करने पर भी क्या वे अपने मन की आदर्श नारी को (राजलक्ष्मी को) अपने जीवन में पा सके!

यह न पाना ही उनके साहित्य की शक्ति है।

18

केवल नारी और विद्यार्थी ही नहीं दूसरे बुद्धिजीवी भी समय-समय पर उनको अपने बीच पाने को आतुर रहते थे।

बड़े उत्साह से वे उनका स्वागत-सम्मान करते, उन्हें नाना सम्मेलनों का सभापतित्व करने को आग्रहपूर्वक आमंत्रित करते और उनका जन्मदिन मनाते।

इन अवसरों पर जो गोष्ठियाँ होती थीं उनमें साहित्यिक बन्धु-बान्धव घरेलू वातावरण में उनसे दिल खोलकर बात कर सकते थे। वे भी वहाँ मुक्त मन से अपनी मान्यताओं का विवेचन करते—न कुछ छिपाने का प्रयत्न न अपने को रहस्यमय बनाने का आयोजन। ऐसी ही एक गोष्ठी हुई थी मेदिनीपुर[1] में, जिसमें उन्होंने केवल सतीत्व और नारीत्व संबंधी अपनी मान्यता का ही विश्लेषण नहीं किया था और भी अनेक महत्त्वपूर्ण प्रश्नों के उत्तर दिए थे। एक बन्धु

1. 24 फरवरी, 1929 ई.

ने पूछा, "आपने सतीत्व की प्राचीन धारणा के विरुद्ध एक रिवोल्ट खड़ा कर दिया। क्यों? यह समझाइए।"

शरत्चन्द्र ने उत्तर दिया, "मैंने रिवोल्ट खड़ा नहीं किया। यह तो युग का प्रभाव है। कोई धारणा या वस्तु बहुत प्राचीन काल से चली आई है, इसी कारण वह सही नहीं है। कुछ भी हमेशा के लिए सही नहीं हो सकता। सतीत्व परिपूर्ण मनुष्यता का एक अंग है। वह मनुष्यता पर हावी नहीं हो सकता। कर्तव्य और अधिकार का संबंध ऐसा अविच्छिन्न है कि एक न रहे तो दूसरा निरर्थक हो जाता है। मैं शास्त्र का ज्ञाता होने का दावा नहीं करता। मेरा कोई धर्म ही नहीं है, पर जो कुछ मैं देखता आ रहा हूँ उससे लगता है कि शास्त्रों में पुरुषों के लिए किसी कर्तव्य की चर्चा नहीं है। उनके अधिकार ही अधिकार बताये गए हैं। पुरुषों के लिए कुछ वर्जित नहीं, पर किसी युवती का ज़रा पैर फिसल जाए तो फिर उसकी मुक्ति नहीं। ऐसा क्यों? उसके लिए समाज में फिर से लौटकर सम्मान का स्थान प्राप्त करना क्यों बन्द हो जाता है? क्या उसके प्राण नहीं हैं? मैं तो यह जानता हूँ कि उसमें उतना बड़ा प्राण है जितना किसी गृहस्थ सती में दुर्लभ है।"

"पुरुष जो चाहे करके अपने को पतित कर लेता है, पर क्या आप इसी कारण स्त्री को भी पतित होने देंगे?"

"देंगे का क्या अर्थ है? मेरा केवल इतना कहना है कि आप जिस कसौटी पर स्वयं खरे नहीं उतर पाते, उस पर नारी को कसने की ज़बर्दस्ती क्यों करते हैं?"

"क्या अन्याय या पाप के प्रति घृणा की भावना उत्पन्न करना उचित नहीं है?"

"शायद उचित है, पर मनुष्य मनुष्य से घृणा करे यह विचार भी मेरे लिए कष्टकर है। तारक गांगुली की *सरला* नामक पुस्तक की प्रमदा को देखिए। उतनी बड़ी स्काउण्ड्रल देखने में नहीं आती। फिर भी वह आपके सनातनी मानदण्ड से सती है। क्या दैहिक शुद्धि इतना बड़ा गुण है कि जो पत्नी पति को जेल जाने से बचाने के लिए भी गहने नहीं देती, रुपये नहीं निकालती, वह भी सती है? उसके सतीत्व का क्या मूल्य है, मेरी समझ में नहीं आता?"

"क्या पाप का ऐसा चित्र खींचना कर्तव्य नहीं, जिससे भय उत्पन्न हो? क्या पाप के भय का प्रयोजन आप अस्वीकार करते हैं?"

"भय से क्या सिद्ध होगा? वह तो हमेशा रहा है। फांसी दी जाती है फिर भी लोग हत्या करते हैं।"

एक सज्जन ने कहा, "यदि आप वेश्या में कोई सद्‌गुण दिखाएँ तो क्या वह लोगों की दृष्टि में वेश्यावृत्ति के दोष घटाने के समान नहीं होगा?"

शरत्चन्द्र ने उत्तर दिया, "शायद होगा। पर उसमें क्या हानि है? मैं प्राचीन काल के राजकुमार और राक्षस की कहानी नहीं लिखता। राजकुमार में गुण ही गुण और राक्षस में दोष ही दोष। जो सच्चाई है उसे मैं क्यों न कहूँ? आपने यह मान रखा है कि जो चला आया है, वही अच्छा है। मैं जहाँ भी उस मानदण्ड से हटा, वहीं आप मेरी कलम पकड़ लेने को तैयार हैं। क्या जो कुछ भी प्राचीन से मेल नहीं खाता, वह गलत है?"

एक मित्र बोले, ''बंकिमचन्द्र ने शैवलिनी को सज़ा दी। क्या उसी प्रकार सज़ा देना उचित नहीं?''

''मैं किसी को सज़ा नहीं दे सकता।''

''पर आपने विराजबहू को तो सज़ा दी है।''

''विराज की बात अलग है। उसकी सज़ा स्वेच्छाकृत है। वह उसके अन्तर्लोक की सज़ा है। वह अपने पति को प्राण-मन से प्यार करती थी। वह कभी चन्द्रशेखर से प्यार नहीं करती थी। उसकी सज़ा पिक्यूलियर है और फोर्स्ड है। मन पर उसका ज़ोर नहीं। बंकिम बाबू को अनेक प्रकार की साइकिक शक्तियों की सहायता लेकर अपने समय के समाज के साथ निभाना पड़ा। मेरा कहना यह है कि मैं अपनी रचना के द्वारा मनुष्य की आत्मा का अपमान नहीं करना चाहता। पुरुष हो या स्त्री, गिरकर उठने का रास्ता सबके लिए खुला होना चाहिए। हिन्दुओं का समाज बड़ा निष्ठुर है। मुस्लिम समाज तुलनात्मक रूप से अच्छा है। ईसाई समाज उससे भी अच्छा है। मेरे 'पल्ली समाज' की रमा और रमेश को लीजिए। दोनों महाप्राण हैं। दोनों में मंगल करने की कितनी अपार शक्ति है। पर दोनों के जीवन किस प्रकार नष्ट हो गये! इन दोनों का मिलन एक रिलीजस यूनिटी नहीं हो पाया। ऐसा क्यों हुआ, क्या यह सोचना वर्जित है? इतने बड़े प्राण नष्ट हो गये, पर क्या किसी दूसरे समाज में ऐसा होता? मैं तो केवल चिन्तन के मार्ग का संकेत देकर चुप हो जाता हूँ। आप लोग समस्या का समाधान करें। हम जो बाहर हैं उससे उलझकर रह जाते हैं। आन्तरिक भी तो है। प्रेम कितनी बड़ी वस्तु है। उसकी शक्ति इतनी अपार है। इसे बताना सम्भव नहीं। इससे सारे दोष और सारी त्रुटियाँ ढक जाती हैं।''

यहाँ मानो शरत् बाबू कहना चाहते हैं कि समाज की बाधा अमानुषिक है। उसे दूर करना ही चाहिए, परन्तु समाज जब तक अन्तर से सहज रूप में बाधाओं को दूर नहीं करता तब तक बाधा के बन्द द्वार पर सिर फोड़ते रहना ही होगा।

किसी ने पूछा, ''आत्मत्याग वाले हमारे प्राच्य आदर्श को आपकी रचना में कितना स्थान मिला?''

शरत्चन्द्र ने उत्तर दिया, ''आत्मत्याग अवश्य है, आप लोगों में बहुतों को मालूम नहीं। वह सुविधा आपको नहीं मिली। मैंने बहुत भटककर देखा है कि दूसरे समाजों में विवाह से पहले स्त्री-पुरुष एक-दूसरे का हृदय जीतने के लिए कितना विराट आत्मत्याग करते हैं। प्रेम से बढ़कर आत्मत्याग की प्रेरणा और शिक्षा देने वाला और क्या है? मैंने एक बर्मी लड़की को अपने प्रेमी से दो बातें कर पाने के अज्ञात आनन्द के निमित्त कई रात तक साँपों से भरे अंधेरे जंगल में प्रतीक्षा करते देखा है। मैं यौन मिलन के पहले की बात कह रहा हूँ। प्रेमिका के मन को जीतने के लिए कितनी विपुल चेष्टा, कितनी आन्तरिक साधना करनी पड़ती है और उसमें कितना माधुर्य है, वह मैंने प्रत्यक्ष किया है। उसे मैं भूल नहीं सकता। इस प्राप्ति के लिए जितना त्याग, चेष्टा और साधना करनी पड़ती है, उससे मनुष्य नोबल और बड़ी सीमा तक महान् हो जाता है। हमारे यहाँ विवाहित जोड़े में तो कुछ भी सम्भावना नहीं। जीतने में जो आनन्द है, जीवन पर उसका जो महान प्रभाव पड़ता है, उससे वे वंचित रह जाते हैं। जय के लिए कितनी व्यग्रता तथा आकुलता मैंने देखी है! वे इस प्रक्रिया से शक्ति संचित करते हैं। अपनी योग्यता

बढ़ाते हैं और ज़रूरत पड़ने पर द्वन्द्व युद्ध में उतर पड़ते हैं। वे प्रेम की मर्यादा जानते हैं। उन्हें उसका सम्मान रखना आता है। यहाँ क्या होता है, समाज उन्हें पकड़-बाँधकर कुछ मन्त्र पढ़वाकर एक कर देता है। उन्हें एक साथ रहना-सोना होगा, स्वयं कुछ नहीं करना पड़ता। अच्छी-खासी गृहस्थी जम जाती है। बच्चे होते हैं। कभी-कभी झगड़े भी हो जाते हैं पर उन्हें प्रेम का जीता-जागता आनन्द प्राप्त नहीं होता।''

''पशुओं में व्यग्रता और आकुलता देखी जाती है। तो क्या वे इससे श्रेष्ठ हो गये ?''

''कह सकते हैं कि यह पाशव है, पर इसी कारण हेय नहीं। उसमें जो आनन्द है वह दुर्लभ है। वह क्षणिक हो सकता है, पर है बहुत प्रभावशाली। जय का आनन्द कम नहीं होता। स्वयं निर्मित मनुष्य जिस प्रकार महान है, उसी प्रकार जो अपनी प्रेमिका को जीतते हैं, वे भी महान हैं। पर मैं सदाचार को ही मानता हूँ। सौन्दर्य की चर्चा ही सब कुछ नहीं है।''

''पर क्या ऐसे विचार हिन्दू धर्म के प्रतिकूल नहीं हैं ?''

''किसी विशेष धर्म के संबंध में मैं न तो कभी कुछ कहता हूँ, न कहना चाहता हूँ। शायद मैं किसी धर्म में आस्था नहीं रखता, पर इतना तो कहूँगा, जिसे आप हिन्दू धर्म कहते हैं उसी पर हमें पंगु और जड़ बनाने की सबसे अधिक ज़िम्मेदारी है। इस्लाम में मनुष्यता का कहीं अधिक आदर है। ईसाइयत में उससे भी कहीं अधिक है। मेरी कृतियों में मेरे पात्र बोलते हैं। उनमें से किसी के वक्तव्य में मेरा वक्तव्य नहीं आता। मैं उन बातों को न तो मानता हूँ और मान सकता हूँ। मेरे निकट जीवन ही सब कुछ है। जीवन के बाद जीवन है या नहीं, मैं नहीं जानता। रहने दीजिए, यह सब सुनना आपको अच्छा नहीं लगेगा। मैंने जो अभी हृदय जीतने की बात कही थी, वह शायद पहले भी थी। अपनी योग्यता दिखाकर नारी के हृदय को जीतना पड़ता था। ऐसा सब जातियों और सब समाजों में होता था। किसी तरह घुटकर सावधानी से लक्ष्मण रेखा के अन्दर ज़िन्दगी काट देना उन्हें नहीं रुचता था। इस कारण उनमें से बहुतेरे जीवन में वास्तविक आनन्द के खोजी थे।''

शरत् बाबू भी आनन्द के उपासक हैं पर उनका आनन्द संयम के बिना कुछ नहीं है। यही उनकी साहित्यिक अभिव्यक्ति का प्राण है। अगले वर्ष[1] चन्दन नगर की गोष्ठी में उन्होंने इस संयम की तो चर्चा की ही अपने साहित्य सृजन की पृष्ठभूमि और परिवेश पर भी प्रकाश डाला।

स्थानीय प्रवर्तक संघ के निमन्त्रण पर वे वहाँ गये थे। विप्लवी युग के नेता चारुचन्द्र राय, मतिलाल राय तथा बसन्त बन्दोपाध्याय आदि बहुत सक्रिय थे। मुक्त राजबन्दी श्री बलाई चन्द्र उन्हें पाणित्रास से स्वयं अपने साथ चन्दन नगर ले गये। यह गोष्ठी बहुत ही अन्तरंग थी। परिवार की तरह सब लोग शरत् बाबू को घेरकर बैठ गये और प्रश्नों के द्वारा एक-दूसरे को समझने की चेष्टा करने लगे। प्रारम्भ हुआ शरत् बाबू के वंश-परिचय से। वे बोले, ''सुनकर दुख होगा, वंश का कोई गौरव मेरे पास नहीं है। जिन लोगों ने हमारे इतिहास का ईंट-पत्थर खोजकर ढूँढ़ निकाला है, और कहते हैं, 'यह देखो हमारा यह था, वह था,' मैं उनकी बात सुनकर खुश नहीं होता। मैं तो कहता हूँ कि हमारे यहाँ कुछ भी नहीं था, इसलिए दुख करने

---

1. नवम्बर, 1930 ई.। इस पुस्तक में कई स्थान पर इसकी चर्चा हुई है।

की कोई बात नहीं। प्राचीन वस्तुओं को लेकर गर्व करने से बात नहीं बनती। नूतन गढ़ डालो।''

''मति बाबू[1] की पुस्तकें मैं खूब पढ़ता हूँ। वे इस देश को फिर पुराने ढंग पर खड़ा करना चाहते हैं। नया वर्ग गढ़ना चाहते हैं। किन्तु आधार हुआ धर्म, भगवत् भक्ति, यही सब। शास्त्रों में बहुत-सी साधना की बातें हैं। दुर्भाग्य से मेरा मन उलटी दिशा में गया है। मैं साधना का कोई मूल्य ही नहीं खोज पाता। शास्त्र-साधना यदि इतनी महान थी तो हम इतने छोटे कैसे हो गये? नाना लोग नाना बातें कहेंगे। सभी जातियाँ जिनमें आत्मसम्मान की अनुभूति बहुत है वे लोग स्वाधीन कहकर संसार को अपना परिचय देते हैं। हम लोग इतने बड़े होकर भी पठानों, मुगलों और फिर अंग्रेज़ों के जूतों तले रोंदे गये। हमारा आध्यात्मिक जीवन बहुत ऊँचा है किन्तु यदि इतने ही बड़े थे तो छोटे क्यों हुए जा रहे हैं। देश जिस त्याग के बीच से गुज़र रहा है, मुझे लगता है कि ठीक इसी में कोई गलती छिपी हुई है। उसे खोज भी नहीं पाते। क्रमश: अवनति की ओर चले जा रहे हैं। चार जनों को सुनाकर कहता हूँ, बताएँ, यह हज़ार वर्ष से ही हमारी दुर्दशा क्यों हुई? यह क्योंकर सम्भव हुआ? कोई यदि इसका कारण खोज सके तो देश का महान उपकार होगा।

''असल बात यह है कि मैं संस्कार का पक्षपाती नहीं हूँ। पुराण नामक वस्तु की पोशाक-भर बदल देना मैं नहीं चाहता। *पथेर दाबी* में मैंने समझाया है कि संस्कार का अर्थ क्या है। वह अच्छा कुछ नहीं है। जो वस्तु खराब है, बहुत दिन चलने के कारण ढीली-ढाली होकर हिलने-जुलने लगी है, उसे सुधारकर खड़ा करना है, जिस प्रकार गवर्नमेण्ट का शासन सुधार। दूसरा दल जो क्रांति चाहता है, उसका अर्थ और कुछ नहीं केवल अमूल परिवर्तन है। हम बूढ़ों का दल यह नहीं चाहता। वे लोग सुधार करना चाहते हैं। मुझे लगता है, मरम्मत करने से चीज़ें अच्छी नहीं बनतीं। जो निश्चल हो चुका है, जो खराब है उसे सुधारकर फिर से खड़ा करना उचित नहीं। मति बाबू ने शायद सोचा है कि अपने धर्म का संस्कार कर अर्थात् उसी को सुधार करके फिर से खड़ा करेंगे। मैं कहता हूँ, सुधार नहीं, इस धर्म को छोड़ दो। इसका जीर्णोद्धार कर पुनर्जीवित करने की क्या आवश्यकता?''

प्रवर्तक संघ के लिए इस धारणा को स्वीकार करना सम्भव नहीं था पर उस समय अधिक वाद-विवाद में पड़ने को भी वे प्रस्तुत नहीं थे, क्योंकि उनके साहित्यिक जीवन के विकास के बारे में जानने की व्यग्रता उनमें अधिक थी।

शरत् बाबू पहले तो अपने को साहित्यिक ही मानने को तैयार नहीं थे। बोले ''मैं तो पेट की खातिर साहित्यिक बना हूँ।''

लेकिन फिर गम्भीर होकर उन्होंने कहा, ''साहित्य का मूल है सहित से, अर्थात् सबके सहित सहानुभूति रखना आवश्यक है। घर बैठ आरामकुर्सी पर पड़े रहकर साहित्य सृष्टि नहीं होती। हाँ, नकल की जा सकती है। साहित्यकार यदि मानव को न देखें तो साहित्य नहीं होता। ये लोग करते क्या हैं कि पुस्तक के किसी एक कैरेक्टर को लेकर उसी में कुछ रद्दो-बदलकर एक नवीन कैरेक्टर की सृष्टि कर डालते हैं। मानव क्या है, यह मानव को देखे बिना नहीं समझा जा सकता। अत्यन्त कुत्सित गन्दगी के भीतर भी मैंने इतनी मानवता देखी है कि उसकी

1. प्रवर्त्तक संघ के विशिष्ट सज्जन

कल्पना नहीं की जा सकती। मेरी स्मरण शक्ति बहुत अच्छी है। जानने की इच्छा मेरी बराबर बनी रहती है। मानव के भीतर की सत्ता को जानना ही मेरा उद्देश्य है। जो तनिक फिसल गया मनुष्य उसे बिलकुल फेंक दें, यह क्या बात है ?

''मैं निरन्तर मनुष्य का अंतरंग ही देखता हूँ। इसने कहा, उसने कहा, दूसरे के कंधे से बन्दूक चलाना, अन्य की अभिज्ञता को अपना बनाना, यह मैंने कभी नहीं किया। बहुत ही अभागा यह करेगा। वास्तविक जीवन को देखना चाहने पर शुचिता-अशुचिता के चक्कर में पड़ने से बात नहीं बनेगी। अभिज्ञता के कारण ही गोर्की, टाल्स्टाय, शेक्सपियर आदि शुचिता के फेर में नहीं पड़े। मूर्त रचना करना चाहने पर कल्पना से काम नहीं चलता, अपनी अभिज्ञता चाहिए। दूसरों की रचनाएँ मैंने बहुत कम पढ़ी हैं। मेरे घर पर जो पुस्तकें हैं उनमें अधिकांश साइंस की पुस्तकें हैं। इसलिए मेरी रचनाओं में युक्तियों का प्रयोग या समन्वयात्मक परिणाम अधिक है। रूप और स्वभाव का वर्णन प्रायः नहीं है। वह सब मैं दो-चार वाक्यों में ही निबटा देता हूँ, उस पर अधिक ध्यान नहीं देता। असली चीज़ है उसकी सत्ता व मन, चाहे जो कहिए, मनुष्य का अन्तरंग। उसी को प्राप्त करने के लिए गहरी अभिज्ञता चाहिए। मैंने अपनी अभिज्ञता किस प्रकार बढ़ाई उसका विवरण देने की आवश्यकता नहीं। सब बताने लायक भी नहीं। मानव स्वभाववश अथवा दुर्बलता के कारण यह सब सहन नहीं कर सकता। रवीन्द्रनाथ के उस गीत में जैसा है, जो विष है, वह मेरे ही हिस्से में पड़ा। उससे जो अमृत निकला वह अपनी रचनाओं द्वारा सबको दिया है। बहुत-से लोग कहते हैं, और ठीक कहते हैं, 'आपके चरित्रों को पढ़ने पर लगता है मानो वे काल्पनिक नहीं है।' पर मेरे नब्बे प्रतिशत चरित्रों का आधार सत्य है। किन्तु यह भी ध्यान में रखना होगा कि सत्य मात्र साहित्य नहीं है। ऐसी अनेक सत्य घटनाएँ हैं जिन्हें साहित्य की संज्ञा नहीं दी जा सकती। किन्तु बुनियाद सत्य पर न खड़ी करने से पात्र प्राणवान नहीं हो पाता। नींव पक्की होने पर कोई भय नहीं। मैंने जो चरित्र देखे हैं, पारिपार्श्विक घात-प्रतिघातों के कारण उनकी जो परिणति हुई, वही चित्रित की है। इसी से मुझे डरने का कोई कारण नहीं। लोगों के उन्हें अस्वाभाविक कह देने भर से मैं नहीं मानूँगा।''

''आपकी जो गम्भीरतर साहित्यिक उपलब्धि है, उसकी प्राप्ति किस प्रकार हुई ? आप भाव को किस प्रकार मूर्त रूप देते हैं ? कहने का जो ढंग, जो गठन, आद्योपान्त जो रस, जो आकांक्षा, जो लालित्य है, यह सब आपने कहाँ से पाया ? आपकी बोलचाल की भाषा के साथ आपकी पुस्तकीय भाषा का कोई मेल नहीं। न तो यह *पथेर दाबी* की भाषा है और न किसी अन्य रचना की ही।''

''यह मैं नहीं कह सकता। भाषा तो अपने-आप ही आती है। मेरा लिखने का ढंग साधारण से अलग है। मैंने पहले ही कहा, मेरी स्मरण शक्ति बहुत तेज़ है। बचपन से जो देखा-सुना है, वह सबका सब हर समय मन में बना रहता है, ऐसा नहीं, किन्तु आवश्यकता पड़ने पर याद आ जाता है। मैं सर्वप्रथम पात्र ठीक कर लेता हूँ—एक, दो, तीन, क्रमशः। कहानी आरम्भ करना अथवा पात्रों को लाकर खड़ा कर देना मेरे लिए बहुत सहज है। बहुत-से लोग कहते हैं, 'हमें प्लॉट नहीं मिलते, इसलिए लिखते नहीं।' मैं अवाक् रह जाता हूँ। इतनी विशाल धरती पड़ी है, इतना वैचित्र्य है, और ये लोग प्लॉट नहीं खोज पाते। इसका कारण है कि वे

मानवता को नहीं खोजते, अपनी कथा को लेकर ही व्यग्र रहते हैं। किससे लोगों का मनोरंजन हो, मैं यह नहीं करता। किसी पात्र का व्यक्तित्व भी नष्ट नहीं होने देता और घटनाक्रम को भी नहीं। लगता है साइंस की पुस्तकें पढ़ने के कारण मेरी भाषा भी उसी तरह की हो जाएगी। मैं भाषा अच्छी नहीं जानता। शब्दावली बहुत कम है, फिर भी वह लोगों को क्यों अच्छी लगती है, मैं नहीं जानता। जो कुछ कहना या समझना चाहता हूँ वही मन में रखता हूँ और इसके लिए बहुत परिश्रम करता हूँ। 'वह' और 'उन' का प्रयोग बहुत सावधानी से करना होता है। रचना को बहुत घिसना-मांजना पड़ता है, निर्झर-सी स्वत: फूट नहीं पड़ती। जो लोग कहते हैं कि जो लिखूँगा वही उत्कृष्ट है, वे लोग भयंकर भूल करते हैं। मनुष्य की बातचीत की तरह लिखने में भी बहुत-सी असम्बद्ध बातें रहती हैं। उस ओर नज़र रखनी होगी। मैं जैसे-तैसे कोई काम नहीं करता। इसलिए भूमिका लिखकर मुझे समझना नहीं पड़ता। मेरी किसी पुस्तक में भूमिका नहीं है।

''और एक बात बराबर देखता आ रहा हूँ। साहित्य-रचना के भी कुछ कायदे-कानून हैं। ध्यान रखना होता है कि रस-वस्तु अश्लीलता की सीमा में न चली जाए। श्लीलता-अश्लीलता के बीच ऐसी एक सूक्ष्म रेखा है कि जिसके एक इंच उधर पाँव पड़ जाने से ही सब अश्लील होकर नष्ट हो जाता है। ज़रा-सा पाँव फिसला तो फिर बचना मुश्किल है। अवश्य ही मैं रसिकों के बारे में कह रहा हूँ। अश्लील साहित्य सर्वदा वर्जनीय है। मनोरंजन की खातिर मैं कभी झूठ नहीं बोलूँगा। यथासाध्य मैं ऐसा नहीं करता।''

''मेरी कठोर आलोचना हुई है। गाली-गलौज की बौछार निकल गई। देश नहीं जानता कि ग्रंथकार, कवि, चित्रकार, इनका जीवन सर्वसाधारण से भिन्न होता है। यहाँ के लोग यह नहीं जानते कि इनको स्नेह की छाया में ही रखना पड़ता है। लोग चाहते हैं, इन्हें अभिज्ञता भी प्राप्त हो और हमारी तरह शान्त, शिष्ट, भद्र जीवन भी यापन करें। ऐसा नहीं हो सकता। यह दुख का विषय है कि हमारे देश में जो आलोचना होती है उसमें बारह आने व्यक्तिगत आक्षेप होते हैं। यह सारी आलोचना व्यक्ति की होती है पुस्तक की नहीं। इसी कारण बहुत-से लोग भयभीत हो उठते हैं।''

प्रश्नों का कोई अन्त नहीं था लेकिन शरत् बाबू ज़रा भी नहीं थके। उत्फुल्ल मन अन्त में उन्होंने कहा, ''इस चर्चा में आनन्द आया। केवल मनोरंजन के लिए नहीं, वास्तव में इस प्रकार की गोष्ठियों की आवश्यकता भी है। देश को किस प्रकार आगे बढ़ाकर उठाया जा सकता है, इस संबंध में विभिन्न लोगों के विभिन्न मत हैं। बीच-बीच में इसी प्रकार पाठकों और लेखकों को एकत्रित होकर विभिन्न प्रयत्नों में सामंजस्य बनाए रखने की आवश्यकता है। इसमें बहुत लाभ है। आजकल बहुत-से लोग लिखते हैं, किन्तु उनमें से बहुतों को ठीक लेखक नहीं कहा जा सकता। उनकी रचनाओं में संयम नहीं होता। वे लोग यौन संबंध के बारे में ऐसा गोलमाल करते हैं कि उनकी रचनाएँ साहित्य कहलाने की अधिकारिणी हैं या नहीं, इसमें सन्देह है। इन सारी रचनाओं में अधिकांश बाहर से उड़ाया हुआ है, अपनी खुद की अभिज्ञता नहीं। इसीलिए दूसरे से उधार ली हुई चीज़ को चलाने जाकर एक अशोभनीय काण्ड कर बैठते हैं। किसी के कुछ कहने पर वे लोग ज़िद करते हुए कहते हैं—खूब करेंगे, कहेंगे, लिखेंगे। किन्तु यह ठीक

नहीं। इस प्रकार की गोष्ठियों और सभा-समितियों का आयोजन कर यदि उनके साथ वार्तालाप की व्यवस्था की जाए तो इससे अच्छा परिणाम निकल सकता है।''

इस गोष्ठी में एक बात उन्होंने खूब ज़ोर देकर कही, ''मैं मनुष्य को बहुत बड़ा करके मानता हूँ। उसे छोटा करके नहीं मान पाता।''

लिंकन ने भी एक दिन घोषणा की थी, ''मैं किसी व्यक्ति को पतित देखना नहीं चाहता।''

सुनो रे मानुष भाई

साबार ऊपरे मानुष सत्य, ताहार ऊपरे नाईं।—चण्डीदास

इन गोष्ठियों के अतिरिक्त उनकी जन्म-जयन्ती के अवसर पर जो सम्मेलन होते थे, वे एक और दृष्टि से भी महत्त्वपूर्ण हैं। इनके साथ अनायास ही कविगुरु रवीन्द्रनाथ ठाकुर का संबंध जुड़ गया है। यह क्रम सम्भवत: उनके 42वें जन्मदिन से आरम्भ हुआ। उस वर्ष हावड़ा शिवपुर साहित्य संसद में उनका सम्मान किया गया था।

अगले वर्ष उनके 43वें जन्मदिन के अवसर पर यूनिवर्सिटी इंस्टीट्यूट में प्रसिद्ध लेखक श्री प्रमथ चौधरी के सभापतित्व में उनका सार्वजनिक अभिनन्दन किया गया[1]। संयोजकों की बड़ी इच्छा थी कि इस सभा की अध्यक्षता श्री रवीन्द्रनाथ ठाकुर करें, लेकिन वे यह निमन्त्रण स्वीकार नहीं कर सके। उन्होंने महाराजा जगदीन्द्रनाथ का नाम सुझाया और उसके लिए आग्रह करते हुए स्वयं पत्र भी लिख दिया, लेकिन अन्त में अस्वस्थ हो जाने के कारण वे भी नहीं आ सके और इसीलिए प्रमथ चौधरी अध्यक्ष हुए।

गुरुदेव स्वयं तो नहीं आ सके थे, लेकिन उन्हें आशीर्वाद देते हुए एक पत्र उन्होंने अवश्य लिख भेजा, ''श्रीयुत शरत्चन्द्र चट्टोपाध्याय का सम्मान करने वाली सभा में बंगाल के सभी पाठकों के साथ मैं भी अपना अभिनन्दन जताता हूँ। आज भी सशरीर पृथ्वी पर हूँ, इससे समय-लंघन का अपराध प्रतिक्षण प्रबल होता है, यह याद दिलाने के लिए नाना उपलक्ष्य सदा ही होते रहते हैं। आज सभा में सशरीर उपस्थित होकर सबके आनन्द में योग न दे सकूँगा, यह भी उन्हीं में से एक है। वस्तुत: मैं आज अतीत से आकर इस प्रदोषांधकार में अपना दुर्बल हाथ फैलाकर उनको आशीर्वाद दिए जाता हूँ, जिन्होंने बांग्ला साहित्य के उदय शिखर पर अपनी प्रभा की ज्योति फैलाई है।''

अभिनन्दन का उत्तर देते हुए बहुत-सी बातों के अतिरिक्त शरत् बाबू ने कहा, ''विभिन्न परिस्थितियों के विपर्यय के बीच एक दिन विभिन्न व्यक्तियों के सम्पर्क में आना पड़ा था। इससे कुछ नुकसान नहीं हुआ, ऐसा नहीं। लेकिन इस अवधि में जिन लोगों से साक्षात्कार हुआ था, उन्होंने मेरे सारे नुकसानों को पूरा कर दिया है। वे मेरे मन पर यह अनुभूति छोड़ गये हैं कि त्रुटि-स्खलन, अपराध, अधर्म ही मनुष्य का सब कुछ नहीं है। उसके बीच जो वस्तु वास्तव में मनुष्य है, जिसे आत्मा भी कहा जा सकता है, वह उसके सब अभावों, सब अपराधों से बरी है। अपनी साहित्य-रचना में मैं इसका अपमान नहीं करूँगा, लेकिन बहुतों ने इसे मेरा अपराध

1. 16 सितम्बर, 1928 ई.

मान लिया है। पापी का चित्र मेरी तूलिका से मनोहर हो उठा, मेरे विरुद्ध उनका सबसे बड़ा अभियोग यही है।''

''यह भला है या बुरा मैं नहीं जानता। इससे मानव के कल्याण की अपेक्षा अकल्याण अधिक होता है या नहीं इस पर भी मैंने विचार नहीं किया है। उस दिन जिस चीज़ को सत्य समझा था उसी को निष्कपट रूप से प्रकट किया था। वह सत्य चिरंतन और शाश्वत है या नहीं, यह मेरे सोचने की बात नहीं है। अगर यह बात मिथ्या भी हो जाती है, तो मैं किसी से लड़ने नहीं जाऊँगा।''

प्रेसिडेंसी कॉलेज की बंकिम-शरत् समिति आदि और भी अनेक संस्थाओं ने उनका अभिनन्दन किया। उनके जन्म स्थान देवानन्दपुर में 'शरत्चन्द्र पल्ली पाठागार' की स्थापना हुई। इसके लिए उन्होंने स्वयं एक अलमारी, अपने सारे उपन्यास और अन्य पुस्तकें दीं। वे अपने जन्म स्थान को कभी भूल नहीं सके। जब-तब वहाँ जाकर पुराने घाटों को देख आते थे और दूर-दूर तक नदी किनारे एकाकी घूमते-घूमते शैशव में खो जाते थे। वे अपना पैतृक भवन भी ख़रीदना चाहते थे। परन्तु किसी कारणवश यह सम्भव नहीं हो सका।

'बंकिम-शरत् समिति' इसके बाद प्रतिवर्ष उनका जन्मोत्सव मनाने लगी। तरुणों से उन्हें विशेष स्नेह जो था। उनके 56 वें जन्मदिन के अवसर पर समिति ने कई अधिवेशनों में शरत् साहित्य की आलोचना की और एक पुस्तिका भी प्रकाशित की।[1] रवीन्द्रनाथ ठाकुर ने बांग्ला उपन्यासों पर एक लेख विशेष रूप से उस पुस्तिका के लिए लिखा था। उस विकास की परिणति शरत्चन्द्र के उपन्यासों में कैसे हुई इसकी समुचित आलोचना करते हुए कविगुरु ने कहा, '' 'विषवृक्ष' और 'कृष्णकान्त का वसीयतनामा' के बाद बहुत दिन बीत गये। फिर देखता हूँ, गल्प साहित्य में एक और युग आया अर्थात् एक और पर्दा उठ गया। उस दिन जिस प्रकार अनिमंत्रित लोगों का दल साहित्य के प्रांगण में आ जुटा था, वह आज भी वैसा ही है। वैसा ही उत्साह, वैसा ही आनन्द, वैसी ही जनता। इस बार निमन्त्रणकर्ता हैं शरत्चन्द्र। उन्होंने अपनी कहानियों में जिस रस की सघनता से सृष्टि की है, वह है सुपरिचय का रस। उनकी रचना पहले से और अधिक पाठकों के पास आ गई है। उन्होंने अपने को देखा है विस्तृत करके, स्पष्ट करके, और उसी प्रकार स्पष्ट करके दिखाया है। उन्होंने रंगमंच का पर्दा उठाकर बंगाल परिवार के जिस आलोकित दृश्य का उद्घाटन किया है, उसमें आधुनिक लेखकों का प्रवेश सहज हो गया है। एक दिन वे शायद इस बात को भूल जाएँगे किन्तु आशा करता हूँ कि पाठक नहीं भूलेंगे। यदि भूल जाएँगे तो यह उनकी अकृतज्ञता होगी। यदि ऐसा भी होता है तो दुख की बात नहीं है। काम समाप्त हो गया है, यही यथेष्ट है। कृतज्ञता तो मात्र ऊपरी प्राप्ति है।... लेखक की मृत्यु के बाद काल ही उसकी कृतियों की रक्षा करता है।''

अगले वर्ष 57वीं जन्म-जयन्ती[2] के अवसर पर उनके मित्रों और भक्तों ने यह उत्सव बड़े पैमाने पर मनाने का प्रस्ताव किया। बंगाल की महिलाओं और छात्र-छात्राओं ने भी इस अवसर पर अलग-अलग उनका हार्दिक अभिनन्दन किया।

---

1. सन् 1931 ई. 2. सन् 1932 ई.

लेकिन जो मुख्य उत्सव टाउन हाल में होने वाला था वह ठीक समय पर एक कुचक्र के कारण भंग हो गया। बेहाला के ज़मींदार मणीन्द्रनाथ राय उनके परम भक्त थे। उन्होंने ही इस सभा का आयोजन किया। सभापति चुने गये इस बार फिर गुरुदेव रवीन्द्रनाथ ठाकुर। लेकिन इस बार भी वे नहीं आ सके। इस समय बंगाल कांग्रेस में दो दल थे। शरत्चन्द्र सुभाषचन्द्र बसु के समर्थक थे। इसलिए उनका झुकाव फार्वर्ड दल की ओर था। अभिनन्दन समिति में संयोग से उन्हीं का बहुमत था। इसी बात को लेकर उनके विरोधी एडवान्स दल के लोग नाराज़ हो गये और उन्होंने इस आयोजन को पंगु बनाने की पूरी कोशिश की। ऐसा करने का उन्हें अवसर भी मिल गया। संयोग से इस वर्ष शरत्चन्द्र की जन्मतिथि जिस दिन पड़ी, उस दिन पिछले वर्ष हिजली जेल में पुलिस को गोली से दो बन्दियों की मृत्यु हो गई थी। इसी को उपलक्ष मानकर एडवान्स दल ने साहित्य के हीरो की अभ्यर्थना को धूमिल कर दिया।

जो उनके मित्र और प्रिय थे और बाद में फिर वैसे ही हो गये उन्हीं यतीन्द्रमोहन बागची, कालिदास राय और सावित्री प्रसन्न चट्टोपाध्याय ने वक्तव्य दिया कि यह उत्सव नहीं होना चाहिए। उधर अमल होम इस उत्सव में विशेष रूप से रुचि ले रहे थे, लेकिन अचानक वे बीमार हो गये। ठीक समय पर सभा का आयोजन हुआ और एडवान्स दल के लोगों ने वहाँ एक हंगामा खड़ा कर दिया। शरत्चन्द्र द्वार तक आकर लौट गये। 'शनिवारेर चिठि' के सजनीकान्त दास का इस हंगामे में प्रमुख हाथ था। पारस्परिक वैमनस्य और दलबन्दी के कारण यह उत्पात हुआ। अन्यथा जन्म-जयन्ती का उत्सव साधारण रूप से कहीं भी मनाया जा सकता था। या जैसा बाद में करना पड़ा, शुरू में ही स्थगित किया जा सकता था। राजनीतिक तनातनी के बीच में व्यक्तिगत उत्सव को इतना महत्त्व न देना शायद उदारता ही होती। अन्ततः शरत् वन्दना समिति ने दो दिन बाद[1] यह उत्सव मनाया। उनके सम्मान में एक पुस्तक (*शरत् वन्दना*) प्रकाशित की और उन्हें अनेक बहुमूल्य उपहार भेंट में दिये।

इस दुर्घटना का एकमात्र कारण यही नहीं था। उन दिनों देश में साम्प्रदायिक निर्णय के कारण बहुत उत्तेजना फैली हुई थी। गाँधीजी अछूतों के प्रश्न को लेकर आमरण अनशन करने का निश्चय कर चुके थे। इस निश्चय से देशवासियों का उद्विग्न होना स्वाभाविक था। यतीन्द्र मोहन बागची आदि के विरोध का मुख्य कारण भी यही था, अन्यथा 'शरत् वन्दना' में उनकी भी रचनाएँ हैं। गुरुदेव रवीन्द्रनाथ ठाकुर भी इसीलिए शायद उस सभा में नहीं आ सके थे। उनके न आने का एक और भी कारण हो सकता है। कुछ ही दिन पूर्व जर्मनी में उनके दौहित्र का देहान्त हो गया था। अपने पत्र में उन्होंने जिस विशेष उद्वेगजनक साँपारिक घटना का ज़िक्र किया है, वह शायद यही थी।[2]

व्यक्तिगत पत्र के अतिरिक्त अपना आशीर्वाद एक सार्वजलिनक पत्र के रूप में भेजते हुए उन्होंने लिखा—

विशेष उद्वेगजनक साँपारिक घटना के कारण तुम्हारे जन्मदिन के उत्सव में होने वाली सभा में उपस्थित रहना संभव नहीं हो सका। मेरी आन्तरिक शुभकामना पत्र के रूप में तुम्हारे पास भेज रहा हूँ। तुम्हारी जययात्रा की अभी समाप्ति नहीं हुई। उसी असमाप्त यात्रापथ के बीच

---

1. आश्विन (18 सितम्बर, 1932 ई.) 2. 6 अगस्त, 1932 ई.

में अकस्मात् तुमको खड़ा करके अर्घ्य देना मेरी दृष्टि में सोचता हूँ असामयिक है। अभी तुम्हारे स्तब्ध होने का अवकाश नहीं आया। अभी तुम्हारा हरा-भरा सुदूर भविष्य तुम्हें पुकार रहा है।

सत्तर वर्ष पूरे करके कर्म साधना के अन्तिम चरण में पहुँच गया हूँ। कर्तव्यपथ की प्रदक्षिणा सम्पूर्ण कर देने पर भी यदि मुझे अब भी चलना पड़ता है तो केवल पुनरावर्तन-मात्र है। इसी कारण कुछ दिन पहले मेरे देश ने मेरे जीवन का शेष प्राप्य समारोह करके चुका दिया था। साधारण जन के सामने मेरा परिचय समाप्त हो गया है, यह कहकर शेषकृत संभव हो गया। आकाश के सावन के मेघ जब अपना दान पूर्ण कर देते हैं तभी धरती पर शरत् की पुष्पांजलि प्रस्तुत होती है। इसके बाद मेघ यदि सम्पूर्ण विश्राम नहीं करते तो वह वर्षा पुनरावृत्ति-मात्र है। यह तो ज़्यादती है।

तुम्हारा वह समय नहीं आया। अभी तो तुम्हें देश को, प्रतिदिन हुई नयी रचनाओं से, नया-नया आनन्द दान करना है और उसी उल्लास के साथ देश तुम्हारी सदा जयध्वनि करता रहेगा। पथ में पद-पद पर तुम प्रीति पाओगे, आदर पाओगे। पथ के दोनों ओर जो ये सब नये फूल खिल उठेंगे, यह सब तुम्हारे हैं। अन्त में सबके हाथों से तुम्हारे मुकुट के लिए तुम्हारी अन्तिम वर-माला गूंथी जाएगी। वह दिन अभी बहुत दूर है। आज देश की जनता तुम्हारे मार्ग की साथी है। दिन पर दिन वह तुमसे पाथेय का दावा करेगी। उनकी वही इच्छा तुम पूर्ण करो। पथ के अन्त में पहुँचा हुआ मैं यही कामना करता हूँ। जनसाधारण जो सम्मान का या अनुष्ठान करके बीच में समाप्ति का शान्तिवाचन करते हैं, तुम्हारे लिए वह संगत नहीं है। यह बात तुम निश्चय मानो।

तुम्हारे जन्मदिन के उपलक्ष्य में 'काल-यात्रा' नाम की एक नाटिका तुम्हारे नाम उत्सर्ग करता हूँ। आशा करता हूँ, यह दान तुम्हारे अयोग्य नहीं होगा। इसका विषय यह है कि रथ-यात्रा के उत्सव में हठात् सब-नर-नारी यह देखते हैं, महाकाल का रथ अचल है। मानव समाज की सबसे बड़ी दुर्गति काल की यही गतिहीनता है। मनुष्य-मनुष्य में जो संबंध-बंधन देश-देश युग-युग में प्रसारित हो गये हैं, वे ही बंधन उस रथ को खींचने वाली रस्सी हैं। उन बंधनों में अनेक ग्रंथियाँ पड़ जाने पर मानव संबंध असत्य और असमान हो जाते हैं। उससे रथ नहीं चलता। इन्हीं संबंधों का असत्य इतने समय तक जिनको विशेष रूप से पीड़ित करता है, अपमानित करता है, मनुष्यत्व के श्रेष्ठ अधिकार से वंचित करता है, आज महाकाल अपने रथ के वहन के रूप में उनका ही आह्वान कर रहा है। उनका असम्मान नष्ट होने पर ही, संबंधों का असाम्य दूर होने पर ही रथ सामने की ओर चलेगा।

काल की रथ-यात्रा की बाधा दूर करने के लिए जिस महामंत्र की आवश्यकता है वह तुम्हारी प्रबल लेखनी द्वारा सार्थक हो, इसी आशीर्वाद के साथ तुम्हारे दीर्घ जीवन की कामना करता हूँ। इति।

इस आशीर्वाद में कवि ने कहा है, "तुम्हारी जययात्रा की अभी समाप्ति नहीं हुई है। उसी असमाप्त यात्रापथ के बीच में अकस्मात् तुमको खड़ा करके अर्घ्य देना मेरी दृष्टि में असमायिक है।" इस वाक्य का बहुत-से लोगों ने गलत अर्थ लगाया। स्वयं शरत्चन्द्र भी मन-ही-मन बहुत प्रसन्न नहीं थे। एक मित्र से उन्होंने कहा भी था कि रवीन्द्रनाथ उनका ठीक-

ठीक आदर नहीं करते। उन्होंने 'काल-यात्रा' नाम की जो नाटिका उन्हें समर्पित की है, वह इतनी नगण्य है कि उसका नाम तक कोई नहीं जानता। "अगर वे मुझे कोई भी पुस्तक समर्पित न करते तो मुझे और भी खुशी होती। जो भी हो, वह दान मैंने गुरु का आशीर्वाद समझकर स्वीकार कर लिया है, किन्तु इससे मेरा क्षोभ कम नहीं होगा।"

लेकिन उन्होंने गुरुदेव को जो पत्र लिखा, उसमें इस बात का आभास तक नहीं है। उन्होंने लिखा, "समय की गति के साथ-साथ आपका जो आशीर्वाद मिला, वह मेरे लिए श्रेष्ठ पुरस्कार है। आपका तुच्छतम दान भी संसार में किसी भी साहित्यिक के लिए सम्पदा है। इस दान को सिर-माथे पर लेता हूँ। मेरी तकदीर अच्छी है कि उस दिन आपका कलकत्ता आना संभव नहीं हुआ। आते तो उस दिन का अनाचार देखकर अत्यन्त ही व्यथित होते। सबसे बढ़कर दुख की बात यह है कि प्राय: मेरे समवयस्क साहित्यिकों ने ही इस उपद्रव का सूत्रपात किया। सांत्वना की बात केवल यही है कि इसको वे लोग पसन्द करते हैं। मैं उपलक्ष-मात्र हूँ क्योंकि पिछले साल (आपकी) जयन्ती में भी (उन्होंने) कुछ कम दुख देने की चेष्टा नहीं की थी। मैं एक दिन आपको प्रणाम करने आना चाहता हूँ, लेकिन संकोचवश नहीं आ पाता हूँ। कहीं कोई कुछ समझ न बैठे।"

इस पत्र का बहुत ही सुन्दर उत्तर दिया गुरुदेव ने। लिखा, "तुम्हारे प्रति जो अत्याचार हुआ उसका विवरण जानकर लज्जा आती है, किन्तु यह बात निस्सन्देह ठीक है कि देश की जनता के हृदय पर तुमने अधिकार कर लिया है। इस प्रेम से बढ़कर मूल्यवान अर्घ्य और कुछ नहीं हो सकता, पर यह प्यार पाया है तो आघात भी सहना होगा। केवल यदि यश ही मिलता और उसको लेकर किसी के मन में कोई विरोध न होता तो उस यश का गौरव न रहता। तुम्हारी प्रतिष्ठा जितनी बढ़ेगी उतना ही दुख भी बढ़ेगा। इसके लिए मन को पक्का कर रखो...।"

अपने आशीर्वाद में भी गुरुदेव ने जो भावना प्रकट की, उसमें कोई दुरभिसंधि नहीं है। सही बात को उन्होंने सही रूप में ही रखा है। इस प्रकार की आदर-अभ्यर्थना व्यक्ति को गतिहीन करने में अधिक समर्थ होती है, यह चरम सत्य है। गुरुदेव शरत् बाबू की रचनाओं के प्रशंसक थे। अनेक बार अनेक लेखों में उन्होंने इस बात का प्रमाण दिया है। पाँच वर्ष पूर्व 'साहित्य में नवीनता' नाम के निबन्ध में उन्होंने लिखा था, "शरत् बाबू की कहानी बंगालियों की कहानी है, किन्तु उनका कहानी कहना एकांत रूप से बंगालियों का नहीं है। इसीलिए उनके कथा-साहित्य के जगन्नाथ क्षेत्र में जाति-विचार की बात नहीं उठ सकती। उनका कहानी कहने का सर्वजनीय आदर्श ही विस्तार के क्षेत्र में सब लोगों को बुला लाता है। उस आदर्श के छोटा होते ही निमंत्रण भी छोटा हो जाता है। तब फिर वह भोजन परिवारिक हो सकता है, जातिभोज हो सकता है किन्तु वह उस साहित्यतीर्थ का महाभोज नहीं हो सकता, जिस तीर्थ में सब देश के यात्री आकर मिलते हैं।"

दो वर्ष बाद 'साहित्य-विचार' निबन्ध में उन्होंने फिर लिखा, "शरत्चन्द्र की कहानियाँ, 'बैताल पच्चीसी', 'हातिमताई', 'गुलबकावली' या 'कादम्बरी', 'वासवदत्ता' के समान नहीं हुई हैं, योरोपीय कथा साहित्य के ढंग की हैं। इससे अभारतीयत्व या रजोगुण प्रमाणित नहीं होता, इससे प्रमाणित होती है प्रतिभा की प्राणवत्ता। सत्य का जो प्रभाव हवा में उड़ता फिरता

है, वह दूर से आये, चाहे निकट से, उसे सबसे पहले अनुभव करता है प्रतिभाशाली चित्त। जो प्रतिभाहीन होते हैं, वे उससे बचाव चाहते हैं और चूँकि प्रतिभाहीनों का दल ज़रा भारी होता है और उसकी निस्पन्दता दूर होने में बहुत विलम्ब होता है, इसलिए प्रतिभा के भाग्य में दीर्घकालिक दुख भोगना बदा रहता है। इसी से मेरी राय है कि साहित्य का विचार करते समय विदेशी प्रभाव और विदेशी प्रकृति की चुटकी लेते हुए वर्ण संकरता या व्रात्यता का विवाद न उठाया जाये।''

शरत् बाबू की गल्प-रचना शक्ति को मुक्त मन से स्वीकार करते हुए एक बार कवि गुरु ने उनसे कहा था, ''इस बार यदि तुम्हें लखनऊ साहित्य सम्मेलन में जाना हो तो भाषण के बदले एक कहानी लिखकर ले जाना।''

शरत्चन्द्र नारी जाति के मसीहा के रूप में जाने जाते हैं। कविगुरु ने भी अपनी एक प्रसिद्ध लम्बी कविता 'साधारण मेये' में कहा है कि साधारण नारी शरत्चन्द्र को अपनी मनोवेदना प्रकट करने वाले लेखक के रूप में जानती है। जानती है कि यदि शरत् बाबू उसकी कथा लिख देंगे तो उसका उद्धार हो जाएगा। इसीलिए वह 'साधारण लड़की' उनसे विनती करती है, ''पांव पड़ती हूँ तुम्हारे, एक कहानी लिखो शरत् बाबू! नितान्त साधारण लड़की की कहानी।''

पाये पड़ि तोमार, एकटा गल्प लेखो तूमि शरत् बाबू
नितान्त साधारण मेयेर गल्प

इसी नाम की एक कविता लिखी उनके मामा उपेन्द्रनाथ ने। उसमें भी वे शरत् से कहते हैं, ''तुम अगर साधारण लड़की की कहानी नहीं लिखोगे तो मैं लिखूँगा। लेकिन वह इतनी असाधारण नहीं होगी और बंगाल की नारियां उसे पढ़कर शरत्चन्द्र को ही शाप देंगी।''

इससे स्पष्ट है कि गुरुदेव ने उनकी प्रतिभा का वरण किया था और जहाँ तक शरत् बाबू का संबंध है वे जीवन-भर उनको अपना गुरुदेव मानते रहे। लेकिन फिर भी उनके जीवन में ऐसे अवसर आये जब उन दोनों में अपरिचय की दूरी बढ़ी और कुछ ही समय के लिए सही, मनोमालिन्य पैदा हुआ। कई वर्ष पूर्व[1] कविगुरु ने शरत्चन्द्र के और अपने, दोनों के, परम भक्त संगीतज्ञ दिलीपकुमार राय को एक पत्र लिखा था। उसमें उन्होंने अपने और शरत् के बीच पैदा हो जाने वाले व्यवधान की चर्चा की है।

''किसी पत्र-लेखक ने बताया है कि शरत्चन्द्र को विश्वास है कि मैं उसके ऊपर विरक्त हूँ। जो मुझे अच्छी तरह जानते हैं वे इतनी बड़ी भूल नहीं कर सकते। राष्ट्रनीति या किसी विषय में मत न मिलने को मैंने कभी भी फ़ौजदारी दण्ड-विधान के अन्तर्गत नहीं माना। यदि मैं किसी दिन स्वराज्य सरकार का अधिनायक होता हूँ, ऐसा होने पर तुम पूर्ण रूप से निश्चिंत रह सकते हो कि मेरे साथ तुम्हारे संगीत का मेल न होने पर भी तुम्हारा धन और जीवन सुरक्षित रहेंगे। शरत् ने मेरे प्रति कोई अपराध नहीं किया। शायद तुम जानते हो कि शरत् के संबंध में मैंने कभी अश्रद्धा प्रकाशित नहीं की (साहित्य के संबंध में)। शुरू से ही मैं उनकी

1. विस्तृत विवेचन के लिए देखें अध्याय 21

प्रशंसा करता आ रहा हूँ। बहुत लोग कहानी लिखने में शरत् को मुझसे श्रेष्ठ मानते हैं। यह मेरे चिन्ता करने की बात इसलिए नहीं कि काव्य रचना में मैं शरत् से श्रेष्ठ हूँ। इस बात को बड़े से बड़ा निंदक भी अस्वीकार नहीं कर सकता।...तुम शायद जानते हो कि मैं बहुत दिन से होम्योपैथी की चर्चा करता आ रहा हूँ, ऐसा होने पर भी तुम्हारे स्वर्गीय नानाजी को जनसाधारण मुझसे बड़ा डॉक्टर मानते हैं। तब मेरी एक यही सांत्वना है कि वे मेरे समान छोटी कहानी नहीं लिख सकते। सभी कहते हैं, मुझसे तुम्हारा कण्ठ स्वर अच्छा है। उसको लेकर वृथा अश्रुपात न करके मैं कहता हूँ कि मण्टू से मेरा हस्तलेख बहुत अच्छा है।...सभी विषयों में मेरी क्षमता यदि सबके समान नहीं है, इसलिए ही मैं क्षमताशाली लोगों के सींग मारता-फिरता हूँ तो फूटा कपाल और फूटकर चार खण्डों में बँट जाएगा। मेरे देश में कोई भी किसी भी विषय में श्रेष्ठता लाभ क्यों न करे, मैं उसके गौरव में सम्मिलित हूँ। इस श्रेष्ठता को नामंजूर करके अपने को ही वंचित किया जाता है। मेरे देश में बहुत-से लोग मुझसे अधिक बहुत-से विषयों में बड़े हैं। यह अहंकार मैं संसार के सामने कर सकता हूँ। शरत् की एक समय की चर्खा-भक्ति को लेकर मैंने तुम्हारे सामने बार-बार हँसी की है। कभी नहीं हँसता, गम्भीर होकर बैठता, यदि मेरे मन में लेश-मात्र भी कांटे का घाव होता। कारण, व्यक्तिगत कारणों से जिनसे मेरी विमुखता है, उनकी निन्दा करने में मुझे बड़ी लज्जा आती है। जिसकी प्रशंसा नहीं कर सकता, उसकी निन्दा नहीं करना चाहता। जब मेरे हाथ में साधन पत्रिका थी, तब मैंने साहित्य को अच्छा-बुरा नहीं कहा था। बंकिम की एक-दो बार निन्दा की है। क्योंकि उनकी प्रशंसा करना मेरे लिए स्वाभाविक था।...उनका ठिकाना नहीं जानता। तुम निश्चय ही जानते हो, इसलिए उनसे मिलकर या पत्र द्वारा बता दो कि मैं सर्वान्तःकरण से उनकी कल्याण-कामना करता हूँ। चरखा छोड़कर उन्होंने कलम पकड़ी है, इससे मैं खुश हुआ हूँ। क्योंकि उनकी कलम से देश की उन्नति का जो सूत्रपात होगा, चर्खे से वह नहीं होगा। किन्तु यदि वे खामखाह चक्रधर बनते भी हैं, तो उनके विरुद्ध मैं कभी भी चक्रांत (षड्यन्त्र) नहीं करूँगा।''

यद्यपि इस पत्र में कविगुरु की विनोदप्रियता ही मुखर हुई है, लेकिन उनकी भाषा के पीछे उनके मन में उठने वाले अन्तर्द्वन्द्व की झांकी भी मिलती है। उन दोनों को लेकर उस काल के साहित्यिक चेले-चांटे जो षड्यन्त्र रचते रहते थे, वह भी इस पत्र से स्पष्ट हो जाता है। यह मान लेना बहुत कठिन नहीं है कि कविगुरु के मन में शरत् के प्रति दुर्भावना नहीं थी। गिरिजा कुमार बसु को लिखे अपने एक पत्र में उन्होंने यह बात एक बार फिर स्पष्ट की है।

''शरत से कहो कि उनके ऊपर क्रुद्ध होना कष्टदायक है, क्योंकि स्वभाव के विरुद्ध है। जिसमें जो कुछ अच्छा है उसको अच्छा कहने के लिए मुझमें खूब व्याकुलता है, इसलिए प्रतिकूलता होने पर भी मैं प्रतिकूल नहीं हो सकता। शरत् ने मेरे प्रति कोई अपराध किया हो मैं नहीं जानता। यदि मेरे साथ उनका किसी विषय में मत नहीं मिलता, उसको लेकर झगड़ा करना मेरे लिए संभव नहीं है। अपने बारे में भी मत-स्वातंत्र्य का दावा करता हूँ। इस संबंध में दूसरों के दावे की भी रक्षा करता हूँ। साहित्य में शरत् का गौरव चिरन्तन हो, परिव्याप्त हो, उनके गौरव से देश का गौरव बढ़े, यह मेरी आन्तरिक कामना है... ।''

गुरुदेव ने जो कामना व्यक्त की वह निरन्तर फलीभूत हो रही थी। उनके गौरव से देश

का गौरव सचमुच बढ़ रहा था। देश के बाहर भी उनकी ख्याति पहुँच गई थी। *श्रीकान्त* प्रथम पर्व का अनुवाद अंग्रेज़ी में हो चुका था। डॉ. कनाई गांगुली ने उसका अनुवाद इतालवी भाषा में भी किया था। इस अनुवाद को पढ़कर फ्रेंच मनीषी रोम्या रोलां ने प्रवासी के सम्पादक रामानन्द चट्टोपाध्याय से पूछा था, ''शरत्चन्द्र प्रथम श्रेणी के उपन्यासकार हैं। उन्होंने और कौन-कौन-सी किताबें लिखी हैं।''[1]

कल्लोल के सम्पादक दिनेशचन्द्र दास को भी एक पत्र में उन्होंने लिखा था, ''हम कई योरोपवासी बन्धु भारतवर्ष के वर्तमान साहित्यिकों के साथ परिचय प्राप्त करना चाहते हैं। शरत्चन्द्र की रचनाओं का परिचय पाकर हमें खुशी होगी। के.सी. सेन और टामसन द्वारा अनूदित करके *श्रीकान्त* प्रथम पर्व को पढ़कर उनके अभिनव व्यक्तित्व और लिपि-कुशलता पर मुग्ध हो गया हूँ।''

उस दिन लीग ऑफ नेशन्स के कार्यालय में कई बंगाली मित्रों से बातचीत करते हुए बंगाल सरकार के तत्कालीन अर्थमन्त्री नलिनीरंजन सरकार ने बड़े दुख के साथ कहा था, ''एक रवीन्द्रनाथ को छोड़कर पश्चिम के देशों में और किसी बंगाली का नाम नहीं सुना जाता।''

पास ही एक विदेशी महिला बैठी हुई थीं। उन्होंने कहा, ''शरत्चन्द्र चट्टोपाध्याय नाम के एक बंगाली लेखक के प्रति भी पाश्चात्य देश के रहने वालों के मन में बड़ी श्रद्धा है। उनकी दो-एक किताबों का नाट्य रूपान्तर लैटिन आदि भाषाओं में भी हो चुका है। इतना ही नहीं, विदेशी रंगमंच पर उनका प्रदर्शन भी हुआ है।''

स्वयं शरत्चन्द्र के पास पाश्चात्य विद्वानों के अनेक पत्र आते थे। एक इटालियन ने *श्रीकान्त* की विस्तृत प्रशंसा करते हुए लिखा था—''यह रचना आज के विश्व साहित्य की चोटी की रचनाओं में गिने जाने योग्य है। मैंने मूल बांग्ला में उसे पढ़ा है और अब इटालियन भाषा में उसका अनुवाद करने जा रहा हूँ।''[2]

क्या यह किसी भी देश के लिए गर्व की बात नहीं है?

19

चन्दन नगर की गोष्ठी में उन्होंने कहा था, ''राजनीति में भाग लिया था, किन्तु अब उससे छुट्टी ले ली है। उस भीड़भाड़ में कुछ न हो सका। बहुत-सा समय भी नष्ट हुआ। इतना समय नष्ट न करने से भी तो चल सकता था। जो हुआ सो हुआ। कुछ अनुभव ही प्राप्त हुआ। आगे से अपनी साहित्य-साधना में ही लगा रहूँगा।''[3]

इस समय देश में नमक सत्याग्रह का ज़ोर था। इसी गोष्ठी में एक बन्धु ने पूछा, ''वर्तमान राजनीतिक आन्दोलन के संबंध में कुछ कहिए। कैसा चल रहा है और आपको कैसा लगता है?''

उन्होंने उत्तर दिया, ''अच्छा ही चल रहा है। किन्तु मैं इस संबंध में कुछ न कह सकूँगा।''

---

1. सितम्बर, 1926 ई. 2. शरत्चन्द्र : व्यक्ति और कलाकार—इलाचन्द्र जोशी, पृष्ठ 51 3. नवम्बर, 1930 ई.

इससे स्पष्ट है कि अब उनका मन राजनीति से उचट रहा था और यह भी सत्य है कि उनके राजनीति में जाने से साहित्य की हानि हुई। परन्तु देश की स्वाधीनता के लिए प्रयत्न करना साहित्यकार का उतना ही अधिकार वे मानते थे, जितना राजनीतिज्ञ का। बल्कि उससे कुछ अधिक ही। इसलिए अहिंसा और चर्खे में विश्वास न रखते हुए भी उन्होंने अनुशासन के कारण उनका यथाशक्ति सम्मान किया। लेकिन ऐसा लगता है कि इस उदासी के बावजूद उन्हें शीघ्र ही मुक्ति नहीं मिल गई। कुछ दिन और वे उससे जुड़े रहे। उनकी राजनीतिक मान्यता क्या थी यह उनके कार्यों से और उनके उन विचारों से स्पष्ट हो जाता है जो *पथेर दाबी* में उन्होंने प्रकट किये। उसके प्रकाशन–काल में एक दिन कई कांग्रेसजन उनसे मिलने आये। प्राय: सलाह–मशविरे के लिए आते रहते थे। उस दिन उन्होंने पूछा, ''अहिंसक सत्याग्रह और हिंसक विप्लव, इन दोनों में आप किसका समर्थन करते हैं? आप हावड़ा कांग्रेस के सभापति हैं और कांग्रेस हाईकमांड का आपके प्रति स्थायी निर्देश है अहिंसात्मक सत्याग्रह, मगर आपके *पथेर दाबी* उपन्यास में हिंसा का संकेत है?''

उन्होंने उत्तर दिया, ''मैं उसका (हिंसा का) समर्थन नहीं करता, यह सत्य है। फिर भी न जाने क्यों क्रान्तिकारियों के प्रति मेरे अन्दर यह एक कमज़ोरी रह गई है। इसलिए खतरा उठाकर भी इनसे सम्पर्क रखने और कभी–कभी यथासंभव आर्थिक मदद करने में मैं तनिक भी आगा–पीछा नहीं करता। तुम लोगों में शायद कोई नहीं जानता कि इनमें से कई गहरी रात के अंधेरे में मेरे पास आया करते हैं। अभी उस दिन दिन–दहाड़े सबकी आँखों में धूल झोंककर एक क्रांतिकारी मेरे घर पर कुछ घंटे काट गया।

''उस दिन उसके एक आदमी ने आकर मुझे खबर दी कि दोपहर के समय आलू का टोकरा लिए 'आलू ले लो, आलू ले लो' चिल्लाता हुआ वह क्रांतिकारी घर के पास से गुज़रेगा। उसकी आवाज़ सुनकर आलू लेने के बहाने मैं उसे घर के अन्दर बुला लूँ।

''आवाज़ तो सुनी मगर अचानक उसे बुलाऊँ कैसे? यहाँ आने के बाद कभी कोई चीज़ स्वयं नहीं खरीदी। आज अगर अचानक आलू वाले को बुलाने की बात की तो लोगों को शक होगा और उसकी गोपनीयता प्रकट हो जाएगी। बहुत सोच–विचारकर आखिर गृहस्वामिनी की शरण ली। बुलाकर कहा, 'बड़ी बहू, कोई आलू वाला पुकार रहा है, आलू लोगी क्या?'

''गृहस्वामिनी बोली, 'घर में ढेर सारे हैं। आज ही तो बाज़ार से आये हैं।'

''मैं बड़ी आतुरता से बोला, 'तो क्या बेचारा इस चिलचिलाती धूप में 'आलू, आलू' चिल्लाता खाली हाथ लौट जाएगा? शायद उसकी अभी तक बोहनी भी नहीं हुई। थोड़े ले लो। आलू ऐसी कोई खराब होने वाली चीज़ नहीं है। घर में पड़े रहने पर भी कोई नुकसान नहीं होगा। अहा, इस भरी दोपहरी में बेचारा चिल्लाता फिर रहा है। मुझे सचमुच उस पर बड़ी दया आती है।'

'' 'तुम्हारी सनक बड़ी अनोखी है' कहकर गृहस्वामिनी ने आलू वाले को बुलाने के लिए ननी को आदेश दिया। उसके आने पर थोड़े–से आलू लिए भी। मैं दरवाज़े के पास ही खड़ा था। सोच रहा था क्या करूँ? अन्त में बोला, 'दोपहर तो ढल गई, कुछ खाया–पीया भी है भाई?'

''वह बोला, 'कैसे खाता-पीता बाबूजी? आलू बेचकर कब घर लौटूँगा, इसका कोई ठिकाना है क्या? शायद शाम तक कुछ मिल सके।'

''मैं बोला, 'तो भाई एक काम करो, यहीं दो कौर क्यों नहीं खा लेते। इस भरी दोपहरी में ब्राह्मण के द्वार से बिना खाये तुम नहीं जा सकते।'

''उसने कहा, 'बाबूजी, ब्राह्मण के यहाँ बहुत दिनों से प्रसाद नहीं पाया, मिले तो मेरा परम सौभाग्य होगा।'

''उधर गृहस्वामिनी कान में बुदबुदा रही थीं, 'तुम खामखाह झंझट मोल ले रहे हो। आया है आलू बेचने, उसे खिलाने की क्या ज़रूरत पड़ गई? वह क्या अतिथि है या कोई भिखारी, कि बुलाकर खिलाना होगा? इसके अलावा चूल्हा-चौका भी तो उठ चुका है। मछली-वछली भी नहीं रह गई है।'

''मैं धीरे से बोला, 'जानती हो, इस भरी दोपहरी में बिना खाये लौट जायेगा तो गृहस्थ का अकल्याण होगा और मछली की बात कह रही हो, ननी को कहने से वह अभी जाल फेंककर तालाब से मछलियाँ ले आएगा।'

''अकल्याण की बात सुनकर गृहस्वामिनी तैयार हो गईं। इतनी गोपनीयता का एक कारण था। घर के लोगों को उससे असाधारण परिचय का पता यदि चल जाता तो बात धीरे-धीरे फूट जाती। फिर हमारे मकान के सामने ही चौकीदार का घर था। पता लगने पर थाने में निश्चय ही रिपोर्ट लिखा आता। इसीलिए इतनी सावधानी बरतने को बाध्य हुआ था।...देश के लिए जो काम करते हैं, उन सब पर मैं श्रद्धा रखता हूँ। भले ही वे हिंसात्मक क्रांतिकारी हों या अहिंसात्मक सत्याग्रही। मेरे लिए वे दोनों ही समान श्रद्धा के पात्र हैं। इस असमय में गृहस्वामिनी से रसोई करवाने में मुझे संकोच अवश्य हो रहा था, पर कोई चारा भी तो नहीं था। ननी जाल लेकर तालाब की ओर चला गया और बड़ी बहू अतिथि-सत्कार के लिए रसोई घर में व्यस्त हो गईं। इस एकान्त का लाभ उठाकर मैंने आलू वाले से उसकी कहानी सुनी। उसे कुछ रुपयों की आवश्यकता थी, वे दिये। यह बात कोई नहीं जान सका, क्योंकि बीच-बीच में मैं ऊँची आवाज़ में आलू वाले से समय के अनुरूप बातें करता रहता था। आखिर रसोई तैयार हुई और खा-पीकर वह 'आलू ले लो आलू!' चिल्लाता हुआ चला गया।''

हावड़ा डकैती में एक अभियुक्त था लालबिहारी। जेल से फरार होकर वह सीधा उनके पास आया। उस समय ब्रिटिश सरकार का इतना आतंक था कि कोई भी साधारण व्यक्ति इस तरह के फरार आदमी को अपने यहाँ आश्रय देने का साहस नहीं कर सकता था, पर शरत्चन्द्र कभी साधारण बनकर नहीं रहे। उन्होंने लालबिहारी को आश्रय ही नहीं दिया, अपना अनुचर बनाकर नियमित रूप से उसे वेतन भी देते रहे। आलू वाला, लालबिहारी, स्वदेशरंजन दास, शचीन्द्रनाथ सान्याल और विपिन बिहारी गांगुली कितने नाम लिए जायें। उम्र में छोटे होने पर भी विपिन बिहारी गांगुली रिश्ते में उनके मामा लगते थे। उन्हें शरत् बहुत प्यार करते थे। दुखी मन से उन्होंने एक दिन कहा था, ''कितने अद्‌भुत हैं ये विप्लवी लोग! उनका एक दृष्टान्त है हमारा विपिन। देश के लिए कितने कष्ट में उसने अपना सारा जीवन दिया है। आधा जीवन तो उसका जेल में कट गया। कितनी बार कहा कि बिस्तर पर सोओ, कुछ आदर और प्यार ग्रहण

करो। लेकिन उसके पास समय ही नहीं, और समय आये कहाँ से? देश की चिन्ता छोड़कर उसे कोई और चिन्ता नहीं है।''

विपिन रहने के लिए तो नहीं लेकिन किसी-न-किसी प्रकार की सहायता के लिए आते ही रहते थे। एक बार वे स्त्री का वेश बनाकर आये। शरत् हँसकर कहते, ''विपिन जब भी मेरे पास आता है पिस्तौल लेकर आता है। मानो उसके बूते पर वह पैसा वसूल करना चाहता है। उस दिन वह आया। सात सौ रुपये की उसे सख्त ज़रूरत थी। कुछ घंटे रहकर लौट गया। उसके पीछे पुलिस पड़ी है। पकड़ लेती तो मैं क्या करता? लेकिन मैं जानता हूँ, पकड़े जाने पर भी वह यह न कहता कि उसने रुपया मुझसे पाया है। उस जैसे विप्लवी कम ही हैं।''

क्रान्तिकारी शरत्-साहित्य के प्रशंसक थे, विशेषकर *पथेर दाबी* के, और शरत्चन्द्र प्रशंसक थे उनकी निर्भीकता के। वह सिद्धान्तवादी नहीं थे। सिद्धान्त यदि उनका कोई था भी तो वह एक ही था—अन्याय का प्रतिकार। दासता से बड़ा और अन्याय क्या होगा। इसलिए देश की मुक्ति ही उनके लिए चरम सत्य थी! उस तक पहुँचने का मार्ग नहीं।

असहयोग आन्दोलन के प्रारम्भिक युग में भी उनकी यही मान्यता थी। तब भी अनेक कांग्रेसी कार्यकर्ता उनके पास विचार-विनिमय के लिए आते थे। उसी दिन एक सज्जन अहिंसात्मक प्रतिरोध की एक घटना का बड़े गर्व के साथ उल्लेख करने लगे। बोले, ''स्कूल के बच्चों ने राष्ट्रीय झंडे के साथ एक जुलूस को तितर-बितर करने के लिए लाठियाँ चलाईं। घर के लोगों को बहुत बुरी तरह से परेशान किया और घोर अमानुषिक बर्बरता के साथ महिलाओं का अपमान किया।...''

सहसा शरत्चन्द्र का मुख भयंकर रूप से तमतमा आया। क्रुद्ध होकर बोले, ''ऐसा कहते हुए तुम्हें लज्जा नहीं आती!''

उनका यह रूप देखकर वे तो अवाक् रह गये। किसी तरह साहस बटोरकर पूछा, ''किस बात के लिए लज्जित होने को आप कहते हैं?''

शरत्चन्द्र ने उत्तर दिया, ''इस बात के लिए कि महिलाओं पर अमानुषिक अत्याचार देखकर भी तुम लोग नपुंसकों की तरह केवल मूक दर्शक बनकर रह गये! और उस पर तुम इस बात के लिए गर्व प्रदर्शित करते हो कि अहिंसा और संयम के सिद्धांतों की पूरी रक्षा हुई। चुल्लू-भर पानी में डूब न मरे तुम लोग?''

पददलित नारी को जिन्होंने मनुष्य के पद पर प्रतिष्ठित किया वह शरत्चन्द्र इस बर्बर बर्ताव की बात सुनकर कैसे शांत रह सकते थे। लेकिन वे सज्जन अब भी विभ्रांत हो रहे थे। समझ नहीं पा रहे थे कि उनकी प्रशंसा करने के बजाय शरत्चन्द उन्हें डाँट क्यों रहे हैं? भर्राये हुए स्वर में वे बोले, ''आप यह कैसी बातें कर रहे हैं? हावड़ा ज़िला कांग्रेस कमेटी के अध्यक्ष होकर क्या आप यह कहना चाहते हैं कि हम लोग हिंसात्मक उपायों से पुलिस का सामना करते?''

उसी आवेश के साथ शरत्चन्द्र ने उत्तर दिया, ''हाँ, मैं यही कहना चाहता हूँ। मैं यदि वहाँ उपस्थित होता तो निश्चय ही ऐसा करता।''

''पर, पर इस उपाय से क्या कांग्रेस के अहिंसात्मक असहयोग, निष्क्रिय प्रतिरोध या सविनय अवज्ञा के सिद्धान्तों की हत्या न हुई होती?''

''अवश्य हुई होती। पर उस हत्या को मैं महिलाओं की प्रतिष्ठा की हत्या की तुलना में नगण्य मानता हूँ।''

सब लोग अब भी अत्यन्त विस्मित थे। कई क्षण वहाँ सन्नाटा छाया रहा। कुछ देर बाद शरत्चन्द्र ही बोले, ''मैं आज आप लोगों के सामने एक बात स्पष्ट कर देना चाहता हूँ, असहयोग आन्दोलन का यह निष्क्रिय प्रतिरोध या सविनय अवज्ञा वाली नीति किसी प्रकार भी मेरी प्रकृति से मेल नहीं खाती। मानता हूँ कि ब्रिटिश शासन सत्ता का संगठित विरोध करने के लिए इस समय केवल अहिंसामूलक आन्दोलन को ही नीति के तौर पर अपनाया जा सकता है; क्योंकि सशस्त्र क्रांति के लिए वर्तमान परिस्थितियों में हम लोग सामूहिक रूप से संगठित होकर तैयार नहीं हो सकते; पर इसका अर्थ मैं यह कदापि नहीं मान सकता कि हमारी वह अहिंसा हम लोगों को इस सीमा तक जड़ बना दे कि हम लोग अपनी बहू-बेटियों की मान-प्रतिष्ठा और इज़्ज़त-आबरू की रक्षा न कर सकें। हर नियम के अपवाद होते हैं और हमारा वर्तमान अहिंसात्मक आन्दोलन भी अपवादों से रहित नहीं हो सकता। व्यक्तिगत रूप से मैं चुपचाप निरीह व्यक्तियों की तरह बिना प्रतिरोध के मार सहन करने का आदी कभी नहीं रहा। अपने आवारा जीवन में कई अंग्रेज़ों को उनकी ज़्यादती के कारण पीटने का सौभाग्य या दुर्भाग्य मुझे मिला है। जब मैंने बर्मा छोड़ा, तब जिस ऑफ़िस में मैं काम करता था वहाँ के अंग्रेज़ अफ़सर से मेरी बुरी तरह झड़प हो गई थी। उसने भारतीय जाति को अपमानित करते हुए गाली दी थी। मेरी इस बात से तुम लोग यह न समझना कि मैं स्वभाव से ही हिंसावादी हूँ। मेरे समान निरीह और अहिंसक भी कम लोग मिलेंगे। पर मेरे स्वभाव की यह अहिंसा कायरों की अहिंसा नहीं है।''

इलाचन्द्र जोशी ने उपर्युक्त घटना की चर्चा करते हुए लिखा है, ''उनके इस भाषण के बाद कुछ देर तक किसी को मुँह खोलने का साहस नहीं हुआ। अन्त में फिर उन्हीं सज्जन ने मौन भंग किया, कहा, 'तब क्या आप गाँधीजी की नीति को कायरों की नीति मानते हैं?'

''स्पष्ट ही इस प्रश्न में व्यंग्य निहित था। शरत्बाबू ने अपने एक-एक शब्द पर ज़ोर देते हुए उत्तर दिया, ''मैं गाँधीजी को व्यक्तिगत रूप से इतना बड़ा वीर मानता हूँ जिसकी तुलना आसानी से खोजे नहीं मिल सकती। मेरे मन में उनके प्रति आप लोगों से कहीं अधिक श्रद्धा है। उनके प्रति मेरे मन में यदि वह श्रद्धा नहीं होती तो आज मैं किसी के दबाव या आग्रह से हावड़ा ज़िला कांग्रेस कमेटी का अध्यक्ष पद कभी स्वीकार नहीं करता। पर उनके सिद्धान्तों से अक्षरशः सहमत होने की कसम मैंने नहीं खाई। मैं मनुष्य हूँ। मिट्टी का जड़ पुतला नहीं हूँ, इसलिए किसी भी साधारण या महत्त्वपूर्ण विषय पर स्वतन्त्र रूप से चिन्तन करने की सामर्थ्य मुझ में है।' ''[1]

इसी स्वतन्त्र चिन्तन के कारण कांग्रेस में रहकर भी उन्होंने विप्लवियों से प्यार किया।

---

1. शरत्चन्द्र : व्यक्ति और कलाकार—इलाचन्द्र जोशी

नैष्ठिक गाँधीवादी उनको भ्रांत कहकर उनके कार्य को स्वाधीनता के लिए अहितकर मानते थे। शरत्चन्द्र इससे बहुत दुखी होते थे। उन्होंने कहा, "मैंने अहिंसा को ग्रहण किया है किन्तु जो नहीं कर सके वे भ्रांत हैं—यह कैसे कहा जा सकता है? महात्माजी की बात और है। अहिंसा उनके अन्तर का ज्वलन्त विश्वास है, उनका आदर्श है। इससे बढ़कर ध्रुव और कोई नीति उनके जीवन में नहीं है। देश की स्वाधीनता से भी अहिंसा उनके लिए बड़ी है। मैं उनमें जितनी श्रद्धा रखता हूँ वह सब उनकी इसी शक्ति और आन्तरिकता के लिए है। इसी तरह जिनके जीवन में सबसे बड़ा सत्य देश की स्वाधीनता है, समान आन्तरिकता के साथ जिन्होंने हिंसा का मार्ग ग्रहण किया है, फांसी पर लटककर जिन्होंने स्वाधीनता का पथ प्रशस्त किया है उनके प्रति भी मैं उतनी ही श्रद्धा रखता हूँ। उनको मैं नमस्कार करता हूँ।"

उनके इसी विश्वास को रूप मिला *पथेर दाबी* में। तिल-तिल करके जैसे विधाता ने तिलोत्तमा की सृष्टि की थी वैसे ही अपने सम्पर्क में आने वाले विप्लवियों के गुणों के पुंज सव्यसाची की उन्होंने सृष्टि की। इसमें हिंसा-अहिंसा को लेकर पक्ष-विपक्ष में बहुत कुछ कहा गया है, वह उन्हीं के अन्तर के द्वन्द्व का चित्र है। कोई स्पष्ट समाधान उन्होंने नहीं दिया। देने की आवश्यकता उन्होंने कभी स्वीकार नहीं की।...

लेकिन राजनीति के क्षेत्र में उन्होंने इससे भी बड़ा एक और काम किया, वह था राजबंदियों का सार्वजनिक अभिनन्दन[1]। अनेक राजबंदी चार-चार, पाँच-पाँच वर्षों से जेल की सीकचों के पीछे बंद थे। राष्ट्रीय महासभा ने उनको मुक्त कराने के लिए अनेक प्रयत्न किए। उसके परिणामस्वरूप सबसे पहले सुभाषचन्द्र बसु मुक्त हुए। चार वर्ष से वे मांडले जेल में थे। उनका स्वास्थ्य खराब हो चुका था। लार्ड लिटन उन्हें छोड़ने के लिए तैयार नहीं थे। परन्तु जब उनके स्थान पर सर स्टेनले जैक्सन आये तो उन्होंने राजबंदियों के प्रति नरम रुख अख्तियार किया। धीरे-धीरे सभी राजबंदी मुक्त हो गये। कुल मिलाकर दो सौ से अधिक राजबंदी कारागार से निकलकर फिर से कर्मक्षेत्र में आये।

जिस समय ये सब लोग जेलों में थे तब से, विशेषकर देशबन्धु दास की मृत्यु के बाद से, शरत्चन्द्र बहुत अकेले पड़ गये थे। उदास और दुखी बस यंत्र के समान कांग्रेस का नेम पूरा करते थे। उनका मन कहीं और था। इनकी मुक्ति के बाद जैसे वह मन लौट आया और वे फुर्ती से भर उठे। राजबंदी मुक्त हो गये लेकिन उनमें से बहुतों की अवस्था अच्छी नहीं थी। जिनका घर-परिवार था वे अपेक्षाकृत सुखी थे। लेकिन अधिकांश का अपना कोई घरबार नहीं था। देश और समाज का द्वार उनके लिए बंद हो चुका था। किसी ने भी मुक्त मन से उनका स्वागत नहीं किया। परिजन, मित्रजन, मेस, बोर्डिंग, होटल कहीं भी वे हों, कोई भी उन्हें आश्रय दे, सी.आई.डी. वहाँ पहुँच जाती थी। सौभाग्य से किसी राजबंदी को नौकरी मिल जाती तो वहाँ भी सी.आई.डी. का आना-जाना शुरू हो जाता था। सरकार ने उन्हें मुक्त कर दिया था परन्तु इस बारे में वह पूरी तरह सचेत थी कि वे सुख और शांति से जी न सकें। कांग्रेस उनसे सशंकित थी। नैष्ठिक गाँधीवादियों का तो मतभेद था ही, स्वराज्य दल वाले भी उन्हें नहीं अपना रहे थे। सचमुच उनका जीवन दुर्वह हो उठा था।

---

1. सन् 1928 ई.

शरत्चन्द्र ने इस त्रासदी को देखा, वे तड़फड़ा उठे। मानो कलाकार के अन्तर की वाणी ने उन्हें सचेत कर दिया हो। उन्होंने राजबंदियों की इस लांछना को धोने की प्रतिज्ञा की। उन्होंने अपने सभी संगी-साथियों और अनुचरों को बुलाया और कहा, ''हावड़ा में समस्त मुक्त राजबंदियों का अभिनन्दन होगा। ऐसी शानदार सभा करनी होगी कि सब देखते रह जाएँ। देश के लिए जिन्होंने अपने को शून्य कर दिया है, उन्हीं के प्रति आज देश विमुख है। कांग्रेस का काम करते-करते जो पकड़े गये हैं, कांग्रेस आज उनका वरण क्यों नहीं करती? क्यों उनका अभिनन्दन नहीं करती? वे हिंसा में विश्वास करते हैं यही बात सरकार बार-बार कहती है। क्या सरकार आज हमारी कांशसकीपर बन गई है? हमारी नीति-बुद्धि क्या सरकार की नीतिबुद्धि के समान है? एकदम नहीं। हमें उनका मुक्त हृदय से स्वागत करना चाहिए, उन्हें बधाई देनी चाहिए। प्रान्तीय कांग्रेस कमेटी को यह काम करना चाहिए था। लेकिन जब ऐसा नहीं हुआ तो हम ही पहल करेंगे। तुम इसकी व्यवस्था करो।''

और वह व्यवस्था हुई। चारों ओर यह समाचार फैल गया कि हावड़ा कांग्रेस कमेटी की ओर से शरत्चन्द्र चट्टोपाध्याय के सभापतित्व में हावड़ा में सभी मुक्त राजबंदियों का अभिनन्दन होगा। वे स्वभाव से सभा-भीरू थे। लेकिन चुनौती पाकर उनकी चेतना मानो मुखर हो उठी। हावड़ा के टाउन हाल में स्वयं उन्होंने राजबंदियों का अभिनन्दन करते हुए मानपत्र पढ़ा। इस सभा[1] में इतनी भीड़ थी कि तिल धरने को स्थान नहीं था। माला, चंदन आदि से राजबंदियों का पुरजोश स्वागत किया गया। जो अब तक उपेक्षित थे, लोग जिनसे भय खाते थे वे ही अब पूजित और प्रिय हो गये।

वह एक साधारण सभा थी परन्तु उसका प्रभाव असाधारण हुआ। वह मानो उन सबके लिए चुनौती थी जो सरकार से डरते थे, जो नैष्ठिक गाँधीवादी होने के कारण हिंसा की निन्दा करने का कोई अवसर नहीं चूकते थे। यह स्वराज्य दल वालों के लिए भी चुनौती थी, जिसमें अधिकतर अपने में डूबे हुए धनिक लोग थे। गद्गद् स्वर में उस दिन शरत्चन्द्र ने घोषणा की, ''देश के लिए जिन्होंने अपना जीवन, अपना यौवन, अपना सर्वस्व उत्सर्ग कर दिया है वे ही देश की मुक्ति के अग्रदूत हैं। सरकार इनसे डरती है, इसका कारण समझ में आता है क्योंकि इनकी तपस्या में ही उनके विनाश का मंत्र निर्मित हुआ है। सरकार सहस्त्र चेष्टा करने पर भी इनको ध्वंस नहीं कर सकती। ध्वंस नहीं कर सकती इनके मन की अपराजेय शक्ति को और इनके अन्तर में निर्मित स्वाधीनता के स्वप्न को। ये सब चिरतरुण, चिरचंचल और चिरजीवी हैं। देश के तरुणों से मैं कहता हूँ कि तुम्हारे लिए इतना बड़ा जीवन्त आदर्श और इनसे अधिक अपना कोई नहीं है।''

बंगाल की राजनैतिक परिस्थिति का चक्र उस दिन से फिर घूमने लगा। बंद हुआ भागीरथी का उत्स मानो खुल गया। बंगाल का युवक हृदय मानो सोने की काठी के जादू के स्पर्श से जग उठा। उसके मन से दूर हो गये पाँच बड़े, दूर हो गये चरखा और तकली के भक्त नेता लोग, चारों ओर राजबंदियों की सम्वर्धना शुरू हो गई। ज़िला सम्मेलन, युवक सम्मेलन सबमें मानो होड़ लग गई कि वे किसी-न-किसी राजबंदी को सभापति बनाएँ। इन

1. सितम्बर, 1928 ई.

सभी सम्मेलनों में मुक्त राजबंदी स्वाधीनता की अग्निमयी वाणी, देश की मुक्ति के लिए जीवन विसर्जन तथा सर्वस्व अर्पण करने के आदर्शवाद का प्रचार करने लगे। विप्लवी बंगाल एक बार फिर चिरन्तन प्राणशक्ति लेकर जाग उठा। अनेक नवयुवक प्राणों पर खेलकर अंग्रेज़ अधिकारियों पर गोली चलाने लगे। चटगाँव में उन्होंने अंग्रेज़ों के शस्त्रागार पर कब्ज़ा कर लिया। स्वाधीनता के इस नान्दीपाठ में नारियाँ कैसे पीछे रह सकती थीं। बीनादास ने तो कलकत्ता विश्वविद्यालय के पदवीदान समारोह के अवसर पर स्वयं लाटसाहब पर गोली दाग दी। चारों ओर मानो अग्निलीला आरम्भ हो गयी। भय के कारण अंग्रेज़ों के प्राण कांप उठे। शरत्चन्द्र हिंसा के पक्षपाती नहीं थे लेकिन मानते थे कि देश की मुक्ति का संग्राम हिंसा-अहिंसा के प्रश्न से निर्णीत नहीं होता।

इन दिनों कांग्रेस की स्थिति बहुत अच्छी नहीं थी। सन् 1928 के अन्त में कलकत्ता में पण्डित मोतीलाल नेहरू के सभापतित्व में राष्ट्रीय कांग्रेस का अधिवेशन हुआ। इस अधिवेशन में, कांग्रेस ने, सर्व दल समिति नेहरू कमेटी की रिपोर्ट में शासन विधान की जो तज़वीज़ पेश की गयी थी, उसको स्वीकार करते हुए, कहा, ''अगर ब्रिटिश पार्लियामेण्ट इस विधान को ज यों का त्यों 31 दिसम्बर, 1929 तक या उससे पहले स्वीकार कर ले, तो कांग्रेस इस विधान को अपना लेगी, बशर्ते कि राजनीतिक स्थिति में कोई विशेष परिवर्तन न हो। लेकिन यदि ऐसा नहीं होता और ब्रिटिश पार्लियामेण्ट इस विधान को नामंजूर कर देती है तो कांग्रेस देश को यह सलाह देकर कि वह करों का देना बन्द कर दे और उन अन्य तरीकों द्वारा जिनका बाद में निश्चय हो, अहिंसात्मक असहयोग का आन्दोलन संगठित करेगी। कांग्रेस के नाम पर पूर्ण स्वाधीनता का प्रचार करने में यह प्रस्ताव कोई बाधा नहीं डालेगा, यदि ऐसा कार्य प्रस्ताव के विरुद्ध न हो।''

पण्डित जवाहरलाल नेहरू और श्री सुभाषचन्द्र बोस पूर्ण स्वाधीनता के पक्षपाती थे। उन्होंने इस प्रस्ताव में संशोधन पेश किये। परन्तु वे स्वीकृत नहीं हो सके। तब विरोधियों ने 'स्वाधीनता संघ' नाम की एक नयी संस्था का निर्माण किया। बंगाल इस संघ में शामिल नहीं हुआ। उसने सुभाषचन्द्र के नेतृत्व में एक अलग संघ बनाया। इन दिनों बंगाल कांग्रेस में दो दल थे। एक दल के नेता थे यामिनीमोहन सेनगुप्त, जो कलकत्ता अधिवेशन के स्वागताध्यक्ष थे। उनका समर्थन करने वालों में अनुशीलन समिति, गौरांग प्रेस और सोशलिस्ट दल के लोग प्रमुख थे। उनके विरोध में पाँच बड़ों का एक दल था। ये थे सर्वश्री विधानचन्द्र राय, नलिनीरंजन सरकार, निर्मलचन्द्र 'चन्द्र', तुलसीचन्द गोस्वामी और शरत्चन्द्र बोस। सुभाषचन्द्र बोस भी जो कलकत्ता अधिवेशन में जी.ओ.सी. थे, बाद में इसी दल में मिल गये और वे ही इसके नेता हुए। सरस्वती प्रेस और चटगाँव दल के नेता भी इन्हीं के साथ थे। इसके अतिरिक्त कम्युनिस्ट दल की पेजेण्ट एण्ड वर्कर्स सोसाइटी भी काफ़ी सजग थी। वे सब एक-दूसरे के उग्र विरोधी थे। इस समय की स्थिति का बड़ा सही विश्लेषण, उत्तर कलकत्ता में होने वाले ज़िला राष्ट्रीय सम्मेलन के सभापति के पद से बोलते हुए, श्री उपेन्द्रनाथ बन्दोपाध्याय ने किया था। उन्होंने कहा था, ''आज बंगाल में किसी के भी अपने प्राण उसके अपने रहने का सुयोग नहीं रह गया है। सभी निकल पड़े हैं, सभी को कैप्चर करने। दादा लोग (वयोज्येष्ठ कर्मी) निकल पड़े हैं लड़कों (अल्पायु कर्मी) को कैप्चर करने, लड़के लोग निकल पड़े हैं दादा लोगों को कैप्चर करने। लीडर चेलों पर कब्ज़ा करने निकल पड़े हैं और चेले लीडरों पर कब्ज़ा करने। चारों

ओर यही शोर है 'कैप्चर करो, कैप्चर करो। कब्ज़ा करो, कब्ज़ा करो।' "

इस विषाक्त वातावरण में शरत्चन्द्र की स्थिति बड़ी विचित्र थी। वह प्रकट रूप में नेता नहीं थे, न किसी दल विशेष से उनका संबंध था। दोनों ही दलों में उनके प्रियजन थे। उनके पास जो भी आता समान रूप से प्यार पाता, परन्तु वह देशबन्धु के कारण कांग्रेस में सक्रिय हुए थे और सुभाषचन्द्र, देशबन्धु के प्रिय शिष्य थे। शरत् भी उन्हें अन्तर्मन से प्यार करते थे। वह कहते थे, "सबको छोड़ सकता हूँ, सुभाष को नहीं।"

शचिनन्दन ने लिखा है, "उस बार हावड़ा ज़िला कर्मी सम्मेलन का शिवपुर में होना निश्चित हुआ। उनके प्रिय शिष्य और साथी प्रबोध बसु, विजय भट्टाचार्य, कानाई गांगुली, अगमदत्त, गुरदास दत्त, जीवन माइती, गुरुपद मुखोपाध्याय, विपिन गांगुली, भूपेन्द्रदत्त, अध्यापक ज्योतिष घोष आदि इस सम्मेलन के उद्योता थे। दलादली के कारण सुभाषचन्द्र बोस को इस सम्मेलन में निमंत्रित नहीं किया गया। जब ये लोग शरत्चन्द्र को बुलाने आये तो वह बोले, 'मैं नहीं जाऊँगा।'

"क्यों नहीं जाएँगे? हावड़ा ज़िले का कर्मी सम्मेलन हैं!"

"वहाँ सुभाष को नहीं बुलाया गया है। शिवहीन यज्ञ में मैं नहीं जा सकूँगा।"

"एक बन्धु क्रुद्ध होकर बोले, 'आपका सुभाष शिव नहीं है भूत है।'

"शरत् बाबू ने उत्तर दिया, 'भूत नहीं भाई, भूत नहीं। भूतनाथ कहो।'

"कई व्यक्ति एक साथ बोल उठे, 'वही आपके सब कुछ हैं, हम आपके कुछ नहीं?'

"अवरुद्ध कण्ठ से वह बोले, 'आप मेरे बहुत कुछ हैं, कितने कुछ हैं इसकी कोई थाह नहीं, किन्तु फिर भी मैं नहीं जाऊँगा।' "

वह नहीं गये। जो उनको बुलाने गये थे, वे भी उनके प्रिय थे और जिनको नहीं बुलाया गया था, वे भी प्रिय थे। दो बच्चों के विवाद में माँ जैसे व्यथित हो उठती है उस दिन शरत्चन्द्र भी वैसे ही व्यथित हुए। सुभाष बाबू ने उनसे कहा था, "आप कुछ दिन कलकत्ता में रहें और कांग्रेस में पैदा हो गयी दलादली को खत्म करें।" लेकिन ऐसा लगता है, यह काम उनके बूते का नहीं था। साहित्यिक राजनीति की चोटें नहीं सह सकता। कई वर्ष बाद[1] जब अपने असमाप्त उपन्यास *आगामी कल* में वे उसके एक प्रमुख पात्र एककौड़ी का परिचय देते हैं तो मानो वह इसी दलादली का वर्णन करते हैं, " 'बन्देमातरम्' की विराट एवं कठोर ध्वनि अपने कोटर से उसे हठात् बाहर खींच लाई। इसके बाद जेल गया, दलबन्दी के भंवर में पड़कर नाक-कान मुँह में कीचड़ भर लिया, दैनिक और साप्ताहिक पत्रों द्वारा प्रदत्त विविध विलक्षण विशेषणों की माला शिरोभूषण मिली। जिनके लिए यह त्याग-तपस्या स्वीकार की थी, अन्त में एक दिन जब उन्होंने ही चोर कहकर अपनी कृतज्ञता प्रदर्शित की तब बेचारे को असह्य लगा। राजनीति को तिलांजलि देकर एककौड़ी फिर अपनी लायब्रेरी में लौट आया...।"

शरत्चन्द्र अपने साहित्य के कारण ही लोकप्रिय हों ऐसी बात नहीं थी। राजनीतिक

---

1. *विचित्रा,* चैत्र 1342 (मार्च-अप्रैल, 1935 ई.)

मान्यताओं को लेकर भी उनकी ख्याति कम नहीं थी। एक मुकदमे में प्रश्न उठा, 'विप्लव' शब्द का सही अर्थ क्या है? तुरन्त किसी ने सुझाव दिया कि शरत्चन्द्र को इसका अर्थ बताने के लिए गवाह के रूप में बुलाया जाए। लेकिन सरकारी वकील तारकनाथ साधु ने ऐसा करने से मना कर दिया। वे शरत् बाबू का बड़ा सम्मान करते थे। उनसे जिरह करने पर उन्हें दुख होता। शरत्चन्द्र वैसे किसी से डरते नहीं थे। अधिकारियों के सामने भी वह वैसे ही अडिग और निर्भीक बने रहते थे। उस दिन उनके घर एक परिचित मजिस्ट्रेट का पत्र लेकर एक एस.डी.ओ. उनसे मिलने आये। दफादार निवारण घोषाल नाम के एक सज्जन शरत् के बड़े सुहृद थे और वहीं पड़ौस में रहते थे। एस.डी.ओ. साहब ने उन्हें देखा तो अधिकार के स्वर में कहा, "ओरे निवारण, पाँव धोने को पानी तो ला।"

यह सुनकर शरत्चन्द्र सहसा क्रुद्ध हो उठे। उन्होंने एस.डी.ओ. से कहा, "आपको इस तरह बात करने का क्या अधिकार है? यह मेरा घर है। आपका दफ़्तर नहीं। यहाँ निवारण घोषाल मेरे पड़ोसी सुहृद हैं, आपके दफादार नहीं। उनको इस तरह से पुकारना उनका अपमान है। और उनका अपमान करने वाला मेरे घर में नहीं रह सकता। आप इसी क्षण मेरे घर से चले जाएँ, जाइए महाशय और मेरे विरुद्ध जो कर सकते हों कर लीजिए।"

और वे ऊपर जाने को मुड़ गये। एस.डी.ओ. तो जैसे हतप्रभ रह गया। उसे स्वप्न में भी आशा नहीं थी कि उसके साथ कोई ऐसा व्यवहार कर सकेगा। लेकिन उस दिन उसे वहाँ से जाना ही पड़ा।

जिस समय आपमी मतभेद और दलादली के कारण कांग्रेस के लोग तर्क-वितर्क में उलझे रहे थे उसी समय युवक वर्ग हिंसा के पथ पर चलता हुआ प्राणों का सौदा कर रहा था। यही प्राणशक्ति उन्हें आकर्षित करती थी। इसीलिए उनके चारों ओर युवकों का एक दल इकट्ठा हो गया था। उस बार बंगीय प्रादेशिक युवक सम्मेलन का अधिवेशन दिनाजपुर में हुआ। उसके अध्यक्ष चुने गये शरत् बाबू। अपने इस भाषण में उन्होंने स्पष्ट रूप से महात्माजी की विचारधारा का विरोध किया। कहा, "खिलाफ़त आन्दोलन को स्वराज्य के साथ मिलाना ठीक नहीं था। और केवल खद्दर पहनकर ही स्वराज्य नहीं लिया जा सकता।"

प्रारम्भ से उनकी यही मान्यता रही थी परन्तु इस समय वह विशेष मुखर हो उठे। युवकों को जैसे अपना नेता मिल गया। प्रतिदिन बंगाली शिक्षित युवक दल के दल उनके पास आने लगे। साम्यवाद का स्वर उन दिनों धीरे-धीरे ऊपर आ रहा था। वे लोग पूँजीवाद और ज़मींदारी के प्रश्न को लेकर शरत् बाबू से विचार-विनिमय करते थे। उनका विश्वास था कि ज़मींदारी एक दिन समाप्त होकर रहेगी। यही विश्वास युवकों को बल देता था और वह आरामकुर्सी पर लेटे-लेटे नये बंगाल को प्रबुद्ध कर रहे थे। इन्हीं चर्चाओं के फलस्वरूप सोशलिस्ट पार्टी के संगठन की नींव पड़ी और शीघ्र ही कांग्रेस के भीतर यह स्वर मुखर हो उठा।

इन्हीं दिनों[1] हावड़ा म्युनिसिपल कमेटी के विरुद्ध मेहतरों ने हड़ताल कर दी। शरत्चन्द्र कांग्रेस कमेटी के अध्यक्ष थे और म्युनिसिपल कमेटी में कांग्रेस का बहुमत था। उन्होंने

---

1. सन् 1928 ई.

शरत्चन्द्र से कहा, ''जो व्यक्ति हड़ताल का संचालन कर रहे हैं वे आपके शिष्य हैं। आप उन्हें हड़ताल बंद करने के लिए कहिए।''

शरत्चन्द्र ने उत्तर दिया, ''नहीं, मैं उनसे कुछ नहीं कहूँगा। गलती उनकी नहीं है। तुम लोग तुरन्त समझौता कर लो। नहीं तो मैं कमेटी की निन्दा करते हुए वक्तव्य दूँगा।''

हड़ताल कई दिन तक चलती रही लेकिन अन्त में दोनों दलों ने दीनबन्धु सी.एफ.एण्ड्रूज़ को मध्यस्थ के रूप में स्वीकार कर लिया। मेहतरों की लगभग सभी माँगें मान ली गईं। शरत्चन्द्र श्रमिकों के संगठन के पक्षपाती थे, परन्तु साथ ही वे यह भी मानते थे कि उसका भार उन्हें स्वयं ही उठाना चाहिए। वे उठाने योग्य हो सकें इतनी-सी सेवा हम कर सकें तो वह सर्वोत्तम सेवा होगी।

युवकों और विद्यार्थियों से उन्हें इतना प्रेम था कि वे साहित्य की चिन्ता नहीं करते थे। तीन वर्ष पूर्व[1] उन्होंने सिल्चर में सुरमा उपत्यका विद्यार्थी कॉन्फ्रेंस की अध्यक्षता करते हुए कहा था—''विद्यार्थी कठिन-से-कठिन कर्तव्य पूरा करने के योग्य हैं।'' इस वर्ष[2] उन्हें रंगपुर में होने वाले बंगीय युवक सम्मेलन का अध्यक्ष चुना गया। उसी समय बंगीय साहित्य सम्मेलन माजू में हो रहा था। उसके अध्यक्ष भी वे ही चुने गये थे। पहले युवक सम्मेलन था। उनका विश्वास था कि वे युवक सम्मेलन से अगले दिन साहित्य सम्मेलन में पहुँच सकेंगे लेकिन उन्हें जाने नहीं दिया गया। इस अधिवेशन में उन्होंने महात्माजी की नीति का कड़ा विरोध किया। *वेणु*[3] पत्रिका में किशोरों को सम्बोधित करते हुए उन्होंने लिखा, ''तुम लोग जानते हो, बंगाल में 'युवसमिति' के नाम से एक समिति की स्थापना हुई है। इस समिति का वार्षिक सम्मेलन कल समाप्त हो गया है। मैं बूढ़ा आदमी हूँ, तो भी लड़के-लड़कियाँ मुझे ही इस सम्मेलन का नेतृत्व करने के लिए बुला लाये। मैं उन लोगों के निमन्त्रण को स्वीकार करके आनन्द के साथ केवल यही बात उन्हें बताने के लिए दौड़ा आया था कि देश की सब भलाई-बुराई उन्हीं के हाथ में निर्भर है, इस सत्य को वे सम्पूर्ण हृदय से अनुभव करें, समझें। उनके इस परम सत्य को समझने की राह में न जाने कितनी बाधाएँ खड़ी हैं, उनकी नज़र में यह सत्य न पड़ने देने के लिए न जाने कितने आवरण तैयार हुए हैं। और तुम लोगों के लिए तो, जिनकी अवस्था और भी छोटी है, बाधाएँ अनन्त हैं। बाधा जो लोग देते हैं, वे कहते हैं कि सभी सत्य जानने का सभी को अधिकार नहीं है...।

''तुम लोग भी इसी तरह जन्मभूमि के संबंध में अनेक तथ्यों, अनेक ज्ञानों से वंचित हो रहे हो। इस आशंका से कि सच्ची खबर पाने से तुम लोगों का मन न भटके, कहीं तुम्हारी स्कूल-कॉलेज की पढ़ाई में, कहीं तुम्हारी परीक्षा पास करने की परम वस्तु में धक्का न लगे, मिथ्या से भी तुम्हारी दृष्टि अवरुद्ध की गई है।

''युवसमिति के सम्मेलन में यही बात मैंने सबसे अधिक कहनी चाही थी। कहना चाहा था कि पराधीन देश को विदेशी शासन से मुक्त करने के अभिप्राय से तुम लोगों के इस संघ का गठन हुआ है। स्कूल-कॉलेज के छात्रों को पढ़ने की अवस्था में भी देश के काम में योग

---

1. जून, 1926 ई. 2. मार्च, 1929 ई. आ अन्त 3. सम्पादक—श्री भूपेन्द्रकिशोर रक्षित राय

देने का, देश की स्वाधीनता-पराधीनता के बारे में सोचने-विचारने का अधिकार है और इस अधिकार की बात को भी मुक्त कण्ठ से घोषित करने का अधिकार है।

''परीक्षा पास करने की आवश्यकता है किन्तु यह उससे भी अधिक आवश्यक है। बाल्यावस्था में इस सत्य-चिन्ता से अपने को अलग रखने से जिस टूटने की सृष्टि होती है, एक दिन अवस्था बढ़ने पर भी वह जुड़ना नहीं चाहता। इस अवस्था में सीखना बड़ी शिक्षा है। वह एकदम रक्त में घुल-मिल जाती है...''

अध्यक्ष पद से बोलते हुए[1] उन्होंने और भी स्पष्ट शब्दों में कहा, ''कांग्रेस बहुत पुरानी है। मेरी तरह वह भी बूढ़ी है किन्तु युवा संघ अभी नया है। उसकी शिराओं का रक्त अभी तक गर्म है, अभी तक निर्मल है। कांग्रेस देश के दिमाग वाले कानूनदां राजनीति-विशारदों का आश्रय केन्द्र है, किन्तु युव संघ मातृ-हृदय के एकान्तिक आवेग और आग्रह से बना है। एक का संचालन करती है कूट विषय-बुद्धि किन्तु दूसरे को प्रेरित करता है जीवन का स्वाभाविक धर्म। इसी से विविध प्रोचना और उत्तेजना के उपरांत मद्रास कांग्रेस ने जब देश की सर्वांगीण-सम्पूर्ण स्वाधीनता का प्रस्ताव पास किया था तो वह नहीं टिका। एक वर्ष बीतते न बीतते ही कलकत्ता कांग्रेस में यह प्रस्ताव रद्द हो गया। स्वाधीनता के बदले फिर उन्होंने औपनिवेशिक स्वराज्य माँगा। किन्तु देश के नौजवानों ने इसको नहीं माना। इन दोनों प्रतिष्ठानों में यही भेद है। पुरातन के विधि-निषेध की जकड़ में उसका दम घुटने लगता है। युव समिति के जन्म का यही इतिहास है। यही कारण है।''

वह गाँधीजी का विरोध क्यों करते थे, इसको स्पष्ट करते हुए उन्होंने कहा, ''सहसा एक दिन आया महात्माजी का अहिंसा-असहयोग और उसकी चोटी बंधी रही खादी-चरखे की डोरी में। स्वराज्य की तारीख 31 दिसम्बर निर्धारित हुई थी। आया जेल जाने का दिन, आई अत्याचार की बाढ़, मन्त्र आया बंगाल के बाहर से, अथच जितना चरखा, जितनी खादी उस दिन बंगाल में तैयार हुई, जितने लोग बंगाल की जेलों में गए, जितने बंगाल के लड़कों ने जीवन का सर्वस्व बलिदान किया, उसकी जोड़ सारे भारत वर्ष में नहीं है। क्यों, जानते हो? कारण यह है कि बंगाल के युवक जितना अपने देश को प्यार करते हैं, उसका एक हिस्सा भी, शायद पंजाब को छोड़कर, भारत में और कहीं भी खोजे नहीं मिलेगा। इसी से वन्देमातरतम् मन्त्र की सृष्टि इसी बंगाल में हुई। इसी बंगाल में पुण्यश्लोक स्वर्गीय देशबन्धु दास ने जन्म लिया। इधर 31 दिसम्बर पार हो गई, स्वराज्य नहीं आया। कहीं किसी अज्ञात गाँव चौरीचौरा में रक्तपात हो गया। महात्माजी ने डरकर सब आन्दोलन बन्द कर दिया। देश की सब आशा-आकांक्षा अकाल कुसुम की तरह एक घड़ी-भर में शून्य में मिला दी। किन्तु उस दिन एक ऐसा आदमी जीवित था जिसका भय के साथ परिचय ही नहीं था। वह थे देशबन्धु। वह उन दिनों जेल के भीतर थे। बंगाल के बाहर और भीतर के सबने मिलकर उनकी सारी कोशिश और सारी तैयारी को निष्फल कर दिया। कौन जाने भारत का भाग्यचक्र शायद इतने दिन में एक ओर घूम जाता, किन्तु जाने दो यह बात।

''फिर कुछ दिन चुप रहने के बाद धूम मच गई। लोग जग गये। उस बार इसका कारण

1. यह भाषण 'तरुणों का विद्रोह' नाम से 18 अप्रैल, 1929 ई. को सरस्वती लायब्रेरी से प्रकाशित हुआ।

था जलियांवाला बाग। इस बार है साइमन कमीशन। फिर वही चर्खा, वही खादी, वही बायकाट का अकारण गर्जन। वही ताड़ी की दुकानों पर धरना देने का प्रस्ताव, वही 31 दिसम्बर, और सबके ऊपर बंगाल के बाहर के नेताओं का दल फिर बगाल की गर्दन पर सवार हो गया है। मैं जानता हूँ, इस बार भी वह 31 दिसम्बर ठीक उसी तरह पार हो जाएगी, केवल ज़रा-सा क्षीण आशा का प्रकाश है, बंगाल की इस यौवन-शक्ति का जागरण बंग-भंग निश्चित तथ्य एक दिन अनिश्चित तथ्य होकर बदल गया था, सो इसी बंगाल में। उस दिन बाहर से कोई बोझ बंटाने को नहीं आया था। आन्दोलन कैसे चलाया जाये, यह परामर्श देने के लिए बाहर से किसी कर्ता और नेता को नहीं बुलाना पड़ा। बंगाल की सारी ज़िम्मेदारी उस दिन बंगाल के नेताओं ही के हाथ में थी।''

वक्तव्य काफ़ी कड़ुवा है, भ्रामक भी। यह उन जैसे शिल्पी की भाषा नहीं है। किसी प्रान्तीय नेता का असंयत भावुक आक्रोश जैसे बहा पड़ता है। आश्चर्य, ये वही शरत्चन्द्र हैं जिन्होंने ठीक सात वर्ष पहले 'महात्मा' लेख लिखा था! उन दिनों उनके प्रिय सुभाषचन्द्र बोस का भी यही स्वर था। सारे बंगाल में यही स्वर प्रमुख था। इसीलिए उन दिनों वे भी अत्यन्त उग्र हो उठे थे।

लेकिन यह उनका स्थायी भाव नहीं था। समग्र भारतवर्ष को ही वे प्यार करते रहे। *शेष प्रश्न* में राजेन्द्र की मृत्यु का समाचार पाकर आशु बाबू में वे ही तो कहते हैं, ''इसकी मानी यह हैं कि सिवा देश के किसी आदमी को उसने अपना आत्मीय नहीं माना। सिर्फ़ देश, समग्र भारतवर्ष। भगवान, तुम अपने चरणों में उसे स्थान देना। तुम और चाहे जो भी करो पर इस राजेन्द्र की जाति को संसार से न मिटाना।''

उन्होंने विप्लव का समर्थन भी नहीं किया। उन्होंने कहा, ''भारत के आकाश में आजकल एक वाक्य तैरता फिरता है, वह है 'विप्लव'। उसी से राजशक्ति ने तुम लोगों से डरना शुरू किया है। किन्तु एक बात तुम लोग न भूलो, वह यह कि कभी किसी भी देश में केवल विप्लव के लिए ही विप्लव नहीं लाया जाता। अर्थहीन अकारण विप्लव की चेष्टा में केवल रक्तपात ही होता है और कोई फल नहीं प्राप्त होता। विप्लव की सृष्टि मनुष्य के मन में होती है, केवल रक्तपात में नहीं। इसी से धैर्य रखकर उसकी प्रतीक्षा करनी होती है। क्षमाहीन समाज, प्रीतिहीन धर्म, जातिगत घृणा, अर्थनीति की विषमता, स्त्री जाति के प्रति हृदयहीन कठोरता के आमूलचूल प्रतिकार के विप्लव-पथ में ही केवल राजनीतिक विप्लव सम्भव होगा। नहीं तो असहिष्णु अभिलाषा और कल्पना की अत्यन्त अधिकता तुम लोगों को व्यर्थता के सिवाय और कुछ न देगी। स्वाधीनता-संग्राम में विप्लव ही अपरिहार्य मार्ग नहीं है। जो लोग यह समझते हैं कि दुनिया में और सब कामों के लिए आयोजन का प्रयोजन है, केवल विप्लव ही ऐसा काम हैं जिसमें तैयारी की कोई ज़रूरत नहीं है, उसे शुरू कर देने से ही काम चल जाता है, वे और चाहे कितना कुछ जानें, विप्लव के बारे में नहीं जानते जो लोग विप्लवपंथी हैं वे मेरी इस बात से शायद प्रसन्न नहीं होंगे।''

एक दिन बारीसाल की राह में स्टीमर पर देर रात बीते शरत् बाबू ने देशबन्धु से पूछा था, ''अच्छा, इन क्रान्तिकारियों के बारे में आपका यथार्थ मत क्या है?''

सामने का आकाश साफ़ होता आ रहा था। वह रेलिंग पकड़कर कुछ देर ऊपर ताकते रहे। फिर धीरे-धीरे बोले "इनमें से बहुतों को मैं प्यार करता हूँ, किन्तु इनका काम देश के लिए एकदम मारात्मक है। इस हरकत से देश कम-से-कम पच्चीस वर्ष पिछड़ जाएगा। इसके सिवाय उसमें बहुत बड़ा दोष यह है कि स्वराज्य मिलने के बाद भी यह चीज़ यहाँ से न जाएगी। तब इसकी स्पर्धा और बढ़ जाएगी। साधारण से मतभेद में एक दिन गृह-युद्ध छिड़ जाएगा। खूनखराबी और मारकाट को मैं हृदय से घृणा करता हूँ, शरत् बाबू।"

शरत् बाबू ने लिखा, "मैं निश्चित रूप से जानता हूँ कि रात्रि शेष के झुटपुटे आकाश के नीचे, नदी की छाती पर खड़े होकर उनके मुँह से सत्य के सिवाय और कुछ भी नहीं निकला था।"

देशबन्धु किसी भी रूप में राजनीतिक हत्याओं और हिंसा-प्रयोग के सिद्धांत के विरोधी थे। शरत्चन्द्र का भी यही विश्वास था। लेकिन फिर भी हिंसा के पथ से जो देश की मुक्ति लाना चाहते थे उनसे घृणा करने की कल्पना भी वे नहीं कर सकते थे। अपने इस भाषण में उन्होंने युवकों का ध्यान दलबन्दी की ओर विशेष रूप से खींचा। उन्होंने कहा, "विश्व की सभी शक्तिशाली जातियों के इतिहास की छानबीन करने पर पता लगता है कि उनके बीच आत्मकलह न रहती हो यह बात नहीं है। किन्तु किसी बाहरी शत्रु का सामना होने पर वे लोग उसी आपसी विवाद और कलह को स्थगित रखना जानते हैं। लेकिन हम लोगें में जयचन्द-पृथ्वीराज से लेकर सिराजुद्दौला और मीर जाफर तक भी यह अस्थि-मज्जागत अभिशाप बना ही रहा। इससे छुटकारा नहीं मिला। इस देश में व्रात्यों, बौद्धों ने खुश होकर अपने धर्म-देवता का यश गाते हुए *धर्म मंगल* नामक एक धार्मिक पुस्तक में लिखा—

धर्म होइला यवनरूपी
माथाय दिला कालो टूपी
धर्मेर शत्रु करिते विनाश।

"धर्म के शत्रुओं का विनाश करने के लिए धर्म ने यवन-रूप धारण किया और माथे पर काली टोपी लगाई।

"अर्थात् विदेशी हमलावर मुसलमान जो हिन्दू-धर्मावलम्बी पड़ौसी बंगालियों को दुख देने लगे, इसी से उन्हें परम आनन्द हुआ। अभी कल की ही बात है, अपने लोगों से लड़ते-झगड़ते ही इतने बड़े विराट पुरुष चितरंजन दास की सारी उम्र बीत गई। और आज भी क्या वह बन्द है? यह जो युव संघ है, इसके भीतर ही पता लगाने से तेरह दल दीख पड़ेंगे। किसी का किसी से मेल नहीं है। इसके कितने ही प्रकार के मतभेद हैं, कितने प्रकार के मान-अभिमानों की अनबन है। इस तरह बाहर से इकट्ठा की गई भीड़ करने का नाम क्या ऑर्गेनाइज़ेशन (संगठन) है! आर्गनिक (संगठित या यौगिक) देश-वस्तु की तरह क्या इसके पैर के नाखून में सुई चुभोने से सिर के केश तक सिहर उठते हैं? किन्तु जिस दिन ऐसा होगा—पैर की चोट का कष्ट सिर तक पहुँचेगा, उस दिन, कम-से-कम बंगाल में, उपायहीनता की शिकायत न सुन पड़ेगी।

वे ब्रिटिश माल के बहिष्कार के समर्थक थे, परन्तु खद्दर के प्रति अपनी अरुचि को वे

कभी नहीं छिपा सके। उन्होंने कहा, "भारत की बीस लाख रुपये की खादी से अस्सी करोड़ रुपयों की कमी पूरी नहीं की जा सकती। काठ के चर्खे से लोहे की मशीन को हराया नहीं जा सकता और अगर ऐसा हो भी जाए तो उससे मनुष्य के कल्याण का मार्ग प्रशस्त नहीं होता।

"बंगाल के देहात में मेरा घर है। बंगाल को मैं नहीं जानता, यह अपवाद शायद मेरा बड़े से बड़ा शत्रु भी मुझ पर नहीं लगाएगा। मैंने घर-घर जाकर देखा है, यह बहिष्कार नहीं चलता वहाँ। दो-चार स्वदेश भक्त पुरुष इसका निर्वाह चाहे भले ही कर लें, लेकिन औरतों का काम तो चलता ही नहीं। अन्य प्रदेशों की बात मैं नहीं जानता, लेकिन इस देश की स्त्रियों को दिन के अन्त में कई वस्त्रों की ज़रूरत होती है। इस प्रदेश की सामाजिक रीति और इस देश का अस्थि-मज्जागत संस्कार ही यह है। सभा में खड़े होकर खद्दर की महिमा में गला फाड़ने पर भी वह चीत्कार जाकर किसी तरह भी देहात के एकान्त अन्तःपुर में नहीं पहुँचेगी। स्वच्छल अर्थात् खाते-पीते गृहस्थ की ही बात नहीं कहता, गरीब खेतिहर मज़दूरों की बात ही मैं कहता हूँ—यह मेरी बात सत्य है और इसे स्वीकार करना ही अच्छा है। बंगाल के किसी एक खास सब-डिवीजन में दो-एक मन चर्खे का कता सूत तैयार होने की नज़ीर दाखिल करके इसका जवाब नहीं दिया जाएगा। यह हुआ खद्दर का विवरण। चर्खे की भी यही दशा है। उधर हमारे किसान-मज़दूरों के गरीब घरों में औरतों को सवेरे से शाम तक मेहनत करनी पड़ती है। उसी में बीच-बीच में एक-आध घण्टे का समय अगर वे पा जाती हैं, तो महात्माजी के आदेश को जताकर चर्खे का हत्था उनके हाथ में थमा देने पर भी वे सो जाती हैं।"

इस समय 'परशुराम' के छद्‌म नाम से उन्होंने *वेणु*[1] पत्रिका में एक और लेख लिखा। उसमें उन्होंने सब आक्षेपों का उत्तर देते हुए चर्खे का तीव्र विरोध किया। कुछ वर्ष पूर्व इसी प्रश्न को लेकर जिन रवीन्द्रनाथ का उन्होंने विरोध किया था, उन्हीं को उन्होंने इस लेख में अपने पक्ष में उद्धृत किया। चर्खे के अर्थशास्त्र से वे ज़रा भी सहमत नहीं थे। इसी कारण लोगों को यह विश्वास हो चला था कि वे महात्माजी के विरोधी हैं। निश्चय ही वे थे और काफ़ी उग्र थे। लेकिन फिर भी इस विरोध और उग्रता का क्षेत्र बहुत सीमित था। इन विचारों के रहते हुए भी महात्माजी के प्रति उनके प्रेम में कभी कमी नहीं आई। और व्यक्तिगत रूप से मुसलमानों से उनके जो स्नेहपूर्ण संबंध थे, उनमें भी कोई अन्तर नहीं पड़ा। और अभी कुछ माह पूर्व ही[2] उन्होंने मालीकांदा के अभय आश्रम में विक्रमपुर युवक और छात्र सम्मिलनी के अध्यक्ष पद से प्रोग्राम की चिन्ता न करते हुए सत्य, निष्ठा का व्रत लेने को कहा था और कहा था निर्भयता की साधना करने को—"साहस का वरण और निर्भीकता का उपार्जन करना एक चीज़ नहीं है। एक देह की है दूसरी मन की। देह की शक्ति और कौशल बढ़ने से अपेक्षाकृत दुर्बल और कौशलहीन को हराया जा सकता है किन्तु निर्भयता की साधना से शक्तिशाली को परास्त किया जा सकता है। संसार में कोई उसे बाधा नहीं दे सकता है। वह अजेय होता है।"

प्रायः उनके ऐसे विचार तात्कालिक परिस्थितियों की तात्कालिक प्रतिक्रिया मात्र होते थे। जैसे, बारदोली की प्रशंसा सुनते-सुनते उनका प्रान्तीय अभिमान जाग उठा। उसी आवेश में उन्होंने कुछ ऐसी बातें कहीं, जो उनके जैसे शिल्पी को नहीं करनी चाहिए थीं। राजनीति तो

---

1. 15 फरवरी, 1929 ई. 2. आश्विन, 1336 (सितम्बर, 1929 ई.)

काजर की कोठरी है। उसमें प्रवेश करने पर उसकी कालिख से कोई नहीं बच सकता। फिर बंगाल की उस समय की अवस्था भी बहुत अच्छी नहीं थी। दल ही दल थे। और किसी भी कारण से हो जब व्यक्ति किसी एक दल से संबद्ध हो जाता है, तो फिर वह पक्षधर हुए बिना नहीं रह सकता। वे हुगली ज़िले के रहने वाले थे, लेकिन उस ज़िले के कांग्रेस कर्मियों ने उन्हें कभी निमन्त्रित नहीं किया। वह ज़िला खादी दल के हाथ में था। एक मित्र ने उनसे कहा, "आपके ज़िले के लोग आपको नहीं बुलाते, क्या यह बात अपमानजनक नहीं है?"

उन्होंने उत्तर दिया, "अच्छा ही है जो नहीं बुलाते। मेरा शरीर बहुत खराब रहता है। बुलाने पर भी शायद मैं नहीं जा पाता, तब वे नाराज़ होते। मान लो मैं चला भी जाता तो वे मुझे भाषण देने के लिए कहते। भला कोई विश्वास कर सकता है कि जो व्यक्ति कहानियों की इतनी किताबें लिख लेता है, वह भाषण नहीं दे सकता? इसलिए मैं कहता हूँ कि उन्होंने मुझे नहीं बुलाकर मुझ पर उपकार ही किया है।"

कांग्रेस के अधिवेशनों में भाग लेने के लिए वे अब भी जाते थे। रावी के तट पर पं. जवाहरलाल नेहरू की अध्यक्षता में कांग्रेस का जो महत्त्वपूर्ण अधिवेशन हुआ था और जिसमें पूर्ण स्वराज्य की मांग की गई थी उसमें वे उपस्थित थे। इस अवसर पर प्रवासी बंगालियों ने अपने अपराजेय कथाशिल्पी का हार्दिक अभिनन्दन किया। उसी अभिनन्दन के उत्तर में उन्होंने घोषणा की थी, "गर्व करने योग्य हमारे पास एक ही वस्तु है—यह भाषा।" पर स्वास्थ्य उनका दिन पर दिन गिरता ही जा रहा था। श्री केदारनाथ बंदोपाध्याय को उन्होंने लिखा,[1] 'अच्छा हूँ। रात-दिन ईज़ीचेयर पर घिरे बरामदे में लेटा रहता हूँ। दायां पैर लंगड़ा है, दाहिना कान बहरा है। बवासीर के बहाने बेकार खून नियमित रूप से निकलता रहता है। तंद्रा में आराम से क्षण-क्षण पर सो जाता हूँ। स्वप्न देखता हूँ, जाग पड़ता हूँ, सामने बड़ी नदी दिखाई पड़ती है। पाल वाली नावों को गिनता हूँ। न जाने कब अचानक आँख बंद हो जाती है। सारी बातें भूल जाता हूँ। दक्षिण से सूर्यदेव आकर तेज़ धूप से बदन गर्म कर देते हैं। आँखें खोलने पर गुड़गुड़े की निगाली खींचकर देखता हूँ, कहता हूँ 'कोई है, चिलम भर दे।' शायद भर भी देता है। पर खींचने पर देखता हूँ कि धुआँ नहीं है। डाँटने पर कहता है कि आप सो रहे थे। चढ़ी चिलम जल गई। परीक्षा करने की शक्ति नहीं है, फिर भी ऊँची आवाज़ में डाँटकर कहता हूँ, 'हाँ, हाँ, सो रहा था और नहीं तो क्या? झूठा कहीं का फिर भर दे दिल्ली से आई उस बड़ी चिलम को, जिससे जल्दी जल नहीं जाए।' उसके चले जाने पर मन-ही-मन कहता हूँ, 'भगवान, सचमुच ही हो तो मेरे अनुरोध को मान क्यों नहीं लेते? कोई तुम्हारी निन्दा नहीं करेगा। सिर की कसम बाबा, आप मान लें।'

"एक दिन मान लेंगे, जानता हूँ, पर मेरी ही तरह समय बीत जाने पर। तब प्रसन्नतापूर्वक नहीं ले सकूँगा" बुलावा आ गया है। पाथेय मौजूद है। सोते-सोते और जागते-जागते पढ़ना शुरू कर देता हूँ। बहुत दिनों की आदत है। बहुतेरी अफ़ीम खून में मिली है। हारा हूँ बहुतों से, पर हराया है बेटा आबकारी वालों को। इसलिए भरोसा है कि नींद में भी पाथेय का रस नीचे ही जा गिरेगा।"

स्वास्थ्य चाहे जितना ही खराब हो उनके लिए 'प्रिय सुभाष' को छोड़ना अभी भी

1. 23 दिसम्बर, 1930 ई.

सम्भव नहीं हो पा रहा था, इसलिए अगले वर्ष हावड़ा ज़िला कांग्रेस कमेटी के चुनाव में काफ़ी हल्लागुल्ला, गाली-गलौज और लाठी पटकना हुआ। डंडे के डर से कांटेदार तार का घेरा मय इलेक्ट्रिफिकेशन के तैयार रखा गया था। इसी कारण शायद दंगा नहीं हो सका और चुनाव निर्विघ्न समाप्त हो गया। शरत् बाबू का दल अर्थात् सुभाष बाबू का दल फिर प्रतिष्ठित हो गया। दस साल से उनका आधिपत्य चला आ रहा था। इस निहित स्वार्थ को भला कैसे छोड़ा जा सकता था! उनके दल का तर्क था कि गलतियाँ कितनी ही क्यों न हों, तुम लोग बोलने वाले कौन हो? देश की आज़ादी आती है तो हमारे ही द्वारा आएगी। तुम लोगों के द्वारा नहीं आएगी। तुम लोग हाथ डालने मत आओ।

लेकिन दूसरा दल भी आसानी से मानने वाला नहीं था। इसीलिए आवेश और आक्रोश था। एक पत्र में शरत् बाबू ने इस दलादली के स्वरूप का अपनी सहज विनोदप्रिय शैली में सुन्दर वर्णन[1] किया है।—''देशोद्धार करने के लिए सुभाष के दल ने मुझे ज़बर्दस्ती कुमिल्ला चालान कर दिया था। रास्ते में एक दल ने शेम-शेम कहा। खिड़की के रास्ते से कोयले का चूरा सिर और बदन पर बिखेर कर प्रीति-ज्ञापन किया। दूसरे दल ने बारह घोड़ों की गाड़ी में जुलूस निकालकर बता दिया कि कोयले का चूरा कुछ नहीं, वह माया है। जो कुछ भी हो, रूप नारायण के तीर पर वापस आ गया हूँ। श्री अरविन्द के मुक्त मनुष्य में व्यक्तिगत आशा नहीं रहती। इस शक्ति की उपलब्धि करने में मुझे अब देर नहीं है। जय हो बारह घोड़े की गाड़ी की, जय हो, जय हो कोयले के चूरे की।''

कुमिल्ला में वह त्रिपुरा ज़िला राजनैतिक कर्मी सम्मेलन व ज़िला छात्र सम्मेलन में भाग लेने गए थे। साथ में सुभाष बोस थे। सारे रास्ते उन लोगों का इतना शानदार स्वागत हुआ कि वह विभोर हो उठे थे। सुभाष सम्मेलन के अध्यक्ष थे और शरत् थे उद्घाटनकर्ता। उन्होंने एक ही बात कही, ''मेरे पास देने को एक ही सन्देश है और वह स्वतन्त्रता का। मेरी कामना है कि बंगाल के नवयुवकों और विद्यार्थियों का उद्देश्य पूर्ण हो। वे सेवा और पीड़ा के द्वारा भारत को अपना लक्ष्य पाने में सहायता करें। मुझे दुख यही है कि मैं इस आन्दोलन को सफल होते नहीं देख सकूँगा।''

लेकिन ऐसा लगता है कि इस परिहास वृत्ति के बावजूद वह राजनीतिक वितण्डावाद उन्हें बहुत देर तक बाँधकर नहीं रख सका। अन्ततः वे अपने साहित्य-जगत् में पहुँच गए। जैसे उनकी वह गतिमय तटस्थ वृत्ति फिर लौट आई और वे पहले की तरह अपने मनुष्य को प्यार करने लगे।

और इसीलिए जब तीन वर्ष बाद महात्माजी ने कांग्रेस की सदस्यता से त्यागपत्र[2] दे दिया, तब शरत् बाबू ने एक शिल्पी की अन्तर्दृष्टि से लिखा, ''चरखे से देश की उन्नति हुई या नहीं? अद्रोह, असहयोग देश की राजनीतिक मुक्ति ला सका या नहीं? आईन अमान्य आन्दोलन का अन्तिम परिणाम क्या होगा? यह सब प्रश्न आज नहीं, किन्तु महात्मा का यह दावा सत्य स्वीकार करता हूँ कि उनके बताये मार्ग से भारत क्षतिग्रस्त नहीं हुआ...बाद में हो सकता है उनका मत व पथ दोनों बदल जायें, उनके आदर्श का चिह्न भी न रहे, तथापि वे जो

1. नवम्बर, 1931 ई. 2. अक्तूबर, 1934 ई.

कुछ दे गये हैं, सब कुछ परिवर्तन हो जाने पर भी वह अमर रहेगा। शृंखला मुक्त भारत को उनका यह ऋण किसी भी दिन विस्मृत न होगा। आज वे कांग्रेस से बाहर आये हैं, उसका त्याग नहीं किया है, करने का उपाय ही नहीं है। जिस शिशु को उन्होंने मानुष किया है वह आज बड़ा हो गया है। इसीलिए उसको अपने कठिन शासनपाश से महात्मा ने मुक्त किया है, स्वेच्छा से मुक्ति दी है। इसमें शोक करने का कोई कारण नहीं है। इस मुक्ति से दोनों का मंगल होगा, यही मेरी आशा है।''

20

साधारणतया साहित्यकार में कोई-न-कोई ऐसी विशेषता होती है, जो उसे जनसाधारण से अलग करती है। उसे सनक भी कहा जा सकता है। पशु-पक्षियों के प्रति शरत् बाबू का प्रेम इसी सनक तक पहुँच गया था। कई वर्ष पूर्व काशी में एक विद्यार्थी ने उनसे पूछा था, ''मैं आपके उपन्यासों में वर्णित मानवता से बहुत प्रभावित हूँ, लेकिन कुत्तों पर आप जो इतना पैसा व्यय करते हैं, वह समझ में नहीं आता।''

शरत्चन्द्र मुस्कराये, बोले, ''तुम ठीक कहते हो, पर शायद तुम नहीं जानते कि मनुष्यों पर मैंने इससे भी अधिक खर्च किया है।''

उन्होंने गलत नहीं कहा था। मानवीय करुणा का जो पाठ उन्होंने बचपन में राजू की पाठशाला में पढ़ा था, जीवन-भर वे उसी को आकार देते रहे। रंगून में भी सर्वहारा ही उनके सब कुछ थे। बंगाल लौटने के बाद उन्होंने गाँव वालों के लिए विद्यालय खोले, पथ-घाट बनवाये। उनकी ओर से मुकदमे लड़े। नाना प्रकार से नाना लोगों की आर्थिक सहायता की। उस दिन पौष के महीने में जब रिमझिम-रिमझिम वर्षा हो रही थी तो छाता लेकर वे कवि नरेन्द्र देव के साथ खरीदारी करने के लिए निकल पड़े। सहसा उनकी दृष्टि एक भिखारिन पर पड़ी। वर्षा से उसके सारे कपड़े भीग गये थे, वह शीत से थर-थर काँप रही थी। उन्होंने तुरन्त बटुआ निकालकर उसकी हथेली पर उलट दिया। नोट, रुपये, रेजगारी, काफ़ी धन था। नरेन्द्रदेव ने आपत्ति की, ''दादा, क्या करते हैं?''

उनकी ज़रा भी चिन्ता न करते हुए शरत् बाबू ने भिखारिन से कहा, ''ऐसे शीत में बाहर मत निकला करो। जब तक चले इनसे चलाओ, फिर और दूँगा।''

और उसे उन्होंने अपना पता लिखकर दे दिया।

एक और दिन इन्हीं कवि नरेन्द्रदेव के घर पर गपशप में बहुत रात बीत गई। कवि दम्पति उन्हें छोड़ने दूर तक साथ आये। महानिर्वाण मठ तक पहुँचते-पहुँचते सहसा कानों में किसी शिशु का क्रन्दन पड़ा। वे ठिठक गये। तब न वहाँ पक्का घेरा था और न फुटपाथ। कीकर की बाड़ थी। उसी के पास शरत् बाबू खोज पाए एक पोटली में बँधे नवजात शिशु को। वहीं बैठ गये। खोलकर देखा, कोमल शरीर में असंख्य चींटियाँ चिपटी हुई थीं। करुण स्वर में 'मेरे बच्चे, मैं मर जाऊँ,' कहते हुए उसे साफ़ करने लगे। फिर राधारानी देवी की ओर देखकर बोले, ''राधू, गर्म दूध और रुई की बत्ती बनाकर तो ले आओ।''

तुरन्त सब कुछ आ गया। उसे दूध पिलाते-पिलाते वे बोले, ''तुम थाने जाकर खबर तो करो।''

राधानानी देवी ने कहा, ''न, न, ऐसा न करो। मैं पाल लूँगी।''

शरत् बोले, ''नहीं, यह परित्यक्त शिशु है। इसके पीछे कोई करुण इतिहास छिपा है। हो सकता है हम किसी झगड़े में फँस जाएँ।''

रात का समय था। एक दुकान पर जाकर पहले अस्पताल में फ़ोन किया। जवाब मिला, ''इस प्रकार पाये गये अवांछित नवजात शिशु को सीधे अस्पताल में लेने का नियम है।''

फिर पुलिस को फ़ोन किया। वह भी तत्काल आने को तैयार नहीं थी, लेकिन जब उनका नाम सुना तो तैयार हो गई। थोड़ी देर बाद दो सिपाही आये और बच्चे को लेकर चले गये, तब तक वे वहीं पर बैठे रहे। इतना ही नहीं, अगले दिन चिलचिलाती धूप में दुकानदार को टेलीफ़ोन के पैसे देने के लिए भी स्वयं आये।

कालान्तर में इस घटना के साथ जो अपवाद जुड़ गये थे, उनमें एक यह भी था कि वहाँ पर जो छोटी-सी भीड़ इकट्ठी हो गई थी, उसमें से एक व्यक्ति ने उन्हें बिना पहचाने कहा था, ''जीते रहें शरत् बाबू, बंगाल में घर-घर के आगे ऐसे ही बच्चे मिला करेंगे।''

पता नहीं इस अपवाद में कितनी सच्चाई है, लेकिन उनकी प्रसिद्धि का यह एक प्रबल प्रमाण है। लेकिन उस समय तो उस विद्यार्थी के प्रश्न का उत्तर देते हुए शरत् बाबू ने आगे यही कहा था, ''इन्सान और कुत्ते में मैं कुछ अधिक भेद नहीं कर पाता। दोनों ही जानवर हैं। इन दोनों में से मैं कुत्ते को अधिक पसन्द करता हूँ, क्योंकि वे तभी भोंकते-काटते हैं जब उन्हें क्रोध आता है। लेकिन मनुष्य जिस समय मन-ही-मन घृणा करता है, प्रकट में उस समय खूब हँसता है।''

भेलू की कहानी अपवाद नहीं है। कुत्तों को वे बचपन से ही बहुत प्यार करते थे। बर्मा से लौटने पर भागलपुर के एक बन्धु को उन्होंने एक कुत्ता दिया था। जब वे वहाँ जाते थे तो वह बहुत खुश होता था। वे भी उसे देखकर कहते, ''क्यों, पपी, कैसा है ? अब तक कहाँ था ? आ, आ, बीमार है शायद। अहा, कितनी धूल है शरीर में! ओह, यह क्या! घाव ? मारपीट की है शायद ? ना, कुछ नहीं देखा! कितना बड़ा ज़ख्म है! कितना कष्ट होता है! कुत्ते का तुम कुछ ध्यान नहीं रखते।''

दोनों आँखें भर आतीं। फिर सुश्रूषा चलती—गर्म जल, तेल, साबुन, औषध, बैंडेज। सब करके बाँधकर सुला देते।

बच्चों को मिठाई खिलाते समय वे उसे नहीं भूलते थे। कहते, ''लो, भूल ही गया, पपी को भी दो भाई।'' रोज़ स्नान करके उसे अपने हाथ से दाल-भात खिलाते। इसी पपी को किसी कारण श्री शरत् मजूमदार के लड़के ने गोली से मार दिया। शायद वह उनके घर चला गया था। इस पर उन बंधु ने उसकी बंदूक छीन ली, उसे पीटा। झगड़ा यहाँ तक बढ़ा कि अदालत जाने की नौबत आ गई। उन्हीं दिनों अचानक शरत् बाबू भागलपुर आये। उन्होंने यह कहानी सुनी। क्रुद्ध होकर बोले, ''मैं होता तो रिवॉल्वर से उसे भी मार देता। तुम डरो मत। यदि वह नालिश करेगा तो पैसा हम देंगे। उसने हमारे लड़के को मारा है।''

वे शरत् मजूमदार के मित्र थे। जब भी आते, उनसे मिलने जाते, लेकिन इस घटना के बाद वे कभी उधर नहीं गये। बुलाने पर भी नहीं गये। कहा, ''उन्हें ही भेज दो। उनके लड़के ने पपी को मारा है।''

काशी-प्रवास में उन्होंने शैलेश विशी से कहा, ''काशी में आकर ब्राह्मण-भोज करना पड़ता है, लेकिन मैंने क्या निश्चय किया है, जानते हो? मैं कुत्तों का भोज करूँगा। काशी के कुत्ते बहुत दुखी हैं। छुआछूत का यहाँ बहुत विचार है। कुत्तों को छूने-मात्र से यहाँ स्नान करना होता है। बेचारे बिना खाये ही मर जाते हैं। उन्हें ही खिलाना चाहिए।''

और विशी महाशय प्रत्येक मोड़ पर कुत्तों की खोज करते फिरे। उनको इकट्ठा करके उन्हें भूरि भोजन खिलाया गया। उनकी आज्ञा थी कि जब तक कुत्तों का खाना-पीना नहीं हो जाता तब तक कोई मनुष्य नहीं खा सकता।

स्वास्थ्य सुधारने के लिए वे देवघर गये थे। वहाँ भी जब वे घूमने जाते थे, न जाने कहाँ से आकर एक कुत्ता उनके साथ हो लेता था। लेकिन घर के मालिक और नौकर के डर के कारण मकान के अन्दर प्रवेश नहीं कर पाता था। सारा खाना स्वयं पाने के लालच से मालिन उसे भगा देती थी। एक दिन शरत् बाबू ने न जाने कैसे उसकी आँखों में आँसू देख लिये और उन्होंने नौकरों से पूछताछ शुरू कर दी। शोर सुनकर मित्र वहाँ आए, जब उन्होंने यह कहानी सुनी तो मुस्कराकर बोले, ''दादा की बातें निराली होती हैं। आदमियों को तो खाने को मिलता नहीं और आप राह के कुत्ते को बुलाकर खिलाते हैं! खूब!''

लेकिन शरत् नहीं माने। उन्होंने उस कुत्ते को पेट-भर खाना खिलाया। उसके प्रेम के कारण वे दो दिन और रुके रहे। तीसरे दिन जब वे चले तो सचमुच ही वह कुत्ता उन्हें छोड़ने स्टेशन तक आया। उसकी स्मृति को अमर करते हुए उन्होंने लिखा है, ''साथ में जो लोग सवार कराने आये थे, उन सबको मैंने इनाम दिया। कुछ पाया नहीं तो केवल मेरे अतिथि ने। गर्म हवा में धूल उड़कर सामने पर्दे की तरह छा गई। जाने के पहले इसी पर्दे के भीतर से मैंने अस्पष्ट देखा कि स्टेशन के फाटक के बाहर मेरा अतिथि खड़ा एकटक मेरी ओर ताक रहा है। ट्रेन सीटी देकर चल दी। घर लौटने का आग्रह या उत्साह मुझे अपने मन के भीतर कहीं ढूंढ़े नहीं मिला। केवल यही ख़्याल आने लगा कि मेरा अतिथि आज लौटकर देखेगा कि घर का लोहे का फाटक बन्द है, उसके भीतर आने का कोई उपाय नहीं है। शायद रास्ते में खड़े होकर दो-तीन दिन मेरी राह देखेगा। शायद सन्नाटे की दोपहरी में किसी समय फाटक खुला पाकर चुपचाप ऊपर चढ़ जाएगा और मेरे रहने के कमरे को खोजेगा। मुझे न पाकर फिर राह का कुत्ता राह में ही आश्रय ग्रहण करेगा।''

श्रीकान्त भी संयोगवश जब अपने बचपन के गाँव में पहुँच जाता है तो एक घर के टूटे छप्पर के नीचे एक कंकाल शेष कुत्ते को देखता है। तब यही दर्द उसे भी कचोटता है, ''वह कुत्ता कुछ देर तक साथ-साथ आया और ठहर गया। जब तक दिखाई पड़ा तब तक बेचारा इस ओर टकटकी लगाये खड़ा देखता रहा। उसके साथ का यह परिचय प्रथम भी है और अन्तिम भी। फिर भी वह कुछ आगे बढ़कर विदा देने आया है। मैं जा रहा हूँ किसी बन्धुहीन, लक्ष्यहीन प्रवास के लिए और वह लौट जाएगा अपने अंधकारपूर्ण, निराले, टूटे हुए मकान में। दोनों के

ही संसार में ऐसा कोई नहीं है जो राह देखते हुए प्रतीक्षा कर रहा हो। बगीचे के पार हो जाने पर वह आँखों से ओझल हो गया। परन्तु पाँच ही मिनट के उस अभागे साथी के लिए हृदय के भीतर-ही-भीतर रो उठा। ऐसी दशा हो गई कि आँखों के आँसू न रोक सका।''

कुछ महिलाएँ उनका साहित्य पढ़कर इतनी प्रसन्न हुईं कि एक दिन उन्होंने उन्हें भोजन के लिए निमन्त्रित किया। वहाँ जाकर शरत् बाबू ने देखा कि संगमरमर की मेज़ पर सुन्दर आसन लगा है। खाने का सामान इतना है मानो किसी दानव की दावत हो। सोचने लगे, क्या किया जाए। हठात् उनकी दृष्टि गली के कुत्तों पर गई। भूख से वे पंजर हो रहे थे। जैसे कई दिनों से पेट भर खाना न मिला हो। उन्होंने गृहस्वामी से कहा, ''महाशय, एक बड़ा गमला हो तो मँगवा दीजिए।''

गृहस्वामी को कुछ आश्चर्य तो हुआ, पर आग्रह अतिथि का था। उन्होंने गमला मँगवा दिया। शरत् बाबू ने उसमें दाल, भात, मांस, तरकारी, मिठाई और खीर, जो कुछ भी था सब भर दिया और फिर गली में ले जाकर कुत्तों के सामने रख दिया। अहा, उस दिन वे जी उठे। लेकिन गृहस्वामी तो अवाक् रह गये। कुछ देर बाद इतना ही कह सके, ''इसको तो बाल-बच्चे भी खा सकते थे।''

शरत् बाबू ने उत्तर दिया, ''वे तो रोज़ ही खाते हैं, लेकिन कुत्तों को तो आज ही मिला है। बेचारे जी गये।''

एक बार न जाने कहाँ से आकर एक कुतिया उनके बाग में बच्चे दे गई। रोज़ समय पर आकर वह उन्हें दूध पिला जाती थी, लेकिन एक दिन वह समय पर नहीं आई। बस वे व्यस्त हो उठे। बच्चों को दूध पिलाया और फिर निकल पड़े उनकी माँ की खोज करने। तीन दिन तक यह खोज जारी रही। उन्होंने घोषणा की, ''जो खोजेगा, उसे दस रुपये मिलेंगे।''

हाँफ़ते-हाँफ़ते दो व्यक्ति हाज़िर हुए। बोले, ''मिल गई, एक सूखे कुएँ में गिर पड़ी है। पर ज़िन्दा है।''

शरत् बाबू बोले, ''तो अभी ले आओ, और पाँच रुपये मिलेंगे।''

कुछ देर बाद कुतिया वहाँ आ गई। माँ को देखकर बच्चे कितने खुश हुए! 'कुई-कुई' करने लगे। शरत् बाबू भी आनन्द से उल्लसित हो उठे।

सामताबेड़ में उन्होंने एक और लाल रंग का देसी कुत्ता पाला था। नाम था उसका 'बाघा'। वह भेलू का स्थान तो न ले सका फिर भी उसके लिए आदर-सत्कार का अभाव न था। एक दिन उसे पागल गीदड़ ने काट लिया और चिकित्सा कराने पर भी वह बच नहीं सका। दर्द-भरे हृदय से अपने खाते में उन्होंने लिखा, ''आज बाघा मर गया है। मोहिनी घोषाल के घर के सामने न जाने कब उसे पागल गीदड़ ने काट लिया था।''

ये कथाएँ एक मुँह से दूसरे मुँह होती यात्रा करती हैं, इसीलिए अतिरंजना अनिवार्य है। रूप भी कहीं-कहीं बदल सकता है, पर इसी कारण वे मिथ्या नहीं हो जातीं। और कुत्ते ही क्यों दूसरे पशु भी तो उन्हें इतने ही प्रिय थे। एक बार वे भागलपुर के एडवोकेट श्री चण्डीचरण घोष के साथ बिहार शरीफ़ देखने के लिए गए थे। उन्हें एक टण्डुम पर सवार होना था, लेकिन घोड़ा

चलने को तैयार नहीं था। टण्डुमवाले ने उसे तीन-चार सांटे दे मारे। शरत् बाबू जैसे काँप उठे और बोले, ''मारो मत, मारो मत। नहीं चलता तो नहीं सही। नहीं जाएँगे।''

टण्डुमवाले ने जवाब दिया, ''अजी, यह तो ऐसे ही चलते हैं।''

और फिर तीन-चार सांटे मार दिये। शरत् बाबू तुरन्त नीचे उतर पड़े। बोले, ''हम नहीं जाएँगे।''

घोष बाबू ने बहुत समझाया। तब इस शर्त पर तैयार हुए कि टण्डुमवाला घोड़े को न मारने की प्रतिज्ञा करे। उसने ऐसा ही किया, तब कहीं जाकर वे उसमें बैठे। बोले, ''ये बेचारे जानवर, हमारी तरह चीख-चिल्लाकर अत्याचार और अनाचार का विरोध तो कर नहीं सकते। इसलिए मेरी इनसे सहानुभूति है।''

यह सहानुभूति उनके लिए इतनी सहज हो गई थी कि जहाँ कहीं भी किसी प्राणी को कष्ट में देखते तो उनकी आत्मा चीख उठती। पड़ौसी की गाय एक बार सारी रात प्रसव वेदना से छटपटाती रही। उस रात वे सो नहीं सके। वे कुछ कर नहीं सकते थे, इसलिए भगवान को कोसते रहे कि क्यों उसने धरती पर इतनी पीड़ा पैदा की।

और गाय ही क्यों? विषधर भुजंग के प्रति भी उनकी ममता वैसी ही असीम थी। शीत ऋतु में दोपहर के समय सामताबेड़ के मकान के सामने बाग की घास के ऊपर बड़े-बड़े साँप धूप में जाकर लेटते थे। शरत् बाबू उस समय वहाँ बैठकर पहरा देते थे और बच्चों को रोकते थे, ''तुम लोग उधर न जाओ अहा, वहाँ वे धूप खा रहे हैं। तुम्हारे जाने पर भाग जाएँगे।''

चिड़ियों के प्रति भी उनकी ममता कम नहीं थी। 'देवधर की स्मृति' नामक अपने निबन्ध में उन्होंने कुत्ते की कहानी के साथ-साथ पक्षियों का भी मनोहर वर्णन किया है, ''मैं देखता था, उन चिड़ियों का गाना शुरू हो जाता है। उसके बाद एक-एक करके बुलबुल, श्यामा, सालिख और टुनटुन नाम की चिड़ियाँ आती हैं। पास के घर में जो आम का पेड़ था, मेरे घर के बकुल कुंज में, सड़क किनारे के पीपल की चोटी पर वे सब चिड़ियाँ जमा होती थीं। सबको मैं आँखों से देख नहीं पाता था, लेकिन हर रोज़ बोली सुनते-सुनते ऐसा अभ्यास हो गया था, जैसे उनमें से हरेक चिड़िया मेरी पहचानी हुई है।

''पीले रंग की बनबहू नाम की चिड़िया का एक जोड़ा ज़रा देर करके आता था। दीवार के किनारे युकलिप्टस नाम के विलायती वृक्ष की सबसे ऊँची डाल पर यह जोड़ा बैठता और अपनी हाज़िरी दे जाता था। एकाएक ऐसा हुआ कि न जाने क्यों वह जोड़ा दो दिन तक नहीं आया। यह देखकर मैं व्यग्र हो उठा। मन में सोचने लगा कि किसी ने उन्हें पकड़ तो नहीं लिया। इस तरफ़ चिड़ीमारों की कमी नहीं है। चिड़ियों को पकड़कर बाहर भेजना ही इन चिड़ीमारों की जीविका है। लेकिन तीन दिन के बाद यह जोड़ा फिर आया। उसे देखकर जान पड़ा कि सचमुच एक भारी चिन्ता दूर हो गई।''

और उस दिन उनकी यह परदुखकातरता चरम सीमा पर पहुँच गई। एक बन्धु के साथ श्याम बाज़ार की ओर जा रहे थे कि सहसा कानों में काकातुओं की करुण चीत्कार सुनाई दी। वह चीत्कार एक विशाल भवन के अन्दर से आ रही थी। शरत् बाबू एकाएक व्यग्र होकर भीतर

चले गये। क्रुद्ध दरबान भी उनको रोकने में समर्थ नहीं हो सका। जाकर देखा, काकातुआ का गला किसी तरह एक रस्सी में फँस गया है और फंदे से निकलने में असमर्थ हो आर्तनाद कर रहा है। वे तुरन्त गले से फंदा निकालने लगे। दरबान ने सोचा, हो न हो यह चोर है। काकातुआ को ले जाना चाहता है। वह उन्हें मारने के लिए दौड़ा। तभी शोर सुनकर घर के मालिक बाहर आ गये। शरत् बाबू को देखकर उन्होंने पूछा, ''आप कौन हैं, और किसको चाहते हैं ?''

उत्तर में शरत् बाबू ने प्रश्न किया, ''यह पक्षी आपका है ? पक्षी पालने का आपको बड़ा शौक है ?''

भद्र पुरुष अवाक् रह गये। बोले, ''आप क्या कह रहे हैं ?''

शरत् बाबू ने जवाब दिया, ''जीव-जन्तु पालने के लिए हृदय में बड़ी ममता चाहिए। कब से पक्षी चिल्ला रहा था, किसी का ध्यान ही नहीं गया।''

भद्र पुरुष बड़े व्यथित हुए। क्षमा माँगने लगे और शरत् बाबू भी सब कुछ भूलकर शान्त हो गये।

रंगून में उनके पास एक नूरी पक्षी था। वैसा पक्षी तो उन्हें फिर नहीं मिला। लेकिन उसी की जाति का एक मिल गया। उसका भी नाम उन्होंने 'बाटू बाबा' रखा। बेटे से अधिक वे उसे प्यार करते थे। एक दिन शैलेश विशी उनसे मिलने के लिए आये। देखा अमरूद के पेड़ पर बहुत अच्छे फल लगे हुए हैं। तोड़कर खाने लगे। तभी आ गये शरत् बाबू। न जाने क्या हुआ, उन्होंने चिल्लाकर नौकर को पुकारा और कहा, ''सब अमरूद तोड़कर मोहल्ले में बाँट दो।''

विशी महोदय हतप्रभ अपराधी की तरह उनकी ओर देखने लगे। वही बोले, ''तुमने बिना पूछे अमरूद क्यों तोड़े ? न हो, तुम्हीं अब इन सबको ले जाओ।''

यह कहकर वे विशी महोदय को घर के अन्दर ले गये। वहाँ आले में छोटी-छोटी चार-पाँच कटोरियाँ रखी थीं। किसी में अनार के दाने थे, किसी में पिस्ता और बादाम और किसी में किशमिश। बोले, ''ये सब बाटू बाबा का खाना है। प्रति घंटे बारी-बारी वह इनको खाता है। उसके खाने से पहले घर के फल कोई नहीं खा सकता, लेकिन तुमने खा लिये।''

एक दिन वही पाखी उड़ गया। तब वे शतरंज खेल रहे थे। अन्यमनस्क हो उठे। बीच-बीच में बाहर झाँककर देख लेते। कोई उठता तो कहते, ''न, न, चिन्ता मत करो, आ जाएगा। कई बार चला जाता है।''

लेकिन वे स्वयं न बैठे रह सके। बार-बार बाहर जाकर देखने लगे। संध्या हो आई। मित्र लौट चले। लेकिन कुछ ही दूर गये होंगे कि शरत् बाबू का उल्लसित स्वर कानों में पड़ा, ''पाखी आ गया। यहीं पेड़ पर बैठा था।''

उसकी मृत्यु पर अपने खाते में उन्होंने जो कुछ लिखा, उससे उसके प्रति उनके प्रेम का पता लगता है, ''आज रात 10-45 पर बाटू की मृत्यु हुई-मंगलवार, 24 फाल्गुन, 1338 (सन. 1931 ई.), सामताबेड़, हावड़ा। उसने बन्धन से स्वयं ही मुक्ति नहीं पाई, मुझे भी एक बड़ी मुक्ति दे गया। प्रभास के पास ही उसे समाधिस्थ किया। अब बाकी केवल एक और रह गया है।''

उन्होंने बाकी एक और रहने की बात लिखी है। शायद उनके पास वैसा ही एक और पक्षी हो या शायद उनका इशारा अपनी ओर हो। पक्षी उनके पास कम नहीं थे। मोर न था, मैना थी। बड़े मियां, छोटे मियां नाम के दो बकरे थे। और स्वामीजी की कहानी भी कम रोचक नहीं है। यह भी उनके एक बकरे का नाम था। कसाई की छुरी से बचाकर वे उसे खरीद लाये थे। उसके प्रति भी उनका प्रेम वैसा ही असीम था। उसकी मृत्यु का सम्वाद भी उनके खाते में लिखा है, "13 माघ, 1339 (1932 ई.), वेला 11-3, बृहस्पतिवार, स्वामीजी की मृत्यु। एक और भावना समाप्त हो गई।—सामताबेड, हावड़ा।"

अक्षयकुमार मित्र ने अपनी डायरी में लिखा है, "एक भैंसा हावड़ा पुल पर गाड़ी खींच रहा था। गाड़ी भारी थी। भैंसा गिर पड़ा। उसकी नाक से खून बहने लगा। तब भी गाड़ीवान उसे निर्दयता से पीटता रहा। शरत् बाबू उधर से जा रहे थे। यह दृश्य देखकर स्तब्ध-अवाक् खड़े रह गये। वेदना से चेहरा विवर्ण हो उठा।"

पूजा के लिए पशु बलि देने के सदा विरुद्ध थे। उस बार उनके बीमार हो जाने पर हिरण्मयी देवी ने काली मन्दिर में दो बकरे बलि देने की मानता मानी थी। उन्हें जब पता लगा तो उन्होंने दो बकरों का मूल्य भिजवा दिया। बलि देना वे नहीं सह सकते थे। 'लालू' कहानी में उन्होंने अपनी इस वेदना को व्यक्त किया है। इन घटनाओं का कोई अन्त नहीं है। प्रत्येक घटना एक ही कहानी कहती है, मज्जागत सहज करुणा के भीतर से इस कथाशिल्पी का जो चित्र उभरता है, वह क्या सचमुच ही किसी कुगढ़-कुमार्गी का चित्र है? क्या यह स्नेह केवल इसीलिए था कि जीवन में उन्हें घोर उपेक्षा मिली थी? या उनकी अपनी कोई संतान नहीं थी इसलिए?

ऐसा होना बहुत सम्भव है, लेकिन साथ ही यह भी स्पष्ट है कि यह करुणाधारा उनकी सहज मानवता का एक अंग-मात्र है।

एस.पी.सी.ए. जानवरों के प्रति निर्दयता रोकने वाली सुप्रसिद्ध संस्था है। वर्षों तक वे इसके अध्यक्ष रहे। उनके कार्यकाल में इस संस्था के अधिकारियों के विरुद्ध कलकत्ता के गाड़ीवालों ने सत्याग्रह किया था। एक समय तो यह इतना हिंसक हो उठा था कि गोली चलानी पड़ी थी। चार व्यक्ति मारे गये थे। हावड़ा में भी दंगा होते-होते बचा था। अध्यक्ष होने के नाते शरत् बाबू को बहुत कुछ सहना और करना पड़ा था। लेकिन निरीह पशुओं के प्रति निर्दयता वे किसी भी तरह स्वीकार नहीं कर सकते थे।

21

जब कविगुरु रवीन्द्रनाथ ठाकुर सत्तर वर्ष के हुए तो देश-भर में उनकी जन्म-जयन्ती[1] मनाई गई। उस दिन यूनिवर्सिटी इंस्टीट्यूट, कलकत्ता में जो उद्बोधन सभा हुई उसके सभापति थे महामहोपाध्याय श्री हरिप्रसाद शास्त्री। उस सभा में श्री चन्द्रशेखर वेंकटरामन ने एक प्रस्ताव रखा कि सभी देशवासियों की ओर से कलकत्ता में इस शुभ घटना के उपलक्ष्य में उनकी यथोचित सम्वर्द्धना और आनन्दोत्व का अनुष्ठान करना चाहिए।

---

1. 16 मई, 1931 ई.

इस प्रस्ताव का समर्थन करते हुए शरत्चन्द्र ने कहा, "मैं जानता हूँ, मेरे देश के अनेक व्यक्ति विश्वभारती को कल्पना-मात्र समझते हैं। मैं कहता हूँ, होने दो कल्पना, किन्तु किसकी कल्पना है? कितनी बड़ी कल्पना है? यह भूलने से कैसे चलेगा! इसीलिए कहता हूँ कि अनुष्ठान करो, आनन्दोत्सव करो, सब कुछ करो, किन्तु अब कुछ धन संग्रह करके हम सब उनके हाथ में दे दें। वे इस वृद्धावस्था में देश-विदेश में विश्वभारती के लिए भिक्षा की झोली पसारे घूमते हैं। यह हमारे लिए लज्जा की बात है।"

इसी सभा में जयन्ती-उत्सव समिति का गठन हुआ। इसके सभापति निर्वाचित हुए आचार्य जगदीशचन्द्र बसु। सहकारी सभापति अनेक गणमान्य व्यक्ति थे और उन्हीं में एक थे शरत्चन्द्र। उसके बाद इस संबंध में होने वाली सभी सभा-समितियों में उन्होंने उत्साहपूर्वक भाग लिया। दुर्भाग्य से उस समय उत्तर बंगाल में वन्या का प्रकोप हुआ। ऐसी स्थिति में कविगुरु ने शरत्चन्द्र को पत्र लिखा, "सुनता हूँ, तुमने मेरी पूजा के लिए कुछ धन इकट्ठा करने का निश्चय किया है। देश में आज दो दुर्दिन है, उसको देखते हुए किसी और काम के लिए धन-संग्रह का दावा करना उचित नहीं है। यदि मेरे हाथ में कुछ देना ही है तो वह उनके दुखों को दूर करने के लिए हो जो इस दुर्गति का शिकार हुए हैं।"[1]

इसलिए विश्वभारती के उद्देश्य से धन-संग्रह करने का शरत् बाबू का यह प्रस्ताव कार्यान्वित नहीं हो सका। इसका उन्हें बराबर क्षोभ रहा। उत्सव में प्रवेश पाने के लिए शुल्क की व्यवस्था थी। उससे जो धन प्राप्त हुआ वह कविगुरु ने वन्या के प्रकोप से पीड़ित जनता के लिए दे दिया था।

यह अभिनन्दन समारोह[2] वास्तविक जन्मतिथि के सात महीने बाद हुआ था। मानपत्र लिखा था स्वयं शरत्चन्द ने। समिति में इस प्रश्न को लेकर काफ़ी मतभेद थे, लेकिन श्री अमल होम ने श्री श्यामाप्रसाद मुकर्जी से सलाह करे यह काम चुपचाप शरत्चन्द्र को सौंप दिया था। वे नहीं चाहते थे कि किसी को इस बात का पता लगे, लेकिन किसी तरह यह बात प्रकट हो गई। मानपत्र कौन पढ़े, इस पर भी काफ़ी मतभेद था। आचार्य जगदीशचन्द्र बसु उसे पढ़ने वाले थे, परन्तु सहसा अस्वस्थ हो जाने के कारण अन्ततः श्रीकामिनी राय ने इसे पढ़ा। उस समय शरत्चन्द्र संकोचवश सिर नीचा किये बैठे रहे। उस मानपत्र की प्रथम पंक्ति किसी को भुलाये नहीं भूलती—"कविगुरु, आपकी ओर देखने पर हमारे विस्मय की सीमा नहीं।"

चार वर्ष पूर्व[3] भी श्री अमल होम की विवाह सभा में उन्हें देखकर शरत् बाबू उसी तरह विस्मित हो उठे थे। "बहुत दिन बाद उस दिन विवाह सभा में रवीन्द्रनाथ को देखा। कैसा आश्चर्यमय सुन्दर! आँख हटाये नहीं हटती थी। उम्र जितनी बढ़ती है, रूप उतना ही फटा पड़ता है। रूप नहीं सौन्दर्य। संसार में इतना बड़ा विस्मय नहीं जानता।"

इस सभा के पश्चात् रवीन्द्र-साहित्य की आलोचना के लिए टाउन हाल में एक और सम्मेलन हुआ। उसके अध्यक्ष चुने गये—शरत्चन्द्र। अपने अध्यक्षीय भाषण में उन्होंने अपने साहित्य में प्रवेश की चर्चा करते हुए कविगुरु के ऋण को स्पष्ट स्वीकार किया और उनके

1. 29 दिसम्बर, 1931 ई. 2. दिसम्बर, 1931 ई. 3. 27 दिसम्बर, 1927 ई.

प्रति अपनी एकान्त श्रद्धा प्रकट की। कहा, "कवि के जीवन के सत्तर वर्ष पूरे हुए। विधाता के आशीर्वाद ने केवल हम लोगों को ही नहीं समग्र मानव जाति को धन्य किया। सौभाग्य की इस स्मृति को मधुर और उज्ज्वल करके हम लोग आने वाले समय के लिए रख जाना चाहते हैं और उसी के साथ अपना भी यह परिचय आने वाली पीढ़ियों को दे जाएँगे कि कवि के केवल काव्य से ही हमारा परिचय नहीं रहा, हमने उनको आँखों से देखा है, उनकी बातें कानों से सुनी हैं, उनके आसन को चारों ओर से घेरकर बैठने का सौभाग्य भी हमें प्राप्त हुआ।

...हम यहाँ वयोवृद्ध कवि को श्रद्धा-अर्घ्य देने के लिए, उनसे सहज भाव से यह कहने के लिए एकत्र हुए हैं कि कवि, तुमने बहुत कुछ दिया है, इस लम्बे समय में हमने तुमसे बहुत कुछ पाया है। सुन्दर, सबल, सर्वसिद्धिदायिनी भाषा तुमने दी है, विचित्र छन्दों में बंधा काव्य दिया है, अनुरूप साहित्य दिया है, जगत् को बांग्ला भाषा और भाव-सम्पदा का श्रेष्ठ परिचय दिया है, और सबसे बड़ा दान तुम्हारा यह है कि तुमने हमारे मन को बड़ा बना दिया है। तुम्हारी सृष्टि का सूक्ष्म विचार करना मेरे बूते से बाहर है—यह मेरे धर्म के विरुद्ध है। जो लोग प्रज्ञावान हैं, वे यथासमय यह विचार करेंगे, किन्तु तुमसे मैंने स्वयं क्या पाया है, इसी बात को संक्षिप्त कहने के लिए यह निमन्त्रण स्वीकार किया है।..."

फिर अपने बचपन की चर्चा करते हुए उन्होंने बताया कि कैसे उनका रवीन्द्र साहित्य से परिचय हुआ और उससे वह कितने प्रभावित हुए। उन्होंने कहा, "इसके बाद आया 'बंगदर्शन' के नवीन संस्करण का युग। उसमें उन दिनों रवीन्द्रनाथ की *चोखेर बोली* (आँख की किरकिरी) धारावाहिक रूप से प्रकाशित हो रही थी। उसमें भाषा और भाव प्रकाशन की शैली का एक नया प्रकाश देख पड़ा। उस दिन की वह गहरी और सुतीक्ष्ण आनन्द की अनुभूति मैं कभी नहीं भूलूँगा।...दूसरे की कल्पना के चित्र में पाठक अपने मन को इस तरह आँखों से देखना चाहता है, यह बात इससे पहले कभी सपने में भी नहीं सोची थी। इतने दिनों में केवल साहित्य का नहीं, अपना भी जैसे एक परिचय पाया। बहुत पढ़ने से बहुत पाया जाता है—यह बात सत्य नहीं है। वह थोड़े-से ही तो पन्ने हैं, उन्हीं के बीच में जिन्होंने इतनी बड़ी सम्पत्ति उस दिन हम लोगों के हाथ में पहुँचा दी, उनके प्रति कृतज्ञता जताने की भाषा कहाँ मिलेगी?

"इसके बाद ही साहित्य के साथ मेरा संबंध टूट गया। मैं भूल ही गया कि जीवन में एक लाइन भी मैंने किसी दिन लिखी है। बहुत-सा समय प्रवास में बीता। इस बीच में कवि को केन्द्र करके किस तरह नवीन बांग्ला साहित्य तेज़ी के साथ समृद्धि से भर उठा, उसकी कोई खबर मुझे नहीं है। कवि के साथ किसी दिन भी मुझे घनिष्ठ होने का सौभाग्य नहीं प्राप्त हुआ। उनके पास बैठकर साहित्य की शिक्षा प्राप्त करने का सुयोग भी नहीं मिला। मैं एकदम ही बिछुड़ा रहा। यह है बाहर का सत्य, किन्तु भीतर की बात इससे बिलकुल उलटी है। उस विदेश में मेरे साथ कवि की कुछ पुस्तकें थीं, काव्य और कथा साहित्य, और मन के भीतर परम श्रद्धा और विश्वास। तब घूम-फिरकर इन कई एक पुस्तकों को ही मैं बार-बार पढ़ता था। क्या उनका छन्द है, कितने अक्षर हैं, आर्ट किसे कहते हैं, उसकी संज्ञा क्या है, वज़न मिलाने में कहीं कोई त्रुटि हुई है या नहीं, ये सब बड़ी बातें सोची भी नहीं। यह सब मेरे लिए फ़िज़ूल था। सार्थक था केवल यही सुदृढ़ विश्वास कि इससे बढ़कर परिपूर्ण सृष्टि और हो ही नहीं

सकती। क्या काव्य में और क्या साहित्य में, यही मेरी पूंजी थी।

एक दिन अप्रत्याशित भाव से अचानक जब साहित्य-सेवा की पुकार हुई तब यौवन का दावा समाप्त करके प्रौढ़त्व के हलके में मैं पैर रख चुका था। देह थकी हुई थी, उद्यम सीमा में बँध गया था, सीखने की अवस्था पार हो गई थी। रहता था प्रवास में, सबसे अलग, सबसे अपरिचित। किन्तु पुकार का मैंने उत्तर दिया। भय की बात मन में ही नहीं आई। और कहीं हो न हो, पर साहित्य में गुरुवाद को मैं मानता हूँ।

''रवीन्द्र-साहित्य की व्याख्या मैं नहीं कर सकता। किन्तु ऐकांतिक श्रद्धा ने उसके मर्म का पता मुझे दे दिया है। पंडितों के तत्त्व-विचार में उसमें अगर कोई भूल-चूक हो तो रहे, किन्तु मेरे निकट वही सत्य है।

''...मनुष्य रवीन्द्रनाथ के संस्पर्श में मैं साधारण ही आया हूँ। एक दिन कवि के पास गया था। बांग्ला साहित्य में समालोचना की धारा प्रवर्तित करने का प्रस्ताव लेकर। अनेक कारणों से कवि उस प्रस्ताव को स्वीकार नहीं कर सके। उसका एक कारण उन्होंने यह बताया था कि जिसकी प्रशंसा करने में वे असमर्थ हैं, उसकी निन्दा करने में वे वैसे ही अक्षम हैं। यह भी उन्होंने कहा था कि तुम लोग यदि यह काम करो तो यह कभी न भूलो की अक्षमता और अपराध एक ही वस्तु नहीं हैं। मैं सोचता हूँ, साहित्य के विचार में यदि इस सत्य को सभी याद रखते।''

यह वह युग था जिस पर रवीन्द्रनाथ छाये हुए थे। बरगद के उस पेड़ के नीचे शरत्चन्द्र ने न केवल अपने लिए जगह बनाई बल्कि प्रान्त और देश के जनमानस का ध्यान भी अपनी ओर आकर्षित किया। इसके लिए भी उन्होंने कविगुरु से ही प्रेरणा पाई, इस सत्य को उन्होंने कभी अस्वीकार नहीं किया। उनके समान प्रतिभाशाली लेखक, जो अपने लिए एक स्वतन्त्र रास्ता बनाने और नई ज़मीन तैयार करने में पूर्ण समर्थ हो, अपनी उस समर्थता का झूठा प्रदर्शन न करके यदि अपने एक पूर्वज और सम-सामयिक साहित्यकार से प्रेरणा ग्रहण करते हुए इस बात को स्वीकार करे तो यह सचमुच उनकी बड़ी विशेषता है। खासकर उस हालत में जब हम जीवन में इस बात के अनेक उदाहरण पाते हैं कि एक ही युग के विभिन्न प्रतिभाशाली लेखक, कवि और कलाकार परस्पर ईर्ष्या रखते हुए केवल विरोध के लिए एक-दूसरे का विरोध करते रहते हैं। इसके विपरीत शरत्चन्द्र विभिन्न विषयों में उनकी प्रतिभा की महानता प्रमाणित करते हुए कभी थकते नहीं थे। उनकी कविताओं का प्रायः नित्य ही पारायण करते थे। उनकी लगभग सभी पुस्तकों को शरत् बाबू ने विशेष रूप से चमड़े की बढ़िया ज़िल्द में सजाकर रखा था, जिसके बाहर सुनहरे अक्षरों में पुस्तक और लेखक का नाम अंकित था। रवीन्द्रनाथ की कोई-न-कोई पुस्तक उनकी मेज़ पर पड़ी रहती थी।

एक बार बेथून कॉलेज के एक प्रोफ़ेसर उनसे मिलने के लिए आये। बातों ही बातों में वे बोले, ''आप जितना सुन्दर लिखते हैं, उतना ही स्पष्ट भी। आपकी रचनाएँ हम लोगों की समझ में अच्छी तरह आ जाती हैं। पर रवीन्द्रनाथ ऐसी अस्पष्ट और उलझी हुई शैली में लिखते हैं कि कुछ भी ठीक से समझ में नहीं आता। वे बड़े कवि हो सकते हैं, परन्तु मैं रहस्यवादी कवि की कोई रचना नहीं समझ सकता। उनके जीवन-देवता का रहस्य अभी भी अभेद्य है।''

शरत्चन्द्र ने तत्काल उत्तर दिया, ''प्रोफ़ेसर महाशय, मैं आप लोगों के लिए लिखता हूँ, आप ही मेरे पाठक हैं, किन्तु रवीन्द्रनाथ हमारे लिए लिखते हैं, हम उनके पाठक हैं। हमें कहीं अस्पष्टता दिखाई नहीं देती।''

रवीन्द्र-साहित्य की निन्दा वे नहीं सह सकते थे। विशेषकर जब वह निन्दा काव्य और कला के गम्भीर और निगूढ़ तत्त्वों से अपरिचित निन्दकों द्वारा की जाती थी। उन्होंने बार-बार स्वीकार किया है कि वे विद्यासागर और बंकिमचन्द्र के भी ऋणी हैं, परन्तु बंकिमचन्द्र ने जिस प्रकार रोहिणी को गोली से मार दिया था, उसकी आज ज़रूरत नहीं है। युग बदल गया है। मूल्य बदल गये हैं और इस मोहान्धता को भंग करने के लिए हम जिसके ऋणी हैं, मैं भी उसी का ऋणी हूँ। वे हैं कविगुरु रवीन्द्रनाथ। बंकिमचन्द्र अपने युग के संस्कारों से मुक्त नहीं हो सके। पाप-पुण्य के जय के बंधन में बंधे रहे। उनमें *आँख की किरकिरी* लिखने का साहस नहीं था। उनमें विचार-बोध था, पर संस्कार-बोध नहीं था। वे अपने साहित्य में समाज की संकीर्णता से ऊपर नहीं उठ सके।

कविगुरु की चर्चा चलने पर एक बार उन्होंने सत्येन्द्रनाथ बसु से बड़े दुःख के साथ उनको मिले अपमान, अवमानना और लांछना की बात कही थी। बोले, ''एक दिन कविगुरु ने कहा था, 'मार खाने पर क्या उसकी चोट नहीं लगती? लेकिन सहने के अतिरिक्त और उपाय ही क्या है?' देखते हो कैसी संस्कृति, कैसी शिक्षा-दीक्षा, कैसी असाधारण सहिष्णुता है! किसी दिन मुँह खोलकर ज़रा भी प्रतिवाद नहीं किया। ऋषितुल्य इन महापुरुष ने, सौम्य, शान्तमुख कवि ने, सब कुछ चुपचाप सहा, सहन किया। उनके समान धैर्य क्या मुझमें है? मैंने तो न जाने तुमसे अपनी कितनी बातें कही हैं। आलोचक कहते हैं कि रवीन्द्रनाथ इब्सन और मेटरलिंक का अनुसरण करते हैं। इब्सन और मेटरलिंक क्या *गीतांजलि, नैवेद्य* और *बालका* जैसी सम्पद की सृष्टि कर सकते हैं? वे जाते उनका अनुकरण करने? जहाँ ज़रा भाव या विचार मिला कह उठे अनुकरण है। एक दिन उन्होंने मुझसे कहा था, 'मेरी कविता के दो सौ पाठक भी नहीं हैं।' मैंने उत्तर दिया, 'आप क्या कहते हैं? आजकल क्या आप एक भी ऐसी कविता देख सकते हैं, जिस पर आपका प्रभाव नहीं है? मैं उसे अनुकरण नहीं कहूँगा। किन्तु काव्य की जो धारा आपने बहा दी है, उसी धारा का अनुसरण करती हुई बाद की सारी कविता चल रही है।'

''और कविता क्यों? उपन्यास के क्षेत्र में, भाषा में, क्या उन्होंने यही काम नहीं किया? आजकल कोई क्या बंकिम बाबू की भाषा लिखता है? या उस तरह के उपन्यास लिखता है? वे मेरे गुरु हैं, मेरे गुरु।''

कविगुरु के इस अभिनन्दन के बाद उनका मन बहुत प्रसन्न था। अपने एक पत्र में उन्होंने अमल होम को लिखा—

''अमल, मुझे कितनी खुशी हुई कि तुमने टाउन हाल में सभापति के पद पर मुझे पकड़ बिठाया, मेरे गले में माला डाली, मेरा लिखा मान पत्र कवि के हाथों में दिया। जिस प्रकार यह विराट व्यापार सम्पन्न हुआ, यह अनुष्ठान जिस निष्ठा और श्रम और श्रद्धा से सार्थक हुआ, उससे मुझको बड़ा निष्कपट आनन्द हुआ। कवि के संबंध में मैंने इधर-उधर कभी-कभी क्रोध में आकर बुरी-बुरी बातें कही हैं। जिस तरह यह सत्य है उसी तरह यह भी सत्य है कि मेरे से बड़ा उनका भक्त कोई नहीं। मुझसे बढ़कर कोई उनको अपना गुरु नहीं मानता।

मुझसे बढ़कर कोई उनकी रचनाओं का अध्ययन नहीं करता। उनकी कविताओं की बात नहीं कहता, लेकिन मुझसे अधिक उनके उपन्यास किसी ने नहीं पढ़े। उनकी *आँख की किरकिरी,* उनका *गोरा,* उनका *गल्प गुच्छ*। आजकल जो इतने लोग मेरी रचनाएँ पढ़कर अच्छा कहते हैं, वे उसी कारण हैं। मैं जानता हूँ कि यह परम सत्य है! और कोई इसको कहता है या नहीं कहता, मानता है या नहीं मानता, इससे कुछ आता-जाता नहीं है। इसलिए मैंने अपने समस्त अन्त:करण से उस जयन्ती में योग दिया। दिए बिना रह भी नहीं सकता था। तुमने बहुत बड़ा काम किया। अत:करण से आशीर्वाद देता हूँ। सुनता हूँ कि तुमने यह जयन्ती करके कलकत्ता का घर बेच दिया, गाड़ी बेच दी। तुम्हारे-हमारे मित्र लोग इस बात का बड़े उत्साह से प्रचार करते हैं। जयन्ती के लिए, सुनता हूँ स्वयं कवि ने तुमको खड़ा किया था। तुम केवल उनके शिखण्डी थे, उन्होंने ही सब कुछ कराया है। अमल, यह बंगाल है, सोने का बंगाल। तब भी कहना होगा कि मैं तुमको प्यार करता हूँ। मन में कोई क्षोभ न रखना। जिसके जो जी में आये कहने दो। मैं जानता हूँ, तुम्हारा घर भी नहीं है, गाड़ी भी नहीं है। जिस गाड़ी में चढ़कर घूमते हो, वह कार्पोरेशन की है। बस इतना ही। तुम्हारा भला होगा। तुमने देश की लाज रखी है। समस्त अन्त:करण से फिर तुमको आशीर्वाद देता हूँ।''

शरत्चन्द्र की रवीन्द्र-भक्ति के संबंध में प्रमाणों का कोई अभाव नहीं है। उनके समकालीन सभी व्यक्ति जानते हैं, शरत्चन्द्र ने रवीन्द्र-साहित्य का बड़े मनोयोग से मनन किया है। एक दिन किसी लेखक ने उनसे पूछा, ''क्या आपने *गोरा* पढ़ा है?''

उन्होंने तुरन्त स्वभाव-सुलभ चंचलता से उत्तर दिया, ''*गोरा*! चौंसठ बार! हाँ, चौंसठ बार पढ़ा है।''

ढाका जाने पर वे अपने प्रिय मित्र चारुचन्द्र बन्दोपाध्याय के घर पर ही ठहरते थे। उस बार वे अचानक बीमार हो गये। चारु बाबू क्या देखते हैं कि ज्वर के आवेश में शरत्चन्द्र *बलाका* की कविता पर कविता का पाठ करते जा रहे हैं। प्रत्येक कविता उन्हें पूर्ण रूप से कण्ठस्थ है।

सचमुच रवीन्द्रनाथ की बड़ी-बड़ी कविताएँ उन्हें विस्मयजनक रूप से कण्ठस्थ थीं। पुस्तक की सहायता के बिना एक भी भूल न करके उन कविताओं की आवृत्ति करते अनेक व्यक्तियों ने उन्हें देखा था। इलाचन्द्र जोशी से उन्होंने कहा था, ''मैं हर तीसरे-चौथे रोज़ उनकी कोई कविता-पुस्तक लेकर बैठ जाता हूँ। इतना बड़ा कवि आज संसार में खोजे न मिलेगा।''

समय-असमय, कारण-अकारण रवीन्द्र-काव्य की आवृत्ति करने में उन्हें जितना आनन्द आता था उतने ही उत्सुक वे उनके नाटकों का अभिनय देखने को भी रहते थे। *कल्लोल* पत्रिका के कर्मियों को अपना चित्र भेंट करते हुए उन्होंने कहा था, किन्तु ये जान लो हम सब रवीन्द्रनाथ के हैं। गंगा की तरंगें होती हैं। तरंगों से कभी गंगा नहीं बनती।''

उस दिन कविता-पाठ की एक प्रतियोगिता परीक्षा थी। कविता चुनी गई कविगुरु की—'ए बार फिराओ मोरे।' लेकिन उसमें से वह अंश निकाल दिया गया जिसमें देश की दुर्दशा का वर्णन था। जो कर्ता-धर्ता थे उनका तर्क था कि उसे पढ़ना राजद्रोह होगा। फसाद खड़ा हो सकता है।

शरत्चन्द्र ने लिखा, ''जो देश के सर्वश्रेष्ठ कवि हैं, जो निष्पाप और निर्मल हैं, उनके हृदय के भीतर से स्वदेश की भलाई के लिए जो कविता निकली है प्रकाश्य सभा में उसका पढ़ना राज्यद्रोह है, अपराध है। इस सभ्य देश के लड़के आज यही सीखने के लिए बाध्य होते हैं...।''

एक ओर ऐसी अनन्य भक्ति थी तो दूसरी ओर यह भी उतना ही सत्य है कि समय-समय पर उनका कविगुरु से कटु संघर्ष भी हुआ है। वह संघर्ष सदा ही सैद्धान्तिक रहा। भावुक हृदय शरत्चन्द्र जब कभी भी कविगुरु की किसी बात से अप्रसन्न होते थे तो उन पर तीव्र प्रतिक्रिया होती थी और वे तुरन्त ही उस प्रतिक्रिया को व्यक्त कर देते थे। मन से शायद वह ऐसा नहीं चाहते थे, परन्तु अन्तर का कृतिकार जैसे उफन उठता था और वे विवश हो जाते थे। चार वर्ष पूर्व[1] *विचित्रा* में कविगुरु का एक लेख प्रकाशित हुआ था। नाम था 'साहित्य-धर्म'। उस लेख को लेकर बंगाल के साहित्य जगत् में काफ़ी तूफ़ान उठा। डॉ. नरेशचन्द्र सेनगुप्त ने उक्त धर्म की सीमा या चौहद्दी का निर्देश करके अत्यन्त श्रद्धा के साथ कवि के उदाहरणों को, रूपक और युक्तियों को रस-रचना की संज्ञा दी। श्री सजनीकान्त दास की इस लेख के संबंध में शरत्चन्द्र से काफ़ी बातें हुईं। उन्हीं बातों का उन्होंने एक लेख में उल्लेख कर दिया। लेकिन वह उल्लेख कुछ इस प्रकार हुआ कि उससे गलतफ़हमी हो सकती थी, अर्थात् वे बातें शरत्चन्द्र के वास्तविक मत से भिन्न थीं। इसी गलतफ़हमी के कारण कुछ लोगों ने उन पर आक्रमण भी किये, इसलिए शरत् बाबू ने 'साहित्य की रीति और नीति'[2] शीर्षक से एक लेख लिखा। उसमें उन्होंने अपना मत स्पष्ट शब्दों में व्यक्त किया। बड़ी विनम्रता से कवि के आक्षेपों का निराकरण करते हुए उन्होंने लिखा, ''उनके 'साहित्य-धर्म' प्रबन्ध के अन्तिम अंश में भाषा जैसी तीक्ष्ण है, श्लेष भी वैसा ही निष्ठुर है। यह बात कोई अस्वीकार नहीं करेगा कि तिरस्कार करने का अधिकार एकमात्र उन्हीं को है, किन्तु क्या सचमुच ही आधुनिक बांग्ला साहित्यकार रास्ते की धूल-कीचड़ उठाकर परस्पर एक-दूसरे पर फेंकने को साहित्य-साधना समझता है? शायद कभी कहीं पर भूल हो गई है किन्तु इसी से क्या समस्त आधुनिक साहित्य के प्रति इतना बड़ा दण्ड कोई सुविचार है?

''कवि ने कहा है, 'उस देश का साहित्य कम-से-कम विज्ञान की दुहाई देकर इस दौरात्म्य या ऊधम की कैफ़ियत दे सकता है। किन्तु जिस देश में, भीतर और बाहर, बुद्धि में और व्यवहार में, किसी भी जगह विज्ञान ने प्रवेश का अधिकार नहीं पाया...।'

''अगर यही सच है तो भारत के लिए दुख की बात है, दुर्भाग्य की बात है। विज्ञान ने शायद प्रवेश का अधिकार नहीं पाया, शायद यह वस्तु सचमुच ही भारत में नहीं थी, किन्तु कोई एक चीज़ केवल न होने के कारण ही क्या सदैव वर्जित होकर रहेगी? यही क्या कवि का आदेश है?

''आगे की लाइन में कवि ने कहा है—'उस देश के (अर्थात् बंगाल के) साहित्य में उधार ली हुई नकल निर्लज्जता को किसकी दोहाई, देकर छिपावेगी?''

---

1. सन् 1927 ई. 2. *बंगवाणी,* सितम्बर, 1927 ई.

''दोहाई देने का प्रयोजन नहीं है, छिपाना भी अन्याय है, किन्तु भक्तों के मुख से उधार लिये हुए अभिमत को ही संशयहीन सत्य मानकर विश्वास कर लेने से क्या न्याय की मर्यादा खण्डित नहीं होती ?''

''रवीन्द्रनाथ के 'साहित्य-धर्म' का जवाब नरेशचन्द्र ने दिया है। उनकी धारणा है कि और अनेक लोगों की तरह शायद, वह भी कवि के एक लक्ष्य हैं। इस धारणा का कारण क्या है, मैं नहीं जानता। उनकी सब पुस्तकें मैंने नहीं पढ़ी। मासिक पत्रों के पन्नों में जो कुछ प्रकाशित होता है, वही केवल देखा है। अनेक स्थानों पर उनसे मेरा मत मिलना नहीं जान पड़ा। कभी-कभी जान पड़ा है, नर-नारी के प्रेम के मामले में वह प्रचलित सुनिर्दिष्ट रास्ते को लाँघ गये हैं, किन्तु वहाँ पर भी मैंने अपने मत को ही अभ्रान्त नहीं समझा। यह मैं जानता हूँ कि नरेशचन्द्र से बहुत-से लोग प्रसन्न नहीं हैं, किन्तु मत्तता की आत्मविस्मृति में माधुर्यहीन रुखाई को ही शक्ति का लक्षण मानकर पहलवानी की धींगामुश्ती करने के लिए ही वे पुस्तक लिखते हैं ऐसा अपवाद मैं नहीं फैला सकता। पाण्डित्य में, ज्ञान में, भाषा पर अधिकार में, चिन्तन के विस्तार में, स्वाधीन अभिमत को अकुंठित भाव से प्रकट करने में उनके समकक्ष लेखक बांग्ला-साहित्य में थोड़े ही हैं। बांग्ला-साहित्य के अविसंवादी (सर्वसम्पत) विचारक के हिसाब से कवि का यह कर्तव्य है कि नरेश बाबू की सब पुस्तकों को पढ़ें, यह स्पष्ट करके दिखावें कि उनके उपन्यासों में कहाँ पर शीलता का अभाव है, कहाँ पर वे काव्य-लक्ष्मी के वस्त्रहरण में लगे हैं। किन्तु ऐसा भी हो सकता है कि कवि का लक्ष्य नरेशचन्द्र नहीं, कोई और हो। तब भी मैं समझता हूँ कि उन्हें उस 'और किसी' की भी सब पुस्तकें पढ़कर देखनी चाहिए।''

''हम लोगों का ज़माना तो अब बीतने की वाला है। अब साहित्यव्रतियों का एक नया दल साहित्य-सेवा का भार ग्रहण कर रहा है। मैं सम्पूर्ण अन्त:करण से उनको आशीर्वाद देता हूँ।...किन्तु कुछ दिनों से देखता हूँ, इन नवीन लेखकों के विरुद्ध एक प्रचण्ड धावा शुरू हो गया है। क्षमा नहीं है, धैर्य नहीं है, मित्रभाव से भ्रम-संशोधन की वासना नहीं है, है केवल कटूक्ति, है केवल सुतीव्र वाक्य-बाण-वर्षा से घायल करने का संकल्प, है केवल देश के आगे, दस आदमियों के आगे इनको हेय सिद्ध करने की निर्दय प्रवृत्ति। केवल मत न मिलने से ही, वाणी के मन्दिर में, सेवकों के इस आत्मघाती कलह में न गौरव है, न कल्याण है।

''विश्वकवि के इस 'साहित्य-धर्म' के अन्तिम अंश का मैं सविनय प्रतिवाद करता हूँ। भाग्य के दोष से वह मेरे प्रति विरूप हैं—मेरी बात का शायद वह विश्वास न कर सकें, किन्तु मैं उनसे सच-सच निवेदन करता हूँ कि बांग्ला के साहित्यसेवियों के बीच ऐसा कोई नहीं है, जिसने मन-ही-मन उनको गुरु के आसन पर प्रतिष्ठित नहीं किया। आधुनिक साहित्य के अमंगल की आशंका से जो लोग उनके कानों के पास 'गुरुदेव' कहकर रोज़-रोज़ विलाप करते हैं, उनमें से किसी की भी अपेक्षा ये (आधुनिक लेखक) कम श्रद्धा नहीं रखते।''

इस लेख का आरम्भ कई कारणों से महत्त्वपूर्ण है। कविगुरु और डॉ. नरेशचन्द्र के मतभेद की चर्चा करते हुए उन्होंने लिखा, ''नरेशचन्द्र के विरुद्ध दल के सजनीकान्त दास ने *शनिवारेर चिठि* (मासिक) में मेरा मतोमत ऐसा प्रांजल और स्पष्ट करके प्रकट कर दिया है कि मेरे थूक घूँटकर माथ खुजाकर, 'हाँ' और 'ना' एक ही साथ उच्चारण करके पीछे हटकर

भागने के लिए राह ही नहीं रक्खी। एकदम बाघ के मुँह में ठेल दिया है।

"इधर विपत्ति यह हुई है कि धीरे-धीरे मेरे भी दो-चार भक्त आ जुटे हैं। वे यह कहकर मुझे उत्तेजित करते हैं कि तुम्हीं कौन कम हो? अपना अभिमत प्रचारित कर दो न!

"मैं कहता हूँ, वह मैंने जैसे कर दिया, लेकिन उसके बाद? मैं ठीक किस दल में हूँ, यह आप ही नहीं जानता, इसके सिवा उस ओर नरेश बाबू जो हैं। वह केवल बहुत बड़े पण्डित ही नहीं हैं, बड़े भारी वकील भी हैं। उनकी जिस जिरह के ज़ोर से कवि के युक्ति-तर्क रस-रचना हो गये, उस जिरह के पेंच में पड़कर मैं तो एक घड़ी भी नहीं ठहर सकूँगा। कवि तो भी अव्याप्ति और अतिव्याप्ति के कोठे में पहुँच गये हैं, लेकिन मैं तो शायद व्याप्ति-अव्याप्ति किसी तक भी नहीं पहुँचूँगा, त्रिशंकु की तरह शून्य में झूलता रहूँगा। तब?

"भक्तगण कहते हैं, 'आप डरपोक हैं।'

"मैं कहता हूँ, नहीं।"

"भक्त लोग कहते हैं, 'तो इसे प्रमाणित कीजिए।'

"मैं कहता हूँ प्रमाणित करना क्या सहज मामला है? रस-सृष्टि, रसोद्बोधन आदि शब्दों की रस-वस्तु के बराबर धुंधली चीज़ संसार में क्या कोई और है? यह केवल रस-रचना के ही द्वारा प्रमाणित किया जा सकता है, लेकिन फिलहाल वह समय मेरे हाथ में नहीं है।"

"यह तो हुई मेरी ओर की बात। उस ओर की बात ठीक-ठीक नहीं जानता, किन्तु अनुमान कर सकता हूँ।

"प्रियपात्रों ने जाकर कवि को पकड़ा, 'महाशय, हम लोग तो अब पार नहीं पाते, अबकी आप ही अस्त्र धारण कीजिए। ना-ना, धनुषबाण नहीं, गदा घुमाकर फेंक दीजिए इस अति आधुनिक साहित्यिक बस्ती की ओर। लक्ष्य? कोई ज़रूरत नहीं। वहाँ एक साथ बहुत-से रहते हैं।'

"कवि की वह गदा ही अन्धकार में आकाश से गिरी है। इससे ईप्सित-लाभ भले ही न हो, शब्द और धूल बहुत उठी है। नरेशचन्द्र चौंककर जाग उठे हैं और विनीत-क्रुद्ध कण्ठ से बारम्बार प्रश्न करते हैं कि किसको लक्ष्य किया है, बताइए? क्यों किया है, बोलिए? हाँ या न कहिए।

"किन्तु यह प्रश्न ही अवैध है। कारण, कवि तो रहते हैं बारह महीने में तेरह महीने विलायत। क्या जानें वह कि कौन हैं तुम लोगों की खड्गहस्ता, शुचिधर्मी अनुरूपा[1] और कौन है तुम्हारा वंशीधारी अशुचिधर्मी शैलजा, प्रेमेन्द्र, नजरुल इस्लाम-कल्लोल, काली-कलम का दल[2]? वह कैसे जान सकते हैं कि कब किस महीयसी जननी ने अति आधुनिक साहित्यिकों का दलन करने के लिए भविष्यत् माताओं को सौर में ही सन्तानों को मार डालने का सदुपदेश देकर नैतिक उच्छ्वास की पराकाष्ठा दिखाई है और कब शैलजानन्द कुली-मज़दूरों की नैतिक

1. प्रसिद्ध उपन्यास-लेखिका अनुरूपा देवी। 2. शैलजानन्द, प्रेमेन्द्र मित्र आधुनिक रुचि के उपन्यास और कहानी लिखने वाले हैं। नजरुल इस्लाम प्रसिद्ध ओजस्वी भाषा-भाव वाले कवि हैं। इनकी गणना प्रथम श्रेणी के कवियों में की जाती है। *कल्लोल* और *काली कलम* आधुनिक दृष्टिकोण के मासिक पत्र हैं।

हीनता की कहानियाँ लिखकर अपनी कुलीनता (अभिजात्य) खो बैठे हैं? इन सब बातों को पढ़ने का समय, धैर्य और प्रवृत्ति, कुछ भी तो कवि के पास नहीं है, उन्हें बहुत-से काम हैं। दैव संयोग से कभी एकाध टुकड़ा लेख जो उनकी नज़र में पड़ गया है, उसी से उनकी धारणा हो गई है कि आधुनिक बांग्ला साहित्य की आबरू और आभिजात्य, दोनों ही जाते रहे हैं। शुरू हुआ है चितपुर रोड के खचखच खचाक शब्द के साथ एक ही तरह के पद का पुनः-पुनः चक्कर मारता हुआ गर्जन। आधुनिक साहित्यिकों के प्रति कवि के इतने बड़े अविचार से केवल नरेशचन्द्र के ही नहीं, मेरे भी विस्मय और दुख की सीमा नहीं है।''

शरत्चन्द्र के इस लेख से काफ़ी हलचल मची। *शनिवारेर चिठि* के सम्पादक सजनीकान्त दास ने उन पर तीव्र आक्रमण किया। वे ऐसा अवसर कभी नहीं चूकते थे जब शरत् बाबू पर आक्रमण किया जा सके। लेकिन इस बार और भी बहुत-से लोगों ने अपनी अप्रसन्नता प्रकट की। उनका यह आक्षेप था कि शरत्चन्द्र ने रवीन्द्रनाथ के प्रति अनुचित कटूक्ति की है। बाद में शरत् बाबू ने भी स्वीकार किया है कि शायद लिखने की त्रुटि के कारण वह जो कहना चाहते थे, नहीं कह पाये और दूसरा ही अर्थ हो गया। लेकिन वह अक्षमता का दोष है, हृदय का नहीं।

शरत्चन्द्र नये लेखकों के प्रति सदय ही नहीं थे, उनके प्रति आन्तरिक स्नेह भी रखते थे। कई वर्ष पूर्व[1] शिवपुर इंस्टीट्यूट की साहित्य सभा में रवीन्द्रनाथ अध्यक्ष होकर आये थे। उस सभा में भी आधुनिक लेखकों का बचाव करते हुए उन्होंने कहा था, ''भला ओर बुरा संसार में चिरकाल से है। शायद चिरकाल तक रहेगा। भले को भला, बुरे को बुरा आधुनिक लेखक भी कहता है। बुरे की वकालत करने के लिए कोई साहित्यिक कभी किसी दिन साहित्य सभा में खड़ा नहीं होता, किन्तु बहलाकर नीति शिक्षा देना भी वह अपना कर्तव्य नहीं समझता, दुर्नीति का भी प्रचार नहीं करता। थोड़ा-सा दबाकर देखने से उनकी सभी दुर्नीति के मूल में शायद यही एक एकता मिलेगी कि वह मनुष्य को मनुष्य सिद्ध करना चाहता है।''

व्यक्तिगत रूप से भी वे उन्हें बड़ा प्यार करते थे। कवि नजरुल इस्लाम जेल में थे। किसी प्रश्न को लेकर उन्होंने अनशन कर दिया। उस समय शरत् बाबू उनसे अनशन तोड़ने का अनुरोध करने के लिए जेल गये थे। एक पत्र में उन्होंने लिखा है, ''हुबली जेल में हमारे कवि काज़ी नजरुल इस्लाम अनशन करके मरणासन्न हैं। एक बजे की गाड़ी से आ रहा हूँ। देखूँ, यदि मुलाकात करने दें और करने देने पर मेरे अनुरोध से वे फिर खाने को राज़ी हो जायें, न होने से उनके लिए आशा नहीं देखता। वे सच्चे कवि हैं। रवि बाबू को छोड़कर शायद इस समय दूसरा कोई और नहीं है।''[2]

शरत् बाबू मानते थे कि आधुनिक लेखक गलतियाँ करते हैं, परन्तु जब उन्हें समाज में अश्रद्धेय प्रतिपादित किया जाता था तो उन्हें बहुत दुख होता था। उन्हें यह बात भी बहुत पीड़ा देती थी कि आधुनिक लेखक गरीब हैं और इस कारण गन्दी बातों में पड़कर रुपया कमाना चाहते हैं। उनकी रचनाओं में वे संशोधन करते रहते थे। वे उन्हें विश्वास में लेते, तर्क करते, झगड़ भी पड़ते, पर कभी यह प्रकट नहीं होने देते या ऐसा व्यवहार नहीं करते जिससे लगे कि आधुनिक लेखक छोटे हैं।

---

1. 1 जुलाई, 1932 ई. 2. 17 मई, 1923 ई.

लेकिन इसका यह अर्थ कदापि नहीं था कि उन्होंने आधुनिक लेखकों को पूर्ण रूप से स्वीकार कर लिया था। रवीन्द्रनाथ से संघर्ष के बाद साल-भर तक उन्होंने आधुनिक लेखकों की रचनाएँ पढ़ीं और इस निर्णय पर पहुँचे कि सचमुच उनमें रस का अभाव है। जो अति आधुनिक साहित्य के नाम पर उच्छृंखलता का प्रचार करते हैं, वे और जो कुछ भी करें साहित्य की सृष्टि नहीं करते। उस दिन कविगुरु ने जो कहा था वह बहुत गलत नहीं था। तीन वर्ष बाद *शेष प्रश्न* को लेकर आधुनिक लेखकों ने उन पर जो आक्रमण किये उससे भी सम्बन्धों में कुछ अस्थायी तनाव आ गया था। इसमें अस्वाभाविक कुछ नहीं है। युगसन्धि के अवसर पर ऐसा होता ही है। नये लेखकों को प्यार करने पर भी उनकी अपनी साहित्यिक मान्यताएँ थीं। वे मानते थे कि लेखन का असंयम साहित्य की मर्यादा नष्ट कर देता है। श्री केदारनाथ की एक पुस्तक की खूब प्रशंसा करने के बाद उन्होंने लिखा, "भगवान आपको लिखने की असीम शक्ति दे, किन्तु यह बात नहीं भूली जा सकती कि ऐश्वर्यवान को ही मितव्ययी होने का प्रयोजन है। कंगाल के लिए यह आवश्यक नहीं। केवल लिखते जाना ही नहीं, रुकने की बात भी मन में होनी चाहिए।"

लेकिन शरत्चन्द्र गुरुदेव से केवल इसी कारण नाराज़ नहीं थे कि वे आधुनिक लेखकों के प्रति क्रूर हो उठे थे बल्कि *पथेर दाबी* की घटना के कारण जो उत्तेजना हुई थी वह भी अभी शान्त नहीं हुई थी। इसके अतिरिक्त *षोडशी* नाटक के गाने भी कविगुरु नहीं लिख पाये थे। 'साहित्य की रीति-नीति' लिखते समय ये सभी बातें उनके मन में थीं। इसी कारण लेख में कहीं-कहीं व्यर्थ ही तीव्रता का समावेश हो गया है।

रवीन्द्रनाथ ने दिलीप कुमार राय को कुछ पत्र लिखे थे। उन्ही के संबंध में एक बार[1] फिर उनका कविगुरु से संघर्ष हुआ। इन पत्रों के संबंध में श्री अतुलानन्द राय ने उनकी राय जाननी चाही थी। उत्तर में उन्होंने राय महाशय को एक बहुत लम्बा पत्र लिखा।

"तुमने *परिचय* पत्रिका में श्री दिलीपकुमार राय को लिखित रवीन्द्रनाथ के पत्र साहित्य की मात्रा के संबंध में मेरी राय जाननी चाही है। यद्यपि यह पत्र व्यक्तिगत है फिर भी जब यह प्रकाशित हुआ है तो ऐसा अनुरोध शायद किया जा सकता है।

"...कविवर ने जिन लोगों के संबंध में निराशा के कारण पतवार छोड़ दी है, तुम लोगों का सन्देह यह है कि उन लोगों में मेरी भी गिनती है। असम्भव नहीं है। इस निबन्ध में कविवर का अभियोग है कि वे (दूसरे लोग) प्रमत्त हाथी हैं, वे बकवास करते हैं, पहलवानी दिखाते हैं, कसरत करामात करने पर आमादा हैं, 'प्राब्लेम साल्व' करते हैं, इसलिए उनकी...इत्यादि, इत्यादि।

"बातें चाहे जिनके संबंध में कही गई हों, न तो ये सुन्दर हैं और न कानों को अच्छी लगती हैं। श्लेष और विद्रूप के वातावरण के कारण मन में एक इरिटेशन पैदा होता है। इससे कला का उद्देश्य व्यर्थ हो जाता है और श्रोता का मन भी खिन्न होता है। इसके साथ ही जैसे क्षोभ प्रकट करना बेकार है, प्रतिवाद करना भी वैसे ही व्यर्थ है। मैंने किसकी बोली तोते की तरह रटी, कब मैंने पहलवानी दिखलाई, कहाँ खेल दिखाया, क्रुद्ध कविवर के निकट यह

1. श्रावण, 1340 (जुलाई-अगस्त, 1933 ई.)

जिज्ञासा अवान्तर है। मुझे अपने बचपन की याद आती है। खेल के मैदान में किसी ने यह कह दिया कि फलाने ने टट्टी पर पैर रख दिया, बस फिर क्या है, कहाँ पैर रख दिया, किसने कहा, किसने देखा, वह टट्टी नहीं थी, गोबर था, यह सब कहना व्यर्थ होता था। घर आने पर माँ आदि बिना नहलाये तथा बिना सिर पर गंगाजल का छींटा दिये घर में दाखिल नहीं होने देती थीं। मेरी भी इस समय वही हालत है।

'' 'साहित्य की मात्रा' ही क्यों, कविवर के ऐसे निबन्धों में से अधिकांश को समझने की मुझमें बुद्धि नहीं है। उनके उपमा-उदाहरण में कल-कब्ज़े, हाट-बाज़ार, हाथी-घोड़ा, जन्तु-हैवान सब आते हैं, पर यह समझ में नहीं आता है कि मनुष्य की सामाजिक समस्याओं और नर-नारी के परस्पर संबंध पर विचार करते हुए ये क्यों आते हैं और इनसे क्या प्रमाणित होता है? सुनने में अच्छी लगने पर भी वह युक्ति तो नहीं होती।

''एक उदाहरण देता हूँ। कुछ दिन पहले हरिजनों के प्रति होने वाले अन्याय से दुखी होकर उन्होंने प्रवर्तक संघ के मति बाबू को एक पत्र लिखा था। उसमें उन्होंने यह शिकायत की थी कि ब्राह्मणी की पाली हुई बिल्ली जूठे मुँह से उसकी गोद में जाकर बैठ जाती है, इससे उसकी पवित्रता नष्ट नहीं होती और वह इस पर आपत्ति नहीं करती। बहुत सम्भव है कि वह आपत्ति नहीं करती, पर इससे हरिजनों को कोई सुविधा हुई? इससे क्या प्रमाणित हुआ? बिल्ली की युक्ति पर ऐसा तो ब्राह्मणी से नहीं कहा जा सकता कि चूँकि अत्यन्त निकृष्ट जीव बिल्ली जाकर तुम्हारी गोद में बैठी है और तुमने कोई आपत्ति नहीं की, इसलिए अत्यन्त उत्कृष्ट जीव मैं भी आकर तुम्हारी गोद में बैठूँगा और तुम आपत्ति नहीं कर सकतीं। बिल्ली क्यों गोद में बैठती है, चींटे क्यों थाली पर चढ़ते हैं, इन सब तर्कों से मनुष्य के साथ मनुष्य के न्याय या अन्याय का विवेचन नहीं हो सकता। ये सब उपमाएँ सुनने में अच्छी लगती हैं, चटकीली हैं, पर कसौटी पर कसने पर बहुत ही तुच्छ प्रमाणित होती हैं।...आधुनिक काल के कल-कारखानों की विभिन्न कारणों से बहुत से लोग निन्दा करते हैं। रवीन्द्रनाथ भी करते हैं। इसमें कोई दोष की बात नहीं है, बल्कि यह फ़ैशन हो गया है, पर इस अतिनिन्दित वस्तु के सम्पर्क में जो लोग इच्छा या अनिच्छा से आते रहते हैं, उनके सुख-दुखों के कारण भी जटिल हो गये हैं; उनकी जीवन-यात्रा के तरीके भी बदल गये हैं। और किसानों के जीवन से उनका जीवन हुबहू नहीं मिलता, इस पर भले ही कोई अफ़सोस, करे, पर यदि कोई इन लोगों के जीवन की विचित्र घटनाओं पर कहानी लिखे तो वह साहित्य क्यों नहीं होगा? हाँ, कविवर भी ऐसा नहीं कहते कि वह साहित्य नहीं होगा। वे केवल इस बात पर आपत्ति करते हैं कि साहित्य की मात्रा का लंघन न किया जाये, पर इस मात्रा का निर्णय किस प्रकार होगा? कलह से होगा या कटु वाक्यों से होगा? कविवर का कहना है कि इसका निर्णय साहित्य की चिरन्तन मूल नीति की कसौटी से होगा, पर यह मूल नीति लेखक की बुद्धि की अभिज्ञता और रसोपलब्धि के आदर्श के अलावा कोई और वस्तु है क्या? चिरन्तन की दुहाई ज़बर्दस्ती ही दी जा सकती है। असल में वह मरीचिका-मात्र है।

''कविवर कहते हैं कि उपन्यास-साहित्य की भी यही दशा है। मनुष्य के प्राण का रूप

चिन्तन के स्तूप के नीचे दब गया है, पर उसके जवाब में यदि कोई कहे कि उपन्यास-साहित्य की यह दशा नहीं है, मनुष्य के प्राण का रूप चिन्तन के स्तूप के नीचे दबा नहीं है, वह विचार के सूर्यलोक में और उज्ज्वल हो गया है तो उसे किस तर्क से रोका जा सकता है? इसी के साथ-साथ एक और बात आजकल प्रायः सुनने में आती है। उसमें रवीन्द्रनाथ ने भी हाथ बँटाया है। वह यह कि यदि कोई मनुष्य कहानी की मजलिस में आये तो वह कहानी ही सुनना चाहेगा, बशर्ते कि वह सही दिमाग हो। इस वचन को स्वीकार करते हुए भी यदि पाठक कहें कि हाँ, हम सही दिमाग हैं, पर ज़माना बदल गया है और हमारी उम्र भी बढ़ी है, इसलिए राजकुमार और मेढ़क-मेढ़की की कहानी से हमारा पेट नहीं भरता, तो यह नहीं कहा जा सकता कि यह उत्तर बहुत गुस्ताखी भरा है। वे अनायास ही ऐसा कह सकते हैं कि कहानी में चिन्तनशक्ति की छाप रहने पर वह परित्याज्य नहीं होती, यह विशुद्ध कहानी लिखने के लिए लेखक को चिन्तनशक्ति विसर्जित करने की ज़रूरत नहीं है।

"कविवर ने *महाभारत* और *रामायण* का उल्लेख करते हुए भीष्म और राम के चरित्रों की आलोचना करके यह दिखलाया है कि रटी-रटाई बोली के कारण दोनों चरित्र उभर नहीं पाये। इस पर मैं आलोचना नहीं करूँगा क्योंकि वे दोनों न केवल काव्य-ग्रन्थ हैं, बल्कि धर्म-पुस्तकें भी हैं, और शायद कुछ इतिहास भी है। महज़ साधारण उपन्यास के बनाए हुए चरित्र नहीं भी हो सकते हैं। इसलिए उन्हें साधारण काव्य-उपन्यास के गज से नापते हुए मैं हिचकिचाता हूँ।

"कविवर के पत्र में 'इण्टलेक्ट' शब्द का बार-बार प्रयोग हुआ है। ऐसा मालूम होता है, जैसे कविवर विद्या और बुद्धि दोनों ही अर्थों में इस शब्द को ले रहे हैं। 'प्राब्लेम' शब्द का भी यही हाल है। उपन्यास में तरह-तरह की 'प्राब्लेम' रहती है; व्यक्तिगत, नीतिगत, सामाजिक, साँपारिक। इसके अलावा कहानी की अपनी प्राब्लेम होती है, वह प्लाट की प्राब्लेम है, इसी की गाँठ सबसे जटिल होती है। *कुमारसम्भव* की प्राब्लेम, 'उत्तरकाण्ड' में राम की प्राब्लेम, 'डाल्स हाउस' में नोरा की प्राब्लेम, *योगायोग* में कुमु की प्राब्लेम एक तरह की नहीं है। जब *योगायोग* उपन्यास *विचित्रा* में धारावाहिक रूप से प्रकाशित हो रहा था और अध्याय के बाद अध्याय में कुमु जो हंगामा मचाती जा रही थी तो मैं यह सोच ही नहीं पा सका था कि दुर्धर्ष-प्रबल-पराक्रान्त मधुसूदन के साथ उसके टग-ऑफ बार का अन्त किस प्रकार होगा? पर कौन जानता था कि समस्या इतनी मामूली थी और लेडी डॉक्टर एक मिनट में आकर उसकी मीमांसा कर देगी। हमारे जलधर दादा को भी प्राब्लेम फूटी आँखों नहीं भाती। उनकी एक पुस्तक में इसी तरह एक आदमी ने बहुत भारी समस्या की सृष्टि की थी, पर उसकी मीमांसा एक-दूसरे ही उपाय से हो गई। एक असली नाग ने आकर फनफना कर उसे काट लिया। मैंने दादा से पूछा कि भई, यह क्या हुआ? इस पर उन्होंने कहा, "क्यों इसमें क्या बात है, क्या साँप कभी किसी को नहीं काटता?"

"अन्त में एक बात और कहनी है। रवीन्द्रनाथ ने लिखा है, 'एक ज़माने में इब्सन के नाटकों की बड़ी कद्र थी, पर उसी बीच में क्या उनका रंग फीका नहीं पड़ गया? बाद को क्या वे आँखों से बिलकुल ओझल नहीं हो जाएँगे?...' ओझल हो सकते हैं, पर एक अनुमान-मात्र है, प्रमाण नहीं। बाद में किसी समय ऐसा भी हो सकता है कि इब्सन का पुराना आदर फिर

लौट आये। वर्तमान काल ही साहित्य का चरम हाईकोर्ट नहीं है।''

इस पत्र के कारण शरत् के कई भक्त और मित्र अप्रसन्न हो उठे। कवि भी कम क्षुब्ध नहीं हुए। उन्होंने प्रतिवाद करते हुए शरत् को लिखा कि उस लेख में उनका इशारा शरत् की ओर नहीं था—''विश्वास करो मैंने ऐसा नहीं किया। तुमने बार-बार मुझ पर तीक्ष्ण कठोर भाषा में आक्रमण किया है। लेकिन मैंने कभी खुले आम या गुप्त रूप से निन्दा करके बदला नहीं लिया। इस रचना ने उस फ़ेहरिस्त में एक अंक और जोड़ दिया है।''

स्वयं शरत् बाबू के दुख की कोई सीमा नहीं थी। उन्हें लगा जैसे कवि से उनका संबंध अब पूरी तरह टूट गया है—''जो लिख गया वह अब वापस नहीं लिया जा सकता। कवि से मेरा विच्छेद शायद पूर्ण हो गया है।...लेकिन न जाने क्या हो गया, *परिचय* की रचना को पढ़ते ही सारे बदन में आग लग गई। तब कागज़-कलम लेकर चिट्ठी लिख डाली।''[1]

इसके बाद भी कविगुरु के प्रति उनका आक्रोश शान्त नहीं हुआ। दिलीप कुमार राय को एक पत्र[2] में उन्होंने फिर लिखा, ''उपमा या उदाहरण कुछ भी रवीन्द्रनाथ की तरह निरर्थक और असम्बद्ध न हों। और तर्क किसी बात से भी वाष्पाच्छादित न हो जाएँ। मनुष्य को अलंकारों से सुसज्जित करने की रुचि और है और सुनार की दुकान में शो-केस को अलंकारों से सुसज्जित करने की रुचि और है। यह बात हर समय याद रखनी चाहिए। अलंकृत वाक्य का बोझ कितना पीड़ादायक है, यह बात सिर्फ़ पाठक ही समझ सकते हैं।''

कविगुरु के साथ उनके ये संघर्ष कभी-कभी उग्र रूप अवश्य धारण कर लेते थे, लेकिन जैसे ही आवेश-आक्रोश की तीव्रता समाप्त होती वे पश्चात्ताप की आग में जलने लगते। मित्रों को पत्र लिखकर बार-बार स्पष्टीकरण देने की चेष्टा करते। एक पत्र[3] में उन्होंने लिखा—

''इसके अलावा मेरे मन में इस संबंध में कोई अफ़सोस सचमुच ही इस बात का नहीं है और न उद्वेग है कि मुझसे कौन बड़ा और कौन छोटा है। यदि रवीन्द्रनाथ यह कह देते कि मेरी कोई भी रचना उपन्यास पद वाक्य नहीं है, तो उससे सामयिक रूप से वेदना पहुँचने के अतिरिक्त और कुछ नहीं होता। शायद यह विश्वास करना कठिन है और शायद ऐसा जँचे कि मैं बहुत अधिक दीनता दिखला रहा हूँ, पर यही साधना मैंने सारी ज़िन्दगी की। इसलिए किसी आक्रमण का भी प्रतिवाद मैं नहीं करता। यौवन में (प्रौढ़ावस्था में भी) एकाध बार रवीन्द्रनाथ के विरुद्ध मैंने कुछ कहा था, पर वह मेरी प्रकृति नहीं, विकृति थी। बहुत-से कारण थे, शायद इसीलिए मैंने यह गलती की।''

बार-बार उन्होंने दिलीप कुमार से कहा, ''विश्वास करो, वह सचमुच ही विराट पुरुष हैं। उन जैसे स्वाँग सुन्दर मनुष्य का आविर्भाव हुआ है, इसीलिए सोचता हूँ कि हमारी जाति की अकाल मृत्यु न होगी। इसी युग में दो महाप्राण पुरुषों ने इस देश का मुख उज्ज्वल किया है, वे हैं रवीन्द्रनाथ और देशबन्धु...।''

कविगुरु ने कई बार शरत् बाबू की मुक्त कण्ठ से प्रशंसा की है, परन्तु शरत् बाबू को यह क्षोभ बराबर बना रहा कि गुरुदेव ने कभी उनको सहज भाव स्वीकार नहीं किया। उन्होंने

1. जनवरी, 1934 ई. 2. 3 फरवरी, 1934 ई. 3. जनवरी, 1936 ई.

अपने पत्र में छोटा-बड़ा होने की बात कही है। ठीक ऐसी ही बात रवीन्द्रनाथ ने दिलीप कुमार को लिखे अपने एक पत्र में कही थी।[1] ये प्रश्न इन महारथियों को क्यों परेशान करते थे, इस पर कविगुरु का यह पत्र प्रकाश डालता है, जो उन्होंने शरत् बाबू की मृत्यु के बाद प्रबोध कुमार सान्याल को लिखा था—

"शरत् की मृत्यु पर एक चौपदी सार्वजनिक रूप से भेज देने के अतिरिक्त और कुछ नहीं कर सका। मुझसे शरत् जो प्रशस्ति पा सकते थे, वह मैंने बिना सोचे-समझे उनकी मृत्यु से पूर्व ही अकृपण भाव से दे दी थी। मेरी मृत्यु पर शरत् इस बात को कृतज्ञता के साथ याद करते। जान पड़ता है, मेरे मन में यही लालच था, लेकिन भाग्य में उल्टी बात हो गई। मेरे जीते रहते ही अकारण असहिष्णु होकर शरत् ने मेरे प्रति अविचार किया। यदि ठीक समय पर मृत्यु होती तो निस्सन्देह ही वह यथोचित भाव से उस ग्लानि के लिए पश्चात्ताप कर जाते।

"मेरे जीवनकाल में बांग्ला साहित्य के तीन पर्व दिखाई दिए। जब मैं सभा में जाजम के एक कोने पर बैठा था, तब कवि के ऊँचे आसन पर थे हेमचन्द्र और नवीनचन्द्र। सिंहासन पर बैठे थे बंकिमचन्द्र। मधुसूदन विदा हो चुके थे। उनके चले जाने से कुछ पहले ही दूसरा पर्व आरम्भ हो गया। पहले पर्व में मैं सबसे छोटा था और दूसरे पर्व में सबसे बड़ा। इसका परिणाम यह हुआ कि साहित्यिकों के साथ उम्र की दृष्टि से मेरा संबंध स्थापित नहीं हो सका। अकेला पड़ गया। सौभाग्य से अकृत्रित श्रद्धा के कारण आयु की बाधा पार करके सत्येन्द्र मेरे पास आ सका था। दोनों के इस मिलन से जो रस पाया उससे मुझे जान पड़ता है, बहुत लाभ हुआ। मेरा विश्वास है कि मनुष्य के रूप में मेरे पास आने पर उन्होंने मुझको कवि के रूप में ही वास्तविक रूप से प्राप्त किया।

"तीसरा पर्व आरम्भ हुआ शरत् को लेकर। नयों के साथ उनका जितना सामीप्य संबंध स्थापित हो सका, अपने से पहलों के साथ वैसा न हो सका। वे पूरी तरह अपने देश और अपने काल के हैं। यह सहज बात नहीं है। सुनने पर यह स्वत: विरोधी लगता है, किन्तु देखा जाए तो कृत्रिम होना सहज है, पर स्वाभाविक होना सहज नहीं है। इस प्रकार अपने देश-काल के साथ घनिष्ठ भाव से मिल जाना सबके भाग्य में नहीं होता। सभी अपने देश और काल में जन्म ग्रहण करते हैं, ऐसा नहीं है। जन्म-विधाता पैदा होने वाले के स्थान निर्णय करने के उपलक्ष्य में सब ग्रहण करते हैं, ऐसा नहीं है। जन्म-विधाता पैदा होने वाले के स्थान निर्णय करने के उपलक्ष्य में सब समय वर्तमान समय का निर्णय करके नहीं चलते। साहित्य में उसका फल विचित्र होता है। यथोचित देश-काल के चिर निर्वासन में जिन्होंने जन्म लिया है, उन लोगों का अभाव भी नहीं है। सृष्टि-वैचित्र्य के लिए उनका भी प्रयोजन है। कहना व्यर्थ है कि शरत् अचानक ही बांग्ला साहित्य की मण्डली में आ पहुँचे। अपरिचय से परिचय क्षेत्र में आते देर नहीं हुई। जान-पहचान होने से पहले ही वे परिचित मनुष्य हो गये। द्वारपाल ने उन्हें रोका नहीं। साहित्य में जहाँ पाठकों का चित्त-परिचय और लेखक का आत्म-परिचय बिना किसी व्यवधान के एक साथ हो जाता है, वहाँ ऐसा ही होता है। पूर्वराग और अनुराग के बीच में समय नष्ट नहीं होता। उसी समय से, कर्म और आयु के भेद से, मैं दूर पड़ गया। कलकत्ता का निवास-स्थान भी छोड़ दिया। मेरे

1. देखिए अध्याय 18

संबंध में नाना प्रकार की बातें चल निकलीं। उनमें से अधिकांश न सत्य थीं न प्रिय। उससे मेरा मन और भी दूर चला गया। उसी समय शरत् का उदय हुआ। शान्ति के लिए जिस एकान्त में आश्रय लेकर अपने काम में लग गया वहाँ से शरत् के साथ पास से मिलने का सुयोग नहीं हुआ।

''कुछ मनुष्य ऐसे होते हैं, जिनके प्रत्यक्ष परिचय से परोक्ष परिचय अधिक सुगम होता है। शरत् उस जाति के मनुष्य नहीं हैं। उनके पास जाकर ही उनको पाया जा सकता था। मेरी वह हानि हो गई। फिर भी उनसे मिलना-जुलना या बातचीत नहीं हुई, ऐसा नहीं है। केवल मात्र मिलना नहीं, यदि पहचान हो सकती तभी अच्छा होता। समकालीन होने का सुयोग सार्थक होता। हुआ नहीं, किन्तु उसी समय विस्मयजनक आनन्द से भरपूर दूर से ही मैंने उनकी रचना *बिन्दो का लल्ला, विराजबहू, राम की सुमति, बड़ी दीदी* पढ़ ली है। सोचा है, मन का मनुष्य पा लिया। मनुष्य को प्यार करने के लिए इतना ही काफ़ी है।''

परन्तु यह काफ़ी नहीं हो सका। मनुष्य शरत्चन्द्र और मनुष्य रवीन्द्रनाथ घनिष्ठ भाव से एक-दूसरे के पास नहीं आ सके और इसी कारण संघर्ष के अवसर आते रहे और जो व्यक्ति इन दो प्रतिभाओं को आपस में टकराते देखकर प्रसन्न होना चाहते थे, वे उस संघर्ष को बढ़ाने में योग देते रहे। शरत् की दृष्टि वर्तमान काल पर थी। रवीन्द्र शाश्वत मानव के विराट चितेरे थे। शरत् मात्र अन्याय का विरोध करते थे और वे किसी भी तरह मनुष्य को छोटा करके नहीं मानते थे। पतिताओं में निहित नारीत्व को उन्होंने प्रकट किया है। यही उनका जीवन-दर्शन था, परन्तु उनके नर-नारी इसी देश के अधिक थे। इसके विपरीत कविगुरु चिरकाल के सत्य को आदर्श के रूप में बार-बार देश और समाज के सामने स्थापित करते रहते थे। बंकिम दैव के उपासक थे, वे विश्व मानव थे, उनकी अनुभूति अतीन्द्रिय थी, परन्तु शरत्चन्द्र ने धरती की धूल को महिमान्वित किया। उन्होंने बंगाल की अपनी भाषा का प्रयोग किया। बंगाल के नर-नारियों के (मानव के) प्रेम की चर्चा की। उनके यथार्थवाद में, यदि वह यथार्थवाद है, सम्वेदन और करुणापूर्ण चित्त का स्पर्श है। दोनों में यही मौलिक अन्तर था।

एक और भी अन्तर था और वह बहुत महत्त्वपूर्ण था। कविगुरु अभिजात वर्ग के थे, शरत् थे चिर व्रात्य। यही अन्तर अनजाने ही उत्तेजना के क्षणों को और भी कटु बना देता था। अन्यथा कविगुरु ने शरत् बाबू की प्रतिभा का सम्मान करने का कोई अवसर नहीं चूकने दिया। शरत्चन्द्र भी कविगुरु को सदा ही गुरु-स्थानीय और वेदव्यास के बाद सर्वोत्तम कवि मानते रहे तथा मन की सारी श्रद्धा के साथ प्यार करते रहे। मानते रहे कि वे कविगुरु के समान कभी नहीं लिख सकते।

मृत्यु से चार माह पूर्व 62वीं जन्म-जयन्ती के अवसर पर रेडियो द्वारा आयोजित 'शरत् शर्वरी' में अभिनन्दन का उत्तर देते हुए सर्वप्रथम उन्होंने कविगुरु को ही प्रणाम किया था और उनका आशीर्वाद चाहा था।

यही आशीर्वाद उनके लिए सत्य था। शेष सब क्षणिक उत्तेजना का उफ़ान था। जो महान हैं वे सदा महान रहते हैं। उनकी रुष्टता भादों के बादल के समान होती है जो बरसकर दूसरे ही क्षण अन्तर्धान हो जाती है। रवीन्द्र-जयन्ती समारोह में दिया गया शरत् बाबू का व्याख्यान बंगला-साहित्य के इतिहास की सम्पदा है।

और यह भी सत्य है कि विश्व-साहित्य में महान स्रष्टा-शिल्पियों के ऐसे संघर्षों के उदाहरण कम नहीं हैं। तुर्गनेव ने ताल्स्ताय की प्रतिभा को सबसे पहले स्वीकार किया, लेकिन शीघ्र ही किन्हीं कारणों से वह प्रशंसा अप्रिय संघर्ष में बदल गई। दोनों ने बार-बार एक-दूसरे पर आक्रमण किए, बार-बार क्षमा माँगी। मृत्युशय्या पर लेटे तुर्गनेव ने दर्द-भरे शब्दों में लिखा, "मैं कितना प्रसन्न हूँ कि मैं तुम्हारा समकालीन हूँ। मेरे मित्र, मेरी अन्तिम प्रार्थना स्वीकार करो। अपनी सृजनात्मक गतिविधियों की ओर फिर ध्यान दो।...मेरे मित्र, मेरे देश रूस के महान लेखक, मेरी प्रार्थना पर अवश्य ही ध्यान दो, आज्ञा दो कि मैं तुम्हारा एक बार फिर स्नेह से आलिंगन करूँ...मैं और नहीं लिख सकता, मैं थक गया हूँ।"

सचमुच दो महीने बाद ही तुर्गनेव की मृत्यु हो गई और ताल्स्ताय ने एक बार फिर तुर्गनेव की रचनाओं का अध्ययन शुरू कर दिया।...

22

शरत्चन्द्र 60 वर्ष के भी नहीं हुए थे, लेकिन स्वास्थ्य उनका बहुत खराब हो चुका था। हर पत्र में वे इसी बात की शिकायत करते दिखाई देते हैं, "सर में दर्द रहता है। खून का दबाव ठीक नहीं है। लिखना-पढ़ना बहुत कठिनता से होता है। इत्यादि... ।"

दो-ढाई वर्ष पूर्व[1] जब उनके बहनोई की मृत्यु हुई थी तो उन्होंने अपने खाते में लिखा था, "मूखूज्जे मोशाई की मृत्यु हो गई।

"10 अग्रहायण, 1340, रविवार, रात्रि साढ़े तीन बजे। एक वर्ष से वे एकांत मन से मृत्यु को पुकार रहे थे। आज उनकी प्रार्थना मंज़ूर हुई। क्या जाने मेरी प्रार्थना कब स्वीकार्य होगी ?"

उन्हें खूनी बबासीर का पुराना रोग था। कमज़ोरी बढ़ जाना स्वाभाविक ही था। एक दिन अचानक जेठ के महीने में कहीं से लौटते हुए लू लग गई। दर्द और बढ़ गया। अख़बार पढ़ना तक मुश्किल हो गया। एक पत्र में उन्होंने लिखा,[2] "लिखना-पढ़ना सब बन्द है। अख़बार तक। इस जीवन के लिए लिखना-पढ़ना समाप्त हो गया तो शिकायत नहीं करूँगा। जितनी सामर्थ्य और शक्ति थी, किया है। उससे अधिक न कर सकूँ तो क्षुब्ध क्यों होऊँ? अन्तर में मैं सदा वैरागी हूँ, आगे भी वैसा ही रह सकूँगा।"

लगता है कि आने वाली मृत्यु का बोध हो चला था। कलकत्ता से एक मित्र को उन्होंने लिखा,[3] "इस बीच मैं गाँव गया था। गाँव के मिट्टी के घर और रूपनारायण नद, इन दोनों का मोह तोड़कर मैं कहीं रह नहीं पाता। फिर यह भी सत्य है कि इनकी माया का फंदा काटकर जाने के अधिक दिन बाकी नहीं हैं। कई पुराने मित्र पहले ही चले गए हैं। उनको मैं नित्य स्मरण करता हूँ। अभी-अभी अध्यापक विपिन गुप्त की श्राद्ध सभा में जाने का निमंत्रण मिला। शिवपुर में कितने दिनों तक हम शाम को वाद-विवाद करते रहे। पुराने ज़माने के मित्रों में एक तुम ही हो। आशा करता हूँ कि कम-से-कम तुमसे पहले जा सकूँ। इस संसार में अब एक दिन भी दिल नहीं लगता। हमेशा पीछे ही की बातें सोचता हूँ। सामने की तरफ़ एक बार भी

1. नवम्बर, 1933 ई. (10 अग्रहायण, 1340) 2. 17 जनवरी, 1936 ई. 3. 11 फरवरी, 1936 ई.

आँख नहीं जाती। पर जाने दो इन बातों को। तुम्हारा चित्त दुखी करने से कोई फ़ायदा नहीं।''

निराशा का स्वर उनके पत्रों में सदा प्रमुख रहा है, लेकिन इधर विशेष रूप से सघन हो उठा था। साहित्य के क्षेत्र में उनका योगदान अब बहुत कम हो गया था। *भारतवर्ष* के सम्पादक रायबहादुर जलधर सेन भी कई बार हारकर लौट जाते थे। फ़िर भी *विप्रदास* उन्होंने पूरा कर ही डाला।[1] लेकिन *शेष परिचय* के केवल 15 परिच्छेद ही वे लिख सके।[2]

इस उपन्यास को प्रारम्भ करते समय उन्होंने हरिदास बाबू को विश्वास दिलाया था कि इसे वे नियमित रूप से लिखेंगे। पर यह वचन वे पूरा नहीं कर सके। लिखने का मन फिर लौटकर नहीं आया। यद्यपि मृत्युशय्या पर उन्होंने कई बार कहा था, ''*शेष परिचय* को समाप्त करने का समय दो। मुझे छोड़कर उसे और कोई पूरा न कर सकेगा।''

लेकिन उनकी प्रार्थना स्वीकृत नहीं हुई। उसको पूरा करने का भार पड़ा राधारानी देवी पर। मामा सुरेन्द्रनाथ और कवयित्री राधारानी के साथ अनेक बार इसको लेकर चर्चा हुई थी। इसका आधार भागलपुर की एक सत्य घटना थी। इसकी नायिका सविता पति में पूर्ण रूप से अनुरक्त है, फिर भी एक दिन एक दूर के नातेदार के साथ वह क्षण-भर में पति और पुत्री की मर्यादा की चिन्ता न करके घोर कलंक को सहज भाव से स्वीकार करके चली जाती है। जिस व्यक्ति के साथ वह जाती है उसको रंचमात्र भी वह प्यार नहीं करती। कभी किया भी नहीं, न पहले न बाद में। फिर भी पदस्खलन क्यों हुआ? *शेष परिचय* की यही समस्या है। शरत् बाबू समस्या उठाने में विश्वास करते थे, समाधान देने में नहीं। इस अधूरे उपन्यास में समस्या सामने आ जाती है लेकिन ठीक से समझ में नहीं आती। एक स्थान पर सविता कहती है, ''वह एकाएक सम्पूर्ण अकारण निरर्थकता में हो जाता है।'' इस कथन में सचाई है, लेकिन उपन्यास पूरा नहीं हुआ इसलिए इस समाधान को शरत् बाबू का अन्तिम निर्णय नहीं माना जा सकता।

आगामी कल के केवल चार परिच्छेद ही लिखे जा सके। राजनीति में जो गतिरोध पैदा हो गया था शरत् उससे ऊब उठे थे। इस उपन्यास में उसी ऊब का आभास है। समाज कल्याण की ओर अधिक रुचि दिखाई देती है।

इसी समय दो ऐसे उपन्यास प्रकाशित हुए जिनके लेखक एक से अधिक व्यक्ति थे। इस प्रकार के एक बारोयारी उपन्यास *रसचक्र* के उन्होंने लगभग दस पृष्ठ लिखे। उनकी इच्छा *बाड़िरकर्ता* नाम से एक उपन्यास लिखने की थी, लेकिन अब वे कोई लम्बा काम करने की स्थिति में नहीं थे। इसलिए इसे बायोयारी उपन्यास के रूप में पूरा करने का निश्चय किया गया। सोलह वर्ष पूर्व यह अंश श्री केदारनाथ बन्दोपाध्याय द्वारा सम्पादित *प्रवास ज्योति* काशी में प्रकाशित हुआ था। बाद में वहीं की *उत्तरा* में बारोयारी उपन्यास के रूप में छपा।[3] *रसचक्र* साहित्यिक संस्था के तत्त्वावधान में प्रकाशित होने के कारण नाम भी यही हुआ। इसी प्रकार एक और बारोयारी उपन्यास था *भालोमन्द*। इसके पहले नौ पृष्ठ शरत् बाबू ने लिखे। उनके जीवन की यह अन्तिम रचना थी।[4] यह श्री अविनाश घोषाल द्वारा सम्पादित *वातायन* की शारदीया संख्या में प्रकाशित हुई थी। ऐसा एक और उपन्यास *भारती* में सोलह वर्ष पूर्व छपा

---

1. 1 फरवरी, 1935 ई. 2. अन्तिम किस्त फरवरी, 1935 में प्रकाशित हुई। 3. 11 वैशाख, 1343 (अप्रैल, 1936 ई.) 4. 1 अक्तूबर, 1937 ई. (15 आश्विन, 1344)

था। शरत् बाबू ने इसके अन्तिम अंश लिखे थे।

उनके साहित्यिक जीवन का अन्तिम पर्व भी समाप्त हो रहा था। उन्होंने स्वयं ही कहा था कि मेरे साहित्यिक जीवन के चार पर्व हैं। प्रथम पर्व में मैंने *बड़ी दीदी* और *देवदास* आदि लिखे। वह युग था यौवन के उच्छ्वास और भीषण भावुकता का।

दूसरे पर्व में असंयत भीषण भावुकता संयत सम्वेदन में बदल जाती है। *परिणीता, रामेर सुमति, चरित्रहीन, श्रीकान्त* आदि उनकी रचनाएँ जीवन की अनुभूति से परिव्याप्त हैं। तीसरे पर्व में कला प्रौढ़ हो चुकी है। *दत्ता* और *गृहदाह* जैसी कृतियाँ इसी युग की देन हैं।

अन्तिम पर्व में मानो वे नवयुग की चुनौती स्वीकार करते हैं। उनमें शक्ति है। विचार भी उनके पास हैं, पर इस काल की रचनाओं में अनुभूति की सहजता नहीं है। है विचारों की सायासता, जो कला को पीछे धकेलकर प्रमुख हो उठी है। *पथेर दाबी* और *शेष प्रश्न* इसी पर्व की रचनाएँ हैं।

शरत्चन्द्र बच्चों को बहुत प्यार करते थे। लेकिन अभी तक उन्होंने उनके लिए कुछ नहीं लिखा था। यह आश्चर्यजनक बात है कि इस अन्तिम पर्व में उन्होंने बच्चों के लिए भी कुछ कहानियाँ लिखीं। उनमें प्रसिद्ध हैं : *लालू—1, लालू-2, कलकत्ता के नतून दा, पचास वर्ष पहले के एक दिन की कहानी, छेलेधरा और लालू-3। कलकत्ता के नतून दा, श्रीकान्त* के प्रथम पर्व के प्रथम परिच्छेद से उद्धृत की गई है। इन कहानियों का जो संग्रह प्रकाशित हुआ, उसकी भूमिका में उन्होंने कहा है :

"इससे पहले तुम्हारे लिए कभी नहीं लिखा है। जो तुम लोगों के प्रिय लेखक हैं, उनसे सुना है कि तुम्हें खुश करना बहुत मुश्किल है। फिर भी सम्पादकों ने कुछ कहानियाँ लिखने का अनुरोध किया है। यह मानो कुम्हार से कुल्हाड़ी बनाने के लिए कहना था। इसी विपत्ति में पड़ा था कि बचपन के एक साथी की याद आ गई। सोचा, आज उसी की दो-एक बातें कह दूँ। सुनकर खुशी होगी। अच्छा ही है।"[1]

इस भूमिका में शरत्चन्द्र ने अपने जिस बाल्यबन्धु का उल्लेख किया है, कहानियों में उसका नाम है लालू। हिन्दी में 'लालू' शब्द का अर्थ होता है 'प्रिय'। उन्होंने लिखा, "यह नाम उसे किसने दिया पता नहीं। किन्तु मनुष्य के साथ नाम की इससे अच्छी संगति कभी नहीं हुई। वह सभी का प्रिय था।"

यह लालू *श्रीकान्त* का इन्द्रनाथ है और है शरत्चन्द के बचपन का प्रिय साथी राजेन्द्रनाथ। 'लालू' शीर्षक वाली इन तीनों कहानियों में राजेन्द्रनाथ की ही कहानी है। ये कहानियाँ लिखकर मानो उन्होंने बचपन के अपने प्रिय सखा और गुरु का ऋणशोध करने की चेष्टा की है।

इन दिनों पैसे की बहुत तंगी थी और चिकित्सा बिना पैसे के कैसे होती! इसलिए इन कहानियों के प्रकाशन का अधिकार उन्होंने एक हज़ार रुपये में सुधीरचन्द्र सरकार को दे दिया था।

---

1. ये कहानियाँ अधिकतर सन् 1937 में ही लिखी गई थीं। संग्रह उनकी मृत्यु के बाद अप्रैल, 1938 में प्रकाशित हुआ।

जीवन संध्या में बचपन की याद हो आना बहुत स्वाभाविक है। परन्तु बचपन की अपनी एक दूसरी रचना को उन्होंने अपने जीते जी प्रकाशित नहीं होने दिया। वह थी *शुभदा*। इसकी रचना उन्होंने बाईस वर्ष की आयु में की थी।[1] इस संबंध में *बाल्यस्मृति* प्रबन्ध में उन्होंने लिखा, ''बचपन में लिखी हुई मेरी कई पुस्तकें अनेक कारणों से इधर- उधर हो गईं। सबके नाम भी मुझे याद नहीं हैं। केवल दो पुस्तकों के नष्ट हो जाने का विवरण जानता हूँ। एक का नाम था *अभिमान*। काफ़ी मोटी पुस्तक थी। अनेक मित्रों के पास होती हुई अन्त में वह बचपन के साथी केदार सिंह के पास पहुँच गई। बहुत दिन तक वह बहुत प्रकार की बातें कहते रहे, लेकिन पुस्तक फिर वापिस नहीं मिली।...दूसरी पुस्तक का नाम था *शुभदा*। प्रथम पर्व में लिखी गई मेरी पुस्तकों में वह अन्तिम थी, अर्थात् *बड़ी दीदी, चन्द्रनाथ, देवदास* आदि के बाद।''

शरत् बाबू ने *अभिमान* के खो जाने का तो कारण दिया है, लेकिन *शुभदा* कैसे और कहाँ खो गई इसका कोई विवरण नहीं दिया। कुछ लोगों ने इसके खो जाने की बात पर विश्वास कर भी लिया था, लेकिन यह सत्य नहीं है। *शुभदा* की पाण्डुलिपि हमेशा उनके पास रही। एक बार उन्होंने रामकृष्ण[2] को यह आदेश दिया था कि वह उसे जला दे, लेकिन उसने ऐसा नहीं किया। उनसे झूठमूठ कह दिया और पुस्तक को छिपाकर रख दिया। इसका कारण था। उसने शरत्चन्द्र से पूछा था, ''आप इसे क्यों जला देना चाहते हैं?''

शरत् बाबू ने उत्तर दिया था, ''इसे जला ही देना होगा। मेरी पुस्तक निकली तो एक व्यक्ति घृणापरस्त हो जायेंगे।''

रामकृष्ण इस रहस्य को नहीं जान सका, लेकिन इतना अवश्य समझ गया कि पुस्तक जलाने योग्य नहीं है। शरत् बाबू ने एक दिन अचानक ही कुछ खोजते हुए पाण्डुलिपि को देख भी लिया था, लेकिन न जाने क्या सोचकर वे फिर उसे नष्ट नहीं कर सके।

उनकी इस पुस्तक के संबंध में उनके कई मित्र भी जानते थे और अक्सर वे उनको इस संबंध में परेशान करते रहते थे। विशेषकर अविनाशचन्द्र घोषाल उसको पढ़ने के लिए बहुत उत्सुक थे। अनेक बार आग्रह करने पर शरत् बाबू वह पाण्डुलिपि अविनाश बाबू को पढ़ने के लिए देने को सहमत हो गये, लेकिन जब निश्चित समय पर वे उनके पास पहुँचे तो बड़े उदास होकर शरत् बाबू ने कहा, ''तुम अविश्वास करोगे, इसलिए मैंने इसे रख छोड़ा है।''

आख़िर इस सबके पीछे क्या रहस्य था? क्या सचमुच, जैसा कि उन्होंने रामकृष्ण से कहा था, उसके प्रकाशित होने से किसी व्यक्ति के घृणापात्र होने की सम्भावना थी? या किसी और कारणवश वे उसे प्रकाशित नहीं होने देना चाहते थे। उसमें उन्होंने गरीबी का मार्मिक चित्रण किया है। वह चित्रण मात्र कल्पना की सृष्टि नहीं है। भले ही उसमें प्रौढ़ कलाकार की परिपक्व दृष्टि न हो, पर उनके प्रारम्भिक जीवन की सहज अनुभूति निश्चय ही है। उस अनुभूति का आधार है परिवार का दैनन्दिन कष्ट-भोग। शरत्-साहित्य की सभी विशेषताओं के बीज उसमें हैं। मूक नारी को स्वर देना और पतिता (कात्यायिनी) के अन्तर में छिपे मनुष्य को खोज लेना, सभी कुछ उसमें है। उसके पात्रों में उनके माता-पिता को खोजने की चेष्टा भी की

---

1. 20 जून से 26 सितम्बर, 1898 ई. 2. अनिला देवी के देवर के पुत्र, जो उनके पास रहते थे।

जा सकती है। चरम दारिद्रय के साथ-साथ पिता की अकर्मण्यता और माँ की वेदना का चित्रण करना भी वे नहीं भूले, लेकिन जिस प्रकार श्रीकान्त शरत् नहीं है, उसी प्रकार *शुभदा* के हारान बाबू भी मोतीलाल नहीं हो सकते। न स्वयं शुभदा भुवनमोहिनी हो सकती है। इसलिए इस पुस्तक को प्रकाशित न होने देने के पीछे यही एकमात्र प्रबल कारण नहीं हो सकता।

लेकिन फिर वह व्यक्ति कौन है। जिसके घृणापात्र होने की सम्भावना उन्हें दिखाई देती थी? उस व्यक्ति का नाम अब प्रकट हो चुका है, वह है निरुपमा देवी। इस नाम को लेकर शरत्चन्द्र के जीवन में नाना प्रकार के अपवाद जुड़ गए हैं। लेकिन यह सत्य है कि निरुपमा देवी ने अपने प्रारम्भिक साहित्यिक जीवन में शरत् बाबू की सभी रचनाएँ पढ़ी थीं, उनमें *शुभदा* भी थी। उनकी प्रारम्भिक कृति *अन्नपूर्णा का मन्दिर* पर *शुभदा* का प्रभाव दिखाई देता है, इस बात को निरुपमा देवी ने स्वयं स्वीकार किया है[1]—"*दीदी, अन्नपूर्णा का मन्दिर* आदि के प्रकाशित होने पर एवं शरत्चन्द्र के उदय होने पर अनेक बार अनेक युवक नाना स्थानों से यह जानने के लिए मेरे पास आते रहे हैं कि मैंने शरत्चन्द्र से कितना ग्रहण किया है? कौन-कौन सी पुस्तक मैंने उनकी सहायता से लिखी हैं? उनके साथ मेरा किस रूप में कितना संबंध है, इस बारे में भी वे बहुत कुछ कहते रहते हैं। इसमें आश्चर्य की कोई बात नहीं है। वे हमारे प्रारम्भिक जीवन की साहित्यिक साधना के उत्साहदाता गुरु हैं, इसमें कोई सन्देह नहीं। इसमें भी कोई सन्देह नहीं कि साहित्य सम्राट बंकिमचन्द्र एवं कवि सम्राट रवीन्द्रनाथ ठाकुर की रचनाओं का पाठ बचपन में मज्जा में समाया होने पर भी अपने शरत् दा के लेखों की प्रेरणा मुझ पर विशेष प्रभाव डाल सकी है। अनेक स्थानों से इस संबंध में अनेक बातें सुनी गई हैं। उनमें मैं केवल *अन्नपूर्णा का मन्दिर* का ही उल्लेख करना चाहती हूँ। *दीदी* के कई साल बाद उसकी रचना हुई। मुझे यह स्वीकार करना पड़ेगा कि उसे लिखते समय अपरोक्ष रूप से शरत् दा की *शुभदा* की भाषा उसमें आ गई है। यह बात खूब सत्य है। जिस प्रकार कविता लिखते समय जो असाधारण प्रतिभाशाली नहीं हैं वे रवीन्द्रनाथ के प्रभाव से मुक्ति नहीं पा सकते, उसी प्रकार कहानी के क्षेत्र में मुझ पर शरत् दा का प्रभाव रहा है। जिन्होंने उस दिन अर्द्धलिखित *शुभदा* पढ़ी थी, वे जानते हैं कि शरत् दादा की ललना-छलना के साथ सती-सावित्री का कितना अन्तर है। शरत् दा की शिष्या-स्थानीय होकर भी उनकी प्रतिभा का अनुसरण और अनुकरण कुछ भी करने की क्षमता मुझमें नहीं है। यह मेरी रचनाओं से प्रमाणित हो जाता है।"

इस पर टिप्पणी करते हुए शरत्चन्द्र ने लिखा, "कौन कितना ऋणी है, यह मुझसे भी पूछा गया है। कोई किसी का ऋणी नहीं है। बचपन में सभा हुई, एक-दूसरे को उत्साहित किया, प्रशंसा की, इसमें ऋण कैसा? अच्छा लगा, अच्छा कहा, बुरा लगा, फिर लिखने को कहा। कभी संशोधन नहीं किया। इतने दिन बाद यह इसलिए लिख रहा हूँ कि लिपिबद्ध रहे।"

शरत् बाबू कुछ भी कहें पर निरुपमा देवी के इस वक्तव्य के आधार पर यह कल्पना करना असंगत नहीं होगा कि वे जिन कारणों से *शुभदा* को प्रकाशित नहीं होने देना चाहते थे, उनमें एक कारण निरुपमा देवी भी थीं। शायद बाद में उन्होंने यह भी सोचा होगा कि किसी समय उसमें यथेष्ट परिवर्तन करने के बाद छापना उचित होगा। इसलिए उन्होंने दुबारा

---

1. पुरातन कथार आलोचना-निरुपमा देवी (जयश्री)

पाण्डुलिपि मिल जाने पर उसे नष्ट नहीं किया।

शरत्चन्द्र के जीवन में निरुपमा देवी का क्या स्थान था, इसका राई-रत्ती विवरण न मिलने पर भी यह सत्य है कि वे उन्हें कभी भूल नहीं पाए। माना जाता रहा है कि बर्मा जाने के बाद वे अंधकार में रहे, लेकिन वह अंधकार यदि सचमुच में था भी तो *बड़ी दीदी* के प्रकाशन के समय समाप्त हो चुका था। उसके बाद किसी-न-किसी रूप में आधे-अधूरे मन से ही सही, उनका संबंध बचपन के मित्रों से जुड़ गया था। *बड़ी दीदी* के प्रकाशित होने के एक वर्ष बाद[1] पुरानी बातें याद करते हुए उन्होंने विभूतिभूषण को लिखा, ''बूड़ी की खबर भी मिलती है। मन-ही-मन कितना आशीर्वाद देता हूँ, कितना गौरव अनुभव करता हूँ, यह मैं नहीं जानता हूँ। वह जो कुछ लिखती है, उसका थोड़ा-सा अंश मन-ही-मन याद करके नदी किनारे जेटी के अन्दर बैठकर हजम करता हूँ और कामना करता हूँ कि जीवित रहा तो एक अच्छी वस्तु का स्वाद ग्रहण कर सकूँगा। न जाने बूड़ी (निरुपमा) का खाता कितना मोटा हो गया है! एक बार पढ़ने की इच्छा होती है। क्या उसकी कटी-फटी रफ़ कॉपी नहीं है ? चुपचाप चोरी करके यदि एक बार उसे मुझे भेज सको तो मैं तीन-चार दिन के भीतर ही पढ़कर रजिस्ट्री द्वारा लौटा दूँगा। यदि वह बहुत ढूँढ़े तो कह देना एक व्यक्ति पढ़ने के लिए ले गया है, बेचारा भला मानस है। यह जानकर शायद वह बहुत परेशान नहीं होगी।''

इसी पत्र में उन्होंने अपनी एक प्रणय कहानी की चर्चा की है। उस कहानी का कोई आधार नहीं है। ऐसी बातें प्रचारित करना उनका स्वभाव बन गया था। ऐसा भी हो सकता है कि वह कहानी निरुपमा देवी के कानों तक पहुँचाने के लिए लिखी गई हो। शायद वे उन्हें बताना चाहते हों कि तुम्हारे कारण ही मेरी यह दशा हो गई है।

शायद ऐसा नहीं भी हो सकता, लेकिन इसमें कोई सन्देह नहीं कि समय-समय पर लिखे गये अपने पत्रों में उन्होंने बार-बार निरुपमा देवी की साधिकार और स्नेह पूरित चर्चा की है। अपनी एक शिष्या लीलारानी गंगोपाध्याय को उन्होंने लिखा, ''वह मेरी सच्ची शिष्या और सहोदरा से अधिक है। उसका नाम है निरुपमा। आज के साहित्य जगत् में शायद आपसे अपरिचित न हो। *दीदी, अन्नपूर्णा का मन्दिर* और *विधि लिपि* आदि उसी की रचनाएँ हैं। पर यही लड़की एक दिन जब 16 साल की उम्र में अकस्मात् विधवा होकर सन्न रह गई तो मैंने उसे बार-बार यही बात समझाई कि विधवा होना ही नारी-जीवन की चरम हानि और सधवा होना ही सार्थकता है, इन दोनों में कोई भी सत्य नहीं है। तब से उसे समग्र चित्त से साहित्य में नियोजित कर दिया। उसकी सभी रचनाओं का संशोधन करता[2] और हाथ पकड़कर लिखना सिखाता था। इसीलिए आज वह आदमी बनी है, केवल नारी होकर नहीं। यह मेरे लिए बड़े गर्व की वस्तु है।''[3]

''तुम्हारी चिट्ठी और लेख लिखने का ढंग तथा भंगिमा देखकर मुझे बारम्बार बूड़ी (निरुपमा) की याद आती है। तुम लोगों की लिखावट तक मानो एक है...। तुम्हारी कॉपी पढ़ने का अवकाश मिला। पढ़ते-पढ़ते कैसा लगा, जानती हो! एक कीमती चीज़ों की दुकान में

1. 22 फरवरी, 1908 ई. 2. संशोधन करने की बात से बाद में उन्होंने इनकार किया। देखें पिछला पृष्ठ। 3. 24 जुलाई, 1919 ई.

बेसिलसिले बिखरी पड़ी चीज़ों को देखकर, उन चीज़ों की कीमत जो जानता है, उसे जैसा कष्ट होता है ठीक वैसा ही। ठीक उसी हालत में एक दिन बूड़ी (निरुपमा) की रचनाएँ भी मिली थीं। तुम्हारे पास बहुत कीमती माल-मसाला मौजूद है, पर वह बहुत ही विश्रृंखल है। मेरा पेशा भी यही है, इससे बारम्बार यही लगता है कि उसकी तरह तुम्हें भी यदि हाथ पकड़कर सिखा सकता तो इससे पहले मैंने तुम्हें जो आशीर्वाद दिया था उसकी डालियों को फूल-फलों से भर उठने में अधिक देर नहीं लगती और *दीदी* की कोटि की एक और पुस्तक लोगों की नज़र में आने में बहुत विलम्ब न होता।''[1]

''...बूड़ी से मुझे बड़ी आशा थी, लेकिन वह *दीदी* के अलावा और कुछ नहीं लिख सकी। क्यों, जानती हो? वार-व्रत, जप-तप इत्यादि के पचड़े की आग में उसके अन्दर जो मधुर था वह उम्र के साथ ही सूख गया। अवश्य अतिरेक के कारण ही ऐसा हुआ। नहीं तो हमारे घरों की कौन स्त्री है, जो इन बातों को थोड़ा-बहुत न करती हो?''[2]

उस दिन विभूतिभूषण मिलने आए। भागलपुर की बातों का कोई अन्त नहीं था। सहसा शरत् बाबू ने पूछा, ''अच्छा, पुंटु, बूड़ी क्या अभी भी पूजा-पाठ में लगी रहती है?''

विभूति ने उत्तर दिया, ''क्या करे शरत् दा, ब्राह्मण विधवा? बच्चे नहीं हैं। मेरे बच्चों और ठाकुर देवता को लेकर ही दिन काट देती है। भूले रहना तो होगा ही।''

शरत् बाबू ने कहा, ''नहीं, नहीं, मैं यह नहीं कहता। मैं नास्तिक नहीं हूँ, लेकिन उसमें साहित्य को बहुत कुछ देने की क्षमता थी। अब ऐसा लगता है कि ठाकुर देवता के डर से वह सच नहीं बोल पाती। उसमें अन्तर्दृष्टि है। मनुष्य को असली रूप में देखने की क्षमता है। लेकिन साहस भी तो होना चाहिए।''

फणीन्द्रनाथ को भी बार-बार लिखा था, ''निरुपमा को अपने दल में खींचने की चेष्टा करना। वह सचमुच ही अच्छा लिखती है और बाज़ार में नाम भी है। अधिकांश में उसकी रचनाएँ मुझसे अच्छी होती हैं—ऐसी मेरी धारणा है।''[3]

''अब बूड़ी को चिट्ठी लिख दी है कि *यमुना* की विशेष सहायता करनी होगी। वह मेरा हुक्म किसी की तरह नहीं टाल सकती, यह भरोसा है।''[4]

स्वयं निरुपमा देवी को लिखा उनका जो एक पत्र[5] मिलता है, उससे भी इन बातों की पुष्टि होती है। उन्होंने लिखा था, ''धर्म-कर्म में व्यस्त रहने के कारण तुम साहित्य की लीक तक नहीं खोज पाओगी। इसलिए सोचता हूँ कि इस प्रकार बाध्य करके सब से प्रतिमास कुछ-न-कुछ लिखवा लूँगा...मेरी बात सुनने में कड़वी लग सकती है किन्तु वास्तव में मैं तुम्हारा हित चाहने वाला हूँ, इसमें तुम्हें सन्देह नहीं होना चाहिए। इसके अतिरिक्त तुम्हें मनुष्य बनाया है, मन-ही-मन इस पर गर्व करता हूँ। किन्तु बात ठीक नहीं है, यह नहीं जानता, ऐसा नहीं, फिर भी बड़प्पन दिखाने का लोभ छोड़ नहीं सकता। सख्त-सुस्त कह बैठता हूँ...।''

अपनी दूसरी शिष्या सुपरिचित कवयित्री राधारानी को लिखे पत्रों में उन्होंने अपने एक

---

1. 5 अगस्त, 1919 ई. 2. 6 भाद्र, 1326 (22 अगस्त, 1919 ई.) 3. चैत्र, 1319 (मार्च-अप्रैल, 1913 ई.) 4. 30 सितम्बर, 1913 ई. 5. 27 अप्रैल, 1917 ई.

गार्जियन की चर्चा की है और चर्चा की है एक गुप्त वेदना की। उन्होंने लिखा, ''मेरे समान आलसी मनुष्य संसार में दूसरा नहीं है। अत्यन्त बाध्य न होने पर मैं कभी भी कोई काम नहीं कर सकता। फिर भी इतनी पुस्तकें कैसे लिख डालीं, इसी का इतिहास बताता हूँ। मेरी एक गार्जियन थी, उसका परिचय जानने की इच्छा मत करो। केवल इतना ही जान लो कि उसके समान सख्त तकाज़ा करने वाली पृथ्वी पर शायद ही कोई हो। वही मेरी रचनाओं की सबसे कठोर समालोचक भी थी। उसके तीक्ष्ण तिरस्कार के कारण न तो मैं आलस्य कर सकता था और न मैं अपनी रचनाओं में मिलावट करके घिस्सा-पट्टी दे सकता था। एक भी लाइन उसकी आँखों से बचती नहीं थी, लेकिन अब वह सब कुछ छोड़कर धर्म-कर्म में व्यस्त है। *गीता*-उपनिषद् छोड़कर और किसी से उसका वास्ता नहीं है। कभी कुछ खोज-खबर नहीं लेती और मैं भी उसकी ताड़ना से मुक्ति पाकर बच गया हूँ। बीच-बीच में बाहर के धक्के खाकर स्वाभाविक जड़ता यदि कुछ देर के लिए टूट जाती है तब भी मन में यह होता है, बहुत कुछ लिख लिया, और किसलिए?

''...लिखने के लिए कितना अलिखित रह गया, परलोक में वाणी का देवता यदि इस गलती के लिए कैफ़ियत तलब करेगा तो एक व्यक्ति की ओर इशारा कर सकूँगा। यही सांत्वना मुझे है।''

अपनी गुप्त वेदना की चर्चा उन्होंने लीलारानी गंगोपाध्याय से भी की है, ''मेरे मानसिक परिवर्तन के संबंध में बहुत दिन से तुम एक प्रश्न पूछ रही हो और मैं मौन हूँ। किन्तु मेरे समान जब तुम्हारी उम्र होगी तब शायद तुम समझ सकोगी कि इस संसार में मनुष्य की ऐसी बात भी होती है जिसे वह किसी के सामने नहीं कह सकता। कहे जाने पर कल्याण की अपेक्षा अकल्याण ही अधिक होता है। इसलिए इस मौन की सज़ा बहुत कठिन है। भीष्म एक दिन स्तब्ध होकर तीरों की वर्षा सह सके थे, यह बात हमेशा-हमेशा के लिए *महाभारत* में लिख दी गई है, लेकिन कितनी अलिखित महाभारतों में इस प्रकार की कितनी शरशय्याएं हमेशा चुपचाप रचित होती रहती हैं, उनके संबंध में कहीं एक लाइन भी नहीं लिखी गई। संसार में ऐसा ही होता है। तुम्हारे दादा की बहुत उम्र हो गई। उसका यह उपदेश कभी भूलना नहीं कि पृथ्वी पर कौतूहल की वस्तुओं का मूल्य ज्ञान-विज्ञान के हिसाब से जितना बड़ा हो उसे दमन करने का पुण्य भी कम नहीं है। जिस वेदना का कोई प्रतिकार नहीं उसकी नालिश करने पर नीचे की कीचड़ ही ज़ोर करके ऊपर आ सकती है। उसे यदि बचाया जा सके तो अच्छा है।''

शरत्चन्द्र के नारी-चरित्रों के जहाँ उनके बचपन की साथिन का चित्र उभरता है, वहाँ, विशेषकर विधवाओं के चरित्र में क्या निरुपमा देवी का चरित्र नहीं दिखाई देता? *श्रीकान्त* की राजलक्ष्मी क्या निरुपमा देवी की तरह ही जप-तप-वार-व्रत में नहीं लगी रहती? कट्टर हिन्दू संस्कारों के कारण ही विधवा राजलक्ष्मी श्रीकान्त का वरण नहीं कर सकी। रमेश भी रमा को इसी कारण नहीं प्राप्त कर सका। क्या इसके पीछे शरत्चन्द्र की अपनी अनुभूति नहीं थी? विधवा होने के कारण ही तो वे निरुपमा देवी को नहीं पा सके थे। कारण और भी खोजे जा सकते हैं। जैसे, दोनों परिवारों में आर्थिक विषमता, उपजातीय विभिन्नता तथा शरत्चन्द्र की चरित्र-सम्बन्धी धारणा। लेकिन ये सब गौण हैं। मुख्य है विधवा-विवाह। लीलारानी को उन्होंने

लिखा था, "मेरी सब पुस्तकें तुमने पढ़ी हैं या नहीं? पढ़ने पर तुम्हें यह बात दिखाई देगी कि बहुत-से महान और सुन्दर जीवन केवल इसीलिए, कि समाज को विधवा विवाह मान्य नहीं है, हमेशा के लिए व्यर्थ और निष्फल हो गये।"

क्या यह अपने जीवन की निष्फलता की ओर इशारा नहीं है? क्या वे बार-बार अपने पत्रों और अपनी रचनाओं में इस निष्फलता की बात दोहराते नहीं रहे हैं? स्पष्ट न कहकर भी परोक्ष रूप से उन्होंने अपनी वेदना की चर्चा की है। अपने मित्र हरिदास शास्त्री से भी संभवत: उन्होंने अपने कैशोर्य के इसी असफल प्रेम की बात कही थी। कहा था, "नारी जाति के सम्बन्ध में मैं कभी उच्छृंखल नहीं था और अब भी नहीं हूँ। मैंने खूब नशा किया है, बुरी जगहों पर भी गया हूँ, लेकिन अगर तुम पता लगाओगे तो वे सब मेरे प्रति श्रद्धा रखती थीं। कुछ मुझे 'दादा ठकुर' कहती थीं, कुछ 'बाबा ठाकुर' कहकर पुकारती थीं। क्योंकि अत्यन्त बेहोश होने पर भी मैंने कभी उनके शरीर के प्रति लालच नहीं किया। उसका कारण यह नहीं था कि मैं संयमी था, साधु या नीतिज्ञ था। उसका कारण तो यही था कि ऐसा करना मेरी चिर दिन की रुचि के विरुद्ध था। जिसको मैं प्यार नहीं कर सकता था उसका उपभोग करने की लालसा मेरे शरीर में कभी नहीं जागी। और कोई बात नहीं।"

शास्त्रीजी ने पूछा, "और कुछ?"

शरत् बोले, "विश्वकवि का वह गाना तुम्हें याद है?

"कखनो कुपथे यदि भ्रमिते चाहे हे हृदी।

अमनि ओ मुख स्मरि सरमेते होई सारा॥"

शास्त्रीजी ने पूछा, "इसका अर्थ?"

"इसका अर्थ भी जानना चाहते हो? अच्छा सुनो, यौवन की प्रथम वेला में मैंने एक लड़की को प्यार किया था। वह प्यार व्यर्थ गया। लेकिन समस्त उच्छृंखलताओं के बीच वह हमेशा के लिए मेरे सामने आकर खड़ा हो गया। लेकिन जिसका कोई स्वरूप नहीं, उसके बारे में मैं तुम्हें समझा न सकूँगा।"

शास्त्रीजी बोले, "नहीं समझा सकोगे, उसके बाद?"

शरत् बोले, "उसके बाद उस लड़की का परिचय चाहते हो न, वह नहीं दूँगा। एक और बात तुमसे कहता हूँ कि इस सबको लेकर तुम किसी और से चर्चा न करना। यह मेरा आदेश है।"

शरत्चन्द्र के मन की व्यथा कैसे भी हो अनेक मार्गों से होकर प्रचारित हुई। बर्मा के उनके मित्र गिरीन्द्रनाथ सरकार ने भी अपनी पुस्तक में कैशौर्य के इस असफल प्रेम की चर्चा की है और सौरीन्द्रमोहन ने भी।

सुना तो यह भी गया कि शरत्चन्द्र ने निरुपमा देवी को ऐसा कोई पत्र भी लिखा था। कई व्यक्ति इस पत्र के बारे में जानते हैं। अन्धकार से बाहर आने के बाद एक बार वह

बहरामपुर गये थे तो कई दिन तक वहाँ ठहरे भी थे। उस समय क्या उन दोनों में इस बात को लेकर चर्चा हुई होगी? क्या कभी निरुपमा देवी ने भी अपने मन की व्यथा को प्रकट किया? शरत्‌चन्द्र के सम्बन्ध में उन्हें कई बार लिखना पड़ा। कई बातों का स्पष्टीकरण भी उन्होंने दिया। *शुभदा* का प्रभाव उन्होंने मुक्त कण्ठ से अपनी पुस्तक पर स्वीकार किया है। बड़े स्नेह और आदर के साथ उनके सम्मान में उन्होंने कविताएँ लिखी हैं। उनके एक गीत का आरम्भ कितना अर्थबोधक है!

तुमि जे मधुकर कमल बने
आहरि आन मधु आपन मने।

लेकिन एक बार उन्होंने भी स्पष्ट रूप से इस बात को स्वीकार किया है। वे प्रायः तीर्थ यात्रा पर जाती थीं। मांदार यात्रा उन्होंने प्रभूपाद श्री हरिदास गोस्वामी के साथ की थी।[1] मृत्यु से कुछ दिन पहले वे वृन्दावन जाकर रहने लगी थीं। उस समय कवि नरेन्द्रदेव और श्रीमती राधारानी देवी वहीं जाकर उनसे मिले थे। तब भावविह्वल होकर निरुपमा देवी ने राधारानी को छाती में भरते हुए कहा था, ''तूमि आमार शरत्‌दार राधू!!'' अर्थात् तुम मेरे शरत् दा की राधू हो, तुम मेरे शरत् दा की राधू हो। उसके बाद किसी बातचीत के प्रसंग में यह भी कहा था, ''शरत् दादा की जो दुर्दशा हुई वह मेरे कारण ही हुई।''[2]

और उन दोनों के संबंधों पर विचार करने पर इसे असत्य स्वीकार करने का मन करता भी नहीं। उनकी सखी अनुरूपा देवी, जो स्वयं सुलेखिका के रूप में प्रसिद्ध हैं, शरत् बाबू से इस बात के लिए बड़ी नाराज़ थीं कि वे एक कुलीन घर की विधवा को लेकर अपना बड़प्पन जताने के लिए न जाने क्या-क्या लिखते रहते हैं। आज के सम्मानित पर एक समय के आश्रयहीन और आवारा व्यक्ति का इस प्रकार चर्चा करना उस धर्मप्राण महिला को बहुत बुरा लगा।...''वे अपने मित्र की छोटी बहन का 'बूड़ी' कहकर उल्लेख कर सकते हैं। इसमें कोई विचित्र बात नहीं है, किन्तु इससे यह प्रमाणित नहीं हो जाता कि पचास वर्ष पहले एक अत्यन्त रक्षणशील घर की बाल विधवा शरत्‌चन्द्र जैसे चरित्र के एक अनात्मीय तरुण के साथ अन्तरंग भाव से मिलती-जुलती थी।''

अंतरंग भाव से न सही मिलना-जुलना तो होता ही था। स्वयं निरुपमा देवी ने इस बात को स्वीकार किया है। जब चौदह-पन्द्रह वर्ष की आयु में विधवा होकर वे पिता के घर आकर रहने लगी थीं, तब तक शरत्‌चन्द्र उनके परिवार से खूब परिचित हो चुके थे। प्रथम श्राद्ध के अवसर पर अगले वर्ष जब किशोरी निरुपमा पास ही नदी के किनारे पति को पिण्डदान करने गई, तब विधवा भाभी के अतिरिक्त छोटा भाई विभूति और शरत्-ये तीन व्यक्ति ही उनके साथ थे। शरत् केवल साथ ही नहीं गये थे, उस कर्मकाण्ड में उन्होंने सक्रिय भाग भी लिया था। उस समय न जाने कहाँ से आकर एक भिरड़ ने निरुपमा को काट लिया था। शायद शहद के आकर्षण से ही वह वहाँ आ गई थी। तब शरत्‌चन्द्र अत्यन्त व्यग्र हो उठे थे। व्याकुल भाव से

---

1. सन् 1939 ई. 2. यह बात लेखक ने स्वयं श्रीमती राधारानी देवी के मुख से सुनी थी।

कभी दही लगाने का अनुरोध करते तो कभी शहद।

इतना ही नहीं, जब श्राद्ध के अन्त में निरुपमा लौट रही थी, तब वे उसके घर जाकर पहनने के लिए एक किनारे वाली धोती और हाथ का सोने का गहना वहीं ले आये थे। श्राद्ध के समय ये चीज़ें नहीं पहनी जातीं। उस समय बहुत करुणाजनक दृश्य उपस्थित हो गया था। सभी रो पड़े थे और उन रोने वालों में शरत् भी थे।

इस घटना का वर्णन स्वयं निरुपमा देवी ने ही किया है। अन्त में लिखा है, ''शरत् दादा के मित्र उनके मन को अत्यन्त कोमल और पर-दुख-कातर बताते थे। उस दिन मुझे भी इस बात का प्रमाण मिल गया।''

क्या अब भी अनुरूपा देवी के इस कथन पर विश्वास किया जा सकता है कि शरत् तब ऐसे-वैसे चरित्र के एक अनात्मीय तरुण-मात्र थे? वास्तव में अनुरूपा देवी अत्यन्त धर्मप्राण महिला थीं और धर्म मन के व्यापार को समझने की दृष्टि नहीं देता। इसके अतिरिक्त एक समय शरत् बाबू ने अनुरूपा देवी के एक उपन्यास की बड़ी कटु आलोचना की थी। सम्भवत: उस कारण भी वे अप्रसन्न थीं। इसलिए उनको दोष देना व्यर्थ है, और इस बात को निस्संकोच स्वीकार किया जा सकता है कि शरत्चन्द्र प्रारम्भ से ही निरुपमा देवी के प्रति अनुरक्त रहे। इसमें विचित्र कुछ भी नहीं है। यह और बात है कि किन्हीं कारणों से वह प्रेम फल-फूल नहीं सका। यह अपूर्णता ही गुप्त वेदना के रूप में उनके मन में सदा के लिए बस गई और उनके सृजन की शक्ति बनी। जब प्रेमी के हृदय पर प्रेमिका के वियोग का व्रज्राघात होता है तब या तो प्रेमी पागल हो जाता है या फिर एक महान कलाकार बन जाता है। तृप्ति मनुष्य के पथ को रोकती है। प्रगति का मार्ग अतृप्ति के भीतर से ही होकर आगे बढ़ता है।

राधारानी देवी को लिखे एक और पत्र से जान पड़ता है कि शरत्चन्द्र निरुपमा देवी के मन की व्यथा से परिचित थे। उस पत्र में उन्होंने लिखा, ''तुम स्त्रियों को मैं आज भी ठीक-ठीक पहचान नहीं पाया। जीवन में बहुत दुख उठाकर मात्र यही अभिज्ञता संचित कर पाया हूँ। जाने-अनजाने यही बार-बार मेरे साहित्य में ध्वनित हुई है...और केवल मैं ही नहीं तुम्हें पहचान पाया, तुम लोग भी अपने को नहीं पहचान पाईं या पहचानने से डरती रहीं। यह भी हो सकता है कि तुमने अपने को पहचान लिया हो, लेकिन उस बात को स्वीकार करना नहीं चाहतीं। यह मात्र मेरा कल्पना-विलास नहीं है, वास्तविक अभिज्ञता से उत्पन्न धारणा है। इसलिए इस बात को यूँ ही नहीं उड़ाया जा सकता।''

और यह पत्र भी उन्होंने राधारानी देवी को ही लिखा था। इसके बाद क्या कुछ कहने को रह जाता है?

''...सच्चे प्रेम की परख त्याग की प्रवृत्ति से होती है। जिस प्यार में जितनी अधिक कल्याण बुद्धि, जितनी आत्मोत्सर्ग की प्रवृत्ति होती है, त्याग की प्रवृत्ति अपने आप ही अधिक गम्भीर और दृढ़ होती जाती है। वह प्यार शुद्ध प्यार है।

''प्यार जब हृदय में पैदा हो जाता है तो उसे आधार या आश्रय चाहिए। वह आधार सब

कहीं उपयुक्त या सुन्दर नहीं होता। प्यार अपने–आप ही अपने हृदय के रस में अपने पात्र की रचना कर लेता है।

''प्यार जब हृदय में पैदा हो जाता है तो उसे आधार या आश्रय चाहिए। वह आधार सब कहीं उपयुक्त या सुन्दर नहीं होता। प्यार अपने–आप ही अपने हृदय के रस में अपने पात्र की रचना कर लेता है।

''बड़ा प्यार स्वभाव से ही निःस्वार्थ होता है। यह केवल उपलब्धि की वस्तु है, राधू! हृदय की महत् वृत्तियों की सहायता से उपलब्धि के द्वारा ही उसे छुआ जा सकता है, बुद्धि-विचार–ज्ञान–तर्क या युक्ति से नहीं। यह मेरी अपनी धारणा है।

''संसार में ऐसा प्रेम है जो सारा जीवन, जिसको प्यार किया, उससे बहुत दूर रहना चाहता है। उसका प्यार ही उसमें दूर जाने की प्रवृत्ति पैदा करता है। पास रहने पर आँखों से देखने की आकांक्षा स्वाभाविक है। उस व्याकुल और तीव्र प्रवृत्ति का सम्वरण करने की शक्ति भी वहीं शुद्ध प्रेम पैदा करती है। सच्चा प्रेम प्रेमिका या प्रेमी को स्वस्थ व सुखी देखना चाहता है, सार्थक और ग्लानिहीन देखना चाहता है। यहीं तो उसकी आत्म–परितृप्ति है।

''यदि कोई मिलन प्रेमिका का अगौरव के बीच सिर नीचा करने को विवश करता है, उसे जीवन के कर्त्तव्य से विच्युत कर देता है, ज़रा भी सज़ा, दुख या अनुताप–अनुशोचन का कारण बनता है तो वह मिलन कभी भी कल्याणकर नहीं हो सकता। इसलिए वांछनीय नहीं है।

''गम्भीर प्रेम को सबसे अधिक मन की शक्ति की आवश्यकता है। मिलन और विच्छेद दोनों में ही कठिन संयम एवं दृढ़ शक्ति की आवश्यकता है...केवल आत्मदान में ही प्रेम की सार्थकता नहीं है, आत्मसम्वरण में भी है।

''मेरे साहित्य में तुम लोगों ने जो पाया है उसे मैं यदि अपने जीवन में न पाता तो क्या यह साहित्य सम्भव होता...तुम्हारे बूढ़े दादा का जीवन एकदम ही झाँसे पट्टी के आधार पर नहीं खड़ा है। कभी यदि सम्भव हुआ तो तुमको एक कहानी सुनाऊँगा। सुनने में गल्प–उपन्यास की तरह अस्वाभाविक लगेगी, किन्तु उससे अधिक वास्तविक सत्य मेरे जीवन में और कुछ नहीं घटा।''

लेकिन अपने को गोपन रखने की जो प्रवृत्ति उनमें थी, उसके कारण यह कहानी सुनाने का अवसर कभी नहीं आया, आ ही नहीं सकता था।

23

शरत् बाबू की रचनाओं के आधार पर लिखे गये दो नाटक इसी युग में प्रकाशित हुए। *विराजबहू* उपन्यास का नाट्य रूपान्तर इसी नाम से प्रकाशित हुआ।[1] लेकिन *दत्ता* का नाट्य रूपान्तर प्रकाशित हुआ *विजया* के नाम से।[2]

विराजबहू का रूपान्तर शिशिर भादुड़ी ने किया था और उन्होंने ही इसे अपने सुन्दर

---

1. 18 अगस्त, 1934 ई. 2. 24 दिसम्बर, 1934 ई.

अभिनय सहित मंच पर प्रस्तुत किया। लेकिन जो रूपान्तर बाज़ार में है वह किया था कानाई बसु ने। *विजया* का नाट्य रूपान्तर भी स्टार रंगमंच पर नव नाट्य मन्दिर ने प्रस्तुत[1] किया। शिशिर उसमें नरेन्द्र का अभिनय करना चाहते थे, परन्तु इस बात को लेकर पत्रों में बड़ी चर्चा हुई और अन्ततः उन्होंने रासबिहारी का अभिनय किया।

शिशिर बाबू ने *नवविधान* और *गृहदाह* का नाट्य रूपान्तर करने का भी अनुरोध किया था। लेकिन उनके अचानक अधिक बीमार हो जाने और शरत् बाबू के योरोप जाने की चर्चा चल पड़ने के कारण यह सम्भव नहीं हो सका। *गृहदाह* के दो अंक उन्होंने स्वयं लिखे थे। शेष रूपान्तर बाद में *बांग्ला साप्ताहिक* के यतीन्द्रनाथ राय ने पूरा किया, लेकिन वह अच्छा नहीं हो सका। मंच पर भी उसे सफलता नहीं मिली।

इन्हीं दिनों न्यू थियेटर्स ने उनके उपन्यासों को रजतपट पर उतारना आरम्भ किया। न्यू थियेटर्स ने अपनी स्थापना[2] के बाद उसी वर्ष के उत्तरार्द्ध में प्रेमांकुर आतर्थी के दिग्दर्शन में *देना–पावना* का निर्माण करके अपनी यात्रा आरम्भ की। इस चित्र में वीरेन्द्रनाथ सरकार को न केवल पर्याप्त अर्थ ही मिला, एक रोमांचक अनुभूति भी प्राप्त हुई। शरत् बाबू को इसके लिए मिले केवल एक हज़ार रुपये। *देवदास* के लिए दो हज़ार रुपये मिले।

सरकार से उनके संबंध बहुत अच्छे थे। उनके सिनेमागृह 'न्यू सिनेमा' का उद्घाटन भी उन्होंने ही किया था। *विजया* का चित्रपट उन्हें बहुत पसन्द आया और उसकी उन्होंने भूरि–भूरि प्रशंसा की[3], लेकिन जो सफलता *देवदास* का सवाक् चित्रपट तैयार करने में प्रमथेश बरुआ को मिली वह किसी और को नहीं मिली। गौरीपुर के राजकुमार प्रमथेश बरुआ जब *देवदास* के चित्रपट की योजना लेकर शरत् बाबू के पास गये तो उन्होंने अनुमति देने से साफ़ इनकार कर दिया। कहा, "मेरा 'देवदास' भीषण भावुक है। उसे रजतपट पर चित्रांकित करना सहज नहीं है। मैं किसी भी प्रकार तुम्हें अनुमति नहीं दे सकता। मेरे और भी उपन्यास हैं, उनमें से कोई एक चुन लो। 'देवदास' मैं तुमको छूने भी नहीं दूँगा। बहुत इमोशनल है मेरा 'देवदास'।"

बरुआ उदास तो हुए, लेकिन हताश नहीं। इसीलिए अन्त में शरत् बाबू को उनसे समझौता करना पड़ा, उन्हें कहना पड़ा, "मैं तुम्हें 'देवदास' फ़िल्म बनाने की अनुमति देता हूँ, किन्तु रजतपट पर उसे वास्तविक रूप देना ही होगा। मुझे पूर्ण आशा है कि देवदास की भूमिका में तुम खरे उतरोगे। किन्तु पारो और चुन्नीलाल की भूमिकाएँ भी तो कम महत्त्वपूर्ण नहीं हैं। उन पर भी विशेष ध्यान देना होगा।"

प्रारम्भ में शरत् बाबू शूटिंग के समय स्वयं सेट पर मौजूद रहते थे। परन्तु शीघ्र ही जब उन्हें विश्वास हो गया कि बरुआ ईमानदारी के साथ प्रयत्न कर रहे हैं तो फिर उन्होंने जाना छोड़ दिया। उन्होंने देख लिया था कि निर्देशक और अभिनेता दोनों को ही हैसियत से बरुआ चित्र के मार्मिक और भावुकतापूर्ण स्थलों पर संयम ओर सतर्कता से काम ले रहे हैं।

आखिर 'देवदास' बनकर तैयार हो गया। बड़े अरमान के साथ बरुआ शरत् बाबू को दिखाने के लिए लाये। पूरी फ़िल्म देखने के बाद शरत् बाबू बहुत संतुष्ट हुए। उन्होंने बरुआ को अन्तर्मन से आशीर्वाद दिया। जनता ने भी मुक्त मन से 'देवदास' का स्वागत किया।

---

1. 6 पौष, 1341 (दिसम्बर, 1934 ई.) 2. 10 फरवरी, 1931 ई. 3. 20 कार्तिक, 1343 (6 नवम्बर, 1936 ई.)

न्यू थियेटर्स को उन्होंने अपनी और भी रचनाओं के सिने-अधिकार बेच दिये थे। बाद में इन्हीं से छाया सिनेमा के श्री शचीन्द्रनाथ वारिक ने 1500 रुपये देकर *चन्द्रनाथ* के अधिकार खरीद लिये थे।[1] उनकी बहुत-सी रचनाओं के आधार पर बहुत-से चित्रपट तैयार हुए, लेकिन भीषण भावुक 'देवदास' ने उन्हें जो यश दिया, वह अभूतपूर्व था।

शरत् ग्रन्थावली का छठा[2] और सातवां[3] भाग तथा उनके लेखों का एक संग्रह भी इसी युग में प्रकाशित हुए। अभी भी वे अपनी पुरानी रचनाओं में हेरफेर करते रहते थे। *चन्द्रनाथ* के 14वें संस्करण की भूमिका में उन्होंने स्वीकार किया है, " *चन्द्रनाथ* मेरी बचपन की रचना है। उन दिनों कहानी और उपन्यासों में जिस भाषा का उपयोग किया जाता था, इस पुस्तक में वही भाषा थी। वर्तमान संस्करण में केवल इसी में परिवर्तन कर दिया है।"[4]

लेकिन इस काल की एक उल्लेखनीय घटना है *निष्कृति* का अंग्रेज़ी में अनुवाद। यह अनुवाद दिलीप कुमार राय ने किया।[5] वे शरत् बाबू की तीन सर्वश्रेष्ठ गल्पों में इसकी गणना करते थे। शेष दो गल्पें थीं[6] *रामेर सुमति*, और *बिन्दूर छेले*। इन तीनों का ही अनुवाद वे करना चाहते थे। शरत् बाबू के प्रति उनकी श्रद्धा अपार थी। उनसे भी उन्होंने गहरी आत्मीयता और अगाध स्नेह पाया था। उसका प्रतिदान चुकाने के लिए ही मानो वे यह काम करने के लिए तैयार हुए थे। उन्होंने श्री अरविन्द से कहा, "मैं 'निष्कृति' का अनुवाद करना चाहता हूँ, आपको इसे देखना होगा।"

वे सहमत हो गये। शरत् बाबू का आशीर्वाद तो उन्हें प्राप्त था ही। बड़े उत्साह से वे अनुवाद करने लगे। श्री अरविन्द साथ-साथ संशोधन करते जाते थे। अनुवाद पूरा होने पर उसकी प्रशंसा में उन्होंने कुछ पंक्तियाँ भी लिख दी थीं—

"श्री शरत्चन्द्र की रचनाओं में, उनकी विशाल मेधा, मानवों तथा वस्तुओं के सूक्ष्म तथा सही पर्यवेक्षण और दुख तथा पीड़ा के प्रति सहानुभूति से भरे हृदय की अमिट छाप है। वह इतने अधिक संवेदनशील हैं कि उन्हें इस संसार से चैन कैसे प्राप्त हो सकता है। उनकी दृष्टि भी सम्भवतः उतनी ही अधिक पैनी है। उनका मन बहुत निर्मल है और उसकी प्राणिक प्रकृति बहुत उदात्त है।"

इस अनुवाद की भूमिका के लिए दिलीप कुमार राय ने कविगुरु रवीन्द्रनाथ से प्रार्थना की। उस समय रवीन्द्रनाथ और शरत्चन्द्र के बीच मनमुटाव गहन हो उठा था। इसलिए उन्हें आशा नहीं थी कि कवि उनके अनुरोध की रक्षा कर सकेंगे। लेकिन उन्होंने अपने लम्बे पत्र में बड़े विस्तार से शरत्चन्द्र की मनोव्यथा की चर्चा की। अन्ततः कवि ने शरत्चन्द्र की प्रतिभा का वरण करते हुए *निष्कृति* की छोटी-सी भूमिका लिख भेजी, "वह नवीनतम नेता, जिसने मुक्ति के मार्ग के द्वारा बंगाली उपन्यास को आधुनिक विश्व साहित्य की भावना के पास लाने का कार्य किया है, शरत्चन्द्र है। उन्होंने हमारी भाषा को नई शक्ति दी है। अपनी कहानियों में उन्होंने बंगाली हृदय को नई दृष्टि के प्रकाश से आलोकित किया है। उन्होंने जनता के व्यक्तित्व

---

1. 22 अगस्त, 1936 ई. 2. 25-9-1934 ई. 3. 25-9-1935 ई. 4. 4-10-1937 ई. 5. 21-3-1935 ई. 6. इनको अनुवाद उनकी मृत्यु के बाद दिलीप कुमार राय ने ही किया। 'मदर्स एण्ड सन्स' में वे दोनों नोवलेट संकलित हैं।

की छिपी हुई साधारण बातों के जीवन्त महत्त्व को प्रकट किया है। उन्होंने एक उपन्यासकार के लिए जो सर्वोत्तम पारितोषिक हो सकता है पा लिया है। उन्होंने सम्पूर्ण रूप से बंगाली पाठकों का हृदय जीत लिया है।''

जब शरत्चन्द्र को यह पता लगा कि श्री अरविन्द उस अनुवाद में संशोधन कर रहे हैं तो उन्होंने दिलीप कुमार को एक पत्र लिखा। वह पत्र कई दृष्टियों से एक महत्त्वपूर्ण दस्तावेज़ है :

पी 566, मनोहर पुकुर, कलकत्ता
3 माघ, 1341

परम कल्याणयेषु मण्टू

कल रात को गाँव के घर से यहाँ आ गया हूँ। तुम्हारी चिट्ठियाँ मिलीं। एक-एक करके काम की बातों का जवाब दूँ।

(1) तुम्हारी निशिकान्त की तस्वीर अच्छी बनी है। बहुत दिनों के बाद फिर तुम्हारा मुँह देखा, बड़ी प्रसन्नता हुई। अब सचमुच ही देखने की बड़ी इच्छा होती है। लेकिन आशा छोड़ दी है। सोचा है, इस जीवन में अब नहीं देख सकूँगा।

(2) टाइपराइटर सही-सलामत पहुँच गया है, यह संतोष की बात है। डर था कि कहीं विकलांग होकर तुम्हारे आश्रम में न जा पहुँचे। उस दिन हीरेन ने आकर कहा कि मण्टू दादा का अपना टाइपराइटर पुराना हो गया है, उन्हें एक नई मशीन चाहिए। कहा, ''ज़रा दौड़-धूप कर भेज दो न हीरेन।'' वह राज़ी हुआ। यह सब कुछ उसी ने किया है। मैं जड़ वस्तु हूँ। मुझसे कुछ भी नहीं होता। मैंने केवल रुपये का चेक लिख दिया था। तुम्हें पसंद आया है, इससे बढ़कर मेरे लिए आनन्द की बात नहीं। जिस आदमी ने अपना सब कुछ दे दिया, उसे देना, देना नहीं है, पाना है। मुझे बहुत कुछ मिला, तुमसे बहुत अधिक।

(3) श्री अरविन्द के हाथ की लिखी चिट्ठी संभालकर रख दी है। यह एक रत्न है।

(4) *निष्कृति* का अच्छा अनुवाद करने के लिए तुम यथासाध्य प्रयत्न करोगे, इसे मैं जानता था। तुम मुझे सचमुच प्यार करते हो, इसलिए नहीं, बल्कि जो यथार्थ में साधु का व्रत ग्रहण करते हैं यह उनका स्वभाव है। ऐसा किये, बगैर उनसे नहीं रहा जाता। या तो करते नहीं हैं, पर करने पर बेगार नहीं करते।

(5) जब श्री अरविन्द ने स्वयं देख देने का संकल्प किया है तो अनुवाद अच्छा ही होगा। लेकिन मण्टू पुस्तक में अपना कौन-सा गुण है, श्री अरविन्द को क्यों अच्छी लगी, नहीं जानता। कम-से-कम अच्छी नहीं लगती तो अचरज नहीं होता, खिन्न भी नहीं होता। तुम जब *श्रीकान्त* का प्रचार कर सकोगे, तभी आशा करूँगा कि एक बंगाली कहानीकार को पश्चिम वाले कुछ श्रद्धा की दृष्टि से देखते हैं। तुम्हारा उद्यम और श्री अरविन्द का आशीर्वाद रहा तो यह असम्भव भी एक दिन संभव होगा। इसकी मुझे उम्मीद है।

(6) अनुवाद के मामले में तुम्हारी पूर्ण स्वतन्त्रता मैंने स्वीकार की है। इसका कारण यह है कि तुम केवल अनुवादक ही नहीं हो, खुद भी बड़े लेखक हो। तुम्हें अकिंचितकर

साबित करने वाले लोगों की कमी नहीं।...लेकिन उनकी समवेत चेष्टा से तुम्हारी प्रतिभा और एकाग्र साधना कहीं बड़ी है। तुम्हारे गुरु की शुभाकांक्षा तो सब कुछ के पीछे है ही। उनकी सारी कुचेष्टायें सफल होंगी और तुम्हारे अंतर की जाग्रत शक्ति सार्थक नहीं होगी, ऐसा हो ही नहीं सकता मण्टू!

(7) रवीन्द्रनाथ मुझे इण्ट्रोड्यूस करना चाहेंगे, इसका भरोसा नहीं करता। मेरे प्रति तो वह प्रसन्न नहीं हैं। इसके अलावा उनके पास समय ही कहाँ है! साहित्य-सेवा के काम के बारे में वह मेरे गुरुकल्प हैं, उनका ऋण मैं कभी चुका नहीं सकूँगा। मन-ही-मन उन पर इतनी श्रद्धा-भक्ति रखता हूँ। लेकिन भाग्य ने गवाही नहीं दी। मेरे प्रति उनकी विमुखता का अंत नहीं। अतएव इसकी चेष्टा करना बेकार है।

(8) हीरेन शायद आजकल में ही आवेगा। उसे तुम्हारे कागज़ भेज देने के लिए कहूँगा।

(9) बाकी रही तुम्हारी बात। मैं तुम्हारा बहुत ही कृतज्ञ हूँ, मण्टू, इससे अधिक क्या कहूँ! चिट्ठी लिखने की बात सदा से मेरे लिए जटिल रही है। संभालकर लिख ही नहीं पाता। इसलिए मुझे जो बातें कहनी चाहिए थीं कह नहीं सका था। वह मेरी अक्षमता है, अनिच्छा कभी नहीं। इस पर विश्वास करना।

मेरा स्नेहाशीर्वाद लेना और सौरीन को कहना। लड़के की बात याद नहीं आ रही है। स्वर्गीय दादा महाशय के यहाँ या तकू के यहाँ शायद देखा होगा।

(10) श्री अरविन्द की नववर्ष की प्रार्थना सचमुच ही बहुत अच्छी लगी। यथार्थ में वह बहुत बड़े कवि हैं।

शुभाकांक्षी

श्री शरत्चन्द्र चट्टोपाध्याय

इस पत्र को दिलीप कुमार ने श्री अरविन्द के पास भेज दिया। लिखा, ''मनुष्य की प्राणशक्ति की लीला ही इस जीवन के मूल को सरस और बसन्त को रंगीन रखती है।''

इसका जो उत्तर श्री अरविन्द ने दिया, वह भी अत्यन्त महत्त्वपूर्ण है, ''शरत्चन्द्र के पत्र की महिमा उसकी प्राणवन्तता के कारण नहीं है। यद्यपि वह प्राण शक्ति के बीच से ही प्रकट हुई है, किन्तु प्राण शक्ति उसकी मूल प्रेरणा नहीं है। उसकी प्रत्येक पंक्ति में अन्तरात्मा का प्रकाश फूटा पड़ता है। यदि कोई मुझसे पूछे कि मनुष्य के भीतर यह प्रकाश किस तरह सक्रिय होता है तो मैं अकुण्ठ भाव से कहूँगा कि इस चिट्ठी की तरह। यह अन्तरात्मा हमारी असली सत्ता है। वस्तु, प्राण और मन को यही जीवन्त शक्ति से भरती है और इसी के माध्यम से अपने को प्रकाशित और विकसित करती है—लावण्य और सौकुमार्य के रसायन में। मनुष्य से निम्न स्तर के जीव-जगत में भी यह काम करती है—उनको धीरे-धीरे मानवता की ओर लाते हुए। केवल मनुष्यों में ही यह शक्ति और स्वतन्त्रता से काम करती है। यद्यपि बहुत अज्ञान, दुर्बलता और कर्कशता और काठिन्य का बोझा इसे उठाना पड़ता है। योग की भूमिका में यह अन्तःशक्ति अपने लक्ष्य के संबंध में सचेतन होकर भीतर-ही-भीतर भगवत्मुखी होती है। यह पीछे और ऊपर देखती है। यही इसमें अन्तर है।''[1]

1. जनवरी, 1935 ई.

शरत् बाबू के पत्र की यह व्याख्या बहुतों को विस्मित कर सकती है। परन्तु यह है बहुत सही। शरत् बाबू की भक्ति श्री अरविन्द्र के प्रति कम नहीं थी। यद्यपि वे उनके दर्शन को पूर्ण रूप से हृदयंगम नहीं कर सके थे, फिर भी उनकी प्रतिभा और विद्वत्ता को उन्होंने बार-बार स्वीकार किया है।

और मतभेद को भी बड़े सहज भाव से प्रकट कर दिया है, "श्री अरविन्द्र जो छोटे-छोटे सन्देश तथा तुम लोगों के प्रश्नों के उत्तर देते हैं, जिन्हें तुम यत्न से मेरे पास भेजते हो, उन्हें पढ़ता हूँ, सोचता हूँ और फिर पढ़ता हूँ। हाँ, यह मानता हूँ कि अधिकांश को समझ नहीं पाता। कभी-कभी वे मन, चेतना या कांशसनेस के इतने भिन्न-भिन्न और सूक्ष्मातीत सूक्ष्म पर्याय या स्तर बतलाते हैं कि वे मेरी बुद्धि से परे हैं। कविता के संबंध में भी उनके विचारों को सर्वदा नहीं मान पाता हूँ..."[1]

श्री अरविन्द के प्रति श्रद्धानत होते हुए भी उनके शिष्यों के प्रति वे उस सीमा तक कभी श्रद्धावान नहीं हो सके। दिलीप कुमार के साधु का बाना धारण कर लेने पर वे अत्यन्त व्यथित हो उठे थे। इस बात को उन्होंने कभी छिपाया नहीं। बहुत पहले दिलीप कुमार को उन्होंने स्पष्ट लिखा था[2]—

तुम्हारे नाम से तो वारण्ट नहीं था, जो तुम साधु बनने गये। बस, अब आगे नहीं। इस पत्र को पाते ही चले आना। न हो तो कुछ दिनों के बाद फिर चले जाना। इससे कोई क्षति नहीं होगी। मैं अनुभवी व्यक्ति हूँ, मेरी बात सुनो। तुम्हारी उम्र में मैं चार-चार बार संन्यासी बना था। उस ओर शायद मक्खियाँ और मच्छर कम हैं, नहीं तो हिन्दुस्तानियों की पीठ के चमड़े के सिवा उनके दर्शन को सहना किसके बूते की बात है! भैया, यह बंगाली का पेशा नहीं है, बात सुनो, चले आओ! तुम्हारे आने पर इस बार बरसात के बाद एक साथ हम उत्तर और दक्षिण भारत घूमने चलेंगे। तुम्हारे साथ न होने पर खातिरदारी नहीं मिलेगी, खाने-पीने का भी उतना सुभीता नहीं रहेगा। कब आ रहे हो, पत्र पाते ही लिखना। मैं स्टेशन पर जाऊँगा।

एक बात और। सुना है बारीन (श्री अरविन्द के छोटे भाई बारीन्द्र कुमार घोष) किसी भी पेड़ का पत्ता तुम्हारी नाक पर रगड़कर किसी भी फूल की सुगन्धि सुंघा सकता है। उपेन बन्दोपाध्याय कहता है कि उसने इस चीज़ को कर्ता (श्री अरविन्द घोष) से हथिया लिया है। आते समय तुम इसे सीख लेना। वह एकाएक नहीं मानेगा, मगर तुम छोड़ना मत। कुछ दिनों तक उसकी 'अण्डमन की वंशी' की खूब तारीफ़ करते रहना और पुस्तक को हमेशा साथ लेकर घूमना और 'इस पुस्तक को इतने दिनों तक नहीं पढ़ा', यह कहकर बीच-बीच में उसके सामने अफ़सोस ज़ाहिर करना। बहुत सम्भव है कि इतने से ही 'विभूति' को हथिया ले सकोगे। उत्तर भारत घूमते समय वह खास काम में आयेगी।

सुना है, अनिलवरण धूल को चीनी बना सकता है, यद्यपि ज़्यादा देर तक वह नहीं टिकती है, मगर पाँच-सात घण्टे तक देखने और खाने में चीनी ही लगती है। इसे अवश्य ही सीख आने की चेष्टा करना। अनिलवरण सरल और भला आदमी है। अगर सिखाने में आपत्ति

1. 6 भाद्रपद, 1338 (23-8-1931 ई.) 2. 13 जून, 1929 ई.

करे तो भूतों और चुड़ैलों की खूब कहानियाँ कहना। शरथ खाकर कहना कि तुमने चुड़ैल अपनी आँखों से देखी है। फिर आगे चिन्ता नहीं करनी पड़ेगी—अनायास ही 'कौशल' को हथिया लोगे। और अगर इन दोनों को सचमुच ही सीख लेते हो तो वहाँ कष्ट उठाकर रहने की कौन-सी ज़रूरत है?

बहुत-दिनों से तुम्हें नहीं देखा। देखने की बड़ी इच्छा होती है, गाना सुनने की साध होती है। कब आओगे, लिखना। मेरा स्नेहाशीर्वाद लेना।

—श्री शरत्चन्द्र चट्टोपाध्याय

पुनश्च: 'विभूतियों' को लाना ही होगा। समय-कुसमय बड़े काम आती हैं। जो भी हो, शीघ्र चले आओ। संन्यासी होना बहुत खराब है मण्टू। मेरी बात पर विश्वास करो। आजकल के ज़माने में इसमें कुछ भी मज़ा नहीं है। कब आ रहे हो, ठीक-ठीक लिखना।...

दो वर्ष बाद फिर एक पत्र में लिखा,[1] 'त' से शीघ्र ही एक दिन मुलाकात करूँगा। यह नहीं बतलाऊँगा कि तुमने उसके बारे में कुछ लिखा है। लेकिन तुमने मुझे जो कुछ सूचित किया है, उसी पर जिरह करके सत्य का आविष्कार करने की चेष्टा करूँगा। देखूँ 'त' क्या कहता है? श्री अरविन्द के संबंध में कहीं भी तो मैंने वह बात नहीं कही है। देश के सारे लोग उन पर गहरी श्रद्धा रखते हैं। क्या केवल मैं ही नहीं रखता? लेकिन आश्रमवासियों के प्रति मेरा मन बहुत प्रसन्न नहीं है। कारण हैं कुछ 'त' की बातें और कुछ दूसरे आश्रमवासियों के संबंध में मेरी कुछ जानकारी। इसके अलावा, तुम्हारा चले जाना मुझे बहुत खटका है। जब आई.सी.एस. या कानून नहीं पढ़ा तब दुख हुआ था, मगर जब गाने-बजाने और उसके साथ ही साहित्य को तुमने अपनाया तब वह क्षोभ दूर हो गया था। सोचा था, सभी नौकरी करेंगे और अपने देश के लोगों को, हाकिम या बैरिस्टर बनकर, जेल भेजेंगे, ऐसा क्यों हो? मण्टू को खाने-पहनने की चिन्ता नहीं है। वह अगर भारत के कला-शिल्प को विदेशियों की नज़रों में बड़ा बना सके बुद्धि से, इसके पिटे-पिटाए पथ से, एक नया मार्ग निकाल सके तो क्या इससे देश को कम गौरव होगा?...इसके बाद एक दिन सुना कि तुम बस सब कुछ छोड़कर बैरागी बनने चले गये हो। तब अचानक ही लगा कि मेरी अपनी ही कोई बहुत बड़ी क्षति हो गई है। इस जीवन में शायद तुम्हें फिर नहीं देख पाऊँगा। क्या तुम समझते हो कि यह मेरे लिए कोई छोटा दुख है? और कोई भले ही विश्वास न करे, मगर तुम तो जानते हो। यह बात मुझे चिर दिन घोर दुख देगी, इसमें मुझे सन्देह नहीं।...

''सुना है, तुम्हारा अनिलवरण धूल को चीनी बना सकता है। कहा जाता है, आश्रम को सारी चीनी वही सप्लाई करता है। क्या यह सच है? मैं विश्वास नहीं करता। क्योंकि तब तो वह आश्रम में क्यों रहने जाता? कलकत्ता आकर अनायास ही एक चीनी की दुकान खोल सकता।

''बारीन से अक्सर मुलाकात होती है। वह कहता है कि अब वह उधर कभी नहीं जाएगा। उतनी भीषण सख्ती में उसकी आत्मा पिंजड़े को छोड़कर नहीं निकल गई, यह बड़े सौभाग्य की बात है। लेकिन तुम्हारी 'मदर' के बारे में उसके दिल में गहरी भक्ति है। कहता, उस प्रकार की अद्भुत व्यक्ति देखने में नहीं आती। कहता है कि उनकी सूक्ष्म दृष्टि एक

---

1. 4 कार्तिक, 1338 (21 अक्तूबर, 1931 ई.)

अद्‌भुत वस्तु है। जितनी काम करने की शक्ति है, जितना अनुशासन है, बुद्धि भी उतनी ही प्रखर है। प्रत्येक व्यक्ति का प्रत्येक मामला उनकी नज़रों के सामने रहता है। उनके आदेश और उपदेश के अतिरिक्त वहाँ कुछ भी नहीं हो सकता। इसलिए जो लोग बाहर से अचानक जाते हैं, वे उनके संबंध में तरह-तरह की उलटी-सीधी धारणाएँ लेकर लौटते हैं।..."

निष्कृति के अनुवाद को लेकर उनके मन में बड़ी आशाएँ पैदा हो गई थीं—*निष्कृति* के फ्रांसीसी अनुवाद की कल्पना भी तुम्हारे मन में है। मुझे तो विश्वास नहीं होता, पर श्री अरविन्द के आशीर्वाद से अघटित भी घट सकता है।"

दिलीप कुमार ने अनुवाद किया है और श्री अरविन्द ने उसे देखा है, यह जानकर और भी बहुत-से लोग इसके प्रकाशन में रुचि लेने लगे। एक अमरीकन महिला जो कभी *एशिया* पत्रिका की सम्पादिका रही थीं और अब जिन्होंने एक बंगाली भद्रलोक से विवाह कर लिया था, उस अनुवाद को अमरीका में प्रकाशित करने के लिए उत्सुक हो उठीं। लेकिन शरत् बाबू का अब भी यही विचार था कि *निष्कृति* के स्थान पर *श्रीकान्त* का अनुवाद होना चाहिए था, होना चाहिए। उस देश में *निष्कृति* किस गुण के आधार पर आदर पा सकती है? बार-बार उन्होंने दिलीप कुमार को लिखा...'तुम *श्रीकान्त* का अनुवाद करते हुए झिझकते क्यों हो? अगर होगा तो तुम्हारे द्वारा ही होगा...।"[1]

"...इस बार तुम *श्रीकान्त* लो। जीते जी उसका अनुवाद देख जाना चाहता हूँ...।"[2]

लेकिन उनकी यह कामना पूरी नहीं हो सकी। दिलीप कुमार *श्रीकान्त* का अनुवाद नहीं कर सके। कुछ दूसरे लोगों ने प्रयत्न किया, पर व्यर्थ ही प्रमाणित हुआ।

अपवादों ने अभी भी उनका पीछा नहीं छोड़ा था। इसी समय एक अपवाद उठा कि उन्हें नोबेल पुरस्कार मिलने वाला है। दिलीप कुमार राय था तथा उनके अन्य शुभाकांक्षियों ने कविगुरु रवीन्द्रनाथ से उनके नाम का प्रस्ताव करने के लिए प्रार्थना की है, पर किसी अज्ञात कारण से कवि ऐसा नहीं कर सके।

बात वास्तव में यह थी कि डॉ. कानाई गांगुली और दिलीप कुमार राय के विशेष आग्रह पर शरत्चन्द्र योरोप की यात्रा करने के लिए तैयार हो गये थे। उसी को लेकर *आनन्द बाज़ार* पत्रिका ने उड़ा दिया कि शरत् बाबू नोबेल पुरस्कार के लिए प्रयत्न करने योरोप जा रहे हैं।

यह सब आपसी ईर्ष्या और द्वेष का परिणाम था। राजनीति में उन दिनों शरत्चन्द्र सत्याग्रह और चर्खे के विरुद्ध थे। इसी कारण दूसरे दल के लोग नाना प्रकार के अपवाद प्रचारित करते-रहते थे। कभी-कभी तो वे हास्यास्पद स्तर पर उतर आते थे। किसी अभिनेता का नाम भी शरत्चन्द्र चट्टोपाध्याय था। कुछ दिन पूर्व *शनिवारेर चिठि* में नटराज की वेशभूषा में उसका एक चित्र छपा था। उसके नीचे केवल इतना लिखा था, "शरत्चन्द्र चट्टोपाध्याय।"[3]

लेकिन ये अपवाद उनके सन्तुलन को ज़रा भी डिगा नहीं पाते थे। आक्रमण जितना तीव्र होता उतने ही वे निर्भीक होते। इसी समय उन्होंने एक नया उपन्यास लिखना शुरू किया

---

1. 6 ज्येष्ठ, 1342 (21 मई, 1935 ई.) 2. 7 चैत्र, 1341 (21 मार्च, 1935 ई.) 3. क्या यह आश्चर्यजनक बात नहीं है कि श्मशान में भी एक अन्य शरत्चन्द्र उनके सामने सोये हुए हैं?

था। उसका नाम था *अनागत*। *आनन्द बाज़ार* पत्रिका ने उनकी पगड़ी उछाली थी, परन्तु उसके एक सम्पादक प्रफुल्लकुमार सरकार का भी इसी नाम का एक उपन्यास था। उनका यह भय स्वाभाविक ही था कि शरत्चन्द्र के उपन्यास के सामने उनके उपन्यास को कोई नहीं पूछेगा। उन्होंने डरते-डरते श्री अविनाशचन्द्र घोषाल के माध्यम से शरत् बाबू से अपने उपन्यास का नाम बदल देने की प्रार्थना की। शरत् बाबू तुरन्त तैयार हो गये। उसका दूसरा परिच्छेद *आगामी कल* के नाम से छपा। यह दूसरी बात है कि वह उपन्यास उनके असमाप्त उपन्यासों में एक संख्या और बढ़ाकर ही रह गया।

यूरोप जाने की बात काफ़ी आगे बढ़ गई थी। यह समाचार पाकर लन्दन में एक अभ्यर्थना समिति का गठन करने का निर्णय किया गया था और चेष्टा की जा रही थी कि सर्वश्री बर्नार्ड शा, एच.जी. वेल्स और आल्डुअस हक्सले उसमें आ सकें, परन्तु स्वास्थ्य खराब हो जाने के कारण शरत् बाबू ने जाने का विचार ही स्थगित कर दिया।

24

गाँव में रहते हुए शरत् बाबू को काफ़ी वर्ष बीत गये थे। उस जीवन का अपना आनन्द था। लेकिन असुविधाएँ भी कम नहीं थीं। बार-बार फौज़दारी और दीवानी मुकदमों में उलझना पड़ता था। गाँव वालों की समस्याएँ सुलझाते-सुलझाते वे परेशान हो उठते थे। तब मन होता था कि वहाँ से भाग चलें।

बार-बार उन्हें कलकत्ता जाना पड़ता था। उनकी सभी पुस्तकें वहीं से प्रकाशित हो रही थीं। सभा-सोसाइटियों के निमन्त्रण भी कम नहीं आते थे, लेकिन वहाँ तक पहुँचने में उन्हें बड़ी असुविधा होती थी। स्टेशन लगभग दो मील दूर था और रास्ता था नितान्त कच्चा। वर्षा ऋतु में वहाँ दलदल उफन उठती थी। उसकी चर्चा करते हुए एक बार उन्होंने अपनी सहज शैली में लिखा था, ''वर्षा के दिनों में स्टेशन की ओर जाने वाला जो एकमात्र पथ है, उससे यात्रा करने की कल्पना से ही डर लगता है। पालकी वाले डरते हैं कि कहीं पाँव फिसल जाने पर बाँध से एकदम नीचे नहर में ही डूबना होगा। अच्छी जगह आ पड़ा हूँ। यहाँ के लोगों को एक सुविधा है, वर्षा ऋतु में उनके पैरों में खुर उग आते हैं, इसी से वे खट-खट करते चले जाते हैं। फिसलने का डर नहीं रहता। मेरे अभी तक खुर नहीं उगे हैं, लेकिन यह भरोसा है कि दो-एक वर्ष और रहने पर उग आएँगे। असम्भव कुछ नहीं है, किन्तु मैं कहता हूँ, मुझे खुरों से क्या लेना ? मैं जहाँ था वहीं वापस लौट जाऊँगा।''[1]

उनका मन जैसे अब वहाँ नहीं रहा था। स्वास्थ्य उनका कभी भी अच्छा नहीं रहा। आयु के बढ़ने के साथ-साथ विकार बढ़ता ही गया। इन नाना कारणों से उन्होंने निश्चय किया कि वे शहर में भी एक मकान बनायेंगे। हिरण्मयी देवी बराबर यही अनुरोध करती आ रही थीं, लेकिन मकान के लिए तो रुपयों की आवश्यकता होती है। उन्होंने लिखने की ओर मन देने का प्रयत्न किया। प्रकाशकों से भी रुपयों की मांग की। एक पत्र में उन्होंने लिखा—

---

1. लेखक ने मार्च, 1973 ई. में इस स्थान को देखा तो खुरों की आवश्यकता तब भी थी।

"मेरा कलकत्ता का मकान बन चुका है। इस समय मुझे यदि आप पाँच हज़ार रुपये दें तो चिन्ता दूर हो। जो तीन पुस्तकें समाप्त होने को हैं, आशा करता हूँ, उनसे एक साल में ही यह कर्ज चुकता हो जाएगा। मकान का तखमीना चौदह हज़ार रुपये का था। जिन लोगों से बातचीत की थी, उनसे तय था कि आधे रुपये इस साल दूँगा और बाकी आधे अगले साल। पर घटनाचक्र से खर्च बढ़ गया और तीन हज़ार रुपये ज़्यादा लग गये। नहीं तो रुपयों की ज़रूरत नहीं होती। कर्ज़ बिना लिए भुगतान कर देता। यहाँ गाँव के मकान पर सोलह-सत्रह हज़ार रुपये खर्च कर चुका हूँ। कलकता में मकान पर भी जान पड़ता है तीस हज़ार रुपये खर्च होंगे।"[1]

उनकी आय अच्छी-खासी थी, फिर यह कर्ज़ पर कर्ज़ क्यों? उनका स्वभाव था कि आवश्यक हो या अनावश्यक बाज़ार जाकर कुछ-न-कुछ खरीदारी करेंगे ही। एक रुपये की आवश्यक वस्तु लेते तो पच्चीस रुपये की अनावश्यक वस्तुएँ भी खरीद लेते। कोई कहता, "दादा, इनकी तो दरकार नहीं थी! क्यों खरीद रहे हैं?"

उत्तर मिलता, "अरे, तुम समझते नहीं, फिर भी तो कभी दरकार हो सकती है।"

उस दिन एक सिगरेट केस देखा। सचमुच सुन्दर था। ले लिया। साथ में जो मित्र थे उन्होंने पूछा, "दादा, आप तो हुक्का या पाइप पीते हैं। बेकार यह सिगरेट केस क्यों ले लिया?"

उत्तर दिया, "तुम समझोगे नहीं जी! कितना सुन्दर डिज़ाइन है! चीज़ बनी रहेगी। हो सकता है कभी सिगरेट पीना शुरू कर दूँ।"

इसी तरह सुन्दर नोटबुक, खूबसूरत विलायती मनीबैग, कांच की प्यारी-सी दवात, न जाने क्या-क्या खरीद लेते। पैसे जमा करने से जैसे नफरत थी। गम्भीर होकर अक्सर कहते, "छोड़ो, जीवन-भर धन के लिए कष्ट उठाया। अब मरते वक्त भगवान ने वह चीज़ मुझे दी है। अब मुझे इसकी आवश्यकता क्या है?"

उन्होंने मॉरिस गाड़ी भी खरीद ली थी। मित्रों की सहायता करने के लिए वे सदा तत्पर रहते ही थे। बाज़ार में सात रुपये की चीज़ खरीदते और दुकानदार को दस का नोट दे देते। शेष लौटाने की चिन्ता उन्हें कभी नहीं रहती। याद दिलाने पर कहते, "छोड़ो भी, शायद भूल गया होगा, दे देगा।"

दवाएँ तक थोक में खरीद लेते। सरदर्द की दवा सोने के कमरे की तिपाई पर एक शीशी, बरामदे की मेज़ पर दूसरी शीशी, शौचालय के कार्निस पर तीसरी शीशी और नीचे की तिपाई पर एक शीशी, और नीचे की बैठक में चौथी शीशी। ऐसी बातों का कोई अन्त नहीं था। और पैसा इसी तरह मुक्त होकर बहता रहता था।

चार महीने बाद आखिर कलकत्ते का यह मकान भी बनकर तैयार हो गया। जिस समय उन्होंने इस मकान में प्रवेश[2] किया, उस समय अनेक गण्यमान्य अतिथियों के बीच में कविगुरु रवीन्द्रनाथ भी उपस्थित थे। मात्र उपस्थित ही नहीं थे, इस अवसर पर उन्होंने अपनी दो कविताएँ भी पढ़ी थीं। कैसी मादक स्तब्धता छा गई होगी उस वातावरण में, जब कविगुरु के गहन-गम्भीर स्वर में यह कविता गूँजी होगी—

---

1. 28 मार्च, 1934 ई. 2. जुलाई, 1934 ई.

यदि ओ संध्या आसिछे मन्द मन्थरे
सब संगीत गेछे इंगिते थामिया।
यदि ओ संगी नाहि अनन्त अम्बरे,
यदि ओ क्लान्ति आसिछे अंगे नामिया।
महा आशंका जपिछे मौन मन्तरे,
दिग-दिगन्त अवगुण्ठने ढाका।
तबु बिहंग, ओरे बिहंग मोर
एखनि अन्ध, बन्ध कोरो ना पाखा।

इस मकान के बन जाने से उन्हें बहुत सुविधा हो गई। अब उनका इलाज आसानी से हो सकता था। जो लोग इतनी दूर गाँव में उनसे मिलने-जुलने जाते थे वे भी उस परिश्रम से बच गये। नये-नये लेखक मन में अजस्र भक्ति और श्रद्धा लिए उनके पास आते और उनकी प्रत्येक गतिविधि का सूक्ष्मता से निरीक्षण करते। देखते कि शरत्चन्द्र बैठक में आरामकुर्सी पर बैठे हुए हैं। दोनों तरफ़ छोटी-छोटी मेज़ें हैं। उन पर एक जैसी सामग्री सजी हुई है। ब्लाटिंग पेपर, सुन्दर पैड, बहुमूल्य फाउंटेन पेन, पेंसिलें। जिस तरफ़ उनका मन होता है उसी तरफ़ से सामान लेकर लिखना शुरू कर देते हैं। रुपयों की गड्डीनुमा एक डिबिया में अफ़ीम रहती है, पर वह एक ही है। लम्बी सटक की मुँह नाल उनके हाथ में रहती। जब चिलम बुझ जाती तो नौकर को आवाज़ देते, ''वृन्दावन!''

पुराने मित्रों का आना भी बढ़ गया था। मिलने-जुलने और अड्डा जमाने की यह आदत जीवन-भर बनी रही। वही खाना-पीना और गपशप। समय किधर से आकर किधर चला जाता था किसी को पता ही नहीं लगता था। उस दिन ऐसे ही सवेरे से रात हो गई, हरिदास बाबू थे, दिलीप कुमार थे, और भी अनेक लेखक थे। सहसा हरिदास बोल उठे, ''रात बहुत हो गई है, अब चलो। नहीं तो शरत् दा नौकर से वसीयतनामा लाने को कहेंगे।''

शरत् बाबू ने हँसकर पूछा, ''वसीयतनामा क्यों?''

हरिदास बोले, ''आपकी ही तरह एक भला ब्राह्मण था। सरस्वती पूजा के दिन उसने अनेक व्यक्तियों को आमन्त्रित किया। खाना-पीना हुआ पर कोई जाने का नाम ही नहीं ले रहा था। तब उसने नौकर को पुकारकर कहा, 'देखो, यह चाबी लो और लोहे का संदूक खोलकर पिताजी का वसीयतनामा ले आओ।'

''बेचारे मेहमान अवाक्। नौकर ने अचकचाकर कहा, 'वसीयतनामा?'

''गृहस्वामी बोले, 'हाँ, हाँ, देखना है कि बाबा ने यह मकान मुझको दिया है या इन सबको।' ''

उसके बाद जो प्राणों को उन्मुक्त कर देने वाला अट्टहास उठा उसकी कल्पना ही की जा सकती है।

प्रसिद्ध भाषाविद् सुनीति कुमार चटर्जी शरत् बाबू से परिचित तो हो चुके थे, लेकिन गाँव

में उनका जाना नहीं हो पाता था। सभा-समितियों में ही मिल पाते थे, लेकिन अब शरत् बाबू का मकान उनके पास ही बन गया था। अक्सर आ जाते थे। एक दिन ऐसी ही एक भेंट में शरत् बाबू ने उनके सामने एक ऐसी मनोवैज्ञानिक समस्या रखी जिसका समाधान ढूँढ पाना आसान नहीं था। शरत् बाबू ने पूछा, ''अच्छा बताओ तो सुनीति, तुम्हारा क्या ख़याल है? प्रबल कौन है—संस्कार जो हम अपने पूर्वजों और सामाजिक वातावरण से ग्रहण करते हैं अथवा मनुष्य की मूल प्रकृति?''

सुनीति बाबू सहसा कुछ उत्तर नहीं दे पाए। बोले, ''आपके मन में यह प्रश्न कैसे उठा?''

शरत् बाबू ने उत्तर दिया, ''तुम्हें देखकर न जाने क्यों मुझे बर्मा की एक घटना याद हो आई! सुनाता हूँ। शायद मेरे प्रश्न को समझने में तुम्हें सुविधा होगी। रंगून में रहते हुए मुझे कई वर्ष बीत चुके थे। एक दिन एक परिचित बंगाली सज्जन मेरे पास आए और बोले, 'शरत् बाबू, मेरे एक परिचित ब्राह्मण का लड़का चटगाँव से यहाँ आया है। नौकरी की तलाश है। आप उसके लिए कुछ व्यवस्था कर सकें तो अच्छा हो।'

''मेरे एक मित्र का सागवान की लकड़ी का काफ़ी बड़ा व्यापार था। उन्हीं के यहाँ उसे किरानी के रूप में रखवा दिया, लेकिन कुछ महीने बाद अचानक उससे भेंट हुई, तो उसका रूप कुछ और ही था। शरीर पर धोती, कमीज़ और चप्पल नहीं थी। बस एक रामनामधारी चादर थी और थी सिर पर लम्बी-चौड़ी चुटिया, ललाट पर चन्दन। पक्का पुरोहित बना हुआ था। मुझे देखकर उसने नमस्कार किया। मैंने पूछा, यह क्या भाई, पुरोहिती शुरू कर दी है क्या?''

''उसने बड़े विनीत भाव से उत्तर दिया, 'क्या करता जी, वहाँ जो कुछ मिलता था, उससे गुज़ारा नहीं होता था। सोचा, यहाँ बहुत-से बंगाली हिन्दू रहते हैं, पूजा-पाठ के लिए उन्हें ब्राह्मण की ज़रूरत होती ही है और मैं ब्राह्मण का लड़का हूँ, क्यों न पुरोहित का काम ही शुरू कर दूँ। आपके आशीर्वाद से नौकरी से अधिक कमा लेता हूँ।'

''इसके बाद फिर कई वर्ष बीत गये। मैं जैसे उसको भूल ही गया, लेकिन अचानक एक बार मुझे उत्तरी बर्मा के मेमेयो नगर में जाना पड़ा। यह पहाड़ी प्रदेश बहुत सुन्दर है। एक दिन एक सार्वजनिक उद्यान में अकेला टहल रहा था कि सहसा कानों में आवाज़ आई, 'शरत् बाबू! ओ शरत् बाबू!' मैं घूमकर देखता हूँ, यहाँ कोई परिचित व्यक्ति नहीं है। बस एक मुसलमान मेरी ओर बढ़ा चला आ रहा है। पास आकर उसने कहा, 'मुझे पहचान नहीं पा रहे हो क्या?'

''मैंने उत्तर दिया, ''हाँ भाई, तुमसे कभी मिला हूँ, ऐसा याद नहीं आता।''

''सुनकर वह हँस पड़ा और बोला, 'मैं वही चक्रवर्ती ब्राह्मण हूँ, जिसे आपने लकड़ी गोदाम में नौकरी दिलाई थी।'

''मैंने अब ध्यान से उसकी ओर देखा। बोला, 'लेकिन तुमने यह रूप क्यों धारण किया है?'

''उसने उत्तर दिया, 'मैंने अब मुस्लिम धर्म अपना लिया है। क्या करता शरत् बाबू?

पुरोहित का काम तो शुरू किया था, लेकिन कुछ ही समय बाद आमदनी कम हो गई। अंग्रेज़ी जानता नहीं था, इसलिए अच्छी नौकरी भी नहीं मिल सकी। यहाँ मेमेयो में आने पर कई बंगाली मुसलमानों से परिचय हुआ। उन्हीं में से एक ने मुझे अपने घर में आश्रय दिया। वह मांस का व्यापार करता था और व्यापार में उसे काफ़ी लाभ था। धीरे-धीरे मैं उसी के साथ काम करने लगा और एक दिन मैंने धर्म-परिवर्तन भी कर लिया। अचानक वह व्यक्ति बीमार होकर मर गया। उसके कुछ दिन बाद उसकी बीवी ने मेरे साथ शादी कर ली। उसका सारा कारबार, धन-सम्पत्ति मेरी हो गई। मैं धनवान हो गया।'

''मैं बड़े आश्चर्य से उसकी कहानी सुन रहा था, पूछ बैठा, किन-किन जानवरों का मांस बेचते हो ?''

''सहज भाव से उसने उत्तर दिया, 'यही भेड़, बकरी और गाय का। सभी जाति के लोग आते हैं। सभी का ध्यान हमें रखना पड़ता है।'

''मैंने फिर पूछा, और जानवरों को काटता कौन है ?''

''उसने उत्तर दिया, 'पहले तो दूसरे लोग काटते थे। उन्हें पैसा देना पड़ता था। वह पैसा बचाने के लिए धीरे-धीरे मैंने यह काम करना शुरू कर दिया। केवल गाय काटते समय कुछ आदमियों की सहायता लेनी पड़ती है।'

''सुनकर मैं हतप्रभ रह गया। वह ब्राह्मण का लड़का था। उसके रक्त में ब्राह्मण की संस्कृति थी। फिर यह सब कैसे हो गया ? शिक्षा, सामाजिक वातावरण और पूर्वजों से जो संस्कार हम ग्रहण करते हैं, वे क्या हमारे ऊपर केवल एक पतली चादर की तरह फैले रहते हैं कि जब मन में आया उतारकर फेंक दिया ?''

यह कहकर शरत् बाबू ने पूछा, ''अब तो तुम मेरा प्रश्न समझ गये न ? क्या विचार है तुम्हारा ?''

सुनिति बाबू ने उत्तर दिया, ''इसका कोई और पहलू भी तो हो सकता है। ऐसे लोग भी तो हो सकते हैं, जो प्राण दे देंगे पर जीवहत्या नहीं करेंगे। कैसी भी बाधा आने पर अपनी संस्कृति को नहीं छोड़ेंगे। वास्तव में यह इस बात पर निर्भर करता है कि कोई व्यक्ति अपने संस्कारों को किस मात्रा में ग्रहण करता है। लेकिन आप भी तो बताइये, आप किस निष्कर्ष पर पहुँचे थे ?''

''मैं भी किसी निष्कर्ष पर नहीं पहुँच सका था। मनुष्य की प्रवृत्ति पर बहुत कुछ निर्भर करता है, लेकिन मेरे मन में यह बात अवश्य आती है कि संस्कार ऊपरी वस्तु है। संकट का सामना होने पर मनुष्य अपने वास्तविक स्वरूप में प्रकट हो जाता है।''

इस प्रकार शरत् बाबू मित्र-गोष्ठियों में समस्याएँ भी उठाते थे और उनका समाधान भी खोजते थे। केवल गप्प ही नहीं हाँकते थे। यही समस्याएँ उनके उपन्यासों में नाना रूपों में प्रकट होती थीं।

'विलासी' गल्प में उन्होंने लिखा है—

"एक अच्छे घराने के कायस्थ पुत्र को कसाई की लड़की के साथ विवाह करके कसाई होते भी मैंने देखा है। आज वह अपने हाथ से गाय काटकर बेचता है। उसे देखकर किसकी ताकत है जो कहे कि वह किसी समय कसाई के सिवा और भी कुछ था।"

केवल गोष्ठियों में ही नहीं, अधिकारी जनों के सामने भी अपनी समस्याएँ रखते थे। उनकी एक समस्या इसी प्रकार महात्मा गाँधी तक पहुँच गई थी। अपने एक पत्र[1] में प्रवर्तक संघ के मति बाबू से उन्होंने पूछा था, "आचार्य लोग कह गये हैं कि कला-साधना का मूलसूत्र सत्य, शिव एवं सुन्दर है। अर्थात् साधना सत्य के ऊपर प्रतिष्ठित है, सुन्दर के ऊपर प्रतिष्ठित है और उसका फल होता है कल्याण। लेकिन जो वैज्ञानिक हैं—(तत्त्वज्ञानी नहीं, साधारण अर्थों में वैज्ञानिक) उनका एकमात्र मन्त्र है 'सत्य'। साधना का फल सुन्दर-असुन्दर, कल्याण-अकल्याण कैसा भी हो, उन्हें कोई गरज नहीं। हो तो अच्छा, न हो तो कोई अपराध नहीं।

"बहुत दिन से साहित्य-सेवा का व्रती होने के कारण मैंने निरन्तर अनुभव किया है कि सत्य एवं सुन्दर में पद-पद पर विरोध होता है। जगत् में जो घटनाएँ सत्य हैं, हो सकता है साहित्य में वे सुन्दर न हों, एवं जो सुन्दर हैं वे साहित्य में सर्वथा मिथ्या हो सकती हैं। जिसको मैं सत्य कहकर जानता हूँ, उसको रूप देने पर देखता हूँ कि वह वीभत्स हो उठा है। असत्य का वर्जन करने पर भी उसका सुन्दर रूप नहीं दिखाई देता। इसी प्रकार मंगल और अमंगल की बात है...। मैं जानना चाहता हूँ कि सत्य यदि सुन्दर का परिपन्थी है, कल्याण-अकल्याण का प्रश्न गौण हो जाता है, तो साहित्य-साधना में इस समस्या की मीमांसा किस मार्ग से हो सकती है ?"

मति बाबू के संबंध गाँधीजी से काफ़ी घनिष्ठ थे। उन्होंने शरत् बाबू के प्रश्न का स्वयं कोई उत्तर नहीं दिया। उनकी चिट्ठी गाँधीजी को भेज दी।

गाँधीजी ने इस पत्र[2] का उत्तर देते हुए लिखा—

"जहाँ तक शरत् बाबू के पत्र का संबंध है, हमेशा यह राय रही है कि वास्तविक सौंदर्य और सत्य में कोई विरोध नहीं है। इसलिए सत्य सर्वदा सुन्दर है। इसलिये मेरी राय में सत्य ही सम्पूर्ण कला है। सत्यविहीन कला-कला नहीं है और सत्यविहीन सौन्दर्य एकदम कुरूपता है। इस संसार में बहुत-सी कुरूप वस्तुएँ सुन्दर मान ली जाती हैं, यह भी सत्य है। यह इसीलिए होता है क्योंकि हम हमेशा सत्य को महत्त्व नहीं देते।"

लिखना कम हो गया था, लेकिन चिन्तन से उन्हें मुक्ति नहीं मिली थी। अनेक प्रश्न उन्हें घेरे रहते थे। उन दिनों यह प्रश्न बहुत तेज़ी से उभर रहा था कि क्यों कहानी-उपन्यास ही अधिक लिखे जाते हैं ? ज्ञान-विज्ञान को लेकर दूसरा साहित्य क्यों प्रकाशित नहीं होता ? कोन्नगर पाठक चक्र की बैठक के अध्यक्ष पद से भाषण देते हुए उन्होंने स्वयं इस समस्या का समाधान करने की चेष्टा की है।[3] उन्होंने कहा, "कहानी-उपन्यास लिखने वालों के विरुद्ध अभियोग करने से क्या होगा ? धन के अभाव में कितनी बड़ी-बड़ी प्रतिभाएँ नष्ट हो जाती हैं, इसकी खबर कौन रखता है ? जवानी में मेरी एक कल्पना थी। आशा की थी कि 'द्वादश मूल्य' नाम देकर एक पुस्तकमाला तैयार करूँगा। जैसे, सत्य क़ा मूल्य, मिथ्या का मूल्य, दुख

1. 17 आश्विन, 1341 (अक्तूबर, 1934 ई.) 2. 12 नवम्बर, 1934 ई. 3. सितम्बर, 1935 ई.

का मूल्य, नर का मूल्य, नारी का मूल्य, इसी तरह के मूल्यों का विचार उसमें होगा। उसी की भूमिका स्वरूप मैंने *नारी का मूल्य* लिखा था। वह बहुत दिन तक अप्रकाशित पड़ा रहा। बाद में *यमुना* पत्रिका में प्रकाशित अवश्य हुआ, किन्तु फिर वे 'द्वादश मूल्य' नहीं लिख सका। उसका कारण धन का अभाव ही था। मेरी ज़मींदारी नहीं है। रुपये नहीं थे। यहाँ तक कि उन दिनों दो बेला भोजन पाने के लिए भी पैसे नहीं थे। प्रकाशकों ने उपदेश दिया—यह सब नहीं चलेगा। तुम इसकी अपेक्षा किसी तरह जोड़-जाड़कर दो-चार कहानियाँ लिख दो। उनकी हज़ार कॉपियाँ बिक जाएँगी।...हमारी जाति की विशेषता कहिए या दुर्भाग्य ही कहिए, पुस्तक खरीदकर हम लेखक की सहायता नहीं करते। जो धनी हैं, खरीद सकते हैं, वे भी नहीं खरीदते। बल्कि अभियोग करते हैं कि कहानी-उपन्यास लिखकर क्या होगा? अथच आज अन्त:पुर में जो थोड़ा-बहुत स्त्री-शिक्षा का प्रचार हुआ है, वह इन कहानी-उपन्यासों के द्वारा...। हमारे बड़े लोग यदि कम-से-कम सामाजिक कर्तव्य समझकर भी पुस्तकें खरीदें, अर्थात् जिससे देश के लेखकों की सहायता हो, ऐसी चेष्टा करें तो उससे साहित्य की उन्नति भी होगी। लेखक लोग उत्साह पाकर पेट भर खाने को पावेंगे और उन्हें खुद तरह-तरह की पुस्तकें पढ़ने का अवसर मिलेगा। इसके फलस्वरूप उनके ज्ञान की वृद्धि होगी। तभी तो वे ज्ञानगर्भ पुस्तकें लिख सकेंगे।''

उनके पास आने वाले साहित्यिकों में तरुणों की संख्या काफ़ी रहती थी। वे उनको प्यार भी खूब करते थे। बंगीय साहित्य परिषद् ने अभी तक उनको अपना सदस्य नहीं बनाया था। जब-जब भी उन्हें विशिष्ट सदस्य बनाने का प्रश्न उठता, तब-तब ही प्राचीन दल वाले उस प्रस्ताव का घोर विरोध करते। उन्होंने उन्हें दुर्नीति मूलक साहित्य की रचना करने वाला घोषित कर दिया था। ऐसे व्यक्ति को परिषद् का सभ्य कैसे चुना जा सकता है? लेकिन तरुणों ने हर युग में विद्रोह किया है। उस दिन भी उन्होंने विद्रोह कर दिया और उनको परिषद् का विशिष्ट सभ्य निर्वाचित कराकर ही रहे।

गृह प्रवेश के दो महीने बाद उनका जन्मदिन आया। उस दिन गौरीनाथ मुकर्जी के घर पर विशेष अनुष्ठान किया गया। एक उपहार पुस्तिका उन्हें भेंट की गई और प्रशस्ति उच्चारण किया स्वयं आचार्य प्रफुल्लचन्द्र राय ने।

यद्यपि कलकत्ता में रहने में अनेक सुविधाएँ थीं, लेकिन ऐसा लगता है वह भी उन्हें पूरी तरह बाँध नहीं सका। बहुत जल्दी वे नागरिक जीवन से भी ऊब गये। इसीलिए अवसर पाते ही वे गाँव चले जाते थे। जैसे वह घर उनको पुकारता रहता हो। जैसे एकान्तप्रियता और अपने में खो जाने की प्रवृत्ति उन्हें यहाँ से धकेलती रहती हो। बारीन्द्र कुमार घोष को लिखे एक पत्र से उनकी यह मन:स्थिति प्रकट होती है—''देश का घर छोड़कर मैं कभी शहर में आ बसूंगा अर्थात् गाँव वासी होने के बदले नागरिक बनूँगा, यह काम तुम्हारे विवाह के समान ही है। (बारीन्द्र कुमार ने 53 वर्ष की आयु में कई बच्चों की माँ, एक विधवा से विवाह किया था। उसी ओर शरत् बाबू का इशारा है।) मैं उसके लिए आसानी से तैयार नहीं हो सकता। चाहे मुझे कितना ही उत्साहित किया जाए। यहाँ रोज़ दाढ़ी बनानी पड़ती है। यह कितनी बड़ी यंत्रणा का व्यापार है! मैं सोच भी नहीं सकता।

"बहुत दिनों से तुमसे भेंट नहीं हुई। किसी दिन दोपहर को आओ। उस समय भीड़ कुछ कम होती है। चार-पाँच दिन और यहाँ हूँ। उसके बाद भाग जाऊँगा और बहुत दिनों तक नहीं लौटूँगा।"[1]

उनके जीवन के ये अन्तिम तीन-साढ़े तीन वर्ष कलकत्ता और सामताबेड़ के बीच भागते-दौड़ते ही गुज़रे। उनका जन्मदिन प्रति वर्ष मनाया जाता था, पर इस वर्ष उसका महत्त्व और भी बढ़ गया। उनके जीवन के साठ वर्ष पूरे हो रहे थे। इसीलिए स्वयं गुरुदेव उत्सुक थे। उन्होंने शरत् बाबू को लिखा,[2] "अगले रविवार को तुम्हारी प्रौढ़ आयु के आरम्भ होने के उपलक्ष्य में तुम्हारा अभिनन्दन करने का संकल्प किया है। उस दिन आशुतोष कॉलेज भवानीपुर के हाल में एक नाट्यगीत का अभिनय करने का आयोजन है। वहीं तुम्हारा सम्मान होगा। और कहीं, और किसी समय ऐसा करना सम्भव नहीं हुआ।

"मैं कल बृहस्पतिवार दोपहर बाद कलकत्ता पहुँचूँगा। तब यदि तुम्हारी सम्मति मिल गई तो बात पक्की कर दूँगा।"

उनकी षष्टिपूर्ति पर 'रविवासर' का विशेष उत्सव गौरीपुर दमदम में श्री सुशील मुखोपाध्याय की वाटिका 'अलका' में सम्पन्न हो चुका था[3]। कविगुरु उसमें नहीं आ सके थे, इसीलिए उन्होंने यह विशेष उत्सव आयोजित करने का प्रस्ताव किया। उनके जन्मदिन के दो सप्ताह बाद यह सभा 'रविवासर' के तत्त्वावधान में 'प्रफुल्ल कानन' बेलियाघाट में हुई।[4] उस दिन नौ बजे से ही सदस्य आने लगे थे। कविगुरु जलपान के बाद साढ़े दस बजे पधारे। जलधर सेन ने उनका स्वागत किया। रवीन्द्रनाथ और शरत्चन्द्र, साहित्य के सूर्य और चन्द्र, साथ-साथ बैठे। उस आनन्द और उल्लास के बीच कवि ने अपना आशीर्वाद पढ़ा—

"कल्याणयेष शरत्चन्द्र, तुम जीवन के निर्दिष्ट पथ पर प्रायः दो बटा तीन उत्तीर्ण हो गये हो। इस उपलक्ष्य में तुमको अभिनंदित करने के लिए तुम्हारे बंधुओं ने यह आमन्त्रण सभा बुलाई है।

"वय बढ़ती है। आयु का क्षय होता है। उसको लेकर आनन्द मनाने का कोई कारण नहीं है। आनन्द इसलिए मानता हूँ क्योंकि देखता हूँ कि जीवन की परिणति के साथ-साथ जीवन के दान के परिमाण का क्षय नहीं है। तुम्हारे साहित्य-रस-सत्र का निमन्त्रण आज भी उन्मुक्त है। अकृपण दाक्षिण्य से भर उठा है तुम्हारा परिवेषण पात्र।[5] इसलिए जयध्वनि करने को तुम्हारे देशवासी तुम्हारे द्वार पर आये हैं।

"आज शरत्चन्द्र के अभिनन्दन का मूल्य यह है कि देश के लोग केवल उनके दान की मनोहारिता का भोग ही नहीं करते, उसकी अक्षयता को भी अनुभव करते हैं। जिस रचना में प्राण होते हैं, विरोध होने पर भी उसके यश का मूल्य उसके वास्तविक मूल्य को बढ़ा देता है। यह विरोधी काम जिनका है, वे दूसरे मार्ग के भक्त हैं। जैसे रावण राम का भयंकर भक्त है।

"ज्योतिषी असीम आकाश में डूबकर नाना रश्मियों के समूहों से निर्मित नाना जगतों का

---

1. 29 आषाढ़, 1341 (13-7-1934 ई.) 2. 1 अक्तूबर, 1936 ई. 3. 28 सितम्बर, 1936 ई. 4. 11 अक्तूबर, 1936 ई. 5. परोसने का बर्तन

आविष्कार करता है, जो अनेक कक्षाओं के मार्ग में बड़ी तेज़ी से उतर रहे हैं। शरत्चन्द्र की दृष्टि बंगाली हृदय के रहस्य में डूब गई। सुख में, दुख में, मिलन-विछोह में संगठित विचित्र शक्ति का उन्होंने इस प्रकार परिचय दिया है, जिससे बंगाली अपने को प्रत्यक्ष पहचान सके हैं...दूसरे लेखकों ने बहुतों की प्रशंसा पाई है, किन्तु सार्वजनिक हृदय का ऐसा आतिथ्य नहीं पाया। यह अद्‌भुत वस्तु नहीं है, यह प्यार है। अनायास ही जो प्रचुर सफलता उन्होंने पाई है, इससे वे मेरे ईर्ष्या-भाजन हो गये हैं।

"आज शरत्चन्द्र के अभिनन्दन का मूल्य यह है कि देश के लोग केवल उनके दान की मनोहारिता का भोग ही नहीं करते, उसकी अक्षयता को भी अनुभव करते हैं जिस रचना में प्राण होते हैं, विरोध होने पर भी उसके यश का मूल्य उसके वास्तविक मूल्य का बढ़ा देता है। यह विरोधी काम जिनका है, वे दूसरे मार्ग के भक्त हैं। जैसे रावण राम का भयंकर भक्त है।

"ज्योतिषी असीम आकाश में डूबकर नाना रश्मियों के समूहों से निर्मित नाना जगतों का आविष्कार करता है, जो अनेक कक्षाओं के मार्ग में बड़ी तेज़ी से उतर रहे हैं। शरत्चन्द्र की दृष्टि बंगाल हृदय के रहस्य में डूब गई। सुख में, दुख में, मिलन-विछोह में संगठित विचित्र शक्ति का उन्होंने इस प्रकार परिचय दिया है, जिससे बंगाली अपने को प्रत्यक्ष पहचान सके हैं...दूसरे लेखकों ने बहुतों की प्रशंसा पाई है, किन्तु सार्वजनिक हृदय का ऐसा आतिथ्य नहीं पाया। यह अद्‌भुत वस्तु नहीं है, यह प्यार है। अनायास ही जो प्रचुर सफलता उन्होंने पाई है, इससे वे मेरे ईर्ष्या-भाजन हो गये हैं।

"आज शरत्चन्द्र के अभिनन्दन में विशेष गर्व अनुभव करता यदि मैं उनको यह कह सकता कि तुम नितान्त मेरे द्वारा आविष्कृत हो। किन्तु उन्होंने किसी के हस्ताक्षरित परिचय-पत्र की अपेक्षा नहीं की। आज उनका अभिनन्दन देश के घर-घर में स्वत: ही उच्छ्‌वासित हुआ है।...उन्होंने बंगाली वेदना के केन्द्र में अपनी वाणी का स्पन्दन पैदा किया है। साहित्य में उपदेष्टा से स्रष्टा का आसन बहुत ऊँचा है। चिन्ताशक्ति का वितर्क नहीं, कल्पना शक्ति की पूर्ण दृष्टि ही साहित्य में शाश्वत मर्यादा के पद पर प्रतिष्ठित है। कवि के आसन से मैं विशेष रूप से उसी स्रष्टा, शरत्चन्द्र को माल्यार्पण करता हूँ। वे शतायु होकर बांग्ला साहित्य को समृद्ध करें! अपने पाठकों को मनुष्य को सत्य रूप में देखने की शिक्षा दें। अपने दोष-गुणों, अच्छे-बुरे के साथ मनुष्य को प्रकाशित करें। चमत्कारजनक, शिक्षाजनक किसी दृष्टान्त को नहीं, अपनी स्वच्छ-प्रांजल भाषा में मनुष्य की चिरन्तन अभिज्ञता को प्रतिष्ठित करें...।"

इस लिखित भाषण के बाद आलोचना के प्रसंग में कवि ने फिर कहा, "अपने बचपन में बंकिमचन्द्र के अभ्युदय में बांग्ला साहित्य में मैंने एक नये भाव का प्लावन देखा था। बंकिमचन्द्र भगीरथ के समान जिस नये साहित्य को लेकर आये, उसने बांग्ला देश के सर्वसाधारण के अन्तर को छुआ। उन्होंने उनको सादर अपना कहकर ग्रहण किया। केवल उस समय के तरुण और युवकों में ही नहीं, अन्त:पुर तक में बंकिम-साहित्य की नयी हवा प्रवेश कर गई थी। विरोधियों ने निन्दा और प्रतिवाद करने में कोई कसर नहीं रखी, क्योंकि बंकिम-साहित्य उस सबको लीलकर अपने को प्रतिष्ठित कर सका...। अपनी वृद्धावस्था में शरत्चन्द्र के अभ्युदय में मैंने फिर वही व्यापार देखा। शरत्चन्द्र कथा-साहित्य में एक ऐसी वस्तु लेकर आए जिसने बांग्ला देश के सर्व-साधारण के अन्तर को स्पर्श किया। उसके निगूढ़तम वेदना के स्तर पर आघात

किया। इसीलिए तो बांग्ला देश के सभी लोगों ने शरत्चन्द्र के साहित्य को अपना कहकर वरण किया। शरत्चन्द्र ने अपनी प्रतिभा के बल पर ही बांग्ला देश के हृदय को जीत लिया है। उन्हें किसी का प्रमाण-पत्र लेने की आवश्यकता नहीं पड़ी।''

उस दिन शरत् बाबू कवि के इस आशीर्वाद से बहुत प्रसन्न हुए। स्वीकार किया कि कवि ने अकृपण भाषा में दिल खोलकर मंगल कामनाएँ की हैं। उनके मन में अब किसी प्रकार का क्षोभ नहीं रह गया। इससे अधिक और प्रशंसा उन्हें मिलती भी क्या, और कवि भी इससे सुन्दर शब्द और कहाँ से लाते?

इस उत्सव से लगभग तीन माह पूर्व[1] रवीन्द्रनाथ 'रविवासर' की एक और सभा में आये थे। शरत्चन्द्र के लिए उस सभा का महत्त्व इसीलिए था कि वह उनके कलकत्ता वाले मकान पर हुई थी। कवि गिरिजा कुमार बसु और अपनी भतीजी के साथ शरत् बाबू स्वयं कवि को लेने गये थे। कवि के आग्रह पर उनके आने की सूचना पहले से ही प्रचारित नहीं की गई थी। जब वे आये तो सदस्यों में उत्साह की सीमा नहीं थी। स्वयं कवि भी अनेक परिचितों और तरुण साहित्यकारों को एक स्थान पर देखकर बहुत प्रसन्न हुए। एक दीर्घ भाषण में उन्होंने अपनी और अपने साहित्य की रचना प्रक्रिया की चर्चा की। *बलाका* से 'छवि' कविता का पाठ किया—''तूमि कि केवलि छवि शुधु पटे लिखा।''

उन्होंने 'रविवासर' में अधिनायक का पद भी ग्रहण करना स्वीकार किया।

शरत् ने मर्मस्पर्शी बातों द्वारा एक बार फिर कविगुरु में अपनी श्रद्धा प्रकट की। सभा रात में देर तक चलती रही, पर कवि चले गये। इन दिनों मान-अभिमान सब समाप्त हो गया था। दोनों एक-दूसरे के बहुत पास आ गये थे।

अगले वर्ष उनकी बासठवीं जन्म-जयन्ती जितने स्थानों पर मनाई गई, उतने स्थानों पर पहले कभी नहीं मनाई गई थी। इधर कई वर्षों से आकाशवाणी के कलकत्ता केन्द्र से 'शरत्-शर्वरी' नाम से एक आयोजन किया जाता था। इस वर्ष यह आयोजन[2] असामान्य सफलता के साथ सम्पन्न हुआ। इस अधिवेशन में उनके अनेक प्रशंसक और प्रियजन उपस्थित थे—नाटौर के महाराजा, कासिम बाज़ार के महाराजा, रायबहादुर जलधर सेन, रायबहादुर एन.के.सेन, सर्वश्री कालिदास राय, गिरिजा कुमार बसु, काज़ी नजरुल इस्लाम, वसन्त कुमार चट्टोपाध्याय, नरेन्द्र देव, मुकुन्दचन्द्र देव, हेमेन्द्र कुमार राय, अविनाशचन्द्र घोषाल और असमंजस मुखोपाध्याय इत्यादि। शरत्चन्द्र की कहानी 'सती' का नाट्य रूपान्तर प्रस्तुत किया गया जो अत्यन्त सफल रहा।

सभा में उपस्थित सभी व्यक्तियों ने अपने अन्तर्तम से उनके दीर्घ जीवन की कामना की, लेकिन हेमेन्द्र कुमार राय ने मानो भविष्य को पहचान लिया था। उन्होंने कहा, ''मैं मनुष्य शरत्चन्द्र के दीर्घ जीवन की कामना नहीं करता। मैं साहित्यिक शरत्चन्द्र के दीर्घ जीवन की कामना करता हूँ।''

इन कामनाओं का हृदयस्पर्शी भाषा में उत्तर देते हुए शरत्चन्द्र ने कहा, ''बासठवें वर्ष में

---

1. 19 जुलाई, 1936 ई. 2. 17 सितम्बर, 1937, शुक्रवार संध्या। (बेतार जगत्, 1-10-1937 ई.) 'बेतार जगत्' की रिपोर्ट असमंजस मुखोपाध्याय ने उद्धृत की है।

प्रवेश करते हुए अपनी जन्म-जयन्ती के उपलक्ष्य में सबसे आशीर्वाद चाहने से पहले रवीन्द्रनाथ को, जो रोगशय्या पर हैं, प्रणाम करता हूँ। इस संसार में साहित्य-साधना के लिए उनका आशीर्वाद केवल मेरी ही नहीं हर साहित्यकार की सम्पदा है। वही आशीर्वाद आज के दिन मैंने माँग लिया है। अपनी साहित्य-साधना के बारे में अपने मुँह से कुछ नहीं कहा जा सकता। केवल इतना ही कह सकता हूँ कि बहुत-से दुखों के बीच से होकर सह साधना धीरे-धीरे आगे बढ़ी है। किसी दिन यह नहीं सोचा था कि मैं साहित्यिक हो सकूँगा या किसी दिन मेरी कोई पुस्तक छपेगी। जो कुछ लिखा वह संकोच और द्विधा के कारण दूसरों के नाम से लिखा। उसका कोई मूल्य है, यह सोच भी नहीं सका। उसके बाद बहुत दिनों तक, जान पड़ता है पन्द्रह-सोलह साल तक, साहित्य-चर्चा के पास भी नहीं फटका। भूलकर भी मन में नहीं होता था कि किसी दिन लिखूँगा। उसके बाद नाना कारणों से फिर यह जीवन...। शायद यही मेरा सच्चा जीवन है। जान पड़ता है अन्ततः भगवान ने मेरे लिए यही जीवन निर्दिष्ट कर रखा था, इसलिए इच्छा न होने पर भी घूम-फिरकर फिर इसी के बीच में मुझे इकसठ वर्ष काटने पड़े। आप लोगों के बीच में बहुत दिन रहूँ या न रहूँ, यह बात आपको बीच-बीच में याद आयेगी कि वे कह गये थे, अनेक दुखों के बीच में उनकी साहित्य-साधना धीरे-धीरे बाधाओं को ठेलकर चलती रही थी।''

उन्होंने हेमेन्द्र कुमार राय के भाषण का समर्थन करते हुए यह भी कहा था कि दीर्घ जीवन की कामना तभी अच्छी है जब स्वास्थ्य और कर्म शक्ति अटूट हो। देश की सेवा करने की अपनी क्षमता हो। यदि ऐसा नहीं होता, यदि रोगी और पंगु होकर जीना पड़ता है तो वह जीवन किसी के लिए काम्य नहीं हो सकता, विशेषकर साहित्यिक के लिए तो कभी नहीं।

जैसे वे समझ गये थे कि अब उस पार से राजदूत निमन्त्रण लेकर आने ही वाला है, क्योंकि स्काटिश चर्च कॉलेज की बांग्ला साहित्य समिति के अभिनन्दन के उत्तर में वे बोले, ''शायद 31 भाद्र फिर नहीं आयेगा, इसलिए आना पड़ा। तुम्हारी पुकार की उपेक्षा नहीं कर सका। इकसठ वर्ष बीत गये। कुछ नहीं कर सका। नहीं जानता बासठवां कैसे बीतेगा। यदि 31 भाद्र का दिन फिर आया तो निश्चय ही तुम्हारे पास आऊँगा।''

एक और स्थान पर उन्होंने कहा, ''31 भाद्र प्रतिवर्ष बार-बार आएगा, किन्तु एक दिन मैं नहीं होऊँगा। उस दिन यह कथा किसी के मन में व्यथा के साथ याद आएगी, कोई दूसरे कामों में लगा होने से भूल जाएगा। आज इसीलिए कृतज्ञ चित्त से सबको याद करता हूँ। फिर यदि 31 भाद्र आएगा तो आपसे मिलना होगा, नहीं तो विदा।''

और सचमुच यह विदा थी, क्योंकि फिर 31 भाद्र तो आया, लेकिन वे नहीं रहे थे।

इससे लगभग एक वर्ष पूर्व[1] ढाका विश्वविद्यालय ने उन्हें डी.लिट्. की उपाधि प्रदान कर सम्मानित किया। उन्हीं के साथ सम्मानित किये गये थे आचार्य प्रफुल्लचन्द्र राय और सर यदुनाथ सरकार। सदा की तरह इस बार भी एक पक्ष ने मुक्त मन से उनका समर्थन किया तो दूसरे दल ने उतना ही प्रबल विरोध भी। लेकिन अन्ततः डॉ. रमेशचन्द्र मजूमदार विश्वविद्यालय के अधिकारियों को कायल करने में सफल हो गये। जब वे यह उपाधि ग्रहण करने के लिए

1. जुलाई, 1936 ई.

ढाका गये तो वहाँ उनका आतिथ्य करने की होड़-सी लग गई। मुस्लिम साहित्य सम्मेलन के दसवें वार्षिक अधिवेशन[1] की उन्होंने अध्यक्षता की। इसके अतिरिक्त विश्वविद्यालय की विभिन्न छात्र समितियाँ, कमरुन्निसा गर्ल्स कॉलेज, मिलन परिषद, शान्ति साहित्य सम्मेलन ने भी उनका अभिनन्दन किया। बारी-बारी वे अपने कई मित्रों के घर ठहरे। अध्यापक चारुचन्द्र बन्दोपाध्याय के घर पर बंकिम-साहित्य को लेकर श्री मोहितलाल मजूमदार से उनकी बहुत लम्बी चर्चा हुई। उन्होंने अनेक बार बंकिम-साहित्य का विरोध किया है। उस विरोध को न्यायोचित ठहराते हुए उन्होंने देवानन्दपुर की बाल विधवा नीरू दीदी की कथा सुनाई थी। उस पर दुख-कातर नारी का बत्तीस वर्ष की आयु में पदस्खलन हो गया था। तब धर्मधुरीण समाज ने उसे तिल-तिलकर मरने को विवश कर दिया था।[2] यह कथा कहते-कहते उनका गला भर आया। कुछ देर वे चुप बैठे रहे। फिर धीरे-धीरे बोले, ''मनुष्य में जो देवता है, इसी तरह से हम उसका अपमान करते हैं। रोहिणी का कलंक और उसकी सज़ा इसी तरह की है। एक ऐसे नारी-चरित्र की न जाने कितनी दुर्गति बंकिमचन्द्र ने की है।''

लेकिन वे बंकिमचन्द्र की सीमाएँ न समझते हों, यह बात नहीं। पर उनकी शिकायत यही थी कि बंकिमचन्द्र रवीन्द्रनाथ की तरह युग के संस्कारों से ऊपर उठकर *आँख की किरकिरी* क्यों न लिख सके? यहीं वे भूलते थे। हर व्यक्ति की क्षमता होती है और अक्षमता अपराध नहीं है। यह बात स्वयं उन्होंने बार-बार घोषित की है। इसके अतिरिक्त बंकिमचन्द्र ने भी अपने युग से विद्रोह किया था। एक सीमा पर आकर वे अक्षम हो उठे या ऐसे होते दिखाई दिये तो क्या स्वयं शरत् भी उसी अक्षमता का शिकार नहीं हुए थे? युग को देखते हुए बंकिमचन्द्र प्रगतिशील ही थे। उन्होंने गतानुगतिकता के स्थान पर बुद्धिवाद को मानने का प्रयत्न किया है। उन्होंने लिखा है, ''तीन-चार हज़ार वर्ष पहले भारतवर्ष के लिए जो कायदे-कानून बने थे आज उनको हरफ-ब-हरफ मानकर चलना असम्भव है।''

इसी वर्ष[3] वे शान्तिपुर में साहित्य सम्मेलन के बारहवें अधिवेशन के मूल सभापति हुए। उन्हें सम्मान मिलना ही चाहिए था। मिल भी रहा था, परन्तु जिस प्रकार वे कभी-कभी अपनी आलोचना सुनकर उद्विग्न हो उठते थे उसी प्रकार अपनी प्रशंसा सुनकर भी उन्हें अच्छा नहीं लगता था। उस दिन एक युवक ने आकर घोषणा की कि वे सबसे अच्छा लिखते हैं। आरामकुर्सी पर लेटे वे हुक्का गुड़गुड़ाते रहे और बीच-बीच में हाँ-हूँ करते रहे। युवक ने अन्त में कहा, ''बहुत-से विदेशी उपन्यास पढ़े हैं, पर आपकी रचनाओं में जो दर्द है वह कहीं नहीं मिला। उनकी रचनाएँ पढ़कर आँखें भीगतीं ही नहीं। आपकी रचनाएँ पढ़कर कितना रोया हूँ!''

शरत्चन्द्र एकदम बोल उठे, ''ना, ना, इतना रोना ठीक नहीं। आँखें खराब हो जाएँगी। बीच-बीच में हास्य कथाएँ पढ़ा करो।''

उसके बाद वह युवक क्षमा मांगकर चला गया। वे बोले, ''अपनी प्रशंसा सुनते-सुनते तम्बाकू तक खराब हो गया।''

एक और दिन एक और युवक ने घोषणा की, ''आपकी कहानी 'सती' पढ़ी। ऐसी कहानी आप ही लिख सकते हैं। बांग्ला साहित्य में ऐसी कहानी दुर्लभ है।''

---

1. अगला अध्याय देखें 2. प्रथम पर्व, पृष्ठ 46-47 3. 8 जून, 1936 ई.

शरत्चन्द्र ने पूछा, "रवीन्द्रनाथ की कहानियाँ पढ़ी हैं?"

"पढ़ी हैं, किन्तु वे इतनी अच्छी नहीं हैं।"

"अच्छी तरह पढ़ो। पाओगे कि ऐसी कहानियाँ विश्व साहित्य में दुर्लभ हैं।"

प्रशंसा और निन्दा शरत्चन्द्र जैसे व्यक्ति के जीवन में सहज सुलभ हैं। विशेषकर निन्दा उनके लिए कहीं अधिक महत्त्वपूर्ण होती है। लेकिन जो मृत्युलोक के द्वार पर पहुँच रहे होते हैं, उनके लिए इसका कोई विशेष अर्थ नहीं रह जाता। उनके साथ भी यही हुआ। मृत्यु जब द्वार खटखटा रही थी, तब प्रबोध कुमार सान्याल ने उन पर तीव्र आक्रमण किया। कुछ वर्ष पूर्व[1] इन्हीं प्रबोध कुमार ने शरत्-साहित्य की भूरि-भूरि प्रशंसा की थी। उनके सहज चरित्र-चित्रण, उनकी विपुल अभिज्ञता, उनकी मधुर-कोमल भाषा और शब्द-निर्वाचन की क्षमता पर जैसे वे मुग्ध हो उठे थे। उन्हीं प्रबोध कुमार ने अब न केवल उनके साहित्य की कटु आलोचना की, बल्कि उनके व्यक्तित्व पर भी गहरी चोट की। कहा, "शरत् बाबू के पास कहने का ढंग-भाव है। भविष्य के लिए कोई सन्देश उनके पास नहीं है। उनके वचन और व्यवहार, चरित्र और आचरण में कोई संगति नहीं हैं।"

इस प्रकार के उनके दो लेख *श्रीहर्ष* पत्रिका में प्रकाशित हुए। जैसे तूफ़ान आ गया हो। देखते-देखते पक्ष और विपक्ष में प्रतिवादों की बाढ़ आ गई। शरत्चन्द्र के मित्रों ने कहा कि यह सब ईर्ष्या का परिणाम है। प्रबोध बाबू के एक समर्थक ने तो शरत्चन्द्र के एक प्रशंसक के नाम से ही लेख लिख डाला। लिखा—"बंकिम, माइकेल और रवीन्द्र ने जिस बंग भाषा की सेवा की, उसके पवित्र अंगों में बर्मा में पले आवारा शरत्चन्द्र की लेखनी ने भयंकर घाव कर दिये हैं। उससे उसका सारा शरीर गल उठा है।"

वे लेखक बन्धु शरत् बाबू के पास पहुँचे। बोले, "मैं इसका प्रतिवाद करना चाहता हूँ।"

शरत्चन्द्र ने उत्तर दिया, "न, यह सब न करो। मैं यह सब नहीं सह सकता। मुझे लेकर अब यह वाद-प्रतिवाद क्यों? मेरी बात सुनो, चुप होकर बैठ जाओ।"

प्रबोध कुमार ने यह भी लिखा था कि शरत्चन्द्र ने विदेशी भावधारा दिलीप कुमार राय से ली है, राजनीति श्री किरण शंकर राय से सीखी है और व्याकरण सीखा है कालिदास राय से।

कालिदास राय ने इसके प्रतिवाद में एक लेख लिखा और उसे लेकर शरत् बाबू के पास आये। उन्होंने इस लेख को सुना। उसकी प्रशंसा की और फिर उसे अपने हाथ में लेकर टुकड़े-टुकड़े कर डाला। इतना ही नहीं, उन टुकड़ों को जलती हुई चिलम पर रख दिया। क्षण-भर में सब कुछ राख हो गया। बोले, "कालिदास, युवकों पर यदि तीव्र आक्रमण किया जाए तो उसका कुछ परिणाम निकल सकता है। वे आघात सह सकते हैं, सुधार भी कर सकते हैं, लेकिन मेरे जैसे मृत्युपथ के राही पर ऐसे आक्रमण करने से क्या लोभ? दो दिन बाद ही पछताना होगा। मेरे तो दिन बीत गए हैं। जाने से पहले अब किसी के साथ विरोध करने की इच्छा नहीं है। जो जिसकी इच्छा हो कहे, तुम लोग कोई प्रतिवाद मत करो।"[2]

---

1. सन् 1932 ई. 2. कुछ माह बाद ही उनकी मृत्यु हो गई। उस दिन उनकी विराट शवयात्रा में प्रबोध बाबू कंधा देने के लिए सबसे आगे थे। इतना ही नहीं, उनकी स्मृति में प्रकाशित *भारतवर्ष* के दो अंकों का सम्पादन उन्होंने स्वेच्छा से किया था। उन्होंने लेखक से कहा था कि वे शरत् बाबू को बहुत प्यार करते थे।

प्रबोध कुमार सहसा इतने कटु क्यों हो उठे थे? क्या इसका एकमात्र कारण यौवन का आवेश और पीड़ितों का संघर्ष ही था? उनके नाम शरत् बाबू के एक पत्र[1] से पता लगता है कि उन्होंने शरत् बाबू से अपनी पुस्तक *महाप्रस्थानेरे पथ* की भूमिका लिखने की प्रार्थना की थी लेकिन, किसी भी कारण से हो, शरत् बाबू ऐसा नहीं कर सके थे। क्या प्रबोध बाबू की असंयत कटुता का यह एक कारण नहीं हो सकता?

ताल्स्ताय जीवन-भर अन्याय के विरुद्ध और अपने विरुद्ध लड़ते रहे, पर अन्त में उन्होंने कहा, "आप कल्पना नहीं कर सकते कि जैसे-जैसे मनुष्य बुढ़ापे अर्थात् मृत्यु के पास आता है वैसे-वैसे उसका जीवन बदलने लगता है। अब मुझे सबसे अच्छा यही लगता है कि ज़ार हो या भिखारी हो, सबके साथ स्नेह का व्यवहार करूँ।"

शरत्चन्द्र की आन्तरिक इच्छा भी यही थी। मृत्यु से लगभग छः माह पूर्व[2] ऐसे ही एक आक्रमण के उत्तर में उन्होंने कहा, "जाने का दिन आ गया है। नालिश करके और अशान्ति मोल लेना नहीं चाहता—यह संकल्प कर रखा है। जानता हूँ, जो मुझे सचमुच प्यार करते हैं उन्हें दुख होगा, पर सहन करने के अतिरिक्त प्रतिकार का और मार्ग भी तो नहीं है।"

सचमुच उनके पथ का भी अंत आ पहुँचा था। बहुत दिन पहले से ही सृजनशक्ति जैसे प्राणहीन हो चुकी थी। नौका मानो डांडों के बल से नहीं, रस्सी के बल से खींची जा रही हो। उस दिन हेमेन्द्र उनसे लेख मांगने के लिए आये तो बड़े दुख से उन्होंने कहा, "मैं और लेख न दे सकूँगा। सिर में बेहर्द पीड़ा है। कलम पकड़ना असम्भव है।"

हेमेन्द्र ने फिर प्रार्थना की तो वे कातर हो उठे। बोले, "विश्वास करो हेमेन्द्र, मैं और नहीं लिख सकता। तुम मेरे शरीर की अवस्था नहीं जानते। मुझसे लिखा ही नहीं जा सकता।"

25

राजनीति के क्षेत्र में भी अब उनका कोई सक्रिय योग नहीं रह गया था, लेकिन साम्प्रदायिक प्रश्न को लेकर उन्हें कई बार स्पष्ट रूप से अपने विचार प्रकट करने का अवसर मिला। उन्होंने बार-बार नेताओं की आलोचना की, पर अशिष्ट वे कभी नहीं हुए। अपने एक प्रियजन से उन्होंने कहा था, "विशिष्ट व्यक्तियों के कामों की आलोचना करने में कोई हानि नहीं है, लेकिन जो कहना हो ऐसे कहो जिससे श्रद्धा कम न हो।"

जिस समय[3] साम्प्रदायिक प्रश्न को लेकर पण्डित मदनमोहन मालवीय तथा श्री अणे ने कांग्रेस से अलग एक दल का निर्माण किया तो उन्हें यह अच्छा नहीं लगा। वे कांग्रेस के भीतर पक्षधर हो सकते थे, लेकिन उसको दुर्बल करने के लिए वे कदापि तैयार नहीं थे। उन्होंने कहा, 'जो लोग इस नये आन्दोलन के अगुआ है, उन पर एकनिष्ठ प्रवीण कर्मी के हिसाब से मैं श्रद्धा रखता हूँ। देश के राजनीतिक साधना के इतिहास में उनकी देन भी मैं कम नहीं मानता। किन्तु देश के लिए दुख का बोझ उनमें कांग्रेस की अपेक्षा भी अधिक है, इस बात को प्रमाणित करने

1. सन् 1933 का अप्रकाशित पत्र 2. 6 जुलाई, 1937 ई. 3. जुलाई, 1934 ई.—'वर्तमान राजनीतिक प्रसंग'—शारदीया नागरिक पत्रिका

के लिए मेरी समझ में कोई नया दल खड़ा करने का प्रयोजन नहीं था। कांग्रेस देश की सबसे बड़ी राजनीतिक संस्था है। साम्प्रदायिक भेदभाव के विरुद्ध चिरकाल से लड़ती आई है। आज उसे छोटा प्रमाणित करने की चेष्टा से किसी का व्यक्तिगत गौरव कुछ बढ़ा है या नहीं, यह मैं नहीं जानता, किन्तु देश का गौरव तनिक भी नहीं बढ़ा।

"देशसेवा जब तक धर्म का रूप नहीं ले लेती, तब तक उसमें थोड़ी-सी धोखाधड़ी रह जाती है, यह बात मैं प्रतिदिन मर्म-मर्म में अनुभव करता हूँ। और धर्म जब देश से भी ऊँचा हो जाता है, तब भी विपत्ति घटित होती है। महात्माजी जानते हैं और वर्किंग कमेटी भी जानती है कि उन्होंने गलती नहीं की। मालवीयजी और अणे का विरुद्ध आचरण भी महात्माजी को विचलित नहीं कर पाया।" अतएव अगर कांग्रेस से संबंध त्याग भी दें, तो इसके साथ इस गड़बड़ का कोई संबंध नहीं रहेगा।

"एक बात मैं जानता हूँ, बंगाल के मुसलमानों ने भी ज्वाइंट एलेक्टोरेल अर्थात् संयुक्त निर्वाचन मांगना शुरू कर दिया है। यह न होने पर दोष कहाँ पर है, इस बात को वे अच्छी तरह जानते हैं। यह भूलने से काम न चलेगा कि अधिकांश धनी मुसलमान ही नायब, गोमाश्ता, वकील और डॉक्टर के कामों में अपनी जाति की अपेक्षा हिन्दुओं पर अधिक विश्वास करते हैं। साथ-ही-साथ मैं यह भी कहता हूँ कि प्रत्येक हिन्दू मन से, हृदय से राष्ट्रवादी है। धर्म-विश्वास में भी वे किसी से कम या छोटे नहीं हैं। उनके वेद-उपनिषद् बहुत-से लोगों की बड़ी तपस्या के फल हैं। तपस्या का अर्थ ही है चिन्तन। बहुत लोगों के बहुतेरे चिंतन के फलस्वरूप जो धर्म गठित हुआ है, उसे विधान सभा में कुछ सीटें कम होने की आशंका से सर्वनाश का भय दिखाने का प्रयोजन नहीं था।"

लेकिन दो वर्ष बाद जब यह साम्प्रदायिक बंटवारा सामने आया तो उन्होंने उसके विरुद्ध अपना स्वर ऊँचा करने में संकोच नहीं किया। उससे बंगाल के हिन्दुओं की जो क्षति हुई, उसके विरोध में कविगुरु रवीन्द्रनाथ ठाकुर के सभापतित्व में टाउन हाल में एक सभा हुई।[1] उस समय स्पष्ट शब्दों में उन्होंने कहा था, "यह नई शासन व्यवस्था आदि से अन्त तक बुरी है। उस अपरिसीम बुराई से बंगाल के हिन्दुओं की ही सबसे अधिक क्षति हुई है। आईन की कील ठोककर उनको हमेशा के लिए छोटा किया गया है। तथापि यह बात सत्य है कि देश के मुसलमान भाइयों ने दस-पन्द्रह जगहें अधिक पाई हैं। इसलिए मैं उनसे कहना चाहता हूँ कि अन्याय और अविचार एक आदमी के साथ भी होता है, तो उससे अकल्याण ही होता है। उससे अन्त तक न मुसलमानों का, न हिन्दुओं का और न जन्मभूमि का, किसी का भी मंगल नहीं होता।"

उसी दिन इसी प्रकार की एक और सभा एलबर्ट हाल में हुई। उसके अध्यक्ष पद पर आसीन हुए स्वयं शरत्चन्द्र। वहाँ भी उन्होंने यही कहा, "इसके बाद इतना बड़ा अविचार जो हम लोगों के, हिन्दुओं के ऊपर हुआ उसे जानकर भी वे चुप रहे, यही सबसे बड़े दुख की बात है। यह क्या वे नहीं समझते कि यह जो विष, यह जो क्षोभ हिन्दुओं के मन में जमा हो रहा है, वह एक न एक दिन रूप पावेगा ही? इस तरह से तो कोई देश चल नहीं सकता, कोई

1. 15 जुलाई, 1936 ई.

जाति जीवित रह नहीं सकती। यह उनकी भी तो जन्मभूमि है। केवल देने से ही नहीं होता, ग्रहण करने की शक्ति भी तो एक शक्ति है। आज अगर वे यह सोचें कि ब्रिटिश गवर्नमेंट के देने से ही उनका पाना हो गया तो एक दिन उन्हें पता चलेगा कि इतनी बड़ी भूल और नहीं है। मैं अपने मुसलमान भाइयों से कहता हूँ कि तुम संस्कृति के ऊपर नज़र रखो, साहित्य के ऊपर नज़र रखो और छोटे बच्चों की तरह धारदार छुरों को हाथ में लेकर पागल होकर सब कुछ काटते मत फिरो।''

दस वर्ष पूर्व कलकत्ते में साम्प्रदायिक दंगा[1] हो जाने पर उन्होंने एक लेख लिखा था—वर्तमान हिन्दू-मुसलमान समस्या। उसमें उन्होंने कहा था, ''...भारत की स्वतन्त्रता से मुसलमानों को भी स्वतन्त्रता मिल सकती है, इस सत्य पर वे किसी दिन निष्कपट भाव से विश्वास नहीं कर सकेंगे। कर सकेंगे केवल तभी, जब उनका अपने धर्म के प्रति मोह कम होगा, जब वे समझेंगे कि कोई भी धर्म हो, उसके कट्टरपन को लेकर गर्व करने के बराबर मनुष्य के लिए ऐसी लज्जा की बात, इतनी बड़ी बर्बरता और दूसरी नहीं है। किन्तु उनके यह समझने में अभी बहुत देर है, और दुनिया-भर के लोग मिलकर मुसलमानों की शिक्षा की व्यवस्था न करें तो इनकी आँखें किसी दिन खुलेंगी या नहीं, इसमें सन्देह है। और क्या देश की स्वतन्त्रता के संग्राम में देश-भर के सभी लोग कमर बाँधकर लग जाते हैं? अमेरिका ने जब स्वाधीनता के लिए युद्ध छेड़ा, तब उस देश के आधे से अधिक लोग अंग्रेज़ों के ही पक्षपाती थे। आयरलैंड के मुक्ति यज्ञ में वहाँ के कै जने शामिल हुए थे? जो बोल्शेविक (साम्यवादी या कम्युनिस्ट) सरकार आज रूस का शासन चला रही है, उस देश की जनसंख्या के अनुपात में वह तो एक प्रतिशत भी नहीं पड़ती। केवल मात्र भीड़ का परिणाम देखकर ही सत्य-असत्य का निर्धारण नहीं होता, होता है केवल उनकी तपस्या का, उनकी लगन का विचार करके। इस एकाग्र तपस्या का भार देश के युवकों के ऊपर है। हिन्दू-मुस्लिम एकता के बारे में सोचना भी उनका काम नहीं है, और जो सब प्रधान राजनीतिक दल इसी युक्ति या कूटकौशल को भारत की मुक्ति का एकमात्र उपाय कहकर चिल्लाते फिरते हैं, उनके पीछे जयध्वनि करने में समय नष्ट करके घूमना भी उनका काम नहीं है। संसार में बहुत-सी ऐसी चीज़ें हैं, जिन्हें छोड़ने पर ही उनको पाया जाता है। हिन्दू-मुस्लिम एकता भी इसी तरह की चीज़ है। जान पड़ता है, इसकी आशा बिलकुल छोड़कर काम में लग जा सकने पर ही शायद एक दिन इस अत्यन्त दुष्प्राय निधि के दर्शन मिलेंगे। कारण, तब मिलन केवल एक की ही चेष्टा से नहीं होगा, वह होगा दोनों की हार्दिक और सम्पूर्ण इच्छा का फल।''

ढाका में मुस्लिम साहित्य समाज के दशम वार्षिक अधिवेशन का सभापतित्व करते हुए[2] उन्होंने एक बार फिर अपना दृष्टिकोण स्पष्ट किया। कहा—''वाजिद अली साहब ने सबसे अधिक हृदय विदारक बात यहाँ पर कही है, 'वास्तव में दो विषम-अनात्मीय संस्कृतियों के संघर्ष का ही यह फल विक्षोभ है। इसके लिए आक्षेप या दुख करना वृथा है। हिन्दू मुसलमान को नहीं समझता, इसलिए चारों ओर दुख का विलाप गूंज रहा है। किन्तु ऐसा भी हो सकता है कि उसके भारतीय कर्म, समाज और संस्कृति ने उसके मन को तंग बना दिया हो, दृष्टि को

1. सन् 1926 ई. 2. 31 जुलाई, 1936 ई.

ढक लिया हो। अपने घेरे को लांघकर वह चल नहीं सकता। जो अपने आभिजात्य या श्रेष्ठता के गर्व में चिरकाल से डूबा हुआ है, पराजय का प्राचीन रोष जिसका आज भी दुर्जय है, बिना युद्ध के सुई की नोक-भर स्थान देने में भी जिसकी आपत्ति का अन्त नहीं है, उसकी बुद्धि को मुक्त कहना कठिन है। जो मुक्त है वह नहीं चलता, चल नहीं सकता। वह जड़ है। इस आत्केन्द्रित-परविमुख जड़ बुद्धि के परिवेश ने मुसलमान को अपनी वास भूमि में परवासी बना रखा है। भारत की मिट्टी के रस से रसायित होकर भी उसका मन जैसे भीगता नहीं।'

''यह जो कहा है कि दो विषम-अनात्मीय संस्कृतियों के फल से यह विक्षोभ है, सो उसके लिए आक्षेप वृथा है। हम दोनों के पड़ोसी हैं। हम लोगों का आकाश, हवा, जल एक ही है। मातृभाषा का एक होना भी हम स्वीकार करते हैं, तो भी संघर्ष इतना बड़ा कठोर है कि उसके लिए आक्षेप तक करना वृथा है—यही मनोभाव यदि सचमुच समस्त हिन्दू-मुसलमानों का हो तो मैं यही कहूँगा कि मनुष्य की इससे बढ़कर और दुर्गति नहीं हो सकती। मैं पूछता हूँ कि रवीन्द्रनाथ की बुद्धि भी क्या जड़ बुद्धि है ? उनका मन मुक्त नहीं हुआ ? यदि यह सत्य है तो वाजिद अली साहब की यह भाषा कहाँ से आई ? सहज-सुन्दर ढंग से अनायास अपने मन का भाव प्रकट करने की शक्ति उन्हें किसने दी ? इस युग में ऐसा लेखक, ऐसा साहित्य सेवी कौन है, जो प्रत्यक्ष या परोक्ष में रवीन्द्रनाथ का ऋणी नहीं है ? साहित्य धर्म-पुस्तक नहीं, नीति सिखाने की पोथी भी नहीं है। उसने अपनी विशाल परिधि के भीतर अपने माधुर्य से सब कुछ को ही अपना कर रखा है। इसी से किसी ने आज भी इसका सत्य निर्देश नहीं पाया कि साहित्य क्या है, रस वस्तु क्या है ? इस विषय में कितना ही तर्क, कितना ही मतभेद है। इस अवांछित व्यवधान के संबंध में मिजातुर्ररहमान साहब ने *बुलबुल* मासिक पत्र की ज्येष्ठ संख्या में अपने लेख में एक जगह निष्करुण होकर कहा है कि शरत् बाबू ने अपने ढेर के ढेर उपन्यासों के भीतर जगह-जगह मुसलमान समाज के जो चित्र अंकित किए हैं, वे मुसलमान समाज के खूब ऊँचे दर्जे के लोगों के नहीं हैं। किन्तु मैं पूछता हूँ, ऊँचे-नीचे दर्जे के पात्र-पात्रियों के ऊपर ही क्या उपन्यास की उच्चता-नीचता, भलाई-बुराई निर्भर करती है ? अगर यही उनका अभिमत हो तो मेरे साथ उनका मत मेल नहीं खायेगा। न मेल खाये, किन्तु उपसंहार में जो उन्होंने कहा है कि शरत्चन्द्र ने हिन्दू समाज के विविध दोषों और समस्याओं को लेकर जो सब कहानियाँ और उपन्यास लिखे हैं और प्रतिकार के उद्देश्य से अपने समाज को जो चाबुक मारे हैं, उन सदिच्छा-प्रणोंदित निर्मम कशाघातों को भी मुस्लिम समाज अम्लान वदन होकर ग्रहण करेगा। यह मैं ज़ोर देकर कह सकता हूँ। मैं बंगाल के कथा-साहित्य-सम्राट से एक बार परीक्षा करके देखने का अनुरोध करता हूँ।

''उस दिन जगन्नाथ हाल में अपने अभिनन्दन के प्रति भाषण में इस बात का उत्तर मैंने दिया है। हार्दिक शुभकामना को ये लोग कैसे ग्रहण करते हैं, यह इस संसार से विदा होने से पहले मैं देख जाऊँगा। खैर, वह चाहे जो हो, मनुष्य केवल अपनी इच्छा ही प्रकट कर सकता है, किन्तु उसके परिपूर्ण होने का भार एक और जन के ऊपर रहता है, जो वाक्य और मन के अगोचर है। उस दिन भोजन करते समय हिज़ एक्सेलेंसी गवर्नर ने मुझसे यही प्रश्न किया था। मैंने उत्तर दिया था कि मैं दोनों समाजों के आशीर्वादों के साथ अपने इरादे को कार्यरूप में परिणत करना चाहता हूँ। ठीक समाजों का नहीं, चाहता हूँ दोनों समाजों के साहित्य-सेवकों का

आशीर्वाद। जिस भाषा में, जिस साहित्य की इतने दिन तक सेवा की है, उसके ऊपर अकारण अनाचार मुझसे सहा नहीं जाता। मेरे मन में पूर्ण विश्वास है कि मेरी तरह जिन्होंने साहित्य की यथार्थ साधना की है, वे हिन्दू या मुसलमान जो भी हों, किसी से यह अनाचार सहा नहीं जायेगा। सौंदर्य और माधुर्य के लिए अगर कुछ परिवर्तन का प्रयोजन हो, ऐसा तो कितनी ही बार हुआ है, तो यह काम धीरे-धीरे यही लोग करेंगे और कोई नहीं। वह हिन्दूपन के कल्याण के लिए नहीं, मुसलमानियत के भी कल्याण के लिए नहीं, केवल मातृभाषा और साहित्य के कल्याण के लिए ही। साधारणतया यही मेरी एकमात्र प्रार्थना है।''

इस भाषण में उन्होंने लाट साहब से वार्तालाप की चर्चा की है। उसको लेकर कलकत्ता में बड़ा अपवाद फैला। साम्प्रदायिक बंटवारे के दिनों में इस निर्दोष घटना ने विद्वेष का रूप धारण कर लिया। समाचार फैल गया कि ढाका में समावर्तन संस्कार के समय शरत्चन्द्र ने कहा कि अब वे मुस्लिम समाज को लेकर साहित्य की सृष्टि करेंगे। पत्रों ने व्यंग्य-विद्रूप से लिखा कि केवल उपन्यास लिखकर जब बहुवांछित डॉक्टर की समाधि मिल गई, वह भी रहमान साहब के हाथ से, तब इस ब्राह्मण वटुक ने आवेश में आकर कह डाला कि अब से वह मुसलमान भाइयों को लेकर उपन्यास लिखेगा। हाय शरत्चन्द्र, तुम्हारी प्राणशक्ति की यह दरिद्रता देखकर सचमुच तुम पर दया करने का मन होता है।

शनिवारेर चिठि ने तीव्र आक्रमण करते हुए लिखा, ''शरत्चन्द्र के साहित्य की विशेषता है उनकी अभिज्ञता। बालीगंज के घर की दीवार फाँदकर बंगाल के मुस्लिम समाज के बारे में अभिज्ञता प्राप्त करना बागबाज़ार में बैठकर लन्दन का सम्वाददाता बनने से कठिन काम है। शरत्चन्द्र ऐसा नहीं कर सकते, उनकी वह आयु नहीं है।''

इतना ही नहीं, उसने उन पर भाषा बदल देने का दोष भी लगाया।

लेकिन शरत्चन्द्र पर, जैसा कि हो सकता था, इन अपवादों का कोई प्रभाव नहीं पड़ा। अपने 61वें जन्मदिन पर इन अपवादों की चर्चा करते हुए उन्होंने कहा, ''मुसलमान हमारे पड़ोसी हैं, बांग्ला भाषा उनकी मातृभाषा है। सचमुच ही यदि हम सहानुभूतिपूर्वक उनसे बात करेंगे तो वे सुनने को बाध्य होंगे। वे भी मनुष्य हैं।'' मुस्लिमद्वेषी वे कभी नहीं थे। साहित्य में जातिवाद का उन्होंने एकस्वर में निरन्तर विरोध किया। उन्होंने कहा, ''मेरी 'महेश' कहानी को मुसलमान कितना प्यार करते हैं! परन्तु मैंने क्या वह उनकी बात सोचकर लिखी थी? अब भी क्या उनका प्रचार करने के लिए उपन्यास लिखूँगा? साहित्य मनुष्य को लेकर है, वह किसी भी समाज का हो सकता है। सभी समाजों के मनुष्यों को लेकर लिखना चाहिए। लेकिन अब शरीर इतना खराब हो गया है कि नहीं जानता क्या कुछ कर सकूँगा। हाँ, मैं किसी से डरता नहीं। स्वस्थ रहा तो जो वचन दिया है उसे पूरा करूँगा।''

उन्होंने एक जनसभा में एक मुस्लिम भद्रलोक के कहने पर भी प्रतिज्ञा की थी, ''मैंने ठीक किया है कि इस बार मुसलमान समाज को लेकर उपन्यास लिखूँगा।'' उन्होंने काज़ी अब्दुल वदूद जैसे कई मुसलमान साहित्यकारों से विचार-विनिमय भी किया। लिखने से पूर्व वे मुस्लिम समाज के जीवन से भली-भाँति परिचित होना चाहते थे। काज़ी साहब से सहयोग का वचन पाकर उन्होंने कुछ नोट्स भी तैयार किये थे, ढाका में रहते समय ही उन्होंने आदि से

अन्त तक पूरे प्लॉट की परिकल्पना कर ली थी।

परन्तु मृत्यु के पदचाप बहुत पास सुनाई देने लगे थे। वे अपना वचन पूरा न कर सके। यदि जीवन ने उनका साथ दिया होता तो कला की दृष्टि से भले ही न हो, *शेष प्रश्न* के समान, विचार की दृष्टि से वे एक और सुन्दर रचना दे जाते। उनका यह संकल्प ओढ़ा हुआ नहीं था, अन्तर के विश्वास का ही फल था। बहुत दिन पहले वे बिहार शरीफ गये थे। भागलपुर के एडवोकेट चण्डीचरण घोष उनके साथ थे। दोनों वहाँ की बड़ी मस्जिद देखने गये। अन्दर पहुँचते ही विनोदप्रिय शरत् बाबू सहसा गम्भीर हो उठे और बार-बार 'अल्लाह-अल्लाह' पुकारने लगे। चण्डी बाबू ने मुस्कराकर पूछा, "क्या मुसलमान हो गये हैं?"

उत्तर मिला, "देखो चण्डी, सभी भगवान को याद करते हैं। किसी नाम से पुकारो। अल्लाह कहो या कुछ और कहो। अन्दर आकर हमें बहुत अच्छा लग रहा है।"

उस दिन दो मुसलमान राहगीर उनके पाणित्रास वाले मकान के पास से जा रहे थे कि सहसा नमाज का समय हो गया। वे वहीं ठहर गये और वजू करने के लिए उन्होंने शरत् बाबू से एक लोटा जल मांगा। शरत् बाबू ने समझा कि शायद वे लोग पानी पीना चाहते हैं। उन्होंने पानी दे दिया, लेकिन जब वे दोनों उस पानी से वजू करके एक पेड़ के नीचे नमाज़ पढ़ने की तैयारी करने लगे तब उन्हें भीतर बुलाकर शरत् ने कहा कि वे उनके पश्चिम वाले बरामदे में नमाज़ पढ़ें। उन्होंने वहाँ एक कालीन भी बिछवा दिया। इतना ही नहीं, नमाज़ समाप्त हो जाने के बाद उनका अन्य अतिथियों की तरह आदर-सत्कार किया। उन्हें खिलाया-पिलाया और रात में वहीं रह जाने के लिए भी कहा।

इस संबंध में श्रीमती जहानआरा चौधरी को लिखा उनका पत्र भी बहुत महत्त्वपूर्ण है।[1] बंगाल में मुसलमान साहित्यकार कम नहीं हुए, पर जिस अनुपात से हिन्दू इस क्षेत्र में आये उस अनुपात से मुसलमान नहीं आये। इस समस्या के विभिन्न पहलुओं की चर्चा करते हुए उन्होंने लिखा, "कुछ दिन पहले मेरे एक नये मुसलमान मित्र ने इस बात पर क्षोभ प्रकट किया था। स्वयं भी वे साहित्यसेवी हैं, पण्डित अध्यापक हैं। साम्प्रदायिक मलिनता ने अभी उनके हृदय को और उनकी दृष्टि को कलुषित नहीं किया है। उन्होंने कहा, 'हिन्दू और मुसलमान, ये दो सम्प्रदाय एक ही देश में एक ही आबोहवा में, आसपास पड़ोसी की तरह रहते हैं। जन्म से एक ही भाषा बोलते हैं। फिर भी इतने विच्छिन्न, इतने पराये बने हुए हैं कि सोचकर अचरज होता है। संसार और जीवन-धारण के प्रयोजन से यह एक बाहरी लेन-देन है, लेकिन आन्तरिक लेन-देन बिलकुल नहीं है, ऐसा कहना झूठ नहीं होगा। क्यों ऐसा हुआ, इसकी गवेषणा की आवश्यकता नहीं लेकिन आज विच्छेद का अर्थ? इस दुखमय अन्तर का खात्मा करना ही पड़ेगा। नहीं तो किसी का भी मंगल नहीं होगा।'

"मैंने कहा, 'इस बात को मानता हूँ, लेकिन इस दुस्साध्य के साधन का कौन-सा उपाय सोचा है?'

"उन्होंने कहा, 'एकमात्र साहित्य। आप लोग हमें खींच लें। स्नेह के साथ, सहानुभूति

---

1. 26 जनवरी, 1936 ई.

के साथ हमारी बातें लिखें। लेकिन हिन्दुओं के लिए हिन्दू साहित्य का सृजन मत कीजिए। मुसलमान पाठकों की बात भी ज़रा याद रखिए। देखेंगे बाहरी अन्तर कितना ही बड़ा क्यों न दिखाई पड़े, फिर भी एक ही आनन्द, एक ही वेदना दोनों की नसों में प्रवाहित होती है।'

''मैंने कहा, 'इस बात को मैं जानता हूँ। लेकिन अनुराग के साथ विराग, प्रशंसा के साथ तिरस्कार, अच्छी बातों के साथ बुरी बातें भी गल्प-साहित्य का अपरिहार्य अंग हैं। लेकिन इस पर तो तुम लोग न करोगे विचार, न करोगे क्षमा। शायद ऐसे दण्ड की व्यवस्था करोगे, जिसे सोचने पर भी शरीर थर्रा उठता है। इससे जो है वही निरापद है।'

''उसके बाद दोनों ही चुप रहे। अन्त में मैं बोला, 'तुम लोगों में से कोई-कोई शायद कहेंगे कि हम कायर हैं, तुम लोग वीर हो। तुम लोग हिन्दुओं की कलम से निन्दा बर्दाश्त नहीं करते और जो प्रतिशोध लेते हो वह भी चरम है। यह भी मानता हूँ, और तुम लोगों को वीर कहने में व्यक्तिगत रूप से मुझे कोई आपत्ति नहीं, लेकिन यह भी कहता हूँ कि तुम्हारी यह वीरता की धारणा अगर कभी बदलती है तो देखोगे कि तुम्हीं सबसे अधिक क्षतिग्रस्त हुए हो।'

''तरुण मित्र का चेहरा विषण्ण हो उठा। बोले, 'क्या तब इसी तरह का असहयोग चिरकाल तक चलेगा?'

''मैं बोला, 'नहीं, चिरकाल तक नहीं चलेगा। क्योंकि जो साहित्य सेवक हैं, उनकी जाति, उनका सम्प्रदाय अलग नहीं है। मूल में, हृदय में वे एक हैं। उसी सत्य की उपलब्धि करे इस अवांछित सामयिक अन्तर को आज तुम्हीं लोगों को खत्म करना होगा।'

''मित्र ने कहा, 'अब इसकी चेष्टा करूँगा।'

''मैं बोला, 'करना। अपनी चेष्टा के बाद भगवान के आशीर्वाद का प्रतिदिन अनुभव करोगे।'

26

सरदर्द बहुत परेशान कर रहा था। परीक्षा करने पर डॉक्टरों ने बताया कि 'न्यूरालाजिक' दर्द है। इसके लिए 'अल्ट्रावायलेट रश्मियाँ' दी गईं, लेकिन सब व्यर्थ। सोचा, सम्भवत: चश्मे के कारण यह पीड़ा है, परन्तु उसके बदलने पर भी कोई लाभ नहीं हुआ। ज्वर रहने लगा। प्रयत्न करने पर भी वह टूटा नहीं, बढ़ता ही चला गया। आखिर शय्या ग्रहण करनी पड़ी। कलकत्ता के बड़े-बड़े डॉक्टर परीक्षा करने के लिए आये। उन्होंने बताया, ''यह सब मलेरिया का उपद्रव है।''

अब मलेरिया की चिकित्सा शुरू हुई। कुनैन खानी पड़ी। इंजेक्शन भी लगे। उसकी पीड़ा की चर्चा करते हुए उन्होंने एक पत्र में लिखा, ''कल विधान डॉक्टर ने इंजेक्शन दिया है। शरीर के जिस अंश पर भार देकर आराम से बैठा जाता है, वहीं पर। ओह, कैसी पीड़ा है! नमक की पोटली और टूटी हरीकेन लालटेन लिये सवेरे से बैठा हूँ।''[1]

ज्वर फिर भी टस से मस नहीं हुआ। हालत दिन पर दिन गिरती चली गई। डॉक्टरों का

1. 26 जनवरी, 1936 ई.

एक दल फिर परीक्षा करने लगा। इस बार उन्होंने निर्णय लिया कि 'वीकोलाई' है।

और इलाज करने पर ज्वर भी टूट गया। धीरे-धीरे स्वास्थ्य भी सुधरने लगा। डॉक्टरों, मित्रों और परिजनों ने अनुरोध किया कि ऐसी अवस्था में वायु-परिवर्तन लाभदायक होगा। लेकिन वह कहीं जा पाते इससे पूर्व ही ज्वर ने फिर आ घेरा। हमेशा 99 डिग्री पर रहता। उन्होंने डॉक्टर रमेशचन्द्र मजूमदार को अपनी चिरपरिचित सहज-परिहास-प्रिय भाषा में लिखा[1]—''इधर मेरा बुखार अच्छा होने में नहीं आता। डॉक्टर विधानचन्द्र राय आदि रोग नहीं समझ पा रहे हैं—

विभिन्न छाप की शीशियां हुईं जमा
विभिन्न नाप के डिब्बों का लग गया ढेर
व्याधि से आधि अधिक बढ़ गईं
और अस्थि जर्जर हो गया
तब डॉक्टरों ने कहा, मरीज की हवा दो बदल।

''इसलिए दो-तीन दिन में ही स्थान-त्याग करने की इच्छा है। अपनी नहीं दूसरों की। मन-ही-मन कहता हूँ—हे संध्याकालीन नित्य सहचर 99 डिग्री के बुखार, तुम और ज़रा प्रसन्न हो जाओ और तुमने जिस काम की नींव डाली है उसे जल्दी-जल्दी खतम कर डालो। मुझे छुट्टी मिले।''

आखिर वे देवघर गये। मामा सुरेन्द्रनाथ के छोटे भाई सत्येन्द्रनाथ वहाँ सिविल सर्जन थे। हरिदास चट्टोपाध्याय ने उन्हें अपना मकान रहने के लिए दे दिया था। कई महीने वहाँ रहे। लौटे तो काफ़ी स्वस्थ हो चुके थे।

अपने इस प्रवास के आधार पर उन्होंने 'देवघर की यादगार' नाम से एक निबन्ध लिखा है। उसमें जैसे उनका कविमन बोलता है। उनके विपुल साहित्य में पशु-पक्षियों के प्रति उनके उत्कट प्रेम का बहुत कम परिचय मिलता है।[2] इस लेख में वह प्रेम जैसे साकार हो उठा है। राजनीतिक जगत् में यह वह समय था, जब कांग्रेस ने 1935 के विधान के अन्तर्गत पदग्रहण करना स्वीकार कर लिया था। उस समय पदों को लेकर जो आपाधापी मची थी उसकी चर्चा भी इस लेख में मिलती है, ''अनमना होकर मन में यह सोच रहा था कि कांग्रेस के जो पण्डे या महन्त हैं, उनकी मंत्री होने की कैसी उत्कट आकांक्षा है, कैसी पदलोलुपता है, अथवा निस्पृहता के आवरण में उसे छिपाने के लिए कितने कौशल से काम लेते हैं! जिन्होंने कानून बना दिया, एक नहीं सुनी, उन्हीं के साथ कानून की व्याख्या को लेकर कैसी झपट, कैसी लड़ाई ठाने हुए हैं! यह बात निःसन्देह प्रमाणित कर देना चाहते हैं वे कांग्रेसी कि कानून के विधाताओं का इरादा अच्छा नहीं है। विडम्बना और किसे कहते हैं!''

लिखना प्रायः समाप्त हो चुका था, लेकिन प्रकाशक आग्रह कर रहे थे कि वे अपनी आत्मकथा लिख दें। उन्होंने कहा, ''मैं आत्मकथा नहीं लिख सकता, क्योंकि न तो मैं इतना सत्यवादी हूँ और न इतना बहादुर ही, जितना कि एक आत्मकथा के लेखक को होना चाहिए।''

---

1. 26 दिसम्बर, 1936 ई. (11 पौष, 1343) 2. देखें, अध्याय 20

सुना कि कविगुरु ने भी एक दिन उनसे कहा था, ''शरत्, तुम अपनी आत्मकथा लिखो!''

उनका उत्तर था, ''गुरुदेव, यदि मैं जानता कि मैं इतना बड़ा आदमी बनूंगा तो मैं किसी और प्रकार का जीवन जीता।''

काश, उन्होंने ताल्स्ताय की तरह अपनी डायरी रखी होती। शायद वह होती उनकी सब रचनाओं से श्रेष्ठ, मनुष्य के रहस्यमय अन्धकूपों में उतरने का मार्ग दिखाने वाली प्रकाश-किरण।...जीवन-संध्या में क्या सचमुच उन्हें इस बात का दुख था कि उन्होंने आवारगी का जीवन बिताया, शराब पी, वेश्याओं के बीच में जाकर रहे और नाना प्रकार के वास्तविक और अवास्तविक प्रेम-प्रपंच किये? लेकिन उनसे निर्लिप्त रहने की बात भी उन्होंने लिख दी थी। *श्रीकान्त* के द्वितीय पर्व में गुरुदेव राजलक्ष्मी से कहते हैं, ''जो अपराध एक आदमी को मिट्टी में मिला देता है, उसी अपराध में दूसरा आदमी स्वच्छन्दता से पार हो जाता है। इसीलिए सब विधि निषेध सभी को एक डोरी में नहीं बाँध सकते।''

एक बार उन्होंने यह भी कहा था कि उन्होंने सब कुछ किया है, परन्तु छोटा काम नहीं किया। जो छोटा काम करता है अर्थात् मन को मैला करता है, वह क्या अपनी कृति के माध्यम से दूसरे के मन को इतना प्रभावित कर सकता है? तब वे क्यों डरते थे? इसका जवाब दिया था श्रीकान्त ने राजलक्ष्मी को। उसको छोड़कर चले जाने का कारण बताते हुए उसने कहा था, ''दुनिया तो मनसा पण्डित की पाठशाला की उस राजलक्ष्मी को पहचानेगी नहीं। वह तो पहचानेगी सिर्फ़ पटना की प्रसिद्ध प्यारी बाई को। तब दुनिया की नज़रों में मैं कितना छोटा हो जाऊँगा सो तुम क्या नहीं देख सकतीं।''

''किन्तु उसे तो सचमुच छोटा होना नहीं कहते।''

''भगवान की नज़र में न हो, किन्तु संसार की आँखें भी तो उपेक्षा करने की चीज़ नहीं हैं, लक्ष्मी।''

इन्हीं संसार की आँखों से वे डरते थे। क्योंकि वे मानते थे कि जो दृष्टि संसार में दस आदमियों के भीतर से प्रकाश पाती है वह भी तो भगवान की दृष्टि है। इसे भी तो अस्वीकार करना अन्याय है। इसीलिए वे डरते थे। ताल्स्ताय अभिजात वर्ग के थे, अमीर थे। उन्होंने भी यौवन में वही कुछ किया, जो निर्धन आवारा शरत्चन्द्र ने किया था। वह भी बड़े होकर अपने यौवन की चर्चा करना पसन्द नहीं करते थे। कोई पूछता तो अन्दर की पीड़ा से वे कराह-से उठते। शरत्चन्द्र भी प्राय: ऐसे प्रश्नों से उत्तेजित हो उठते थे। एक बार उन्होंने अविनाश घोषाल से कहा था, ''देखो, लेखक के व्यक्तिगत जीवन को लेकर परेशान होने से क्या लाभ? वह लेखक है इसलिए अपने जीवन की सब बातें सबको बतानी होंगी, इसका आखिर क्या अर्थ है? उसकी रचनाओं के माध्यम से उसका जितना परिचय मिल सकता है, उसी को लेकर सन्तुष्ट होना उचित है। यही लेखक का सच्चा परिचय है। इसीलिए मैं कहता हूँ, लेखक का व्यक्तिगत जीवन और उसका लेखक जीवन दोनों एक ही नहीं होते। किसी भी कारण से इन दोनों को मिला देना उचित नहीं है। मैं अपनी रचनाओं में जितना अपने को व्यक्त कर रहा हूँ, उतना ही मैं हूँ। पाठकों के लिए मेरा उतना ही परिचय काफ़ी है।''

फिर भी उनको लेकर न जाने क्या-क्या लिखा जाता था। सत्य और मिथ्या के बीच कहीं कोई अन्तर नहीं रह गया था, परन्तु उन्होंने कभी उसका प्रतिवाद नहीं किया। इसी संदर्भ में एक स्थान पर उन्होंने कहा, ''अपने विगत जीवन के इतिवृत्त के संबंध से मैं एकदम उदासीन हूँ। मैं जानता हूँ कि इसको लेकर बहुत कुछ कल्पनाएँ की जाती हैं और नाना प्रकार की किंवदंतियां प्रचलित हो गई हैं, लेकिन मेरे आलस्य पर इसका रंचमात्र भी प्रभाव नहीं पड़ा। शुभचिन्तक बीच-बीच में आकर कहते हैं कि आपके संबंध में झूठ-सच बातें प्रचलित की जा रही हैं, उनका आप प्रतिपाद क्यों नहीं करते ? मैं कहता हूँ कि यदि वह सब मिथ्या है तो मैंने तो उसका प्रचार नहीं किया। इसलिए उसका प्रतिवाद भी करने का दायित्व मुझ पर नहीं है; उन्हीं पर है जिन्होंने प्रचार किया है। उन्हीं से जाकर कहो।''

वे औरतों के पीछे दौड़ते हैं, उन्होंने उस नायिका को प्रेमपत्र लिखा—अफ़वाहों और अपवादों के घेरे में घिरा उनका व्यक्तित्व इस कारण और भी जटिल हो उठता है कि वे स्वयं उन अफवाहों में अपना योगदान करने से ज़रा भी नहीं हिचकते थे। अपने को छिपाने की प्रवृति से वे कभी मुक्ति नहीं पा सके। अद्भुत विरोधाभास था उनके स्वभाव में। एक ओर वैरागी का मन दूसरी ओर ऐसी विनोदप्रियता जो उजड्डपन की सीमा तक पहुँच गई थी। जैसे एक साथ कई शरत् अन्तर में समाये रहते हों। इसीलिये कई बार कई लोग ऐसे संस्कारहीन, अभद्र, अशिष्ट व्यक्ति को देखते थे जो महानता से बहुत दूर था, जिसे सभ्य सोसायटी नहीं मिली थी। परन्तु ऐसे भी व्यक्ति थे जो उनके कृतिकार की विशेषता को खोज निकालते थे। उनके प्रभावहीन व्यक्तित्व में एक खुरदरापन था, परन्तु उसके नीचे मानवीय सम्वेदना का जो स्रोत बहता था उसने उनके असंख्य प्रशंसक पैदा कर दिये थे। वह ईमानदारी और गम्भीर सूझ-बूझ से पूर्ण थे। मनुष्य को समझने की अद्भुत क्षमता उनमें पैदा हो गई थी। अपनी सफलता, प्रतिष्ठा, कीर्ति किसी की उन्होंने कभी चिन्ता नहीं की। विनोदप्रियता जितनी मुखर थी उदासीनता भी उतनी ही सत्य थी। नहीं होती तो वे अपनी दीदी के गाँव के पास जाकर न रहते। वहाँ के समाज में वे जाति-बहिष्कृत थे। समाज के ठेकेदारों ने इस बात को लेकर उन्हें परेशान करने का जी तोड़ प्रयत्न किया। नाना प्रकार के प्रस्ताव उनके पास आने लगे, पर उन्होंने जाति में फिर से प्रवेश की ज़रा भी चेष्टा नहीं की। अपने प्रयत्नों के इस प्रकार विफल हो जाने पर समाज के ठेकेदारों ने अपने-आपको अपमानित अनुभव किया और वे बदला लेने का अवसर ढूँढ़ने लगे। तभी अचानक पास के गाँव में रहने वाले आशुतोष चट्टोपाध्याय नाम के एक सज्जन से कहा कि उन्हें अपनी माँ का श्राद्ध धूमधाम से करना चाहिए, अर्थात् पाँच गाँवों के ब्राह्मणों, स्त्री-पुरुषों, सबको भोज देना चाहिए, ऐसा करने से उनकी माँ की आत्मा को शान्ति मिलेगी।

आशुतोष बाबा सम्पन्न व्यक्ति थे, इसके लिए तैयार हो गये। तब समाज के उन ठेकेदारों ने उनसे कहा, ''शरत्चन्द्र के घर आप स्वयं जाइए और सभी लोगों को भोज में आने के लिए निमंत्रित कर आइए।''

ऐसा करने के पीछे उनका एक उद्देश्य था। यदि शरत् बाबू निमन्त्रण स्वीकार करके भोज करने के लिए आते हैं तो उन्हें जाति-बहिष्कृत कहकर पंगत से उठा दिया जाएगा। यदि नहीं आते हैं तो निमंत्रण अस्वीकार करने का दोष लगाकर अपमानित किया जाएगा।

शरत् बाबू स्वयं तो क्या जाते, उनके घर से कोई भी व्यक्ति उस भोज में शामिल नहीं हुआ। कई दिन तक समाज में इसी बात को लेकर हो-हल्ला होता रहा। लेकिन शरत् बाबू को वह ज़रा भी विचलित नहीं कर सका। इतनी बड़ी पराजय समाज के ठेकेदार कैसे स्वीकार कर सकते थे। उन्होंने उनको अपमानित करने का एक और मार्ग ढूँढ़ निकाला। अदालत में उन पर अभियोग लगाया कि उन्होंने नदी का बाँध तोड़कर गाँव के लोगों के धान के खेतों को नष्ट करने की चेष्टा की है। सामता तथा गोविन्दपुर आदि सभी गाँव ठीक रूपनारायण के तीर पर बसे हुए हैं। एक समय रूपनारायण नद किनारे तोड़कर इन गाँवों में घुस आया था। उस समय सरकार ने वहाँ एक बाँध बनवा दिया था, लेकिन समय पाकर रूपनारायण ने उस बाँध को भी स्थान-स्थान पर तोड़ दिया। इसके बाद सरकार ने कुछ दूर पर एक और ऊँचा बाँध बनवा दिया। समाज के ठेकेदारों ने शरत् बाबू पर टूटे हुए पुराने बाँध को तोड़ने का अभियोग लगाया। इस मिथ्या अपवाद से वे बहुत दुखी हुए और अपना बचाव करने के लिए उन्होंने उस समय के प्रसिद्ध वकील को नियुक्त किया, लेकिन उनके बहनोई पंचानन मुकर्जी के प्रयत्नों से यह मामला मध्यस्थता के लिए पंचों के सुपुर्द कर दिया गया। छानबीन करने के बाद उन्होंने पाया कि बाँध तो स्वयं ही टूट गया है। शरत् बाबू का उससे कोई संबंध नहीं है। वे निर्दोष हैं।

27

हिरण्मयी देवी लोगों की दृष्टि में शरत्चन्द्र की पत्नी थीं या मात्र जीवनसंगिनी, इस प्रश्न का उत्तर होने पर भी किसी ने उसे स्वीकार करना नहीं चाहा। लेकिन इसमें तनिक भी संशय नहीं है कि उनके प्रति शरत् बाबू का प्रेम सचमुच हार्दिक था। अल्पशिक्षिता, अनेक बातों से अनभिज्ञ, सरलप्राणा ग्रामीण महिला हिरण्मयी शरत्चन्द्र की प्रतिभा की तुलना में कहीं नहीं ठहरती थीं। जब भी कोई उनसे शरत्-साहित्य के अमर नारी पात्रों की चर्चा करता तो हँस पड़ती, कहतीं, ''मैं मूर्ख भला उनको क्या जानूँ। तुम्हारे दादू ही जानते हैं।''

पार्वती की बातें चलने पर एक दिन बोलीं, ''रहने दो अपने दादू की बात। 'देवदास' चित्र के आते ही दो लड़के-लड़की झील में डूब मरे।''

और एक दिन वे जलधर सेन की एक पुस्तक पढ़ रही थीं। आँखों से झर-झर बह रहा था पानी कि शरत्चन्द्र आ गये। बोलीं, ''तुम यह सब क्या छाईपाश (कूड़ा-करकट) लिखते रहते हो? ऐसी किताब लिखो न!''

कितनी भोली थीं वे, परन्तु अपने अन्तर के ऐश्वर्य और निश्छल प्रेम से उन्होंने उस सर्वजन-चित्तजयी कथाशिल्पी के चित्त को जीत लिया था। वह जितनी धर्मशीला थीं उतनी ही कोमल हृदया और सेवापरायणा थीं। लेकिन वे शरत्चन्द्र के साथ कभी किसी मित्र या नातेदार के घर नहीं जाती थीं।

सुना गया था कि उनका अभियोग था—शरत्चन्द्र ने उनसे विधिवत् विवाह करके उन्हें अभी भी पत्नी की संज्ञा नहीं दी है। कहते हैं इसीलिए उन्होंने सामताबेड़ में वैदिक रीति से विवाह करके उन्हें विधिवत् पत्नी की संज्ञा दे दी। फिर भी वे कभी उनके साथ कहीं नहीं गईं।

हाँ, शरत् बाबू के रिश्तेदार और मित्र-प्रशंसक जो भी उनके घर आते थे उनका वे बड़े स्नेह से स्वागत-सत्कार करती थीं। खूब खिलातीं-पिलातीं, घर-गिरस्ती की मीठी-मीठी बातें करतीं। उनके प्यार की सीमा नहीं थी। घर पर उनका एकछत्र शासन था।

लेकिन यह बात भी क्या आश्चर्यजनक नहीं है कि उन दोनों का एक भी चित्र ऐसा नहीं है, जिसमें वे दोनों साथ हों। स्वयं हिरण्मयी देवी का अकेले भी कोई चित्र नहीं मिलता। बर्मा में एक बार उन्होंने ऐसा करने का प्रयत्न किया था तो ठीक समय पर उनके पेट में तीव्र दर्द होने लगा था और वह चित्र नहीं खिंच सका था। ऐसा लगता है कि उन्हें चित्र खिंचवाने से तीव्र अरुचि थी। इसीलिए शरत् बाबू ने फिर कभी उनसे आग्रह नहीं किया। उस दिन उनके एक नाटक की मंच पर पचासवीं रात्रि थी। उनके प्रशंसकों ने आग्रह किया कि वे हिरण्मयी देवी के साथ मच पर आएँ और फ़ोटो खिंचवाएँ। तब शरत् बाबू ने उत्तेजित होकर कहा था, ''नाटक मैंने लिखा है, हिरण्मयी देवी ने नहीं।''

उस उत्तेजना के पीछे वही तथ्य था। समाज ने उन्हें स्वीकार नहीं किया था। न किया हो, शरत्चन्द्र ने तो सम्पूर्ण मन से उनका वरण किया था। धार्मिक कर्मकाण्ड में उनका विश्वास नहीं था, लेकिन हिरण्मयी देवी के अनुष्ठानों में वे बराबर योग देते थे। काशी की असाध्य गरमी भी उन्हें इस कार्य से विरत नहीं कर सकी थी। कलकत्ता में उन्हें प्रतिदिन गंगा स्नान के लिए ले जाते थे। उनके स्वास्थ्य के प्रति उनकी चिन्ता असीम थी। उस बार जब निमोनिया होने पर मणीन्द्रनाथ राय उन्हें देखने आये तो करुण स्वर से शरत् बाबू ने कहा था, ''डबल निमोनिया है। ऐसा लगता है, इस बार बचा न पाऊँगा। छाती-पीउ सब कहीं सर्दी जम गई है। ज्वर खूब तेज़ है। अचेतन अवस्था में हैं...।''

और कहते-कहते आँखें जल से भर उठीं। बाहर जाने पर यह चिन्ता और भी मुखर हो उठती थी। अपने देवघर-प्रवास में उन्होंने रामकृष्ण मुखोपाध्याय (पुकारने का नाम होंदल) को एक पत्र लिखा था। उससे हिरण्मयी देवी के प्रति उनकी चिन्ता स्पष्ट हो जाती है।

''होंदल, आठ-दस दिन में केवल एक चिट्ठी द्वारा ही घर की खबर मिली है। अस्वस्थ देह होने पर सबकी बड़ी चिन्ता हो जाती है। तुम्हारी मामी चिट्ठी लिखना नहीं जानतीं, इसलिए अनुग्रह करके यदि तुम ही रोज़ नहीं तो दो-एक दिन बाद एक पोस्टकार्ड लिख दो तो चिन्ता कम हो।''[1]

देवघर पहुँचते ही उन्होंने स्वयं हिरण्यमयी देवी को एक पत्र लिखा था। पत्नी को लिखे गये उनके केवल दो ही पत्र मिलते हैं, उनमें एक यह है—

कल्याणियाशु बड़ी बऊ,

कल साढ़े तीन बजे यहाँ आ पहुँचा। स्टेशन पर सत्य मामा और मृत्युंजय मोटर लेकर आ गये थे। रास्ते में ज़रा भी कष्ट नहीं हुआ। हरिदास का यह 'मालंच' भवन चमत्कार है। बहुत सुन्दर है, जगह भी बहुत है। पाखाना नीचे है लेकिन सुन्दर है। आज सवेरे चाय के लिए बकरी का दूध मिल गया। बता दिया है कि क्रमशः एक सेर दूध तक की मुझे आवश्यकता होगी। मच्छर बहुत हैं। कल रात मसहरी नहीं लगाई। सोचा मच्छर नहीं हैं, लेकिन तीन-साढ़े

तीन बजे रात को मच्छरों ने काटना शुरू कर दिया। किसी तरह लिहाफ़ में मुँह दबाकर पड़ा रहा। जाड़ा है इसलिए रक्षा हो गई।

सभी कहते हैं कि एक-दो महीने रहने पर शरीर पूरी तरह ठीक हो जाएगा। देखता हूँ, कितने दिन रह सकता हूँ। चिन्ता मुझे तुम्हारी है। असावधानी बरतने के कारण तुम बीमार हो सकती हो। तुम्हारी बीमारी का समाचार जिस दिन भी मिलेगा उसी दिन देवघर छोड़कर कलकत्ता चला आऊँगा।

यहाँ का तेल और घी अच्छा नहीं है, इसलिए सत्य मामा ने कहा है कि ये दोनों चीज़ें वे ला देंगे। गेहूं खरीदकर उनके घर भेजने होंगे। वे जेलखाने में उनके पिसवाने का प्रबन्ध कर देंगे। ऐसा लगता है, यहाँ कोई खास कष्ट नहीं होगा। घूमने की आवश्यकता है। मोटर चाहिए। पैदल घूमने की शक्ति नहीं है। शायद काली को गाड़ी लेकर यहाँ आना हो। छह-सात दिन बाद ठीक निश्चित करके लिखूँगा।

बूड़ी, बाघा[1] कहीं अत्याचार करके बीमार न पड़ जाएँ। दीदी घर चली गई होंगी। अगर रह सकें तो तुम सबको सुविधा होगी। रसोइया मिल गया कि नहीं ? मुझे चिन्ता है। जिस तरह हो, जितने पैसे देने पड़े, कोई आदमी रख लो। नहीं तो घर में सबको कष्ट होगा।

प्रकाश को यह पत्र दिखा देना और कहना कि अब उसी के ऊपर सब भार है। कोई बीमार हो तो मुझे तुरन्त सूचना दे। आज या कल डॉ. कुमुदशंकर को चिट्ठी लिखूँगा। प्रकाश उन्हें मेरे यहाँ आने का समाचार दे दे।

छोटी बहू, बच्चे, होंदल, प्रकाश और तुमको मेरा आशीर्वाद। दीदी को मेरा प्रणाम कहना। इति, 18 फाल्गुन, 1343। (फरवरी, 1937 ई.)।

शुभाकांक्षी,
श्री शरत्चन्द्र चट्टोपाध्याय

पुनश्चः

बाज़ार से लौटकर अभी मृत्युंजय ने बताया है कि उसने तार द्वारा मेरे यहाँ पहुँच जाने की सूचना तुम्हें दे दी है।

श.चं.

इस पत्र में शरत् बाबू ने हिरण्मयी देवी को 'कल्याणियाशु' कहकर सम्बोधित किया है। यह कोई प्रेम संबंध नहीं है, लेकिन उसके शब्द-शब्द से उनका गहरा प्रेम प्रकट होता है। वे उन्हें सदा बहू, या बड़ी बहू कहकर पुकारते रहे। वह सुन्दर नहीं थीं किन्तु उनकी दृष्टि में वह प्रेम का अंजन लगाती थीं। वह उनके रूप की प्रशंसा करते न अघाते थे। कहते, ''बड़ी बहू का रंग खूब गोरा न होकर भी उनके जैसी फिगर (देहयष्टि) बंगाली नारी में बहुत कम देखने को मिलती है।''

समय-समय पर अपने मित्रों और प्रशंसकों को जो उन्होंने पत्र लिखे हैं, उसमें उन्होंने

1. 9 मार्च, 1937 ई.

बड़ी आत्मीयता के साथ अपने गृहस्थ जीवन की चर्चा की है और अपनी सफलता का श्रेय बड़ी बहू को दिया है। उनके पत्रों से यह भी पता लगता है कि हिरण्मयी देवी उनके खान-पान और आने-जाने पर भी अंकुश रखती थीं। एक सेर तम्बाकू सात दिन चलाने का आदेश था, परन्तु आयु बढ़ने के साथ-साथ प्रेम का उच्छ्‌वास हार्दिकता और गहन आत्मीयता में बदल गया था। इस पत्र से यह भी स्पष्ट है कि भाई के बच्चों के लिए वे कितने चिन्तित रहते थे और अपनी दीदी के प्रति कितनी श्रद्धा थी उनमें। अनजाने अपरोक्ष में इस दीदी ने उन्हें बहुत प्रभावित किया था। तभी वे उन्हें अपने साहित्य में अमर कर गये।

देवघर से लौटने के बाद वे अधिक दिन स्वस्थ नहीं रह सके। बार-बार पत्रों में उसी बात की चर्चा करते थे। हरिदास को लिखा, "मैं ठीक नहीं हूँ, शरीर सचमुच ही टूट गया है। कुछ-न-कुछ लगा रहता है। कितने दिन कटेंगे, प्रतिदिन मन-ही-मन इसका हिसाब रखता हूँ। आशा है अब बहुत दिन नहीं लगेंगे। बैरागी का जीवन जितना शीघ्र जाए उतना ही मंगल।"[1]

मामा डॉ. सत्येन्द्रनाथ गांगुली को लिखा, "जीर्णगृह में कितने भूतों ने आश्रय लिया है, आरामकुर्सी पर लेटे-लेटे यही बात सोचता हूँ और कहता हूँ—दयामय देर कितनी है?"[2]

मृत्यु के पदचाप पास और पास आ रहे थे पर उनका मन ज़रा भी स्वस्थ होता तो वे मित्रों के सुख-दुख और मान-सम्मान को लेकर व्यग्र हो उठते। देवघर से लौटने के बाद उन्होंने अनुभव किया, उनके स्नेही मित्र असमंजस मुखोपाध्याय का सही मूल्यांकन नहीं हो रहा। इसलिए उन्होंने निश्चय किया कि 'रसचक्र' के तत्त्वावधान में उनका सम्मान किया जाए।

और प्राय: सभी लब्धप्रतिष्ठ साहित्यकारों के सामने बेलगछिया के द्वारका कानन में पूरे विधि-विधान के साथ अपने सामने बिठाकर उन्होंने मुकर्जी महाशय का अभिनन्दन किया। उन्हें बहुमूल्य उपहार दिये, मानपत्र पढ़ा और उसके बाद प्रचुर भोजन की व्यवस्था में भी कोई त्रुटि नहीं हुई।

और इस सबका खर्च वहन किया स्वयं शरत्चन्द्र ने।

लेकिन यह उत्साह अल्पजीवी था। दयामय अब अधिक देर करने के मूड में नहीं थे, इसलिए इस बार रोग ने पेट पर आक्रमण किया। डॉक्टरों ने परीक्षा करने के बाद घोषणा की कि डिसपेप्सिया है।

अब डिसपेप्सिया का इलाज आरम्भ हुआ। दवा पर दवा खानी पड़ी। लेकिन सुधार के खाते में शून्य के आगे उन्नति नहीं हुई। परिजन चिंतित हो उठे। ऐसे अवसर पर प्राय: उन्हें अपने मित्र और मामा सुरेन्द्रनाथ गांगुली की याद आती थी। सूचना मिलने पर वे आये,[3] देखा कि सब कुछ गड़बड़ है। आवश्यकता इस बात की है कि रोगी का खाना व्यवस्थित किया जाए। लेकिन बड़ी बहू कुछ नहीं सुनना चाहतीं। उनकी मान्यता है कि यह सब न खाने के कारण हुआ है। वे सदा इस बात की चिन्ता करती हैं कि शरत् खूब खाएँ। वे खाते हैं और तड़फड़ाते हैं। डॉक्टर के बहुत कहने पर चाय छोड़ने का प्रयत्न किया, पर इतने पुराने और इतने घनिष्ठ मित्र की ममता कैसे छूटे? मामा ने कहा, "अभी बहुत काम करने को हैं।"

---

1. 31 अगस्त, 1937 ई. 2. 27 भाद्र, 1344 (11-12 सितम्बर, 1937 ई.) 3. 3 नवम्बर, 1937 ई.

वे बोले, "अब तो रोग की यंत्रणा भोगने के अलावा और कोई काम नहीं रह गया है।"

मामा ने उत्तर दिया, "देश अभी तुमसे बहुत आशा रखता है।"

एक दीर्घ नि:श्वास खींचकर शरत् बाबू बोले, "सचमुच बहुत काम बाकी पड़ा है। समय पा सकता तो असमाप्त पुस्तकों को पूरा कर देता।

सुरेन्द्रनाथ ने विश्वास दिलाया, "समय मिलेगा।"

लेकिन वे समझ गये थे कि अब समय नहीं रह गया है। वैरागी मन और भी वैरागी हो उठा था। मामा कुछ दिन बाद लौट गये। अधिक रहना उनके लिए सम्भव नहीं था। वैद्यों ने कहा, "राजगृह जाने से लाभ हो सकता है।"

लेकिन तबीयत तेज़ी से गिरती जा रही थी। वहाँ जाना अब सम्भव नहीं था। स्वास्थ्य जब बहुत गिर गया तो प्रकाशचन्द्र ने फिर मामा को सूचना दी। लिखा—"तुरन्त चले आओ।"

सुरेन्द्रनाथ आये। कालीपूजा का उत्सव समाप्त हो चुका था। शरत् के जराजीर्ण शरीर को देखकर वे चकित रह गये। समझ गये कि यहाँ से बाहर ले जाए बिना उनका बचना असम्भव है।

शरत्चन्द्र ने कहा, "इस रोग की कोई चिकित्सा नहीं है। मुझे शान्ति से जाने दो। यहीं रूपनारायण के किनारे, प्रभास की समाधि के पास।"

सुरेन्द्रनाथ बोले, "यह क्या व्यर्थ की बातें करते हो?"

लेकिन ये व्यर्थ की बातें नहीं थीं। मृत्यु की पदचाप वे दोनों ही सुन पा रहे थे, फिर भी भूलने का प्रयत्न करते थे। कभी मछलियों की चिन्ता करते तो कभी बगीचे में फूलों को लेकर व्यग्र हो उठते। परिजन, मित्र और प्रशंसक अब भी सदा की तरह उनसे मिलने के लिए आते और उनकी यह अवस्था देखकर चिन्तातुर को उठते। एक दिन आये हिन्दी के एक लेखक अमृतलाल नागर। उनका एक मित्र शरत् बाबू का इतना भक्त था कि पुस्तकों की अलमारी पर 'श्री गणेशाय नमः' के स्थान पर 'श्री शरत्चन्द्र चट्टोपाध्याय नमः' लिखा हुआ था। स्वयं शरत्चन्द्र ऐसी ही एक भक्त नारी से मिले थे। उसने घर में मन्दिर बनाकर वेदी पर शरत् बाबू की पुस्तकें सजा रखी थीं। प्रतिदिन पूजा और पाठ का क्रम निर्बाध रूप से चलता था। उसी एकान्त में उसने शरत् बाबू को अपनी सारी कहानी सुनाई थी। एक भद्र पुरुष की रक्षिता थी।

कैसी सात्वना मिली थी शरत् बाबू को उस दिन! जैसे उनका साहित्य सार्थक हो गया था। नागर भी उनसे कम प्रभावित नहीं थे। अक्सर मिलने आते थे। इस बार आये तो देखकर चकित रह गये।[1] पाया कि संग्रहणी की शिकायत है। जो कुछ खाते हैं वह हजम नहीं होता। क्वेटर ओट तक हजम नहीं कर पाते। सूखकर कांटा हो गये हैं।

शरत् बाबू नागर को देखकर बहुत प्रसन्न हुए। बोले, "तुम्हारे आने से मुझे बहुत खुशी हुई। अब इस जीवन में मुझे कोई भी लालसा बाकी नहीं है। यह शरीर भी प्राय: निर्जीव-सा

---

1. नवम्बर, 1937 ई.

हो चुका है। बहुत थक गया हूँ। यमराज, जिस वक्त भी मुझे इनविटेशन कार्ड भेजेंगे, मैं उसी वक्त जाने को तैयार बैठा हूँ।''

कई क्षण चुप रहने के बाद जैसे अन्तर में आवारा मन जाग आया हो। बोले, ''इच्छा होती है कि जलवायु परिवर्तन के लिए बंगाल छोड़कर चला जाऊँ, लेकिन किसी एक जगह जमकर रहने की तबियत नहीं होती है। सोचता हूँ, ट्रेन ही ट्रेन घूमूँ, अधिक-से-अधिक एक-एक जगह एक-एक दो-दो दिन ठहरता हुआ।''

नागर ने कहा, ''यह तो शायद आपके लिए ठीक न होगा। आप बहुत कमज़ोर हो गये हैं।''

उन्होंने कुछ उत्तर नहीं दिया। चुपचाप आँखें बन्द करके लेट गये। नागर ने फिर कहा, ''आप हमारे देश चलें। लखनऊ में इस रोग के एक विशेषज्ञ हैं। कनखल में भी इस रोग का इलाज बहुत अच्छा हो सकता है। ऋषिकेश, हरिद्वार, कनखल कहीं भी आपके रहने का प्रबन्ध कर सकता हूँ। आप स्वस्थ हो उठेंगे।''

शरत् बाबू को जैसे कुछ उत्साह हुआ। बोले, ''वहाँ तो बहुत सर्दी पड़ती है; मैं उसे कैसे सह सकूँगा! अच्छा सोचकर देखूँगा। परसों कलकत्ता जा रहा हूँ। वहाँ से मैं तुमको पत्र लिखूँगा।''

संध्या के समय जब नागर उनके चरण छूकर पालकी में बैठने लगे तो सहसा उन्होंने कहा, ''ठहरो अमरित, मैं इस समय तुम्हें रूपनारायण की शोभा दिखलाना चाहता हूँ।''

पालकी से उतरकर नागर उनके साथ किनारे तक गये। आकाश में तारे छिटक रहे थे। शायद पूर्णिमा थी। हाथ सं इशारा करते हुए उन्होंने बतलाया, ''जब बाढ़ आती है तो पानी मेरे बंगले की सतह को छूता है। तब मुझे बहुत अच्छा मालूम होता है। जी करता है कि एक जहाज़ ले लें और घूमते रहें। कभी धरती पर न आयें।''

जैसे वही चिरपरिचित आवारा मन बोल रहा हो। नागर समझ गये थे कि उस दिन अन्तिम बार रूपनारायण के तट पर खड़े हुए उस महान कलाकार के दर्शन कर रहे हैं। उस रूपनारायण नद से शरत् बाबू को बहुत प्यार था। अक्सर किनारे पर बैठकर उसे देखा करते। जो कोई उनसे मिलने आता, स्वयं उसके साथ जाकर उस नद की चर्चा करते। कुछ दिन पूर्व एक और हिन्दी लेखक वाचस्पति पाठक उनसे मिलने आये थे। जब वह लौट रहे थे तो उन्होंने उन्हें रोका था और कहा था, ''एक चीज़ देखते जाओ।''

वे देखते ही रह गये थे। उनके सामने रूपनारायण नद का विस्तार फैला पड़ा था। उस समय उसमें पानी नहीं था, लेकिन रेत का विस्तार कम प्रभावशाली नहीं होता। उन्हें वहाँ खड़ा करके वे पीछे हट गये। उस विस्तार ने जैसे पाठक को जकड़ लिया।

वे सचमुच कलाकार थे। सौंदर्य के उपासक। जो सौंदर्य है, वही पुरुष है, वही प्रकृति है। इसीलिए जो सौंदर्य का उपासक है, वह प्रकृति का भी उपासक है। मनोरम और भयानक, प्रकृति के इन दोनों रूपों का, और स्वयं भगवान का भी। क्योंकि सर्वोत्तम सौंदर्य ही तो भगवान है।

नागर लौट गये। सोच रहे थे कि आज यह महान लेखक कितना भावुक हो उठा है!

कितना स्नेह भरा है इसके अन्तर में? यशस्वी होकर लोग गर्वोन्मत्त हो उठते हैं और अपने चरित्र को भ्रष्ट कर डालते हैं। लेकिन एक ऐसा व्यक्ति भी है जिसने दुखों के बीच अपनी यात्रा आरम्भ की, न जाने कितने पथ-घाटों की धूल फांकी, तथाकथित पाप भी किये पर ईमानदारी, साहस और करुणा को कभी नहीं छोड़ा और अन्त में इन्हीं गुणों के कारण महान बन गया। उन्नत ललाट, लम्बी नाक और बड़ी-बड़ी अन्तर्भेदी आँखें। उस दिन, कितनी पुरानी बात है, वे स्वस्थ थे। कितनी चर्चा की साहित्य की, साहित्य में घुस आई राजनीति की, प्रेमचन्द की। उनकी कहानियाँ शरत् बाबू ने पढ़ी थीं। बहुत वर्ष पहले 'सप्त-सरोज' पढ़कर उन्होंने हिन्दी पुस्तक एजेन्सी, कलकत्ता के श्री महावीरप्रसाद पोद्दार[1] को, जो अक्सर उनके पास जाते थे, लिखित सम्मति दी थी—"गल्पें सचमुच बहुत उत्तम और भावपूर्ण है। रवीन्द्र बाबू के साथ इनकी तुलना करना अन्याय और अनुचित साहस है, पर और कोई भी बांग्ला लेखक इतनी अच्छी गल्पें लिख सकता है, इसमें सन्देह है।"[2]

उन्होंने यह भी कहा था, "तुम लोग अपने साहित्य का सभापति किसी साहित्य महारथी को न बनाकर राजनीतिक नेताओं को क्यों बनाया करते हो?"

नागर ने उत्तर दिया, "हिन्दी में स्वयंभू कर्णधारों का एक दल है, जो अपनी तबीयत से यह सब किया करता है। वरना हमारी हिन्दी में भी प्रेमचन्द, जयशंकर प्रसाद, मैथिलीशरण गुप्त, निराला, पंत आदि कुछ ऐसे व्यक्ति हैं, जिन पर हम गर्व कर सकते हैं।"

शरत् बाबू ने कहा, "हमारे यहाँ बंगाल में भी अधिकतर साहित्य-सम्मेलन के सभापति बड़े-बड़े ज़मींदार ही बनते हैं। लेकिन यह बात मुझे पसन्द नहीं है। जिन्हें 'साहित्य' शब्द के वास्तविक अर्थ का ज्ञान नहीं, उन्हें सम्मेलन का सभापति बनाना महज़ हिमाकत है।"

लेकिन इस सबके बीच उन्होंने कई बार बड़े स्नेह से नागर से कहा था, "देखो अमरित, तुम अभी बच्चे हो। फिर तुम्हारे सिर से तुम्हारे पिता का साया भी उठ चुका है। दुनिया ऐसे आदमियों को हर तरह से ठगने की कोशिश करती है। तुम्हारे साथ गृहस्थी भी है, इसी से मैं तुमसे यह सब कहता हूँ। इस ब़ात को हमेशा ध्यान में रखना कि अगर तुम्हारे पास चार पैसे हों तो अधिक-से-अधिक इन्हीं चारों को खर्च करना, लेकिन कभी किसी से पाँचवां पैसा उधार मत लेना...।"

बहुत दिन पहले नागर से उन्होंने कहा था, "मेरे प्रोफ़ेसर ने मुझे दो बातें बताई थीं। एक तो यह कि कभी किसी की व्यक्तिगत आलोचना न करना और दूसरे, जो कुछ भी लिखो वे तुम्हारे अनुभव के बाहर की चीज़ न हो। यही दो बातें मैं तुम्हें बतलाता हूँ, भाई।"

किरणमयी भी तो दिवाकर की कहानी 'विष की छुरी' पढ़कर यही कहती है, "जिसे तुम खुद नहीं समझते उसे दूसरों को समझाने की मिथ्या चेष्टा मत करो। जिसे नहीं पहचानते उसका अनाप-शनाप परिचय दूसरों को मत दो। कोरी कल्पना केवल गढ़ ही सकती है, उसमें जान नहीं डाल सकती। ढो सकती है, पर राह नहीं दिखा सकती।"

---

1. पोद्दार जी शरत् बाबू के मित्र थे। अब जसीडीह में प्राकृतिक चिकित्सा केन्द्र चलाते हैं। 2. *सप्त सरोज* (आठवीं बार, मार्गशीर्ष, सं. 1987 सन् 1930 ई.) की भूमिका। पहला संस्करण सन् 1927 ई. में छपा।

उस दिन ग्रामोफ़ोन पर इनायत खां सितार वादक का रिकार्ड बज रहा था। आखिर में उसने अपना नाम बताया। वे मुस्कराए, फिर हुक्के का कश खींचते हुए बोले, "भाई, तबीयत मेरी भी करती है कि मैं अपना रिकार्ड भरवाऊँ और आखिर में मैं भी इसी लहज़े के साथ कहूँ कि मेरा नाम है शरत्चन्द्र चट्टोपाध्याय।"

नागर का आना घर के लोगों को बहुत अच्छा लगा। शरत् बाबू में कलकत्ता जाने का उत्साह दिखाई दिया। जैसे गहन अंधकार में कोई प्रकाश की खिड़की खोल गया हो।

मराठी के सुप्रसिद्ध साहित्यकार मामा वरेरकर से भी उनका बड़ा स्नेह था। एक दिन लेखक ने मामा से कहा, "मामा, शरत् बाबू पशुओं से बड़ा प्रेम करते थे...।"

वह अपनी बात पूरी कर पाता कि मामा बोल उठे, "इसीलिए तो वे मुझे भी प्यार करते थे।"

और अट्टहास के बीच मामा ने बताया, "मैंने एक दिन शरत् बाबू से कहा, 'आपके कोई सन्तान नहीं है?' उन्होंने उत्तर दिया, 'मामा, तुम जानते हो मैं क्या हूँ? क्या मैंने नहीं किया? कौन-से रोग मेरे शरीर में नहीं हैं? क्या तुम चाहते हो कि अपने पीछे मैं ऐसी सन्तान छोड़ जाऊँ?' "

उन दिनों जैसे उनकी सम्वेदना मुक्त हो चुकी थी। सुबह चाय पीने के बाद वे पैसे लेकर बैठ जाते और भिखारियों को बांटते रहते। जब कभी पुजारी अस्वस्थ हो जाता तो स्वयं राधाकृष्ण की पूजा करते। आँखों से अविरल अश्रुधारा बहने लगती।

आखिर निश्चित हुआ कि रविवार के दिन कलकत्ता जाएँगे।

तभी अचानक विवाद खड़ा हो गया। पण्डितजी को बुलाकर बड़ी बहू ने पूछा, "रविवार को जाना क्या ठीक होगा?"

पत्रा खोलकर पण्डितजी ने गणित किया, बोले, "रविवार के दिन कलकत्ता जाने का योग नहीं है।"

सुनकर बड़ी बहू एकदम घबरा उठी। शरत्चन्द्र इन बातों में विश्वास नहीं करते थे, लेकिन बड़ी बहू करती थीं। उन्होंने घोषणा की, "रविवार को जाना नहीं हो सकता।"

परन्तु इस निश्चय की सूचना शरत् बाबू को कौन दे? वे तुरन्त मना कर देंगे और कहेंगे, "नहीं, रविवार को ही जाऊँगा।"

अन्त में सबने मिलकर एक उपाय ढूँढ़ निकाला। प्रकाशचन्द्र, पण्डितजी और सबसे अन्त में आँखों में आँसू भरे बड़ी बहू, तीनों शरत् बाबू के पास पहुँचे। आँखें बन्द किए वे आरामकुर्सी पर लेटे थे। पगध्वनि सुनकर उन्होंने दृष्टि उठाई और प्रकाश से पूछा, "क्या है खोका?"

"रविवार को जाना न होगा।"

"मामा क्या कहते हैं?"

"सोमवार!"

"मैं भी यही सोचता हूँ। कल सब काम पूरे भी नहीं होंगे। सोमवार ही ठीक है।"

कलकत्ता जाने के लिए वे तैयार हो गये थे, लेकिन इसी शर्त पर कि शुक्रवार को लौट आएंगे। सोमवार के सवेरे सब कामों से छुट्टी पाकर उन्होंने राधाकृष्ण को प्रणाम किया और मन्द-मन्द स्वर में रवीन्द्रनाथ का यह गीत गाते हुए चल पड़े—

पथेर पथिक करेछो आमाए, सेई भालो ये सेई भालो।
आलेया ज्वालाले प्रान्तर भाले, सेई आलो मोर सेई आलो॥

गाँव से विदा लेते हुए उन्हें अत्यन्त पीड़ा हो रही थी। शरीर बहुत दुर्बल हो चुका था। मांसहीन पैरों में सुन्दर मोजे और पालिश किया हुआ बादामी जूता ऐसा लगता था जैसे किसी ने महाप्रयाण के लिए श्रृंगार किया हो। फक्कड़ कबीर ने गाया है न—

कर ले श्रृंगार चतुर अलबेली, साजन के घर जाना होगा।

यह साजन के घर जाने की तैयारी ही तो थी। स्टेशन पर पहुँचकर सुरेन्द्रनाथ ने कहा, "तुम्हारे लिए सेकण्ड क्लास का और अपने तथा गोपाल के लिए थर्ड क्लास का टिकट ले आता हूँ।"

शरत् बाबू ने उत्तर दिया, "यह कैसे हो सकता है ? सब इन्टर क्लास में साथ चलेंगे।"

उस दिन केवल भावुकता के कारण ही वे ऐसा नहीं कर रहे थे, मनुष्य से सदा ही उन्हें ऐसा प्रेम रहा है। उड़िया देश का वह भोला अनेक वर्षों तक उनके साथ रहा। सामताबेड़ आने पर भी वह कई वर्ष उनके साथ था। जहाँ कहीं भी वे जाते थे, वह उनका चिरसंगी था, उनका अन्तरंग। एक दिन अचानक छुट्टी लेकर वह सदा के लिए अपने देश चला गया। तब उन्होंने जिस सेवक को अपने साथ रखा वह था ननी। साँप के काटने से अचानक उसकी मृत्यु हो गई थी। उसको बचाने के लिए शरत् बाबू अत्यन्त व्यग्र हो उठे थे। अपने खर्च पर उसे इलाज के लिए कलकत्ता भेजा। रात-भर उसकी चिन्ता करते रहे, लेकिन वह बच नहीं सका। यह समाचार पाकर उनकी व्यथा का पार नहीं रहा। कहा, "सवेरे से रात तक रास्ते की ओर देखता हुआ बैठा हूँ कि कोई अच्छी खबर लेकर आएगा। वह तो नहीं हुआ, तुम यह क्या खबर ले आये ?"

जब तक वे जीवित रहे ननी के परिवार की आर्थिक सहायता करते रहे। उनके नहीं रहने पर हिरण्मयी देवी ने यह सहायता जारी रखी। ड्राइवर काली को तो शरत् बाबू अपने घर का सदस्य मानते थे। उस दिन वे असमंजस मुखोपाध्याय के साथ एक योरोपियन होटल में चाय पीने के लिए गये। एक कप का मूल्य था आठ आने। बंगाली दुकान में वही चाय दो पैसे में मिलती थी। काली ने कहा, "मैं वहीं जाकर चाय पी आता हूँ।"

शरत्चन्द्र तुरन्त बोले, "जब हम यहाँ पी रहे हैं, तो तुम वहाँ किसलिए जाओगे ?"

इसीलिए उस दिन भी वे गोपाल के साथ एक ही डिब्बे में बैठे। मार्ग में किसी स्टेशन पर गाड़ी रुकी तो एक परिचित डॉक्टर ने आकर प्रणाम किया। पूछा, "आप कैसे हैं दादा ?"

शरत्चन्द्र बोले, "तुम्हीं बताओ कैसा लगता हूँ ?"

''पहले से अच्छे दिखाई देते हैं।''

''तुम डॉक्टर जाति के हो, मेरा यही विश्वास था। आज यह विश्वास और भी दृढ़ हो गया।''

डॉक्टर ने कहा, ''इतना बड़ा सर्टिफ़िकेट क्यों दे रहे हैं आप?''

एक क्षण चुप रहकर शरत् बाबू फिर बोले, ''डॉक्टर, तुम बहुत अच्छी तरह जानते हो कि मैं ठीक नहीं हूँ। यह भी जानते हो कि मुझसे ऐसी बात नहीं कही जानी चाहिए। इसीलिए तुमको बड़ा मानता हूँ।''

कई क्षण इसी तरह की बातें करते रहे। अन्त में बोले, ''बहुत दिनों से मैं अपनी स्थिति जानता हूँ। पेड़-पौधों को लेकर भूलने की कोशिश कर रहा हूँ। किसी दिन सामता आओगे तो देखोगे।''

''दादा, अच्छा होने के लिए लगता है वही एक उपाय है, मन को निरुद्वेग कर दीजिए। तब देखेंगे कि कैसे आप ठीक हो गये हैं।''

उन्होंने सिर हिलाकर उत्तर दिया, ''अब कुछ नहीं हो सकता।''

28

कलकत्ता पहुँचकर भी भुलाने के इन कामों में व्यतिक्रम नहीं हुआ। बचपन जैसे फिर जाग आया था। याद आ रही थी तितलियों की, बाग-बगीचों की और फूलों की। नेवले, कोयल और भेलू की। भेलू का प्रसंग चलने पर उन्होंने मामा से कहा, ''वह मेरे रक्त-मांस का अंश बन गया था। उससे पूर्व और उसके बाद कई आये और गये, किन्तु वह मानो मध्य की मणि था। मनुष्य को सबसे बड़ी सीख जीव-जन्तुओं से ही मिलती है, इसमें सन्देह नहीं।''

फिर बोले, ''उस दिन तुमने छत पर कुंजवन लगाने की बात कही थी। तब सोचा था सब व्यर्थ है। परन्तु आज ग्लोब नर्सरी चलता हूँ। यदि ज़िन्दा रहा तो निश्चय ही एक कुंजवन तैयार करूँगा।''

और वे नर्सरी गये, कई प्रकार के मौसमी फूलों के बीज खरीदे। गुलाब उन्हें सबसे अधिक प्रिय था। जिस समय वे दुकान पर खड़े मामा से बातें कर रहे थे तो एक अपरिचित युवक ने आकर उन्हें प्रणाम किया और कहा, ''क्या आप मेरे स्टाल पर चलने की कृपा करेंगे? मैं आपको कुछ फूल देना चाहता हूँ।''

शरत् बाबू बोले, ''मुझे क्यों देना चाहते हो?''

''देकर मुझे सुख होगा इसलिए।''

''इतने लोग आते हैं, सबको देते हो क्या?''

''सबको तो मैं नहीं पहचानता?''

''मुझे पहचानते हो?''

"बंगाल में आपको कौन नहीं पहचानता?"

खरीदारी करने में शरत् सदा उदार रहे। उनका तर्क था कि भगवान ने बुढ़ापे में इतना दिया है, इसे कहाँ रखूँगा?

गाड़ी में बैठे फूलों की प्रतीक्षा कर रहे थे कि कई कॉपियाँ हाथ में लिए एक वृद्ध मुसलमान ने आकर कहा, "इन्हें आपको खरीदना होगा।"

"क्यों?"

"क्योंकि घर में खाने को नहीं है। खाली हाथ नहीं जाऊँगा।"

"कितने पैसे देने होंगे?"

"एक रुपया।"

उसे दो रुपये देते हुए कहा, "एक रुपया मूल्य और दूसरा खुदा के नाम पर।"

प्रसन्न होकर वृद्ध ने कहा, "ज़िन्दे रहो बाबू साहब।"

सुनकर शरत् मुस्कराये होंगे, तब अंतर में बैठे शरत् ने कहा होगा, "यह ज़िन्दा रहने को ही तो कहता। मैं जीवन के अन्तिम क्षण तक ज़िन्दा रहूँगा।"

इधर इस प्रकार भुलाने का प्रयत्न कर रहे थे उधर जाँच की व्यवस्था आरम्भ हो गई थी। देख-रेख कर रहे थे डॉ. कुमुदशंकर राय। सूचना पाकर डॉ. विधानचन्द्र राय भी आ गये। बोले, "आप कब वापस आये? और यह सब क्या है? अच्छा, ज़रा लेटो तो।"

लेटते हुए शरत् ने उत्तर दिया, "देश जाकर बहुत माछ खाये हैं। इसलिए कुछ पेप्सिया बढ़ गया है।"

डॉक्टर बोले, "हजम नहीं कर पाते तो इतना क्यों खाते हो?"

शरत् ने कहा, "लोभ के कारण। एक-एक दिन में पाँच-पाँच, छह-छह तक तपसे माछ खाये हैं।"

डॉक्टर बोले, "अच्छा काम नहीं किया। मुझे देकर खाते तो हजम हो जाते।"

परीक्षा करने के बाद कुछ देर बातें करते रहे। फिर जैसे आये थे वैसे ही चले गये। शरत् ने मामा से पूछा, "क्या बता गये हैं?"

"किंक किंकर्स!"

यह शब्द समझ में नहीं आ रहा था। नरेन्द्र देव भी आ गये थे। डिक्शनरी देखनी पड़ी। पता लगा कि इसके अर्थ हैं आंतों में कोई रुकावट। समझ गये कि केवल एक्स-रे कराने से ही काम नहीं चलेगा, आपरेशन भी कराना होगा।

अब गाँव लौट जाने का प्रश्न नहीं था। डॉक्टर पर डॉक्टर आने लगे और सलाह-मशविरा चलने लगा। उसके साथ ही ज्योतिष का प्रभाव भी बढ़ रहा था। उसी दिन नीलम की अंगूठी पहनी थी। बाद में प्रवाल की और आ गई। उन्होंने कहा, "मनुष्य पर जब संकट

आता है तो वह बुरे संस्कारों का दास बन जाता है। यह देखो मेरी प्रवाल की अंगूठी। क्या होगा इससे? फिर भी...।''

मामा ने उत्तर दिया, ''जैसे अस्वस्थ हो जाने पर डॉक्टर को बुलाना कुसंस्कार नहीं है, वैसे ही ग्रहों के अप्रसन्न हो जाने पर प्रवाल धारण करना भी कोई बुरा संस्कार नहीं है।''

चिरदिन के स्वेच्छाचारी शरत्चन्द्र ने इतना ही कहा, ''दुख में पड़कर प्रवाल धारण किया है, पर मन विद्रोह करता है।''

इस छटपटाहट से मुक्ति पाने के प्रयत्न में वैरागी मन अतिशय चंचल हो उठा। कभी फूलों को लेकर व्यस्त हो उठते तो कभी सोचते कि नई गाड़ी खरीदकर भागलपुर घूम आया जाए। उस दिन बाज़ार में एक मोर देखा तो खरीद लाये। बकरी का दूध सहज सुपाच्य होता है। रोगी के लिए ठीक रहेगा। इसलिए स्वयं बाज़ार जाकर एक बकरी देखी। मूल्य था चालीस रुपये। चार सेर दूध देने की बात थी। आश्चर्य, वह बकरी वाला भी उन्हें पहचानता था। सुरेन्द्र मामा के कान में उसने कहा, ''यह कहानियाँ लिखते हैं न? मैंने इनकी तस्वीर देखी है। इनके लिए मैं बीस रुपये में दे दूँगा।''

लेकिन बड़ी अद्भुत थी वह बकरी। अपना दूध स्वयं पी जाती थी। बड़ी बहू गाँव से आ गई थीं। किसी ने उससे कहा, ''अपना दूध पी जाने वाली बकरी यदि घर में रहती है तो स्वामी या स्वामिनी किसी एक ही मृत्यु हो जाती है।''

तब बड़ी बहू ने वह शोर मचाया कि उसे विदा करने के सिवाय और कोई चारा नहीं रहा। लेकिन इससे उनकी खरीदारी में कोई अन्तर नहीं पड़ा था, और इसीलिए बगीचा दिन-प्रतिदिन प्रगति कर रहा था। दूसरी ओर एक्स-रे की व्यवस्था भी चल रही थी। अन्त में पता लगा कि जिगर में कैंसर है जो बढ़ते-बढ़ते पाकस्थली तक पहुँच गया है।

यह मृत्युदण्ड की स्पष्ट घोषणा थी। मृत्यु की पदचाप वे बहुत पहले से सुनते आ रहे थे। जिस दिन वे कलकत्ता आये उसी दिन अख़बार पढ़ते-पढ़ते स्तब्ध रह गये। मुख विवर्ण हो आया। मामा ने देखकर पूछा, ''क्या हुआ शरत्?''

''सर जगदीशचन्द्र बसु की मृत्यु हो गई।[1] उनका हृदय दुर्बल था। इस बार मेरी बारी है।''

''यह कौन-सा तर्क हुआ?''

''तर्क नहीं इन्ट्यूशन है?''

''उनकी तो आयु पूरी हो गई थी। तुम उनके सामने बच्चे हो।''

शरत् ने कहा, ''मेरा हृदय ठीक है, लेकिन खराब होते क्या देर लगती है?''

बड़े दिन की छुट्टियाँ पास आ गई थीं। इन दिनों मद्रास में डॉक्टरों का एक बड़ा सम्मेलन था। उनकी बड़ी इच्छा थी कि वहाँ जाने से पहले डॉक्टर लोग उनके बारे में कोई निर्णय कर लें। विधान बाबू, ललित बाबू, कुमुद बाबू-तीनों डॉक्टर देखने आए। निश्चय हुआ कि

1. 22 नवम्बर, 1937 ई.

आपरेशन करना होगा। शरत्चन्द्र ने विधानचन्द्र राय से कहा, ''आपरेशन यदि होना ही है तो आप करेंगे। यदि मरूंगा तो आपके हाथों से।''

हँसकर विधानचन्द्र राय ने उत्तर दिया, ''लेट जाओ, काम पूरा करके ही जाऊँगा।''

और फिर घर के कोने में रखी इस्पात की सुन्दर कुल्हाड़ी उठा लाये। बोले, ''मैं तैयार हूँ।''

सब ठहाका मारकर हँस पड़े। लेकिन आपरेशन करना तुरन्त सम्भव नहीं हो सका। यह निश्चित हुआ था कि डॉक्टर ललित मोहन आपरेशन करेंगे, लेकिन उनकी फीस हज़ार-बारह सौ रुपये से कम नहीं थी। शरत् बाबू इतना देने में असमर्थ थे। इसलिए डॉक्टर लोग उन्हें उसी अवस्था में छोड़कर मद्रास चले गये। पीछे रह गये डॉक्टर दासगुप्ता, जो छोटे-मोटे प्रयोग करके रोग की तीव्रता को कम करने का प्रयत्न करने लगे।

शरत्चन्द्र ने एक दिन डॉक्टर कुमुदशंकर से भी कहा था, ''आपरेशन यदि करना है तो और परीक्षा करने की ज़रूरत नहीं है। मैं कल ही तैयार हूँ। मामा को साथ लेकर तुम्हारे यहाँ पहुँच जाऊँगा। तुम्हीं आपरेशन कर दो। अच्छी तरह जानता हूँ कि तुम्हारे समान दक्ष डॉक्टर कलकत्ता में नहीं है। तुम्हें अपने ऊपर जितना विश्वास है उसे देखकर मैं चकित रह गया हूँ। मैं कोई स्त्री नहीं हूँ। मेज़ पर मर जाने की भी कोई सम्भावना नहीं है, और हो तो मैं लिखकर दे सकता हूँ। किसी को बुलाने की ज़रूरत नहीं है।''

कुमुदशंकर मूर्तिवत् चुपचाप बैठे रहे। शरत् ने कहा, ''कुछ तो बोलो, कुमुद!''

''मैं नहीं कर सकता।''

''कुमुद, यह काम तुमको छोड़कर और कोई नहीं कर सकेगा। तुमने अपने लड़के का आपरेशन भी तो किया था।''

''मेरे लड़के और आपमें बहुत अन्तर है। एक लड़का गया तो दूसरा हो सकता है, किन्तु एक शरत्चन्द्र के जाने पर दूसरा नहीं हो सकता।''

जैसे-जैसे मृत्यु पास आ रही थी वैसे-वैसे ही खाने की तृष्णा भी बढ़ रही थी। उस दिन डॉक्टर दासगुप्ता की लेबोरेटरी में काफ़ी देर हो गई। शरत् बाबू ने कहा, ''देर हो गई। कुछ खाकर नहीं आया हूँ। तुम्हारे यहाँ भोग नहीं होगा क्या? देशबन्धु के साथ तुम्हारे घर आया था। कितने दिन हो गए उन बातों को!''

डॉक्टर दासगुप्ता ने कहा, अभी ओटमिल की व्यवस्था हो जाती है, वही आपके लिए उपयोगी है।''

शरत् ने मामा की ओर देखा और कहा, ''सुरेन्द्र, इसी को शनीचर कहते हैं।''

पेट में कौन-कौन सा रस किस मिकदार में है, स्टमक-पम्प द्वारा इसकी भी जाँच की गई लेकिन उनकी भूख कम नहीं हुई। डॉक्टरों ने आदेश दिया था कि वे केवल कम मीठे वाले सन्देश खा सकते हैं, लेकिन उनका मन करता था मटर की कचौड़ी जैसी स्वादिष्ट चीज़ खाने को। गाँव लौट जाने की व्याकुलता भी कम नहीं थी, लेकिन जाना क्या सम्भव था?

कुशल पूछने के लिए मित्रों का तांता लगा रहता था। एक दिन असमंजस मुखोपाध्याय आये। देखा, वही घर, वही द्वार, वही दालान, वही सामने का बगीचा, लेकिन सब कुछ निरानन्द। कुछ दिन पहले तक उन सबमें प्राणों का उत्साह था, माधुर्य का स्पर्श था, लेकिन अब वहाँ पर मानो प्राणहीनता की एक निष्करुण हवा चल रही है। व्यथित मन वे अन्दर जाकर खड़े हो गए। वह मनहूस स्तब्धता बार-बार लौट जाने को कहती थी, लेकिन बिना मिले कैसे लौट सकते थे! कॉल बेल बजाने पर सुरेन्द्रनाथ नीचे आये। जो समाचार उन्होंने दिया वह अच्छा नहीं था। तुरन्त ही वह शरत् बाबू को खबर देने के लिये चले गए। फिर लौटकर कहा, "अभी आ रहे हैं।"

असमंजस बाबू बोले, "न, उनके आने की ज़रूरत नहीं है, मैं स्वयं ऊपर आ रहा हूँ।"

लेकिन वे ऊपर जाने के लिए उठ पाते कि तभी चिर-परिचित पदचाप सुनाई दी। देखा शरत्चन्द्र ही हैं। अत्यन्त रुग्ण अवस्था, निर्जीव की तरह आकर आरामकुर्सी पर गिर पड़े। असमंजस बाबू ने कहा, "यह आपने क्या अनर्थ किया? आपको इस तरह नहीं आना चाहिए था।"

शरत् बाबू ने उत्तर दिया, "तुमको आने के लिए तुम्हारे लड़के से कहा था। तुम आये हो, यह सुनकर मैं कैसे नहीं आता? और मरना तो एक दिन सबको होगा ही। उसके लिए दुख कैसा?"

ऐसा लगा मानो श्रीकान्त बोल रहा हो। इन्द्रनाथ का प्रिय शिष्य और बन्धु श्रीकान्त। एक दिन फिर कुछ और मित्र आ गये। सभी जानते थे कि मृत्यु निश्चित है। फिर भी सांत्वना देने का प्रयत्न करते थे। उस दिन 23 दिसम्बर का दिन था, मित्र ने कहा, "निश्चय ही आप ठीक हो जाएँगे।"

रोग से आक्रांत मलिन मुख पर हास्य की रेखा फूट आई। कहा, "मेरी एक बात याद रखना। 22 जनवरी को मुझे याद करना। याद रहेगा न?"

मानो उन्होंने स्पष्ट कहा हो कि 23 जनवरी को जीवित नहीं रहेंगे। उन्हें जाने की चिन्ता नहीं थी लेकिन जो पास थे, उनके प्रिय थे, उनकी चिन्ता का पार नहीं था। उन्हीं में थे उमाप्रसाद मुकर्जी। अचानक उन्हें एक हफ़्ते के लिए बाहर जाना पड़ा। जाने से पूर्व उन्होंने शरत् बाबू से आज्ञा चाही। उन्होंने कहा, "तुम कुछ दिन के लिए जा सकते हो। इन दिनों आपरेशन की सम्भावना नहीं है। डॉक्टर कुमुद भी बाहर जा रहे हैं। चिट्ठी से तुम्हें सब समाचार मिलते रहेंगे। आवश्यकता हुई तो बुलाने के लिए लिखवा दूँगा।"

उमाप्रसाद चले गये। जाते समय उन्होंने मामा सुरेन्द्रनाथ से कहा, "मुझे चिट्ठी लिखते रहिए।"

25 दिसम्बर को सुरेन्द्रनाथ ने लिखा—

"सवेरे के पाँच बजे।"

"...उस दिन कुमुद बाबू की लेबोरेटरी में शरत् की परीक्षा हुई थी और सुबोध बाबू

एक्स-रे करने के लिए राज़ी भी हैं। अगले दिन सवेरे उनके घर गया। सब कुछ विस्तार से जानना चाहता था। लेकिन वह तो डॉक्टर के अतिरिक्त किसी और को कुछ बताना नहीं चाहते थे।

''दो दिन शरत् ने खूब खाया। उससे और भी दुर्बल हो गये हैं। कल संध्या को हठात् उनकी अवस्था बिगड़ती हुई जान पड़ी। कुमुद बाबू तो हैं नहीं, और वह किसी दूसरे डॉक्टर को बुलाने नहीं देते। बस ढेर सारी कालीफॉस और अफ़ीम के सहारे किसी तरह चल रहा है।

''...कल एक नर्सिंग होम ठीक किया है। पार्क स्ट्रीट में सुशील चटर्जी हैं। सौभाग्य से वे मेरी भांजी के लड़के हैं। जान पड़ता है, शुक्रवार 31 दिसम्बर को वहाँ जाना होगा।

''आज सवेरे साढ़े सात बजे डॉक्टर दासगुप्त के साथ सुबोध बाबू के पास जाऊँगा। अब तक इतना ही। लौटकर जो बात होगी, लिखूँगा। आप मुझ पर भरोसा करके यहाँ से गये हैं। यदि दो-चार दिन में आ सकते हों तो बड़ा अच्छा रहेगा। आशा करता हूँ, आ सकेंगे। 30 तारीख तक लौट आइए।

''साढ़े दस बजे।

''सुबोध बाबू आज साढ़े छ: बजे आएँगे। आज से वे रोगी का चार्ज ले लेंगे।''

दो दिन बाद फिर लिखा—

''27-12-1937, समय दस बजे।

''कल चिट्ठी नहीं लिख सका। आज सवेरे सब शान्ति से आरम्भ हुआ। इसलिए डर लगता है। इस समय मूड़ी के साथ तम्बाकू पीना चल रहा है। मूड़ी खाने की आशा नहीं है। केवल खाने की इच्छा पूरी होगी, इसीलिए डॉक्टर मना नहीं करते। कल सोने के लिए साढ़े बारह बज गये थे।

''अब डूश देते-देते जान पड़ता है बारह बज जाएँगे। उसके बाद ऑलिव ऑयल की मालिश होगी। उसके बाद ग्लूकोज़ दिया जाएगा। पहले रेक्टम से, उसके बाद इन्ट्रावीनस इन्जेक्शन द्वारा। इस बीच में एक स्ट्रीकनिन समय के अनुसार दी जाएगी। पेट में मुख के द्वारा कोई खाना पहुँचाना सम्भव नहीं है। यहाँ तक कि विनकारनिस भी नहीं। मुँह से खाने से केवल कष्ट ही होता है। किन्तु मन की शान्ति के लिए ही ऐसा किया जाता है। रात देर से काम आरम्भ हुआ। ऑलिव आयल मलना, फिर रेक्टम द्वारा तीन औंस देना। अन्त में सोते-सोते रात में कहा, 'एक गाना सुनो—शेष पाराणीर कड़ी आमी कण्ठे निलाम गान...मेरे बहुत दिनों के बन्धु को इसीलिए गाना सुनाता हूँ।'

''शेष सब ठीक है। मैंने पहले आपको आने के लिए लिखा था। अब फिर ज़ोर देकर कहना चाहता हूँ।''

उमाप्रसाद चिट्ठी पाकर तुरन्त कलकत्ता लौट आये।[1]

---

1. 30 दिसम्बर, 1937 ई.

29

इसी बीच में एक दिन शिल्पी मुकुल दे डॉक्टर माके को ले आये। उन्होंने परीक्षा करके कहा, "घर में चिकित्सा नहीं हो सकती। अवस्था निराशाजनक है। किसी भी क्षण मृत्यु हो सकती है। इन्हें तुरन्त नर्सिंग होम ले जाना होगा।"

सुरेन्द्रनाथ बोले, "नर्सिंग होम जाना निश्चित है। पर 31 से पहले सम्भव नहीं।"

एक क्षण सोचकर डॉक्टर माके ने कहा, "मि. गांगुली, मेरा अनुरोध है कि किसी तरह आज ही इन्हें नर्सिंग होम में ले जाइए।"

"तब आप ही सहायता कीजिए!"

और डॉक्टर माके ने एक नर्सिंग होम निश्चित कर दिया। सदर्न हास्पिटल रोड पर एक योरोपियन नर्सिंग होम था।

शरत् बाबू तैयार होने लगे। उस समय जो रुदन आरम्भ हुआ वह रुकता ही नहीं था। शरत् मानो संज्ञाहीन होकर चारपाई पर लेट गये। मामा ने मुकुल दे से कहा, "डॉक्टर माके को बुला लीजिए। साथ जाना ठीक रहेगा।"

डॉक्टर माके भी आ गये। शरत् बाबू तैयार थे। चलने लगे तो हिरण्मयी ने चरणोदक लिया। बोले, "बस हो गया।"

वे बाहर जाते तो कई-कई दिन वहीं रमे रहते। उसी को रोकने के लिए हिरण्मयी ने चरणोदक लेने की प्रथा चलाई थीं। कहा था, "जब तक चरणोदक न लूँगी खाना नहीं खाऊँगी।"

एक बार शरत् बाबू कई दिन बाद लौटे तो पाया कि हिरण्मयी भूखी-प्यासी बैठी है। तब से आना-जाना कम हो गया था। उस दिन चरणोदक लेने पर उन्होंने मानो कहा कि बस हो गया। अब नहीं लौटूँगा।

उस योरोपियन नर्सिंग होम में वे नहीं रह सके। वहाँ सब कुछ सुन्दर था, व्यवस्था और सुघड़ता भी खूब थी। सीढ़ियों पर भी कार्पेट बिछी थी। चारों तरफ़ विलायती साहब और मेम दिखाई देते थे। मिलने के समय जब उमाप्रसाद आये तो चकित रह गये। सन्देह हुआ कि बांग्ला देश छोड़कर कहीं विलायत में तो नहीं पहुँच गए हैं। कमरे का नम्बर देखकर अन्दर गये। खूब सजावट, कीमती सामान, सामने एक सादी खाट के ऊपर स्वच्छ बिछौने पर शरत्चन्द्र लेटे थे। दुग्धफेनिल शय्या थी वह, लेकिन जैसे ही रोगी के चेहरे पर दृष्टि गई तो वे चौंक पड़े। मुख पर पीलापन था और दृष्टि म्लान थी। उनको देखते ही शरत् बाबू ने कहा, "तुम आ गये, अब ठीक इलाज होगा।"

उमा बाबू ने पूछा, "कैसे हो?"

वह वाक्य पूरा भी नहीं कर पाये थे कि नर्स आ गई। हाथ में ग्लूकोज़ का पानी था। शरत् बाबू ने कहा, "अभी नहीं, बाद में दे देना।"

नर्स ने नहीं सुना। बोली, "लेने का समय हो गया है। लेना ही होगा।"

उसके बोलने-चालने के ढंग में स्नेह का आभास तक न था। मानो यंत्रदानव हो, कठिन-कठोर। उसके इस व्यवहार से रोगी उत्तेजित हो उठा। तब उमाप्रसाद ने उसके हाथ से गिलास लेकर कहा, "आप कृपाकर बाहर चली जाएँ मैं पिला दूँगा।"

नर्स क्रुद्ध होकर बाहर चली गई। उमा बाबू रोगी के पास आकर खड़े हो गये। उनका हाथ अपने हाथ में ले लिया। फिर सिर पर हाथ फेरने लगे। अभी भी निदारुण क्रोध से शरत् बाबू का क्लान्त शरीर कांप रहा था। उमा बाबू ने धीरे से कहा, "थोड़ा-सा पानी पी लो।"

शरत् बाबू उनके मुँह की ओर ताकने लगे। उसके बाद शांत स्वर में कहा, "अच्छा, पी लूँगा। किन्तु मुझे यहाँ से ले चलो, नहीं तो मैं स्वयं चला जाऊँगा।"

उमाप्रसाद बोले, "मुझे भी लगता है कि आपका यहाँ रहना नहीं हो सकता। कल ही यहाँ से जाने का प्रबंध हो जाएगा।"

शरत् बाबू मुक्त कलाकार थे। बन्धन में कैसे रह सकते थे। और वहाँ थे बहुत से कायदे-कानून किसी तरह एक-दो सिगरेट पीने की आज्ञा मिल गई थी, परन्तु अफ़ीम तो किसी भी तरह नहीं खा सकते थे। फिर भारतीय रोगी को देखने परिजनों और प्रियजनों की भीड़ न जाये तो प्रेम कैसे प्रकट हो! जो व्यक्ति अड्डे जमाने का आदी हो वह निश्चित समय पर कुछ निश्चित व्यक्तियों से मिल सके, यह वे कैसे सह सकते थे! बार-बार नर्स इस स्वच्छन्द व्यक्ति से युद्ध कर बैठती थी। अन्त में व्यवस्थापिका ने कहा, "रोगी को यहाँ रखना असम्भव है।"

वहाँ के डॉक्टर ने परीक्षा करके कह दिया था, "कोई आशा नहीं है। यहाँ रखना व्यर्थ है।"

सुरेन्द्रनाथ ने डॉक्टर सुशील के नर्सिंग होम की चर्चा की थी। वहीं पर व्यवस्था की गई। वहाँ भी नियम-कानून थे, लेकिन रोगी को विशेष असुविधा न हो इसका ध्यान रखते हुए कई व्यक्तियों को आने की छूट थी। उमाप्रसाद ने पूछा, "आप यहाँ अपने पास किसको रखना चाहते हैं? उसी के अनुसार व्यवस्था कर दी जाएगी।"

थके हुए स्वर में शरत् बाबू ने उत्तर दिया, "किसी को नहीं चाहता, तुम तो हो ही। यहाँ तुम ही बैठो।"

उमाप्रसाद से उन्हें जितना स्नेह था, उतना ही उन पर विश्वास भी था। उस दिन हिरण्मयी देवी आईं तो उमाप्रसाद का परिचय देते हुए उनसे कहा, "ये उमाप्रसाद हैं। कोई बात हो तो अब इन्हीं से कहना।"

यह एक तरह से हिरण्मयी को उमाप्रसाद के हाथों में सौंपने जैसा था, क्योंकि अपने अन्त के बारे में तो वे आश्वस्त हो चुके थे। इसलिए मिलने के लिए आने वाले मित्रों की कोई सीमा नहीं थी। शान्ति निकेतन से नन्दगोपाल सेनगुप्त आये। पाया, आँखें कोटर में धँस गई हैं, जीवन की आशा क्षीण है। कहा, "इस तरह कौन तड़पना चाहता है?"

कुछ देर बातें करने के बाद बोले, "फिर भी यह जीवन व्यर्थ नहीं रहा। मैंने एक आवारा

लड़के के रूप में जीवन आरम्भ किया और अन्त...यह सब तो तुम जानते ही हो।''

जब कोई आता था तो मुख पर म्लान हँसी की रेखा खिंच जाती थी, मानो मन के पटल पर वे आशा की छवि आंकने का प्रयत्न करते हों। बचपन की याद करते, भागलपुर में गंगा की कहानी याद करते, वर्षा के अन्धकार में पूरम्पार भरी गंगा को तैरकर पार कर जाने की कहानी। ऐसा लगता कि अमा निशा में वह और राजू दोनों नाव में बैठकर तूफ़ानी समुद्र में अन्तहीन यात्रा पर निकल पड़े हैं। कितने वर्ष बीत गये और उन वर्षों ने जीवन को कितना कठोर, कितना निर्मम, फिर भी कितना प्रलोभनीय बना दिया...

इन स्मृतियों के माध्यम से जैसे कमज़ोरी के क्षणों में अपनी शक्ति की याद करके साहस पाना चाहते हों। उमाप्रसाद ने कहा, ''ठीक हो जाओ, इस बार आपके साथ जाऊँगा।''

शरत् बाबू हँस पड़े। बोले, ''अरे तेरी आशा कम नहीं है। निश्चय ही गंगा जाऊँगा। साथ ही रहेगा, किन्तु वह मेरी अन्तिम यात्रा होगी।''

उमाप्रसाद ने कहा, ''चुप रहो! बहुत बातें करने की मनाही है।''

रात को डॉक्टर की अनमुति से उमाप्रसाद उनके पास रहे। कुर्सी डालकर पास बैठ गये। रोगी की सेवा करने को विशेष कुछ नहीं था। कमरे के एक कोने में टिमटिमाता प्रकाश था। उमा बाबू की आँखों में नींद नहीं थी। एकटक वे उनकी ओर ताकते रहे। महामानव रोगशय्या पर था। वह मृत्युपथ का राही था। शरीर रोग से थक गया था, लेकिन फिर भी वे पूरी तरह होश में थे। संध्या की नर्स की बदली हो गई थी, रात की नर्स काम पर आ गई थी। ऊँची एड़ी का जूता पहने खटखट शब्द करती हुई वह चार्ज ले रही थी। अस्फुट शब्द में शरत् बाबू ने कहा, ''लंगड़ी नर्स आई है।''

अचरज से उमाप्रसाद ने पूछा, ''लंगड़ी! आप लंगड़ापन कैसे देख सकते हैं?''

मधुर हँसी हँसकर बोले, ''देखता कैसे? कान से सुनकर सब कुछ समझा जा सकता है। दोनों पैरों के जूतों का स्वर एक जैसा नहीं है। देख लेना इसका एक पैर निश्चित छोटा है।''

तभी नर्स कमरे में आई। उमाप्रसाद ने अच्छी तरह देखा। पाया कि पैर में साधारण-सा लंगड़ापन है। आसानी से पकड़ में नहीं आता। लेकिन रोगी की कैसी तीक्ष्ण दृष्टि है! मृत्यु के द्वार पर भी उसका ह्रास नहीं हुआ।

शक्ति धीरे-धीरे क्षीण हो रही थी। किसी से मिलने का मन नहीं रह गया था। कहा, ''सारे जीवन मनुष्य को प्यार किया है, पास बुलाया है, पर अब और नहीं। अब तो बाकी दिन चुपचाप लेटे रहना चाहता हूँ।''

लेकिन आने वाले कब मानते थे। अचानक मित्रता का दावा लेकर एक अनजान व्यक्ति आये और अधिकार के साथ बोले, ''केवल एक बार देखना चाहता हूँ।''

बहुत समझाया, लेकिन वे किसी भी तरह नहीं मान रहे थे। आखिर उमाप्रसाद ने शरत् से कहा, ''वह आना ही चाहता है। तुम चुपचाप आँखें बंद करके पड़े रहो। कमरे में आते ही उसे विदा कर दूँगा।''

फिर आगंतुक से जाकर कहा, ''रोगी सो गया है। ज़रा भी शब्द न होने पाये। देखते ही चले जाना।''

श्रद्धा से भरे-भरे उस नवागंतुक ने कमरे में प्रवेश किया और कपट निद्रा में सोये हुए रोगी की ओर ताका और फिर हाथ उठाकर मौन प्रणाम किया। वह यदि देख पाता तो पता लगता कि उस समय शरत् बाबू एक आँख को खोलकर देखने का प्रयत्न कर रहे हैं, जैसे कोई चुपके-चुपके बंद खिड़की का द्वार खोलकर देखता है। आगंतुक के चले जाने पर वे हँस पड़े। बोले, ''खूब खेल खेला, किन्तु अब और नहीं। तुम मेरे पास आकर बैठो।''

प्यास खूब लगती थी। पीने के लिए पानी मांगा। परन्तु पीते समय बहुत कष्ट होता था, इसीलिए उमा बाबू ने कहा, ''एकटूक खानी खान। (अर्थात् थोड़ा-सा ले लो।)''

अस्फुट स्वर में शरत् बाबू ने कहा, ''एकटूक खानी।''

एक क्षण मौन रहे, फिर बोले, ''देखते हो, एकटू खानी, एकटूई खानी, एकटूक खानी, इन शब्दों के अर्थों में कितना अन्तर है? बांग्ला भाषा की क्या विचित्र सम्पदा है!''

उमाप्रसाद ने लिखा है, ''जीवन-नदी के उस पार जाने वाला यात्री है। फिर भी साहित्य का पुजारी वाणी के मन्दिर में भक्ति का अर्घ्य दे रहा है। सौन्दर्य का प्यासा मन सजग है। प्रतिदिन फूल आते हैं, गुलाब के गुच्छे आते हैं। रोगी का कमरा रूप से आलोकित है, गन्ध से आमोदित है। फूल देखकर पूछा, कौन लाया है? फूल बहुत प्यारे लगते हैं। गुलाब का जन्म सार्थक है। अन्तिम समय भी कैसा आनन्द देने आया है!''

श्रीकान्त भी चतुर्थ पर्व में फूलों पर कैसा मुग्ध हो उठा था! विशेषकर गुलाब पर, ''और सबसे अधिक मन को लुभा लेने वाला था बीच का हिस्सा। रात्रि के अन्त में इस धुंधले आलोक में पहचाने जाते थे—एक-दूसरे से भिड़े हुए झुण्ड के झुण्ड गुलाब के झाड़। जिनमें बेशुमार फूल थे और जो सहस्रों फैली हुई लाल आँखों से बगीचे की दिशाओं की ओर मानो ताक रहे थे...।''

लेकिन उन्हें केवल फूलों से ही सन्तोष नहीं हो पा रहा था। सौन्दर्य-वृत्ति पूरी शक्ति के साथ जाग रही थी। मामा सुरेन्द्रनाथ से कहा, ''बिलास से मैंने दो कानेरी पक्षी ला देने को कहा था। यदि ला सको तो बहुत अच्छा हो।''

पक्षी आ गये। पिंजड़े में बैठे हुए वे सुन्दर पक्षी निरन्तर मृदु-मधुर संगीत गाते रहते। डॉक्टर ने उन्हें देखा तो बोले, ''रात को इन्हें यहाँ रखने की आवश्यकता नहीं, सोने में बाधा होगी। हाँ, दिन के समय भीतर की खिड़की में चाहो तो रख सकते हो।''

शरत् ने हँसकर उत्तर दिया, ''नींद जब आएगी तो उसे कोई रोक नहीं सकेगा। इनका गाना सुनने दो। बहुत मधुर शिक्षा देते हैं।''

फिर पक्षियों की ओर देखकर बोले, ''ओ रे, इतना सुन्दर मत गाओ। एक दिन मेरी तरह ही तुम्हारा यह मधुर कण्ठ भी बन्द हो जाएगा।''

गम्भीर रात्रि थी, वे चुपचाप शान्त लेटे हुए थे। आँखें खुली थीं। पलकों में ज़रा भी

नींद नहीं थी। उमा बाबू की ओर देखकर उन्हें पास बुलाया। उमाप्रसाद ने वहीं से कहा, ''सो जाओ, आँखों को मूंद लो।''

लेकिन आँखें बन्द करते ही मिट-मिट करते ताकते रहे। बोले, ''पास आ जाओ, एक बात कहता हूँ मेरे सीमान्त के एकान्त बन्धु!''

उमाप्रसाद पास गए। शरत् बाबू ने उनके सिर पर हाथ रखा। उमाप्रसाद ने कहा, ''क्या मुझे आशीर्वाद दे रहे हैं?''

वे बोले, ''इसकी क्या बात है? मैंने तुम्हें हमेशा आशीर्वाद दिया है।''

इस तरह वह लम्बी रात बीत गई। किन्तु प्रभात का प्रकाश होने पर भी मन में आशा का प्रकाश नहीं हुआ। हालत इतनी गिर गई कि मुँह से खाना-पीना असम्भव हो गया। पेट में खाना न जाने पर मृत्यु निश्चित थी। इंजेक्शनों से भी लाभ नहीं हो रहा था। गुदा द्वारा भोजन पहुँचाये जाने पर वे स्वयं सहमत न थे। तब एक ही मार्ग शेष था कि पेट चीरकर नली द्वारा तरल पदार्थ अन्दर पहुँचाये जाएँ।

उस दिन देखने के लिए विधानचन्द्र राय आये। पूछा, ''क्या कष्ट है दादा?''

''कष्ट कुछ नहीं।''

''तब?''

''प्यास-प्यास! मेरी छाती जुड़ गई है। मरुभूमि की छाती फाड़ देने वाली प्यास है, डॉक्टर!''

जो वहाँ खड़े थे भीग आये। रूमाल से आँखें पोंछते-पोंछते विधानचन्द्र राय बाहर चले आये। उनकी राय थी कि आपरेशन करना ही होगा। उन्होंने डॉ. ललितमोहन बनर्जी को मात्र चार सौ पचास रुपये लेकर आपरेशन को राज़ी कर लिया।

12 जनवरी का दिन निश्चित हुआ। नियमानुसार डॉक्टर ने रोगी से लिखित आदेश चाहा। शरत् बाबू के मुख पर हास्य की स्मित रेखा फैल गई। बोले, ''लिख दो, मैं उस पर सही कर दूँगा।''

कुमुदशंकर राय ने आदेश-पत्र लिख दिया और शरत् बाबू ने उस पर अंग्रेज़ी में हस्ताक्षर कर दिये। फिर कहा, ''ज़रा रुको, नीचे मैं स्वयं कुछ लिखना चाहता हूँ।''

उस पत्र में लिखा था, ''आपरेशन में जो संकट आ सकता है उसका समस्त दायित्व मैं अपने ऊपर लेता हूँ और डॉक्टर के.एस. राय से अनुरोध करता हूँ कि वे आपरेशन करें।''

उस पर तारीख दी गई थी—12 जनवरी, 1938 ई.। शरत् बाबू ने आड़े हस्ताक्षर करके फिर तारीख दे दी और नीचे एक वाक्य लिख दिया, ''सम्पूर्ण होश और हौंसले के साथ।''

यह वाक्य भी अंग्रेज़ी में लिखा था, लेकिन उनका मस्तिष्क अब पूरी तरह से ठीक काम नहीं कर रहा था। इसलिए उन्होंने 'सेंसिज़' और 'करेज' के स्पेलिंग गलत लिखे।

यह सब लिखते समय उन्होंने अपूर्व आनन्द और तृप्ति का अनुभव किया। जिस

फाउंटेन-पेन से उन्होंने ये अक्षर लिखे थे उसे उमाप्रसाद को देते हुए कहा, "इसे अपने पास रख लेना।"

फिर तृप्ति की निश्वास छोड़कर बोले, "अहा, बहुत आराम पाया। लिखने में बड़ा अच्छा लगा।"

जीवन-भर लेखनी के साथ उनका रक्त का सम्बन्ध रहा था। अंतिम विदा के समय यह मानो अत्यन्त प्रियजन की सबसे अंतिम स्पर्शानुभूति थी। एक दिन पूर्व उन्होंने अपना वसीयतनामा भी लिखवा दिया था। सब कुछ अपनी पत्नी हिरण्मयी देवी के नाम कर दिया।[1] उनकी मृत्यु के बाद वह सब कुछ उनके भतीजे का होना था। कुछ रुपया इस्पीरियल बैंक में भी था, वह उन्होंने अपनी भतीजी के विवाह के लिए सुरक्षित कर दिया। उसके बाद यदि कुछ शेष रहे तो उसका उपयोग भाई के बच्चों के लिए ही होना था। छोटे भाई प्रकाशचन्द्र को बस सपरिवार 24, अश्विनीदत्त रोड वाले मकान में रहने का अधिकार मिला।

डॉक्टर ललितमोहन बन्दोपाध्याय ने 12 बजे ऑपरेशन किया। पाया कि जिगर एकदम गल गया है, बचने की कोई आशा शेष नहीं है। उन्होंने घाव को वैसे ही बन्द कर दिया, जिससे वे शान्ति से अपनी अन्तिम यात्रा पर जा सकें। मुख से कुछ भी खाने का निषेध था। ट्यूब द्वारा तरल पदार्थ ही वे ले सकते थे। उसी की व्यवस्था कर दी गई।

ऑपरेशन के समय रोगी को रक्त की आवश्यकता होती है। प्रकाशचन्द्र ने अपना रक्त दिया, लेकिन वह यथेष्ट नहीं था। तब उनके पड़ौसी नकुलचन्द्र पति ने अपना रक्त दिया। शरत् बाबू नकुलचन्द्र की बराबर सहायता करते आये थे। लगभग पाँच वर्ष पूर्व जब उसके पिता की मृत्यु हो गई थी, तब उन्होंने ही उसकी सार-संभाल की थी। जब कभी भी उस परिवार पर कोई संकट आया, उन्होंने पाया कि शरत्चन्द्र उनके पास हैं। वे उसे कलकत्ता ले आये थे और किसी से कहकर विश्वविद्यालय में नौकरी दिला दी थी। उसी का ऋणशोध करने के लिए मानो नकुलचन्द्र ने अपना रक्त दिया। अवस्था कुछ सुधरती-सी जान पड़ी। किसी-किसी-के मन में आशा की किरण जाग आई।

लेकिन वह मात्र एक छल था। उनको बचाने के सारे प्रयत्न व्यर्थ प्रमाणित हुए। धीरे-धीरे वे संज्ञा खोने लगे। धीरे-धीरे मृत्यु उन्हें आगोश में लेने के लिए पास आने लगी। साँप धीमी होती-होती फिर तेज़ हो जाती। उनके जीवनरूपी नाटक के अन्तिम दृश्य पर पर्दा बहुत धीरे-धीरे गिर रहा था। शुक्रवार, 14 जनवरी की रात के बाद यंत्रणा से वे कातर हो उठे।

यंत्रणा...भीषण यंत्रणा...

"क्या है शरत्?"

"मैं मर रहा हूँ। देख नहीं पाता...वे कौन हैं?"

वे रात-भर आर्तनाद करते रहे। चार बजे संज्ञाहीन हो गये। सात बजे ऑक्सीजन दी गई, पर व्यर्थ। उसी संज्ञाहीन अवस्था में वे कई बार चिल्लाये। उनके अन्तिम शब्द थे,

1. इनकी मृत्यु लगभग 22 वर्ष बाद, 15 भाद्र, 1367 (31 अगस्त, 1960 ई.) को हुई।

"आमाके...आमाके...दाओ, आमाके...दाओ। (मुझे दो, मुझे दो।)"

लेकिन कौन उनको क्या देता? वे क्या चाहते थे? क्या उन्हें नहीं मिला? बंगालियों ने प्राणों से पात्र भरकर यश, अर्थ, प्रतिष्ठा सभी कुछ उनको दिया। तब क्या था, जिसके लिए इस जीवन-वैरागी, आवारा कथाशिल्पी को इस जीवन में सांत्वना नहीं मिली और उससे परलोक में तृप्ति चाही? इस वाक्य के अनेक लोगों ने अनेक अर्थ लगाये हैं लेकिन सचमुच क्या उसका कोई अर्थ था? कुछ और भी शब्द उनके मुख से निकले थे। हो सकता है, उन्हें प्यास लगी हो और उन्होंने पानी की एक बूंद मांगी हो। हो सकता है, पीड़ा से मुक्ति पाने के लिए उन्होंने मृत्यु को पुकारा हो। लेकिन यह सब कल्पना-मात्र है।

उस दिन 16 जनवरी, रविवार, सन् 1938, तदनुसार 2 माघ, 1344 बंगाब्द और पौष पूर्णिमा का दिन था। सवेरे के दस बजे भारत के अपराजेय कथाशिल्पी, जनप्रिय साहित्यिक ने अन्तिम साँप ली। उस समय उनकी आयु थी इकसठ वर्ष चार मास। स्वयं एक दिन उन्होंने कहा था, "मेरा जीवन अन्ततः मानो एक उपन्यास ही है। इस उपन्यास में सब कुछ किया, पर छोटा काम कभी नहीं किया। जब मरूंगा निर्मल खाता छोड़ जाऊँगा। उसके बीच स्याही का दाग कहीं भी नहीं होगा।"[1]

उस दिन कलकत्ता नगर में विशेष चंचलता दिखाई दी। दल के दल नर-नारी पथ-रास्ते पर इकट्ठे होकर स्वर्गीय साहित्यिक के लिए अन्तिम श्रद्धांजलि अर्पित कर रहे थे। दो घंटे के भीतर ही कई समाचारपत्रों ने विशेष संस्करण प्रकाशित किये। रेडियो से घोषणा होने लगी। एक उपन्यासकार के लिए इतनी वेदना का व्यक्त होना विरल ही है।

मोटर द्वारा शव घर ले जाया गया। सामने के दालान में एक पलंग पर भारतवर्ष के अमर कथाशिल्पी की देह अन्तिम दर्शनों के लिए रख दी गई। उनके असंख्य प्रेमियों के अतिरिक्त प्रमुख व्यक्तियों में, जो श्रद्धांजलि अर्पित करने के लिए अस्पताल या घर आये, कुछ ये थे—मेयर सनत कुमार चौधरी, आनरेबल सत्येन्द्रचन्द्र मित्र, शरत्चन्द्र बसु, नलिनीरंजन सरकार, डॉक्टर विधानचन्द्र राय, श्यामाप्रसाद मुकर्जी, रमाप्रसाद मुकर्जी, किरणशंकर बसु, तुषारकांति घोष, हरिदास चट्टोपाध्याय, कैप्टिन एस. चटर्जी, उपेन्द्रनाथ गांगुली, सुधांशुशेखर चट्टोपाध्याय, मुरलीधर बसु, निर्मलचन्द्र 'चन्द्र', राजा क्षितीन्द्रदेव राय, ज्ञानांजन नियोगी, कुमार मणीन्द्रदेव राय, जनाब के. अहमद, श्री व श्रीमती मुकुलचन्द्र दे, सतीश सिंह, रायबहादुर जलधर सेन, यतीन्द्रमोहन बागची, कालिदास राय, कुमुदरंजन मल्लिक, चारुचन्द्र बंदोपाध्याय, शैलजानंद मुखोपाध्याय और प्रबोधकुमार सान्याल।

पी.ई.एन. कलकत्ता शाखा की ओर से शव पर माल्यार्पण किया गया। शवयात्रा तीन बजकर पन्द्रह मिनट पर आरम्भ हुई। परिचालना का भार दक्षिण कलकत्ता कांग्रेस कमेटी ने ग्रहण किया। राष्ट्रीय पताका फहरा रही थी। जनता वन्दे मातरम् और शरत्चन्द्र का जयघोष कर रही थी। मार्ग में न केवल श्री सुभाषचन्द्र बोस और सर आशुतोष मुकर्जी के घरों पर बल्कि स्थान-स्थान पर अनेक संस्थाओं और अनेक कॉलेजों में शव पर मालायें चढ़ाई गईं, लेकिन

1. श्रीमती लीलारानी गंगोपाध्याय के नाम 24 अगस्त 1919 ई. का पत्र

फिर भी यह एक साहित्यिक की अन्तिम यात्रा थी। किरणशंकर राय ने इस समूह को देखकर कहा, ''क्या यही बंगाल की मनुष्यता है? क्या यही बंगाल की कृतज्ञता है? आज बंगाल का इतना बड़ा साहित्यिक, इतना बड़ा देशभक्त स्वर्गवासी हुआ, क्या यही उसकी शवयात्रा है? समस्त कलकत्ता केवड़ातल्ले के श्मशान में क्यों नहीं टूट पड़ा?'

और अन्त में जहाँ देशबन्धु चितरंजन दास, यतीन्द्रमोहन, आशुतोष मुकर्जी, शासमल और यतीन दास आदि की नश्वर देह अग्नि को प्राप्त हुई, वहीं '*श्रीकांत* के स्रष्टा, चिर दुखदर्दी, चिर व्रात्य, चरित्रहीन, आवारा शरत्चन्द्र के रोग-क्लिष्ट कंकाल को चिता पर रख दिया गया। छोटे भाई प्रकाशचन्द्र ने अन्तिम कृत्य सम्पन्न किये। मुख में अग्नि दी प्रकाशचन्द्र के बालक पुत्र ने।

और इस प्रकार संध्या को पाँच बजकर पैंतालीस मिनट पर केवड़ातल्ले में एक विराट जनसमूह के सामने उनका भौतिक शरीर अग्नि को सौंप दिया गया! शेष रह गईं बेशुमार अटपटी यादें और रह गया उनका विपुल साहित्य, जो अन्याय के विरुद्ध उनके सतत् युद्ध का अमर साक्षी है, और साक्षी है उनके इस दावे का, ''मैंने अनीति का प्रचार करने के लिए कलम नहीं पकड़ी। मैंने तो मनुष्य के अन्तर में छिपी हुई मनुष्यता की उस महिमा को, जिसे सब नहीं देख पाते, नाना रूपों में अंकित करके प्रस्तुत किया है।''

सारे बंगाल में हाहाकार मच गया। जीवनकाल में जो उनके विरोधी थे, उन्होंने भी मुक्त कण्ठ से उनकी प्रतिभा का अभिनन्दन किया। आधुनिक काल के उस प्रियतम लेखक के महाप्रयाण पर, जिसने बंगाली जीवन के आनन्द और वेदना को एकांत सहानुभूति से चित्रित किया, देशवासियों के साथ गम्भीर मर्म-वेदना का अनुभव करते हुए कविगुरु रवीन्द्रनाथ ने शोक संतप्त होकर लिखा—

जाहांर अमर स्थान प्रेमेर आसने,
क्षति तार क्षति नय मृत्युर शासने।
देशेर माटिर थेके निलो जारे हरि,
देशेर हृदय ताके राखियेछे बरि।

जिनका अमर स्थान प्रेम के आसन पर है, मृत्यु उन्हें कोई हानि नहीं पहुँचा सकती। भौतिक दृष्टि से उन्हें देश से जुदा कर दिया गया है, लेकिन उसके हृदय में उनका स्थान सदा बना रहेगा।

~

धन्य शरत्चन्द्र! तुम इतने दिन कहाँ थे? कहाँ से आ गये? सचमुच तुम्हारे समान एक लेखक की बड़ी आवश्यकता थी। सामाजिक व्याधि और दुर्नीति का चित्रण करने के लिए तुमने जिस प्रकार कलम पकड़ी, उसकी कोई तुलना नहीं हो सकती। तुमने कभी भी धर्म-मत के ऊपर ओछा व्यंग्य-विद्रूप नहीं किया। इसलिए कुप्रथाओं के ऊपर कुठाराघात करने में कुंठित नहीं हुए। तुम्हारी रचनाएँ मर्मस्पर्शी हैं। अन्तस्तल तक में प्रवेश कर जाने वाले तुम्हारे चरित्रों के साथ एकाकार हुआ जा सकता है। तुम्हारी एक और विशेषता यह थी कि उनका सुख-दुख

पाठकों का सुख-दुख है। सब कुछ सहज है। कोई कष्ट-कल्पना नहीं। प्रतिदिन के जीवन से चरित्र लिये हैं।

(आचार्य प्रफुल्लचन्द्र राय की डायरी से)

~

एक साहित्यिक की दृष्टि से वे महान थे, लेकिन एक देशभक्त की दृष्टि से वे और भी महान थे। उनकी मृत्यु से कांग्रेस की बहुत क्षति हुई।

(सुभाषचन्द्र बोस के काँग्रेस के अध्यक्षीय भाषण से)

❑

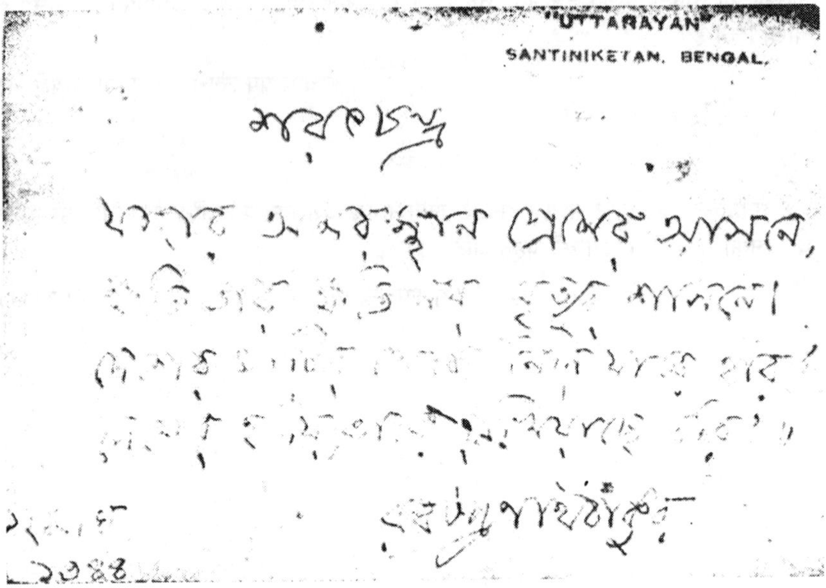

शरत् बाबू की मृत्यु के दस दिन बाद कविगुरु द्वारा श्रद्धांजलिस्वरूप लिखी गई चतुष्पदी—
उन्हीं की हस्तलिपि में

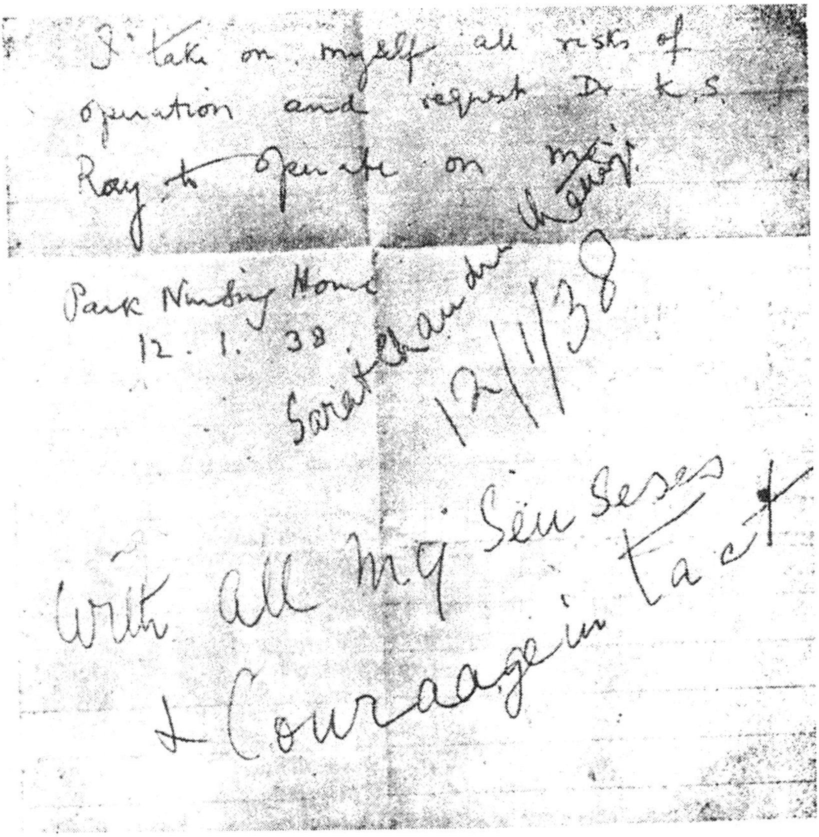

I take on myself all risks of operation and request Dr K.S. Ray to operate on me.

Park Nursing Home
12.1.38

Saratchandra
12/1/38

With all my senses & Couraage intact

ऑपरेशन के लिए शरत् बाबू का आदेश-पत्र

परिशिष्ट–1

सहायक ग्रन्थ

बंगला पुस्तकें

पुस्तक	लेखक
सम्पूर्ण शरत् साहित्य-संग्रह	एम.सी. सरकार एण्ड सन्स प्रा. लि. कलकत्ता
श्रीकान्तेर शरत्चन्द्र	मोहितलाल मजूमदार
शरत्चन्द्र–तीन खण्ड	गोपालचन्द्र राय
शरत् चेतना	सोमसुन्दर बन्दोपाध्याय
देशबन्धु ओ गाँधीजी	शंकरप्रसाद मित्र
शरत्पत्रावली	बृजेन्द्रनाथ बन्दोपाध्याय
शरत्चन्द्रेर राजनीतिक जीवन	शचीनन्दन चट्टोपाध्याय
शरत्चन्द्रेर प्रणय काहिनी	गोपालचन्द्र राय
स्मृति कथा–चार पर्व	उपेन्द्रनाथ गंगोपाध्याय
शरत् वन्दना	सम्पादक–नरेन्द्र देव
ब्रह्मप्रवासे शरत्चन्द्र	योगेन्द्रनाथ सरकार
ब्रह्मदेशे शरत्	गिरीन्द्रनाथ सरकार
शरत् परिचय	बृजेन्द्रनाथ बन्दोपाध्याय
शरत्चन्द्र चट्टोपाध्याय	बृजेन्द्रनाथ बन्दोपाध्याय
शरत्चन्द्र	कानाईलाल घोष
शरत् प्रतिभा	सतीशचन्द्र दास
शरत्चन्द्रेर जीवनेर एकदिक (दो भाग)	सुरेन्द्रनाथ गंगोपाध्याय
रविवासरे रवीन्द्रनाथ	सन्तोषकुमार दे
रवीन्द्रनाथ ओ शरत्चन्द्र	गोपालचन्द्र राय
जादेर देखेछि	हेमेन्द्रकुमार राय
चलमान जीवन	पवित्र गंगोपाध्याय
शेष बैठक	उपेन्द्रनाथ गंगोपाध्याय
शरत्चन्द्र	सुबोधसेन गुप्त
शरत्चन्द्रिका	नन्द दुलाल चक्रवर्ती
शरत्चन्द्रेर टूकरो कथा	अविनाश घोषाल
शरत्चन्द्र	नरेन्द्र देव
शरत्चन्द्र–चिट्ठीपत्र	गोपालचन्द्र राय
शरत्चन्द्रेर संगे	असमंजस मुखोपाध्याय
शरत्चन्द्र (नाटक)	नन्दलाल चक्रवर्ती
दरदी शरत्चन्द्र	मणीन्द्र चक्रवर्ती
शरत्चन्द्रेर जीवन रहस्य	सौरीन्द्रमोहन मुखोपाध्याय
पंचशस्य	जरासन्ध, सी.सी. चक्रवर्ती
लेखकेर मुखामुखि	अरुणकुमार मुखोपाध्याय
विप्लवी शरत्चन्द्रेर जीवन प्रश्न	शैलेश विशि
बांग्ला साहित्येर इतिहास (सभी खण्ड)	सुकुमार सेन
रामतनु लाहिड़ी	शिवनाथ शास्त्री
शरत् परिचय	सुरेन्द्रनाथ गंगोपाध्याय
श्रद्धास्पदेषु	नलिनीकान्त सरकार
जीवनशिल्पी शरत्चन्द्र	अभियरतन मुखोपाध्याय
शरत्चन्द्र ओ तारपर	काज़ी अब्दुल वदूद
शरत्चन्द्रेर ग्रन्थ विवरणी	अविनाश घोषाल
शरत् स्मरणी	सम्पादक–गोपाल भौमिक
अप्रकाशित डायरी के अंश	अक्षयकुमार
शरत्–स्मृति	चारुचन्द्र बनर्जी
शरत् वन्दना	श्रीगुरुदास लायब्रेरी
शरत्चन्द्र : साहित्य और दर्शन	मनोरंजन जाना
शरत्चन्द्र : देश और समाज	सोमेन्द्रनाथ ठाकुर
स्मृतिचारण	दिलीपकुमार राय

हिन्दी पुस्तकें

पुस्तक	लेखक
सम्पूर्ण शरत् साहित्य	हिन्दी ग्रन्थ रत्नाकर
संचारिणी	शान्तिप्रिय द्विवेदी
आप्रेशन	शरत्चन्द्र
शरत्चन्द्र	लावण्यप्रभा राय
शरत् के लतीफ़े	डॉ. महादेव साहा
देशबन्धु चितरंजन दास	हेमेन्द्र दासगुप्ता
बन्दी जीवन	शचीन्द्रनाथ सान्याल
प्रभुपाद श्री हरिदास गोस्वामी	प्रकाशक : रामनिवास ढंढारिया
शरत्चन्द्र : व्यक्ति और साहित्यकार	मन्मथनाथ गुप्त
ये और वे	जैनेन्द्रकुमार

कांग्रेस का इतिहास	डॉ. पट्टाभि सीतारमैया
अमरनाथ	शरत्चन्द्र
बंगला-साहित्य-दर्शन	मन्मथनाथ गुप्त
बंगला साहित्य की कथा	डॉ. सुकुमार सेन
शरत्चन्द्र : व्यक्ति और कलाकार	इलाचन्द्र जोशी
शरत्चन्द्र : चिन्तन व कला	इन्द्रनाथ मदान
शरत् की सूक्तियां	रामप्रकाश जैन
शरत् के नारी पात्र	रामस्वरूप चतुर्वेदी
प्रेमचन्द्र : कलम का सिपाही	अमृतराय

अंग्रेज़ी पुस्तकें

ताल्स्ताय	एलक्ज़ेंड्रा ताल्स्ताय
मदर्स एण्ड सन्स	शरत्चन्द्र (अनु. दिलीप कुमार राय)
शरत्चन्द्र चटर्जी	हुमायूं कबिर
कलकत्ता विश्वविद्यालय के कैलैण्डर	
लस्ट फ़ार लाइफ़	इर्विंग स्टोन
बाँसबेल्स जान्सन सेम्पलर	
अब्राहम लिंकन	लार्ड चार्लबुड
एरियल	आन्द्रे मोरां
नेपोलियन	एमिल लुडविग

सहायक समाचार पत्र

आमार	(बंगला)	नई दिल्ली
उत्तरा	(बंगला)	बनारस
वातायन	(बंगला)	कलकत्ता
भारतवर्ष	(बंगला)	कलकत्ता
जयश्री	(बंगला)	कलकत्ता
दीपालि	(बंगला)	कलकत्ता
गल्प भारती	(बंगला)	कलकत्ता
देश	(बंगला)	कलकत्ता
रवीन्द्र भारती	(बंगला)	कलकत्ता
बसुमति	(बंगला)	कलकत्ता
विश्वभारती	(बंगला)	शान्ति निकेतन
प्रवर्तक	(बंगला)	कलकत्ता
प्रवासी	(बंगला)	कलकत्ता
कालि कलम	(बंगला)	कलकत्ता
तरुणेर स्वप्न	(बंगला)	कलकत्ता
बंगश्री	(बंगला)	कलकत्ता
कल्लोल	(बंगला)	कलकत्ता
भारती	(हिन्दी)	बम्बई
नवनीत	(हिन्दी)	बम्बई
साप्ताहिक हिन्दुस्तान	(हिन्दी)	नई दिल्ली
धर्मयुग	(हिन्दी)	बम्बई
हिमप्रस्थ	(हिन्दी)	शिमला
ट्रेंड	(अंग्रेज़ी)	कलकत्ता
मॉडर्न रिव्यू	(अंग्रेजी)	कलकत्ता

परिशिष्ट-2

सहायक व्यक्ति

(क) वे व्यक्ति जिनसे साक्षात्कार किया

1.	सर्वश्री अमृतलाल नागर	सुपरिचित हिन्दी लेखक
2.	दिलीपकुमार राय	अन्तरंग बन्धु, सुपरिचित संगीतज्ञ लेखक
3.	उपेन्द्रनाथ गंगोपाध्याय	रिश्ते के मामा, सुपरिचित लेखक
4.	अमल होम	सुपरिचित लेखक और पत्रकार
5.	राजेश्वरप्रसाद नारायण सिंह	सुपरिचित लेखक
6.	नरेन्द्र देव	अन्तरंग बन्धु, सुपरिचित साहित्यकार
7.	उमाप्रसाद मुकर्जी	अन्तरंग बन्धु, सुपरिचित साहित्यकार
8.	नन्दगोपाल सेनगुप्त	सुपरिचित लेखक और पत्रकार
9.	असमंजस मुखोपाध्याय	सुपरिचित साहित्यकार
10.	सामेन्द्रनाथ बसु	सुपरिचित लेखक और पत्रकार
11.	प्रबोधकुमार सान्याल	सुपरिचित साहित्यकार
12.	वीरेन्द्रनाथ सरकार	सुपरिचित सिने-चित्र-संचालक
13.	वाचस्पति पाठक	सुपरिचित हिन्दी लेखक और पत्रकार
14.	प्रमथनाथ राय	मुज़फ़्फ़रपुर के अन्तरंग बन्धु
15.	चण्डीचरण घोष	बचपन के परिचित, भागलपुर के एडवोकेट
16.	चन्द्रशेखर घोष	बचपन के परिचित, भागलपुर में बन्धु
17.	एस.एम. मजूमदार	भागलपुर में बचपन के परिचित एक-मित्र
18.	भूपतिभूषण घोष	भागलपुर में बचपन के परिचित एक-मित्र
19.	बलाईचांद मुखोपाध्याय (बनफूल)	सुपरिचित साहित्यकार
20.	इलाचन्द्र जोशी	सुपरिचित साहित्यकार
21.	अविनाश घोषाल	सुपरिचित लेखक और पत्रकार
22.	फणीन्द्रनाथ मुकर्जी	भागलपुर में बचपन के एक बन्धु
23.	महावीर प्रसाद पोद्दार	सुपरिचित प्राकृतिक चिकित्सक
24.	एस.सी. दास	रंगून के एक परिचित बन्धु
25.	एस.एम. दोषी	रंगून के एक बन्धु
26.	डॉ. अमियकुमार सेन	रंगून में दफ़्तर के सहकर्मी के एक पुत्र
27.	एम.एम. दास	रंगून के एक बन्धु
28.	सुबोध चटर्जी	रंगून के एक बन्धु
29.	डॉ. महादेव साहा	सुपरिचित लेखक और पत्रकार
30.	प्रफुल्लकुमार चटर्जी	वाराणसी के एक परिचित बन्धु

31. सुरेन्द्रमोहन घोष	सुप्रसिद्ध क्रांतिकारी
32. ए.एन. विश्वास	रंगून के एक परिचित बन्धु
33. रूपेन सेन	रंगून
34. भूपेन चौधरी	रंगून
35. हेमेन राय	भागलपुर के एक परिचित बन्धु
36. रवीन्द्र गांगुली	मामा सुरेन्द्रनाथ के पुत्र
37. पूर्णेन्द्र गांगुली	मामा सुरेन्द्रनाथ के पुत्र
38. सुखरंजन मुखोपाध्याय	सुपरिचित लेखक
39. सुधीरकुमार मुकर्जी आदि	बहन का परिवार
40. श्रीमती राधारानी देवी	सुपरिचित बंगला कवयित्री
41. श्रीमती रेणुका कर	रंगून के एक सहकर्मी की पुत्री
42. सत्येन्द्रनाथ चटर्जी	मौसेरे भाई
43. सजनीकान्त दास	सुपरिचित बंगला लेखक और पत्रकार
44. सौरीन्द्रमोहन मुखो.	बचपन के अन्तरंग मित्र और सुपरिचित लेखक
45. प्रेमेन्द्र मित्र	सुपरिचित साहित्यकार
46. नकुलचन्द्र पति	गाँव के एक पड़ोसी
47. शचीनन्दन चट्टो.	सुपरिचित लेखक और पत्रकार
48. रमाप्रसाद मुकर्जी	न्यायमूर्ति और *बंगवाणी* के संचालक
49. हुमायूं कबीर	सुपरिचित साहित्यकार और राजनीतिज्ञ
50. अरुणकुमार मुकर्जी	सुपरिचित साहित्यकार
51. कुमुदचन्द्र रायचौधरी	सुपरिचित साहित्यकार
52. सी.सी. चक्रवर्ती (जरासन्ध)	सुपरिचित साहित्यकार
53. सोमेन्द्रनाथ गंगो.	मामा मणीन्द्रनाथ के पुत्र
54. अमलकुमार गंगो.	मामा गिरीन्द्रनाथ के पुत्र
55. नलिनीकान्त सरकार	सुपरिचित लेखक और पत्रकार
56. शिशिरकुमार मित्रा	सुपरिचित पत्रकार
57. डॉ. रमेशचन्द्र मजूमदार	सुपरिचित इतिहासकार
58. गोपाल	अन्तिम समय का सेवक
59. अनिलवरण राय	राजनीतिक जीवन के एक बन्धु
60. सुरेश चक्रवर्ती	सुपरिचित पत्रकार

(ख) वे व्यक्ति जिनसे पत्र-व्यवहार किया

1. अज़हरुद्दीन खाँ	सुपरिचित पत्रकार
2. विभूतिभूषण	बचपन के अन्तरंग बन्धु, सुपरिचित लेखक
3. गुरदयाल मल्लिक	सुपरिचित संत साहित्यकार
4. हिमांशुभूषण राय	बचपन के एक साथी के पुत्र
5. डॉ. सत्येन्द्रनाथ गांगुली	रिश्ते के एक मामा, सिविलसर्जन

6. सुरेन्द्रनाथ चटर्जी	मुज़फ़्फ़रपुर के एक साथी
7. बी.सी. मुकर्जी	रंगून के एक साथी
8. परेशनाथ चटर्जी	मुज़फ़्फ़रपुर के एक साथी
9. रजिस्ट्रार	कलकत्ता विश्वविद्यालय
10. स्वामी वीरेश्वरानन्द	प्रधानमंत्री, रामकृष्ण मिशन, बेलूर मठ
11. प्रधानमंत्री	बंगला साहित्य सम्मेलन
12. भूपेन्द्र किशोर रक्षित राय	सुपरिचित लेखक और पत्रकार
13. अशोक चट्टोपाध्याय	श्री रामानन्द चट्टोपाध्याय के पुत्र लेखक
14. धमेन्द्र गौड़	सुपरिचित पत्रकार
15. डॉ. सुनीतिकुमार चटर्जी	सुपरिचित भाषाविद् और लेखक
16. अन्नदाशंकर राय	सुपरिचित साहित्यकार
17. पुलिनबिहारी सेन	सुपरिचित लेखक और पत्रकार

(ग) अन्य व्यक्ति

1. सर्वश्री हरिशंकर शर्मा	सुपरिचित पत्रकार
2. असितकुमार हालदार	सुपरिचित लेखक
3. श्रीमती सुजाता सेन	सुपरिचित लेखिका
4. शैलजानन्द मुखो.	सुपरिचित लेखक
5. जे.के. डांगे	मराठी लेखक
6. कुमुदिनीकान्त कर	रंगून के अन्तरंग सहकर्मी
7. प्रमथ चौधरी	सुपरिचित लेखक
8. श्रीमती निरुपमा देवी	कैशोर्य की परिचिता, सुप्रसिद्ध लेखिका
9. सुरेन्द्रनाथ मैत्र	सुपरिचित लेखक
10. मनोज बसु	सुपरिचित लेखक
11. नरेशचन्द्र सेनगुप्त	सुपरिचित लेखक
12. हरेकृष्ण मुखोपाध्याय	सुपरिचित लेखक
13. धीरेन्द्र बन्दोपाध्याय	सुपरिचित लेखक
14. द्विजेन्द्रनाथ दत्त मुंशी	देवानन्दपुर के एक प्रतिष्ठित व्यक्ति
15. विमल बोस	सुपरिचित सिने चित्रकार
16. भगवानचन्द्र विनोद	सुपरिचित लेखक और पत्रकार
17. डॉ. शिवनन्दन प्रसाद	सुपरिचित लेखक
18. डॉ. ओमप्रकाश	रंगून में चिकित्सक
19. ननिगोपाल दे	रंगून में एक अधिकारी
20. जगदीश एम.ए.	सुपरिचित लेखक और पत्रकार
21. मोहनसिंह सेंगर	सुपरिचित लेखक और पत्रकार
22. बंकिमचन्द्र बनर्जी	सुपरिचित कलाकार, भागलपुर
23. यशपाल जैन	सुपरिचित लेखक और पत्रकार

24. भीमसेन त्यागी	सुपरिचित लेखक
25. विश्वनाथ मुकर्जी	सुपरिचित लेखक और पत्रकार
26. विष्णुकान्त शास्त्री	सुपरिचित लेखक और पत्रकार
27. कालिनाथ राय	सुपरिचित पत्रकार
28. रतनलाल जोशी	सुपरिचित पत्रकार
29. पृथ्वीनाथ शास्त्री	सुपरिचित लेखक और पत्रकार
30. कृष्णाचार्य	सुपरिचित लेखक और पत्रकार
31. पुस्तकाध्यक्ष	राष्ट्रीय पुस्तकालय, कलकत्ता
32. सुधीर घोष	सुपरिचित पत्रकार
33. स्वामी सुन्दरानन्द	सुपरिचित पर्यटक और छविकार
34. जैनेन्द्रकुमार	सुपरिचित साहित्यकार
35. रामचन्द्र टण्डन	सुपरिचित लेखक और पत्रकार
36. अमर मजूमदार	सुपरिचित पत्रकार
37. मामा वरेरकर	सुपरिचित मराठी साहित्यकार
38. ब्रह्मानन्द	सुपरिचित लेखक और अंग्रेज़
39. राधाकृष्ण	सुपरिचित लेखक
40. सत्येन्द्रनारायण	सुपरिचित राजनेता और पत्रकार
41. डॉ. वचनदेव कुमार	सुपरिचित लेखक
42. अनु बेन	अरविन्द आश्रम की साधिका
43. सत्यनारायण गोयनका	सुपरिचित लेखक, बर्मा
44. डॉ. रामसरन अग्रवाल	बीकानेर

परिशिष्ट—3

महात्मा गाँधी के देहान्त पर शरत्चन्द्र का लेख

''महात्माजी आज सरकार की जेल में हैं। भारतवासियों के लिए यह समाचार कैसा और क्या है, यह केवल भारतवासी ही जानता है। तो भी सारा देश स्तब्ध हो रहा। देशव्यापी कड़ी हड़ताल नहीं हुई। शोक से उन्मत्त नर-नारियों के समूह रास्तों पर नहीं निकल पड़े। लाखों, करोड़ों सभा-समितियों में हृदय की गहरी व्यथा निवेदन करने कोई नहीं आया, जैसे कहीं कुछ हुआ ही नहीं—जैसा कल था, आज भी सब ठीक वैसा ही है, कहीं रत्ती-भर भी उलट-पलट नहीं हुई—इस तरह समुद्र-तट से हिमाचल तक सब चुप हैं। किन्तु प्रश्न यह है कि ऐसा क्यों हुआ? इतना बड़ा असंभव काण्ड किस तरह संभव हुआ? नीचाशय ऐंग्लो-इंडियन अख़बार जो जिसके मुँह में आता है कहते हैं, किन्तु हर रोज़ की तरह उस मिथ्या का खण्डन करने को कोई उद्यत नहीं हुआ। जान पड़ता है, जैसे उनके भाराक्रान्त हृदय की गंभीरतम वेदना आज तर्क-वितर्क से दूर है।

''जाने के पहले महात्मा जी अनुरोध कर गए हैं कि उनके लिए कहीं कोई हड़ताल, किसी तरह की प्रतिवाद-सभा, किसी प्रकार की चंचलता या लेश-मात्र क्षोभ न किया जाए। आज्ञा अत्यन्त कठिन है। किन्तु, तो भी, सारे देश ने उनके इस आदेश को शिरोधार्य कर लिया है। यह कण्ठ-रोध, निःशब्द संयम, अपने को दबाकर रखने की यह कठिन परीक्षा, कितना बड़ा दुस्साध्य काम है, इस बात को वे अच्छी तरह से जानते थे, तो भी इस आशा का प्रचार कर जाने में उन्हें तनिक भी अटक नहीं हुई और एक दिन—जिस दिन उन्होंने विपद्ग्रस्त, दरिद्र, सताये गये और वंचित प्रजावर्ग का परम दुख राजा की आँखों के आगे उपस्थित करने के लिए युवराज की अभ्यर्थना और स्वागत का निषेध कर दिया था—उस अर्थहीन निरानन्द उत्सव के अभिनय से सब तरह अलग रहने के लिए प्रत्येक भारतवासी को उपदेश दिया था, उस दिन भी उन्हें कोई अटक नहीं हुई। यह उनसे छिपा नहीं था कि इसके परिणामस्वरूप राज-कोष की आग कहाँ और कितनी दूर तक फैलेगी, किन्तु कोई आशंका, कोई प्रलोभन उनके इरादे को बदल नहीं सका। इसको लक्ष्य करके देश के ऊपर से कितने आँधी-तूफ़ान, कितने वज्रपात, कितना ही दुख गुज़र गया, किन्तु उन्होंने जिसे सत्य और कर्तव्य ठीक किया था, युवराज के आगमनोत्सव के संबंध में आंखिरी दिन तक उन्होंने अपना वह आदेश नहीं लौटाया। उसके बाद अकस्मात् एक दिन चौरी-चौरा में भयानक दुर्घटना घटित हो गई। निरुपद्रव होने के संबंध में देशवासियों के प्रति उनका यह विश्वास हिल गया—तब यह बात सारी दुनिया के आगे निष्कपट भाव से मुक्तकण्ठ होकर प्रकट करने में उन्हें लेश-मात्र दुविधा न हुई। अपनी भूल और त्रुटि बारम्बार स्वीकार करके, विरुद्ध राजशक्ति के साथ शीघ्र होने वाले सुतीव्र संघर्ष की सब प्रकार की संभावना को उन्होंने अपने हाथ से रोक दिया। रत्ती-भर भी वह नहीं हिचके। सिन्ध से आसाम और हिमाचल से दक्षिण के शेष प्रान्त तक सभी असहयोगवादियों का मुख

हताशा और निष्फल क्रोध से स्याह हो उठा, और फ़ौरन ही दिल्ली की अखिल भारतीय कांग्रेस की कार्यकारिणी समिति की बैठक में उनके सिर पर से गुप्त और प्रकट लांछना की जैसे एक आँधी निकल गई, जो उन्हें विचलित नहीं कर सकी। एक दिन जो उन्होंने विनय के साथ किन्तु अत्यन्त संक्षेप में कहा था कि 'आई हैव लॉस्ट आल फ़ियर ऑफ़ मैन' अर्थात् जगदीश्वर के सिवा मनुष्य से मैं नहीं डरता, इस सत्य को केवल प्रतिकूल राजशक्ति के आगे ही नहीं, एकान्त अनुकूल सहयोगियों और भक्त अनुचरों के आगे भी प्रमाणित कर दिया।

"किन्तु इतनी बड़ी शान्त शक्ति और शुद्ध सत्यनिष्ठा की मर्यादा को धर्महीन उद्दण्ड राजशक्ति नहीं समझ सकी...(जो अनन्य भाव से सत्यनिष्ठ है, जो मनवाणी-काया से हिंसा को छोड़े हुए है, स्वार्थ के नाम से जिसका कहीं भी कुछ भी नहीं है, आर्तों के लिए, पीड़ितों के लिए जो संन्यासी है, इस अभागे देश में ऐसा कानून भी है, जिसके अपराध से इस आदमी को भी आज जेल जाना पड़ा) आज जब देश का भार देश के माथे आ पड़ा है, तब एक बात, जिसे वह बार-बार कह गये हैं कि 'कभी किसी के भी हाथ से दान की तरह स्वाधीनता नहीं ली जाती, लेने पर भी वह नहीं टिकती, उसे हृदय के रक्त से प्राप्त करना होता है,' को पूरा करने का, उनकी अनुपस्थिति में अपने को सार्थक करने का यह परम सुयोग शायद सब प्रकार से हमें नसीब हुआ है।...और भी एक परम सत्य वे स्पष्ट कर गए हैं। कोई देश जब स्वाधीन, स्वस्थ और स्वाभाविक अवस्था में रहता है, तब देशात्मबोध की समस्या भी बहुत जटिल नहीं होती और स्वदेश-प्रेम की परीक्षा भी एकदम अत्यन्त कड़े रूपों में नहीं देनी होती। तब उस देश के नेतृत्व के योग्य लोगों को बड़े यत्न से छांटे बिना भी शायद काम चल जाता है। किन्तु वह देश यदि कभी पीड़ित, रोगी और मरणासन्न हो उठे, तब इस ढीले-ढाले कर्तव्य का फिर अवकाश नहीं रहता। तब जो लोग इस दुर्दिन को पार कर ले जाने का भार ग्रहण करते हैं, उनको सब देशों की सारी आँखों के सामने परार्थपरता की अग्नि-परीक्षा देनी होती है। बातों से नहीं—कामों से, चालाकी के दांव-पेंच से नहीं—सरल सीधे रास्ते से, स्वार्थ का बोझा लादकर नहीं—सब चिन्ता, सारा उद्वेग, सम्पूर्ण स्वार्थ जन्मभूमि के चरणों में पूर्ण रूप से बलि देकर। इससे अन्यथा विश्वास नहीं किया जा सकता।

"भूतपूर्व भारत-सचिव मांटेगु साहब जब उस दफ़ा भारतवर्ष आए थे, तब इस बंगाल के ही एक विश्वविख्यात बंगाली ने उनको एक बड़ी-सी चिट्ठी लिखी थी और उसका एक लम्बा-चौड़ा उत्तर भी पाया था। किन्तु आदि से अन्त तक अच्छी-अच्छी निस्सार बातों के बोझ से भरी उस भारी चिट्ठी की चालबाज़ी के सिवा और कुछ भी मुझे याद नहीं है, और जान पड़ता है, ऐसी बातें याद भी नहीं रहतीं। किन्तु इस पक्ष का स्थूल वक्तव्य मुझे खूब याद है। इन्होंने बार-बार वह विश्वास-अविश्वास की बहस की चार सफ़े की चिट्ठी में भरकर साहब को समझाना चाहा था कि विश्वास किए बिना विश्वास नहीं प्राप्त होता। जैसे इतनी बड़ी नूतन तत्त्व की बात इस भारतभूमि को छोड़कर विदेशी साहब के लिए और कहीं सुनने की सम्भावना ही न थी। मुझे विश्वास है कि साहब की अवस्था कम होने पर भी यह तत्त्व उन्होंने पहले-पहल नहीं सुना और पहली जानकारी भी लेकर वे नहीं गए। इसी से साहब को केवल ऐसी सब बातें और भाषा लिखनी पड़ी थी जो कि चिट्ठी के सफ़े भर देती है, किन्तु अर्थ कुछ नहीं रखती।

"...महात्माजी ने राजशक्ति के हृदय पर ही ज़ोर दिया था। मारकाट, खूनखराबा, अस्त्र-शस्त्र अथवा बाहुबल की ओर ही वह नहीं गए—उनका सारा आवेदन-निवेदन, अभियोग-अनुयोग इसी आत्मा के निकट है। राजशक्ति में हृदय या आत्मा का कोई झंझट नहीं भी रह सकता है, किन्तु इस शक्ति का संचालन जो करते हैं, उन लोगों ने भी छुटकारा नहीं पाया और सहानुभूति ही जब जीव के सब सुख-दुख, सब ज्ञान, सब कर्मों का आधार है, तब इसी को जगाने के लिए महात्माजी ने प्राणप्रण से चेष्टा की थी। आज स्वार्थ और अनाचार से यंह सहानुभूति चाहे जितनी मलिन, चाहे जितनी ढकी हुई क्यों न हों, एक दिन इसे वह निर्मल और मुक्त कर सकेंगे—यह उनका अटल विश्वास क्षण-भर के लिए भी ढोला नहीं हुआ। किन्तु लोभ और मोह से स्वार्थ को, क्रोध और विद्वेष से हिंसा को निवृत्त या बंद नहीं किया जा सकता—इस बात को महात्माजी जानते थे। इसी से दुःख देकर नहीं—दुःख सहकर, वध करके नहीं-अकुंठित चित्त से अपनी बलि देने के लिए ही वह इस धर्मयुद्ध में उतरे थे। यही थी उनकी तपस्या, इसी को उन्होंने वीर का धर्म कहकर निष्कपट भाव से इसका प्रचार किया था। सारे पृथ्वीमण्डल में यह जो उद्धत अविचार की चक्की में मनुष्य दिन-रात पिसकर मर रहा है, इसका एकमात्र हल गोली-गोले, बंदूक-बारूद और ताप में नहीं है, है केवल मनुष्य की प्रीति में, इसकी आत्मा की उपलब्धि में—इस परम सत्य पर वह सम्पूर्ण हृदय से विश्वास रखते थे, इसी से अहिंसा व्रत को केवल क्षण-भर का उपाय मानकर नहीं, चिर जीवन का एकमात्र धर्म समझकर, उन्होंने ग्रहण किया था और इसीलिए उन्होंने इस भारतीय आन्दोलन को राजनीतिक न कहकर आध्यात्मिक कहकर समझाने की चेष्टा में दिन-पर-दिन प्राणपण से परिश्रम किया था। विपक्ष ने हँसी उड़ाई, अपने पक्ष ने अविश्वास किया, पर दोनों में से कोई उन्हें विभ्रान्त नहीं कर सका। अंग्रेज़ों की राजशक्ति के प्रति महात्माजी का विश्वास जाता रहा है, किन्तु मनुष्य अंग्रेज़ों की आत्मोपलब्धि के प्रति आज भी उनका विश्वास वैसे ही स्थिर और अटल बना हुआ है।

"किन्तु इस अचंचल निष्कम्प दीपशिखा की महिमा समझ पाना बहुतों के लिए दुस्साध्य है। इसी से उस दिन श्रीयुत विपिन बाबू (सुप्रसिद्ध विपिनचन्द्र पाल) ने जब महात्माजी का यह कथन 'I would decline to gain India's freedom at the cost of Non-Violence meaning that India will ever gain freedom without non-violence. अर्थात् अहिंसा की कीमत पर मैं भारत की स्वाधीनता लेना स्वीकार न करूँगा, मतलब यह कि भारत बिना अहिंसा के अपनी स्वाधीनता नहीं ग्रहण करेगा-उद्धृत करके यह समझाना चाहा था कि महात्माजी का लक्ष्य सत्याग्रह है, भारत की स्वाधीनता या स्वराज्य का लाभ इस लक्ष्य का एक अंग हो सकता है, किन्तु मूल लक्ष्य नहीं है, तब यह भी इस दीपशिखा के रूप को हृदयंगम नहीं कर सके थे। दूसरे की सम्पूर्ण स्वाधीनता के ऊपर हस्तक्षेप न करके मनुष्य की पूर्ण स्वाधीनता कितनी बड़ी सत्य वस्तु है और इसके प्रति द्विधाहीन आग्रह भी कितनी बड़ी स्वराज्य की साधना है, इसकी उपलब्धि वह भी नहीं कर सके। सत्य के अंग-प्रत्यंग, जड़ और शाखा आदि नहीं हैं। सत्य सम्पूर्ण वस्तु है और सत्य ही सत्य का शेष है। और इस चाहने के भीतर ही मानव जाति के सब प्रकार के और सर्वोत्तम लक्ष्य की परिणति विद्यमान है। देश की स्वाधीनता का स्वराज्य उन्होंने सत्य के भीतर से ही चाहा है, मारकाट करके लेना नहीं चाहा। इस तरह चाहा है, जिससे वह

आप भी धन्य हो जाए। उसके क्षुब्ध चित्त ने कृपण का दिया धन नहीं, उसके दाता के प्रसन्न हृदय का सार्थकता का दान चाहा है। ऐसा छीना-झपटी का देना-लेना तो संसार में बहुत हो गया है, किन्तु वह स्थायी नहीं हो सका—दुख, कष्ट, वेदना का भार केवल बढ़ता ही चला जा रहा है, कहीं भी तो एक तिल-भर भी कम नहीं हुआ। इसी से वह आज उन सब पुराने परिचित और क्षण स्थायी असत्य के मार्गों से विमुख होकर सत्याग्रही हुए थे, प्रण किया था कि मानवात्मा के सर्वश्रेष्ठ दान के सिवा और कुछ भी वह हाथ फैलाकर नहीं ग्रहण करेंगे।

"सम्पूर्ण अन्त:करण से स्वाधीनता और स्वराज्य की कामना करके वह जब अंग्रेज़ी राज्य के सब प्रकार के संसर्ग का त्याग करने के लिए राज़ी नहीं हुए थे, तब उन्हें बहुत-सी कड़वी बातें और गालियाँ सुननी पड़ी थीं। बहुत-सी कटूक्तियों के बीच एक तर्क यह था कि अंग्रेज़ों ने यहाँ निरुपद्रव मार्ग से राज्य नहीं स्थापित किया और उसके लिए रक्तपात करने में भी संकोच नहीं किया, तब केवल हम लोगों को ही निरुपद्रवपंथी रहना होगा, इतनी बड़ी ज़िम्मेदारी हम काहे के लिए ग्रहण करें?"

"किन्तु महात्मा जी ने इस पर कान नहीं दिया। वह जानते थे कि यह युक्ति सत्य नहीं है कि जगत में जो कुछ एक दिन अन्याय की राह से, अधर्म के मार्ग से स्थापित हो गया है, उसे आज चाहे जिस तरह से हो, दूर करना ही धर्म है। एक दिन जिस अंग्रेज़ी राज्य को प्रतिहत करना ही देश का सर्वश्रेष्ठ धर्म था, उसे उस दिन हम रोक नहीं सके—इसलिए आज चाहे जिस उपाय या मार्ग से हो उसे नष्ट करना ही देश का एकमात्र धर्म है—यह बात किसी तरह ज़ोर करके नहीं कही जा सकती। अवांछित जारज सन्तान अधर्म की राह से ही जन्म लेती है, अतएव उसकी हत्या करके ही धर्महीनता का प्रायश्चित हो सकता है, ऐसा कहना सत्य नहीं है।"

परिशिष्ट-4

शरत्चन्द्र चट्टोपाध्याय के वसीयतनामे की प्रतिलिपि

This is the last will and testament of me Sarat chandra chatterji of No. 24, Aswini Dutt Road, within the municipal limits of Calcutta now lying at the Park Nursing Home at Victoria Terrace in the town of Calcutta. I revoke all testamentary dispositions if any heretofore made by me.

I give device and bequeath all my estate and effects to my wife Smt. Hianmoyee Debi of No. 24, Aswini Dutt Road, to be held and enjoyed by her for the term of her natural life subject nevertheless to the right of my brother to live in the premises No. 24, Aswini Dutt Road with his family as he is at present doing and after my death and my wife's death my brother Prokash's son or sons, who shall survive her, shall be the absolute owner.

Notwithstanding anything hereinbefore contained my moneys in the Imperial Bank shall be spent only for the purpose of the marriage of brother's daughter and if there shall be any surplus the same shall be spent for the use and benefit of my brother's children or of any of them.

In witness where of I have set my hand to this as my last will and testament this the 11th day of January, 1938.

Signed by the above named in our Presence who

at his request and in his presence and in the presence of each other have signed as attesting witnesses.

Sd/- N.C. Chunder, Solicitor, Calcutta.

Sd/- Umaprosad Mookerjee, Advocate, Calcutta High Court.

11th January, 1938 Sd/- Sarat Chandra Chatterji

❑❑❑